ॐ नमो भगवते वासुदेवाय

国家十二五重点出版项目

中国社会科学院创新工程学术出版资助项目

博伽梵往世书

BHĀGAVATA PURĀṆA

第九卷 第六篇

维亚萨戴瓦 著

英文译著 A.C.巴克提韦丹塔·斯瓦米·帕布帕德

中文翻译 嘉娜娃

中国社会科学出版社

目　　录

第一章

阿佳弥勒的生平

整部《圣典博伽瓦谭》谈论了包括创造、后续的创造、星系等在内的十个主题。《圣典博伽瓦谭》(Śrīmad-Bhāgavatam)的讲述者舒卡戴瓦·哥斯瓦米(Śukadeva Gosvāmī)已经在第3篇、第4篇和第5篇中讲述了创造、后续的创造和星系。在这由十九章构成的第6篇中，他将描述至尊主给予的保护(poṣaṇa)。

第一章讲述的是阿佳弥勒(Ajāmila)的历史。他曾经被视为是罪大恶极的人，但当维施努(Viṣṇu)的信使们前来将他从阎罗王(Ya-marāja)的执行官的手中拯救出来时，他得到了解脱。这一章讲述了他究竟是如何获得解脱，如何清除他罪恶生活报应的。罪恶活动使人在今生和来世都很痛苦。我们应该清楚地知道，是罪恶活动导致生活中的一切痛苦。走在功利性活动路途上的人，无疑会从事罪恶活动，正因为如此，韦达经中谈功利性活动的部分(karma-kāṇḍa)推荐各种赎罪的方法。然而，这种赎罪的方法并不能使人去除作为导致罪恶生活之根源的愚昧。结果是，人即使赎罪后，仍有从事罪恶活动的倾向。所以，这事实上根本起不到净化的作用。走推敲知识之途的人，靠了解一切的真相摆脱罪恶生活。因此，试图在对知识进行思辨的路途上取得成就的做法，仍被视为是一种赎罪的方法。在从事功利性活动的过程中，人可以靠苦行、赎罪、诚实、过独身禁欲生活、控制心和感官及练神秘瑜伽去除罪恶生活的报应。靠唤醒知识，人也可以抵消恶报。然而，这两种方法都不能使人去除从事罪恶活动的倾向。

练奉爱瑜伽(bhakti-yoga)能使人彻底清除过罪恶生活的倾向；其他方法则不是很切实可行。正因为如此，韦达文献断言，做奉爱服务比功利性活动(karma-kāṇḍa)和思辨活动(jñāna-kāṇḍa)的方法更重要。对每一个人来说，唯有奉爱之途是绝对吉祥的。单靠功利性活动和知识思辨这两种方法无法使人得到解脱，但独立于功利性活动和知识思辨的奉爱服务却极其强大，人只要全神贯注于奎师那的莲花足，必定不会遇到阎罗王的命令执行官，哪怕在梦中都见不到。

为证明奉爱服务的强大力量，舒卡戴瓦·哥斯瓦米讲述了阿佳弥勒的历史。阿佳弥勒曾是刊亚库布佳(如今的卡瑙址一地)的居民。他的父母通过训练他学习韦达经(Vedas)、遵守规范守则，将他培养成一个理想的布茹阿玛纳(brāhmaṇa)。但由于这位布茹阿玛纳前世的因缘，年轻的他后来竟受一个妓女的吸引，并因为与那妓女在一起而变得堕落不堪，不再遵守任何规范原则。阿佳弥勒使那妓女怀孕生了十个儿子，最小的儿子名叫纳茹阿亚纳(Nārāyaṇa)。阿佳弥勒在死亡之际看到阎罗王的命令执行官来带走他时，因为依恋他的小儿子而恐惧地大声呼叫纳茹阿亚纳这个名字。这使他想起了原本的纳茹阿亚纳——主维施努。他虽然并不是绝无冒犯地吟诵纳茹阿亚纳的圣名，但圣名依然起作用。一旦他叫出纳茹阿亚纳的圣名，主维施努的命令执行官立刻出现在现场。接着，主维施努的命令执行官和阎罗王的命令执行官之间展开了一场辩论，阿佳弥勒则因为聆听那场辩论而获得解脱。这使他不仅了解到功利性活动的不良后果，也了解了奉爱服务之法有多么崇高。

第 1 节

श्रीपरीक्षिदुवाच
निवृत्तिमार्गः कथित आदौ भगवता यथा ।
क्रमयोगोपलब्धेन ब्रह्मणा यदसंसृतिः ॥१॥

śrī-parīkṣid uvāca
nivṛtti-mārgaḥ kathita
ādau bhagavatā yathā
krama-yogopalabdhena
brahmaṇā yad asaṁsṛtiḥ

śrī-parīkṣit uvāca—帕瑞克西特王说 / nivṛtti-mārgaḥ—解脱之途 / kathitaḥ—解释 / ādau—在开始时 / bhagavatā—被您阁下 / yathā—充分地 / krama—逐渐地 / yoga-upalabdhena—透过瑜伽程序得到 / brahmaṇā—与主布茹阿玛(在到达布茹阿玛珞卡后) / yat—以……的方法 / asaṁsṛtiḥ—生死轮回的停止

译文　帕瑞克西特王说：啊！阁下大人，舒卡戴瓦·哥斯瓦米！您前面已经解释过解脱之途。走那条路的人无疑将逐渐升上最高等的星球布茹阿玛珞卡，从那里再与主布茹阿玛一起被提升到灵性世界去，从而停止在物质世界中的生死轮回。

要旨　帕瑞克西特王(Mahārāja Parīkṣit)因为是一名外士纳瓦(Vaiṣṇava)，所以在听到第5篇描述的各种地狱环境的生活时，十分关心如何才能将受制约的灵魂解救出玛亚(māyā)的钳制，将他们带回家园，带回首神身边。为此，他对他的灵性导师舒卡戴瓦·哥斯瓦米谈起第2篇中谈过的有关解脱之途(nivṛtti-mārga)。在死亡来临之际幸运地遇见舒卡戴瓦·哥斯瓦米的帕瑞克西特王，在重要时刻向舒卡戴瓦·哥斯瓦米询问有关解脱之途。舒卡戴瓦·哥斯瓦米很欣赏他提的问题，恭喜他说：

varīyān eṣa te praśnaḥ
kṛto loka-hitaṁ nṛpa
ātmavit-sammataḥ puṁsāṁ
śrotavyādiṣu yaḥ paraḥ

“亲爱的君王，你提的问题值得称道，因为它能给所有种类的人带来极大的利益。这个问题的答案不但是聆听的最佳主题，而且得到了所有超然主义者的赞许。”（《圣典博伽瓦谭》2.1.1）

对受制约生物不接受解脱之途——奉爱服务，因而在那么多种地狱环境中受苦这一点，帕瑞克西特王感到震惊。这是外士纳瓦的特征。外士纳瓦是仁慈之洋(vāñchā-kalpa-tarubhyaś ca kṛpā-sindhu-bhya eva ca)，因他人受苦而不快乐(para-duḥkha-duḥkhī)。正因为如此，帕瑞克西特王满怀对受制约灵魂在地狱受苦的同情，建议舒卡戴瓦·哥斯瓦米继续讲解在《圣典博伽瓦谭》开篇中解释过的解脱之途。就有关这一点，梵文“生死轮回的停止(asaṁsṛti)”一词十分重要。Saṁsṛti一词是指生死之途的延续。相反，asaṁsṛti是指最终停止生死轮回的解脱之途(nivṛtti-mārga)，其中一种情况是人逐渐上升到布茹阿玛珞卡(Brahmaloka)，然后获得解脱；另一种是不在乎到高等星系去的纯粹奉献者，仅仅靠做奉爱服务立刻回归家园，回到首神身边(tyaktvā dehaṁ punar janma naiti)。所以，帕瑞克西特王很渴望聆听舒卡戴瓦·哥斯瓦米讲解为受制约的灵魂而设的解脱之途。

按照前辈灵性导师们(ācārya)的看法，“透过瑜伽程序逐渐得到(krama-yogopalabdhena)”一句是指，靠先练活动瑜伽(karma-yoga)，然后练知识思辨瑜伽(jñāna-yoga)，最后练奉爱瑜伽(bhakti-yoga)，人可以获得解脱。然而，奉爱瑜伽是如此强大有力，以致它根本不依靠活动瑜伽或知识思辨瑜伽。奉爱服务本身是那么强有力，就连没练过活动瑜伽的不虔诚之人，或者没练过知识思辨瑜伽的文盲，都无疑可以通过坚持只练奉爱瑜伽而被提升到灵性世界去。在《博伽梵歌》(Bhagavad-gītā)第8章的第7节诗中，奎师那(Kṛṣṇa)说：靠奉爱瑜伽的程序，人无疑可以回归家园——灵性世界，回到首神身边(mām evaiṣyasy asaṁśayaḥ)。然而，瑜伽师们有时不是要直接去灵性世界，而是想要看其他星系，因此就如这节诗中的布茹阿玛纳(brahmaṇā)一词所指出的那样，上升到主布茹阿玛居住的星系。在宇宙毁灭的时候，主布茹阿玛(Brahmā)与布茹阿玛星球上的居民一起直接回灵性世界。对此，韦达经中证实说：

brahmaṇā saha te sarve
　samprāpte pratisañcare
parasyānte kṛtātmānaḥ
　praviśanti paraṁ padam

“布茹阿玛星球上的居民因他们崇高的地位和状态，而在毁灭时与主布茹阿玛一起直接回归家园，回到首神身边。”

第 2 节

प्रवृत्तिलक्षणश्चैव त्रैगुण्यविषयो मुने ।
योऽसावलीनप्रकृतेर्गुणसर्गः पुनः पुनः ॥२॥

pravṛtti-lakṣaṇaś caiva
　traiguṇya-viṣayo mune
yo 'sāv alīna-prakṛter
　guṇa-sargaḥ punaḥ punaḥ

pravṛtti—因倾向 / lakṣaṇaḥ—以……为征象 / ca—还有 / eva—事实上 / traiguṇya—自然三种属性 / viṣayaḥ—视为目标 / mune—杰出的圣人啊！/ yaḥ—……的 / asau—那 / alīna-prakṛteḥ—没有挣脱玛亚魔掌的人的 / guṇa-sargaḥ—其中包括物质躯体的创造 / punaḥ punaḥ—一次又一次

译文　杰出的圣人舒卡戴瓦·哥斯瓦米啊！生物除非免于物质自然属性的污染，否则就会接受使之享乐或受苦的各种类型的躯体，并因为套着不同的躯体而有不同的倾向和爱好。而为了满足这些喜好，他走上享乐之途，正如您描述过的，有可能被升上天堂星球。

要旨 正如奎师那在《博伽梵歌》第9章的第25节诗中所说：

yānti deva-vratā devān
pitṝn yānti pitṛ-vratāḥ
bhūtāni yānti bhūtejyā
yānti mad-yājino 'pi mām

“崇拜半神人的人，将在半神人中投生；崇拜祖先的人，到祖先那里去；崇拜鬼魂和精灵的人，在那些生物体中投生；崇拜我的人，将与我生活在一起。”由于受物质自然各种属性的影响，生物体有各种倾向，因此最终的归宿各不相同。人只要还有物质性的依恋，就会因为他对物质世界的依恋而想要被提升到天堂星球去。但至尊人格首神宣布说：崇拜我的人到我身边来。倘若我们没有有关至尊主和祂住所的资讯，我们就会只为升上更高的物质地位而努力。但当我们认识到这个物质世界里除了重复生死之外没别的时，我们就会为回归家园、回到首神身边而努力。到达那目的地的人不需要返回这个物质世界(yad gatvā na nivartante tad dhāma paramaṁ mama)。正如《永恒的柴坦亚经》(Caitanya-caritāmṛta)中篇第19章的第151节诗所记载，圣柴坦亚·玛哈帕布(Śrī Caitanya Mahāprabhu)说：

brahmāṇḍa bhramite kona bhāgyavān jīva
guru-kṛṣṇa-prasāde pāya bhakti-latā-bīja

“众生按照各自的活动在整个宇宙中游荡，有的被提升到高等星系，有的则下降到低等星系。在千百万游荡着的生物中，极为幸运的一位靠奎师那的恩典，得到与真正灵性导师联谊的机会。凭奎师那和灵性导师的仁慈，这样的人得到奉爱服务蔓藤的种子。”走享乐之途(pravṛtti-mārga)的众生在宇宙各处游荡，有时上升到高等星系，有时下降到低等星球。这是物质的疾病。当人具有智慧时，他就走上解脱之途(nivṛtti-mārga)。这使他不再继续在这个物质世界里轮回，而是回归家园，回到首神身边。这原本是在人生中必须做的事。

第3节

अधर्मलक्षणा नाना नरकाश्चानुवर्णिताः ।
मन्वन्तरश्च व्याख्यात आद्यः स्वायम्भुवो यतः ॥ ३ ॥

adharma-lakṣaṇā nānā
narakāś cānuvarṇitāḥ
manvantaraś ca vyākhyāta
ādyaḥ svāyambhuvo yataḥ

adharma-lakṣaṇāḥ—以不虔诚的活动为表现 / nānā—各种各样的 / narakāḥ—地狱 / ca—还有 / anuvarṇitāḥ—已被描述过的 / manu-antaraḥ—玛努的更换(布茹阿玛的一天中有十四位玛努) / ca—还有 / vyākhyātaḥ—被描述过的 / ādyaḥ—最初的 / svāyambhuvaḥ—主布茹阿玛的亲生儿子 / yataḥ—在那里

译文　您还描述了从事罪恶活动后会过的各种地狱生活，以及由主布茹阿玛的儿子斯瓦扬布瓦·玛努所管理的第一个曼万塔尔时期。

第4—5节

प्रियव्रतोत्तानपदोर्वंशस्तच्चरितानि च ।
द्वीपवर्षसमुद्राद्रिनद्युद्यानवनस्पतीन् ॥ ४ ॥

धरामण्डलसंस्थानं भागलक्षणमानतः ।
ज्योतिषां विवराणां च यथेदमसृजद्विभुः ॥ ५ ॥

priyavratottānapador
vaṁśas tac-caritāni ca
dvīpa-varṣa-samudrādri-
nady-udyāna-vanaspatīn

dharā-maṇḍala-saṁsthānaṁ
bhāga-lakṣaṇa-mānataḥ
jyotiṣāṁ vivarāṇāṁ ca
yathedam asṛjad vibhuḥ

priyavrata—普瑞亚瓦塔的 / uttānapadoḥ—以及乌塔纳帕德的 / vaṁśaḥ—王朝 / tat-caritāni—他们的特征 / ca—也 / dvīpa—不同的星球 / varṣa—土地 / samudra—汪洋和海 / adri—山脉 / nadī—河流 / udyāna—花园 / vanaspatīn—和树 / dharā-maṇḍala—地球星球的 / saṁsthānam—情况 / bhāga—根据划分 / lakṣaṇa—不同的征象 / mānataḥ—和大小 / jyotiṣām—太阳和其他发光体的 / vivarāṇām—低等星系的 / ca—和 / yathā—正如 / idam—这 / asṛjat—创造 / vibhuḥ—至尊人格首神

译文 我亲爱的大人，您描述了普瑞亚瓦塔王和乌塔纳帕德王的王朝及特征。至尊人格首神创造了这个物质世界；物质世界中有各种宇宙、星系，以及其上有特性各不相同的汪洋大海、山脉、河流、花园和树木的不同天体。您很清楚地描述了这些星球和生活其上的生物体。

要旨 这节诗中的最后一句梵文(yathedam asṛjad vibhuḥ)清楚地说明，至尊者——伟大全能的人格首神，创造了其中有各种行星和恒星等的整个物质世界。无神论者试图遮盖“神无所不在”的事实，但却无法解释，如果没有高度的智慧和全能的力量在背后操作，所有这些创造如何能够存在。光是靠想象或推测来了解真相，就只是在浪费时间。在《博伽梵歌》第10章的第8节诗中，至尊主说：我是一切的源头（ahaṁ sarvasya prabhavo），存在的一切都由我发散出（mattaḥ sarvaṁ pravartate）；谁彻底明白一切都因我的全能而创造，谁就坚定不移地做奉爱服务，全心全意地投靠在我的莲花足旁（iti matvā bhajante māṁ budhā bhāva-samanvitāḥ）。不幸的是，无知之人无法立刻了解奎师那的至高无上的地位。然而，人们如果与奉献者联谊，阅读权威的典籍，他们就有可能逐渐具有正确的了解，尽管这也许要花费许许多多生世的时间。正如奎师那在《博伽梵歌》第7章的第19节诗中说：

bahūnāṁ janmanām ante
jñānavān māṁ prapadyate
vāsudevaḥ sarvam iti
sa mahātmā sudurlabhaḥ

"经过许许多多次生死后，一个真正处在知识层面上的人就会皈依我，知道我是一切原因的起因，是一切。这样的灵魂伟大而又罕见。"华苏戴瓦(Vāsudeva)——奎师那，是一切的创造者，祂的能量以各种方式展示。正如《博伽梵歌》第7章的第4—5节诗所解释的：灵性能量——生物，与物质能量(bhūmir āpo 'nalo vāyuḥ)的组合，存在于每一个创造中。因此，同样的原理是，至尊灵魂与物质元素的组合，是宇宙展示的起因。

第6节

अधुनेह महाभाग यथैव नरकान्नरः ।
नानोग्रयातनान्नेयात्तन्मे व्याख्यातुमर्हसि ॥ ६ ॥

adhuneha mahā-bhāga
yathaiva narakān naraḥ
nānogra-yātanān neyāt
tan me vyākhyātum arhasi

adhunā－现在／iha－在这个物质世界里／mahā-bhāga－有巨大的财富及好运的舒卡戴瓦·哥斯瓦米啊／yathā－以至于／eva－确实／narakān－囚禁不虔诚之人的地狱般的处境／naraḥ－人类／nānā－各种各样的／ugra－可怕的／yātanān－受苦的处境／na īyāt－就能不经历／tat－那／me－向我／vyākhyātum arhasi－请描述

译文 拥有巨大的好运及财富的舒卡戴瓦·哥斯瓦米啊！现在请告诉我，怎么才能使人类避免遭受可怕的地狱般的痛苦。

要旨 在第5篇的第26章中，舒卡戴瓦·哥斯瓦米解释，从事罪恶活动的人被迫进入地狱星球受苦。现在，身为奉献者的帕瑞克西特王在考虑如何能阻止这种情况的发生。外士纳瓦“忧天下之人而忧(para-duḥkha-duḥkhī)”；换句话说，他没有对个人的忧虑，而是在看到其他生物体受苦时感到很不高兴。帕拉德王 (Prah-lāda Mahārāja) 说：“我的主，我因为学会了如何赞美您超然的品质而进入心醉神迷的全神贯注状态，所以没有个人的问题。但我确实有一个问题，因为我一直担心这些忙忙碌碌地追求短暂的快乐(māyā-sukha)，却没有关于为您做奉爱服务知识的无赖和傻瓜。”这是外士纳瓦面对的问题。外士纳瓦因为完全托庇于至尊人格首神，所以没有个人的问题；但由于他同情堕落、受制约的灵魂，他总是想各种计划，努力将他们救出在这个躯体和下一个躯体中所过的地狱般的生活。正因为如此，帕瑞克西特王焦急地想从舒卡戴瓦·哥斯瓦米那里了解，怎样才能把人类从滑向地狱的状态中拯救出来。这样，他也就可以向他人解释，他们如何才能得救了。智者必须运用这些教导。但不幸的是，整个世界都缺乏奎师那意识，所以人们都因愚昧无知而受苦，甚至不相信这一生结束后还有生命。他们近乎疯狂地追逐物质享乐，因此要让他们相信有来生十分困难。然而我们的责任，以及所有明智之人的责任，是拯救他们。帕瑞克西特王是能拯救他们的人的代表。

第7节

श्रीशुक उवाच
न चेदिहैवापचितिं यथांहसः

कृतस्य कुर्यान्मनउक्तपाणिभिः ।
ध्रुवं स वै प्रेत्य नरकानुपैति
ये कीर्तिता मे भवतस्तिग्मयातनाः ॥ ७ ॥

śrī-śuka uvāca
na ced ihaivāpacitiṁ yathāṁhasaḥ
kṛtasya kuryān mana-ukta-pāṇibhiḥ
dhruvaṁ sa vai pretya narakān upaiti
ye kīrtitā me bhavatas tigma-yātanāḥ

śrī-śukaḥ uvāca－圣舒卡戴瓦·哥斯瓦米说 / na－不 / cet－如果 / iha－在这一生中 / eva－无疑地 / apacitim－抵消、赎罪 / yathā－以适当的方式 / aṁhasaḥ kṛtasya－人从事了罪恶活动 / kuryāt－从事 / manaḥ－运用心 / ukta－话语 / pāṇibhiḥ－和用感官 / dhruvam－无疑地 / saḥ－那人 / vai－确实 / pretya－死后 / narakān－各种不同的地狱处境 / upaiti－到达 / ye－……的 / kīrtitāḥ－已被描述 / me－由我 / bhavataḥ－向你 / tigma-yātanāḥ－在有可怕的痛苦的……中

译文　舒卡戴瓦·哥斯瓦米回答说：我亲爱的君王，人在死亡前如不按照《玛努法典》和其他宗教典籍中所讲述的适当的赎罪方法去做，抵消今生用心、话语和身体从事过的罪恶活动，无疑就会在死后进入地狱星球，经历我之前给你描述的可怕的痛苦。

要旨　圣维施瓦纳特·查夸瓦尔提·塔库尔(Viśvanātha Cakravartī Ṭhākura)谈到，尽管帕瑞克西特王是纯粹的奉献者，但舒卡戴瓦·哥斯瓦米并没有立刻对他说起有关奉爱服务的力量。正如《博伽梵歌》第14章的第26节诗说：

māṁ ca yo 'vyabhicāreṇa
bhakti-yogena sevate

sa guṇān samatītyaitān
brahma-bhūyāya kalpate

"在任何情况下都全心全意地做奉爱服务，就能立即超越物质自然属性，达到梵的层面。"奉爱服务是那么有力，如果人完全投靠奎师那，全心全意地为祂做奉爱服务，他罪恶生活的反应就会立刻停止。

在《博伽梵歌》第18章的第66节诗中，主奎师那敦促人们要放弃其他职责，只投靠、服从祂。祂在其中承诺说："我将把你从所有的恶报中解救出来(ahaṁ tvāṁ sarva-pāpebhyo mokṣayiṣyāmi)。"帕瑞克西特王的灵性导师舒卡戴瓦·哥斯瓦米，在回答他的问题时，本可以立刻解释奉爱(bhakti)的原则和原理，但为了检测他的智慧，便先谈了功利性活动之途上的赎罪的部分。有八部权威的经典对功利性活动给予指示，其中有被称为宗教典籍(dharma-śāstras)的《玛努法典》(Manu-saṁhitā)。这些经典建议人们靠从事其他类型的功利性活动抵消其恶行产生的结果。这是舒卡戴瓦·哥斯瓦米首先给帕瑞克西特王推荐的途径；事实是：不走奉爱服务之途的人必须遵守这些经典结论，靠从事虔诚活动抵消其恶行产生的结果。这称为赎罪。

第8节

तस्मात्पुरैवाश्विह पापनिष्कृतौ
यतेत मृत्योरविपद्यतात्मना ।
दोषस्य दृष्ट्वा गुरुलाघवं यथा
भिषक्चिकित्सेत रुजां निदानवित् ॥ ८ ॥

tasmāt puraivāśv iha pāpa-niṣkṛtau
yateta mṛtyor avipadyatātmanā
doṣasya dṛṣṭvā guru-lāghavaṁ yathā
bhiṣak cikitseta rujāṁ nidānavit

tasmāt—因此 / purā—之前 / eva—确实 / āśu—很快 / iha—在这一生 / pāpa-niṣkṛtau—为了免于恶报 / yateta—人应该努力 / mṛtyoḥ—死亡 / avipadyata—不被疾病和老化困扰 / ātmanā—与一个躯体 / doṣasya—罪恶活动的 / dṛṣṭvā—估计 / guru-lāghavam—严重或轻微 / yathā—就像 / bhiṣak—医生 / cikitseta—会治疗 / rujām—疾病的 / nidāna-vit—有丰富的诊断经验的人

译文　因此，在死亡到来之前，人只要身体足够强壮，就该迅速采用经典中讲述的适当的赎罪方法；否则，随着时间的流逝，他的罪恶就会增加。正如经验丰富的医生作出诊断并按照疾病的严重程度给予治疗，人应该按照自身罪恶的严重程度赎罪。

要旨　《玛努法典》等宗教典籍中规定，谋杀犯应该被绞死，用他自己的生命赎罪。过去，全世界都遵循这一做法，但人们自从变成无神论者后便阻止了死刑。这样做并不明智。这节诗中说，知道如何诊断疾病的医生，按照病情开药。如果病情严重，就必须用强效药。谋杀犯罪孽深重，因此按照《玛努法典》，凶手必须被处死。政府以处死凶手的方式向他展示仁慈，因为如果凶手在此生不被处死，他就会在来生被杀并在今后的许多生世中被迫受苦。人们不知道有关来生及物质自然复杂精细的运作，因此制定他们自己的法律，但其实应该查阅经典(śāstra)中已给出的训谕，并正确地按照指示行事。在印度，直至今日，印度人的团体还经常就如何抵消罪恶活动反映的问题征求专家学者的意见。基督教教义中也记载着忏悔告解和赎罪的程序。因此，赎罪是必须做的，而人们必须按照恶行的严重程度赎罪。

第 9 节

श्रीराजोवाच
दृष्टश्रुताभ्यां यत्पापं जानन्नप्यात्मनोऽहितम् ।
करोति भूयो विवशः प्रायश्चित्तमथो कथम् ॥ ९ ॥

śrī-rājovāca
dṛṣṭa-śrutābhyāṁ yat pāpaṁ
jānann apy ātmano 'hitam
karoti bhūyo vivaśaḥ
prāyaścittam atho katham

śrī-rājā uvāca－帕瑞克西特王回应 / dṛṣṭa－通过看 / śrutābhyām－也通过听(从经典) / yat－由于 / pāpam－罪恶的、犯罪行为 / jānan－知识 / api－虽然 / ātmanaḥ－他自己的 / ahitam－有害的 / karoti－他做出 / bhūyaḥ－一次又一次 / vivaśaḥ－不能控制自己 / prāyaścittam－赎罪 / atho－因此 / katham－有什么价值

译文 帕瑞克西特王说：人也许知道罪恶活动对自己有害，因为他实际上见过罪犯受到政府的惩罚、大众的谴责，也听经典和博学的学者说过，从事罪恶活动的人下一生被抛进地狱般的处境中。但尽管有这样的知识，人还是身不由已地再三犯罪，哪怕是从事过赎罪活动也不例外。因此，这样的赎罪有什么用？

要旨 在某些宗教教派中规定，罪犯去找牧师或神父忏悔他的恶行并付一定的罚金就可以了。然而，那罪犯会再次去犯同样的罪，会再回来找牧师或神父告解。这是职业罪犯的做法。帕瑞克西特王的话表明，甚至在五千年前，罪犯们就通过这种做法赎罪，但随后还会再犯同样的罪，就仿佛是身不由己这样做的。因此，帕瑞克西特王根据他的实际经验看到，这种重复犯罪、赎罪的程序毫无意义。依恋感官享乐的人无论受过多少次惩罚，还会再三犯罪，直到他受到训练，能戒除感官享乐的活动。这节诗中

所用的“不能控制自己(vivaśa)”一词表明，就连不想要犯罪的人都会因为习惯而身不由己地作恶。为此，帕瑞克西特王认为，赎罪的做法所能起到的救人不再犯罪的效果极其微小，在下一节诗中，他进一步说明他排斥这一做法。

第 10 节

क्वचिन्निवर्ततेऽभद्रात्क्वचिच्चरति तत्पुनः ।
प्रायश्चित्तमथोऽपार्थं मन्ये कुञ्जरशौचवत् ॥१०॥

kvacin nivartate 'bhadrāt
kvacic carati tat punaḥ
prāyaścittam atho 'pārthaṁ
manye kuñjara-śaucavat

kvacit—有时 / nivartate—停止 / abhadrāt—罪恶活动 / kvacit—有时 / carati—犯下 / tat—那(罪恶活动) / punaḥ—再次 / prāyaścittam—赎罪的过程 / atho—因此 / apārtham—毫无用途 / manye—我认为 / kuñjara-śaucavat—恰似大象的沐浴

译文　有时，十分小心不要从事罪恶活动的人，会再次成为罪恶生活的受害者。为此，我认为这种重复犯罪和赎罪的过程毫无用途。它就像大象的沐浴。因为大象洗净全身后一旦回到岸上，又再次将尘土撒遍全身和头上。

要旨　当帕瑞克西特王询问人如何能使自己不再从事罪恶活动，因此不必在死后被迫下地狱时，舒卡戴瓦·哥斯瓦米回答说，抵消罪恶生活的做法是赎罪。舒卡戴瓦·哥斯瓦米以此方式检测帕瑞克西特王的智慧，而帕瑞克西特王否定这种做法是真正有效的做法，以此通过了考试。现在，帕瑞克西特王期望从他灵性导师舒卡戴瓦·哥斯瓦米那里得到另一种答案。

第 11 节

श्रीबादरायणिरुवाच
कर्मणा कर्मनिर्हारो न ह्यात्यन्तिक इष्यते ।
अविद्वदधिकारित्वात्प्रायश्चित्तं विमर्शनम् ॥११॥

śrī-bādarāyaṇir uvāca
karmaṇā karma-nirhāro
na hy ātyantika iṣyate
avidvad-adhikāritvāt
prāyaścittaṁ vimarśanam

śrī-bādarāyaṇiḥ uvāca一维亚萨戴瓦的儿子舒卡戴瓦·哥斯瓦米回答道 / karmaṇā一靠功利性活动 / karma-nirhāraḥ一对功利性活动的抵消 / na一不 / hi一事实上 / ātyantikaḥ一最终 / iṣyate一成为可能 / avidvat-adhikāritvāt 一从没有知识 / prāyaścittam 一真正的赎罪 / vimar-śanam一精通韦丹塔知识

译文 维亚萨戴瓦的儿子舒卡戴瓦·哥斯瓦米回答道：亲爱的君王，从事抵消恶行的活动也是功利性活动，所以这些活动并不能使人去除怀着功利性心态从事活动的倾向。只是一味地遵守赎罪规范原则的人根本没智慧。事实上，他们受愚昧属性的控制。人除非不受愚昧属性的影响，否则试图用一种活动抵消另一种活动毫无用途，因为那并不能根除人的欲望。那使人哪怕表面看很虔诚，但无疑会有从事不虔诚活动的倾向。因此，真正的赎罪是用完美的知识——韦丹塔教育自己，这知识使人了解至尊绝对真理。

要旨 灵性导师(guru)舒卡戴瓦·哥斯瓦米考验帕瑞克西特王，而君王拒绝接受功利性活动的赎罪程序，因为赎罪程序也是功利性活动。就这样，君王通过了第一道考试。现在，舒卡戴瓦·哥斯瓦米建议知识思辨的程序。他建议从功利性活动的层面上升到知识思辨的层面说："真正的赎罪是使自己充满知识(prāyaścittaṁ vimarśanam)。"梵文"精通韦丹塔知识(vimarśana)"一词是指，培养思辨性的知识。《博伽梵歌》中把缺乏知识的功利性活动者(karmī)比作蠢驴。在《博伽梵歌》第7章的第15节诗中，奎师那说：

na māṁ duṣkṛtino mūḍhāḥ
prapadyante narādhamāḥ
māyayāpahṛta-jñānā
āsuraṁ bhāvam āśritāḥ

"邪恶之徒不皈依我。他们分别是，粗俗的愚氓，最低贱的人，被假象窃取了知识的人，以及有不信神的恶魔本性的人。"因此，从事罪恶活动且不知道生命的真正目标的功利性活动者，被称为蠢驴(mūḍha)。但《博伽梵歌》第15章的第15节诗中也解释了"精通韦丹塔知识(vimarśana)"这个词，其中记载奎师那的话说：研究韦达经的目的是要了解至尊人格首神(vedaiś ca sarvair aham eva vedyaḥ)。如果研究韦丹塔(Vedānta)的人只不过增加了一些思辨性的知识，但却并不了解至尊主，那他就继续停留在蠢驴(mūḍha)的状态中。正如《博伽梵歌》第7章的第19节诗所说：了解奎师那并投靠服从祂的人获得真正的知识(bahūnāṁ janmanām ante jñānavān māṁ prapadyate)。所以，要想成为博学之人，清除物质污染，人应该努力了解奎师那，因为这将使人立刻从一切虔诚与不虔诚的活动及其报应中解脱出来。

第 12 节

नाश्नतः पथ्यमेवान्नं व्याधयोऽभिभवन्ति हि ।
एवं नियमकृद्राजन् शनैः क्षेमाय कल्पते ॥१२॥

nāśnataḥ pathyam evānnaṁ
vyādhayo 'bhibhavanti hi

evaṁ niyamakṛd rājan
 śanaiḥ kṣemāya kalpate

na—不 / aśnataḥ—那些吃……的人 / pathyam—适当的 / eva—确实 / annam—食物 / vyādhayaḥ—不同种类的疾病 / abhibhavanti—克服 / hi—确实 / evam—同样 / niyama-kṛt—按照规定原则做的人 / rājan—君王啊! / śanaiḥ—逐渐地 / kṣemāya—为了安康 / kalpate—变得

译文 我亲爱的君王,病人如果按照医生的规定吃纯净、无污染的食物,就会逐渐康复,疾病便不能再侵扰他。同样道理,人如果按照知识中给予的规定做,就会逐渐清除物质的污染。

要旨 人如果培养知识,哪怕是通过心智思辨并严格按照经典中指示的规定原则和下一节诗的解释做,都会逐渐得到净化。所以,知识思辨(jñāna)高于功利性活动(karma)。从事功利性活动的人随时都有坠落到地狱的机会,但处在知识思辨层面上的人尽管还没有完全去除污染,但得到保护不必过地狱生活。困难之处在于,在知识思辨层面上的人会认为自己已经解脱了,已经成为至尊神纳茹阿亚纳了。这是愚昧的另一个阶段。

ye 'nye 'ravindākṣa vimukta-māninas
 tvayy asta-bhāvād aviśuddha-buddhayaḥ
āruhya kṛcchreṇa paraṁ padaṁ tataḥ
 patanty adho 'nādṛta-yuṣmad-aṅghrayaḥ

(《圣典博伽瓦谭》10.2.32)

由于愚昧,人推测自己已经清除了物质污染,尽管事实并非如此。所以,哪怕是上升到了解梵(brahma jñāna)的层面上的人,还是会因没托庇于奎师那的莲花足而坠落。但是,知识思辨者(jñānī)至少知道什么是罪恶的,什么是虔诚的,并小心谨慎地按照经典的训谕行事。

第 13—14 节

तपसा ब्रह्मचर्येण शमेन च दमेन च ।
त्यागेन सत्यशौचाभ्यां यमेन नियमेन वा ॥१३॥

देहवाग्बुद्धिजं धीरा धर्मज्ञाः श्रद्धयान्विताः ।
क्षिपन्त्यघं महदपि वेणुगुल्ममिवानलः ॥१४॥

tapasā brahmacaryeṇa
śamena ca damena ca
tyāgena satya-śaucābhyāṁ
yamena niyamena vā

deha-vāg-buddhijaṁ dhīrā
dharmajñāḥ śraddhayānvitāḥ
kṣipanty aghaṁ mahad api
veṇu-gulmam ivānalaḥ

tapasā—借由苦修或自愿拒绝物质享乐 / brahmacaryeṇa—借由独生禁欲(第一种苦修) / śamena—借由控制心智 / ca—和 / damena—借由完全控制感官 / ca—还有 / tyāgena—借由给善行自愿布施 / satya—借由真诚 / śaucābhyām—以及借由遵循规定来保持内在和外在的清洁 / yamena—借由避免谩骂和暴力 / niyamena—借由有规律地吟诵、吟唱至尊主的圣名 / vā—和 / deha-vāk-buddhi-jam—透过身体、话语和心念从事 / dhīrāḥ—那些头脑清醒的人 / dharma-jñāḥ—精通宗教原则的知识 / śraddhayā anvitāḥ—满怀信心 / kṣipanti—摧毁 / agham—所有种类的罪恶活动 / mahat api—虽然罪大恶极 / veṇu-gulmam—竹子下面的干燥藤蔓 / iva—如同 / analaḥ—火

译文　要做到注意力集中，就必须过禁欲生活，不堕落。人必须自愿苦修，停止感官享乐；必须随后控制自己的心智和感官，布施、诚实、保持清洁、非暴力，遵守规范原则，有规律地吟诵、吟唱至尊主的圣名。这样，了解宗教原

则的头脑清醒的忠诚之人，就可以暂时清除他曾经用身体、话语和心念从事过的一切罪恶。这些罪恶恰似一根竹子下面的蔓藤上的枯叶，尽管蔓藤的叶子也许被火烧毁，但根部一旦有机会就会立刻生长。

要旨 韦达经(smṛti-śāstra)中解释“苦修(tapaḥ)”一词的意思是：“完全控制住心念和感官，使它们完全集中在一类活动上，被称为苦修。”我们的奎师那意识运动就是教导人们如何全神贯注于奉爱服务。这是一流的苦修。独身禁欲的学生生活阶段(brah-macarya)有八个要注意的方面，即：不该想女人，不该谈论性生活，不该与女人调情、嬉戏，不该好色地看女人，不该与女人有亲密的交谈或决定与女人有性关系，也不该为有性生活而努力或过性生活。决定过独身禁欲生活的人甚至不该想或看女人，更不要说与她们交谈了。这称为一流的独身禁欲的学生生活阶段。如果一个过独身禁欲生活的学生(brahmacārī)或托钵僧(sannyāsī)与一个女人在僻静处谈话，自然就有可能在他人不知道的情况下发生性关系。正因为如此，一个完全遵守上述戒律的贞守生根本不会独自与女人谈话。完美的贞守生可以很容易做到控制心念和感官、布施及说真话等。然而，为了能开始这样做，人必须控制舌头和进食。

在奉爱服务的路途(bhakti-mārga)上，人必须通过先控制舌头，严格遵守规范原则(sevonmukhe hi jihvādau svayam eva sphuraty adaḥ)。吟诵、吟唱哈瑞-奎师那玛哈·曼陀(Hare Kṛṣṇa mahā-mantra)，不谈论与奎师那无关的话题，不品尝没给奎师那供奉过的东西，就可以控制住舌头(jihvā)。人如果可以这样控制住舌头，就会自动遵守独身禁欲及其他的净化程序。下一节诗将解释奉爱之途是绝对完美的，因此高于功利性活动之途和知识思辨之途。圣维尔茹阿嘎瓦·阿查尔亚(Vīrarāghava Ācārya)解释说，苦修包括尽可能地严格断食(tapasānāśakena)。圣茹帕·哥斯瓦米(Rūpa Gosvā-mī)也忠告说，吃得太多(atyāhāra)是灵性生活进步的障碍。在《博伽梵歌》第6章的第17节诗中，奎师那也说：

yuktāhāra-vihārasya
　yukta-ceṣṭasya karmasu
yukta-svapnāvabodhasya
　yogo bhavati duḥkha-hā

"进食、睡眠、娱乐和工作都规范化的人，能通过练瑜伽减轻一切物质痛苦。"

第14节诗中的梵文"在任何情况下都不受打扰(dhīrāḥ)"一词意义重大。在《博伽梵歌》第2章的第14节诗中，奎师那告诉阿尔诸纳：

mātrā-sparśās tu kaunteya
　śītoṣṇa-sukha-duḥkha-dāḥ
āgamāpāyino 'nityās
　tāṁs titikṣasva bhārata

"琨缇的儿子啊！正如冬季和夏季轮流到来，短暂的痛苦和快乐时来时去。巴茹阿特的后裔啊！它们来自感官的感觉，人必须学习忍受一切，不受干扰。"物质生活中有许多干扰(adhyātmika, adhidaivika和adhibhautika)。学习在任何情况下都忍受这些干扰的人，被称为头脑清醒的人(dhīra)。

第 15 节

केचित्केवलया भक्त्या वासुदेवपरायणाः ।
अघं धुन्वन्ति कार्त्स्न्येन नीहारमिव भास्करः ॥१५॥

kecit kevalayā bhaktyā
　vāsudeva-parāyaṇāḥ
aghaṁ dhunvanti kārtsnyena
　nīhāram iva bhāskaraḥ

kecit一有些人 / kevalayā bhaktyā一靠做纯粹的奉爱服务 / vāsudeva一向无所不在的至尊人格首神——主奎师那 / parāyaṇāḥ一完全依恋(只依恋做奉爱服务，而不依靠苦修，培养知识或虔诚活动) / agham一一切种类的恶报 / dhunvanti一摧毁 / kārtsnyena一完全地(使罪恶欲望没可能死灰复燃) / nīhāram一雾 / iva一如同 / bhāskaraḥ一太阳

译文 只有愿意全心全意地为奎师那做纯粹奉爱服务的罕见之人，才能根除罪恶活动的杂草，使它们没可能重新生长。只有做奉爱服务才能做到这一点，正如太阳的光芒可以立刻驱散雾气一样。

要旨 在前一节诗中，舒卡戴瓦·哥斯瓦米举例说明竹子下面的蔓藤虽然其上的干叶子有可能被火全部烧成灰烬，但蔓藤本身却可以再次生长，因为它的根还在土壤中。同样，培养知识但却没兴趣做奉爱服务的人因为心中罪恶的欲望没被连根拔除，所以那些欲望就有可能再次浮现。正如《圣典博伽瓦谭》第10篇第14章的第4节诗说：

śreyaḥ-sṛtiṁ bhaktim udasya te vibho
klišyanti ye kevala-bodha-labdhaye

花费巨大的精力进行知识思辨的人，通过分辨罪恶和虔诚活动得到对物质世界的详细了解，但如果不处在做奉爱服务的状态中，就会有从事物质活动的倾向。他们有可能坠落，卷入功利性活动。可是，如果一个人变得依恋做奉爱服务，他的物质享乐欲望就会在没做额外努力的情况下自动被征服。具有高度奎师那意识的人，自然厌恶物质活动，无论它们是罪恶的还是虔诚的，都不例外。那是对是否有奎师那意识的检验。生物作为奎师那永恒的仆人，根本不需要为个人的感官享乐而行事，因此其实是愚昧导

致人从事虔诚或罪恶的活动。所以，人一旦回到做奉爱服务的层面上，他便放弃对虔诚或不虔诚活动的执著，而只关心什么会使奎师那满意。奉爱(bhakti)之法，也就是为奎师那做奉爱服务(vāsudeva-parāyaṇa)，使人清除一切活动的报应。

由于帕瑞克西特王是伟大的奉献者，他灵性导师舒卡戴瓦·哥斯瓦米就有关功利性活动和知识思辨活动给予的回答便不能满足他。为此，很清楚自己门徒的内心的舒卡戴瓦·哥斯瓦米，解释了奉爱服务的超然极乐。这节诗中用的“少数几个人，但不是全部(kecit)”一词说明，不是所有的人都能变得具有奎师那意识。正如奎师那在《博伽梵歌》第7章的第3节诗中解释的：

manuṣyāṇāṁ sahasreṣu
kaścid yatati siddhaye
yatatām api siddhānāṁ
kaścin māṁ vetti tattvataḥ

“在千百万人中，也许只有一个人力求达到完美，而在达到完美的人中，很难有一个人真正了解我。”几乎没有人完全、真正地了解奎师那，因为靠虔诚活动或得到最高级的思辨性知识，无法了解奎师那。事实上，有最高的知识意味着了解奎师那。不了解奎师那的没有智慧的人十分骄傲，以为他们是解脱的或自己成了奎师那、纳茹阿亚纳。这是愚昧。

为表明奉爱服务的纯洁性，圣茹帕·哥斯瓦米在《奉爱服务的纯粹甘露之洋》(Bhakti-rasāmṛta-sindhu)第1篇第1章的第11节诗中说：

anyābhilāṣitā-śūnyaṁ
jñāna-karmādy-anāvṛtam
ānukūlyena kṛṣṇānu-
śīlanaṁ bhaktir uttamā

“应该不带想获得物质利益、靠从事功利性活动获利或进行哲学思辨的欲望，善意地为至尊主奎师那做超然的爱心服务。这就是纯粹的奉爱服务。”圣茹帕·哥斯瓦米进一步解释说：人如果做奉爱服务，所有种类不必要的劳作和物质痛苦就会全部停止；人得到一切好运(kleśaghnī śubhadā)。奉爱服务是如此强大有力，经典中也说，它甚至使解脱显得微不足道(mokṣa-laghutākṛt)。

非奉献者倾向于从事罪恶活动，所以必定经历物质困苦。愚昧使他们的内心继续想要从事罪恶活动。这些恶行被分为初级罪恶(pātaka)、更严重的罪(mahā-pātaka)和最严重的罪(atipātaka)三类；还被分为使人现在受苦的恶报(prārabdha)和潜在的痛苦根源(aprārabdha)两类。这些恶行的种子不被察觉，但它们数不胜数，没人能追查出是什么时候被播下的。已经结果的恶报(prārabdha)，使人在低等人家中出生或遭受其他的痛苦。

然而，人一旦开始做奉爱服务，他的那些已经结果的、尚未结果的和处在种子状态等所有阶段的恶报都将被消灭。在《圣典博伽瓦谭》第11篇第14章的第19节诗记载，主奎师那告诉乌达瓦(Uddhava)：

yathāgniḥ susamṛddhārciḥ
karoty edhāṁsi bhasmasāt
tathā mad-viṣayā bhaktir
uddhavaināṁsi kṛtsnaśaḥ

“我亲爱的乌达瓦，与我有关的奉爱服务恰似熊熊烈火，可以将泼向它的一切罪恶活动的燃料烧成灰烬。”就奉爱服务如何击败恶报这一点，《圣典博伽瓦谭》第3篇第33章的第6节诗记载，主卡皮拉戴瓦(Kapiladeva)在教导祂母亲黛瓦瑚缇(Devahūti)时，黛瓦瑚缇说：

yan-nāmadheya-śravaṇānukīrtanād
yat-prahvaṇād yat-smaraṇād api kvacit
śvādo 'pi sadyaḥ savanāya kalpate
kutaḥ punas te bhagavan nu darśanāt

“不要说面对面地看至尊人的那些灵性进步之人了，就连出生在吃狗肉者家庭中的人，如果一旦说出至尊人格首神的圣名，或者歌唱有关祂的一切，聆听有关祂的娱乐活动，向祂顶礼或甚至想起祂，都会变得立刻有资格举行韦达祭祀。”

《莲花往世书》(Padma Purāṇa)中有一段声明说，内心始终依恋为主维施努做奉爱服务的人，立刻免除所有的恶报。这些报应一般处于四个阶段，其中有些很快就会产生结果，有些还是种子的形式，有些尚未展现，而有些正在展现。奉爱服务使所有这些报应立刻作废。当人心中有奉爱之情时，要从事罪恶活动的欲望便没有立足之地。愚昧无知，也就是忘记自己是神的永恒仆人的原本地位和状态，导致人从事罪恶活动；但当人充满奎师那意识时，他认识到自己是神永恒的仆人。

就有关这一点，圣吉瓦·哥斯瓦米解释，奉爱服务应该分为两类：第一类是怀着信心和爱持续不断地做的奉爱服务(santatā)；第二类是并非持续不断，而是断续做的奉爱服务(kādācitkī)。持续不断做的奉爱服务(santatā)也可以被分为两类：一类是带着轻微的依恋所做的服务，另一类是怀着爱不由自主地做的奉爱服务。断续做的奉爱服务(kādācitkī)可以被分为三类：一类是几乎怀着依恋之情做的(rāgābhāsamayī)；一类是没有对神不由自主的爱，而是因为喜欢做服务而做的(rāgābhāsa-śūnya-svarūpa-bhūtā)；第三类是有少许做奉爱服务的倾向(ābhāsa-rūpā)。无论是在哪种状态下做奉爱服务，都不再需要经历赎罪(prāyaścitta)的过程。因此，当人带着轻微的依恋做服务或怀着爱不由自主地做奉爱服务时，赎罪无疑就是多余的了。甚至在有少许做奉爱服务之倾向的阶段(ābhāsa-rūpā)，所有的恶报就已经被连根拔除了。圣吉瓦·哥斯瓦米发表见解说：梵文“完全地(kārtsnyena)”一词的意思是，哪怕人还有作恶的欲望，仅仅是有少许做奉爱服务的倾向就已经征服了那欲望的根源。对此，太阳(bhāskara)的例子最恰当。有少许做奉爱服务的倾向，被比喻为是曙光，而人累积的罪恶活动被比作是雾气。由于雾气并不是遍布天空，所以并不需要太阳做得更多；只需要曙光初现，雾气就立刻消散了。同样道理，人哪怕与奉爱服务有一点点接触，他罪恶生活的一切雾气都立刻被清除。

第 16 节

न तथा ह्यघवान् राजन् पूयेत तपआदिभिः ।
यथा कृष्णार्पितप्राणस्तत्पुरुषनिषेवया ॥१६॥

na tathā hy aghavān rājan
pūyeta tapa-ādibhiḥ
yathā kṛṣṇārpita-prāṇas
tat-puruṣa-niṣevayā

na－不 / tathā－正如 / hi－无疑地 / agha-vān－恶贯满盈的人 / rājan－君王啊！ / pūyeta－可以得到净化 / tapaḥ-ādibhiḥ－借由苦修、遵守独身禁欲的原则及其他净化程序 / yathā－就 / kṛṣṇa-arpita-prāṇaḥ－毕生充满奎师那意识的奉献者 / tat-puruṣa-niṣevayā－通过献出一生侍奉奎师那的代表

译文 我亲爱的君王，罪恶之人如果为至尊主真正的奉献者做服务，从而学习如何将自己的生命献给奎师那的莲花足，就能被彻底净化。仅仅靠苦行、赎罪性苦修、过独身禁欲的生活，以及我前面讲过的赎罪的其他方法，无法使人被彻底净化。

要旨 梵文“奎师那的代表(tat-puruṣa)”一词是指灵性导师等传播奎师那意识的人。圣纳若塔玛·达斯·塔库尔说：“有哪个不侍奉真正的灵性导师、理想的外士纳瓦之人，能从玛亚的钳制中被拯救出去(chāḍiyā vaiṣṇava-sevā nistāra pāyeche kebā)？”许多经

典中都阐述了这一概念。《圣典博伽瓦谭》第5篇第5章的第2节诗中说：想要从玛亚的钳制中被拯救出来，就必须与纯粹的奉献者联谊(mahat-sevāṁ dvāram āhur vimukteḥ)。真正的奉献者——伟大的灵魂(mahātmā)，是一天二十四小时都在忙着为至尊主做爱心服务的人。正如奎师那在《博伽梵歌》第9章的第13节诗中所说：

mahātmānas tu māṁ pārtha
daivīṁ prakṛtim āśritāḥ
bhajanty ananya-manaso
jñātvā bhūtādim avyayam

“普瑞塔的儿子啊！不受蒙蔽的伟大灵魂，受神性自然的保护。他们因为知道我是至尊人格首神，是第一位生物，是无穷无尽的，所以全身心投入地做奉爱服务。”因此，伟大的灵魂的表现是：除了为奎师那做服务，不做别的。要想清除恶报，恢复原本就有的奎师那意识，受到爱奎师那的训练，就必须为外士纳瓦做服务。这是为伟大的灵魂做服务(mahātma-sevā)的结果。当然，为纯粹奉献者服务的人，其恶报自然被消除。做奉爱服务并不是为了消除积累起的恶报，而是唤醒我们那沉睡着的对奎师那的爱。恰似第一道曙光出现就驱除雾气，人一旦开始为纯粹的奉献者服务，其恶报自然就被清除，不需要做额外的努力。

“毕生充满奎师那意识的奉献者(kṛṣṇa-arpita-prāṇaḥ)”一句是指献身为奎师那做服务的奉献者，并不是指那些渴望从地狱生活上获得拯救的人。说奉献者只致力于侍奉纳茹阿亚纳或华苏戴瓦(nārāya-ṇa-parāyaṇa或vāsudeva-parāyaṇa)的意思是：华苏戴瓦之途，也就是奉爱之途，是奉献者的生命之魂。《圣典博伽瓦谭》第6篇第17章的第28节诗中说：这样的奉献者不怕去任何地方(nārāyaṇa-parāḥ sarve na kutaścana bibhyati)。世上有通往高等星系的解脱之途，也有通往地狱星球的途径，但把奉爱之途当做生命之魂的奉献者不怕被派往任何地方；无论在哪里，他唯一想要的是记住奎师那。这样的奉献者根本不在乎天堂或地狱；他唯一依恋的是为奎师那做服务。《圣典博伽瓦谭》中说，这样一位奉献者被放进地狱时，就会把这种情况视为是奎师那的仁慈(tat te 'nukampāṁ susamīkṣamāṇaḥ)。他不会抗议说："噢，我是奎师那这么伟大的奉献者，为什么被置于这种痛苦中？"相反，他想："这是奎师那的仁慈。"侍奉奎师那代表的奉献者，才有可能具有这样的心态。这是成功的秘密。

第 17 节

सध्रीचीनो ह्ययं लोके पन्थाः क्षेमोऽकुतोभयः ।
सुशीलाः साधवो यत्र नारायणपरायणाः ॥१७॥

sadhrīcīno hy ayaṁ loke
panthāḥ kṣemo 'kuto-bhayaḥ
suśīlāḥ sādhavo yatra
nārāyaṇa-parāyaṇāḥ

sadhrīcīnaḥ—很恰当 / hi—无疑地 / ayam—这个 / loke—在这世上 / panthāḥ—途径 / kṣemaḥ—吉祥 / akutaḥ-bhayaḥ—没有恐惧 / suśīlāḥ—行为端正 / sādhavaḥ—圣洁之人 / yatra—其中 / nārāyaṇa-parāyaṇāḥ—那些将纳茹阿亚纳及奉爱服务视为是他们自己的生命之魂的人

译文 行为端正且具有最优秀品质的纯粹奉献者所走的路，无疑是这个物质世界里最吉祥的路。它由经典批准，走在其上没有恐惧。

要旨 不该以为走奉爱服务之途的人，是无法按韦达经功利性活动之部中的推荐举行仪式性典礼，或没受过足够教育可以对灵性主题进行思辨的人。假象宗人士(Māyāvādī)通常都宣称说，奉爱之途是为女人和文盲而设的。这是毫无根据地说法。哥斯瓦米们、主柴坦亚·玛哈帕布和茹阿玛努佳查尔亚(Rāmānujā-cārya)等最有学问的学者，都走奉爱之途。他们都是真正走奉爱之途的人。人无论受没受过教育或是不是贵族，都必须走这些权威人士所走过的路。经典中说，人必须走权威人士所走的路(mahājano yena gataḥ sa panthāḥ)。权威人士(mahājana)是那些走奉爱服务之途的人(suśīlāḥ sādhavo yatra nārāyaṇa-parāyaṇāḥ)，这些伟大的人物是完美的人。《圣典博伽瓦谭》第5篇第18章的第12节诗说：

yasyāsti bhaktir bhagavaty akiñcanā
sarvair guṇais tatra samāsate surāḥ

“培养出对至尊人格首神华苏戴瓦纯粹奉爱之心的人，身上将展示出全体半神人所具有的宗教、知识和弃绝等崇高品质。”然而，智力欠佳的人误解奉爱之途，所以宣称那是为无法举行仪式性典礼或思辨知识的人而设的。正如这节诗中的“很恰当(sadhrīcīnaḥ)”一词所证实的，恰当的途径是奉爱之途，而不是功利性活动之途和知识思辨之途。假象宗人士也许是行为举止良好的圣洁之人(suśīlāḥ sādhavaḥ)，但他们是否真正取得了灵性进步却令人怀疑，因为他们不接受奉爱之途。相反，走前辈灵性导师所走过的路的人，既是行为举止良好的圣洁之人，更是正在走没有恐惧(akuto-bhaya)之途的人。人应该毫无畏惧地追随十二位伟大的权威人士，进入他们的师徒传承，以此摆脱错觉能量玛亚(māyā)的钳制。

第 18 节

प्रायश्चित्तानि चीर्णानि नारायणपराङ्मुखम् ।
न निष्पुनन्ति राजेन्द्र सुराकुम्भमिवापगाः ॥१८॥

prāyaścittāni cīrṇāni
nārāyaṇa-parāṅmukham
na niṣpunanti rājendra
surā-kumbham ivāpagāḥ

prāyaścittāni 一赎罪的方法 / cīrṇāni 一做得很好 / nārāyaṇa-parāṅ-mukham 一非奉献者 / na niṣpunanti 一不能净化 / rājendra 一君王啊！ / surā-kumbham 一盛酒的罐子 / iva 一如同 / āpa-gāḥ 一河流的水

译文 我亲爱的君王，正如无论用多少条河流中的水都洗不净盛酒的罐子，非奉献者无法靠赎罪的方式得到净化，哪怕做得再好也没用。

要旨 利用赎罪方式的人，必须至少有些奉爱之情，否则就没有机会得到净化。这节诗中清楚地说，就连那些利用韦达经在功利性活动之部(karma-kāṇḍa)和知识思辨活动之部(jñāna-kāṇḍa)中的指示，但却没有丝毫奉爱之情的人，无法只靠走其他这些途径得到净化。“赎罪的方法(prāyaścittāni)”一词是复数，表明功利性活动和知识思辨活动这两种活动。因此，纳若塔玛达斯·塔库尔把功利性活动之途和知识思辨之途比喻为是盛放毒物的罐子(karma-kāṇḍa, jñāna-kāṇḍa, kevala viṣera bhāṇḍa)。酒和毒物同属一类。按照《圣典博伽瓦谭》这节诗的说法，听过很多对奉爱服务之途的介绍但却不喜欢它且没有奎师那意识的人，就像盛酒的罐子。这种人除非接触奉爱服务，否则无法得到净化。

第 19 节

सकृन्मनः कृष्णपदारविन्दयो-
निवेशितं तद्गुणरागि यैरिह ।
न ते यमं पाशभृतश्च तद्भटान्
स्वप्नेऽपि पश्यन्ति हि चीर्णनिष्कृताः ॥१९॥

sakṛn manaḥ kṛṣṇa-padāravindayor
niveśitaṁ tad-guṇa-rāgi yair iha
na te yamaṁ pāśa-bhṛtaś ca tad-bhaṭān
svapne 'pi paśyanti hi cīrṇa-niṣkṛtāḥ

sakṛt—只有一次 / manaḥ—心 / kṛṣṇa-pada-aravindayoḥ—向主奎师那的莲花足 / niveśitam—完全投靠 / tat—奎师那的 / guṇa-rāgi—少许依恋品质、名字、名声与个人随身物品 / yaiḥ—被……的人 / iha—在这个世界 / na—不 / te—这样的人 / yamam—死亡的掌管者阎罗王 / pāśa-bhṛtaḥ—那些带着绳子(要抓罪恶之人)的人 / ca—和 / tat—他的 / bhaṭān—命令执行官 / svapne api—甚至在梦中 / paśyanti—看见 / hi—确实 / cīrṇa-niṣkṛtāḥ—已经按赎罪的正确方式做了

译文 哪怕是对奎师那不完全了解的人，甚至只要有一次全心全意地投靠奎师那的莲花足，变得依恋奎师那的名字、形象、品质和娱乐活动，就完全免于一切恶报，因为他们以此方式接受了赎罪的真正方法。这种皈依的灵魂哪怕是在梦中都看不到阎罗王，或按他的命令用绳子捆绑罪人的执行官。

要旨 在《博伽梵歌》第18章的第66节诗中，奎师那说：

sarva-dharmān parityajya
mām ekaṁ śaraṇaṁ vraja
ahaṁ tvāṁ sarva-pāpebhyo
mokṣayiṣyāmi mā śucaḥ

“抛弃一切种类的宗教，只向我皈依。我将把你从所有的恶报中解救出来。不必害怕！”这节诗中讲述了同样的原则，即：甚至只要有一次全心全意地投靠奎师那的莲花足(sakṛn manaḥ kṛṣṇa-padāravindayoḥ)。学习《博伽梵歌》后决定投靠奎师那的人，立刻免于一切恶报。另一个重点是，舒卡戴瓦·哥斯瓦米好几次重复“奉献者致力于侍奉主纳茹阿亚纳或华苏戴瓦(vāsudeva-parāyaṇa或nārāyaṇa-parāyaṇa)，最后又说“向主奎师那的莲花足(kṛṣṇa-padāravindayoḥ)”，以此表明奎师那是纳茹阿亚纳(Nārāyaṇa)和华苏戴瓦(Vāsudeva)的源头。尽管纳茹阿亚纳和华苏戴瓦与奎师那没有不

同，但只要投靠奎师那，就完全投靠了纳茹阿亚纳、华苏戴瓦和哥文达等奎师那所有的扩展。正如奎师那在《博伽梵歌》第7章的第7节诗中说："我是至高无上的真理(mattaḥ parataraṁ nānyat)。至尊人格首神有许多名字和形象，但奎师那的形象是最高的(kṛṣṇas tu bhaga-vān svayam)。所以，奎师那推荐初习奉献者说，人应该只投靠祂(mām ekam)。初习奉献者无法了解什么是纳茹阿亚纳、华苏戴瓦和哥文达的形象，因此奎师那直接说只投靠祂(mām ekam)，而这节诗中用"向主奎师那的莲花足(kṛṣṇa-padāravindayoḥ)"一句给予支持。此外，《博伽梵歌》中记载，奎师那——华苏戴瓦亲自说话，但并没有记载纳茹阿亚纳亲自说话。所以，遵循《博伽梵歌》的教导就意味着投靠奎师那，而这种皈依是奉爱瑜伽(bhakti-yoga)最高的完美境界。

帕瑞克西特王询问舒卡戴瓦·哥斯瓦米，怎么才能使人得救，不坠入各种地狱生活的环境。在这节诗中，舒卡戴瓦·哥斯瓦米回答道，投靠、服从奎师那的灵魂，无疑不可能去地狱(naraka)。不要说去那里，就连在梦中，他也见不到阎罗王(Yamarāja)或那些带人去地狱的命令执行官。换句话说，人要想拯救自己不坠入地狱生活，就该全心全意地投靠奎师那。"只有一次(sakṛt)"一词意义重大，它表明，如果人真诚地投靠奎师那一次，他就能得到拯救，不至于因为从事过的罪恶活动而坠入地狱，连偶然的几率都没有。正因为如此，在《博伽梵歌》第9章的第30节诗中，奎师那说：

api cet sudurācāro
bhajate mām ananya-bhāk
sādhur eva sa mantavyaḥ
samyag vyavasito hi saḥ

"一个人即使从事过最令人憎恶的活动，但如果做奉爱服务，也就被认为是圣洁的，因为他下的决心是正确的。"哪怕一刻都不忘记奎师那的人，即使偶然犯罪也是安全的。

在《博伽梵歌》第2章的第40节诗中，至尊主还说：

nehābhikrama-nāśo 'sti
pratyavāyo na vidyate
svalpam apy asya dharmasya
trāyate mahato bhayāt

“做这种努力不会失去或减少什么。在这条路上哪怕前进一点点，也能使人得到保护，从而免于最可怕的危险。”

在《博伽梵歌》第6章的第40节诗中，至尊主说：从事吉祥活动的人从不被邪恶势力所征服(na hi kalyāṇa-kṛt kaścid durgatiṁ tāta gacchati)。最吉祥(kalyāṇa)的活动是投靠奎师那。那是使人得救不坠入地狱生活的唯一途径。圣帕博达南达·萨茹阿斯瓦提(Prabodhānanda Sarasvatī)对此证实说：

kaivalyaṁ narakāyate tri-daśa-pūr ākāśa-puṣpāyate
durdāntendriya-kāla-sarpa-paṭalī protkhāta-daṁṣṭrāyate
viśvaṁ pūrṇa-sukhāyate vidhi-mahendrādiś ca kīṭāyate
yat-kāruṇya-kaṭākṣa-vaibhavavatāṁ taṁ gauram eva stumaḥ

投靠奎师那的人所从事的罪恶活动比作是毒牙被拔除了的毒蛇（protkhāta-daṁṣṭrāyate)。这种毒蛇不再令人害怕。当然，人不该凭借投靠奎师那所获得的力量去从事罪恶活动。然而，即使投靠奎师那的人偶尔因为以前的习惯又作了恶，这样的恶行也不再产生毁灭性的影响。所以，人应该紧紧地抓住奎师那的莲花足，在灵性导师的指导下为奎师那服务。这样，在所有的情况下，人都会免于恐惧(akuto-bhaya)。

第 20 节

अत्र चोदाहरन्तीममितिहासं पुरातनम् ।
दूतानां विष्णुयमयोः संवादस्तं निबोध मे ॥२०॥

atra codāharantīmam
itihāsaṁ purātanam
dūtānāṁ viṣṇu-yamayoḥ
saṁvādas taṁ nibodha me

atra—就有关这一点 / ca—也 / udāharanti—他们举了个例子 / imam—这 / itihāsam—(阿佳弥勒的)历史 / purātanam—十分古老的 / dūtānām—命令执行官的 / viṣṇu—主维施努的 / yamayoḥ—以及阎罗王的 / saṁvādaḥ—讨论 / tam—那 / nibodha—试着了解 / me—从我

译文 就有关这一点，博学的学者和圣洁之人讲述了一个很古老的历史事件，其中包含了主维施努的命令执行官和阎罗王的命令执行官之间的对话。请听我讲述这事件。

要旨 往世书(Purāṇa)——宇宙古史，有时受到没智慧的人的忽视；他们认为这些古史描述的都是神话。事实上，往世书或宇宙古史中的描述虽然不按时间的顺序，但都是真实的。往世书所记载的都是上千万年来所发生的最重要的事件。这些事件不仅发生在这个地球上，也发生在这个宇宙中的其他星球上。因此，所有博学并有觉悟的学者们，都以往世书中记载的事件作参考讲话。圣茹帕·哥斯瓦米承认往世书与韦达经(Vedas)本身一样重要。正因为如此，在他的《奉爱服务的纯粹甘露之洋》中，他从《布茹阿玛·亚玛拉》(Brahma-yāmala)中引述如下诗文说：

śruti-smṛti-purāṇādi-
pañcarātra-vidhiṁ vinā
aikāntikī harer bhaktir
utpātāyaiva kalpate

“不按众多的奥义书(Upaniṣads)、往世书和《纳茹阿达·潘查茹阿陀》(Nārada-pañcarātra)等权威韦达文献中的教导为至尊主所做的奉爱服务，对社会来说只不过是没必要的打扰而已。”奎师那的奉献者必须不仅参考韦达经，还要查阅往世书。不该愚蠢地认为往世书是虚构的神话。如果它们是神话，舒卡戴瓦·哥斯瓦米就不会自找麻烦地当众吟诵古史中记载的与阿佳弥勒有关的事件了。这段历史以如下诗文为开端。

第 21 节

कान्यकुब्जे द्विजः कश्चिद्दासीपतिरजामिलः ।
नाम्ना नष्टसदाचारो दास्याः संसर्गदूषितः ॥२१॥

kānyakubje dvijaḥ kaścid
dāsī-patir ajāmilaḥ
nāmnā naṣṭa-sadācāro
dāsyāḥ saṁsarga-dūṣitaḥ

kānya-kubje－在刊亚库布佳城内(一个邻近坎普尔的城镇) / dvijaḥ－布茹阿玛纳 / kaścit－一些 / dāsī-patiḥ－低级女人或妓女的丈夫 / ajāmilaḥ－阿佳弥勒 / nāmnā－名叫 / naṣṭa-sat-ācāraḥ－失去所有布茹阿玛纳品格的 / dāsyāḥ－妓女或女仆的 / saṁsarga-dūṣitaḥ－被这样的交往污染

译文　在刊亚库布佳城内曾有一个名叫阿佳弥勒的布茹阿玛纳。他娶了一个当妓女的女仆，因为与那低级女人在一起而失去了他所有的布茹阿玛纳品格。

要旨　与女人有非法关系的缺陷在于，它使人失去所有的布茹阿玛纳品质。在印度至今仍有被称为庶铎(śūdra)的仆人阶层，他们的女仆妻子被称为庶铎妮(śūdrāṇī)。有些十分好色的男人因为社会习俗严禁他们在社会高阶层中放纵自己去追女人，于是便与这种女仆和清洁女工建立关系。阿佳弥勒——一名年轻、有资格的布茹阿玛纳，由于与一个妓女交往而失去了他所有的布茹阿玛纳品质，但他最后因为开始按奉爱瑜伽的程序练习而获得了拯救。为此，舒卡戴瓦·哥斯瓦米在前一节诗中谈到哪怕只有一次皈依至尊主莲花足(manaḥ kṛṣṇa-padāravindayoḥ)或刚开始练奉爱瑜伽的人。奉爱瑜伽始于聆听和吟诵、吟唱主维施努的圣名 (śrava-ṇaṁ kīrtanaṁ viṣṇoḥ)，例如：哈瑞·奎师那 哈瑞·奎师那 奎师那·奎师那 哈瑞·哈瑞/哈瑞·茹阿玛 哈瑞·茹阿玛 茹阿玛·茹阿玛 哈瑞·哈瑞 (Hare Kṛṣṇa, Hare Kṛṣṇa, Kṛṣṇa Kṛṣṇa, Hare Hare/ Hare Rāma, Hare Rāma, Rāma Rāma, Hare Hare) 这首伟大的曼陀(mahā-mantra)。吟诵、吟唱至尊主的圣名是奉爱瑜伽的开始。所以，圣柴坦亚·玛哈帕布宣布：

harer nāma harer nāma
harer nāmaiva kevalam
kalau nāsty eva nāsty eva
nāsty eva gatir anyathā

"在这个纷争、虚伪的年代中，得救的唯一方法是吟诵、吟唱至尊主的圣名。没有其他方法。没有其他方法。没有其他方法。"吟诵、吟唱至尊主圣名这一方法，总是有最好的效果，但在喀历年代里尤其有效。它的具体效果现在将由舒卡戴瓦·哥斯瓦米透过阿佳弥勒的历史给予解释。阿佳弥勒仅仅因为喊出纳茹阿亚纳的圣名而从阎罗王的手中获得释放。帕瑞克西特王原来提的问题是，如何免于滑向地狱或落入阎罗王的手中。为回答他的问题，舒卡戴瓦·哥斯瓦米以这个古老的历史事件为例，使帕瑞克西特王相信仅以吟诵、吟唱至尊主圣名的为开始的奉爱瑜伽的力量。奉爱瑜伽传承中所有伟大的权威人士都建议，要以吟诵、吟唱奎师那的圣名(tan-nāma-grahaṇādibhiḥ)为开始练奉爱瑜伽。

第22节

बन्द्यक्षैः कैतवैश्चौर्यैर्गर्हितां वृत्तिमास्थितः ।
बिभ्रत्कुटुम्बमशुचिर्यातयामास देहिनः ॥२२॥

bandy-akṣaiḥ kaitavaiś cauryair
garhitāṁ vṛttim āsthitaḥ
bibhrat kuṭumbam aśucir
yātayām āsa dehinaḥ

bandī-akṣaiḥ－因为不必要地拘捕他人 / kaitavaiḥ－因为在赌博或掷骰子时作弊 / cauryaiḥ－因为窃盗 / garhitām－宣告有罪 / vṛttim－职业 / āsthitaḥ－(因为与妓女交往)从事于 / bibhrat－维持 / kuṭumbam－依靠着他的妻子和孩子 / aśuciḥ－罪大恶极的 / yātayām āsa－他制造麻烦 / dehinaḥ－对其他生物体

译文 阿佳弥勒这个堕落的布茹阿玛纳，以拘留他人、在赌博中欺骗他人或直接抢夺等形式给他人制造麻烦。这是他赚钱维持生活、养他妻子和孩子的方式。

要旨 这节诗说明，人仅仅因为放纵自己与妓女发生非法性关系就能变得有多么堕落。与贞节或高贵的女子没可能发生非法性关系，只有与不贞节的庶铎女子才有可能。社会越放宽对妓女和非法性关系的限制，骗子、盗贼、强盗、酒鬼和赌徒就越多。为此，我们首先忠告我们奎师那意识运动中的学生要避免非法性行为，因为它是一切令人讨厌的生活的开始，随后就会逐一地从事吃肉、赌博和酗酒等罪恶活动。要克制不做是很困难的，但人如果全心全意地投靠奎师那，就完全有可能彻底戒除，因为对有奎师那意识的人来说，所有这些可恶的习惯都会逐渐变得令人讨厌。如果社会允许非法性生活的增加，整个社会就会因为充满了流氓、盗贼和骗子等而遭厄运。

第23节

एवं निवसतस्तस्य लालयानस्य तत्सुतान् ।
कालोऽत्यगान्महान् राजन्नष्टाशीत्यायुषः समाः ॥२३॥

evaṁ nivasatas tasya
lālayānasya tat-sutān
kālo 'tyagān mahān rājann
aṣṭāśītyāyuṣaḥ samāḥ

evam—就这样 / nivasataḥ—活着 / tasya—他(阿佳弥勒)的 / lālayānasya—维持 / tat—她(妓女)的 / sutān—儿子们 / kālaḥ—时光 / atyagāt—流逝 / mahān—大量的 / rājan—君王啊！ / aṣṭāśītyā—八十八 / āyuṣaḥ—寿命 / samāḥ—年

译文 亲爱的君王，在他这样为抚养家中的许多儿子而从事令人憎恶的罪恶活动时，时光飞逝，他人生中的八十八年过去了。

第 24 节

तस्य प्रवयसः पुत्रा दश तेषां तु योऽवमः ।
बालो नारायणो नाम्ना पित्रोश्च दयितो भृशम् ॥२४॥

tasya pravayasaḥ putrā
daśa teṣāṁ tu yo 'vamaḥ
bālo nārāyaṇo nāmnā
pitroś ca dayito bhṛśam

tasya—他(阿佳弥勒)的 / pravayasaḥ—年迈的 / putrāḥ—儿子们 / daśa—十个 / teṣām—他们所有的 / tu—但是 / yaḥ—……的人 / avamaḥ—最小的 / bālaḥ—孩子 / nārāyaṇaḥ—纳茹阿亚纳 / nāmnā—名叫 / pitroḥ—父母亲的 / ca—和 / dayitaḥ—宠爱的 / bhṛśam—非常

译文 那个老人阿佳弥勒有十个儿子，其中最小的是个婴幼儿，名叫纳茹阿亚纳。由于纳茹阿亚纳是所有儿子中最小的，他的父母自然都很宠爱他。

要旨 “年迈的(pravayasaḥ)”一词指阿佳弥勒作恶多端，因为尽管他已是八十八岁的高龄，竟还有一个非常小的孩子。按照韦达文化，人一旦到五十岁就该离开家，而不该继续留在家中生孩子。按规定允许人在二十五岁到四十五岁，或最多五十岁期间，过二十五年的性生活。那之后，人应该放弃过性生活的习惯，作为退出家庭生活的人(vānaprastha)离开家，然后在适当的时候进入弃绝阶层(sannyāsa)。可是，阿佳弥勒因为与一个妓女在一起而失去了所有的布茹阿玛纳品德，甚至在过他所谓的居士生活时就已经罪恶滔天了。

第 25 节

स बद्धहृदयस्तस्मिन्नर्भके कलभाषिणि ।
निरीक्षमाणस्तल्लीलां मुमुदे जरठो भृशम् ॥२५॥

sa baddha-hṛdayas tasminn
arbhake kala-bhāṣiṇi
nirīkṣamāṇas tal-līlāṁ
mumude jaraṭho bhṛśam

saḥ—他 / baddha-hṛdayaḥ—很依恋 / tasmin—对那个 / arbhake—小孩子 / kala-bhāṣiṇi—口齿不清但牙牙学语的 / nirīkṣamāṇaḥ—看着 / tat—他的 / līlām—娱乐活动(例如走向父亲或对父亲说话) / mumude—欣赏 / jaraṭhaḥ—老人 / bhṛśam—非常

译文　孩子牙牙学语和蹒跚学步的憨态，令老阿佳弥勒十分喜爱。他总是照顾孩子，欣赏孩子的活动。

要旨　这节诗文明确地说，纳茹阿亚纳这孩子还那么小，甚至不能正常地说话或走路。老阿佳弥勒十分喜爱这孩子，所以享受这孩子的活动，而因为这孩子名叫纳茹阿亚纳，老阿佳弥勒便一直在叫纳茹阿亚纳的圣名。尽管他在叫小孩子，而并不是原本的主纳茹阿亚纳，但纳茹阿亚纳这个名字是如此强大有力，甚至他虽然在叫自己儿子，他都得到净化(harer nāma harer nāma harer nāmaiva kevalam)。正因为如此，圣茹帕·哥斯瓦米宣布，一个人的心如果因为某种原因受到奎师那圣名的吸引(tasmāt kenāpy upāyena manaḥ kṛṣṇe niveśayet)，这个人就走在了解脱的路途上。在印度人社会中，当父母的人习惯给自己的孩子起奎师那达斯(Kṛṣṇadāsa)、哥文达达斯(Govinda dāsa)、纳茹阿亚纳达斯(Nārāyaṇa dāsa)和温达文达斯(Vṛndāvana dāsa)等名字。他们就这样呼唤了奎师那、哥文达、纳茹阿亚纳和温达文等圣名，得到被净化的机会。

第 26 节

भुञ्जानः प्रपिबन् खादन् बालकं स्नेहयन्त्रितः ।
भोजयन् पाययन्मूढो न वेदागतमन्तकम् ॥२६॥

bhuñjānaḥ prapiban khādan
bālakaṁ sneha-yantritaḥ
bhojayan pāyayan mūḍho
na vedāgatam antakam

bhuñjānaḥ－在吃的时候 / prapiban－在喝的时候 / khādan－在咀嚼的时候 / bālakam－向小孩 / sneha-yantritaḥ－因宠爱而依恋 / bho-jayan－喂着 / pāyayan－给东西喝 / mūḍhaḥ－愚蠢的人 / na－不 / veda－明白 / āgatam－已经到来 / antakam－死亡

译文 阿佳弥勒咀嚼食物并咽下时，就叫那孩子跟他一起咀嚼并咽下；他喝东西时，就叫那孩子也跟他一起喝。阿佳弥勒一直不断地照顾那孩子，呼叫他的名字——纳茹阿亚纳，不知不觉自己的时间耗尽，死亡马上就要降临到他身上。

要旨 至尊人格首神对受制约的灵魂很仁慈。尽管这个男人完全忘了主纳茹阿亚纳，但他叫他的孩子说："纳茹阿亚纳，请过来吃这食物。纳茹阿亚纳，请过来喝这牛奶。”因此，他因喜爱儿子而依恋纳茹阿亚纳这名字。这称为在不知不觉的情况下从事虔诚活动(ajñāta-sukṛti)。他叫的虽然是他儿子，但却在不知不觉的情况下呼喊了主纳茹阿亚纳的圣名。至尊人格首神的圣名是如此强大有力，就连他对儿子的呼唤都被计算并记录下来。

第 27 节

स एवं वर्तमानोऽज्ञो मृत्युकाल उपस्थिते ।
मतिं चकार तनये बाले नारायणाह्वये ॥२७॥

sa evaṁ vartamāno 'jño
mṛtyu-kāla upasthite
matiṁ cakāra tanaye
bāle nārāyaṇāhvaye

saḥ—那个阿佳弥勒 / evam—如此 / vartamānaḥ—活着 / ajñaḥ—愚蠢的 / mṛtyu-kāle—当死亡的时间 / upasthite—到来 / matim cakāra—他的心专注 / tanaye—在他儿子身上 / bāle—孩子 / nārāyaṇaāhvaye—……的名字叫纳茹阿亚纳

译文　当死亡的时间靠近愚蠢的阿佳弥勒时，他开始一门心思地只想他儿子纳茹阿亚纳。

要旨　在《圣典博伽瓦谭》第2篇第1章的第6节诗中，舒卡戴瓦·哥斯瓦米说：

etāvān sāṅkhya-yogābhyāṁ
svadharma-pariniṣṭhayā
janma-lābhaḥ paraḥ puṁsāṁ
ante nārāyaṇa-smṛtiḥ

“无论是通过掌握物质及灵性的知识，通过练神通，还是通过完美地履行规定职责，所达到的人生最高的完美境界都是：在人生结束时能记住人格首神。”在死亡来临时，阿佳弥勒因为某种原因自觉或不自觉地喊了纳茹阿亚纳的名字(ante nārāyaṇa-smṛtiḥ)，所以他仅仅因为当时把注意力集中于纳茹阿亚纳的名字而变得完美。

还可以得出结论：由于每一个布茹阿玛纳的家庭都崇拜纳茹阿亚纳·希拉(nārāyaṇa-śilā)，作为布茹阿玛纳的儿子，阿佳弥勒在年轻时也习惯崇拜纳茹阿亚纳。印度至今仍有这一体制；在严格的布茹阿玛纳家中，都有对纳茹阿亚纳的崇拜(nārāyaṇa-sevā)。因此，尽管被污染的阿佳弥勒是在叫他的儿子，但通过把他的注意力集中在纳茹阿亚纳的圣名上，他回忆起自己年轻时忠实地崇拜过的纳茹阿亚纳。

就有关这一点，圣施瑞达尔·斯瓦米表达他的意见说：“按照奉爱瑜伽哲学结论(bhakti-siddhānta)的分析，由于阿佳弥勒一直不断地叫他儿子的名字纳茹阿亚纳，他已经提升到了奉爱的层面上，虽然他自己并不知道这一点(etac ca tad-upalālanādi-śrī-nārāyaṇa-namoccāraṇa-māhātmyena tad-bhaktir evābhūd iti siddhāntopayogitvenāpi draṣṭavyam)。”同样，圣维尔茹阿嘎瓦·阿查尔亚(Vīrarāghava Ācārya)给予的意见是：“阿佳弥勒死亡时叫的虽然是他儿子的名字，但还是把注意力集中在了纳茹阿亚纳的圣名上(evaṁ vartamānaḥ sa dvijaḥ mṛtyu-kāle upasthite satyajño nārāyaṇākhye putra eva matiṁ cakāra matim āsaktām akarod ity arthaḥ)。”对此，圣维佳亚德瓦佳·提尔塔(Vijayadhvaja Tīrtha)给予了同样的意见：

mṛtyu-kāle deha-viyoga-lakṣaṇa-kāle mṛtyoḥ sarva-doṣa-pāpa-harasya harer anugrahāt kāle datta-jñāna-lakṣaṇe upasthite hṛdi prakāśite tanaye pūrṇajñāne bāle pañca-varṣa-kalpe prādeśa-mātre nārāyaṇāhvaye mūrti-viśeṣe matiṁ smaraṇa-samarthaṁ cittaṁ cakāra bhaktyāsmarad ity arthaḥ

大意是：阿佳弥勒在死亡时实际上直接或间接地记起了纳如阿亚纳(ante nārāyaṇa-smṛtiḥ)。

第 28—29 节

स पाशहस्तांस्त्रीन्दृष्ट्वा पुरुषानतिदारुणान् ।
वक्रतुण्डानूर्ध्वरोम्ण आत्मानं नेतुमागतान् ॥२८॥

दूरे क्रीडनकासक्तं पुत्रं नारायणाह्वयम् ।
प्लावितेन स्वरेणोच्चैराजुहावाकुलेन्द्रियः ॥२९॥

sa pāśa-hastāṁs trīn dṛṣṭvā
puruṣān ati-dāruṇān
vakra-tuṇḍān ūrdhva-romṇa
ātmānaṁ netum āgatān

dūre krīḍanakāsaktaṁ
putraṁ nārāyaṇāhvayam
plāvitena svareṇoccair
ājuhāvākulendriyaḥ

saḥ—那人(阿佳弥勒) / pāśa-hastān—他们手持绳索 / trīn—三个 / dṛṣṭvā—看着 / puruṣān—人 / ati-dāruṇān—他们的形象非常可怕 / vakra-tuṇḍān—有着狰狞的面孔 / ūrdhva-romṇaḥ—体毛直竖 / ātmānam—灵魂 / netum—要带走 / āgatān—到达 / dūre—在不远处 / krīḍanaka-āsaktam—正在玩耍 / putram—他的孩子 / nārāyaṇa-āhva-yam—名叫纳茹阿亚纳 / plāvitena—泪流满面 / svareṇa—用他的声音 / uccaiḥ—很大声地 / ājuhāva—呼喊 / ākula-indriyaḥ—充满焦虑

译文 接着，阿佳弥勒看到三个身体畸形丑陋、面孔狰狞、体毛直竖的难以对付的人物。他们手持绳索，要来把他带到阎罗王的驻地去。阿佳弥勒看到他们时困惑不已；他因为依恋他那在附近玩耍的小儿子，开始大声呼叫儿子的名字。他就这样眼含泪水地呼喊了至尊主纳茹阿亚纳的圣名。

要旨 用自己的身、心和话语从事罪恶活动的人，死后会被阎罗王的命令执行官带走。正因为如此，有三个阎罗王的命令执行官从阎罗王的住所来带走阿佳弥勒。幸运的是，阿佳弥勒叫的虽然是他儿子，但却发出纳茹阿亚纳(Nārāyaṇa)这一圣名(harināma)的四个音节。结果，维施努的命令执行官们也立刻到达现场。阿佳弥勒因为极其害怕阎罗王的绳索，所以叫出纳茹阿亚纳这个名字时泪水涌流。但他其实呼唤的是他儿子，而根本不是在呼唤至尊主的圣名。

第 30 节

निशम्य म्रियमाणस्य मुखतो हरिकीर्तनम् ।
भर्तुर्नाम महाराज पार्षदाः सहसापतन् ॥३०॥

niśamya mriyamāṇasya
mukhato hari-kīrtanam
bhartur nāma mahārāja
pārṣadāḥ sahasāpatan

niśamya—听见 / mriyamāṇasya—垂死之人的 / mukhataḥ—从嘴里 / hari-kīrtanam—喊出至尊人格首神的圣名 / bhartuḥ nāma—他们主人的圣名 / mahā-rāja—君王啊！ / pārṣadāḥ—维施努的命令执行官 / sahasā—立刻 / āpatan—到达

译文 我亲爱的君王，执行维施努命令的维施努杜塔们听到将死的阿佳弥勒嘴里喊出他们主人的圣名，立刻赶到现场。毫无疑问，阿佳弥勒当时因为极度的焦虑，无意中没有冒犯地喊出了圣名。

要旨 圣维施瓦纳特·查夸瓦尔提·塔库尔(Viśvanātha Cakravartī Ṭhākura) 评论说：主维施努的命令执行官们之所以赶到现场，是因为阿佳弥勒呼叫了纳茹阿亚纳的圣名 (hari-kīrtanaṁ niśamyāpatan, katham-bhūtasya bhartur nāma bruvataḥ)。他们并不考虑他为什么呼喊。阿佳弥勒在呼喊纳茹阿亚纳这个名字时，想的其实是他儿子，但主维施努的命令执行官们(Viṣṇudūta)仅仅因为听到阿佳弥勒呼唤至尊主的名字，就立刻赶来保护他。歌唱至尊人格首神的圣名(Hari-kīrtana)实际上是为了歌颂至尊主的圣名、形象、娱乐活动和品质。然而，阿佳弥勒并没有歌颂至尊主的形象、品质或祂的随身用品；他只是喊出了圣名。但那已足以清洗他所从事的一切罪恶活动的反应。维施努的命令执行官们一旦听到有人呼唤他们主人的名字就立刻赶来。就有关这一点，圣维佳亚德瓦佳·提尔塔评论道："阿佳弥勒因为极其依恋他儿子而呼唤了纳茹阿亚纳的圣名；而且，由于他过去为纳茹阿亚纳做奉爱服务的好运，他显得满怀奉爱之情、没有冒犯地呼喊了圣名(anena putra-sneham antareṇa prācīnādṛṣṭa-balād udbhūtayā bhaktyā bhagavan-nāma-saṅkīrtanaṁ kṛtam iti jñāyate)。

第 31 节

विकर्षतोऽन्तर्हृदयाद्दासीपतिमजामिलम् ।
यमप्रेष्यान् विष्णुदूता वारयामासुरोजसा ॥३१॥

vikarṣato 'ntar hṛdayād
dāsī-patim ajāmilam
yama-preṣyān viṣṇudūtā
vārayām āsur ojasā

vikarṣataḥ—迅速抓住 / antaḥ hṛdayāt—从心脏中 / dāsī-patim—妓女的丈夫 / ajāmilam—阿佳弥勒 / yama-preṣyān—阎罗王的使者 / viṣṇu-dūtāḥ—主维施努的使者 / vārayām āsuḥ—制止 / ojasā—洪亮的声音

译文　阎罗王的命令执行官当时正从妓女的丈夫阿佳弥勒的心脏中抓出灵魂，但主维施努的使者维施努杜塔们用洪亮的声音制止他们这样做。

要旨 主维施努的命令执行官总是保护托庇于主维施努莲花足的人——外士纳瓦(Vaiṣṇava)。由于阿佳弥勒呼喊纳茹阿亚纳的圣名，主维施努的命令执行官们便不仅立刻赶到现场，而且立刻命令阎罗王的命令执行官们不要碰他。维施努的命令执行官们用洪亮的声音说话，以此威胁阎罗王的命令执行官们，如果他们再试图把阿佳弥勒的灵魂从他的心脏抓出来，他们就会受到惩罚。阎罗王的命令执行官负责惩罚所有罪恶的生物，但主维施努的使者们可以惩罚任何人，哪怕是阎罗王，如果他错误地对待外士纳瓦，也会受到他们的惩罚。

物质主义科学家不知道用他们的工具在躯体的什么部位能找出灵魂，但这节诗文中明确地解释，灵魂在心脏的中心部位(hṛdaya)；阎罗王的命令执行官们是从阿佳弥勒的心脏往外抓灵魂的。同样，我们得知，超灵——主维施努，也处在心脏部位(īśvaraḥ sarva-bhūtānāṁ hṛd-deśe 'rjuna tiṣṭhati)。奥义书中说，超灵和个体灵魂就像如朋友般住在一棵树上的两只鸟。超灵之所以被说成是朋友，是因为至尊人格首神对个体灵魂极为仁慈，当个体灵魂从一个躯体转入另一个躯体时，至尊主与他一起去。此外，按照个体灵魂的欲望和业报，至尊主透过错觉能量玛亚(māyā)这一代理，为他制造出另一个躯体。

躯体的心脏部位是一台机器。正如《博伽梵歌》第18章的第61节诗记载，至尊主说：

īśvaraḥ sarva-bhūtānāṁ
hṛd-deśe 'rjuna tiṣṭhati
bhrāmayan sarva-bhūtāni
yantrārūḍhāni māyayā

"阿尔诸纳啊！每个生物都坐在一台由物质能量制成的机器上。至尊主处在他们心中，指导他们周游四方。"其中梵文yantra是指一部像汽车那样的机器。躯体这部机器的操作者是个体灵

圣恩 A.C.巴克提韦丹塔·斯瓦米·帕布帕德
国际奎师那意识协会创办人阿查尔亚

阎罗王的命令执行官正从阿佳弥勒的心脏中抓出灵魂，但主维施努的使者们用洪亮的声音制止他们这样做。（见第 45 页）

阿佳弥勒在恒河岸边的哈尔德瓦尔放弃他的物质躯体，恢复了他原本的灵性身体——适合与至尊主联谊的身体。在主维施努的命令执行官的陪伴下，阿佳弥勒登上一架用金子制成的飞机，直接去了主维施努的住所。（见第128—129页）

十位帕柴塔从他们苦修时身处的水中出来后看到，整个世界的表面被树木完全覆盖。他们对树木感到愤怒，想要将树木烧成灰烬，于是从他们的嘴中喷出火。索玛——掌管树木和月亮的神明，出现在帕柴塔们面前，平息他们的怒火。（见第189—192页）

至尊主奎师那因祂具有的超然品质而吸引所有的生物。祂在温达文展出特殊的极具魅力的特征，与祂的牧牛童朋友和其他亲密的同伴从事各种娱乐活动。（见第228—229页）

主哈尔依对达克沙献上的祈祷感到很满意，于是骑着祂的坐骑嘎茹达出现在达克沙面前，陪伴祂的有纳茹阿达·牟尼、南达及全体重要的半神人。（见第235页）

为半神人当祭司的维施瓦茹帕，将纳茹阿亚纳盔甲传给因铎，以使因铎能战胜恶魔。（见第378页）

从祭祀之火的南面，出来了一个看似在整个宇宙毁灭时负责毁灭整个创造的人一样可怕的人物。（见第 420 页）

因铎当着半神人的面用他的霹雳砍下维陀魔的头。那时，生命的火花从维陀魔的体内出来，回归家园，回到首神身边。（见第 552—554 页）

看到维陀魔将半神人踩在脚下，天帝因铎无法容忍，于是将他的一个极难对抗的非凡的大头棒掷向维陀魔。然而，在大头棒迎面飞来之际，维陀魔轻松地用左手抓住了它。强有力的维陀魔，愤怒地用那根大头棒敲打因铎的大象坐骑的头，在战场上制造出一声

巨响。恰似被霹雳击中的高山，被维陀魔用大头棒击中的大象爱茹阿瓦特感到疼痛不已，破裂的嘴中鲜血涌流，身不由己地倒退了大约十四米的距离，随即痛苦不堪地驮着因铎摔倒在地。（见第 505—507 页）

由于因铎杀死身为布茹阿玛纳的维陀魔，恶报的人格化身便以一个吃狗肉阶层的女人的形象追赶因铎，使他备感痛苦。（见第 568—569 页）

伟大的圣人纳茹阿达用他的神秘力量使祺陀凯图王的儿子死而复活。那个当儿子的生物随后说了一番充满智慧的超然话语，启发君王。（见第 654 页）

祺陀凯图在他崇拜的至尊主面前心中充满巨大的奉爱之情，向至尊主致以虔敬的顶礼。（见第 686 页）

玛哈·维施努在原因之洋中处在瑜伽睡眠的状态中时，随着祂的一呼一吸，有数百万的宇宙进出祂的身体。（见第 697 页）

一次，当祺陀凯图王乘坐主维施努给他的光芒四射的飞机在外太空中旅行时，看到主希 瓦坐在聚会的伟大圣洁的人当中，正用一只手臂抱着坐在他腿上的帕尔娃缇。(见第741页)

魂；尽管个体灵魂也是他的躯体的指挥者和拥有者，但至高无上的拥有者是至尊人格首神。生物体的躯体由错觉能量玛亚制造(karmaṇā daiva-netreṇa)；按照一个人今生的活动，另一台运载工具在至尊神的错觉能量(daivī māyā)的监督下被再次制造出来(daivī hy eṣā guṇa-mayī mama māyā duratyayā)。时间一到，人的下一个躯体就立刻被选择好，个体灵魂与超灵便一起转入那个躯体机器中。这就是轮回的过程。在从一个躯体转到另一个躯体期间，灵魂被阎罗王的命令执行官带走，投入特定的地狱生活环境中(naraka)，以使受制约的灵魂习惯他来生将要生活其中的环境。

第 32 节

ऊचुर्निषेधितास्तांस्ते वैवस्वतपुरःसराः ।
के यूयं प्रतिषेद्धारो धर्मराजस्य शासनम् ॥३२॥

ūcur niṣedhitās tāṁs te
vaivasvata-puraḥsarāḥ
ke yūyaṁ pratiṣeddhāro
dharma-rājasya śāsanam

ūcuḥ－回答 / niṣedhitāḥ－被制止 / tān－向主维施努的命令执行官 / te－他们 / vaivasvata－阎罗王的 / puraḥ-sarāḥ－助手或使者 / ke－谁 / yūyam－你们全体 / pratiṣed-dhāraḥ－反对……的人 / dharma-rājasya－宗教原则之王——阎罗王的 / śāsanam－统领司法权

译文　太阳神之子阎罗王的命令执行官受到制止时回答道：先生们，你们是谁？竟敢向阎罗王的司法权提出挑战。

要旨　阿佳弥勒从事过的罪恶活动，使他被列为负责审判生物罪恶的最高法官阎罗王的管辖范围。阎罗王的命令执行官们被禁止碰阿佳弥勒时感到很惊讶，因为他们在三个世界中执行任务时从未受到过阻碍。

第33节

कस्य वा कुत आयाताः कस्मादस्य निषेधथ ।
किं देवा उपदेवा या यूयं किं सिद्धसत्तमाः ॥३३॥

kasya vā kuta āyātāḥ
kasmād asya niṣedhatha
kiṁ devā upadevā yā
yūyaṁ kiṁ siddha-sattamā

kasya一谁的仆人 / vā一或者 / kutaḥ一从哪里 / āyātāḥ一你们来 / kasmāt一什么理由 / asya一(带走)这个阿佳弥勒的 / niṣedhatha一你们正阻止 / kim一是否 / devāḥ一半神人 / upadevāḥ一次一级的半神人 / yāḥ一谁 / yūyam一你们全体 / kim一是否 / siddha-sat-tamāḥ一完美生物中最优秀的人——纯洁的奉献者

译文 亲爱的先生们，你们是谁的仆人？从哪里来？为何要阻止我们碰阿佳弥勒的身体？你们是从天堂星球来的半神人？是次一级的半神人？还是最优秀的奉献者？

要旨 这节诗中所用的最重要的一个梵文词是“最完美的(siddha-sattamāḥ)”。《博伽梵歌》第7章的第3节诗中说：在千万人中，只有一个人力求达到完美——觉悟自我(manuṣyāṇāṁ sahasreṣu kaśćid yatati siddhaye)。觉悟了自我的人知道，他不是这个躯体，而是灵性的灵魂(ahaṁ brahmāsmi)。如今，几乎所有的人都不知道这一真相。然而，了解这一真相的人达到完美的境界，因此被称为希达哈(siddha)。当人了解个体灵魂是至尊灵魂不可缺少的一部分，因此致力于为至尊灵魂服务时，他就成为最完美的人(siddha-sat-tama)，从而有资格住进外琨塔星球(Vaikuṇṭha)或奎师那星球(Kṛṣṇaloka)。所以，梵文“最完美的”是指解脱了的纯粹奉献者。

由于阎罗王的命令执行官们是阎罗王的仆人，而阎罗王是纯粹奉献者之一，他们知道纯粹奉献者超越半神人，事实上超越这个物质世界内的一切生物。正因为如此，阎罗王的命令执行官们问主维施努的命令执行官为什么出现在一个罪恶之人将死的现场。

我们应该知道，阿佳弥勒还没有死，因为阎罗王的命令执行官们正试图从他的心脏抓出灵魂。但他们无法抓出灵魂，所以阿佳弥勒当时还没死。下一节诗将揭示这一真相。当阎罗王的命令执行官和主维施努的命令执行官在辩论时，阿佳弥勒只不过是处在失去知觉的状态中。辩论将得出决定，谁有权处理阿佳弥勒的灵魂。

第 34—36 节

सर्वे पद्मपलाशाक्षाः पीतकौशेयवाससः ।
किरीटिनः कुण्डलिनो लसत्पुष्करमालिनः ॥३४॥

सर्वे च नूत्नवयसः सर्वे चारुचतुर्भुजाः ।
धनुर्निषङ्गासिगदाशङ्खचक्राम्बुजश्रियः ॥३५॥

दिशो वितिमिरालोकाः कुर्वन्तः स्वेन तेजसा ।
किमर्थं धर्मपालस्य किङ्करान्नो निषेधथ ॥३६॥

sarve padma-palāśākṣāḥ
pīta-kauśeya-vāsasaḥ
kirīṭinaḥ kuṇḍalino
lasat-puṣkara-mālinaḥ

sarve ca nūtna-vayasaḥ
sarve cāru-caturbhujāḥ
dhanur-niṣaṅgāsi-gadā-
śaṅkha-cakrāmbuja-śriyaḥ

diśo vitimirālokāḥ
kurvantaḥ svena tejasā
kim arthaṁ dharma-pālasya
kiṅkarān no niṣedhatha

sarve—你们全体 / padma-palāśa-akṣāḥ—有着莲花瓣似的眼睛 / pīta—黄色 / kauśeya—丝绸 / vāsasaḥ—穿着衣服 / kirīṭinaḥ—带头盔 / kuṇḍalinaḥ—戴耳环 / lasat—闪闪发光 / puṣkara-mālinaḥ—配戴莲花花环 / sarve—你们全体 / ca—还有 / nūtna-vayasaḥ—朝气蓬勃 / sarve—你们全体 / cāru—很美 / catuḥ-bhujāḥ—有四条臂膀 / dha-nuḥ—弓 / niṣaṅga—箭筒 / asi—宝刀 / gadā—大头棒 / śaṅkha—海螺 / cakra—飞轮 / ambuja—莲花 / śriyaḥ—被……装饰 / diśaḥ—所有方向 / vitimira—没有黑暗 / ālokāḥ—耀眼的光芒 / kurvantaḥ—显示 / svena—以你们自己的 / tejasā—光辉 / kim artham—目的为何？ / dharma-pālasya—宗教原则的维护者—阎罗王的 / kiṅka-rān—仆人 / naḥ—我们 / niṣedhatha—你们正阻止

译文 阎罗王的命令执行官说，你们的眼睛恰似莲花瓣。你们身穿黄色丝绸衣，佩戴莲花花环，头带引入瞩目的头盔，耳朵上戴着耳环。你们都显得风华正茂、朝气蓬勃。你们的四条长臂分别用弓箭、宝刀、大头棒、海螺、飞轮和莲花作装饰。你们放射出的耀眼光芒驱散了这个地方的黑暗。先生们，你们为何要阻止我们？

要旨 我们甚至在向陌生人正式介绍自己之前，别人就已经可以通过看我们的穿着、身体征象和行为，了解我们的状态。因此，阎罗王的命令执行官第一次看到维施努的命令执行官时感到很惊讶。他们说：“你们的身体特征显示你们是很崇高的绅士，你们拥有如此神性的力量，以至于你们身体放射出的光芒竟能驱散物质世界的黑暗。既然这样，你们为什么要试图阻止我们履行我们的职责？后面将解释，阎罗王的命令执行官们误认为阿佳弥勒还是有罪的。他们不知道，尽管他整个的一生都是罪恶的，但却因为呼喊纳茹阿亚纳的圣名而得到了净化。换句话说，只有外士纳瓦才能了解外士纳瓦的活动。

这些诗文正确地描述了外琨塔星球居民的衣着和身体特征。带着花环、穿着黄色丝绸衣衫的外琨塔居民，都长着四臂，手持各种武器。因此，他们显得与主维施努很相似。他们得到与至尊主有同样身体特征的解脱(sārūpya)，因此身体特征与纳茹阿亚纳一样，但他们仍以仆人的身份行事。外琨塔星球的全体居民清楚地知道，他们的主人是纳茹阿亚纳——奎师那，他们都是祂的仆人。他们都是永恒解脱的(nitya-mukta)觉悟了自我的灵魂。尽管他们可以宣布他们自己是纳茹阿亚纳或维施努，但他们从不这样做。他们总是保持奎师那意识，忠心耿耿地侍奉至尊主。这是外琨塔星球的氛围。同样道理，经由奎师那意识运动学习忠诚地为主奎师那服务的人，将永远留在外琨塔星球，与物质世界毫无关系。

第 37 节

श्रीशुक उवाच
इत्युक्ते यमदूतैस्ते वासुदेवोक्तकारिणः ।
तान् प्रत्यूचुः प्रहस्येदं मेघनिर्ह्रादया गिरा ॥३७॥

śrī-śuka uvāca
ity ukte yamadūtais te
vāsudevokta-kāriṇaḥ
tān pratyūcuḥ prahasyedaṁ
megha-nirhrādayā girā

śrī-śukaḥ uvāca—圣舒卡戴瓦·哥斯瓦米说 / iti—如此 / ukte—被告知 / yamadūtaiḥ—被阎罗王的使者 / te—他们 / vāsudeva-uktakāriṇaḥ—(作为已获得与主维施努同住一个星球之解脱的)随时准备执行主华苏戴瓦命令的 / tān—向他们 / pratyūcuḥ—回答 / prahasya—微笑着 / idam—这 / megha-nirhrādayā—像云朵中发出轰隆隆般低沉的 / girā—用声音

译文 舒卡戴瓦·哥斯瓦米继续说：听到阎罗王的使者这样说，华苏戴瓦的仆人们玩笑着，用如同云朵中发出的隆隆声般低沉的声音说了如下一番话。

要旨 阎罗王的使者们惊讶地看到，维施努的命令执行官们虽然很有礼貌，但却阻止他们执行阎罗王的命令。然而，维施努的命令执行官们也很惊讶地看到，宗教原则的最高审判官阎罗王的命令执行官们，居然不了解宗教活动的原则。因此，维施努的命令执行官们微笑着心想："他们在说什么荒唐话？他们如果真是阎罗王的仆人，就该知道阿佳弥勒并不是他们要带下地狱的合适人选。"

第38节

श्रीविष्णुदूता ऊचुः
यूयं वै धर्मराजस्य यदि निर्देशकारिणः ।
ब्रूत धर्मस्य नस्तत्त्वं यच्चाधर्मस्य लक्षणम् ॥३८॥

śrī-viṣṇudūtā ūcuḥ
yūyaṁ vai dharma-rājasya
yadi nirdeśa-kāriṇaḥ
brūta dharmasya nas tattvaṁ
yac cādharmasya lakṣaṇam

śrī-viṣṇudūtāḥ ūcuḥ一主维施努神圣的使者说／yūyam一你们全体／vai一确实地／dharma-rājasya一了解宗教原则的阎罗王的／yadi一如果／nirdeśa-kāriṇaḥ一命令执行者／brūta一就说／dharma-sya一宗教原则的／naḥ一向我们／tattvam一真理／yat一那……的／ca一也／adharmasya一不虔诚活动的／lakṣaṇam一表现

译文 主维施努神圣的使者维施努杜塔们说：你们如果真是阎罗王的仆人，就必须给我们解释宗教原则的内涵，以及非宗教的表现特征。

要旨　维施努的使者们对阎罗王的使者们提出的这一要求极为重要。仆人必须知道他主人的指示是什么。阎罗王的仆人们声称要执行阎罗王的命令，维施努的使者们于是很有智慧地要求他们解释宗教和非宗教的表现特征。外士纳瓦清楚地了解这些原则，因为他了解至尊人格首神的指示。至尊主说："放弃一切种类的宗教，只向我皈依(sarva-dharmān parityajya mām ekaṁ śaraṇaṁ vraja)。"因此，投靠、服从至尊人格首神是真正的宗教原则。那些宁可屈从物质自然的运作方式，也不投靠、服从奎师那的人，无论其物质地位和状态如何，都不是虔诚的人。他们不知道宗教原则，不皈依奎师那，因此被认为是罪恶的无赖、最低等的人及失去一切知识的傻瓜。《博伽梵歌》第7章的第15节诗记载，奎师那说：

na māṁ duṣkoṛtino mūḍhāḥ
　prapadyante narādhamāḥ
māyayāpahṛta-jñānā
　āsuraṁ bhāvam āśritāḥ

"邪恶之徒不皈依我。他们分别是：粗俗的愚氓，最低贱的人，被假象窃取了知识的人，以及有不信神的恶魔本性的人。"不投靠、服从奎师那的人不知道真正的宗教原则，否则他就会投靠奎师那了。

维施努的命令执行官们提出的问题十分恰当。代表某人的人，必须完全清楚那人的使命。所以，奎师那意识运动的奉献者们必须清楚地了解主奎师那和主柴坦亚的使命，否则就会被认为是愚蠢的。所有的奉献者，尤其在传播这知识的人，必须知道奎师那意识的哲学，这样在传播知识时才不会使自己陷入窘境，被羞辱。

第 39 节

कथं स्विद् ध्रियते दण्डः किं वास्य स्थानमीप्सितम् ।
दण्ड्याः किं कारिणः सर्वे आहो स्वित्कतिचिन्नृणाम् ॥३९॥

kathaṁ svid dhriyate daṇḍaḥ
kiṁ vāsya sthānam īpsitam
daṇḍyāḥ kiṁ kāriṇaḥ sarve
āho svit katicin nṛṇām

katham svit一用哪种方式 / dhriyate一被加诸 / daṇḍaḥ一惩罚 / kim一什么 / vā一或者 / asya一这个的 / sthānam一地方 / īpsitam一想要的 / daṇḍyāḥ一该被惩罚的 / kim一是否 / kāriṇaḥ一从事功利性活动的人 / sarve一所有的 / āho svit一或者是否 / katicit一有些 / nṛṇām一人类的

译文 惩罚他人的程序是什么？谁是真正的惩罚对象？从事功利性活动的人都该受到惩罚，还是只有他们其中的一部分该受惩罚？

要旨 有力量惩罚他人的人，不该惩罚所有的人。存在中有无数的生物，其中绝大多数都在灵性世界，是永恒解脱的(nityamukta)。对这些解脱的生物不存在审判的问题。只有也许占总体四分之一的少部分生物，在物质世界里。在物质世界里的绝大部分生物体——八百四十万种生命形式中的八百万种，等级都比人类低。那些比人类低等的生物体不该受到惩罚，因为它们按照物质自然法律自动进化着。具有高度意识的人类需要为自己的言行举止承担责任，但也不是所有的都该受到惩罚。那些致力于从事进步的虔诚活动的人，超越惩罚范畴。只有那些从事罪恶活动的人才该受惩罚。因此，维施努的命令执行官们具体询问，谁该受惩罚？阎罗王为何被指定负责区分谁该受惩罚，谁不该受惩罚？人是怎么受到审判的？谁是真正的权威？这些都是维施努的使者们提出的问题。

第 40 节

यमदूता ऊचुः
वेदप्रणिहितो धर्मो ह्यधर्मस्तद्विपर्ययः ।
वेदो नारायणः साक्षात्स्वयम्भूरिति शुश्रुम ॥४०॥

yamadūtā ūcuḥ
veda-praṇihito dharmo
hy adharmas tad-viparyayaḥ
vedo nārāyaṇaḥ sākṣāt
svayambhūr iti śuśruma

yamadūtāḥ ūcuḥ－阎罗王的命令执行官说 / veda－以四部韦达经(《萨玛》、《亚诸尔》、《瑞歌》和《阿塔尔瓦》) / praṇihitaḥ－规定的 / dharmaḥ－宗教原则 / hi－确实地 / adharmaḥ－非宗教原则 / tat-viparyayaḥ－其相反的(没得到韦达教导支持的) / vedaḥ－知识之书——韦达经 / nārāyaṇaḥ sākṣāt－(作为纳茹阿亚纳的言语)直接是至尊人格首神本身 / svayam-bhūḥ－自生、自足(只是从纳茹阿亚纳的呼吸中显现而并不是从任何人那里学习的) / iti－如此 / śuśruma－我们听说

译文　阎罗王的使者亚玛杜塔们回答道：韦达经中描述的内容构成了宗教原则达尔玛，与之相反的内容是非宗教。韦达经直接就是至尊人格首神纳茹阿亚纳，是自生的。这是我们从阎罗王那里听到的内容。

要旨　阎罗王的仆人们十分正确地回答了问题。他们没有自编宗教或非宗教的原则，而是解释他们从权威人士阎罗王那里听到的内容。人应该听从权威人士的教导(mahājano yena gataḥ sa panthāḥ)。阎罗王是十二位权威人士(mahājana)中的一位。因此，阎罗王的仆人们——亚玛杜塔(Yamadūta)，十分明确地回答说“我们听说(śuśruma)”。现代文明中的人靠主观臆测自编出充满缺陷

的宗教原则。这不是达尔玛(dharma)——宗教原则。他们不知道什么是宗教原则，什么不是。因此正如《圣典博伽瓦谭》的开篇中说明：得不到韦达经支持的宗教原则，受到奉爱宗的宗教原则的排斥(dharmaḥ projjhita-kaitavo 'tra)。奉爱宗的宗教原则(bhāgavatadharma)只包含至尊人格首神给予的内容，其原则是：人必须接受至尊人格首神的权威，投靠祂，听从祂所说的一切(sarva-dharmān parityajya mām ekaṁ śaraṇaṁ vraja)。那才是宗教——达尔玛。例如：阿尔诸纳认为暴力是非宗教，所以拒绝作战，但奎师那鼓励他作战；阿尔诸纳执行奎师那的命令，而奎师那的命令就是宗教原则，因此他的行为真正符合宗教原则。在《博伽梵歌》第15章的第15节诗中记载，奎师那说："研究韦达经的真正目的是要知道我(vedaiś ca sarvair aham eva vedyaḥ)。"清楚了解奎师那的人获得解脱。正如奎师那在《博伽梵歌》第4章的第9节诗说：

janma karma ca me divyam
evaṁ yo vetti tattvataḥ
tyaktvā dehaṁ punar janma
naiti mām eti so 'rjuna

"阿尔诸纳啊！谁能了解我显现和活动的超然本质，谁就在离开躯体后到达我永恒的住所，不再投生于这个物质世界。"了解奎师那并执行祂命令的人，是回归家园，回到首神身边的候选人。结论是：达尔玛(dharma)——宗教，是指韦达经中的训谕；阿达尔玛(adharma)——非宗教，是指没有得到韦达经支持的内容。

宗教其实并非由纳茹阿亚纳编制。正如韦达经中说明，宗教训谕来自至尊生物纳茹阿亚纳的呼吸。纳茹阿亚纳永恒存在，永恒地呼吸着，因此达尔玛——纳茹阿亚纳的训谕也永恒存在。玛德瓦·高迪亚师徒传承(Mādhva-Gauḍīya-sampradāya)的首位灵性导师圣玛德瓦查尔亚(Madhvācārya)说：

vedānāṁ prathamo vaktā
harir eva yato vibhuḥ
ato viṣṇv-ātmakā vedā
ity āhur veda-vādinaḥ

韦达经的超然话语自至尊人格首神的嘴发出；而由于维施努是韦达经的源头，我们应该了解韦达原则是外士纳瓦的原则。韦达经中除了维施努的指示外没别的内容，遵守韦达原则的人是外士纳瓦。外士纳瓦不是这个物质世界里组建的社团中的成员。外士纳瓦是韦达经的真正知悉者。对此，《博伽梵歌》中确认说：研究韦达经的目的是要知道我(vedaiś ca sarvair aham eva vedyaḥ)。

第 41 节

येन स्वधाम्न्यमी भावा रजःसत्त्वतमोमयाः ।
गुणनामक्रियारूपैर्विभाव्यन्ते यथातथम् ॥४१॥

yena sva-dhāmny amī bhāvā
rajaḥ-sattva-tamomayāḥ
guṇa-nāma-kriyā-rūpair
vibhāvyante yathā-tatham

yena一被……的人(纳茹阿亚纳) / sva-dhāmni一虽然在祂自己的地方一灵性世界 / amī 一所有这些 / bhāvāḥ 一展示 / rajaḥ-sattva-tamaḥ-mayāḥ一由物质自然三属性(激情、善良和愚昧属性)所创造 / guṇa一属性 / nāma一称号 / kriyā一活动 / rūpaiḥ一与形象 / vibhāvyante一被以不同的方式展示出 / yathā-tatham一恰好地

译文　一切原因的最高原因纳茹阿亚纳，虽然住在灵性世界中祂自己的居所内，但却通过善良、激情和愚昧这三种物质自然属性，控制着整个宇宙。这使得众生都获赐不同的品性、不同的称号(布茹阿玛纳、查锤亚和外夏等)、不同的形象，以及按照社会四阶层和灵性四阶段制度所具有的不同的责任。因此，纳茹阿亚纳是整个宇宙展示的原因。

要旨 韦达经告诉我们：

na tasya kāryaṁ karaṇaṁ ca vidyate
na tat-samaś cābhyadhikaś ca dṛśyate
parāsya śaktir vividhaiva śrūyate
svābhāvikī jñāna-bala-kriyā ca

(《水塔刷塔尔·奥义书》6.8)

至尊人格首神纳茹阿亚纳全能且具有无限的权力和力量。祂有多种能量，因此可以留在自己的住所，而不必亲自去监督和操作经由善良(sattva-guṇa)、激情(rajo-guṇa)和愚昧(tamo-guṇa)这三种物质自然属性相互作用展示的整个宇宙。这些相互作用创造出的不同形象、躯体、活动和改变都十分完美。至尊主是完美的，所以一切的运作都好像由祂在直接监督或参与其中。然而，不信神的人受物质自然三种属性的蒙蔽，看不到纳茹阿亚纳是一切背后的至尊原因。正如奎师那在《博伽梵歌》第7章的第13节诗中说：

tribhir guṇamayair bhāvair
ebhiḥ sarvam idaṁ jagat
mohitaṁ nābhijānāti
mām ebhyaḥ param avyayam

"整个世界被三种属性(善良、激情和愚昧)所迷惑，不了解我。我超越这些属性，而且无穷无尽。"没有智慧的不可知论者因为被物质自然三种属性所迷惑(mohita)，所以无法了解纳茹阿亚纳——奎师那，是一切活动的至尊原因。正如《布茹阿玛·萨密塔》第5章的第1节诗文所：

īśvaraḥ paramaḥ kṛṣṇaḥ
sac-cid-ānanda-vigrahaḥ
anādir ādir govindaḥ
sarva-kāraṇa-kāraṇam

"被称为哥文达的奎师那，是至尊控制者，有着永恒、极乐的灵性身体。祂是一切的起源。祂没有其他的起源，因为祂就是一切原因的最初起因。”

第 42 节

सूर्योऽग्निः खं मरुद्देवः सोमः सन्ध्याहनी दिशः ।
कं कुः स्वयं धर्म इति ह्येते दैह्यस्य साक्षिणः ॥४२॥

sūryo ’gniḥ khaṁ marud devaḥ
somaḥ sandhyāhanī diśaḥ
kaṁ kuḥ svayaṁ dharma iti
hy ete daihyasya sākṣiṇaḥ

sūryaḥ—太阳神 / agniḥ—火 / kham—天空 / marut—空气 / devaḥ—半神人 / somaḥ—月亮 / sandhyā—傍晚 / ahanī—白天和黑夜 / diśaḥ—方向 / kam—水 / kuḥ—土地 / svayam—亲自 / dharmaḥ—阎罗王或至尊灵魂 / iti—如此 / hi—确实地 / ete—所有这些的 / daihyasya—被放进由物质元素构成的躯体中的生物 / sākṣiṇaḥ—见证

译文　太阳、火、天空、空气、半神人、月亮、傍晚、白天、黑夜、方向、水、土地和至尊灵魂本人，都见证着生物的活动。

要旨　有些宗教教派的成员，尤其是基督教徒，不相信业报。一次，我们与一位博学的基督教教授有了一场讨论。他辩论说，尽管罪犯只有在证人作证举发他们的罪行后才受到惩罚，但使人现在受过去业报之苦的证人在哪里？这节诗记载的阎罗王的使者所说的话，就是对这种人的回答。受制约的灵魂以为他偷偷摸摸做事就没人能看到他的罪恶活动了，但我们从经典中了解到有很多见证者，包括：太阳、火、天空、空气、月亮、半神人、傍晚、白天、黑夜、方向、水、土地，以及住在生物体心中、与个体灵魂在一起的超灵本身。哪里缺证人呢？证人们和至尊主都存在，因此才有那么多生物被提升到高等星系或降到低等星系，包括地狱星球。至尊神安排的一切都十分完美(svābhāvikī jñāna-bala-kriyā ca)，没有缺陷。这节诗谈到的见证者们在其他韦达文献中也被提到过：

āditya-candrāv anilo 'nalaś ca
dyaur bhūmir āpo hṛdayaṁ yamaś ca
ahaś ca rātriś ca ubhe ca sandhye
dharmo 'pi jānāti narasya vṛttam

第 43 节

एतैरधर्मो विज्ञातः स्थानं दण्डस्य युज्यते ।
सर्वे कर्मानुरोधेन दण्डमर्हन्ति कारिणः ॥४३॥

etair adharmo vijñātaḥ
sthānaṁ daṇḍasya yujyate
sarve karmānurodhena
daṇḍam arhanti kāriṇaḥ

etaiḥ—被所有这些(以太阳神为首的见证者) / adharmaḥ—不履行规定原则 / vijñātaḥ—被知道 / sthānam—适当的位置 / daṇḍasya—惩罚的 / yujyate—被接受为 / sarve—所有 / karma-anurodhena—根据所从事的活动考虑 / daṇḍam—惩罚 / arhanti—应受到 / kāriṇaḥ—作恶之人

译文 被这许多见证者证实不履行自己规定职责的人，是要受到惩罚的人选。从事功利性活动的人根据其恶行都适合受惩罚。

第 44 节

सम्भवन्ति हि भद्राणि विपरीतानि चानघाः ।
कारिणां गुणसङ्गोऽस्ति देहवान्न ह्यकर्मकृत् ॥४४॥

sambhavanti hi bhadrāṇi
viparītāni cānaghāḥ
kāriṇāṁ guṇa-saṅgo 'sti
dehavān na hy akarma-kṛt

sambhavanti－有 / hi－事实上 / bhadrāṇi－吉祥、虔诚的活动 / viparītāni－正好相反(不吉祥、罪恶的活动) / ca－也 / anaghāḥ－清白的外琨塔居民啊！ / kāriṇām－功利性活动者的 / guṇa-saṅgaḥ－物质自然三种属性的污染 / asti－有 / deha-vān－任何已接受这物质躯体的人 / na－不 / hi－确实 / akarma-kṛt－没有行动

译文　外琨塔的居民啊！你们都是清白的。但在这物质世界里的人，无论行为虔诚或不虔诚，都是功利性活动者。他们受物质自然三种属性的污染，而且必定按污染的情况行事，所以两类活动都有可能从事。接受了物质躯体的生物不可能不活动，而在物质自然属性的影响下行事之人不可避免地会从事罪恶活动。正因为如此，这个物质世界里的众生都可以受罚。

要旨　人类与非人类的生物体之间的区别在于：人应该按照韦达经的指导行事。不幸的是：人们杜撰出自己的活动方式，而不去参考韦达经的教导。因此，他们都从事罪恶活动，该受到惩罚。

第 45 节

येन यावान् यथाधर्मो धर्मो वेह समीहितः ।
स एव तत्फलं भुङ्क्ते तथा तावदमुत्र वै ॥४५॥

yena yāvān yathādharmo
dharmo veha samīhitaḥ
sa eva tat-phalaṁ bhuṅkte
tathā tāvad amutra vai

yena－被……的人 / yāvān－到某个程度 / yathā－以某种行为 /

adharmaḥ—非宗教活动 / dharmaḥ—宗教活动 / vā—或者 / iha—在这一生 / samīhitaḥ—从事 / saḥ—那人 / eva—确实 / tat-phalam—那特定的结果 / bhuṅkte—享受或承受 / tathā—那样子 / tāvat—到那种程度 / amutra—在下一生 / vai—事实上

译文 人在一生中所从事的宗教活动或非宗教活动，使其在来世必然相应地享受或承受与他过去活动相对应的反应。

要旨 《博伽梵歌》第14章的第18节诗中说明：

ūrdhvaṁ gacchanti sattva-sthā
madhye tiṣṭhanti rājasāḥ
jaghanya-guṇa-vṛtti-sthā
adho gacchanti tāmasāḥ

“受制于善良属性的人，逐渐走向更高的星球；受制于激情属性的人，生活在与地球相似的星球上；受制于可恶的愚昧属性的人，坠入地狱般的世界。”那些在善良属性的影响下行事的人，被提升到高等星系当半神人；那些以通常的方式行事而没有犯下重罪的人，留在这个中等星系；而那些从事可恶罪行的人必须下地狱。

第46节

यथेह देवप्रवरास्त्रैविध्यमुपलभ्यते ।
भूतेषु गुणवैचित्र्यात्तथान्यत्रानुमीयते ॥४६॥

yatheha deva-pravarās
trai-vidhyam upalabhyate
bhūteṣu guṇa-vaicitryāt
tathānyatrānumīyate

yathā—就像 / iha—在这一生 / deva-pravarāḥ—最优秀的半神人啊！ / trai-vidhyam—三种类型 / upalabhyate—被达到 / bhūteṣu—在

所有的生物体中 / guṇa-vaicitryāt－因被物质自然三种属性污染而产生变化 / tathā－同样地 / anyatra－在其他地方 / anumīyate－被推断

译文 最优秀的半神人啊！我们可以看到由物质自然属性的污染导致的三类不同的生活。生物因此被说成是平静的、焦躁不安的，以及愚蠢的，快乐的、痛苦的或苦乐参半的，笃信宗教的、反宗教的和有部分宗教心的。我们可以推断，这三种物质自然属性在他们的来生将同样起作用。

要旨 我们在这一生中可以看到物质自然三种属性的作用与反作用。例如：有些人很快乐，有些很痛苦，有些苦乐参半。这是过去生世与善良、激情和愚昧属性接触的结果。看到这一生的这些不同的情况，我们可以知道，生物与各种物质自然属性的接触将使他们在来生也快乐、痛苦或介于这两者之间。因此最佳的做法是：使自己摆脱物质自然三种属性的影响，始终超越它们的污染。这只有在人全心全意地为至尊主做奉爱服务时才可能做到。正如奎师那在《博伽梵歌》第14章的第26节诗中证实说：

mām ca yo 'vyabhicāreṇa
bhakti-yogena sevate
sa guṇān samatītyaitān
brahma-bhūyāya kalpate

"在任何情况下都全心全意地做奉爱服务，就能立即超越物质自然属性，达到梵的层面。"人除非全神贯注于为至尊主服务，否则就必受物质自然三种属性的污染，因此必定要承受痛苦或苦乐混杂的结果。

第 47 节

वर्तमानोऽन्ययोः कालो गुणाभिज्ञापको यथा ।
एवं जन्मान्ययोरेतद्धर्माधर्मनिदर्शनम् ॥४७॥

vartamāno 'nyayoḥ kālo
guṇābhijñāpako yathā
evaṁ janmānyayor etad
dharmādharma-nidarśanam

vartamānaḥ—现在的 / anyayoḥ—过去和未来的 / kālaḥ—时间 / guṇa-abhijñāpakaḥ—使属性得以表现 / yathā—正如 / evam—如此 / janma—出生 / anyayoḥ—前世和来生的 / etat—这 / dharma—宗教原则 / adharma—非宗教原则 / nidarśanam—表明

译文 正如现在的春季可以表明过去春季和未来春季的性质，这一生的快乐、痛苦或苦乐参半的情况，表明一个人前世和来生从事过和将会从事的宗教与非宗教活动。

要旨 我们的过去和未来并不难了解，因为时间也受物质自然三种属性的污染。春季一旦来临，各种通常在这个季节中展示的水果和鲜花便自动展现。因此我们得出结论，去年的春季由同样的水果和鲜花点缀，明年的春季也将如此。我们在时间的长河中重复生死，根据物质自然属性的影响，接受各种不同类型的躯体，受到各种情况的制约。

第 48 节

मनसैव पुरे देवः पूर्वरूपं विपश्यति ।
अनुमीमांसतेऽपूर्वं मनसा भगवानजः ॥४८॥

manasaiva pure devaḥ
pūrva-rūpaṁ vipaśyati
anumīmāṁsate 'pūrvaṁ
manasā bhagavān ajaḥ

manasā—以心 / eva—事实上 / pure—在他的住所或像超灵一样在每个人的心中 / devaḥ—半神人阎罗王(一个始终放射出耀眼光芒的人被称为半神人) / pūrva-rūpam—过去宗教或非宗教的状况 /

vipaśyati－全面的观察 / anumīmāṁsate－他考虑 / apūrvam－未来的状况 / manasā－用他的心 / bhagavān－全能的……人 / ajaḥ－与主布茹阿玛一样

译文　全能的阎罗王与主布茹阿玛一样，因为当他住在自己的居所或像超灵一样在众生心中期间，他从内心观察每一个生物从事过的活动，以此了解生物在今后的生世中将会如何行事。

要旨　我们不该以为阎罗王(Yamarāja)是普通的生物体。他与主布茹阿玛一样。他得到处在众生心中的至尊主的全力支持，因此依靠超灵的恩典可以从生物体的心中看到生物过去、现在和未来的一切。梵文“他考虑(anumīmāṁsate)”一词的意思是：他可以在与超灵协商后作出决定。梵文anu的意思是“遵循”。就有关一个生物来生的一切，实际上是由超灵作出决定，由阎罗王加以执行。

第 49 节

यथाज्ञस्तमसा युक्त उपास्ते व्यक्तमेव हि ।
न वेद पूर्वमपरं नष्टजन्मस्मृतिस्तथा ॥४९॥

yathājñas tamasā yukta
upāste vyaktam eva hi
na veda pūrvam aparaṁ
naṣṭa-janma-smṛtis tathā

yathā－正如 / ajñaḥ－无知的生物体 / tamasā－熟睡中 / yuktaḥ－从事 / upāste－依照……行事 / vyaktam－在梦中展示的躯体 / eva－无疑地 / hi－事实上 / na veda－不知道 / pūrvam－过去的躯体 / aparam－下一个躯体 / naṣṭa－失去 / janma-smṛtiḥ－对出生的记忆 / tathā－相同地

译文 正如熟睡的人按照其梦到的自己有的身体行事，并将那身体视为是自己，人与其因从事过宗教或非宗教活动而得到的现有的躯体认同，无法了解自己过去或未来的生活。

要旨 人之所以从事罪恶活动是因为，他不知道是他前世的所作所为使他得到现有的受制约的物质躯体并承受三重物质痛苦。正如《圣典博伽瓦谭》第5篇第5章的第4节诗记载，瑞沙巴戴瓦(Ṛṣabhadeva)说：疯狂追求感官享乐的人，毫不犹豫地从事罪恶活动(nūnaṁ pramattaḥ kurute vikarma)；他从事罪恶活动只是为了感官享乐(yad indriya-prītaya āpṛṇoti)；这不好(na sādhu manye)，因为这种罪恶活动使他接受另一个他将要承受痛苦的躯体，就像他因为前世的罪恶活动而在今生的躯体中受苦一样(yata ātmano 'yam asann api kleśada āsa dehaḥ)。

应该知道，没有韦达知识的人总是在对他前世做过的事，今生正在做的事，以及今后会受怎样的痛苦这一切一无所知的情况行事。他完全处在愚昧的状态中。正因为如此，韦达训谕是："不要停留在愚昧的黑暗中(tamasi mā)。努力走向光明(jyotir gama)。"那光明就是使人了解"自己何时被提升到了善良属性层面上或靠为灵性导师和至尊主做服务何时超越了善良属性"的韦达知识。对此，《水塔刷塔尔奥义书》第6章的第23节诗中描述说：

yasya deve parā bhaktir
yathā deve tathā gurau
tasyaite kathitā hy arthāḥ
prakāśante mahātmanaḥ

"所有重要的韦达知识都自动揭示给那些对灵性导师和至尊主有坚定信心的人。"韦达经命令说：人必须找一位精通韦达知识的灵性导师，为成为至尊主的奉献者而信心坚定地听从他的指导(tad-vijñānārthaṁ sa gurum evābhigacchet)。这样，韦达经的知识就会向他揭示出来。当韦达知识揭示后，人便不再留在物质自然的黑暗中。

按照与物质自然善良、激情和愚昧属性接触的情况，生物得到特定类型的躯体。有资格的布茹阿玛纳(brāhmaṇa)是与物质自然的善良属性接触的典型。这样的布茹阿玛纳了解过去、现在和未来，因为他以韦达文献为依据，透过经典的眼睛(śāstra-cakṣuḥ)看一切。他能够了解他前世的生活是怎样的；为什么有现在这个躯体；如何能摆脱错觉能量玛亚的牵制，从而不接受另一个物质躯体。当人处在善良属性的层面上时，这一切都成为可能。然而，生物通常都深陷激情和愚昧属性中。

无论如何，生物都是根据至尊人格首神超灵(Paramātmā)的决定接受一个低级或高级的躯体。正如前面的诗文所说：

manasaiva pure devaḥ
　pūrva-rūpaṁ vipaśyati
anumīmāṁsate 'pūrvaṁ
　manasā bhagavān ajaḥ

一切都有赖于至尊人格首神(bhagavān)——不经出生就存在的人(ajaḥ)。然而，人们为何不靠取悦至尊人格首神得到一个更好的身体呢？回答是：因为十足的愚昧(ajñas tamasā)。深陷愚昧之黑暗的人，无法了解自己过去的生活是什么或未来的生活将会怎样；他只对现在的躯体感兴趣。谁受愚昧属性控制、即使有人的躯体但却只对现有的躯体感兴趣，谁就像动物，因为被愚昧包裹的动物认为，生命的最高目标和快乐就是尽可能地多吃。人必须受到教育，以了解自己的前生，及其如何能为今后有更好的生活而努力。甚至有一本名叫《布瑞古·萨密塔》(Bhṛgu-saṁhitā)的书，按照占星学计算揭示一个人的过去、今生和来世。人必须想尽办法了解自己的过去、现在和未来。谁只对现有的躯体感兴趣，试图最大限度地享受其感官，谁就被理解为是深陷愚昧属性之中。他的未来会非常、非常黑暗。事实上，被愚昧重重包裹的生物的未来，永远是黑暗的。尤其在这个年代中，人类生活被愚昧属性所覆盖，所以每一个人都认为自己现有的躯体就是一切，根本不考虑过去或未来。

第50节

पञ्चभिः कुरुते स्वार्थान् पञ्च वेदाथ पञ्चभिः ।
एकस्तु षोडशेन त्रीन् स्वयं सप्तदशोऽश्नुते ॥५०॥

pañcabhiḥ kurute svārthān
pañca vedātha pañcabhiḥ
ekas tu ṣoḍaśena trīn
svayaṁ saptadaśo 'śnute

pañcabhiḥ—用五个工作器官(发音、手臂、腿、肛门和生殖器) / kurute—做 / sva-arthān—他的兴趣 / pañca—五个感官对象(声音、形象、触碰、嗅和尝) / veda—知道 / atha—如此 / pañcabhiḥ—五个感觉器官(听、看、闻、尝和触觉) / ekaḥ—一个、单独 / tu—但是 / ṣoḍaśena—被这十五个要素及心智 / trīn—三种经验(快乐、痛苦和苦乐参半) / svayam—他——生物本身 / saptadaśaḥ—第十七个要素 / aśnute—享受

译文 在五个感觉器官、五个工作器官和五个感官对象之上的，是第十六个要素——心智。在心智之上的是第十七个要素——灵魂，也就是生物本身。他与其他十六种要素合作，独自享受物质世界。生物享有被称为快乐、痛苦和苦乐参半的三种情况。

要旨 每个人都为了达到自己心中杜撰出的一个目标而用自己的手、脚和身体其他器官做事，都试图享受形象、声音、滋

味、气味和触碰物这五种感官对象，却不知道生命的真正目标是使至尊主满意。生物因为不服从至尊主而被置于物质处境，随后便试图以自己杜撰出的方法改善其处境，而不是想要听从至尊人格首神的教导。但是，至尊主是如此仁慈，祂亲自来教导被迷惑的生物该如何在服从祂的教导的情况下行事，然后逐渐回归家园，回到首神身边，在那里过上永恒、平静及充满知识和极乐的生活。受制约的生物都有一个由物质元素构成的结构极其复杂的躯体，带着这个躯体独自挣扎；对此，这节诗用梵文“却单独(ekas tu)”来表明。这就像一个在海上挣扎的人，必须自己在海水中游泳；尽管海里还有许多其他人和水生动物在游泳，但他必须照顾自己，因为没人会帮助他。因此，这节诗说明，第十七个元素——灵魂，必须独自做事。尽管他试图创建社会、友谊和爱，但除了至尊主奎师那之外，没人能够帮助他。所以，他唯一该考虑的是，如何使奎师那满意。那也是奎师那想要的，即：只向祂皈依(sarva-dharmān parityajya mām ekaṁ śaraṇaṁ vraja)。被物质状态迷惑的人试图联合起来；然而，尽管他们为人与人之间和国家与国家之间的团结而奋斗，但却都以失败而告终。每一个人都必须为生存而独自与物质自然中的许多因素奋斗。因此，正如奎师那所忠告的，人唯一的希望是投靠、服从祂，因为祂可以帮助人摆脱无知的海洋。圣柴坦亚·玛哈帕布为此祈祷说：

ayi nanda-tanuja kiṅkaraṁ
　patitaṁ māṁ viṣame bhavāmbudhau
kṛpayā tava pāda-paṅkaja-
　sthita-dhūlī-sadṛśaṁ vicintaya

“啊！纳达王的儿子奎师那，我是您永恒的仆人，但不知怎的，我坠入这无知的海洋。尽管我苦苦挣扎，但却无法拯救自己。只有当您仁慈地捡起我，把我如一粒尘埃般固定在您的莲花足旁时，我才能得救。”

同样，巴克提维诺德·塔库尔歌唱道：

anādi karama-phale, padi' bhavārṇava-jale,
taribāre nā dekhi upāya

“亲爱的至尊主，我无法记起我究竟是何时以何种方式坠入了这无知的海洋，我现在找不到使自己得救的方法。”我们应该记住，每一个人都对他自己的生活负责任。人一旦成为奎师那纯粹的奉献者，就会被拯救出无知的汪洋。

第51节

तदेतत्षोडशकलं लिङ्गं शक्तित्रयं महत् ।
धत्तेऽनुसंसृतिं पुंसि हर्षशोकभयार्तिदाम् ॥५१॥

tad etat ṣoḍaśa-kalaṁ
liṅgaṁ śakti-trayaṁ mahat
dhatte 'nusaṁsṛtiṁ puṁsi
harṣa-śoka-bhayārtidām

tat一因此 / etat一这个 / ṣoḍaśa-kalam一由十六个部分组成(分别是十个感官、内心和五个感官对象) / liṅgam一精微的躯体 / śakti-trayam一三种物质属性的影响 / mahat一无法克服的 / dhatte一给予 / anusaṁsṛtim一几乎是不断地轮回并更换不同种类的躯体 / puṁsi一向生物体 / harṣa一满心欢喜 / śoka一悲伤 / bhaya一恐惧 / ārti一痛苦 / dām一给……的

译文 精微躯体由十六个部分构成，即：五个获取知识的感官、五个工作感官、五个感官享乐对象和内心。这个精微躯体是物质自然三种属性作用的结果。它由无法克服的强烈欲望构成，因此使生物在人类、动物和半神人等物种中从一个躯体轮回到另一个躯体。生物得到半神人的躯体时无疑满心欢喜，得到人类的躯体时就总是悲伤，得到动物的躯体

则始终感到恐惧。但事实上，他在所有的情况中都是悲惨的。他的悲惨状态被称为是在物质生活中的轮回。

要旨 这节诗中解释了物质受制约生活的总体实质。生物——第十七种要素，一生复一生地独自挣扎。这种挣扎被称为物质受制约的生活(saṁsṛti)。《博伽梵歌》中说，物质自然的威力极其强大，无法克服(daivī hy eṣā guṇa-mayī mama māyā duratyayā)。物质自然不断打扰在各种躯体中的生物，但如果生物托庇于至尊人格首神，他就能像《博伽梵歌》中所证实的那样，摆脱束缚(mām eva ye prapadyante māyām etāṁ taranti te)。这样，他的生命就成功了。

第 52 节

देह्यज्ञोऽजितषड्वर्गो नेच्छन् कर्माणि कार्यते ।
कोशकार इवात्मानं कर्मणाच्छाद्य मुह्यति ॥५२॥

dehy ajño 'jita-ṣaḍ-vargo
necchan karmāṇi kāryate
kośakāra ivātmānaṁ
karmaṇācchādya muhyati

dehī 一有物质躯体的灵魂 / ajñaḥ 一没有完美的知识 / ajita-ṣaṭ-vargaḥ 一没有控制感觉器官和心的人 / na icchan 一没有想要 / karmā-ṇi 一为得到物质利益而从事的活动 / kāryate 一导致去做 / kośakā-raḥ 一蚕 / iva 一如同 / ātmānam 一他自己 / karmaṇā 一被功利性活动 / ācchādya 一包裹 / muhyati 一变得困惑

译文 愚蠢的、有物质躯体的生物，控制不了自己的感官和想法，被迫按照物质自然三种属性的影响活动，做违心的事。他就像蚕用自己的唾液作茧自缚，根本没有脱困的可能。生物用他从事功利性活动编织的网束缚自己，接着再也找不到能解放自己的方法。他就这样始终困惑不已，重复死亡。

要旨 正如已经解释过的，自然属性的影响非常强大。被各种类型的功利性活动束缚的生物，恰似作茧自缚的蚕；他除非得到至尊人格首神的帮助，否则很难获得自由。

第53节

न हि कश्चित्क्षणमपि जातु तिष्ठत्यकर्मकृत् ।
कार्यते ह्यवशः कर्म गुणैः स्वाभाविकैर्बलात् ॥५३॥

na hi kaścit kṣaṇam api
jātu tiṣṭhaty akarma-kṛt
kāryate hy avaśaḥ karma
guṇaiḥ svābhāvikair balāt

na－不 / hi－事实上 / kaścit－任何人 / kṣaṇam api－甚至一下子 / jātu－任何时候 / tiṣṭhati－保持 / akarma-kṛt－没做任何事 / kāryate－他被迫做 / hi－确实 / avaśaḥ－自动地 / karma－功利性活动 / guṇaiḥ－被自然三种属性 / svābhāvikaiḥ－因他前生自己的意向而产生的 / balāt－通过力量

译文 没有一个生物能保持不活动的状态，哪怕一刻都不行。人必须按照物质自然三种属性的影响造就的他的自然倾向行事，这种自然倾向迫使他以某种特定的方式做事。

要旨 人的自然倾向(svābhāvika)是活动最重要的因素。人的自然倾向是服务，因为生物是神永恒的仆人。生物想要做服务，但他因为忘了自己与至尊主的关系，所以便在物质自然属性的控制下做服务，杜撰出社会主义、人道主义和利他主义等各种类型的服务。然而，人应该受教育，了解《博伽梵歌》的教义，接受至尊人格首神的教导，即：放弃做被冠以各种名称的物质服务的自然倾向，转而为至尊主服务。生物真正的自然状态是灵性的，所以原本的自然倾向都是怀着奎师那意识行事。人的责任是了解到，既然自己本是灵魂，就必须遵守灵性的倾向，而不被物质倾向冲昏头脑。所以圣巴克提维诺德·塔库尔唱到：

(miche) māyāra vaśe, yāccha bhese',
khāccha hābuḍubu, bhāi

“我亲爱的兄弟们，你们被物质能量的浪涛卷走，承受各种痛苦，有时被物质自然的浪涛淹没，有时则如一个在汪洋中挣扎的游泳之人一样被浪头抛来抛去。”正如巴克提维诺德·塔库尔所证实：当生物明白自己是至尊神奎师那永恒的仆人(kṛṣṇa-dāsa)时，就可以将这种被错觉能量玛亚之浪涛拍打的倾向，改变为原本自然的灵性倾向。

(jīva) kṛṣṇa-dāsa, ei viśvāsa,
karle ta' āra duḥkha nāi

如果人不再侍奉以各种名义出现的错觉能量玛亚，而是将服务的倾向转而用来为至尊主服务，那他就安全了，就不在有更多的艰难困苦。生物如果在人体生命形式中靠理解奎师那本人在韦达文献中给予的完美知识恢复他原本自然的倾向，他的生命就成功了。

第 54 节

लब्ध्वा निमित्तमव्यक्तं व्यक्ताव्यक्तं भवत्युत ।
यथायोनि यथाबीजं स्वभावेन बलीयसा ॥५४॥

labdhvā nimittam avyaktaṁ
vyaktāvyaktaṁ bhavaty uta
yathā-yoni yathā-bījaṁ
svabhāvena balīyasā

labdhvā－得到了 / nimittam－原因 / avyaktam－对人而言觉察不到或不得而知的 / vyakta-avyaktam－展示和未展示的或粗糙和精微的躯体 / bhavati－形成 / uta－肯定地 / yathā-yoni－完全像母亲 /

yathā-bījam—完全像父亲 / sva-bhāvena—被自然倾向 / balīyasā—非常强有力的

译文 生物从事的功利性活动，无论是虔诚或不虔诚的，都是满足他欲望的察觉不到的原因。这种察觉不到的原因是生物得到不同躯体的根源。生物强烈的欲望使他投生在特定的家庭中，得到要么像母亲、要么像父亲的一个躯体。粗糙和精微的躯体按他的欲望被制造出来。

要旨 粗糙的躯体是精微躯体的产物。正如《博伽梵歌》第8章的第6节诗所说：

yaṁ yaṁ vāpi smaran bhāvaṁ
tyajaty ante kalevaram
taṁ tam evaiti kaunteya
sadā tad-bhāva-bhāvitaḥ

“琨缇的儿子啊！人在离开躯体时无论记起什么情形，就必会到达那情景。”粗糙躯体的活动在死亡时导致精微躯体的状态。粗糙的躯体在人活着时运作，而精微的躯体在粗糙躯体死亡时起作用。被称为欲望之躯(liṅga)的精微躯体，是发展出一个不是像生身父亲就是像生身母亲的特定类型的粗糙躯体的基础。按照《瑞歌·韦达》(Ṛg Veda)的解释：如果在父母性交时，母亲的分泌物多于父亲的，孩子就会得到一个女性之躯；如果父亲的分泌物多于母亲的，孩子就会得到一个男性之躯。这些都是按照生物的欲望运作的物质自然微妙的定律。如果人得到教导，通过发展奎师那意识改变自己的精微躯体，那么死亡时刻到来时，精微躯体就会制造出一个将成为奎师那的奉献者的粗糙躯体；或者，如果他更完美，他将不再接受任何物质躯体，而是立刻得到一个灵性之躯，以此回归家园，回到首神身边。这就是灵魂的轮回过程。因此很明显，与其徒劳地试图利用为进行感官享乐而制定的条约联合人类社会，不如教导人们如何变得具有奎师那意识，回归家园，回到首神身边。这在现在，事实上是任何时候，都是千真万确、真实不虚的真理。

第55节

एष प्रकृतिसङ्गेन पुरुषस्य विपर्ययः ।
आसीत्स एव न चिरादीशसङ्गाद्विलीयते ॥५५॥

eṣa prakṛti-saṅgena
　puruṣasya viparyayaḥ
āsīt sa eva na cirād
　īśa-saṅgād vilīyate

eṣaḥ—这 / prakṛti-saṅgena—因为与物质自然接触 / puruṣasya—生物体的 / viparyayaḥ—健忘的情况或不幸的情况 / āsīt—变成、沦落 / saḥ—那处境 / eva—的确 / na—不 / cirāt—花很长时间 / īśa-saṅgāt—与至尊主的联谊 / vilīyate—被消灭

译文　与物质自然的接触使生物陷入棘手的处境，但他如果在人体生命中，就可以受到训练与至尊人格首神或祂的奉献者联谊，从而战胜他面对的艰难处境。

要旨　梵文“帕奎缇(prakṛti)”的意思是物质自然，“菩茹沙(puruṣa)”也可以用来指至尊人格首神。生物如果想要继续与奎师那的女性能量——物质自然(帕奎缇)接触，通过“自己能够享受物质能量”这种错觉与奎师那分开，他就必须继续留在受制约的生活中。然而，如果他改变他的意识，与存在中的第一人——至尊者联谊，或与祂的同伴联谊，他就能摆脱物质自然的束缚。正如《博伽梵歌》第4章的第9节诗中证实说：人必须了解至尊人奎师那的形象、名字、活动和娱乐时光(janma karma ca me divyam evaṁ yo vetti tattvataḥ)。这将使人永远与奎师那有接触。在这种情

况下放弃粗糙的物质躯体后，人就不再接受另一个粗糙的躯体，而是得到一个能够回归家园，回到首神身边的灵性之躯(tyaktvā deharh punar janma naiti mām eti so'rjuna)，从而不再遭受与物质能量接触导致的苦难。总之，生物是神永恒的仆人，但却来到物质世界，因为想要主宰物质而受物质状态的束缚。解脱意味着去除这种错误的意识，恢复原本为至尊主做服务的状态。回复生物原本的生活状态就称为解脱(mukti)。正如《圣典博伽瓦谭》中证实说：解脱是指生物停止更换粗糙和精微的物质躯体，恢复他永恒形象的状态(muktir hitvānyathā rūpaṁ svarūpeṇa vyavasthitiḥ)。

第56—57节

अयं हि श्रुतसम्पन्नः शीलवृत्तगुणालयः ।
धृतव्रतो मृदुर्दान्तः सत्यवाङ मन्त्रविच्छुचिः ॥५६॥

गुर्वग्न्यतिथिवृद्धानां शुश्रूषुरनहङ्कृतः ।
सर्वभूतसुहृत्साधुर्मितवागनसूयकः ॥५७॥

ayaṁ hi śruta-sampannaḥ
śīla-vṛtta-guṇālayaḥ
dhṛta-vrato mṛdur dāntaḥ
satya-vāṅ mantra-vic chuciḥ

gurv-agny-atithi-vṛddhānāṁ
śuśrūṣur anahaṅkṛtaḥ
sarva-bhūta-suhṛt sādhur
mita-vāg anasūyakaḥ

ayam一这个人(名叫阿佳弥勒) / hi一事实上 / śruta-sampannaḥ一受过韦达知识的良好教育 / śīla一优秀品格的 / vṛtta一良好行为 / guṇa一和美好品质 / ālayaḥ一宝库 / dhṛta-vrataḥ一坚定不移地执行韦达训喻 / mṛduḥ一非常温和 / dāntaḥ一完全控制住心和感官 / satya-vāk一始终诚实 / mantra-vit一知道如何吟诵韦达赞歌 / śuciḥ一总是

很清洁整齐 / guru－灵性导师 / agni－火神 / atithi－客人 / vṛddhānām－以及家中的长者 / śuśrūṣuḥ－非常恭敬地做服务 / anahaṅkṛtaḥ－没有骄傲或虚荣心 / sarva-bhūta-suhṛt－对所有的生物都很友善 / sādhuḥ－举止良好(没人能在他的品行中找出任何缺点) / mita-vāk－说话谨慎且不说废话 / anasūyakaḥ－不嫉妒

译文　这个名叫阿佳弥勒的布茹阿玛纳开始时曾学习所有的韦达文献，是美好品质、良好行为和优秀品德的宝库。他曾因为坚定不移地执行韦达训喻而性情温和、为人和善，能够控制自己的心和感官。除此之外，他总是诚实，知道如何吟诵韦达赞歌，而且十分纯洁。阿佳弥勒很尊敬他的灵性导师、火神、客人和家中的长者。事实上，他没有虚荣心。他曾为人正直，善待一切众生，行为举止良好。他从不说废话，从不嫉妒任何人。

要旨　阎罗王的命令执行官——亚玛杜塔们，解释了虔诚与不虔诚的真实状态，以及生物是如何被束缚在这个物质世界中的。他们描述阿佳弥勒的生活史说，他一开始曾是个博学的韦达文献学者；他曾行为举止良好，干净、整洁，善待众生；事实上，他曾具有所有的美好品质。换句话说，他曾像一个完美的布茹阿玛纳(brāhmaṇa, 婆罗门)。布茹阿玛纳应该十分虔诚，遵守所有的宗教原则，具有所有的美好品质。这些诗文中解释了虔诚的表现。圣维尔茹阿嘎瓦·阿查尔亚(Vīrarāghava Ācārya)评论道："坚定不移地执行韦达训喻(dhṛta-vrata)"的意思是，遵守独身禁欲誓言的人避免与女性交往(dhṛtaṁ vrataṁ strī-saṅga-rāhityātmaka-brah-macarya-rūpam)。换句话说，阿佳弥勒作为理想的贞守生(brahmacārī)，遵守禁欲的规范原则，十分诚实、心地善良、清洁和淳朴。下面的诗文将讲述他是如何在有所有这些美好品质的情况下堕落，从而受到被阎罗王惩罚的威胁的。

第 58—60 节

एकदासौ वनं यातः पितृसन्देशकृद् द्विजः ।
आदाय तत आवृत्तः फलपुष्पसमित्कुशान् ॥५८॥

ददर्श कामिनं कञ्चिच्छूद्रं सह भुजिष्यया ।
पीत्वा च मधु मैरेयं मदाघूर्णितनेत्रया ॥५९॥

मत्तया विश्लथन्नीव्या व्यपेतं निरपत्रपम् ।
क्रीडन्तमनुगायन्तं हसन्तमनयान्तिके ॥६०॥

ekadāsau vanaṁ yātaḥ
pitṛ-sandeśa-kṛd dvijaḥ
ādāya tata āvṛttaḥ
phala-puṣpa-samit-kuśān

dadarśa kāminaṁ kañcic
chūdraṁ saha bhujiṣyayā
pītvā ca madhu maireyaṁ
madāghūrṇita-netrayā

mattayā viślathan-nīvyā
vyapetaṁ nirapatrapam
krīḍantam anugāyantaṁ
hasantam anayāntike

ekadā—有一次 / asau—这个阿佳弥勒 / vanam yātaḥ—到树林去 / pitṛ—他父亲的 / sandeśa—命令 / kṛt—遵从 / dvijaḥ—布茹阿玛纳 / ādāya—采集 / tataḥ—从树林 / āvṛttaḥ—返回 / phala-puṣpa—水果和鲜花 / samit-kuśān—名叫萨密特和库沙的两种草 / dadarśa—看见 / kāminam—很好色 / kañcit——个人 / śūdram—第四阶层的人—庶铎 / saha—与 / bhujiṣyayā——个普通的女仆或妓女 / pītvā—饮酒之后 / ca—也 / madhu—琼浆玉液 / maireyam—用索玛花做成 / mada—由于迷醉 / āghūrṇita—转动着 / netrayā—她的眼睛 / mattayā—迷醉的 / viślathat-nīvyā—衣衫不整的 / vyapetam—从行为端正的层

面上堕落 / nirapatrapam－不惧众人的眼光 / krīḍantam－正享受 / anugāyantam－歌唱着 / hasantam－微笑着 / anayā－跟她 / antike－在旁边

译文　一次，阿佳弥勒这位布茹阿玛纳遵从他父亲的命令到树林去采集水果、鲜花及名叫萨密特和库沙的两种草。在回家的路上，他碰到一个第四阶层(庶铎)中很好色的人，正厚颜无耻地拥抱和亲吻一个妓女。那个庶铎玩笑着、歌唱着、享受着，仿佛他的行为举止很恰当。庶铎和妓女两人都喝醉了。那妓女的眼睛迷醉地转动着，身体裸露。这就是阿佳弥勒看到的他们两人的状态。

要旨　阿佳弥勒在沿着大路前行时，看到一个第四阶层的人和一个妓女。这里对他们做了生动的描述。甚至在过去的年代里有时也能看到有人喝醉的情形，虽然那并不常见。在这个喀历年代里，这样的罪恶现象随处可见，因为全世界的人都已经变得很无耻。很久以前，理想的贞守生阿佳弥勒看到酒醉的庶铎(śūdra)和妓女在一起的那一幕情景时便受到影响。如今，这样的罪恶行径在太多的地方可以被看到，我们必须考虑看到这种行径的贞守生的状态，那就是：他除非极其坚定地遵守规范原则，否则将很难保持稳定。尽管如此，如果人十分真诚、严肃地培养奎师那意识，他就能抵挡由罪恶行径造成的刺激。在我们的奎师那意识运动中，我们禁止非法性生活，喝酒、吸毒，吃肉及赌博。在喀历年代中，一个酒醉、半裸的女人拥抱一个酒醉的男人的情景是很常见的，尤其在西方国家中，而在看到这种事情后再要克制自己是很困难的事。可如果人依靠奎师那的恩典坚守规范原则，吟诵、吟唱哈瑞·奎师那·曼陀(Hare Kṛṣṇa mantra)，奎师那就必定会保护他。事实上，奎师那说，祂的奉献者永不被击败(kaunteya pratijānīhi na me bhaktaḥ praṇaśyati)。因此，所有在培养奎师那意识的学生都该服从地遵守规范原则，固定每天吟诵至尊主的圣名。这样就不需要害怕。否则，人的处境就很危险，尤其是在这个喀历年代中。

第 61 节

दृष्ट्वा तां कामलिप्तेन बाहुना परिरम्भिताम् ।
जगाम हृच्छयवशं सहसैव विमोहितः ॥६१॥

dṛṣṭvā tāṁ kāma-liptena
bāhunā parirambhitām
jagāma hṛc-chaya-vaśaṁ
sahasaiva vimohitaḥ

dṛṣṭvā－因为看 / tām－她(妓女) / kāma-liptena－用姜黄粉装饰激起色欲 / bāhunā－用手臂 / parirambhitām－拥抱 / jagāma－去 / hṛt-śaya－心中色欲的 / vaśam－受到控制 / sahasā－突然间 / eva－事实上 / vimohitaḥ－受错觉

译文 那庶铎用他涂抹姜黄粉作装饰的手臂拥抱那妓女。阿佳弥勒看到妓女时，沉睡在心中的色欲苏醒了，在错觉的影响下坠入它们的控制。

要旨 据说如果用姜黄粉涂抹身体，就可以激起异性的色欲。梵文“用姜黄粉装饰去激起色欲(kāma-liptena)”说明，那个庶铎用往身体上涂抹姜黄粉的方式装饰自己。

第 62 节

स्तम्भयन्नात्मनात्मानं यावत्सत्त्वं यथाश्रुतम् ।
न शशाक समाधातुं मनो मदनवेपितम् ॥६२॥

stambhayann ātmanātmānaṁ
yāvat sattvaṁ yathā-śrutam

na śaśāka samādhātuṁ
mano madana-vepitam

stambhayan－努力控制 / ātmanā－靠智力 / ātmānam－心 / yāvat sattvam－尽他最大的可能 / yathā-śrutam－通过回忆教导(对“甚至不看女人”的贞守生教导) / na－不 / śaśāka－能够 / samādhātum－阻止 / manaḥ－心 / madana-vepitam－被丘比特或色欲扰乱

译文　他尽可能耐心、努力地回忆经典中“甚至不要看女人”的这类教导，借助这知识及他的智力，努力控制他的色欲，但受心中丘比特力量的驱使，他没能控制住他的心。

要旨　人除非有很牢固的知识、忍耐力，以及适当的身体和心智运作状态，否则要控制色欲极其困难。因此，如上所述，在看到一个男人拥抱一个年轻的女人，而且几乎做出为过性生活所需要做的一切动作后，就连一个完全有资格的布茹阿玛纳都无法控制自己的色欲，抑制他们的冲动。除非通过做奉爱服务得到至尊人格首神的保护；否则，物质主义生活方式的力量使人极难保持自控。

第 63 节

तन्निमित्तस्मरव्याजग्रहग्रस्तो विचेतनः ।
तामेव मनसा ध्यायन् स्वधर्माद्विरराम ह ॥६३॥

tan-nimitta-smara-vyāja-
graha-grasto vicetanaḥ
tām eva manasā dhyāyan
sva-dharmād virarāma ha

tat-nimitta－因看她 / smara-vyāja－使他一直想着她 / graha-grastaḥ－被日食或月食抓获 / vicetanaḥ－已经完全忘记他真正的身份 / tām－她的 / eva－无疑地 / manasā－被心 / dhyāyan－一直想

着 / sva-dharmāt－布茹阿玛纳遵守的规定原则 / virarāma ha－他完全停止

译文 正如低等星球遮住太阳和月亮，造成日食和月食，这位布茹阿玛纳失去了他所有的理智。当时的情景使他一直想着那妓女，于是在很短的时间内便带她到家里当仆人，不再遵守布茹阿玛纳该遵守的任何原则。

要旨 舒卡戴瓦·哥斯瓦米想要通过吟诵这节诗给读者心中留下强烈的印象，即：阿佳弥勒因为与妓女的联谊而从布茹阿玛纳的崇高地位上坠落，以致完全忘了从事他的布茹阿玛纳活动。尽管如此，在他人生结束时，他因为喊出纳茹阿亚纳这一圣名的四个音节而从堕落的最危险的情况中获救。哪怕做一点点奉爱服务，都能救人摆脱最危险的处境(svalpam apy asya dharmasya trāyate mahato bhayāt)。以吟诵、吟唱至尊主的圣名为开始的奉爱服务是那么强有力，就连因为性放纵而从布茹阿玛纳的崇高地位上坠落的人，都能因为以某种方式发出至尊主圣名的声音震荡而从所有的灾难中获救。这就是至尊主圣名的非凡力量。正因为如此，《博伽梵歌》中劝告人哪怕一刻都不要忘记吟诵、吟唱至尊主的圣名(satataṁ kīrtayanto māṁ yatantaś ca dṛḍha-vratāḥ)。这个物质世界里有许多危险的状况可以使人随时从崇高的地位上坠落。但人如果靠吟诵、吟唱哈瑞·奎师那玛哈·曼陀使自己始终保持纯洁、稳定的状态，毫无疑问就将是安全的。

第 64 节

तामेव तोषयामास पित्र्येणार्थेन यावता ।
ग्राम्यैर्मनोरमैः कामैः प्रसीदेत यथा तथा ॥६४॥

tām eva toṣayām āsa
pitryeṇārthena yāvatā

grāmyair manoramaiḥ kāmaiḥ
prasīdeta yathā tathā

tām—她(妓女) / eva—事实上 / toṣayām āsa—他努力取悦 / pitryeṇa—他从父亲辛苦劳动赚得的 / arthena—用钱 / yāvatā—尽可能长久地 / grāmyaiḥ—物质的 / manaḥ-ramaiḥ—让她开心 / kāmaiḥ—靠给予使感官享受的礼物 / prasīdeta—她会满足 / yathā—以便 / tathā—那样

译文　从此，阿佳弥勒开始挥霍他继承的父亲的遗产，买各种礼物取悦那妓女，好让她对他满意。为满足那妓女，他停止从事他作为布茹阿玛纳该从事的一切活动。

要旨　甚至得到净化的人都受到妓女的吸引，结果花光继承的遗产的事例，在全世界有很多。追妓女的行为是如此恶劣，就连想与妓女发生性关系的念头都能毁坏一个人的品质，摧毁一个人的崇高地位，掠夺光一个人所有的钱财。正因为如此，非法性生活受到严格禁止。人应该满足于自己娶的妻子，因为哪怕有丝毫的不忠诚，都将造成大混乱。具有奎师那意识的居士应该始终记住这一点。他应该始终满足于有一位妻子，靠吟诵、吟唱哈瑞·奎师那曼陀保持平静。否则，就像阿佳弥勒的例子一样，他在任何时刻都有可能从他的良好状态中堕落。

第 65 节

विप्रां स्वभार्यामप्रौढां कुले महति लम्भिताम् ।
विससर्जाचिरात्पापः स्वैरिण्यापाङ्गविद्धधीः ॥६५॥

viprāṁ sva-bhāryām apraudhāṁ
kule mahati lambhitām
visasarjācirāt pāpaḥ
svairiṇyāpāṅga-viddha-dhīḥ

viprām 一 布茹阿玛纳的女儿 / sva-bhāryām 一 他妻子 / apraudhām一不老(年轻) / kule一从一个家庭 / mahati一很值得尊敬的 / lambhitām一结婚 / visasarja一他放弃 / acirāt一很快 / pāpaḥ一变得罪恶 / svairiṇyā一妓女的 / apāṅga-viddha-dhīḥ一他的智力被淫荡的瞥视刺破

译文 由于阿佳弥勒这个布茹阿玛纳的智力已被那妓女淫荡的瞥视刺破，作为受害者的他便跟她在一起从事各种罪恶活动。他甚至离弃了他那位来自十分受尊敬的布茹阿玛纳家庭且年轻貌美的妻子的陪伴。

要旨 每个人通常都有资格继承自己父亲的财产，阿佳弥勒也从他父亲那里继承了钱财。但他用钱做什么了呢？他不把金钱用于为奎师那服务，而是用来侍奉一个妓女。为此，他受到阎罗王的谴责，理应受到惩罚。这一切是如何发生的？就因为他成了一个妓女淫荡的危险瞥视的受害者。

第 66 节

यतस्ततश्चोपनिन्ये न्यायतोऽन्यायतो धनम् ।
बभारास्याः कुटुम्बिन्याः कुटुम्बं मन्दधीरयम् ॥६६॥

yatas tataś copaninye
nyāyato 'nyāyato dhanam
babhārāsyāḥ kuṭumbinyāḥ
kuṭumbaṁ manda-dhīr ayam

yataḥ tataḥ一无论何地、无论如何 / ca一而且 / upaninye一他得到 / nyāyataḥ一恰当地 / anyāyataḥ一不恰当地 / dhanam一金钱 / babhāra一他供养 / asyāḥ一她的 / kuṭum-binyāḥ一拥有许多儿女 / kuṭumbam一家庭 / manda-dhīḥ一丧失所有的理智 / ayam一这个人(阿佳弥勒)

译文 尽管出生在布茹阿玛纳的家庭中，这个因为与妓女的联谊而丧失理智的恶棍，不择手段地赚钱，根本不管方法是否正当，用赚来的钱供养那妓女的儿女们。

第 67 节

यदसौ शास्त्रमुल्लङ्घ्य स्वैरचार्यतिगर्हितः ।
अवर्तत चिरं कालमघायुरशुचिर्मलात् ॥६७॥

yad asau śāstram ullaṅghya
svaira-cāry ati-garhitaḥ
avartata ciraṁ kālam
aghāyur aśucir malāt

yat—因为 / asau—这个布茹阿玛纳 / śāstram ullaṅghya—违反经典中的原则 / svaira-cārī—不负责任地做出 / ati-garhitaḥ—极受谴责 / avartata—经过 / ciram kālam—很长一段时间 / agha-āyuḥ—……的生命充满罪恶活动 / aśuciḥ—不洁 / malāt—由于不纯洁

译文 这个布茹阿玛纳长时间不负责任地违反圣典中规定的所有规范原则，挥霍无度，吃妓女准备的食物。这使他满身罪孽。他肮脏邪恶，沉溺于违禁的活动。

要旨 由一个罪恶不洁的男人或女人，尤其是妓女准备的食物，极具传染性。阿佳弥勒就吃这种食物，因此成为阎罗王惩罚的对象。

第 68 节

तत एनं दण्डपाणेः सकाशं कृतकिल्बिषम् ।
नेष्यामोऽकृतनिर्वेशं यत्र दण्डेन शुद्ध्यति ॥६८॥

tata enaṁ daṇḍa-pāṇeḥ
sakāśaṁ kṛta-kilbiṣam

neṣyāmo 'kṛta-nirveśaṁ
yatra daṇḍena śuddhyati

tataḥ—因此 / enam—他 / daṇḍa-pāṇeḥ—被授权负责惩罚的阎罗王的 / sakāśam—在……面前 / kṛta-kilbiṣam—不断犯下各种罪的 / neṣyāmaḥ—我们将带走 / akṛta-nirveśam—尚未赎罪的 / yatra—哪里 / daṇḍena—借由惩罚 / śuddhyati—他将被净化

译文 阿佳弥勒这个男人没有赎罪，因此由于他罪恶的一生，我们必须把他带到阎罗王面前接受惩罚。在那里，根据他犯罪情节的严重程度，他将受到惩罚，从而得到净化。

要旨 维施努的命令执行官禁止阎罗王的命令执行官将阿佳弥勒带到阎罗王那里去，因此阎罗王的命令执行官解释说，带这样一个人去阎罗王那里是恰当的做法。由于阿佳弥勒并没有为他的罪恶行为赎罪，他应该被带到阎罗王那里去接受惩罚，从而得到净化。杀人者有罪，所以也必须被杀，否则死后就必定要承受许多恶报之苦。同样，阎罗王的惩罚是净化罪大恶极之人的一个程序，所以阎罗王的命令执行官要求维施努的命令执行官不要阻止他们把阿佳弥勒带到阎罗王那里去。

到此为止，结束了巴克提韦丹塔对《圣典博伽瓦谭》第6篇第1章——“阿佳弥勒的生平”所作的阐释。

第二章

维施努的使者拯救阿佳弥勒

在这一章中，外琨塔(Vaikuṇṭha)的使者们向阎罗王的命令执行官们(Yamadūta)解释吟诵、吟唱圣名的荣耀。维施努的命令执行官们(Viṣṇudūta)说：“现在就连奉献者聚集的团体里都有不虔诚的活动在进行，因为一个不该被惩罚的人就要被阎罗王(Yamarāja)惩罚了。人民大众没有能力照顾自己，必须依靠政府维护他们的安全，但如果政府利用这一点伤害国民，那国民将去往何方？我们清楚地看到阿佳弥勒(Ajāmila)不该受惩罚，尽管你们试图把他带去阎罗王那里接受惩罚。”

阿佳弥勒之所以不该受惩罚，是因为他赞颂了至尊主的圣名。维施努的使者们对此这样解释说：“仅仅靠喊出一次纳茹阿亚纳的圣名，这个布茹阿玛纳就免除了一切恶报。事实上，他不仅被免除这一生的罪恶，而且千百万其他生世的罪恶也被一笔勾销。他已经真正为他从事过的恶行赎罪了。按照经典(śāstra)的指导赎罪其实并不能免除恶报，但如果吟诵、吟唱至尊主的圣名，哪怕只是偶然的，都能使人立即免于所有的罪恶。吟诵、吟唱至尊主圣名的荣耀唤起所有的好运。因此毫无疑问，阿佳弥勒的恶报被一笔勾销，不该受到阎罗王的惩罚。”

维施努的命令执行官们边这样说，边将阎罗王的命令执行官绑在阿佳弥勒身上的绳子松开。布茹阿玛纳·阿佳弥勒向维施努的命令执行官们恭敬地顶礼。他明白自己在这一生结束之际喊出纳茹阿亚纳的圣名有多么幸运。事实上，他能认识到这好运的全部意义和重要性。在完全明白阎罗王的命令执行官和维施努的命令执行官之间的讨论后，他成为至尊人格首神纯粹的奉献者。他懊悔自己以前有多么罪恶，再三地谴责自己。

最后，凭着与维施努的命令执行官们的联谊，原本的意识被唤醒的阿佳弥勒离弃一切，到哈尔德瓦尔去，在那里专心致志地做奉爱服务，始终想着至尊人格首神。后来，维施努的命令执行官前去那里，让他坐上一个金色宝座，将他带往外琨塔星球。总而言之，尽管罪恶的阿佳弥勒是为了叫他的儿子才喊出纳茹阿亚纳的圣名，尽管那是吟诵圣名的初级阶段(nāmābhāsa)，但却使他获得了解脱。因此，怀着信心和奉爱之情吟诵、吟唱至尊主圣名的人无疑十分崇高，甚至在物质受制约的生活中都受到保护。

第 1 节

श्रीबादरायणिरुवाच
एवं ते भगवद्दूता यमदूताभिभाषितम् ।
उपधार्याथ तान् राजन् प्रत्याहुर्नयकोविदाः ॥१॥

śrī-bādarāyaṇir uvāca
evaṁ te bhagavad-dūtā
yamadūtābhibhāṣitam
upadhāryātha tān rājan
pratyāhur naya-kovidāḥ

śrī-bādarāyaṇiḥ uvāca—维亚萨戴瓦的儿子舒卡戴瓦·哥斯瓦米说 / evam—如此 / te—他们 / bhagavat-dūtāḥ—主维施努的仆人 / yamadūta—被阎罗王的仆人 / abhibhāṣitam—所说的 / upadhārya—听着 / atha—然后 / tān—向他们 / rājan—君王啊！ / pratyāhuḥ—恰当地回答 / naya-kovidāḥ—精通辩论和逻辑

译文　舒卡戴瓦·哥斯瓦米说：我亲爱的君王，主维施努的仆人们始终很擅长逻辑和辩论。听了阎罗王的使者们的说明，他们给予如下的回答。

第 2 节

श्रीविष्णुदूता ऊचुः
अहो कष्टं धर्मदृशामधर्मः स्पृशते सभाम् ।
यत्रादण्ड्येष्वपापेषु दण्डो यैर्ध्रियते वृथा ॥ २ ॥

śrī-viṣṇudūtā ūcuḥ
aho kaṣṭaṁ dharma-dṛśām
adharmaḥ spṛśate sabhām
yatrādaṇḍyeṣv apāpeṣu
daṇḍo yair dhriyate vṛthā

śrī-viṣṇudūtāḥ ūcuḥ—维施努的使者维施努杜塔们说 / aho—唉！ / kaṣṭam—多么令人痛心啊！ / dharma-dṛśām—想要维持宗教的人的 / adharmaḥ—非宗教 / spṛśate—正影响着 / sabhām—社会 / yatra—在……中 / adaṇḍyeṣu—向不应被惩罚的人 / apāpeṣu—无罪的 / daṇḍaḥ—惩罚 / yaiḥ—被……的人 / dhriyate—正被指派 / vṛthā—不必要的

译文　维施努的使者们说：唉，非宗教被引进宗教本该得到维护的社会，这真令人十分痛心。事实上，那些负责维护宗教原则的人不需要惩罚一个无辜、不该受惩罚的人。

要旨　维施努的使者们控告阎罗王的命令执行官因为试图将阿佳弥勒拖到阎罗王那里接受惩罚而违反了宗教原则。阎罗王被至尊人格首神正式委派负责断定宗教和非宗教原则，并惩罚违反宗教原则的人。然而，如果完全无罪的人受到惩罚，阎罗王的属下便全部被污染。这项原则不仅适用于阎罗王的属下，也适用于整个人类社会。

在人类社会正确地维护宗教原则，是朝廷或政府的责任。不幸的是，在这个喀历年代(Kali-yuga)中，宗教原则被篡改，而政府不能正确地判断谁该受惩罚，谁不该。据说在喀历年代中，花不起钱打官司的人就得不到公平与正义。事实上，在判案的过程中经常被发现，法官被贿赂后做出对贿赂之人有利的判决。有时为整个大众的利益而推广奎师那意识运动的宗教人士，被警察和法庭逮捕，不断骚扰。维施努的使者——外士纳瓦(Vaiṣṇavas)，对这些很不幸的事实感到悲痛。出于对所有堕落灵魂的灵性的怜悯，外士纳瓦按照宗教原则的标准方法去传播知识。但不幸的是，由于喀历年代的影响，将自己的生命贡献于传播至尊主荣耀的外士纳瓦，有时却受到法庭错误指控“他们干扰平静”的打扰和惩罚。

第3节

प्रजानां पितरो ये च शास्तारः साधवः समाः ।
यदि स्यात्तेषु वैषम्यं कं यान्ति शरणं प्रजाः ॥३॥

prajānāṁ pitaro ye ca
śāstāraḥ sādhavaḥ samāḥ
yadi syāt teṣu vaiṣamyaṁ
kaṁ yānti śaraṇaṁ prajāḥ

prajānām－国民的 / pitaraḥ－保护者、监管者(君王或公仆) / ye－……的他们 / ca－和 / śāstāraḥ－给予关于律法和命令的教导 / sādhavaḥ－赋予一切美好的品质 / samāḥ－平等对待众生 / yadi－如果 / syāt－有 / teṣu－在他们中 / vaiṣamyam－偏袒 / kam－什么 / yānti－将去 / śaraṇam－庇护 / prajāḥ－国民

译文 君王或政府官员应该具备十分优良的品格，以致行为处事出于爱和深情而如同国民的父亲、供养者和保护者。他应该根据标准的经典给予国民良好的忠告和教导，应该平等对待众生。阎罗王是至高无上的司法官，所以这样做，他的随从也效法他这样做。但如果这类人因为惩罚清白无辜之人而受到污染，表现出偏袒，那么国民们今后该为他们的生计和安全到何处去寻求托庇呢？

要旨　君王或现代政府应该当国民的指导者，教导他们正确的人生目标。人体生命是特殊用来认识自我，以及自我与至尊人格首神的关系的；动物生命无法做到这一点。因此，政府的职责是负责训练国民，以使他们逐渐提升到灵性的层面，觉悟自我，以及自我与神的关系。尤帝士提尔王(Mahārāja Yudhiṣṭhira)、帕瑞克西特王(Mahārāja Parīkṣit)、主茹阿玛禅铎(Rāmacandra)、安巴瑞施王(Mahārāja Ambarīṣa)和帕拉德王(Prahlāda Mahārāja)等古代明君，都遵守这一原则。政府首脑必须十分正直、虔诚，否则整个国家就会受到损害。不幸的是，恶棍和盗贼们打着民主的幌子，通过选举让其他的恶棍和盗贼占据政府最重要的职位。美国最近的事件就证明了这一点；美国总统受到谴责，被国民们从那职位上拉了下来。这只是一个例子，其他的事例还很多。这场重要的奎师那意识运动使人明白自己应该变得具有奎师那意识，同时不该给没有奎师那意识的人投票。这样，国家才会有真正的和平与繁荣。外士纳瓦看到政府管理失当时，心中产生巨大的同情，于是尽自己的努力通过传播哈瑞·奎师那运动净化社会。

第 4 节

यद्यदाचरति श्रेयानितरस्तत्तदीहते ।
स यत्प्रमाणं कुरुते लोकस्तदनुवर्तते ॥ ४ ॥

yad yad ācarati śreyān
itaras tat tad īhate
sa yat pramāṇaṁ kurute
lokas tad anuvartate

yat yat—无论什么 / ācarati—执行 / śreyān—精通宗教原则的一流的人 / itaraḥ—下级人员 / tat tat—那 / īhate—实行 / saḥ—他(伟大的人) / yat—无论什么 / pramāṇam—视为明证或视为正确的事 / kurute—接受 / lokaḥ—一般大众 / tat—那 / anuvartate—跟随

译文 人民大众学习社会领袖树立的榜样，模仿他的行为。他们将领袖人物所接受的一切视为是明证。

要旨 尽管阿佳弥勒不该受到惩罚，但阎罗王的命令执行官们还是执意要带他去接受阎罗王的惩罚。这是违反宗教原则的做法(adharma)。维施努的使者们担心，如果允许这种违反宗教原则的做法，人类社会的管理就会遭到破坏。如今，奎师那意识运动努力介绍对人类社会的正确的管理原则，但不幸的是，喀历年代(Kali-yuga)的政府并不欣赏这运动所提供的珍贵服务，所以并未给予适当的支持。哈瑞·奎师那运动是最适合改善人类社会堕落情况的运动，因此政府和世界各地的大众领袖都该支持这场可以彻底矫正人类罪恶状况的运动。

第5—6节

यस्याङ्के शिर आधाय लोकः स्वपिति निर्वृतः ।
स्वयं धर्ममधर्मं वा न हि वेद यथा पशुः ॥५॥

स कथं न्यर्पितात्मानं कृतमैत्रमचेतनम् ।
विस्रम्भणीयो भूतानां सघृणो दोग्धुमर्हति ॥६॥

yasyāṅke śira ādhāya
lokaḥ svapiti nirvṛtaḥ
svayaṁ dharmam adharmaṁ vā
na hi veda yathā paśuḥ

sa kathaṁ nyarpitātmānaṁ
kṛta-maitram acetanam
visrambhaṇīyo bhūtānāṁ
saghṛṇo dogdhum arhati

yasya—……的 / aṅke—在膝上 / śiraḥ—头 / ādhāya—置于 / lokaḥ——般大众 / svapiti—睡觉 / nirvṛtaḥ—平静地 / svayam—亲

自 / dharmam－宗教原则或生命目标 / adharmam－非宗教原则 / vā－或者 / na－不 / hi－事实上 / veda－知道 / yathā－正如 / paśuḥ－一个动物 / saḥ－这样一个人 / katham－如何 / nyarpitātmānam－向完全皈依的生物体 / kṛta-maitram－诚恳和友好地 / acetanam－带着不发达的意识、愚昧地 / visrambhaṇīyaḥ－值得受到信任 / bhūtānām－生物体的 / sa-ghṛṇaḥ－拥有为众人着想的善心 / dogdhum－制造痛苦 / arhati－能够

译文　人民大众并没有很多能使其分清宗教与非宗教的高等知识。幼稚、愚钝的国民，就像平静地头枕主人的膝头睡着的无知动物，完全相信主人给予的保护。如果一个领袖真有慈悲心肠，值得得到生物体的信任，他怎么能惩罚或杀死忠心耿耿、友好地全心投靠他的一个愚蠢之人呢？

要旨　梵文“viśvasta-ghāta”是指打破信心或破坏信任。人民应该在政府的保护下始终感到安全。因此，如果一个政府破坏国民的信任，为了政治方面的考量而使他们陷入困境就太令人遗憾了。我们实际看到，在印度分裂的那段时间里，尽管印度教徒和穆斯林教徒原本平静地住在一起，但却在政治家们的操纵下突然产生彼此之间的憎恨和敌意，结果因为政治而互相残杀。这些都是喀历年代的征象。在这个年代里，动物被很好地养起来，完全相信它们的主人会保护他们，但不幸的是，它们一旦够肥胖，便立刻被送到屠宰场去。像维施努的命令执行官那样的外士纳瓦，谴责这种残酷的做法。事实上，经典已经描述过，地狱正等着罪恶之人去那里，为他们所犯的罪行承受痛苦。谁背叛那些真诚地怀着信心投靠自己的人或动物，谁就是十恶不赦的。由于如今的政府不再惩罚这样的背叛，整个人类社会受到严重的污染。正因为如此，这个年代里的人被说成是：懒惰、喜欢争斗、被误

导、不幸，而且总是心烦意乱(mandāḥ sumanda-matayo manda-bhāgyā hy upadrutāḥ)。罪恶的结果是：人们受到谴责(mandāḥ)，他们的智力不洁净(sumanda-matayaḥ)，他们不幸(manda-bhāgyāḥ)，因此始终受许多问题的打扰(upadrutāḥ)。这是他们这一生的处境；而死后，他们就会在地狱中受惩罚。

第7节

अयं हि कृतनिर्वेशो जन्मकोट्यंहसामपि ।
यद्व्याजहार विवशो नाम स्वस्त्ययनं हरेः ॥ ७ ॥

ayaṁ hi kṛta-nirveśo
　janma-koṭy-aṁhasām api
yad vyājahāra vivaśo
　nāma svasty-ayanaṁ hareḥ

ayam—这个人(阿佳弥勒) / hi—事实上 / kṛta-nirveśaḥ—已赎清所有种类的罪 / janma—出生的 / koṭi—百万的 / aṁhasām—罪恶活动 / api—甚至 / yat—因为 / vyājahāra—他已经呼喊 / vivaśaḥ—在无助的情况下 / nāma—圣名 / svasti-ayanam—解脱的方式 / hareḥ—至尊人格首神的

译文　阿佳弥勒已经赎清了他所有的罪行。事实上，他因为在无助的情况下喊出主纳茹阿亚纳的圣名，所以不仅赎清了这一生的罪，而且还赎清了好几百万生世从事过的罪恶。尽管他的呼喊并不纯粹，但却是没有冒犯的，因此他现在变得纯净，有资格解脱了。

要旨　阎罗王的命令执行官们只考虑阿佳弥勒的外在情况。由于他一生都极其罪恶，他们便认为该把他带到阎罗王那里去，但却不知道他已经清除了所有的恶报。为此，维施努的命令执行官告诉他们，由于他在死亡时发出纳茹阿亚纳圣名的四个音节，他所有的罪恶被一笔勾销。就有关这一点，圣维施瓦纳特·查夸瓦尔提·塔库尔引述韦达文献(smṛti-śāstra)中的诗文说：

nāmno hi yāvatī śaktiḥ
pāpa-nirharaṇe hareḥ
tāvat kartuṁ na śaknoti
pātakaṁ pātakī naraḥ

“仅仅靠吟诵、吟唱哈尔依的一个圣名，罪恶之人就能抵消比他所能犯下的罪行还要多的罪。”(《大维施努往世书》Bṛhad-viṣṇu Purāṇa)

avaśenāpi yan-nāmni
kīrtite sarva-pātakaiḥ
pumān vimucyate sadyaḥ
siṁha-trastair mṛgair iva

“甚至在无助的情况下或并没想这么做的情况下吟诵、吟唱至尊主圣名的人，其恶报都离他而去，恰似一头狮子一声大吼，所有的小动物都因恐惧而四散奔逃。”(《嘎茹达往世书》Garuḍa Purāṇa)

sakṛd uccāritaṁ yena
harir ity akṣara-dvayam
baddha-parikaras tena
mokṣāya gamanaṁ prati

“人一旦吟诵、吟唱至尊主那由ha-ri这两个音节构成的圣名，他的解脱之途就有了保证。”(《斯康达往世书》Skanda Purāṇa)

这些就是维施努的命令执行官为何要拒绝阎罗王的命令执行官带走阿佳弥勒的一些理由。

第8节

एतेनैव ह्यघोनोऽस्य कृतं स्यादघनिष्कृतम् ।
यदा नारायणायेति जगाद चतुरक्षरम् ॥ ८ ॥

etenaiva hy aghono 'sya
kṛtaṁ syād agha-niṣkṛtam
yadā nārāyaṇāyeti
jagāda catur-akṣaram

etena—借由这(吟诵、吟唱) / eva—事实上 / hi—肯定地 / aghonaḥ—有恶报的 / asya—这个(阿佳弥勒)的 / kṛtam—实行 / syāt—是 / agha—罪恶的 / niṣkṛtam—完成赎罪 / yadā—当……时 / nārāyaṇa—纳茹阿亚纳啊(他儿子的名字) / āya—请过来 / iti—如此 / jagāda—他喊出 / catuḥ-akṣaram—四个音节(纳·茹阿·亚·纳)

译文 维施努的使者们继续说：即使在这之前，这个阿佳弥勒在进食或其他时间也会喊他的儿子道："我亲爱的纳茹阿亚纳，请来这里。"他虽然叫的是他儿子的名字，但还是发出了纳·茹阿·亚·纳这四个音节。仅仅靠以这种方式吟诵、吟唱纳茹阿亚纳的名字，他就足以赎清好几百万生世的罪。

要旨 阿佳弥勒以前为养他的家人而从事罪恶活动时，曾经没有冒犯地呼喊了纳茹阿亚纳的圣名。如果是为了抵消罪恶活动的反应或借助圣名的力量作恶而吟诵、吟唱至尊主的圣名，就是冒犯(nāmno balād yasya hi pāpa-buddhiḥ)。可是，阿佳弥勒虽然从事罪恶活动，但却从没有为了抵消它们而呼喊纳茹阿亚纳的名字，相反只是为了叫他儿子才喊出纳茹阿亚纳的名字。所以说，他这么做是有效的。由于以这种方式喊出了纳茹阿亚纳的圣名，他已经清除了许许多多生世的恶报。他人生的开始阶段是纯洁的，后来虽然犯下许多罪行，但并没有冒犯圣名，没有为了抵消自己的罪行而吟诵纳茹阿亚纳的圣名。始终在没有冒犯圣名的状态下吟诵、吟唱圣名的人，就永远是纯洁的。正如这节诗中所确认，阿佳弥勒已经没罪了，而由于他喊出纳茹阿亚纳的圣名，他保持无罪的状态。尽管他是在喊他儿子，但那并不重要，圣名本身是有效的。

第 9—10 节

स्तेनः सुरापो मित्रध्रुग्ब्रह्महा गुरुतल्पगः ।
स्त्रीराजपितृगोहन्ता ये च पातकिनोऽपरे ॥ ९ ॥

सर्वेषामप्यघवतामिदमेव सुनिष्कृतम् ।
नामव्याहरणं विष्णोर्यतस्तद्विषया मतिः ॥१०॥

stenaḥ surā-po mitra-dhrug
brahma-hā guru-talpa-gaḥ
strī-rāja-pitṛ-go-hantā
ye ca pātakino 'pare

sarveṣām apy aghavatām
idam eva suniṣkṛtam
nāma-vyāharaṇaṁ viṣṇor
yatas tad-viṣayā matiḥ

stenaḥ—偷窃之人 / surā-paḥ—酗酒者 / mitra-dhruk—背叛朋友或亲人的人 / brahma-hā—杀死布茹阿玛纳的人 / guru-talpa-gaḥ—与自己导师(古茹)的妻子发生性关系的人 / strī—女人 / rāja—君王 / pitṛ—父亲 / go—乳牛的 / hantā—杀人犯 / ye—那些……的人 / ca—也 / pātakinaḥ—犯下罪行 / apare—许多其他的 / sarveṣām—他们所有的 / api—虽然 / agha-vatām—犯下许多罪的人 / idam—这个 / eva—肯定地 / su-niṣkṛtam—完美的赎罪 / nāma-vyāharaṇam—吟诵、吟唱圣名 / viṣṇoḥ—主维施努的 / yataḥ—由于……的 / tat-viṣayā—在吟诵、吟唱圣名的人身上 / matiḥ—祂的注意力

译文　吟诵、吟唱主维施努的圣名，对偷盗金子等宝物的盗贼、酗酒者、背叛朋友和亲人的人、杀死布茹阿玛纳的人，以及与自己的导师或其他前辈的妻子发生性关系的人来

说，是最佳的赎罪方式；对谋杀女人、君王或自己父亲的人，对宰杀乳牛等所有其他的罪犯来说，也都是最佳的赎罪方式。仅仅靠吟诵、吟唱主维施努的圣名，这些罪恶之人就可以引起至尊主的注意，心想："由于这个人吟诵、吟唱了我的圣名，我就有责任保护他。"

第 11 节

न निष्कृतैरुदितैर्ब्रह्मवादिभि-
स्तथा विशुद्ध्यत्यघवान् व्रतादिभिः ।
यथा हरेर्नामपदैरुदाहृतै-
स्तदुत्तमश्लोकगुणोपलम्भकम् ॥११॥

na niṣkṛtair uditair brahma-vādibhis
tathā viśuddhyaty aghavān vratādibhiḥ
yathā harer nāma-padair udāhṛtais
tad uttamaśloka-guṇopalambhakam

na－不 / niṣkṛtaiḥ－借由赎罪的过程 / uditaiḥ－规定的 / brahma-vādibhiḥ－被像玛努一样的博学学者 / tathā－到那程度 / viśuddhya-ti－变得纯净 / agha-vān－一个罪恶的人 / vrata-ādibhiḥ－借由遵守誓言和规定原则 / yathā－如同 / hareḥ－主哈尔依的 / nāma-padaiḥ－借由圣名的音节 / udāhṛtaiḥ－吟诵、吟唱 / tat－那 / uttamaśloka－至尊人格首神的 / guṇa－超然品质的 / upalambhakam－使人想起

译文 遵守韦达祭祀仪式的规定，或从事赎罪活动，都不能使罪恶之人变得像吟诵、吟唱一次主哈尔依的圣名那样被净化。赎罪活动也许使人免于恶报，但并不像吟诵、吟唱至尊主的圣名那样唤醒人做奉爱服务的愿望。吟诵、吟唱圣名使人记起至尊主的声望、品质、特质、娱乐活动和随身用具。

要旨 圣维施瓦纳特·查夸瓦尔提·塔库尔评论说：吟诵、吟唱至尊主的圣名具有特殊的重要意义，使它有别于为了赎严重、更严重及最严重的罪行而举行的韦达仪式性典礼。世上有被称为法典(dharma-śāstra)的二十多部宗教经典，它们以《玛努法典》(Manu-saṁhitā)及《帕茹阿沙尔·萨密塔》(parāśara-saṁhitā)为开始，但这里强调，尽管靠遵守这些经典中的宗教原则也许可以清除最大的恶报，但却无法将罪恶之人提升到为至尊主做爱心服务的层面上。然而，吟诵、吟唱至尊主的圣名哪怕一次，都不仅使人立刻清除最大的恶报，而且还将人提升到为至尊人格首神做爱心服务的层面上。至尊主以祂光荣的活动而闻名于世，所以被说成是用精选诗歌赞美的人(uttamaśloka)。因此，人们靠记忆至尊主的形象、特质和娱乐活动侍奉至尊主。圣维施瓦纳特·查夸瓦尔提·塔库尔解释说，至尊主是全能的，所以仅仅吟诵、吟唱祂的圣名就使这一切成为可能。通过举行韦达仪式无法得到的，能够轻易地靠吟诵、吟唱至尊主的圣名得到。吟唱圣名并在心醉神迷的状态中舞蹈是如此容易和具有净化力，以至人只要这么做，就能得到灵性生活所有的利益。正因为如此，圣柴坦亚·玛哈帕布宣称："所有的荣耀归于集体歌唱圣奎师那圣名的祭祀(paraṁ vijayate śrī-kṛṣṇa-saṅkīrtanam)。"我们开展的集体歌唱神的圣名运动(saṅkīrtana)，为人们提供了最佳清除一切恶报并立即上升到灵性生活层面的方法。

第 12 节

नैकान्तिकं तद्धि कृतेऽपि निष्कृते
मनः पुनर्धावति चेदसत्पथे ।
तत्कर्मनिर्हारमभीप्सतां हरे-
र्गुणानुवादः खलु सत्त्वभावनः ॥१२॥

naikāntikaṁ tad dhi kṛte 'pi niṣkṛte
manaḥ punar dhāvati ced asat-pathe
tat karma-nirhāram abhīpsatāṁ harer
guṇānuvādaḥ khalu sattva-bhāvanaḥ

na—不 / aikāntikam—彻底净化 / tat—心 / hi—因为 / kṛte—实行得非常好 / api—虽然 / niṣkṛte—赎罪 / manaḥ—心念 / punaḥ—再次 / dhāvati—奔向 / cet—如果 / asat-pathe—在物质活动之途上 / tat—因此 / karma-nirhāram—物质活动反应的中止 / abhīpsatām—为那些真心想要 / hareḥ—至尊人格首神的 / guṇa-anuvādaḥ—不断歌唱……的荣耀 / khalu—确实 / sattva-bhāvanaḥ—实际净化人的存在

译文 宗教经典中推荐的赎罪仪式，并不足以彻底净化内心，因为赎罪后，人的心念再次奔向物质活动。所以，对想要摆脱物质活动反应的人来说，吟诵、吟唱哈瑞·奎师那曼陀，或赞美至尊主的名字、声望和娱乐活动，是受到推荐的最完美的赎罪方法，因为这种吟诵、吟唱彻底清除人心中的污垢。

要旨 《圣典博伽瓦谭》第1篇第2章的第17节诗证实这节诗的内容说：

śṛṇvatāṁ sva-kathāḥ kṛṣṇaḥ
puṇya-śravaṇa-kīrtanaḥ
hṛdy antaḥ-stho hy abhadrāṇi
vidhunoti suhṛt satām

“作为众生心中的超灵、诚实奉献者的恩人，人格首神圣奎师那会把渴望聆听祂信息的奉献者心中的感官享乐欲望清除掉。正确地聆听和歌唱祂的信息是虔诚活动。”至尊主特殊的仁慈是，祂一旦知道谁赞美祂的名字、声望和特质，就会亲自去帮助那人清除心中的尘埃。因此，光是靠这样的赞美，人就不仅得到净化，而且还得到虔诚活动的结果(puṇya-śravaṇa-kīrtana)。这里说的虔诚活动是指奉爱服务的过程。人哪怕不了解至尊主的名字、娱乐活动或特质，都可以只靠聆听和吟诵、吟唱它们而得到净化。这样的净化被说成是“实际净化人的存在(sattva-bhāvana)”。

人生中的主要目标应该是净化自身的存在，以求获得解脱。应该明白，生物只要有物质躯体就不纯净。在这种不纯净的物质状态中，人无法享受真正的极乐生活，尽管这是每一个人的追求。正因为如此，《圣典博伽瓦谭》第5篇第5章的第1节诗中说：人必须为上升到灵性层面而从事苦修(tapasya)，以净化自己的存在(tapo divyaṁ putrakā yena sattvaṁ śuddhyet)。吟诵、吟唱并赞美至尊主的名字、声望和特质的苦修，是极其容易使每一个人都得到快乐的净化方法。所以，想要从根本上清洁自己内心的人，都必须采用这一方法。功利性活动(karma)、知识思辨(jñāna)和瑜伽(yoga)，都无法使内心得到彻底的净化。

第13节

अथैनं मापनयत कृताशेषाघनिष्कृतम् ।
यदसौ भगवन्नाम म्रियमाणः समग्रहीत् ॥१३॥

athainaṁ māpanayata
kṛtāśeṣāgha-niṣkṛtam
yad asau bhagavan-nāma
mriyamāṇaḥ samagrahīt

atha—因此 / enam—他(阿佳弥勒) / mā—没有 / apanayata—试图带走 / kṛta—已经完成 / aśeṣa—无限的 / agha-niṣkṛtam—为他罪恶的行为赎罪 / yat—因为 / asau—他 / bhagavat-nāma—至尊人格首神的圣名 / mriyamāṇaḥ—死亡之际 / samagrahīt—完美地呼唤

译文　这个阿佳弥勒在死亡之际，无助、大声地喊出主纳茹阿亚纳的圣名。只是那一声呼喊就已使他所有的恶报被一笔勾销。因此，阎罗王的仆人们啊！别试图将他带到你们主人那里，让他在地狱中受惩罚。

要旨 阎罗王的命令执行官们不知道阿佳弥勒不再是为从事过罪恶而要到地狱中受苦的对象，更高的权威人士——维施努的命令执行官于是给他们下达命令。尽管阿佳弥勒为喊他儿子而叫出纳茹阿亚纳的圣名，但圣名具有那么大的超然力量，以致他因为在死亡时喊出了圣名(ante nārāyaṇa-smṛtiḥ)而自动得到解脱。正如奎师那在《博伽梵歌》第7章的第28节诗说：

yeṣāṁ tv anta-gataṁ pāpaṁ
janānāṁ puṇya-karmaṇām
te dvandva-moha-nirmuktā
bhajante māṁ dṛḍha-vratāḥ

"在前世和今生行善并彻底消除了恶报的人，摆脱由错觉产生的相对性，坚定地为我做服务。"人除非清除一切恶报，否则无法升上奉爱服务的层面。《博伽梵歌》第8章的第5节诗说：

anta-kāle ca mām eva
smaran muktvā kalevaram
yaḥ prayāti sa mad-bhāvaṁ
yāti nāsty atra saṁśayaḥ

"在死时铭记着我离开躯体的人，立即获得我的本质。这是毫无疑问的。"在死亡时记着奎师那(纳茹阿亚纳)的人，无疑有资格立刻回归家园，回到首神身边。

第 14 节

साङ्केत्यं पारिहास्यं वा स्तोभं हेलनमेव वा ।
वैकुण्ठनामग्रहणमशेषाघहरं विदुः ॥१४॥

sāṅketyaṁ pārihāsyaṁ vā
stobhaṁ helanam eva vā

vaikuṇṭha-nāma-grahaṇam
aśeṣāgha-haraṁ viduḥ

sāṅketyam—为表示其他的意思 / pārihāsyam—开玩笑地 / vā—或者 / stobham—作为音乐消遣 / helanam—漫不经心地 / eva—肯定地 / vā—或者 / vaikuṇṭha—至尊主的 / nāma-grahaṇam—吟唱圣名 / aśeṣa—无限地 / agha-haram—抵消了罪恶生活的影响 / viduḥ—优秀的超然主义者知道

译文　吟诵、吟唱至尊主圣名的人，立刻清除无数恶报，哪怕他是间接地(为表达其他意思)、以开玩笑的方式、作为音乐消遣或甚至漫不经心地这么做都不例外。所有精通经典的学者们都承认这一点。

第 15 节

पतितः स्खलितो भग्नः सन्दष्टस्तप्त आहतः ।
हरिरित्यवशेनाह पुमान्नार्हति यातनाः ॥१५॥

patitaḥ skhalito bhagnaḥ
sandaṣṭas tapta āhataḥ
harir ity avaśenāha
pumān nārhati yātanāḥ

patitaḥ—坠落 / skhalitaḥ—滑倒 / bhagnaḥ—摔断骨头 / sandaṣṭaḥ—被咬 / taptaḥ—被高热或类似疼痛的情况严重折磨 / āhataḥ—受伤 / hariḥ—主奎师那 / iti—如此 / avaśena—意外地 / āha—吟唱 / pumān—一个人 / na arhati—不配 / yātanāḥ—地狱般的情况

译文　人如果吟诵、吟唱哈尔依的圣名，随后因为从房顶坠落、在路上行走时滑倒摔断骨头、被蛇咬、遭受疼痛及高热的折磨或被武器伤害等不幸的事件死去，哪怕他有罪，都立刻被免除必须过地狱生活的惩罚。

要旨 《博伽梵歌》第8章的第6节诗声明：

yaṁ yaṁ vāpi smaran bhāvaṁ
tyajaty ante kalevaram
taṁ tam evaiti kaunteya
sadā tad-bhāva-bhāvitaḥ

“琨缇的儿子啊！人在离开躯体时无论记起什么情形，就必会到达那情景。”人如果反复练习吟诵、吟唱哈瑞·奎师那曼陀，在遇到突发事件时就会自然喊出哈瑞·奎师那。然而，即使没做这种练习的人，如果在遇到突发事件死亡时以某种方式喊出至尊主的圣名(哈瑞·奎师那)，他也会得到拯救，死后不必去地狱。

第 16 节

गुरूणां च लघूनां च गुरूणि च लघूनि च ।
प्रायश्चित्तानि पापानां ज्ञात्वोक्तानि महर्षिभिः ॥१६॥

gurūṇāṁ ca laghūnāṁ ca
gurūṇi ca laghūni ca
prāyaścittāni pāpānāṁ
jñātvoktāni maharṣibhiḥ

gurūṇām—严重 / ca—和 / laghūnām—轻微 / ca—也 / gurūṇi—严重 / ca—和 / laghūni—轻微 / ca—还有 / prāyaścittāni—赎罪的过程 / pāpānām—罪恶活动的 / jñātvā—完全知悉 / uktāni—已被描述 / mahā-rṣibhiḥ—被伟大的圣者

译文 赎重罪必须经历艰难的赎罪过程，赎轻罪的方法就比较轻松：这是博学的学者和圣人等权威人士谨慎查明的事实。但是，吟诵、吟唱哈瑞·奎师那曼陀，能清除一切无论轻重的罪恶活动的影响。

要旨 就有关这一点，圣维施瓦纳特·查夸瓦尔缇·塔库尔讲述了桑巴(Sāmba)被从考茹阿瓦们(Kaurava)要惩罚他的险境中拯救出来的事。桑巴爱上了杜尤丹的女儿，而按照查锤亚(kṣatriya)的习俗，除非要娶查锤亚女儿的人表现出他的骑士的英勇气概，否则查锤亚的家人不会把女儿嫁给他，所以桑巴劫持了她。结果，桑巴被考茹阿瓦抓了起来。后来，当主巴拉茹阿玛(Balarāma)来营救他时，双方为是否释放桑巴发生争执。由于争执没有结果，巴拉茹阿玛便展示祂的神力，使整个哈斯提纳普尔晃动起来，就像发生强烈地震般即将毁灭。这使考茹阿瓦一方妥协，让桑巴娶了杜尤丹的女儿。重点是：人应该托庇于至尊人格首神奎师那 · 巴拉茹阿玛(Kṛṣṇa-Balarāma)，祂们的保护力量是如此强大，物质世界根本无法与之相比。无论一个人的恶报有多严重，只要人吟诵、吟唱哈尔依、奎师那、巴拉茹阿玛或纳茹阿亚纳等神的圣名，所有的恶报就会立刻失去作用。

第 17 节

तैस्तान्यघानि पूयन्ते तपोदानव्रतादिभिः ।
नाधर्मजं तद्धृदयं तदपीशाङ्घ्रिसेवया ॥१७॥

tais tāny aghāni pūyante
tapo-dāna-vratādibhiḥ
nādharmajaṁ tad-dhṛdayaṁ
tad apīśāṅghri-sevayā

taiḥ－被那些 / tāni－所有这些 / aghāni－罪恶的活动及其结果 / pūyante－就被清除一净 / tapaḥ－苦行 / dāna－布施 / vrata-ādibhiḥ－借由遵守誓言和其他这样的活动 / na－不 / adharma-jam－从非宗教行为产生 / tat－那……的 / hṛdayam－心 / tat－那 / api－也 / īśa-aṅghri－至尊主的莲花足的 / sevayā－借由服务

译文　尽管人可以靠苦行、布施、遵守誓言等方法抵消罪恶生活的报应，但这些虔诚活动无法根除人心中的物质欲望。然而，如果侍奉人格首神的莲花足，所有这些污染就立刻被清除。

要旨 《圣典博伽瓦谭》第11篇第2章的第42节诗说：奉爱服务的力量是如此强大，做奉爱服务的人立刻清除一切罪恶欲望(bhaktiḥ pareśānubhavo viraktir anyatra ca)。这个物质世界里的一切欲望都是罪恶的，因为物质欲望意味着感官享乐，而感官享乐总是涉及或多或少的罪恶。纯粹的奉爱免除一切来自功利性活动和知识思辨的物质欲望(anyābhilāṣitā-śūnya)。专心做奉爱服务的人不再有物质欲望，因此超越罪恶生活。应该清除一切物质欲望；否则，尽管苦行、赎罪和布施也许使人暂时消罪，但由于内心不纯洁，物质欲望就会再次出现，促使他从事罪恶活动，并为此而受苦。

第 18 节

अज्ञानादथवा ज्ञानादुत्तमश्लोकनाम यत् ।
सङ्कीर्तितमघं पुंसो दहेदेधो यथानलः ॥१८॥

ajñānād athavā jñānād
uttamaśloka-nāma yat
saṅkīrtitam aghaṁ puṁso
dahed edho yathānalaḥ

ajñānāt－出于无知 / athavā－或者 / jñānāt－有知识 / uttamaśloka－至尊人格首神的 / nāma－圣名 / yat－那……的 / saṅkīrtitam－吟唱 / agham－罪恶 / puṁsaḥ－一个人的 / dahet－烧成灰烬 / edhaḥ－干草 / yathā－正如 / analaḥ－火

译文 正如大火将干草烧成灰烬；无论是在了解的情况下还是不了解的情况下吟诵、吟唱至尊主的圣名，都必能将人的恶报烧成灰烬。

要旨 无论点火之人是幼稚的孩子还是知道火的威力的人，火都会燃烧起来。例如：如果将田里的稻草或干草点燃，无论是由知道火的威力的成年人去点，还是不懂事的孩子去点，草都会被烧成灰烬。同样，一个人也许知道也许不知道吟诵、吟唱哈瑞·奎师那曼陀的力量，但只要他这么做，他就不再有恶报。

第 19 节

यथागदं वीर्यतममुपयुक्तं यदृच्छया ।
अजानतोऽप्यात्मगुणं कुर्यान्मन्त्रोऽप्युदाहृतः ॥१९॥

yathāgadaṁ vīryatamam
upayuktaṁ yadṛcchayā
ajānato 'py ātma-guṇaṁ
kuryān mantro 'py udāhṛtaḥ

yathā－正如 / agadam－药 / vīrya-tamam－十分有效 / upayuk-tam－适当地服下 / yadṛcchayā－不知怎地、以某种方式 / ajānataḥ－被没有知识的人 / api－甚至 / ātma-guṇam－它自己的效力 / kuryāt－展现 / mantraḥ－哈瑞·奎师那曼陀 / api－也 / udāhṛtaḥ－吟诵、吟唱

译文 人无论是在不了解某种药物之效力的情况下服用它，还是被迫服用它，那药都会起作用，因为药物的力量并不取决于病人对它的了解。同样，即使人并不知道吟诵、吟唱至尊主圣名的价值，但如果有意或无意地这样做了，就会产生极大的效力。

要旨 在哈瑞·奎师那运动已传播开来的西方国家，博学的学者和其他有思想的人都认识到了它的强大效力。例如：博学的学者J .斯提尔森·犹大博士(Dr. J.Stillson Judah)就很受这场运动的吸引，因为他亲眼看到它把那些对吸毒上瘾的嬉皮士改变为自愿

为奎师那和人类服务的纯粹外士纳瓦；这些嬉皮士甚至在几年前还不知道哈瑞·奎师那曼陀，但现在却在吟诵、吟唱它，并成为纯粹的外士纳瓦。他们就这样停止了一切罪恶活动，不再过非法性生活、不再喝酒(吸毒)、不再吃肉和赌博。这事实证明了这节诗中所支持的哈瑞·奎师那运动的威力。人无论知不知道吟诵、吟唱哈瑞·奎师那曼陀的益处，只要因为某种原因这么做了，就会立刻得到净化。这正如服药之人将会感到药物的作用，无论是在知情还是不知情的情况下服用都不例外。

第20节

श्रीशुक उवाच
त एवं सुविनिर्णीय धर्मं भागवतं नृप ।
तं याम्यपाशान्निर्मुच्य विप्रं मृत्योरमूमुचन् ॥२०॥

śrī-śuka uvāca
ta evaṁ suvinirṇīya
dharmaṁ bhāgavataṁ nṛpa
taṁ yāmya-pāśān nirmucya
vipraṁ mṛtyor amūmucan

śrī-śukaḥ uvāca—圣舒卡戴瓦·哥斯瓦米说 / te—他们(主维施努的命令执行官) / evam—如此 / su-vinirṇīya—完美地评定 / dharmam—真正的宗教 / bhāgavatam—就奉爱服务而言 / nṛpa—君王啊！ / tam—他(阿佳弥勒) / yāmya-pāśāt—从阎罗王的命令执行官的捆绑中 / nirmucya—松绑 / vipram—布茹阿玛纳 / mṛtyoḥ—从死亡 / amūmucan—解救

译文　圣舒卡戴瓦·哥斯瓦米继续说：亲爱的君王，主维施努的命令执行官这样用推理和辩论的方法对奉爱服务的原则作出完美地评定后，就为被阎罗王的仆人捆绑住的布茹阿玛纳·阿佳弥勒松绑，将他从死亡线上救了下来。

第 21 节

इति प्रत्युदिता याम्या दूता यात्वा यमान्तिकम् ।
यमराज्ञे यथा सर्वमाचचक्षुररिन्दम ॥२१॥

iti pratyuditā yāmyā
dūtā yātvā yamāntikam
yama-rājñe yathā sarvam
ācacakṣur arindama

iti—如此 / pratyuditāḥ—已得到(维施努的命令执行官的)回答 / yāmyāḥ—阎罗王的仆人 / dūtāḥ—使者 / yātvā—去 / yama-antikam—向阎罗王的住所 / yama-rājñe—向阎罗王 / yathā—充分地 / sarvam—每件事 / ācacakṣuḥ—详细地告知 / arindama—所向无敌的人啊！

译文　我亲爱的帕瑞克西特王，所向无敌的人啊！阎罗王的仆人们得到主维施努的命令执行官的回答后，去找阎罗王，对他解释所发生的一切。

要旨　在这节诗文中，“已得到回答(pratyuditāḥ)”一词十分重要。阎罗王的仆人们极其强大有力，在任何地方都没受到过阻挠，但这次却被阻止，没能将他们认为的罪恶之人带走。为此，他们立刻回到阎罗王身边，对他描述所发生的一切。

第 22 节

द्विजः पाशाद्विनिर्मुक्तो गतभीः प्रकृतिं गतः ।
ववन्दे शिरसा विष्णोः किङ्करान्दर्शनोत्सवः ॥२२॥

dvijaḥ pāśād vinirmukto
gata-bhīḥ prakṛtiṁ gataḥ
vavande śirasā viṣṇoḥ
kiṅkarān darśanotsavaḥ

dvijaḥ—布茹阿玛纳(阿佳弥勒) / pāśāt—从索套中 / vinirmuktaḥ 一被解救 / gata-bhīḥ 一不再恐惧 / prakṛtim gataḥ 一幡然醒悟 / vavande一致以虔敬的顶礼 / śirasā一通过顶礼 / viṣṇoḥ一主维施努的 / kiṅkarān一向……的仆人们 / darśana-utsavaḥ一因见到他们而十分高兴

译文 从阎罗王仆人的索套中被解救下来的布茹阿玛纳·阿佳弥勒，此刻不再害怕并幡然醒悟。他立刻恭恭敬敬地向维施努的命令执行官的莲花足顶礼。他们的出现使他十分高兴，因为他看到他们从阎罗王仆人的手中救出他的性命。

要旨 外士纳瓦也是维施努的命令执行官，因为他们执行奎师那的命令。主奎师那十分渴望在这个物质世界里的腐败、受制约的灵魂去托庇祂，从而得到拯救，今生不再受物质痛苦，死后也不必去地狱受惩罚。为实现祂的这一愿望，外士纳瓦便努力使受制约的灵魂清醒过来。像阿佳弥勒那样幸运的灵魂于是得到维施努的命令执行官——外士纳瓦的拯救，回归家园，回到首神身边。

第 23 节

तं विवक्षुमभिप्रेत्य महापुरुषकिङ्कराः ।
सहसा पश्यतस्तस्य तत्रान्तर्दधिरेऽनघ ॥२३॥

tam̐ vivakṣum abhipretya
mahāpuruṣa-kiṅkarāḥ
sahasā paśyatas tasya
tatrāntardadhire 'nagha

tam 一他(阿佳弥勒) / vivakṣum 一想要说 / abhipretya 一了解 / mahāpuruṣa-kiṅkarāḥ 一主维施努的命令执行官 / sahasā 一突然 / paśyataḥ tasya 一在他看的时候 / tatra 一那里 / antardadhire 一消失 / anagha 一无罪的帕瑞克西特王啊！

译文　无罪的帕瑞克西特王啊！至尊人格首神的命令执行官维施努杜塔们，看到阿佳弥勒试图说些什么，就突然从他面前消失了。

要旨　经典中说：

pāpiṣṭhā ye durācārā
deva-brāhmaṇa-nindakāḥ
apathya-bhojanās teṣām
akāle maraṇaṁ dhruvam

“十分罪恶(pāpiṣṭha)、行为不端或有很邪恶的习惯(durācāra)、不承认神的存在、不尊敬外士纳瓦或布茹阿玛纳且乱吃东西的人，必会早死。”经典中说，在喀历年代中，一个人最多能活一百岁，但随着人们越来越堕落，他们的寿命也越来越短(prāyeṇālpāyuṣaḥ)。阿佳弥勒现在因为清除了恶报，所以尽管本该立刻死去，但寿命却被延长了。当维施努的命令执行官们看到阿佳弥勒试图对他们说些什么时，他们立刻消失，以给他机会赞美至尊主。由于他所有的恶报都被清除一净，他现在准备颂扬至尊主的光荣。事实上，人除非完全免于罪恶活动，否则无法赞美至尊主。就有关这一点，在《博伽梵歌》第7章的第28节诗中，主奎师那本人说：

yeṣāṁ tv anta-gataṁ pāpaṁ
janānāṁ puṇya-karmaṇām
te dvandva-moha-nirmuktā
bhajante māṁ dṛḍha-vratāḥ

“在前世和今生行善并彻底清除了恶报的人，摆脱由错觉产生的相对性，坚定地为我服务。”维施努的命令执行官们使阿佳弥勒做奉爱服务的本性苏醒过来，以便他有可能立刻变得适合回归家园，回到首神身边。为增加他对颂扬至尊主的渴望，他们消失不见，以使他在他们不在的情况下感到离别之情。怀着离别的情感赞美至尊主时，感情十分强烈。

第 24－25 节

अजामिलोऽप्यथाकर्ण्य दूतानां यमकृष्णयोः ।
धर्मं भागवतं शुद्धं त्रैवेद्यं च गुणाश्रयम् ॥२४॥

भक्तिमान् भगवत्याशु माहात्म्यश्रवणाद्धरेः ।
अनुतापो महानासीत्स्मरतोऽशुभमात्मनः ॥२५॥

ajāmilo 'py athākarṇya
dūtānāṁ yama-kṛṣṇayoḥ
dharmaṁ bhāgavataṁ śuddhaṁ
trai-vedyaṁ ca guṇāśrayam

bhaktimān bhagavaty āśu
māhātmya-śravaṇād dhareḥ
anutāpo mahān āsīt
smarato 'śubham ātmanaḥ

ajāmilaḥ－阿佳弥勒／api－也／atha－从此／ākarṇya－听见／dūtānām－命令执行官的／yama-kṛṣṇayoḥ－阎罗王和主奎师那的／dharmam－真正的宗教原则／bhāgavatam－如《圣典博伽瓦谭》中的描述，或者有关生物与至尊人格首神的关系／śuddham－纯粹／trai-vedyam－在三部韦达经中提到／ca－也／guṇa-āśrayam－受物质自然属性影响的物质宗教／bhakti-mān－(清除了物质自然属性的影响) 纯粹的奉献者／bhagavati－向至尊人格首神／āśu－立即／māhātmya－名字、名声等的光荣／śravaṇāt－由于听见／hareḥ－主哈尔依的／anutāpaḥ－后悔／mahān－十分／āsīt－有／smarataḥ－回忆起／aśubham－一切不光彩的活动／ātmanaḥ－由他自己所做

译文 听了阎罗王的使者和维施努的使者之间的交谈，阿佳弥勒明白了在物质自然三种属性的影响下起作用的宗教原则。三部韦达经中记载了这些原则。他还了解了超然

的宗教原则，这些原则超越物质属性，涉及到至尊人格首神与生物之间的关系。此外，阿佳弥勒听到了至尊人格首神的名字、声望、品质和娱乐活动的光荣。这一切使他成为一名完美的纯粹奉献者。他随后回忆起他过去从事过的罪恶活动，感到懊悔不已。

要旨　在《博伽梵歌》第2章的第45节诗中，主奎师那告诉阿尔诸纳：

traiguṇya-viṣayā vedā
nistraiguṇyo bhavārjuna
nirdvandvo nitya-sattva-stho
niryoga-kṣema ātmavān

"韦达经论述的主要是物质自然的三种属性。阿尔诸纳啊！超越这三种属性，摆脱一切相对性，不为利益和安全焦虑，稳定地处在觉悟自我的层面上。"韦达原则无疑讲述了提升到灵性层面的渐进程序，但人如果执著于韦达原则，就没机会得到提升，过上灵性的生活。为此，奎师那劝告阿尔诸纳做奉爱服务，而这是超然的宗教法门。《圣典博伽瓦谭》第1篇第2章的第6节诗中也证实奉爱服务的超然地位说：奉爱服务是超然的宗教，而不是物质的宗教(sa vai puṁsāṁ paro dharmo yato bhaktir adhokṣaje)。人们一般认为，宗教应该能让人追求到物质利益。这对那些有志于物质生活的人来说也许适用，但有志于灵性生活的人应该坚持超然的宗教原则(paro dharmaḥ)，也就是能使人成为至尊主的奉献者的宗教原则(yato bhaktir adhokṣaje)。奉爱宗(bhāgavata)教导人们：至尊主和生物永恒相连，而生物的责任是投靠、服从至尊主。处在做奉爱服务层面上的人，不再有障碍，而且感到心满意足(ahaituky apratihatā yayātmā suprasīdati)。阿佳弥勒被提升到那个层面上后，开始赞美至尊人格首神的名字、声望和娱乐活动，并为自己过去从事物质活动而感到懊悔。

第 26 节

अहो मे परमं कष्टमभूदविजितात्मनः ।
येन विप्लावितं ब्रह्म वृषल्यां जायतात्मना ॥२६॥

aho me paramaṁ kaṣṭam
abhūd avijitātmanaḥ
yena viplāvitaṁ brahma
vṛṣalyāṁ jāyatātmanā

aho—唉！ / me—我的 / paramam—极为 / kaṣṭam—悲惨的情况 / abhūt—变成 / avijita-ātmanaḥ—由于我的感官未受控制 / yena—被……的 / viplāvitam—破坏 / brahma—我所有的布茹阿玛纳品格 / vṛṣalyām—透过一个庶铎妮——一个女仆 / jāyatā—被生下 / ātmanā—由我

译文 阿佳弥勒说：唉，作为感官奴仆的我，沦落到何等地步！我作为一个正式有资格的布茹阿玛纳，堕落到与一个妓女生孩子的地步。

要旨 布茹阿玛纳(brāhmaṇa, 婆罗门)、查锤亚(kṣatriya, 刹帝利)和外夏(vaiśya, 吠舍)这些高等阶层的人，不会透过低阶层女人的子宫生孩子。因此，韦达社会中的习俗是，通过占星考虑结婚的男女双方是否适合结婚。韦达占星学揭示出，一个人根据受物质自然三种属性的影响是具有布茹阿玛纳的品性(vipra-varṇa)、查锤亚的品性(kṣatriya-varṇa)、外夏的品性(vaiśya-varṇa)，还是庶铎的品性(śūdra-varṇa)。必须做这种检查，因为具有布茹阿玛纳品性的男孩不适合娶具有庶铎品性的女孩；那对夫妻双方来说都将是痛苦的。因此，应该是同一种类型的男女才适合结婚。当然，这是按韦达经从物质的角度考虑问题。如果男女双方都是奉献者，就不需要做这种考量。奉献者是超然的，所以奉献者之间的婚姻对男女双方来说都是十分快乐的组合。

第 27 节

धिङ मां विगर्हितं सद्भिर्दुष्कृतं कुलकज्जलम् ।
हित्वा बालां सतीं योऽहं सुरापीमसतीमगाम् ॥२७॥

dhiṅ māṁ vigarhitaṁ sadbhir
duṣkṛtaṁ kula-kajjalam
hitvā bālāṁ satīṁ yo 'haṁ
surā-pīm asatīm agām

dhik mām－我真是罪该万死 / vigarhitam－罪恶的 / sadbhiḥ－被正直之人 / duṣkṛtam－犯过罪的 / kula-kajjalam－让家族传统蒙羞的 / hitvā－放弃 / bālām－年轻的妻子 / satīm－贞洁的 / yaḥ－……的 / aham－我 / surāpīm－跟一个惯于酗酒的女人 / asatīm－淫荡的 / agām－我与……有性关系

译文　唉，我真是罪该万死！我的行为如此罪恶，以致给我的家族抹黑。事实上，我抛弃我那贞节且年轻貌美的妻子，与一个习惯喝酒的堕落妓女发生性关系。我罪该万死！

要旨　这是成为奉献者的人的心态。人凭借至尊主和灵性导师的恩典上升到做奉爱服务的层面时，首先就会后悔他过去从事过的罪恶活动。这帮助他在灵性生活中取得进步。维施努的命令执行官们给阿佳弥勒机会成为纯粹的奉献者，而纯粹奉献者的责任是对过去从事的罪恶活动，包括非法性生活、喝酒、吸毒、吃肉和赌博等，感到后悔。人不仅应该去掉过去旧有的坏习惯，而且必须总是对过去的罪恶行为感到后悔。这是纯粹奉献者的标准。

第 28 节

वृद्धावनाथौ पितरौ नान्यबन्धू तपस्विनौ ।
अहो मयाधुना त्यक्तावकृतज्ञेन नीचवत् ॥२८॥

vṛddhāv anāthau pitarau
nānya-bandhū tapasvinau
aho mayādhunā tyaktāv
akṛtajñena nīcavat

vṛddhau—年老的 / anāthau—没有其他人照顾他们的起居 / pitarau—我的父母 / na anya-bandhū—没有其他朋友的 / tapasvinau—经历极大的困难的 / aho—唉！ / mayā—被我 / adhunā—在那时 / tyaktau—被抛弃 / akṛta-jñena—忘恩负义的 / nīca-vat—像最恶劣的低等人

译文 我的父母都老了，没有其他的儿子或朋友照顾他们。由于我不照顾他们，他们生活得异常艰辛。唉，我就像一个恶劣的低阶层男子，忘恩负义地抛弃了他们。

要旨 按照韦达文明，每一个人都有责任照顾布茹阿玛纳、老人、妇女、孩子和乳牛。这是每一个人，尤其高阶层人士的责任。阿佳弥勒因为与一个妓女在一起而置所有这些责任于不顾。现在，阿佳弥勒对此感到很后悔，认为自己十分堕落。

第29节

सोऽहं व्यक्तं पतिष्यामि नरके भृशदारुणे ।
धर्मघ्नाः कामिनो यत्र विन्दन्ति यमयातनाः ॥२९॥

so 'haṁ vyaktaṁ patiṣyāmi
narake bhṛśa-dāruṇe
dharma-ghnāḥ kāmino yatra
vindanti yama-yātanāḥ

saḥ—这样一个人 / aham—我 / vyaktam—现在清楚了 / patiṣyāmi—将掉进 / narake—地狱中 / bhṛśa-dāruṇe—最悲惨的 / dharma-ghnāḥ—打破宗教原则的他们 / kāminaḥ—太好色的 / yatra—哪里 / vindanti—承受 / yama-yātanāḥ—阎罗王所设的悲惨处境

译文　现在清楚了，作为那些行为的结果，像我这么罪恶的人必须被抛进专为违反宗教原则的人设置的地狱，必须在那里承受极度的痛苦。

第 30 节

किमिदं स्वप्न आहो स्वित्साक्षाद् दृष्टमिहाद्भुतम् ।
क्व याता अद्य ते ये मां व्यकर्षन् पाशपाणयः ॥३०॥

kim idaṁ svapna āho svit
sākṣād dṛṣṭam ihādbhutam
kva yātā adya te ye māṁ
vyakarṣan pāśa-pāṇayaḥ

kim—是否 / idam—这个 / svapne—在梦中 / āho svit—或者 / sākṣāt—直接地 / dṛṣṭam—看见 / iha—这里 / adbhutam—神奇的 / kva—哪里 / yātāḥ—走了 / adya—现在 / te—他们全体 / ye—……的人 / mām—我 / vyakarṣan—正拖着 / pāśa-pāṇayaḥ—用他们手中的绳索

译文　这是我看到的一个梦境，还是事实？我看到几个令人害怕的人手持绳索来拘捕我，把我拖走。他们去了哪里？

第 31 节

अथ ते क्व गताः सिद्धाश्चत्वारश्चारुदर्शनाः ।
व्यामोचयन्नीयमानं बद्ध्वा पाशैरधो भुवः ॥३१॥

atha te kva gatāḥ siddhāś
catvāraś cāru-darśanāḥ
vyāmocayan nīyamānaṁ
baddhvā pāśair adho bhuvaḥ

atha—之后 / te—那些人 / kva—哪里 / gatāḥ—去 / siddhāḥ—解

脱 / catvāraḥ－四个人 / cāru-darśanāḥ－长相绝美的 / vyāmocayan－他们释放 / nīyamānam－正要被带走的我 / baddhvā－正绑着 / pāśaiḥ－被绳子 / adhaḥ bhuvaḥ－往地狱去

译文　那四位来给我松绑、拯救我不被拖到地狱去的自由的美丽人物去了哪里？

要旨　正如我们从第5篇的描述中了解到的，地狱星球处在这个宇宙的下部，因此被称为“下界(adho bhuvaḥ)”。阿佳弥勒能明白，阎罗王的命令执行官们来自那个区域。

第32节

अथापि मे दुर्भगस्य विबुधोत्तमदर्शने ।
भवितव्यं मङ्गलेन येनात्मा मे प्रसीदति ॥३२॥

athāpi me durbhagasya
vibudhottama-darśane
bhavitavyaṁ maṅgalena
yenātmā me prasīdati

atha－因此 / api－虽然 / me－我的 / durbhagasya－这么不幸 / vibudha-uttama－崇高的奉献者 / darśane－由于看见 / bhavitavyam－一定有 / maṅgalena－吉祥的活动 / yena－借由……的 / ātmā－自己 / me－我的 / prasīdati－实际变得快乐

译文　浸泡在罪恶活动汪洋中的我无疑最令人憎恶、最不幸，但我过去从事过的灵性活动还是使我看到了这四位来营救我的崇高人物。他们的到来使我现在极为快乐。

要旨　《永恒的柴坦亚经》(Caitanya-caritāmṛta)中篇第22章的第54节诗说：

’sādhu-saṅga’, ’sādhu-saṅga’ — sarva-śāstre kaya
lava-mātra sādhu-saṅge sarva-siddhi haya

“所有的启示经典都建议要与奉献者联谊，因为哪怕有片刻这样的联谊，都能使人得到实现一切完美的种子。”阿佳弥勒在他生活的早期无疑十分纯洁，与奉献者和布茹阿玛纳联谊；而由于从事这一虔诚活动，即使他堕落了，他还是受启发给他儿子取名纳茹阿亚纳。这当然是至尊人格首神从内在给他的忠告。正如至尊主在《博伽梵歌》第15章的第15节诗中说：“我在众生的心中。记忆、知识和遗忘都来自我(sarvasya cāhaṁ hṛdi sanniviṣṭo mattaḥ smṛtir jñānam apohanaṁ ca)。”处在众生心中的至尊主极为仁慈，只要是给祂做过服务的生物，祂都从不会忘记。因此，至尊主从内在给予阿佳弥勒机会，启发他给最小的儿子起名纳茹阿亚纳，以便他出于对儿子的感情一直不断地呼喊“纳茹阿纳亚！纳茹阿亚纳！”因而能在他死亡之际从这最可怕和最危险的状况中得到拯救。这就是奎师那的仁慈。凭借奎师那和灵性导师的仁慈，人得到奉爱的种子(guru-kṛṣṇa-prasāde pāya bhakti-latā-bīja)。这样的联谊拯救奉献者免于最大的恐惧。正因为如此，在我们奎师那意识运动中，我们给奉献者改一个能让他们想起主维施努的名字。如果奉献者在死亡之际能想起奎师那・达斯或哥文达・达斯等他们的名字，他们就能得到拯救免于最可怕的危险。所以，启迪时更改名字是必需的。奎师那意识运动的安排极其严谨，以便给加入其中的人提供大好机会，让人总能以某种方式想起奎师那。

第 33 节

अन्यथा म्रियमाणस्य नाशुचेर्वृषलीपतेः ।
वैकुण्ठनामग्रहणं जिह्वा वक्तुमिहार्हति ॥३३॥

anyathā mriyamāṇasya
nāśucer vṛṣalī-pateḥ

vaikuṇṭha-nāma-grahaṇaṁ
jihvā vaktum ihārhati

anyathā—否则 / mriyamāṇasya—面临死亡的人的 / na—不 / aśuceḥ—最不洁净 / vṛṣalī-pateḥ—养妓女的人 / vaikuṇṭha—外琨塔星球的主人的 / nāma-grahaṇam—对圣名的呼喊 / jihvā—舌头 / vaktum—说 / iha—在这种情况下 / arhati—能够

译文 若不是我过去从事过奉爱服务，我这个养妓女的最肮脏的人，怎能在死亡之际得到机会喊出灵性世界主人的圣名？那无疑是不可能的。

要旨 “灵性世界的主人(Vaikuṇṭhapati)”这个名字与灵性世界外琨塔(Vaikuṇṭha)无异。此时，觉悟了自我的灵魂阿佳弥勒能明白，由于他从事过做奉爱服务这一灵性活动，他得到机会，能够在他面对死亡这一恐怖的处境时喊出灵性世界主人的圣名。

第 34 节

क्व चाहं कितवः पापो ब्रह्मघ्नो निरपत्रपः ।
क्व च नारायणेत्येतद्भगवन्नाम मङ्गलम् ॥३४॥

kva cāhaṁ kitavaḥ pāpo
brahma-ghno nirapatrapaḥ
kva ca nārāyaṇety etad
bhagavan-nāma maṅgalam

kva—哪里 / ca—也 / aham—我 / kitavaḥ——个骗子 / pāpaḥ—所有罪恶的化身 / brahma-ghnaḥ—我的布茹阿玛纳文化的刽子手 / nirapatrapaḥ—无耻的 / kva—哪里 / ca—也 / nārāyaṇa—纳茹阿亚纳 / iti—如此 / etat—这 / bhagavat-nāma—至尊人格首神的圣名 / maṅgalam—绝对吉祥的

译文　阿佳弥勒继续道：我是个扼杀自己的布茹阿玛纳文化的无耻的骗子。事实上，我是罪恶的化身。我哪里配吟诵、吟唱绝对吉祥的主纳茹阿亚纳的圣名？

要旨　所有正致力于透过奎师那意识运动传播纳茹阿亚纳和奎师那等圣名的人，应该始终思考我们参加之前是什么状态，现在又是什么状态。我们曾堕落为吃肉、酗酒和追女人等从事各种罪恶活动的人，过着可恶的生活；但现在，我们获得吟诵、吟唱哈瑞-奎师那曼陀(Hare Kṛṣṇa mantra)的机会。因此，我们应该永远感谢能得到这样的机会。依靠至尊主的仁慈，我们开设了许多分支机构，我们应该善用这大好机会吟诵、吟唱至尊主的圣名，并直接为至尊人格首神做服务。我们不该忘记自己的过去及过去的处境，应该总是小心谨慎，不要从最崇高的生活中坠落。

第 35 节

सोऽहं तथा यतिष्यामि यतचित्तेन्द्रियानिलः ।
यथा न भूय आत्मानमन्धे तमसि मज्जये ॥३५॥

so 'haṁ tathā yatiṣyāmi
yata-cittendriyānilaḥ
yathā na bhūya ātmānam
andhe tamasi majjaye

saḥ—这样的一个人 / aham—我 / tathā—就这样 / yatiṣyāmi—我将努力 / yata-citta-indriya—控制我的心和感官 / anilaḥ—以及内在之气 / yathā—以便 / na—不 / bhūyaḥ—再次 / ātmānam—我的灵魂 / andhe—在黑暗中 / tamasi—在愚昧中 / majjaye—我淹没

译文　我是如此罪恶的一个人，既然我现在得到这个机会，我也必须完全控制我的心、我的生活和感官，始终忙于做奉爱服务，以使自己不再坠入物质生活黑暗、愚昧的深渊。

要旨 我们每一个人都该有这样的决心。我们靠奎师那和灵性导师的仁慈被提升到崇高的状态中，如果我们记住这是个非凡的机会并向奎师那祈祷我们不要再坠落，我们的人生就会是成功的。

第 36—37 节

विमुच्य तमिमं बन्धमविद्याकामकर्मजम् ।
सर्वभूतसुहृच्छान्तो मैत्रः करुण आत्मवान् ॥३६॥

मोचये ग्रस्तमात्मानं योषिन्मय्यात्ममायया ।
विक्रीडितो ययैवाहं क्रीडामृग इवाधमः ॥३७॥

vimucya tam imaṁ bandham
avidyā-kāma-karmajam
sarva-bhūta-suhṛc chānto
maitraḥ karuṇa ātmavān

mocaye grastam ātmānaṁ
yoṣin-mayyātma-māyayā
vikrīḍito yayaivāhaṁ
krīḍā-mṛga ivādhamaḥ

vimucya—已经免于 / tam—那个 / imam—这个 / bandham—束缚 / avidyā—由于愚昧 / kāma—因为色欲 / karma-jam—由活动造成 / sarva-bhūta—众生的 / suhṛt—朋友 / śāntaḥ—非常平静 / maitraḥ—友善地 / karuṇaḥ—仁慈的 / ātma-vān—自我觉悟的 / mocaye—我将松开 / grastam—被囚禁的 / ātmānam—我的灵魂 / yoṣit-mayyā—以女人的形式 / ātma-māyayā—被至尊主的错觉能量 / vikrīḍitaḥ—愚弄 / yayā—被……的 / eva—肯定地 / aham—我 / krīḍā-mṛgaḥ—受控制的动物 / iva—如同 / adhamaḥ—如此堕落

译文 与自己的躯体认同使人受制于感官享乐的欲望，因而从事多种类型的虔诚和罪恶活动。这构成物质束缚。现在我将要摆脱由至尊人格首神的错觉能量以女人的形式给予的物质束缚。作为最堕落的灵魂，我受错觉能量的欺骗，变得像一条听女人指使跳舞的狗一样。我现在要摒弃一切物质享乐的欲望，摆脱这种错觉的影响。我要成为众生仁慈的祝愿者，让自己始终全神贯注于奎师那意识。

要旨　这对所有具有奎师那意识的人来说，都应该是下定决心的标准。有奎师那意识的人应该让自己摆脱错觉能量玛亚(māyā)的钳制，应该总是对其他处在这种钳制中的人感到怜悯。奎师那意识运动中的一切活动，都不仅是有利于自己，事实上也有利于众生。这就是奎师那意识的完美之所在。只对自己获得救赎感兴趣的人，其奎师那意识不如那些怜悯他人，从而传播奎师那意识运动的人。像后者这样进步的奉献者永远不会堕落，因为奎师那将给予他特殊的保护。这就是奎师那意识运动的总体实质。所有的人都像错觉能量手中的玩偶，按她的操纵行事。我们参加奎师那意识运动，不仅是为了拯救自己，同时也是为了拯救他人。

第 38 节

ममाहमिति देहादौ हित्वामिथ्यार्थधीर्मतिम् ।
धास्ये मनो भगवति शुद्धं तत्कीर्तनादिभिः ॥३८॥

mamāham iti dehādau
　hitvāmithyārtha-dhīr matim
dhāsye mano bhagavati
　śuddhaṁ tat-kīrtanādibhiḥ

mama－我的 / aham－我 / iti－如此 / deha-ādau－在躯体和与躯体有关的事物中 / hitvā－放弃 / amithyā－不是错的 / artha－……的价值观念 / dhīḥ－用我的意识 / matim－态度 / dhāsye－我将从事 / manaḥ－我的心 / bhagavati－向至尊人格首神 / śuddham－纯净的 / tat－祂的名字 / kīrtana-ādibhiḥ－借由吟唱和聆听等

译文 仅仅靠与奉献者一起吟诵、吟唱至尊主的圣名，我的心此刻得到了净化。因此，我再也不会堕落，成为物质感官享乐这一诱饵的受害者。我现在变得专注于绝对真理，今后再也不会将自我与躯体认同。我将摒弃“我”和“我的”等错误概念，全神贯注于奎师那的莲花足。

要旨 这节诗中明确解释了生物是如何成为物质环境的受害者的。这始于将自我与躯体认同。正因为如此，《博伽梵歌》最开始的灵性教导是：“我们不是这个躯体，而是处在躯体中”。只有吟诵、吟唱奎师那的圣名——哈瑞·奎师那这一伟大的曼陀，始终与奉献者在一起，才有可能具有这样的意识状态。这是成功的秘密。所以，我们强调人应该吟诵、吟唱至尊主的圣名，使自己免于这个物质世界的污染，尤其是想要过非法性生活、吃肉、喝酒(吸毒)和赌博等贪图物质享乐欲望的污染。带着这样的决心，人应该发誓遵守上述原则，以期从物质存在的痛苦状态中被拯救出去。第一项必做的事就是要去除躯体化的生命概念。

第 39 节

इति जातसुनिर्वेदः क्षणसङ्गेन साधुषु ।
गङ्गाद्वारमुपेयाय मुक्तसर्वानुबन्धनः ॥३९॥

iti jāta-sunirvedaḥ
kṣaṇa-saṅgena sādhuṣu
gaṅgā-dvāram upeyāya
mukta-sarvānubandhanaḥ

iti－如此 / jāta-sunirvedaḥ－从物质化的生命概念中脱离的(阿佳弥勒) / kṣaṇa-saṅgena－因片刻的联谊 / sādhuṣu－与奉献者 / gaṅgā-dvāram－前往哈尔德瓦尔·哈尔伊的大门(hari-dvāra)；由于恒河始于那里，哈尔德瓦尔也叫做恒河之门(gaṅgā-dvāra) / upeyāya－

去 / mukta—免于 / sarva-anubandhanaḥ—所有种类的物质束缚

译文　与奉献者(维施努的使者)的片刻联谊，使阿佳弥勒下定决心不再受物质化的生命概念的影响。这样完全不再受物质事物的吸引后，他立刻启程前往哈尔德瓦尔。

要旨　“所有种类的物质束缚(mukta-sarvānubandhanaḥ)”一句是指，发生这件事情后，阿佳弥勒不再理会他的妻子和孩子，而是为在灵性生活中取得进步而直接去了哈尔德瓦尔。我们的奎师那意识运动如今在温达文(Vṛndāvana)和纳瓦兑帕(Navadvīpa)都有中心，以便那些想要过退休生活的奉献者或非奉献者可以去那里，下决心放弃躯体化的生命概念。欢迎想要透过吟诵、吟唱至尊主的圣名和进食给至尊主供奉过的食物(prasāda)这一极其简单的方式获得最高成就的人，在那些圣地度过他们的余生，从而有可能回归家园，回到首神身边。我们在哈尔德瓦尔没有中心，但温达文和玛亚普尔(Māyāpur)圣地对奉献者来说比任何其他地方都好。柴坦亚昌铎达亚庙(Caitanya Candrodaya)，给人提供一个与奉献者联谊的好机会。让我们都善用这机会吧！

第 40 节

स तस्मिन्देवसदन आसीनो योगमास्थितः ।
प्रत्याहृतेन्द्रियग्रामो युयोज मन आत्मनि ॥४०॥

sa tasmin deva-sadana
āsīno yogam āsthitaḥ
pratyāhṛtendriya-grāmo
yuyoja mana ātmani

saḥ—他(阿佳弥勒) / tasmin—在那个地方(哈尔德瓦尔) / deva-sadane—在维施努的神庙 / āsīnaḥ—处于 / yogam āsthitaḥ—实际练奉爱瑜伽 / pratyāhṛta—退出所有的感官享乐活动 / indriya-grāmaḥ—他

的感官 / yuyoja — 他用……专注于 / manaḥ — 心 / ātmani — 在自己或超灵——至尊人格首神

译文 在哈尔德瓦尔，阿佳弥勒托庇于维施努的神庙，在那里按照奉爱瑜伽的程序灵修。他控制自己的感官，用他的心专注地为至尊主做服务。

要旨 加入奎师那意识运动的奉献者，可以舒服地住在我们的许多庙宇中，为至尊主做奉爱服务。这使他们能够控制内心和感官，获得生命最高的成就。这是从无法追溯的时候起传下来的方法。从阿佳弥勒的生活中接受教训，我们应该下决心发誓为走这条路做需要做的一切。

第 41 节

ततो गुणेभ्य आत्मानं वियुज्यात्मसमाधिना ।
युयुजे भगवद्धाम्नि ब्रह्मण्यनुभवात्मनि ॥४१॥

tato guṇebhya ātmānaṁ
viyujyātma-samādhinā
yuyuje bhagavad-dhāmni
brahmaṇy anubhavātmani

tataḥ — 此后 / guṇebhyaḥ — 从物质自然的属性中 / ātmānam — 心 / viyujya — 脱离 / ātma-samādhinā — 借由全心全意地做奉爱服务 / yuyuje — 从事 / bhagavat-dhāmni — 在至尊主的形象上 / brahmaṇi — 是至尊梵的形象(而不是偶像崇拜) / anubhava-ātmani — (从莲花足开始后逐渐向上)一直想着

译文 阿佳弥勒全心全意地做奉爱服务。这使他的内心不再有感官享乐的欲念，而是全神贯注地想着至尊主的形象。

要旨　在庙里崇拜神像的人，内心会自然而然、全神贯注地想着至尊主和祂的形象。至尊主的形象和至尊主本人没有区别。正因为如此，奉爱瑜伽(bhakti-yoga)是最容易的瑜伽体系。瑜伽师们(yogīs)努力将他们的思想集中在他们心中的超灵形象上，但当人全神贯注于庙里被崇拜的神像上时就很容易达到同样的目的。每一个庙里都有至尊主的超然形象，使人可以很容易地想着那形象。通过在崇拜仪式(ārati)、供奉食物和一直不断地想着神像形象时看着至尊主，人可以成为一流的瑜伽师。这是最佳的瑜伽程序。对此，至尊人格首神在《博伽梵歌》第6章的第47节诗中说：

yoginām api sarveṣāṁ
mad-gatenāntarātmanā
śraddhāvān bhajate yo māṁ
sa me yuktatamo mataḥ

“在所有的瑜伽师中，谁信心坚定地总在内心想着我，为我做超然的爱心服务，谁就通过瑜伽与我最紧密地连在一起，就是最高级的瑜伽师。这就是我的看法。”一流的瑜伽师是控制住自己的感官，并通过总想着至尊主的形象远离物质活动的人。

第 42 节

यर्ह्युपारतधीस्तस्मिन्नद्राक्षीत्पुरुषान् पुरः ।
उपलभ्योपलब्धान् प्राग्ववन्दे शिरसा द्विजः ॥४२॥

yarhy upārata-dhīs tasminn
adrākṣīt puruṣān puraḥ
upalabhyopalabdhān prāg
vavande śirasā dvijaḥ

yarhi－当……时 / upārata-dhīḥ－他的心和智力固定于 / tasmin－在那时 / adrākṣīt－已看见 / puruṣān－人物(主维施努的命令执行官) / puraḥ－在他面前 / upalabhya－看到 / upalabdhān－看过的 /

prāk—之前的 / vavande—献上顶礼 / śirasā—用头 / dvijaḥ—布茹阿玛纳

译文 当布茹阿玛纳·阿佳弥勒的心智固定在至尊主的形象上时，他再次看到了他以前看到过的四位天人。他能够明白，他们就是他以前看到过的那些人，因此通过向他们顶礼献上他的敬意。

要旨 当阿佳弥勒把注意力完全稳定地集中在至尊主的形象上时，那些营救过他的维施努的使者们再次出现在他面前。维施努的使者们那时离开，以便给阿佳弥勒一个机会，让他用一些时间达到全神贯注地冥想至尊主的状态。现在他的奉爱之情成熟了，他们返回来接他走。阿佳弥勒认识到是以前那几位维施努的命令执行官又回来时，向他们顶礼表示敬意。

第 43 节

हित्वा कलेवरं तीर्थे गङ्गायां दर्शनादनु ।
सद्यः स्वरूपं जगृहे भगवत्पार्श्ववर्तिनाम् ॥४३॥

hitvā kalevaraṁ tīrthe
　gaṅgāyāṁ darśanād anu
sadyaḥ svarūpaṁ jagṛhe
　bhagavat-pārśva-vartinām

hitvā—放弃 / kalevaram—物质躯体 / tīrthe—在圣地 / gaṅgāyām—在恒河岸边 / darśanāt anu—看到后 / sadyaḥ—马上 / svarūpam—他原本的灵性形象 / jagṛhe—他得到 / bhagavat-pārśva-vartinām—适合与至尊主联谊的

译文 看到维施努的命令执行官们，阿佳弥勒在恒河岸边的哈尔德瓦尔放弃了他的物质躯体。他恢复了他原本的灵性身体—适合与至尊主联谊的身体。

要旨　在《博伽梵歌》第4章的第9节诗中，至尊主说：

janma karma ca me divyam
evaṁ yo vetti tattvataḥ
tyaktvā dehaṁ punar janma
naiti mām eti so 'rjuna

“阿尔诸纳啊！谁能了解我显现和活动的超然本质，谁就在离开躯体后到达我永恒的住所，不再投生于这个物质世界。”

完美地培养奎师那意识所能得到的结果是：生物在离弃了物质躯体后，立刻以其原本的灵性之躯转入灵性世界，与至尊人格首神在一起。有些奉献者去外琨塔星球，有些则去哥珞卡·温达文，成为奎师那的同伴。

第44节

साकं विहायसा विप्रो महापुरुषकिङ्करैः ।
हैमं विमानमारुह्य ययौ यत्र श्रियः पतिः ॥४४॥

sākaṁ vihāyasā vipro
mahāpuruṣa-kiṅkaraiḥ
haimaṁ vimānam āruhya
yayau yatra śriyaḥ patiḥ

sākam—一起 / vihāyasā—借由空中途径或航空通道 / vipraḥ—布茹阿玛纳(阿佳弥勒) / mahāpuruṣa-kiṅkaraiḥ—与主维施努的命令执行官 / haimam—用金子制成 / vimānam—一架飞机 / āruhya—登上 / yayau—去 / yatra—……的地方 / śriyaḥ patiḥ—幸运女神的丈夫——主维施努

译文　在主维施努的命令执行官的陪伴下，阿佳弥勒登上一架用金子制成的飞机。他穿越航空通道，直接去了幸运女神的丈夫主维施努的住所。

要旨 唯物主义科学家们用许多年的时间为去月球而努力，但至今无法去那里。然而，从灵性星球来的飞机却能在一瞬间内将人带回家园，带到首神身边。我们只能想象这种灵性飞机的速度。灵魂比心念还要精微，每个人都体验过心念从一个地方跳到另一个地方的速度有多快。因此，我们可以对比心念的速度想象灵性形体的速度有多快。甚至在不到片刻的时间内，完美的奉献者就能在离弃他的物质躯体后，立刻回归家园，回到首神身边。

第45节

एवं स विप्लावितसर्वधर्मा
　दास्याः पतिः पतितो गर्ह्यकर्मणा ।
निपात्यमानो निरये हतव्रतः
　सद्यो विमुक्तो भगवन्नाम गृह्णन् ॥४५॥

evaṁ sa viplāvita-sarva-dharmā
　dāsyāḥ patiḥ patito garhya-karmaṇā
nipātyamāno niraye hata-vrataḥ
　sadyo vimukto bhagavan-nāma gṛhṇan

evam一就这样 / saḥ一他(阿佳弥勒) / viplāvita-sarva-dharmāḥ一放弃一切宗教原则的 / dāsyāḥ patiḥ一妓女的丈夫 / patitaḥ一掉进 / garhya-karmaṇā一因从事令人憎恶的活动 / nipātyamānaḥ一坠落 / niraye一在地狱般的生活中 / hata-vrataḥ一打破他所有誓言的 / sadyaḥ一立刻 / vimuktaḥ一解脱 / bhagavat-nāma一至尊主的圣名 / gṛhṇan一呼喊

译文 阿佳弥勒是一个因为不良联谊而抛弃了所有布茹阿玛纳文化和宗教原则的布茹阿玛纳。他偷窃、喝酒并从事其他令人憎恶的活动，变得堕落不堪。他甚至养了一个妓女。这一切使他原本注定要被阎罗王的命令执行官带去地狱，但他却仅仅因为稍微呼喊了一下纳茹阿亚纳的圣名而立刻获得拯救。

第 46 节

नातः परं कर्मनिबन्धकृन्तनं
मुमुक्षतां तीर्थपदानुकीर्तनात् ।
न यत्पुनः कर्मसु सज्जते मनो
रजस्तमोभ्यां कलिलं ततोऽन्यथा ॥४६॥

nātaḥ paraṁ karma-nibandha-kṛntanaṁ
mumukṣatāṁ tīrtha-padānukīrtanāt
na yat punaḥ karmasu sajjate mano
rajas-tamobhyāṁ kalilaṁ tato 'nyathā

na－不 / ataḥ－因此 / param－更好的方法 / karma-nibandha－作为功利性活动的结果而被迫受苦或经历磨难 / kṛntanam－可以完全斩断的那个 / mumukṣatām－想要摆脱物质束缚的人的 / tīrtha-pada－有关至尊人格首神(所有的圣地都坐落在祂的莲花足旁) / anukīrtanāt－比在真正的灵性导师指导下持续吟诵、吟唱 / na－不 / yat－因为 / punaḥ－再次 / karmasu－在功利性活动中 / sajjate－变得依恋 / manaḥ－心 / rajaḥ-tamobhyām－被激情和愚昧属性 / kali-lam－污染 / tataḥ－之后 / anyathā－借由其他方法

译文　因此，想要摆脱物质束缚的人，应该采用吟诵、吟唱和赞美所有圣地都坐落在祂莲花足旁的至尊人格首神的名字、声望、形象及娱乐活动这一程序。人无法靠采用虔诚的赎罪活动、知识思辨和神秘瑜伽冥想等其他方法获得真正的利益，因为甚至在采用那些方法后，人还会再次从事功利性活动，无法控制自己那受到激情和愚昧这两种物质自然的低等属性所污染的心。

要旨 事实上，就连达到所谓完美境界的许多功利性活动者(karmīs)、思辨知识的人(jñānīs)及瑜伽师(yogīs)，都再次受到物质活动的吸引。许多所谓的斯瓦米和瑜伽师将物质活动视为是不真实的(jagan mithyā)而加以放弃，但一段时间后，他们就通过办医院、学校等慈善事业恢复从事物质活动。他们虽然还声称自己是出家人(sannyāsīs)——弃绝阶层的成员，但却参与政治。然而，真想摆脱物质世界的人，必须以吟诵(吟唱)和聆听圣名(śrava-ṇaṁ kīrtanaṁ viṣṇoḥ)为开始做奉爱服务：这才是完美的结论。奎师那意识运动就实际证明了这一点。西方国家里有许多年轻人沉溺于吸毒并养成许多其他改不掉的坏习惯，可一旦加入奎师那意识运动，十分真诚地吟诵、吟唱至尊主的荣耀，就去除了所有这些坏习性。换句话说，培养奎师那意识的程序对在激情(rajaḥ)和愚昧属性(tamaḥ)控制下行事的人来说，是完美的赎罪程序。正如《圣典博伽瓦谭》第1篇第2章的第19节诗中说：

tadā rajas-tamo-bhāvāḥ
kāma-lobhādayaś ca ye
ceta etair anāviddhaṁ
sthitaṁ sattve prasīdati

“心中一旦坚定不移地决定做奉爱服务，贪婪、渴望和向往等物质自然激情及愚昧的产物，就会从心中消失。奉献者于是便稳定地处在善良属性的层面上，变得十分快乐。”受激情和愚昧属性控制的结果是，人变得越来越贪图物质享乐，但当人按照吟诵、吟唱和聆听与至尊主有关的一切的方法做时，就会上升到善良属性的层面上，变得快乐。随着人在奉爱服务的路途上不断进步，他所有的疑问都会被根除(bhidyate hṛdaya-granthiś chidyante sarva-saṁśayāḥ)。这样，他从事功利性活动的欲望之结就会被砍成碎片。

第 47—48 节

य एतं परमं गुह्यमितिहासमघापहम् ।
शृणुयाच्छ्रद्धया युक्तो यश्च भक्त्यानुकीर्तयेत् ॥४७॥

न वै स नरकं याति नेक्षितो यमकिङ्करैः ।
यद्यप्यमङ्गलो मर्त्यो विष्णुलोके महीयते ॥४८॥

ya etaṁ paramaṁ guhyam
itihāsam aghāpaham
śṛṇuyāc chraddhayā yukto
yaś ca bhaktyānukīrtayet

na vai sa narakaṁ yāti
nekṣito yama-kiṅkaraiḥ
yady apy amaṅgalo martyo
viṣṇu-loke mahīyate

yaḥ—任何……的人 / etam—这个 / paramam—非常 / guhyam—机密 / itihāsam—历史性的叙述 / agha-apaham—让人免于一切恶报的 / śṛṇuyāt—聆听 / śraddhayā—怀着信心 / yuktaḥ—赋予 / yaḥ—一个……的人 / ca—也 / bhaktyā—用极大的奉爱之情 / anukīrtayet—重复 / na—不 / vai—事实上 / saḥ—这样的人 / narakam—往地狱 / yāti—去 / na—不 / īkṣitaḥ—被看 / yama-kiṅkaraiḥ—被阎罗王的命令执行官 / yadi api—虽然 / amaṅgalaḥ—不吉祥 / martyaḥ—有物质躯体的生物 / viṣṇu-loke—在灵性世界 / mahīyate—受到欢迎并被尊敬地接待

译文　由于这段对史实很机密的叙述具有征服一切恶报的力量，怀着信心和奉爱之情聆听或讲述它的人，不再被判决过地狱生活，不管他还有物质躯体，曾多么罪恶，都不例外。事实上，阎罗王的命令执行官亚玛杜塔们都不会去找他，甚至看他一眼。这样的人放弃他现有的物质躯体后回归家园，回到首神身边，在那里受到尊敬的接待和崇拜。

第 49 节

म्रियमाणो हरेर्नाम गृणन् पुत्रोपचारितम् ।
अजामिलोऽप्यगाद्धाम किमुत श्रद्धया गृणन् ॥४९॥

mriyamāṇo harer nāma
gṛṇan putropacāritam
ajāmilo 'py agād dhāma
kim uta śraddhayā gṛṇan

mriyamāṇaḥ—在死亡之际 / hareḥ nāma—哈尔依的圣名 / gṛṇan—呼喊 / putra-upacāritam—指他儿子 / ajāmilaḥ—阿佳弥勒 / api—甚至 / agāt—去 / dhāma—往灵性世界 / kim uta—更何况 / śraddhayā—怀着信心和爱心 / gṛṇan—吟诵、吟唱

译文 在死亡的痛苦之际，阿佳弥勒呼喊了至尊主的圣名，尽管那其实是在喊他儿子，但最终还是回归家园，回到了首神身边。因此，一个人如果充满信心、没有冒犯地吟诵、吟唱至尊主的圣名，哪里有回不到首神身边的疑虑呢？

要旨 死亡之际，人的身体功能处在紊乱的状态中，使人无疑困惑不已。那时，即使是一生都在吟诵、吟唱至尊主圣名的人，都有可能无法清晰地发出哈瑞·奎师那曼陀的声音震荡。尽管如此，这样的人仍得到吟诵、吟唱圣名的一切利益。因此，为什么我们不能在身体健康的情况下大声并清晰地吟诵、吟唱至尊主的圣名呢？这样做的人甚至在死亡之际都很有可能可以怀着爱和信心准确地吟诵、吟唱至尊主的圣名。结论是：一直不断地吟诵、吟唱至尊主圣名的人，无疑保证能回归家园，回到首神身边。

对这一章的补充性说明

圣维施瓦纳特·查夸瓦尔提·塔库尔对这一章的第9节和第10节诗文的评注，构成了就有关人如何能仅仅靠吟诵、吟唱至尊主的圣名去除一切恶报的谈话。

有人也许会说："尽管说吟诵、吟唱至尊主的圣名能去除一切过罪恶生活招致的恶报，但如果人完全是有意犯罪，且不仅一次，而是许多次，他就没可能摆脱这类罪的恶报，哪怕是赎罪十二年以上也不行。那么，怎么可能仅仅靠喊出一次至尊主的圣名，这类恶报就一笔勾销了呢？"

圣维施瓦纳特·查夸瓦尔提·塔库尔引述这一章的第9—10节诗说："吟诵、吟唱主维施努的圣名，对偷盗金子等宝物的盗贼、酗酒者、背叛朋友和亲人的人、杀死布茹阿玛纳的人，以及与自己的导师或其他前辈的妻子发生性关系的人来说，是最佳的赎罪方式；对谋杀女人、君王或自己父亲的人，对宰杀乳牛等所有其他的罪犯来说，也都是最佳的赎罪方式。仅仅靠吟诵、吟唱主维施努的圣名，这些罪恶之人就可以引起至尊主的注意，心想：'由于这个人吟诵、吟唱了我的圣名，我就有责任保护他。'"

吟诵、吟唱圣名虽然不被称为赎罪，但却可以去除罪恶生活的一切恶报。普通的赎罪也许可以短暂地保护犯罪之人，但却没有彻底清除他心中根深蒂固的想要从事罪恶活动的欲望。因此，赎罪的力量不如吟诵、吟唱至尊主圣名的力量。经典中说：一个人只要有一次吟诵、吟唱圣名，完全投靠至尊主的莲花足，至尊主就会立刻将他视为保护对象，总想要保护他。对此，施瑞达尔·斯瓦米(Śrīdhara Svāmī)给予了证实。所以，当阿佳弥勒面临被阎罗王的命令执行官带下地狱的险境时，至尊主立刻派祂本人的命令执行官去保护他，替他说话，因为他的一切恶报已经被一笔勾销了。

阿佳弥勒给他儿子起名纳茹阿亚纳，而由于他那么爱他的孩子，他不断地呼唤他的名字。尽管他只是在叫他的儿子，但因为纳茹阿亚纳的名字与主纳茹阿亚纳本人没有区别，所以那名字本身强大有力。当阿佳弥勒给他儿子起名纳茹阿亚纳时，他所有的恶报就都已经被抵消，而随着他不断喊他的儿子，以此方式喊出纳茹阿亚纳的名字千万次，他实际上在不知不觉的情况下加强了奎师那意识。

有人也许会争论说："既然他一直不断地喊出纳茹阿亚纳的名字，他怎么可能还与一个妓女在一起喝酒？"由于他的恶行，他给自己再三招来痛苦，因此有人也许会说，他最后喊出的纳茹阿亚纳的名字，使他获得了自由；但他的这种呼唤应该是对圣名的冒犯(nāma-aparādha)。有些人一直不断地作恶，但同时试图靠吟诵、吟唱至尊主的圣名抵消其恶行，是对圣名的一种冒犯(nāmno balād yasya hi pāpa-buddhiḥ)。

对这个问题的回答是：阿佳弥勒对圣名的呼喊是没有冒犯的，因为他并没有怀着抵消他罪恶的目的呼喊纳茹阿亚纳这个名字，并不知道自己沉溺于罪恶中，也不知道他喊出纳茹阿亚纳的名字是在抵消他的那些罪恶。因此，他没有冒犯圣名，他在叫他儿子的时候不断地呼喊圣名也可以被称为纯洁的呼喊。由于这没有冒犯的呼喊，阿佳弥勒不知不觉地积累了奉爱的成果。事实上，甚至他对圣名的第一次呼唤就足以抵消他这一生积累的一切恶报。无花果树不立刻结果，而是在一定的时间才让果实展现出来。同样，阿佳弥勒的奉爱服务在一点一滴地积累，所以尽管他从事了十分罪恶的活动，但恶报并没有影响他。经典中说，人吟诵、吟唱至尊主的圣名哪怕一次，过去、现在和将来的罪恶活动都不会影响到他。举另一个例子说明：如果拔除一条毒蛇的毒牙，就可以救人免遭那条毒蛇毒液的伤害，哪怕那条毒蛇再三咬人也不会致人于死命。同样，如果奉献者没有冒犯地吟诵、吟唱圣名哪怕一次，他都永久受到保护。他只需要等待吟诵、吟唱的结果在适当的时候变得成熟结出果实。

到此为止，结束了巴克提韦丹塔对《圣典博伽瓦谭》第6篇第2章——“维施努的使者拯救阿佳弥勒”所作的阐释。

第三章

阎罗王吩咐他的使者

这一章讲述的是，阎罗王(Yamarāja)给找他的那些命令执行官们详尽地解释了奉爱服务的宗教原则(bhāgavata-dharma)，使极其沮丧的他们感到满意。阎罗王说：“尽管阿佳弥勒(Ajāmila)当时在叫他的儿子，但却喊出了至尊主纳茹阿亚纳(Nārāyaṇa)的圣名，而仅仅靠那么一点点对圣名的呼唤，他就立刻得到主维施努(Viṣṇu)的命令执行官的联谊，他们从你们手中拯救了他。这十分正确。事实上，就连长期作恶的人在还有冒犯的情况下吟诵、吟唱至尊主的圣名，都不必再次在物质世界里投生。”

由于喊出至尊主的圣名，阿佳弥勒得遇主维施努的四个命令执行官。他们十分俊美，迅速来营救他。阎罗王描述他们说：维施努的命令执行官全都是创造、维系和毁灭这个宇宙展示的至尊人(至尊主)的纯粹奉献者。无论是天帝因铎(Indra)、水神瓦茹纳(Varuṇa)、希瓦(Śiva)、布茹阿玛(Brahmā)、七位圣人(ṛṣis)，还是我，都无法理解自给自足并超越物质感官知觉范畴的至尊主所从事的超然活动。没人能用物质的感官得到有关祂的知识。至尊主——错觉能量的主人，拥有能给众生带来好运的超然品质，祂的奉献者也是那样有资格。只关心要营救这个物质世界里的堕落灵魂的奉献者们，表面上在这个物质世界里的不同地方投生，但其实只是为了拯救受制约的灵魂。如果有人因某种原因对灵性生活感兴趣，至尊主的奉献者就以多种方式保护他。”

阎罗王继续道：“永恒宗教(sanātana-dharma)的精髓极度机密。除了至尊主本人，没人能将那机密的宗教体系传给人类社会。只有靠至尊主的仁慈，超然的宗教体系才能让祂的纯粹奉献者，尤其是布茹阿玛、纳茹阿达·牟尼(Nārada Muni)、主希瓦、库玛尔四兄弟(Kumāras)、卡皮拉(Kapila)、玛努(Manu)、帕拉德(Prahlāda)、佳纳卡(Janaka)、彼士玛(Bhīṣma)、巴利(Bali)、舒卡戴瓦·哥斯瓦米(Śukadeva Gosvāmī)和我这十二位权威人士了解。其他以齐弥尼(Jaimini)为首的博学学者，几乎总是被错觉能量所覆盖，因此或多或少地被《瑞歌》(Ṛg)、《亚诸尔》(Yajur)和《萨玛》(Sāma)这三部韦达经(Veda)中的华丽词藻所吸引。人们受这三部韦达经中华丽词藻的吸引，对韦达仪式性典礼感兴趣，而不愿意成为纯粹的奉献者。他们无法了解吟诵、吟唱至尊主圣名的荣耀。但是，智者走上为至尊主做奉爱服务的路途。当他们没有冒犯地吟诵、吟唱至尊主的圣名时，他们就不再是我监管的对象。即使他们偶尔犯罪，他们也还是受到至尊主圣名的保护，因为他们忠于至尊主。至尊主的四个武器，尤其是苏达尔珊飞轮(Sudarśana cakra)，总是在保护着奉献者。谁做人不口是心非，同时吟诵(吟唱)、聆听和记忆至尊主的圣名，并向至尊主祈祷或致以敬意，谁就会变得完美。相反，不做奉爱服务的人即使是博学之人，也有可能被判下地狱。”

舒卡戴瓦·哥斯瓦米回忆阎罗王对至尊主和祂奉献者的荣耀的描述后，进而解释吟诵、吟唱圣名的力量，以及举行韦达仪式性典礼和为赎罪而从事虔诚活动的徒劳无功。

第 1 节

श्रीराजोवाच

निशम्य देवः स्वभटोपवर्णितं
प्रत्याह किं तानपि धर्मराजः ।
एवं हताज्ञो विहतान्मुरारे-
र्नैदेशिकैर्यस्य वशे जनोऽयम् ॥ १ ॥

śrī-rājovāca
niśamya devaḥ sva-bhaṭopavarṇitaṁ
pratyāha kiṁ tān api dharmarājaḥ
evaṁ hatājño vihatān murārer
naideśikair yasya vaśe jano 'yam

śrī-rājā uvāca—君王说 / niśamya—在听了后 / devaḥ—阎罗王 / sva-bhaṭa—他的仆人的 / upavarṇitam—说明 / pratyāha—回答 / kim—什么 / tān—向他们 / api—也 / dharma-rājaḥ—死亡的主管及宗教和非宗教活动的审判官 / evam—如此 / hata-ājñaḥ—……的命令被阻挠 / vihatān—被战胜 / murāreḥ naideśikaiḥ—被奎师那(穆茹阿瑞)的命令执行官 / yasya—……人的 / vaśe—在屈从之下 / janaḥ ayam—世上所有的人

译文 帕瑞克西特王说：啊，亲爱的阁下、舒卡戴瓦·哥斯瓦米啊！阎罗王是众生从事宗教与非宗教活动的监管者，但他的命令没得到执行。当阎罗王的仆人亚玛杜塔们告诉他，维施努的使者们阻止他们拘捕阿佳弥勒并战胜了他们时，他的回答是什么？

要旨 圣维施瓦纳特·查夸瓦尔提·塔库尔(Viśvanātha Cakravartī Ṭhākura)说：尽管阎罗王的命令执行官亚玛杜塔们(Yamadūtas)的说明有韦达原则作支持，但维施努的使者们(Viṣṇudūtas)的说明却更胜一筹。阎罗王本人对此给予了肯定。

第2节

यमस्य देवस्य न दण्डभङ्गः
कुतश्चनर्षे श्रुतपूर्व आसीत् ।
एतन्मुने वृश्चति लोकसंशयं
न हि त्वदन्य इति मे विनिश्चितम् ॥ २ ॥

yamasya devasya na daṇḍa-bhaṅgaḥ
kutaścanarṣe śruta-pūrva āsīt
etan mune vṛścati loka-saṁśayaṁ
na hi tvad-anya iti me viniścitam

yamasya－阎罗王的 / devasya－负责审判的半神人 / na－不 / daṇḍa-bhaṅgaḥ－命令被违反 / kutaścana－从任何地方 / ṛṣe－伟大的圣人啊！ / śruta-pūrvaḥ－之前听到 / āsīt－是 / etat－这 / mune－伟大的圣人啊！ / vṛścati－可以去除 / loka-saṁśayam－人们的疑惑 / na－不 / hi－事实上 / tvat-anyaḥ－任何比你……的人 / iti－如此 / me－被我 / viniścitam－结论

译文 伟大的圣人啊！以前从未听说阎罗王发出的命令在任何地方受到过阻挠。所以我想，人们对此会有疑问；而除了您，没人能去除这疑问。我坚信这一点，因此请解释这些事件的缘由。

第3节

श्रीशुक उवाच
भगवत्पुरुषै राजन् याम्याः प्रतिहतोद्यमाः ।
पतिं विज्ञापयामासुर्यमं संयमनीपतिम् ॥ ३ ॥

śrī-śuka uvāca
bhagavat-puruṣai rājan
yāmyāḥ pratihatodyamāḥ
patiṁ vijñāpayām āsur
yamaṁ saṁyamanī-patim

śrī-śukaḥ uvāca－舒卡戴瓦·哥斯瓦米说 / bhagavat-puruṣaiḥ－被主维施努的命令执行官 / rājan－君王啊！ / yāmyāḥ－阎罗王的命令执行官 / pratihata-udyamāḥ－……的努力受挫 / patim－他们的主人 / vijñāpayām āsuḥ－告知 / yamam－阎罗王 / saṁyamanī-patim－萨弥亚玛尼城的主人

译文 圣舒卡戴瓦·哥斯瓦米回答道：亲爱的君王，阎罗王的命令执行官们受到维施努的命令执行官的阻止，他们在被战胜后去找他们的主人—萨弥亚玛尼城及罪人的控制者，告诉他所发生的这件事。

第 4 节

यमदूता ऊचुः
कति सन्तीह शास्तारो जीवलोकस्य वै प्रभो ।
त्रैविध्यं कुर्वतः कर्म फलाभिव्यक्तिहेतवः ॥ ४ ॥

yamadūtā ūcuḥ
kati santīha śāstāro
jīva-lokasya vai prabho
trai-vidhyaṁ kurvataḥ karma
phalābhivyakti-hetavaḥ

yamadūtāḥ ūcuḥ一阎罗王的命令执行官说 / kati一多少 / santi一有 / iha一在这世上 / śāstāraḥ一控制者或统治者 / jīva-lokasya一这个物质世界的 / vai一事实上 / prabho一主人啊！ / trai-vidhyam一在物质自然三种属性的控制下 / kurvataḥ一做 / karma一活动 / phala一结果的 / abhivyakti一展示的 / hetavaḥ一缘由

译文 阎罗王的命令执行官说：我们亲爱的君主，这个物质世界里究竟有多少控制者或统治者啊？有多少原因是在物质自然三种属性的控制下从事活动所展现出结果的缘由？

要旨 圣维施瓦纳特·查夸瓦尔提·塔库尔说：阎罗王的命令执行官感到极度沮丧，所以几乎是在盛怒下问他们的主人，是不是除了他之外还有许多主人；此外，由于阎罗王的命令执行官们被打败，而他们的主人不能保护他们，他们言下之意是，没必要侍奉这样一个主人。如果一个仆人无法在被保护的情况下执行他主人的命令，那么侍奉这样一个没有权力和能力的主人有什么用？

第5节

यदि स्युर्बहवो लोके शास्तारो दण्डधारिणः ।
कस्य स्यातां न वा कस्य मृत्युश्चामृतमेव वा ॥ ५॥

yadi syur bahavo loke
śāstāro daṇḍa-dhāriṇaḥ
kasya syātāṁ na vā kasya
mṛtyuś cāmṛtam eva vā

yadi－如果 / syuḥ－有 / bahavaḥ－许多 / loke－在这世上 / śāstāraḥ－统治者或控制者 / daṇḍa-dhāriṇaḥ－惩罚罪恶之人的 / kasya－……的 / syātām－可能有 / na－不 / vā－或者 / kasya－……的 / mṛtyuḥ－痛苦或不幸 / ca－和 / amṛtam－快乐 / eva－肯定地 / vā－或者

译文 假如这宇宙中有许多统治者和法官，而他们彼此间对惩罚和奖励的看法不同，那么如果他们彼此矛盾的做法相抵消，就会导致没人受惩罚或被奖励的结果；可如果他们彼此矛盾的做法没能相抵消，那结果就是每一个人都得既受惩罚又获奖励。

要旨 阎罗王的命令执行官们因为没能成功地执行阎罗王的命令，所以怀疑阎罗王是否真的有能力惩罚罪人。他们虽然遵照阎罗王的命令去逮捕阿佳弥勒，但却发现因为有更高的权威而无法成功地执行命令。因此，他们不确定究竟是有许多权威，还是只有一位。如果有许多权威人士给予有可能是相互矛盾的不同裁决，就有可能错误地惩罚或奖赏一个人，或者该受罚的没受罚，该得奖赏的没得奖赏。按照我们在物质世界里的经验，一个人在一个法庭被判受罚后会到另一个法庭提起申诉，因此同一个人有可能根据不同的判决要么受罚、要么获奖赏。然而，在自然法律中，或说至尊人格首神的法庭上，不能有这样相互矛盾的判决。判官和他们的判决必须是完美的，彼此没有任何矛盾。事实上，在阿佳弥勒这个案件中，由于阎罗王的命令执行官们有权逮捕他，而维施努的命令执行官却阻挠他们，以致阎罗王的地位显得十分尴尬。尽管在这种情况下，阎罗王受到维施努的命令执行官和阎罗王的命令执行官两方的控告，但他因为被至尊人格首神授予了权利，所以可以完美地判案。因此，他将解释他的真正地位究竟是什么，以及每一个生物是如何受至尊控制者——人格首神控制的。

第 6 节

किन्तु शास्तृबहुत्वे स्याद्बहूनामिह कर्मिणाम् ।
शास्तृत्वमुपचारो हि यथा मण्डलवर्तिनाम् ॥ ६ ॥

kintu śāstṛ-bahutve syād
bahūnām iha karmiṇām
śāstṛtvam upacāro hi
yathā maṇḍala-vartinām

kintu—但是 / śāstṛ—管理者或审判官的 / bahutve—多数的 / syāt—也许有 / bahūnām—许多的 / iha—在这个世界里 / karmiṇām—活动者 / śāstṛtvam—各个部门的管理 / upacāraḥ—行政 / hi—事实上 / yathā—正如 / maṇḍala-vartinām—地方管理者的

译文 阎罗王的命令执行官继续说：既然世上有那么多种功利性活动者，就可能有许多类型的法官或管理者要审判他们的活动；但正如有一个帝王坐镇中央，控制各个地方的管理者，世上必有一个至高无上的控制者指导着所有的法官。

要旨 政府管理机构中有许多不同部门的官员对不同的人做出判决，但必须遵循同样的法律，那核心法律必须对每一个人都有同样的控制作用。阎罗王的命令执行官无法想象对同一个案子竟然给出两种不同的裁决，因此想要知道究竟谁是主要的法官。阎罗王的命令执行官确信阿佳弥勒是罪大恶极的，但尽管阎罗王要惩罚他，可维施努的使者们却原谅了他。所以，阎罗王的命令执行官们想要阎罗王澄清这种令人困惑的情况。

第7节

अतस्त्वमेको भूतानां सेश्वराणामधीश्वरः ।
शास्ता दण्डधरो नृणां शुभाशुभविवेचनः ॥ ७ ॥

atas tvam eko bhūtānāṁ
seśvarāṇām adhīśvaraḥ
śāstā daṇḍa-dharo nṝṇāṁ
śubhāśubha-vivecanaḥ

ataḥ—像这样 / tvam—你 / ekaḥ——个 / bhūtānām—所有生物的 / sa-īśvarāṇām—包括全体半神人 / adhīśvaraḥ—至高的主人 / śāstā—最高的统治者 / daṇḍa-dharaḥ—负责惩罚的最高管理者 / nṝṇām—人类社会的 / śubha-aśubha-vivecanaḥ—区分何为吉祥、何为不吉祥的

译文 至高无上的法官必须是一位，而不是很多位。据我们的了解，您就是那位最高的法官，您的审判权甚至凌驾于半神人之上。在我们的印象中，您是众生的主人，是负责辨别人类中的每一个人从事活动虔诚与否的最高权威。

第8节

तस्य ते विहितो दण्डो न लोके वर्ततेऽधुना ।
चतुर्भिरद्भुतैः सिद्धैराज्ञा ते विप्रलम्भिता ॥ ८ ॥

tasya te vihito daṇḍo
na loke vartate 'dhunā
caturbhir adbhutaiḥ siddhair
ājñā te vipralambhitā

tasya－影响的 / te－您的 / vihitaḥ－发布 / daṇḍaḥ－惩罚 / na－不 / loke－在这世上 / vartate－存在 / adhunā－现在 / caturbhiḥ－被四个 / adbhutaiḥ－非常神奇的 / siddhaiḥ－完美的人物 / ājñā－命令 / te－您的 / vipralambhitā－超越

译文 但现在我们看到，您发布的惩罚命令不再有效，因为有四位神奇、完美的人物违抗了您的命令。

要旨 阎罗王的命令执行官的印象是：阎罗王才是唯一主管审判的人。他们确信没人能违抗他审判的结果，但现在令他们惊讶的是，有四个从希达哈星球(Siddhaloka)来的神奇人物，竟然违抗了他的命令。

第 9 节

नीयमानं तवादेशादस्माभिर्यातनागृहान् ।
व्यामोचयन् पातकिनं छित्त्वा पाशान् प्रसह्य ते ॥ ९ ॥

nīyamānaṁ tavādeśād
asmābhir yātanā-gṛhān
vyāmocayan pātakinaṁ
chittvā pāśān prasahya te

nīyamānam－被带着 / tava ādeśāt－凭您的命令 / asmābhiḥ－被我们 / yātanā-gṛhān－往刑房——地狱星球 / vyāmocayan－释放 / pātakinam－罪恶的阿佳弥勒 / chittvā－砍断 / pāśān－绳索 / prasahya－用力量 / te－他们

译文 我们正在执行您的命令，把罪恶滔天的阿佳弥勒带往地狱星球之际，从希达哈星球来的那些美丽人物，强行砍断我们捆绑他的绳索上的那些结。

要旨 圣维施瓦纳特·查夸瓦尔提·塔库尔评论说：阎罗王的命令执行官们想要将维施努的命令执行官带到阎罗王面前。阎罗王如果能惩罚维施努的命令执行官，就会让他们感到满意。

第 10 节

तांस्ते वेदितुमिच्छामो यदि नो मन्यसे क्षमम् ।
नारायणेत्यभिहिते मा भैरित्याययुर्द्रुतम् ॥१०॥

tāṁs te veditum icchāmo
yadi no manyase kṣamam
nārāyaṇety abhihite
mā bhair ity āyayur drutam

tān－关于他们 / te－从您 / veditum－了解 / icchāmaḥ－我们希望 / yadi－如果 / naḥ－为我们 / manyase－您想 / kṣamam－适合的 / nārāyaṇa－纳茹阿亚纳 / iti－如此 / abhihite－被说出 / mā－没有 / bhaiḥ－害怕 / iti－如此 / āyayuḥ－他们来到 / drutam－立刻

译文 罪恶的阿佳弥勒一旦喊出纳茹阿亚纳的名字，这四位美丽的人物就立刻来安慰他说：“不要害怕。不要害怕。”我们想从您大人这里了解他们。如果您认为我们有能力了解他们，就请您告诉我们，他们是谁。

要旨 阎罗王的命令执行官们因为被维施努的四个命令执行官打败而感到愤愤不平，所以想要将他们带到阎罗王面前，如果可能就惩罚他们。否则，他们就想自杀。然而，在采取任何行动前，他们要从全知的阎罗王这里了解维施努那些命令执行官的情况。

第 11 节

श्रीबादरायणिरुवाच
इति देवः स आपृष्टः प्रजासंयमनो यमः ।
प्रीतः स्वदूतान् प्रत्याह स्मरन् पादाम्बुजं हरेः ॥११॥

śrī-bādarāyaṇir uvāca
iti devaḥ sa āpṛṣṭaḥ
prajā-saṁyamano yamaḥ
prītaḥ sva-dūtān pratyāha
smaran pādāmbujaṁ hareḥ

śrī-bādarāyaṇiḥ uvāca一舒卡戴瓦・哥斯瓦米说 / iti一如此 / devaḥ一半神人 / saḥ一他 / āpṛṣṭaḥ一被询问 / prajā-saṁyamanaḥ yamaḥ一掌管生物体的阎罗王 / prītaḥ一很高兴 / sva-dūtān一向他自己的仆人 / pratyāha一回答 / smaran一铭记 / pāda-ambujam一莲花足 / hareḥ一至尊人格首神哈尔依的

译文 圣舒卡戴瓦・哥斯瓦米说：众生的最高主管—阎罗王，被他的命令执行官们这样询问时感到很高兴，原因是听他们说出了纳茹阿亚纳的圣名。他铭记着至尊主的莲花足开始作答。

要旨 监督生物的虔诚与不虔诚活动的最高主管圣阎罗王，对他的仆人们感到很满意，因为他们在他的辖区内说出了纳茹阿亚纳的圣名。阎罗王必须与所有有罪且很难了解纳茹阿亚纳的人打交道。因此，作为外士纳瓦中的一员，当他的命令执行官们发出纳茹阿亚纳的声音震荡时，他极为高兴。

第 12 节

यम उवाच
परो मदन्यो जगतस्तस्थुषश्च

ओतं प्रोतं पटवद्यत्र विश्वम् ।
यदंशतोऽस्य स्थितिजन्मनाशा
नस्योतवद्यस्य वशे च लोकः ॥१२॥

yama uvāca
paro mad-anyo jagatas tasthuṣaś ca
otaṁ protaṁ paṭavad yatra viśvam
yad-aṁśato 'sya sthiti-janma-nāśā
nasy otavad yasya vaśe ca lokaḥ

yamaḥ uvāca－阎罗王回答 / paraḥ－地位更高 / mat－比我 / anyaḥ－另一个 / jagataḥ－所有动的 / tasthuṣaḥ－不动的 / ca－和 / otam－交错 / protam－纵横的 / paṭavat－像一块织布 / yatra－在……之中 / viśvam－宇宙展示 / yat－……的 / aṁśataḥ－从部分扩展 / asya－这宇宙的 / sthiti－维系 / janma－创造 / nāśāḥ－毁灭 / nasi－在鼻子中 / ota-vat－像绳子 / yasya－……的 / vaśe－受控制 / ca－和 / lokaḥ－整个创造

译文 阎罗王说：我亲爱的仆人们，你们将我视为至尊者，但其实我不是。在我之上，在包括天帝因铎和月亮神昌铎在内的所有其他半神人的上面，是至尊的主人和控制者。祂个人的部分展示是负责创造、维系及毁灭这个宇宙的布茹阿玛、维施努和希瓦。祂恰似一块编织布上纵横交错的两根线。整个世界仿佛鼻子上拴着根绳子的公牛一样受祂的控制。

要旨 阎罗王的命令执行官们猜测，世上有一个甚至比阎罗王还要高的统治者。为去除他们的疑惑，阎罗王立刻回答道："是的，在一切之上有一位至高无上的控制者。"阎罗王负责掌管一些动的生物体——人类，但动物类也能动的生物体就不归他管。只有人类具有辨别对错的意识状态，而在他们中，只有从事罪恶活动的人才被带到他的管辖范围内。因此，尽管阎罗王是一位控制者，但他只是掌管少数生物体的一个部门主管。世上还有许多主管其他部门的其他半神人，但在他们全体之上的，是一位至尊的控制者——奎师那。《布茹阿玛·萨密塔》中说，至尊的控制者是奎师那(īśvaraḥ paramaḥ kṛṣṇaḥ sac-cid-ānanda-vigrahaḥ)。负责掌管宇宙中其他事务的其他半神人，与至尊控制者奎师那相比都微不足道。在《博伽梵歌》(Bhagavad-gītā)第7章的第7节诗中，奎师那说："赢得财富的人啊！我是至高无上的真理(mattaḥ parataraṁ nānyat kiñcid asti dhanañjaya)。"就这样，阎罗王通过证实在所有其他主管之上有一位至尊控制者这一事实，立刻清除了他的助手亚玛杜塔们心中的疑惑。

圣玛德瓦查尔亚(Madhvācārya)解释说，"纵横交错(otaṁ protam)"一词是指"一切原因的起因"。至尊主在宇宙展示中既是纵向的也是横向的展示。就有关这一点，《斯康达往世书》(Skanda Purāṇa)以如下的诗文证实说：

yathā kanthā-paṭāḥ sūtra
otāḥ protāś ca sa sthitāḥ
evaṁ viṣṇāv idaṁ viśvam
otaṁ protaṁ ca saṁsthitam

正如纵横交错的两条线编织出一块织布，主维施努就是宇宙展示中纵横交错的原因。

第13节

यो नामभिर्वाचि जनं निजायां
बध्नाति तन्त्र्यामिव दामभिर्गाः ।
यस्मै बलिं त इमे नामकर्म-
निबन्धबद्धाश्चकिता वहन्ति ॥१३॥

yo nāmabhir vāci janaṁ nijāyāṁ
badhnāti tantryām iva dāmabhir gāḥ

yasmai baliṁ ta ime nāma-karma-
nibandha-baddhāś cakitā vahanti

yaḥ—……的祂 / nāmabhiḥ—以不同的名称 / vāci—对韦达话语 / janam—所有人 / nijāyām—从祂本人发散出的 / badhnāti—捆绑着 / tantryām—一条绳子 / iva—如同 / dāmabhiḥ—用绳子 / gāḥ—公牛 / yasmai—向……的人 / balim—少量的供奉 / te—他们所有的 / ime—这些 / nāma-karma—名字和不同活动的 / nibandha—按照责任义务 / baddhāḥ—约束 / cakitāḥ—恐惧的 / vahanti—携带

译文 正如赶牛车的人用一个绳子穿过他的公牛的鼻子，以此方式控制它们，至尊人格首神用韦达经中的祂的话语之绳约束着所有的人，其中规定了人类社会各阶层的名称和活动。出于恐惧，这些阶层的成员都崇拜至尊主，根据各自的活动向祂献礼。

要旨 在这个物质世界中，众生无论是谁，都受到制约。生物无论是当人、半神人、动物、树木或植物，都受自然法律的控制，而在这一切背后的是至尊人格首神。对此，奎师那在《博伽梵歌》第9章的第10节诗中说：“物质能量在我的指挥下活动，产生动与不动的一切生物(mayādhyakṣeṇa prakṛtiḥ sūyate sa-carācaram)。”因此，大自然这部机器在奎师那的操控下运作，奎师那在这一切的背后。

在众生中，有人体的生物尤其受到就有关社会四阶层(varṇa)和灵性四阶段(āśrama)划分的韦达训谕的有系统的控制。人应该遵守社会四阶层和灵性四阶段的规范守则，否则就无法逃脱阎罗王的惩罚。关键是：每一个人都应该提升自己到最有智慧的人布茹阿玛纳的层面上，然后必须更上一层楼，成为外士纳瓦(Vaiṣṇava)。这是人生的完美。布茹阿玛纳(brāhmaṇa, 婆罗门)、查锤亚(kṣatriya, 刹帝利)、外夏(vaiśya, 吠舍)和庶铎(śūdra, 首陀罗)，可以通过他们的活动崇拜至尊主，从而提升自己(sve sve karmaṇy abhirataḥ saṁsiddhiṁ labhate naraḥ)。之所以需要划分社会四阶层和灵性四阶段，是为了确保每一个人在正确履行自己的职责、平静生活的同时，能直接崇拜无所不在的至尊主(yena sarvam idaṁ tatam)。至尊主纵向、横向地存在着(otaṁ protam)，因此按照自己的能力崇拜至尊主，以此形式遵守韦达训谕的人，其人生将是完美的。正如《圣典博伽瓦谭》(Śrīmad-Bhāgavatam)第1篇第2章的第13节诗说：

ataḥ pumbhir dvija-śreṣṭhā
varṇāśrama-vibhāgaśaḥ
svanuṣṭhitasya dharmasya
saṁsiddhir hari-toṣaṇam

"再生者中最优秀的人啊！结论是，履行按社会阶层和灵性阶段制度规定给自己的职责，所能获得的最高完美成就，就是取悦人格首神哈尔依。"社会四阶层和灵性四阶段制度为使生物有资格回归家园，回到首神身边，提供了完美的程序；因为社会四阶层和灵性四阶段制度中的每一个阶层和阶段的目标，都是取悦至尊主。人们可以在真正的灵性导师指导下取悦至尊主，而如果大家这样做，他们的人生就是完美的。至尊主值得崇拜，每一个人都该直接或间接地崇拜祂。直接崇拜祂的人快速获得解脱，而间接侍奉祂的人，解脱就会被延迟。

"以不同的名称对韦达话语(nāmabhir vāci)"一句十分重要。在社会四阶层和灵性四阶段制度中，有布茹阿玛纳、查锤亚、外夏、庶铎、贞守生(brahmacārī)、居士(gṛhastha)、退出家庭生活的人(vānaprastha)及托钵僧(sannyāsī)等不同的名称。韦达训谕(vāk)给划分的所有这些阶层和阶段以指导。每个人都应该向至尊主顶礼，履行韦达经中所指明的职责。

第 14—15 节

अहं महेन्द्रो निर्ऋतिः प्रचेताः
सोमोऽग्निरीशः पवनो विरिञ्चिः ।
आदित्यविश्वे वसवोऽथ साध्या
मरुद्गणा रुद्रगणाः ससिद्धाः ॥१४॥

अन्ये च ये विश्वसृजोऽमरेशा
भृग्वादयोऽस्पृष्टरजस्तमस्काः ।
यस्येहितं न विदुः स्पृष्टमायाः
सत्त्वप्रधाना अपि किं ततोऽन्ये ॥१५॥

ahaṁ mahendro nirṛtiḥ pracetāḥ
somo 'gnir īśaḥ pavano viriñciḥ
āditya-viśve vasavo 'tha sādhyā
marud-gaṇā rudra-gaṇāḥ sasiddhāḥ

anye ca ye viśva-sṛjo 'mareśā
bhṛgv-ādayo 'spṛṣṭa-rajas-tamaskāḥ
yasyehitaṁ na viduḥ spṛṣṭa-māyāḥ
sattva-pradhānā api kiṁ tato 'nye

aham—我—阎罗王 / mahendraḥ—天帝因铎 / nirṛtiḥ—尼瑞提 / pracetāḥ—水神瓦茹纳 / somaḥ—月亮 / agniḥ—火 / īśaḥ—主希瓦 / pavanaḥ—掌管气的半神人 / viriñciḥ—主布茹阿玛 / āditya—太阳 / viśve—维施瓦苏 / vasavaḥ—八位瓦苏 / atha—还有 / sādhyāḥ—半神人们 / marut-gaṇāḥ—风神 / rudra-gaṇāḥ—主希瓦的扩展 / sa-siddhāḥ—希达哈星球的居民 / anye—其他的 / ca—和 / ye—……的 / viśva-sṛjaḥ—玛瑞祺和宇宙万物的其他创造者 / amara-īśāḥ—像毕尔哈斯帕提那样的半神人 / bhṛgu-ādayaḥ—以布瑞古为首的杰出圣人们 / aspṛṣṭa—尚未被污染的 / rajaḥ-tamaskāḥ—被物质自然的低等属性(激情和愚昧属性) / yasya—……的 / īhitam—活动 / na viduḥ—不

知道 / spṛṣṭa-māyāḥ一被错觉能量迷惑的 / sattva-pradhānāḥ一主要是在善良属性的层面上 / api一虽然 / kim一更何况 / tataḥ一比他们 / anye一其他的

译文 我—阎罗王，以及天帝因铎、尼瑞提、水神瓦茹纳、月亮神昌铎、火神阿格尼、主希瓦、帕瓦纳、主布茹阿玛、太阳神苏尔亚、维施瓦苏、八位瓦苏、萨迪亚们、玛茹特们、茹铎们、神秘仙、玛瑞祺和维持宇宙各部门事务正常运作的其他伟大圣洁的人物，以及以毕尔哈斯帕提为首的最优秀的半神人、以布瑞古为首的杰出圣人们，无疑都不受激情和愚昧这两种物质自然低等属性的影响。然而，尽管我们都受物质善良属性的影响，但我们无法了解至尊人格首神的活动。所以，更何况那些受错觉能量的影响、仅仅靠推测了解神的人呢？

要旨 这个宇宙展示中的人和其他生物体，都受物质自然三种属性的控制。受激情和愚昧这两种低级自然属性控制的生物，没可能了解神。就连这些诗文中讲述的许多半神人和伟大的圣人(ṛṣi)等处在善良属性层面上的人，都无法了解至尊人格首神的活动。正如《博伽梵歌》中说明，处在为至尊主做奉爱服务的状态中的人，超越所有的物质属性。因此，至尊主亲口说：除了超越一切物质属性的奉献者(bhakta)，没人能了解祂(bhaktyā mām abhijānāti)。正如《圣典博伽瓦谭》第1篇第9章的第16节诗记载，彼士玛戴瓦(Bhīṣmadeva)对尤帝士提尔王(Mahārāja Yudhiṣṭhira)说：

na hy asya karhicid rājan
pumān veda vidhitsitam
yad-vijijñāsayā yuktā
muhyanti kavayo 'pi hi

“君王啊！没人了解至尊主(圣奎师那)的计划，就连寻根究底的大哲学家们都感到困惑。”因此，没人能靠对知识进行思辨了解神。事实上，那反而会使人困惑(muhyanti)。对此，至尊主本人在《博伽梵歌》第7章的第3节诗中也证实说：

manuṣyāṇāṁ sahasreṣu
kaścid yatati siddhaye
yatatām api siddhānāṁ
kaścin māṁ vetti tattvataḥ

“在千万人中，也许只有一个人力求达到完美，而在达到完美的人中，很难有一个人真正了解我。”在成千上万人中，也许只有一个人为达到完美而努力；即使在已经变得完美的人当中，只有采用做奉爱服务方法的人，才能了解奎师那。

第 16 节

यं वै न गोभिर्मनसासुभिर्वा
हृदा गिरा वासुभृतो विचक्षते ।
आत्मानमन्तर्हृदि सन्तमात्मनां
चक्षुर्यथैवाकृतयस्ततः परम् ॥१६॥

yaṁ vai na gobhir manasāsubhir vā
hṛdā girā vāsu-bhṛto vicakṣate
ātmānam antar-hṛdi santam ātmanāṁ
cakṣur yathaivākṛtayas tataḥ param

yam－……的 / vai－确实地 / na－不 / gobhiḥ－靠感官 / manasā－靠心智 / asubhiḥ－靠生命之气 / vā－或者 / hṛdā－靠心中的念头 / girā－靠言语 / vā－或者 / asu-bhṛtaḥ－生物体 / vicakṣate－看见或知道 / ātmānam－超灵 / antaḥ-hṛdi－在内心深处 / santam－存在着 / ātmanām－生物体的 / cakṣuḥ－眼睛 / yathā－正如 / eva－事实上 / ākṛtayaḥ－身体不同的部位或肢体 / tataḥ－比他们 / param－更高

译文 正如身体的不同部位看不到眼睛，众生看不到以超灵的形式处在每一个生物体心中的至尊主。生物靠感官、心智、生命之气、心中的念头或话语的声音震荡，无法弄清至尊主的真正地位。

要旨 尽管身体的各个部位无法看到眼睛，但眼睛却指导身体不同部位的运动。腿向前迈进，是因为眼睛看到它们前面有什么，手去触碰是因为眼睛看到了可触碰的实体。同样，每一个生物体都按照处在心中的超灵的指导行事。正如在《博伽梵歌》第15章的第15节诗中，至尊主本人证实说："我在众生的心中。记忆、知识和遗忘都来自我(sarvasya cāhaṁ hṛdi sanniviṣṭo mattaḥ smṛtir jñānam apohanaṁ ca)。"在《博伽梵歌》的另一个地方说，"至尊主作为超灵处在心中(īśvaraḥ sarva-bhūtānāṁ hṛd-deśe 'rjuna tiṣṭha-ti)。"没有超灵的允许，生物无法做任何事。超灵随时都在行动，但生物无法用他的物质感官了解超灵的活动。眼睛与肢体的例子非常恰当。如果肢体能看，它们就能在没有眼睛的帮助下走路了，但它们不能看。尽管人无法透过感官活动看到心中的超灵，但还是需要祂的指导。

第 17 节

तस्यात्मतन्त्रस्य हरेरधीशितुः
परस्य मायाधिपतेर्महात्मनः ।
प्रायेण दूता इह वै मनोहरा-
श्चरन्ति तद्रूपगुणस्वभावाः ॥१७॥

tasyātma-tantrasya harer adhīśituḥ
parasya māyādhipater mahātmanaḥ
prāyeṇa dūtā iha vai manoharāś
caranti tad-rūpa-guṇa-svabhāvāḥ

tasya－祂的 / ātma-tantrasya－自给自足、不依靠其他任何人

的 / hareḥ — 至尊人格首神 / adhīśituḥ — 万物的主人 / parasya — 超然存在 / māyā-adhipateḥ — 错觉能量的主人 / mahā-ātmanaḥ — 至尊灵魂的 / prāyeṇa — 几乎 / dūtāḥ — 命令执行官 / iha — 在这世上 / vai — 事实上 / manoharāḥ — 他们的行为和身体特征都十分令人愉快的 / caranti — 他们来去 / tat — 祂的 / rūpa — 具有身体特征 / guṇa — 超然的品质 / svabhāvāḥ — 和本性

译文 至尊人格首神自给自足、完全独立。祂是包括错觉能量在内的众生及万物的主人。祂有祂的形象、品质和特征。同样，祂的命令执行官——外士纳瓦，也都具有几乎与祂一样的十分美丽的外貌和身体特征，以及超然的品质和本性。他们总是自由自在地去到这个世界中的各个地方。

要旨 阎罗王在描述至尊的控制者——至尊人格首神，但阎罗王的命令执行官们很急切地想了解那些在他们逮捕阿佳弥勒时打败他们的维施努的命令执行官。为此，阎罗王说明，维施努的命令执行官们都有与至尊人格首神相似的身体特征、超然品质和本性。换句话说，维施努的命令执行官——外士纳瓦们，都几乎与至尊主一样有资格。阎罗王告诉他的命令执行官们说，维施努的命令执行官所具有的力量并不比主维施努本人的小。既然主维施努在阎罗王之上，维施努的命令执行官自然也在阎罗王的命令执行官之上了。所以，受维施努命令执行官保护的人，阎罗王的命令执行官是不能碰的。

第 18 节

भूतानि विष्णोः सुरपूजितानि
दुर्दर्शलिङ्गानि महाद्भुतानि ।
रक्षन्ति तद्भक्तिमतः परेभ्यो
मत्तश्च मर्त्यानथ सर्वतश्च ॥१८॥

bhūtāni viṣṇoḥ sura-pūjitāni
durdarśa-liṅgāni mahādbhutāni
rakṣanti tad-bhaktimataḥ parebhyo
mattaś ca martyān atha sarvataś ca

bhūtāni－生物体或仆人 / viṣṇoḥ－主维施努的 / sura-pūjitāni－被半神人们崇拜的 / durdarśa-liṅgāni－具有不易被看到的形象 / mahā-adbhutāni－很奇妙的 / rakṣanti－他们保护 / tat-bhakti-mataḥ－至尊主的奉献者 / parebhyaḥ－从其他怀有敌意的人那里 / mattaḥ－从我(阎罗王)和我的命令执行官 / ca－和 / martyān－人类 / atha－如此 / sarvataḥ－从每样东西 / ca－和

译文 甚至受到半神人崇拜的主维施努的命令执行官们，其拥有的奇妙的身体特征，与维施努拥有的那些一模一样，而且极少被世人看到。维施努的命令执行官保护至尊主的奉献者不受敌人、嫉妒之人，甚至我的裁决，以及自然灾害的伤害。

要旨 阎罗王特别讲述了维施努的命令执行官的品质，以说服他自己的仆人不要嫉妒他们。阎罗王警告他的命令执行官们，维施努的命令执行官受到半神人以恭敬顶礼的方式的崇拜，而且总是很警觉地保护至尊主的奉献者不受这个物质世界里的敌人、自然灾害和一切危险处境的伤害。奎师那意识协会的成员们有时害怕世界战争即将来临的危险，询问如果发生战争，他们会有什么事。他们应该坚信，他们在所有的情况下都受到维施努的命令执行官及至尊人格首神本人的保护。正如《博伽梵歌》中证实说：琨缇的儿子啊！你勇敢地宣布，我的奉献者永不毁灭(kaun-teya pratijānīhi na me bhaktaḥ praṇaśyati)。物质危险并非为奉献者而设。对此，《圣典博伽瓦谭》也证实说：这个物质世界里的每一步都有危险，但它们不是为全心投靠至尊主莲花足的奉献者而设的。主维施努的纯粹奉献者可以安心地留在至尊主的保护下；只要在这个物质世界里，就该全心全意地做奉爱服务，传播圣柴坦亚·玛哈帕布(Caitanya Mahāprabhu)和主奎师那(Kṛṣṇa)的教导，拓展使人培养奎师那意识的哈瑞·奎师那运动。

第19节

धर्मं तु साक्षाद्भगवत्प्रणीतं
न वै विदुर्ऋषयो नापि देवाः ।
न सिद्धमुख्या असुरा मनुष्याः
कुतो नु विद्याधरचारणादयः ॥१९॥

dharmaṁ tu sākṣād bhagavat-praṇītaṁ
na vai vidur ṛṣayo nāpi devāḥ
na siddha-mukhyā asurā manuṣyāḥ
kuto nu vidyādhara-cāraṇādayaḥ

dharmam—真正的宗教原则或真正的宗教律法 / tu—但是 / sākṣāt—直接地 / bhagavat—被至尊人格首神 / praṇītam—制订和颁布 / na—不 / vai—事实上 / viduḥ—他们知道 / ṛṣayaḥ—像布瑞古那样伟大的圣人 / na—不 / api—还有 / devāḥ—半神人 / na—不 / siddha-mukhyāḥ—神秘仙星球的领袖们 / asurāḥ—恶魔 / manuṣyāḥ—布尔星球的居民——人类 / kutaḥ—哪里 / nu—确实 / vidyādhara—名叫维迪亚达尔的次一级半神人 / cāraṇa—在天生就是伟大的音乐家和歌唱家的星球上的居民 / ādayaḥ—等等

译文 真正的宗教原则由至尊人格首神制定和颁布。就连完全处在善良属性的层面上且住在最高星球上的伟大圣人，以及半神人或神秘仙星球的领袖们，都无法了解真正的宗教原则，更不要说恶魔、普通人类、维迪亚达尔和查冉纳了。

要旨 当维施努的命令执行官挑战性地让阎罗王的命令执行官们讲述宗教原则时，阎罗王的命令执行官们说：韦达文献中颁布的原则就是宗教原则(veda-praṇihito dharmaḥ)。但他们不知道，韦达文献所推荐的仪式性典礼并非超然的，而是为了让物质主义者在物质世界里彼此保持和平与秩序。真正的宗教原则超越物质自然三种属性(nistraiguṇya)，是超然的。阎罗王的命令执行官们不知道这些超然的宗教原则，所以当逮捕阿佳弥勒受阻时便感到意外。

《博伽梵歌》第2章的第42节诗中记载，奎师那描述只对韦达仪式有信心的物质主义者说：韦达经的追随者说，没有比韦达仪式更重要的了(veda-vāda-ratāḥ pārtha nānyad astīti vādinaḥ)。事实上，印度有一类十分喜欢韦达仪式但却不明白这些仪式意义的人。这些仪式的真正意义是，使人逐渐提升到了解奎师那的超然层面上(vedaiś ca sarvair aham eva vedyaḥ)。不知道这些原则，而只是对韦达仪式本身有信心的人，被称为“韦达经的所谓追随者(veda-vāda-ratāḥ)”。

这里说，真正的宗教原则是由至尊人格首神制定的。这原则在《博伽梵歌》中给予了说明，即：人应该放弃所有其他的职责，投靠、托庇于主奎师那的莲花足(sarva-dharmān parityajya mām ekaṁ śaraṇaṁ vraja)。那是每一个人都该遵守的真正的宗教原则。就连按韦达经典指示做的人，都不一定知道这超然的原则，因为不是每一个人都了解它。不要说人类了，就连高等星系中的半神人都不知道这原则。正如下面的节文所说，必须从至尊人格首神本人那里或祂特殊的代表那里了解这超然的宗教原则。

第20—21节

स्वयम्भूर्नारदः शम्भुः कुमारः कपिलो मनुः ।
प्रह्लादो जनको भीष्मो बलिर्वैयासकिर्वयम् ॥२०॥

द्वादशैते विजानीमो धर्मं भागवतं भटाः ।
गुह्यं विशुद्धं दुर्बोधं यं ज्ञात्वामृतमश्नुते ॥२१॥

svayambhūr nāradaḥ śambhuḥ
kumāraḥ kapilo manuḥ
prahlādo janako bhīṣmo
balir vaiyāsakir vayam

dvādaśaite vijānīmo
dharmaṁ bhāgavataṁ bhaṭāḥ
guhyaṁ viśuddhaṁ durbodhaṁ
yaṁ jñātvāmṛtam aśnute

svayambhūḥ—主布茹阿玛 / nāradaḥ—伟大的圣人纳茹阿达 / śambhuḥ—主希瓦 / kumāraḥ—库玛尔四兄弟 / kapilaḥ—主卡皮拉 / manuḥ—斯瓦阳布瓦·玛努 / prahlādaḥ—帕拉德王 / janakaḥ—佳纳卡王 / bhīṣmaḥ—彼士玛祖父 / baliḥ—巴利王 / vaiyāsakiḥ—维亚萨戴瓦的儿子舒卡戴瓦 / vayam—我们 / dvādaśa—十二 / ete—这些 / vijānīmaḥ—知道 / dharmam—真正的宗教原则 / bhāgavatam—教导人如何去爱至尊人格首神的 / bhaṭāḥ—我亲爱的仆人们啊！ / guhyam—非常机密 / viśuddham—超然且不受物质自然属性污染的 / durbodham—不易被理解的 / yam—……的 / jñātvā—了解的 / amṛtam—永恒的生命 / aśnute—他享有

译文 主布茹阿玛、巴嘎万·纳茹阿达、主希瓦、库玛尔四兄弟、(黛瓦瑚缇的儿子)主卡皮拉、斯瓦阳布瓦·玛努、帕拉德王、佳纳卡王、彼士玛祖父、巴利王、舒卡戴瓦·哥斯瓦米和我本人，都明了真正的宗教原则。亲爱的仆人们，这被称为"皈依至尊主并爱祂(巴嘎瓦特·达尔玛)"的超然的宗教原则，不受物质自然属性的污染。它十分机密，很难被普通人所理解；但有幸有机会了解它的人，就会立刻得到解脱，从此回归家园，回到首神身边。

要旨 在《博伽梵歌》中，主奎师那把“皈依至尊主并爱祂(bhāgavata-dharma)”形容为是最机密的宗教原则(sarva-guhyatamam, guhyād guhyataram)。奎师那对阿尔诸纳说：由于你是我最亲密的朋友，我向你解释最机密的宗教；放弃一切其他责任，只投靠、服从我(sarva-dharmān parityajya mām ekaṁ śaraṇaṁ vraja)。人也许问：“这原则如果很难了解，那有什么用呢？”阎罗王回答问题时在这节诗中说明：人如果跟随主布茹阿玛(Brahmā)、主希瓦(Śiva)、库玛尔四兄弟(Kumāras)和其他标准权威人士的师徒传承，就能了解这项宗教原则。世上有四个师徒传承：一个来自主布茹阿玛，一个来自主希瓦、一个来自幸运女神拉珂施蜜(Lakṣmī)，另一个来自库玛尔四兄弟。来自主布茹阿玛的师徒传承被称为布茹阿玛·桑帕达亚(Brahma-sampradāya)，来自主希瓦的师徒传承称为茹铎·桑帕达亚(Rudra-sampradāya)，来自幸运女神拉珂施蜜的师徒传承称为施瑞·桑帕达亚(Śrī-sampradāya)，来自库玛尔的师徒传承称为库玛尔·桑帕达亚(Kumāra-sampradāya)。要了解这最机密的宗教体系，人就必须托庇于这四个传承中的一个。《莲花往世书》(Padma Purāṇa)中说：不跟随这四个公认的师徒传承的人，所吟诵、吟唱的曼陀(mantra)或得到的启迪都没有用(sampradāya-vihīnā ye mantrās te niṣphalā matāḥ)。如今有许多假传承(apasampradāya)，它们与主布茹阿玛、主希瓦、库玛尔四兄弟或幸运女神拉珂施蜜的权威传承无关。人们被这样的假传承所误导。经典中说，进入这种传承是在浪费时间做无用功，因为它们永远无法使人了解真正的宗教原则。

第22节

एतावानेव लोकेऽस्मिन् पुंसां धर्मः परः स्मृतः ।
भक्तियोगो भगवति तन्नामग्रहणादिभिः ॥२२॥

etāvān eva loke 'smin
puṁsāṁ dharmaḥ paraḥ smṛtaḥ
bhakti-yogo bhagavati
tan-nāma-grahaṇādibhiḥ

etāvān－这么多 / eva－事实上 / loke asmin－在这个物质世界里 / puṁsām－生物体的 / dharmaḥ－宗教原则 / paraḥ－超然的 / smṛtaḥ－被认为 / bhakti-yogaḥ－奉爱瑜伽或奉爱服务 / bhagavati－向至尊人格首神(不是向半神人) / tat－祂的 / nāma－圣名的 / grahaṇādibhiḥ－始于吟诵、吟唱

译文 以吟诵、吟唱至尊主圣名为开始的奉爱服务，对人类社会来说是最高的宗教原则。

要旨 正如前一节诗所说，真正的宗教原则是《圣典博伽瓦谭》及学习《圣典博伽瓦谭》前先要学习的《博伽梵歌》中讲述的原则——巴嘎瓦特·达尔玛(bhāgavata-dharma)。这些原则是什么？《圣典博伽瓦谭》中说，《博伽瓦谭》不介绍欺骗性的宗教体系(dharmaḥ projjhita-kaitavo 'tra)。《圣典博伽瓦谭》中讲述的一切都与至尊人格首神有直接的关系。《圣典博伽瓦谭》进一步说：至高无上的宗教，教导信奉它的人如何爱那位超越实验性知识所能触及到的至尊人格首神(sa vai puṁsāṁ paro dharmo yato bhaktir adhokṣaje)。这样的一个宗教体系以吟诵、吟唱至尊主的圣名为开始(śravaṇaṁ kīrtanaṁ viṣṇoḥ smaraṇaṁ pāda-sevanam)。在如痴如醉地吟诵、吟唱至尊主的圣名并起舞后，人逐渐看到至尊主的形象、娱乐活动和超然品质。这样，人便完全了解了人格首神的地位。人可以对至尊主有这样的了解，即：祂如何降临到这个物质世界，如何显现，从事什么活动。然而要能够了解这些，只有靠做奉爱服务。正如《博伽梵歌》中说：仅仅靠做奉爱服务才能了解有关至尊主的一切(bhaktyā mām abhijānāti)。人如果能以这种方式幸

运地了解至尊主，结果就会是：在放弃他的物质躯体后，不再投生到这个物质世界里(tyaktvā dehaṁ punar janma naiti)。相反，他回归家园，回到首神身边。那是最终的完美。正因为如此，奎师那在《博伽梵歌》第8章的第15节诗中说：

mām upetya punar janma
  duḥkhālayam aśāśvatam
nāpnuvanti mahātmānaḥ
  saṁsiddhiṁ paramāṁ gatāḥ

"伟大的灵魂——热爱着我的瑜伽师，到我那里后永不重返这个充满痛苦的短暂世界，因为他们达到了最高的完美境界。"

第 23 节

नामोच्चारणमाहात्म्यं हरेः पश्यत पुत्रकाः ।
अजामिलोऽपि येनैव मृत्युपाशादमुच्यत ॥२३॥

nāmoccāraṇa-māhātmyaṁ
  hareḥ paśyata putrakāḥ
ajāmilo 'pi yenaiva
  mṛtyu-pāśād amucyata

nāma一圣名的 / uccāraṇa一发音的 / māhātmyam一崇高地位 / hareḥ一至尊主的 / paśyata一看吧 / putrakāḥ一像我儿子一样的亲爱的仆人啊！ / ajāmilaḥ api一甚至(被认为是罪恶滔天的)阿佳弥勒 / yena一靠吟诵、吟唱……的 / eva一肯定地 / mṛtyu-pāśāt一从死亡之绳 / amucyata一被解救

译文 如同我儿子般的我亲爱的仆人们，请看吟诵、吟唱至尊主的圣名有多么光荣。罪恶滔天的阿佳弥勒只是为呼喊他的儿子而喊出圣名，根本不知道他是在喊至尊主的圣名。尽管如此，靠呼喊至尊主的圣名，他就立刻从死亡之绳中被解救出来。

要旨 没有必要对哈瑞·奎师那·曼陀(Hare Kṛṣṇa mantra)的重要性做调查研究。阿佳弥勒的历史足以证明至尊主圣名的力量，以及吟诵、吟唱圣名的人的地位有多么崇高。正因为如此，圣柴坦亚·玛哈帕布(Caitanya Mahāprabhu)建议说：

harer nāma harer nāma
harer nāmaiva kevalam
kalau nāsty eva nāsty eva
nāsty eva gatir anyathā

在这个喀历(Kali)年代中，没人可以为解脱而举行所有的仪式性典礼。那是极其困难的。因此，所有的经典和灵性导师都建议，在这个年代要吟诵、吟唱圣名。

第 24 节

एतावतालमघनिर्हरणाय पुंसां
सङ्कीर्तनं भगवतो गुणकर्मनाम्नाम् ।
विक्रुश्य पुत्रमघवान् यदजामिलोऽपि
नारायणेति म्रियमाण इयाय मुक्तिम् ॥२४॥

etāvatālam agha-nirharaṇāya puṁsāṁ
saṅkīrtanaṁ bhagavato guṇa-karma-nāmnām
vikruśya putram aghavān yad ajāmilo 'pi
nārāyaṇeti mriyamāṇa iyāya muktim

etāvatā—以这么多 / alam—充足的 / agha-nirharaṇāya—为了去除罪恶活动的报应 / puṁsām—人类的 / saṅkīrtanam—集体吟诵、吟唱 / bhagavataḥ—至尊人格首神的 / guṇa—超然品质的 / karma-nāmnām—以及根据祂的娱乐活动而具有的名字的 / vikruśya—没有冒犯的呼喊 / putram—他儿子 / aghavān—罪恶的 / yat—由于 / ajāmilaḥ api—甚至阿佳弥勒 / nārāyaṇa—至尊主的名字纳茹阿亚纳 / iti—如此 / mriyamāṇaḥ—死亡之际 / iyāya—到达 / muktim—解脱

译文 因此应该明白，吟诵、吟唱至尊主的圣名、品质和活动，使人的一切恶报被轻易地去除干净。这是受到推荐的使人摆脱恶报的唯一方法。人在吟诵、吟唱至尊主的圣名时如果没有冒犯，哪怕是发音不正确，都会达到摆脱物质束缚的境界。比如这个阿佳弥勒；他极其罪恶，但因为在死亡之际喊出了圣名，即使是在叫他的儿子，他也因为记着主纳茹阿亚纳的名字而获得彻底的解脱。

要旨 在茹阿古纳特·达斯·哥斯瓦米(Raghunātha dāsa Gosvāmī)的父亲举办的聚会中，哈瑞达斯·塔库尔(Haridāsa Ṭhākura)证实说：仅仅靠吟诵、吟唱至尊主的圣名，人就解脱了，哪怕在还不能做到完全不冒犯的情况下吟诵、吟唱也不例外。为获取物质利益而只强调韦达仪式的布茹阿玛纳(smārta-brāhmaṇa)及假象宗人士(Māyāvādī)，都不相信人可以以这种方式获得解脱，但从《圣典博伽瓦谭》中引述的许多诗文都支持哈瑞达斯·塔库尔声明的真实性。

例如，施瑞达尔·斯瓦米(Śrīdhara Svāmī)在对这节诗的评论中，引述了如下的诗文：

sāyaṁ prātar gṛṇan bhaktyā
duḥkha-grāmād vimucyate

“每天早晚都怀着巨大的奉爱之情吟诵、吟唱至尊主圣名的人，可以免于一切物质痛苦。”另一段引述证实，人如果每天怀着极大的敬意连续聆听至尊主的圣名，就可以获得解脱(anudinam idam ādareṇa śṛṇvan)。还有一段引述说：

śravaṇaṁ kīrtanaṁ dhyānaṁ
harer adbhuta-karmaṇaḥ
janma-karma-guṇānāṁ ca
tad-arthe 'khila-ceṣṭitam

“人应该总是吟诵、吟唱并聆听至尊主极其神奇的活动，应该冥想这些活动，应该努力取悦至尊主。”

施瑞达尔·斯瓦米也引述往世书中的说法，即：“仅仅靠日夜铭记至尊主的莲花足，就能使人去除一切恶报(pāpa-kṣayaś ca bhavati smaratāṁ tam ahar-niśam)。”他进一步引述《圣典博伽瓦谭》第6篇第3章的第31节诗说：

tasmāt saṅkīrtanaṁ viṣṇor
jagan-maṅgalam aṁhasām
mahatām api kauravya
viddhy aikāntika-niṣkṛtam

“亲爱的君王，吟诵、吟唱至尊主的圣名甚至能使人根除最大的恶报。因此，这歌唱神的圣名运动是整个宇宙中最吉祥的活动。请努力了解这一点，以使其他人都能认真对待。”

所有这些引述的内容都证实，一直不断吟诵、吟唱并聆听至尊主神圣的活动、名字、声望和形象的人得解脱。正如这节诗中的精彩论述是：仅仅靠喊出至尊主的名字，人就去除了一切恶报(etāvatālam agha-nirharaṇāya puṁsām)。

这节诗中所用的梵文alam一词在此表明，仅仅喊出至尊主的圣名就足够了。这个词有不同的意思。正如最权威的梵文辞典《阿玛茹阿·寇沙》(Amara-kośa)中所说：alam一词的意思有“装饰、美化”、“足以”、“力量”和“抑制、限制”等(alaṁ bhūṣaṇa-paryāpti-śakti-vāraṇa-vācakam)。在这节诗中，alam一词用来指：不需要任何其他程序，因为吟诵、吟唱至尊主的圣名就足够了。就连不完美地吟诵、吟唱，都能使人去除一切恶报。

阿佳弥勒获得解脱这一事实，证明了吟诵、吟唱圣名的力量。准确地说，当阿佳弥勒喊出纳茹阿亚纳的圣名时，他并不是想起了至尊主，而是在喊他自己的儿子。面对死亡时，阿佳弥勒无疑并不纯净；事实上，他因罪大恶极而出名。此外，人在死亡之际，生理上完全是紊乱的，而在这种糟糕的状态中，阿佳弥勒的发音无疑很难是清晰的。即使这样，阿佳弥勒还是仅仅因为喊出至尊主的圣名而获得了解脱。因此，还用说那些没像阿佳弥勒那么罪恶的人吗？结论是：人应该坚定地遵守誓言——吟诵、吟唱至尊主的圣名，哈瑞·奎师那 哈瑞·奎师那 奎师那·奎师那 哈瑞·哈瑞/哈瑞·茹阿玛 哈瑞·茹阿玛 茹阿玛·茹阿玛 哈瑞·哈瑞(Hare Kṛṣṇa, Hare Kṛṣṇa, Kṛṣṇa Kṛṣṇa, Hare Hare/ Hare Rāma, Hare Rāma, Rāma Rāma, Hare Hare)。这样做的人，无疑将凭借奎师那的恩典，摆脱错觉能量玛亚(māyā)的钳制。

事实上，就连还在冒犯圣名阶段的人都被推荐要吟诵、吟唱哈瑞·奎师那曼陀，因为他们如果继续吟诵、吟唱，就会逐渐上升到没有冒犯地吟诵、吟唱圣名的阶段。通过没有冒犯地吟诵、吟唱哈瑞·奎师那曼陀，人就会增加他对奎师那的爱。正如圣柴坦亚·玛哈帕布所说：人应该重点考虑增强对至尊人格首神的依恋，增强对祂的爱(premā pum-artho mahān)。

就有关这一点，圣维施瓦纳特·查夸瓦尔提·塔库尔引述《圣典博伽瓦谭》第11篇第19章的第24节诗：

evaṁ dharmair manuṣyāṇām
  uddhavātmani vedinām
mayi sañjāyate bhaktiḥ
  ko 'nyo 'rtho 'syāvaśiṣyate

“我亲爱的乌达瓦，对人类来说，至高无上的宗教体系是，能使人唤醒他沉睡的对我的爱。”圣维施瓦纳特·查夸瓦尔提·塔库尔评论这一节诗时形容奉爱(bhakti)说：有奉爱在，解脱有什么必要(premaivoktaḥ. Kaḥ anyaḥ arthaḥ asya)？

圣维施瓦纳特·查夸瓦尔提·塔库尔还引述《莲花往世书》(Padma Purāṇa)中的如下这节诗说：

nāmāparādha-yuktānāṁ
  nāmāny eva haranty agham

avisrānti-prayuktāni
tāny evārtha-karāṇi ca

就连在初期冒犯圣名时吟诵、吟唱哈瑞·奎师那曼陀的人，都能靠连续不断地吟诵、吟唱圣名变得不再冒犯。按照圣柴坦亚·玛哈帕布的建议日夜吟诵、吟唱圣名，就会摆脱一切恶报(pāpakṣayaś ca bhavati smaratāṁ tam ahar-niśam)。圣柴坦亚·玛哈帕布引述如下的诗文道：

harer nāma harer nāma
harer nāmaiva kevalam
kalau nāsty eva nāsty eva
nāsty eva gatir anyathā

“在这个虚伪、纷争的喀历年代中，唯一得救的方式是吟诵、吟唱至尊主的圣名。没有其他方法。没有其他方法，没有其他方法。”奎师那意识运动的成员如果都严格按圣柴坦亚·玛哈帕布的忠告做，就始终是安全的。

第25节

प्रायेण वेद तदिदं न महाजनोऽयं
देव्या विमोहितमतिर्बत माययालम् ।
त्रय्यां जडीकृतमतिर्मधुपुष्पितायां
वैतानिके महति कर्मणि युज्यमानः ॥२५॥

prāyeṇa veda tad idaṁ na mahājano 'yaṁ
devyā vimohita-matir bata māyayālam
trayyāṁ jaḍī-kṛta-matir madhu-puṣpitāyāṁ
vaitānike mahati karmaṇi yujyamānaḥ

prāyeṇa—几乎总是 / veda—知道 / tat—那 / idam—这个 / na—不 / mahājanaḥ—除了斯瓦扬布、尚布及其他十个伟大的人物 / ayam—这个 / devyā—被至尊人格首神的能量 / vimohita-matiḥ—……的智力被迷惑 / bata—事实上 / māyayā—被错觉能量 / alam—大量

地 / trayyām－在三部韦达经中 / jaḍī-kṛta-matiḥ－……的智力变迟钝 / madhu-puṣpitāyām－在描述举行宗教仪式的结果之词藻华丽的韦达语言中 / vaitānike－韦达经中提及的仪式 / mahati－非常盛大 / karmaṇi－功利性活动 / yujyamānaḥ－忙于

译文 由于受至尊人格首神的错觉能量的迷惑，雅格亚瓦勒克亚、齐弥尼和其他宗教典籍的编纂者，不知道十二位奉爱权威人士掌握的机密的宗教体系。他们无法了解做奉爱服务或吟诵、吟唱哈瑞·奎师那曼陀的超然价值。由于他们的心受韦达经，尤其是《亚诸尔·韦达》、《萨玛·韦达》和《瑞歌·韦达》中谈到的仪式性典礼的吸引，他们的智力变得愚钝，因此忙于收集举行仪式性典礼所需要用的材料。那些仪式性典礼只能让人获得短暂的利益，例如：升上天堂星球，享受那里的物质快乐等。他们不受集体歌唱神的圣名祭祀的吸引，而只对宗教、经济发展、功利性活动和解脱感兴趣。

要旨 人可以靠吟诵、吟唱至尊主的圣名轻易地得到最高的成就，有人也许会问：那为什么有那么多韦达仪式性典礼，为什么人们受它们的吸引。这节诗回答了那个问题。《博伽梵歌》第15章的第15节诗中说：研究韦达经的真正目的是接近主奎师那的莲花足(vedaiś ca sarvair aham eva vedyaḥ)。不幸的是，没有智慧的人被盛大、壮观的韦达祭祀(yajña)所迷惑，想要看豪华的祭祀。他们想要吟诵、吟唱韦达曼陀，为举行祭祀而花费大量的金钱。我们有时不得不为了让这种没智慧的人高兴而举行韦达仪式性典礼。最近，当我们在温达文(Vṛndāvana)兴建一座大型的奎师那·巴拉茹阿玛(Kṛṣṇa-Balarāma)庙时，就不得不举行由当地布茹阿玛纳主持的韦达仪式，因为温达文的居民，尤其是为获得物质利益而强调仪式的布茹阿玛纳(smārta-brāhmaṇa)，不承认欧洲和美国人是真正的布茹阿玛纳。所以，我们不得不让当地的布茹阿玛纳主持花费昂贵的祭祀。在举行这些祭祀时，我们协会的成员敲打姆瑞当嘎鼓(mṛdaṅga)大声地齐唱圣名(saṅkīrtana)，因为我们认为集体吟唱圣名更重要。集体吟唱神的圣名比举行韦达仪式性祭祀更重要。因此，当时是仪式和集体吟唱圣名同时并进。韦达仪式典礼为有志于升上天堂星系的人设计(jaḍī-kṛta-matir madhu-puṣpitāyām)，而集体吟唱圣名是为有志于取悦至尊人格首神的纯粹奉献者准备的。我们原本只想集体吟唱圣名，但那样的话，温达文的居民就不会很重视安放神像的仪式。正如这里解释的，韦达仪式是为那些致力于提升到高等星球，智力已被韦达经中讲述功利性活动的华丽词藻弄迟钝的人而设计。

尤其是在这个喀历(Kali)年代，光是集体吟唱神的圣名就已足矣。如果我们在世界各地庙里的成员都一直不断地在神像，尤其是圣柴坦亚·玛哈帕布面前，集体吟唱圣名，他们就会保持完美的状态，根本不需要举行其他的仪式。除此之外，为保持自己身心和行为的清洁，还需要崇拜神像并遵守其他的规范原则。圣吉瓦·哥斯瓦米(Jīva Gosvāmī)说：尽管集体吟唱神的圣名就足以使人生获得完美，但为了使奉献者保持清洁、纯净的状态，就必须持续地在庙里崇拜神像(arcanā)。为此，圣巴克提希丹塔·萨茹阿斯瓦提·塔库尔(Bhaktisiddhānta Sarasvatī Ṭhākura)建议，要同时按照这两个程序做。我们严格遵守他制定的崇拜神像与集体吟唱神的圣名同时并举的原则，而且会不断持续下去。

第 26 节

एवं विमृश्य सुधियो भगवत्यनन्ते
सर्वात्मना विदधते खलु भावयोगम् ।
ते मे न दण्डमर्हन्त्यथ यद्यमीषां
स्यात्पातकं तदपि हन्त्युरुगायवादः ॥२६॥

evaṁ vimṛśya sudhiyo bhagavaty anante
sarvātmanā vidadhate khalu bhāva-yogam
te me na daṇḍam arhanty atha yady amīṣāṁ
syāt pātakaṁ tad api hanty urugāya-vādaḥ

evam—如此 / vimṛśya—考虑 / su-dhiyaḥ—智力敏锐之人 / bhaga-vati—向至尊人格首神 / anante—无限的 / sarva-ātmanā—全心全意 / vidadhate—采用 / khalu—事实上 / bhāva-yogam—奉爱服务的程序 / te—这样的人 / me—我的 / na—不 / daṇḍam—惩罚 / arhanti—值得 / atha—因此 / yadi—如果 / amīṣām—他们的 / syāt—有 / pāta-kam——些罪恶活动 / tat—那 / api—还有 / hanti—破坏 / urugāya-vādaḥ—吟诵、吟唱至尊主的圣名

译文 考虑到所有这些要点，智者决定采用靠吟诵、吟唱至尊主的圣名为祂做奉爱服务的方法解决所有的问题。至尊主处在每一个生物体的心中，是一切吉祥品质的宝库。这样的人不在我惩罚的范围内。他们一般从不犯罪，但即使因为迷惑或产生错觉偶尔错误地从事了罪恶活动，他们也因为总是在吟诵、吟唱哈瑞·奎师那曼陀而受到保护，免于恶报。

要旨 就有关这一点，圣维施瓦纳特·查夸瓦尔提·塔库尔引述《圣典博伽瓦谭》第10篇第14章的第29节诗记载的主布茹阿玛的祈祷说：

athāpi te deva padāmbuja-dvaya-
prasāda-leśānugṛhīta eva hi
jānāti tattvaṁ bhagavan-mahimno
na cānya eko 'pi ciraṁ vicinvan

重点是：就连十分博学的韦达经典的学者，都有可能根本不知道至尊人格首神的存在，以及祂的名字、形象、品质，等等；相反，并非大学者的人却有可能因为做奉爱服务成为至尊主的纯粹奉献者而了解至尊人格首神的地位。这节诗文记载，阎罗王

说：为至尊主做爱心服务的人变得有智慧(evaṁ vimṛśya sudhiyo bhagavati)，但不了解奎师那的名字、形象和品质的韦达学者却不然。纯粹奉献者是智力纯净的人，是因为满怀爱心用身、口、意为至尊主服务而真正有思想的人。非奉献者也许以炫耀之心参加宗教活动，但那没有很大的效果，因为尽管他们招摇过市般地去庙宇或教堂，心中却在想其他事。这种人忽视他们的宗教责任，因此会受到阎罗王的惩罚。然而在不知不觉的情况下或因为过去的旧习而偶然犯罪的奉献者，却得到原谅。那就是集体歌唱神的圣名运动的重要性及利益之所在。

第 27 节

ते देवसिद्धपरिगीतपवित्रगाथा
ये साधवः समदृशो भगवत्प्रपन्नाः ।
तान्नोपसीदत हरेर्गदयाभिगुप्तान्
नैषां वयं न च वयः प्रभवाम दण्डे ॥२७॥

te deva-siddha-parigīta-pavitra-gāthā
ye sādhavaḥ samadṛśo bhagavat-prapannāḥ
tān nopasīdata harer gadayābhiguptān
naiṣāṁ vayaṁ na ca vayaḥ prabhavāma daṇḍe

te－他们 / deva－被半神人 / siddha－以及神秘仙星球上的居民 / parigīta－歌唱 / pavitra-gāthāḥ－……的纯洁叙述 / ye－……的 / sādhavaḥ－奉献者 / samadṛśaḥ－一视同仁的 / bhagavat-prapannāḥ－投靠至尊人格首神 / tān－他们 / na－不 / upasīdata－应该接近 / hareḥ－至尊人格首神的 / gadayā－用大头棒 / abhiguptān－被完全保护着 / na－不 / eṣām－那些的 / vayam－我们 / na ca－而且也不 / va-yaḥ－无限的时间 / prabhavāma－有能力的 / daṇḍe－在惩罚

译文 我亲爱的仆人们，请不要去找这样的奉献者，因为他们已全心全意地投靠在至尊人格首神的莲花足旁。他们平等待人，半神人和神秘仙星球上的居民都歌唱他们的事迹。请甚至不要去接近他们。至尊人格首神始终手持大头棒保护着他们，所以主布茹阿玛和我，甚至时间因素都没有能力惩罚他们。

要旨 实际上，阎罗王是在警告他的仆人们说："我亲爱的仆人们，不管你们以前有可能做了什么打扰奉献者的事，今后不能再做。托庇于至尊主的莲花足并一直不断地吟诵、吟唱至尊主圣名的奉献者的行为，受到半神人和神秘仙星球上的居民的颂扬。那些奉献者是那么崇高、那么值得尊敬，就连主维施努本人都手持大头棒在保护他们。因此，不管你们这次做了什么，今后不该再去找奉献者；否则，你们就会被主维施努的大头棒所杀。这是我给予的警告。主维施努有一根大头棒和一个飞轮，专门用来惩罚非奉献者。不要冒被惩罚的危险去打扰奉献者。不要说你们了，就连主布茹阿玛或我要惩罚他们，主维施努都会惩罚我们。因此，今后不要再打扰奉献者。

第 28 节

तानानयध्वमसतो विमुखान्मुकुन्द-
पादारविन्दमकरन्दरसादजस्रम् ।
निष्किञ्चनैः परमहंसकुलैरसङ्गै-
र्जुष्टाद् गृहे निरयवर्त्मनि बद्धतृष्णान् ॥२८॥

tān ānayadhvam asato vimukhān mukunda-
pādāravinda-makaranda-rasād ajasram
niṣkiñcanaiḥ paramahaṁsa-kulair asaṅgair
juṣṭād gṛhe niraya-vartmani baddha-tṛṣṇān

tān一他们 / ānayadhvam一带到我面前 / asataḥ一非奉献者(那些没开始培养奎师那意识的) / vimukhān一变得反对 / mukunda一至尊人格首神穆昆达的 / pāda-aravinda一莲花足的 / makaranda一蜜糖

的 / rasāt—味道 / ajasram—持续地 / niṣkiñcanaiḥ—被完全免于物质执著的人 / paramahaṁsa-kulaiḥ—被至尊天鹅—最崇高的人 / asaṅgaiḥ—没有物质依恋的 / juṣṭāt—被享受的 / gṛhe—对家庭生活 / niraya-vartmani—通往地狱之途 / baddha-tṛṣṇān—被……的欲望束缚

译文 至尊天鹅是不喜欢物质享乐却喜欢喝饮至尊主莲花足蜜糖的崇高人物。亲爱的仆人们，只把那些反对喝那蜜糖、不与至尊天鹅联谊、依恋构建地狱之路的家庭生活及物质享乐的人，带到我这里来接受惩罚。

要旨 阎罗王警告他的命令执行官亚玛杜塔(Yamadūta)不要接近奉献者后，现在指示他们该把谁带到他面前。他尤其忠告他的命令执行官把那些依恋以性生活为中心的家庭生活的人带到他面前。正如《圣典博伽瓦谭》中说：人们仅仅是为了性生活才依恋家庭生活(yan maithunādi-gṛhamedhi-sukhaṁ hi tuccham)。他们因为从事物质事务而总是有各种烦恼，他们唯一的快乐就是在一整天辛苦工作后回家睡觉，过性生活。经典中说：他们夜晚睡觉或沉溺于性行为(nidrayā hriyate naktaṁ vyavāyena ca vā vayaḥ)，白天赚钱维持家人的生活(divā cārthehayā rajan kuṭumba-bharaṇena vā)。阎罗王特别告诉他的仆人们把这样的人带到他面前给予惩罚，而不是奉献者们。这些奉献者总在舔吃至尊主莲花足上的蜂蜜，并因为同情并平等对待众生而努力传播奎师那意识。奉献者不会受到阎罗王的惩罚，但没有有关奎师那意识知识的人，却不会因为他们过所谓的家庭享乐的物质生活而受到保护。《圣典博伽瓦谭》第2篇第1章的第4节诗说：

dehāpatya-kalatrādiṣv
ātma-sainyeṣv asatsv api
teṣāṁ pramatto nidhanaṁ
paśyann api na paśyati

"对灵性知识毫无概念的人，因为太依恋躯体、孩子和妻子等靠不住的战士，所以不深入探求生命的问题。尽管有了足够的体验，他们还是看不清他们注定要毁灭。”这种人完全相信他们的国家、社团或家庭可以保护他们，不知道这些不可靠的战士在一定的时间内都将被毁灭。总之，人应该努力与那些一天二十四小时都在做奉爱服务的人交往、联谊。

第 29 节

जिह्वा न वक्ति भगवद्गुणनामधेयं
चेतश्च न स्मरति तच्चरणारविन्दम् ।
कृष्णाय नो नमति यच्छिर एकदापि
तानानयध्वमसतोऽकृतविष्णुकृत्यान् ॥२९॥

jihvā na vakti bhagavad-guṇa-nāmadheyaṁ
cetaś ca na smarati tac-caraṇāravindam
kṛṣṇāya no namati yac-chira ekadāpi
tān ānayadhvam asato 'kṛta-viṣṇu-kṛtyān

jihvā—舌头 / na—不 / vakti—吟诵、吟唱 / bhagavat—至尊人格首神的 / guṇa—超然的品质 / nāma—以及圣名 / dheyam—给予 / cetaḥ—心 / ca—也 / na—不 / smarati—记得 / tat—祂的 / caraṇāravindam—莲花足 / kṛṣṇāya—透过庙中的神像向主奎师那 / no—不 / namati—顶礼 / yat—……的 / śiraḥ—头 / ekadā api—即使一次 / tān—他们 / ānayadhvam—带到我面前 / asataḥ—非奉献者 / akṛta—不履行 / viṣṇu-kṛtyān—对主维施努的职责

译文 亲爱的仆人们，请只把这样的罪人给我带来，即：他们不用舌头吟诵、吟唱奎师那的圣名和品质，他们的心哪怕一次都想不起奎师那的莲花足，他们的头从没有在主奎师那面前向祂顶礼过。为取悦维施努而履行自己的职责是人生的唯一责任，请把那些不这样做的人带到我面前。请把所有这类蠢货和无赖带给我。

要旨 这节诗中的“对主维施努的职责(viṣṇu-kṛtyān)”一句十分重要，因为人生的目的是为了取悦主维施努。社会四阶层和灵性四阶段制度(Varṇāśrama-dharma)也是为实现这一目的而设。正如《维施努往世书》(Viṣṇu Purāṇa)第3篇第8章的第9节诗说明：

varṇāśramācāravatā
puruṣeṇa paraḥ pumān
viṣṇur ārādhyate panthā
nānyat tat-toṣa-kāraṇam

人类社会是为严格遵守社会四阶层(布茹阿玛纳、查锤亚、外夏、庶铎)和灵性四阶段(贞守生、居士、退出家庭生活的人和托钵僧)制度而设。社会四阶层和灵性四阶段制度很容易使人靠近主维施努，而祂才是人类社会唯一真正的目标。但不幸的是，人们不知道他们自己的真正利益是回归家园，回到首神身边——去找主维施努(na te viduḥ svārtha-gatiṁ hi viṣṇum)。相反，他们完全是迷惑的(durāśayā ye bahir-artha-māninaḥ)。每一个人都该为接近主维施努而履行一定的职责。正因为如此，阎罗王忠告他的命令执行官们，要把那些忘记自己的职责是接近主维施努(akṛta-viṣṇu-kṛtyān)的人带到他面前。谁不吟诵、吟唱维施努(奎师那)的圣名，不向维施努的神像顶礼，不记忆维施努的莲花足，谁就该受到阎罗王的惩罚。总而言之，所有不理会主维施努的人——非奉献者(avaiṣṇava)，都该受到阎罗王的惩罚。

第 30 节

तत्क्षम्यतां स भगवान् पुरुषः पुराणो
नारायणः स्वपुरुषैर्यदसत्कृतं नः ।
स्वानामहो न विदुषां रचिताञ्जलीनां
क्षान्तिर्गरीयसि नमः पुरुषाय भूम्ने ॥३०॥

tat kṣamyatāṁ sa bhagavān puruṣaḥ purāṇo
nārāyaṇaḥ sva-puruṣair yad asat kṛtaṁ naḥ
svānām aho na viduṣāṁ racitāñjalīnāṁ
kṣāntir garīyasi namaḥ puruṣāya bhūmne

tat—那 / kṣamyatām—就原谅吧 / saḥ—祂 / bhagavān—至尊人格首神 / puruṣaḥ—至尊人 / purāṇaḥ—最年长的 / nārāyaṇaḥ—主纳茹阿亚纳 / sva-puruṣaiḥ—被我自己的仆人 / yat—……的 / asat—傲慢 / kṛtam—实行 / naḥ—我们的 / svānām—我自己的人的 / aho—唉！ / na viduṣām—不知道 / racita-añjalīnām—我们双手合十地乞求您的原谅 / kṣāntiḥ—宽恕 / garīyasi—荣耀的 / namaḥ—虔敬的顶礼 / puruṣāya—向人 / bhūmne—至高无上且无所不在的

译文 [接着，阎罗王认为自己和他的仆人都是冒犯者，于是以请求至尊主宽恕为开始说了如下一番话：]至尊主啊！我的仆人因为拘捕一位名叫阿佳弥勒的外士纳瓦而无疑犯了严重的错误。啊，纳茹阿亚纳，至高无上且最老的人！请原谅我们。由于我们的愚昧，我们没能认出阿佳弥勒是您圣上的一个仆人，确实犯了个严重的错误。为此，我们双手合十地乞求您的原谅。我的至尊主，您无上仁慈，总是充满美好的品质，所以请宽恕我们。我们向您致以我们恭敬的顶礼。

要旨 阎罗王承担起他的仆人们冒犯奉献者的责任。如果一个机构的工作人员犯了错误，机构就要为此而负责。尽管阎罗王本人并没有冒犯，但他的仆人实际上是经他的允许去逮捕阿佳弥勒的，而这是很严重的冒犯。讲述哲学逻辑学的经典(nyāya-śāstra)证实，如果仆人犯错，主人就该受罚，因为他要对那过错负责任(bhṛtyāparādhe svāmino daṇḍaḥ)。阎罗王把这件事情看得很严重，于是与他的仆人一起双手合十地祈祷，请求至尊人格首神纳茹阿亚纳的原谅。

第 31 节

तस्मात्सङ्कीर्तनं विष्णोर्जगन्मङ्गलमंहसाम् ।
महतामपि कौरव्य विद्ध्यैकान्तिकनिष्कृतम् ॥३१॥

tasmāt saṅkīrtanaṁ viṣṇor
jagan-maṅgalam aṁhasām
mahatām api kauravya
viddhy aikāntika-niṣkṛtam

tasmāt—因此 / saṅkīrtanam—集体吟唱圣名 / viṣṇoḥ—主维施努的 / jagat-maṅgalam—在这物质世界中最吉祥的活动 / aṁhasām—对罪恶活动 / mahatām api—甚至非常大的 / kauravya—库茹家族的后裔啊！ / viddhi—了解 / aikāntika—最终的 / niṣkṛtam—赎罪

译文 舒卡戴瓦·哥斯瓦米继续道：亲爱的君王，吟诵、吟唱至尊主的圣名甚至能使人根除最大的恶报。因此，这歌唱神的圣名运动是整个宇宙中最吉祥的活动。请努力了解这一点，以使其他人都能认真对待。

要旨 我们应该注意：阿佳弥勒虽然喊出纳茹阿亚纳的名字时是在叫他儿子，但却从所有的恶报中被拯救出来。吟诵、吟唱圣名的活动是如此吉祥，以致它可以去除每一个人的恶报。然而，人不该就此以为人可以继续有意犯罪，同时用吟诵、吟唱哈瑞·奎师那的方式抵消恶报。相反，人应该十分小心根本不要犯罪，永远都不要想靠吟诵、吟唱哈瑞·奎师那曼陀去中和罪恶活动，因为这是另一种对圣名的冒犯。如果奉献者偶然从事了某种罪恶活动，至尊主是会原谅他的，但永远都不该有意作恶。

第 32 节

शृण्वतां गृणतां वीर्याण्युद्दामानि हरेर्मुहुः ।
यथा सुजातया भक्त्या शुद्ध्येन्नात्मा व्रतादिभिः ॥३२॥

śṛṇvatāṁ gṛṇatāṁ vīryāṇy
uddāmāni harer muhuḥ
yathā sujātayā bhaktyā
śuddhyen nātmā vratādibhiḥ

śṛṇvatām一那些聆听……的 / gṛṇatām一以及吟诵、吟唱 / vīryāṇi一神奇的活动 / uddāmāni一能够去除恶报 / hareḥ一至尊人格首神的 / muhuḥ一总是 / yathā一正如 / su-jātayā一轻易达到 / bhaktyā一靠奉爱服务 / śuddhyet一可能被净化 / na一不 / ātmā一心和灵魂 / vrata-ādibhiḥ一靠举行宗教仪式

译文 一直不断地聆听和吟诵、吟唱至尊主的圣名及祂的活动的人，能十分轻松地达到做纯粹奉爱服务的层面；纯粹的奉爱服务能清除人心中的尘埃。仅仅靠遵守誓言和举行韦达仪式性典礼，无法达到这样的完美境界。

要旨 人可以很容易地练习吟诵、吟唱并聆听至尊主的圣名，从而对灵性生活感到着迷。《莲花往世书》(Padma Purāṇa)说：

nāmāparādha-yuktānāṁ
nāmāny eva haranty agham
aviśrānti-prayuktāni
tāny evārtha-karāṇi ca

人哪怕冒犯地吟诵、吟唱哈瑞·奎师那这个伟大的曼陀，都能靠一直不断专注地吟诵、吟唱而变得不在冒犯。习惯于这种练习的人将始终保持纯粹超然的状态，不受恶报的触碰。舒卡戴瓦·哥斯瓦米(Śukadeva Gosvāmī)特别要求帕瑞克西特王(Parīkṣit)要十分小心地注意这一事实。但举行韦达仪式性典礼却没有利益可言。靠这么做，人也许可以去高等星系，但正如《博伽梵歌》第9章的第21节诗中所说，当人在天堂星球的享乐因为虔诚活动的结果有限而结束时，人就必须返回地球(kṣīṇe puṇye martya-lokaṁ viśanti)。

因此，为在宇宙中上上下下旅行而努力根本没有用。最好是吟诵、吟唱至尊主的圣名，以便可以彻底被净化，有资格回归家园，回到首神身边。那是人生的目的，也是人生的完美。

第 33 节

कृष्णाङ्घ्रिपद्ममधुलिण्न पुनर्विसृष्ट-
मायागुणेषु रमते वृजिनावहेषु ।
अन्यस्तु कामहत आत्मरजः प्रमार्ष्टु-
मीहेत कर्म यत एव रजः पुनः स्यात् ॥३३॥

kṛṣṇāṅghri-padma-madhu-liṇ na punar visṛṣṭa-
māyā-guṇeṣu ramate vṛjināvaheṣu
anyas tu kāma-hata ātma-rajaḥ pramārṣṭum
īheta karma yata eva rajaḥ punaḥ syāt

kṛṣṇa-aṅghri-padma一主奎师那的莲花足的 / madhu一蜜糖 / liṭ一舔……的人 / na一不 / punaḥ一再次 / visṛṣṭa一已经放弃 / māyā-guṇeṣu一在物质自然属性的控制下 / ramate一想要去享受 / vṛjina-avaheṣu一带来痛苦的 / anyaḥ一另一个 / tu一然而 / kāma-hataḥ一被色欲迷惑 / ātma-rajaḥ一心中罪恶的反射 / pramārṣṭum一清除 / īheta一可能从事 / karma一活动 / yataḥ一在……之后 / eva一事实上 / rajaḥ一罪恶活动 / punaḥ一再次 / syāt一出现

译文 总是舔吃主奎师那莲花足的蜜糖的奉献者，一点都不关心在物质自然三种属性的影响下从事且只会招致痛苦的物质活动。事实上，奉献者从不会离弃奎师那的莲花足而回头去从事物质活动。然而，其他人因为忽视为至尊主的莲花足服务而被贪图物质享乐的欲望所诱惑，所以沉溺于韦达仪式，有时从事赎罪活动。尽管如此，由于没被彻底净化，他们再三回头从事罪恶活动。

要旨 奉献者的责任是吟诵、吟唱哈瑞·奎师那曼陀。人有时冒犯地吟诵、吟唱圣名，有时没有冒犯，但如果认真地采用这个程序，就会达到为赎罪而举行仪式性典礼所不能达到的完美。谁依恋韦达仪式性祭祀，但不相信奉爱服务，谁建议赎罪，但却不欣赏对至尊主圣名的吟诵、吟唱，谁就不能达到最高的完美境界。因此，奉献者因为对物质享乐根本没兴趣，所以从不会为举行韦达仪式性典礼而停止培养奎师那意识。那些因贪图物质享乐而依恋韦达仪式性典礼的人，再三受制于物质存在的苦难。帕瑞克西特王将他们的活动比喻为是大象的沐浴(kuñjara-śauca)。

第 34 节

इत्थं स्वभर्तृगदितं भगवन्महित्वं
संस्मृत्य विस्मितधियो यमकिङ्करास्ते ।
नैवाच्युताश्रयजनं प्रतिशङ्कमाना
द्रष्टुं च बिभ्यति ततः प्रभृति स्म राजन् ॥३४॥

itthaṁ svabhartṛ-gaditaṁ bhagavan-mahitvaṁ
saṁsmṛtya vismita-dhiyo yama-kiṅkarās te
naivācyutāśraya-janaṁ pratiśaṅkamānā
draṣṭuṁ ca bibhyati tataḥ prabhṛti sma rājan

ittham一这种力量的 / sva-bhartṛ-gaditam一由他们的主人(阎罗王)解释 / bhagavat-mahitvam一至尊主本人及祂的名字、名望、形象和特质的非凡荣耀 / saṁsmṛtya一铭记 / vismita-dhiyaḥ一……的心感到惊奇不已 / yama-kiṅkarāḥ一阎罗王所有的仆人 / te一他们 / na一不 / eva一事实上 / acyuta-āśraya-janam一托庇于阿秋塔(主奎师那)的莲花足的人 / pratiśaṅkamānāḥ一总是感到害怕 / draṣṭum一看 / ca一和 / bibhyati一他们害怕 / tataḥ prabhṛti一从那以后 / sma一事实上 / rājan一君王啊！

译文 阎罗王的命令执行官从他们主人的嘴里聆听了至尊主本人及祂的名字、名望和特质的非凡荣耀后，都感到惊奇不已。从那以后，他们一旦看到奉献者，就感到害怕，不敢再多看一眼。

要旨 自从发生那件事后，阎罗王的命令执行官不再作出接近奉献者的危险举动。对阎罗王的命令执行官来说，奉献者会给他们招来危险。

第 35 节

इतिहासमिमं गुह्यं भगवान् कुम्भसम्भवः ।
कथयामास मलय आसीनो हरिमर्चयन् ॥३५॥

itihāsam imaṁ guhyaṁ
bhagavān kumbha-sambhavaḥ
kathayām āsa malaya
āsīno harim arcayan

itihāsam—历史 / imam—这个 / guhyam—非常机密的 / bhagavān—最强有力的 / kumbha-sambhavaḥ—昆巴的儿子阿嘎斯提亚·牟尼 / kathayām āsa—讲解 / malaye—在玛拉亚山 / āsīnaḥ—居住在 / harim arcayan—崇拜至尊人格首神

译文 当昆巴的儿子——大圣人阿嘎斯提亚住到玛拉亚山，在那里崇拜至尊人格首神时，我去找他，他为我讲解了这个机密的史实。

到此为止，结束了巴克提韦丹塔对《圣典博伽瓦谭》第6篇第3章——“阎罗王吩咐他的使者”所作的阐释。

第四章

达克沙吟诵“神性天鹅之奥秘”祈祷文颂扬至尊主

帕瑞克西特王(Mahārāja Parīkṣit)请求舒卡戴瓦·哥斯瓦米(Śukadeva Gosvāmī)进一步讲述对这个宇宙中的生物体的创造后，舒卡戴瓦·哥斯瓦米告诉他说，当帕祺纳巴尔黑(Pracetā)的十个儿子帕柴塔们(Prācīnabarhi)进入海洋苦修时，地球星球因为没有君王而缺乏管理。许多野草和不需要有的树木大量繁殖，但却没有生产粮食。事实上，所有的土地都变成了森林。十位帕柴塔从海中出来，看到整个世界长满树木时，不禁对树木很生气，决定摧毁所有的树木，以整顿局面。他们于是制造出风和火，将树木烧成灰烬。然而，树木产出众生需要的鲜花及果实，所以掌管月亮及一切蔬菜的君王索玛(Soma)，禁止帕柴塔们摧毁所有的树木。为满足帕柴塔们，索玛送给他们由天堂舞女帕么珞荼(Pramlocā Apsarā)生的一个美丽非凡的女儿。接受全体帕柴塔的精液后，那个姑娘生下了达克沙(Dakṣa)。

一开始，达克沙创造了所有半神人、恶魔和人类，但当他发现宇宙的居民数并没适度地增加时，他出家到温迪亚(Vindhya)山去，在那里经历艰难的苦修，向主维施努献上名叫“神性天鹅之奥秘(Haṁsa-guhya)”的祈祷，使得主维施努对他很高兴。祈祷文的内容如下:

“至尊人格首神——超灵哈尔依(Hari)，是生物和物质自然的控制者。他自给自足、自放光芒。正如感知对象并非我们感觉器官的起因，生物虽然在躯体内，但并非他的永恒朋友超灵的起因，超灵是一切感官得以创造的原因。生物因为愚昧而让他的感官与物质对象接触。生物是有生命的，所以能在一定的程度上了解这个物质世界的创造；尽管如此，他却无法了解超越躯体和心智概念的至尊人格首神。然而，总在冥想的大圣人们却能看到处在他们心中的至尊主本人的形象。

“由于普通生物受到物质的污染，他的话语和智力也都是物质的。因此，他无法用他的物质感官了解至尊人格首神。透过物质感官对神的了解并不正确，因为至尊主超越物质感官。但当人用他的感官做奉爱服务时，永恒的至尊人格首神就会在灵魂的层面上揭示出来。当那位至尊首神成为一个人生活的目标时，那人就可以说是得到了灵性的知识。

“至尊梵存在于创造之前，所以是一切原因的起因。祂是物质与灵性的一切的最初原因，祂独立存在。然而，至尊主有一种名叫“无知(avidyā)”的错觉能量，这种力量使人错误地认为自己是完美的，以此迷惑受制约的灵魂。那位至尊梵——超灵，对祂的奉献者满怀深情。为了降恩于他们，祂公开祂的形象、名字、特性和品质，以便这个物质世界里的生物崇拜祂。

“但不幸的是，专注于物质生活的人崇拜各种半神人。恰似空气经过一朵莲花，携带上那朵花的香气，或空气有时因携带尘土而变色，至尊人格首神按照各种愚蠢的崇拜者的愿望，以不同的半神人出现，但其实却是至尊真理——主维施努。为了满足祂的奉献者的愿望，祂以各种化身显现，所以根本不需要崇拜半神人。”

主维施努对达克沙献上的祈祷十分满意，于是以八臂形象出现在达克沙面前。至尊主穿着一身黄色衣衫，肤色呈微黑色。祂了解达克沙十分渴望走享受之途，所以赐予他享受错觉能量的力量。至尊主将潘查佳纳(Pañcajana)的女儿阿希克妮(Asiknī)赐予他，阿希克妮很适合达克沙王从事性享乐。事实上，达克沙就是因为很精通性生活而得此名。主维施努给予他这一祝福后，就从他面前消失了。

第 1—2 节

श्रीराजोवाच
देवासुरनृणां सर्गो नागानां मृगपक्षिणाम् ।
सामासिकस्त्वया प्रोक्तो यस्तु स्वायम्भुवेऽन्तरे ॥१॥

तस्यैव व्यासमिच्छामि ज्ञातुं ते भगवन् यथा ।
अनुसर्गं यया शक्त्या ससर्ज भगवान् परः ॥२॥

śrī-rājovāca
devāsura-nṛṇāṁ sargo
nāgānāṁ mṛga-pakṣiṇām
sāmāsikas tvayā prokto
yas tu svāyambhuve 'ntare

tasyaiva vyāsam icchāmi
jñātuṁ te bhagavan yathā
anusargaṁ yayā śaktyā
sasarja bhagavān paraḥ

śrī-rājā uvāca—君王说 / deva-asura-nṛṇām—半神人、恶魔和人类的 / sargaḥ—创造 / nāgānām—蛇类生物体的 / mṛga-pakṣiṇām—走兽和飞禽 / sāmāsikaḥ—简短地 / tvayā—被您 / proktaḥ—解说 / yaḥ—……的 / tu—然而 / svāyambhuve—斯瓦阳布瓦·玛努的 / antare—在这段期间 / tasya—这个的 / eva—确实地 / vyāsam—详细的说明 / icchāmi—我希望 / jñātum—了解 / te—从您 / bhagavan—我的导师啊！ / yathā—不但……而且 / anusargam—接下来的创造 / yayā—靠……的 / śaktyā—力量 / sasarja—创造 / bhagavān—至尊人格首神 / paraḥ—超然的

译文 神圣的君王对舒卡戴瓦·哥斯瓦米说:我亲爱的导师，半神人、恶魔、人类、蛇类、走兽和飞禽，在斯瓦阳布瓦·玛努统治期间被创造出来。就有关这创造，您曾简短地谈过一些(在第三章中)，我现在想更详细地了解。我还想

知道有关至尊人格首神的力量，祂用那力量引起了第二阶段的创造。

第 3 节

श्रीसूत उवाच
इति सम्प्रश्नमाकर्ण्य राजर्षेर्बादरायणिः ।
प्रतिनन्द्य महायोगी जगाद मुनिसत्तमाः ॥ ३ ॥

śrī-sūta uvāca
iti sampraśnam ākarṇya
rājarṣer bādarāyaṇiḥ
pratinandya mahā-yogī
jagāda muni-sattamāḥ

śrī-sūtaḥ uvāca—苏塔·哥斯瓦米说 / iti—如此 / sampraśnam—询问 / ākarṇya—聆听 / rājarṣeḥ—帕瑞克西特王的 / bādarāyaṇiḥ—舒卡戴瓦·哥斯瓦米 / pratinandya—赞扬 / mahā-yogī—非凡的瑜伽师 / jagāda—回答 / muni-sattamāḥ—最杰出的圣人啊！

译文 苏塔·哥斯瓦米说:奈弥沙冉亚森林中的大圣人们啊！非凡的瑜伽师听了帕瑞克西特王的询问后，给予赞扬及如下的回答。

第 4 节

श्रीशुक उवाच
यदा प्रचेतसः पुत्रा दश प्राचीनबर्हिषः ।
अन्तःसमुद्रादुन्मग्ना ददृशुर्गां द्रुमैर्वृताम् ॥ ४ ॥

śrī-śuka uvāca
yadā pracetasaḥ putrā
daśa prācīnabarhiṣaḥ
antaḥ-samudrād unmagnā
dadṛśur gāṁ drumair vṛtām

śrī-śukaḥ uvāca—舒卡戴瓦·哥斯瓦米说 / yadā—当……时 / pracetasaḥ—帕柴塔们 / putrāḥ—儿子们 / daśa—十个 / prācīnabarhiṣaḥ—帕祺纳巴尔黑王的 / antaḥ-samudrāt—从海中 / unmagnāḥ—出来 / dadṛśuḥ—他们看见 / gām—整个星球 / drumaiḥ vṛtām—被树覆盖

译文 舒卡戴瓦·哥斯瓦米说:帕祺纳巴尔黑的十个儿子从他们苦修时身处的水中出来后看到，整个世界的表面被树木完全覆盖。

要旨 当帕祺纳巴尔黑王举行涉及要杀动物的韦达仪式时，纳茹阿达·牟尼(Nārada Muni)出于同情忠告他停止再举行那样的仪式。帕祺纳巴尔黑正确地了解了纳茹阿达的用意，随后离开王国去森林苦修。但当时，他的十个儿子还在水中苦修，所以世上没有君王监督管理。当十个儿子帕柴塔们从水中出来时，他们看到整个地球都被树木覆盖了。

当政府忽视粮食生产所必需的农业时，土地便被多余的树木所覆盖。当然，许多树生产水果和鲜花，所以是必需的，但许多其他树木则是不需要有的。它们可以被当作木柴，而大地被开垦出来可以用于生产农作物。当政府忽视这些时，农作物的产量就会减少。正如《博伽梵歌》(Bhagavad-gītā)第18章的第44节诗中所说:外夏(vaiśya, 吠舍)按其本性所该做的是务农和保护乳牛(kṛṣigo-rakṣya-vāṇijyaṁ vaiśya-karma svabhāva jam)。政府和查锤亚(kṣatriya, 刹帝利)的职责是，监督社会第三阶层的成员外夏正确地做他们该做的事。梵文“查锤亚(Kṣatriya)”的意思是保护人类，而“外夏(vaiśya)”的意思是保护有用的动物，尤其是乳牛。

第5节

द्रुमेभ्यः क्रुध्यमानास्ते तपोदीपितमन्यवः ।
मुखतो वायुमग्निं च ससृजुस्तद्दिधक्षया ॥५॥

drumebhyaḥ krudhyamānās te
tapo-dīpita-manyavaḥ
mukhato vāyum agniṁ ca
sasṛjus tad-didhakṣayā

drumebhyaḥ—对树 / krudhyamānāḥ—很愤怒 / te—他们(帕祺纳巴尔黑王的十个儿子) / tapaḥ-dīpita-manyavaḥ—长时间的苦修使愤怒的力量增强 / mukhataḥ—从嘴中 / vāyum—气流 / gnim—火 / ca—和 / sasṛjuḥ—他们制造 / tat—那些树木 / didhakṣayā—想要烧的想法

译文 在水中经历了长时间苦修的帕柴塔们，对树木感到愤怒。他们想要将树木烧成灰烬，于是从他们的嘴中喷出火。

要旨 这节诗中的“长时间的苦修使愤怒的力量增强(tapo-dīpita-manyavaḥ)”一句，是指经历艰难的苦修(tapasya)使人拥有巨大的神秘力量，例如:从嘴中喷出火和气流的帕柴塔们。然而，尽管奉献者们也经历艰难的苦修，但他们却从不愤怒(vimanyavaḥ, sādhavaḥ)。他们总是具备美好的品质。《圣典博伽瓦谭》第3篇第25章的第21节诗说:

titikṣavaḥ kāruṇikāḥ
suhṛdaḥ sarva-dehinām
ajāta-śatravaḥ śāntāḥ
sādhavaḥ sādhu-bhūṣaṇāḥ

“圣人的表现是:他忍受、仁慈，友好对待众生。他不与任何生物为敌，总是平静安详；他遵守经典的指示，各项品德都很崇高。”

圣人(sādhu)——奉献者，从不愤怒。事实上，经历苦修的奉献者所具有的真正特点是宽恕。外士纳瓦(Vaiṣṇava)虽然因苦修而具有足够的力量，但被置于困难的处境时从不愤怒。然而，一个人如果经历了苦修但却没成为外士纳瓦，就不会培养出好的品质。例如:黑冉亚卡希普(Hiraṇyakaśipu)和茹阿瓦纳(Rāvaṇa)也从事艰巨的苦行，但却展示了他们邪恶的倾向。外士纳瓦在传播至尊主的荣耀时必会遇到许多反对者，但圣柴坦亚·玛哈帕布(Caitanya Mahāprabhu)忠告他们在传教的过程中不要变得愤怒。主柴坦亚·玛哈帕布给予如下这个标准作法说:“人应该以谦卑的心态吟诵、吟唱至尊主的圣名，认为自己比路上的一根稻草还有卑微。人应该比一棵树还要宽容、忍受，没有丝毫的虚荣感，随时愿意向他人致以所有的敬意。怀着这样的心态，人可以不断地吟诵、吟唱至尊主的圣名(tṛṇād api sunīcena taror api sahiṣṇunā/ amāninā mānadena kīrtanīyaḥ sadā hariḥ)。”致力于传播至尊主荣耀的人，应该比一根草还谦卑，比一棵树还宽容、忍受。这样，他们就可以传播至尊主的荣耀，而不感到困难。

第 6 节

ताभ्यां निर्दह्यमानांस्तानुपलभ्य कुरूद्वह ।
राजोवाच महान् सोमो मन्युं प्रशमयन्निव ॥ ६ ॥

tābhyāṁ nirdahyamānāṁs tān
upalabhya kurūdvaha
rājovāca mahān somo
manyuṁ praśamayann iva

tābhyām—被风和火 / nirdahyamānān—被燃烧 / tān—他们(树木) / upalabhya—看见 / kurūdvaha—帕瑞克西特王啊！ / rājā—森林之王 / uvāca—说 / mahān—伟大的 / somaḥ—掌管月亮的神明索玛戴瓦 / manyum—怒火 / praśamayan—平息 / iva—就像

译文 我亲爱的帕瑞克西特王，当索玛——掌管树木和月亮的神明，看到帕柴塔们喷出的火把所有的树木都快烧成灰烬时，他因为是所有草本植物和树木的维系者而对他们深感同情。为平息帕柴塔们的怒火，索玛说了如下一番话。

要旨 从这节诗可以了解到，掌管月亮的神明是宇宙各地所有树木和植物的维系者。是月光使树木和植物生长茂盛。因此，我们怎么能接受所谓去月亮探险的科学家们的“月亮上没有树木或蔬菜”的说法呢？圣维施瓦纳特·查夸瓦尔提·塔库尔(Viśvanātha Cakravartī Ṭhākura)说:掌管月亮的神明索玛(Soma)是一切蔬菜之王。我们怎么能相信蔬菜的维系者在他自己的星球上没有蔬菜呢？

第 7 节

न द्रुमेभ्यो महाभागा दीनेभ्यो द्रोग्धुमर्हथ ।
विवर्धयिषवो यूयं प्रजानां पतयः स्मृताः ॥७॥

na drumebhyo mahā-bhāgā
dīnebhyo drogdhum arhatha
vivardhayiṣavo yūyaṁ
prajānāṁ patayaḥ smṛtāḥ

na一不 / drumebhyaḥ一树木 / mahā-bhāgāḥ一极为幸运的人啊！ / dīnebhyaḥ一非常可怜的 / drogdhum一烧成灰烬 / arhatha一你们该得到 / vivardhayiṣavaḥ一想要增加 / yūyam一你们 / prajānām一所有托庇于你们的生物体的 / patayaḥ一主人或保护者 / smṛtāḥ一以……为人所知

译文 极为幸运的人啊！你们不该把这些可怜的树木烧成灰烬，以此方法杀死他们。你们的责任是祝愿国民(众生)的生活繁荣昌盛，并作为他们的保护者行事。

要旨 这节诗中指出，政府或君王不仅有责任保护人类，还有责任保护包括动物、树木和植物在内的所有其他种类的生物体。没有一个生物体该被毫无必要地杀死。

第 8 节

अहो प्रजापतिपतिर्भगवान् हरिरव्ययः ।
वनस्पतीनोषधीश्च ससर्जोर्जमिषं विभुः ॥ ८ ॥

aho prajāpati-patir
bhagavān harir avyayaḥ
vanaspatīn oṣadhīś ca
sasarjorjam iṣaṁ vibhuḥ

aho—唉！ / prajāpati-patiḥ—众生之主中的主人 / bhagavān hariḥ—至尊人格首神哈尔依 / avyayaḥ—永恒不灭 / vanaspatīn—树木和植物 / oṣadhīḥ—草本植物 / ca—和 / sasarja—创造 / ūrjam—使人健壮的 / iṣam—食物 / vibhuḥ—至尊人

译文 至尊人格首神圣哈尔依，是包括主布茹阿玛等全体生物体祖先在内的众生的主人。祂因为是无所不在、永恒不灭的主人，所以创造了这些树木和蔬菜，作为其他生物体可以吃的食物。

要旨 掌管月亮的神明索玛提醒帕柴塔们说，这些草本都由众生的统治者们的至尊主创造，以便为众生提供食物。如果帕柴塔们试图对它们斩尽杀绝，他们自己的国民也将受苦，因为树木对生产粮食来说是需要的。

第 9 节

अन्नं चराणामचरा ह्यपदः पादचारिणाम् ।
अहस्ता हस्तयुक्तानां द्विपदां च चतुष्पदः ॥ ९ ॥

annaṁ carāṇām acarā
hy apadaḥ pāda-cāriṇām
ahastā hasta-yuktānāṁ
dvi-padāṁ ca catuṣ-padaḥ

annam—食物 / carāṇām—那些靠翅膀移动的 / acarāḥ—不移动的(水果和花) / hi—事实上 / apadaḥ—草等没有腿的生物体 / pāda-cāriṇām—如乳牛和水牛一样用脚走动的动物的 / ahastāḥ—没有手的动物 / hasta-yuktānām—如老虎一样有爪子的动物的 / dvi-padām—有两条腿的人类的 / ca—和 / catuḥ-padaḥ—像鹿一样有四条腿的动物

译文 在大自然的安排下，水果和鲜花被当做是虫子和飞鸟的食物，青草和其他没腿的生物体专门是乳牛和水牛等四条腿的动物的食物；不能用前腿当手用的动物是老虎等有爪子的动物的食物；而鹿和山羊等四条腿的动物及谷类食物，是专门为人类准备的食物。

要旨 大自然法律或至尊人格首神的安排是:一种生物体是另一种生物体的食物。正如这节诗中提到的，谷物及四条腿的动物(catuṣ-padaḥ)，是人类可以吃的食物(dvi-padām)。这些四条腿的动物是指鹿和山羊，而不是指应该受到保护的乳牛。当然，布茹阿玛纳(brāhmaṇa，婆罗门)、查锤亚和外夏等人类社会高等阶层的人，通常都不吃肉。查锤亚有时会为了学习杀敌本领而去森林打猎，杀死鹿一类的动物，有时也吃被打死的动物的肉。庶铎(Śūdra，首陀罗)吃山羊类的动物。但是，乳牛永远都不该被人类杀死或吃掉。所有的经典(śāstra)中都说，杀乳牛将被判以极刑。事实上，乳牛的体毛有多少，杀乳牛的人就必须承受多少年的痛苦。《玛努法典》(Manu-saṁhitā)中说:我们在这个物质世界里有许多倾向，但在人体中本该学习如何约束那些倾向。需要吃肉的人也许可以靠吃低等动物的肉满足他们舌头的需要，但永远都不该杀乳牛。实际上，乳牛因为为人类提供牛奶而被公认为是人类社会的母亲。经典尤其忠告说，人类社会中属于外夏阶层的成员，应该通过务农给整个社会提供粮食，应该给乳牛以全面的保护(kṛṣi-go-rakṣya)。乳牛因为给人类社会提供牛奶，所以是最有用的动物。

第 10 节

यूयं च पित्रान्वादिष्टा देवदेवेन चानघाः ।
प्रजासर्गाय हि कथं वृक्षान्निर्दग्धुमर्हथ ॥१०॥

yūyaṁ ca pitrānvādiṣṭā
deva-devena cānaghāḥ
prajā-sargāya hi kathaṁ
vṛkṣān nirdagdhum arhatha

yūyam—你们 / ca—也 / pitrā—被你们的父亲 / anvādiṣṭāḥ—命令 / deva-devena—被所有主人的主人——人格首神 / ca—还有 / anaghāḥ—无罪的人啊！ / prajā-sargāya—为了繁衍后代 / hi—事实上 / katham—如何 / vṛkṣān—树木 / nirdagdhum—烧成灰烬 / arhatha—能够

译文 心地纯洁的人啊！你们的父亲帕祺纳巴尔黑和至尊人格首神都命令你们繁衍后代，因此你们怎能将这些用来养你们的臣民和子孙后代的树木及草本植物烧成灰烬呢？

第 11 节

आतिष्ठत सतां मार्गं कोपं यच्छत दीपितम् ।
पित्रा पितामहेनापि जुष्टं वः प्रपितामहैः ॥११॥

ātiṣṭhata satāṁ mārgaṁ
kopaṁ yacchata dīpitam
pitrā pitāmahenāpi
juṣṭaṁ vaḥ prapitāmahaiḥ

ātiṣṭhata—跟随吧 / satām mārgam—伟大圣洁之人所走的路 / kopam—愤怒 / yacchata—克制 / dīpitam—现在觉醒的 / pitrā—被父

亲 / pitāmahena api－以及被祖父 / juṣṭam－实行 / vaḥ－你们的 / prapitāmahaiḥ－被曾祖父

译文 你们的父亲、祖父和曾祖父走过的，是养育包括人类、动物和树木在内的生物体的仁慈之途，那是你们也该走的路。不必要的愤怒与你们的职责相抵触。因此我要求你们控制自己的愤怒。

要旨 这节诗文中的“你们的父亲、祖父和曾祖父实行的(pitrā pitāmahenāpi juṣṭaṁ vaḥ prapitāmahaiḥ)”一句，勾画出由君王们及他们的父亲、祖父和曾祖父们构成的一个正直的王室家族。这样一个王室家族因为维护国民——生物体(prajā)而地位显赫。梵文“生物体(prajā)”一词是指在政府管辖范围内出生的任何一个生物体。崇高的王室家族关心所有的生物体，无论是人类、动物或比动物还低等的生物体，都该受到保护。现代民主制度没有这么崇高，因为这种制度中的领袖们都仅仅为了权力而拼选举，根本没有要负责任的概念。在君主制中，地位显赫的君王都效法他们祖先的伟大作为。正因为如此，月亮之王索玛在此提醒帕柴塔们有关他们父亲、祖父和曾祖父们的荣耀。

第 12 节

तोकानां पितरौ बन्धू दृशः पक्ष्म स्त्रियाः पतिः ।
पतिः प्रजानां भिक्षूणां गृह्यज्ञानां बुधः सुहृत् ॥१२॥

tokānāṁ pitarau bandhū
dṛśaḥ pakṣma striyāḥ patiḥ
patiḥ prajānāṁ bhikṣūṇāṁ
gṛhy ajñānāṁ budhaḥ suhṛt

tokānām－孩子们的 / pitarau－双亲 / bandhū－朋友 / dṛśaḥ－眼睛的 / pakṣma－眼皮 / striyāḥ－妇女的 / patiḥ－丈夫的 / patiḥ－保

护者 / prajānām—国民 / bhikṣūṇām—乞丐的 / gṛhī—居士 / ajñānām—无知之人的 / budhaḥ—博学之人 / su-hṛt—朋友

译文 正如父母是他们养育的孩子的朋友，眼皮保护眼睛，丈夫是他妻子的保护者和供养者，居士是乞讨之人的保护者和供养者，博学之人是无知之人的朋友，所以君王是他的全体国民的保护者和生命给予者。树木也是一国之君的国民，因此应该保护它们。

要旨 凭人格首神的至尊意愿，无助的生物体有各种类型的保护者和维系者。树木也被视为是君王的臣民(prajā)，因此君王甚至要负责保护一棵树，更不要说其他生物体了。君王肩负保护他王国中的生物体的重担。所以，虽然父母直接负责保护和养育他们的孩子，但君王的职责是监督所有的父母都正确地履行他们的责任。同样，君王也负责监督这节诗中提到的其他保护者。应该注意的是，由居士供养的乞讨者并非是指职业乞丐，而是指托钵僧(sannyāsī)和布茹阿玛纳。居士们应该为他们提供食物和衣服。

第 13 节

अन्तर्देहेषु भूतानामात्मास्ते हरिरीश्वरः ।
सर्वं तद्धिष्ण्यमीक्षध्वमेवं वस्तोषितो ह्यसौ ॥१३॥

antar deheṣu bhūtānām
ātmāste harir īśvaraḥ
sarvaṁ tad-dhiṣṇyam īkṣadhvam
evaṁ vas toṣito hy asau

antaḥ deheṣu—在体内(在内心深处) / bhūtānām—众生的 / ātmā—超灵 / āste—处于 / hariḥ—至尊人格首神 / īśvaraḥ—至尊主或指挥 / sarvam—一切 / tat-dhiṣṇyam—祂居住的地方 / īkṣadhvam—尝

试看 / evam—这样 / vaḥ—与你们 / toṣitaḥ—满足 / hi—事实上 / asau—那位至尊人格首神

译文 至尊人格首神以超灵的形式处在包括人类、飞鸟、动物和树木等，事实上是一切动与不动的众生的心中。因此，你们应该把所有的躯体都视为是至尊主的住所或庙宇。这将使至尊主对你们满意。你们不该愤怒地杀死这些外形是树木的生物体。

要旨 正如《博伽梵歌》中说明并由所有韦达经典证实的:超灵处在每一个生物体的心中(īśvaraḥ sarva-bhūtānāṁ hṛd-deśe 'rjuna tiṣṭhati)。因此，每一个生物体的躯体都是至尊主的住所，人不该出于不必要的嫉妒而摧毁躯体。那将令超灵不满。索玛告诉帕柴塔说，他们既然想要使超灵满意，现在就不该做令祂不高兴的事。

第 14 节

यः समुत्पतितं देह आकाशान्मन्युमुल्बणम् ।
आत्मजिज्ञासया यच्छेत्स गुणानतिवर्तते ॥१४॥

yaḥ samutpatitaṁ deha
ākāśān manyum ulbaṇam
ātma-jijñāsayā yacchet
sa guṇān ativartate

yaḥ—任何……的人 / samutpatitam—突然升起 / dehe—在体内 / ākāśāt—从天空 / manyum—愤怒 / ulbaṇam—有力量的 / ātma-jijñāsayā—通过追求灵性觉悟或自我觉悟 / yacchet—克制 / saḥ—那人 / guṇān—物质自然属性 / ativartate—超越

译文 谁寻求自我觉悟并克制这如同从天而降在体内突然升起的强大愤怒，谁就超越物质自然属性的影响。

要旨 人愤怒时就会忘了自己和自己的情况，但如果能凭知识考虑到自己的情况，就超越物质自然属性的影响。人始终是贪图物质享乐的欲望、愤怒、贪婪、错觉、嫉妒等的奴仆；然而，如果在灵性进步过程中获得足够的力量，就可以控制它们。到能控制它们时，人就将永远超然处之，不被物质自然属性所触及。这只有在人全心全意地为至尊主服务时才能做到。正如至尊主在《博伽梵歌》第14章的第26节诗中说：

mām ca yo 'vyabhicāreṇa
bhakti-yogena sevate
sa guṇān samatītyaitān
brahma-bhūyāya kalpate

“在任何情况下都全心全意地做奉爱服务，就能立刻超越物质自然属性，达到梵的层面。”奎师那意识运动通过安排人做奉爱服务，使人始终超越愤怒、贪婪、色欲和嫉妒等。人必须做奉爱服务，否则就会成为物质自然属性的受害者。

第15节

अलं दग्धैर्द्रुमैर्दीनैः खिलानां शिवमस्तु वः ।
वार्क्षी ह्येषा वरा कन्या पत्नीत्वे प्रतिगृह्यताम् ॥१५॥

alaṁ dagdhair drumair dīnaiḥ
khilānāṁ śivam astu vaḥ
vārkṣī hy eṣā varā kanyā
patnītve pratigṛhyatām

alam一足够 / dagdhaiḥ一与燃烧 / drumaiḥ一树木 / dīnaiḥ一可怜的 / khilānām一剩下树木的 / śivam一一切好运 / astu一愿…… / vaḥ一你们的 / vārkṣī一由树木抚养 / hi一事实上 / eṣā一这个 / varā一选择 / kanyā一女儿 / patnītve一成为妻子 / pratigṛhyatām一让她被接受为

译文 没有必要再烧这些可怜的树了。让还剩下的树木幸福地生活吧。事实上，你们自己也该幸福。现在，这里是美丽、品德优良的少女玛瑞莎，她由树木像照顾自己的女儿一样抚养成人。你们可以娶这位美丽的少女为妻。

第 16 节

इत्यामन्त्र्य वरारोहां कन्यामाप्सरसीं नृप ।
सोमो राजा ययौ दत्त्वा ते धर्मेणोपयेमिरे ॥१६॥

ity āmantrya varārohāṁ
kanyām āpsarasīṁ nṛpa
somo rājā yayau dattvā
te dharmeṇopayemire

iti—如此 / āmantrya—对……说话 / vara-ārohām—拥有高翘的美臀 / kanyām—女孩 / āpsarasīm—天堂舞女所生的 / nṛpa—君王啊！ / somaḥ—掌管月亮的神明索玛 / rājā—君王 / yayau—返回 / dattvā—交给 / te—他们 / dharmeṇa—按照宗教原则 / upayemire—结婚

译文 舒卡戴瓦·哥斯瓦米继续道:我亲爱的君王，月亮神索玛这样使帕柴塔们平静下来后，便将天堂舞女帕么珞茶生的漂亮女儿给了他们。全体帕柴塔都接受了帕么珞茶生的这个美臀高翘的女儿，按照宗教传统娶她为妻。

第 17 节

तेभ्यस्तस्यां समभवद्दक्षः प्राचेतसः किल ।
यस्य प्रजाविसर्गेण लोका आपूरितास्त्रयः ॥१७॥

tebhyas tasyāṁ samabhavad
dakṣaḥ prācetasaḥ kila
yasya prajā-visargeṇa
lokā āpūritās trayaḥ

tebhyaḥ—从全体帕柴塔 / tasyām—在她体内 / samabhavat—繁衍 / dakṣaḥ—生育孩子的能手达克沙 / prācetasaḥ—帕柴塔的儿子 / kila—事实上 / yasya—……人的 / prajā-visargeṇa—借由繁衍生物体 / lokāḥ—世界 / āpūritāḥ—充满 / trayaḥ—三个

译文 全体帕柴塔与那少女生了一个儿子达克沙，而他使三个世界充满了生物体。

要旨 达克沙(Dakṣa)在斯瓦阳布瓦·玛努(Svāyambhuva Manu)统治期间第一次出生，但因为冒犯主希瓦(Śiva)而被罚用一个山羊头换下自己的头颅。受到这样的羞辱后，他不得不放弃那个躯体，在第六个玛努统治期——查克舒沙·玛努统治期(Cākṣuṣa manvantara)，经由玛瑞莎(Māriṣā)的子宫再次出生为达克沙。就有关这一点，圣维施瓦纳特·查夸瓦尔提·塔库尔引述了如下这节诗：

cākṣuṣe tv antare prāpte
prāk-sarge kāla-vidrute
yaḥ sasarja prajā iṣṭāḥ
sa dakṣo daiva-coditaḥ

"他的前一个躯体遭到毁坏，但他，同一个达克沙，在得到至尊意愿的启示后，在查克舒沙·玛努统治期创造了所有值得要的生物体。"(《圣典博伽瓦谭》4.30.49)。就这样，达克沙重获他前世拥有的财富，再次生了千百万的孩子，以使三个世界充满生物体。

第 18 节

यथा ससर्ज भूतानि दक्षो दुहितृवत्सलः ।
रेतसा मनसा चैव तन्ममावहितः शृणु ॥१८॥

yathā sasarja bhūtāni
dakṣo duhitṛ-vatsalaḥ

retasā manasā caiva
tan mamāvahitaḥ śṛṇu

yathā—如何 / sasarja—创造 / bhūtāni—生物体 / dakṣaḥ—达克沙 / duhitṛ-vatsalaḥ—深爱他的女儿们的 / retasā—用精液 / manasā—靠心念 / ca—还有 / eva—事实上 / tat—那 / mama—从我 / avahitaḥ—专注地 / śṛṇu—请

译文 舒卡戴瓦·哥斯瓦米继续说:请专注地听我讲述那位深爱着他女儿们的生物体祖先达克沙，是如何用他的精液和心念创造出不同种类的生物体的。

要旨 “深爱他女儿们的(duhitṛ-vatsalaḥ)”这个短句是指，所有的生物体都由达克沙的女儿们生出。圣维施瓦纳特·查夸瓦尔提·塔库尔说，达克沙就好像没有儿子。

第19节

मनसैवासृजत्पूर्वं प्रजापतिरिमाः प्रजाः ।
देवासुरमनुष्यादीन्नभःस्थलजलौकसः ॥१९॥

manasaivāsṛjat pūrvaṁ
prajāpatir imāḥ prajāḥ
devāsura-manuṣyādīn
nabhaḥ-sthala-jalaukasaḥ

manasā—用心念 / eva—事实上 / asṛjat—创造 / pūrvam—一开始 / prajāpatiḥ—生物体祖先(达克沙) / imāḥ—这些 / prajāḥ—生物体 / deva—半神人 / asura—恶魔 / manuṣya-ādīn—和以人类为首的其他生物体 / nabhaḥ—在空中 / sthala—在路上 / jala—或在水中 / okasaḥ—为居所

译文 生物体祖先达克沙首先用他的心念创造出全体半神人、恶魔、人类、飞禽、走兽和水生物等。

第 20 节

तमबृंहितमालोक्य प्रजासर्गं प्रजापतिः ।
विन्ध्यपादानुपव्रज्य सोऽचरद् दुष्करं तपः ॥२०॥

tam abṛṁhitam ālokya
prajā-sargaṁ prajāpatiḥ
vindhya-pādān upavrajya
so 'carad duṣkaraṁ tapaḥ

tam－那 / abṛṁhitam－不增加 / ālokya－看见 / prajā-sargam－生物体的创造 / prajāpatiḥ－生物体的繁衍者达克沙 / vindhya-pādān－温迪亚山脉附近的一座山 / upavrajya－前往 / saḥ－他 / acarat－从事 / duṣkaram－极为艰难的 / tapaḥ－苦修

译文 但当生物体祖先达克沙看到自己没有恰当地繁衍所有种类的生物体时，他便到温迪亚山脉附近的一座山上去，在那里从事极为艰巨的苦修。

第 21 节

तत्राघमर्षणं नाम तीर्थं पापहरं परम् ।
उपस्पृश्यानुसवनं तपसातोषयद्धरिम् ॥२१॥

tatrāghamarṣaṇaṁ nāma
tīrthaṁ pāpa-haraṁ param
upaspṛśyānusavanaṁ
tapasātoṣayad dharim

tatra－那里 / aghamarṣaṇam－阿嘎玛尔珊 / nāma－名叫 / tīrtham－圣地 / pāpa-haram－适合摧毁一切恶报 / param－最好的 / upaspṛśya－实行净化仪式和沐浴 / anusavanam－定期地 / tapasā－借由苦修 / atoṣayat－取悦 / harim－对至尊人格首神

译文 在那座山的附近有一个很圣洁的圣地名叫阿嘎玛

尔珊。生物体祖先达克沙在那里举行仪式性典礼，靠从事艰难的苦修取悦至尊人格首神哈尔依。

第 22 节

अस्तौषीद्धंसगुह्येन भगवन्तमधोक्षजम् ।
तुभ्यं तदभिधास्यामि कस्यातुष्यद्यथा हरिः ॥२२॥

astauṣīd dhaṁsa-guhyena
bhagavantam adhokṣajam
tubhyaṁ tad abhidhāsyāmi
kasyātuṣyad yathā hariḥ

astauṣīt—满意 / haṁsa-guhyena—借由名叫神性天鹅之奥秘的著名祷告 / bhagavantam—至尊人格首神 / adhokṣajam—感官能触及的范围之外的 / tubhyam—向您 / tat—那 / abhidhāsyāmi—我将解释 / kasya—对生物体祖先达克沙 / atuṣyat—满意的 / yathā—如何 / hariḥ—至尊人格首神

译文 亲爱的君王，我要给你解释达克沙向至尊人格首神献上的名叫“神性天鹅之奥秘”的祷告。我要告诉你至尊主对他的那些祷告有多满意。

要旨 应该明白:达克沙并没有自编被称为“神性天鹅之奥秘”(Haṁsa-guhya)的祈祷文，那祈祷文已经存在于韦达文献中。

第 23 节

श्रीप्रजापतिरुवाच
नमः परायावितथानुभूतये
गुणत्रयाभासनिमित्तबन्धवे ।
अदृष्टधाम्ने गुणतत्त्वबुद्धिभि-
र्निवृत्तमानाय दधे स्वयम्भुवे ॥२३॥

śrī-prajāpatir uvāca
namaḥ parāyāvitathānubhūtaye
guṇa-trayābhāsa-nimitta-bandhave
adṛṣṭa-dhāmne guṇa-tattva-buddhibhir
nivṛtta-mānāya dadhe svayambhuve

śrī-prajāpatiḥ uvāca—生物体祖先达克沙说 / namaḥ——切虔敬的顶礼 / parāya—向超然存在 / avitatha—正确的 / anubhūtaye—向拥有使人觉悟祂的灵性力量的祂 / guṇa-traya—物质自然属性的 / ābhāsa—有……外表的生物体的 / nimitta—以及物质能量的 / bandhave—向控制者 / adṛṣṭa-dhāmne—在祂的居所内未被察觉的 / guṇa-tattva-buddhibhiḥ—由具有认为在物质自然三种属性的展示中才能看到真相的智力欠佳的受制约灵魂 / nivṛtta-mānāya—超越一切物质衡量和计算的 / dadhe—我致上 / svayambhuve—向没有起因而展示的至尊主

译文 生物体祖先达克沙说:至尊人格首神超越错觉能量和其生产的物种。祂拥有经久不衰的可靠知识和至高无上的意志力等力量,祂是生物和错觉能量的管理者。将这个物质展示视为是一切的受制约的灵魂,无法看到祂,因为祂超越试验性知识的证明。祂不证自明、自给自足,祂之上没有其他原因。让我向祂致以恭敬的顶礼。

要旨 这节诗中解释了至尊人格首神的超然地位。受制约的灵魂感知不到祂,他们习惯于物质的看问题的方式,无法了解住在自己住所中的至尊人格首神,那住所超越他们的视野。物质主义者即使能计算宇宙中的所有原子,也无法了解至尊人格首神。正如《布茹阿玛·萨密塔》第5章的第34节诗中证实的:

panthās tu koṭi-śata-vatsara-sampragamyo
vāyor athāpi manaso muni-puṅgavānām
so 'py asti yat-prapada-sīmny avicintya-tattve
govindam ādi-puruṣaṁ tam ahaṁ bhajāmi

受制约的灵魂有可能试图用心智思辨的方法了解、接近至尊人格首神，那也许要花上亿万年的时间，但即使以心念或风的速度也赶不上祂；绝对真理对物质主义者来说始终是不可思议的，因为他们无法用长和宽去测量至尊人格首神不受限制的存在。有人也许会问，既然绝对真理超越测量，人怎么能认识到祂呢？这节诗中用“向没有起因而展示的至尊主(svayambhuve)”一句给予回答说:无论人是否能了解祂，祂都是凭祂自己的灵性力量而存在。

第 24 节

न यस्य सख्यं पुरुषोऽवैति सख्युः
सखा वसन् संवसतः पुरेऽस्मिन् ।
गुणो यथा गुणिनो व्यक्तदृष्टे-
स्तस्मै महेशाय नमस्करोमि ॥२४॥

na yasya sakhyaṁ puruṣo 'vaiti sakhyuḥ
sakhā vasan saṁvasataḥ pure 'smin
guṇo yathā guṇino vyakta-dṛṣṭes
tasmai maheśāya namaskaromi

na－不 / yasya－……的 / sakhyam－友谊 / puruṣaḥ－生物体 / avaiti－知道 / sakhyuḥ－至尊朋友的 / sakhā－朋友 / vasan－活着 / saṁvasataḥ－一起生活的人的 / pure－在体内 / asmin－这个 / guṇaḥ－感官感知的对象 / yathā－正如 / guṇinaḥ－他不同的感觉器官的 / vyakta-dṛṣṭeḥ－监督物质展示的 / tasmai－向祂 / mahā-īśāya－向至尊控制者 / namaskaromi－我致以我的顶礼

译文 正如感官对象无法明白感官是如何感知到它们的，受制约的灵魂虽然与超灵一起住在他的躯体中，但无法了解至高无上的灵性人物、物质创造的主人是如何指挥他的感官的。让我向至尊人献上恭敬的顶礼，祂是至高无上的控制者。

要旨 个体灵魂与至尊灵魂一起住在躯体中。对此，一些奥义书(Upaniṣad)以两只友好的鸟儿住在同一棵树上的比喻证实说:一只鸟儿正在吃树上的果实，另一只只是在见证并给予指导。被比喻为是正在啄食的鸟儿的个体生物，虽然与他的朋友至尊灵魂坐在一起，但却看不到祂。事实上，超灵指导着个体灵魂为享受感官对象所从事的活动，但正如这些感官对象(形象、滋味、触碰物、气味和声音)无法看到感官，受制约的灵魂无法看到正指导他的超灵。受制约的灵魂有各种欲望，至尊灵魂就使这些欲望得以实现，然而受制约的灵魂却看不到至尊灵魂。正因为如此，生物体祖先虽然看不到至尊灵魂——超灵，但却恭敬地向祂顶礼。另一个例子是:尽管普通国民在政府的指导下工作，但他们却无法了解自己究竟如何受到管理或政府究竟是什么。就有关这一点，玛德瓦查尔亚引述《斯康达往世书》(Skanda Purāṇa)中的诗文说:

yathā rājñaḥ priyatvaṁ tu
bhṛtyā vedena cātmanaḥ
tathā jīvo na yat-sakhyaṁ
vetti tasmai namo 'stu te

“正如在一个大机构的各个部门中的各种办事人员，无法看到他们为之工作的最高管理者，受制约的灵魂无法看到坐在他们躯体中的至尊朋友。因此，让我们向我们用自己的物质眼睛看不到的至尊者恭敬地顶礼。”

第25节

देहोऽसवोऽक्षा मनवो भूतमात्रा-
मात्मानमन्यं च विदुः परं यत् ।
सर्वं पुमान् वेद गुणांश्च तज्ज्ञो
न वेद सर्वज्ञमनन्तमीडे ॥२५॥

deho ’savo ’kṣā manavo bhūta-mātrām
ātmānam anyaṁ ca viduḥ paraṁ yat
sarvaṁ pumān veda guṇāṁś ca taj-jño
na veda sarva-jñam anantam īḍe

dehaḥ—这个躯体 / asavaḥ—生命之气 / akṣāḥ—不同的感官 / manavaḥ—心念、理解力、智力和自我 / bhūta-mātrām—五种粗糙的物质元素和感官对象(形象、味道、声音等) / ātmānam—他们自己 / anyam—任何其他 / ca—和 / viduḥ—知道 / param—在……之外 / yat—那……的 / sarvam—每件事情 / pumān—生物体 / veda—知道 / guṇān—物质自然属性 / ca—和 / tat-jñaḥ—知道这些事情 / na—不 / veda—知道 / sarva-jñam—向无所不知的 / anantam—无限的 / īḍe—我致以虔敬的顶礼

译文　由于躯体、生命之气、五种粗糙的元素、外在与内在的感官和精微的感官对象都不过是物质的，它们无法了解自己的性质，其他感官的性质或它们管理者的本性。然而生物具有的灵性本质使他既可以了解他的躯体、生命之气、感官、元素和感官对象，也可以知道它们的由来——三种属性。但即使生物完全了解这一切，他也无法看到全知、不受限制的至尊生物。为此，我恭敬地向祂顶礼。

要旨　唯物主义科学家可以分析研究物质元素、躯体、感官、感官对象，甚至是控制着生命力的气，但还是无法了解超越这一切之上的是真正灵性的灵魂。换句话说，生物因为本身是灵性的灵魂，所以可以了解所有的物质对象；或者，当他觉悟自我后，他就可以了解瑜伽师们所冥想的超灵(Paramātmā)。尽管如此，生物哪怕再进步，也无法了解至尊灵魂——人格首神，因为祂是无限的(ananta)，无限地拥有所有六种财富。

第 26 节

यदोपरामो मनसो नामरूप-
रूपस्य दृष्टस्मृतिसम्प्रमोषात् ।
य ईयते केवलया स्वसंस्थया
हंसाय तस्मै शुचिसद्मने नमः ॥२६॥

yadoparāmo manaso nāma-rūpa-
rūpasya dṛṣṭa-smṛti-sampramoṣāt
ya īyate kevalayā sva-saṁsthayā
haṁsāya tasmai śuci-sadmane namaḥ

yadā一在出神的状态中 / uparāmaḥ一完全终止 / manasaḥ一心的 / nāma-rūpa一物质的名字和形象 / rūpasya一使其呈现的 / dṛṣṭa一物质看法的 / smṛti一以及记忆的 / sampramoṣāt一由于消除 / yaḥ一……(至尊人格首神)的 / īyate一被感知 / kevalayā一与灵性的 / sva-saṁsthayā一祂自己原来的形象 / haṁsāya一向至纯至粹者 / tasmai一向祂 / śuci-sadmane一只有在纯洁的灵性存在状态中才能被理解的 / namaḥ一我致以我虔敬的顶礼

译文 当人的意识中的粗糙和精微的物质存在污染被彻底清除干净，人无论在工作和睡眠时都不受刺激，即使沉睡都不失去理智时，人的物质看法和以名称及形象所展现的内心记忆力就会被消除。只有在这种全神贯注的出神状态中，至尊人格首神才会揭示自己。因此，让我们恭恭敬敬地向至尊人格首神顶礼，祂在没有污染的超然状态中可以被看到。

要旨 对神的认识分两个阶段:一个阶段被称为轻易了解的阶段(sujñeyam)，这通常都靠心智思辨；另一个阶段被称为只有经历了困难后才了解的阶段(durjñeyam)。对超灵(Paramātmā)的认识和对梵(Brahman)的认识，都被视为是轻易了解的阶段，但对至尊人格首神的认识则是只有经历了困难才了解的阶段。正如这节诗所讲述的:当人停止物质的思考、感受和意愿等物质层面的内心活动时，或换句话说，当心智思辨停止时，人才能得到对人格首神的最终认识。这种超然的觉悟超越深度睡眠(susupti)的范畴。我们用肉体感知事情时是透过身体的体验和记忆，在精微的状态下感知世界是在梦中。看的过程也牵涉到记忆，也存在于精微的形式中。在肉身体验和睡梦之上的是深度睡眠，而当人上升到超越深度睡眠的完全灵性的层面上时，就达到全神贯注的出神状态(viśuddha-sattva或vasudeva-sattva)。在这种状态中，人格首神得以揭示。

人只要还处在相对性中，在喜欢粗糙或精微的感官享乐的层面上，就不可能获得对至尊人格首神的认识(ataḥ śrī-kṛṣṇa-nāmādi na bhaved grāhyam indriyaiḥ)。然而，当人带着服务的精神用舌头吟诵、吟唱哈瑞·奎师那曼陀(Hare Kṛṣṇa mantra)，品尝给奎师那供奉过的帕萨达(prasāda)时，至尊人格首神就得以揭示(sevonmukhe hi jihvādau svayam eva sphuraty adaḥ)。这节诗中用“只有在纯洁的灵性存在状态中才能被理解的(śuci-sadmane)”一句，表明了这一点。梵文“śuci”的意思是“净化的”。带着服务的心态用自己的感官做服务，人的整个存在就上升到没有污染的纯净层面(śuci-sadma)。因此，达克沙向只有在纯洁的灵性层面上才得以揭示的至尊人格首神恭敬地顶礼。就有关这一点，圣维施瓦纳特·查夸瓦尔提·塔库尔从《圣典博伽瓦谭》第10篇第14章的第6节诗中，引述主布茹阿玛的祈祷:“我的至尊主啊！只有内心绝对纯洁的人，才能了解您圣上的超然品质，以及您活动的伟大和非凡(tathā-pi bhūman mahimāguṇasya te viboddhum arhaty amalāntar-ātmabhiḥ)。”

第27—28节

मनीषिणोऽन्तर्हृदि सन्निवेशितं
स्वशक्तिभिर्नवभिश्च त्रिवृद्भिः ।

वह्निं यथा दारुणि पाञ्चदश्यं
मनीषया निष्कर्षन्ति गूढम् ॥२७॥

स वै ममाशेषविशेषमाया-
निषेधनिर्वाणसुखानुभूतिः ।
स सर्वनामा स च विश्वरूपः
प्रसीदतामनिरुक्तात्मशक्तिः ॥२८॥

manīṣiṇo 'ntar-hṛdi sanniveśitaṁ
sva-śaktibhir navabhiś ca trivṛdbhiḥ
vahniṁ yathā dāruṇi pāñcadaśyaṁ
manīṣayā niṣkarṣanti gūḍham

sa vai mamāśeṣa-viśeṣa-māyā-
niṣedha-nirvāṇa-sukhānubhūtiḥ
sa sarva-nāmā sa ca viśva-rūpaḥ
prasīdatām aniruktātma-śaktiḥ

manīṣiṇaḥ－举行宗教仪式和祭祀的杰出博学的布茹阿玛纳 / antaḥ-hṛdi－在心中 / sanniveśitam－处于 / sva-śaktibhiḥ－凭祂自己的灵性力量 / navabhiḥ－以及用九种不同的物质力量(物质自然、物质能量总体、自我意识、心智和五种感官享乐对象) / ca－还有(五种粗糙的物质元素及十个行动及收集知识的感官) / trivṛdbhiḥ－借由物质自然三种属性 / vahnim－火 / yathā－正如 / dāruṇi－在木柴中 / pāñcadaśyam－靠吟诵名叫萨密得尼的十五个曼陀产生 / manīṣayā－凭净化了的智力 / niṣkarṣanti－提取 / gūḍham－虽然没有展示 / saḥ－那位至尊人格首神 / vai－事实上 / mama－对我 / aśeṣa－一切 / viśeṣa－种种的 / māyā－错觉能量的 / niṣedha－借由否定的过程 / nirvāṇa－解脱的 / sukha-anubhūtiḥ－透过超然极乐被理解的 / saḥ－那位至尊人格首神 / sarva-nāmā－一切名字的源头的 / saḥ－那位至尊人格首神 / ca－还有 / viśva-rūpaḥ－宇宙的巨大形象 /

prasīdatām－愿祂仁慈 / anirukta－不可理解的 / ātma-śaktiḥ－一切灵性力量的宝库

译文 正如精通举行仪式性典礼和祭祀的优秀、博学的布茹阿玛纳，能通过吟诵名叫萨密得尼的十五个曼陀点燃木柴中处于静止、不展示状态的火，以此证明韦达·曼陀的效力，使那些真正具有高等意识——奎师那意识的人，可以找到凭自己的灵性力量处在众生心中的超灵。心被物质自然三种属性、九种物质元素(物质自然、物质能量总体、自我意识、心智和五种感官享乐对象)，以及五种粗糙的物质元素和十个感官所包裹。至尊主的外在能量就由这二十七种元素构成。伟大的瑜伽师冥想以超灵形式处在心中的至尊主。愿那位超灵对我满意。当人渴望从纷繁复杂的物质生活中解脱出来时，超灵就会被觉悟到。事实上，人致力于为至尊主做超然的爱心服务时就能获得这种解脱，并因为他良好的服务态度而认识到至尊主。至尊主可以有各种灵性的名字称呼祂，那些名字对物质的感官来说不可思议。那位至尊人格首神何时才会对我满意?

要旨 圣维施瓦纳特·查夸瓦尔提·塔库尔在评论这节诗文时，用了“很难认识到(durvijñeyam)”一词。《博伽梵歌》第7章的第28节诗记载，奎师那描述存在的纯净状态说:

yeṣāṁ tv anta-gataṁ pāpaṁ
janānāṁ puṇya-karmaṇām
te dvandva-moha-nirmuktā
bhajante māṁ dṛḍha-vratāḥ

“在前世和今生行善并彻底消除了恶报的人，摆脱由错觉产生的相对性，坚定地为我做服务。”

在《博伽梵歌》第9章的第14节诗中，至尊主又说:

satataṁ kīrtayanto māṁ
yatantaś ca dṛḍha-vratāḥ
namasyantaś ca māṁ bhaktyā
nitya-yuktā upāsate

“这些伟大的灵魂总是歌颂我的荣耀，以巨大的决心去努力。他们向我顶礼，一直怀着爱心崇拜我。”

在超越一切物质障碍后，人就可以了解至尊人格首神了。因此，在《博伽梵歌》第7章的第3节诗中，主奎师那还说:

manuṣyāṇāṁ sahasreṣu
kaścid yatati siddhaye
yatatām api siddhānāṁ
kaścin māṁ vetti tattvataḥ

“在千万人中，也许只有一个人力求达到完美，而在达到完美的人中，很难有一个人真正了解我。”

要了解奎师那——至尊人格首神，人必须经历艰难的苦修和严格的赎罪过程，但由于奉爱服务之途是完美的，人可以靠走奉爱之途轻易地升上灵性的层面，了解至尊主。对此，奎师那在《博伽梵歌》第18章的第55节诗中也证实说:

bhaktyā mām abhijānāti
yāvān yaś cāsmi tattvataḥ
tato māṁ tattvato jñātvā
viśate tad-anantaram

“只有做奉爱服务，才能如实地了解作为至尊人格首神的我。当人充满奉爱之情地全然意识到我时，他就能进入神的王国。”

因此，尽管我们要了解的对象极难了解(durvijñeyam)，但人如果按照规定的方法做，就会变得容易。通过做以吟诵(吟唱)、聆听和记忆(śravaṇaṁ kīrtanaṁ viṣṇoḥ)为开始的纯粹奉爱服务，就有可能与至尊人格首神接触上。就有关这一点，圣维施瓦纳特·查夸瓦尔提·塔库尔引述《圣典博伽瓦谭》第2篇第8章的第5节诗说:"至尊灵魂主奎师那的声音化身,进入觉悟了自我的奉献者的心中,坐在他与奎师那爱的关系的莲花上(praviṣṭaḥ karṇa-randhreṇa svānāṁ bhāva-saroruham)。"聆听和吟诵、吟唱的程序进入内心深处,使人成为纯粹的奉献者。持续按这一程序做,人就上升到具有超然的爱的阶段,接着开始欣赏至尊人格首神的超然的名字、形象、品质和娱乐活动。换句话说,尽管有许多物质障碍,而这一切都是至尊人格首神的各种能量,但纯粹的奉献者靠做奉爱服务,能够看到至尊人格首神。奉献者轻松地穿越这些障碍,直接与至尊人格首神取得联系。毕竟,这些诗文中都说,物质的障碍只不过是至尊主的各种能量而已。当奉献者急切地要看到至尊人格首神时,他便向至尊主祈祷说:

ayi nanda-tanuja kiṅkaraṁ
patitaṁ māṁ viṣame bhavāmbudhau
kṛpayā tava pāda-paṅkaja-
sthita-dhūlī-sadṛśaṁ vicintaya

"南达王的儿子(奎师那)啊!我是您永恒的仆人,但不知怎的,我坠入了生死苦海。请将我从这生死苦海中救起,并将我如一粒原子般放在您的莲花足旁。"至尊主对这样的奉献者感到满意,就会将他所有的物质障碍转变为灵性的服务。就有关这一点,圣维施瓦纳特·查夸瓦尔提·塔库尔引述《维施努往世书》(Viṣṇu Purāṇa)中的一节诗说:

hlādinī sandhinī samvit
tvayy ekā sarva-saṁsthitau
hlāda-tāpa-karī miśrā
tvayi no guṇa-varjite

在物质世界里,至尊人格首神的灵性能量展现为"导致痛苦(tāpa-karī)"。所有的生物都渴望快乐,可尽管快乐原本来自至尊人格首神的喜悦能量，但在物质世界中，由于物质活动，至尊主的喜悦能量变成痛苦的根源(hlāda-tāpa-karī)。物质世界里的虚假快乐是痛苦的根源，但当人改变努力寻求快乐的方向，转而为满足至尊人格首神努力时，这导致痛苦的根源就被去除掉。就有关这一点所举的例子是:要从木头中取出火来无疑十分困难，但火一旦出来，就会把木头烧成灰烬。换句话说，对不做奉爱服务的人来说，要感知至尊人格首神的存在无疑极其困难，但对奉献者来说，一切都变得更容易，这使他能够很容易地与至尊主相遇。

这段祈祷文说:至尊主的形象超越物质形象的范畴，因此是不可思议的。然而，奉献者的祈祷是:“我亲爱的至尊主，请对我满意，以使我能很容易地看到您超然的形象和力量。”非奉献者试图靠否定式的讨论(neti neti)了解至尊梵(Supreme Brahman)，但奉献者避免这种费力的思辨，只是靠吟诵、吟唱至尊主的圣名，就轻易地觉悟到至尊主的存在。

第29节

यद्यन्निरुक्तं वचसा निरूपितं
धियाक्षभिर्वा मनसोत यस्य ।
मा भूत्स्वरूपं गुणरूपं हि तत्तत्
स वै गुणापायविसर्गलक्षणः ॥२९॥

yad yan niruktaṁ vacasā nirūpitaṁ
dhiyākṣabhir vā manasota yasya
mā bhūt svarūpaṁ guṇa-rūpaṁ hi tat tat
sa vai guṇāpāya-visarga-lakṣaṇaḥ

yat yat—无论什么 / niruktam—表达 / vacasā—用言语 / nirūpitam—确定 / dhiyā—借由所谓的冥想或智力 / akṣabhiḥ—借由感官 / vā—或者 / manasā—借由心 / uta—无疑地 / yasya—……的 / mā bhūt—也许不是 / sva-rūpam—至尊主的真实形象 / guṇa-rūpam—由

三种特性构成 / hi－事实上 / tat tat－那 / saḥ－至尊人格首神 / vai－的确 / guṇa-apāya－由物质自然三种属性产出的万物毁灭的原因 / visarga－以及创造 / lakṣaṇaḥ－以……出现

译文 物质声音震荡所表达的一切，物质智力所辨别的一切，物质感官所体验的一切或物质心智所杜撰的一切，都不过是物质自然属性相互作用的结果，因此与至尊人格首神的真正本质毫无关系。至尊主是物质属性和创造的来源，所以超越这个物质世界的创造。作为一切原因的起因，祂存在于创造之前和之后。我要向祂致以我虔敬的顶礼。

要旨 杜撰至尊人格首神的名字、形象、品质或与祂有关的一切的人，无法了解祂，因为祂超越创造。至尊主是一切的创造者，这意味着在没有创造时祂就已经存在了。换句话说，祂的名字、形象和品质并非物质的创造物；它们永远是超然的。因此，靠杜撰出的物质声音震荡和想法，我们无法对至尊主有清晰的认识。对此，“物质的感官无法欣赏奎师那的圣名、形象、品质和娱乐活动(ataḥ śrī-kṛṣṇa-nāmādi na bhaved grāhyam indriyaiḥ)”一句诗文给予了解释。

达克沙在这段诗文中向超然的存在敬献祈祷，而不是向物质创造中的任何人。只有傻瓜和无赖才会认为神是物质创造的产物。对此，至尊主本人在《博伽梵歌》第9章的第11节诗中确认说:

avajānanti māṁ mūḍhā
mānuṣīṁ tanum āśritam
paraṁ bhāvam ajānanto
mama bhūta-maheśvaram

“当我以人的形象降临时，愚蠢的人轻视我。他们不知道我作为万事万物的至尊主所具有的超然性。”因此，人必须从至尊主向其揭示了自己的人那里接受知识；自编至尊主的名字或形象没有益处。圣商卡尔阿查尔亚(Śaṅkarācārya)是非人格神主义者，但却说至尊人格首神纳茹阿亚纳不是物质世界里的人(nārāyaṇaḥ paro 'vyaktāt)。我们不能像愚蠢之人试图做的那样，在谈论“贫穷的纳茹阿亚纳(daridra-nārāyaṇa)”时企图给至尊主纳茹阿亚纳冠以一个物质的称号。纳茹阿亚纳永远超然，超越物质创造。祂怎么能变成贫穷的纳茹阿亚纳呢？贫穷只有在这个物质世界里才能找到，灵性世界中没有贫穷这种东西。因此，贫穷的纳茹阿亚纳的概念只不过是杜撰出来的。

达克沙十分谨慎地指出，物质的名称不可能是值得崇拜的至尊主的名字(yad yan niruktaṁ vacasā nirūpitam)，其中梵文“nirukta”是指韦达词典。我们不可能仅仅靠从一个词典中挑出一个词句来正确地了解至尊人格首神。在向至尊主祈祷时，达克沙不希望物质的名字和形象成为他崇拜的对象；相反，他想要崇拜在物质的词典和名字被创造出来之前就已经存在的至尊主。正如韦达经(Vedas)中证实说:至尊主的名字、形象、特质和与祂有关的全部事物，都无法靠查物质词典来弄清(yato vāco nivartante/aprāpya manasā saha)。然而，当人上升到了解至尊人格首神的超然层面时，他就能清楚地了解物质和灵性的一切了。对此，另一首韦达赞歌证实说:倘若能以某种方式得到至尊主的恩赐，了解至尊主的超然地位和状态，人就恢复永恒的状态(tam eva viditvāti mṛtyum eti)。就有关这一点，至尊主本人在《博伽梵歌》第4章的第9节诗中进一步证实说:

janma karma ca me divyam
evaṁ yo vetti tattvataḥ
tyaktvā dehaṁ punar janma
naiti mām eti so 'rjuna

“阿尔诸纳啊！谁能了解我显现和活动的超然本质，谁就在离开躯体后到达我永恒的住所，不再投生于这个物质世界。”仅仅靠了解至尊主，人就能超越生老病死。为此，《圣典博伽瓦谭》第2篇第1章的第5节诗记载，圣舒卡戴瓦·哥斯瓦米忠告帕瑞克西特王说:

tasmād bhārata sarvātmā
bhagavān īśvaro hariḥ
śrotavyaḥ kīrtitavyaś ca
smartavyaś cecchatābhayam

“巴茹阿特王的后裔啊！想要摆脱一切痛苦的人，必须聆听、赞美和记忆人格首神，祂是超灵、控制者，是所有痛苦之人的救星。”

第30节

यस्मिन् यतो येन च यस्य यस्मै
यद्यो यथा कुरुते कार्यते च ।
परावरेषां परमं प्राक्प्रसिद्धं
तद् ब्रह्म तद्धेतुरनन्यदेकम् ॥३०॥

yasmin yato yena ca yasya yasmai
yad yo yathā kurute kāryate ca
parāvareṣāṁ paramaṁ prāk prasiddhaṁ
tad brahma tad dhetur ananyad ekam

yasmin－在……(至尊人格首神或至尊安息之地)的 / yataḥ－(作为万物由来)的他 / yena－使一切发生的他 / ca－还有 / yasya－拥有一切的他 / yasmai－接受一切供奉的他 / yat－……的 / yaḥ－……的 / yathā－既然 / kurute－实行 / kāryate－被实行 / ca－还有 / para-avareṣām－在物质和灵性存在中的 / paramam－至尊的 / prāk－源头 / prasiddham－尽人皆知 / tat－那 / brahma－至尊梵 / tat hetuḥ－一切原因的起因 / ananyat－没有其他的起因 / ekam－独一无二的人

译文 至尊梵——奎师那，是一切的依靠及源头。一切都是祂做的，一切都属于祂，一切都该献给祂。祂是至高无上的追求目标；无论是亲力亲为，还是引导他人行事，祂都是那最终的行为者。存在中有许多重要和不重要的原因，但由于祂是一切原因的起因，祂以存在于一切活动之前的至尊梵闻名于世。祂独一无二，没有其他起因。为此，我向祂致敬。

要旨 正如《博伽梵歌》中所证实的，至尊人格首神奎师那是最初的原因(ahaṁ sarvasya prabhavaḥ)。就连这个由物质自然属性控制的物质世界，都由至尊人格首神引起；至尊人格首神因此也与物质世界有密切的关系。如果物质世界不是祂身体的一部分，至尊主——至尊原因，就不是完整的。正因为如此，人如果知道华苏戴瓦(Vāsudeva)是一切原因的起因，就成为完美的伟大灵魂(vāsudevaḥ sarvam iti sa mahātmā sudurlabhaḥ)。

《布茹阿玛·萨密塔》(Brahma-saṁhitā)第5章的第1节诗宣布：

īśvaraḥ paramaḥ kṛṣṇaḥ
sac-cid-ānanda-vigrahaḥ
anādir ādir govindaḥ
sarva-kāraṇa-kāraṇam

"以哥文达(Govinda)著称的奎师那是至高无上的控制者。祂拥有一个永恒、极乐和灵性的身体。祂是一切的源头。祂没有其他起因，因为祂是一切原因的最初起因。"至尊梵(tad brahma)是一切原因的起因，但祂之前没有起因。哥文达——奎师那，是一切原因的起因，但没有原因使祂显现为哥文达(anādir ādir govindaḥ sarva-kāraṇa-kāraṇam)。哥文达扩展为多种形象，但所有这些形象都是一个人。正如玛德瓦查尔亚(Madhvācārya)所证实的:奎师那没有其他起因，也没人与祂平等；祂是一个个体，因为祂的各种形象(svāṁśa和vibhinnāṁśa)都无异于祂。

第 31 节

यच्छक्तयो वदतां वादिनां वै
विवादसंवादभुवो भवन्ति ।
कुर्वन्ति चैषां मुहुरात्ममोहं
तस्मै नमोऽनन्तगुणाय भूम्ने ॥३१॥

yac-chaktayo vadatāṁ vādināṁ vai
vivāda-saṁvāda-bhuvo bhavanti
kurvanti caiṣāṁ muhur ātma-mohaṁ
tasmai namo 'nanta-guṇāya bhūmne

yat-śaktayaḥ—多方面的力量……的祂 / vadatām—谈论不同的哲学 / vādinām—谈话者的 / vai—事实上 / vivāda—争论的 / saṁvāda—及意见一致 / bhuvaḥ—原因 / bhavanti—是 / kurvanti—创造 / ca—和 / eṣām—他们(提出理论者)的 / muhuḥ—不断地 / ātma-moham—有关灵魂是否存在的迷惑 / tasmai—向祂 / namaḥ—我虔敬的顶礼 / ananta—无限的 / guṇāya—拥有超然的特性 / bhūmne—无所不在的神

译文 让我向无所不在的至尊人格首神致以虔敬的顶礼，祂拥有无数超然的品质。在所有宣传各种哲学理论的哲学家心中，祂起作用使他们在时而意见一致时而争论不休的情况下忘记自己是灵魂。祂就这样在这个物质世界中制造了使他们永远无法得出一致结论的局面。我向祂敬礼。

要旨 从无法追溯的时候起或说从宇宙展示创造起，受制约的灵魂就组建了各种哲学思辨的派别，但奉献者并没有这样做。非奉献者对创造、维系和毁灭有各种不同的看法，所以被称为提议者(vādī)和反对者(prativādī)。从古代史诗《玛哈巴茹阿特》(Mahābhārata, 《摩诃婆罗多》)中我们了解到，世上有许多思辨者(muni):

tarko 'pratiṣṭhaḥ śrutayo vibhinnā
nāsāv ṛṣir yasya mataṁ na bhinnam

所有的思辨者都必须提出与其他思辨者意见不同的理论；否则，在探询至尊原因究竟是什么这一点上，怎么可能有那么多意见相抵触的派别？

哲学意味着找出最初的原因。对此，《韦丹塔经》(Vedānta-sūtra, 《吠檀陀经》)中说得很合理，即:人生为了了解最初的原因而设(athāto brahma jijñāsā)。奉献者之所以接受最初的原因是奎师那，是因为所有的韦达文献都支持这个结论，而且奎师那本人也说，"我是一切的根源(ahaṁ sarvasya prabhavaḥ)"。要了解一切的最初原因对奉献者来说没问题，但对非奉献者来说就必须面对许多反对意见，因为每一个想要成为著名哲学家的人都必须编造出自己的一套理论。在印度有许多哲学家分成的派别，例如：二元论哲学家(dvaita-vādīs)、一元论哲学家(advaita-vādīs)、原子论哲学家(vaiśeṣikas)、假象宗哲学家(Māyāvādīs)、提倡功利性活动的无神论哲学家(mīmāṁsakas)和唯物论哲学家(svabhāva-vādīs)，他们彼此互相反对。同样，西方世界中也有许多哲学家对创造、生命、维系和毁灭持有各不相同的看法。所以说，世上有无数的哲学家，而他们的理论彼此否定，是毫无疑问的事实。

现在，有人也许会问，如果哲学的最终目标只有一个，那为什么会有那么多的哲学家呢？最初的原因无疑只有一个——至尊梵。正如《博伽梵歌》第10章的第12节诗记载，阿尔诸纳对奎师那说:

paraṁ brahma paraṁ dhāma
pavitraṁ paramaṁ bhavān
puruṣaṁ śāśvataṁ divyam
ādi-devam ajaṁ vibhum

"您是至尊人格首神，终极的住所，至纯至粹者，绝对真理。您是永恒、超然的第一人。您不经出生就存在，最伟大。”然而，不是奉献者的思辨者不接受最初的原因(sarva-kāraṇa-kāraṇam)。由于他们愚昧且被有关灵魂及其活动的内容所迷惑，所以即使对灵魂有模糊不清的看法，但却产生许多争执；这种哲学思辨者永远都得不出一个结论。所有这些思辨者都嫉妒至尊人格首神，正如奎师那在《博伽梵歌》第16章的第19—20节诗中说：

tān ahaṁ dviṣataḥ krūrān
saṁsāreṣu narādhamān
kṣipāmy ajasram aśubhān
āsurīṣv eva yoniṣu

āsurīṁ yonim āpannā
mūḍhā janmani janmani
mām aprāpyaiva kaunteya
tato yānty adhamāṁ gatim

“我把嫉妒、爱捣鬼、最下贱的人永远抛进物质存在的海洋，抛进各种各样邪恶的物种中。琨缇的儿子啊！这类人在邪恶的物种中反复投生，永远接近不了我。逐渐地，他们坠入最令人憎恶的生存状态中。”非奉献者们因为嫉妒至尊人格首神而一生复一生地投生在魔鬼家中。他们是大冒犯者，而由于他们的冒犯，至尊主使他们永远处在迷惑的状态中。至尊主——至尊人格首神有意将他们留在愚昧的黑暗中(kurvanti caiṣāṁ muhur ātma-moham)。

维亚萨戴瓦(Vyāsadeva)的父亲——伟大的权威人士帕茹阿沙尔(Parāśara)，这样解释至尊人格首神说：

jñāna-śakti-balaiśvarya-
vīrya-tejāṁsy aśeṣataḥ
bhagavac-chabda-vācyāni
vinā heyair guṇādibhiḥ

邪恶的思辨者无法了解至尊人格首神超然的品质、形象、娱乐活动、力量、知识和富裕，而这一切都没有物质的污染(vinā heyair guṇādibhiḥ)。这些思辨者嫉妒至尊主的存在。他们的结论是，整个宇宙展示并没有控制者，只不过是在自动运作而已(jagad āhur anīśvaram)。他们就这样生生世世被一直留在愚昧的黑暗中，无法了解一切原因的真正原因。这就是世上为何会有那么多哲学思辨派别的原因。

第 32 节

अस्तीति नास्तीति च वस्तुनिष्ठयो-
रेकस्थयोर्भिन्नविरुद्धधर्मणोः ।
अवेक्षितं किञ्चन योगसाङ्ख्ययोः
समं परं ह्यनुकूलं बृहत्तत् ॥३२॥

astīti nāstīti ca vastu-niṣṭhayor
eka-sthayor bhinna-viruddha-dharmaṇoḥ
avekṣitaṁ kiñcana yoga-sāṅkhyayoḥ
samaṁ paraṁ hy anukūlaṁ bṛhat tat

asti－有 / iti－如此 / na－不 / asti－有 / iti－如此 / ca－和 / vastu-niṣṭhayoḥ－声称了解最初的原因 / eka-sthayoḥ－同一主题——了解梵 / bhinna－展示不同的 / viruddha-dharmaṇoḥ－和相对的特征 / avekṣitam－感知 / kiñcana－那……的事物 / yoga-sāṅkhyayoḥ－神秘瑜伽和数论哲学(对物质自然的分析) / samam－同一位 / param－超然的 / hi－确实地 / anukūlam－住所 / bṛhat tat－那最初的原因

译文　世上存在着被称为有神论者和无神论者的两类人。有神论者承认超灵的存在，靠练神秘瑜伽找到灵性的起因。然而，只是分析物质元素的数论哲学家，得出非人格神的结论，不承认有一个至高无上的原因，不接受至尊人格首神、超灵，甚至是梵，相反只专注于物质自然那些多余、外在的活动。但最终，这两类人都证明绝对真理的存在，因为他们的声明虽然相互抵触，但他们追求的目标都是同一个最初的起因。他们双方都接近同一位至尊梵，我向这位至尊梵致以虔敬的顶礼。

要旨 这种争论其实分两派:一些人说绝对者没有形象(nirākāra)，另一些人说绝对者有形象(sākāra)。因此，“形象”一词是个双方都运用的词，虽然有些人接受它(asti或astika)，而有些人试图否定它(nāsti或nāstika)。奉献者因为认为“形象(ākāra)”一词是个被双方运用的词，所以便在其他人还在为至尊者是否有形象争论不休时，向那形象致以恭敬的顶礼。

这节诗中的“神秘瑜伽和数论哲学(yoga-sāṅkhyayoḥ)”一句十分重要。瑜伽(yoga)的意思实际上是指奉爱瑜伽(bhakti-yoga)，因为就连神秘瑜伽师(yogī)也接受无所不在的至尊灵魂存在的这一事实，并为在自己心中看到至尊灵魂而努力。奉献者为直接接触至尊人格首神而努力，但正如《圣典博伽瓦谭》第12篇第13章的第1节诗中说:神秘瑜伽师则努力靠打坐冥想在心中找到超灵(dhyānāvasthita-tad-gatena manasā paśyanti yaṁ yoginaḥ)。然而，无论是直接的方式还是间接的方式，瑜伽的意思都是指奉爱瑜伽。但数论哲学(sāṅkhya)的意思是用思辨知识对宇宙环境做物理学的研究。这通常被称为知识思辨经典(jñāna-śāstra)。研究数论哲学的人都执著于不具人格特征的梵，但绝对真理可以透过三个方面去了解。绝对真理独一无二，但有些人称祂为是不具人格特征的梵，有些人接受祂是无所不在的超灵，有些人承认祂是至尊人格首神巴嘎万(brahmeti paramātmeti bhagavān iti śabdyate)。核心是绝对真理。

尽管非人格神主义者和人格神主义者彼此争论不休，但他们都专注于同一位至尊梵，同一位绝对真理。瑜伽经典(yoga-śāstras)中这样描述奎师那说:奎师那身穿黄色衣衫，长着莲花般的眼睛，四条手臂的手中分别持有海螺、大头棒和其他武器(kṛṣṇaṁ piśaṅgāmbaram ambujekṣaṇaṁ catur-bhujaṁ śaṅkha-gadādy-udāyudham)。就这样，诗文描述了至尊人格首神令人赏心悦目的身体特征，祂的四肢和穿着等。然而，《数论哲学经》(sāṅkhya-śāstra)否认至尊主的超然形象的存在。《数论瑜伽经》说，至尊绝对真理没有手，没有腿，也没有名字(hy anāma-rūpa-guṇa-pāṇi-pādam acakṣur aśrotram ekam advitīyam api nāma-rūpādikaṁ nāsti)。韦达赞歌(vedic mantras)说:至尊主没有腿、没有手，但却能接受供奉给祂的一切。事实上，这样的说明承认至尊主有手有腿，但否认祂有物质的手和腿。这就是为什么绝对者被称为“灵性的、超然的(aprākṛta)”。至尊人格首神奎师那有一个永恒、充满知识和极乐的形象(sac-cid-ānanda-vigraha)，但没有物质形象。研究数论哲学的人——知识思辨者(jñānī)，否认物质的形象；奉献者也清楚，绝对真理——至尊人格首神巴嘎万没有物质的形象。

īśvaraḥ paramaḥ kṛṣṇaḥ
sac-cid-ānanda-vigrahaḥ
anādir ādir govindaḥ
sarva-kāraṇa-kāraṇam

“以哥文达著称的奎师那，是至尊控制者。祂有一个永恒、极乐的灵性身体。祂是一切的起源。祂之前没有其他起源，因为祂是一切原因的最初起因。”认为绝对者没有手和腿的概念，与认为绝对者有腿和手的概念，表明看来相互矛盾，但就至尊绝对人的真实情况来说，两者是一致的。因此，这节诗中用的“声称了解最初原因(vastu-niṣṭhayoḥ)”一句是指，瑜伽师和研究数论哲学的思辨者们都对真实存在有信心，但却从物质的和灵性的个体这两个不同的角度去争论。然而，至尊梵(bṛhat)是共同点。研究数论哲学的思辨者和瑜伽师都处在同一个梵之中，但却因看事情的角度不同而意见各异。

奉爱经典(bhakti-śāstra)所给予的指导指出了一个完美的方向，

因为至尊人格首神在《博伽梵歌》中说:“唯有靠做奉爱服务才能了解我(bhaktyā mām abhijānāti)。”知识思辨者们只是否认物质形象，但奉献者们(bhaktas)却知道至尊人没有物质的形象。所以，人应该托庇于奉爱之途(bhakti-mārga)；这样一切都将变得清晰。知识思辨者专注于至尊主巨大的宇宙形象(virāṭ-rūpa)。这对十足的物质主义开始转向灵性来说是很好的系统，但一直不断地想着宇宙形象就没有必要了。当奎师那向阿尔诸纳展示祂的宇宙形象时，阿尔诸纳看到他后并没有想要不断地看下去。他要求至尊主恢复祂原本的两臂奎师那的形象。总之，博学的学者们发现，奉献者全神贯注于至尊主的灵性形象(īśvaraḥ paramaḥ kṛṣṇaḥ sac-cid-ānanda-vigrahaḥ)并没有与其他理论产生矛盾。就有关这一点，圣玛德瓦查尔亚说，智力欠佳的非奉献者以为他们的结论是最终的，但由于奉献者完全是博学的，他们能明白至尊人格首神才是最终的目标。

第33节

योऽनुग्रहार्थं भजतां पादमूल-
मनामरूपो भगवाननन्तः ।
नामानि रूपाणि च जन्मकर्मभि-
र्भेजे स मह्यं परमः प्रसीदतु ॥३३॥

yo 'nugrahārthaṁ bhajatāṁ pāda-mūlam
anāma-rūpo bhagavān anantaḥ
nāmāni rūpāṇi ca janma-karmabhir
bheje sa mahyaṁ paramaḥ prasīdatu

yaḥ—……(至尊人格首神)的 / anugraha-artham—为了表示祂没有缘故的仁慈 / bhajatām—对一直做奉爱服务的奉献者 / pāda-mūlam—向祂超然的莲花足 / anāma—没有物质的名字 / rūpaḥ—或物质的形象 / bhagavān—至尊人格首神 / anantaḥ—无限、无所不在且永

恒存在的 / nāmāni－超然的圣名 / rūpāṇi－祂超然的形象 / ca－还有 / janma-karmabhiḥ－与祂超然的显现和活动 / bheje－展示 / saḥ－祂 / mahyam－对我 / paramaḥ－至尊者 / prasīdatu－愿祂仁慈

译文 至尊人格首神难以想象的富有、没有任何物质的名称、形象和消遣。祂无所不在，对崇拜祂莲花足的奉献者们尤其仁慈。因此，祂展现超然的形象和名字，并从事不同的娱乐活动。愿那位具有永恒、充满知识和极乐形象的至尊人格首神仁慈待我。

要旨 就有关“没有物质的名字和形象(anāma-rūpaḥ)”一词的重要性，圣施瑞达尔·斯瓦米(Śrīdhara Svāmī)说:“虽然没有物质的名字和形象(prākṛta-nāma-rūpa-rahito 'pi)”。“没有名字(anāma)”是指至尊人格首神没有物质的名字。阿佳弥勒只是因为喊他儿子而叫出纳茹阿亚纳的名字，就获得了拯救。这意味着“纳茹阿亚纳(Nārāyaṇa)”并非普通的物质名字，而是非物质性的。所以，梵文“没有名字”一词是指，至尊主的名字并不属于这个物质世界。哈瑞·奎师那玛哈·曼陀(Hare Kṛṣṇa mahā-mantra)的声音震荡，不是物质的声音。同样，至尊主的形象和祂的显现及活动，也都不是物质的。为了向奉献者和非奉献者们展示仁慈，至尊人格首神奎师那与祂的名字、形象和娱乐活动一起显现在这个物质世界里；这一切都是超然的。无法了解这一切的愚昧之人，以为所有这些名字、形象和娱乐活动都是物质的，因此否认至尊主有名字或形象。

在仔细观察并考虑后，得出结论的非奉献者说神没有名字，奉献者则了解神的名字不是物质的，因此两者的结论几乎一样。至尊人格首神虽然没有物质的名字、形象、出生、显现或隐迹，但还是以出生的形式显现(janma)。正如《博伽梵歌》第4章的第6节诗说:

ajo 'pi sann avyayātmā
bhūtānām īśvaro 'pi san
prakṛtiṁ svām adhiṣṭhāya
sambhavāmy ātma-māyayā

“尽管我不经出生就存在，我超然的身体永不变质，我是众生的主人，但我仍以原本的超然形象在每个年代显现。”至尊主虽然不经出生就存在(aja)，祂的身体永远不经历物质的变化，但还是化身显现，使自己永远保持超然的状态(śuddha-sattva)。祂就这样展现出祂超然的形象、名字和活动。那是祂对祂的奉献者展示的特殊仁慈。其他人可以继续停留在争论绝对真理是否有形象的层面上，但奉献者凭至尊主的仁慈看到至尊主本人时，就会进入灵性的心醉神迷、如痴如醉的状态。

没智慧的人说，至尊主什么都不做。事实上，祂确实不需要做什么，但还是什么都做，因为没有祂的允许，没人能做任何事。然而，无知的愚蠢之人看不到祂如何工作，看不到整个世界是如何在祂的指挥下运作的。祂的各种力量完美地工作着。《水塔刷塔尔奥义书》(Svetasvatara Upanisad)第6章的第8节诗说:

na tasya kāryaṁ karaṇaṁ ca vidyate
na tat-samaś cābhyadhikaś ca dṛśyate
parāsya śaktir vividhaiva śrūyate
svābhāvikī jñāna-bala-kriyā ca

大意是:祂本人没有需要做的事情，因为既然祂的力量都是完美的，一切立刻凭祂的意愿做好了。至尊人格首神没有向其揭示自己的人无法看清祂是如何工作的，因此便以为即使有神，祂也什么都不做，祂没有具体的名字。

事实上，至尊主所从事的超然活动，使祂早就有了很多名字。至尊主有时被称为古纳·卡尔玛·纳玛(guṇa-karma-nāma)，因为祂从事的各种超然活动，使祂有各种超然的名字。例如:奎师那

(Kṛṣṇa)这个名字的意思是“绝对有魅力的”。至尊主之所以有这个名字，是因为祂超然的品质使祂十分引入注目。祂在还是小男孩时就举起哥瓦尔丹山(Govardhana Hill)，在孩童时期就杀死了许多恶魔。这样的活动很有吸引力，所以祂有时被称为哥依瑞达瑞(Giridhārī)、玛杜苏丹(Madhusūdana)、阿嘎·尼舒丹(Agha-niṣūdana)等。由于祂以南达王(Nanda Mahārāja)儿子的身份行事，祂被称为南达·塔努佳(Nanda-tanuja)。这些名字早就有了，但由于非奉献者无法理解至尊主的这些名字，祂有时便被称为无名者(anāma)。这意思是祂没有物质的名字。祂所有的活动都是灵性的，因此祂有灵性的名字。

智力欠佳的人一般的印象是，至尊主没有形象。为此，祂以祂奎师那的永恒、极乐并充满知识的原本形象显现，执行祂的使命，即:在库茹柴陀(Kurukṣetra)战场参加战斗，从事保护奉献者、消灭恶魔的娱乐活动(paritrāṇāya sādhūnāṁ vināśāya ca duṣkṛtām)。这是祂的仁慈。为了那些以为祂没有形象、无所事事的人，奎师那来给他们看，祂确实在做事情。祂如此光荣地工作着，以至于根本没人能做出这么不凡的事。祂虽然显现为一个人的形象，但却娶了一万六千一百零八位妻子，而这对普通人类来说是根本不可能的事。至尊主从事这类活动，让人们看祂有多么伟大，多有情感，多么仁慈。祂原本的名字虽然叫奎师那(kṛṣṇas tu bhagavān svayam)，但由于祂以无数的方式行事，祂便根据祂的活动而有了成千上万的名字。

第 34 节

यः प्राकृतैर्ज्ञानपथैर्जनानां
यथाशयं देहगतो विभाति ।
यथानिलः पार्थिवमाश्रितो गुणं
स ईश्वरो मे कुरुतां मनोरथम् ॥३४॥

yaḥ prākṛtair jñāna-pathair janānāṁ
yathāśayaṁ deha-gato vibhāti
yathānilaḥ pārthivam āśrito guṇaṁ
sa īśvaro me kurutāṁ manoratham

yaḥ—……的 / prākṛtaiḥ—低等的 / jñāna-pathaiḥ—通过崇拜之途 / janānām—所有生物体的 / yathā-āśayam—按照愿望 / deha-gataḥ—处于心中 / vibhāti—展示 / yathā—正如 / anilaḥ—空气 / pārthivam—土质的 / āśritaḥ—接受 / guṇam—品质(如香气和颜色) / saḥ—祂 / īśvaraḥ—至尊人格首神 / me—我的 / kurutām—愿祂满足 / manoratham—(为奉爱服务的)愿望

译文 正如空气携带鲜花的香气或尘土的颜色等性质不同的物质元素，至尊主虽然不以祂原本的形象显现，而是显现为半神人，但其实是按照人的愿望透过低等崇拜体系显现。这些其他形象有什么用？愿至尊人格首神本人满足我的愿望。

要旨 非人格神主义者想象各种半神人都是至尊主的形象。例如:假象宗人士(Māyāvādī)崇拜五位半神人(pañcopāsanā)。他们并不真正相信至尊主有形象，但为了崇拜，他们想象一些形象是神的形象。他们一般想象出一个维施努的形象、一个希瓦的形象，以及甘内什(Gaṇeśa)、太阳神和杜尔嘎(Durgā)的形象。这称为五种崇拜(pañcopāsanā)。然而，达克沙不想崇拜一个想象出的形象，而要崇拜主奎师那的至尊形象。

就有关这一点，圣维施瓦纳特·查夸瓦尔提·塔库尔描述了至尊人格首神和普通生物的不同之处。正如前一节诗指出，全能的至尊主了解一切，但普通生物并不真正了解至尊人格首神(sarvaṁ pumān veda guṇāṁś ca taj-jño na veda sarva jñam anantam īḍe)。对此，奎师那在《博伽梵歌》中说:“我了解一切，但没人知道我。”这就是至尊主与普通生物的区别。《圣典博伽瓦谭》中记载，琨缇(Kuntī)王后祈祷说:“我亲爱的至尊主，您存在于内在和外在，但却没人能看到您。”

受制约的灵魂无法靠思辨知识或想象了解至尊人格首神，因此必须依靠至尊人格首神的恩典了解祂。祂揭示自己，但靠思辨无法了解祂。正如《圣典博伽瓦谭》第10篇第14章的第29节诗说明:

athāpi te deva padāmbuja-dvaya-
prasāda-leśānugṛhīta eva hi
jānāti tattvaṁ bhagavan-mahimno
na cānya eko 'pi ciraṁ vicinvan

“我的至尊主，人哪怕得到您莲花足的一丝仁慈的恩宠，他都能了解您本人的伟大。但那些靠思辨了解至尊人格首神的人，却无法了解您，哪怕他们持续研究韦达经许多年也没用。”

这是经典的定论。普通人也许是大哲学家，也许一直推测绝对真理是什么，祂的形象是怎样的，祂存在于何处，但却无法了解这些真相。只有靠做奉爱服务才能了解至尊人格首神(sevonmukhe hi jihvādau svayam eva sphuraty adaḥ)。对此，至尊人格首神本人在《博伽梵歌》第18章的第55节诗中也解释说:只有做奉爱服务，才能如实地了解作为至尊人格首神的我(bhaktyā mām abhijānāti yāvān yaś cāsmi tattvataḥ)。无知之人想要想象或杜撰一个至尊人格首神的形象，但奉献者想要崇拜真正的人格首神。为此，达克沙祈祷说:“无论他人想您具有人格特征、没有人格特征，还是只是想象，我向您圣上祈祷，希望您满足我的愿望，让我看到您的真正形象。”

圣维施瓦纳特·查夸瓦尔提·塔库尔评论说，这节诗文专门针对那些认为普通生物与神无异，因此自己就是至尊者的非人格神主义者而说。假象宗哲学家认为，世上只有一位至尊真理，而他本人也是至尊真理。这其实不是知识而是愚蠢，这节诗尤其针对这种知识被错觉能量偷走的傻瓜(māyayāpahṛta jñānāḥ)而言。维施瓦纳特·查夸瓦尔提·塔库尔说:这样的人(jñāni-māninaḥ)以为自己很高级，但事实上十分无知和愚蠢。

就有关这节诗，圣玛德瓦查尔亚说:

svadeha-sthaṁ hariṁ prāhur
adhamā jīvam eva tu
madhyamāś cāpy anirṇītaṁ
jīvād bhinnaṁ janārdanam

人分三类:最低等的人(adhama)，最优秀的人(uttama)，以及介于两者之间的人(madhyama)。最低等的人以为，除了普通生物有物质躯体而绝对真理没有外，普通生物与神之间没别的区别。在他们看来，物质躯体一旦瓦解，普通生物(jīva)就与至尊者合而为一。他们用的论据是把躯体比作一个内外都有空间的罐子(ghaṭākāśa-paṭākāśa)；罐子破裂时，罐子内外的空间便合而为一。非人格神主义者于是说，普通生物就这样与至尊者合而为一。这是他们的论据，但圣玛德瓦查尔亚说，只有最低等的人才会提出这样的证据。另一种人无法确定至尊者的真正形象是什么，但同意世上存在着一位至尊者，而祂控制着普通生物的一切活动。这类哲学家被接受为是中等阶层的人。然而，最优秀的人是了解至尊主具有永恒、极乐且充满知识的形象之人。经典中说，祂的形象完全是灵性的、充满着喜乐，完全不同于受制约的灵魂或其他生物的形象(pūrṇānandādi-guṇakaṁ sarva jīva-vilakṣaṇam)。谁了解至尊人格首神为在不同物质自然属性影响下的崇拜者展示祂不同的形象，谁就是最优秀的哲学家(uttamās tu hariṁ prāhus tāratamyena teṣu ca)。这样的哲学家知道，存在着的三千三百万半神人，只是为了使受制约的灵魂信服“世上有一个至高无上的力量”这一事实，并引诱他崇拜其中的一个半神人，以使他通过与奉献者联谊，也许有可能了解奎师那是至尊人格首神。正如《博伽梵歌》中记载，主奎师那说:我是至高无上的真理(mattaḥ parataraṁ nānyat kiñ-cid asti dhanañjaya)；我是全体半神人的源头(aham ādir hi devānām)；我高于所有的人，甚至主布茹阿玛、主希瓦和其他半神人(ahaṁ sarvasya prabhavaḥ)。这些都是经典的结论，接受这些结论的人，应该被视为是一流的哲学家。这样的哲学家知道，至尊人格首神是全体半神人的主人(deva-deveśvaraṁ sūtram ānandaṁ prāṇa-vedinaḥ)。

第 35—39 节

श्रीशुक उवाच
इति स्तुतः संस्तुवतः स तस्मिन्नघमर्षणे ।
प्रादुरासीत्कुरुश्रेष्ठ भगवान् भक्तवत्सलः ॥३५॥

कृतपादः सुपर्णांसे प्रलम्बाष्टमहाभुजः ।
चक्रशङ्खासिचर्मेषुधनुःपाशगदाधरः ॥३६॥

पीतवासा घनश्यामः प्रसन्नवदनेक्षणः ।
वनमालानिवीताङ्गो लसच्छ्रीवत्सकौस्तुभः ॥३७॥

महाकिरीटकटकः स्फुरन्मकरकुण्डलः ।
काञ्च्यङ्गुलीयवलयनूपुराङ्गदभूषितः ॥३८॥

त्रैलोक्यमोहनं रूपं बिभ्रत्त्रिभुवनेश्वरः ।
वृतो नारदनन्दाद्यैः पार्षदैः सुरयूथपैः ।
स्तूयमानोऽनुगायद्भिः सिद्धगन्धर्वचारणैः ॥३९॥

śrī-śuka uvāca
iti stutaḥ saṁstuvataḥ
sa tasminn aghamarṣaṇe
prādurāsīt kuru-śreṣṭha
bhagavān bhakta-vatsalaḥ

kṛta-pādaḥ suparṇāṁse
pralambāṣṭa-mahā-bhujaḥ
cakra-śaṅkhāsi-carmeṣu-
dhanuḥ-pāśa-gadā-dharaḥ

pīta-vāsā ghana-śyāmaḥ
prasanna-vadanekṣaṇaḥ
vana-mālā-nivītāṅgo
lasac-chrīvatsa-kaustubhaḥ

mahā-kirīṭa-kaṭakaḥ
sphuran-makara-kuṇḍalaḥ
kāñcy-aṅgulīya-valaya-
nūpurāṅgada-bhūṣitaḥ

trailokya-mohanaṁ rūpaṁ
bibhrat tribhuvaneśvaraḥ
vṛto nārada-nandādyaiḥ
pārṣadaiḥ sura-yūthapaiḥ
stūyamāno 'nugāyadbhiḥ
siddha-gandharva-cāraṇaiḥ

śrī-śukaḥ uvāca—圣舒卡戴瓦·哥斯瓦米说 / iti—如此 / stutaḥ—被赞美着 / saṁstuvataḥ—献上祈祷的达克沙的 / saḥ—那位至尊人格首神 / tasmin—在那 / aghamarṣaṇe—名叫阿嘎玛尔珊的圣地 / prādu-rā-sīt—显现 / kuru-śreṣṭha—库茹王朝的俊杰啊！ / bhagavān—至尊人格首神 / bhakta-vatsalaḥ—对祂的奉献者非常仁慈的 / kṛta-pā-daḥ—……的莲花足被置于 / suparṇa-aṁse—在祂的坐骑嘎茹达的肩膀上 / pra-lamba—很长 / aṣṭa-mahā-bhujaḥ—拥有八条强壮有力的长臂 / cakra—飞轮 / śaṅkha—海螺 / asi—宝刀 / carma—盾 / iṣu—箭 / dhanuḥ—弓 / pāśa—绳索 / gadā—大头棒 / dharaḥ—手持 / pīta-vāsāḥ—身穿黄色衣服 / ghana-śyāmaḥ—……的肤色为深蓝色 / pra-sanna—喜气洋洋 / vadana—……的脸庞 / īkṣaṇaḥ—以及瞥视 / vana-mālā—被一条森林鲜花穿成的花环 / nivīta-aṅgaḥ—身体从颈部到脚被装饰着的祂 / lasat—闪闪发光 / śrīvatsa-kaustubhaḥ—名叫考斯图巴

的宝石和施瑞瓦特萨标记 / mahā-kirīṭa—一顶大而华丽的头盔的 / kaṭakaḥ—一个环状物 / sphurat—闪耀的 / makara-kuṇḍalaḥ—鲨鱼状的耳环 / kāñcī—与一条腰带 / aṅgulīya—戒指 / valaya—手镯 / nūpura—足铃 / aṅgada—臂镯 / bhūṣitaḥ—装饰 / trai-lokya-mohanam—吸引三个世界 / rūpam—祂的身体外貌 / bibhrat—闪耀着 / tri-bhuvana—三个世界的 / īśvaraḥ—至尊主 / vṛtaḥ—簇拥 / nārada—由以纳茹阿达为首的杰出奉献者 / nanda-ādyaiḥ—和南达等其他的 / pārṣadaiḥ—全体永恒同伴的 / sura-yūthapaiḥ—而且还被半神人的首领们 / stūyamānaḥ—被赞美 / anugāyadbhiḥ—在祂身后歌唱 / siddha-gandharva-cāraṇaiḥ—被神秘仙、歌仙、音乐仙和查冉纳们

译文 圣舒卡戴瓦·哥斯瓦米说:达克沙献上的祈祷使十分爱自己奉献者的至尊人格首神哈尔依很满意，于是在名叫阿嘎玛尔珊的圣地显现。啊！帕瑞克西特王，库茹王朝的俊杰！至尊主的莲花足踩在祂的坐骑嘎茹达的肩膀上，展现出八条强壮有力、十分美丽的长臂。祂八只手中分别持有飞轮、海螺、宝刀、盾、箭、弓、绳索和大头棒这些不同的武器，这些武器全都放射着耀眼的光芒。祂身穿黄色衣服，有着深蓝色的肤色。祂的眼睛和脸庞呈现着喜悦之情，脖子上戴着一条垂到脚面的长花环。祂的胸膛用考斯图巴宝石作点缀，长着施瑞瓦特萨标记。祂头戴一顶华丽的圆形头盔，耳朵用鲨鱼状的耳环作点缀。所有这些装饰品都异常美丽。至尊主腰缠一条金腰带，手臂上佩戴着臂镯和手镯，手指用戒指作装饰，脚套足铃。这位身上点缀着各种装饰品、吸引了三个世界内众生的主哈尔依，被称为菩茹首塔玛——最佳人物。陪伴在祂身边的是纳茹阿达和南达等伟大的奉献者，以天帝因铎为首的全体主要的半神人，以及神秘仙星球、歌仙和音乐仙星球及查茹阿纳星球等各种高等星系上的居民。这些奉献者分别站在至尊主的两边和身后，一直不断地向祂献上祈祷。

第 40 节

रूपं तन्महदाश्चर्यं विचक्ष्यागतसाध्वसः ।
ननाम दण्डवद्भूमौ प्रहृष्टात्मा प्रजापतिः ॥४०॥

rūpaṁ tan mahad-āścaryaṁ
vicakṣyāgata-sādhvasaḥ
nanāma daṇḍavad bhūmau
prahṛṣṭātmā prajāpatiḥ

rūpam—超然的形象 / tat—那 / mahat-āścaryam—非常神奇的 / vicakṣya—看见 / āgata-sādhvasaḥ—先是有些害怕 / nanāma—献上顶礼 / daṇḍa-vat—像根棍子 / bhūmau—在地上 / prahṛṣṭa-ātmā—身、心和灵魂都感到高兴 / prajāpatiḥ—名叫达克沙的生物体祖先

译文 看到至尊人格首神那神奇、光辉的形象，生物体祖先达克沙先是有些害怕，但随即便感到很高兴，立刻像一根棍子一样扑倒在地，向至尊主献上敬意。

第 41 节

न किञ्चनोदीरयितुमशकत्तीव्रया मुदा ।
आपूरितमनोद्वारैर्ह्रदिन्य इव निर्झरैः ॥४१॥

na kiñcanodīrayitum
aśakat tīvrayā mudā
āpūrita-manodvārair
hradinya iva nirjharaiḥ

na—不 / kiñcana—什么 / udīrayitum—说 / aśakat—他能够 / tīvrayā—以十分 / mudā—高兴 / āpūrita—充满 / manaḥ-dvāraiḥ—被感官 / hradinyaḥ—河流 / iva—如同 / nirjharaiḥ—经由山上流下的

译文 正如江河被山上流下的水填满，达克沙所有的感官都充满了欢娱。他因为太高兴而说不出话，所以只是继续趴在地上。

要旨 当人真正觉悟到或看到至尊人格首神时，他就会充满完整的快乐。例如:杜茹瓦王(Dhruva Mahārāja)看到至尊主在他面前时，不禁说:“亲爱的至尊主，我没有什么要向您要求。现在我完全心满意足了(svāmin kṛtārtho'smi varaṁ na yāce)。”同样，生物体祖先达克沙看到至尊主在他面前时，只是直直地扑倒在地，无法说话或向祂提任何要求。

第 42 节

तं तथावनतं भक्तं प्रजाकामं प्रजापतिम् ।
चित्तज्ञः सर्वभूतानामिदमाह जनार्दनः ॥४२॥

taṁ tathāvanataṁ bhaktaṁ
prajā-kāmaṁ prajāpatim
citta-jñaḥ sarva-bhūtānām
idam āha janārdanaḥ

tam一他(生物体祖先达克沙) / tathā一就这样 / avanatam一拜倒在祂面前 / bhaktam一杰出的奉献者 / prajā-kāmam一想要增加人口 / prajāpatim一向生物体祖先(达克沙) / citta-jñaḥ一能了解……的心声 / sarva-bhūtānām一众生的 / idam一这个 / āha一说 / janārdanaḥ一能满足每个人愿望的至尊人格首神

译文 尽管生物体祖先达克沙说不出话，但当了解每一个人的心声的至尊主看到祂的奉献者那样拜倒在地，有要增加宇宙居民的愿望，于是便对他说了如下一番话。

第 43 节

श्रीभगवानुवाच
प्राचेतस महाभाग संसिद्धस्तपसा भवान् ।
यच्छ्रद्धया मत्परया मयि भावं परं गतः ॥४३॥

śrī-bhagavān uvāca
prācetasa mahā-bhāga
saṁsiddhas tapasā bhavān
yac chraddhayā mat-parayā
mayi bhāvaṁ paraṁ gataḥ

śrī-bhagavān uvāca—至尊人格首神说 / prācetasa—我亲爱的帕柴塔之子啊！ / mahā-bhāga—幸运的你啊！ / saṁsiddhaḥ—使完美 / tapasā—用你的苦修 / bhavān—你阁下 / yat—因为 / śraddhayā—怀着巨大的信心 / mat-parayā—以我为对象 / mayi—在我 / bhāvam—狂喜 / param—最高的 / gataḥ—达到

译文 至尊人格首神说:最幸运的帕柴塔之子啊！你因为对我极有信心而体会到最高的奉爱狂喜。事实上，由于你怀着崇高的奉爱之情所从事的苦修，你的生命现已成功。你达到最完美的境界。

要旨 正如至尊主本人在《博伽梵歌》第8章的第15节诗中确认说，当人得到觉悟至尊人格首神的好运时，他就达到最高的完美境界。祂的原话是:

mām upetya punar janma
duḥkhālayam aśāśvatam
nāpnuvanti mahātmānaḥ
saṁsiddhiṁ paramāṁ gatāḥ

“伟大的灵魂——热爱着我的瑜伽师，到我那里后永不重返这个充满痛苦的短暂世界，因为他们达到了最高的完美境界。”为此，奎师那意识运动教导人们，仅仅靠做奉爱服务走在到达最完美境界的路途上。

第 44 节

प्रीतोऽहं ते प्रजानाथ यत्तेऽस्योद्बृंहणं तपः ।
ममैष कामो भूतानां यद्भूयासुर्विभूतयः ॥४४॥

prīto 'haṁ te prajā-nātha
　yat te 'syodbṛṁhaṇaṁ tapaḥ
mamaiṣa kāmo bhūtānāṁ
　yad bhūyāsur vibhūtayaḥ

prītaḥ—非常满意的 / aham—我 / te—对你 / prajā-nātha—全体居民之王啊！ / yat—由于 / te—你的 / asya—这物质世界的 / ud-bṛṁhaṇam—导致增加 / tapaḥ—苦修 / mama—我的 / eṣaḥ—这个 / kāmaḥ—愿望 / bhūtānām—生物体的 / yat—……的 / bhūyāsuḥ—愿…… / vibhūtayaḥ—各方面都提升

译文　我亲爱的生物体祖先达克沙，你为这世界的福利和发展而从事了极度的苦行。我的愿望也是愿这个世界里的众生都幸福快乐。因此，由于你为实现我希望这个世界幸福安乐的愿望而付出努力，我对你感到很满意。

要旨　在物质宇宙的每一次毁灭后，全体生物都托庇在卡冉诺达卡沙伊·维施努(Kāraṇodakaśāyī Viṣṇu)的体内，等再次开始创造时，他们从祂身体出来，在各种物种中重新开始从事他们的活动。为什么要把世界创造成这样，即:让物质自然将三重苦强加在生物体身上，使他们置身于受制约的痛苦生活中呢？就有关这一点，这节诗中记载，至尊主对达克沙说:“你想要利益众生，而那也是我的愿望。”与物质世界接触的生物，都是该受到教化的。这个物质世界里的众生都反对为至尊主做服务，因此都留在这里，一生复一生地永远受制约(nitya-baddha)。当然，受制约的灵魂是有机会获得解脱的，但他们不利用这机会，而是继续过追求感官享乐的生活，结果再三受罚——重复生死。这是大自然的法律。正如《博伽梵歌》第7章的第14节诗记载，至尊主说:

daivī hy eṣā guṇamayī
　mama māyā duratyayā

mām eva ye prapadyante
māyām etāṁ taranti te

“我这由物质自然三种属性组成的神性能量难以克服。但是，皈依我的人却能轻易地跨越它。”《博伽梵歌》第15章的第7节诗记载，至尊主说：

mamaivāṁśo jīva-loke
jīva-bhūtaḥ sanātanaḥ
manaḥ ṣaṣṭhānīndriyāṇi
prakṛti-sthāni karṣati

“在这个受制约的世界里的众生，都是我永恒的碎片部分。受制约的生活使他们与包括心在内的六种感官苦苦争斗。”生物之所以在物质世界里为生存而苦苦挣扎，是因为他反叛。生物除非投靠、服从奎师那，否则必然继续过这种苦苦挣扎的生活。

奎师那意识运动并非一时的风尚，而是通过努力将每一个人提升到奎师那意识的层面造福所有受制约灵魂的一场真正的运动。没有上升到奎师那意识层面的人，必将继续不断地在物质存在中起伏上下，有时去高等星球，有时到低等星球。正如《永恒的柴坦亚经》中篇第20章的第118节诗中证实说:受制约的灵魂有时降到无知的深渊，有时因为相对来说有些知识而得到一些缓解(kabhe svarge uṭhāya, kabhu narake ḍubāya)。这就是受制约的灵魂的生活。

生物体祖先达克沙试图通过生育他们，让他们过一种有解脱机会的生活。解脱意味着投靠、服从奎师那。一个人如果带着要训练自己的孩子投靠、服从奎师那的目的生孩子，当父亲就是一件好事。同样，当灵性导师训练受制约的灵魂变得具有奎师那意识时，他便成功地担当了灵性导师的职责。给予受制约的灵魂培养奎师那意识的机会的人，所做的一切都得到至尊人格首神的认可；正如这节诗里所说，至尊人格首神将极为满意(prīto 'ham)。奎师那意识运动中所有的成员，都该以前辈灵性导师(ācārya)为榜样，通过努力劝导受制约的灵魂培养奎师那意识并为他们这么做提供一切便利条件而使他们受益。这样的活动构成真正的福利事业。传播知识的人或努力传播奎师那意识的人，都将通过从事这样的活动得到至尊人格首神的认可。正如《博伽梵歌》第18章的第68—69节诗记载，至尊主本人证实说：

ya idaṁ paramaṁ guhyaṁ
  mad-bhakteṣv abhidhāsyati
bhaktiṁ mayi parāṁ kṛtvā
  mām evaiṣyaty asaṁśayaḥ

na ca tasmān manuṣyeṣu
  kaścin me priya-kṛttamaḥ
bhavitā na ca me tasmād
  anyaḥ priyataro bhuvi

“向奉献者解说这至高无上的秘密之人，保证能达到纯粹奉爱服务的层面，并在最终回到我这里。在这个世界上，没有一个仆人比他更让我珍爱，将来也不会有。”

第 45 节

ब्रह्मा भवो भवन्तश्च मनवो विबुधेश्वराः ।
विभूतयो मम ह्येता भूतानां भूतिहेतवः ॥४५॥

brahmā bhavo bhavantaś ca
  manavo vibudheśvarāḥ
vibhūtayo mama hy etā
  bhūtānāṁ bhūti-hetavaḥ

brahmā—主布茹阿玛 / bhavaḥ—主希瓦 / bhavantaḥ—你们所有生物体祖先 / ca—以及 / manavaḥ—玛努 / vibudha-īśvarāḥ—所有不同的半神人(掌管太阳、月亮、金星、火星和木星等的神明都在为这个世界的福利而从事各种活动) / vibhūtayaḥ—能量的扩展 / mama—

我的 / hi－事实上 / etāḥ－所有这些 / bhūtānām－众生的 / bhūti－福利的 / hetavaḥ－造成

译文 主布茹阿玛、主希瓦、众多的玛努、高等星系中的其他半神人，以及你们——负责繁殖宇宙居民的生物体祖先，都在为众生的福利而工作。因此，你们这些我边缘能量的扩展，都是我各种品质的化身。

要旨 至尊人格首神有各种各样的化身或扩展。祂本人的扩展被称为个人扩展(svāṁśa)，不属于维施努范畴(viṣṇu-tattva)而属于个体灵魂范畴(jīva-tattva)的则被称为分离的扩展(vibhinnāṁśa)。尽管生物体祖先达克沙并非与主布茹阿玛和主希瓦处在同一个层面上，但他因为致力于为至尊主服务而被至尊主提到，与他们相提并论。在为人格首神所做的服务中，并不是主布茹阿玛被认为很伟大，相反为传播至尊主的荣耀而努力的普通人类就被认为是低等的。事实并非如此，根本不存在这种区分。无论物质地位高低贵贱，致力于为至尊主做服务的人在灵性上都得到至尊主的珍爱。就有关这一点，圣玛德瓦查尔亚引述《坦陀·尼尔纳亚》(Tantra-nirṇaya)中的如下这节诗:

viśeṣa-vyakti-pātratvād
brahmādyās tu vibhūtayaḥ
tad-antaryāmiṇaś caiva
matsyādyā vibhavāḥ smṛtāḥ

从主布茹阿玛向下，所有致力于为至尊主服务的生物体都是非凡的，都被称为辉煌的扩展(vibhūti)。正如至尊主在《博伽梵歌》第10章的第41节诗中说:

yad yad vibhūtimat sattvaṁ
śrīmad ūrjitam eva vā
tat tad evāvagaccha tvaṁ
mama tejo-'ṁśa-sambhavam

“要知道，一切丰富、美丽和辉煌的创造，都不过是从我的光辉中跃起的一个火花而已。”由至尊主特别授权代表祂行事的生物体被称为辉煌的扩展(vibhūti)，而鱼化身(Matsya avatāra)等至尊主的那些属于维施努范畴的化身(keśava dhṛta-mīna-śarīra jaya jagad-īśa hare)，都被称为辉煌的力量(vibhava)。

第 46 节

तपो मे हृदयं ब्रह्मंस्तनुर्विद्या क्रियाकृतिः ।
अङ्गानि क्रतवो जाता धर्म आत्मासवः सुराः ॥४६॥

tapo me hṛdayaṁ brahmaṁs
tanur vidyā kriyākṛtiḥ
aṅgāni kratavo jātā
dharma ātmāsavaḥ surāḥ

tapaḥ—心智控制、神秘瑜伽和冥想形式的苦修等 / me—我的 / hṛdayam—心 / brahman—布茹阿玛纳啊！ / tanuḥ—躯体 / vidyā—来自韦达经典的知识 / kriyā—灵性活动 / ākṛtiḥ—形象 / aṅgāni—身上的肢体 / kratavaḥ—在韦达文献中提到的宗教仪式和祭祀 / jātāḥ—完成 / dharmaḥ—为举行宗教仪式而遵守的宗教原则 / ātmā—我的灵魂 / asavaḥ—生命之气 / surāḥ—在物质世界的不同领域中执行我命令的半神人

译文 我亲爱的布茹阿玛纳，冥想形式的苦修是我的心，用赞歌和曼陀呈现的韦达知识构成我的身体，灵性活动和如痴如醉的情感是我的真实形象。正确地举行仪式性典礼和祭祀，是我的各个肢体；从事虔诚或灵性活动所产生的看不见的好运，构成我的心智；在不同的活动领域中执行我命令的半神人，是我的生命和灵魂。

要旨 无神论者有时争辩说，他们用眼睛看不到神，所以就

不相信神的存在。为他们着想，至尊主讲解了一个方法，这方法能使他们看到神不具人格特征的形象。正如经典中说明的，智者能看到神的人形，但如果一个人十分渴望立刻面对面地看到至尊人格首神，他就可以通过这段对至尊主身体内在和外在部分的描述看到至尊主。

停止物质活动——苦行(tapasya)，是灵性生活的首要原则。接下来是从事灵性的活动，即:举行韦达仪式性祭祀、学习韦达知识、冥想至尊人格首神、吟诵(吟唱)哈瑞·奎师那玛哈·曼陀等。人们也应该尊敬半神人，了解他们的地位如何，他们如何行事，如何管理这个物质世界不同部门的各项活动。这样，人就可以看到神是如何存在的，一切是如何在至尊主临在的情况下被完美地安排好了的。正如在《博伽梵歌》第9章的第10节诗中，至尊主说:

mayādhyakṣeṇa prakṛtiḥ
sūyate sa-carācaram
hetunānena kaunteya
jagad viparivartate

“琨缇的儿子啊！物质自然是我的一种能量，在我的指挥下运作，产生动与不动的一切。在物质自然的控制下，这个展示被再三地创造和毁灭。”尽管至尊主奎师那以衪的各种化身临在，但人还是无法看到至尊主，那他也许可以按照韦达经的指导，透过看物质自然的活动看至尊主不具人格特征的方面。

正如《圣典博伽瓦谭》这一篇第1章的第40节诗中所记载，阎罗王(Yamarāja)的命令执行官们说，按照韦达训谕所做的一切都被称为宗教原则——达尔玛(dharma):

veda-praṇihito dharmo
hy adharmas tad-viparyayaḥ
vedo nārāyaṇaḥ sākṣāt
svayambhūr iti śuśruma

“阎罗王的使者亚玛杜塔们回答道，韦达经中描述的内容构成了宗教原则达尔玛，与之相反的内容是非宗教。韦达经直接就是至尊人格首神纳茹阿亚纳，是自生的。这是我们从阎罗王那里听到的内容。”

就有关这一点，圣玛德瓦查尔亚评论说:

tapo 'bhimānī rudras tu
  viṣṇor hṛdayam āśritaḥ
vidyā rūpā tathaivomā
  viṣṇos tanum upāśritā

śṛṅgārādy-ākṛti-gataḥ
  kriyātmā pāka-śāsanaḥ
aṅgeṣu kratavaḥ sarve
  madhya-dehe ca dharma-rāṭ
prāṇo vāyuś citta-gato
  brahmādyāḥ sveṣu devatāḥ

各种半神人都在至尊人格首神的保护下做事，半神人根据他们所起的各种作用而被命名。

第 47 节

अहमेवासमेवाग्रे नान्यत्किञ्चान्तरं बहिः ।
संज्ञानमात्रमव्यक्तं प्रसुप्तमिव विश्वतः ॥४७॥

aham evāsam evāgre
  nānyat kiñcāntaraṁ bahiḥ
saṁjñāna-mātram avyaktaṁ
  prasuptam iva viśvataḥ

aham－我——至尊人格首神 / eva－只 / āsam－有 / eva－肯定地 / agre－起初——创造前 / na－不 / anyat－其他 / kiñca－任何事物 / antaram－除我之外 / bahiḥ－外在的(因为物质宇宙展示存在于灵性世界之外，而灵性世界在没有物质世界之前就存在) / saṁjñāna-mātram—只有生物体的意识 / avyaktam—不展示 / prasuptam—睡眠 / iva—正如 / viśvataḥ—到处

译文 在这个宇宙展示创造前，只有我和我特定的灵性力量存在着。那时，意识尚未被展示，正如人的意识在睡眠时并不展示。

要旨 梵文“我(aham)”指的是一个人。正如韦达经所解释的:至尊主是无数永恒中至尊永恒的，无数生物中至尊的生物(nityo nityānāṁ cetanaś cetanānām)。至尊主是一个同时具有非人格特征的人。正如《圣典博伽瓦谭》第1篇第2章的第11节诗中说:

vadanti tat tattva-vidas
tattvaṁ yaj jñānam advayam
brahmeti paramātmeti
bhagavān iti śabdyate

“博学的超然主义者了解绝对真理，把这没有相对性的实体称为梵(Brahman)、超灵(Paramātmā)或人格首神(Bhagavān)。”对超灵和不具人格特征的梵的考虑，在创造后产生出来；创造前只有至尊人格首神。正如《博伽梵歌》第18章的第55节诗中坚决地说:只有靠练奉爱瑜伽(bhakti-yoga)才能了解至尊主。最初的原因——创造的最高原因，是只有靠练奉爱瑜伽才能了解的至尊人格首神。用推测性的哲学研究或打坐冥想无法了解祂，因为所有这些程序都是物质创造后才有的。至尊主的非人格特征及局部区域展示等概念，都或多或少地受到物质的污染。因此，只有奉爱瑜伽才是真正的灵性程序。正如至尊主本人所说:只有做奉爱服务才能了解我(bhaktyā mām abhijānāti)。这节诗中用梵文“我(aham)”一词表明，创造之前，至尊主作为一个人存在着。生物体祖先达克沙看到祂穿戴美丽的本人时，真正透过奉爱服务体验到了“我(aham)”这个词的含义。

每一个人都是永恒的。至尊主说祂作为一个人存在于创造之前(agre)，毁灭后依然存在。所以，祂是永恒存在的人。正因为如此，圣维施瓦纳特·查夸瓦尔提·塔库尔引述《圣典博伽瓦谭》第10篇第9章的第13—14节诗说:

na cāntar na bahir yasya
  na pūrvaṁ nāpi cāparam
pūrvāparaṁ bahiś cāntar
  jagato yo jagac ca yaḥ

taṁ matvātmajam avyaktaṁ
  martya-liṅgam adhokṣajam
gopikolūkhale dāmnā
  babandha prākṛtaṁ yathā

人格首神作为雅首达(Yaśodā)母亲的儿子显现在温达文(Vṛndāvana)，雅首达母亲像个普通的母亲捆绑一个亲生孩子一样用绳子捆绑至尊主。至尊人格首神永恒、充满知识和极乐的形象实际上没有内外之分，但当祂以自己原本的形象出现时，无知之人便以为祂只不过是个普通人。《博伽梵歌》中说:当祂以用不改变的原有身体降临时，无知的蠢人(mūḍhas)便以为是不具人格特征的梵套上一个物质的人体前来这个世界(avajānanti māṁ mūḍhā mānuṣīṁ tanum āśritam)。普通生物需要套上一个物质躯体，但至尊人格首神不需要。由于至尊人格首神是至高无上的意识，这节诗中所说的“原本的意识——奎师那意识(saṁjñāna-mātram)”在创造前未展示，指的是生物的原本意识——奎师那意识，而不是指至尊人格首神的意识，因为祂的意识是一切的起源。至尊主在《博伽梵歌》第2章的第12节诗中说:“我、你，以及这些国王，从没有一刻不曾存在，我们中的任何人将来也不会结束存在。”因此，至尊主这个人，是过去、现在和将来一直存在的绝对真理。

就有关这一点，玛德瓦查尔亚引述《玛茨亚往世书》(Matsya Purāṇa)中的两节诗说:

nānā-varṇo haris tv eko
  bahu-śīrṣa-bhujo rūpāt
āsīl laye tad-anyat tu
  sūkṣma-rūpaṁ śriyaṁ vinā

asuptaḥ supta iva ca
  mīlitākṣo 'bhavad dhariḥ
anyatrānādarād viṣṇau
  śrīś ca līneva kathyate
sūkṣmatvena harau sthānāl
  līnam anyad apīṣyate

一切毁灭之后，至尊主因为具有永恒、充满知识和极乐的身体而保持祂原本的形象，但其他生物体因为有物质之躯，所以其物质躯体转化为物质元素，灵魂则以精微的形式留在至尊主的体内。至尊主不睡觉，但普通生物进入睡眠状态直到下一次创造来临。愚蠢无知的人以为至尊主的财富在毁灭发生后便不再有，但那并非事实。至尊人格首神的财富都原封不动地留在灵性世界中，只有物质世界里的一切都分解了。融入至尊梵(Brahma-līna)，并不是真正的毁灭(līna)，因为停留在梵光中的精微形象都将在物质创造后返回物质世界，再次呈现出一个物质形象。这一点被说成是“反复出生、反复遭毁灭(bhūtvā bhūtvā pralīyate)”。当物质躯体被毁灭时，灵魂以精微的形式存在，今后再呈现出另一个物质躯体。这是受制约灵魂的真实状况。但是，至尊人格首神则永恒以祂原本的意识和灵性身体存在着。

第 48 节

मय्यनन्तगुणेऽनन्ते गुणतो गुणविग्रहः ।
यदासीत्तत एवाद्यः स्वयम्भूः समभूदजः ॥४८॥

mayy ananta-guṇe 'nante
  guṇato guṇa-vigrahaḥ
yadāsīt tata evādyaḥ
  svayambhūḥ samabhūd ajaḥ

mayi－在我之中 / ananta-guṇe－拥有无限的力量 / anante－无限的 / guṇataḥ－从我名叫玛亚的力量 / guṇa-vigrahaḥ－宇宙——自然属性的产物 / yadā－当……时 / āsīt－它开始进入存在 / tataḥ－在其中 / eva－事实上 / ādyaḥ－第一个生物体 / svayambhūḥ－主布茹阿玛 / samabhūt－出生 / ajaḥ－虽然并非从物质母亲那里

译文 我是无限力量的泉源，因此以不受限制或无所不在著称。在我之中，宇宙展示从我的物质能量展示出来，而在这个宇宙展示中出现的最高级的生物体——主布茹阿玛，是你的来源；他并非由物质的母亲所生。

要旨 这里讲述了宇宙创造的历史。最初的原因是至尊主本人——至尊人。从祂那里，布茹阿玛(Brahmā)被创造出来。布茹阿玛负责掌管宇宙事务。物质创造中的宇宙事务的运行，都有赖于至尊人格首神的物质能量；而正因为如此，至尊主是物质创造的原因。这节诗将整个宇宙展示描述为是至尊主品质的形象(guṇavigrahaḥ)。在宇宙形象中，第一个创造出来的是主布茹阿玛，而他是众生的来源。就有关这一点，圣玛德瓦查尔亚描述至尊主无数的品质说:

praty-ekaśo guṇānāṁ tu
niḥsīmatvam udīryate
tadānantyaṁ tu guṇatas
te cānantā hi saṅkhyayā
ato 'nanta-guṇo viṣṇur
guṇato 'nanta eva ca

至尊主有无数的能量和力量，而每一种能量和力量都是无限的(parāsya śaktir vividhaiva śrūyate)。因此，至尊主本人和祂所具有的品质、形象、娱乐活动及有关的一切，也都是无限的。主维施努因为有无数的品质，所以被称为阿南塔(Ananta)。

第 49—50 节

स वै यदा महादेवो मम वीर्योपबृंहितः ।
मेने खिलमिवात्मानमुद्यतः स्वर्गकर्मणि ॥४९॥

अथ मेऽभिहितो देवस्तपोऽतप्यत दारुणम् ।
नव विश्वसृजो युष्मान् येनादावसृजद्विभुः ॥५०॥

sa vai yadā mahādevo
  mama vīryopabṛṁhitaḥ
mene khilam ivātmānam
  udyataḥ svarga-karmaṇi

atha me 'bhihito devas
  tapo 'tapyata dāruṇam
nava viśva-sṛjo yuṣmān
  yenādāv asṛjad vibhuḥ

saḥ—那位主布茹阿玛 / vai—事实上 / yadā—当……时 / mahā-devaḥ—全体半神人之首 / mama—我的 / vīrya-upabṛṁhitaḥ—靠力量而增加 / mene—想 / khilam—不能的 / iva—如同 / ātmānam—他自己 / udyataḥ—试图 / svarga-karmaṇi—在宇宙事物的创造中 / atha—那时 / me—被我 / abhihitaḥ—建议 / devaḥ—那位主布茹阿玛 / tapaḥ—苦修 / atapyata—从事 / dāruṇam—极度困难的 / nava—九个 / viśva-sṛjaḥ—创造宇宙的重要人物 / yuṣmān—你们所有的 / yena—被……的人 / ādau—在开始时 / asṛjat—创造 / vibhuḥ—伟大的

译文 当这个宇宙最高的统治者——主布茹阿玛(斯瓦阳布),受到我能量的激励想要创造时,他认为自己做不到。为此,我给他建议,他按照我的指导从事极其困难的苦修。由于这些苦修,非凡的主布茹阿玛能够创造出包括你在内的九个人物,以帮助他从事进一步的创造。

要旨 没有苦行、苦修(tapasya)，一切都不可能做到。主布茹阿玛因为他的苦修而被授权创造这整个宇宙。我们越苦修，就可以凭借至尊主的恩典变得越强大。正因为如此，瑞沙巴戴瓦(Ṛṣabhadeva)忠告祂的儿子们说:“人该为达到做奉爱服务的神圣状态而苦修。这样的活动使人心得到净化(tapo divyaṁ putrakā yena sattvaṁ śuddhyed)。”(《圣典博伽瓦谭》5.5.1)我们在物质存在中并不纯净，所以做不出什么神奇的事；但如果我们靠苦修净化我们的存在，我们就可以凭借至尊主的恩典做出神奇的事。因此，正如这节诗所强调的，苦行、苦修极其重要。

第 51 节

एषा पञ्चजनस्याङ्ग दुहिता वै प्रजापतेः ।
असिक्नी नाम पत्नीत्वे प्रजेश प्रतिगृह्यताम् ॥५१॥

eṣā pañcajanasyāṅga
duhitā vai prajāpateḥ
asiknī nāma patnītve
prajeśa pratigṛhyatām

eṣā—这 / pañcajanasya—潘查佳纳的 / aṅga—我亲爱的儿子啊！ / duhitā—女儿 / vai—事实上 / prajāpateḥ—另一个生物体祖先 / asiknī nāma—名叫阿希克妮的 / patnītve—做你的妻子 / prajeśa—生物体祖先啊！ / pratigṛhyatām—让她被接受

译文 我亲爱的儿子达克沙啊！生物体祖先潘查佳纳有个名叫阿希克妮的女儿，我将她赐予你，你可以娶她做你的妻子。

第 52 节

मिथुनव्यवायधर्मस्त्वं प्रजासर्गमिमं पुनः ।
मिथुनव्यवायधर्मिण्यां भूरिशो भावयिष्यसि ॥५२॥

mithuna-vyavāya-dharmas tvaṁ
prajā-sargam imaṁ punaḥ
mithuna-vyavāya-dharmiṇyāṁ
bhūriśo bhāvayiṣyasi

mithuna—男人和女人的 / vyavāya—性行为 / dharmaḥ—通过宗教活动接受…… / tvam—你 / prajā-sargam—生物体的创造 / imam—这 / punaḥ—再次 / mithuna—男人和女人结合的 / vyavāya-dharmiṇyām—通过符合宗教原则的性结合在她体内 / bhūriśaḥ—种种的 / bhāvayiṣyasi—你们将使……出生

译文 现在，作为男人和女人在性生活中结合；靠这种性交的方式，你将能透过这少女的子宫生出成千上万的孩子，以增加宇宙居民的数量。

要旨 在《博伽梵歌》第7章的第11节诗中，至尊主说："我是不违反宗教原则的性生活(dharmāviruddho bhūteṣu kāmo 'smi)。"按照至尊人格首神的命令过性生活是宗教原则(dharma)，它不是为了感官享乐。韦达原则不允许人以性交的方式沉溺于感官享乐。人可以顺应自然的倾向，只为生孩子而过性生活。正因为如此，这节诗中记载，至尊主告诉达克沙说："给你这个少女，只是为了让你跟她过性生活生孩子，而不是为了其他目的。她的生殖能力很强，所以你可以尽你的能力生许多孩子。"

圣维施瓦纳特·查夸瓦尔提·塔库尔对此评论说:至尊主给达克沙提供可以无限享受性生活的便利条件。达克沙前生也叫达克沙，但他在举行祭祀的过程中冒犯了主希瓦，因此他的头被换了个羊头。随后，达克沙因为失去名誉而放弃了他的生命，但由于他仍保有想要无限享受性生活的性欲，他去苦修并以此取悦了至尊主，至尊主于是给予他可以无限享受性生活的力量。

要注意的是:尽管享受性生活这种便利条件是凭至尊人格首神

的恩典得到的，但至尊主并不会将这种便利条件给予没有物质欲望的进步的奉献者(anyābhilāṣitā-śūnyam)。就这一点要注意的是:如果美国的年轻男女们参加奎师那意识运动，是想要增强奎师那意识，从而得到为至尊主做爱心服务的最高利益，那他们就该克制自己，不要放纵性生活。为此，我们忠告人们至少要克制自己，不过非法的性生活。即使有机会过性生活，人也应该自愿接受“过性生活只是为了生孩子”的限制，而不要为了其他目的而过性生活。卡尔达玛·牟尼(Kardama Muni)也被赐予过性生活的便利条件，但他对性生活只有轻微欲望。因此，在让黛瓦瑚缇(Devahūti)怀孕后，卡尔达玛·牟尼就完全弃绝了。重点是:人如果想要回归家园，回到首神身边，就该自愿节制性生活。性生活应该只有在需要时才可以过，而不该无节制地过性生活。

我们不要以为达克沙得到至尊主赐予可以无限量过性生活的便利条件，是一种恩宠。后面的诗文将揭示，达克沙再次做出冒犯，而这一次他攻击的是纳茹阿达(Nārada)的莲花足。因此，尽管性生活是物质世界里最高的享受，尽管人可以凭至尊主的恩典得到性享乐的机会，但这是在冒犯罪的风险。达克沙当时就存在着犯这种罪过的可能性，因此严格地说，他并没有真正得到至尊主的恩宠。人不该为有能力无限享受性生活而要求至尊主的恩惠。

第 53 节

त्वत्तोऽधस्तात्प्रजाः सर्वा मिथुनीभूय मायया ।
मदीयया भविष्यन्ति हरिष्यन्ति च मे बलिम् ॥५३॥

tvatto 'dhastāt prajāḥ sarvā
mithunī-bhūya māyayā
madīyayā bhaviṣyanti
hariṣyanti ca me balim

tvattaḥ—你 / adhastāt—之后 / prajāḥ—生物体 / sarvāḥ—所有

的 / mithunī-bhūya－有性生活 / māyayā－由于错觉能量造成的影响或提供的便利条件 / madīyayā－我的 / bhaviṣyanti－他们将成为 / hariṣyanti－他们将献上 / ca－也 / me－向我 / balim－礼物

译文 你生下成千上万的孩子后，他们也将像你一样，因为被我的错觉能量迷惑而对性生活着迷。但由于我对你和他们的仁慈，他们将也能够怀着奉爱之情给我献上礼物。

第 54 节

श्रीशुक उवाच
इत्युक्त्वा मिषतस्तस्य भगवान् विश्वभावनः ।
स्वप्नोपलब्धार्थ इव तत्रैवान्तर्दधे हरिः ॥५४॥

śrī-śuka uvāca
ity uktvā miṣatas tasya
bhagavān viśva-bhāvanaḥ
svapnopalabdhārtha iva
tatraivāntardadhe hariḥ

śrī-śukaḥ uvāca－舒卡戴瓦·哥斯瓦米继续道 / iti－如此 / uktvā－说着 / miṣataḥ tasya－当他(达克沙)当场看到 / bhagavān－至尊人格首神 / viśva-bhāvanaḥ－创造宇宙事物的 / svapna-upalabdha-arthaḥ－在梦中体验到的对象 / iva－如同 / tatra－那里 / eva－无疑地 / antardadhe－消失 / hariḥ－至尊主——至尊人格首神

译文 舒卡戴瓦·哥斯瓦米继续道:整个宇宙的创造者——至尊人格首神哈尔依，在生物体祖先达克沙面前说完这番话后，立刻消失不见了，就仿佛祂是梦中体验到的一个对象一样。

到此为止，结束了巴克提韦丹塔对《圣典博伽瓦谭》第 6 篇第 4 章——“达克沙吟诵‘神性天鹅之奥秘’祈祷文颂扬至尊主”所作的阐释。

第五章

生物体祖先达克沙诅咒纳茹阿达·牟尼

这一章讲述的是，达克沙(Dakṣa)所有的儿子都通过按照纳茹阿达(Nārada)的忠告做而从物质能量的钳制中获得了解脱，纳茹阿达因此而被达克沙所诅咒。

受到主维施努(Viṣṇu)的外在能量的影响，生物体祖先(Prajāpa-ti)达克沙使他妻子潘查佳妮(Pāñcajanī)怀孕生了一万个儿子。这些儿子都有着同样的品质和心性，集体被称为哈尔亚施瓦(Harya-śva)。接受父亲要他们繁衍更多宇宙居民的命令，哈尔亚施瓦们一起启程向西行进，去到辛杜河(Sindhu, 现在称印度河)与阿拉伯海汇合的地方。当时，那个地方有个名叫纳茹阿亚纳的圣湖(Nārāyaṇa-saras)，许多圣洁之人都住在那里。哈尔亚施瓦们开始从事赎罪苦行、苦修和冥想，那些都是过崇高的弃绝生活之人从事的活动。然而，当圣纳茹阿达·牟尼看到这些少年仅仅为了物质创造而从事这些令人钦佩的苦行时，便认为不如让他们去除从事物质活动的倾向。纳茹阿达·牟尼对少年们讲述了他们生命的最高目标，建议他们不要当负责生孩子的普通功利性活动者(karmī)。结果，达克沙所有的儿子都受到启发，离开后便再也没有返回家中。

因失去儿子而十分悲伤的生物体祖先达克沙，又使他妻子潘查佳妮怀孕生了一千个儿子，随后命令他们去负责增加宇宙居民的数量。这些被称为萨瓦拉施瓦(Savalāśva)的儿子也致力于崇拜主维施努，以期能够生孩子，但纳茹阿达·牟尼又说服他们当了托钵僧，而不去生孩子。生物体祖先达克沙为增加宇宙居民数量所进行的两次努力都以失败告终，这使他对纳茹阿达·牟尼愤怒到了极点，诅咒纳茹阿达·牟尼今后在任何地方都无法停留。纳茹阿达·牟尼因为完全具备资格且始终忍受，所以接受了达克沙的诅咒。

第 1 节

श्रीशुक उवाच
तस्यां स पाञ्चजन्यां वै विष्णुमायोपबृंहितः ।
हर्यश्वसंज्ञानयुतं पुत्रानजनयद्विभुः ॥१॥

śrī-śuka uvāca
tasyāṁ sa pāñcajanyāṁ vai
viṣṇu-māyopabṛṁhitaḥ
haryaśva-saṁjñān ayutaṁ
putrān ajanayad vibhuḥ

śrī-śukaḥ uvāca—圣舒卡戴瓦·哥斯瓦米说 / tasyām—在她体内 / saḥ—生物体祖先达克沙 / pāñcajanyām—他名叫潘查佳妮的妻子 / vai—事实上 / viṣṇu-māyā-upabṛṁhitaḥ—主维施努的错觉能量使……能够 / haryaśva-saṁjñān—名叫哈尔亚施瓦 / ayutam——万个 / putrān—儿子 / ajanayat—生了 / vibhuḥ—强有力的

译文 圣舒卡戴瓦·哥斯瓦米接着说：生物体祖先达克沙受至尊主维施努的错觉能量的驱使，透过潘查佳妮的子宫生了一万个儿子。我亲爱的君王，这些儿子被统称为哈尔亚施瓦。

第 2 节

अपृथग्धर्मशीलास्ते सर्वे दाक्षायणा नृप ।
पित्रा प्रोक्ताः प्रजासर्गे प्रतीचीं प्रययुर्दिशम् ॥२॥

apṛthag-dharma-śīlās te
sarve dākṣāyaṇā nṛpa
pitrā proktāḥ prajā-sarge
pratīcīṁ prayayur diśam

apṛthak－相似的 / dharma-śīlāḥ－良好品格和举止 / te－他们 / sarve－全体 / dākṣāyaṇāḥ－达克沙的儿子们 / nṛpa－君王啊！ / pitrā－被他们的父亲 / proktāḥ－命令 / prajā-sarge－去增加宇宙居民的数量 / pratīcīm－西方的 / prayayuḥ－他们去 / diśam－方向

译文　亲爱的君王，生物体祖先的儿子们都温和、孝顺，听父亲的话。当他们的父亲命令他们生孩子时，他们全体去了西方。

第3节

तत्र नारायणसरस्तीर्थं सिन्धुसमुद्रयोः ।
सङ्गमो यत्र सुमहन्मुनिसिद्धनिषेवितम् ॥ ३ ॥

tatra nārāyaṇa-saras
tīrthaṁ sindhu-samudrayoḥ
saṅgamo yatra sumahan
muni-siddha-niṣevitam

tatra－在那个方向 / nārāyaṇa-saraḥ－名叫纳茹阿亚纳的湖 / tīrtham－非常神圣的地方 / sindhu-samudrayoḥ－辛杜河和海的 / saṅgamaḥ－汇流处 / yatra－那里 / su-mahat－非常伟大的 / muni－被圣人们 / siddha－和完美的人 / niṣevitam－常去

译文　在西方辛杜河的入海处有个名叫纳茹阿亚纳的非凡圣湖，许多圣人和其他具有高度灵性意识的人都住在那里。

第4—5节

तदुपस्पर्शनादेव विनिर्धूतमलाशयाः ।
धर्मे पारमहंस्ये च प्रोत्पन्नमतयोऽप्युत ॥ ४ ॥

तेपिरे तप एवोग्रं पित्रादेशेन यन्त्रिताः ।
प्रजाविवृद्धये यत्तान्देवर्षिस्तान्ददर्श ह ॥ ५ ॥

tad-upasparśanād eva
vinirdhūta-malāśayāḥ
dharme pāramahaṁsye ca
protpanna-matayo 'py uta

tepire tapa evograṁ
pitrādeśena yantritāḥ
prajā-vivṛddhaye yattān
devarṣis tān dadarśa ha

tat－那圣地的 / upasparśanāt－在那条河中沐浴或触碰它 / eva－只有 / vinirdhūta－完全洗去 / mala-āśayāḥ－不纯洁的欲望……的 / dharme－实践 / pāramahaṁsye－被最高等的弃绝者执行 / ca－也 / protpanna－很倾向于 / matayaḥ－心……的 / api uta－虽然 / tepire－他们实行 / tapaḥ－苦行 / eva－无疑地 / ugram－艰难的 / pitṛ-ādeśena－因他们父亲的命令 / yantritāḥ－从事 / prajā-vivṛddhaye－为达到增加宇宙居民数量的目的 / yattān－准备好 / devarṣiḥ－伟大的圣人纳茹阿达 / tān－他们 / dadarśa－看望 / ha－事实上

译文 在那个圣地中，哈尔亚施瓦们开始有规律地触碰那里的湖水，并在其中沐浴。逐渐地，他们变得很纯洁，开始对弃绝者至尊天鹅们的活动产生兴趣和爱好。然而，由于他们的父亲命令他们负责增加宇宙居民的数量，他们便为满足他的愿望而从事艰难的苦行。一天，伟大的圣人纳茹阿达看到少年们为完成增加宇宙居民数量的任务而如此认真地苦行时，便去找他们。

第6—8节

उवाच चाथ हर्यश्वाः कथं स्रक्ष्यथ वै प्रजाः ।
अदृष्ट्वान्तं भुवो यूयं बालिशा बत पालकाः ॥ ६ ॥

तथैकपुरुषं राष्ट्रं बिलं चादृष्टनिर्गमम् ।
बहुरूपां स्त्रियं चापि पुमांसं पुंश्चलीपतिम् ॥ ७ ॥

नदीमुभयतो वाहां पञ्चपञ्चाद्भुतं गृहम् ।
क्वचिद्धंसं चित्रकथं क्षौरपव्यं स्वयं भ्रमि ॥ ८ ॥

uvāca cātha haryaśvāḥ
kathaṁ srakṣyatha vai prajāḥ
adṛṣṭvāntaṁ bhuvo yūyaṁ
bāliśā bata pālakāḥ

tathaika-puruṣaṁ rāṣṭraṁ
bilaṁ cādṛṣṭa-nirgamam
bahu-rūpāṁ striyaṁ cāpi
pumāṁsaṁ puṁścalī-patim

nadīm ubhayato vāhāṁ
pañca-pañcādbhutaṁ gṛham
kvacid dhaṁsaṁ citra-kathaṁ
kṣaura-pavyaṁ svayaṁ bhrami

uvāca一他说 / ca一也 / atha一如此 / haryaśvāḥ一生物体祖先的儿子哈尔亚施瓦们啊！ / katham一为何 / srakṣyatha一你们将生 / vai一事实上 / prajāḥ一后代 / adṛṣṭvā一没见过 / antam一尽头 / bhuvaḥ一这地球的 / yūyam一你们全体 / bāliśāḥ一没有经验的 / bata一唉！ / pālakāḥ一虽然是统治着的王子们 / tathā一也这样 / eka一一个 / puruṣam一人 / rāṣṭram一王国 / bilam一洞穴 / ca一还有 / adṛṣṭa-nirgamam一从没有出口的 / bahu-rūpām一用许多方式 / striyam一女人 / ca一和 / api一甚至 / pumāṁsam一男人 / puṁścalī-patim一一个妓女的丈夫 / nadīm一一条河 / ubhayataḥ一往两个方向流 / vāhām一流经的 / pañca-pañca一五乘以五的(二十五) / adbhu-tam一奇观 / gṛham一房子 / kvacit一某地 / haṁsam一一只天鹅 / citra-katham一讲述奇妙故事的…… / kṣaura-pavyam一用尖锐的剃刀和霹雳制成的 / svayam一它自己 / bhrami一旋转

译文　伟大的圣人纳茹阿达说：我亲爱的哈尔亚施瓦

们，你们还没看到过地球的尽头，那里有个区域只有一个男人居住，一个可以进去的洞，没人从中出来。那里住着一个极其淫荡的女人，总是用各种吸引人的衣服装扮自己，而生活在那里的男人是她丈夫。在那个区域中有一条向两个方向流的河，一个用二十五种材料建成的家，一只发出各种声音的天鹅，一件用尖锐的剃刀和霹雳制成的可自动旋转的物品。你们没看过所有这一切，所以是没有高等知识、没经验的少年，这样今后怎么生育后代呵？

要旨 纳茹阿达·牟尼看到被称为哈尔亚施瓦的少年们因为住在圣地而已被净化，实际上已经具备了解脱的资格，于是心想：既然这样，他们为什么要被鼓励去受家庭生活的束缚呢？家庭生活是如此黑暗，一旦进去便无法离开。尽管这是比喻，但纳茹阿达·牟尼要求他们考虑，他们为什么要遵守他们父亲的命令，因而被家庭生活所捆绑。他间接地要求他们在内心深处找到住在那里的超灵——主维施努，因为那将使他们变得真正有经验。换句话说，深陷物质环境、不反观自己内心深处的人，被错觉能量束缚得越来越紧。纳茹阿达·牟尼的目的是，让生物体祖先达克沙的儿子将他们的注意力转向灵性觉悟，而不是卷入普通但却复杂的繁衍后代的事务中。《圣典博伽瓦谭》第7篇第5章的第5节诗记载，帕拉德王(Prahlāda Mahārāja)曾经给予他父亲同样的忠告说：

tat sādhu manye ’sura-varya dehināṁ
sadā samudvigna-dhiyām asad-grahāt
hitvātma-pātaṁ gṛham andha-kūpaṁ
vanaṁ gato yad dharim āśrayeta

大意是，在家庭生活的黑井中，人因为接受了短暂的躯体而始终充满焦虑。要想摆脱这种焦虑，就该立刻离开家庭生活，托庇于住在温达文(Vṛndāvana)的至尊人格首神。纳茹阿达·牟尼忠告哈尔亚施瓦不要进入居士生活。他们既然已经具有高度的灵性知识，为什么还要以那种方式受束缚呢？

第 9 节

कथं स्वपितुरादेशमविद्वांसो विपश्चितः ।
अनुरूपमविज्ञाय अहो सर्गं करिष्यथ ॥ ९ ॥

kathaṁ sva-pitur ādeśam
avidvāṁso vipaścitaḥ
anurūpam avijñāya
aho sargaṁ kariṣyatha

katham－如何 / sva-pituḥ－你们父亲的 / ādeśam－命令 / avidvāṁsaḥ－不知道的 / vipaścitaḥ－知道一切的 / anurūpam－适合你们的 / avijñāya－不知道 / aho－唉！ / sargam－创造 / kariṣyatha－你们将实行

译文　唉，你们的父亲什么都知道，但你们不了解他真正的指示。在不了解你们父亲的真正目的的情况下，你们将如何生育后代？

第 10 节

श्रीशुक उवाच
तन्निशम्याथ हर्यश्वा औत्पत्तिकमनीषया ।
वाचः कूटं तु देवर्षेः स्वयं विममृशुर्धिया ॥१०॥

śrī-śuka uvāca
tan niśamyātha haryaśvā
autpattika-manīṣayā
vācaḥ kūṭaṁ tu devarṣeḥ
svayaṁ vimamṛśur dhiyā

śrī-śukaḥ uvāca－圣舒卡戴瓦·哥斯瓦米说 / tat－那 / niśamya－

听见 / atha一此后 / haryaśvāḥ一生物体祖先达克沙所有的儿子 / autpattika一自然唤醒 / manīṣayā一因为有力量去思考 / vācaḥ一话语的 / kūṭam一谜 / tu一但是 / devarṣeḥ一纳茹阿达·牟尼的 / svayam一他们自己 / vimamṛśuḥ一深入思考 / dhiyā一用全部的智慧

译文 圣舒卡戴瓦·哥斯瓦米说：听了纳茹阿达·牟尼所说的这番谜一般的话语，哈尔亚施瓦们在没他人帮助的情况下，用他们天生的智慧思考其内涵。

第 11 节

भूः क्षेत्रं जीवसंज्ञं यदनादि निजबन्धनम् ।
अदृष्ट्वा तस्य निर्वाणं किमसत्कर्मभिर्भवेत् ॥११॥

bhūḥ kṣetraṁ jīva-saṁjñaṁ yad
anādi nija-bandhanam
adṛṣṭvā tasya nirvāṇaṁ
kim asat-karmabhir bhavet

bhūḥ一地球 / kṣetram一活动的领域 / jīva-saṁjñam一灵性生物受不同活动结果的制约而具有的称号 / yat一……的 / anādi一从无法追溯的时候起存在 / nija-bandhanam一造成自己的束缚 / adṛṣṭvā一没看见 / tasya一这个的 / nirvāṇam一停止 / kim一什么好处 / asat-karmabhih一短暂的功利性活动 / bhavet一可以有

译文 （哈尔亚施瓦们理解纳茹阿达话语的含义是：）“地球(bhūḥ)”一词指的是功利性活动的领域。作为生物活动结果的物质躯体，是他活动的场地，给他虚假的称号。从无法追溯的时候起，生物就得到各种类型的物质躯体，而它们都是受物质世界捆绑的根源。人如果愚蠢地从事短暂的功利性活动，不期望结束这受捆绑的情况，那他的活动会有什么好处？

要旨　纳茹阿达·牟尼对生物体祖先达克沙的儿子哈尔亚施瓦谈了君王、王国、河流、房子和物质元素等十个比喻性的内容。哈尔亚施瓦们自己经过深思熟虑后明白，那是指被囚禁在躯体中的生物追求快乐，但对如何摆脱牢笼毫无兴趣。这节诗十分重要，因为物质世界里所有的生物都得到了他们各自不同类型的躯体，都十分活跃地活动着。人为了感官享乐而夜以继日地工作，猪和狗等动物也在为感官享乐而夜以继日地忙碌。飞鸟、走兽和所有其他种类受制约的生物，都在不了解灵魂被囚禁于躯体中这一真相的情况下忙于从事各种活动。尤其是在人体生命形式中，生物的责任本是以能使自己挣脱牢笼的方式活动，但因为没有纳茹阿达或师徒传承中他的代表们的教导，人们便为享受如昙花一现的快乐(māyā-sukha)而盲目地活动。他们不知道要如何挣脱束缚着他们的物质牢笼。为此，瑞沙巴戴瓦说，这种活动毫无益处，因为它再三地将灵魂囚禁在受物质三重苦的躯体中。

生物体祖先达克沙的儿子哈尔亚施瓦们，能够立刻明白纳茹阿达教导的含义。我们的奎师那意识运动专门为这样的教化、启蒙而开创。我们努力使人类摆脱愚昧，以使人们能了解，他们应该为觉悟自我而苦修，以期摆脱因一个接一个地更换躯体而不断承受的生老病死的痛苦。然而，错觉能量玛亚(Māyā)的力量十分强大；她精于在这个觉悟的路途上设置障碍。正因为如此，我们看到有时人们来参加奎师那意识运动，但由于不了解这场运动的重要性，过一段时间后又再次坠入玛亚的钳制。

第 12 节

एक एवेश्वरस्तुर्यो भगवान् स्वाश्रयः परः ।
तमदृष्ट्वाभवं पुंसः किमसत्कर्मभिर्भवेत् ॥१२॥

eka eveśvaras turyo
bhagavān svāśrayaḥ paraḥ

tam adṛṣṭvābhavaṁ puṁsaḥ
kim asat-karmabhir bhavet

ekaḥ—唯一 / eva—事实上 / īśvaraḥ—至尊控制者 / turyaḥ—第四种超然的范畴 / bhagavān—至尊人格首神 / sva-āśrayaḥ—独立的，自己是自己的庇护 / paraḥ—超越这物质创造 / tam—祂 / adṛṣṭvā—没看见 / abhavam—未经出生或创造就存在的 / puṁsaḥ—一个人的 / kim—什么好处 / asat-karmabhiḥ—靠短暂的功利性活动 / bhavet—可以有

译文 （纳茹阿达·牟尼说有一个王国内只有一个男人。哈尔亚施瓦们对这说明的认识是：）唯一的享受者是随时随地观察着万事万物的至尊人格首神。祂绝对拥有全部的六种财富，完全独立自足，不依靠任何人。祂永远超越这个物质创造，所以从不受物质自然三种属性的控制。人类社会如果不通过提高他们的知识和活动品质了解祂——至尊者，而只是像猫、狗一样为短暂的快乐而夜以继日地辛勤工作，那他们的活动能有什么好处？

要旨 纳茹阿达·牟尼谈到有一个王国，而那个王国中只有一个没有敌手的君王。整个灵性世界，尤其是宇宙展示中，只有一个拥有者或享受者，那就是超越这个物质展示的至尊人格首神。因此，至尊主被描述为是处在第四个层面上(turya)。祂还被描述为是“未经出生或创造就存在的(abhava)”。梵文“投生(bhava)”一词来自“存在(bhū)”。正如《博伽梵歌》第8章的第9节诗中说：物质世界里的生物必遭受重复出生和毁灭的命运(bhūtvā bhūtvā pralīyate)。然而，至尊人格首神既不是“反复出生(bhūtvā)”也不“遭毁灭(pralīyate)”；祂是永恒的。换句话说，祂不像人类或动物一样被迫投生，因为对灵魂的无知而反复地经历出生和死亡。至尊人格首神奎师那不经历这种躯体的更换，这样去想祂的

人被视为是白痴(avajānanti māṁ mūḍhā mānuṣīṁ tanum āśritam)。纳茹阿达·牟尼忠告人类不要浪费自己的时间只是像猫和猴子一样到处跳跃，而得不到真正的利益。人类的责任是了解至尊人格首神。

第 13 节

पुमान्नैवैति यद्गत्वा बिलस्वर्गं गतो यथा ।
प्रत्यग्धामाविद इह किमसत्कर्मभिर्भवेत् ॥१३॥

pumān naivaiti yad gatvā
bila-svargaṁ gato yathā
pratyag-dhāmāvida iha
kim asat-karmabhir bhavet

pumān－一个人 / na－不 / eva－事实上 / eti－回来 / yat－对……的 / gatvā－已去 / bila-svargam－到名叫帕塔拉的低等星系 / gataḥ－去 / yathā－如同 / pratyak-dhāma－灿烂的灵性世界 / avidaḥ－不明智之人的 / iha－在这物质世界里 / kim－什么好处 / asat-karma-bhiḥ－用短暂的功利性活动 / bhavet－可以有

译文 （纳茹阿达·牟尼描述说有个只进不出的洞，哈尔亚施瓦们理解它的象征意思是）：很难看到有进入名叫帕塔拉的低等星系的人从那里返回。同样，人如果进入外琨塔圣地，也不会返回这物质世界。如果有那么一个去后不再重返痛苦的物质受制约生活环境的地方，那么不去看或了解那地方，而是像猴子一样在短暂的物质世界中跳来跳去有什么用？能得到什么利益？

要旨 正如《博伽梵歌》第15章的第6节诗所说：有一个区域，去到那里的人不返回物质世界(yad gatvā na nivartante tad dhāma paramaṁ mama)。这个区域被一再地描述。《博伽梵歌》第4章的第9节诗记载，奎师那说：

janma karma ca me divyam
evaṁ yo vetti tattvataḥ
tyaktvā dehaṁ punar janma
naiti mām eti so 'rjuna

“阿尔诸纳啊！谁能了解我显现和活动的超然本质，谁就在离开躯体后到达我永恒的住所，不再投生于这个物质世界。”

谁能够正确了解已经被描述为是至尊君王的奎师那，谁就在放弃现有的物质躯体后不再回到这个物质世界。《圣典博伽瓦谭》的这节诗就讲述这一事实说：这样的人不返回这个物质世界，而是回归家园，回到首神身边，过永恒、极乐且充满知识的生活(pumān naivaiti yad gatvā)。然而，人们为什么对此根本就不在乎呢？再次投生在这个物质世界里，有时当人、有时当半神人、有时当猫或狗，究竟有什么好处？这样浪费时间能得到什么利益？在《博伽梵歌》第8章的第15节诗中，奎师那明确声明：

mām upetya punar janma
duḥkhālayam aśāśvatam
nāpnuvanti mahātmānaḥ
saṁsiddhiṁ paramāṁ gatāḥ

“伟大的灵魂——热爱着我的瑜伽师，到我那里后永不重返这个充满痛苦的短暂世界，因为他们达到了最高的完美境界。”人真正应该关心的是使自己摆脱生死轮回，通过在灵性世界与至尊君王生活在一起达到最高的完美境界。这些诗文中记载，达克沙的儿子们重复说：“短暂的功利性活动有什么用(kim asat-karmabhir bhavet)？”

第 14 节

नानारूपात्मनो बुद्धिः स्वैरिणीव गुणान्विता ।
तन्निष्ठामगतस्येह किमसत्कर्मभिर्भवेत् ॥१४॥

nānā-rūpātmano buddhiḥ
svairiṇīva guṇānvitā
tan-niṣṭhām agatasyeha
kim asat-karmabhir bhavet

nānā－各种各样的 / rūpā－有形象或衣服的 / ātmanaḥ－生物体的 / buddhiḥ－智力 / svairiṇī－用不同种类的布料和装饰品任意打扮的妓女 / iva－如同 / guṇa-anvitā－具有激情属性等 / tat-niṣṭhām－那个的中止 / agatasya－尚未得到……之人的 / iha－在这物质世界里 / kim asat-karmabhiḥ bhavet－从事短暂的功利性活动又有什么用？

译文　(纳茹阿达·牟尼描述的那个妓女，在哈尔亚施瓦们看来是：)众生那与激情属性混合的不稳定的智力恰似一个妓女，不断地更换衣服是为了吸引他人的注意力。如果人专注于从事短暂的功利性活动，不了解这是如何发生的，那他真正得到了什么？

要旨　没有丈夫的女人如果声称自己是独立的，就意味着她成了一个妓女。妓女一般都会为了把男人的注意力吸引到她的下体而用各种时髦的服饰打扮自己。如今，绝大多数广告中的女人都几乎是裸体，为把男人的注意力引向她的私部，以产生性享乐的联想，广告中的女人只用一小片布遮盖她的下体。致力于把男人的注意力引向下体的智力，是职业妓女的智力。同样，不将自己的注意力转向奎师那或奎师那意识运动的生物所具有的智力就像妓女一样只是不断地更换衣服。这种愚蠢的智力能给人带来什么利益？人应该明智地意识到，他不再需要不断地更换躯体了。

功利性活动者(karmī)随时更换他们的职业，但有奎师那意识的人不更换其职业，因为他唯一要做的是通过吟诵、吟唱哈瑞·奎师那曼陀引起奎师那的注意，过一种简单的生活，而不是追逐每天都在更换的时尚。在我们的奎师那意识运动中，喜欢时髦的人被教导挑选一种时装，那就是剃头、画提拉克(tilaka)并穿着外士纳瓦(Vaiṣṇava)的服装。他们得到教导，要始终保持内心、衣服和所吃食物的清洁，以便能稳定地培养奎师那意识。有时留长发、长胡须，有时则更换造型，这样不断地变换装扮究竟有什么用？这不好。人不该浪费自己的时间从事这种浅薄的活动，而应该总是稳定地培养奎师那意识，坚定不移地做奉爱服务。

第 15 节

तत्सङ्गभ्रंशितैश्वर्यं संसरन्तं कुभार्यवत् ।
तद्गतीरबुधस्येह किमसत्कर्मभिर्भवेत् ॥१५॥

tat-saṅga-bhraṁśitaiśvaryaṁ
saṁsarantaṁ kubhāryavat
tad-gatīr abudhasyeha
kim asat-karmabhir bhavet

tat-saṅga—因为与智力这一妓女交往 / bhraṁśita—带走 / aiśvaryam—独立这一财富 / saṁsarantam—过物质生活 / ku-bhārya-vat—就像有个已被污染的妻子的人 / tat-gatīḥ—被污染的智力的活动 / abudhasya—不知道……的人的 / iha—在这个世界里 / kim asat-karmabhiḥ bhavet—从事短暂的功利性活动有什么用？

译文 (纳茹阿达·牟尼也谈到作为那妓女的丈夫的一个男人，哈尔亚施瓦们对这一点的理解是：)一个男人如果当一个妓女的丈夫，他便失去一切独立性。同样，一个生物如果智力受到污染，就会延长他的物质生活。被物质自然挫败的他，必然听从带给人各种快乐和痛苦的智力活动。在这种情况下从事功利性活动的人，会得到什么好处？

要旨 受到污染的智力被比作是一个妓女。没有净化自己智力的人，被说成是受那妓女的摆布。正如《博伽梵歌》第2章的第

41节诗说：真诚之人由一种智力——具有奎师那意识的智力指引(vyavasāyātmikā buddhir ekeha kuru-nandana)；没有稳定的恰当智力的人，使自己过各种形态的生活(bahu-śākhā hy anantāś ca buddhayo 'vyavasāyinām)。这样卷入物质活动的人，受到物质自然不同属性的影响，经受各种所谓的快乐和痛苦。当妓女之丈夫的男人不可能快乐；同样，听从物质的智力和意识下达的命令的人，永远都不会快乐。

人必须明了物质自然的活动。正如《博伽梵歌》第3章的第27节诗说：

prakṛteḥ kriyamāṇāni
　guṇaiḥ karmāṇi sarvaśaḥ
ahaṅkāra-vimūḍhātmā
　kartāham iti manyate

"灵魂受假我迷惑，以为是自己在活动，却不知道，其实是物质自然的三种属性在活动。"听从物质自然命令的人，快乐地以为自己是物质自然的主人或丈夫。例如：世世代代的科学家都试图当物质自然的主人，却根本不想了解那位指挥物质世界万事万物运作的至尊人。为了要当物质自然的主人，他们冒充"神明"向大众宣称：随着科技进步，人们将能够避开神的所谓控制。然而事实上，生物根本无法脱离控制神的统治，而是被迫与受污染的智力这一妓女交往，接受各种物质躯体。正如《博伽梵歌》第13章的第22节诗说明：

puruṣaḥ prakṛti-stho hi
　bhuṅkte prakṛti-jān guṇān
kāraṇaṁ guṇa-saṅgo 'sya
　sad-asad-yoni-janmasu

"物质自然中的生物就这样生活，享受自然的三种属性。这是他与物质自然接触的缘故。他就这样在不同的物种中遭遇善恶。”只专注于从事短暂的功利性活动而不解决这个真正问题的人，能得到什么利益？

第16节

सृष्ट्यप्ययकरीं मायां वेलाकूलान्तवेगिताम् ।
मत्तस्य तामविज्ञस्य किमसत्कर्मभिर्भवेत् ॥१६॥

sṛṣṭy-apyaya-karīṁ māyāṁ
velā-kūlānta-vegitām
mattasya tām avijñasya
kim asat-karmabhir bhavet

sṛṣṭi—创造 / apyaya—毁灭 / karīm—造成……的人 / māyām—错觉能量 / velā-kūla-anta—靠近岸边 / vegitām—十分湍急 / mattasya—疯狂之人的 / tām—那物质自然 / avijñasya—不知道……的人 / kim asat-karmabhiḥ bhavet—从事短暂的功利性活动能有什么好处？

译文 （纳茹阿达·牟尼说有一条向两个方向流的河，哈尔亚施瓦们对这一说明的理解是：)物质自然以创造和毁灭两种方式起作用，所以说物质自然之河向两个方向流。不知不觉掉进这条河的生物被它其中的浪涛所淹没，而由于靠近岸边水流湍急，他无法上岸。在错觉能量玛亚这条河中从事功利性活动能有什么利益？

要旨 人既可以被玛亚之河的浪涛淹没，也可以依靠知识和苦修之岸脱离那些浪涛。然而，越靠近这些岸边，玛亚的浪涛就越强劲。不了解自己正如何被浪涛抛来抛去而只是忙于短暂的功利性活动的人，能得到什么利益？

《布茹阿玛·萨密塔》(Brahma-saṁhitā)第5章的第44节诗这样说：

sṛṣṭi-sthiti-pralaya-sādhana-śaktir ekā
chāyeva yasya bhuvanāni bibharti durgā

错觉能量(māyā-śakti)杜尔嘎(Durgā)负责创造和毁灭(sṛṣṭi-sthiti-pralaya)，在至尊主的指导下行事(mayādhyakṣeṇa prakṛtiḥ sūyate sa-carācaram)。人一旦坠入无知之河，就被其中的浪涛抛来抛去，但当他投靠奎师那或变得具有奎师那意识时，那同样的错觉能量玛亚也可以拯救他。奎师那意识是知识和苦修。有奎师那意识的人从韦达文献中汲取知识，同时还必须实践苦修。

要摆脱物质生活，就必须培养奎师那意识。否则，为所谓的科技进步而忙碌的人能得到什么利益？被物质自然的浪涛抛来抛去的人，即使当大科学家或哲学家又有什么意义？这世间的科学和哲学也都属于物质创造。我们必须了解错觉能量玛亚是如何工作的，我们该如何摆脱被无知之河中的浪涛抛来抛去的命运。这是做人的首要责任。

第 17 节

पञ्चविंशतितत्त्वानां पुरुषोऽद्भुतदर्पणः ।
अध्यात्ममबुधस्येह किमसत्कर्मभिर्भवेत् ॥१७॥

pañca-viṁśati-tattvānāṁ
puruṣo 'dbhuta-darpaṇaḥ
adhyātmam abudhasyeha
kim asat-karmabhir bhavet

pañca-viṁśati－二十五 / tattvānām－元素的 / puruṣaḥ－至尊人格首神 / adbhuta-darpaṇaḥ－美好的展示者 / adhyātmam－一切原因和结果的控制者 / abudhasya－不知道……的人的 / iha－在这世上 / kim asat-karmabhiḥ bhavet－从事短暂的功利性活动能有什么好处?

译文　（纳茹阿达·牟尼说有个用二十五种元素建成的房子，哈尔亚施瓦们对这比喻的理解是：）至尊主是二十五种元素的储备库，作为至尊生物——原因和结果的控制者，是祂使它们展示。如果人忙于从事短暂的功利性活动，不知道至尊人，那他能得到什么好处？

要旨 哲学家和科学家进行学术研究，以期找到最初的原因，但他们应该做得那么科学，以致根本不给异想天开或想象的理论以丝毫的空间。各种韦达文献中都解释了有关最初原因的科学。《韦丹塔经》(Vedānta-sūtra,《吠檀陀经》)中解释说，人应该询问有关至尊灵魂的知识，祂是一切原因的起因(athāto brahma jijñāsā/janmādy asya yataḥ)。对至尊者的这种询问称为对经典真理的探求(brahma jijñāsā)。《圣典博伽瓦谭》第1篇第2章的第11节诗这样解释绝对真理(tattva)说：

vadanti tat tattva-vidas
tattvaṁ yaj jñānam advayam
brahmeti paramātmeti
bhagavān iti śabdyate

“博学的超然主义者了解绝对真理，把这没有相对性的实体称为梵(布茹阿曼)、超灵(帕茹阿玛特玛)或人格首神(巴嘎万)。”绝对真理向初学者展示为不具人格特征的梵(Brahman)，向高级神秘瑜伽师展现为超灵(Paramātmā)，但向更高级的了解绝对真理的奉献者展现为至尊主维施努。

物质宇宙展示是主维施努(主奎师那)的能量的一个扩展。

eka-deśa-sthitasyāgner
jyotsnā vistāriṇī yathā
parasya brahmaṇaḥ śaktis
tathedam akhilaṁ jagat

“我们在这个世界里所看到的一切，都不过是至尊人格首神各种能量的一个扩展。至尊人格首神恰似一堆火，尽管在一个地方燃烧，但却将光明传向远方。”(《维施努往世书》)整个宇宙展示是至尊主的一个扩展。因此，如果人不探究寻找至尊原因，而是错误地从事浅薄、短暂的活动，那么要求被认可为是重要的科学家或哲学家又有什么用？不了解最初原因的人，其科学和哲学探究有什么用？

最初的人(puruṣa)——至尊人格首神维施努，只有靠奉爱服务才能了解。只有做奉爱服务，才能如实地了解在一切背后的至尊人(bhaktyā mām abhijānāti yāvān yaś cāsmi tattvataḥ)。人们必须努力了解，物质元素是至尊主分离出的低等能量，而生物是至尊主的灵性能量。我们所体验到的一切，包括物质和灵性的灵魂——生命力，都不过是主维施努的低等能量和高等能量两者的结合。人应该认真了解有关创造、维系和毁灭的真相，以及那个去后永不需要返回的永恒之地(yad gatvā na nivartante)。然而，人们不培养这样的知识，而是受以性享乐为形式的短暂快乐和感官享乐的吸引，将其作为最高的享受。这种活动对人没有丝毫利益；人必须参加奎师那意识运动，从事具有奎师那意识的活动。

第 18 节

ऐश्वरं शास्त्रमुत्सृज्य बन्धमोक्षानुदर्शनम् ।
विविक्तपदमज्ञाय किमसत्कर्मभिर्भवेत् ॥१८॥

aiśvaraṁ śāstram utsṛjya
bandha-mokṣānudarśanam
vivikta-padam ajñāya
kim asat-karmabhir bhavet

aiśvaram－使了解神或奎师那意识 / śāstram－韦达文献 / utsṛjya－放弃 / bandha－束缚的 / mokṣa－和解脱的 / anudarśanam－告知有关……的方法 / vivikta-padam－区分灵性和物质 / ajñāya－不知道 / kim asat-karmabhiḥ bhavet－从事短暂的功利性活动有什么用？

译文　（纳茹阿达·牟尼说有一只天鹅，他们这样解释这只天鹅说：）韦达文献生动地描述了如何了解至尊主——一切物质和灵性能量的源头。事实上，他们细致地解释这两种能量。天鹅是指那些区分物质和灵性、接受一切事物之精华并讲解束缚之途和解脱之道的人。经典中话语的声音震荡包含了丰富多彩的信息。愚蠢的无赖们如果忽视对经典的学习，而去从事短暂的活动，将会得到怎样的结果？

要旨　奎师那意识运动很热切地用现代语言呈现韦达文献，尤其是用英文、法文和德文等西方语言。由于西方人十分精通为物质文明进步而从事短暂的活动，美国和欧洲等西方世界的领导人便成为现代文明的偶像。然而，头脑清醒的人能看清，尽管他们从事的这些重大活动对短暂的一生来说也许很重要，但却与永恒的生活丝毫无关。整个世界都在效仿西方物质文明；为此，奎师那意识运动十分关心要把原本是梵文记载的韦达文献翻译成西方语言，以便给予西方人知识。

诗中“区分灵性和物质(vivikta-padam)”一句是指，有关人生目标的逻辑性谈论。不讨论生命中的这一重要议题的人，被置于无知的黑暗中，必将为生存而苦苦挣扎。他所获得的肤浅知识对他有什么利益呢？大家看到，西方社会虽然有极好的大学教育，但他们的学生却成了嬉皮士。然而，奎师那意识运动努力教化被误导、吸毒上瘾的学生们，让他们为奎师那服务，以此从事人类社会最佳的福利活动。

第19节

कालचक्रं भ्रमि तीक्ष्णं सर्वं निष्कर्षयज्जगत् ।
स्वतन्त्रमबुधस्येह किमसत्कर्मभिर्भवेत् ॥१९॥

kāla-cakraṁ bhrami tīkṣṇaṁ
sarvaṁ niṣkarṣayaj jagat

svatantram abudhasyeha
kim asat-karmabhir bhavet

kāla-cakram—永恒的时间之轮 / bhrami—自动旋转 / tīkṣṇam—非常锐利 / sarvam—所有的 / niṣkarṣayat—驱使 / jagat—世界 / sva-tantram—独立的，不在乎所谓的科学家和哲学家 / abudhasya—不知道(这时间因素)的人的 / iha—在这个物质世界里 / kim asat-karma-bhiḥ bhavet—从事短暂的功利性活动有什么用？

译文　(纳茹阿达·牟尼谈到一件用尖锐的剃刀和霹雳制成的物品，哈尔亚施瓦对这个比喻的理解是：)永恒的时间如同剃刀和霹雳般移动迅猛、锐利。它从不间断、独自驱使着整个世界的活动。如果人不努力研究时间这一永恒因素，那他能从短暂的物质活动中得到什么利益？

要旨　这节诗解释了尤其是指永恒时间之运行轨道的梵文"kṣaura-pavyaṁ svayaṁ bhrami"一句的意思。俗话说，时不我待。按照伟大的政治家查纳克亚·潘迪特(Cāṇakya Paṇḍita)的道德训示：

āyuṣaḥ kṣaṇa eko 'pi
na labhyaḥ svarṇa-koṭibhiḥ
na cen nirarthakaṁ nītiḥ
kā ca hānis tato 'dhikā

寸金难买寸光阴。用千百万的金钱都无法换取人一生中的哪怕一个片刻。因此，人应该考虑，哪怕是浪费生命中的一刻将会承受怎样的损失。不明白生命的目标，像动物一样生活的人，愚蠢地以为没有永恒，误认为五、六十岁，最多也就是一百岁的一生就是一切。这是最大的愚蠢。时间是永恒的；在物质世界里，人经过他永恒生活的不同阶段。时间在此被比喻为是尖锐的剃刀。剃刀应该是剃掉脸上的胡子，但如果不小心，剃刀就会造成伤害。经典忠告人不要因为误用自己的人生而造成灾难。人应该极其小心地用自己的人生培养灵性觉悟——奎师那意识。

第 20 节

शास्त्रस्य पितुरादेशं यो न वेद निवर्तकम् ।
कथं तदनुरूपाय गुणविस्रम्भ्युपक्रमेत् ॥२०॥

śāstrasya pitur ādeśaṁ
yo na veda nivartakam
kathaṁ tad-anurūpāya
guṇa-visrambhy upakramet

śāstrasya—经典的 / pituḥ—父亲的 / ādeśam—教导 / yaḥ—……的人 / na—不 / veda—了解 / nivartakam—使停止物质生活方式的 / katham—如何 / tat-anurūpāya—按照经典的教导 / guṇa-visrambhī—纠缠在物质自然三种属性中的人 / upakramet—可以创造后代

译文 (纳茹阿达·牟尼询问一个人怎么能无知地对抗自己的父亲，哈尔亚施瓦们对这一问题的理解是：)人必须接受经典原本的教导。按照韦达文明，人靠接受一位真正的灵性导师传授的经典中的指示得到第二次出生，并会得到一条圣线，作为第二次出生的象征。因此，经典(萨斯陀)是真正的父亲。所有的经典都教导说，人应该结束他物质主义的生活方式。人如果不知道父亲给的命令，也就是经典的目的，他就是不学无术的。试图鼓励儿子从事物质活动的生身父亲的话语，不是父亲真正的教导。

要旨 《博伽梵歌》第16章的第7节诗说：低于人类但还没被称为动物的邪恶之徒，不知道该做什么不该做什么(pravṛttiṁ ca nivṛttiṁ ca janā na vidur āsurāḥ)。在物质世界里，每一个生物都想要尽可能地主宰物质世界(pravṛtti-mārga)。然而，所有的经典都建议要摆脱物质主义的生活方式(nivṛtti-mārga)。除了世上最古老的韦达经典外，其他经典都同意这一点。例如：在佛教经典中，佛祖建议人要靠放弃物质主义的生活方式达到涅槃(nirvāṇa)。在也是经典的《圣经》中，人们会看到同样的忠告说：人应该停止物质生活，回归神的王国。人们如果细查所有的经典，尤其是韦达经典，就会发现给予的同样忠告是：人应该放弃物质生活，恢复过原本灵性的生活。商卡尔阿查尔亚(Śaṅkarācārya)也说：这个物质世界或物质主义生活，只不过是错觉、幻象，因此人应该停止从事不实际的活动，升上梵的层面。

梵文"śāstra"是指经典，尤其是记载韦达知识的书籍。《萨玛》、《亚诸尔》、《瑞歌》和《阿塔尔瓦》这些韦达经(Vedas)及其他从这些韦达经中汲取知识的书籍都被认为是韦达文献。《博伽梵歌》是所有韦达知识的精华，因此应该特别加以接受。在这部所有经典的精华经典中，奎师那本人建议：放弃其他一切责任，只皈依祂(sarva-dharmān parityajya mām ekaṁ śaraṇaṁ vraja)。

人应该受到启迪遵守经典的原则。我们奎师那意识运动在给人启迪时，要求人通过采纳经典的至尊讲述者奎师那所给予的建议，自己得出经典的结论，即：放弃物质主义的生活方式。我们建议要遵守的原则是：不过非法性生活，不喝酒、吸毒麻醉自我，不赌博及不吃肉。遵守这四项原则将使有智慧的人能够摆脱物质生活，回归家园，回到首神身边。

就有关父母的教导，有人也许会说：每一个生物，就连微不足道的猫、狗和蛇，都有自己的生身父母。因此，得到生身父母根本就不是个问题。生物一生复一生，在每一种形式的生命中都有父亲和母亲。然而，在人类社会中，人如果对自己的生身父母及他们给予的教导感到满意，不通过接受灵性导师和学习经典知识进一步争取进步，就会停留在愚昧的黑暗中。生身父母只有在他们有志于教育自己的孩子摆脱死亡的钳制时才重要。正如《圣典博伽瓦谭》第5篇第5章的第18节诗中记载，瑞沙巴戴瓦教导说：不能将依靠自己的人从生死轮回中解救出来的人，永远都不该当灵性导师、父亲、丈夫、母亲或被崇拜的半神人(pitā na sa syāj jananī na sā syāt/ na mocayed yaḥ samupeta-mṛtyum)。不知道如何拯救自己孩子的父母并不重要，因为在任何生命形式中，哪怕是猫、狗等生命形式中，都可以得到这样的父母。只有能将自己的孩子提升到灵性层面上的父母，才是真正的父母。所以，按照韦达制度，由父母生出的人是庶铎(janmanā jāyate śūdraḥ)。然而，人生的目的是成为第一流的人——布茹阿玛纳(brāhmaṇa, 婆罗门)。

一流有智慧的人之所以被称为布茹阿玛纳，是因为他知道至尊梵(Supreme Brahman)——绝对真理。按照韦达教导：要了解有关绝对真理这门科学，人必须找一位真正的灵性导师(guru)；灵性导师将给予门徒圣线启迪，使门徒能理解韦达知识(tad-vijñānārthaṁ sa gurum evābhigacchet)。经灵性导师的培训成为布茹阿玛纳被称为净化(janmanā jāyate śūdraḥ saṁskārād dhi bhaved dvijaḥ)。人在得到启迪后，便致力于经典学习，而经典教导学生如何摆脱物质主义的生活，回归家园，回到首神身边。

奎师那意识运动教导为回到首神身边而退出物质主义生活的高级知识，但不幸的是，许多父母都对这场运动很不满。除了我们学生的父母，有许多商人也因为我们教导我们的学生不喝酒抽烟和吸毒，不吃肉，不过非法性生活且不赌博而对我们不满。如果奎师那意识运动开展起来的话，所谓的商人们就要关闭他们的屠宰场，以及制造酒和香烟的工厂。为此，他们感到十分害怕。然而，我们没有选择，我们必须教导我们的学生摆脱物质主义的生活；必须教导他们与物质生活相对的灵性生活，拯救他们停止生死轮回。

所以，纳茹阿达·牟尼忠告生物体祖先的儿子哈尔亚施瓦，与其繁衍后代，不如离开，按照经典的训示达到灵性理解的完美境界。就有关经典的重要性，《博伽梵歌》第16章的第23节诗说：

yaḥ śāstra-vidhim utsṛjya
vartate kāma-kārataḥ
na sa siddhim avāpnoti
na sukhaṁ na parāṁ gatim

“不顾经典指示而随心所欲行事的人，既不能变得完美、快乐，也达不到至高无上的目的地——返回灵性世界。”

第 21 节

इति व्यवसिता राजन् हर्यश्वा एकचेतसः ।
प्रययुस्तं परिक्रम्य पन्थानमनिवर्तनम् ॥२१॥

iti vyavasitā rājan
haryaśvā eka-cetasaḥ
prayayus taṁ parikramya
panthānam anivartanam

iti一如此 / vyavasitāḥ一完全相信纳茹阿达·牟尼的教导 / rājan一君王啊！ / haryaśvāḥ一生物体祖先达克沙的儿子们 / eka-ceta-saḥ一一致同意 / prayayuḥ一离开 / tam一纳茹阿达·牟尼 / parikramya一绕拜 / panthānam一在路上 / anivartanam一不再使人回到这物质世界的

译文　舒卡戴瓦·哥斯瓦米继续说：我亲爱的君王，听了纳茹阿达的教导，生物体祖先达克沙的儿子哈尔亚施瓦们坚信不移。他们都相信他的教导，得出同样的结论。他们把这位伟大的圣人视为灵性导师，绕拜他，沿着永不返回这个世界的路途向前迈进。

要旨　从这节诗文的内容我们可以明白启迪的意义，以及门徒和灵性导师各自的责任。灵性导师永远都不会教导他的门徒说："付我一些钱，从我这里接受一个曼陀，按这个瑜伽系统练，将使你十分精于物质主义生活。"这不是灵性导师的责任。相反，灵性导师要教导门徒如何停止物质主义生活，而门徒的责任是消化吸收灵性导师的教导，最终走上回归家园，回到首神身边的路；从那里，没人返回这个物质世界。

聆听纳茹阿达·牟尼的教导后，生物体祖先的儿子哈尔亚施瓦们决定，不卷入生育千百个孩子并去照顾他们的物质生活。这么做将导致不必要的束缚。哈尔亚施瓦们没有考虑虔诚和不虔诚的活动。他们那位有物质欲念的父亲指示他们要增加宇宙居民的数量，但纳茹阿达·牟尼的话语使他们不要执行那个训示。纳茹阿达·牟尼作为他们的灵性导师，告诉他们经典的指示是应该放弃这个物质世界；作为真正的门徒，他们遵守灵性导师的训示。人不该为在这个宇宙中不同的星系里游荡而努力，因为即使去到最高的星系布茹阿玛珞卡(Brahmaloka)，也必须返回这个地球(kṣīṇe puṇye martya-lokaṁ viśanti)。功利性活动者(karmī)的努力只不过是在浪费时间。人应该为回归家园，回到首神身边而努力。这是生命的完美。正如《博伽梵歌》第8章的第16节诗记载，至尊主说：

ābrahma-bhuvanāl lokāḥ
punar āvartino 'rjuna
mām upetya tu kaunteya
punar janma na vidyate

"琨缇的儿子啊！人在离开躯体时无论记起什么情形，就必会到达那情景。"

第 22 节

स्वरब्रह्मणि निर्भातहृषीकेशपदाम्बुजे ।
अखण्डं चित्तमावेश्य लोकाननुचरन्मुनिः ॥२२॥

svara-brahmaṇi nirbhāta-
hṛṣīkeśa-padāmbuje
akhaṇḍaṁ cittam āveśya
lokān anucaran muniḥ

svara-brahmaṇi－用灵性的声音 / nirbhāta－清楚地置于心念之前 / hṛṣīkeśa－感官的主人——至尊人格首神奎师那的 / padāmbuje－莲花足 / akhaṇḍam－不中断的 / cittam－意识 / āveśya－从事 / lokān－所有星系 / anucarat－四处旅行 / muniḥ－伟大的圣人纳茹阿达·牟尼

译文　乐器中都用ṣa、ṛ、gā、ma、pa、dha和ni这七个音符，但它们原本都来自《萨玛·韦达》。伟大的圣人纳茹阿达发出描述至尊主娱乐活动的声音震荡。他靠哈瑞·奎师那　哈瑞·奎师那　奎师那·奎师那　哈瑞·哈瑞/哈瑞·茹阿玛　哈瑞·茹阿玛　茹阿玛·茹阿玛　哈瑞·哈瑞这类超然的声音震荡，将他的注意力集中于至尊主的莲花足。他就这样直接感知到感官的主人慧希凯施。拯救哈尔亚施瓦们后，纳茹阿达·牟尼继续在各个星系中旅行，他的心总是专注于至尊主的莲花足。

要旨　这节诗中描述了伟大的圣人纳茹阿达·牟尼的美德。他总是吟唱至尊主的娱乐活动，拯救坠落的灵魂回到首神身边。有关这方面，圣巴克提维诺德·塔库尔歌唱道：

nārada-muni,　bājāya vīṇā,
'rādhikā-ramaṇa'-nāme
nāma amani,　udita haya,
bhakata-gīta-sāme

amiya-dhārā,　variṣe ghana,
śravaṇa-yugale giyā
bhakata-jana,　saghane nāce,
bhariyā āpana hiyā

mādhurī-pūra, āsaba paśi',
mātāya jagata-jane
keha vā kāṅde, keha vā nāce,
keha māte mane mane

pañca-vadana, nārade dhari',
premera saghana rola
kamalāsana, nāciyā bale,
'bola bola hari bola'

sahasrānana, parama-sukhe,
'hari hari' bali' gāya
nāma-prabhāve, mātila viśva,
nāma-rasa sabe pāya

śrī-kṛṣṇa-nāma, rasane sphuri',
purā'la āmāra āśa
śrī-rūpa-pade, yācaye ihā,
bhakativinoda dāsa

这首歌的大意是：伟大的灵魂纳茹阿达·牟尼弹著名叫维纳(vīṇā)的弦乐器，奏出奎师那的另一个名字"茹阿迪卡·茹阿玛纳(rādhikā-ramaṇa)"的声音震荡；他一旦拨动琴弦，全体奉献者就开始响应，发出十分美妙的声音震荡。在弦乐器的伴奏下，歌声如同甘露雨，全体奉献者如痴如醉地起舞，直跳到他们感到心满意足为止。在跳舞时，他们因狂喜而心醉神迷、疯狂陶醉，仿佛喝了名叫玛杜瑞·普茹阿(mādhurī-pūra)的饮料。他们有人哭泣，有人跳舞，有人虽然无法在众人面前跳舞，但却在自己的心中跳舞。主希瓦(Śiva)拥抱纳茹阿达·牟尼并开口用狂喜的声音说话。主布茹阿玛看到主希瓦与纳茹阿达一起跳舞，也参加进来说："请你们大家一起唱'哈瑞博勒(Hari bol)！哈瑞博勒(Hari bol)！'"。天帝因铎(Indra)也逐渐极为愉快地加入他们，开始跳舞并歌唱道，"哈瑞博勒(Hari bol)！哈瑞博勒(Hari bol)！"。就这样，神的圣名的超然声音震荡的影响，使整个宇宙都如痴如醉。巴克提维诺德·塔库尔说："当宇宙变得狂喜着迷时，我的愿望就满足了。因此我向茹帕·哥斯瓦米的莲花足祈祷，愿对圣名的歌唱(harer nāma)就这样一直美好地持续下去。"

主布茹阿玛是纳茹阿达·牟尼的灵性导师，纳茹阿达·牟尼是维亚萨戴瓦(Vyāsadeva)的灵性导师，而维亚萨戴瓦是玛德瓦查尔亚(Madhvācārya)的灵性导师。因此，高迪亚·玛德瓦传承(Gauḍīya-Mādhva-sampradāya)是纳茹阿达·牟尼传下来的师徒传承。这个师徒传承中的成员，或说是奎师那意识运动的成员，应该跟随纳茹阿达·牟尼的做法，吟诵、吟唱超然的声音震荡：哈瑞·奎师那　哈瑞·奎师那　奎师那·奎师那　哈瑞·哈瑞/哈瑞·茹阿玛　哈瑞·茹阿玛　茹阿玛·茹阿玛　哈瑞·哈瑞(Hare Kṛṣṇa, Hare Kṛṣṇa, Kṛṣṇa Kṛṣṇa, Hare Hare/Hare Rāma, Hare Rāma, Rāma Rāma, Hare Hare)。他们应该到四处去，通过发出哈瑞·奎师那曼陀的声音震荡，以及讲述《博伽梵歌》(Bhagavad-gītā)、《圣典博伽瓦谭》(Śrīmad-Bhāgavatam)和《永恒的柴坦亚经》(Caitanya-caritāmṛta)的教导，拯救堕落的灵魂。那将使至尊人格首神满意。真正按照纳茹阿达·牟尼的指示做的人，能取得灵性的进步。取悦了纳茹阿达·牟尼，至尊人格首神慧希凯施(Hṛṣīkeśa)就会高兴(yasya prasādād bhagavat-prasādaḥ)。直接指导我们的灵性导师都是纳茹阿达·牟尼的代表，而纳茹阿达·牟尼的教导与所有在世的灵性导师的教导没有区别。纳茹阿达·牟尼和在世灵性导师所说的都是奎师那的教导，而奎师那在《博伽梵歌》第18章的第65—66节诗中说：

man-manā bhava mad-bhakto
　mad-yājī māṁ namaskuru
māṁ evaiṣyasi satyaṁ te
　pratijāne priyo 'si me

sarva-dharmān parityajya
　māṁ ekaṁ śaraṇaṁ vraja

aham tvām sarva-pāpebhyo
mokṣayiṣyāmi mā śucaḥ

“永远想着我，崇拜我，向我致敬，成为我的奉献者。这样，你就会成功地来到我这里。我向你保证这一点，因为你是我特别珍视的朋友。抛弃一切种类的宗教，只向我皈依。我将把你从所有的恶报中解救出来。不必害怕！”

第23节

नाशं निशम्य पुत्राणां नारदाच्छीलशालिनाम् ।
अन्वतप्यत कः शोचन् सुप्रजस्त्वं शुचां पदम् ॥२३॥

nāśaṁ niśamya putrāṇāṁ
nāradāc chīla-śālinām
anvatapyata kaḥ śocan
suprajastvaṁ śucāṁ padam

nāśam—损失 / niśamya—听到 / putrāṇām—他儿子的 / nāradāt—从纳茹阿达 / śīla-śālinām—行为举止最规矩的人的 / anvatapyata—遭受 / kaḥ—生物体祖先达克沙 / śocan—悲伤 / su-prajastvam—有一万个行为举止优秀的儿子 / śucām—悲伤的 / padam—处境

译文 生物体祖先达克沙的儿子哈尔亚施瓦们，本是非常守规矩、有教养的，但不幸的是，纳茹阿达·牟尼的教导使他们不再执行他们父亲的命令。达克沙听到纳茹阿达带给他的这个消息后，感到很悲伤。他虽然是这么优秀的儿子们的父亲，但却失去了他们全体。这无疑令人感到悲哀。

要旨 生物体祖先达克沙的儿子哈尔亚施瓦们无疑都博学、进步且态度良好。他们遵照他们父亲的命令去从事苦行，以便为他们的家族增添优秀的子孙。然而，纳茹阿达·牟尼善用他们的良好修养和态度，正确地引导他们不与这个物质世界纠缠，而是用他们的教养和知识结束物质事务。哈尔亚施瓦们按照纳茹阿达·牟尼的命令去做，但当消息传到生物体祖先达克沙那里时，这位生物体祖先并没有对纳茹阿达·牟尼的所作所为感到高兴，相反极度悲伤。同样，我们努力让尽可能多的年轻人加入奎师那意识运动，以使他们获得最终的利益，但加入这场运动的年轻人的家长都感到很悲伤、难过，做反宣传。当然，生物体祖先达克沙并没有宣传反对纳茹阿达·牟尼，但后来我们会看到，达克沙为纳茹阿达·牟尼的善行而诅咒他。这就是物质主义生活的方式。持物质概念德父母想要让他们的儿子努力传宗接代、努力改善经济状况，在物质生活中腐烂。当他们的孩子被宠坏，成为没用的国民时，他们不感到难过；但当他们的孩子为达到生命的最高目标而加入奎师那意识运动时，他们却感到悲伤。父母对奎师那意识运动的憎恨从无法追溯的时候起就已存在。甚至纳茹阿达·牟尼都遭到诅咒，更不要说其他人了。然而，纳茹阿达·牟尼从不放弃他的使命。为尽可能多地拯救堕落的灵魂，他继续弹奏他的乐器，吟诵、吟唱超然的声音震荡：哈瑞·奎师那　哈瑞·奎师那　奎师那·奎师那　哈瑞·哈瑞/哈瑞·茹阿玛　哈瑞·茹阿玛　茹阿玛·茹阿玛　哈瑞·哈瑞。

第 24 节

स भूयः पाञ्चजन्यायामजेन परिसान्त्वितः ।
पुत्रानजनयद्दक्षः सवलाश्वान् सहस्रिणः ॥२४॥

sa bhūyaḥ pāñcajanyāyām
ajena parisāntvitaḥ
putrān ajanayad dakṣaḥ
savalāśvān sahasriṇaḥ

saḥ－生物体祖先达克沙 / bhūyaḥ－再次 / pāñcajanyāyām－在他妻子阿希克妮(潘查佳妮)的子宫中 / ajena－被主布茹阿玛 / parisāntvitaḥ－得到安抚 / putrān－儿子们 / ajanayat－生出 / dakṣaḥ－生物体祖先达克沙 / savalāśvān－称为萨瓦拉施瓦 / sahasriṇaḥ－一千个

译文 当生物体祖先达克沙为失去儿子而感到悲伤时，主布茹阿玛通过教育他安抚了他。那以后，达克沙又透过他妻子潘查佳妮的子宫生了一千个儿子。这一次，他的这些儿子被称为萨瓦拉施瓦。

要旨 这位生物体祖先之所以被称为达克沙(dakṣa)，就是因为他很善于生孩子(梵文“达克沙”的意思“专家”)。他先让他妻子怀孕，生了一万个儿子。当他失去这些孩子时，或说他们回归家园，回到首神那里去时，他又生了另一组孩子，名叫萨瓦拉施瓦(Savalāśva)。生物体祖先达克沙很擅长生孩子，而纳茹阿达·牟尼很善于拯救所有受制约的灵魂，使他们回归家园，回到首神身边。尽管精通物质事物的人不赞同纳茹阿达·牟尼从事的灵性活动，但这并不意味着纳茹阿达·牟尼就会停止吟诵、吟唱哈瑞·奎师那曼陀了。

第25节

ते च पित्रा समादिष्टाः प्रजासर्गे धृतव्रताः ।
नारायणसरो जग्मुर्यत्र सिद्धाः स्वपूर्वजाः ॥२५॥

te ca pitrā samādiṣṭāḥ
prajā-sarge dhṛta-vratāḥ
nārāyaṇa-saro jagmur
yatra siddhāḥ sva-pūrvajāḥ

te－这些儿子(萨瓦拉施瓦) / ca－和 / pitrā－被他们的父亲 / samādiṣṭāḥ－被命令 / prajā-sarge－负责生育或增加宇宙居民的数量 / dhṛta-vratāḥ－接受誓言 / nārāyaṇa-saraḥ－名叫纳茹阿亚纳·萨茹阿斯的圣湖 / jagmuḥ－前往 / yatra－那里 / siddhāḥ－达到完美 / sva-pūrva-jāḥ－以前曾去过那里的他们的哥哥们

译文　为执行他们父亲让他们生孩子的命令，第二批儿子也去了他们的哥哥以前按纳茹阿达的教导达到完美的同一个地方——纳茹阿亚纳圣湖。发下苦行的重誓后，萨瓦拉施瓦们就留在了那个圣地。

要旨　生物体祖先达克沙派他第二组儿子去他前一批儿子达到完美的那个地方。尽管这第二组儿子也有可能成为纳茹阿达教导的“受害者”，但他还是毫不犹豫地派他们去了同一个地方。按照韦达文明，人在进入居士生活生育孩子之前，应该作为贞守生(brahmacārī)受到灵性理解方面的训练。这是韦达体制。正因为如此，尽管有风险，因为他们有可能在接受纳茹阿达的教导后也变得跟他们的哥哥们一样有智慧，但生物体祖先达克沙还是送他的第二组儿子去提高文化修养。作为有责任感的父亲，他毫不犹豫地允许他的儿子们接受有关完美生活的文化教育；他让他们自己决定是选择回归家园，回到首神身边，还是选择在各种物种中轮回，腐烂在物质世界里。在所有的情况下，父亲的责任都是给予孩子文化教育，因为孩子今后必须选择走哪条路。有责任心的父亲不该阻止自己的孩子通过与奎师那意识运动接触增进文化修养。这不是父亲的责任。父亲的责任是让孩子完全自由地选择今后是否要按照灵性导师的教导争取灵性进步。

第 26 节

तदुपस्पर्शनादेव विनिर्धूतमलाशयाः ।
जपन्तो ब्रह्म परमं तेपुस्तत्र महत्तपः ॥२६॥

tad-upasparśanād eva
vinirdhūta-malāśayāḥ
japanto brahma paramaṁ
tepus tatra mahat tapaḥ

tat一那圣地的 / upasparśanāt一通过有规律地在水中沐浴 / eva一

事实上 / vinirdhūta—完全净化 / mala-āśayāḥ—心中的一切污垢 / japantaḥ—吟诵或吟唱 / brahma—以欧么为开始的(如oṁ tad viṣṇoḥ paramaṁ padaṁ sadā paśyanti sūrayaḥ)曼陀 / paramam—最终的目标 / tepuḥ—从事 / tatra—那里 / mahat—伟大的 / tapaḥ—苦修

译文 在纳茹阿亚纳圣湖，第二批儿子从事第一批儿子从事过的苦修。他们在圣水中沐浴，靠触碰圣水，他们心中所有肮脏的物质欲望都被洗去。他们以发“欧么”这一声音震荡为开始低声吟诵赞美诗——曼陀，并从事艰难的苦行。

要旨 每一个韦达·曼陀前面都有“欧么(oṁ)”或“欧么卡尔(oṁkāra)”这些被称为布茹阿玛克沙尔(brahmākṣara)的音节，因此都被称为布茹阿么(brahma)，例如：oṁ namo bhagavate vāsudevā-ya。《博伽梵歌》第7章的第8节诗记载，主奎师那说：在韦达·曼陀中，欧么卡尔音节代表我(praṇavaḥ sarva-vedeṣu)。因此，吟诵、吟唱以欧么卡尔为开始的韦达·曼陀(Vedic mantra)，就是直接在吟诵、吟唱奎师那的名字。人无论是吟诵、吟唱欧么卡尔，还是称至尊主为奎师那，都没有区别，意思都一样。尽管如此，圣柴坦亚·玛哈帕布(Caitanya Mahāprabhu)还是推荐，在这个年代中，人要吟诵、吟唱哈瑞·奎师那这个伟大的曼陀(harer nāma eva keva-lam)。尽管哈瑞·奎师那与以欧么卡尔为开始的韦达·曼陀之间没有区别，但这个年代的灵性运动领袖圣柴坦亚·玛哈帕布还是推荐人吟诵、吟唱哈瑞·奎师那 哈瑞·奎师那 奎师那·奎师那 哈瑞·哈瑞/哈瑞·茹阿玛 哈瑞·茹阿玛 茹阿玛·茹阿玛 哈瑞·哈瑞。

第 27—28 节

अब्भक्षाः कतिचिन्मासान् कतिचिद्वायुभोजनाः ।
आराधयन्मन्त्रमिमभ्यस्यन्त इडस्पतिम् ॥२७॥

ॐ नमो नारायणाय पुरुषाय महात्मने ।
विशुद्धसत्त्वधिष्ण्याय महाहंसाय धीमहि ॥२८॥

ab-bhakṣāḥ katicin māsān
katicid vāyu-bhojanāḥ
ārādhayan mantram imam
abhyasyanta iḍaspatim

oṁ namo nārāyaṇāya
puruṣāya mahātmane
viśuddha-sattva-dhiṣṇyāya
mahā-haṁsāya dhīmahi

ap-bhakṣāḥ—只喝水 / katicit māsān—持续几个月 / katicit—为了一些 / vāyu-bhojanāḥ—仅仅呼吸或进食空气 / ārādhayan—崇拜 / mantram imam—这个与纳茹阿亚纳无异的曼陀 / abhyasyantaḥ—实行 / iḍaḥ-patim——切曼陀的主人——主维施努 / oṁ—至尊主啊！ / namaḥ—虔敬的顶礼 / nārāyaṇāya—向主纳茹阿亚纳 / puruṣāya—至尊人 / mahā-ātmane—崇高的超灵 / viśuddha-sattva-dhiṣṇyāya—始终住在超然居所内的 / mahā-haṁsāya—伟大、如天鹅般的人格首神 / dhīmahi—我们总是致以

译文 生物体祖先达克沙的儿子们几个月只喝水，只进食空气。他们在经历这巨大的苦行期间吟诵这节赞美诗："让我们恭恭敬敬地向至尊人格首神纳茹阿亚纳顶礼，祂始终住在祂超然的居所内。既然祂是至尊人，就让我们向祂致以虔敬的顶礼。"

要旨 从这些诗文中可以了解，在吟诵、吟唱哈瑞·奎师那玛哈·曼陀或其他韦达·曼陀时，必须同时从事艰难的苦行。在喀历年代(Kali-yuga)中，人们无法经受这节诗文中谈到的那些艰

难的苦行，例如：许多个月只喝水、只进食空气等。人们无法模仿这些做法。但是，人至少必须停止从事非法性行为、吃肉、喝酒(吸毒)及赌博这四项有害的活动，以此方式经历苦行。任何人都可以轻松地从事这种苦行；这样，吟诵、吟唱哈瑞·奎师那曼陀就会立刻生效。人们不该停止苦行。如果可能，就应该在恒河或雅沐娜河水中沐浴，或者在没有这两条圣河的地方就在海水中沐浴。这是苦行的一个内容。为此，我们奎师那意识运动建立了两个十分大型的中心，一个在温达文(Vṛndāvana)，另一个在纳瓦兑帕(Navadvīpa)的玛亚普尔(Māyāpur)。在那里，人们可以到恒河或雅沐娜河中沐浴，吟诵、吟唱哈瑞·奎师那曼陀，从而变得完美，可以回归家园，回到首神身边。

第 29 节

इति तानपि राजेन्द्र प्रजासर्गधियो मुनिः ।
उपेत्य नारदः प्राह वाचः कूटानि पूर्ववत् ॥२९॥

iti tān api rājendra
prajā-sarga-dhiyo muniḥ
upetya nāradaḥ prāha
vācaḥ kūṭāni pūrvavat

iti－如此 / tān－他们(生物体祖先名叫萨瓦拉施瓦的儿子们) / api－还有 / rājendra－帕瑞克西特王啊！ / prajā-sarga-dhiyaḥ－持有生孩子是首要责任的观念的 / muniḥ－伟大的圣人 / upetya－靠近 / nāradaḥ－纳茹阿达 / prāha－说 / vācaḥ－言语 / kūṭāni－如谜一般的 / pūrvavat－像他之前做的一样

译文 帕瑞克西特王啊！纳茹阿达·牟尼去找生物体祖先这些为完成生孩子的任务而正在苦修的儿子们，像对他们的哥哥们做的那样，对他们说一些谜一般难以理解的话语。

第 30 节

दाक्षायणाः संशृणुत गदतो निगमं मम ।
अन्विच्छतानुपदवीं भ्रातॄणां भ्रातृवत्सलाः ॥३०॥

dākṣāyaṇāḥ saṁśṛṇuta
gadato nigamaṁ mama
anvicchatānupadavīṁ
bhrātṝṇāṁ bhrātṛ-vatsalāḥ

dākṣāyaṇāḥ一生物体祖先达克沙的儿子们啊！ / saṁśṛṇuta一请注意听 / gadataḥ一正在说话的 / nigamam一指导 / mama一我的 / anvicchata一追随 / anupadavīm一道路 / bhrātṝṇām一你们的哥哥们的 / bhrātṛ-vatsalāḥ一对哥哥们都很有感情的你们啊！

译文　达克沙的儿子们啊！请注意听我的指导。你们对你们的哥哥哈尔亚施瓦们都很有感情，因此应该走他们走过的路。

要旨　纳茹阿达·牟尼通过唤醒生物体祖先的第二组儿子对他们的哥哥们的自然亲情鼓励他们。他激励他们说，如果他们对哥哥们充满感情，就该追随哥哥们。亲情的力量十分强大，纳茹阿达·牟尼因此很有策略地提醒他们与哈尔亚施瓦们的家人关系。梵文“指导(nigama)”一词一般是指韦达经，但在这里指韦达经中包含的教导。《圣典博伽瓦谭》说：韦达文献恰似一棵如愿树，《圣典博伽瓦谭》是其上成熟了的果实(nigama-kalpa-taror galitaṁ phalam)。纳茹阿达·牟尼致力于分发这果实，为此教导维亚萨戴瓦为了利益无知的人类社会，编纂伟大的往世书《圣典博伽瓦谭》。《圣典博伽瓦谭》第1篇第7章的第6节诗说：

anarthopaśamaṁ sākṣād
bhakti-yogam adhokṣaje
lokasyājānato vidvāṁś
cakre sātvata-saṁhitām

“生物所受的不必受的物质痛苦，可以通过做奉爱服务与超然的至尊主连接得到缓解，但绝大多数人不知道这一点。为此，博学的维亚萨戴瓦编纂了讲述有关至尊真理的这部韦达文献。”人们之所以受苦，是因为无知且为追求快乐而走在错误的路途上。这称为“没有价值的(anartha)”。这些物质活动永远都不会使他们快乐，因此纳茹阿达教导维亚萨戴瓦要记录《圣典博伽瓦谭》的教导。维亚萨戴瓦按照纳茹阿达的指示做了这项工作。《圣典博伽瓦谭》是韦达经的最高指示，韦达经的成熟果实(galitaṁ phalam)。

第 31 节

भ्रातॄणां प्रायणं भ्राता योऽनुतिष्ठति धर्मवित् ।
स पुण्यबन्धुः पुरुषो मरुद्भिः सह मोदते ॥३१॥

bhrātṝṇāṁ prāyaṇaṁ bhrātā
yo 'nutiṣṭhati dharmavit
sa puṇya-bandhuḥ puruṣo
marudbhiḥ saha modate

bhrātṝṇām－哥哥们的 / prāyaṇam－道路 / bhrātā－忠诚的兄弟 / yaḥ－……的 / anutiṣṭhati－跟随 / dharma-vit－了解宗教原则 / saḥ－那 / puṇya-bandhuḥ－极度虔诚的 / puruṣaḥ－人 / marudbhiḥ－掌管风的半神人 / saha－与 / modate－享受生命

译文 了解宗教原则的人跟随哥哥们的足迹向前走。这样一位虔诚的兄弟被提升到很高的层面，有机会与众玛茹特那样的半神人交往和享受，那些半神人都很喜爱他们的兄弟。

要旨 人们按照他们对不同物质关系的信任，被提升到不同的星球上。这节诗中说，对自己的兄弟很忠诚的人应该走哥哥们走过的路，从而得到机会被提升到掌管风的神明玛茹特的星球上

(Marudloka)。纳茹阿达·牟尼建议生物体祖先达克沙的第二批儿子追随他们的哥哥，争取被提升到灵性世界去。

第 32 节

एतावदुक्त्वा प्रययौ नारदोऽमोघदर्शनः ।
तेऽपि चान्वगमन्मार्गं भ्रातॄणामेव मारिष ॥३२॥

etāvad uktvā prayayau
nārado 'mogha-darśanaḥ
te 'pi cānvagaman mārgaṁ
bhrātṝṇām eva māriṣa

etāvat一这么多 / uktvā一说 / prayayau一从那地方离开 / nāradaḥ一伟大的圣人纳茹阿达 / amogha-darśanaḥ一……的扫视是殊胜的 / te一他们 / api一也 / ca一和 / anvagaman一跟随 / mārgam一道路 / bhrātṝṇām一他们之前的哥哥们的 / eva一的确 / māriṣa一伟大的雅利安君王啊！

译文　舒卡戴瓦·哥斯瓦米继续说：进步的雅利安人中最优秀的人啊！纳茹阿达·牟尼仁慈的扫视从不是徒劳无功的。他对生物体祖先达克沙的儿子说了这些话后，便按照他原定的计划离开了。达克沙的儿子们向他们的哥哥学习，不打算生孩子，而是致力于培养奎师那意识。

第 33 节

सध्रीचीनं प्रतीचीनं परस्यानुपथं गताः ।
नाद्यापि ते निवर्तन्ते पश्चिमा यामिनीरिव ॥३३॥

sadhrīcīnaṁ pratīcīnaṁ
parasyānupathaṁ gatāḥ
nādyāpi te nivartante
paścimā yāminīr iva

sadhrīcīnam—完全正确的 / pratīcīnam—可以靠导向最高目标的奉爱服务的生活方式获得 / parasya—至尊主的 / anupatham—路途 / gatāḥ—采取 / na—没有 / adya api—直至今日 / te—他们(生物体祖先的儿子们) / nivartante—已回来 / paścimāḥ—西方的(那些已过去的) / yāminīḥ—夜晚 / iva—如同

译文 萨瓦拉施瓦们走上正确的路途，但这需要过一种为达到做奉爱服务的层面——获得至尊人格首神的仁慈而努力的生活。正如夜晚移向西方，他们直至今日尚未返回。

第 34 节

एतस्मिन् काल उत्पातान् बहून् पश्यन् प्रजापतिः ।
पूर्ववन्नारदकृतं पुत्रनाशमुपाशृणोत् ॥३४॥

etasmin kāla utpātān
bahūn paśyan prajāpatiḥ
pūrvavan nārada-kṛtaṁ
putra-nāśam upāśṛṇot

etasmin—在这 / kāle—时间 / utpātān—扰乱 / bahūn—许多 / paśyan—看见 / prajāpatiḥ—生物体祖先达克沙 / pūrva-vat—像以前 / nārada—被伟大的圣人纳茹阿达·牟尼 / kṛtam—做完 / putra-nā-śam—失去他的孩子 / upāśṛṇot—他听说

译文 这时，生物体祖先达克沙观察到许多不祥的征象，同时从各种渠道听说他的第二批儿子萨瓦拉施瓦们听从纳茹阿达的教导，走上了他们的哥哥走过的路。

第 35 节

चुक्रोध नारदायासौ पुत्रशोकविमूर्च्छितः ।
देवर्षिमुपलभ्याह रोषाद्विस्फुरिताधरः ॥३५॥

cukrodha nāradāyāsau
putra-śoka-vimūrcchitaḥ
devarṣim upalabhyāha
roṣād visphuritādharaḥ

cukrodha－变得十分生气 / nāradāya－对伟大的圣人纳茹阿达・牟尼 / asau－那个(达克沙) / putra-śoka－因为失去孩子而悲伤 / vimūrcchitaḥ－几乎昏倒 / devarṣim－伟大的半神人中的圣人纳茹阿达 / upalabhya－看见 / āha－他说 / roṣāt－出于愤怒 / visphurita－颤抖 / adharaḥ－嘴唇……的

译文　当达克沙听说萨瓦拉施瓦们也离开这个世界去做奉爱服务时，他对纳茹阿达感到极度愤怒，并因为悲伤而几乎昏倒。他遇到纳茹阿达时嘴唇因愤怒而颤抖，于是说了如下一番话。

要旨　圣维施瓦纳特・查夸瓦尔提・塔库尔(Viśvanātha Cakravartī Ṭhākura)评论说：纳茹阿达・牟尼拯救了以普瑞亚瓦尔塔(Priyavrata)和乌塔纳帕达(Uttānapāda)为开始的斯瓦阳布瓦・玛努(Svāyambhuva Manu)的全家人。他拯救了乌塔纳帕达的儿子杜茹瓦(Dhruva)，甚至拯救了当时正在从事功利性活动的帕祺纳巴尔黑(Prācīnabarhi)。尽管如此，他无法拯救生物体祖先达克沙。纳茹阿达・亲自去拯救生物体祖先达克沙，所以达克沙看到纳茹阿达出现在他面前。纳茹阿达・牟尼抓住他丧失亲人的机会去找他，因为那时很适合宣讲奉爱瑜伽(bhakti-yoga)。正如《博伽梵歌》第7章的第16节诗所说：有四种人试图了解奉爱服务，他们分别是：痛苦的人(ārta)、需要钱财的人(arthārthī)、好奇爱问的人(jijñāsu)和追求真理的人(jñānī)。生物体祖先达克沙因为失去儿子而极度痛苦，所以纳茹阿达・牟尼抓住这个机会去教导他挣脱物质束缚。

第 36 节

श्रीदक्ष उवाच
अहो असाधो साधूनां साधुलिङ्गेन नस्त्वया ।
असाध्वकार्यर्भकाणां भिक्षोर्मार्गः प्रदर्शितः ॥३६॥

śrī-dakṣa uvāca
aho asādho sādhūnāṁ
sādhu-liṅgena nas tvayā
asādhv akāry arbhakāṇāṁ
bhikṣor mārgaḥ pradarśitaḥ

śrī-dakṣaḥ uvāca—生物体祖先达克沙说 / aho asādho—不诚实的假奉献者啊！ / sādhūnām—奉献者和圣人团体的 / sādhu-liṅgena—穿着圣洁之人的衣服 / naḥ—向我们 / tvayā—被你 / asādhu—不正直的行为 / akāri—已被做 / arbhakāṇām—没有经验的可怜少年们的 / bhikṣoḥ mārgaḥ—乞丐或托钵僧之途 / pradarśitaḥ—指明

译文 生物体祖先达克沙说：唉，纳茹阿达·牟尼，你穿着圣洁之人的衣服，但却不是真正的圣人。事实上，我虽然现在过着居士生活，但却是真正圣洁的人。你通过给我的儿子们指明弃绝之途，对我做出令人憎恶的不公正的事。

要旨 圣柴坦亚·玛哈帕布说：普通大众一旦发现一个托钵僧(sannyāsī)的行为有些许瑕疵，就会立刻广为宣传(sannyāsīra alpa chidra sarva-loke gāya)。人类社会中会有许多托钵僧(sannyāsīs)、退出家庭生活的人(vānaprasthas)、居士(gṛhasthas)和贞守生(brahmacārīs)，如果他们都按照自己的责任以正确的方式生活，他们就被理解为是圣洁之人(sādhu)。生物体祖先达克沙无疑是圣洁之人，因为他从事了如此巨大的苦行，就连至尊人格首神主维施努都亲自出现在他面前。尽管如此，他有挑毛病的心态。他错误地认为纳茹阿达·牟尼不是圣洁之人，因为纳茹阿达阻碍他达到自己的目的。达克沙想要训练自己的儿子成为具有知识的居士，于是派他们到纳茹阿亚纳圣湖(Nārāyaṇa-saras)去苦修。然而，纳茹阿达·牟尼却乘他们靠苦修使自己取得进步时，教导他们成为进入弃绝阶层的外士纳瓦(Vaiṣṇava)。这是纳茹阿达·牟尼和他的追随者们的责任。他们必须给大众指明退出这个物质世界，从而回归家园，回到首神身边的路。但是，生物体祖先达克沙不明白纳茹阿达·牟尼为他的儿子所做的一切有多么崇高。他无法欣赏纳茹阿达·牟尼的所为，于是指责纳茹阿达不是圣人。

就有关这一点，“弃绝之途(bhikṣor mārga)”一句十分重要。托钵僧之所以被称为“三棍弃绝者(tridaṇḍi-bhikṣu)”，是因为他的责任是到居士家乞讨布施，同时给予居士灵性的教导。韦达制度允许托钵僧挨家挨户地乞讨，但居士不能这样做。居士可以按照灵性生活划分的社会四阶层赚取他们的生活费用。布茹阿玛纳(brāhmaṇa)居士可以靠成为博学的学者并教导大众崇拜至尊人格首神赚取他的生活费。他自己也可以承担崇拜的职责。因此说，只有布茹阿玛纳可以负责崇拜神像，他们接受人们供奉给神像后的帕萨达(prasāda)。尽管布茹阿玛纳有时接受布施，但那不是为了维持个人的生活，而是为崇拜神像而用。为此，布茹阿玛纳不为自己今后的所用而储蓄。同样道理，查锤亚(kṣatriya)可以从国民征收税金，但他们必须保护国民，保证规章制度的执行，维护法律和秩序。外夏(Vaiśya)应该依靠农业和保护乳牛赚取自己的生活费用，庶铎(śūdra)应该通过为上述三个更高的阶层服务赚取自己的生活费用。人除非成为布茹阿玛纳，否则不能进入弃绝阶层。托钵僧和贞守生可以挨门挨户地乞讨，但居士不能。

生物体祖先达克沙之所以诅咒纳茹阿达·牟尼，是因为可以挨家挨户乞讨的贞守生纳茹阿达，使达克沙那些受训要当居士的儿子当了托钵僧。达克沙认为纳茹阿达对他做出的事情极不公正，所以对纳茹阿达义愤填膺。根据达克沙的看法，纳茹阿达·牟尼误导了他那些没有经验的儿子(asādhv akāry arbhakāṇām)。达克沙认为他的儿子都是被纳茹阿达误导去过弃绝生活的无辜少年。正是因为这样看问题，生物体祖先达克沙才指责纳茹阿达·牟尼不是圣人，所以不该穿圣人的衣服。

圣洁之人有时被居士们误解，尤其当他教导那些居士们年轻的儿子接受奎师那意识时更是如此。居士一般认为，人除非先过居士生活，否则无法恰当地进入弃绝阶层。如果一个年轻人接受纳茹阿达或他传承中的成员的教导立刻进入弃绝阶层，那年轻人的父母就会十分愤怒。我们的奎师那意识运动因为训练西方国家里的年轻小伙子们走弃绝之途，所以也有同样的现象发生。我们允许人们过居士生活，但居士也要走弃绝之途。即使当居士的人去除了那么多坏习惯，他的父母还是认为他的生活实际上被毁了。我们要求不吃肉，不过非法性生活，不赌博，不喝酒、吸毒。结果那些父母就觉得奇怪，如果有那么多事情都不能做，人的生活怎么可能是积极的。尤其是在西方国家，这四种被禁止的活动几乎构成了现代人的全部生活内容。因此，那些当父母的人有时不喜欢我们的运动，就像生物体祖先达克沙不喜欢纳茹阿达的活动，指责纳茹阿达不正直一样。我们属于纳茹阿达的师徒传承，所以哪怕父母们有可能对我们生气，我们仍必须毫不犹豫地履行我们的责任。

沉溺于居士生活中的人感到奇怪，一个人怎么可以放弃允许性享乐的居士生活中的乐趣而去当一个具有奎师那意识的托钵僧？他们不知道，人除非接受托钵僧的生活，否则无法控制居士生活中允许过的性生活。正因为如此，韦达文明命令人一过五十岁，就必须停止过居士生活。这是必须做的。然而，由于现代文明是被误导的文明，居士们想要一直过家庭生活直到死亡为止。

他们因此而受苦。所以，纳茹阿达·牟尼的门徒们忠告所有的年轻人，立刻参加奎师那意识运动。这样做没有丝毫的错误。

第 37 节

ऋणैस्त्रिभिरमुक्तानाममीमांसितकर्मणाम् ।
विघातः श्रेयसः पाप लोकयोरुभयोः कृतः ॥३७॥

ṛṇais tribhir amuktānām
amīmāṁsita-karmaṇām
vighātaḥ śreyasaḥ pāpa
lokayor ubhayoḥ kṛtaḥ

ṛṇaiḥ—从这债务 / tribhiḥ—三种 / amuktānām—没有摆脱……的人的 / amīmāṁsita—没有考虑 / karmaṇām—职责之途 / vighātaḥ—毁坏 / śreyasaḥ—好运之途的 / pāpa—最罪恶的人啊(纳茹阿达·牟尼)！ / lokayoḥ—世界的 / ubhayoḥ—两者都 / kṛtaḥ—做

译文　生物体祖先达克沙说：我的儿子们根本还没还他们的三种债务。事实上，他们并未正确地思考他们应尽的义务。唉！纳茹阿达，罪恶行径的人格化身！你阻挠了他们在这世上和来世向好运迈进的进程，因为他们对圣洁之人、半神人和他们的父亲仍负有债务。

要旨　布茹阿玛纳一旦出生，就承担着三种债务，即：对大圣人的债，对半神人的债和对他父亲的债。布茹阿玛纳的儿子必须过独身禁欲的学生生活(brahmacarya)，以偿还他对圣洁之人的债；必须举行仪式性祭祀，以偿还他对半神人的债；必须生育孩子，以偿还他对生身父亲的债。生物体祖先达克沙争论说，尽管进入弃绝阶层的做法推荐给想要解脱的人，但人除非还清了他对半神人、圣人和父亲的债，否则无法得到解脱。由于达克沙的儿子们还没有从这三种债务中脱身，纳茹阿达·牟尼怎么能让他们去过弃绝阶层的生活呢？很显然，生物体祖先达克沙不知道经典的最高指示。正如《圣典博伽瓦谭》第11篇第5章的第41节诗说：

devarṣi-bhūtāpta-nṛṇāṁ pitṝṇāṁ
na kiṅkaro nāyam ṛṇī ca rājan
sarvātmanā yaḥ śaraṇaṁ śaraṇyaṁ
gato mukundaṁ parihṛtya kartam

每一个人都对半神人、一般生物体、家庭和祖先(pitā)等负有债务，但全心全意地投靠奎师那——赐予解脱的至尊主穆琨达(Mukunda)，哪怕一个人没有举行祭祀(yajña)，他也被免去一切债务；哪怕他没有还债，但为了莲花足是众生庇护所的至尊人格首神而退出尘世，他也被免于一切债务。这是经典的定论。因此，纳茹阿达·牟尼教导生物体祖先达克沙的儿子们立刻退出物质世界，托庇于至尊人格首神的做法完全正确。不幸的是，生物体祖先达克沙——哈尔亚施瓦和萨瓦拉施瓦的父亲，不明白纳茹阿达·牟尼所做的重大服务，于是称纳茹阿达为罪恶行径的人格化身(pāpa)，以及不圣洁的人(asādhu)。由于纳茹阿达·牟尼是伟大的圣洁之人和外士纳瓦，他容忍了生物体祖先达克沙的所有这些指控。他只不过是履行了他作为外士纳瓦的责任，拯救生物体祖先达克沙所有的儿子，使他们有资格回归家园，回到首神身边。

第38节

एवं त्वं निरनुक्रोशो बालानां मतिभिद्धरेः ।
पार्षदमध्ये चरसि यशोहा निरपत्रपः ॥३८॥

evaṁ tvaṁ niranukrośo
bālānāṁ mati-bhid dhareḥ
pārṣada-madhye carasi
yaśo-hā nirapatrapaḥ

evam－如此 / tvam－你(纳茹阿达) / niranukrośaḥ－没有同情心 / bālānām－无辜的、未经世事的少年们的 / mati-bhit－污染意

识 / hareḥ一至尊人格首神的 / pārṣada-madhye一在私人同伴间 / carasi一旅行 / yaśaḥ-hā一败坏至尊人格首神的名誉 / nirapatrapaḥ一无耻地(从事罪恶活动)

译文　生物体祖先达克沙继续道：对其他生物体施加暴力，但却自称是主维施努的同伴，你在败坏至尊人格首神的名誉。你毫无必要地在无辜少年们心中制造弃绝精神，因此真是无耻，根本就没有同情心。你怎能与至尊主的私人同伴们一起旅行呢？

要旨　生物体祖先的这种心态一直延续至今。当年轻人加入奎师那意识运动时，他们的父母和所谓的保护者们就对奎师那意识运动的推动者十分愤怒，因为他们认为他们的孩子没有必要地使自己失去了吃吃喝喝、纵情狂欢的物质享乐。功利性活动者们(karmīs)认为，人应该今生在这个物质世界里充分享乐，同时也从事一些虔诚活动，以使自己能被提升到高等星系，在来生进一步享受。然而瑜伽师(yogī)，尤其是奉爱瑜伽师(bhakti-yogī)，对这个物质世界麻木不仁，没兴趣旅行到半神人们所在的高等星系，享受更长的寿命及更高级的物质文明。帕博达南达·萨茹阿斯瓦提(Prabodhānanda Sarasvatī)说明：对奉献者来说，融入梵光存在是可憎的；而在半神人们所在的高等星系中的生活，则是鬼火般的虚幻目标，是根本没有真实存在的千变万化的幻景(kaivalyaṁ narakāyate tridaśa-pūr ākāśa-puṣpāyate)。纯粹奉献者对瑜伽神通、到高等星系旅行或融入梵光毫无兴趣。他只想为人格首神做奉爱服务。生物体祖先达克沙是功利性活动者，所以无法欣赏纳茹阿达·牟尼为他的一万一千个儿子所做的非凡服务，相反却指责纳茹阿达·牟尼有罪，控告说因为纳茹阿达·牟尼与至尊人格首神有关联，因此破坏了至尊主的名声。就这样，达克沙批评纳茹阿达·牟尼虽然以至尊主的同伴闻名于世，但其实是冒犯至尊主的人。

第 39 节

ननु भागवता नित्यं भूतानुग्रहकातराः ।
ऋते त्वां सौहृदघ्नं वै वैरङ्करमवैरिणाम् ॥३९॥

nanu bhāgavatā nityaṁ
bhūtānugraha-kātarāḥ
ṛte tvāṁ sauhṛda-ghnaṁ vai
vairaṅ-karam avairiṇām

nanu—现在 / bhāgavatāḥ—至尊人格首神的奉献者 / nityam—永恒地 / bhūta-anugraha-kātarāḥ—非常渴望为堕落受制约的灵魂谋福利 / ṛte—除了 / tvām—你自己 / sauhṛda-ghnam—破坏友谊的人(因此不能算是至尊主的奉献者) / vai—的确 / vairam-karam—你制造敌意 / avairiṇām—对不是敌人的人

译文 除了你，至尊主所有的奉献者都对受制约的灵魂极为仁慈，渴望为他人谋福利。你虽然穿着奉献者的衣服，但却在本不是你敌人的人心中制造敌意；或者破坏友谊，在朋友间制造敌意。在从事这些令人憎恶的行为时还摆出一副奉献者的姿态，你不感到羞愧吗？

要旨 纳茹阿达·牟尼师徒传承中的仆人们，都必须忍受这样的批评。尽管我们努力通过奎师那意识运动训练年轻人，靠严格遵守规范原则成为奉献者，回归家园，回到首神身边，但看来无论是印度还是西方国家，都不欣赏我们所做的服务，不欣赏我们为传播奎师那意识运动所做的努力。在印度，由于我们把被认为是肉食者(mleccha)和野蛮人(yavana)的外国人提升到布茹阿玛纳的位置上，世袭的布茹阿玛纳们便视奎师那意识运动为敌人。我们训练他们苦修、赎罪，然后以授予他们圣线的方式承认他们是布茹阿玛纳。我们在西方世界从事的活动使印度的世袭布茹阿玛纳们很生气。而在西方社会，参加这场运动的年轻人的父母们也视我们为敌。我们不想树敌，但问题是，非奉献者一直仇视我们。尽管如此，正如经典所说，奉献者应该既忍受又仁慈。致力于传教的奉献者应该对无知之人的指控有精神准备，但同时必须对堕落的灵魂十分仁慈。在纳茹阿达·牟尼的师徒传承中履行自己责任的人，所做的服务无疑会得到承认。正如《博伽梵歌》第18章的第68—69节诗记载，至尊主说：

ya idaṁ paramaṁ guhyaṁ
mad-bhakteṣv abhidhāsyati
bhaktiṁ mayi parāṁ kṛtvā
mām evaiṣyaty asaṁśayaḥ

na ca tasmān manuṣyeṣu
kaścin me priya-kṛttamaḥ
bhavitā na ca me tasmād
anyaḥ priyataro bhuvi

“向奉献者解说这至高无上的秘密之人，保证能到达纯粹奉爱服务的层面，并在最终回到我这里。在这个世界上，没有一个仆人比他更让我珍爱，将来也不会有。”让我们继续传播主奎师那的信息，不害怕敌人。我们唯一的责任是靠传播主奎师那的信息使至尊主满意，而这么做将被主柴坦亚和主奎师那视为是服务。我们必须真诚地为至尊主服务，不要被所谓的敌人唬住。

这节诗中用了“破坏友谊的人(sauhṛda-ghnam)”一句。纳茹阿达·牟尼和他的师徒传承中的成员们因为成功地使人中断物质的友谊和家庭生活，所以有时被指控为是在亲人间制造敌意的人、破坏友谊的人。这样的奉献者实际上是众生的朋友(suhṛdaṁ sarvabhūtānām)，但却被误解为是敌人。传播知识是一项困难、吃力不讨好的任务，但传播知识的人必须按照至尊主的命令做，不惧怕物质主义者。

第40节

नेत्थं पुंसां विरागः स्यात्त्वया केवलिना मृषा ।
मन्यसे यद्युपशमं स्नेहपाशनिकृन्तनम् ॥४०॥

netthaṁ puṁsāṁ virāgaḥ syāt
tvayā kevalinā mṛṣā
manyase yady upaśamaṁ
sneha-pāśa-nikṛntanam

na一不 / ittham一用这种方式 / puṁsām一人的 / virāgaḥ一弃绝 / syāt一是可能的 / tvayā一被你 / kevalinā mṛṣā一具有错误的知识 / manyase一你认为 / yadi一如果 / upaśamam一放弃物质享乐 / sneha-pāśa一情感的束缚 / nikṛntanam一切断

译文 生物体祖先达克沙继续说：如果你以为仅仅靠唤醒弃绝意识就能将人与物质世界分开，那我必须说：除非觉悟了全部的知识，否则光靠像你这样换件衣服，并不能使人超脱。

要旨 生物体祖先达克沙的“靠换衣服无法使人弃绝这个物质世界”的说法是正确的。喀历年代中的托钵僧将白色长袍换成橙黄色的，随后便以为自己可以随心所欲地做自己想做的事。这种人比物质主义的居士还可恶。经典没有一个地方允许人这样做。生物体祖先达克沙正确地指出了这个问题，但他并不知道，纳茹阿达·牟尼是用完整的知识激起了哈尔亚施瓦和萨瓦拉施瓦们的弃绝精神。这种有知识的弃绝是可贵的。人应该在充满知识(jñāna-vairāgya)的情况下进入弃绝阶层，因为只有这样退出这个物质世界的人才有可能达到生命的完美境界。人可以很容易达到这种崇高的状态，正如《圣典博伽瓦谭》第1篇第2章的第7节诗说明：

vāsudeve bhagavati
bhakti-yogaḥ prayojitaḥ

janayaty āśu vairāgyaṁ
jñānaṁ ca yad ahaitukam

“通过为人格首神圣奎师那做奉爱服务，人立刻不明原因地获得知识，不再依恋这个世界。”如果人真诚地为主华苏戴瓦(Vāsudeva)做奉爱服务，知识(jñāna)和弃绝精神(vairāgya)自动就会在人的心中展现。这是毫无疑问的。生物体祖先指责纳茹阿达实际上并没有把他儿子提升到知识的层面上，但这并非事实。生物体祖先达克沙全部的儿子都先被提升到知识的层面上，他们随后便自动离弃了这个世界。总之，除非人的知识被唤醒，否则人不可能有弃绝精神，因为没有高等知识的人无法放弃对物质享乐的依恋。

第 41 节

नानुभूय न जानाति पुमान् विषयतीक्ष्णताम् ।
निर्विद्यते स्वयं तस्मान्न तथा भिन्नधीः परैः ॥४१॥

nānubhūya na jānāti
pumān viṣaya-tīkṣṇatām
nirvidyate svayaṁ tasmān
na tathā bhinna-dhīḥ paraiḥ

na－不 / anubhūya－体验 / na－不 / jānāti－了解 / pumān－一个人 / viṣaya-tīkṣṇatām－物质享乐的痛苦 / nirvidyate－远离 / svayam－他自己 / tasmāt－从那 / na tathā－不像那 / bhinna-dhīḥ－智慧被改变的 / paraiḥ－被其他人

译文　物质享乐的确是一切痛苦的根源，但人除非亲自体验到它有多痛苦，否则无法放弃。因此，应该允许人保持在所谓的物质享乐状态中，同时通过体验，提高对这种虚假的物质快乐所具有的痛苦的认识。那以后，在没他人帮助的情况下，人就会发现物质享乐是多么令人憎恶。靠其他人改变自己想法的人，不会像那些有亲身体验的人一样弃绝。

要旨 据说女人除非自己怀孕，否则无法了解生孩子是多麻烦的事(bandhyā ki bujhibe prasava-vedanā)。“Bandhyā”一词是指不能生育的妇女。这种女人不可能生孩子，那她怎么才能体会生孩子的痛苦呢？按照生物体祖先达克沙的哲学：一个女人应该先怀孕，然后体验生孩子的痛苦；接着，如果她聪明，她就不会想要再怀孕了。但事实并非如此。性享乐的欲望是如此强烈，以致妇女怀孕，体会生孩子的痛苦后，还会再怀孕。达克沙认为，人应该先进行物质享乐，在体会了这种享乐的痛苦后，就会自动弃绝。然而，物质自然的魔力是那么强大，以致人即使每一步都体会到痛苦，都不停止继续试图享乐(tṛpyanti neha kṛpaṇa-bahu-duḥkha-bhājaḥ)。在这种情况下，人除非得到像纳茹阿达·牟尼或他的师徒传承中的仆人那样的奉献者的联谊，否则沉睡着的弃绝精神不可能被唤醒。“由于物质享乐牵涉到那么多痛苦的情况，人就会自然而然变得超然”的说法并不反映事实。人需要有像纳茹阿达·牟尼那样的奉献者的祝福。那样，人才能放弃他对物质世界的执著。奎师那意识运动中的年轻男女之所以能放弃物质享乐的念头，并非是练出来的，而是凭借圣主柴坦亚·玛哈帕布和祂仆人们的仁慈。

第42节

यन्नस्त्वं कर्मसन्धानां साधूनां गृहमेधिनाम् ।
कृतवानसि दुर्मर्षं विप्रियं तव मर्षितम् ॥४२॥

yan nas tvaṁ karma-sandhānāṁ
sādhūnāṁ gṛhamedhinām
kṛtavān asi durmarṣaṁ
vipriyaṁ tava marṣitam

yat—……的 / naḥ—向我们 / tvam—你 / karma-sandhānām—根据韦达训谕严格举行功利性宗教仪式的 / sādhūnām—是诚实的(因

为我们诚实地探索崇高的社会标准和身体的舒适) / gṛha-medhinām—虽然与妻子和孩子 / kṛtavān asi—已创造 / durmarṣam—不能忍受的 / vipriyam—错误的 / tava—你的 / marṣitam—原谅

译文　我虽然与妻子和孩子一起过居士生活，但却通过从事没有恶报的功利性活动享受生活，以此方式诚实地遵守韦达训谕。我举行了所有种类的祭祀，包括崇拜半神人的祭祀、崇拜圣人的祭祀、崇拜祖先的祭祀和崇拜人类的祭祀。由于这些祭祀都算是誓言(vrata)，我便被称为“在居士生活中遵守誓言的人”。不幸的是，你毫无缘由地误导我的儿子们走上弃绝之途，令我极其不满。这只能容忍一次。

要旨　生物体祖先达克沙需要证明他已经容忍到极点，以致当纳茹阿达·牟尼毫无缘由地引诱他的一万个儿子走弃绝之途时，他什么都没说。贵哈斯塔(gṛhastha)居士们有时被指责为是贵哈梅迪(gṛhamedhī)，因为贵哈梅迪们满足于不争取灵性进步的家庭生活。然而，贵哈斯塔不同，因为贵哈斯塔们虽然过着与妻子和孩子生活在一起的居士生活，但却渴望争取灵性进步。生物体祖先达克沙想要证明他对纳茹阿达·牟尼已经够宽宏大量了，所以强调当纳茹阿达误导他的第一批儿子时，他并没有采取行动；他已经很仁慈和容忍了。然而，他感到愤愤不平，因为纳茹阿达·牟尼又误导了他的第二批儿子。为此，他要证明：纳茹阿达·牟尼虽然打扮得像个圣人，但实际上并不是；而他本人虽然是个居士，但却是比纳茹阿达·牟尼还要伟大的圣人。

第 43 节

तन्तुकृन्तन यन्नस्त्वमभद्रमचरः पुनः ।
तस्माल्लोकेषु ते मूढ न भवेद् भ्रमतः पदम् ॥४३॥

tantu-kṛntana yan nas tvam
abhadram acaraḥ punaḥ
tasmāl lokeṣu te mūḍha
na bhaved bhramataḥ padam

tantu-kṛntana—无情地将我儿子与我分开的罪魁祸首啊！/ yat—……的 / naḥ—向我们 / tvam—你 / abhadram——件不吉祥的事 / acaraḥ—做了 / punaḥ—再次 / tasmāt—因此 / lokeṣu—宇宙中所有的星系 / te—你的 / mūḍha—不知道如何做的捣蛋鬼啊！ / na—不 / bhavet—也许有 / bhramataḥ—正在漫游的 / padam——个住所

译文 你已使我失去了我的儿子一次，现在又再次做了同样不吉利的事。因此，你是个不知如何为人处事的捣蛋鬼。你也许在全宇宙旅行，但我诅咒你在任何地方都没有住所。

要旨 生物体祖先达克沙是个想要留在居士生活中的贵哈梅迪，因此便以为，只要纳茹阿达·牟尼不能停留在一个地方，而是不得不在全世界旅行，就是对他的巨大惩罚。然而事实上，这样的惩罚对传播知识的人来说是一种祝福。传播知识的人被称为是为造福人类社会而旅行的灵性导师(parivrājakācārya)；这样的人为人类社会的利益而始终在旅行。生物体祖先达克沙诅咒纳茹阿达·牟尼说，尽管他有在全宇宙旅行的便利条件，但他将永远都无法停留在一个地方。属于纳茹阿达·牟尼师徒传承的我也被这样诅咒了。我虽然有许多中心可以当做合适的住所，但却无法在任何一个地方停留，因为我遭到我那些年轻门徒的父母的诅咒。既然奎师那意识运动开展起来了，我必须一年二到三次地在全世界旅行；尽管我所到之地都为我提供舒适的住所，但我无法在任何一个地方停留超过三天或一个星期。我不在乎我门徒的父母这样诅咒我，但现在我需要停留在一个地方完成另一项任务——翻译完这部《圣典博伽瓦谭》。如果我的年轻门徒们，尤其是那些当了托钵僧的门徒能负责在全世界旅行，那我就有可能把这个诅咒转给这些传播知识的年轻人们，而我就可以在一个地方坐下专注于翻译的工作。

第44节

श्रीशुक उवाच
प्रतिजग्राह तद्बाढं नारदः साधुसम्मतः ।
एतावान् साधुवादो हि तितिक्षेतेश्वरः स्वयम् ॥४४॥

śrī-śuka uvāca
pratijagrāha tad bāḍhaṁ
nāradaḥ sādhu-sammataḥ
etāvān sādhu-vādo hi
titikṣeteśvaraḥ svayam

śrī-śukaḥ uvāca—圣舒卡戴瓦·哥斯瓦米说 / pratijagrāha—接受 / tat—那 / bāḍham—就这样吧！ / nāradaḥ—纳茹阿达·牟尼 / sādhu-sammataḥ—公认的圣人 / etāvān—这么多 / sādhu-vādaḥ—对一个圣洁之人恰当的 / hi—事实上 / titikṣeta—他会容忍 / īśvaraḥ—虽然能够诅咒生物体祖先达克沙 / svayam—他自己

译文　圣舒卡戴瓦·哥斯瓦米继续道：我亲爱的君王，由于纳茹阿达·牟尼是公认的圣洁之人，当生物体祖先达克沙诅咒他时，他回答道，“是，你说的一切都是好的。我接受这诅咒(tad bāḍhaṁ)”。他虽然可以以牙还牙地诅咒生物体祖先达克沙，但因为是容忍、仁慈的圣人而并未采取行动。

要旨　正如《圣典博伽瓦谭》第3篇第25章的第21节诗声明：

titikṣavaḥ kāruṇikāḥ
suhṛdaḥ sarva-dehinām

ajāta-śatravaḥ śāntāḥ
sādhavaḥ sādhu-bhūṣaṇāḥ

“圣人的表现是，他忍受、仁慈，友好对待众生。他不与任何生物为敌，总是平静安详；他遵守经典的指示，各项品德都很崇高。”纳茹阿达·牟尼是最崇高的圣人——奉献者，所以为拯救生物体祖先达克沙，他沉默地容忍了那诅咒。圣柴坦亚·玛哈帕布教导祂的奉献者这样的原则说：

tṛṇād api sunīcena
taror api sahiṣṇunā
amāninā mānadena
kīrtanīyaḥ sadā hariḥ

“人应该以谦卑的心态吟诵、吟唱至尊主的圣名，认为自己比路上的一根稻草还要卑微；人应该比一棵树还要宽容、忍受，没有丝毫的虚荣感，随时愿意向他人致以所有的敬意。怀着这种心态，人可以不断地吟诵、吟唱至尊主的圣名。”遵照圣柴坦亚·玛哈帕布的命令，在全世界或整个宇宙中传播至尊主荣耀的人，应该比一根草还要卑微，比一棵树还要宽容、忍受，因为传播知识的人不可能过一种轻轻松松的生活。事实上，传播知识的人必须面对许多障碍。他不仅有时会遭到诅咒，而且有时还必须承受对他身体的伤害。例如：当尼提阿南达·帕布(Nityānanda Prabhu)去向佳盖(Jagāi)和玛戴(Mādhāi)这两个混账兄弟宣传奎师那意识时，他们伤害祂，把祂的头打得鲜血涌流。但祂忍受这一切，继续拯救那两个流氓，结果使他们成为完美的外士纳瓦。这是知识传播者的责任。耶稣基督甚至忍受被钉死在十字架上的痛苦。所以，对纳茹阿达的诅咒并不令人十分惊讶，而他容忍了。

现在也许有人会问，纳茹阿达·牟尼为什么站在生物体祖先达克沙面前，容忍他所有的指责和诅咒呢？那是为了拯救达克沙吗？获得是：对！圣维施瓦纳特·查夸瓦尔提·塔库尔说：遭到生物体祖先达克沙的羞辱后，纳茹阿达·牟尼应该马上离开，但他故意留在当地听完达克沙的激烈话语，以使达克沙的愤怒得到释放。生物体祖先达克沙不是普通人，他积累了许多功德。因此，纳茹阿达·牟尼期望达克沙说出他的诅咒后感到满足，不再愤怒，随后对他的错误做法感到后悔，从而有机会成为外士纳瓦，得到拯救。当佳盖和玛戴伤害主尼提阿南达时，主尼提阿南达容忍地站在那里，因此那两兄弟扑倒在祂的莲花足旁忏悔了。结果是，他们两人后来转变成完美的外士纳瓦。

到此为止，结束了巴克提韦丹塔对《圣典博伽瓦谭》第6篇第5章——“生物体祖先达克沙诅咒纳茹阿达·牟尼”所作的阐释。

第六章

达克沙女儿们的后裔

这一章讲述的是，生物体祖先达克沙(Prajāpati Dakṣa)使他妻子阿希克妮(Asiknī)怀孕生了六十个女儿。他将这些女儿给予不同的人，以增加宇宙居民的数量。由于达克沙的这些后代都是女性，纳茹阿达·牟尼(Nārada Muni)便没有去尝试引导她们进入生命的弃绝阶层。达克沙以此方式让他的孩子避开了纳茹阿达。达克沙将十个女儿嫁给达尔玛茹阿佳(Dharmarāja, 阎罗王)，十三个女儿嫁给喀夏帕·牟尼(Kaśyapa Muni)，二十七个女儿嫁给月亮神昌铎(Candra)，就这样把五十个女儿嫁了出去。剩下的十个女儿中，有四个嫁给喀夏帕，两个嫁给布塔(Bhūta)，两个嫁给安给茹阿(Aṅgirā)，两个嫁给奎沙施瓦(Kṛśāśva)。应该知道，由于达克沙的这六十个女儿与各种崇高人物的结合，才使得整个宇宙充满了人类、半神人、恶魔、走兽、飞鸟和蛇等各种类型的生物体。

第 1 节

श्रीशुक उवाच
ततः प्राचेतसोऽसिक्न्यामनुनीतः स्वयम्भुवा ।
षष्टिं सञ्जनयामास दुहितॄः पितृवत्सलाः ॥१॥

śrī-śuka uvāca
tataḥ prācetaso 'siknyām
anunītaḥ svayambhuvā
ṣaṣṭiṁ sañjanayām āsa
duhitṝḥ pitṛ-vatsalāḥ

śrī-śukaḥ uvāca—圣舒卡戴瓦·哥斯瓦米说 / tataḥ—在那事件之后 / prācetasaḥ—达克沙 / asiknyām—在他妻子阿希克妮体内 /

anunītaḥ－安抚 / svayambhuvā－被主布茹阿玛 / ṣaṣṭim－六十个 / sañjanayām āsa－生 / duhitṝḥ－女儿 / pitṛ-vatsalāḥ－都很爱她们的父亲

译文 圣舒卡戴瓦·哥斯瓦米说：我亲爱的君王，那以后，在主布茹阿玛的要求下，被称为帕柴塔萨的生物体祖先达克沙，使他妻子阿希克妮怀孕生了六十个女儿。所有的女儿都很爱她们的父亲。

要旨 发生了失去许多儿子的事件后，达克沙后悔自己误解了纳茹阿达·牟尼。主布茹阿玛于是去看望他，指示他再生孩子。这一次，达克沙十分小心地只生女孩而不是男孩，以使纳茹阿达·牟尼不会去打扰她们，鼓励她们进入弃绝阶层。妇女不该进入生命的弃绝阶层，而应该对她们的好丈夫忠贞不渝，因为如果丈夫有能力解脱，他妻子也将随他获得解脱。启示经典(śāstra)中说，丈夫从事虔诚活动的结果由他妻子分享。因此，妇女的责任是贞节并对丈夫忠诚。这样，她就可以在不需要额外努力的情况下分享她丈夫得到的一切利益。

第2节

दश धर्माय कायादाद् द्विषट् त्रिणव चेन्दवे ।
भूताङ्गिरःकृशाश्वेभ्यो द्वे द्वे तार्क्ष्याय चापराः ॥ २ ॥

daśa dharmāya kāyādād
dvi-ṣaṭ tri-ṇava cendave
bhūtāṅgiraḥ-kṛśāśvebhyo
dve dve tārkṣyāya cāparāḥ

daśa－十个 / dharmāya－给阎罗王 / kāya－给喀夏帕 / adāt－给予 / dvi-ṣaṭ－二乘六再加一(十三) / tri-nava－三乘九(二十七) / ca－还有 / indave－给月亮神 / bhūta-aṅgiraḥ-kṛśāśvebhyaḥ－给布塔、安给

茹阿和奎沙施瓦 / dve dve－每人两个 / tārkṣyāya－再次给喀夏帕 / ca－和 / aparāḥ－平衡

译文　他将十个女儿嫁给阎罗王(达尔玛茹阿佳)，十三个女儿嫁给喀夏帕(先是十二个，后又增加一个)，二十七个女儿嫁给月亮神，给安给茹阿、奎沙施瓦和布塔每人各两个女儿，而其他四个女儿又嫁给了喀夏帕(喀夏帕共得到达克沙的十七个女儿)。

第 3 节

नामधेयान्यमूषां त्वं सापत्यानां च मे शृणु ।
यासां प्रसूतिप्रसवैर्लोका आपूरितास्त्रयः ॥ ३ ॥

nāmadheyāny amūṣāṁ tvaṁ
sāpatyānāṁ ca me śṛṇu
yāsāṁ prasūti-prasavair
lokā āpūritās trayaḥ

nāmadheyāni－不同的名字 / amūṣām－她们的 / tvam－你 / sa-apatyānām－与她们的后裔 / ca－和 / me－从我 / śṛṇu－请听 / yāsām－所有……的人的 / prasūti-prasavaiḥ－被这么多的孩子与这么多孩子的后裔 / lokāḥ－世界 / āpūritāḥ－居住着 / trayaḥ－三个(上、中、下世界)

译文　现在请听我讲述所有这些女儿及她们那些充满了三个世界的后裔。

第 4 节

भानुर्लम्बा ककुद्यामिर्विश्वा साध्या मरुत्वती ।
वसुर्मुहूर्ता सङ्कल्पा धर्मपत्न्यः सुताञ्शृणु ॥ ४ ॥

bhānur lambā kakud yāmir
viśvā sādhyā marutvatī

vasur muhūrtā saṅkalpā
dharma-patnyaḥ sutāñ śṛṇu

bhānuḥ—芭努 / lambā—榔芭 / kakut—喀库德 / yāmiḥ—雅蜜 / viśvā—维施娃 / sādhyā—萨迪雅 / marutvatī—玛茹特娃缇 / vasuḥ—娃苏 / muhūrtā—穆胡尔塔 / saṅkalpā—桑卡勒琶 / dharma-patnyaḥ—阎罗王的妻子们 / sutān—她们的儿子 / śṛṇu—现在请听

译文 嫁给阎罗王的十个女儿分别名叫芭努、榔芭、喀库德、雅蜜、维施娃、萨迪雅、玛茹特娃缇、娃苏、穆胡尔塔和桑卡勒琶。现在请听她们子孙的名字。

第 5 节

भानोस्तु देवऋषभ इन्द्रसेनस्ततो नृप ।
विद्योत आसील्लम्बायास्ततश्च स्तनयित्नवः ॥ ५ ॥

bhānos tu deva-ṛṣabha
indrasenas tato nṛpa
vidyota āsīl lambāyās
tataś ca stanayitnavaḥ

bhānoḥ—从芭努的子宫 / tu—当然 / deva-ṛṣabhaḥ—戴瓦·瑞沙巴 / indrasenaḥ—因铎森纳 / tataḥ—从他(戴瓦·瑞沙巴) / nṛpa—君王啊! / vidyotaḥ—维丢塔 / āsīt—出现 / lambāyāḥ—从榔芭的子宫 / tataḥ—从他 / ca—和 / stanayitnavaḥ—所有的云朵

译文 君王啊! 名叫戴瓦·瑞沙巴的儿子由芭努所生，而他生了个名叫因铎森纳的儿子。榔芭怀孕生了名叫维丢塔的儿子，他负责生产所有的云朵。

第 6 节

ककुदः सङ्कटस्तस्य कीकटस्तनयो यतः ।
भुवो दुर्गाणि यामेयः स्वर्गो नन्दिस्ततोऽभवत् ॥ ६ ॥

kakudaḥ saṅkaṭas tasya
kīkaṭas tanayo yataḥ
bhuvo durgāṇi yāmeyaḥ
svargo nandis tato 'bhavat

kakudaḥ—从喀库德的子宫 / saṅkaṭaḥ—桑卡塔 / tasya—从他 / kīkaṭaḥ—克伊卡塔 / tanayaḥ—儿子 / yataḥ—从……的 / bhuvaḥ—地球的 / durgāṇi—保护这个宇宙的许多半神人(名叫杜尔嘎) / yāmeyaḥ—雅蜜的 / svargaḥ—斯瓦尔嘎 / nandiḥ—南迪 / tataḥ—从他(斯瓦尔嘎) / abhavat—被生

译文　喀库德怀孕生下儿子桑卡塔，桑卡塔儿子的名字是克伊卡塔。克伊卡塔生出名叫杜尔嘎的半神人们。雅蜜生了儿子斯瓦尔嘎，斯瓦尔嘎的儿子名叫南迪。

第7节

विश्वेदेवास्तु विश्वाया अप्रजांस्तान् प्रचक्षते ।
साध्योगणश्च साध्याया अर्थसिद्धिस्तु तत्सुतः ॥७॥

viśve-devās tu viśvāyā
aprajāṁs tān pracakṣate
sādhyo-gaṇaś ca sādhyāyā
arthasiddhis tu tat-sutaḥ

viśve-devāḥ—名叫维施瓦戴瓦的半神人们 / tu—但是 / viśvāyāḥ—从维施娃 / aprajān—没有儿子 / tān—他们 / pracakṣate—据说 / sādhyaḥ-gaṇaḥ—名叫萨迪雅的半神人 / ca—和 / sādhyāyāḥ—从萨迪雅的子宫 / arthasiddhiḥ—阿尔塔希迪 / tu—但是 / tat-sutaḥ—萨迪雅的儿子

译文　维施娃的儿子们都是维施瓦戴瓦，他们没有后代。萨迪雅怀孕生下萨迪亚们，他们有一个名叫阿尔塔希迪的儿子。

第 8 节

मरुत्वांश्च जयन्तश्च मरुत्वत्या बभूवतुः ।
जयन्तो वासुदेवांश उपेन्द्र इति यं विदुः ॥ ८ ॥

marutvāṁś ca jayantaś ca
marutvatyā babhūvatuḥ
jayanto vāsudevāṁśa
upendra iti yaṁ viduḥ

marutvān—玛茹特万 / ca—还有 / jayantaḥ—佳央塔 / ca—还有 / marutvatyāḥ—从玛茹特娃缇 / babhūvatuḥ—出生 / jayantaḥ—佳央塔 / vāsudeva-aṁśaḥ—华苏戴瓦的一个扩展 / upendraḥ—乌彭铎 / iti—如此 / yam—……的人 / viduḥ—他们知道

译文 从玛茹特娃缇的子宫产下两个儿子，玛茹特万和佳央塔。佳央塔是主华苏戴瓦的一个扩展，被称为乌彭铎。

第 9 节

मौहूर्तिका देवगणा मुहूर्तायाश्च जज्ञिरे ।
ये वै फलं प्रयच्छन्ति भूतानां स्वस्वकालजम् ॥ ९ ॥

mauhūrtikā deva-gaṇā
muhūrtāyāś ca jajñire
ye vai phalaṁ prayacchanti
bhūtānāṁ sva-sva-kālajam

mauhūrtikāḥ—毛胡尔提卡 / deva-gaṇāḥ—半神人 / muhūrtāyāḥ—自穆胡尔塔的子宫 / ca—和 / jajñire—出生 / ye—所有……的 / vai—事实上 / phalam—结果 / prayacchanti—给予 / bhūtānām—生物体的 / sva-sva—他们自己的 / kāla-jam—时间所生

译文 名为毛胡尔提卡的半神人们都产子穆胡尔塔的子宫。这些半神人负责将众生在不同的时间内从事活动的结果给予他们。

第 10—11 节

सङ्कल्पायास्तु सङ्कल्पः कामः सङ्कल्पजः स्मृतः ।
वसवोऽष्टौ वसोः पुत्रास्तेषां नामानि मे शृणु ॥१०॥

द्रोणः प्राणो ध्रुवोऽर्कोऽग्निर्दोषो वास्तुर्विभावसुः ।
द्रोणस्याभिमतेः पत्न्या हर्षशोकभयादयः ॥११॥

saṅkalpāyās tu saṅkalpaḥ
　kāmaḥ saṅkalpajaḥ smṛtaḥ
vasavo 'ṣṭau vasoḥ putrās
　teṣāṁ nāmāni me śṛṇu

droṇaḥ prāṇo dhruvo 'rko 'gnir
　doṣo vāstur vibhāvasuḥ
droṇasyābhimateḥ patnyā
　harṣa-śoka-bhayādayaḥ

saṅkalpāyāḥ—从桑卡勒琶的子宫 / tu—但是 / saṅkalpaḥ—桑卡勒帕 / kāmaḥ—卡玛 / saṅkalpa-jaḥ—桑卡勒琶的儿子 / smṛtaḥ—了解 / vasavaḥ aṣṭau—八位瓦苏 / vasoḥ—娃苏的 / putrāḥ—儿子们 / teṣām—他们的 / nāmāni—名字 / me—从我 / śṛṇu—请听 / droṇaḥ—铎纳 / prāṇaḥ—帕纳 / dhruvaḥ—杜茹瓦 / arkaḥ—阿尔卡 / agniḥ—阿格尼 / doṣaḥ—窦沙 / vāstuḥ—瓦斯图 / vibhāvasuḥ—维巴瓦苏 / droṇasya—铎纳的 / abhimateḥ—从阿碧玛缇 / patnyāḥ—妻子 / harṣa-śoka-bhaya-ādayaḥ—名叫哈尔沙、首卡、巴亚等的儿子

译文　桑卡勒琶的儿子被称为桑卡勒帕，色欲就产自他。娃苏的儿子们以八位瓦苏著称。听我说，他们的名字是，铎纳、帕纳、杜茹瓦、阿尔卡、阿格尼、窦沙、瓦斯图和维巴瓦苏。瓦苏中的铎纳所娶的妻子阿碧玛缇，生下儿子哈尔沙、首卡和巴亚等。

第 12 节

प्राणस्योर्जस्वती भार्या सह आयुः पुरोजवः ।
ध्रुवस्य भार्या धरणिरसूत विविधाः पुरः ॥१२॥

prāṇasyorjasvatī bhāryā
saha āyuḥ purojavaḥ
dhruvasya bhāryā dharaṇir
asūta vividhāḥ puraḥ

prāṇasya—帕纳的 / ūrjasvatī—乌尔嘉丝娃缇 / bhāryā—妻子 / sahaḥ—萨哈 / āyuḥ—阿尤斯 / purojavaḥ—普柔佳瓦 / dhruvasya—杜茹瓦的 / bhāryā—妻子 / dharaṇiḥ—妲茹阿妮 / asūta—孕育出 / vividhāḥ—各种各样的 / puraḥ—城市和乡镇

译文 帕纳的妻子乌尔嘉丝娃缇，生了萨哈、阿尤斯和普柔佳瓦三个儿子。杜茹瓦的妻子名叫妲茹阿妮，她的子宫孕育出各种城市和乡镇。

第 13 节

अर्कस्य वासना भार्या पुत्रास्तर्षादयः स्मृताः ।
अग्नेर्भार्या वसोर्धारा पुत्रा द्रविणकादयः ॥१३॥

arkasya vāsanā bhāryā
putrās tarṣādayaḥ smṛtāḥ
agner bhāryā vasor dhārā
putrā draviṇakādayaḥ

arkasya—阿尔卡的 / vāsanā—娃萨娜 / bhāryā—妻子 / putrāḥ—儿子们 / tarṣa-ādayaḥ—塔尔沙等的 / smṛtāḥ—以……闻名 / agneḥ—阿格尼的 / bhāryā—妻子 / vasoḥ—瓦苏 / dhārā—达茹阿 / putrāḥ—儿子们 / draviṇaka-ādayaḥ—铎维纳卡等

译文 阿尔卡之妻娃萨娜生下以塔尔沙、达茹阿为首的许多儿子。名叫阿格尼的瓦苏所娶的妻子妲茹阿，生了以铎维纳卡为首的众多儿子。

第 14 节

स्कन्दश्च कृत्तिकापुत्रो ये विशाखादयस्ततः ।
दोषस्य शर्वरीपुत्रः शिशुमारो हरेः कला ॥१४॥

skandaś ca kṛttikā-putro
ye viśākhādayas tataḥ
doṣasya śarvarī-putraḥ
śiśumāro hareḥ kalā

skandaḥ—斯康达 / ca—还有 / kṛttikā-putraḥ—奎缇卡的儿子 / ye—他们全体 / viśākha-ādayaḥ—以维沙克哈为首 / tataḥ—从他(斯康达) / doṣasya—窦沙的 / śarvarī-putraḥ—他妻子莎尔娃缇的儿子 / śiśumāraḥ—锡舒玛尔 / hareḥ kalā—至尊人格首神的一个扩展

译文　阿格尼的另一个妻子奎缇卡生下儿子斯康达和卡尔提凯亚，他们的儿子以维沙克哈为首。名叫窦沙的瓦苏所娶的妻子莎尔娃缇生了名叫锡舒玛尔的儿子，他是至尊人格首神的一个扩展。

第 15 节

वास्तोराङ्गिरसीपुत्रो विश्वकर्माकृतीपतिः ।
ततो मनुश्चाक्षुषोऽभूद्विश्वे साध्या मनोः सुताः ॥१५॥

vāstor āṅgirasī-putro
viśvakarmākṛtī-patiḥ
tato manuś cākṣuṣo 'bhūd
viśve sādhyā manoḥ sutāḥ

vāstoḥ—瓦斯图的 / āṅgirasī—他那名叫安给茹阿悉的妻子 / putraḥ—儿子 / viśvakarmā—维施瓦卡尔玛 / ākṛtī-patiḥ—阿奎缇的丈夫 / tataḥ—从他们 / manuḥ cākṣuṣaḥ—名叫查克舒沙的玛努 /

abhūt－被生下 / viśve－维施瓦戴瓦们 / sādhyāḥ－萨迪亚们 / manoḥ－玛努的 / sutāḥ－儿子们

译文 名叫瓦斯图的瓦苏所娶的妻子安给茹阿悉生下伟大的建筑师维施瓦卡尔玛。维施瓦卡尔玛娶阿奎缇为妻，使她生下名叫查克舒沙的玛努。玛努的儿子们分别被称为维施瓦戴瓦们和萨迪亚们。

第16节

विभावसोरसूतोषा व्युष्टं रोचिषमातपम् ।
पञ्चयामोऽथ भूतानि येन जाग्रति कर्मसु ॥१६॥

vibhāvasor asūtoṣā
vyuṣṭaṁ rociṣam ātapam
pañcayāmo 'tha bhūtāni
yena jāgrati karmasu

vibhāvasoḥ－维巴瓦苏的 / asūta－生了 / ūṣā－名叫乌莎 / vyuṣṭam－维尤施塔 / rociṣam－柔祺沙 / ātapam－阿塔帕 / pañcayāmaḥ－潘查亚玛 / atha－此后 / bhūtāni－生物体 / yena－被……的 / jāgrati－被唤醒 / karmasu－在物质活动中

译文 维巴瓦苏的妻子乌莎生了维尤施塔、柔祺沙和阿塔帕三个儿子。名叫潘查亚玛的白天这段时间就来自阿塔帕，他唤醒众生从事物质活动。

第17－18节

सरूपासूत भूतस्य भार्या रुद्रांश्च कोटिशः ।
रैवतोऽजो भवो भीमो वाम उग्रो वृषाकपिः ॥१७॥

अजैकपादहिर्ब्रध्नो बहुरूपो महानिति ।
रुद्रस्य पार्षदाश्चान्ये घोराः प्रेतविनायकाः ॥१८॥

sarūpāsūta bhūtasya
　bhāryā rudrāṁś ca koṭiśaḥ
raivato 'jo bhavo bhīmo
　vāma ugro vṛṣākapiḥ

ajaikapād ahirbradhno
　bahurūpo mahān iti
rudrasya pārṣadāś cānye
　ghorāḥ preta-vināyakāḥ

sarūpā—萨茹琶 / asūta—生了 / bhūtasya—布塔的 / bhāryā—妻子 / rudrān—茹铎 / ca—和 / koṭiśaḥ——千万个 / raivataḥ—茹艾瓦塔 / ajaḥ—阿佳 / bhavaḥ—巴瓦 / bhīmaḥ—彼玛 / vāmaḥ—瓦玛 / ugraḥ—乌卦 / vṛṣākapiḥ—维沙卡琵 / ajaikapāt—阿齐喀帕特 / ahirbradhnaḥ—阿黑尔茹阿德纳 / bahurūpaḥ—巴胡茹帕 / mahān—玛汉 / iti—如此 / rudrasya—这些茹铎的 / pārṣadāḥ—他们的同伴 / ca—和 / anye—其他 / ghorāḥ—十分可怕的 / preta—鬼魂 / vināyakāḥ—小妖精

译文　布塔的妻子萨茹琶生了一千万个茹铎，其中十一个主要的茹铎分别名叫茹艾瓦塔、阿佳、巴瓦、彼玛、瓦玛、乌卦、维沙卡琵、阿齐喀帕特、阿黑尔茹阿德纳、巴胡茹帕和玛汉。他们的同伴——十分可怕的鬼魂和小妖精，都由布塔的另一个妻子所生。

要旨　圣维施瓦纳特·查夸瓦尔提·塔库尔(Viśvanātha Cakravartī Ṭhākura)评论说：布塔有两位妻子，其中萨茹琶(Sarūpā)生了十一个茹铎(Rudra)，另一个妻子生了鬼魂和妖怪等茹铎的同伴。

第 19 节

प्रजापतेरङ्गिरसः स्वधा पत्नी पितॄनथ ।
अथर्वाङ्गिरसं वेदं पुत्रत्वे चाकरोत्सती ॥१९॥

prajāpater aṅgirasaḥ
　svadhā patnī pitṝn atha

atharvāṅgirasaṁ vedaṁ
putratve cākarot satī

prajāpateḥ aṅgirasaḥ—另一个名叫安给茹阿的生物体祖先的 / svadhā—丝娃妲 / patnī—他妻子 / pitṝn—琵塔 / atha—此后 / atharva-āṅgirasam—阿塔尔万给茹阿萨 / vedam—韦达的人格化身 / putratve—当做儿子 / ca—和 / akarot—接受 / satī—萨缇

译文 生物体祖先安给茹阿有丝娃妲和萨缇两位妻子。名叫丝娃妲的妻子将所有的琵塔接受为是她的儿子，萨缇则将阿塔尔万给茹阿萨·韦达当做她的儿子。

第20节

कृशाश्वोऽर्चिषि भार्यायां धूमकेतुमजीजनत् ।
धिषणायां वेदशिरो देवलं वयुनं मनुम् ॥२०॥

kṛśāśvo 'rciṣi bhāryāyāṁ
dhūmaketum ajījanat
dhiṣaṇāyāṁ vedaśiro
devalaṁ vayunaṁ manum

kṛśāśvaḥ—奎沙施瓦 / arciṣi—阿尔祺丝 / bhāryāyām—在他的妻子 / dhūmaketum—对杜玛凯图 / ajījanat—生了 / dhiṣaṇāyām—在名叫迪莎娜的妻子 / vedaśiraḥ—维达西茹阿 / devalam—戴瓦拉 / vayunam—瓦尤纳 / manum—玛努

译文 奎沙施瓦的两个妻子分别名叫阿尔祺丝和迪莎娜。他使妻子阿尔祺丝生下杜玛凯图，使妻子迪莎娜生下维达西茹阿、戴瓦拉、瓦尤纳和玛努四个儿子。

第21—22节

तार्क्ष्यस्य विनता कद्रूः पतङ्गी यामिनीति च ।
पतङ्ग्यसूत पतगान् यामिनी शलभानथ ॥२१॥

सुपर्णासूत गरुडं साक्षाद्यज्ञेशवाहनम् ।
सूर्यसूतमनूरुं च कद्रूर्नागाननेकशः ॥२२॥

tārkṣyasya vinatā kadrūḥ
   pataṅgī yāminīti ca
pataṅgy asūta patagān
   yāminī śalabhān atha

suparṇāsūta garuḍaṁ
   sākṣād yajñeśa-vāhanam
sūrya-sūtam anūruṁ ca
   kadrūr nāgān anekaśaḥ

tārkṣyasya—又被称为塔尔恰的喀夏帕的 / vinatā—薇娜塔 / kadrūḥ—喀德茹 / pataṅgī—琶谭格伊 / yāminī—雅蜜妮 / iti—如此 / ca—和 / pataṅgī—琶谭格伊 / asūta—生了 / patagān—不同种类的鸟 / yāminī—雅蜜妮 / śalabhān—(生下)蝗虫 / atha—此后 / suparṇā—名叫薇娜塔的妻子 / asūta—生了 / garuḍam—名叫嘎茹达的著名的大鸟 / sākṣāt—直接地 / yajñeśa-vāhanam—至尊人格首神维施努的坐骑 / sūrya-sūtam—太阳神的战车御者 / anūrum—阿努茹 / ca—和 / kadrūḥ—喀德茹 / nāgān—蛇 / anekaśaḥ—各种各样的

译文　又被称为塔尔恰的喀夏帕，有薇娜塔(苏琶尔娜)、喀德茹、琶谭格伊和雅蜜妮四位妻子。琶谭格伊生了许多种类的飞禽，雅蜜妮生下许多蝗虫。薇娜塔(苏琶尔娜)生下主维施努的坐骑嘎茹达，以及太阳神的战车御者阿努茹或称阿茹纳。喀德茹生下不同种类的蛇。

第 23 节

कृत्तिकादीनि नक्षत्राणीन्दोः पत्न्यस्तु भारत ।
दक्षशापात्सोऽनपत्यस्तासु यक्ष्मग्रहार्दितः ॥२३॥

kṛttikādīni nakṣatrāṇ-
   īndoḥ patnyas tu bhārata

dakṣa-śāpāt so 'napatyas
tāsu yakṣma-grahārditaḥ

kṛttikā-ādīni—以奎缇喀为首 / nakṣatrāṇi—众多星座 / indoḥ—月亮神的 / patnyaḥ—妻子们 / tu—但是 / bhārata—啊！帕瑞克西特王，巴茹阿特王朝的后裔 / dakṣa-śāpāt—由于被达克沙诅咒 / saḥ—月亮神 / anapatyaḥ—没有孩子 / tāsu—在这么多的妻子中 / yakṣma-graha-arditaḥ—被逐渐带来毁灭的一种病痛折磨

译文 啊，帕瑞克西特王，巴茹阿特家族中最杰出的人！名叫奎缇喀的众多星座，都是月亮神的妻子。但由于生物体祖先达克沙诅咒月亮神要遭受使其逐渐毁灭的病痛之苦，月亮神无法与他的任何一个妻子生孩子。

要旨 月亮神因为十分依恋柔黑妮而忽视了他所有其他的妻子。生物体祖先达克沙看到自己的这些女儿们倍遭冷漠，便愤怒地诅咒了月亮神。

第 24—26 节

पुनः प्रसाद्य तं सोमः कला लेभे क्षये दिताः ।
शृणु नामानि लोकानां मातॄणां शङ्कराणि च ॥२४॥

अथ कश्यपपत्नीनां यत्प्रसूतमिदं जगत् ।
अदितिर्दितिर्दनुः काष्ठा अरिष्टा सुरसा इला ॥२५॥

मुनिः क्रोधवशा ताम्रा सुरभिः सरमा तिमिः ।
तिमेर्यादोगणा आसन् श्वापदाः सरमासुताः ॥२६॥

punaḥ prasādya taṁ somaḥ
kalā lebhe kṣaye ditāḥ
śṛṇu nāmāni lokānāṁ
mātṝṇāṁ śaṅkarāṇi ca

atha kaśyapa-patnīnāṁ
yat-prasūtam idaṁ jagat
aditir ditir danuḥ kāṣṭhā
ariṣṭā surasā ilā

muniḥ krodhavaśā tāmrā
surabhiḥ saramā timiḥ
timer yādo-gaṇā āsan
śvāpadāḥ saramā-sutāḥ

punaḥ—再次 / prasādya—使平静 / tam—他(生物体祖先达克沙) / somaḥ—月亮神 / kalāḥ—部分的光芒 / lebhe—达到 / kṣaye—逐渐地毁坏(黑暗的十四天) / ditāḥ—消除 / śṛṇu—请听 / nāmāni—所有的名字 / lokānām—星球的 / mātṝṇām—母亲的 / śaṅkarāṇi—令人愉快的 / ca—也 / atha—现在 / kaśyapa-patnīnām—喀夏帕的妻子们的 / yat-prasūtam—从……出生的 / idam—这 / jagat—全宇宙 / aditiḥ—阿迪缇 / ditiḥ—迪缇 / danuḥ—妲努 / kāṣṭhā—卡施塔 / ariṣṭā—阿瑞施塔 / surasā—苏茹阿萨 / ilā—伊拉 / muniḥ—穆妮 / krodhavaśā—克柔妲娃莎 / tāmrā—唐茹阿 / surabhiḥ—苏茹阿碧 / saramā—萨尔玛 / timiḥ—缇蜜 / timeḥ—从缇蜜 / yādaḥ-gaṇāḥ—水生物 / āsan—出现 / śvāpadāḥ—如老虎和狮子般凶猛的野兽 / saramā-sutāḥ—萨尔玛的孩子

译文 后来，月亮神用谦恭的话语使生物体祖先达克沙平静下来，从而恢复了一部分他生病期间失去的光芒。然而，他还是不能生孩子。月亮在十四天的黑暗期失去他发光的力量，在十四天的明亮期重现他的光辉。帕瑞克西特王啊！现在请听我列举喀夏帕那些生下全宇宙居民的妻子们的名字。她们是整个宇宙几乎所有居民的母亲，听她们的名字十分吉祥。她们分别是：阿迪缇、迪缇、妲努、卡施塔、阿瑞施塔、苏茹阿萨、伊拉、穆妮、克柔妲娃莎、唐茹阿、苏茹阿碧、萨尔玛和缇蜜。缇蜜孕育生下所有的水生物，萨尔玛孕育生下老虎和狮子等凶猛的野兽。

第 27 节

सुरभेर्महिषा गावो ये चान्ये द्विशफा नृप ।
ताम्रायाः श्येनगृध्राद्या मुनेरप्सरसां गणाः ॥२७॥

surabher mahiṣā gāvo
ye cānye dviśaphā nṛpa
tāmrāyāḥ śyena-gṛdhrādyā
muner apsarasāṁ gaṇāḥ

surabheḥ－从苏茹阿碧的子宫中 / mahiṣāḥ－水牛 / gāvaḥ－乳牛 / ye－……的 / ca－还有 / anye－其他的 / dvi-śaphāḥ－分趾蹄 / nṛpa－君王啊！ / tāmrāyāḥ－从唐茹阿 / śyena－老鹰 / gṛdhra-ādyāḥ－秃鹰等 / muneḥ－从穆妮 / apsarasām－天使的 / gaṇāḥ－群

译文 我亲爱的帕瑞克西特王，从苏茹阿碧的子宫中生出水牛、乳牛和其他蹄子分叉的动物，从唐茹阿的子宫中生出老鹰、秃鹰和其他大型食肉类猛禽，从穆妮的子宫中生出天使。

第 28 节

दन्दशूकादयः सर्पा राजन् क्रोधवशात्मजाः ।
इलाया भूरुहाः सर्वे यातुधानाश्च सौरसाः ॥२८॥

dandaśūkādayaḥ sarpā
rājan krodhavaśātmajāḥ
ilāyā bhūruhāḥ sarve
yātudhānāś ca saurasāḥ

dandaśūka-ādayaḥ－以丹达舒卡为首的蛇 / sarpāḥ－爬虫类 / rājan－君王啊！ / krodhavaśā-ātma-jāḥ－克柔妲娃莎生出 / ilāyāḥ－从伊拉的子宫 / bhūruhāḥ－匍匐植物和树木 / sarve－所有的 / yātudhānāḥ－食人魔 / ca－还有 / saurasāḥ－从苏茹阿萨的子宫

译文　克柔妲娃莎生的儿子都是被称为丹达舒卡的蛇及其他爬虫类和蚊子。所有种类的匍匐植物和树木都由伊拉的子宫孕育产出。食人魔和妖精都由苏茹阿萨的子宫孕育产出。

第29—31节

अरिष्टायास्तु गन्धर्वाः काष्ठाया द्विशफेतराः ।
सुता दनोरेकषष्टिस्तेषां प्राधानिकाञ्शृणु ॥२९॥

द्विमूर्धा शम्बरोऽरिष्टो हयग्रीवो विभावसुः ।
अयोमुखः शङ्कुशिराः स्वर्भानुः कपिलोऽरुणः ॥३०॥

पुलोमा वृषपर्वा च एकचक्रोऽनुतापनः ।
धूम्रकेशो विरूपाक्षो विप्रचित्तिश्च दुर्जयः ॥३१॥

ariṣṭāyās tu gandharvāḥ
kāṣṭhāyā dviśaphetarāḥ
sutā danor eka-ṣaṣṭis
teṣāṁ prādhānikāñ śṛṇu

dvimūrdhā śambaro 'riṣṭo
hayagrīvo vibhāvasuḥ
ayomukhaḥ śaṅkuśirāḥ
svarbhānuḥ kapilo 'ruṇaḥ

pulomā vṛṣaparvā ca
ekacakro 'nutāpanaḥ
dhūmrakeśo virūpākṣo
vipracittiś ca durjayaḥ

ariṣṭāyāḥ—从阿瑞施塔的子宫 / tu—但是 / gandharvāḥ—歌仙 / kāṣṭhāyāḥ—从卡施塔的子宫 / dvi-śapha-itarāḥ—像马一样蹄子不分叉的动物 / sutāḥ—儿子们 / danoḥ—从妲努的子宫中 / eka-ṣaṣṭiḥ—六十一 / teṣām—他们的 / prādhānikān—重要的 / śṛṇu—听 / dvimūrdhā—德维穆尔达 / śambaraḥ—商巴尔 / ariṣṭaḥ—阿瑞施塔 / hayagrīvaḥ—哈

亚贵瓦 / vibhāvasuḥ－维巴瓦苏 / ayomukhaḥ－阿尤穆克哈 / śaṅkuśirāḥ－商库锡茹阿 / svarbhānuḥ－斯瓦尔巴努 / kapilaḥ－卡皮拉 / aruṇaḥ－阿茹纳 / pulomā－菩珞玛 / vṛṣaparvā－维沙帕尔瓦 / ca－还有 / ekacakraḥ－艾卡查夸 / anutāpanaḥ－阿努塔帕纳 / dhūmrakeśaḥ－杜么尔凯沙 / virūpākṣaḥ－维茹帕克沙 / vipracittiḥ－维帕祺提 / ca－以及 / durjayaḥ－杜尔佳亚

译文 阿瑞施塔怀孕生下歌仙；马匹等蹄子不分叉的动物都经卡施塔的子宫生出。君王啊！妲努生了六十一个儿子，其中这十八位非常重要，他们分别是：德维穆尔达、商巴尔、阿瑞施塔、哈亚贵瓦、维巴瓦苏、阿尤穆克哈、商库锡茹阿、斯瓦尔巴努、卡皮拉、阿茹纳、菩珞玛、维沙帕尔瓦、艾卡查夸、阿努塔帕纳、杜么尔凯沙、维茹帕克沙、维帕祺提和杜尔佳亚。

第 32 节

स्वर्भानोः सुप्रभां कन्यामुवाह नमुचिः किल ।
वृषपर्वणस्तु शर्मिष्ठां ययातिर्नाहुषो बली ॥३२॥

svarbhānoḥ suprabhāṁ kanyām
uvāha namuciḥ kila
vṛṣaparvaṇas tu śarmiṣṭhāṁ
yayātir nāhuṣo balī

svarbhānoḥ－斯瓦尔巴努的 / suprabhām－苏琶芭 / kanyām－女儿 / uvāha－结婚 / namuciḥ－纳牟祺 / kila－事实上 / vṛṣaparvaṇaḥ－维沙帕尔瓦的 / tu－但是 / śarmiṣṭhām－莎尔蜜施塔 / yayātiḥ－雅亚提王 / nāhuṣaḥ－纳胡沙的儿子 / balī－非常强大的

译文 斯瓦尔巴努的女儿苏琶芭嫁给了纳牟祺。维沙帕尔瓦的女儿莎尔蜜施塔被嫁给纳胡沙的儿子——强大的君王雅亚提。

第 33—36 节

वैश्वानरसुता याश्च चतस्रश्चारुदर्शनाः ।
उपदानवी हयशिरा पुलोमा कालका तथा ॥३३॥

उपदानवीं हिरण्याक्षः क्रतुर्हयशिरां नृप ।
पुलोमां कालकां च द्वे वैश्वानरसुते तु कः ॥३४॥

उपयेमेऽथ भगवान् कश्यपो ब्रह्मचोदितः ।
पौलोमाः कालकेयाश्च दानवा युद्धशालिनः ॥३५॥

तयोः षष्टिसहस्राणि यज्ञघ्नांस्ते पितुः पिता ।
जघान स्वर्गतो राजन्नेक इन्द्रप्रियङ्करः ॥३६॥

vaiśvānara-sutā yāś ca
catasraś cāru-darśanāḥ
upadānavī hayaśirā
pulomā kālakā tathā

upadānavīṁ hiraṇyākṣaḥ
kratur hayaśirāṁ nṛpa
pulomāṁ kālakāṁ ca dve
vaiśvānara-sute tu kaḥ

upayeme 'tha bhagavān
kaśyapo brahma-coditaḥ
paulomāḥ kālakeyāś ca
dānavā yuddha-śālinaḥ

tayoḥ ṣaṣṭi-sahasrāṇi
yajña-ghnāṁs te pituḥ pitā
jaghāna svar-gato rājann
eka indra-priyaṅkaraḥ

vaiśvānara-sutāḥ—外施瓦纳尔的女儿 / yāḥ—……的 / ca—和 / catasraḥ—四个 / cāru-darśanāḥ—十分美丽的 / upadānavī—乌帕妲娜薇 / hayaśirā—哈雅悉茹阿 / pulomā—菩娄玛 / kālakā—卡拉喀 / tathā－同样地 / upadānavīm－乌帕妲娜薇 / hiraṇyākṣaḥ－恶魔黑冉亚克沙 / kratuḥ－克茹阿图 / hayaśirām－哈雅悉茹阿 / nṛpa－君王啊！ / pulomām kālakām ca－菩珞玛和卡拉喀 / dve－两个 / vaiśvānara-sute－外施瓦纳尔的女儿 / tu－但是 / kaḥ－生物体祖先 / upayeme－结婚 / atha－然后 / bhagavān－最强大有力的 / kaśyapaḥ－喀夏帕·牟尼 / brahma-coditaḥ－被主布茹阿玛要求 / paulomāḥ kālakeyāḥ ca－袍珞玛和卡拉凯亚 / dānavāḥ－恶魔 / yuddha-śālinaḥ－极好打仗的 / tayoḥ－他们的 / ṣaṣṭi-sahasrāṇi－六万个 / yajña-ghnān－打扰祭祀的 / te－你的 / pituḥ－父亲的 / pitā－父亲 / jaghāna－杀死 / svaḥgataḥ－在天堂星球 / rājan－君王啊！ / ekaḥ－独自一人 / indra-priyam-karaḥ－取悦天帝因铎

译文 妲努的儿子外施瓦纳尔有四个美丽的女儿，名叫乌帕妲娜薇、哈雅悉茹阿、菩珞玛和卡拉喀。黑冉亚克沙娶了乌帕妲娜，克茹阿图娶了哈雅悉茹阿。那以后，在主布茹阿玛的要求下，生物体祖先喀夏帕娶了外施瓦纳尔的另外两个女儿菩珞玛和卡拉喀。喀夏帕的这两位妻子生下以尼瓦塔喀瓦查为首的六万个儿子，他们都被称为袍珞玛和卡拉凯亚。他们个个身体强壮，善于作战，他们的目标是打扰伟大的圣人们举行的祭祀。我亲爱的君王，你祖父阿尔诸纳去天堂星球时，独自一人杀死了所有这些恶魔，这使天帝因铎极喜爱他。

第 37 节

विप्रचित्तिः सिंहिकायां शतं चैकमजीजनत् ।
राहुज्येष्ठं केतुशतं ग्रहत्वं य उपागताः ॥३७॥

vipracittiḥ siṁhikāyāṁ
śataṁ caikam ajījanat
rāhu-jyeṣṭhaṁ ketu-śataṁ
grahatvaṁ ya upāgatāḥ

vipracittiḥ－维帕祺提 / siṁhikāyām－在他妻子辛黑喀的子宫中 / śatam－一百个 / ca－和 / ekam－一 / ajījanat－生下 / rāhu-jyeṣṭham－其中茹阿胡为长子 / ketu-śatam－一百个凯图 / grahatvam－作为星球的状态 / ye－他们所有 / upāgatāḥ－获得

译文　维帕祺提使他妻子辛黑喀怀孕生下一百零一个儿子，其中长子是茹阿胡，其他是一百个凯图。他们都在有影响力的星球上获得了地位。

第 38—39 节

अथातः श्रूयतां वंशो योऽदितेरनुपूर्वशः ।
यत्र नारायणो देवः स्वांशेनावातरद्विभुः ॥३८॥

विवस्वानर्यमा पूषा त्वष्टाथ सविता भगः ।
धाता विधाता वरुणो मित्रः शत्रु उरुक्रमः ॥३९॥

athātaḥ śrūyatāṁ vaṁśo
yo 'diter anupūrvaśaḥ
yatra nārāyaṇo devaḥ
svāṁśenāvātarad vibhuḥ

vivasvān aryamā pūṣā
tvaṣṭātha savitā bhagaḥ
dhātā vidhātā varuṇo
mitraḥ śatru urukramaḥ

atha－此后 / ataḥ－现在 / śrūyatām－请聆听 / vaṁśaḥ－王朝 / yaḥ－……的 / aditeḥ－从阿迪缇 / anupūrvaśaḥ－按时间的前后顺序排列 / yatra－在其中 / nārāyaṇaḥ－至尊人格首神 / devaḥ－至尊主 / sva-aṁśena－凭祂自己完整的扩展 / avātarat－降临 / vibhuḥ－至尊的 / vivasvān－维瓦斯万 / aryamā－阿尔亚玛 / pūṣā－菩沙 / tvaṣṭā－特瓦施塔 / atha－之后 / savitā－萨维塔 / bhagaḥ－巴嘎 / dhātā－达

塔 / vidhātā－维达塔 / varuṇaḥ－瓦茹纳 / mitraḥ－弥陀 / śatruḥ－沙特茹 / urukramaḥ－乌茹夸玛

译文 现在请听我按时间的前后顺序排列告诉你有关阿迪缇的子孙们。在这个家族中，至尊人格首神纳茹阿亚纳以祂的完整扩展降临。阿迪缇之子的名字分别是：维瓦斯万、阿尔亚玛、菩沙、特瓦施塔、萨维塔、巴嘎、达塔、维达塔、瓦茹纳、弥陀、沙特茹和乌茹夸玛。

第 40 节

विवस्वतः श्राद्धदेवं संज्ञासूयत वै मनुम् ।
मिथुनं च महाभागा यमं देवं यमीं तथा ।
सैव भूत्वाथ वडवा नासत्यौ सुषुवे भुवि ॥४०॥

vivasvataḥ śrāddhadevaṁ
saṁjñāsūyata vai manum
mithunaṁ ca mahā-bhāgā
yamaṁ devaṁ yamīṁ tathā
saiva bhūtvātha vaḍavā
nāsatyau suṣuve bhuvi

vivasvataḥ－太阳神的 / śrāddhadevam－名叫刷达戴瓦 / saṁjñā－桑格雅 / asūyata－生下 / vai－事实上 / manum－玛努 / mithunam－双胞胎 / ca－和 / mahā-bhāgā－幸运的桑格雅 / yamam－阎罗王 / devam－半神人 / yamīm－他那名叫雅蜜的妹妹 / tathā－不但……而且 / sā－她 / eva－也 / bhūtvā－变成 / atha－然后 / vaḍavā－一匹母马 / nāsatyau－阿施维尼·库玛尔们 / suṣuve－生下了 / bhuvi－在这地球上

译文 太阳神维瓦斯万的妻子桑格雅生下名叫刷达戴瓦的玛努，这位幸运的妻子还生下双胞胎兄妹阎罗王及雅沐娜河。接着，雅蜜以一匹母马的形象在地球上游荡时生下了阿施维尼·库玛尔们。

第 41 节

छाया शनैश्चरं लेभे सावर्णिं च मनुं ततः ।
कन्यां च तपतीं या वै वव्रे संवरणं पतिम् ॥४१॥

chāyā śanaiścaraṁ lebhe
sāvarṇiṁ ca manuṁ tataḥ
kanyāṁ ca tapatīṁ yā vai
vavre saṁvaraṇaṁ patim

chāyā－太阳神的另一位妻子查雅 / śanaiścaram－土星 / lebhe－生下 / sāvarṇim－萨瓦尔尼 / ca－和 / manum－玛努 / tataḥ－从他(维瓦施万) / kanyām－一个女儿 / ca－以及 / tapatīm－名叫塔琵缇 / yā－……的 / vai－的确 / vavre－结婚 / saṁvaraṇam－桑瓦茹阿纳 / patim－丈夫

译文　太阳神的另一位妻子查雅，生下土星和萨瓦尔尼·玛努这两个儿子，以及一个女儿塔琵缇，她嫁给了桑瓦茹阿纳。

第 42 节

अर्यम्णो मातृका पत्नी तयोश्चर्षणयः सुताः ।
यत्र वै मानुषी जातिर्ब्रह्मणा चोपकल्पिता ॥४२॥

aryamṇo mātṛkā patnī
tayoś carṣaṇayaḥ sutāḥ
yatra vai mānuṣī jātir
brahmaṇā copakalpitā

aryamṇaḥ－阿尔亚玛的 / mātṛkā－玛特瑞喀 / patnī－妻子 / tayoḥ－靠他们的结合 / carṣaṇayaḥ sutāḥ－作为博学学者的许多儿子 / yatra－其中 / vai－事实上 / mānuṣī－人类 / jātiḥ－种类 / brahmaṇā－被主布茹阿玛 / ca－和 / upakalpitā－被创造

译文 阿尔亚玛的妻子玛特瑞喀怀孕生下许多博学的学者。主布茹阿玛在他们中创造了天生具有自省倾向的人类。

第 43 节

पूषानपत्यः पिष्टादो भग्नदन्तोऽभवत्पुरा ।
योऽसौ दक्षाय कुपितं जहास विवृतद्विजः ॥४३॥

pūṣānapatyaḥ piṣṭādo
bhagna-danto 'bhavat purā
yo 'sau dakṣāya kupitaṁ
jahāsa vivṛta-dvijaḥ

pūṣā—菩沙 / anapatyaḥ—没有孩子 / piṣṭa-adaḥ—靠吃面粉维生的 / bhagna-dantaḥ—以损毁的牙齿 / abhavat—变成 / purā—从前 / yaḥ—……的 / asau—那 / dakṣāya—对达克沙 / kupitam—非常生气 / jahāsa—嘲笑 / vivṛta-dvijaḥ—露出他的牙齿

译文 菩沙没有儿子。当主希瓦对达克沙生气时，菩沙曾嘲笑主希瓦，向他露出自己的牙齿。这使他失去了所有的牙齿，不得不靠只吃磨过的面粉维生。

第 44 节

त्वष्टुर्दैत्यात्मजा भार्या रचना नाम कन्यका ।
सन्निवेशस्तयोर्जज्ञे विश्वरूपश्च वीर्यवान् ॥४४॥

tvaṣṭur daityātmajā bhāryā
racanā nāma kanyakā
sanniveśas tayor jajñe
viśvarūpaś ca vīryavān

tvaṣṭuḥ—特瓦施塔的 / daitya-ātma-jā—恶魔的女儿 / bhāryā—妻子 / racanā—茹阿查娜 / nāma—名叫 / kanyakā—少女 / sanniveśaḥ—

桑尼维沙 / tayoḥ－那两个的 / jajñe－被生 / viśvarūpaḥ－维施瓦茹帕 / ca－和 / vīryavān－体魄十分强健有力的

译文　戴提亚们的女儿茹阿查娜成为生物体祖先特瓦施塔的妻子。特瓦施塔用他的精子使茹阿查娜怀孕生下桑尼维沙和维施瓦茹帕这两个极为强有力的儿子。

第45节

तं वव्रिरे सुरगणा स्वस्रीयं द्विषतामपि ।
विमतेन परित्यक्ता गुरुणाङ्गिरसेन यत् ॥४५॥

taṁ vavrire sura-gaṇā
svasrīyaṁ dviṣatām api
vimatena parityaktā
guruṇāṅgirasena yat

tam－他(维施瓦茹帕) / vavrire－接受为一位祭司 / sura-gaṇāḥ－半神人 / svasrīyam－女儿的儿子 / dviṣatām－有敌意的恶魔的 / api－虽然 / vimatena－不被尊重 / parityaktāḥ－被抛弃的 / guruṇā－被他们的灵性导师 / āṅgirasena－毕尔哈斯帕提 / yat－因为

译文　尽管维施瓦茹帕是恶魔女儿的儿子，而恶魔是半神人永恒的敌人，但半神人在因为不尊重他们的灵性导师毕尔哈斯帕提而被导师抛弃时，还是按照布茹阿玛的命令接受维施瓦茹帕当了他们的祭司。

到此为止，结束了巴克提韦丹塔对《圣典博伽瓦谭》第6篇第6章——“达克沙女儿们的后裔”所作的阐释。

第七章

因铎冒犯他的灵性导师毕尔哈斯帕提

这一章讲述的是，天帝因铎(Indra)冒犯了他的灵性导师毕尔哈斯帕提(Bṛhaspati)的莲花足，致使毕尔哈斯帕提离开半神人；半神人从此没了祭司。后来，在半神人的请求下，生物体祖先特瓦施塔(Tvaṣṭā)的儿子维施瓦茹帕(Viśvarūpa)当了他们的祭司。

一次，天帝因铎正与妻子莎祺女神(Śacīdevī)坐在一起接受神秘仙(Siddhas)、查冉纳(Cāraṇas)、音乐仙和歌仙们(Gandharvas)的赞美时，半神人的灵性导师毕尔哈斯帕提进入集会大厅。因铎因为太注重物质财富而忘乎所以，为此没有向毕尔哈斯帕提表示敬意。这使毕尔哈斯帕提明白因铎对自己的物质财富感到骄傲，于是为了教训他立刻从聚会大厅消失了。因铎后悔不已，明白他竟然因为拥有一些财富而忘记向灵性导师致敬了。他离开王宫去乞求他灵性导师的原谅，但却到处找不到毕尔哈斯帕提。

因铎因为对他的灵性导师不敬而失去了所有的财富，被恶魔所征服。恶魔们在一场大战中打败了半神人，占领了因铎的王座。因铎后来与其他半神人一起去托庇于主布茹阿玛(Brahmā)。主布茹阿玛了解情况后责备半神人冒犯了他们的灵性导师。遵照主布茹阿玛的命令，半神人们接受特瓦施塔的儿子、身为布茹阿玛纳的维施瓦茹帕当他们的祭司。后来，他们举行由维施瓦茹帕主持的祭祀(yajña)，从而能够征服恶魔。

第 1 节

श्रीराजोवाच

कस्य हेतोः परित्यक्ता आचार्येणात्मनः सुराः ।
एतदाचक्ष्व भगवञ्छिष्याणामक्रमं गुरौ ॥१॥

śrī-rājovāca
kasya hetoḥ parityaktā
ācāryeṇātmanaḥ surāḥ
etad ācakṣva bhagavañ
chiṣyāṇām akramaṁ gurau

śrī-rājā uvāca—君王询问 / kasya hetoḥ—为何原因 / parityaktāḥ—抛弃 / ācāryeṇa—被灵性导师毕尔哈斯帕提 / ātmanaḥ—他自己的 / surāḥ—全体半神人 / etat—这 / ācakṣva—烦请讲述 / bhagavan—伟大的圣人(舒卡戴瓦·哥斯瓦米)啊! / śiṣyāṇām—门徒的 / akramam—冒犯 / gurau—向灵性导师

译文 帕瑞克西特王询问舒卡戴瓦·哥斯瓦米道:伟大的圣人啊!半神人的灵性导师毕尔哈斯帕提为何抛弃半神人?他们都是他的门徒啊。半神人们究竟怎么冒犯了他们的灵性导师?请为我讲述这事件。

要旨 圣维施瓦纳特·查夸瓦尔提·塔库尔(Viśvanātha Cakravartī Ṭhākura)评论说:

saptame guruṇā tyaktair
devair daitya-parājitaiḥ
viśvarūpo gurutvena
vṛto brahmopadeśataḥ

“这第7章描述了毕尔哈斯帕提是如何被半神人冒犯,如何离开他们,而半神人如何被打败,如何按主布茹阿玛的训示接受维施瓦茹帕当他们举行祭祀的祭司的。”

第2—8节

श्रीबादरायणिरुवाच
इन्द्रस्त्रिभुवनैश्वर्यमदोल्लङ्घितसत्पथः ।
मरुद्भिर्वसुभी रुद्रैरादित्यैर्ऋभुभिर्नृप ॥ २॥

विश्वेदेवैश्च साध्यैश्च नासत्याभ्यां परिश्रितः ।
सिद्धचारणगन्धर्वैर्मुनिभिर्ब्रह्मवादिभिः ॥ ३ ॥

विद्याधराप्सरोभिश्च किन्नरैः पतगोरगैः ।
निषेव्यमाणो मघवान् स्तूयमानश्च भारत ॥ ४ ॥

उपगीयमानो ललितमास्थानाध्यासनाश्रितः ।
पाण्डुरेणातपत्रेण चन्द्रमण्डलचारुणा ॥ ५ ॥

युक्तश्चान्यैः पारमेष्ठ्यैश्चामरव्यजनादिभिः ।
विराजमानः पौलम्या सहार्धासनया भृशम् ॥ ६ ॥

स यदा परमाचार्यं देवानामात्मनश्च ह ।
नाभ्यनन्दत सम्प्राप्तं प्रत्युत्थानासनादिभिः ॥ ७ ॥

वाचस्पतिं मुनिवरं सुरासुरनमस्कृतम् ।
नोच्चचालासनादिन्द्रः पश्यन्नपि सभागतम् ॥ ८ ॥

śrī-bādarāyaṇir uvāca
indras tribhuvanaiśvarya-
madollaṅghita-satpathaḥ
marudbhir vasubhī rudrair
ādityair ṛbhubhir nṛpa

viśvedevaiś ca sādhyaiś ca
nāsatyābhyāṁ pariśritaḥ
siddha-cāraṇa-gandharvair
munibhir brahmavādibhiḥ

vidyādharāpsarobhiś ca
kinnaraiḥ patagoragaiḥ
niṣevyamāṇo maghavān
stūyamānaś ca bhārata

upagīyamāno lalitam
āsthānādhyāsanāśritaḥ

pāṇḍureṇātapatreṇa
candra-maṇḍala-cāruṇā

yuktaś cānyaiḥ pārameṣṭhyaiś
cāmara-vyajanādibhiḥ
virājamānaḥ paulamyā
sahārdhāsanayā bhṛśam

sa yadā paramācāryaṁ
devānām ātmanaś ca ha
nābhyanandata samprāptaṁ
pratyutthānāsanādibhiḥ

vācaspatiṁ muni-varaṁ
surāsura-namaskṛtam
noccacālāsanād indraḥ
paśyann api sabhāgatam

śrī-bādarāyaṇiḥ uvāca—圣舒卡戴瓦·哥斯瓦米回答 / indraḥ—天帝因铎 / tri-bhuvana-aiśvarya—因为拥有三个世界中所有的物质财富 / mada—因为自大 / ullaṅghita—违反了 / sat-pathaḥ—韦达文明之途 / marudbhiḥ—被称为玛茹特的掌管风的半神人 / vasubhiḥ—被八位瓦苏 / rudraiḥ—被十一位茹铎 / ādityaiḥ—被阿迪提亚们 / ṛbhu-bhiḥ—被瑞布们 / nṛpa—君王啊！ / viśvedevaiḥ ca—和被维施瓦戴瓦们 / sādhyaiḥ—被萨迪亚们 / ca—还有 / nāsatyābhyām—被两位阿施维尼·库玛尔 / pariśritaḥ—围绕 / siddha—被神秘仙星球的居民们 / cāraṇa—查冉纳们 / gandharvaiḥ—和音乐、歌仙们 / munibhiḥ—被伟大的圣人们 / brahmavādibhiḥ—被博学的非人格神主义学者们 / vi-dyādhara-apsarobhiḥ ca—以及被维迪亚达尔们和天堂舞女们 / kinna-raiḥ—被克音纳尔们 / pataga-uragaiḥ—被鸟类和蛇类 / niṣevyamā-ṇaḥ—被伺候 / maghavān—天帝因铎 / stūyamānaḥ ca—并被献上祈祷 / bhārata—帕瑞克西特王啊！ / upagīyamānaḥ—在面前被唱着 / lalitam—极其优美悦耳 / āsthāna—在他的聚会中 / adhyāsana-āśritaḥ—在王座中 / pāṇḍureṇa—白色的 / ātapatreṇa—与头顶上方的一个华

盖 / candra-maṇḍala-cāruṇā－像一轮明月般美丽 / yuktaḥ－赋予 / ca anyaiḥ－和被其他 / pārameṣṭhyaiḥ－崇高君王的象征 / cāmara－被牛尾 / vyajana-ādibhiḥ－扇子及其他用品 / virājamānaḥ－闪耀着 / paulamyā－他妻子莎祺 / saha－与 / ardha-āsanayā－坐在王座另一半上的 / bhṛśam－非常 / saḥ－他(因铎) / yadā－当……时 / parama-ācāryam－最崇高的灵性导师 / devānām－全体半神人的 / ātmanaḥ－他自己的 / ca－和 / ha－事实上 / na－不 / abhyanandata－迎接 / samprāptam－已出现在聚会中 / pratyutthāna－通过从王座起身 / āsana-ādibhiḥ－并通过让座和其他迎接方式 / vācaspatim－半神人的灵性导师毕尔哈斯帕提 / muni-varam－全体圣人中最杰出的 / sura-asura-namaskṛtam－受到半神人和恶魔共同尊敬的 / na－没有 / uccacāla－起身 / āsanāt－从王座 / indraḥ－因铎 / paśyan api－虽然看见 / sabhā-āgatam－进入聚会场

译文　舒卡戴瓦·哥斯瓦米说：君王啊！天帝因铎曾因为拥有三个世界中的巨大财富而狂妄自大，甚至违反对韦达礼节的规定。他坐在他的王座上，身边围绕着众多的玛茹特、瓦苏、茹铎、阿迪提亚、瑞布、维施瓦戴瓦、萨迪亚们、阿施维尼·库玛尔、神秘仙、查冉纳、音乐仙和歌仙，以及伟大圣洁的人们。在他周围的还有维迪亚达尔、天堂舞女、克音纳尔、各种飞禽和蛇类。他们都在向因铎致以敬意和提供服务，在乐器伴奏出的极其优美悦耳的音乐声中，天堂舞女与歌仙们正轻歌曼舞。因铎的头顶上方是一个放射着如满月般光辉的白色华盖。当伟大的圣人毕尔哈斯帕提出现在那个聚会中时，因铎与坐在王座另一半上的他妻子莎祺女神，正接受仆人们用牛尾拂尘扇风及所有侍奉伟大君王的用品提供的服务。最杰出的圣人毕尔哈斯帕提，是因铎和半神人们的灵性导师，受到半神人和恶魔的共同尊敬。然而，尽管因铎看到他的灵性导师就在他面前，却既没有从他的座位上起身或给他灵性导师让座，也没有恭敬地迎接他。因铎没有向他表示任何敬意。

第 9 节

ततो निर्गत्य सहसा कविराङ्गिरसः प्रभुः ।
आययौ स्वगृहं तूष्णीं विद्वान् श्रीमदविक्रियाम् ॥ ९ ॥

tato nirgatya sahasā
kavir āṅgirasaḥ prabhuḥ
āyayau sva-gṛhaṁ tūṣṇīṁ
vidvān śrī-mada-vikriyām

tataḥ－那之后／nirgatya－出去／sahasā－突然／kaviḥ－伟大博学的圣人／āṅgirasaḥ－毕尔哈斯帕提／prabhuḥ－半神人的导师／āyayau－返回／sva-gṛham－自己的家／tūṣṇīm－沉默地／vidvān－已经知道／śrī-mada-vikriyām－财富导致的疯狂所造成的堕落

译文 毕尔哈斯帕提知道今后将要发生的一切。看到因铎违反礼节的行为，他完全明白因铎是因为他的物质财富而趾高气扬、狂妄自大。他虽然能诅咒因铎，但却没这么做，而是沉默地离开聚会大厅，返回自己的家。

第 10 节

तर्ह्येव प्रतिबुध्येन्द्रो गुरुहेलनमात्मनः ।
गर्हयामास सदसि स्वयमात्मानमात्मना ॥१०॥

tarhy eva pratibudhyendro
guru-helanam ātmanaḥ
garhayām āsa sadasi
svayam ātmānam ātmanā

tarhi－随后立刻／eva－确实／pratibudhya－明白／indraḥ－天帝因铎／guru-helanam－对灵性导师无礼／ātmanaḥ－他自己的／

garhayām āsa—谴责 / sadasi—在那聚会中 / svayam—亲自 / ātmānam—他自己 / ātmanā—由他自己

译文 天帝因铎立刻明白自己犯了错；认识到对自己灵性导师的无礼。他当众谴责自己。

第 11 节

अहो बत मयासाधु कृतं वै दभ्रबुद्धिना ।
यन्मयैश्वर्यमत्तेन गुरुः सदसि कात्कृतः ॥११॥

aho bata mayāsādhu
kṛtaṁ vai dabhra-buddhinā
yan mayaiśvarya-mattena
guruḥ sadasi kātkṛtaḥ

aho—唉！ / bata—事实上 / mayā—被我 / asādhu—无礼 / kṛtam—所做的行为 / vai—无疑地 / dabhra-buddhinā—由于智力欠佳 / yat—因为 / mayā—被我 / aiśvarya-mattena—对拥有的物质财富感到自豪 / guruḥ—灵性导师 / sadasi—在这聚会中 / kāt-kṛtaḥ—错待

译文 唉！由于愚蠢和对我的物质财富感到自豪，我做了一件多么令人懊悔的错事啊！当我的灵性导师进入这聚会厅时，我竟没向他表示敬意，以此方式侮辱了他。

第 12 节

को गृध्येत्पण्डितो लक्ष्मीं त्रिपिष्टपपतेरपि ।
ययाहमासुरं भावं नीतोऽद्य विबुधेश्वरः ॥१२॥

ko gṛdhyet paṇḍito lakṣmīṁ
tripiṣṭapa-pater api
yayāham āsuraṁ bhāvaṁ
nīto 'dya vibudheśvaraḥ

kaḥ—……的 / gṛdhyet—会接受 / paṇḍitaḥ—博学之人 / lakṣmīm—财富 / tri-piṣṭa-pa-pateḥ api—虽然我是半神人的君王 / yayā—被……的 / aham—我 / āsuram—魔鬼的 / bhāvam—心态 / nītaḥ—携带到 / adya—现在 / vibudha—在善良属性层面上的半神人的 / īśvaraḥ—君王

译文 我虽然是处在善良属性层面上的半神人的君王，但却因为一点点财富而骄傲，被错误的自我意识所污染。在这种情况下，这世上有谁还敢冒坠落的风险接受这种财富？唉！我谴责我的钱财和富有。

要旨 圣柴坦亚·玛哈帕布(Caitanya Mahāprabhu)向至尊人格首神祈祷说："全能的主啊！我无意累积财富，不想要漂亮的女人，也不想要任何追随者(na dhanaṁ na janaṁ na sundarīṁ kavitāṁ vā jagad-īśa kāmaye)。我甚至不想要解脱，我只想一世复一世无求地为您做奉爱服务(mama janmani janmanīśvare bhavatād bhaktir ahaitukī tvayi)。"按照大自然的定律，人十分富裕时就会堕落；这对个体和集体来说都是事实。半神人处在善良属性的层面上，但有时就连处在天帝因铎那种崇高位置上的半神人，都会因为物质富有而坠落。如今我们在美国就实际看到这样的事。整个美国都在争取物质财富方面的进步，却不为培养理想的人类而努力。结果是，美国人现在为美国社会犯罪率过高而感到遗憾，疑惑美国人怎么会变得如此不守法和难以管理。正如《圣典博伽瓦谭》(Śrīmad-Bhāgavatam)第7篇第5章的第31节诗所说：没有知识的人不知道人生的目标是回归家园，回到首神身边。因此，他们无论是个人还是集体，都试图享受所谓的物质舒适，变得沉溺于酒色。这种社会所造就出的人比第四个社会阶层的人还要低。他们是要不得的人口(varṇa-saṅkara)，正如《博伽梵歌》(Bhagavad-gītā)中所说：要不得的人口数量一旦增加，人类社会就会如同地狱。这就是如今美国人看到的他们自己的社会状况。

然而幸运的是，哈瑞·奎师那(Hare Kṛṣṇa)运动到了美国，许多幸运的年轻人认真地对待这场造就具有一流品质的理想之人的运动，这样的人完全戒除了吃肉、过非法性生活、喝酒(吸毒)及赌博等坏习惯。如果美国人真想要控制犯罪率的话，他们就必须参加奎师那意识运动，努力创造《博伽梵歌》中所推荐的那种人类生活(cātur-varṇyaṁ mayā sṛṣṭaṁ guṇa-karma-vibhāgaśaḥ)。他们必须将他们社会中的人分为第一流的人、第二流的人、第三流的人和第四流的人。既然他们现在只造就低于第四流的人，他们怎么能避免犯罪社会所具有的危险呢？很久、很久以前，天帝因铎后悔他自己不尊敬他的灵性导师毕尔哈斯帕提。同样，美国人要对他们错误地追求物质文明进步而感到后悔。他们应该接受奎师那的代表——灵性导师的忠告。如果他们这样做，他们就会快乐，他们的国家就会成为领导整个世界的理想国。

第 13 节

यः पारमेष्ठ्यं धिषणमधितिष्ठन्न कञ्चन ।
प्रत्युत्तिष्ठेदिति ब्रूयुर्धर्मं ते न परं विदुः ॥१३॥

yaḥ pārameṣṭhyaṁ dhiṣaṇam
adhitiṣṭhan na kañcana
pratyuttiṣṭhed iti brūyur
dharmaṁ te na paraṁ viduḥ

yaḥ—任何……的人 / pārameṣṭhyam—王室的 / dhiṣaṇam—宝座 / adhitiṣṭhan—坐在 / na—不 / kañcana—任何人 / pratyuttiṣṭhet—应该在……面前起身 / iti—如此 / brūyuḥ—那些说……的人 / dharmam—宗教的礼仪规范 / te—他们 / na—不 / param—更高的 / viduḥ—知道

译文 如果有人说“坐在君王高贵王座上的人不该起身向另一个君王或布茹阿玛纳致以敬意”，那就要明白，他根本不知道更高的宗教原则。

要旨 就有关这一点，圣维施瓦纳特·查夸瓦尔提·塔库尔说，当一个总统或君王坐在他的王座上时，他不需要向进入他的聚会的每一个人致敬，但必须向他的灵性导师、布茹阿玛纳和外士纳瓦(Vaiṣṇava)这些地位比他高的人致敬。历史上有许多例子表明人应该如何行为处事。当主奎师那坐在祂的宝座上，而纳茹阿达有幸进入祂的聚会场所时，就连主奎师那都立刻与祂的官员和大臣们起身，向纳茹阿达恭敬地致以敬意。纳茹阿达知道奎师那是至尊人格首神，奎师那知道纳茹阿达是祂的奉献者，但尽管奎师那是至尊主而纳茹阿达是至尊主的奉献者，至尊主还是按宗教礼节行为处事。既然纳茹阿达是贞守生(brahmacārī)、布茹阿玛纳(brāhmaṇa)和崇高的奉献者，那么奎师那即使在以君王的身份行事，也要向纳茹阿达恭敬地致以敬意。这是韦达文明中随处可见的表现。如今，人类社会中的人们不知道该如何尊敬奎师那及纳茹阿达的代表，不知道如何正确管理社会，不知道该如何增强奎师那意识，而只考虑每年要生产新车、盖新的高楼大厦，然后捣毁它们再制造新的。这样的社会无论科技有多进步，其文明都不算是人类文明。人类文明只有在人们都遵守社会四阶层制度(cāturvarṇya)时才是进步的。进步的人类社会中必须要有理想的第一流的人当顾问，第二阶层的人当行政管理者，第三阶层的人生产粮食并保护乳牛，以及服从以上三个社会高阶层的第四阶层的人。不遵守社会标准体制的人，应该被视为是第五阶层的人。不遵守韦达法律和规定的社会制度，对人类没有帮助。正如这节诗说明，这样的社会不知道人生的目的，以及最高的宗教原则(dharmaṁ te na paraṁ viduḥ)。

第 14 节

तेषां कुपथदेष्टॄणां पततां तमसि ह्यधः ।
ये श्रद्दध्युर्वचस्ते वै मज्जन्त्यश्मप्लवा इव ॥१४॥

teṣāṁ kupatha-deṣṭṝṇāṁ
patatāṁ tamasi hy adhaḥ
ye śraddadhyur vacas te vai
majjanty aśma-plavā iva

teṣām — 他们(误导大众的领袖)的 / ku-patha-deṣṭṝṇām — 指引一条危险之途的 / patatām — 他们自己落入 / tamasi — 在黑暗中 / hi — 事实上 / adhaḥ — 下去 / ye — 任何……的人 / śraddadhyuḥ — 将信心寄托在……上 / vacaḥ — 言语 / te — 他们 / vai — 事实上 / majjanti — 沉没 / aśma-plavāḥ — 用石头做的船 / iva — 如同

译文　坠入愚昧并通过引领人们走毁灭之途而误导大众的领袖，事实上是登上了一条石船，那些盲目跟随他们的人也如此。石船无法在水面上漂浮，而是与乘客们一起沉入水中。同样，误导大众的人去地狱，他们的追随者也随之而去。

要旨　韦达文献《圣典博伽瓦谭》第11篇第20章的第17节诗说：

nṛ-deham ādyaṁ sulabhaṁ sudurlabhaṁ
plavaṁ sukalpaṁ guru-karṇa-dhāram

我们这些受制约的灵魂掉进无知的海洋，但幸运的是，我们得到了人体这艘性能十分优良的船，给予我们一个渡过这海洋的良机。当灵性导师以船长的身份作指导时，船就能很容易地渡过这无知的海洋。此外，这艘船有韦达知识的教导作为帮助我们渡海的顺风。不善用所有这些便利条件的人，无疑是在自杀。

登上用石头制成的船注定会死亡。要提升到完美境界的人，必须首先离开那些让人登上石船的假领袖。整个人类社会都处在这样的险境中，要想得到拯救，就必须遵守韦达经教导的标准。《博伽梵歌》的内容就是这些教导的精华。人不需要托庇于任何其他教导，因为《博伽梵歌》就如何实现人生的目标给予了直接的教导。所以圣主奎师那说："抛弃一切种类的宗教，只皈依我(sarva-dharmān parityajya mām ekaṁ śaraṇaṁ vraja)。"即使有人不接受主奎师那是至尊人格首神，但祂的教导是如此崇高且对人类有益，只要按祂的教导去做，人就会得到拯救。否则，人就会被未经授权的所谓冥想和瑜伽体操法所欺骗，就会登上使所有的乘客都沉到水下淹死的石船。不幸的是，美国人虽然很渴望摆脱物质的混乱状态，但有时却资助建造石船。那不会对他们有帮助。他们必须乘坐由奎师那为他们提供的以奎师那意识运动为表现形式的恰当的船。那样，他们就容易得救了。就有关这一点，圣维施瓦纳特·查夸瓦尔提·塔库尔评论说：正如乘坐石船的人将与石船一起下沉，听从错误指示的人将与发出指示的指导者一同毁灭(aśmamayaḥ plavo yeṣāṁ te yathā majjantaṁ plavam anumajjanti tatheti rāja-nīty-upadeṣṭṛṣu sva-sabhyeṣu kopo vyañjitaḥ)。如果人类社会是通过要政治外交手腕来领导，使国家之间互相争斗，那它毫无疑问就会像一条石船一样沉没。政治斗争和外交手腕无法拯救人类社会。人们必须培养奎师那意识，了解人生的目标，了解神，实现人生的使命。

第 15 节

अथाहममराचार्यमगाधधिषणं द्विजम् ।
प्रसादयिष्ये निशठः शीर्ष्णा तच्चरणं स्पृशन् ॥१५॥

athāham amarācāryam
agādha-dhiṣaṇaṁ dvijam
prasādayiṣye niśaṭhaḥ
śīrṣṇā tac-caraṇaṁ spṛśan

atha—因此 / aham—我 / amara-ācāryam—半神人的灵性导师 / agādha-dhiṣaṇam—灵性知识极为高深的 / dvijam—完美的布茹阿玛纳 / prasādayiṣye—我将使……高兴 / niśaṭhaḥ—不口是心非 / śīrṣṇā—用我的头 / tat-caraṇam—他的莲花足 / spṛśan—触碰

译文　天帝因铎说：为此，我现在就该发自内心真诚地向半神人的灵性导师毕尔哈斯帕提的莲花足顶礼。他因为处在善良属性的层面上，所以完全明了一切知识，是最优秀的布茹阿玛纳。我现在要触碰他的莲花足，向他顶礼，努力使他满意。

要旨　恢复理智的天帝因铎认识到，他自己并不是他灵性导师毕尔哈斯帕提的十分真诚的学生。为此，他决定今后不再口是心非(niśaṭha)。他决定要用他的头触碰他灵性导师的双足(niśaṭhaḥ śīrṣṇa-tac-caraṇaṁ spṛśan)。我们应该从这个例子学习维施瓦纳特·查夸瓦尔提·塔库尔宣布的原则：

yasya prasādād bhagavat-prasādo
yasyāprasādān na gatiḥ kuto 'pi

"靠灵性导师的仁慈，人受益于奎师那的仁慈。没有灵性导师的恩典，人无法取得丝毫灵性进步。"门徒永远都不该当伪君子或对灵性导师不忠诚。梵文称灵性导师是阿查尔亚(ācārya)。《圣典博伽瓦谭》第11篇第17章的第27节诗记载，至尊人格首神说：人应该尊敬灵性导师，将他视为是至尊主本人(ācāryaṁ māṁ vijānīyān)；在任何时候都不该对灵性导师不敬(nāvamanyeta karhicit)；永远都不该把灵性导师视为是普通人(na martya-buddhyāsūyeta)。亲不敬、熟生蔑，所以人应该十分小心该如何跟灵性导师交往。灵性导师是完美的布茹阿玛纳，拥有指导他学生活动的无限智慧(agādha-dhiṣaṇaṁ dvijam)。正因为如此，在《博伽梵歌》第4章的第34节诗中，奎师那忠告说：

tad viddhi praṇipātena
paripraśnena sevayā
upadekṣyanti te jñānaṁ
jñāninas tattva-darśinaḥ

“为理解真理而向一位灵性导师皈依，以服从的态度向他请教，为他服务。觉悟了自我的灵魂看到了真理，因此可以把知识传授给你。”应该全心投靠灵性导师，应该靠做服务(sevayā)接近他，以争取得到进一步的灵性启明。

第 16 节

एवं चिन्तयतस्तस्य मघोनो भगवान् गृहात् ।
बृहस्पतिर्गतोऽदृष्टां गतिमध्यात्ममायया ॥१६॥

evaṁ cintayatas tasya
maghono bhagavān gṛhāt
bṛhaspatir gato 'dṛṣṭāṁ
gatim adhyātma-māyayā

evam—如此 / cintayataḥ—很严肃地考虑时 / tasya—他 / maghonaḥ—因铎 / bhagavān—最强大有力的 / gṛhāt—从他的家 / bṛhaspatiḥ—毕尔哈斯帕提 / gataḥ—去 / adṛṣṭām—看不见 / gatim—到……的状态 / adhyātma—因为有高度的灵性意识 / māyayā—凭他的力量

译文 就在半神人的君王因铎这样思考，并在自己的聚会厅中忏悔时，最强有力的灵性导师毕尔哈斯帕提明白他的想法。毕尔哈斯帕提比因铎更强有力，于是变得不让因铎看见，并离开了家。

第 17 节

गुरोर्नाधिगतः संज्ञां परीक्षन् भगवान् स्वराट ।
ध्यायन्धिया सुरैर्युक्तः शर्म नालभतात्मनः ॥१७॥

guror nādhigataḥ saṁjñāṁ
  parīkṣan bhagavān svarāṭ
dhyāyan dhiyā surair yuktaḥ
  śarma nālabhatātmanaḥ

guroḥ一他灵性导师的 / na一不 / adhigataḥ一找到 / saṁjñām一踪迹 / parīkṣan一积极地到处寻找 / bhagavān一最强有力的因铎 / svarāṭ一独立的 / dhyāyan一沉思着 / dhiyā一靠智慧 / suraiḥ一被半神人 / yuktaḥ一围绕 / śarma一平静 / na一不 / alabhata一获得 / ātmanaḥ一心的

译文　因铎由其他半神人陪伴着四处寻找毕尔哈斯帕提，但却找不到他。这使因铎心想，“唉！我的灵性导师对我很不满意，现在我没法得到好运了。”因铎虽然由半神人们围绕着，但却无法让内心平静下来。

第18节

तच्छ्रुत्वैवासुराः सर्व आश्रित्यौशनसं मतम् ।
देवान् प्रत्युद्यमं चक्रुर्दुर्मदा आततायिनः ॥१८॥

tac chrutvaivāsurāḥ sarva
  āśrityauśanasaṁ matam
devān pratyudyamaṁ cakrur
  durmadā ātatāyinaḥ

tat śrutvā一听见那消息 / eva一事实上 / asurāḥ一恶魔 / sarve一所有的 / āśritya一托庇于 / auśanasam一舒夸查尔亚的 / matam一指示 / devān一半神人 / pratyudyamam一对抗 / cakruḥ一执行 / durmadāḥ一不是很明智的 / ātatāyinaḥ一为战斗而武装

译文　听到天帝因铎面临的可怜处境，恶魔们按照他们的导师舒夸查尔亚的指示，用各种武器武装好自己，向半神人宣战。

第 19 节

तैर्विसृष्टेषुभिस्तीक्ष्णैर्निर्भिन्नाङ्गोरुबाहवः ।
ब्रह्माणं शरणं जग्मुः सहेन्द्रा नतकन्धराः ॥१९॥

tair visṛṣṭeṣubhis tīkṣṇair
nirbhinnāṅgoru-bāhavaḥ
brahmāṇaṁ śaraṇaṁ jagmuḥ
sahendrā nata-kandharāḥ

taiḥ—被他们(恶魔) / visṛṣṭa—射 / iṣubhiḥ—被箭 / tīkṣṇaiḥ—非常锐利的 / nirbhinna—到处刺穿 / aṅga—身体 / uru—大腿 / bāhavaḥ—和手臂 / brahmāṇam—主布茹阿玛的 / śaraṇam—庇护 / jagmuḥ—找……商量 / saha-indrāḥ—与天帝因铎 / nata-kandharāḥ—他们低头顶礼

译文 半神人的头颅、大腿、手臂和身体的其他部分，被恶魔的利箭射伤。以因铎为首的半神人们认识到，除了立刻去找主布茹阿玛，向他顶礼请求庇护及适当的指示，没有其他办法了。

第 20 节

तांस्तथाभ्यर्दितान् वीक्ष्य भगवानात्मभूरजः ।
कृपया परया देव उवाच परिसान्त्वयन् ॥२०॥

tāṁs tathābhyarditān vīkṣya
bhagavān ātmabhūr ajaḥ
kṛpayā parayā deva
uvāca parisāntvayan

tān—他们(半神人) / tathā—就这样 / abhyarditān—被恶魔的武器折磨 / vīkṣya—看见 / bhagavān—最强有力的 / ātma-bhūḥ—主布茹阿玛 / ajaḥ—不像普通人一样出生的 / kṛpayā—出于没有缘故的仁慈 /

parayā—巨大的 / devaḥ—主布茹阿玛 / uvāca—说 / parisāntvayan—安抚他们

译文　最强有力的主布茹阿玛看到半神人们来找他，恶魔的利箭使他们的身体严重受损时，便出于他没有缘故的巨大仁慈安抚他们，并说了如下一番话。

第21节

श्रीब्रह्मोवाच
अहो बत सुरश्रेष्ठा ह्यभद्रं वः कृतं महत् ।
ब्रह्मिष्ठं ब्राह्मणं दान्तमैश्वर्यान्नाभ्यनन्दत ॥२१॥

śrī-brahmovāca
aho bata sura-śreṣṭhā
hy abhadraṁ vaḥ kṛtaṁ mahat
brahmiṣṭhaṁ brāhmaṇaṁ dāntam
aiśvaryān nābhyanandata

śrī-brahmā uvāca—主布茹阿玛说 / aho—唉！ / bata—实在令人震惊 / sura-śreṣṭhāḥ—最优秀的半神人啊！ / hi—事实上 / abhadram—非正义 / vaḥ—被你们 / kṛtam—做 / mahat—伟大的 / brahmiṣṭham—完全顺从至尊梵的人 / brāhmaṇam—布茹阿玛纳 / dāntam—已经完全控制住心和感官的 / aiśvaryāt—由于你们的物质财富 / na—不 / abhyanandata—恰当地迎接

译文　主布茹阿玛说：最优秀的半神人啊！不幸的是，由于物质财富使你们神经错乱，你们在毕尔哈斯帕提去你们的聚会时没有按礼仪迎接他。他了解至尊梵并完全控制了他的感官，所以是最优秀的布茹阿玛纳。因此，你们对他的无礼放肆实在令人震惊。

要旨　主布茹阿玛之所以赏识半神人的灵性导师毕尔哈斯

帕提所具有的布茹阿玛纳品质，是因为他觉悟到了至尊梵。毕尔哈斯帕提很严格地控制住自己的感官和心念，因此是最有资格的布茹阿玛纳。主布茹阿玛批评半神人没有给予这位当他们灵性导师的布茹阿玛纳以适当的尊敬。主布茹阿玛要让半神人们铭记，在任何情况下都不该不尊敬自己的灵性导师(guru)。当毕尔哈斯帕提进入半神人的聚会时，半神人和他们的君王因铎把那当做理所当然的事。由于他每天都来，他们以为可以不必特别向他表示敬意了。正如俗话说，亲不敬，熟生蔑。这使毕尔哈斯帕提感到很不悦，于是立刻离开了因铎的宫殿。就这样，以因铎为首的半神人冒犯了毕尔哈斯帕提的莲花足，很清楚这一点的主布茹阿玛斥责他们的这种疏忽。在我们每天唱的一首歌中，纳若塔玛·达斯·塔库尔(Narottama dāsa Ṭhākura)说：灵性导师给门徒以灵性方面的深刻理解，因此门徒应该把灵性导师视为是自己生生世世的主人(cakṣu-dāna dila yei, janme janme prabhu sei)。在任何情况下都不该让灵性导师生气。然而，半神人因为对自己的物质拥有感到骄傲，不尊敬他们的灵性导师。为此，《圣典博伽瓦谭》第11篇第17章的第27节诗忠告：应该始终向灵性导师恭敬地顶礼；永远都不该嫉妒灵性导师，认为他是普通人(ācāryaṁ māṁ vijānīyān nāvamanyeta karhicit/ na martya-buddhyāsūyeta)。

第 22 节

तस्यायमनयस्यासीत्परेभ्यो वः पराभवः ।
प्रक्षीणेभ्यः स्ववैरिभ्यः समृद्धानां च यत्सुराः ॥२२॥

tasyāyam anayasyāsīt
parebhyo vaḥ parābhavaḥ
prakṣīṇebhyaḥ sva-vairibhyaḥ
samṛddhānāṁ ca yat surāḥ

tasya—那 / ayam—这 / anayasya—你们忘恩负义的行为的 / āsīt—是 / parebhyaḥ—被其他的 / vaḥ—你们全体的 / parābhavaḥ—击败 / prakṣīṇebhyaḥ—虽然他们虚弱 / sva-vairibhyaḥ—被先前被你们打败的敌人 / samṛddhānām—你们自己很富有 / ca—和 / yat—……的 / surāḥ—半神人啊！

译文　对毕尔哈斯帕提的无礼，使你们被恶魔打败。我亲爱的半神人们，既然恶魔们虚弱，曾数次被你们打败，如此富有的你们如今怎么被他们打败了呢？

要旨　半神人(deva)因为不断地与恶魔(asura)作战而闻名于世。在这种战斗中，一般总是恶魔被打败，但这一次却是半神人被打败了。为什么？原因正如这节诗中所说，是因为他们冒犯了他们的灵性导师。他们对他们灵性导师的无礼放肆，是他们被恶魔打败的原因。正如启示经典中所说：不尊敬值得尊敬的长辈或上级，就会使人失去长寿和虔诚活动的结果，从而堕落被降级。

第23节

मघवन्द्विषतः पश्य प्रक्षीणान् गुर्वतिक्रमात् ।
सम्प्रत्युपचितान् भूयः काव्यमाराध्य भक्तितः ।
आददीरन्निलयनं ममापि भृगुदेवताः ॥२३॥

maghavan dviṣataḥ paśya
prakṣīṇān gurv-atikramāt
sampraty upacitān bhūyaḥ
kāvyam ārādhya bhaktitaḥ
ādadīran nilayanaṁ
mamāpi bhṛgu-devatāḥ

maghavan—因铎啊！ / dviṣataḥ—你的敌人 / paśya—看吧 / prakṣīṇān—(以前)非常虚弱 / guru-atikramāt—由于不尊敬他们的灵性导师舒夸查尔亚 / samprati—现在 / upacitān—强有力的 / bhūyaḥ—

再次 / kāvyam 一 他们的灵性导师舒夸查尔亚 / ārādhya 一 崇拜 / bhaktitaḥ 一 怀着巨大的奉爱之情 / ādadīran 一 可以拿走 / nilayanam 一 住所萨提亚星球 / mama 一 我的 / api 一 甚至 / bhṛgu-devatāḥ 一 现在是布瑞古的门徒舒夸查尔亚的强有力的奉献者

译文 因铎啊！你的敌人——恶魔，曾因为不尊敬舒夸查尔亚而脆弱得不堪一击，但自从他们现在怀着巨大的奉爱之情崇拜舒夸查尔亚，他们再次变得强大有力。凭借他们对舒夸查尔亚的奉爱之情，他们的力量剧增，以致他们现在能轻易地攻占我的住所。

要旨 主布茹阿玛想要指出：半神人们是凭他们灵性导师的力量才能成为这个世界中最强大的人，而让灵性导师不满将使人失去一切。就有关这一点，维施瓦纳特·查夸瓦尔提·塔库尔的歌证实道：

yasya prasādād bhagavat-prasādo
yasyāprasādān na gatiḥ kuto 'pi

“凭借灵性导师的仁慈，人受益于奎师那的仁慈。没有灵性导师的恩典，人无法取得丝毫的进步。”恶魔们比起主布茹阿玛来说虽然微不足道，但凭借他们灵性导师的力量，他们变得十分强大，甚至能够夺取主布茹阿玛的住所布茹阿玛珞卡(Brahmaloka)。因此，我们向灵性导师祈祷：

mūkaṁ karoti vācālaṁ
paṅguṁ laṅghayate girim
yat-kṛpā tam ahaṁ vande
śrī-guruṁ dīna-tāraṇam

凭借灵性导师的仁慈，就连哑巴都能成为最非凡的雄辩家，就连跛脚之人都能翻山越岭。人如果想要在人生中取得成功，就应该记住经典的这个训示。

第 24 节

त्रिपिष्टपं किं गणयन्त्यभेद्य-
मन्त्रा भृगूणामनुशिक्षितार्थाः ।
न विप्रगोविन्दगवीश्वराणां
भवन्त्यभद्राणि नरेश्वराणाम् ॥२४॥

tripiṣṭapaṁ kiṁ gaṇayanty abhedya-
mantrā bhṛgūṇām anuśikṣitārthāḥ
na vipra-govinda-gav-īśvarāṇām
bhavanty abhadrāṇi nareśvarāṇām

tri-piṣṭa-pam — 包括主布茹阿玛在内的全体半神人 / kim — 什么 / gaṇayanti — 他们在意 / abhedya-mantrāḥ — 在执行灵性导师命令的决心牢不可破的…… / bhṛgūṇām — 舒夸查尔亚等布瑞古·牟尼的门徒的 / anuśikṣita-arthāḥ — 决定遵循指示 / na — 不 / vipra — 布茹阿玛纳 / govinda — 至尊人格首神奎师那 / go — 乳牛 / īśvarāṇām — 喜爱并认为是值得崇拜的人的 / bhavanti — 是 / abhadrāṇi — 任何不幸 / nara-īśvarāṇām — 或者遵循这原则的君王的

译文　舒夸查尔亚的门徒——恶魔们，因为坚定地执行他的指示，现在根本不担心半神人了。事实上，无论是君王还是其他人，如果对布茹阿玛纳、乳牛和至尊人格首神奎师那的仁慈具有坚定的信心，总是崇拜这三者，其地位就永远牢不可摧。

要旨　从主布茹阿玛给予的指示可以明白，所有的人都该忠实地崇拜布茹阿玛纳、至尊人格首神和乳牛。至尊人格首神永远善待乳牛和布茹阿玛纳(go-brāhmaṇa-hitāya ca)。因此崇拜哥文达(Govinda)的人，必须靠崇拜布茹阿玛纳和乳牛取悦祂。如果一个政府崇拜布茹阿玛纳、乳牛和奎师那——哥文达，它就在任何地方都不会被打败；否则，它就会永远失败，在任何地方都受到谴责。如今，全世界的政府都不尊重布茹阿玛纳、乳牛和哥文达，因此世界各地混乱不堪。总之，半神人虽然在物质财富方面很强大，但因为对布茹阿玛纳、他们的灵性导师毕尔哈斯帕提不敬而被恶魔打败。

第25节

तद्विश्वरूपं भजताशु विप्रं
तपस्विनं त्वाष्ट्रमथात्मवन्तम् ।
सभाजितोऽर्थान् स विधास्यते वो
यदि क्षमिष्यध्वमुतास्य कर्म ॥२५॥

tad viśvarūpaṁ bhajatāśu vipraṁ
tapasvinaṁ tvāṣṭram athātmavantam
sabhājito 'rthān sa vidhāsyate vo
yadi kṣamiṣyadhvam utāsya karma

tat—因此 / viśvarūpam—维施瓦茹帕 / bhajata—就当灵性导师般崇拜 / āśu—立刻 / vipram—是一个完美的布茹阿玛纳的 / tapasvinam—经历了艰难的苦修和赎罪苦行 / tvāṣṭram—特瓦施塔的儿子 / atha—和……一样 / ātma-vantam—非常独立的 / sabhājitaḥ—被崇拜着 / arthān—利益 / saḥ—他 / vidhāsyate—将执行 / vaḥ—你们全体的 / yadi—如果 / kṣamiṣyadhvam—你们容忍 / uta—事实上 / asya—他的 / karma—(支持恶魔的)行为

译文 半神人啊！我命令你们去找特瓦施塔的儿子维施瓦茹帕，接受他当你们的灵性导师。他是纯洁、过苦修禁欲生活的十分强大的布茹阿玛纳。倘若你们容忍他有支持恶魔的倾向，他就会在对你们的崇拜感到满意后，满足你们的愿望。

要旨 主布茹阿玛建议半神人将特瓦施塔的儿子接受为他们的灵性导师，尽管他总是有帮助恶魔的倾向。

第 26 节

श्रीशुक उवाच
त एवमुदिता राजन् ब्रह्मणा विगतज्वराः ।
ऋषिं त्वाष्ट्रमुपव्रज्य परिष्वज्येदमब्रुवन् ॥२६॥

śrī-śuka uvāca
ta evam uditā rājan
brahmaṇā vigata-jvarāḥ
ṛṣiṁ tvāṣṭram upavrajya
pariṣvajyedam abruvan

śrī-śukaḥ uvāca—舒卡戴瓦·哥斯瓦米说 / te—全体半神人 / evam—这样 / uditāḥ—被忠告 / rājan—帕瑞克西特王啊！ / brahmaṇā—被主布茹阿玛 / vigata-jvarāḥ—从恶魔造成的伤害中感到宽慰 / ṛṣim—伟大的圣人 / tvāṣṭram—到特瓦施塔的儿子那里 / upavrajya—去 / pariṣvajya—拥抱 / idam—这 / abruvan—说

译文　圣舒卡戴瓦·哥斯瓦米继续道：全体半神人这样得到主布茹阿玛的忠告并减轻焦虑后，便去找特瓦施塔的儿子——圣人维施瓦茹帕。我亲爱的君王，他们拥抱他并说了如下一番话。

第 27 节

श्रीदेवा ऊचुः
वयं तेऽतिथयः प्राप्ता आश्रमं भद्रमस्तु ते ।
कामः सम्पाद्यतां तात पितॄणां समयोचितः ॥२७॥

śrī-devā ūcuḥ
vayaṁ te 'tithayaḥ prāptā
āśramaṁ bhadram astu te
kāmaḥ sampādyatāṁ tāta
pitṝṇāṁ samayocitaḥ

śrī-devāḥ ūcuḥ－半神人说 / vayam－我们 / te－你的 / atithayaḥ－客人 / prāptāḥ－来到 / āśramam－你的住所 / bhadram－鸿运 / astu－但愿 / te－对你 / kāmaḥ－愿望 / sampādyatām－就如此做 / tāta－亲爱的啊！ / pitṝṇām－就像你父亲一样的我们的 / samayocitaḥ－适合现状

译文 半神人们说：亲爱的维施瓦茹帕，愿你鸿运当头。我们半神人作为你的客人来到你的灵修所。既然我们是你的父辈，就请你根据时间满足我们的愿望。

第 28 节

पुत्राणां हि परो धर्मः पितृशुश्रूषणं सताम् ।
अपि पुत्रवतां ब्रह्मन् किमुत ब्रह्मचारिणाम् ॥२८॥

putrāṇāṁ hi paro dharmaḥ
pitṛ-śuśrūṣaṇaṁ satām
api putravatāṁ brahman
kim uta brahmacāriṇām

putrāṇām－儿子的 / hi－事实上 / paraḥ－较高级的 / dharmaḥ－宗教原则 / pitṛ-śuśrūṣaṇam－为父母做的服务 / satām－好的 / api－甚至 / putra-vatām－那些有儿子的人的 / brahman－亲爱的布茹阿玛纳啊！ / kim uta－更何况 / brahmacāriṇām－贞守生

译文 布茹阿玛纳啊！当儿子的人的首要责任是侍奉父母大人，哪怕他已经有了自己的儿子也不例外，更何谈为人子，同时又是贞守生的人呢？

第 29—30 节

आचार्यो ब्रह्मणो मूर्तिः पिता मूर्तिः प्रजापतेः ।
भ्राता मरुत्पतेर्मूर्तिर्माता साक्षात्क्षितेस्तनुः ॥२९॥

दयाया भगिनी मूर्तिर्धर्मस्यात्मातिथिः स्वयम् ।
अग्नेरभ्यागतो मूर्तिः सर्वभूतानि चात्मनः ॥३०॥

ācāryo brahmaṇo mūrtiḥ
pitā mūrtiḥ prajāpateḥ
bhrātā marutpater mūrtir
mātā sākṣāt kṣites tanuḥ

dayāyā bhaginī mūrtir
dharmasyātmātithiḥ svayam
agner abhyāgato mūrtiḥ
sarva-bhūtāni cātmanaḥ

ācāryaḥ—以身作则教授韦达知识的老师或灵性导师 / brahmaṇaḥ—所有韦达经的 / mūrtiḥ—具体体现 / pitā—父亲 / mūrtiḥ—具体体现 / prajāpateḥ—主布茹阿玛的 / bhrātā—兄弟 / marut-pateḥ mūrtiḥ—因铎王的代表 / mātā—母亲 / sākṣāt—直接地 / kṣiteḥ—地球的 / tanuḥ—躯体 / dayāyāḥ—仁慈的 / bhaginī—姐妹 / mūrtiḥ—具体体现 / dharmasya—宗教原则的 / ātma—自身 / atithiḥ—客人 / svayam—亲自 / agneḥ—火神的 / abhyāgataḥ—受邀的客人 / mūrtiḥ—具体体现 / sarva-bhūtāni—众生 / ca—和 / ātmanaḥ—至尊主维施努的

译文　教导所有韦达知识并以授圣线的方式给予启迪的灵性导师——阿查尔亚，是所有韦达经的具体体现。同样，父亲象征着主布茹阿玛，兄弟是因铎王的代表，母亲是地球的具体体现，姐妹是仁慈的化身。客人是宗教原则的人格化身，被邀请的客人是半神人阿格尼的代表，而众生是至尊人格首神主维施努的具体体现。

要旨　查纳克亚·潘迪特(Cāṇakya Paṇḍita)所给予的道德训示说：人应该像看待自己一样平等看待众生(ātmavat sarva-bhūteṣu)。这意味着，没有谁该被蔑视为是低等的；由于超灵(Paramātmā)就在每一个生物体的心中，应该把每一个生物体都视为是至尊人格首神的庙宇并给予尊重。这节诗讲述人应该如何尊敬灵性导师、父亲、兄弟、姐妹和客人等。

第 31 节

तस्मात्पितॄणामार्तानामार्तिं परपराभवम् ।
तपसापनयंस्तात सन्देशं कर्तुमर्हसि ॥३१॥

tasmāt pitṝṇām ārtānām
ārtiṁ para-parābhavam
tapasāpanayaṁs tāta
sandeśaṁ kartum arhasi

tasmāt—因此 / pitṝṇām—双亲的 / ārtānām—处于苦恼中的人 / ārtim—悲痛 / para-parābhavam—被敌人击败 / tapasā—凭你苦修的力量 / apanayan—去除 / tāta—亲爱的儿子啊！ / sandeśam—我们的愿望 / kartum arhasi—你应该实现

译文 亲爱的儿子，我们被我们的敌人击败，因此十分难过、愤愤不平。请用你苦修的力量去除我们的苦恼，仁慈地满足我们的愿望。

第 32 节

वृणीमहे त्वोपाध्यायं ब्रह्मिष्ठं ब्राह्मणं गुरुम् ।
यथाञ्जसा विजेष्यामः सपत्नांस्तव तेजसा ॥३२॥

vṛṇīmahe tvopādhyāyaṁ
brahmiṣṭhaṁ brāhmaṇaṁ gurum
yathāñjasā vijeṣyāmaḥ
sapatnāṁs tava tejasā

vṛṇīmahe—我们选择 / tvā—你 / upādhyāyam—为老师和灵性导师 / brahmiṣṭham—完全了解至尊梵 / brāhmaṇam—够资格的布茹阿

玛纳 / gurum—完美的灵性导师 / yathā—以便 / añjasā—很轻易地 / vijeṣyāmaḥ—我们将击败 / sapatnān—我们的敌人 / tava—你的 / tejasā—凭苦修的力量

译文　由于你完全了解至尊梵，你是完美的布茹阿玛纳，所以是社会各阶层人士的灵性导师。我们接受你当我们的灵性导师和指导者，以便可以凭借你苦修的力量轻易打败战胜了我们的敌人。

要旨　为完成特定类型的任务，就必须去找特定类型的导师。因此，尽管维施瓦茹帕的等级比半神人低，半神人们还是为战胜恶魔而接受他为灵性导师。

第 33 节

न गर्हयन्ति ह्यर्थेषु यविष्ठाङ्घ्र्यभिवादनम् ।
छन्दोभ्योऽन्यत्र न ब्रह्मन् वयो ज्यैष्ठ्यस्य कारणम् ॥३३॥

na garhayanti hy artheṣu
yaviṣṭhāṅghry-abhivādanam
chandobhyo 'nyatra na brahman
vayo jyaiṣṭhyasya kāraṇam

na—不 / garhayanti—禁止 / hi—的确 / artheṣu—在获得利益方面 / yaviṣṭha-aṅghri—对晚辈的莲花足 / abhivādanam—致以顶礼 / chandobhyaḥ—韦达赞歌 / anyatra—除……外 / na—不 / brahman—布茹阿玛纳啊！ / vayaḥ—年龄 / jyaiṣṭhyasya—年长的 / kāraṇam—理由

译文　半神人们继续道：不要害怕因为比我们年轻而招致批评。这种礼仪不适用于韦达赞歌。除韦达赞歌外，是否年长有资格都取决于年龄。然而，人甚至可以向在吟诵、吟唱韦达赞歌方面造诣高深但年龄比自己小的人恭敬地敬礼。

因此，你虽然年龄比我们小，但完全可以当我们的祭司，不必犹豫。

要旨　经典中说，是否有资格受到尊敬并不取决于年龄(vṛddhatvaṁ vayasā vinā)。人即使年龄并不是很老，但如果有深厚的知识就有资格受到尊敬。维施瓦茹帕是半神人的侄子，年龄比他们小，但他们要让他当他们的祭司，这样他就得接受他们的敬礼。半神人们解释说：这不该成为他犹豫的原因；他具有高等韦达知识，所以可以当他们的祭司。同样，查纳克亚·潘迪特建议：人可以从一个社会低阶层人士那里接受训练(nīcād apy uttamaṁ jñānam)。社会最高阶层的成员布茹阿玛纳(brāhmaṇa, 婆罗门)本是导师，但如果一个来自查锺亚(kṣatriya, 刹帝利)、外夏(vaiśya, 吠舍)或甚至庶铎(śūdra, 首陀罗)的社会较低阶层家庭的成员具有知识，就可以被接受为是导师。对此，《永恒的柴坦亚经》中篇第8章的第128节诗记载，圣柴坦亚·玛哈帕布在茹阿玛南达·若依(Rāmānanda Rāya)面前强调证实这一点说：

kibā vipra, kibā nyāsī, śūdra kene naya
yei kṛṣṇa-tattva-vettā, sei 'guru' haya

就有关灵性进步来说，人是布茹阿玛纳、查锺亚、外夏还是庶铎并不重要。这些都是物质的称号。灵性进步之人与这种称号毫无关系。因此，在奎师那意识科学中造诣高深的人，无论在人类社会中的地位如何，都可以当灵性导师。

第 34 节

श्रीऋषिरुवाच
अभ्यर्थितः सुरगणैः पौरहित्ये महातपाः ।
स विश्वरूपस्तानाह प्रसन्नः श्लक्ष्णया गिरा ॥३४॥

śrī-ṛṣir uvāca
abhyarthitaḥ sura-gaṇaiḥ
paurahitye mahā-tapāḥ
sa viśvarūpas tān āha
prasannaḥ ślakṣṇayā girā

śrī-ṛṣiḥ uvāca—舒卡戴瓦·哥斯瓦米继续道 / abhyarthitaḥ—被请求 / sura-gaṇaiḥ—被半神人 / paurahitye—接受当祭司 / mahā-tapāḥ—在苦修方面造诣高深的 / saḥ—他 / viśvarūpaḥ—维施瓦茹帕 / tān—对半神人们 / āha—说 / prasannaḥ—感到满意 / ślakṣṇayā—甜美的 / girā—用言语

译文　舒卡戴瓦·哥斯瓦米继续道：当全体半神人请求优秀的维施瓦茹帕当他们的祭司时，在苦修方面造诣高深的维施瓦茹帕感到十分高兴。他说了如下一番话作为回答。

第 35 节

श्रीविश्वरूप उवाच
विगर्हितं धर्मशीलैर्ब्रह्मवर्चउपव्ययम् ।
कथं नु मद्विधो नाथा लोकेशैरभियाचितम् ।
प्रत्याख्यास्यति तच्छिष्यः स एव स्वार्थ उच्यते ॥३५॥

śrī-viśvarūpa uvāca
vigarhitaṁ dharma-śīlair
brahmavarca-upavyayam
kathaṁ nu mad-vidho nāthā
lokeśair abhiyācitam
pratyākhyāsyati tac-chiṣyaḥ
sa eva svārtha ucyate

śrī-viśvarūpaḥ uvāca—圣维施瓦茹帕说 / vigarhitam—受到谴责 / dharma-śīlaiḥ—被在宗教原则方面受尊敬的人 / brahma-varcaḥ—布茹阿玛纳的力量或能力 / upavyayam—造成失去 / katham—如何 / nu—事实上 / mat-vidhaḥ—像我这样的人 / nāthāḥ—主人们啊！ / lokaīśaiḥ—被不同星球的统治力量 / abhiyācitam—要求 / pratyākhyāsyati—将拒绝 / tat-śiṣyaḥ—处于他们的信徒层面的 / saḥ—那 / eva—事实上 / sva-arthaḥ—真正的利益 / ucyate—被形容为

译文 圣维施瓦茹帕说：半神人们啊！尽管接受祭司的职位被谴责为是将使人失去先前获得的布茹阿玛纳力量，但像我这样的人怎能拒绝你们亲口提出的要求呢？你们是整个宇宙中的高级主管。我是你们的信徒，必须从你们那里学习很多功课。因此，我无法拒绝你们。我必须为自己的利益着想同意你们的要求。

要旨 有资格的布茹阿玛纳所从事的职业是：学习(paṭhana)、教导(pāṭhana)、举行祭祀(yajana)、为他人主持祭祀(yājana)，施舍(dāna)和接受布施(pratigraha)。梵文yajana和yājana这两个词是指，布茹阿玛纳之所以当祭司，是为了提升大众。接受灵性导师这一地位的人，将抵消他为之举行祭祀的受益人的恶报。所以，祭司或灵性导师以前从事的虔诚活动的结果将因此而缩减。正因为如此，博学的布茹阿玛纳不接受祭司的职位。然而，极有学问的布茹阿玛纳·维施瓦茹帕还是出于对半神人的高度尊敬而同意当他们的祭司。

第36节

अकिञ्चनानां हि धनं शिलोञ्छनं
तेनेह निर्वर्तितसाधुसत्क्रियः ।
कथं विगर्ह्यं नु करोम्यधीश्वराः
पौरोधसं हृष्यति येन दुर्मतिः ॥३६॥

akiñcanānāṁ hi dhanaṁ śiloñchanaṁ
teneha nirvartita-sādhu-satkriyaḥ
kathaṁ vigarhyaṁ nu karomy adhīśvarāḥ
paurodhasaṁ hṛṣyati yena durmatiḥ

akiñcanānām—靠苦修和赎罪苦行离弃物质拥有的人的 / hi—无疑地 / dhanam—钱财 / śila—收集被遗留在田野中的谷物 / uñchanam—并收集被遗留在批发市场上的谷物 / tena—以那种方式 / iha—这里 / nirvartita—达到 / sādhu—崇高奉献者的 / sat-kriyaḥ—一切虔诚的活动 / katham—如何 / vigarhyam—该受到责备的 / nu—事实上 / karomi—我将从事 / adhīśvarāḥ—伟大的星系主管们啊！ / paurodhasam—祭司的职务 / hṛṣyati—很高兴的 / yena—被……的 / durmatiḥ—智力低下的人

译文　各星球上的高级主管们啊！没有物质拥有的真布茹阿玛纳，靠捡拾被遗留在田野和批发市场中的谷物维持生活。处在居士阶段的布茹阿玛纳，实际上以此方式遵守苦修原则，维持自己和他家人的生活，从事所有必须从事的虔诚活动。想通过当职业祭司获取钱财的布茹阿玛纳，心智必然很低下。我怎能接受这样的祭司职位呢？

要旨　一流的布茹阿玛纳不接受他的门徒或为之举行祭祀的受益者所给予的任何报酬。他实践苦行的原则，去农田收集农夫们遗留在那里的谷物，或者去大批发市场收集商人们留在那里的谷物。这种崇高的布茹阿玛纳就这样维持自己的身体和家庭。这种祭司从不为模仿查锤亚或外夏的富裕生活而向他们的门徒提任何要求。换句话说，纯粹的布茹阿玛纳自愿接受贫穷的生活状态，完全依靠至尊主的仁慈过活。就在几年前，住在纳瓦兑帕(Navadvīpa)附近名叫奎师那纳嘎尔(Kṛṣṇanagara)一地的一个名叫茹阿佳·奎师那昌铎(Rājā Kṛṣṇacandra)的地主，提出要为一个布茹阿玛纳提供帮助。那位布茹阿玛纳拒绝接受帮助。他说：他很满足于自己的居士生活——接受他门徒给的米并煮些罗望子的叶子当菜，所以根本不需要接受地主的帮助。总之，尽管布茹阿玛纳可以接受他的门徒给予他的大量钱财，但他不该用他当祭司得到的报酬谋取个人的利益；他必须善用它们为至尊人格首神服务。

第 37 节

तथापि न प्रतिब्रूयां गुरुभिः प्रार्थितं कियत् ।
भवतां प्रार्थितं सर्वं प्राणैरर्थैश्च साधये ॥३७॥

tathāpi na pratibrūyāṁ
gurubhiḥ prārthitaṁ kiyat
bhavatāṁ prārthitaṁ sarvaṁ
prāṇair arthaiś ca sādhaye

tathā api—仍然 / na—不 / pratibrūyām—我会拒绝 / gurubhiḥ—被在我灵性导师层面上的人 / prārthitam—要求 / kiyat—微小价值的 / bhavatām—你们全体的 / prārthitam—愿望 / sarvam—整个的 / prāṇaiḥ—凭我的生命 / arthaiḥ—凭我所拥有的 / ca—还有 / sādhaye—我将做

译文 你们都是我的长辈。因此，尽管接受祭司职位有时受到责难，但我无法拒绝你们提出的哪怕一个小小的要求。我同意当你们的祭司。我将为满足你们的要求而献出我的生命及拥有的一切。

第 38 节

श्रीबादरायणिरुवाच
तेभ्य एवं प्रतिश्रुत्य विश्वरूपो महातपाः ।
पौरहित्यं वृतश्चक्रे परमेण समाधिना ॥३८॥

śrī-bādarāyaṇir uvāca
tebhya evaṁ pratiśrutya
viśvarūpo mahā-tapāḥ
paurahityaṁ vṛtaś cakre
parameṇa samādhinā

śrī-bādarāyaṇiḥ uvāca—圣舒卡戴瓦·哥斯瓦米说 / tebhyaḥ—向他们(半神人) / evam—如此 / pratiśrutya—承诺 / viśvarūpaḥ—维施瓦茹帕 / mahā-tapāḥ—最崇高的人 / paurahityam—祭司 / vṛtaḥ—被他们围绕着 / cakre—执行 / parameṇa—至高的 / samādhinā—专心地

译文　圣舒卡戴瓦·哥斯瓦米继续说：君王啊！这样对半神人承诺后，崇高的维施瓦茹帕由半神人们围绕着，极为热情、专注地从事祭司必须从事的活动。

要旨　诗中"专心地(samādhinā)"一词十分重要。梵文"萨玛迪(samādhi, 三摩地)"的意思是"全神贯注"。最博学的布茹阿玛纳·维施瓦茹帕，不仅答应了半神人的请求，而且十分认真地对待他们的要求，全神贯注地从事祭司该从事的活动。换句话说，他并非为谋求自己的物质所得而同意当祭司，相反是为半神人的利益而接受那职务。这是祭司的责任。梵文puraḥ的意思是"家庭"，hita的意思是"利益"，因此purohita一词表明，祭司是家庭的祝愿者。梵文puraḥ的另一个意思是"首要"。一个祭司的首要责任是，用一切方法确保自己的信徒在灵性和物质上都受益。那样，他才会感到满足。祭司永远都不该为得到个人的利益举行韦达仪式。

第 39 节

सुरद्विषां श्रियं गुप्तामौशनस्यापि विद्यया ।
आच्छिद्यादान्महेन्द्राय वैष्णव्या विद्यया विभुः ॥३९॥

sura-dviṣāṁ śriyaṁ guptām
auśanasyāpi vidyayā
ācchidyādān mahendrāya
vaiṣṇavyā vidyayā vibhuḥ

sura-dviṣām—半神人的敌人的 / śriyam—财富 / guptām—保护 /

auśanasya—舒夸查尔亚的 / api—虽然 / vidyayā—靠天才 / ācchidya—聚集着 / adāt—交给 / mahā-indrāya—向天帝因铎 / vaiṣṇavyā—主维施努的 / vidyayā—被一篇祈祷文 / vibhuḥ—最强大有力的维施瓦茹帕

译文 恶魔通常被称为是半神人的仇敌，他们拥有的财富都靠舒夸查尔亚的天才和制定的策略得到保护。然而，最强有力的维施瓦茹帕作了一篇名叫纳茹阿亚纳盔甲的保护性祈祷文。靠这篇充满智慧的祈祷文，他夺走恶魔们的财富，把它们给了天帝因铎(玛汉铎)。

要旨 半神人(devas)与恶魔(asuras)之间的区别是：半神人都是主维施努(Viṣṇu)的奉献者，而恶魔都是主希瓦(Śiva)、喀莉女神(Kālī)和杜尔嘎女神(Durgā)等半神人的信奉者。有时，恶魔也当主布茹阿玛(Brahmā)的信奉者。例如：黑冉亚卡希普(Hiraṇyakaśipu)是主布茹阿玛的信奉者，茹阿瓦纳(Rāvaṇa)是主希瓦的信奉者，而玛黑沙苏茹阿(Mahiṣāsura)是杜尔嘎女神的信奉者。半神人们都是主维施努的奉献者(viṣṇu-bhaktaḥ smṛto daiva)，而恶魔始终与维施努的奉献者外士纳瓦作对(āsuras tad-viparyayaḥ)。为战胜外士纳瓦(Vaiṣṇava)，恶魔成为主希瓦、主布茹阿玛、喀莉和杜尔嘎等半神人的奉献者。在很久很久以前，半神人与恶魔之间就彼此仇恨，这种仇恨一直延续下来，因为主希瓦和杜尔嘎女神的信奉者始终嫉妒主维施努的奉献者——外士纳瓦们。主希瓦的信奉者和主维施努的奉献者之间的这种紧张关系一直存在。在高等星系中，恶魔与半神人之间长时间地相互交战。

从这节诗文中我们看到，维施瓦茹帕用维施努·曼陀(Viṣṇu mantra)为半神人编制了一个保护盔甲。维施努·曼陀有时被称为维施努·吉瓦茹阿(Viṣṇu-jvara)，而希瓦·曼陀被称为希瓦·吉瓦茹阿(Śiva-jvara)。我们在经典中看到，在恶魔和半神人之间的战斗中有时会用上维施努·吉瓦茹阿和希瓦·吉瓦茹阿。

这节诗中的“半神人的敌人的(sura-dviṣām)”一句也指无神论者。《圣典博伽瓦谭》的其他地方说：佛祖(Lord Buddha)显现是为了迷惑恶魔或无神论者。至尊人格首神总是将祝福赐予祂的奉献者。对此，《博伽梵歌》第9章的第31节诗证实说：

kaunteya pratijānīhi
na me bhaktaḥ praṇaśyati

“琨缇的儿子啊！你勇敢地宣布，我的奉献者永不毁灭。”

第40节

यया गुप्तः सहस्राक्षो जिग्येऽसुरचमूर्विभुः ।
तां प्राह स महेन्द्राय विश्वरूप उदारधीः ॥४०॥

yayā guptaḥ sahasrākṣo
jigye 'sura-camūr vibhuḥ
tāṁ prāha sa mahendrāya
viśvarūpa udāra-dhīḥ

yayā—被……的 / guptaḥ—保护 / sahasra-akṣaḥ—有一千只眼睛的半神人因铎 / jigye—征服 / asura—恶魔的 / camūḥ—军事力量 / vibhuḥ—变得十分强大 / tām—那 / prāha—说了 / saḥ—他 / mahendrāya—向天帝玛汉铎 / viśvarūpaḥ—维施瓦茹帕 / udāra-dhīḥ—心胸极开阔的

译文　心胸最开阔的维施瓦茹帕，对天帝因铎说了那保护因铎并征服恶魔军事力量的秘密赞美诗。

到此为止，结束了巴克提韦丹塔对《圣典博伽瓦谭》第6篇第7章——“因铎冒犯他的灵性导师毕尔哈斯帕提”所作的阐释。

第八章

纳茹阿亚纳盔甲

这一章讲述了用维施努·曼陀(Viṣṇu mantra)制成的盔甲，以及天帝因铎(Indra)是如何战胜恶魔士兵的。

要得到这一盔甲的保护，人必须首先触碰库沙(kuśa)草并用净化曼陀(ācamana-mantras)清洗自己的嘴。人应该奉行沉默的原则，随后将有八个音节的维施努·曼陀置于他身体的各个部位，将有十二个音节的曼陀置于他的双手上。那八个音节的曼陀是oṁ namo nārāyaṇāya。应该将这个曼陀分别置于全身的前面和后面。以欧么卡尔(oṁkāra)为开端的十二个音节的曼陀是oṁ namo bhagavate vāsudevāya，应该以欧么为开始将每一个音节置于每一个手指上。这样做了之后，人应该吟诵oṁ viṣṇave namaḥ这有六个音节的曼陀。人必须逐一地将曼陀中的音节置于心脏部位、前额、两眉间、锡卡(śikhā)上和两眼之间，随后吟诵maḥ astrāya phaṭ，用这个曼陀从所有的方向保护自己。经典中说，没有上升到半神人层面上的人不能吟诵这个曼陀(nādevo devam arcayet)。按照经典(śāstra)的这一指示，人必须冥想自己从质上与至尊者没有区别。

完成这一供奉仪式后，人必须向坐在嘎茹达戴瓦(Garuḍadeva)肩膀上的八臂主维施努献上祈祷。人还要冥想鱼化身、瓦玛纳(Vāmana)、库尔玛(Kūrma)、尼尔星哈(Nṛsiṁha)、瓦茹阿哈(Varāha)、帕茹阿舒茹阿玛(Paraśurāma)、茹阿玛禅铎(Rāmacandra，拉珂施曼的哥哥)、纳茹·纳茹阿亚纳(Nara-Nārāyaṇa)、达塔垂亚(Dattātreya，被赋予力量的化身)、卡皮拉(Kapila)、萨纳特·库玛尔(Sanat-kumāra)、哈亚贵瓦(Hayagrīva)、纳茹阿达戴瓦(Nāradadeva，奉献者化身)、丹万塔瑞(Dhanvantari)、瑞沙巴戴瓦(Ṛṣabhadeva)、雅格亚(Yajña)、巴拉茹阿玛(Balarāma)、维亚萨戴瓦(Vyāsadeva)、佛祖(Buddhadeva)和凯沙瓦(Keśava)。人应该始终想着温达文(Vṛndāvana)的主人哥文达(Govinda)，应该想着灵性天空的主人纳茹阿亚纳(Nārāyaṇa)；应该想着玛杜苏丹(Madhusūdana)、特瑞达玛(Tridhā-mā)、玛达瓦(Mādhava)、慧希凯沙(Hṛṣīkeśa)、帕德玛纳巴(Padmanābha)、佳纳尔丹(Janārdana)、达摩达尔(Dāmodara)和维施外施瓦尔(Viśveśvara)，以及至尊人格首神奎师那(Kṛṣṇa)本人。在向至尊主本人被称为个人扩展(svāṁśa)和被赋予力量的化身(śaktyāveśa-avatāra)的扩展们献上祈祷后，人应该向苏达尔珊飞轮(Sudarśana)、大头棒(gadā)、海螺(śaṅkha)、刀剑(khaḍga)和弓等主纳茹阿亚纳的武器祈祷。

舒卡戴瓦·哥斯瓦米(Śukadeva Gosvāmī)为帕瑞克西特王(Mahārāja Parīkṣit)解释这一程序后，告诉帕瑞克西特王维陀魔(Vṛtrāsura)的哥哥维施瓦茹帕是如何向因铎描述纳茹阿亚纳盔甲的荣耀的。

第1—2节

श्रीराजोवाच
यया गुप्तः सहस्राक्षः सवाहान् रिपुसैनिकान् ।
क्रीडन्निव विनिर्जित्य त्रिलोक्या बुभुजे श्रियम् ॥ १॥

भगवंस्तन्ममाख्याहि वर्म नारायणात्मकम् ।
यथाततायिनः शत्रून् येन गुप्तोऽजयन्मृधे ॥ २॥

śrī-rājovāca
yayā guptaḥ sahasrākṣaḥ
savāhān ripu-sainikān
krīḍann iva vinirjitya
tri-lokyā bubhuje śriyam

bhagavaṁs tan mamākhyāhi
varma nārāyaṇātmakam

yathātatāyinaḥ śatrūn
yena gupto 'jayan mṛdhe

śrī-rājā uvāca—帕瑞克西特王说 / yayā—被……(灵性盔甲)的 / guptaḥ—保护 / sahasra-akṣaḥ—有一千只眼睛的天帝因铎 / sa-vāhān—与他们的坐骑 / ripu-sainikān—敌人的士兵与将领 / krīḍan iva—好似玩耍般 / vinirjitya—战胜 / tri-lokyāḥ—三个世界(高等、中等和低等星系)的 / bubhuje—享受 / śriyam—财富 / bhagavan—伟大的圣人啊！ / tat—那 / mama—为我 / ākhyāhi—请解释 / varma—用曼陀制成的盔甲 / nārāyaṇa-ātmakam—由纳茹阿亚纳的仁慈组成的 / yathā—用……的方法 / ātatāyinaḥ—力图杀死他的 / śatrūn—敌人 / yena—被……的 / guptaḥ—被保护着 / ajayat—战胜 / mṛdhe—在战斗中

译文　帕瑞克西特王向舒卡戴瓦·哥斯瓦米询问道：我的主人，请解释维施努·曼陀的盔甲；它保护了因铎王，使他能战胜他的敌人及他们的坐骑，享受三个世界的财富。请为我解释那个纳茹阿亚纳盔甲，天帝因铎靠它赢得了战争，战胜了那些力图杀死他的敌人。

第3节

श्रीबादरायणिरुवाच
वृतः पुरोहितस्त्वाष्ट्रो महेन्द्रायानुपृच्छते ।
नारायणाख्यं वर्माह तदिहैकमनाः शृणु ॥ ३ ॥

śrī-bādarāyaṇir uvāca
vṛtaḥ purohitas tvāṣṭro
mahendrāyānupṛcchate
nārāyaṇākhyaṁ varmāha
tad ihaika-manāḥ śṛṇu

śrī-bādarāyaṇiḥ uvāca—圣舒卡戴瓦·哥斯瓦米说 / vṛtaḥ—被挑选的 / purohitaḥ—祭司 / tvāṣṭraḥ—特瓦施塔的儿子 / mahendrāya—向

天帝因铎 / anupṛcchate－在他(因铎)询问后 / nārāyaṇa-ākhyam－名叫纳茹阿亚纳的盔甲 / varma－用曼陀做的保护性盔甲 / āha－他说 / tat－那 / iha－这个 / eka-manāḥ－很专注地 / śṛṇu－从我这聆听

译文 圣舒卡戴瓦·哥斯瓦米说：半神人的领袖因铎王，向半神人请来当他们祭司的维施瓦茹帕询问那被称为纳茹阿亚纳的盔甲。请专注地聆听维施瓦茹帕的回答。

第4—6节

श्रीविश्वरूप उवाच
धौताङ्घ्रिपाणिराचम्य सपवित्र उदङ्मुखः ।
कृतस्वाङ्गकरन्यासो मन्त्राभ्यां वाग्यतः शुचिः ॥ ४ ॥

नारायणपरं वर्म सन्नह्येद्भय आगते ।
पादयोर्जानुनोरूर्वोरुदरे हृद्यथोरसि ॥ ५ ॥

मुखे शिरस्यानुपूर्व्यादोंकारादीनि विन्यसेत् ।
ॐ नमो नारायणायेति विपर्ययमथापि वा ॥ ६ ॥

śrī-viśvarūpa uvāca
dhautāṅghri-pāṇir ācamya
sapavitra udaṅ-mukhaḥ
kṛta-svāṅga-kara-nyāso
mantrābhyāṁ vāg-yataḥ śuciḥ

nārāyaṇa-paraṁ varma
sannahyed bhaya āgate
pādayor jānunor ūrvor
udare hṛdy athorasi

mukhe śirasy ānupūrvyād
oṁkārādīni vinyaset
oṁ namo nārāyaṇāyeti
viparyayam athāpi vā

śrī-viśvarūpaḥ uvāca—圣维施瓦茹帕说 / dhauta—已完全洗净的 / aṅghri—双腿 / pāṇiḥ—双手 / ācamya—(在吟诵规定的曼陀之后啜饮少量的水三次)做净化仪式 / sa-pavitraḥ—戴着用库沙草做的戒指(在两只手的无名指上) / udak-mukhaḥ—面北而坐 / kṛta—使得 / sva-aṅga-kara-nyāsaḥ—在心中想着身体的八个部位和手的十二个部位 / mantrābhyām—用两首曼陀(oṁ namo bhagavate vāsudevāya及oṁ namo nārāyaṇāya) / vāk-yataḥ—保持沉默 / śuciḥ—被净化 / nārāyaṇaparam—全神贯注于主纳茹阿亚纳 / varma—盔甲 / sannahyet—自己穿上 / bhaye—当恐惧时 / āgate—已来到 / pādayoḥ—在两只脚上 / jānunoḥ—在两膝上 / ūrvoḥ—在两条大腿上 / udare—在腹部 / hṛdi—在心脏部位 / atha—如此 / urasi—在胸膛 / mukhe—在嘴部 / śirasi—在头上 / ānupūrvyāt——个接一个 / oṁkāra-ādīni—始于欧么卡尔(oṁkāra) / vinyaset—人应该置于 / oṁ—欧么音节 / namaḥ—顶礼 / nārāyaṇāya—向至尊人格首神纳茹阿亚纳 / iti—如此 / viparyayam—颠倒的 / atha api—此外 / vā—或者

译文　维施瓦茹帕说，如果某种形式的恐惧来临，人应该首先清洗自己的双手和双腿，然后通过吟诵这个曼陀做净化，即：oṁ apavitraḥ pavitro vā sarvāvasthāṁ gato 'pi vā/yaḥ smaret puṇḍarīkākṣaṁ sa bahyābhyantaraḥ śuciḥ/śrī-viṣṇu śrī-viṣṇu śrī-viṣṇu。随后，人应该触碰库沙草，庄重、沉默地面朝北方坐下。在完全净化后，人应该用由八个音节组成的曼陀触碰自己身体的八个部位，并用由十二个音节组成的曼陀触碰自己的手。就这样，他应该靠以下的方法，用纳茹阿亚纳盔甲将自己罩住。首先，在吟诵由八个音节组成的曼陀(oṁ namo nārāyaṇāya)时，人应该以音节oṁ为开始，用他的双手触碰他身体的八个部位，顺序是从双脚开始逐渐上升到双膝、大腿、腹部、心脏、胸膛、嘴和头部。接着，人应该以最后一个音节(ya)开始，顺序颠倒地吟诵上述曼陀，同时以颠倒的顺序触碰他身体的那八个部位(这两个程序分别被称为乌特帕提·尼亚萨和萨么哈茹阿·尼亚萨)。

第7节

करन्यासं ततः कुर्याद् द्वादशाक्षरविद्यया ।
प्रणवादियकारान्तमङ्गुल्यङ्गुष्ठपर्वसु ॥ ७ ॥

kara-nyāsaṁ tataḥ kuryād
dvādaśākṣara-vidyayā
praṇavādi-ya-kārāntam
aṅguly-aṅguṣṭha-parvasu

kara-nyāsam—将曼陀的音节放在手指上的仪式 / tataḥ—之后 / kuryāt—应该做 / dvādaśa-akṣara—由十二个音节组成 / vidyayā—用曼陀 / praṇava-ādi—以欧么卡尔(oṁkāra)为开始 / ya-kāra-antam—以音节ya结束 / aṅguli—在以食指为开始的手指上 / aṅguṣṭha-parvasu—到拇指的关节

译文 随后，人应该吟诵由十二个音节组成的曼陀(oṁ namo bhagavate vāsudevāya)。在每一个音节前面加上欧么卡尔(oṁkāra)后，人应该将曼陀的各个音节分别放在他的手指尖上，顺序是以右手的食指为开始，以左手的食指为结束。四个剩下的音节应该被置于拇指的关节上。

第8—10节

न्यसेद् धृदय ॐकारं विकारमनु मूर्धनि ।
षकारं तु भ्रुवोर्मध्ये णकारं शिखया न्यसेत् ॥ ८ ॥

वेकारं नेत्रयोर्युञ्ज्यान्नकारं सर्वसन्धिषु ।
मकारमस्त्रमुद्दिश्य मन्त्रमूर्तिर्भवेद् बुधः ॥ ९ ॥

सविसर्गं फडन्तं तत्सर्वदिक्षु विनिर्दिशेत् ।
ॐ विष्णवे नम इति ॥१०॥

nyased dhṛdaya oṁkāraṁ
　vi-kāram anu mūrdhani
ṣa-kāraṁ tu bhruvor madhye
　ṇa-kāraṁ śikhayā nyaset

ve-kāraṁ netrayor yuñjyān
　na-kāraṁ sarva-sandhiṣu
ma-kāram astram uddiśya
　mantra-mūrtir bhaved budhaḥ

savisargaṁ phaḍ-antaṁ tat
　sarva-dikṣu vinirdiśet
oṁ viṣṇave nama iti

nyaset—应该放置 / hṛdaye—在心脏上 / oṁkāram—欧么音节 / vi-kāram—viṣṇave的音节vi / anu—之后 / mūrdhani—在头顶上 / ṣa-kāram—音节ṣa / tu—和 / bhruvoḥ madhye—双眉间 / ṇa-kāram—音节ṇa / śikhayā—在后脑的锡卡上 / nyaset—应该放置 / vekāram—音节ve / netrayoḥ—两眼间 / yuñjyāt—应该被放置 / na-kāram—namaḥ一词的音节na / sarva-sandhiṣu—在所有的关节上 / ma-kāram—namaḥ一词的音节ma / astram—武器 / uddiśya—想着 / mantra-mūrtiḥ—曼陀的形式 / bhavet—应该变成 / budhaḥ—智者 / sa-visargam—在发ḥ音时 / phaṭ-antam—以声音phaṭ结尾 / tat—那 / sarva-dikṣu—在所有的方向 / vinirdiśet—应该固定 / oṁ—欧么音节 / viṣṇave—向主维施努 / namaḥ—顶礼 / iti—如此

译文　那之后，人必须吟诵由六个音节组成的曼陀(oṁ viṣṇave namaḥ)。人应该将音节oṁ放在他的心脏上。将音节vi置于他的头顶，将音节ṣa放在他的两眉间，将音节ṇa置于他脑后被称为锡卡的一簇头发上，将音节ve放在他的两眼间。吟诵曼陀的人应该接着将音节na置于他身体所有的关节上，并冥想音节ma是一件武器。这样，他便成为曼陀完美的具体体现。随后，将ḥ音与最后的音节ma加在一起，他应该从东面开始，向所有的方向吟诵曼陀maḥ astrāya phaṭ。这将使所有的方向都被曼陀的保护性盔甲罩住。

第 11 节

आत्मानं परमं ध्यायेद्ध्येयं षटशक्तिभिर्युतम् ।
विद्यातेजस्तपोमूर्तिमिमं मन्त्रमुदाहरेत् ॥११॥

ātmānaṁ paramaṁ dhyāyed
dhyeyaṁ ṣaṭ-śaktibhir yutam
vidyā-tejas-tapo-mūrtim
imaṁ mantram udāharet

ātmānam—自己 / paramam—至尊的 / dhyāyet—人应该冥想 / dhyeyam—值得被冥想的 / ṣaṭ-śaktibhiḥ—六种财富 / yutam—拥有 / vidyā—学习 / tejaḥ—影响力 / tapaḥ—苦修 / mūrtim—具体化的 / imam—这个 / mantram—曼陀 / udāharet—应该吟诵

译文 结束这吟诵程序后，人应该想自己与绝对具有全部六种财富并值得冥想的至尊人格首神在质上是一样的。接着，人应该吟诵主纳茹阿亚纳的保护性祈祷文——纳茹阿亚纳盔甲。祈祷文的内容是这样的。

第 12 节

ॐ हरिर्विदध्यान्मम सर्वरक्षां
न्यस्ताङ्घ्रिपद्मः पतगेन्द्रपृष्ठे ।
दरारिचर्मासिगदेषुचाप-
पाशान्दधानोऽष्टगुणोऽष्टबाहुः ॥१२॥

oṁ harir vidadhyān mama sarva-rakṣāṁ
nyastāṅghri-padmaḥ patagendra-pṛṣṭhe
darāri-carmāsi-gadeṣu-cāpa-
pāśān dadhāno 'ṣṭa-guṇo 'ṣṭa-bāhuḥ

oṁ—至尊主啊！ / hariḥ—至尊人格首神 / vidadhyāt—愿祂赐予 / mama—我的 / sarva-rakṣām—全面地保护 / nyasta—放置 / aṅghri-padmaḥ—莲花足……的 / patagendra-pṛṣṭhe—鸟王嘎茹达的背

上 / dara－海螺 / ari－飞轮 / carma－盾牌 / asi－刀剑 / gadā－大头棒 / iṣu－箭 / cāpa－弓 / pāśān－绳索 / dadhānaḥ－手持 / aṣṭa－拥有八种 / guṇaḥ－神通 / aṣṭa－八 / bāhuḥ－手臂

译文　坐在鸟王嘎茹达背上并用莲花足触碰它的至尊主，手持海螺、飞轮、盾牌、刀剑、大头棒、箭、弓和绳索这八种武器。愿那位至尊人格首神用祂的八条手臂随时保护我。祂因为完全拥有八种神秘力量而绝对强大、全能。

要旨　想自己与至尊者是一体被称为ahaṅgrahopāsanā。这样做并不会使人成为神，而是使人想到自己与至尊者在质上一样。明白正如河水与海水有同样的性质一样，个体灵魂与至尊灵魂在质上一样后，人应该按照这节诗文中的讲述，冥想至尊主，寻求祂的保护。生物永远从属于至尊者，因此他们的责任是永远请求祂的仁慈，请祂在所有的情况下保护自己。

第13节

जलेषु मां रक्षतु मत्स्यमूर्ति-
यार्दोगणेभ्यो वरुणस्य पाशात् ।
स्थलेषु मायावटुवामनोऽव्यात्
त्रिविक्रमः खेऽवतु विश्वरूपः ॥१३॥

jaleṣu māṁ rakṣatu matsya-mūrtir
yādo-gaṇebhyo varuṇasya pāśāt
sthaleṣu māyāvaṭu-vāmano 'vyāt
trivikramaḥ khe 'vatu viśvarūpaḥ

jaleṣu－在水中 / mām－我 / rakṣatu－保护 / matsya-mūrtiḥ－巨鱼形象的至尊主 / yādaḥ-gaṇebhyaḥ－从凶猛的水生物 / varuṇasya－名叫瓦茹纳的半神人的 / pāśāt－从逮捕之绳 / sthaleṣu－在陆地上 / māyā-vaṭu－至尊主仁慈的形象——侏儒 / vāmanaḥ－名叫瓦玛纳戴

瓦 / avyāt—愿祂保护 / trivikramaḥ—用三大步就从巴利王那里跨越了三界的至尊主特瑞维夸玛 / khe—在空中 / avatu—愿至尊主保护 / viśvarūpaḥ—巨大的宇宙形象

译文 愿化身为巨鱼的至尊主保护我，使我在水中免遭那些陪伴水神瓦茹纳的凶猛水生物的攻击。至尊主靠扩展祂的错觉能量，化身为侏儒瓦玛纳。愿瓦玛纳在陆地上保护我。由于至尊主以祂维施瓦茹帕的巨大形象征服了三个世界，愿祂在空中保护我。

要旨 这个曼陀请求至尊人格首神以祂的鱼化身、瓦玛纳戴瓦化身和巨大的宇宙形象(Viśvarūpa)，在水中、陆地和空中给予保护。

第 14 节

दुर्गेष्वटव्याजिमुखादिषु प्रभुः
पायान्नृसिंहोऽसुरयूथपारिः ।
विमुञ्चतो यस्य महाट्टहासं
दिशो विनेदुर्न्यपतंश्च गर्भाः ॥१४॥

durgeṣv aṭavy-āji-mukhādiṣu prabhuḥ
pāyān nṛsiṁho 'sura-yūthapāriḥ
vimuñcato yasya mahāṭṭa-hāsaṁ
diśo vinedur nyapataṁś ca garbhāḥ

durgeṣu—在旅行困难的地方 / aṭavi—在浓密的森林 / āji-mukha-ādiṣu—在战争前线等 / prabhuḥ—至尊主 / pāyāt—愿祂保护 / nṛsiṁhaḥ—主尼尔星哈戴瓦 / asura-yūthapa—恶魔的领袖黑冉亚卡希普的 / ariḥ—敌人 / vimuñcataḥ—释放 / yasya—……的 / mahā-aṭṭa-hāsam—令人恐惧的大笑声 / diśaḥ—四面八方 / vineduḥ—通过……回荡 / nyapatan—跌倒 / ca—和 / garbhāḥ—恶魔妻子们的胚胎

译文　愿显现为黑冉亚卡希普的敌人的主尼尔星哈戴瓦，在所有的方向保护我。祂放声大笑的声音震荡传遍四面八方，使恶魔们那些怀孕的妻子纷纷流产。愿那位至尊主足够仁慈，在森林和战争前线等不同的地方保护我。

第 15 节

रक्षत्वसौ माध्वनि यज्ञकल्पः
स्वदंष्ट्रयोन्नीतधरो वराहः ।
रामोऽद्रिकूटेष्वथ विप्रवासे
सलक्ष्मणोऽव्याद्भरताग्रजोऽस्मान् ॥१५॥

rakṣatv asau mādhvani yajña-kalpaḥ
sva-daṁṣṭrayonnīta-dharo varāhaḥ
rāmo 'dri-kūṭeṣv atha vipravāse
salakṣmaṇo 'vyād bharatāgrajo 'smān

rakṣatu—愿至尊主保护 / asau—那 / mā—我 / adhvani—在这条街上 / yajña-kalpaḥ—借由宗教仪式而被确定的 / sva-daṁṣṭrayā—用祂自己的獠牙 / unnīta—举起 / dharaḥ—地球星球 / varāhaḥ—至尊主的雄猪化身 / rāmaḥ—主茹阿玛 / adri-kūṭeṣu—在山顶上 / atha—那时 / vipravāse—在陌生的国度内 / sa-lakṣmaṇaḥ—与祂弟弟拉珂施曼 / avyāt—愿祂保护 / bharata-agrajaḥ—巴茹阿特的哥哥 / asmān—我们

译文　不灭的至尊主要透过举行祭祀仪式才能了解，因而被称为祭祀的控制者——雅格耶施瓦尔。祂以祂的雄猪化身从宇宙底部的水中举起地球星球，将它置于祂尖利的獠牙上。愿那位至尊主保护我免遭街上流氓的攻击。愿帕茹阿舒茹阿玛在山顶上保护我。愿巴茹阿特的哥哥——主茹阿玛禅铎，与祂弟弟拉珂施曼一起，在陌生的国度内保护我。

要旨　有三个茹阿玛(Rāma)：一个是帕茹阿舒茹阿玛(Paraśurāma)——佳玛达格尼亚(Jāmadāgnya)，一个是主茹阿玛禅铎(Rāmacandra)，另一个是主巴拉茹阿玛(Balarāma)。这节诗文中的“在山顶上的主茹阿玛(rāmo 'dri-kūṭeṣv atha)”一句是指主帕茹阿舒茹阿玛。巴茹阿特王(Bharata Mahārāja)和拉珂施曼(Lakṣmaṇa)的哥哥是主茹阿玛禅铎。

第 16 节

मामुग्रधर्मादखिलात्प्रमादान्
नारायणः पातु नरश्च हासात् ।
दत्तस्त्वयोगादथ योगनाथः
पायाद्गुणेशः कपिलः कर्मबन्धात् ॥१६॥

mām ugra-dharmād akhilāt pramādān
nārāyaṇaḥ pātu naraś ca hāsāt
dattas tv ayogād atha yoga-nāthaḥ
pāyād guṇeśaḥ kapilaḥ karma-bandhāt

mām－我 / ugra-dharmāt－不必要的宗教原则 / akhilāt－从一切种类的活动中 / pramādāt－疯狂地从事 / nārāyaṇaḥ－主纳茹阿亚纳 / pātu－愿祂保护 / naraḥ ca－和纳茹阿 / hāsāt－从不必要的骄傲中 / dattaḥ－达塔垂亚 / tu－当然 / ayogāt－从假瑜伽之途 / atha－事实上 / yoga-nāthaḥ－一切神秘力量的主人 / pāyāt－愿祂保护 / guṇa-īśaḥ－一切灵性品质的主人 / kapilaḥ－主卡皮拉 / karma-bandhāt－从功利性活动的捆绑中

译文　愿主纳茹阿亚纳保护我，使我不会多余地追随假宗教体系，并因为疯狂而不履行自己的责任。愿至尊主以祂显现的纳茹阿形象保护我不要骄傲。愿主达塔垂亚——一切神秘力量的主人，保护我不要在练奉爱瑜伽时堕落。愿主卡皮拉——一切美好品质的主人，保护我免遭功利性活动的捆绑。

第 17 节

सनत्कुमारोऽवतु कामदेवाद्
धयशीर्षा मां पथि देवहेलनात् ।
देवर्षिवर्यः पुरुषार्चनान्तरात्
कूर्मो हरिर्मां निरयादशेषात् ॥१७॥

sanat-kumāro 'vatu kāmadevād
dhayaśīrṣā māṁ pathi deva-helanāt
devarṣi-varyaḥ puruṣārcanāntarāt
kūrmo harir māṁ nirayād aśeṣāt

sanat-kumāraḥ—名叫萨纳特·库玛尔的伟大的贞守生 / avatu—愿他保护 / kāma-devāt—从丘比特或色欲的手中 / haya-śīrṣā—头似一匹马的至尊主的化身哈亚贵瓦 / mām—我 / pathi—在路途上 / deva-helanāt—从忽视向布茹阿玛纳、外士纳瓦和至尊主致以虔敬顶礼的心态中 / devarṣi-varyaḥ—最杰出的圣洁之人纳茹阿达 / puruṣa-arcana-antarāt—从崇拜神像的冒犯中 / kūrmaḥ—至尊主的乌龟化身库尔玛 / hariḥ—至尊人格首神 / mām—我 / nirayāt—从地狱 / aśeṣāt—无限的

译文　愿萨纳特·库玛尔保护我不受色欲的打扰。在我开始从事某种苦修活动时，愿主哈亚贵瓦保护我不要因为忽视向至尊主致以恭敬的顶礼而成为冒犯者。愿半神人中的圣人纳茹阿达保护我不要在崇拜神像的过程中冒犯。并愿至尊主的乌龟化身库尔玛，保护我不要坠入无数的地狱星球。

要旨　每个人心中都有强烈的色欲，它们在奉爱服务的过程中是最大的障碍。为此，经典建议太受色欲影响的人要托庇于伟大的贞守生(brahmacārī)奉献者萨纳特·库玛尔(Sanat-kumāra)。指导崇拜神像(arcana)的纳茹阿达·牟尼(Nārada Muni)，是《纳茹阿达·潘查茹阿陀》(Nārada-pañcarātra)的作者。《纳茹阿达·潘查

茹阿陀》中讲述了崇拜神像的规范原则。无论是在家还是在庙宇中崇拜神像的人，都应该始终请求半神人中的圣人纳茹阿达的仁慈，以便在崇拜神像的过程中避免三十二种冒犯。《奉爱的甘露》中谈到了崇拜神像过程中的这些冒犯。

第 18 节

धन्वन्तरिर्भगवान् पात्वपथ्याद्
द्वन्द्वाद्भयादृषभो निर्जितात्मा ।
यज्ञश्च लोकादवताज्जनान्ताद्
बलो गणात्क्रोधवशादहीन्द्रः ॥१८॥

dhanvantarir bhagavān pātv apathyād
dvandvād bhayād ṛṣabho nirjitātmā
yajñaś ca lokād avatāj janāntād
balo gaṇāt krodha-vaśād ahīndraḥ

dhanvantariḥ—医师化身丹万塔瑞 / bhagavān—至尊人格首神 / pātu—愿祂保护我 / apathyāt—避开肉和酒等对健康有害的东西 / dvandvāt—从相对性中 / bhayāt—从恐惧中 / ṛṣabhaḥ—主瑞沙巴戴瓦 / nirjita-ātmā—完全控制祂的内心和自我的 / yajñaḥ—雅格亚 / ca—和 / lokāt—从大众的诽谤中 / avatāt—愿祂保护 / jana-antāt—从其他人造成的危险境地 / balaḥ—主巴拉茹阿玛 / gaṇāt—从一大群的 / krodha-vaśāt—愤怒之蛇 / ahīndraḥ—以蛇沙形象显现的主巴拉茹阿玛

译文 愿至尊人格首神以祂的丹万塔瑞化身解救我不吃令人憎恶的东西，保护我身体不生病。愿征服了内心和外在感官的主瑞沙巴戴瓦，保护我不因冷热的相对性而产生恐惧。愿主雅格亚从大众的诽谤和伤害中保护我，并愿以蛇沙形象显现的主巴拉茹阿玛，保护我免遭嫉妒之蛇的攻击。

要旨　生活在这个物质世界中的人，必须面对这节诗文中谈到的许多危险。例如：吃不该吃的食物对健康造成危害，所以人必须停止吃这样的食物。就有关这方面，丹万塔瑞(Dhanvantari)化身可以保护我们。由于主维施努是众生的超灵；只要祂愿意，祂就可以拯救我们免遭其他生物体的骚扰(adhibhautika)。主巴拉茹阿玛化身为蛇沙(Śeṣa)，因此可以拯救我们免遭随时准备攻击人的愤怒之蛇或嫉妒之人的攻击。

第19节

द्वैपायनो भगवानप्रबोधाद्
　　बुद्धस्तु पाषण्डगणप्रमादात् ।
कल्किः कलेः कालमलात्प्रपातु
　　धर्मावनायोरुकृतावतारः ॥१९॥

dvaipāyano bhagavān aprabodhād
　buddhas tu pāṣaṇḍa-gaṇa-pramādāt
kalkiḥ kaleḥ kāla-malāt prapātu
　dharmāvanāyoru-kṛtāvatāraḥ

dvaipāyanaḥ—一切韦达知识的给予者圣维亚萨戴瓦 / bhagavān—至尊人格首神最强大的化身 / aprabodhāt—从对经典的无知中 / buddhaḥ tu—还有主布达(佛祖) / pāṣaṇḍa-gaṇa—使愚昧之人怠惰的无神论者的 / pramādāt—从疯狂中 / kalkiḥ—凯沙瓦的化身主考克依 / kaleḥ—这个喀历年代的 / kāla-malāt—从这年代的黑暗中 / prapātu—愿祂保护 / dharma-avanāya—为了保护宗教原则 / uru—十分 / kṛta-avatāraḥ—化身……的

译文　愿人格首神以祂的维亚萨戴瓦化身保护我，使我不致因为缺乏韦达知识而产生各种愚昧的想法。愿佛祖(主布达戴瓦)保护我不从事违反韦达原则的活动，不产生导致愚蠢地遗忘韦达知识原则和仪式性活动的怠惰。愿以保护宗教原则的化身显现的至尊人格首神考克依，保护我不受喀历年代的污染。

要旨 这节诗文中谈到至尊人格首神为实现不同的目的而扩展出的各种化身。伟大的牟尼(Mahāmuni)圣维亚萨戴瓦，为利益所有的人类社会而编纂了韦达文献。即使在这个喀历年代中，要想不受愚昧反应的侵害，就该查阅圣维亚萨戴瓦留下的四部韦达经(Sāma, Yajur, Ṛg, Atharva)、一百零八部奥义书(Upaniṣad)、又名《布茹阿玛经》(Brahma-sūtra)的《韦丹塔经》(Vedānta-sūtra)、《玛哈巴茹阿特》(Mahābhārata)，以及维亚萨戴瓦对《布茹阿玛经》的评注《圣典博伽瓦谭》(Śrīmad-Bhāgavatam)这部伟大的往世书(Mahā-Purāṇa)及其他十七部往世书(Purāṇa)。只有依靠圣维亚萨戴瓦的仁慈，我们才有那么多部超然的知识文献可以阅读，它们可以将我们从愚昧无知的钳制中解救出来。

正如圣佳亚戴瓦·哥斯瓦米(Jayadeva Gosvāmī)在他的《十位化身之赞歌》(Daśāvatāra-stotra)中所描述的，佛祖(Lord Buddha)表面上批评韦达知识：

nindasi yajña-vidher ahaha śruti-jātaṁ
sadaya-hṛdaya-darśita-paśu-ghātam
keśava dhṛta-buddha-śarīra jaya jagad-īśa hare

佛祖的使命是拯救人，使人停止杀害动物的可恶活动，同时拯救动物免于不必要地被杀。当无神论者(pāṣaṇḍī)以献祭动物为名杀害动物行骗时，佛祖说："倘若韦达训示允许杀动物，我便不接受韦达原则。"事实上，他以这种方式拯救了那些在无知的情况下按韦达原则做事的人。所以，人应该皈依佛祖，因为他可以帮助人避免误用韦达经(Veda)中的训示。

考克依化身(Kalki avatāra)是至尊主的一个凶猛化身，负责消灭喀历年代中的无神论者。在现在这个喀历年代(Kali-yuga)的开始阶段，许多非宗教原则正在产生出来；随着喀历年代的渐进，许多假宗教原则无疑就会被采用。人们将遗忘主奎师那在喀历年代开始前宣布的真正的宗教原则——只皈依至尊主的莲花足的原则。不幸的是，喀历年代的影响使愚蠢之人不投靠至尊主奎师那的莲花足。就连大多数声称自己属于韦达宗教系统的人，实际上都在反对韦达原则。他们每天杜撰出新型宗教，声称人杜撰的一切也都是解脱之途。无神论者通常会说：怎么想都是对的(yata mata tata patha)。按照这一观点，人类社会中有成千上万种看法，而每一种看法都是权威性的宗教原则。无赖们的这种说辞，扼杀了韦达经中谈到的宗教原则，而这种所谓的哲学将随着喀历年代的渐进而越来越甚嚣尘上。在喀历年代的最后阶段，至尊主凯沙瓦(Keśava)的凶猛化身考克依戴瓦(Kalkideva)就会降临，消灭无神论者，拯救至尊主的奉献者。

第 20 节

मां केशवो गदया प्रातरव्याद्
गोविन्द आसङ्गवमात्तवेणुः ।
नारायणः प्राह्ण उदात्तशक्ति-
र्मध्यन्दिने विष्णुररीन्द्रपाणिः ॥२०॥

mām keśavo gadayā prātar avyād
govinda āsaṅgavam ātta-veṇuḥ
nārāyaṇaḥ prāhṇa udātta-śaktir
madhyan-dine viṣṇur arīndra-pāṇiḥ

mām－我 / keśavaḥ－主凯沙瓦 / gadayā－用祂的大头棒 / prātaḥ－在早晨的几个小时内 / avyāt－愿祂保护 / govindaḥ－主哥文达 / āsaṅgavam－在一天中的第二个时段 / ātta-veṇuḥ－手持祂的笛子 / nārāyaṇaḥ－四臂的主纳茹阿亚纳 / prāhṇaḥ－在一天中的第三个

时段 / udātta-śaktiḥ—控制着不同种类的力量 / madhyam-dine—在一天中的第四个时段 / viṣṇuḥ—主维施努 / arīndra-pāṇiḥ—手持飞轮杀敌的

译文 愿主凯沙瓦在一天中的第一个时段用祂的大头棒保护我。愿一直在吹笛子的哥文达在一天中的第二个时段保护我。愿具备一切力量的主纳茹阿亚纳，在一天中的第三个时段保护我。愿手持飞轮杀敌的主维施努，在一天中的第四个时段保护我。

要旨 按照韦达占星学计算，每一个白天和黑夜都被分为三十个二十四分钟(ghaṭikā)，而不是十二个小时。一般的情况下，每一个白天和夜晚都被分为六个部分，每一个部分由五个二十四分钟构成。在每一个白天和夜晚的这六个部分中，人们都以至尊主不同的名字呼唤祂给予保护。玛图茹阿圣地的保护者——主凯沙瓦，是白天第一个部分的主人，温达文(Vṛndāvana)的主人哥文达(Govinda)，是第二个部分的主人。

第21节

देवोऽपराह्णे मधुहोग्रधन्वा
　　सायं त्रिधामावतु माधवो माम् ।
दोषे हृषीकेश उतार्धरात्रे
　　निशीथ एकोऽवतु पद्मनाभः ॥२१॥

devo 'parāhṇe madhu-hogradhanvā
　　sāyaṁ tri-dhāmāvatu mādhavo mām
doṣe hṛṣīkeśa utārdha-rātre
　　niśītha eko 'vatu padmanābhaḥ

devaḥ—至尊主 / aparāhṇe—在一天中的第五个时段 / madhu-hā—名叫玛杜苏丹 / ugra-dhanvā—手持一张令人十分恐惧的、名叫

沙闰嘎的弓 / sāyam一在一天中的第六个时段 / tri-dhāmā一显现为布茹阿玛、维施努和玛黑施瓦尔三个神明 / avatu一愿祂保护 / mādhavaḥ一名叫玛达瓦 / mām一我 / doṣe一在夜晚中的第一个部分 / hṛṣīkeśaḥ一主慧希凯施 / uta一也 / ardha-rātre一在夜晚中的第二个部分 / niśīthe一在夜晚中的第三个部分 / ekaḥ一独自的 / avatu一愿祂保护 / padmanābhaḥ一主帕德玛纳巴

译文　主玛杜苏丹手持一张令恶魔十分恐惧的弓，愿祂在一天中的第五个时段保护我。傍晚时，愿显现为布茹阿玛、维施努和玛黑施瓦尔的主玛达瓦保护我。愿主慧希凯施在夜晚开始时保护我。深夜时分(夜晚的第二和第三个时段)，愿主帕德玛纳巴本人保护我。

第22节

श्रीवत्सधामापररात्र ईशः
प्रत्यूष ईशोऽसिधरो जनार्दनः ।
दामोदरोऽव्यादनुसन्ध्यं प्रभाते
विश्वेश्वरो भगवान् कालमूर्तिः ॥२२॥

śrīvatsa-dhāmāpara-rātra īśaḥ
pratyūṣa īśo ’si-dharo janārdanaḥ
dāmodaro ’vyād anusandhyaṁ prabhāte
viśveśvaro bhagavān kāla-mūrtiḥ

śrīvatsa-dhāmā一胸膛上有施瑞瓦特萨标志的至尊主 / apara-rātre一夜晚的第四个部分 / īśaḥ一至尊主 / pratyūṣe一在夜晚结束时 / īśaḥ一至尊主 / asi-dharaḥ一手持宝刀 / janārdanaḥ一主佳纳尔丹 / dāmodaraḥ一主达摩达尔 / avyāt一愿祂保护 / anusandhyam一在每个白昼和夜晚的交接期或说黎明和黄昏 / prabhāte一在清晨(夜晚的第六个部分) / viśva-īśvaraḥ一整个宇宙的主人 / bhagavān一至尊人格首神 / kāla-mūrtiḥ一时间的化身

译文 午夜后直到天空中曙光初现，愿胸膛上有施瑞瓦特萨标志的至尊人格首神保护我。愿手持宝刀的主佳纳尔丹在夜晚结束时保护我。愿主达摩达尔在清晨保护我，愿主维施维施瓦尔在白昼和夜晚交接期保护我。

第 23 节

चक्रं युगान्तानलतिग्मनेमि
भ्रमत्समन्ताद्भगवत्प्रयुक्तम् ।
दन्दग्धि दन्दग्ध्यरिसैन्यमाशु
कक्षं यथा वातसखो हुताशः ॥२३॥

cakraṁ yugāntānala-tigma-nemi
bhramat samantād bhagavat-prayuktam
dandagdhi dandagdhy ari-sainyam āśu
kakṣaṁ yathā vāta-sakho hutāśaḥ

cakram—至尊主的飞轮 / yuga-anta—整个宇宙毁灭时 / anala—恰似毁灭之火 / tigma-nemi—具有锋利的边缘 / bhramat—徘徊 / samantāt—四面八方 / bhagavat-prayuktam—由至尊主所做 / dandagdhi dandagdhi—请完全烧尽，请完全烧尽 / ari-sainyam—我们敌人的军队 / āśu—立刻 / kakṣam—干草 / yathā—如同 / vāta-sakhaḥ—风的朋友 / hutāśaḥ—熊熊烈火

译文 至尊人格首神掷出的飞轮旋转着飞向四方，其锋利的边缘恰似在整个宇宙毁灭时的毁灭之火一样具有强大的摧毁力。正如熊熊烈火借助微风将干草烧成灰烬，愿那个苏达尔珊飞轮将我们的敌人烧成灰烬。

第 24 节

गदेऽशनिस्पर्शनविस्फुलिङ्गे
निष्पिण्ढि निष्पिण्ढ्यजितप्रियासि ।

कुष्माण्डवैनायकयक्षरक्षो-
भूतग्रहांश्चूर्णय चूर्णयारीन् ॥२४॥

gade 'śani-sparśana-visphuliṅge
niṣpiṇḍhi niṣpiṇḍhy ajita-priyāsi
kuṣmāṇḍa-vaināyaka-yakṣa-rakṣo-
bhūta-grahāṁś cūrṇaya cūrṇayārīn

gade—至尊人格首神手持的大头棒啊！ / aśani—如霹雳般 / sparśana—……的触碰 / visphuliṅge—溅出火星 / niṣpiṇḍhi niṣpiṇḍhi—猛击成碎片 / ajita-priyā—至尊主极喜爱的 / asi—您是 / kuṣmāṇḍa—名叫库施曼达的小魔鬼 / vaināyaka—名叫外纳亚卡的鬼魂 / yakṣa—名叫夜叉的鬼魂 / rakṣaḥ—被称为食人魔的鬼魂 / bhūta—被称为布塔的鬼魂 / grahān—以及名叫卦哈的恶魔 / cūrṇaya—粉碎 / cūrṇaya—粉碎 / arīn—我的敌人

译文 至尊人格首神手持的大头棒啊！您溅出的火星如霹雳般强有力，至尊主极喜爱您。我也是祂的仆人，因此请将库施曼达、外纳亚卡、夜叉、食人魔、布塔和卦哈等邪恶的生物体猛击成碎片。请彻底摧毁他们。

第 25 节

त्वं यातुधानप्रमथप्रेतमातृ-
पिशाचविप्रग्रहघोरदृष्टीन् ।
दरेन्द्र विद्रावय कृष्णपूरितो
भीमस्वनोऽरेर्हृदयानि कम्पयन् ॥२५॥

tvaṁ yātudhāna-pramatha-preta-mātṛ-
piśāca-vipragraha-ghora-dṛṣṭīn
darendra vidrāvaya kṛṣṇa-pūrito
bhīma-svano 'rer hṛdayāni kampayan

tvam－您 / yātudhāna－食人魔 / pramatha－帕玛塔 / preta－普瑞塔 / mātṛ－玛塔 / piśāca－琵刹查 / vipra-graha－布茹阿玛纳鬼魂 / ghora-dṛṣṭīn－有着惊恐眼睛的 / darendra－至尊主手中的海螺潘查占亚啊！ / vidrāvaya－赶走 / kṛṣṇa-pūritaḥ－被奎师那吹出的气填满的 / bhīma-svanaḥ－听来极其骇人的 / areḥ－敌人的 / hṛdayāni－内心深处 / kampayan－使颤抖

译文 啊！最杰出的海螺，至尊主手中的潘查占亚！您体内总是填满主奎师那吹出气。正因为如此，您发出令食人魔、帕玛塔、鬼魂、普瑞塔、玛塔、琵刹查和布茹阿玛纳鬼魂胆战心惊、眼露惊恐的可怕声音。

第 26 节

त्वं तिग्मधारासिवरारिसैन्य-
मीशप्रयुक्तो मम छिन्धि छिन्धि ।
चक्षूंषि चर्मञ्छतचन्द्र छादय
द्विषामघोनां हर पापचक्षुषाम् ॥२६॥

tvaṁ tigma-dhārāsi-varāri-sainyam
īśa-prayukto mama chindhi chindhi
cakṣūṁṣi carmañ chata-candra chādaya
dviṣām aghonāṁ hara pāpa-cakṣuṣām

tvam－您 / tigma-dhāra-asi-vara－刀刃锋利的宝刀之王啊！ / ari-sainyam－敌人的士兵 / īśa-prayuktaḥ－被至尊人格首神使用 / mama－我的 / chindhi chindhi－削成碎片，削成碎片 / cakṣūṁṣi－眼睛 / carman－盾牌啊！ / śata-candra－有着如一百个明月般闪亮的环状物 / chādaya－请遮住 / dviṣām－那些嫉妒我的人的 / aghonām－十分罪恶的 / hara－请去除 / pāpa-cakṣuṣām－那些眼睛很邪恶的人的

译文 刀刃锋利的宝刀之王啊！您由至尊人格首神使

用。请将与我作战的敌军削成碎片。请将他们削成碎片！用一百个如明月般闪亮的环状物制成的盾牌啊！请遮住罪恶敌人的眼睛；拔出他们邪恶的眼睛。

第 27—28 节

यन्नो भयं ग्रहेभ्योऽभूत्केतुभ्यो नृभ्य एव च ।
सरीसृपेभ्यो दंष्ट्रिभ्यो भूतेभ्योंऽहोभ्य एव च ॥२७॥

सर्वाण्येतानि भगवन्नामरूपानुकीर्तनात् ।
प्रयान्तु सङ्क्षयं सद्यो ये नः श्रेयःप्रतीपकाः ॥२८॥

yan no bhayaṁ grahebhyo 'bhūt
ketubhyo nṛbhya eva ca
sarīsṛpebhyo daṁṣṭribhyo
bhūtebhyo 'ṁhobhya eva ca

sarvāṇy etāni bhagavan-
nāma-rūpānukīrtanāt
prayāntu saṅkṣayaṁ sadyo
ye naḥ śreyaḥ-pratīpakāḥ

yat—……的 / naḥ—我们的 / bhayam—恐惧 / grahebhyaḥ—从卦哈恶魔 / abhūt—是 / ketubhyaḥ—从流星或陨落的星星 / nṛbhyaḥ—从好嫉妒的人 / eva ca—还有 / sarīsṛpebhyaḥ—从毒蛇或蝎子 / daṁṣṭribhyaḥ—从老虎、狼和野猪等有着尖利牙齿的动物 / bhūtebhyaḥ—从鬼魂或物质元素(土、水、火等) / aṁhobhyaḥ—从罪恶的活动 / eva ca—不但……而且 / sarvāṇi etāni—所有这些 / bhagavat-nāma-rūpa-anukīrtanāt—靠颂扬至尊人格首神的名字、形象、品质和随身用品 / prayāntu—让他们 / saṅkṣayam—彻底消灭 / sadyaḥ—立刻 / ye—……的 / naḥ—我们的 / śreyaḥ-pratīpakāḥ—对幸福安乐的妨碍

译文　愿对至尊人格首神超然的名字、形象、品质和随身用品的颂扬保护我们，免受不好的行星、流星、邪恶之

人、毒蛇、蝎子及虎狼等动物的伤害。愿它保护我们免受鬼魂及土、水、火、气等物质元素的干扰，也愿它保护我们不受闪电及我们过去罪恶的影响。我们总是害怕这些妨碍我们过吉祥生活的障碍。因此，愿对哈瑞·奎师那玛哈·曼陀的吟诵、吟唱彻底消灭这一切。

第 29 节

गरुडो भगवान् स्तोत्रस्तोभश्छन्दोमयः प्रभुः ।
रक्षत्वशेषकृच्छ्रेभ्यो विष्वक्सेनः स्वनामभिः ॥२९॥

garuḍo bhagavān stotra-
stobhaś chandomayaḥ prabhuḥ
rakṣatv aśeṣa-kṛcchrebhyo
viṣvaksenaḥ sva-nāmabhiḥ

garuḍaḥ—主维施努的坐骑圣嘎茹达 / bhagavān—像至尊人格首神一样强大 / stotra-stobhaḥ—受到精选诗歌赞颂的 / chandaḥ-mayaḥ—韦达经的人格化身 / prabhuḥ—至尊主 / rakṣatu—愿祂保护 / aśeṣa-kṛcchrebhyaḥ—自无限的苦痛中 / viṣvaksenaḥ—主维施瓦克森纳 / sva-nāmabhiḥ—凭祂的圣名

译文 主维施努的坐骑嘎茹达王是最值得崇拜的君主，因为牠与至尊主本人一样有力。它是韦达经的人格化身，受到精选诗歌的崇拜赞颂。愿它保护我们远离一切危险处境，并愿人格首神——主维施瓦克森纳也用祂的圣名保护我们免于一切危险。

第 30 节

सर्वापद्भ्यो हरेर्नामरूपयानायुधानि नः ।
बुद्धीन्द्रियमनःप्राणान् पान्तु पार्षदभूषणाः ॥३०॥

sarvāpadbhyo harer nāma-
rūpa-yānāyudhāni naḥ

buddhīndriya-manaḥ-prāṇān
pāntu pārṣada-bhūṣaṇāḥ

sarva-āpadbhyaḥ－从各种危险中 / hareḥ－至尊人格首神的 / nāma－圣名 / rūpa－超然的形象 / yāna－坐骑 / āyudhāni－以及所有的武器 / naḥ－我们的 / buddhi－智力 / indriya－感官 / manaḥ－心智 / prāṇān－生命之气 / pāntu－愿祂们保护和维系 / pārṣada-bhūṣaṇāḥ－作为个人同伴的装饰物

译文　愿至尊人格首神的圣名、祂超然的形象、祂的坐骑们，以及所有作为祂本人的同伴装饰着祂的武器，保护我们的智力、感官和生命之气免于所有的危险。

要旨　人格首神有各种超然的同伴，其中包括祂的武器和坐骑。在灵性世界中，没有什么是物质的。宝刀、弓、大头棒和飞轮等至尊主本人身体的一切装饰，都是灵性的生命力。因此，至尊主被称为超然的存在(advaya jñāna)，以表明祂与祂的名字、形象、品质和武器等没有区别。祂拥有的一切都属于灵性存在的范畴，都以各种灵性的形象和形式侍奉祂。

第 31 节

यथा हि भगवानेव वस्तुतः सदसच्च यत् ।
सत्येनानेन नः सर्वे यान्तु नाशमुपद्रवाः ॥३१॥

yathā hi bhagavān eva
vastutaḥ sad asac ca yat
satyenānena naḥ sarve
yāntu nāśam upadravāḥ

yathā－正如 / hi－事实上 / bhagavān－至尊人格首神 / eva－毫无疑问地 / vastutaḥ－最终 / sat－展示 / asat－不展示 / ca－以及 /

yat—无论什么 / satyena—凭这事实 / anena—这个 / naḥ—我们的 / sarve——切 / yāntu—让他们去 / nāśam—被消灭 / upadravāḥ—混乱

译文 精微和粗糙的宇宙展示都是物质的，但它依然无异于至尊人格首神，因为至尊主最终是一切原因的起因。事实上，由于原因就在结果中，所以原因和结果本是一体。正因为如此，绝对真理——至尊人格首神，可以用祂的任何一个强有力的部分消灭我们面临的一切危险。

第32—33节

यथैकात्म्यानुभावानां विकल्परहितः स्वयम् ।
भूषणायुधलिङ्गाख्या धत्ते शक्तीः स्वमायया ॥३२॥

तेनैव सत्यमानेन सर्वज्ञो भगवान् हरिः ।
पातु सर्वैः स्वरूपैर्नः सदा सर्वत्र सर्वगः ॥३३॥

yathaikātmyānubhāvānāṁ
 vikalpa-rahitaḥ svayam
bhūṣaṇāyudha-liṅgākhyā
 dhatte śaktīḥ sva-māyayā

tenaiva satya-mānena
 sarva-jño bhagavān hariḥ
pātu sarvaiḥ svarūpair naḥ
 sadā sarvatra sarva-gaḥ

yathā—正如 / aikātmya—从一化为多种这样的观点看 / anubhāvānām—那些想着的 / vikalpa-rahitaḥ—没有差异 / svayam—祂自己 / bhūṣaṇa—装饰物 / āyudha—武器 / liṅga-ākhyāḥ—特质和不同的名字 / dhatte—具有 / śaktīḥ—财富、影响力、力量、知识、美丽及弃绝等实力 / sva-māyayā—凭祂灵性能量的扩展 / tena eva—通过那样 / satya-mānena—真正的了解 / sarva-jñaḥ—全知的 / bhagavān—至尊人格首神 / hariḥ—可以去除众生的一切错觉的 / pātu—愿祂保

护 / sarvaiḥ—以及所有的 / sva-rūpaiḥ—祂的形象 / naḥ—我们 / sadā—总是 / sarvatra—每个地方 / sarva-gaḥ—是无处不在的

译文　至尊人格首神、生物、物质能量、灵性能量和整个创造，都是个别的实体。然而，他们一起最终构成至尊的一位——人格首神。所以，具有高度灵性知识的人在差异中看到一致。对这样高度进步的人来说，至尊主身体上的装饰物，祂的名字、声望、特质和形象，以及手中持有的武器，都是祂能量的实力展示。按照他们高层次的灵性理解，展示出各种形象的全知的至尊主无处不在。愿祂永远保护我们在所有的地方免遭一切灾难。

要旨　具有高度灵性知识的人知道，除了至尊人格首神外，没有其他存在。对此，主奎师那在《博伽梵歌》(Bhagavad-gītā)第9章的第4节诗中也证实说，我以不展示的形象遍布整个宇宙(mayā tatam idaṁ sarvam)，以此说明我们所看到的一切都是祂能量的扩展。就有关这一点，《维施努往世书》第1篇第22章的第52节诗证实说：

ekadeśa-sthitasyāgner
jyotsnā vistāriṇī yathā
parasya brahmaṇaḥ śaktis
tathedam akhilaṁ jagat

正如大火在一处燃烧，但却可以将它的光和热播散到各处；全能的至尊主——至尊人格首神，虽然处在祂的灵性住所，但却透过祂的各种能量，将自己扩展到物质世界和灵性世界的各个地方。由于原因和结果都是至尊主，原因和结果之间便没有区别。正因为如此，至尊主的装饰品和武器作为祂灵性能量的扩展，与祂没有区别。至尊主与祂展现的各种能量没有区别。对此，《莲花往世书》(Padma Purāṇa)中也证实说：

nāma cintāmaṇiḥ kṛṣṇaś
caitanya-rasa-vigrahaḥ
pūrṇaḥ śuddho nitya-mukto
'bhinnatvān nāma-nāminoḥ

至尊主的圣名与至尊主本人完全一样，而不是部分一样。梵文pūrṇa的意思是“完全的、完整的”。至尊主全能、全知；同样，祂的名字、形象、品质、用品等与祂有关的一切都是完整、纯洁、永恒且没有物质污染的。对至尊主的装饰品和祂携带的武器的祈祷并非毫无根据，因为它们与至尊主一样。至尊主无所不在，所以存在于一切之中，而一切都存在于祂之中。正因为如此，就连崇拜至尊主的武器或装饰品，都与崇拜至尊主本人一样有效力。假象宗人士(Māyāvādī)拒绝承认至尊主有形象；他们说至尊主的形象是假的(māyā)。然而，人应该十分小心地注意，这种论点是不能被接受的。尽管至尊主本人的形象和祂不具人格特征的扩展是一体，但至尊主永恒地展示了祂的形象、品质和住所。因此，这段祈祷说：“愿以各种形象遍布各处的至尊主，在所有的地方保护我们(pātu sarvaiḥ svarūpair naḥ sadā sarvatra sama-gaḥ)。”至尊主永远以祂的名字、形象、品质、特征和用品等一切遍布各处，这一切都有同样的力量可以保护奉献者。对此，圣玛德瓦查尔亚(Madhvācārya)的解释是：

eka eva paro viṣṇur
bhūṣāheti dhvajeṣv ajaḥ
tat-tac-chakti-pradatvena
svayam eva vyavasthitaḥ
satyenānena māṁ devaḥ
pātu sarveśvaro hariḥ

“维施努是独一无二的至尊者。祂以将自己的能量注入祂的装饰品、飞轮和旗帜的方式处在他们中。愿那位至尊主透过他们保护我。”

第 34 节

विदिक्षु दिक्षूर्ध्वमधः समन्ता-
दन्तर्बहिर्भगवान्नारसिंहः ।
प्रहापयँल्लोकभयं स्वनेन
स्वतेजसा ग्रस्तसमस्ततेजाः ॥३४॥

vidikṣu dikṣūrdhvam adhaḥ samantād
antar bahir bhagavān nārasiṁhaḥ
prahāpayal̐ loka-bhayaṁ svanena
sva-tejasā grasta-samasta-tejāḥ

vidikṣu—在所有的角落 / dikṣu—在所有的方向(东、南、西、北) / ūrdhvam—在……之上 / adhaḥ—在……之下 / samantāt—在所有方面 / antaḥ—内部地 / bahiḥ—外部地 / bhagavān—至尊人格首神 / nārasiṁhaḥ—以尼尔星哈戴瓦(半人半狮)的形象 / prahāpayan—彻底摧毁 / loka-bhayam—由动物、毒药、武器、水、气和火等制造的恐惧 / svanena—凭祂的吼声或由祂的奉献者帕拉德王发出祂名字的声音震荡 / sva-tejasā—凭祂放射的光芒 / grasta—遮住 / samasta—所有其他 / tejāḥ—影响

译文　帕拉德王大声咏唱主尼尔星哈戴瓦的名字。愿为祂的奉献者帕拉德而大吼的主尼尔星哈戴瓦，保护我们不再害怕由四面八方的强壮领袖用毒药、武器、水、火和气等制造的各种危险。愿至尊主用祂本人的超然影响遮住他们的影响。愿尼尔星哈戴瓦在四面八方所有的角落、上下内外都保护我们。

第 35 节

मघवन्निदमाख्यातं वर्म नारायणात्मकम् ।
विजेष्यसेऽञ्जसा येन दंशितोऽसुरयूथपान् ॥३५॥

maghavann idam ākhyātaṁ
varma nārāyaṇātmakam

vijeṣyase 'ñjasā yena
daṁśito 'sura-yūthapān

maghavan—天帝因铎啊！ / idam—这 / ākhyātam—描述 / varma—神秘盔甲 / nārāyaṇa-ātmakam—与纳茹阿亚纳有关的 / vijeṣyase—你将战胜 / añjasā—轻易地 / yena—凭着……的 / daṁśitaḥ—被保护 / asura-yūthapān—恶魔的主要领袖们

译文 维施瓦茹帕继续说：因铎啊！我给你描述了这与主纳茹阿亚纳有关的神秘盔甲。套上这层保护性的罩子，你无疑将能战胜恶魔的领袖们。

第 36 节

एतद्धारयमाणस्तु यं यं पश्यति चक्षुषा ।
पदा वा संस्पृशेत्सद्यः साध्वसात्स विमुच्यते ॥३६॥

etad dhārayamāṇas tu
yaṁ yaṁ paśyati cakṣuṣā
padā vā saṁspṛśet sadyaḥ
sādhvasāt sa vimucyate

etat—这 / dhārayamāṇaḥ—使用……的人 / tu—但是 / yam yam—无论何人 / paśyati—他看见 / cakṣuṣā—用他的眼睛 / padā—用他的脚 / vā—或者 / saṁspṛśet—触碰到 / sadyaḥ—立刻 / sādhvasāt—免于一切恐惧 / saḥ—他 / vimucyate—被释放

译文 使用这盔甲的人用眼睛看到或用脚触碰到的任何人，都立刻免于上述所有的危险。

第 37 节

न कुतश्चिद्भयं तस्य विद्यां धारयतो भवेत् ।
राजदस्युग्रहादिभ्यो व्याध्यादिभ्यश्च कर्हिचित् ॥३७॥

na kutaścid bhayaṁ tasya
vidyāṁ dhārayato bhavet
rāja-dasyu-grahādibhyo
vyādhy-ādibhyaś ca karhicit

na—不 / kutaścit—从任何地方 / bhayam—恐惧 / tasya—他的 / vidyām—这神秘的祈祷文 / dhārayataḥ—使用 / bhavet—可能出现 / rāja—由政府 / dasyu—由流氓和窃贼 / graha-ādibhyaḥ—由恶魔等 / vyādhi-ādibhyaḥ—由疾病等 / ca—还有 / karhicit—在任何时候

译文 这祈祷文——纳茹阿亚纳盔甲，由与纳茹阿亚纳有着超然连接的精微知识构成。使用这祈祷文的人从不受打扰或被置于由政府、盗贼、邪恶的恶魔及任何疾病造成的危险中。

第 38 节

इमां विद्यां पुरा कश्चित्कौशिको धारयन्द्विजः ।
योगधारणया स्वाङ्गं जहौ स मरुधन्वनि ॥३८॥

imāṁ vidyāṁ purā kaścit
kauśiko dhārayan dvijaḥ
yoga-dhāraṇayā svāṅgaṁ
jahau sa maru-dhanvani

imām—这 / vidyām—祈祷文 / purā—从前 / kaścit—有一个人 / kauśikaḥ—考希卡 / dhārayan—使用 / dvijaḥ——个布茹阿玛纳 / yoga-dhāraṇayā—凭着神秘力量 / sva-aṅgam—他自己的躯体 / jahau—放弃 / saḥ—他 / maru-dhanvani—在沙漠中

译文 天帝啊！从前有个名叫考希卡的布茹阿玛纳，在沙漠中准备凭神秘力量放弃躯体时曾用过这盔甲。

第 39 节

तस्योपरि विमानेन गन्धर्वपतिरेकदा ।
ययौ चित्ररथः स्त्रीभिर्वृतो यत्र द्विजक्षयः ॥३९॥

tasyopari vimānena
gandharva-patir ekadā
yayau citrarathaḥ strībhir
vṛto yatra dvija-kṣayaḥ

tasya－他的尸体 / upari－在……之上 / vimānena－由飞机 / gandharva-patiḥ－歌仙和音乐仙星球上的君王祺陀茹阿塔 / ekadā－从前有一次 / yayau－去 / citrarathaḥ－祺陀茹阿塔 / strībhiḥ－被众多美女 / vṛtaḥ－围绕 / yatra－……之地 / dvija-kṣayaḥ－已死去的布茹阿玛纳·考希卡

译文 一次，歌仙和音乐仙星球上的君王祺陀茹阿塔由众多美女围绕着，乘坐他的飞机飞过那个布茹阿玛纳死去留下躯体的地方的上空。

第40节

गगनान्न्यपतत्सद्यः सविमानो ह्यवाक्शिराः ।
स वालिखिल्यवचनादस्थीन्यादाय विस्मितः ।
प्रास्य प्राचीसरस्वत्यां स्नात्वा धाम स्वमन्वगात् ॥४०॥

gaganān nyapatat sadyaḥ
savimāno hy avāk-śirāḥ
sa vālikhilya-vacanād
asthīny ādāya vismitaḥ
prāsya prācī-sarasvatyāṁ
snātvā dhāma svam anvagāt

gaganāt－从空中 / nyapatat－坠落 / sadyaḥ－突然 / sa-vimānaḥ－与他的飞机一起 / hi－无疑地 / avāk-śirāḥ－头向下 / saḥ－他 / vāli-khilya－名叫瓦历克黑利亚的大圣人们的 / vacanāt－听从命令 / as-thīni－所有的骨头 / ādāya－拿去 / vismitaḥ－震惊不已的 / prāsya－丢进 / prācī-sarasvatyām－向东流的萨茹阿斯瓦缇河中 / snātvā－在那河水中沐浴 / dhāma－到住所 / svam－他自己的 / anvagāt－返回

译文　突然，祺陀茹阿塔与他的飞机一起被迫从空中头向下地坠落下来。震惊不已的他，不得不听从被称为瓦历克黑利亚的大圣人们命令，将那个布茹阿玛纳的尸骸扔进附近的萨茹阿斯瓦提河，并在返回自己的住所前到河水中沐浴。

第 41 节

श्रीशुक उवाच
य इदं शृणुयात्काले यो धारयति चादृतः ।
तं नमस्यन्ति भूतानि मुच्यते सर्वतो भयात् ॥४१॥

śrī-śuka uvāca
ya idaṁ śṛṇuyāt kāle
yo dhārayati cādṛtaḥ
taṁ namasyanti bhūtāni
mucyate sarvato bhayāt

śrī-śukaḥ uvāca－圣舒卡戴瓦·哥斯瓦米说 / yaḥ－任何……的人 / idam－这 / śṛṇuyāt－能聆听 / kāle－在恐惧之时 / yaḥ－任何……的人 / dhārayati－用这祈祷文 / ca－还有 / ādṛtaḥ－怀着信心和敬畏之情 / tam－向他 / namasyanti－致以虔敬的顶礼 / bhūtāni－众生 / mucyate－被释放 / sarvataḥ－从一切 / bhayāt－可怕的情形

译文　圣舒卡戴瓦·哥斯瓦米说：我亲爱的帕瑞克西特王，使用这盔甲或怀着信心和敬畏之情聆听有关它的人，在因为这个物质世界里的处境而感到害怕时，立刻免于一切危险，并受到众生的崇拜。

第 42 节

एतां विद्यामधिगतो विश्वरूपाच्छतक्रतुः ।
त्रैलोक्यलक्ष्मीं बुभुजे विनिर्जित्य मृधेऽसुरान् ॥४२॥

etāṁ vidyām adhigato
viśvarūpāc chatakratuḥ

trailokya-lakṣmīṁ bubhuje
vinirjitya mṛdhe 'surān

etām—这 / vidyām—祈祷文 / adhigataḥ—接受了 / viśvarūpāt—从布茹阿玛纳·维施瓦茹帕那里 / śata-kratuḥ—天帝因铎 / trailokya-lakṣmīm—三界内的一切财富 / bubhuje—享受 / vinirjitya—战胜 / mṛdhe—在战役中 / asurān—所有的恶魔

译文 举行了一百场祭祀的因铎王，从维施瓦茹帕那里接受了这保护性的盔甲。他在战胜恶魔后享受三个世界里的一切财富。

要旨 维施瓦茹帕给予天帝因铎的这个神秘的曼陀盔甲效力极其强大，使因铎能够最终战胜恶魔，毫无障碍地享受三个世界中的财富。就有关这一点，玛德瓦查尔亚指出：

vidyāḥ karmāṇi ca sadā
guroḥ prāptāḥ phala-pradāḥ
anyathā naiva phaladāḥ
prasannoktāḥ phala-pradāḥ

人必须从真正的灵性导师那里接受各种曼陀，否则无论是什么曼陀都不会有效果。对此，《博伽梵歌》第4章的第34节诗也指出：

tad viddhi praṇipātena
paripraśnena sevayā
upadekṣyanti te jñānaṁ
jñāninas tattva-darśinaḥ

“为理解真理而向一位灵性导师皈依，以服从的态度向他请教，为他服务。觉悟了自我的灵魂看到了真理，因此可以把知识传授给你。”所有的曼陀都应该经由被授权的灵性导师(guru)加以接受；门徒必须在皈依灵性导师的莲花足后争取从所有的方面使灵性导师满意。《莲花往世书》中也说：不跟随四个公认的师徒传承的人，所吟诵、吟唱的曼陀(mantra)或得到的启迪都没有用(sampradāya-vihīnā ye mantrās te niṣphalā matāḥ)。世上有四个师徒传承(sampradāya)，它们分别名叫布茹阿玛传承(Brahma-sampradāya)、茹铎传承(Rudra-sampradāya)、幸运女神传承(Śrī-sampradāya)和库玛尔传承(Kumāra-sampradāya)。需要取得灵性进步的人必须从这些师徒传承中的真正灵性导师那里接受曼陀；否则，他在灵性生活中永远都无法成功地取得进步。

到此为止，结束了巴克提韦丹塔对《圣典博伽瓦谭》第6篇第8章——“纳茹阿亚纳盔甲”所作的阐释。

第九章

维陀魔的出现

这一章讲述的是天帝因铎(Indra)杀死维施瓦茹帕(Viśvarūpa)，维施瓦茹帕的父亲为报仇而举行目的是要杀死因铎的祭祀(yajña)。当维陀魔(Vṛtrāsura)从祭祀之火中显现，半神人们因为恐惧而寻求至尊人格首神的庇护并赞美祂。

维施瓦茹帕出于对恶魔的感情，为他们提供祭祀后的供品。因铎了解这情况后，将维施瓦茹帕斩首，但后来因为维施瓦茹帕是位布茹阿玛纳(brāhmaṇa)而后悔杀死他。因铎虽然有能力抵消杀死布茹阿玛纳的恶报，但却没这样做，而是接受了恶报。后来，他将这些恶报分发给大地、水、树木和女人。由于大地接受了四分之一的恶报，大地的一部分转化为沙漠。树木也得到四分之一的恶报，因此流出汁液，而这些汁液是禁止喝的。由于女人接受了四分之一的恶报，她们在月经期是不可触碰的。由于水也承担了恶报，水中冒出的气泡不能用来做任何事。

维施瓦茹帕被杀后，他父亲特瓦施塔(Tvaṣṭā)举行了一个目的是要杀死因铎的祭祀。不幸的是，如果曼陀(mantra)吟诵得不规范，它们就会产生相反的结果，而特瓦施塔举行这个祭祀时就发生了这种情况。在举行目的是要杀死因铎的祭祀时，特瓦施塔吟诵了一个增加因铎敌人的力量的曼陀，但由于他没有正确地吟诵那个曼陀，祭祀产生了一个名叫维陀的恶魔(asura)，而因铎是他的敌人。当维陀魔从祭祀中产生出来时，他可怕的外相使整个世界为之恐慌，他身体放射的光芒甚至减损了半神人的力量。半神人发现没有其他办法可以保护自己时，便开始崇拜一切祭祀结果的享受者——至尊人格首神，祂是整个宇宙的至尊者。半神人之所以崇拜祂，是因为最终除了祂，没人能保护生物免于恐惧和危险。不崇拜至尊人格首神而去寻求半神人的保护，被比喻为是试图靠抓住狗尾巴渡过汪洋。狗虽然会游泳，但那并不意味着人可以靠抓着狗尾巴渡过汪洋。

至尊人格首神对半神人感到满意后，便建议他们去找达迪祺(Dadhīci)，乞求他把自己身上的骨头给予他们。达迪祺将按半神人的要求做，而有达迪祺的骨头的帮助，就可以杀死维陀魔。

第 1 节

श्रीशुक उवाच
तस्यासन् विश्वरूपस्य शिरांसि त्रीणि भारत ।
सोमपीथं सुरापीथमन्नादमिति शुश्रुम ॥ १ ॥

śrī-śuka uvāca
tasyāsan viśvarūpasya
śirāṁsi trīṇi bhārata
soma-pītham surā-pītham
annādam iti śuśruma

śrī-śukaḥ uvāca—圣舒卡戴瓦·哥斯瓦米说 / tasya—他的 / āsan—有 / viśvarūpasya—半神人的祭司维施瓦茹帕的 / śirāṁsi—头 / trīṇi—三个 / bhārata—帕瑞克西特王啊！ / soma-pītham—用来喝月露 / surā-pītham—用来喝酒 / anna-adam—用来吃 / iti—如此 / śuśruma—我从师徒传承中听说

译文 圣舒卡戴瓦·哥斯瓦米继续道：给半神人当祭司的维施瓦茹帕有三个头。他用其中一个喝月露，用另一个喝酒，用第三个进食。帕瑞克西特王啊！这是我听权威人士们说的。

要旨 由于没人能去到天堂星系，人无法直接察知到天堂王国、其中的君王和其他居民，以及他们如何从事他们的各种活动。尽管现代科学家发明了许多强大的太空运载工具，但他们甚至无法去到月亮，更不要说其他星球了。靠直接体验，人无法了解超出人类知觉范畴的任何事物。人必须聆听权威人士的说法。正因为如此，伟大的人物舒卡戴瓦·哥斯瓦米(Śukadeva Gosvāmī)说："君王啊！我所给你讲解的一切，都是我从权威的来源处听来的。"这是韦达系统。韦达知识被称为施茹提(śruti)，因为它必须通过聆听权威人士的话语加以接受。它超出我们不准确的经验性知识。

第 2 节

स वै बर्हिषि देवेभ्यो भागं प्रत्यक्षमुच्चकैः ।
अददद्यस्य पितरो देवाः सप्रश्रयं नृप ॥ २ ॥

sa vai barhiṣi devebhyo
bhāgaṁ pratyakṣam uccakaiḥ
adadad yasya pitaro
devāḥ sapraśrayaṁ nṛpa

saḥ—他(维施瓦茹帕) / vai—事实上 / barhiṣi—在祭祀之火中 / devebhyaḥ—向特定的半神人 / bhāgam—适当的分配 / pratyakṣam—可见的 / uccakaiḥ—借由大声吟诵曼陀 / adadat—供奉 / yasya—……的 / pitaraḥ—父亲 / devāḥ—半神人 / sa-praśrayam—谦恭地柔声 / nṛpa—帕瑞克西特王啊！

译文　帕瑞克西特王啊！半神人都与维施瓦茹帕的父亲有亲戚关系，因此他以公开的方式向祭祀之火中供奉纯净酥油，同时说"这是为因铎王(indrāya idaṁ svāhā)"，"这是为火神(idam agnaye)"。他大声吟诵这些曼陀，并为每一个半神人供奉他们各自的一份供品。

第 3 节

स एव हि ददौ भागं परोक्षमसुरान् प्रति ।
यजमानोऽवहद्भागं मातृस्नेहवशानुगः ॥ ३ ॥

sa eva hi dadau bhāgaṁ
parokṣam asurān prati
yajamāno 'vahad bhāgaṁ
mātṛ-sneha-vaśānugaḥ

saḥ—他(维施瓦茹帕) / eva—事实上 / hi—无疑地 / dadau—供奉 / bhāgam—分配 / parokṣam—在半神人不知道的情况下 / asurān—恶魔 / prati—向 / yajamānaḥ—举行祭祀 / avahat—供奉 / bhāgam—分配 / mātṛ-sneha—因为出于对母亲的感情 / vaśa-anugaḥ—被迫

译文 他虽然以半神人的名义向祭祀之火中供奉纯净酥油，但却在半神人不知道的情况下暗地里将祭品也供奉给恶魔。他这样做是因为恶魔都是他母亲的亲戚。

要旨 由于维施瓦茹帕对半神人和恶魔双方家人的情感，他代表两方面满足至尊主。当他代表恶魔向火中供奉供品时，他是在半神人们不知道的情况下秘密地做的。

第 4 节

तद्देवहेलनं तस्य धर्मालीकं सुरेश्वरः ।
आलक्ष्य तरसा भीतस्तच्छीर्षाण्यच्छिनद्रुषा ॥ ४ ॥

tad deva-helanaṁ tasya
dharmālīkaṁ sureśvaraḥ
ālakṣya tarasā bhītas
tac-chīrṣāṇy acchinad ruṣā

tat—那 / deva-helanam—对半神人的冒犯 / tasya—他(维施瓦茹帕)的 / dharma-alīkam—在宗教原则中欺骗(假装当半神人的祭司，

但暗地里也是恶魔的祭司) / sura-īśvaraḥ－半神人的君王 / ālakṣya－察觉 / tarasā－很快地 / bhītaḥ－感到害怕(害怕维施瓦茹帕的祝福会使恶魔增加力量) / tat－他(维施瓦茹帕)的 / śīrṣāṇi－头 / acchinat－砍下 / ruṣā－极为愤怒

译文　然而，天帝因铎有一次明白到维施瓦茹帕在欺骗半神人——暗中代表恶魔们供奉祭品。他极为害怕被恶魔打败，于是在对维施瓦茹帕感到极为愤怒的情况下，将维施瓦茹帕的三个头从他的肩膀上砍了下来。

第 5 节

सोमपीथं तु यत्तस्य शिर आसीत्कपिञ्जलः ।
कलविङ्कः सुरापीथमन्नादं यत्स तित्तिरिः ॥५॥

soma-pīthaṁ tu yat tasya
śira āsīt kapiñjalaḥ
kalaviṅkaḥ surā-pītham
annādaṁ yat sa tittiriḥ

soma-pītham－用来喝月露 / tu－然而 / yat－……的 / tasya－他(维施瓦茹帕)的 / śiraḥ－头 / āsīt－变成 / kapiñjalaḥ－一只松鸡类的鸟 / kalaviṅkaḥ－一只麻雀 / surā-pītham－用来喝酒 / anna-adam－用来进食 / yat－……的 / saḥ－那 / tittiriḥ－一只普通的松鸡

译文　那之后，维施瓦茹帕用来喝月露的头变成一只松鸡类的鸟，用来喝酒的头变成一只麻雀，而用来进食的头变成一只普通的松鸡。

第 6 节

ब्रह्महत्यामञ्जलिना जग्राह यदपीश्वरः ।
संवत्सरान्ते तदघं भूतानां स विशुद्धये ।
भूम्यम्बुद्रुमयोषिद्भ्यश्चतुर्धा व्यभजद्धरिः ॥६॥

brahma-hatyām añjalinā
jagrāha yad apīśvaraḥ
saṁvatsarānte tad aghaṁ
bhūtānāṁ sa viśuddhaye
bhūmy-ambu-druma-yoṣidbhyaś
caturdhā vyabhajad dhariḥ

brahma-hatyām—杀死布茹阿玛纳所得到的恶报 / añjalinā—双手合十 / jagrāha—承担……的责任 / yat api—虽然 / īśvaraḥ—非常强大 / saṁvatsara-ante——年后 / tat agham—那恶报 / bhūtānām—物质元素的 / saḥ—他 / viśuddhaye—为了净化 / bhūmi—向大地 / ambu—水 / druma—树木 / yoṣidbhyaḥ—以及向女人 / caturdhā—以四个部分 / vyabhajat—分配 / hariḥ—因铎王

译文 尽管因铎强大到可以使杀死布茹阿玛纳的恶报变得无效，但他还是在后悔的情况下双手合十地接受这些报应带来的重负。他痛苦了一年后，便为净化自己而把这次罪恶谋杀的恶报分给了大地、水、树木和女人。

第 7 节

भूमिस्तुरीयं जग्राह खातपूरवरेण वै ।
ईरिणं ब्रह्महत्याया रूपं भूमौ प्रदृश्यते ॥ ७ ॥

bhūmis turīyaṁ jagrāha
khāta-pūra-vareṇa vai
īriṇaṁ brahma-hatyāyā
rūpaṁ bhūmau pradṛśyate

bhūmiḥ—地球 / turīyam—四分之一 / jagrāha—接受 / khāta-pūra—洞的填满的 / vareṇa—由于赐福 / vai—事实上 / īriṇam—沙漠 / brahma-hatyāyāḥ—杀死布茹阿玛纳得到的报应的 / rūpam—方式 / bhūmau—在地球上 / pradṛśyate—是可见的

译文　作为对大地接受他杀死布茹阿玛纳的四分之一恶报的回报，因铎王赐福地球，使其上的壕沟会自动填满。由于这些恶报，我们看到地球表面有许多沙漠。

要旨　由于沙漠是地球生病状况的表现，沙漠中无法举行任何吉祥的仪式性典礼。注定要生活在沙漠中的人，被理解为是在分担杀死布茹阿玛纳(brahma-hatyā)之罪恶的恶报。

第 8 节

तुर्यं छेदविरोहेण वरेण जगृहुर्द्रुमाः ।
तेषां निर्यासरूपेण ब्रह्महत्या प्रदृश्यते ॥ ८ ॥

turyaṁ cheda-viroheṇa
varеṇa jagṛhur drumāḥ
teṣāṁ niryāsa-rūpeṇa
brahma-hatyā pradṛśyate

turyam—四分之一 / cheda—虽然被砍 / viroheṇa—再次生长的 / vareṇa—由于赐福 / jagṛhuḥ—接受 / drumāḥ—树木 / teṣām—它们的 / niryāsa-rūpeṇa—借由从树木中分泌出汁液 / brahma-hatyā—杀死布茹阿玛纳所得到的报应 / pradṛśyate—是可见的

译文　作为对树木接受他杀死布茹阿玛纳的四分之一恶报的回报，因铎祝福树木被修剪后还会重新长出枝干和嫩枝。这些恶报以树木流出的汁液表现出来(因此人被禁止喝树木的汁液)。

第 9 节

शश्वत्कामवरेणांहस्तुरीयं जगृहुः स्त्रियः ।
रजोरूपेण तास्वंहो मासि मासि प्रदृश्यते ॥ ९ ॥

śaśvat-kāma-vareṇāṁhas
turīyaṁ jagṛhuḥ striyaḥ

rajo-rūpeṇa tāsv aṁho
māsi māsi pradṛśyate

śaśvat一连续不断的 / kāma一性欲的 / vareṇa一由于赐福 / aṁhaḥ一杀死布茹阿玛纳所得到的报应 / turīyam一四分之一 / jagṛhuḥ一接受 / striyaḥ一女人 / rajaḥ-rūpeṇa一以月经的形式 / tāsu一在她们身上 / aṁhaḥ一恶报 / māsi māsi一每个月 / pradṛśyate一是可见的

译文 作为对女人接受他杀死布茹阿玛纳的四分之一恶报的回报，因铎王祝福她们能够连续享受性享乐，甚至在怀孕期间，只要性生活没伤及胚胎就可以。作为接受这些恶报的结果，女人每个月都会来月经。

要旨 女人性欲通常都很强，她们的性欲似乎永远都没有满足的时候。为了报答她们接受他杀死布茹阿玛纳纳的四分之一恶报，因铎王祝福她们可以随时享受性享乐。

第 10 节

द्रव्यभूयोवरेणापस्तुरीयं जगृहुर्मलम् ।
तासु बुद्बुदफेनाभ्यां दृष्टं तद्धरति क्षिपन् ॥१०॥

dravya-bhūyo-vareṇāpas
turīyaṁ jagṛhur malam
tāsu budbuda-phenābhyāṁ
dṛṣṭaṁ tad dharati kṣipan

dravya一其他东西 / bhūyaḥ一增加的 / vareṇa一借由赐福 / āpaḥ一水 / turīyam一四分之一 / jagṛhuḥ一接受 / malam一恶报 / tāsu一在水中 / budbuda-phenābhyām一透过水泡或泡沫 / dṛṣṭam一可见的 / tat一那 / harati一收集 / kṣipan一丢弃

译文　作为对水接受他杀死布茹阿玛纳的四分之一恶报的回报，因铎王祝福水在与其他物质混合时将增加其他物质的体积。正因为如此，水中会有泡沫。人在舀水时要避开这些泡沫。

要旨　水与牛奶、果汁或其他类似的物质混合时，将增加它们的体积，没人能明白是哪一个的体积增加了。为回报这一赐福，水接受了因铎的四分之一恶报。这些恶报可以从泡沫和水泡中看到。因此，人在收集饮用水时，应该避开这些泡沫和水泡。

第 11 节

हतपुत्रस्ततस्त्वष्टा जुहावेन्द्राय शत्रवे ।
इन्द्रशत्रो विवर्धस्व मा चिरं जहि विद्विषम् ॥११॥

hata-putras tatas tvaṣṭā
juhāvendrāya śatrave
indra-śatro vivardhasva
mā ciraṁ jahi vidviṣam

hata-putraḥ—失去儿子的 / tataḥ—之后 / tvaṣṭā—特瓦施塔 / juhāva—举行了一个祭祀 / indrāya—因铎的 / śatrave—为了制造一个敌人 / indra-śatro—因铎的敌人啊！ / vivardhasva—增加 / mā—不 / ciram—在很长一段时间后 / jahi—杀死 / vidviṣam—你的敌人

译文　维施瓦茹帕被杀后，他父亲特瓦施塔举行了目的是要杀死因铎的祭祀仪式。他向祭祀之火中供奉祭品时说，“因铎的敌人啊！耀武扬威地去杀死你的敌人，不得延迟。”

要旨　特瓦施塔吟诵曼陀时犯了一些错误，本应该用短短的时间吟诵，但他吟诵的时间却比较长。这使得意思被改变了。特瓦施塔本该吟诵意思是“因铎的敌人、征服者啊(indra-śatro)”一句，而在这个曼陀中，梵文indra是所有格(ṣaṣṭhī)，indra-śatro一句被称为是一个tat-puruṣa的复合句(tatpuruṣa-samāsa)。不幸的是，特瓦施塔本应该简短地吟诵这个曼陀，但他却用长音吟诵它，这使它的意思从“因铎的敌人、征服者”改变为“被因铎征服的人”了。结果，从祭祀之火中出来的不是因铎的敌人，相反是维陀魔，而因铎成了战胜他的人。

第 12 节

अथान्वाहार्यपचनादुत्थितो घोरदर्शनः ।
कृतान्त इव लोकानां युगान्तसमये यथा ॥१२॥

athānvāhārya-pacanād
utthito ghora-darśanaḥ
kṛtānta iva lokānāṁ
yugānta-samaye yathā

atha—之后 / anvāhārya-pacanāt—从名叫安瓦哈尔亚的祭祀之火中 / utthitaḥ—升起 / ghora-darśanaḥ—看起来很可怕的 / kṛtāntaḥ—毁灭的人格化身 / iva—如同 / lokānām—所有星球的 / yuga-anta—整个宇宙毁灭时的 / samaye—在……时 / yathā—就像

译文 接着，从被称为安瓦哈尔亚的祭祀之火的南面，出来了一个看似在整个宇宙毁灭时负责毁灭整个创造的人一样可怕的人物。

第 13—17 节

विष्वग्विवर्धमानं तमिषुमात्रं दिने दिने ।
दग्धशैलप्रतीकाशं सन्ध्याभ्रानीकवर्चसम् ॥१३॥

तप्तताम्रशिखाश्मश्रुं मध्याह्नार्कोग्रलोचनम् ॥१४॥

देदीप्यमाने त्रिशिखे शूल आरोप्य रोदसी ।
नृत्यन्तमुन्नदन्तं च चालयन्तं पदा महीम् ॥१५॥

दरीगम्भीरवक्त्रेण पिबता च नभस्तलम् ।
लिहता जिह्वयर्क्षाणि ग्रसता भुवनत्रयम् ॥१६॥

महता रौद्रदंष्ट्रेण जृम्भमाणं मुहुर्मुहुः ।
वित्रस्ता दुद्रुवुर्लोका वीक्ष्य सर्वे दिशो दश ॥१७॥

viṣvag vivardhamānaṁ tam
iṣu-mātraṁ dine dine
dagdha-śaila-pratīkāśaṁ
sandhyābhrānīka-varcasam

tapta-tāmra-śikhā-śmaśruṁ
madhyāhnārkogra-locanam

dedīpyamāne tri-śikhe
śūla āropya rodasī
nṛtyantam unnadantaṁ ca
cālayantaṁ padā mahīm

darī-gambhīra-vaktreṇa
pibatā ca nabhastalam
lihatā jihvayarkṣāṇi
grasatā bhuvana-trayam

mahatā raudra-daṁṣṭreṇa
jṛmbhamāṇaṁ muhur muhuḥ
vitrastā dudruvur lokā
vīkṣya sarve diśo daśa

viṣvak—四周 / vivardhamānam—增加 / tam—他 / iṣu-mātram—就像飞箭一样 / dine dine—一天天 / dagdha—烧焦 / śaila—山 / pratīkāśam—类似 / sandhyā—傍晚时 / abhra-anīka—像一批云 / varcasam—发着光 / tapta—熔化的 / tāmra—像铜 / śikhā—毛发 / śmaśrum—下巴上的胡须和嘴唇上方的八撇胡 / madhyāhna—在正午 / arka—如太阳 / ugra-locanam—长着可怕的眼睛的 / dedīpyamāne—燃烧 / triśikhe śūle—他的三叉戟上 / āropya—保持 / rodasī—天堂和地球 / nṛtyantam—跳舞 / unnadantam—大声喊叫 / ca—和 / cālayantam—移

动 / padā—用他的脚 / mahīm—地球 / darī-gambhīra—像山洞一样深 / vaktreṇa—用嘴巴 / pibatā—喝 / ca—还有 / nabhastalam—天空 / lihatā—舔尽 / jihvayā—用舌头 / ṛkṣāṇi—繁星 / grasatā—吞没 / bhuvana-trayam—三个世界 / mahatā—非常大的 / raudra-daṁṣṭreṇa—以骇人的牙齿 / jṛmbhamāṇam—打哈欠 / muhuḥ muhuḥ——次又一次地 / vitrastāḥ—可怕的 / dudruvuḥ—跑 / lokāḥ—人们 / vīkṣya—看见 / sarve—所有的 / diśaḥ daśa—十个方向

译文 恰似射向四方的箭一样，那恶魔的身体一天天增大。高大呈黑色的他，看似一座烧焦的山丘，如傍晚一批闪亮的云朵般发亮。恶魔身上的毛发、下巴上的胡须和嘴唇上方的八撇胡，都呈熔化的铜的颜色。他的眼睛恰似正午的太阳般锐利。他显得不可战胜，仿佛用他燃烧着的三叉戟的尖端顶着三个世界。他跳舞并大声喊叫，使整个地表都为之颤抖，好似地震一般。他在不断打哈欠时，似乎要用他如山洞般深的嘴巴把整个天空都吞下去。他看来好像在用他的舌头舔尽空中所有的繁星，用他尖利的长牙进食整个宇宙。看到这个庞大的恶魔，所有的人都惊恐万分地向四面八方奔逃。

第 18 节

येनावृता इमे लोकास्तपसा त्वाष्ट्रमूर्तिना ।
स वै वृत्र इति प्रोक्तः पापः परमदारुणः ॥१८॥

yenāvṛtā ime lokās
tapasā tvāṣṭra-mūrtinā
sa vai vṛtra iti proktaḥ
pāpaḥ parama-dāruṇaḥ

yena—被……的人 / āvṛtāḥ—遮盖 / ime— 所有这些 / lokāḥ—星球 / tapasā—借由苦行 / tvāṣṭra-mūrtinā—以特瓦施塔之子的形象 / saḥ—他 / vai—事实上 / vṛtraḥ—维塔 / iti—如此 / proktaḥ—称为 / pāpaḥ—罪恶的人格化身 / parama-dāruṇaḥ—十分可怕的

译文　那个实际上是特瓦施塔之子的十分可怕的恶魔，凭借苦行遮盖住所有的星系。为此，他的名字是遮住一切者——维陀。

要旨　韦达经中说：由于那恶魔遮住了所有的星系，他便被称为维陀魔(sa imāṁl lokān āvṛṇot tad vṛtrasya vṛtratvam)。

第 19 节

तं निजघ्नुरभिद्रुत्य सगणा विबुधर्षभाः ।
स्वैः स्वैर्दिव्यास्त्रशस्त्रौघैः सोऽग्रसत्तानि कृत्स्नशः ॥१९॥

tam nijaghnur abhidrutya
sagaṇā vibudharṣabhāḥ
svaiḥ svair divyāstra-śastraughaiḥ
so 'grasat tāni kṛtsnaśaḥ

tam－他 / nijaghnuḥ－攻击 / abhidrutya－跑向 / sa-gaṇāḥ－与士兵 / vibudha-ṛṣabhāḥ－所有强大的半神人 / svaiḥ svaiḥ－用他们各自的 / divya－超然的 / astra－弓和箭 / śastra-oghaiḥ－不同的武器 / saḥ－他(维陀) / agrasat－吞下 / tāni－它们(武器) / kṛtsnaśaḥ－全部一起

译文　以因铎为首的半神人与他们的士兵一起冲向恶魔，用他们各自超然的弓箭和武器攻击他，但维陀魔吞下了他们所有的武器。

第 20 节

ततस्ते विस्मिताः सर्वे विषण्णा ग्रस्ततेजसः ।
प्रत्यञ्चमादिपुरुषमुपतस्थुः समाहिताः ॥२०॥

tatas te vismitāḥ sarve
viṣaṇṇā grasta-tejasaḥ

pratyañcam ādi-puruṣam
upatasthuḥ samāhitāḥ

tataḥ—之后 / te—他们(半神人) / vismitāḥ—感到震惊 / sarve—所有的 / viṣaṇṇāḥ—感到非常郁闷 / grasta-tejasaḥ—丧失了他们的力量 / pratyañcam—向至尊灵魂 / ādi-puruṣam—最初的人 / upatasthuḥ—祈祷 / samāhitāḥ—全体聚在一起

译文 看到那恶魔如此强大有力，感到震惊和沮丧的半神人失去了他们的战斗力。因此，他们聚到一起，试图靠崇拜取悦至尊灵魂——至尊人格首神纳茹阿亚纳。

第21节

श्रीदेवा ऊचुः
वाय्वम्बराग्न्यप्क्षितयस्त्रिलोका
ब्रह्मादयो ये वयमुद्विजन्तः ।
हराम यस्मै बलिमन्तकोऽसौ
बिभेति यस्मादरणं ततो नः ॥२१॥

śrī-devā ūcuḥ
vāyv-ambarāgny-ap-kṣitayas tri-lokā
brahmādayo ye vayam udvijantaḥ
harāma yasmai balim antako 'sau
bibheti yasmād araṇaṁ tato naḥ

śrī-devāḥ ūcuḥ—半神人说 / vāyu—由气组成 / ambara—天空 / agni—火 / ap—水 / kṣitayaḥ—和土 / tri-lokāḥ—三个世界 / brahma-ādayaḥ—以主布茹阿玛为开始 / ye—……的 / vayam—我们 / udvijantaḥ—十分害怕 / harāma—献上 / yasmai—向……的人 / balim—礼物 / antakaḥ—毁灭者——死亡 / asau—那 / bibheti—恐惧 / yasmāt—从……的人 / araṇam—庇护 / tataḥ—因此 / naḥ—我们的

译文 半神人们说：用空间、气、火、水和土这五种元素创造的三个世界，由以主布茹阿玛为开始的各种半神人掌管着。由于十分害怕时间因素将会终止我们的存在，我们通过按时间的命令做我们的工作向时间献礼。然而，时间因素本人却害怕至尊人格首神。因此，让我们现在崇拜那位独自一人就可以给我们全面保护的至尊主。

要旨 害怕被杀的人必须托庇于至尊人格首神。祂受到以布茹阿玛(Brahmā)为开始的全体半神人的崇拜，尽管他们负责掌管这个物质世界中的各种元素。梵文bibheti yasmāt是指所有的恶魔无论有多么非凡、强大，都害怕至尊人格首神。半神人们因为害怕死亡而托庇于至尊主，向祂供奉这些祈祷。尽管所有的人都害怕时间因素，但时间这一恐惧的化身却害怕至尊主。正因为如此，至尊主被称为无畏的(abhaya)。托庇于至尊主使人变得真正无畏，因此半神人们决定托庇于至尊主。

第22节

अविस्मितं तं परिपूर्णकामं
स्वेनैव लाभेन समं प्रशान्तम् ।
विनोपसर्पत्यपरं हि बालिशः
श्वलाङ्गुलेनातितितर्ति सिन्धुम् ॥२२॥

avismitaṁ taṁ paripūrṇa-kāmaṁ
svenaiva lābhena samaṁ praśāntam
vinopasarpaty aparaṁ hi bāliśaḥ
śva-lāṅgulenātititarti sindhum

avismitam—从不感到震惊的 / tam—祂 / paripūrṇa-kāmam—完全满足的 / svena—借由祂自己 / eva—事实上 / lābhena—成就 / samam—平静 / praśāntam—非常稳定 / vinā—没有 / upasarpati—接

近 / aparam—另一个 / hi—事实上 / bāliśaḥ——个大傻瓜 / śva——一条狗的 / lāṅgulena—靠尾巴 / atititarti—想要渡过 / sindhum—汪洋

译文 至尊主丝毫没有物质的存在概念，从不会对任何事物感到吃惊。祂总是很喜悦，对自己的灵性完美感到心满意足。祂没有物质的称号，因此稳定、不执著。那位至尊人格首神是众生的唯一保护者。想要托庇于其他人的人，无疑是想要靠抓住狗尾巴渡过汪洋的大傻瓜。

要旨 狗可以在水中游泳，但如果一条狗跳进汪洋中，而某人想要靠抓住狗尾巴渡过汪洋，那他无疑就是天下第一号大傻瓜。一条狗无法渡过汪洋，一个人也无法靠抓住狗尾巴渡过汪洋。同样道理，想要渡过无知汪洋的人，不该寻求任何半神人或其他人的庇护，而应该寻求至尊人格首神那使人变得无畏的庇护。所以，《圣典博伽瓦谭》第10篇第14章的第58节诗说：

samāśritā ye pada-pallava-plavaṁ
mahat-padaṁ puṇya-yaśo-murāreḥ
bhavāmbudhir vatsa-padaṁ paraṁ padaṁ
padaṁ padaṁ yad vipadāṁ na teṣām

至尊主的莲花足是一条不可毁灭的船，托庇于那条船的人能轻易渡过无知之洋。因此，奉献者虽然生活在这个每一步都充满危险的物质世界里，但却没有危险。人应该寻求绝对强大之人的庇护，而不是试图靠自己杜撰出的想法保护自己。

第23节

यस्योरुशृङ्गे जगतीं स्वनावं
मनुर्यथाबध्य ततार दुर्गम् ।
स एव नस्त्वाष्ट्रभयाद् दुरन्तात्
त्राताश्रितान् वारिचरोऽपि नूनम् ॥२३॥

yasyoru-śṛṅge jagatīṁ sva-nāvaṁ
manur yathābadhya tatāra durgam
sa eva nas tvāṣṭra-bhayād durantāt
trātāśritān vāricaro 'pi nūnam

yasya—……人的 / uru—十分强壮高大 / śṛṅge—在犄角上 / jagatīm—以世界形象 / sva-nāvam—他自己的船 / manuḥ—玛努——萨提亚瓦塔王 / yathā—正如 / ābadhya—拴在 / tatāra—渡过 / durgam—非常难以渡过(洪水) / saḥ—祂(至尊人格首神) / eva—无疑地 / naḥ—我们 / tvāṣṭra-bhayāt—由于害怕特瓦施塔的儿子 / durantāt—无尽的 / trātā—解救 / āśritān—依靠者(像我们) / vāri-caraḥ api—虽然以鱼的形象 / nūnam—事实上

译文　名叫萨提亚瓦塔的玛努，从前曾靠把整个世界这条小船拴在至尊主的鱼化身玛茨亚的犄角上救了自己。依靠至尊主鱼化身的恩典，玛努使自己从洪水的巨大危险中得救。愿那同一位鱼化身拯救我们摆脱由特瓦施塔的儿子制造的巨大、可怕的危险。

第 24 节

पुरा स्वयम्भूरपि संयमाम्भ-
स्युदीर्णवातोर्मिरवैः कराले ।
एकोऽरविन्दात्पतितस्ततार
तस्माद्भयाद्येन स नोऽस्तु पारः ॥२४॥

purā svayambhūr api saṁyamāmbhasy
udīrṇa-vātormi-ravaiḥ karāle
eko 'ravindāt patitas tatāra
tasmād bhayād yena sa no 'stu pāraḥ

purā—从前(在创造期间) / svayambhūḥ—主布茹阿玛 / api—也 / saṁyama-ambhasi—在洪水中 / udīrṇa—非常高 / vāta—风的 / ūr-mi—和浪的 / ravaiḥ—借由声音 / karāle—很可怕的 / ekaḥ—独自 /

aravindāt－从莲花座 / patitaḥ－几乎跌下 / tatāra－脱离 / tasmāt－从那 / bhayāt－可怕的情况 / yena－被……的人(至尊主) / saḥ－祂 / naḥ－我们的 / astu－愿…… / pāraḥ－解救

译文 在创造的开始阶段，一阵强风使洪水卷起滔天的巨浪。巨浪发出如此令人毛骨悚然的声音，以致主布茹阿玛几乎从他坐的莲花上跌入毁灭之水中，但他在至尊主的帮助下得救。所以，我们也期望至尊主保护我们脱离这危险的处境。

第25节

य एक ईशो निजमायया नः
 ससर्ज येनानुसृजाम विश्वम् ।
वयं न यस्यापि पुरः समीहतः
 पश्याम लिङ्गं पृथगीशमानिनः ॥२५॥

ya eka īśo nija-māyayā naḥ
 sasarja yenānusṛjāma viśvam
vayaṁ na yasyāpi puraḥ samīhataḥ
 paśyāma liṅgaṁ pṛthag īśa-māninaḥ

yaḥ－……的祂 / ekaḥ－一个 / īśaḥ－控制者 / nija-māyayā－凭祂超然的能量 / naḥ－我们 / sasarja－创造 / yena－被……的人(透过……的仁慈) / anusṛjāma－我们也创造 / viśvam－宇宙 / vayam－我们 / na－不 / yasya－……人的 / api－虽然 / puraḥ－在我们面前 / samīhataḥ－在行动的祂的 / paśyāma－看见 / liṅgam－形象 / pṛthak－分开的 / īśa－作为控制者 / māninaḥ－想到我们自己

译文 至尊人格首神用祂的外在能量创造了我们，靠祂的仁慈，我们发展了这个宇宙创造。祂作为超灵始终在我们面前，但我们无法看到祂的形象。我们之所以没能力看到祂，是因为我们都认为自己是与祂分开的独立神明。

要旨　这里解释了受制约的灵魂为什么不能面对面地看到至尊人格首神。至尊主即使以主奎师那(Kṛṣṇa)或主茹阿玛禅铎(Rāmacandra)的形象出现在我们面前，作为一个领袖或君王住在人类社会，受制约的灵魂也无法了解祂。愚蠢的人(mūḍha)轻视至尊人格首神，认为祂是个普通人(avajānanti māṁ mūḍhā mānuṣīṁ tanum āśritam)。我们无论有多么渺小，都以为自己也是神，可以创造一个宇宙或可以造出另一个神。这就是为什么我们看不到或无法了解至尊人格首神。就有关这一点，圣玛德瓦查尔亚(Madhvācārya)说：

liṅgam eva paśyāmaḥ
　kadācid abhimānas tu
devānām api sann iva
　prāyaḥ kāleṣu nāsty eva
tāratamyena so 'pi tu

我们都在不同程度上受到制约，但却还以为自己是神。这就是我们无法了解谁是神或面对面地看到祂的原因。

第26—27节

यो नः सपत्नैर्भृशमर्द्यमानान्
　देवर्षितिर्यङ्नृषु नित्य एव ।
कृतावतारस्तनुभिः स्वमायया
　कृत्वात्मसात्पाति युगे युगे च ॥२६॥
तमेव देवं वयमात्मदैवतं
　परं प्रधानं पुरुषं विश्वमन्यम् ।
व्रजाम सर्वे शरणं शरण्यं
　स्वानां स नो धास्यति शं महात्मा ॥२७॥

yo naḥ sapatnair bhṛśam ardyamānān
　devarṣi-tiryaṅ-nṛṣu nitya eva
kṛtāvatāras tanubhiḥ sva-māyayā
　kṛtvātmasāt pāti yuge yuge ca

tam eva devaṁ vayam ātma-daivataṁ
 paraṁ pradhānaṁ puruṣaṁ viśvam anyam
vrajāma sarve śaraṇaṁ śaraṇyaṁ
 svānāṁ sa no dhāsyati śaṁ mahātmā

yaḥ－……的祂／naḥ－我们／sapatnaiḥ－被我们的敌人——恶魔／bhṛśam－几乎总是／ardyamānān－被骚扰／deva－在半神人间／ṛṣi－圣洁之人／tiryak－动物／nṛṣu－和人／nityaḥ－总是／eva－无疑地／kṛta-avatāraḥ－以一个化身显现／tanubhiḥ－用不同的形象／sva-māyayā－凭祂的内在能量／kṛtvā ātmasāt－视为祂十分亲近和珍爱的／pāti－保护／yuge yuge－在每一个一千个年代循环中／ca－和／tam－祂／eva－事实上／devam－至尊主／vayam－我们全部／ātma-daivatam－众生的主人／param－超然的／pradhānam－整个物质能量最初的原因／puruṣam－至高的享受者／viśvam－其能量构成这个宇宙的／anyam－分别位于／vrajāma－我们接近／sarve－所有的／śaraṇam－庇护／śaraṇyam－作为庇护是恰当的／svānām－向祂的奉献者／saḥ－祂／naḥ－向我们／dhāsyati－将给予／śam－好运／mahātmā－至尊灵魂

译文 至尊人格首神凭祂不可思议的内在能量，扩展出各种超然的身体，其中包括半神人中的力量化身瓦玛纳戴瓦，圣洁之人中的化身帕茹阿舒茹阿玛，动物中的化身尼尔星哈戴瓦和瓦茹阿哈，以及水生物中的化身巨鱼玛茨亚和乌龟库尔玛。祂在所有种类的生物体中以各种超然的身体显现。在人类中，祂尤其以主奎师那和主茹阿玛的形象显现。出于祂没有缘故的仁慈，祂保护总是受到恶魔骚扰的半神人。祂是众生中最值得崇拜的神明。祂是至高无上的原因，表现为男性和女性的创造能量。尽管不同于这个宇宙，祂仍以祂的宇宙形象存在。在现在这可怕的处境中，让我们托庇于祂，因为我们确信，至尊主——至尊灵魂，会保护我们。

要旨　这节诗中确定说，至尊人格首神维施努(Viṣṇu)是创造的最初原因。就认为帕奎缇(prakṛti)和菩茹沙(puruṣa)都是宇宙展示的原因这一看法，施瑞达尔·斯瓦米(Śrīdhara Svāmī)在他对《巴瓦尔塔·迪琵卡》(Bhāvārtha-dīpikā)的评注中给予了回答。正如这节诗说明的："祂是至高无上的原因，表现为男性和女性的创造能量。尽管不同于这个宇宙，祂仍以祂的宇宙形象存在(paraṁ pradhānaṁ puruṣaṁ viśvam anyam)。"用来表明"生产来源"的梵文"帕奎提(prakṛti)"，指的是至尊主的物质能量，而"菩茹沙(puruṣa)"指的是至尊主的高等能量——生物。正如《博伽梵歌》所说，物质能量和生物最终都进入至尊主体内(prakṛtiṁ yānti māmikām)。

物质能量和生物虽然表面看来显得像是物质展示的原因，但其实都是至尊主发散出的不同能量。因此，至尊主是物质自然和生物的源头。祂是最初的源头(sarva-kāraṇa-kāraṇam)。《纳茹阿迪亚往世书》(Nāradīya Purāṇa)中说：

avikāro 'pi paramaḥ
　prakṛtis tu vikāriṇī
anupraviśya govindaḥ
　prakṛtiś cābhidhīyate

作为低等能量的物质能量和高等能量的生物，都由至尊人格首神发散出。正如《博伽梵歌》中解释说：至尊主进入物质能量，物质能量随后创造出不同的展示(gām āviśya)。物质能量并非独立或存在于祂的能量外。华苏戴瓦(Vāsudeva)——圣主奎师那(Kṛṣṇa)，是一切的最初原因。为此，《博伽梵歌》第10章的第8节诗记载，至尊主说：

ahaṁ sarvasya prabhavo
　mattaḥ sarvaṁ pravartate

iti matvā bhajante māṁ
budhā bhāva-samanvitāḥ

“我是灵性世界和物质世界的源头。一切都来自我。通晓这一点的明智之人为我做奉爱服务，诚心诚意地崇拜我。”《圣典博伽瓦谭》第2篇第9章的第33节诗也记载，至尊主说：“创造前只有我存在(aham evāsam evāgre)。”对此，《布茹阿曼达往世书》(Brahmāṇḍa Purāṇa)证实说：

smṛtir avyavadhānena
prakṛtitvam iti sthitiḥ
ubhayātmaka-sūtitvād
vāsudevaḥ paraḥ pumān
prakṛtiḥ puruṣaś ceti
śabdair eko 'bhidhīyate

为创造宇宙，至尊主作为生物间接活动，作为物质能量直接活动。由于两种能量都由无所不在的至尊人格首神主华苏戴瓦发散出，祂以物质能量和生物的身份被世人了解。因此，华苏戴瓦是一切的起因(sarva-kāraṇa-kāraṇam)。

第 28 节

श्रीशुक उवाच
इति तेषां महाराज सुराणामुपतिष्ठताम् ।
प्रतीच्यां दिश्यभूदाविः शङ्खचक्रगदाधरः ॥२८॥

śrī-śuka uvāca
iti teṣāṁ mahārāja
surāṇām upatiṣṭhatām
pratīcyāṁ diśy abhūd āviḥ
śaṅkha-cakra-gadā-dharaḥ

śrī-śukaḥ uvāca—圣舒卡戴瓦·哥斯瓦米说 / iti—如此 / teṣām—他们的 / mahārāja—君王啊！ / surāṇām—半神人的 / upatiṣṭhatām—

祈祷 / pratīcyām－在……之内 / diśi－在……的方向 / abhūt－变得 / āviḥ－可见的 / śaṅkha-cakra-gadā-dharaḥ－手持海螺、飞轮和大头棒等超然的武器

译文　圣舒卡戴瓦·哥斯瓦米说：我亲爱的君王，当全体半神人向至尊人格首神哈尔依献上他们的祈祷时，手持海螺、飞轮和大头棒等武器的至尊主，先是在他们心中显现，随后又出现在他们面前。

第29－30节

आत्मतुल्यैः षोडशभिर्विना श्रीवत्सकौस्तुभौ ।
पर्युपासितमुन्निद्रशरदम्बुरुहेक्षणम् ॥२९॥

दृष्ट्वा तमवनौ सर्व ईक्षणाह्लादविक्लवाः ।
दण्डवत्पतिता राजञ्छनैरुत्थाय तुष्टुवुः ॥३०॥

ātma-tulyaiḥ ṣoḍaśabhir
vinā śrīvatsa-kaustubhau
paryupāsitam unnidra-
śarad-amburuhekṣaṇam

dṛṣṭvā tam avanau sarva
īkṣaṇāhlāda-viklavāḥ
daṇḍavat patitā rājañ
chanair utthāya tuṣṭuvuḥ

ātma-tulyaiḥ－几乎与祂相等 / ṣoḍaśabhiḥ－被十六个(随从) / vinā－没有 / śrīvatsa-kaustubhau－施瑞瓦特萨标志和考斯图巴珠宝 / paryupāsitam－被围绕侍奉 / unnidra－盛开的 / śarat－秋天的 / amburuha－像莲花 / īkṣaṇam－长着如……眼睛 / dṛṣṭvā－看着 / tam－祂(至尊人格首神纳茹阿亚纳) / avanau－在地上 / sarve－他们全体 / īkṣaṇa－因直接看见 / āhlāda－在快乐中 / viklavāḥ－沉浸在 /

daṇḍa-vat—像一根棍子一样 / patitāḥ—扑倒 / rājan—君王啊！ / śanaiḥ—慢慢地 / utthāya—起身 / tuṣṭuvuḥ—敬献祈祷

译文 围绕并侍奉着至尊人格首神纳茹阿亚纳的，是祂的十六位私人随从。他们都佩戴着各种装饰品，除了胸前没有施瑞瓦特萨标志和考斯图巴珠宝外，其他特征显得与祂完全一样。君王啊！当全体半神人看到至尊主的那种情形，看到祂微笑着的眼睛恰似秋季里盛开的莲花瓣时，他们都沉浸在快乐中，都立刻如棍子一样扑倒在地，向祂致以丹达瓦特敬礼。随后，他们慢慢起身，通过向祂敬献祈祷取悦祂。

要旨 在外琨塔星球(Vaikuṇṭhaloka)中，至尊人格首神的形象是四臂形象，胸膛上有施瑞瓦特萨(Śrīvatsa)标志和考斯图巴(Kaustubha)宝石。这些都是至尊人格首神的特征。至尊主的随从和外琨塔中的其他奉献者们，除了没有施瑞瓦特萨标志和考斯图巴宝石外，其他特征都与至尊主一样。

第 31 节

श्रीदेवा ऊचुः
नमस्ते यज्ञवीर्याय वयसे उत ते नमः ।
नमस्ते ह्यस्तचक्राय नमः सुपुरुहूतये ॥३१॥

śrī-devā ūcuḥ
namas te yajña-vīryāya
vayase uta te namaḥ
namas te hy asta-cakrāya
namaḥ supuru-hūtaye

śrī-devāḥ ūcuḥ—半神人说 / namaḥ—顶礼 / te—向您 / yajña-vīryāya—向有能力赐予祭祀结果的至尊人格首神 / vayase—是终止祭祀结果的时间因素的…… / uta—虽然 / te—向您 / namaḥ—顶礼 /

namaḥ－顶礼 / te－向您 / hi－事实上 / asta-cakrāya－掷出飞轮 / namaḥ－虔敬的顶礼 / supuru-hūtaye－拥有各种超然的名字

译文　半神人们说：至尊人格首神啊！您完全有能力赐予祭祀的结果，但同时也是在适当的时间摧毁所有这些结果的时间因素。掷出飞轮杀死恶魔的就是您。有着多种名字的至尊主啊！我们恭恭敬敬地向您致以顶礼。

第32节

यत्ते गतीनां तिसृणामीशितुः परमं पदम् ।
नार्वाचीनो विसर्गस्य धातर्वेदितुमर्हति ॥३२॥

yat te gatīnāṁ tisṛṇāṁ
īśituḥ paramaṁ padam
nārvācīno visargasya
dhātar veditum arhati

yat－……的 / te－您的 / gatīnām tisṛṇām－(天堂星球、地球和地狱)三种归宿的 / īśituḥ－是控制者的 / paramam padam－至尊住所外琨塔珞卡 / na－不 / arvācīnaḥ－在……之后显现的人 / visargasya－创造 / dhātaḥ－至尊控制者啊！ / veditum－了解 / arhati－能够

译文　至尊控制者啊！您虽然控制着三种归宿(升上天堂星球、投生为人类及被判入地狱)，但您自己的至尊住所是外琨塔圣地。由于我们都出现在您创造这个宇宙展示之后，您的活动对我们来说是根本无法理解的。为此，我们除了向您致以我们谦卑的顶礼，别无其他可以献给您。

要旨　没有经验的人通常不知道该向至尊人格首神请求什么。众生都在被创造的物质世界的管辖区内，没人知道在向至尊主祈祷时该向祂要求什么祝福。人们因为没有有关外琨塔星球的

知识，所以一般都祈祷要升上天堂星球。圣玛德瓦查尔亚引述如下的一节诗说：

deva-lokāt pitṛ-lokāt
nirayāc cāpi yat param
tisṛbhyaḥ paramaṁ sthānaṁ
vaiṣṇavaṁ viduṣāṁ gatiḥ

物质世界里有各种星系，分别是半神人所在的星球(Devaloka)，祖先们所在的星球(Pitṛloka)，以及地狱星球(Niraya)。当人超越所有这些不同的星系进入外琨塔星球时，他就达到了外士纳瓦们所寻求的最终归宿。外士纳瓦与其他的星系无关。

第 33 节

ॐ नमस्तेऽस्तु भगवन्नारायण वासुदेवादिपुरुष महापुरुष महानुभाव परममङ्गल परमकल्याण परमकारुणिक केवल जगदाधार लोकैकनाथ सर्वेश्वर लक्ष्मीनाथ परमहंसपरिव्राजकैः परमेणात्मयोगसमाधिना परिभावितपरिस्फुटपारमहंस्यधर्मेणोद्घाटिततमःकपाटद्वारे चित्तेऽपावृत आत्मलोके स्वयमुपलब्धनिजसुखानुभवो भवान् ॥३३॥

oṁ namas te 'stu bhagavan nārāyaṇa vāsudevādi-puruṣa mahā-puruṣa mahānubhāva parama-maṅgala parama-kalyāṇa parama-kāruṇika kevala jagad-ādhāra lokaika-nātha sarveśvara lakṣmī-nātha paramahaṁsa-parivrājakaiḥ parameṇātma-yoga-samādhinā paribhāvita-parisphuṭa-pāramahaṁsya-dharmeṇodghāṭita-tamaḥ-kapāṭa-dvāre citte 'pāvṛta ātma-loke svayam upalabdha-nija-sukhānubhavo bhavān

oṁ—至尊主啊！ / namaḥ—虔敬的顶礼 / te—向您 / astu—但愿 / bhagavan—至尊人格首神啊！ / nārāyaṇa—众生的依靠纳茹阿亚纳 / vāsudeva—主华苏戴瓦——圣奎师那 / ādi-puruṣa—最初的人 / mahā-puruṣa—最高贵的人物 / mahā-anubhāva—最富有的 / parama-maṅgala—最吉祥的 / parama-kalyāṇa—至高的祝福 / parama-kāruṇika—至尊的仁慈 / kevala—不变 / jagat-ādhāra—宇宙展示的支撑 / loka-eka-nātha—全部星系唯一的拥有者 / sarva-īśvara—至尊控制者 / lakṣmī-nātha—幸运女神的丈夫 / paramahaṁsa-parivrājakaiḥ—经由最高级的托钵僧行遍整个世界 / parameṇa—借由至尊 / ātma-yoga-samādhinā—全神贯注于奉爱瑜伽 / paribhāvita—完全净化 / parisphuṭa—以及完全展示 / pāramahaṁsya-dharmeṇa—借由奉爱瑜伽的超然程序 / udghāṭita—被推开 / tamaḥ—错觉存在的 / kapāṭa—门……的 / dvāre—作为入口而存在 / citte—在心中 / apāvṛte—没有污染 / ātmaloke—在灵性世界 / svayam—亲自 / upalabdha—体验 / nija—个人的 / sukha-anubhavaḥ—快乐的感受 / bhavān—圣上啊！

译文 啊，至尊人格首神！纳茹阿亚纳！最初的人华苏戴瓦！最高贵的人、至高体验及福利的具体体现！至高的祝福、至尊的仁慈和不变！啊，宇宙展示的支撑、全部星系唯一的拥有者、一切的主人、幸运女神的丈夫！只有游走全世界传播奎师那意识、通过奉爱瑜伽处在全神贯注的萨玛迪境界中的最高级的托钵僧，才能认识到您圣上。由于他们全神贯注于您，他们能在他们那完全被净化的心中接受有关您的人格概念。当他们心中的愚昧被彻底清除，而您向他们揭示自己时，您圣上的超然形象，就是他们享受到的超然极乐。除了他们，没人能认识您。因此，我们唯有恭敬地向您献上我们的顶礼。

要旨 至尊人格首神有许多超然的名字，这些名字与祂跟各种级别的奉献者和超然主义者有不同程度的关系有关。当人们觉悟到祂不具人格特征的形象时，就称祂为至尊梵(Supreme Brahman)，当人们觉悟到祂的超灵特征时，就称祂为安塔尔亚弥(antaryāmī)。当祂为物质创造而以不同的形象扩展自己时，祂被称为祺柔达卡沙依·维施努(Kṣīrodakaśāyī Viṣṇu)、嘎尔博达卡沙依·维施努(Garbhodakaśāyī Viṣṇu)和卡冉诺达卡沙依·维施努(Kāraṇodakaśāyī Viṣṇu)。当人们认识到祂的华苏戴瓦(Vāsudeva)、桑卡尔珊(Saṅkarṣaṇa)、帕杜么纳(Pradyumna)和阿尼如达(Aniruddha)这四位三个维施努形象之外的扩展时，祂就被称为外琨塔的纳茹阿亚纳(Nārāyaṇa)。在对纳茹阿亚纳的觉悟之上，是对巴拉戴瓦(Baladeva)的认识，再往上就是对奎师那的认识。全心全意地做奉爱服务的人，可以得到所有这些觉悟。那时，对内心的遮盖被完全揭开，以接收对至尊人格首神各种形象的了解。

第 34 节

दुरवबोध इव तवायं विहारयोगो यदशरणोऽशरीर इदमनवेक्षितास्मत्-
समवाय आत्मनैवाविक्रियमाणेन सगुणमगुणः सृजसि पासि हरसि ॥३४॥

duravabodha iva tavāyaṁ vihāra-yogo yad aśaraṇo 'śarīra idam
anavekṣitāsmat-samavāya ātmanaivāvikriyamāṇena saguṇam
aguṇaḥ sṛjasi pāsi harasi

duravabodhaḥ—极难理解 / iva—相当 / tava—您的 / ayam—这 / vihāra-yogaḥ—创造、维系和毁灭物质世界的娱乐活动 / yat—……的 / aśaraṇaḥ—没有靠任何其他的支持 / aśarīraḥ—没有物质躯体 / idam—这 / anavekṣita—不用等 / asmat—我们的 / samavāyaḥ—协助 / ātmanā—靠您自己 / eva—事实上 / avikriyamāṇena—没被改变 / saguṇam—物质自然属性 / aguṇaḥ—虽然对这样的物质品质来说是超然的 / sṛjasi—您创造 / pāsi—维系 / harasi—毁灭

译文 至尊主啊！您不需要帮助和支持；您虽然没有物质的躯体，但并不需要我们的协助。由于您是宇宙展示的起因，您在无须改变的情况下提供创造宇宙的物质原材料；您靠自己创造、维系和毁灭这个宇宙展示。然而，您虽然显得

像是在从事物质活动，但其实却超越一切物质属性。正因为如此，您的这些超然活动极难理解。

要旨 《布茹阿玛·萨密塔》(Brahma-saṁhitā)第5章的第37节诗说：至尊人格首神奎师那永远住在哥珞卡·温达文(goloka eva nivasaty akhilātma-bhūtaḥ)。经典中还说：奎师那永不踏出温达文甚至一步(vṛndāvanaṁ parityajya padam ekaṁ na gacchati)。然而，尽管奎师那住在祂自己的住所哥珞卡·温达文中，但祂同时也无所不在，因此出现在各处。这对受制约的灵魂来说十分难理解，但奉献者却可以了解，奎师那是如何可以在不经过任何变化的情况下同时既在祂的住所内，又无所不在的。半神人们被理解为是至尊主身体的不同部分，尽管至尊主并没有物质的躯体，也不需要任何人的帮助。祂遍及各处(mayā tatam idaṁ sarvaṁ jagad avyakta-mūrtinā)。尽管如此，祂不是在所有的地方都以祂本人的形象出现。按照假象宗(Māyāvāda)哲学，至尊真理因为无所不在，所以不需要一个超然的形象。假象宗人士(Māyāvādī)推测说，由于祂的形象遍布各处，祂没有具体的形象。这不是真相。至尊主既保持祂超然的形象，同时又伸展到各处，直至物质创造中的每一个角落。

第35节

अथ तत्र भवान् किं देवदत्तवदिह गुणविसर्गपतितः पारतन्त्र्येण स्व-कृतकुशलाकुशलं फलमुपाददात्याहोस्विदात्माराम उपशमशीलः सम-असदर्शन उदास्त इति ह वाव न विदामः ॥३५॥

atha tatra bhavān kiṁ devadattavad iha guṇa-visarga-patitaḥ
pāratantryeṇa sva-kṛta-kuśalākuśalaṁ phalam upādadāty āhosvid
ātmārāma upaśama-śīlaḥ samañjasa-darśana udāsta iti ha vāva na
vidāmaḥ

atha—因此 / tatra—在那 / bhavān—圣上 / kim—是否 / devadatta-vat一像普通人一样受制于自己活动的结果 / iha一在这物质世界中 / guṇa-visarga-patitaḥ一被物质自然属性迫使堕入物质躯体中 / pāratantryeṇa一根据时间、空间、活动和自然情况 / sva-kṛta一靠自己从事 / kuśala一吉祥的 / akuśalam一不吉祥的 / phalam一业报 / upādadāti一接受 / āhosvit一或者 / ātmārāmaḥ一完全自给自足 / upaśama-śīlaḥ一本质上自我控制 / samañjasa-darśanaḥ一没有丧失完整的灵性力量 / udāste一如见证人般保持中立 / iti一如此 / ha vāva一无疑地 / na vidāmaḥ一我们无法了解

译文 我们要询问的是这些问题，即：普通受制约的灵魂受制于物质法律，因而接受其活动的结果，您圣上与普通生物一样住在这物质世界里由物质属性生产的躯体中吗？您受时间、过去活动等因素的影响享受好的结果、承受不好的后果吗？还是恰恰相反，您只是作为自给自足、毫无物质欲望、总是充满灵性力量的中立见证人出现在这世上？毫无疑问，我们无法了解您真正的地位。

要旨 《博伽梵歌》中记载，奎师那说：祂为了两个目的降临这个物质世界——拯救奉献者和消灭恶魔或非奉献者(paritrāṇāya sādhūnāṁ vināśāya ca duṣkṛtām)。对绝对真理来说，这两种活动是一样的。当至尊主来惩罚恶魔时，祂赐予他们恩惠；同样，当祂来拯救祂的奉献者，解除他们的痛苦时，祂也是赐予他们恩惠。至尊主就这样把祂的恩惠平等地赐予受制约的灵魂。受制约的灵魂减轻他人的痛苦时，从事的是虔诚活动；打扰其他生物体时，从事的是不虔诚的活动。然而，至尊主超越虔诚和不虔诚的范畴，祂始终充满灵性的能量，并透过那能量向该被惩罚的和该被保护的生物平等地展示仁慈。至尊主从不被所谓的罪恶活动的反应所污染(apāpa-viddham)。当奎师那来到这个地球上时，祂杀死了许多充满敌意的非奉献者，但他们都得到了“形象与祂一样”的解脱

(sārūpya)。换句话说，他们都恢复了他们原本的灵性身体。不了解至尊主地位的人说，神对他人仁慈，但却对他严酷。事实上，至尊主在《博伽梵歌》第9章的第29节诗中说："我不嫉妒谁，也不偏袒谁。我平等对待众生(samo 'haṁ sarva-bhūteṣu na me dveṣyo 'sti na priyaḥ)。"但祂也说："人如果成为我的奉献者，全心全意地投靠我，我就给他特殊的关注(ye bhajanti tu māṁ bhaktyā mayi te teṣu cāpy aham)。"

第 36 节

न हि विरोध उभयं भगवत्यपरिमितगुणगण ईश्वरेऽनवगाह्यमाहात्म्ये ऽर्वाचीनविकल्पवितर्कविचारप्रमाणाभासकुतर्कशास्त्र कलिलान्तःकर-णाश्रयदुरवग्रहवादिनां विवादानवसर उपरतसमस्तमायामये केवल एवात्ममायामन्तर्धाय को न्वर्थो दुर्घट इव भवति स्वरूपद्वयाभावात् ॥३६॥

na hi virodha ubhayaṁ bhagavaty aparimita-guṇa-gaṇa
īśvare 'navagāhya-māhātmye 'rvācīna-vikalpa-vitarka-vicāra-
pramāṇābhāsa-kutarka-śāstra-kalilāntaḥkaraṇāśraya-duravagraha-
vādināṁ vivādānavasara uparata-samasta-māyāmaye kevala evātma-
māyām antardhāya ko nv artho durghaṭa iva bhavati svarūpa-
dvayābhāvāt

na—不／hi—无疑地／virodhaḥ—矛盾／ubhayam—两者／bhagavati—在至尊人格首神中／aparimita—无限的／guṇa-gaṇe—超然特质……的／īśvare—在至尊控制者中／anavagāhya—具有／māhātmye—深不可测的能力和荣耀／arvācīna—最近的／vikalpa—充满了模棱两可的推测／vitarka—相对的争议／vicāra—判断／pramāṇa-ābhāsa—不完美的证据／kutarka—无用的论据／śāstra—借由非权威性的典籍／kalila—刺激／antaḥkaraṇa—心／āśraya—……的庇护／duravagraha—与顽劣的固执／vādinām—理论的／vivāda—争论的／anavasare—不在范围内／uparata—撤回／samasta—从……的全部／

māyā-maye—错觉能量 / kevale—独一无二 / eva—事实上 / ātma-māyām—能够做或不做不可思议之事的错觉能量 / antardhāya—放置在……之间 / kaḥ—什么 / nu—事实上 / arthaḥ—意思 / durghaṭaḥ—不可能的 / iva—正如 / bhavati—是 / sva-rūpa—本质 / dvaya—两者的 / abhāvāt—因为缺少

译文 至尊人格首神啊！所有的矛盾都能在您之中得到调解。至尊主啊！既然您是至高无上的人、无数灵性品质的宝库、至尊控制者，您无限的荣耀对受制约的灵魂来说自然是不可思议的。现代许多神学家在不知道什么是真正正确的情况下争论是非对错。由于他们没能获得对您的认识的公认的证据，他们的论点始终是错的，他们做不出确定的判断。由于他们的心受到记载错误结论的典籍的刺激，他们无法明白有关您的真相。而且，由于他们想要得出正确结论的渴望受到污染，他们的理论根本不能揭示超越了他们持有的物质概念的您。您独一无二，因此在您之中，做与不做或苦乐等矛盾都不是矛盾。您的力量是如此非凡，能按您的意愿使一切发生和不发生。有您的力量的协助，什么对您来说是不可能的？既然在您原本的状态中根本不存在相对性，您可以凭您能量的影响使一切得以发生。

要旨 自给自足的至尊人格首神充满了超然的极乐(ātmārāma)。祂以两种方式享乐，即：当祂显得快乐时和当祂显得忧伤时。区别和矛盾不可能留在祂身上，因为它们由祂发散出。至尊人格首神是一切知识、能量、力量、财富和影响的来源。祂的力量无限。由于祂完全拥有所有的超然特质，物质世界里所有可恶的东西都不可能存在于祂身上。祂是超然、灵性的，因此物质快乐和痛苦的概念不适用于祂。

我们在至尊人格首神身上发现矛盾之处时不该感到惊讶。事实上，根本没有什么矛盾。那就是为什么说祂是“至尊者”的缘由。祂是全能的，所以受制约的灵魂争论祂是否存在，根本就影响不了祂的存在。祂很高兴通过杀死奉献者的敌人保护他们。祂同时享受杀和保护。

这种免于相对性的自由并不仅仅适用于至尊主，也适用于祂的奉献者。在温达文，布茹阿佳布弥(Vrajabhūmi)的少女既享受与至尊人格首神奎师那相伴时的超然极乐，也享受奎师那和巴拉茹阿玛(Balarāma)离开温达文去玛图茹阿(Mathurā)时与祂们分离的超然极乐。对至尊人格首神或祂纯粹的奉献者们来说，根本不存在物质的痛苦或快乐，尽管有时表面上被描述为是痛苦或快乐的。但充满超然极乐的人(ātmārāma)以两种方式享乐。

非奉献者无法理解至尊主或祂的奉献者们所呈现出的矛盾。为此，至尊主在《博伽梵歌》中说：只有做奉爱服务才能了解超然的娱乐活动；对非奉献者来说，那些活动是不可思议的(bhaktyā mām abhijānāti)。对非奉献者来说，至尊主和祂的形象、名字、娱乐活动及用品都是不可思议的，人不该试图只靠逻辑辩论了解这样的真实存在。逻辑辩论不会使人得到有关绝对真理的正确结论。

第 37 节

समविषममतीनां मतमनुसरसि यथा रज्जुखण्डः सर्पादिधियाम् ॥३७॥

sama-viṣama-matīnāṁ matam anusarasi yathā rajju-khaṇḍaḥ
sarpādi-dhiyām

sama－相等的或相当的 / viṣama－以及不相等的或弄错的 / matīnām－那些有判断力的人的 / matam－结论 / anusarasi－您跟着 / yathā－正如 / rajju-khaṇḍaḥ－一条绳子 / sarpa-ādi－一条蛇等 / dhiyām－那些认为……的人的

译文 一根绳子只会使把它视为是蛇的迷惑之人感到害怕，但不会使知道它不过是根绳子的有正确判断力的人产生恐惧。同样，您作为在每一个生物体心中的超灵，根据人的智力使人产生恐惧或无畏，但您身上并没有相对性。

要旨 在《博伽梵歌》第4章的第11节诗中，至尊主说："我根据每个人对我皈依的情况回报他们(ye yathā māṁ prapadyante tāṁs tathaiva bhajāmy aham)。"至尊人格首神是一切，包括所有的知识、事实真相和矛盾的储藏所。这节诗里所举的例子十分恰当。一根绳子是一个事实，有人误把它当做一条蛇，但其他人却知道它是一个绳子。同样道理，了解至尊人格首神的奉献者在祂身上看不到矛盾，但非奉献者却认为祂如蛇一般是一切恐惧的来源。例如：当尼尔星哈戴瓦(Nṛsiṁhadeva)显现时，帕拉德王(Prahlāda Mahārāja)看到至尊主感到无比安慰，但他的恶魔父亲则将尼尔星哈戴瓦视为是最终的死亡。正如《圣典博伽瓦谭》第11篇第2章的第37节诗说明的：持有相对性的概念使人产生恐惧(bhayaṁ dvitīyābhiniveśataḥ syāt)。具有相对性知识的人知道恐惧和极乐。同一位至尊主对奉献者来说是极乐的源泉，而对知识贫乏的非奉献者来说是恐惧的来源。神只有一位，但人们从不同的角度了解绝对真理。无知之人在祂身上看到矛盾，但清醒的奉献者在祂身上找不到矛盾之处。

第38节

स एव हि पुनः सर्ववस्तुनि वस्तुस्वरूपः सर्वेश्वरः सकलजगत्कारण-कारणभूतः सर्वप्रत्यगात्मत्वात्सर्वगुणाभासोपलक्षित एक एव पर्यव-शेषितः ॥३८॥

sa eva hi punaḥ sarva-vastuni vastu-svarūpaḥ sarveśvaraḥ sakala-jagat-kāraṇa-kāraṇa-bhūtaḥ sarva-pratyag-ātmatvāt sarva-guṇābhāsopalakṣita eka eva paryavaśeṣitaḥ saḥ—祂(至尊人格首神) / eva—事实上 / hi—无疑地 / punaḥ—再次 / sarva-vastuni—在物质和灵性的一切中 / vastu-svarūpaḥ—实体 / sarva-īśvaraḥ——切事物的控制者 / sakala-jagat—整个宇宙的 / kāraṇa—原因的 / kāraṇa-bhūtaḥ—作为起因存在 / sarva-pratyak-ātmatvāt—由于是每个生物体的超灵或出现在每一件事物甚至是原子中 / sarva-guṇa—物质自然属性的一切影响的(例如：智力和感官) / ābhāsa—借由展示 / upalakṣitaḥ—意识到 / ekaḥ—独自的 / eva—的确 / paryavaśeṣitaḥ—继续存在

译文　经过深思熟虑，人将会明白，至尊灵魂虽然以各种不同的方式展示，但实际上是一切的根本起源。整体物质能量是物质展示的原因，但物质能量由祂产出。所以，祂是一切原因的起因，是智力和感官得以展示的人。祂被意识到是一切的超灵。没有祂，一切都没有生命。作为超灵、至尊的控制者，您是唯一存在的一位。

要旨　“在物质和灵性的一切实体中(sarva-vastuni vastu-svarūpaḥ)”一句表明，至尊主是一切的有效成分。正如《布茹阿玛·萨密塔》第5章的第35节诗中讲述的：

eko 'py asau racayitum jagad-aṇḍa-koṭim
yac-chaktir asti jagad-aṇḍa-cayā yad-antaḥ
aṇḍāntara-stha-paramāṇu-cayāntara-stham
govindam ādi-puruṣam tam aham bhajāmi

“我崇拜人格首神哥文达，祂透过祂的完整扩展进入每一个宇宙存在和每一个原子，就这样在物质创造中展示祂的低等能量。”至尊主以祂的完整扩展超灵(antaryāmī)，遍布无数的宇宙。祂是众生心中的超灵(antaryāmī)——无所不在者(pratyak)。在《博伽梵歌》第13章的第3节诗中，至尊主说：“巴茹阿特的后裔啊！你应该知道，我是每一个躯体的知悉者(kṣetra-jñam cāpi mām viddhi sarva-kṣetreṣu bhārata)。”至尊主是超灵，所以是每一个生物体甚至原子的有效成分(aṇḍāntara-stha-paramāṇu-cayāntara-stham)。祂是实际的真实存在。根据智力的不同状态，人透过至尊者能量的展现觉悟到祂的临在。整个世界弥漫、渗透着物质自然的三种属性(guṇa)，人按照自己受物质自然属性的影响了解祂的存在。

第 39 节

अथ ह वाव तव महिमामृतरससमुद्रविप्रुषा सकृदवलीढया स्वमनसि निष्यन्दमानानवरतसुखेन विस्मारितदृष्टश्रुतविषयसुखलेशाभासाः परमभागवता एकान्तिनो भगवति सर्वभूतप्रियसुहृदि सर्वात्मनि नितरां निरन्तरं निर्वृतमनसः कथमु ह वा एते मधुमथन पुनः स्वार्थकुशला ह्यात्मप्रियसुहृदः साधवस्त्वच्चरणाम्बुजानुसेवां विसृजन्ति न यत्र पुनरयं संसारपर्यावर्तः ॥३९॥

atha ha vāva tava mahimāmṛta-rasa-samudra-vipruṣā sakṛd avalīḍhayā sva-manasi niṣyandamānānavarata-sukhena vismārita-dṛṣṭa-śruta-viṣaya-sukha-leśābhāsāḥ parama-bhāgavatā ekāntino bhagavati sarva-bhūta-priya-suhṛdi sarvātmani nitarāṁ nirantaraṁ nirvṛta-manasaḥ katham u ha vā ete madhumathana punaḥ svārtha-kuśalā hy ātma-priya-suhṛdaḥ sādhavas tvac-caraṇāmbujānusevāṁ visṛjanti na yatra punar ayaṁ saṁsāra-paryāvartaḥ

atha ha－因此 / vāva－事实上 / tava－您的 / mahima－荣耀 / amṛta－甘露的 / rasa－情感的 / samudra－汪洋的 / vipruṣā－借由一滴 / sakṛt－只有一次 / avalīḍhayā－品尝 / sva-manasi－在他心中 / niṣyandamāna－涌流着 / anavarata－不断地 / sukhena－借由超然极乐 / vismārita－忘记 / dṛṣṭa－从物质的眼光 / śruta－和声音 / viṣaya-sukha－物质快乐的 / leśa-ābhāsāḥ－一小部分的微弱反应 / parama-bhāgavatāḥ－伟大、崇高的奉献者 / ekāntinaḥ－只对至尊主有信心 / bhagavati－在至尊人格首神中 / sarva-bhūta－对所有的生物体 / priya—是最亲爱的 / suhṛdi—朋友 / sarva-ātmani——切的超灵 / nitarām—完全地 / nirantaram—不断地 / nirvṛta—与快乐 / manasaḥ—那些心……的人 / katham—如何 / u ha—然后 / vā—或者 / ete—这些 / madhu-mathana—杀死玛杜魔的人啊！ / punaḥ—再次 / sva-artha-kuśalāḥ—精通生命利益的 / hi—确实地 / ātma-priya-suhṛdaḥ—已经视您为是超灵、最亲密的爱人及朋友的 / sādhavaḥ—奉献者 / tvat-caraṇa-ambuja-anusevām—为圣上您的莲花足服务 / visṛjanti—可以放弃 / na—不 / yatra—在……中 / punaḥ—再次 / ayam—这个 / saṁsāra-paryāvartaḥ—在这物质世界的生死轮回中

译文　因此，杀死玛杜魔的人啊！那些甚至只有一次品尝过来自您的荣耀汪洋中的哪怕一滴甘露的人，心中的超然极乐都会不断增强地涌流不息。这种崇高的奉献者忘记了由看和听的物质感官产生的所谓物质快乐的微弱感觉。这样的奉献者毫无物质欲望，是众生真正的朋友。他们将自己的心献给您，享受超然的极乐；他们很精通如何达到生命的真正目标。至尊主啊！对这种从不需要返回这物质世界的奉献者来说，您是他们的灵魂和最亲爱的朋友。他们怎么可能停止为您做奉爱服务呢？

要旨　尽管非奉献者因为知识贫乏和有臆测的习惯而无法了解至尊主的真正本性，但哪怕有一次品尝过来自至尊主莲花足的甘露的奉献者，都能领悟到在为至尊主做的奉爱服务中有多么巨大的超然快乐和满足。奉献者知道，仅仅靠为至尊主做服务，他侍奉了众生。因此，奉献者是众生的真正朋友。只有纯粹的奉献者才能为利益受制约的灵魂而传播至尊主的荣耀。

第 40 节

त्रिभुवनात्मभवन त्रिविक्रम त्रिनयन त्रिलोकमनोहरानुभाव तवैव वि-
भूतयो दितिजदनुजादयश्चापि तेषामुपक्रमसमयोऽयमिति स्वात्म-

मायया सुरनरमृगमिश्रितजलचराकृतिभिर्यथापराधं दण्डं दण्डधर दधर्थ एवमेनमपि भगवञ्जहि त्वाष्ट्रमुत यदि मन्यसे ॥४०॥

tri-bhuvanātma-bhavana trivikrama tri-nayana tri-loka-
manoharānubhāva tavaiva vibhūtayo ditija-danujādayaś cāpi teṣām
upakrama-samayo 'yam iti svātma-māyayā sura-nara-mṛga-miśrita-
jalacarākṛtibhir yathāparādhaṁ daṇḍaṁ daṇḍa-dhara dadhartha
evam enam api bhagavañ jahi tvāṣṭram uta yadi manyase

tri-bhuvana-ātma-bhavana一至尊主啊！您是三个世界的超灵，因此是三个世界的庇护者 / tri-vikrama一化身为瓦玛纳形象的至尊主啊！您的力量和财富遍布三个世界 / tri-nayana一三个世界的维系者和见证者啊！ / tri-loka-manohara-anubhāva一在三个世界中被认为是最美丽的您啊！ / tava一您的 / eva一无疑地 / vibhūtayaḥ一能量的扩展 / diti-ja-danu-ja-ādayaḥ一迪缇邪恶的儿子们及另一种被称为达纳瓦的恶魔 / ca一和 / api一还有(人类) / teṣām一他们全体的 / upakrama-samayaḥ一活动的时间 / ayam一这 / iti一如此 / sva-ātma-māyayā一凭您的能量 / sura-nara-mṛga-miśrita-jalacara-ākṛtibhiḥ一以半神人、人类、动物、混合形象及水生物(瓦玛纳、主茹阿玛禅铎、奎师那、瓦茹阿哈、哈亚贵瓦、尼尔星哈、玛茨亚和库尔玛等化身)这些不同的形象 / yathā-aparādham一根据他们的过错 / daṇḍam一惩罚 / daṇḍa-dhara一至尊的惩罚者啊！ / dadhartha一您授予 / evam一如此 / enam一这个(维陀魔) / api一还有 / bhagavan一至尊人格首神啊！ / jahi一杀死 / tvāṣṭram一特瓦施塔的儿子 / uta一事实上 / yadi manyase一如果您认为恰当

译文 啊！至尊主，三个世界的人格化身、三个世界的父亲！化身为瓦玛纳戴瓦形象的三个世界的力量啊！啊，尼尔星哈戴瓦的三只眼形象！三个世界中最美丽的人啊！万物，以及包括人类，甚至戴提亚恶魔和达纳瓦恶魔在内的众生，都不过是您能量的扩展。啊，最有力量的人！每当恶魔

变得十分强大，您就会以各种化身显现，惩罚他们。您显现为主瓦玛纳戴瓦、主茹阿玛和主奎师那。您有时显现为雄猪那样的动物，有时显现为主尼尔星哈戴瓦和主哈亚贵瓦那样的半人半兽形象，有时则显现为鱼王和龟王那样的水生物。呈现这么多种形象的您，总是惩罚恶魔和达纳瓦们。因此，我们祈求您圣上，如果您愿意，今天就以另一个化身显现，杀死大恶魔维陀。

要旨　奉献者有两种，纯粹的奉献者(akāma)，以及半神人等仍想要享受物质财富的奉献者(sakāma)。从事虔诚的活动使第二种奉献者被提升到高等星系，但他们心中仍有主宰物质资源的欲望。这种奉献者有时受到恶魔和食人魔(Rākṣasa)的骚扰，但至尊主极其仁慈，总是化身显现拯救他们。至尊主的化身是如此强大有力，祂的主瓦玛纳戴瓦(Vāmanadeva)的化身用两步就覆盖了整个宇宙，以致没有地方可以放祂的第三步。至尊主之所以被称为特瑞维夸玛(Trivikrama)，是因为祂仅仅跨了三步就拯救了整个宇宙，以此展现出祂的力量。

心中仍有享受物质财富欲望的奉献者与纯粹奉献者之间的区别是：当半神人等心中仍有享受物质财富欲望的奉献者陷入困境时，他们去找至尊人格首神帮助减轻痛苦，而纯粹的奉献者即使面临最大的险境，也不为获得物质利益而打扰至尊主。一个纯粹奉献者即使正在受苦，也会认为那是由他过去的罪恶活动所致，因此同意承受恶报之苦。他从不去打扰至尊主。心中仍有享受物质财富欲望的奉献者一旦陷入困境，就立刻向至尊主祈求帮助，由于他们认为自己完全依靠至尊主的仁慈，所以被视为是虔诚的。正如《圣典博伽瓦谭》第10篇第14章的第8节诗说明：

tat te 'nukampāṁ susamīkṣamāṇo
bhuñjāna evātma-kṛtaṁ vipākam

hṛd-vāg-vapurbhir vidadhan namas te
jīveta yo mukti-pade sa dāya-bhāk

奉献者甚至正在承受困境中的痛苦，唯一做的也只不过是向至尊主献上他们的祈祷，并且更加热情地做服务。他们就这样坚定不移地做奉爱服务，因此无疑有资格回归家园，回到首神身边。当然，心中仍有享受物质财富欲望的奉献者，会从至尊主那里得到他们祈求的结果，但不会立刻变得适合回到首神身边。应该注意的是，这节诗中说：主维施努通过祂的各种化身始终在保护祂的奉献者。圣玛德瓦查尔亚说：vividhaṁ bhāva-pātratvāt sarve viṣṇor vibhūtayaḥ。奎师那是存在中的第一位人格首神(kṛṣṇas tu bhagavān svayam)，所有其他化身都来自维施努。

第 41 节

**अस्माकं तावकानां तततत नतानां हरे तव चरणनलिनयुगलध्याना-
नुबद्धहृदयनिगडानां स्वलिङ्गविवरणेनात्मसात्कृतानामनुकम्पानुरञ्जित-
विशदरुचिरशिशिरस्मितावलोकेन विगलितमधुरमुखरसामृतकलया
चान्तस्तापमनघार्हसि शमयितुम् ॥४१॥**

asmākaṁ tāvakānāṁ tatatata natānāṁ hare tava caraṇa-nalina-
yugala-dhyānānubaddha-hṛdaya-nigaḍānāṁ sva-liṅga-
vivaraṇenātmasāt-kṛtānām anukampānurañjita-viśada-rucira-śiśira-
smitāvalokena vigalita-madhura-mukha-rasāmṛta-kalayā cāntas
tāpam anaghārhasi śamayitum

asmākam—我们的 / tāvakānām—只全心依靠您的 / tata-tata—祖父啊！父亲的父亲 / natānām—完全投靠您的 / hare—主哈尔依啊！ / tava—您的 / caraṇa—在脚上 / nalina-yugala—像两朵蓝色的莲花 / dhyāna—借由冥想 / anubaddha—连在一起 / hṛdaya—在心中 / nigaḍānām—……的锁链 / sva-liṅga-vivaraṇena—借由冥想您自己的形象 / ātmasāt-kṛtānām—那些您已经接受为是自己的 / anukampā—借由

同情 / anurañjita—被着色 / viśada—明亮的 / rucira—令人非常愉快 / śiśira—凉爽的 / smita—用一个微笑 / avalokena—用您的扫视 / vigalita—用同情化解 / madhura-mukha-rasa—从您口中发出的甜美话语的 / amṛta-kalayā—用滴滴甘露 / ca—和 / antaḥ—在我们内心深处 / tāpam—无比的痛 / anagha—至纯至粹者啊！ / arhasi—您值得 / śamayitum—抑止

译文　啊，至尊的保护者，祖父，至纯至粹者，至尊主啊！我们都是投靠您莲花足的灵魂。事实上，我们的心都被爱的锁链以冥想的方式系在您的莲花足上了。现在请展示您的化身。接受我们当您本人永恒的仆人和奉献者，请与我们在一起，同情并支持我们。请用您充满爱的扫视，使人感到凉爽、愉快的同情微笑，以及您美丽脸庞上的莲花口流淌出的甜美如甘露般的话语，使我们去除由这个总是刺痛我们内心的维陀魔所造成的焦虑。

要旨　主布茹阿玛(Brahmā)被视为是半神人的父亲，但奎师那——主维施努，是主布茹阿玛的父亲，因为布茹阿玛是从至尊主肚脐长出的莲花上出生的。

第 42 节

अथ भगवंस्तवास्माभिरखिलजगदुत्पत्तिस्थितिलयनिमित्तायमानदिव्य-मायाविनोदस्य सकलजीवनिकायानामन्तर्हृदयेषु बहिरपि च ब्रह्म-प्रत्यगात्मस्वरूपेण प्रधानरूपेण च यथादेशकालदेहावस्थानविशेषं त-दुपादानोपलम्भकतयानुभवतः सर्वप्रत्ययसाक्षिण आकाशशरीरस्य साक्षात्परब्रह्मणः परमात्मनः कियानिह वार्थविशेषो विज्ञापनीयः स्याद्विस्फुलिङ्गादिभिरिव हिरण्यरेतसः ॥४२॥

atha bhagavaṁs tavāsmābhir akhila-jagad-utpatti-sthiti-laya-nimittāyamāna-divya-māyā-vinodasya sakala-jīva-nikāyānām antar-

> hṛdayeṣu bahir api ca brahma-pratyag-ātma-svarūpeṇa pradhāna-rūpeṇa ca yathā-deśa-kāla-dehāvasthāna-viśeṣaṁ tad-upādānopalambhakatayānubhavataḥ sarva-pratyaya-sākṣiṇa ākāśa-śarīrasya sākṣāt para-brahmaṇaḥ paramātmanaḥ kiyān iha vārtha-viśeṣo vijñāpanīyaḥ syād visphuliṅgādibhir iva hiraṇya-retasaḥ

atha－因此 / bhagavan－至尊主啊！ / tava－您的 / asmābhiḥ－凭我们 / akhila－所有的 / jagat－物质世界的 / utpatti－创造的 / sthiti－维系 / laya－和毁灭 / nimittāyamāna－作为……的原因 / divya-māyā－用灵性能量 / vinodasya－自娱自乐的您啊！ / sakala－所有的 / jīva-nikāyānām－众生的 / antaḥ-hṛdayeṣu－在内心深处 / bahiḥ api－外部也 / ca－和 / brahma－绝对真理——非人格梵的 / pratyak-ātma－超灵的 / sva-rūpeṇa－凭着您的形象 / pradhāna-rūpeṇa－凭着您作为外在元素的形象 / ca－还有 / yathā－根据 / deśa-kāla-deha-avasthāna－国家、时间、躯体和地位的 / viśeṣam－特点 / tat－他们的 / upādāna－物质起因的 / upalambhakatayā－借由作为展示者 / anubhavataḥ－见证者 / sarva-pratyaya-sākṣiṇaḥ－不同活动的见证者 / ākāśa-śarīrasya－整个宇宙的超灵 / sākṣāt－直接地 / parabrahmaṇaḥ－至尊绝对真理 / paramātmanaḥ－超灵 / kiyān－到什么程度 / iha－在此 / vā－或 / artha-viśeṣaḥ－特殊的需要 / vijñāpanīyaḥ－被告知 / syāt－可能 / visphuliṅga-ādibhiḥ－借由火花 / iva－如同 / hiraṇya-retasaḥ－对初始之火

译文 至尊主啊！正如微弱的火星无法起到整堆大火能起的作用，我们这些您圣上的火星无法告知您我们的生活所需。您是完整的整体，因此有什么是需要我们告诉您的？您知道一切，因为您是宇宙展示的起源，是这整个宇宙创造的维系者和毁灭者。您是灵性与物质能量的控制者，所以总是在用所有这些不同的能量从事您的娱乐活动。您存在于众生

体内、宇宙展示中，同时又在这一切之外。您以至尊梵的形式存在于内部，以物质创造的原材料形式存在于外部。因此，尽管您在不同的时间、地点和各种躯体中分不同的阶段展现，但您——人格首神，是一切原因的最初起因。事实上，您是最初的要素。您虽然是一切活动的见证者，但由于您如天空般广大，您从不触及它们。您作为至尊梵和超灵见证着一切。至尊人格首神啊！您了解一切。

要旨 绝对真理存在于灵性理解的三阶段中，梵文分别称为：梵(Brahman)、超灵(Paramātmā)和至尊人格首神(brahmeti paramātmeti bhagavān iti śabdyate)。至尊人格首神巴嘎万(Bhagavān)是梵和超灵的来源。绝对真理不具人格特征的梵无所不在，超灵处在每一个生物体的心脏这一局部区域内，而值得奉献者崇拜的至尊人格首神则是一切原因的最初原因。纯粹奉献者知道，至尊人格首神无所不知、无所不晓，所以不需要奉献者告诉祂什么方便、什么麻烦。纯粹的奉献者知道，根本不需要向绝对真理询问有关物质的需要。因此，半神人们在告诉至尊主有关他们被维陀魔攻击的事情时，同时也就自己为安全而向至尊主祈祷这一做法向至尊主道歉。当然，初级奉献者是为了减轻痛苦、改善贫穷的状态或对有关至尊主的知识进行思辨而接近至尊主。《博伽梵歌》第7章的第16节诗中谈到了四种开始为至尊主做奉爱服务的人，他们分别是：痛苦之人(ārta)，需要钱的人(arthārthī)，好奇爱问的人(jijñāsu)和寻求真理的人(jñānī)。然而，纯粹的奉献者知道，由于至尊主无所不在，而且全知，根本就没有必要为个人的利益而去向祂祈祷或崇拜祂。纯粹奉献者总是忙于为至尊主做服务，从不要求什么。至尊主在所有的地方，而且知道祂奉献者的需求，因此不需要去打扰祂，向祂要求物质的利益。

第 43 节

अत एव स्वयं तदुपकल्पयास्माकं भगवतः परमगुरोस्तव चरणशत-पलाशच्छायां विविधवृजिनसंसारपरिश्रमोपशमनीमुपसृतानां वयं यत्-कामेनोपसादिताः ॥४३॥

ata eva svayaṁ tad upakalpayāsmākaṁ bhagavataḥ parama-guros
tava caraṇa-śata-palāśac-chāyāṁ vividha-vṛjina-saṁsāra-
pariśramopaśamanīm upasṛtānāṁ vayaṁ yat-kāmenopasāditāḥ

ata eva—因此 / svayam—您自己 / tat—那 / upakalpaya—请安排 / asmākam—我们的 / bhagavataḥ—至尊人格首神的 / parama-guroḥ—至尊的灵性导师 / tava—您的 / caraṇa—双足的 / śata-palāśat—像有上百个花瓣的莲花 / chāyām—庇荫 / vividha—各式各样的 / vṛjina—与危险的处境 / saṁsāra—这受制约的生活的 / pariśrama—苦难 / upaśamanīm—解围 / upasṛtānām—托庇于您的莲花足的奉献者 / vayam—我们 / yat—为了……的 / kāmena—因愿望 / upasāditāḥ—致使接近(您莲花足的庇护)

译文 亲爱的至尊主，您是全知的，所以清楚地知道我们已经投靠在您的莲花足旁，它们提供解除一切物质忧虑的庇荫。由于您是至尊的灵性导师，您知道一切，我们寻求您莲花足的庇护，期望得到您的教导。请去除我们现有的危难，为我们解围。您的莲花足是全心投靠您的奉献者唯一的避难所，托庇于它们是征服这个物质世界一切苦难的唯一方法。

要旨 人只需要寻求至尊主莲花足的庇护。这样，打扰他的一切物质苦难就会减弱。正如人一旦到一棵大树的树荫下，骄阳的酷热所导致的不舒服就会立刻自动缓解。所以，受制约的灵魂应该全神贯注地想着至尊主的莲花足。只有寻求至尊主莲花足的庇护，在这个物质世界中为生存而苦苦挣扎的痛苦才能被减轻。

第 44 节

अथो ईश जहि त्वाष्ट्रं ग्रसन्तं भुवनत्रयम् ।
ग्रस्तानि येन नः कृष्ण तेजांस्यस्त्रायुधानि च ॥४४॥

atho īśa jahi tvāṣṭraṁ
grasantaṁ bhuvana-trayam
grastāni yena naḥ kṛṣṇa
tejāṁsy astrāyudhāni ca

atho—因此 / īśa—至尊控制者 / jahi—杀死 / tvāṣṭram—特瓦施塔的儿子维陀魔 / grasantam—正吞下的 / bhuvana-trayam—三个世界 / grastāni—吞噬 / yena—被……的人 / naḥ—我们的 / kṛṣṇa—主奎师那啊！ / tejāṁsi—所有的力气和力量 / astra—箭 / āyudhāni—和其他武器 / ca—也

译文　因此，至尊主、至尊控制者、主奎师那啊！请消灭特瓦施塔的儿子——这个危险的恶魔维陀。他已吞下我们所有的武器、我们用以作战的物品，以及我们的力气和力量。

要旨　在《博伽梵歌》第7章的第15—16节诗中，至尊主说：

na māṁ duṣkṛtino mūḍhāḥ
prapadyante narādhamāḥ
māyayāpahṛta-jñānā
āsuraṁ bhāvam āśritāḥ

catur-vidhā bhajante māṁ
janāḥ sukṛtino 'rjuna
ārto jijñāsur arthārthī
jñānī ca bharatarṣabha

"邪恶之徒不皈依我。他们分别是：粗俗的愚氓，最低贱的人，被错觉窃取了知识的人，以及有不信神的恶魔本性的人。巴茹阿特族中最优秀的人啊！有四种虔诚的人开始为我做奉爱服务。他们是：痛苦的人，追求财富的人，好奇爱问的人和追求绝对真理知识的人。”

怀着物质动机接近至尊人格首神做奉爱服务的四种初级奉献者，不是纯粹的奉献者，但这种物质主义奉献者有时会放弃他们的物质欲望，成为纯粹的奉献者。半神人在完全无助的情况下会眼含泪水悲伤地去找至尊人格首神，向祂祈祷，从而几乎成为纯粹的奉献者，没有物质欲望。他们承认自己因为有太多的物质享乐机会而忘记做纯粹的奉爱服务；他们完全投靠、服从至尊主，由祂决定是要维护他们还是毁灭他们。这样将自己完全交给至尊主是需要的。巴克提维诺德·塔库尔歌唱道：“至尊主啊！我全身心地投靠您的莲花足。现在，您可以按您的意愿保护我或消灭我。您有充分的权利决定怎么做(mārabi rākhabi-yo icchā tohārā)。”

第 45 节

हंसाय दह्रनिलयाय निरीक्षकाय
कृष्णाय मृष्टयशसे निरुपक्रमाय ।
सत्सङ्ग्रहाय भवपान्थनिजाश्रमाप्ता-
वन्ते परीष्टगतये हरये नमस्ते ॥४५॥

haṁsāya dahra-nilayāya nirīkṣakāya
kṛṣṇāya mṛṣṭa-yaśase nirupakramāya
sat-saṅgrahāya bhava-pāntha-nijāśramāptāv
ante parīṣṭa-gataye haraye namas te

haṁsāya—向最崇高且纯粹的(pavitraṁ paramam, 至纯至粹者) / dahra—在内心深处 / nilayāya—……的住所 / nirīkṣakāya—见证着每一个个体灵魂的活动 / kṛṣṇāya—向奎师那的部分展示——超灵 / mṛṣṭa-yaśase—……的名声很响亮 / nirupakramāya—没有开始的 / sat-saṅgrahāya—只被纯粹的奉献者所了解 / bhava-pāntha-nija-āśrama-āptau—对这个物质世界里的人来说，奎师那的庇护是可以获得的 / ante—最高的终点 / parīṣṭa-gataye—向祂——最终的目标、生命最高的成就 / haraye—向至尊人格首神 / namaḥ—虔敬的顶礼 / te—向您

译文　啊！至尊主，至纯至粹者！您住在每一个生物体的心中，观察着受制约灵魂的一切欲望和活动。啊！被称为奎师那的至尊人格首神！您的声望辉煌，照亮人心。您没有起源，因为您就是一切的起源。您容易被纯洁、诚实的人所理解，所以纯粹奉献者明白这事实。当受制约的灵魂被释放，并在物质世界各处流浪千百万年后托庇于您的莲花足时，他们获得生命最高的成就。因此，至尊主，至尊人格首神啊！我们虔敬地顶拜您的莲花足。

要旨　半神人们无疑想要主维施努减轻他们的焦虑，但现在他们直接找主奎师那，因为尽管主奎师那和主维施努之间并没有区别，但奎师那以祂的华苏戴瓦(Vāsudeva)特征降临这个星球就是为了保护祂的奉献者、消灭恶徒(paritrāṇāya sādhūnāṁ vināśāya ca duṣkṛtām)。恶魔——无神论者，总是打扰半神人——奉献者，奎师那因此降临，以惩罚无神论者和恶魔，满足祂奉献者们的愿望。作为一切的最初原因，奎师那是至尊人，甚至在维施努和纳茹阿亚纳之上，尽管至尊主的这些不同的形象之间并没有区别。《布茹阿玛·萨密塔》第5章的第46节诗解释说：

dīpārcir eva hi daśāntaram abhyupetya
　dīpāyate vivṛta-hetu-samāna-dharmā
yas tādṛg eva hi ca viṣṇutayā vibhāti
　govindam ādi-puruṣaṁ tam ahaṁ bhajāmi

奎师那就像一个燃烧着的蜡烛点燃其他蜡烛一样扩展出维施努。尽管一根蜡烛的力量和另一根蜡烛的力量没有区别，但奎师那还是被比作为第一根蜡烛。

这节诗中的“名声很响亮(mṛṣṭa-yaśase)”一句十分重要，因为奎师那在解除祂奉献者的危难这方面始终都很著名。为奎师那做服务而献出一切并认为奎师那是唯一能解除其痛苦的奉献者，被称为没有物质拥有的人(akiñcana)。

正如琨缇(Kuntī)王后在她献上的祈祷中所表达的，至尊主是这种奉献者的资产(akiñcana-vitta)。摆脱了受制约生活捆绑的人，升上灵性世界，在那里得到融入梵光的解脱(sāyujya)、获得与至尊主有相同身体特征的解脱(sārūpya)，与至尊主住在一个星球上并享受同样生活设施的解脱(sālokya)，拥有与至尊主同等财富的解脱(sārṣṭi)，以及与至尊主平等交往的解脱(sāmīpya)这五种解脱。他们与至尊主本人以中性(śānta)、主仆(dāsya)、朋友(sakhya)、父母与儿子(vātsalya)和爱侣(mādhurya)这五种关系交往。这些甜美的关系(rasa)都由奎师那发散出来。正如维施瓦纳特·查夸瓦尔提·塔库尔(Viśvanātha Cakravartī Ṭhākura)所描述，最初的甜美关系(ādi-rasa)是爱侣之爱。奎师那是纯洁、灵性的爱侣之爱的起源。

第 46 节

श्रीशुक उवाच
अथैवमीडितो राजन् सादरं त्रिदशैर्हरिः ।
स्वमुपस्थानमाकर्ण्य प्राह तानभिनन्दितः ॥४६॥

śrī-śuka uvāca
athaivam īḍito rājan
sādaraṁ tri-daśair hariḥ
svam upasthānam ākarṇya
prāha tān abhinanditaḥ

śrī-śukaḥ uvāca—圣舒卡戴瓦·哥斯瓦米说 / atha—之后 / evam—就这样 / īḍitaḥ—被崇拜和致以顶礼 / rājan—君王啊！ / sa-ādaram—以适当的尊敬 / tri-daśaiḥ—被所有高等星系的半神人 /

hariḥ—至尊人格首神 / svam upasthānam—赞美祂的祈祷 / ākarṇya—听着 / prāha—回答 / tān—向他们(半神人们) / abhinanditaḥ—因为满意

译文 圣舒卡戴瓦·哥斯瓦米继续道：亲爱的帕瑞克西特王啊！当半神人们这样真诚地向至尊主祈祷时，至尊主出于祂没有缘故的仁慈认真地听着。因为满意，祂接下来对半神人作答。

第 47 节

श्रीभगवानुवाच
प्रीतोऽहं वः सुरश्रेष्ठा मदुपस्थानविद्यया ।
आत्मैश्वर्यस्मृतिः पुंसां भक्तिश्चैव यया मयि ॥४७॥

śrī-bhagavān uvāca
prīto 'haṁ vaḥ sura-śreṣṭhā
mad-upasthāna-vidyayā
ātmaiśvarya-smṛtiḥ puṁsāṁ
bhaktiś caiva yayā mayi

śrī-bhagavān uvāca—至尊人格首神说 / prītaḥ—满意 / aham—我 / vaḥ—你们的 / sura-śreṣṭhāḥ—最优秀的半神人啊！ / mat-upasthāna-vidyayā—凭高度进步的知识和献给我的祈祷 / ātma-aiśvarya-smṛtiḥ—对我(至尊人格首神)崇高、超然地位的记忆 / puṁsām—人的 / bhaktiḥ—奉爱服务 / ca—和 / eva—无疑地 / yayā—通过 / mayi—向我

译文 至尊人格首神说：亲爱的半神人啊！你们运用重要的知识向我献上你们的祈祷，这使我无疑对你们满意至极。依靠这种知识获得解脱的人，就这样记住我超越物质生活环境的崇高地位和状态。这样的奉献者通过献上充满知识的祈祷得到净化。这样做使人培养对我的奉爱之情。

要旨 至尊人格首神的另一个名字是乌塔玛施路卡(Uttama-śloka)，这名字的意思是：人们向祂献上精选的诗歌。奉爱服务(bhakti)的意思是，吟诵、吟唱和聆听有关主维施努的一切(śravaṇaṁ kīrtanaṁ viṣṇoḥ)。非人格神主义者不向至尊人格首神本人献上祈祷，所以无法得到净化。他们即使有时供奉祈祷，也不是直接对至尊人祈祷。非人格神主义者有时以至尊主仿佛没有名字的方式称呼祂，显出他们没有完整的知识。他们总是间接地献上祈祷说“您是这，您是那”，但却不知道他们在向谁祈祷。然而，奉献者总是向至尊主本人祈祷。奉献者说：“我向哥文达、向奎师那致以虔敬的顶礼(govindam ādi-puruṣaṁ tam ahaṁ bhajāmi)。”那是献上祈祷的正确方式。一直不断这样向至尊人格首神本人祈祷的人，有资格成为纯粹的奉献者，回归家园，回到首神身边。

第 48 节

किं दुरापं मयि प्रीते तथापि विबुधर्षभाः ।
मय्येकान्तमतिर्नान्यन्मत्तो वाञ्छति तत्त्ववित् ॥४८॥

kiṁ durāpaṁ mayi prīte
tathāpi vibudharṣabhāḥ
mayy ekānta-matir nānyan
matto vāñchati tattva-vit

kim－什么 / durāpam－难以得到 / mayi－当我 / prīte－满意 / tathāpi－仍然 / vibudha-ṛṣabhāḥ－最明智的半神人啊！ / mayi－于我 / ekānta－只专注 / matiḥ－注意力……的 / na anyat－没有任何其他的 / mattaḥ－比我 / vāñchati－想要 / tattva-vit－了解真理的人

译文 最明智的半神人啊！尽管事实是，当我对一个全神贯注于我的纯粹奉献者满意时，对他来说没有什么是难以得到的，但这样的纯粹奉献者却除了要求我给予他做奉爱服务的机会外，不向我提任何其他的要求。

要旨　半神人一旦结束他们的祈祷，就焦急地等待他们的敌人维陀魔被杀死。这说明半神人并非纯粹的奉献者。尽管当至尊主对一个人满意时，那人可以轻易地得到想要的一切，但半神人还是期望靠取悦至尊主得到物质利益。至尊主希望半神人祈祷的内容是要做纯粹的奉爱服务，但他们却为了得到杀死他们敌人的机会而祈祷。这就是纯粹奉献者和在物质层面上的奉献者之间的区别。至尊主间接地表达祂对半神人不要求做纯粹的奉爱服务感到遗憾。

第 49 节

न वेद कृपणः श्रेय आत्मनो गुणवस्तुदृक् ।
तस्य तानिच्छतो यच्छेद्यदि सोऽपि तथाविधः ॥४९॥

na veda kṛpaṇaḥ śreya
ātmano guṇa-vastu-dṛk
tasya tān icchato yacched
yadi so 'pi tathā-vidhaḥ

na－不 / veda－知道 / kṛpaṇaḥ－吝啬的生物 / śreyaḥ－根本需要 / ātmanaḥ－灵魂的 / guṇa-vastu-dṛk－被物质自然属性的创造所吸引的 / tasya－他的 / tān－由物质能量创造的东西 / icchataḥ－想要 / yacchet－一个人给予 / yadi－如果 / saḥ api－他也 / tathā-vidhaḥ－一类人(不知道真正的自我利益的傻瓜)的

译文　那些把物质资产视为是一切或生命最高目标的人，被称为是吝啬鬼、守财奴。他们不知道灵魂的根本需要。如果有谁把这种傻瓜所想要的给予他们，那他也必会被认为是很愚蠢的。

要旨　人分两类，梵文分别称为奎帕纳(kṛpaṇa)和布茹阿玛纳(brāhmaṇa)。布茹阿玛纳是了解绝对真理梵并因此而知道自己的真正利益的人。奎帕纳是持有生命的躯体化概念的物质主义者。奎帕纳不知道该如何善用他的人生或半神人的一生，受那些由物质自然属性创造的事物的吸引。总想要得到物质利益的奎帕纳都是傻瓜，而总想要得到灵性利益的布茹阿玛纳都是智者。如果不知道自我利益的奎帕纳愚蠢地要求某种物质的事物，那么去满足他的人也是傻瓜。然而，奎师那不是愚蠢之人；祂最有智慧。如果有人去找奎师那要求物质利益，奎师那不会给那人他想要的物质利益，而是给他智慧，使他忘记他的物质欲望，变得依恋至尊主的莲花足。在这种情况下，尽管奎帕纳是为了物质事物而向主奎师那祈祷，但至尊主就会拿走那个奎帕纳的一切物质拥有，给予他成为奉献者的智慧。正如《永恒的柴坦亚经》中篇第22章的第39节诗记载，至尊主说：

āmi—vijña, ei mūrkhe 'viṣaya' kene diba?
sva-caraṇāmṛta diyā 'viṣaya' bhulāiba

“我既然很明智，那为什么要赐予这傻瓜以物质的繁荣？我应该诱导他争取得到我莲花足庇护的甘露，让他忘记错觉性的物质享乐。”如果有人为得到物质拥有而真诚地向神祈求，试图以奉爱服务获取物质利益，那么聪明的至尊主就会通过拿走这种没有智慧的奉献者已拥有的物质财富，并逐渐给予他智慧，使他满足于只为祂的莲花足做服务，以此方式向那种奉献者表示特殊的恩宠。就有关这一点，圣维施瓦纳特·查夸瓦尔提·塔库尔评论说，如果愚蠢的孩子要求母亲给他毒药，有智慧的母亲无疑不会给他毒药，即使他要求也不给。物质主义者不知道，接受物质拥有意味着接受毒药或生死轮回。明智之人——布茹阿玛纳，渴望从物质的束缚中得到解脱。那是人类真正的自我利益。

第 50 节

स्वयं निःश्रेयसं विद्वान्न वक्त्यज्ञाय कर्म हि ।
न राति रोगिणोऽपथ्यं वाञ्छतोऽपि भिषक्तमः ॥५०॥

svayaṁ niḥśreyasaṁ vidvān
na vakty ajñāya karma hi
na rāti rogiṇo 'pathyaṁ
vāñchato 'pi bhiṣaktamaḥ

svayam－亲自 / niḥśreyasam－最高的生命目标——得到对至尊人格首神心醉神迷的爱 / vit-vān－精通奉爱服务的人 / na－不 / vakti－教导 / ajñāya－向不熟悉生命最终目标的愚蠢之人 / karma－功利性活动 / hi－事实上 / na－不 / rāti－给予 / rogiṇaḥ－向病人 / apathyam－有害身体的东西 / vāñchataḥ－想要 / api－虽然 / bhiṣak-tamaḥ－经验丰富的医生

译文 精通奉爱服务科学的纯粹奉献者，从不会教导一个愚蠢的人为得到物质享乐而从事功利性活动，更不要说帮助从事这类活动了。这样一位奉献者恰似经验丰富的医生，从不会鼓励病人去吃有害于他身体健康的食物，即使那病人想要吃它也不例外。

要旨 这里谈的是半神人所给予的赐福和至尊人格首神维施努所给予的赐福之间的区别。半神人的奉献者仅仅是为感官享乐而要求赐福，因此《博伽梵歌》第7章的第20节诗说他们丧失了智慧：

kāmais tais tair hṛta-jñānāḥ
prapadyante 'nya-devatāḥ
taṁ taṁ niyamam āsthāya
prakṛtyā niyatāḥ svayā

“被物质欲望偷去智力的人皈依半神人，按自己的本性遵守特定的崇拜规则。”

受制约的灵魂一般都因为感官享乐的强烈欲望而失去智慧。他们不知道该要求什么样的赐福。正因为如此，经典建议非奉献者去崇拜各种半神人，以得到物质的利益。例如：想要得到一位美丽妻子的人被建议崇拜乌玛(Umā)——杜尔嘎(Durgā)女神；想要治愈疾病的人被建议崇拜太阳神。然而，人们都是出于物质享乐的欲望而向半神人要求赐福。那些赐福将随着宇宙展示的结束而与那些给予赐福的半神人一起消失。人如果去找主维施努要求赐福，至尊主就会给予他一个帮助他回归家园，回到首神身边的祝福。对此，至尊主本人在《博伽梵歌》第10章的第10节诗中也给予证实说：

teṣāṁ satata-yuktānāṁ
bhajatāṁ prīti-pūrvakam
dadāmi buddhi-yogaṁ taṁ
yena māṁ upayānti te

“对一直以爱心侍奉我的人，我赐予他们理解力，使他们来到我这里。”主维施努——主奎师那，指导一直不断为祂做奉爱服务的奉献者如何在物质躯体完结时去到祂身边。《博伽梵歌》第4章的第9节诗记载，至尊主说：

janma karma ca me divyam
evaṁ yo vetti tattvataḥ
tyaktvā dehaṁ punar janma
naiti māṁ eti so ’rjuna

“阿尔诸纳啊！谁能了解我显现和活动的超然本质，谁就在离开躯体后到达我永恒的住所，不再投生于这个物质世界。”这是主维施努(奎师那)给予的赐福。奉献者在放弃物质躯体后回归家园，回到首神身边。

奉献者也许愚蠢地祈祷要求物质祝福，但主奎师那不给这样的祝福。正因为如此，十分依恋物质生活的人一般不称为奎师那或维施努的奉献者，而是称为半神人的奉献者(kāmais tais tair hṛta jñānāḥ prapadyante 'nya-devatāḥ)。然而，《博伽梵歌》中说：“智力欠佳的人崇拜半神人，他们得到的成果有限而短暂(antavat tu phalaṁ teṣāṁ tad bhavaty alpa-medhasām)。”不为至尊人格首神做奉爱服务的非外士纳瓦，被认为是大脑不发达的傻瓜。

第 51 节

मघवन् यात भद्रं वो दध्यञ्चमृषिसत्तमम् ।
विद्याव्रततपःसारं गात्रं याचत मा चिरम् ॥५१॥

maghavan yāta bhadraṁ vo
dadhyañcam ṛṣi-sattamam
vidyā-vrata-tapaḥ-sāraṁ
gātraṁ yācata mā ciram

maghavan－因铎啊！ / yāta－去 / bhadram－好运 / vaḥ－对你们全体 / dadhyañcam－找达典查 / ṛṣi-sat-tamam－最崇高的圣洁之人 / vidyā－教育的 / vrata－誓言 / tapaḥ－和苦修 / sāram－本质 / gā-tram－他的身体 / yācata－要求 / mā ciram－不要拖延

译文　玛嘎万(因铎)啊！祝你有所有的好运。我建议你去找崇高的圣洁之人达典查。他现在对知识、誓言和苦修等十分精通，而且他的身体非常强壮。快去向他要他的身体。

要旨　这个物质世界里的每一个生物体，从主布茹阿玛下到小蚂蚁，都渴望让身体感到舒适。但纯粹的奉献者不乞求这样的赐福。由于天帝玛嘎万(Maghavan，因铎)仍向往身体舒适的情况，主维施努便建议天帝去向达典查(Dadhyañca)要他的身体，他的身体因为具有知识、遵守誓言和苦修而十分强壮。

第 52 节

स वा अधिगतो दध्यङ्ङश्विभ्यां ब्रह्म निष्कलम् ।
यद्वा अश्वशिरो नाम तयोरमरतां व्यधात् ॥५२॥

sa vā adhigato dadhyaṅṅ
aśvibhyāṁ brahma niṣkalam
yad vā aśvaśiro nāma
tayor amaratāṁ vyadhāt

saḥ—他 / vā—无疑地 / adhigataḥ—已经得到 / dadhyaṅ—达典查 / aśvibhyām—对两个阿施维尼·库玛尔 / brahma—灵性知识 / niṣkalam—纯洁的 / yat vā—借由……的 / aśvaśiraḥ—阿施瓦希尔 / nā-ma—称为 / tayoḥ—两个的 / amaratām—此生就解脱 / vyadhāt—授予

译文 那位又被称为达迪祺的圣洁的达典查，本人吸收了灵性科学后，将它传给阿施维尼·库玛尔。据说达典查是透过一匹马的头将一些曼陀传给了他们。正因为如此，那些曼陀被称为阿施瓦希尔。阿施维尼·库玛尔从达迪祺那里得到灵性科学的曼陀后，便成为甚至在此生就解脱了的人(吉万·穆克塔)。

要旨 许多前辈灵性导师(ācārya)在他们的评注中都讲述了以下的史实：

niśamyātharvaṇaṁ dakṣaṁ pravargya-brahmavidyayoḥ
dadhyañcaṁ samupāgamya tam ūcatur athāśvinau bhagavan dehi
nau vidyām iti śrutvā sa cābravīt karmaṇy avasthito 'dyāhaṁ paścād
vakṣyāmi gacchatam tayor nirgatayor eva śakra āgatya taṁ munim
uvāca bhiṣajor vidyāṁ mā vādīr aśvinor mune yadi mad-vākyam
ullaṅghya bravīṣi sahasaiva te śiraś-chindyāṁ na sandeha ity uktvā
sa yayau hariḥ indre gate tathābhyetya nāsatyāv ūcatur dvijam tan-
mukhād indra-gaditaṁ śrutvā tāv ūcatuḥ punaḥ āvāṁ tava śiraś
chittvā pūrvam aśvasya mastakam sandhāsyāvas tato brūhi tena
vidyāṁ ca nau dvija tasminn indreṇa sañchinne punaḥ sandhāya

mastakam nijaṁ te dakṣiṇāṁ dattvā gamiṣyāvo yathāgatam etac chrutvā tadovāca dadhyaṅṅ ātharvaṇas tayoḥ pravargyaṁ brahma-vidyāṁ ca sat-kṛto 'satya-śaṅkitaḥ

伟大的圣洁之人达迪祺既有如何从事功利性活动的完整知识，也有高等灵性知识。了解这一点后，阿施维尼·库玛尔(Aśvinī-kumāras)有一次便去找他，乞求他教导他们灵性的科学(brahma-vidyā)。达迪祺·牟尼(Dadhīci Muni)回答道："我此刻正在安排有关功利性活动的祭祀。过些时候再来。"阿施维尼·库玛尔们离开后，天帝因铎去找达迪祺说："我亲爱的牟尼，阿施维尼·库玛尔只不过是医师而已。请不要教导他们灵性的科学。如果你不顾我的警告传授给他们灵性科学，我就会以砍掉你的头的方式惩罚你。"这样警告达迪祺后，因铎就返回了天堂。阿施维尼·库玛尔了解因铎的欲望，于是返回来乞求达迪祺传授他们灵性的科学。当伟大的圣洁之人达迪祺告诉他们有关因铎的威胁时，阿施维尼·库玛尔回答说："让我们先砍下你的头，替换上一个马头。你可以透过那马头教导灵性的科学，等因铎回来砍掉那个头后，我们就会报答你，把你原来的头再安上。"达迪祺因为已经承诺要将灵性的科学传授给阿施维尼·库玛尔，所以就同意了他们的提议。因此，由于达迪祺透过马的嘴巴传授了灵性科学，这灵性的科学又被称为阿施瓦希尔(Aśvaśira)。

第53节

दध्यङ्ङाथर्वणस्त्वष्ट्रे वर्माभेद्यं मदात्मकम् ।
विश्वरूपाय यत्प्रादात्त्वष्टा यत्त्वमधास्ततः ॥५३॥

dadhyaṅṅ ātharvaṇas tvaṣṭre
varmābhedyaṁ mad-ātmakam
viśvarūpāya yat prādāt
tvaṣṭā yat tvam adhās tataḥ

dadhyaṅ—达典查 / ātharvaṇaḥ—阿塔尔瓦的儿子 / tvaṣṭre—向特瓦施塔 / varma—名叫纳茹阿亚纳的保护罩 / abhedyam—无敌的 / mat-ātmakam—由我自己组成 / viśvarūpāya—向维施瓦茹帕 / yat—……的 / prādāt—传授 / tvaṣṭā—特瓦施塔 / yat—……的 / tvam—你 / adhāḥ—接到 / tataḥ—从他

译文 达典查具有的无敌保护罩名叫纳茹阿亚纳盔甲，由特瓦施塔传给他。特瓦施塔也传给了他儿子维施瓦茹帕，而你从维施瓦茹帕那里得到它。这个纳茹阿亚纳盔甲使达迪祺的身体现在十分强壮。所以，你应该去向他乞求他的身体。

第 54 节

युष्मभ्यं याचितोऽश्विभ्यां धर्मज्ञोऽङ्गानि दास्यति ।
ततस्तैरायुधश्रेष्ठो विश्वकर्मविनिर्मितः ।
येन वृत्रशिरो हर्ता मत्तेजउपबृंहितः ॥५४॥

yuṣmabhyaṁ yācito 'śvibhyāṁ
dharma-jño 'ṅgāni dāsyati
tatas tair āyudha-śreṣṭho
viśvakarma-vinirmitaḥ
yena vṛtra-śiro hartā
mat-teja-upabṛṁhitaḥ

yuṣmabhyam—为了你们全体 / yācitaḥ—被要求 / aśvibhyām—被阿施维尼·库玛尔 / dharma-jñaḥ—了解宗教原则的达迪祺 / aṅgāni—他的肢体 / dāsyati—将给予 / tataḥ—在那之后 / taiḥ—借由这些骨头 / āyudha—武器的 / śreṣṭhaḥ—最强大的(霹雳) / viśvakarma-vinirmitaḥ—由维施瓦卡尔玛制作 / yena—用……的 / vṛtra-śiraḥ—恶魔维陀的头 / hartā—将被取走 / mat-tejaḥ—靠我的力量 / upabṛṁhitaḥ—增加

译文　当阿施维尼·库玛尔代表你去向达典查乞求他的身体时，他必会出于对他们的情感给他们。别怀疑这一点，因为达典查对宗教具有透彻的领悟。当达典查把他的身体给你时，维施瓦卡尔玛将用达典查的骨头制作一个霹雳。这霹雳无疑会杀死恶魔维陀，因为它将被注入我的力量。

第 55 节

तस्मिन् विनिहते यूयं तेजोऽस्त्रायुधसम्पदः ।
भूयः प्राप्स्यथ भद्रं वो न हिंसन्ति च मत्परान् ॥५५॥

tasmin vinihate yūyaṁ
tejo-'strāyudha-sampadaḥ
bhūyaḥ prāpsyatha bhadraṁ vo
na hiṁsanti ca mat-parān

tasmin—当他(恶魔维陀) / vinihate—被杀死 / yūyam—你们全体 / tejaḥ—力量 / astra—箭 / āyudha—其他武器 / sampadaḥ—和财富 / bhūyaḥ—再次 / prāpsyatha—将会得到 / bhadram—所有的好运 / vaḥ—向你 / na—不 / hiṁsanti—伤害 / ca—也 / mat-parān—我的奉献者

译文　当恶魔维陀因为我的灵性力量而被杀死时，你们将恢复你们的力量，重获你们的武器和财产。因此，你们全体将会得到所有的好运。尽管恶魔维陀可以毁灭全部的三个世界，但不要害怕他会伤害你们。他也是奉献者，永远都不会嫉妒你们。

要旨　至尊主的奉献者永不嫉妒他人，更不要说嫉妒其他奉献者了。正如稍后会揭晓的，维陀魔也是一位奉献者，因此不会嫉妒半神人。事实上，他将自愿做有利于半神人的事。为了更好的理由，奉献者会毫不犹豫地放弃自己的身体。查纳克亚·潘迪特(Cāṇakya Paṇḍita)说：这个物质世界里的一切都将毁灭，因此人应该为了良好的目的而善用一切(san-nimitte varaṁ tyāgo vināśe niyate sati)。毕竟，一个人所有的物质拥有，包括他的身体，都将在一定的时候被毁灭。因此，如果身体和其他拥有物可以被用来实现更高的目标，奉献者就从不会犹豫放弃甚至是自己的身体。主维施努既然想要救半神人，那么甚至能吞掉三个世界的维陀魔就会同意被半神人杀死。对奉献者来说，生与死没有区别，因为奉献者这一生做奉爱服务，放弃他的躯体后会在灵性世界继续做同样的服务。他的奉爱服务从不受阻碍。

到此为止，结束了巴克提韦丹塔对《圣典博伽瓦谭》第6篇第9章——“维陀魔的出现”所作的阐释。

第十章

半神人与维陀魔之间的战斗

这一章讲述的是，因铎(Indra)得到达迪祺(Dadhīci)的身体后用他的骨头制作了一个霹雳，维陀魔(Vṛtrāsura)和半神人之间的战斗随即展开。

半神人遵照至尊人格首神的命令去找达迪祺·牟尼，乞求他将他的身体给予他们。达迪祺·牟尼为了听半神人讲解有关宗教的原则，开玩笑地拒绝交出他的躯体，但最后还为了更高的目的同意放弃它，反正死亡后躯体一般也是被狗和豺狼等低等动物吃掉。达迪祺·牟尼首先将他那由五种元素构成的粗糙躯体融入储存五种元素的原本的物质能量总体，然后将自己的灵魂安置在至尊人格首神的莲花足旁。他就这样放弃了他的粗糙躯体。在维施瓦卡尔玛(Viśvakarmā)的帮助下，半神人用达迪祺的骨头制作了一个霹雳。他们用霹雳武器武装自己，骑上大象准备作战。

在萨提亚年代(Satya-yuga)结束，特瑞塔年代(Tretā)开始时，半神人与恶魔(asura)之间展开了激烈的战斗。恶魔无法忍受半神人放射出的光芒，纷纷逃离战场，只剩下他们的总司令维陀魔独自应战。维陀魔看到恶魔逃跑，便教导他们勇敢作战、战死沙场的重要性。在战场上赢得战斗的人享受物质拥有，死在战场上的人则立刻成为天堂的居民。两种结果都将使战士获益。

第 1 节

श्रीबादरायणिरुवाच

इन्द्रमेवं समादिश्य भगवान् विश्वभावनः ।

पश्यतामनिमेषाणां तत्रैवान्तर्दधे हरिः ॥१॥

śrī-bādarāyaṇir uvāca
indram evaṁ samādiśya
bhagavān viśva-bhāvanaḥ
paśyatām animeṣāṇāṁ
tatraivāntardadhe hariḥ

śrī-bādarāyaṇiḥ uvāca—圣舒卡戴瓦·哥斯瓦米说 / indram—天帝因铎 / evam—如此 / samādiśya—指导后 / bhagavān—至尊人格首神 / viśva-bhāvanaḥ—宇宙展示的起因 / paśyatām animeṣāṇām—当半神人正在注视时 / tatra—当场 / eva—事实上 / antardadhe—消失 / hariḥ—至尊主

译文 圣舒卡戴瓦·哥斯瓦米说：至尊人格首神哈尔依——宇宙展示的起因，在这样指导因铎后，当场就从半神人的视野中消失了。

第 2 节

तथाभियाचितो देवैर्ऋषिराथर्वणो महान् ।
मोदमान उवाचेदं प्रहसन्निव भारत ॥ २॥

tathābhiyācito devair
ṛṣir ātharvaṇo mahān
modamāna uvācedaṁ
prahasann iva bhārata

tathā—用那种方式 / abhiyācitaḥ—被乞求着 / devaiḥ—被半神人 / ṛṣiḥ—伟大圣洁的人 / ātharvaṇaḥ—阿塔尔瓦的儿子达迪祺 / mahān—伟大的人物 / modamānaḥ—很愉悦的 / uvāca—说 / idam—这 / prahasan—微笑着 / iva—颇为 / bhārata—帕瑞克西特王啊！

译文 帕瑞克西特王啊！半神人按照至尊主的指示去找阿塔尔瓦的儿子达迪祺。他十分慷慨，当他们乞求他把身体给他们时，他几乎立刻就同意了。然而，只是为了听他们讲述宗教原则，他便微笑着以打趣的方式说了如下一番话。

第 3 节

अपि वृन्दारका यूयं न जानीथ शरीरिणाम् ।
संस्थायां यस्त्वभिद्रोहो दुःसहश्चेतनापहः ॥ ३ ॥

api vṛndārakā yūyaṁ
na jānītha śarīriṇām
saṁsthāyāṁ yas tv abhidroho
duḥsahaś cetanāpahaḥ

api—虽然 / vṛndārakāḥ—半神人啊！ / yūyam—你们全体 / na jānītha—不知道 / śarīriṇām—那些有物质躯体的 / saṁsthāyām—在死亡之际或在离开躯体之时 / yaḥ—……的 / tu—那时 / abhidrohaḥ—剧烈疼痛 / duḥsahaḥ—无法忍受的 / cetana—意识 / apahaḥ—失去……的

译文　崇高的半神人啊！死亡之际，无法忍受的剧烈疼痛使接受了物质躯体的生物昏死过去。你们难道不知道这种疼痛吗？

第 4 节

जिजीविषूणां जीवानामात्मा प्रेष्ठ इहेप्सितः ।
क उत्सहेत तं दातुं भिक्षमाणाय विष्णवे ॥ ४ ॥

jijīviṣūṇāṁ jīvānām
ātmā preṣṭha ihepsitaḥ
ka utsaheta taṁ dātuṁ
bhikṣamāṇāya viṣṇave

jijīviṣūṇām—渴望保有躯体 / jīvānām—众生的 / ātmā—躯体 / preṣṭhaḥ—十分珍爱的 / iha—这里 / īpsitaḥ—想要 / kaḥ—谁 / utsaheta—能够忍受 / tam—那躯体 / dātum—给予 / bhikṣamāṇāya—乞求 / viṣṇave—甚至对主维施努

译文 在这个物质世界里，每一个生物都很执著他的物质躯体，都努力用一切方式保护他的躯体，为永远保有它而奋斗，甚至不惜牺牲拥有的一切。因此，有谁会准备把自己的躯体送给其他人，哪怕是主维施努下的命令？

要旨 据说：人必用尽所有的方法保护他的身体；然后也许才是维护他的宗教原则，接着是他的拥有物(ātmānaṁ sarvato rakṣet tato dharmaṁ tato dhanam)。这是众生的自然愿望。除非是被迫，否则没谁想要放弃自己的躯体。尽管半神人说，他们是按照主维施努(Viṣṇu)的命令来要求达迪祺为他们的利益而将躯体给予他们，但达迪祺假装拒绝将自己的身体给予他们。

第 5 节

श्रीदेवा ऊचुः
किं नु तद् दुस्त्यजं ब्रह्मन् पुंसां भूतानुकम्पिनाम् ।
भवद्विधानां महतां पुण्यश्लोकेड्यकर्मणाम् ॥५॥

śrī-devā ūcuḥ
kiṁ nu tad dustyajaṁ brahman
puṁsāṁ bhūtānukampinām
bhavad-vidhānāṁ mahatāṁ
puṇya-ślokeḍya-karmaṇām

śrī-devāḥ ūcuḥ—半神人说 / kim—什么 / nu—事实上 / tat—那 / dustyajam—难以放弃的 / brahman—崇高的布茹阿玛纳啊！ / puṁsām—人们的 / bhūta-anukampinām—对受苦的生物十分同情的 / bhavat-vidhānām—像您阁下 / mahatām—十分伟大的 / puṇya-śloka-īḍya-karmaṇām—虔诚活动得到所有伟大灵魂颂扬的……

译文 半神人回答道：崇高的布茹阿玛纳啊！像您这样活动值得称赞的虔诚之人十分仁慈，且对一般大众充满深情。这样虔诚的灵魂为他人的利益有什么是不能给予的？他们可以给予一切，包括他们的躯体。

第6节

नूनं स्वार्थपरो लोको न वेद परसङ्कटम् ।
यदि वेद न याचेत नेति नाह यदीश्वरः ॥ ६ ॥

nūnaṁ svārtha-paro loko
  na veda para-saṅkaṭam
yadi veda na yāceta
  neti nāha yad īśvaraḥ

nūnam—无疑地 / sva-artha-paraḥ—只对今生或来世的感官享乐有兴趣 / lokaḥ—一般的物质主义者 / na—不 / veda—知道 / para-saṅkaṭam—其他人的苦痛 / yadi—如果 / veda—知道 / na—不 / yāceta—会要求 / na—不 / iti—如此 / na āha—不会说 / yat—既然 / īśvaraḥ—能够布施

译文 极度自私的人向别人乞讨某物，却不知道他人的痛。但如果乞讨者知道给予者的困难，就不会提出任何要求了。同样，能够给予施舍的人不知道乞讨之人的困难，否则他就不会拒绝给予乞讨者想要的布施了。

要旨 这节诗描述了两种人，布施之人和乞求布施的人。乞讨者不该在他人困难时乞求布施。同样，能够给予布施的人不该拒绝乞讨者的请求。这些都是启示经典(śāstra)中所给予的道德训谕。查纳克亚·潘迪特(Cāṇakya Paṇḍita)说：这个物质世界里的一切都将毁灭，因此人应该为了良好的目的而善用一切(san-nimitte varaṁ tyāgo vināśe niyate sati)。具有高等知识的人必须始终准备为更高的目标而牺牲一切。如今，整个世界在无神论文明的魔力驱动下处在危险的状态中。奎师那意识运动需要许多为在全世界唤醒神意识而献出自己一生的崇高、博学之人。为此，我们邀请所有具有高等知识的男人和女人参加奎师那意识运动，为在人类社会唤醒神意识这一崇高的目标而献出自己的一生。

第7节

श्रीऋषिरुवाच
धर्मं वः श्रोतुकामेन यूयं मे प्रत्युदाहृताः ।
एष वः प्रियमात्मानं त्यजन्तं सन्त्यजाम्यहम् ॥ ७ ॥

śrī-ṛṣir uvāca
dharmaṁ vaḥ śrotu-kāmena
yūyaṁ me pratyudāhṛtāḥ
eṣa vaḥ priyam ātmānaṁ
tyajantaṁ santyajāmy aham

śrī-ṛṣiḥ uvāca－伟大的圣人达迪祺说 / dharmam－宗教原则 / vaḥ－从你们 / śrotu-kāmena－出于聆听的愿望 / yūyam－你们 / me－被我 / pratyudāhṛtāḥ－做相反的回答 / eṣaḥ－这个 / vaḥ－给你们 / priyam－珍爱的 / ātmānam－躯体 / tyajantam－今天或明天会以某种方式离开我 / santyajāmi－放弃 / aham－我

译文 伟大的圣人达迪祺说：我只是为了听你们讲述宗教原则，才拒绝按你们的要求把我的躯体给你们。现在，尽管我很爱我的躯体，但我必须为你们实现更高的目的而放弃它，因为我知道它早晚都会离开我。

第8节

योऽध्रुवेणात्मना नाथा न धर्मं न यशः पुमान् ।
ईहेत भूतदयया स शोच्यः स्थावरैरपि ॥ ८ ॥

yo 'dhruveṇātmanā nāthā
na dharmaṁ na yaśaḥ pumān

īheta bhūta-dayayā
　sa śocyaḥ sthāvarair api

yaḥ—任何……的人 / adhruveṇa—短暂地 / ātmanā—被躯体 / nāthāḥ—主人们啊！ / na—不 / dharmam—宗教原则 / na—不 / yaśaḥ—名声 / pumān——个人 / īheta—为……尽力 / bhūta-dayayā—凭着对生物的仁慈 / saḥ—那人 / śocyaḥ—值得同情的 / sthāvaraiḥ—被不可移动的生物体 / api—甚至

译文　半神人啊！不同情他人的痛苦，不为更高的宗教原则或永恒的光荣而牺牲其短暂躯体的人，无疑必会被甚至是不可移动的生物体所同情。

要旨　就有关这一点，圣主柴坦亚·玛哈帕布(Caitanya Mahāprabhu)和温达文(Vṛndāvana)的六位哥斯瓦米(Gosvāmī)，树立了极为崇高的榜样。《圣典博伽瓦谭》第11篇第5章的第34节诗这样描述柴坦亚·玛哈帕布说：

tyaktvā sudustyaja-surepsita-rājya-lakṣmīṁ
　dharmiṣṭha ārya-vacasā yad agād araṇyam
māyā-mṛgaṁ dayitayepsitam anvadhāvad
　vande mahā-puruṣa te caraṇāravindam

“我们向人们该始终冥想的至尊主的莲花足致以我们虔敬的顶礼。祂离开祂的居士生活，抛下祂那位就连天堂居民都予以崇拜的永恒伴侣。祂进入森林去拯救被物质能量置于错觉中的堕落灵魂。”进入弃绝阶层(sannyāsa)意味着抹杀自己的社会身份，但至少对每一个布茹阿玛纳(brāhmaṇa)——一流的人来说，当托钵僧是应尽的义务。圣柴坦亚·玛哈帕布有一位十分年轻、貌美的妻子，一位满怀深情的母亲。事实上，祂家人之间充满柔情的交往是如此令人愉快，就连半神人在家中都不敢期望有这样的快乐。尽管如此，为了拯救世上所有堕落的灵魂，圣柴坦亚·玛哈帕布进入弃绝阶层，在只有二十四岁的时候就离开了家。祂作为托钵僧过着十分严谨的生活，拒绝所有令身体舒适的安排。同样，祂的六位哥斯瓦米门徒曾经都是在社会上有崇高地位的人，但也都抛弃一切加入圣柴坦亚·玛哈帕布的运动。施瑞尼瓦斯·阿查尔亚(Śrīnivāsa Ācārya)说：

tyaktvā tūrṇam aśeṣa-maṇḍala-pati-śreṇīṁ sadā tucchavat
bhūtvā dīna-gaṇeśakau karuṇayā kaupīna-kanthāśritau

这些哥斯瓦米为向世上的堕落灵魂展示仁慈，离开他们作为大臣、地主和博学学者所具有的十分舒适的生活环境，加入圣柴坦亚·玛哈帕布的运动(dīna-gaṇeśakau karuṇayā)，过十分简陋的生活，只穿一条腰布和残缺不全的毛毯(kaupīna-kantha)。他们住在温达文，执行圣柴坦亚·玛哈帕布的命令，发掘温达文那些已失去的荣耀。

同样，为提升堕落的灵魂，这世上住在物质舒适环境中的人都该参加奎师那意识运动。“出于对生物的仁慈(bhūta-dayayā)，您追赶那些一直在追逐虚假享乐的堕落灵魂(māyā-mṛgaṁ dayitayepsitam)”和“向世上的堕落灵魂展示仁慈(dīna-gaṇeśakau karuṇayā)”所表达的是同一个意思。这些话语对有志于将人类社会提升到对人生有正确理解的层面上的人来说十分重要。人应该加入奎师那意识运动，以圣柴坦亚·玛哈帕布、六位哥斯瓦米和他们之前的伟大圣人达迪祺为榜样。不要将自己的一生浪费在追求短暂的躯体舒适上。人应该随时准备为更高的目标而放弃自己的生命。躯体终究会被毁灭，因此人应该为在全世界传播宗教原则的光荣而献出它。

第9节

एतावानव्ययो धर्मः पुण्यश्लोकैरुपासितः ।
यो भूतशोकहर्षाभ्यामात्मा शोचति हृष्यति ॥ ९ ॥

etāvān avyayo dharmaḥ
puṇya-ślokair upāsitaḥ
yo bhūta-śoka-harṣābhyām
ātmā śocati hṛṣyati

etāvān—这么多 / avyayaḥ—永恒不灭的 / dharmaḥ—宗教原则 / puṇya-ślokaiḥ—被那些公认虔诚的著名人物 / upāsitaḥ—认识到 / yaḥ—……的 / bhūta—生物体的 / śoka—借由痛苦 / harṣābhyām—和借由快乐 / ātmā—心 / śocati—感到痛苦 / hṛṣyati—感到快乐

译文　如果一个人忧天下人之忧，乐天下人之乐，那他遵守的宗教原则，就被那些公认是虔诚、仁慈的崇高人士欣赏为是永恒不灭的。

要旨　人们一般都按照物质自然属性给予他们的躯体遵守不同种类的宗教原则或履行各种规定职责。然而，这节诗中解释了真正的宗教原则。每一个人都该以天下人之忧为忧，以天下人之乐为乐。经典中说，人应该感同身受地体会他人的苦乐(ātmavat sarva-bhūteṣu)。佛教的非暴力宗教原则(ahiṁsaḥ parama-dharmaḥ)就建立在这个原则上。有人打扰我们时，我们感到痛苦，因此我们不该把痛苦加诸到其他生物体身上。佛祖(Lord Buddha)的使命是阻止不必要的杀动物，因此他宣传，最高的宗教原则是非暴力。

人不可能一直不断地杀动物，同时当一个笃信宗教的虔诚之人。那是最大的虚伪。耶稣基督说“不要杀”，但伪君子们却在冒充是基督徒的同时开设成百上千的屠宰场。这节诗中谴责了这种虚伪。人应该以天下人之乐为乐，以天下人之忧为忧。这是大家都该遵守的原则。不幸的是，如今所谓的慈善家和人道主义者都拥护以牺牲可怜动物的生命为代价的人类快乐。那不是这节诗文所推荐的。这节诗文明确地说，人应该同情所有的生物体。无论是人类、动物、树木或植物，所有的生物都是至尊人格首神的儿子。在《博伽梵歌》第14章的第4节诗中，主奎师那说：

sarva-yoniṣu kaunteya
mūrtayaḥ sambhavanti yāḥ
tāsāṁ brahma mahad yonir
ahaṁ bīja-pradaḥ pitā

“琨缇的儿子啊！应该理解：各种各样的生物之所以能在这个物质自然中出生，是因为有我这个播种的父亲。”这些有不同形象的生物，只不过是穿着不同的外套。每一个生物体其实都是一个灵性的灵魂，是神不可缺少的一部分。正如《博伽梵歌》第5章的第18节诗和第18章的第54节诗记载，至尊主说：

vidyā-vinaya-sampanne
brāhmaṇe gavi hastini
śuni caiva śvapāke ca
paṇḍitāḥ sama-darśinaḥ

“谦卑的圣人凭真正的知识，用平等的眼光看待乳牛、大象、狗和吃狗肉的人(不属于四个社会阶层的人)，以及博学、温和的婆罗门。”

brahma-bhūtaḥ prasannātmā
na śocati na kāṅkṣati
samaḥ sarveṣu bhūteṣu
mad-bhaktiṁ labhate parām

“这样处在超然境界中的人，立即觉悟至尊梵，变得充满喜悦。他永不悲伤，不再想得到什么。他平等对待众生。在这种状态下，他达到为我做奉爱服务的境界。”因此，至尊主的奉献者(外士纳瓦)是完美的人，因为他看到他人不快乐时感到难过，看到他人快乐时感到喜悦。外士纳瓦是看到受制约的灵魂处在物质主义不快乐的状态中而感到痛苦的人(para-duḥkha-duḥkhī)。正因为如此，外士纳瓦始终忙于在全世界传播奎师那意识。

第 10 节

अहो दैन्यमहो कष्टं पारक्यैः क्षणभङ्गुरैः ।
यन्नोपकुर्यादस्वार्थैर्मर्त्यः स्वज्ञातिविग्रहैः ॥१०॥

aho dainyam aho kaṣṭaṁ
pārakyaiḥ kṣaṇa-bhaṅguraiḥ
yan nopakuryād asvārthair
martyaḥ sva-jñāti-vigrahaiḥ

aho一唉！ / dainyam一悲惨的状况 / aho一唉！ / kaṣṭam一只是个磨难 / pārakyaiḥ一在死后可以被狗和豺狼吃掉的 / kṣaṇa-bhaṅguraiḥ一随时可以被毁灭的 / yat一因为 / na一不 / upakuryāt一会帮助 / a-sva-arthaiḥ一不是用来谋求个人利益 / martyaḥ一注定会死的生物体 / sva一与他的财产 / jñāti一亲属和朋友 / vigrahaiḥ一以及他的躯体

译文　这个在死后可以被豺狼和狗吃掉的躯体，实际上对我这个灵性的灵魂来说没任何好处。它只在很短的时间里可以使用，而且随时会暴卒。躯体与它拥有的一切、它的财产和亲属，必须用来为他人谋福利，否则就会是痛苦和磨难的根源。

要旨　有关这一点，《圣典博伽瓦谭》(Śrīmad-Bhāgavatam)第10篇第22章的第35节诗也给予同样的建议说：

etāvaj janma-sāphalyaṁ
dehinām iha dehiṣu
prāṇair arthair dhiyā vācā
śreya ācaraṇaṁ sadā

“用自己的生命、财产、智慧和话语为他人谋福利，是每一个生物的责任。”这是人生的使命。拥有自己的躯体及他朋友和亲戚的躯体，以及财产等一切的人，应该用这些为他人谋福利。这就是圣柴坦亚·玛哈帕布(Caitanya Mahāprabhu)的使命。正如

《永恒的柴坦亚经》(Caitanya-caritāmṛta)首篇第9章的第41节诗说：

bhārata-bhūmite haila manuṣya-janma yāra
janma sārthaka kari' kara para-upakāra

"在印度(巴茹阿特·瓦尔沙)大地上投生为人的人，应该使自己的人生成功，同时为所有其他人谋福利。"

梵文"会帮助(upakuryāt)"一词的意思是帮助他人(para-upakāra)。当然，在人类社会中有许多机构在帮助他人，但由于慈善家们不知道如何真正帮助他人，他们博爱的倾向起不到作用。他们不知道人生的最高目标(śreya ācaraṇam)是取悦至尊主。如果所有的慈善和人道主义活动都直接使人达到人生最高的目标——取悦至尊人格首神，那么它们就是完美的。不含有奎师那的人道主义工作不足挂齿。奎师那必须是我们一切活动的中心，否则所有的活动都没有价值。

第 11 节

श्रीबादरायणिरुवाच
एवं कृतव्यवसितो दध्यङ्ङाथर्वणस्तनुम् ।
परे भगवति ब्रह्मण्यात्मानं सन्नयञ्जहौ ॥११॥

śrī-bādarāyaṇir uvāca
evaṁ kṛta-vyavasito
dadhyaṅṅ ātharvaṇas tanum
pare bhagavati brahmaṇy
ātmānaṁ sannayañ jahau

śrī-bādarāyaṇiḥ uvāca—圣舒卡戴瓦·哥斯瓦米说 / evam—如此 / kṛta-vyavasitaḥ—确定什么是要做的(将他的躯体给半神人) / dadhyaṅ—达迪祺·牟尼 / ātharvaṇaḥ—阿塔尔瓦的儿子 / tanum—他的躯体 / pare—向至尊的 / bhagavati—人格首神 / brahmaṇi—至尊梵 / ātmānam—他自己——灵性的灵魂 / sannayan—献给 / jahau—放弃

译文 圣舒卡戴瓦·哥斯瓦米说：阿塔尔瓦的儿子达迪祺就此决定献出他的躯体为半神人服务。他将自我——灵性的灵魂，置于至尊人格首神的莲花足旁，以此方式放弃了他那用五种元素制成的粗糙的物质躯体。

要旨 梵文诗文中的pare bhagavati brahmaṇy ātmānaṁ sannayan一句表明，达迪祺将自己作为灵性的灵魂放置在至尊人格首神的莲花足旁。就有关这一点，人们也许可以用《圣典博伽瓦谭》第1篇第13章的第55节诗中描述的，兑塔瓦施陀(Dhṛtarāṣṭra)离开他的躯体一事作参考。兑塔瓦施陀将他的粗糙物质躯体分解为土、水、火、气和空间这五种构成它的元素，并分别将它们送回这些元素的储藏库。换句话说，他将这五种元素融入原本的物质能量总体(mahat-tattva)。他通过识别生命的物质化概念，逐渐将他的灵魂与物质连接分开，然后放置在至尊人格首神的莲花足旁。就有关这一点，经典所举的例子是：当瓦罐破碎时，罐子内的小空间便与罐子外的大空间结合。假象宗(Māyāvādī)哲学家误解《圣典博伽瓦谭》的这一描述。为此，圣茹阿玛努佳·斯瓦米(Rāmānuja Svāmī)在他的著作《韦丹塔哲学的精华》(Vedānta-tattva-sāra)中说，灵魂的这一融合意味着：个体灵魂在与由土、水、火、气、空间、心念、智力和假我这八种元素制成的物质躯体分开后，致力于为至尊人格首神本人做奉爱服务。经典中说，至尊人格首神有永恒、极乐且充满知识的形象(īśvaraḥ paramaḥ kṛṣṇaḥ sac-cid-ānan-davigrahaḥ/anādir ādir govindaḥ sarva-kāraṇa-kāraṇam)。物质元素的来源——物质能量总体，吸收物质躯体，而灵性的灵魂呈现原本的状态。正如圣柴坦亚·玛哈帕布所说：生物的原本地位和状态是奎师那永恒的仆人(jīvera 'svarūpa' haya-kṛṣṇera 'nitya-dāsa')。人靠培养灵性知识和奉爱服务战胜物质躯体时，就会恢复其原本的地位和状态，从而致力于为至尊主做奉爱服务。

第 12 节

यताक्षासुमनोबुद्धिस्तत्त्वदृग्ध्वस्तबन्धनः ।
आस्थितः परमं योगं न देहं बुबुधे गतम् ॥१२॥

yatākṣāsu-mano-buddhis
tattva-dṛg dhvasta-bandhanaḥ
āsthitaḥ paramaṁ yogaṁ
na dehaṁ bubudhe gatam

yata—控制 / akṣa—感官 / asu—生命之气 / manaḥ—心 / buddhiḥ—智力 / tattva-dṛk—了解(物质和灵性能量)范畴的人 / dhvasta-bandhanaḥ—从束缚中解脱 / āsthitaḥ—被置于 / paramam—至尊 / yogam—全神贯注的出神状态 / na—不 / deham—物质躯体 / bubudhe—感知到 / gatam—离开

译文 达迪祺·牟尼控制住他的感官、生命之气和心智，处在全神贯注的萨玛迪状态，以此斩断捆绑他的一切物质束缚。他感知不到他的物质躯体是如何与他的自我分开的。

要旨 《博伽梵歌》第8章的第5节诗记载，至尊主说：

anta-kāle ca mām eva
smaran muktvā kalevaram
yaḥ prayāti sa mad-bhāvaṁ
yāti nāsty atra saṁśayaḥ

“在死时铭记着我离开躯体的人，立即获得我的本质。这是毫无疑问的。”当然，人必须在被死亡征服之前练习这样做，但完美的瑜伽师——奉献者，在想着奎师那的全神贯注的出神状态中死去。他感觉不到这个物质躯体与他灵魂的分离；灵魂立刻转入灵性世界。灵魂不再进入物质母亲的子宫，而是返回家园，回到首神身边(tyaktvā dehaṁ punar janma naiti mām eti)。这门瑜伽——奉爱瑜伽(bhakti-yoga)，是最高的瑜伽体系。对此，至尊主本人在

《博伽梵歌》第6章的第47节诗中说：

yoginām api sarveṣāṁ
mad-gatenāntarātmanā
śraddhāvān bhajate yo māṁ
sa me yuktatamo mataḥ

“在所有的瑜伽师中，谁信仰坚定地总在内心想着我，为我做超然的爱心服务，谁就通过瑜伽与我最紧密地连在一起，就是最高级的瑜伽师。这就是我的看法。”奉爱瑜伽师总是想着奎师那，因此在死亡时能够轻易地转入奎师那所在的星球(Kṛṣṇaloka)，甚至感受不到死亡的痛苦。

第 13—14 节

अथेन्द्रो वज्रमुद्यम्य निर्मितं विश्वकर्मणा ।
मुनेः शक्तिभिरुत्सिक्तो भगवत्तेजसान्वितः ॥१३॥

वृतो देवगणैः सर्वैर्गजेन्द्रोपर्यशोभत ।
स्तूयमानो मुनिगणैस्त्रैलोक्यं हर्षयन्निव ॥१४॥

athendro vajram udyamya
nirmitaṁ viśvakarmaṇā
muneḥ śaktibhir utsikto
bhagavat-tejasānvitaḥ

vṛto deva-gaṇaiḥ sarvair
gajendropary aśobhata
stūyamāno muni-gaṇais
trailokyaṁ harṣayann iva

atha—那以后 / indraḥ—天帝 / vajram—霹雳 / udyamya—坚决地拿起 / nirmitam—制作 / viśvakarmaṇā—由维施瓦卡尔玛 / muneḥ—伟大圣人达迪祺的 / śaktibhiḥ—被力量 / utsiktaḥ—充满 / bhagavat—至尊人格首神的 / tejasā—用灵性的力量 / anvitaḥ—使……具有能力 / vṛtaḥ—簇拥 / deva-gaṇaiḥ—被其他半神人 / sarvaiḥ—所有的 /

gajendra－他的大象坐骑的 / upari－在背上 / aśobhata－散发着光芒 / stūyamānaḥ－被献上赞扬之词 / muni-gaṇaiḥ－被圣洁之人 / trai-lokyam－对三个世界 / harṣayan－使高兴 / iva－就像

译文　那以后，因铎王十分坚决地拿起维施瓦卡尔玛用达迪祺的骨头制作成的霹雳。浑身充满了达迪祺·牟尼的崇高力量并被至尊人格首神的力量所启发的因铎，骑在他的坐骑爱茹阿瓦特大象的背上，由全体半神人簇拥着，接受所有伟大的圣人对他的赞扬。他因而十分美丽地散发着光芒，因为准备去杀恶魔维陀而使三个世界感到高兴。

第 15 节

वृत्रमभ्यद्रवच्छत्रुमसुरानीकयूथपैः ।
पर्यस्तमोजसा राजन् क्रुद्धो रुद्र इवान्तकम् ॥१५॥

vṛtram abhyadravac chatrum
asurānīka-yūthapaiḥ
paryastam ojasā rājan
kruddho rudra ivāntakam

vṛtram－维陀魔 / abhyadravat－攻击 / śatrum－敌人 / asura-anīka-yūthapaiḥ－被恶魔军队的司令或指挥官 / paryastam－围绕 / ojasā－带着强大的力量 / rājan－君王啊！ / kruddhaḥ－愤怒的 / rudraḥ－主希瓦的一个化身 / iva－就像 / antakam－安塔卡或阎罗王

译文　我亲爱的帕瑞克西特王，正如茹铎从前因为对阎罗王(安塔卡)极为愤怒，于是冲向阎罗王去杀他一样，因铎愤怒地猛力攻击由恶魔军队围绕着的维陀魔。

第 16 节

ततः सुराणामसुरै रणः परमदारुणः ।
त्रेतामुखे नर्मदायामभवत्प्रथमे युगे ॥१६॥

tataḥ surāṇām asurai
　raṇaḥ parama-dāruṇaḥ
tretā-mukhe narmadāyām
　abhavat prathame yuge

tataḥ—随后 / surāṇām—半神人的 / asuraiḥ—与恶魔 / raṇaḥ—一场激烈的战斗 / parama-dāruṇaḥ—十分可怕的 / tretā-mukhe—特瑞塔年代开始之时 / narmadāyām—在纳尔玛达河岸边 / abhavat—发生 / prathame—在第一个 / yuge—年代循环

译文　随后，在萨提亚年代结束与特瑞塔年代开始之间，半神人与恶魔在纳尔玛达河岸边展开了激烈的战斗。

要旨　这节诗中提到的纳尔玛达(Narmadā)并不是印度境内的纳尔玛达河。印度境内有恒河、雅沐娜、纳尔玛达、卡维瑞(Kāverī)和奎师那(Kṛṣṇā)这五条神圣的圣河。高等星系中也有恒河与纳尔玛达河。恶魔与半神人之间的战斗在高等星球上展开。

"在第一个年代循环开始的时候(prathame yuge)"一句是指外瓦施瓦塔·玛努(Vaivasvata manvantara)开始统治时。布茹阿玛(Brahmā)的一天中有十四个玛努(Manu)，他们每一个的寿命都是七十一个年代循环那么长。萨提亚(Satya)、特瑞塔(Tretā)、杜瓦帕尔(Dvāpara)和喀历(Kali)这四个年代(yuga)组成一个年代循环。我们现在生活在外瓦斯瓦塔·玛努的统治期内，《博伽梵歌》中也提到他(imaṁ vivasvate yogaṁ proktavān aham avyayam/vivasvān manave prāha)。我们现在处在外瓦斯瓦塔·玛努的第二十八个年代循环中，但恶魔和半神人之间的这场战斗发生在外瓦斯瓦塔·玛努统治期的第一个年代循环中。人可以从历史的角度计算这场战斗发生在多久以前。由于每一个年代循环都是四百三十万年那么长，而我们现在处在第二十八个年代循环中，所以自从纳尔玛达河岸边发生那场战争后，已经一亿二千零四十万年过去了。

第 17—18 节

रुद्रैर्वसुभिरादित्यैरश्विभ्यां पितृवह्निभिः ।
मरुद्भिर्ऋभुभिः साध्यैर्विश्वेदेवैर्मरुत्पतिम् ॥१७॥

दृष्ट्वा वज्रधरं शक्रं रोचमानं स्वया श्रिया ।
नामृष्यन्नसुरा राजन्मृधे वृत्रपुरःसराः ॥१८॥

rudrair vasubhir ādityair
aśvibhyāṁ pitṛ-vahnibhiḥ
marudbhir ṛbhubhiḥ sādhyair
viśvedevair marut-patim

dṛṣṭvā vajra-dharaṁ śakraṁ
rocamānaṁ svayā śriyā
nāmṛṣyann asurā rājan
mṛdhe vṛtra-puraḥsarāḥ

rudraiḥ—被茹铎们 / vasubhiḥ—被瓦苏们 / ādityaiḥ—被阿迪提亚们 / aśvibhyām—被阿施维尼·库玛尔们 / pitṛ—被祖先们 / vahnibhiḥ—和瓦尼们 / marudbhiḥ—被玛茹特们 / ṛbhubhiḥ—被瑞布们 / sādhyaiḥ—被萨迪亚们 / viśve-devaiḥ—被维施瓦戴瓦们 / marut-patim—天帝因铎 / dṛṣṭvā—看到 / vajra-dharam—携带着霹雳 / śakram—因铎的另一个名字 / rocamānam—耀眼的 / svayā—被他自己的 / śriyā—财富 / na—不 / amṛṣyan—忍受 / asurāḥ—全体恶魔 / rājan—君王啊！ / mṛdhe—在战斗中 / vṛtra-puraḥsarāḥ—以维陀魔为首

译文 君王啊！以维陀魔为首的全体恶魔来到战场上时，看到因铎王携带着霹雳，身边围绕着茹铎们、瓦苏们、阿迪提亚们、阿施维尼·库玛尔们、祖先们、瓦尼们、玛茹特们、瑞布们、萨迪亚们和维施瓦戴瓦们。因铎由他的同伴簇拥着，放射出如此耀眼的光芒，以致使恶魔们无法忍受。

第 19—22 节

नमुचिः शम्बरोऽनर्वा द्विमूर्धा ऋषभोऽसुरः ।
हयग्रीवः शङ्कुशिरा विप्रचित्तिरयोमुखः ॥१९॥

पुलोमा वृषपर्वा च प्रहेतिर्हेतिरुत्कलः ।
दैतेया दानवा यक्षा रक्षांसि च सहस्रशः ॥२०॥

सुमालिमालिप्रमुखाः कार्तस्वरपरिच्छदाः ।
प्रतिषिध्येन्द्रसेनाग्रं मृत्योरपि दुरासदम् ॥२१॥

अभ्यर्दयन्नसम्भ्रान्ताः सिंहनादेन दुर्मदाः ।
गदाभिः परिघैर्बाणैः प्रासमुद्गरतोमरैः ॥२२॥

namuciḥ śambaro 'narvā
dvimūrdhā ṛṣabho 'suraḥ
hayagrīvaḥ śaṅkuśirā
vipracittir ayomukhaḥ

pulomā vṛṣaparvā ca
prahetir hetir utkalaḥ
daiteyā dānavā yakṣā
rakṣāṁsi ca sahasraśaḥ

sumāli-māli-pramukhāḥ
kārtasvara-paricchadāḥ
pratiṣidhyendra-senāgraṁ
mṛtyor api durāsadam

abhyardayann asambhrāntāḥ
siṁha-nādena durmadāḥ
gadābhiḥ parighair bāṇaiḥ
prāsa-mudgara-tomaraiḥ

namuciḥ—纳牟祺 / śambaraḥ—商巴尔 / anarvā—阿纳尔瓦 / dvi-mūrdhā—兑穆尔达 / ṛṣabhaḥ—瑞沙巴 / asuraḥ—阿苏茹阿 / hayagrī-vaḥ—哈亚贵瓦 / śaṅkuśirāḥ—商库希茹阿 / vipracittiḥ—维帕祺提 /

ayomukhaḥ—阿尤穆卡 / pulomā—菩珞玛 / vṛṣaparvā—维沙帕尔瓦 / ca—还有 / prahetiḥ—帕黑提 / hetiḥ—黑提 / utkalaḥ—乌特卡拉 / daiteyāḥ—戴提亚们 / dānavāḥ—达纳瓦们 / yakṣāḥ—夜叉 / rakṣāṁsi—食人魔 / ca—和 / sahasraśaḥ—被成千上万的 / sumāli-māli-pramukhāḥ—以苏玛利及玛利为首的其他的 / kārtasvara—金子的 / paricchadāḥ—华丽的穿着 / pratiṣidhya—保持距离 / indra-senā-agram—因铎的军队前线 / mṛtyoḥ—誓死 / api—甚至 / durāsadam—难以接近 / abhyardayan—精疲力竭的 / asambhrāntāḥ—无畏地 / siṁha-nādena—用像狮子一样的声音 / durmadāḥ—大发雷霆的 / gadābhiḥ—用大头棒 / parighaiḥ—用包着铁的棍棒 / bāṇaiḥ—用箭 / prāsa-mudgara-tomaraiḥ—用带刺的武器、大头锤和长矛

译文 成千上万的恶魔、半人半魔、夜叉、食人魔和以苏玛利及玛利为首的其他恶魔，与因铎王那就连死亡的人格化身都无法轻易战胜的军队对抗。恶魔中有纳牟祺、商巴尔、阿纳尔瓦、兑穆尔达、瑞沙巴、阿苏茹阿、哈亚贵瓦、商库希茹阿、维帕祺提、阿尤穆卡、菩珞玛、维沙帕尔瓦、帕黑提、黑提和乌特卡拉。这些不屈不挠的恶魔都穿戴着金制首饰，像狮子一样无畏地大声喧嚣着，用大头棒、棍棒、箭、带刺的标枪、大头锤和长矛等武器攻击半神人。

第23节

शूलैः परश्वधैः खड्गैः शतघ्नीभिर्भुशुण्डिभिः ।
सर्वतोऽवाकिरन् शस्त्रैरस्त्रैश्च विबुधर्षभान् ॥२३॥

śūlaiḥ paraśvadhaiḥ khaḍgaiḥ
śataghnībhir bhuśuṇḍibhiḥ
sarvato 'vākiran śastrair
astraiś ca vibudharṣabhān

śūlaiḥ—用长矛 / paraśvadhaiḥ—用斧头 / khaḍgaiḥ—用刀剑 /

śataghnībhiḥ—用沙塔格尼 / bhuśuṇḍibhiḥ—用布顺迪 / sarvataḥ—四面八方 / avākiran—分散 / śastraiḥ—用武器 / astraiḥ—用箭 / ca—和 / vibudha-ṛṣabhān—半神人的将领

译文 装备着长矛、三叉戟、斧头、刀剑，以及名叫沙塔格尼和布顺迪的其他武器的恶魔们，从不同的方向攻击并试图分散半神人军队的全体将领。

第 24 节

न तेऽदृश्यन्त सञ्छन्नाः शरजालैः समन्ततः ।
पुङ्खानुपुङ्खपतितैर्ज्योतींषीव नभोघनैः ॥२४॥

na te 'dṛśyanta sañchannāḥ
śara-jālaiḥ samantataḥ
puṅkhānupuṅkha-patitair
jyotīṁṣīva nabho-ghanaiḥ

na—不 / te—他们(半神人) / adṛśyanta—被看见 / sañchannāḥ—被完全罩住 / śara-jālaiḥ—被箭组成的网 / samantataḥ—四面八方 / puṅkha-anupuṅkha—一支接一支的箭 / patitaiḥ—落下 / jyotīṁṣi iva—像天上的繁星 / nabhaḥ-ghanaiḥ—被密布的乌云

译文 正如乌云密布时看不到天上的繁星，半神人被不断射向他们的箭组成的网完全罩住，无法被看见了。

第 25 节

न ते शस्त्रास्त्रवर्षौघा ह्यासेदुः सुरसैनिकान् ।
छिन्नाः सिद्धपथे देवैर्लघुहस्तैः सहस्रधा ॥२५॥

na te śastrāstra-varṣaughā
hy āseduḥ sura-sainikān
chinnāḥ siddha-pathe devair
laghu-hastaiḥ sahasradhā

na－不 / te－那些 / śastra-astra-varṣa-oghāḥ－密如阵雨的箭及其他武器 / hi－事实上 / āseduḥ－接近 / sura-sainikān－半神人的军队 / chinnāḥ－削 / siddha-pathe－在空中 / devaiḥ－被半神人 / laghu-hastaiḥ－迅速地 / sahasradhā－千万的碎片

译文 为杀死半神人的士兵而投向他们的各种武器和箭密如阵雨，但却接近不了他们，因为半神人行动迅速，将各种武器在空中削成千万的碎片。

第 26 节

अथ क्षीणास्त्रशस्त्रौघा गिरिशृङ्गद्रुमोपलैः ।
अभ्यवर्षन् सुरबलं चिच्छिदुस्तांश्च पूर्ववत् ॥२६॥

atha kṣīṇāstra-śastraughā
giri-śṛṅga-drumopalaiḥ
abhyavarṣan sura-balaṁ
cicchidus tāṁś ca pūrvavat

atha－于是 / kṣīṇa－被减少 / astra－用曼陀射出的箭 / śastra－和武器 / oghāḥ－大量的 / giri－山的 / śṛṅga－将山峰 / druma－将树木 / upalaiḥ－和用石头 / abhyavarṣan－密集地投向 / sura-balam－半神人的士兵们 / cicchiduḥ－碎成片 / tān－他们 / ca－和 / pūrva-vat－一如既往

译文 随着武器和曼陀的减少，恶魔们开始将山峰、树木和石头密集地投向半神人的士兵们，但半神人如此强大、善战，一如既往地将所有这些武器在空中削成碎片，使它们无法产生作用。

第 27 节

तानक्षतान् स्वस्तिमतो निशाम्य
शस्त्रास्त्रपूगैरथ वृत्रनाथाः ।

द्रुमैर्दृषद्भिर्विविधाद्रिशृङ्गै-
रविक्षतांस्तत्रसुरिन्द्रसैनिकान् ॥२७॥

tān akṣatān svastimato niśāmya
śastrāstra-pūgair atha vṛtra-nāthāḥ
drumair dṛṣadbhir vividhādri-śṛṅgair
avikṣatāṁs tatrasur indra-sainikān

tān—他们(半神人的士兵们) / akṣatān—没有受伤 / svasti-mataḥ—非常健壮的 / niśāmya—看见 / śastra-astra-pūgaiḥ—被大批的武器和曼陀 / atha—于是 / vṛtra-nāthāḥ—由恶魔维陀统率的士兵们 / drumaiḥ—被树木 / dṛṣadbhiḥ—被石头 / vividha—各种各样的 / adri—山的 / śṛṅgaiḥ—被山峰 / avikṣatān—未受伤 / tatrasuḥ—变得害怕 / indra-sainikān—因铎王的士兵们

译文 由维陀魔统率的恶魔士兵们，看到因铎王的士兵十分善战，根本没被他们密集发射的武器，甚至树木、石头和山峰等伤害到时，感到十分害怕。

第 28 节

सर्वे प्रयासा अभवन् विमोघाः
कृताः कृता देवगणेषु दैत्यैः ।
कृष्णानुकूलेषु यथा महत्सु
क्षुद्रैः प्रयुक्ता ऊषती रूक्षवाचः ॥२८॥

sarve prayāsā abhavan vimoghāḥ
kṛtāḥ kṛtā deva-gaṇeṣu daityaiḥ
kṛṣṇānukūleṣu yathā mahatsu
kṣudraiḥ prayuktā ūṣatī rūkṣa-vācaḥ

sarve—一切 / prayāsāḥ—努力 / abhavan—是 / vimoghāḥ—无效的 / kṛtāḥ—做 / kṛtāḥ—再做 / deva-gaṇeṣu—向半神人 / daityaiḥ—被

恶魔 / kṛṣṇa-anukūleṣu——一直受奎师那保护的 / yathā—正如 / mahatsu—向外士纳瓦们 / kṣudraiḥ—被微不足道的人 / prayuktāḥ—用 / ūṣatīḥ—不善的 / rūkṣa—粗暴的 / vācaḥ—语言

译文 当微不足道的人用粗暴的语言错误、愤怒地指责圣洁之人时，他们的废话根本打扰不了伟大的人物。同样，半神人处在受主奎师那保护的顺境中，恶魔为对抗他们所做的一切努力都徒劳无功。

要旨 孟加拉谚语说：一只秃鹰如果诅咒一头乳牛会死，那诅咒根本不会起作用。同样，邪恶之人对奎师那奉献者的指控没有任何效果。半神人都是主奎师那的奉献者，所以恶魔对他们的诅咒毫无作用。

第 29 节

ते स्वप्रयासं वितथं निरीक्ष्य
हरावभक्ता हतयुद्धदर्पाः ।
पलायनायाजिमुखे विसृज्य
पतिं मनस्ते दधुरात्तसाराः ॥२९॥

te sva-prayāsaṁ vitathaṁ nirīkṣya
harāv abhaktā hata-yuddha-darpāḥ
palāyanāyāji-mukhe visṛjya
patiṁ manas te dadhur ātta-sārāḥ

te—他们(恶魔) / sva-prayāsam—他们自己的努力 / vitatham—没有结果的 / nirīkṣya—看见 / harau abhaktāḥ—那些不是至尊人格首神奉献者的恶魔们 / hata—被击败 / yuddha-darpāḥ—他们在战斗中的骄傲 / palāyanāya—为离开战场 / āji-mukhe—在战斗的一开始 / visṛjya—撇下 / patim—他们的领袖维陀魔 / manaḥ—他们的心 / te—他们全体 / dadhuḥ—给 / ātta-sārāḥ—勇气被拿走的……

译文　从来不当至尊人格首神奎师那的奉献者的恶魔们，发现他们的一切努力都没有效果时，便在战斗中失去了他们的骄傲。由于他们的勇气和作战能力被对手征服，他们甚至在战斗的开始阶段就决定撇下他们的领袖逃之夭夭。

第 30 节

वृत्रोऽसुरांस्ताननुगान्मनस्वी
प्रधावतः प्रेक्ष्य बभाष एतत् ।
पलायितं प्रेक्ष्य बलं च भग्नं
भयेन तीव्रेण विहस्य वीरः ॥३०॥

vṛtro 'surāṁs tān anugān manasvī
pradhāvataḥ prekṣya babhāṣa etat
palāyitaṁ prekṣya balaṁ ca bhagnaṁ
bhayena tīvreṇa vihasya vīraḥ

vṛtraḥ－恶魔的领袖维陀魔 / asurān－全体恶魔 / tān－他们 / anugān－他的追随者 / manasvī－崇高思想的 / pradhāvataḥ－逃离 / prekṣya－看到 / babhāṣa－说 / etat－这 / palāyitam－逃离 / prekṣya－看见 / balam－军队 / ca－和 / bhagnam－溃不成军 / bhayena－因为恐惧 / tīvreṇa－极度的 / vihasya－微笑着 / vīraḥ－伟大的英雄

译文　看到自己的军队溃不成军，所有的恶魔，甚至那些被称为大英雄的人，都因为极度的恐惧而逃离战场，恶魔维陀作为真正具有崇高思想的英雄，微笑着说了如下一番话。

第 31 节

कालोपपन्नां रुचिरां मनस्विनां
जगाद वाचं पुरुषप्रवीरः ।
हे विप्रचित्ते नमुचे पुलोमन्
मयानर्वञ्छम्बर मे शृणुध्वम् ॥३१॥

kālopapannāṁ rucirāṁ manasvināṁ
jagāda vācaṁ puruṣa-pravīraḥ
he vipracitte namuce puloman
mayānarvañ chambara me śṛṇudhvam

kāla-upapannām—符合时间与环境的 / rucirām—十分美丽的 / manasvinām—伟大且思想深刻的人 / jagāda—说 / vācam—话语 / puruṣa-pravīraḥ—英雄中的英雄维陀魔 / he—啊！ / vipracitte—维帕祺提 / namuce—纳牟祺啊！ / puloman—菩珞玛啊！ / maya—摩亚啊！ / anarvan—阿纳尔瓦啊！ / śambara—商巴尔啊！ / me—从我 / śṛṇudhvam—请听

译文 英雄中的英雄维陀魔，根据自己的地位及时间和当时的情况所说的话，受到有思想的人们的高度赞赏。他召唤恶魔中的英雄道："喂，维帕祺提，纳牟祺！摩亚！阿纳尔瓦和商巴尔！请听我说，不要逃跑。"

第32节

जातस्य मृत्युर्ध्रुव एव सर्वतः
प्रतिक्रिया यस्य न चेह क्लृप्ता ।
लोको यशश्चाथ ततो यदि ह्यमुं
को नाम मृत्युं न वृणीत युक्तम् ॥३२॥

jātasya mṛtyur dhruva eva sarvataḥ
pratikriyā yasya na ceha klṛptā
loko yaśaś cātha tato yadi hy amuṁ
ko nāma mṛtyuṁ na vṛṇīta yuktam

jātasya—出生的(众生) / mṛtyuḥ—死亡 / dhruvaḥ—不可避免的 / eva—事实上 / sarvataḥ—在宇宙中所有的地方 / pratikriyā—对抗 / yasya—……的 / na—不 / ca—也 / iha—在这物质世界里 / klṛptā—设计出 / lokaḥ—提升到高等星球 / yaśaḥ—名声和光荣 / ca—和 /

atha—然后 / tataḥ—从那 / yadi—如果 / hi—的确 / amum—那 / kaḥ—谁 / nāma—事实上 / mṛtyum—死亡 / na—不 / vṛṇīta—会接受 / yuktam—适合的

译文　维陀魔说：在这个物质世界里出生的众生都必死无疑。的确，没人在这个世界里找到过能救人不死的方法。就连上天都没有提供一种能使人逃脱死亡的方法。在这种情况下，死亡是不可避免的。如果人能被提升到天堂星系去并因为以恰当的死亡方式死去而永垂青史，有谁会不接受这种光荣的死呢？

要旨　如果死亡能使人提升到高等星系并在死后永垂青史，有谁会那么愚蠢地拒绝这样一种光荣的死呢？主奎师那也给阿尔诸纳(Arjuna)以类似的忠告说："我亲爱的阿尔诸纳，不要不作战。你如果在战斗中赢得胜利，就可以享受一个王国。即使你战死，你也会被提升到天堂星球。"每一个人都该准备在从事光荣的活动时死去。光荣之人不会像猫狗一样死去。

第 33 节

द्वौ सम्मताविह मृत्यू दुरापौ
यद् ब्रह्मसन्धारणया जितासुः ।
कलेवरं योगरतो विजह्याद्
यदग्रणीर्वीरशयेऽनिवृत्तः ॥३३॥

dvau sammatāv iha mṛtyū durāpau
yad brahma-sandhāraṇayā jitāsuḥ
kalevaraṁ yoga-rato vijahyād
yad agraṇīr vīra-śaye 'nivṛttaḥ

dvau—两种 / sammatau—(被经典和伟人)认可的 / iha—在这世上 / mṛtyū—死亡 / durāpau—极为罕见 / yat—……的 / brahma-sandhāraṇayā—以全神贯注于梵光、超灵和至尊梵奎师那 / jita-asuḥ—控制心念和感官 / kalevaram—躯体 / yoga-rataḥ—练瑜伽 / vijahyāt—人可以离开 / yat—……的 / agraṇīḥ—率领 / vīra-śaye—在战场上 / anivṛttaḥ—不回头

译文 迎接光荣的死有两种方法，两者都很罕见。一种死亡是，通过练神秘瑜伽尤其是奉爱瑜伽，人可以在控制心念和生命之气并全神贯注地想着至尊人格首神的情况下死去。第二种死亡是，率领军队战死沙场，永不让敌人看到自己的背部。这两种死亡在经典中被介绍为是光荣的死。

到此为止，结束了巴克提韦丹塔对《圣典博伽瓦谭》第6篇第10章——“半神人与维陀魔之间的战斗”所作的阐释。

第十一章

维陀魔的超然品质

这一章讲述的是维陀魔(Vṛtrāsura)的优秀品质。恶魔军队的重要将领们逃跑时，都不听维陀魔的忠告。维陀魔谴责他们都是懦夫。他一边说着豪言壮语，一边独自面对半神人。当半神人们看到维陀魔的英雄气概时，都害怕得几乎昏厥过去，维陀魔开始践踏他们。半神人的君王因铎(Indra)对此无法容忍，将他的大头棒向维陀魔投掷过去，但维陀魔是个非凡的英雄，他轻松地用左手抓住大头棒，用它击打因铎的大象坐骑。在维陀魔的一击之下，大象驮着因铎向后倒退了十四码。

因铎王先是接受维施瓦茹帕(Viśvarūpa)当他的祭司，然后却杀了他。想起因铎这可憎的行为，维陀魔说道：“一个人如果是至尊人格首神维施努的奉献者，在所有的方面都依靠主维施努，那么胜利、财富和内心的平静就必然会唾手可得。这种人不向往三个世界中的任何事物。至尊主是如此仁慈，通过不给这样的奉献者任何会妨碍他做奉爱服务的财富，对他表示特殊的恩宠。所以我期望为侍奉至尊主放弃一切。我想要永远歌唱至尊主的荣耀，为祂做服务。让我变得不依恋尘世的家庭，并与至尊主的奉献者做朋友。我不想被提升到高等星系，就连杜茹瓦星球(Dhruvaloka,北极星)或布茹阿玛星球(Brahmaloka)也不要；我也不想得到这个物质世界里不可战胜的地位。我不需要这种东西。”

第 1 节

श्रीशुक उवाच
त एवं शंसतो धर्मं वचः पत्युरचेतसः ।
नैवागृह्णन्त सम्भ्रान्ताः पलायनपरा नृप ॥ १ ॥

śrī-śuka uvāca
ta evaṁ śaṁsato dharmaṁ
vacaḥ patyur acetasaḥ
naivāgṛhṇanta sambhrāntāḥ
palāyana-parā nṛpa

śrī-śukaḥ uvāca—圣舒卡戴瓦·哥斯瓦米说 / te—他们 / evam—如此 / śaṁsataḥ—称赞 / dharmam—宗教原则 / vacaḥ—话语 / patyuḥ—他们的将领 / acetasaḥ—心神不宁 / na—不 / eva—事实上 / agṛhṇanta—接受 / sambhrāntāḥ—害怕的 / palāyana-parāḥ—想要逃离 / nṛpa—君王啊！

译文 圣舒卡戴瓦·哥斯瓦米说：君王啊！恶魔的总司令维陀魔，用宗教原则给他的副官们以忠告，但胆小的恶魔将领还是急切地想要逃离战场。恐惧使他们心神不宁，根本听不进他的话。

第 2—3 节

विशीर्यमाणां पृतनामासुरीमसुरर्षभः ।
कालानुकूलैस्त्रिदशैः काल्यमानामनाथवत् ॥ २ ॥

दृष्ट्वातप्यत सङ्क्रुद्ध इन्द्रशत्रुरमर्षितः ।
तान्निवार्यौजसा राजन्निर्भर्त्स्येदमुवाच ह ॥ ३ ॥

viśīryamāṇāṁ pṛtanām
āsurīm asurarṣabhaḥ
kālānukūlais tridaśaiḥ
kālyamānām anāthavat

dṛṣṭvātapyata saṅkruddha
　indra-śatrur amarṣitaḥ
tān nivāryaujasā rājan
　nirbhartsyedam uvāca ha

viśīryamāṇām－溃散 / pṛtanām－军队 / āsurīm－恶魔的 / asura-ṛṣabhaḥ－最杰出的恶魔维陀 / kāla-anukūlaiḥ－利用时间提供的条件 idaśaiḥ－被半神人 / kālyamānām－被追赶 / anātha-vat－如同没人在那里保护他们一样 / dṛṣṭvā－看见 / atapyata－感到痛心 / saṅkrud-dhaḥ－十分生气 / indra-śatruḥ－因铎的敌人维陀魔 / amarṣitaḥ－无法忍受 / tān－他们(半神人) / nivārya－阻止 / ojasā－用巨大的力量 / rājan－帕瑞克西特王啊！ / nirbhartsya－谴责 / idam－这 / uvāca－说 / ha－的确

译文　帕瑞克西特王啊！半神人利用时间给予的有利时机，在恶魔军队的背后发起攻击，开始驱赶恶魔士兵，使他们四下逃散，仿佛群龙无首。被称为因铎之敌的最杰出的恶魔维陀，看到他的士兵们的可怜处境感到很难过。他无法容忍这种失败，于是阻止半神人，并在盛怒之下措词强硬地说了如下一番话，谴责他们。

第4节

किं व उच्चरितैर्मातुर्धावद्भिः पृष्ठतो हतैः ।
न हि भीतवधः श्लाघ्यो न स्वर्ग्यः शूरमानिनाम् ॥ ४ ॥

kiṁ va uccaritair mātur
　dhāvadbhiḥ pṛṣṭhato hataiḥ
na hi bhīta-vadhaḥ ślāghyo
　na svargyaḥ śūra-māninām

kim－什么好处？ / vaḥ－对你们 / uccaritaiḥ－和那些像粪便一样的 / mātuḥ－母亲的 / dhāvadbhiḥ－逃走 / pṛṣṭhataḥ－从背后 /

hataiḥ—杀死 / na—不 / hi—无疑地 / bhīta-vadhaḥ—对一个丧胆之人的杀害 / ślāghyaḥ—光荣的 / na—不 / svargyaḥ—引导至天堂星球 / śūra-māninām—认为自己是英雄的人的

译文 半神人啊！这些恶魔士兵的出生毫无用处。事实上，他们就像粪便一样从他们母亲的身体被排出。在这样的敌人因害怕而逃走时，从他们背后杀他们有什么好处？认为自己是英雄的人，不该杀害怕丧命的敌人。这种行为永远都不光荣，也不能使人提升到天堂星球。

要旨 恶魔因害怕丧命而逃跑，半神人则从背后杀他们。为此，维陀魔训斥半神人和恶魔双方的战士，双方的行为都令人憎恶。发生战争时，敌对双方的战士都必须准备像英雄一样作战。英雄总是面对面地与敌人作战，下决心得胜或战死沙场，所以从不逃离战场。在战场上杀死逃跑的敌人并不光荣，因为害怕丧命而转身逃跑的敌人不该被杀。这是军事科学的礼节规定。

维陀魔将恶魔士兵比作是他们的母亲排出的粪便，以此方式羞辱他们。粪便和懦夫都从母亲的腹腔排出，维陀魔说他们之间没有区别。图拉西·达斯(Tulasī dāsa)作了一个类似的比喻评论说，儿子和尿液来自同一个管道。换句话说，精液和尿液都由生殖器排出，但精液产出孩子，而尿液则不生产任何东西。因此，如果一个人的儿子既不是英雄，也不是奉献者，那他就不是儿子，而是尿液。同样，查纳克雅·潘迪特(Cāṇakya Paṇḍita)也说：

ko 'rthaḥ putreṇa jātena
yo na vidvān na dhārmikaḥ
kāṇena cakṣuṣā kiṁ vā
cakṣuḥ pīḍaiva kevalam

“一个既不光荣又不爱至尊主的儿子有什么用？这样的儿子就像瞎了的眼睛，只能给予人痛苦而不能帮助人看。”

第 5 节

यदि वः प्रधने श्रद्धा सारं वा क्षुल्लका हृदि ।
अग्रे तिष्ठत मात्रं मे न चेद्ग्राम्यसुखे स्पृहा ॥ ५ ॥

yadi vaḥ pradhane śraddhā
sāraṁ vā kṣullakā hṛdi
agre tiṣṭhata mātraṁ me
na ced grāmya-sukhe spṛhā

yadi—如果 / vaḥ—你们的 / pradhane—在战斗中 / śraddhā—信心 / sāram—耐心 / vā—或者 / kṣullakāḥ—微不足道的人啊！ / hṛdi—在内心深处 / agre—在面前 / tiṣṭhata—就站立 / mātram—片刻 / me—我的 / na—不 / cet—如果 / grāmya-sukhe—对感官享乐 / spṛhā—想要

译文　微不足道的半神人啊！如果你们对你们的英雄气概真有信心，如果你们有耐心和毅力，如果你们野心勃勃地要进行感官享乐，那就请在我面前站立片刻。

要旨　维陀魔训斥半神人并向他们挑战说："半神人啊！如果你们真是英雄，那就站到我面前来，努力展示你们的英勇气概。如果你们不想打仗，如果你们怕失去自己的性命，我就不会杀你们。因为我不像你们，我还没邪恶到杀那些既不是英雄，也不想打仗的人。如果你们对你们的英雄气概那么有信心，就请站到我面前来。"

第 6 节

एवं सुरगणान् क्रुद्धो भीषयन् वपुषा रिपून् ।
व्यनदत्सुमहाप्राणो येन लोका विचेतसः ॥ ६ ॥

evaṁ sura-gaṇān kruddho
bhīṣayan vapuṣā ripūn

vyanadat sumahā-prāṇo
yena lokā vicetasaḥ

evam一如此 / sura-gaṇān一半神人 / kruddhaḥ一盛怒的 / bhīṣayan一吓阻 / vapuṣā一用他的身体 / ripūn一他的敌人们 / vyanadat一大吼 / su-mahā-prāṇaḥ一最强大的维陀魔 / yena一被……的 / lokāḥ一所有人 / vicetasaḥ一失去知觉的

译文 舒卡戴瓦·哥斯瓦米说：最强大且怒火万丈的英雄——维陀魔，以他结实、强壮的身体吓阻半神人。当他以洪亮的声音大吼时，几乎所有的生物体都昏了过去。

第7节

तेन देवगणाः सर्वे वृत्रविस्फोटनेन वै ।
निपेतुर्मूर्च्छिता भूमौ यथैवाशनिना हताः ॥७॥

tena deva-gaṇāḥ sarve
vṛtra-visphoṭanena vai
nipetur mūrcchitā bhūmau
yathaivāśaninā hatāḥ

tena一被那 / deva-gaṇāḥ一半神人们 / sarve一所有的 / vṛtra-visphoṭanena一维陀魔狂暴的声音 / vai一事实上 / nipetuḥ一倒下 / mūrcchitāḥ一昏 / bhūmau一在地上 / yathā一就仿佛 / eva一确实 / aśaninā一被雷 / hatāḥ一劈

译文 全体半神人听到维陀魔如狮子般狂暴的吼叫时，都昏倒在地，仿佛遭雷劈了一样。

第8节

ममर्द पद्भ्यां सुरसैन्यमातुरं
निमीलिताक्षं रणरङ्गदुर्मदः ।

गां कम्पयन्नुद्यतशूल ओजसा
नालं वनं यूथपतिर्यथोन्मदः ॥ ८ ॥

mamarda padbhyāṁ sura-sainyam āturaṁ
nimīlitākṣaṁ raṇa-raṅga-durmadaḥ
gāṁ kampayann udyata-śūla ojasā
nālaṁ vanaṁ yūtha-patir yathonmadaḥ

mamarda—践踏 / padbhyām—被他的脚 / sura-sainyam—半神人的军队 / āturam—十分害怕的 / nimīlita-akṣam—闭上他们的眼睛 / raṇa-raṅga-durmadaḥ—在战场中很自大的 / gām—地球表面 / kampayan—使震颤不已 / udyata-śūlaḥ—拿起他的三叉戟 / ojasā—用他的力气 / nālam—中空竹棒的 / vanam—一片森林 / yūtha-patiḥ—一只大象 / yathā—就像 / unmadaḥ—疯狂的

译文 在半神人害怕地闭上眼睛时，维陀魔拿起他的三叉戟，猛力地将地球捣得震颤不已，像疯狂的大象在森林中践踏中空的竹子一样，在战场上将半神人踩在他的脚下。

第9节

विलोक्य तं वज्रधरोऽत्यमर्षितः
स्वशत्रवेऽभिद्रवते महागदाम् ।
चिक्षेप तामापततीं सुदुःसहां
जग्राह वामेन करेण लीलया ॥ ९ ॥

vilokya taṁ vajra-dharo 'tyamarṣitaḥ
sva-śatrave 'bhidravate mahā-gadām
cikṣepa tām āpatatīṁ suduḥsahāṁ
jagrāha vāmena kareṇa līlayā

vilokya—看见 / tam—他(维陀魔) / vajra-dharaḥ—手持霹雳的人(因铎王) / ati—非常地 / amarṣitaḥ—无法容忍的 / sva—他自己的 / śatrave—向敌人 / abhidravate—跑 / mahā-gadām—一根强力大头棒 /

cikṣepa－投掷 / tām－那(大头棒) / āpatatīm－飞向他 / su-duḥsahām－极难对抗的 / jagrāha－抓住 / vāmena－用他左边的 / kareṇa－手 / līlayā－轻松地

译文 看到维陀魔的做法，天帝因铎无法容忍，于是将他的一个极难对抗的非凡的大头棒掷向维陀魔。然而，在大头棒迎面飞来之际，维陀魔轻松地用左手抓住了它。

第 10 节

स इन्द्रशत्रुः कुपितो भृशं तया
महेन्द्रवाहं गदयोरुविक्रमः ।
जघान कुम्भस्थल उन्नदन्मृधे
तत्कर्म सर्वे समपूजयन्नृप ॥१०॥

sa indra-śatruḥ kupito bhṛśaṁ tayā
mahendra-vāhaṁ gadayoru-vikramaḥ
jaghāna kumbha-sthala unnadan mṛdhe
tat karma sarve samapūjayan nṛpa

saḥ－那 / indra-śatruḥ－维陀魔 / kupitaḥ－愤怒的 / bhṛśam－非常 / tayā－用那 / mahendra-vāham－作为因铎坐骑的大象 / gadayā－被大头棒 / uru-vikramaḥ－以强大的力气闻名的 / jaghāna－敲打 / kumbha-sthale－在头上 / unnadan－大声咆哮 / mṛdhe－在打斗中 / tat karma－那举动(左手持大头棒敲击因铎大象的头) / sarve－所有的战士(双方的) / samapūjayan－赞扬 / nṛpa－帕瑞克西特王啊！

译文 帕瑞克西特王啊！因铎的敌人——强有力的维陀魔，愤怒地用那根大头棒敲打因铎的大象坐骑的头，在战场上制造出一声巨响。双方的战士都赞扬他的这一英雄壮举。

第 11 节

ऐरावतो वृत्रगदाभिमृष्टो
विघूर्णितोऽद्रिः कुलिशाहतो यथा ।
अपासरद्भिन्नमुखः सहेन्द्रो
मुञ्चन्नसृक्सप्तधनुर्भृशार्तः ॥११॥

airāvato vṛtra-gadābhimṛṣṭo
vighūrṇito 'driḥ kuliśāhato yathā
apāsarad bhinna-mukhaḥ sahendro
muñcann asṛk sapta-dhanur bhṛśārtaḥ

airāvataḥ—因铎的大象爱茹阿瓦特 / vṛtra-gadā-abhimṛṣṭaḥ—被维陀魔手中的大头棒击中 / vighūrṇitaḥ—撼动 / adriḥ—一座山 / kuliśa—被霹雳 / āhataḥ—击中 / yathā—恰似 / apāsarat—身不由己地倒退 / bhinna-mukhaḥ—嘴破裂 / saha-indraḥ—与因铎王 / muñcan—流出 / asṛk—鲜血 / sapta-dhanuḥ—七张弓的距离(大约十四米) / bhṛśa—很严重地 / ārtaḥ—愤恨的

译文 恰似被霹雳击中的高山，被维陀魔用大头棒击中的大象爱茹阿瓦特感到疼痛不已，破裂的嘴中鲜血涌流，身不由己地倒退了大约十四米的距离，随即痛苦不堪地驮着因铎摔倒在地。

第 12 节

न सन्नवाहाय विषण्णचेतसे
प्रायुङ्क्त भूयः स गदां महात्मा ।
इन्द्रोऽमृतस्यन्दिकराभिमर्श-
वीतव्यथक्षतवाहोऽवतस्थे ॥१२॥

na sanna-vāhāya viṣaṇṇa-cetase
prāyuṅkta bhūyaḥ sa gadāṁ mahātmā
indro 'mṛta-syandi-karābhimarśa-
vīta-vyatha-kṣata-vāho 'vatasthe

na－不 / sanna－感到疲劳 / vāhāya－向坐骑……的他 / viṣaṇṇa-cetase－他内心深处情绪低沉 / prāyuṅkta－使用 / bhūyaḥ－再次 / saḥ－他(维陀魔) / gadām－大头棒 / mahā-ātmā－(当看见因铎情绪低沉、不平时，便克制自己没用大头棒去打因铎的)伟大灵魂 / indraḥ－因铎 / amṛta-syandi-kara－用他那产出甘露的手 / abhimarśa－借由触碰 / vīta－被解除 / vyatha－自疼痛 / kṣata－和伤口 / vāhaḥ－大象坐骑……的 / avatasthe－站在那里

译文 伟大的灵魂维陀魔看到因铎的大象坐骑受伤并因而感到疲劳，看到因铎因为自己的坐骑被打伤而情绪低沉时，遵守宗教原则，克制自己没用大头棒去打因铎。因铎趁此机会用他产出甘露的手触碰大象，解除它的疼痛，治疗它的伤口。这之后，大象和因铎都沉默地站在当地。

第 13 节

स तं नृपेन्द्राहवकाम्यया रिपुं
वज्रायुधं भ्रातृहणं विलोक्य ।
स्मरंश्च तत्कर्म नृशंसमंहः
शोकेन मोहेन हसञ्जगाद ॥१३॥

sa taṁ nṛpendrāhava-kāmyayā ripuṁ
vajrāyudhaṁ bhrātṛ-haṇaṁ vilokya
smaraṁś ca tat-karma nṛ-śaṁsam aṁhaḥ
śokena mohena hasañ jagāda

saḥ－他(维陀魔) / tam－他(天帝因铎) / nṛpa-indra－帕瑞克西特王啊！ / āhava-kāmyayā－想要作战的 / ripum－他的敌人 / vajra-āyudham－武器是(用达迪祺的骨头制成的)霹雳的…… / bhrātṛ-haṇam－是杀死他哥哥的人 / vilokya－看见 / smaran－想到 / ca－和 / tat-karma－他的行径 / nṛ-śaṁsam－残忍的 / aṁhaḥ－滔天大罪 / śokena－悲伤地 / mohena－因心绪混乱 / hasan－大笑着 / jagāda－说

译文　君王啊！当伟大的英雄维陀魔看到杀死自己哥哥的敌人因铎，正手持霹雳站在自己面前想要作战时，不禁想起因铎残忍地杀死他哥哥的事。想到因铎的罪恶行径，维陀魔因为悲伤和遗忘而发狂。他讽刺地大笑着说了如下一番话。

第 14 节

श्रीवृत्र उवाच
दिष्ट्या भवान्मे समवस्थितो रिपु-
यो ब्रह्महा गुरुहा भ्रातृहा च ।
दिष्ट्यानृणोऽद्याहमसत्तम त्वया
मच्छूलनिर्भिन्नदृषद्धृदाचिरात् ॥१४॥

śrī-vṛtra uvāca
diṣṭyā bhavān me samavasthito ripur
yo brahma-hā guru-hā bhrātṛ-hā ca
diṣṭyānṛṇo 'dyāham asattama tvayā
mac-chūla-nirbhinna-dṛṣad-dhṛdācirāt

śrī-vṛtraḥ uvāca－伟大的英雄维陀魔说 / diṣṭyā－凭借好运 / bhavān－您大人 / me－我的 / samavasthitaḥ－处在(面前) / ripuḥ－我的敌人 / yaḥ－……的 / brahma-hā－杀死布茹阿玛纳的刽子手 / guru-hā－杀死你灵性导师的刽子手 / bhrātṛ-hā－杀死我哥哥的刽子手 / ca－还有 / diṣṭyā－凭借好运 / anṛṇaḥ－(对我哥哥)不再欠债 / adya－今天 / aham－我 / asat-tama－最令人憎恶的人啊！ / tvayā－刺穿你 / mat-śūla－被我的三叉戟 / nirbhinna－被刺穿 / dṛṣat－如石头 / hṛdā－……的心 / acirāt－快速地

译文　圣维陀魔说：杀死布茹阿玛纳，杀死他灵性导师，事实上杀死了我哥哥的人，现在凭借好运，作为我的敌人站在我面前。最令人憎恶的人啊！当我用我的三叉戟刺穿你如石头般硬的心时，我对我哥哥就没债了。

第 15 节

योनोऽग्रजस्यात्मविदो द्विजाते-
गुरोरपापस्य च दीक्षितस्य ।
विश्रभ्य खड्गेन शिरांस्यवृश्चत्
पशोरिवाकरुणः स्वर्गकामः ॥१५॥

yo no ’grajasyātma-vido dvijāter
guror apāpasya ca dīkṣitasya
viśrabhya khaḍgena śirāṁsy avṛścat
paśor ivākaruṇaḥ svarga-kāmaḥ

yaḥ—……的他 / naḥ—我们的 / agra-jasya—哥哥的 / ātma-vidaḥ—是完全觉悟了自我的 / dvi-jāteḥ—有资格的布茹阿玛纳 / guroḥ—你的灵性导师 / apāpasya—免于一切罪恶活动 / ca—还有 / dīkṣitasya—被指定为你的祭司长 / viśrabhya—信任地 / khaḍgena—被你的刀剑 / śirāṁsi—头 / avṛścat—砍下 / paśoḥ——只动物的 / iva—如同 / akaruṇaḥ—无情地 / svarga-kāmaḥ—想要去天堂星球

译文 只是为了在天堂中生活，你便杀死我哥哥——一个觉悟了自我并被指定当你的祭司长的清白而有资格的布茹阿玛纳。他是你的灵性导师，但你虽然委托他为你主持祭祀，后来却像屠夫宰动物般无情地砍下了他的头。

第 16 节

श्रीह्रीदयाकीर्तिभिरुज्झितं त्वां
स्वकर्मणा पुरुषादैश्च गर्ह्यम् ।
कृच्छ्रेण मच्छूलविभिन्नदेह-
मस्पृष्टवह्निं समदन्ति गृध्राः ॥१६॥

śrī-hrī-dayā-kīrtibhir ujjhitaṁ tvāṁ
sva-karmaṇā puruṣādaiś ca garhyam

kṛcchreṇa mac-chūla-vibhinna-deham
asprṣṭa-vahniṁ samadanti gṛdhrāḥ

śrī—财富或美丽 / hrī—廉耻心 / dayā—仁慈 / kīrtibhiḥ—和光荣 / ujjhitam—失去了 / tvām—你 / sva-karmaṇā—被你自己的活动 / puruṣa-adaiḥ—被食人魔 / ca—和 / garhyam—可谴责的 / kṛcchreṇa—十分困难地 / mat-śūla—被我的三叉戟 / vibhinna—刺穿 / deham—你的身体 / asprṣṭa-vahnim—甚至不被火触碰 / samadanti—会吃 / gṛdhrāḥ—秃鹰

译文　因铎，你失去了所有的廉耻心、仁慈、光荣和好运。你从事功利性活动的报应使你失去了这些优秀品质，你甚至受到食人魔的谴责。我现在要用我的三叉戟刺穿你的身体；在你疼痛不堪地死去后，甚至连火都不会触碰你，只有秃鹰会吃你的身体。

第 17 节

अन्येऽनु ये त्वेह नृशंसमज्ञा
यदुद्यतास्त्राः प्रहरन्ति मह्यम् ।
तैर्भूतनाथान् सगणान्निशात-
त्रिशूलनिर्भिन्नगलैर्यजामि ॥१७॥

anye 'nu ye tveha nṛ-śaṁsam ajñā
yad udyatāstrāḥ praharanti mahyam
tair bhūta-nāthān sagaṇān niśāta-
triśūla-nirbhinna-galair yajāmi

anye—其他的 / anu—跟着 / ye—……的 / tvā—你 / iha—就有关这一点 / nṛ-śaṁsam—非常残酷 / ajñāḥ—没意识到我的力量的人 / yat—如果 / udyata-astrāḥ—举起他们的刀剑 / praharanti—攻击 / mahyam—我 / taiḥ—与那些 / bhūta-nāthān—为像鬼魂的领袖百茹阿瓦 / sa-gaṇān—与他们一群 / niśāta—锋利的 / tri-śūla—被三叉戟 /

nirbhinna—分裂或刺穿 / galaiḥ—他们的头颅 / yajāmi—我将举行祭祀

译文 你生性残酷。如果没意识到我的力量的其他半神人跟着你举起武器攻击我，我就用这只锋利的三叉戟割下他们的头。我将用那些头为百茹阿瓦和鬼魂的其他领袖及他们那一群举行祭祀。

第18节

अथो हरे मे कुलिशेन वीर
हर्ता प्रमथ्यैव शिरो यदीह ।
तत्रानृणो भूतबलिं विधाय
मनस्विनां पादरजः प्रपत्स्ये ॥१८॥

atho hare me kuliśena vīra
hartā pramathyaiva śiro yadīha
tatrānṛṇo bhūta-baliṁ vidhāya
manasvināṁ pāda-rajaḥ prapatsye

atho—否则 / hare—因铎王啊！ / me—我的 / kuliśena—被你的霹雳 / vīra—大英雄啊！ / hartā—你砍下 / pramathya—摧毁我的军队 / eva—无疑地 / śiraḥ—头 / yadi—如果 / iha—在这场战斗中 / tatra—在那情形中 / anṛṇaḥ—解除在这物质世界的所有债务 / bhūta-balim—给众生的礼物 / vidhāya—安排 / manasvinām—像纳茹阿达·牟尼那样伟大的圣人的 / pāda-rajaḥ—莲花足上的尘土 / prapatsye—我将得到

译文 但如果在这场战斗中，你用你的霹雳削下我的头并杀死我的士兵，那么因铎啊！大英雄！我将非常高兴把我的身体给予其他生物体(豺狗和秃鹰等)。这样就会解除我对我的活动报应负的责任，而我的好运将是能得到像纳茹阿达·牟尼那样伟大的奉献者莲花足上的尘土。

要旨 圣纳若塔玛·达斯·塔库尔(Narottama dāsa Ṭhākura)歌唱道：

ei chaya gosāñi yāra, mui tāra dāsa
tāṅ' sabāra pada-reṇu mora pañca-grāsa

"我是六位哥斯瓦米的仆人，他们莲花足上的尘土为我提供五种食物。"外士纳瓦(Vaiṣṇava)总是想要得到前辈灵性导师(ācārya)和外士纳瓦莲花足上的尘土。维陀魔确信，他将在战场上被因铎所杀，因为这是主维施努的愿望。他准备好死亡，因为他知道自己死后的归宿是回归家园，回到首神身边。这是非凡的归宿，要靠外士纳瓦的恩典才能达到的目的地。历史证明，从没有人能在得不到外士纳瓦优待的情况下回到首神身边(chāḍiyā vaiṣṇava-sevā nistāra pāyeche kebā)。因此，在这节诗中，我们看到"我将得到伟大奉献者莲花足上的尘土(manasvināṁ pāda-rajaḥ prapatsye)"一句。梵文"像纳茹阿达·牟尼那样伟大的圣人的(manasvinām)"一词，指的是总想着奎师那的伟大奉献者。他们始终内心平静，想着奎师那，因此被称为头脑清醒的人(dhīra)。这种奉献者中最优秀的典范是纳茹阿达·牟尼(Nārada Muni)。一个人如果能得到伟大的奉献者(manasvī)莲花足上的尘土，就无疑能回归家园，回到首神身边。

第 19 节

सुरेश कस्मान्न हिनोषि वज्रं
पुरः स्थिते वैरिणि मय्यमोघम् ।
मा संशयिष्ठा न गदेव वज्रः
स्यान्निष्फलः कृपणार्थेव याञ्ञा ॥१९॥

sureśa kasmān na hinoṣi vajraṁ
puraḥ sthite vairiṇi mayy amogham

mā saṁśayiṣṭhā na gadeva vajraḥ
syān niṣphalaḥ kṛpaṇārtheva yācñā

sura-īśa－半神人的君王啊！ / kasmāt－为何？ / na－不 / hinoṣi－你猛力投掷 / vajram－霹雳 / puraḥ sthite－站在面前 / vairiṇi－你的敌人 / mayi－向我 / amogham－绝对可靠的(你的霹雳) / mā－不要 / saṁśayiṣṭhāḥ－怀疑 / na－不 / gadā iva－像大头棒 / vajraḥ－霹雳 / syāt－可能是 / niṣphalaḥ－没有结果 / kṛpaṇa－向一个守财奴 / arthā－要钱 / iva－如同 / yācñā－一个要求

译文 半神人的君王啊！既然我——你的敌人，就站在你面前，你为何不将你的霹雳猛力掷向我？尽管你用大头棒攻击我无疑是白费力气，就如同向一个守财奴去要钱一样，但你携带的霹雳却不是没用的。对此你不用怀疑。

要旨 因铎王向维陀魔投掷他的大头棒时，维陀魔用左手抓住它，并用它击打因铎的大象头部作为回敬。所以，因铎的攻击惨遭失败。事实上，因铎的大象受到伤害，向后倒退了大约十四米。正因为如此，因铎虽然准备用霹雳攻击维陀魔，但却心中怀疑那霹雳的功效。然而，维陀魔作为外士纳瓦向因铎保证，用那霹雳攻击不会失败，因为他知道那霹雳是按主维施努的训示制作的。尽管因铎在还不能明白主维施努的命令永不落空的情况下产生怀疑，但维陀魔了解主维施努要达到的目的。维陀魔确信自己如果被那个只按照主维施努的命令制成的霹雳杀死的话，就会回归家园，回到首神身边，所以很渴望被那霹雳杀死。他只是在等待霹雳被投掷过来的机会。所以维陀魔实际上在告诉因铎：“既然我是你的敌人，如果你想要杀死我，就抓住这个机会杀死我吧。你将赢得胜利，而我将回到首神身边。你采取的行动将对我们两人都有益。立刻采取行动吧。”

第 20 节

नन्वेष वज्रस्तव शक्र तेजसा
हरेर्दधीचेस्तपसा च तेजितः ।
तेनैव शत्रुं जहि विष्णुयन्त्रितो
यतो हरिर्विजयः श्रीर्गुणास्ततः ॥२०॥

nanv eṣa vajras tava śakra tejasā
harer dadhīces tapasā ca tejitaḥ
tenaiva śatruṁ jahi viṣṇu-yantrito
yato harir vijayaḥ śrīr guṇās tataḥ

nanu—无疑地 / eṣaḥ—这 / vajraḥ—霹雳 / tava—你的 / śakra—因铎啊！ / tejasā—凭力量 / hareḥ—至尊人格首神主维施努的 / dadhīceḥ—达迪祺的 / tapasā—靠苦修 / ca—以及 / tejitaḥ—注入力量 / tena—用那 / eva—无疑 / śatrum—你的敌人 / jahi—杀死 / viṣṇu-yantritaḥ—被主维施努命令 / yataḥ—处处 / hariḥ—主维施努 / vijayaḥ—胜利 / śrīḥ—财富 / guṇāḥ—及其他好品质 / tataḥ—那里

译文　天帝因铎啊！你拿来杀我的霹雳已被注入主维施努的力量和达迪祺苦修的效力。既然你是执行主维施努的命令来杀我的，我就必定会被你投掷的霹雳杀死。维施努在支持你。因此，你的胜利、财富和所有的好品质是有保障的。

要旨　维陀魔不仅向因铎王保证那霹雳是无敌的，而且还鼓励因铎尽快用那霹雳攻击他。维陀魔渴望被主维施努发射的霹雳击打，这样他就可以立刻回归家园，回到首神身边。因铎靠猛掷霹雳可以得到胜利，享受天堂星球，留在物质世界里重复生死。因铎想要战胜维陀魔，因而变得快乐，但那根本不是快乐。天堂星球就处在布茹阿玛珞卡(Brahmaloka)之下，但正如至尊主奎师那所说：人即使上升到布茹阿玛珞卡，也必会再三坠入低等星系(ābrahma-bhuvanāl lokāḥ punar āvartino 'rjuna)。然而，人如果回到首神身边，就永不返回这个物质世界。其实，杀死维陀魔并不能使因铎得到什么；他会继续留在这个物质世界里。然而，维陀魔将回到灵性世界。因此，真正的胜利注定属于维陀魔，而不是因铎。

第 21 节

अहं समाधाय मनो यथाह नः
सङ्कर्षणस्तच्चरणारविन्दे ।
त्वद्वज्ररंहोलुलितग्राम्यपाशो
गतिं मुनेर्याम्यपविद्धलोकः ॥२१॥

ahaṁ samādhāya mano yathāha naḥ
saṅkarṣaṇas tac-caraṇāravinde
tvad-vajra-raṁho-lulita-grāmya-pāśo
gatiṁ muner yāmy apaviddha-lokaḥ

aham—我 / samādhāya—坚定地专注于 / manaḥ—心念 / yathā—就像 / āha—说 / naḥ—我们的 / saṅkarṣaṇaḥ—主桑卡尔珊 / tat-caraṇa-aravinde—于祂的莲花足 / tvat-vajra—你的霹雳的 / raṁhaḥ—凭力量 / lulita—拔除 / grāmya—物质依恋的 / pāśaḥ—绳索 / gatim—目的地 / muneḥ—纳茹阿达·牟尼和其他奉献者的 / yāmi—我将到达 / apaviddha—放弃 / lokaḥ—这个物质世界(在一个人欲求一切非永久之物的地方)

译文　你霹雳的力量将使我摆脱物质束缚，放弃这个躯体和这个充满物质欲望的世界。我将全神贯注于主桑卡尔珊的莲花足，就像主桑卡尔珊说的那样，到纳茹阿达·牟尼这种伟大的圣人所去的地方。

要旨　这节诗文中“我的心坚定地专注于(ahaṁ samādhāya manaḥ)”一句是指，死亡时最重要的责任是使自己做到全神贯注。人如果可以将注意力专注于奎师那(Kṛṣṇa)、维施努(Viṣṇu)、桑卡尔珊(Saṅkarṣaṇa)或维施努的任何一个形象(mūrti)，他的人生都将是成功的。维陀魔想要在全神贯注地想着桑卡尔珊的莲花足时被杀死，于是要求因铎投掷他的霹雳(vajra)。既然他注定要被主维施努给因铎的霹雳杀死，他便要求因铎立刻投掷霹雳，而他则以全神贯注于奎师那莲花足的方式使自己做好准备。奉献者随时准备放弃这节诗中描述为是“物质依恋之绳(grāmya-pāśa)”的物质躯体。那躯体一点儿都不好；它只是使人被捆绑在这个物质世界里。不幸的是，哪怕物质躯体注定要毁灭，愚蠢之人和恶徒还是把他们的信心完全投放到那躯体上，从不渴望回归家园，回到首神身边。

第22节

पुंसां किलैकान्तधियां स्वकानां
　याः सम्पदो दिवि भूमौ रसायाम् ।
न राति यद् द्वेष उद्वेग आधि-
　र्मदः कलिर्व्यसनं सम्प्रयासः ॥२२॥

puṁsāṁ kilaikānta-dhiyāṁ svakānāṁ
　yāḥ sampado divi bhūmau rasāyām
na rāti yad dveṣa udvega ādhir
　madaḥ kalir vyasanaṁ samprayāsaḥ

puṁsām－向人们 / kila－无疑地 / ekānta-dhiyām－有高度灵性意识的 / svakānām－被至尊人格首神视为是自己一样地认可的 / yāḥ－……的 / sampadaḥ－财富 / divi－在高等星系 / bhūmau－在中等星系 / rasāyām－和在低等星系 / na－不 / rāti－赠予 / yat－从……的 / dveṣaḥ－嫉妒 / udvegaḥ－焦虑 / ādhiḥ－内心纷乱 / madaḥ－骄傲 / kaliḥ－争执 / vyasanam－因失去而沮丧 / samprayāsaḥ－十分努力

译文 全心投靠并总想着至尊人格首神莲花足的人，被至尊主本人接受为是自己的同伴或仆人。至尊主从不给这样的仆人以这个物质世界内上中下三个星系的亿万财富。人一旦拥有宇宙内这三个星系中的任何一个星系上的物质财富，他的拥有物就自然会使他增强嫉妒、焦虑、物质冲动、骄傲和好斗性。这使人要更加努力地增加和维护他的拥有，并在失去它们后承受巨大的内心痛苦。

要旨 《博伽梵歌》第4章的第11节诗记载，至尊主说：

ye yathā māṁ prapadyante
tāṁs tathaiva bhajāmy aham
mama vartmānuvartante
manuṣyāḥ pārtha sarvaśaḥ

“普瑞塔的儿子啊！我根据每个人对我皈依的情况回报他们。无论他们做什么，都走在我的道路上。”因铎和维陀魔无疑都是至尊主的奉献者；尽管因铎奉维施努的指令要杀死维陀魔，但至尊主的安排其实对维陀魔更有利，因为维陀魔被因铎的霹雳杀死后就会回到首神身边，而胜利者因铎则将在这个物质世界里腐烂。由于他们两人都是奉献者，至尊主分别赐予他们想要的祝福。维陀魔从不想要物质的资产，因为他清楚这种拥有的性质。积累物质资产需要辛苦劳作，等得到时又因为这个物质世界总是充满竞争而树立起许多敌人。人一旦变得富有，朋友和亲戚就会嫉妒。正因为如此，奎师那从不给祂的纯粹奉献者(ekānta-bhakta)提供物质的资产。有时，奉献者为传播知识而需要一些物质资产，但传播知识的人所拥有的资产与功利性活动者(karmī)的不同。功利性活动者的资产是他们从事功利性活动的所得，但奉献者的资产则是由至尊人格首神为方便他做奉爱服务为他提供的。由于奉献者只善用物质资产为至尊主做服务，所以奉献者拥有的资产与功利性活动者的截然不同。

第 23 节

त्रैवर्गिकायासविघातमस्मत्-
पतिर्विधत्ते पुरुषस्य शक्र ।
ततोऽनुमेयो भगवत्प्रसादो
यो दुर्लभोऽकिञ्चनगोचरोऽन्यैः ॥२३॥

trai-vargikāyāsa-vighātam asmat-
patir vidhatte puruṣasya śakra
tato 'numeyo bhagavat-prasādo
yo durlabho 'kiñcana-gocaro 'nyaiḥ

trai-vargika－为宗教信仰、经济发展和感官满足这三个目标／āyāsa－努力的／vighātam－毁坏／asmat－我们的／patiḥ－至尊主／vidhatte－实行／puruṣasya－奉献者的／śakra－因铎啊！／tataḥ－借以／anumeyaḥ－被推断／bhagavat-prasādaḥ－至尊人格首神的特殊仁慈／yaḥ－……的／durlabhaḥ－很难以获得／akiñcana-gocaraḥ－纯粹奉献者能得到的／anyaiḥ－被其他渴望物质快乐的人

译文 我们的至尊主——至尊人格首神，禁止祂的奉献者为宗教信仰、经济发展和感官享乐去做无谓的努力。因铎啊！可以就此推断至尊主有多么仁慈。只有纯粹奉献者，而不是热衷于物质所得的人，才能得到这样的仁慈。

要旨 人生中有四个要追求的目标，它们分别是：宗教信仰(dharma)、经济发展(artha)、感官享乐(kāma)和摆脱物质存在的束缚(mokṣa)。人们一般都致力于笃信宗教、经济发展和感官享乐，但奉献者除了想要今生和来世都为至尊人格首神服务外，没有其他愿望。至尊主给予纯粹奉献者的特殊仁慈是，拯救他免于为得到宗教信仰、经费发展和感官享乐的结果而辛苦劳作。当然，倘若人想要得到这样的利益，至尊主无疑就会给予。例如：因铎虽

然是奉献者，但并不致力于摆脱物质束缚，而是渴望感官享乐和在天堂星球中得到高水准的物质快乐；然而，作为纯粹奉献者，维陀魔只渴望侍奉至尊人格首神。为此，至尊主安排他的躯体束缚被因铎摧毁后，他就可以回到首神身边。维陀魔要求因铎尽快向他投掷霹雳，以便他和因铎两人都能按照各自在奉爱服务中的进步程度得到相应的利益。

第 24 节

अहं हरे तव पादैकमूल-
दासानुदासो भवितास्मि भूयः ।
मनः स्मरेतासुपतेर्गुणांस्ते
गृणीत वाक्कर्म करोतु कायः ॥२४॥

ahaṁ hare tava pādaika-mūla-
dāsānudāso bhavitāsmi bhūyaḥ
manaḥ smaretāsu-pater guṇāṁs te
gṛṇīta vāk karma karotu kāyaḥ

aham－我 / hare－我的至尊主啊！ / tava－圣上您啊！ / pāda-eka-mūla－唯一庇护是莲花足的…… / dāsa-anudāsaḥ－您仆人的仆人 / bhavitāsmi－我能否成为 / bhūyaḥ－再次 / manaḥ－我的心 / smareta－能记得 / asu-pateḥ－我生命的主人的 / guṇān－特质 / te－圣上您的 / gṛṇīta－能吟诵 / vāk－我的话语 / karma－侍奉您的活动 / karotu－能从事 / kāyaḥ－我的身体

译文 啊，我的至尊主！至尊人格首神啊！我能再次当只托庇于您莲花足的您永恒仆人的仆人吗？我生命的至尊主人啊！我能再次成为他们的仆人，以便我的心总能想着您超然的特质，我的话语总是赞美那些特质，我的身体总是忙于为您圣上做爱心服务吗？

要旨 这节诗文阐明了奉爱生活的总体实质。人必须首先成为至尊主仆人的仆人的仆人(dāsānudāsa)。圣柴坦亚·玛哈帕布建议并身体力行地树立榜样，让人们了解：生物应该永远渴望当牧牛姑娘的维护者奎师那的仆人的仆人的仆人(gopī-bhartuḥ pada-ka-malayor dāsa-dāsānudāsaḥ)。这意味着人必须接受一位灵性导师，而这位灵性导师必须来自师徒传承，而且是至尊主仆人的仆人。人必须在这样的灵性导师的指导下使用自己的拥有物，即：身、心和话语。应该在灵性导师的指导下用身体做事，用心一直不断地想着奎师那，用话语传播有关至尊主的荣耀。这样致力于为至尊主做爱心服务的人，生命是圆满的。

第25节

न नाकपृष्ठं न च पारमेष्ठ्यं
न सार्वभौमं न रसाधिपत्यम् ।
न योगसिद्धीरपुनर्भवं वा
समञ्जस त्वा विरहय्य काङ्क्षे ॥२५॥

na nāka-pṛṣṭhaṁ na ca pārameṣṭhyaṁ
na sārva-bhaumaṁ na rasādhipatyam
na yoga-siddhīr apunar-bhavaṁ vā
samañjasa tvā virahayya kāṅkṣe

na—不 / nāka-pṛṣṭham—天堂星球或北极星 / na—也不 / ca—也 / pārameṣṭhyam—主布茹阿玛住的星球 / na—也不 / sārva-bhaumam—整个地球星系的统治权 / na—也不 / rasā-ādhipatyam—低等星系的统治权 / na—也不 / yoga-siddhīḥ—八种瑜伽神通(变得比最小的还小、比鸿毛还轻、比最重的还重等) / apunaḥ-bhavam—不再投胎到物质躯体中 / vā—或者 / samañjasa—一切机会的源泉啊！ / tvā—您 / virahayya—从……被分开 / kāṅkṣe—我想要

译文　我的主人啊，一切机会的源泉！我不想在北极星、天堂星球或主布茹阿玛住的星球上享受，也不想成为所有地球星球或低等星系的最高统治者。我不想控制神秘瑜伽的力量，也不想在放弃您莲花足的情况下得到解脱。

要旨　纯粹奉献者从不渴望通过为至尊主做超然的爱心服务获得物质的良机。正如前一节诗所说，纯粹奉献者只渴望一直与至尊主和祂永恒的同伴们在一起，并为至尊主做爱心服务(dāsānudāso bhavitāsmi)。对此，纳若塔玛·达斯·塔库尔证实说：

tāṅdera caraṇa sevi bhakta-sane vāsa
janame janame haya, ei abhilāṣa

在与奉献者们联谊的情况下侍奉至尊主和祂的仆人，是真正纯粹的奉献者唯一追求的目标。

第26节

अजातपक्षा इव मातरं खगाः
स्तन्यं यथा वत्सतराः क्षुधार्ताः ।
प्रियं प्रियेव व्युषितं विषण्णा
मनोऽरविन्दाक्ष दिदृक्षते त्वाम् ॥२६॥

ajāta-pakṣā iva mātaraṁ khagāḥ
stanyaṁ yathā vatsatarāḥ kṣudh-ārtāḥ
priyaṁ priyeva vyuṣitaṁ viṣaṇṇā
mano 'ravindākṣa didṛkṣate tvām

ajāta-pakṣāḥ－还没长出翅膀的／iva－如同／mātaram－母亲／khagāḥ－小鸟／stanyam－来自奶囊的牛乳／yathā－恰似／vatsatarāḥ－小牛犊／kṣudh-ārtāḥ－因饥饿而痛苦／priyam－挚爱的或丈夫／priyā－妻子或爱人／iva－如同／vyuṣitam－不在家的／viṣaṇṇā—郁闷的 / manaḥ—我的心 / aravinda-akṣa—眼如莲花的人啊！ / didṛkṣate—想要看到 / tvām—您

译文　眼如莲花的至尊主啊！恰似在还没长出翅膀时总期望母亲回来喂自己的雏鸟，以及被拴在一旁焦急等待挤奶时间过后被允许吸吮母奶的小牛犊，或者翘首盼望离家的丈夫回家并从各方面满足自己的那个郁闷的妻子，我时刻盼望有为您直接做服务的机会。

要旨　纯粹奉献者总是渴望与至尊主本人联谊并为祂做服务。就有关这一点所举的例子极为贴切。雏鸟除了母亲回来喂它时才感到满足外，几乎从不满足。小牛犊除非被允许吸吮母亲奶囊中的奶，否则不会感到满足。丈夫出门在外的忠贞妻子，除非与心爱的丈夫在一起，否则从不感到满足。

第 27 节

ममोत्तमश्लोकजनेषु सख्यं
संसारचक्रे भ्रमतः स्वकर्मभिः ।
त्वन्माययात्मात्मजदारगेहे-
ष्वासक्तचित्तस्य न नाथ भूयात् ॥२७॥

mamottamaśloka-janeṣu sakhyaṁ
saṁsāra-cakre bhramataḥ sva-karmabhiḥ
tvan-māyayātmātmaja-dāra-geheṣv
āsakta-cittasya na nātha bhūyāt

mama—我的 / uttama-śloka-janeṣu—在只依恋至尊人格首神的奉献者之间 / sakhyam—友谊 / saṁsāra-cakre—在生死轮回中 / bhramataḥ—游荡着的 / sva-karmabhiḥ—被我自己的功利性活动的结果 / tvat-māyayā—被您的外在能量 / ātma—对躯体 / ātma-ja—孩子 /

dāra－妻子 / geheṣu－和家庭 / āsakta－依恋 / cittasya－……的心 / na－不 / nātha－我的至尊主啊！ / bhūyāt－但愿

译文 啊，至尊主！我的主人啊！我因为从事功利性活动而在这个物质世界里到处游荡。因此，我现在只在与您那些虔诚、有知识的奉献者的联谊中寻求友谊。您外在能量的魔力使我继续依恋我的躯体、妻子、孩子和家庭，但我期望不再依恋他们。让我的心智、我的意识和我所有的一切都只依恋您吧！

到此为止，结束了巴克提韦丹塔对《圣典博伽瓦谭》第6篇第11章——“维陀魔的超然品质”所作的阐释。

第十二章

维陀魔的光荣之死

这一章讲述了天帝因铎(Indra)是如何在极不情愿的情况下杀死维陀魔(Vṛtrāsura)的。

维陀魔说完话后，便满腔愤怒地将他的三叉戟朝天帝因铎猛掷过去，但因铎用他那比三叉戟力量强大许多倍的霹雳将三叉戟击成碎片，同时削去了维陀魔的一条臂膀。尽管如此，维陀魔还是用他剩下的一条手臂挥舞铁锤矛打向因铎，使因铎失手掉了霹雳。为此而感到丢脸的因铎不去捡起地上的霹雳，但维陀魔鼓励因铎王捡起霹雳作战。维陀魔接着给予因铎王很好的教导说："至尊人格首神是导致胜利和失败的原因。蠢人和无赖们不知道至尊主是一切原因的起因，所以将胜利或失败的原因归咎于自己，但其实一切都在至尊主的控制下。除了祂，没人有自主权。享受者(puruṣa)和被享受者(prakṛti)都受至尊主的控制，因为一切都在祂的监督下有系统地运作。蠢人看不到至尊主在掌管着一切活动，以为自己是一切的统治者和控制者。然而，当人明白至尊人格首神才是真正的控制者时，他就摆脱了苦乐、恐惧和不纯洁的相对世界。"就这样，因铎和维陀魔不仅是在作战，而且还在进行哲学性的谈论。之后，他们再接着作战。

这次，因铎变得更有力量；他砍掉了维陀魔剩下的那条手臂。这以后，维陀魔变换出巨大的形体，吞下因铎王，但因铎受到被称为纳茹阿亚纳盔甲(Nārāyaṇa-kavaca)的护身符的保护，能够甚至在维陀魔的体内保护自己。他于是从维陀魔的腹部出来，用他那强有力的霹雳将恶魔的头从他身体上砍了下来。砍下恶魔首级的工作花费了他整整一年的时间。

第 1 节

श्रीऋषिरुवाच
एवं जिहासुर्नृप देहमाजौ
मृत्युं वरं विजयान्मन्यमानः ।
शूलं प्रगृह्याभ्यपतत्सुरेन्द्रं
यथा महापुरुषं कैटभोऽप्सु ॥१॥

śrī-ṛṣir uvāca
evaṁ jihāsur nṛpa deham ājau
mṛtyuṁ varaṁ vijayān manyamānaḥ
śūlaṁ pragṛhyābhyapatat surendraṁ
yathā mahā-puruṣaṁ kaiṭabho 'psu

śrī-ṛṣiḥ uvāca—圣舒卡戴瓦·哥斯瓦米说 / evam—如此 / jihāsuḥ—很想放弃 / nṛpa—帕瑞克西特王啊！ / deham—躯体 / ājau—在战斗中 / mṛtyum—死去 / varam—更好的 / vijayāt—比胜利 / manyamānaḥ—认为 / śūlam—三叉戟 / pragṛhya—拿起 / abhyapatat—攻击 / sura-indram—天帝因铎 / yathā—恰似 / mahā-puruṣam—至尊人格首神 / kaiṭabhaḥ—恶魔凯塔巴 / apsu—在整个宇宙洪水泛滥时

译文 舒卡戴瓦·哥斯瓦米说：维陀魔想要放弃他的躯体，认为在战斗中死去是比赢得胜利更合意的成就。帕瑞克西特王啊！恰似凯塔巴在宇宙洪水泛滥时向至尊人格首神发起猛烈的进攻一样，维陀魔精神抖擞地拿起他的三叉戟，向因铎王发起强大的攻击。

要旨 尽管维陀魔一再鼓励因铎用霹雳杀死他，但因铎为要杀死这样一位伟大的奉献者而心情阴郁，所以犹豫着不抛掷霹雳。维陀魔对因铎王不顾他的鼓励就是不情愿做这件事感到沮丧，于是采取主动，猛力将三叉戟投向因铎。维陀魔根本不想取得胜利，而是想被杀，以便自己能立刻回归家园，回到首神身边。正如《博伽梵歌》(Bhagavad-gītā)第4章的第9节诗证实说：奉献者在放弃物质躯体后立刻回到主奎师那身边，用不返回这个世界接受另一个躯体(tyaktvā dehaṁ punar janma naiti)。这才是维陀魔的志向。

第2节

ततो युगान्ताग्निकठोरजिह्व-
माविध्य शूलं तरसासुरेन्द्रः ।
क्षिप्त्वा महेन्द्राय विनद्य वीरो
हतोऽसि पापेति रुषा जगाद ॥ २ ॥

tato yugāntāgni-kaṭhora-jihvam
āvidhya śūlaṁ tarasāsurendraḥ
kṣiptvā mahendrāya vinadya vīro
hato 'si pāpeti ruṣā jagāda

tataḥ－随后 / yuga-anta-agni－仿佛在整个宇宙结束时的大火 / kaṭhora－尖利的 / jihvam－具有尖端 / āvidhya－旋转起 / śūlam－三叉戟 / tarasā－猛力地 / asura-indraḥ－恶魔中的大英雄维陀魔 / kṣiptvā－投掷 / mahā-indrāya－向因铎王 / vinadya－吼叫 / vīraḥ－大英雄(维陀魔) / hataḥ－杀死 / asi－你是 / pāpa－罪恶的人啊！ / iti－如此 / ruṣā－愤怒地 / jagāda－他大声吼叫

译文　恶魔中的大英雄维陀魔，当时急速旋转起他的三叉戟，那三叉戟的尖端仿佛在整个宇宙结束时燃烧的烈火的火焰。他愤怒地猛力将三叉戟掷向因铎，大声吼叫道，“罪恶的人啊！我就要这样杀死你！”

第3节

ख आपतत्तद्विचलद्ग्रहोल्कवन्
निरीक्ष्य दुष्प्रेक्ष्यमजातविक्लवः ।

वज्रेण वज्री शतपर्वणाच्छिनद्
भुजं च तस्योरगराजभोगम् ॥ ३ ॥

kha āpatat tad vicalad graholkavan
nirīkṣya duṣprekṣyam ajāta-viklavaḥ
vajreṇa vajrī śata-parvaṇācchinad
bhujaṁ ca tasyoraga-rāja-bhogam

khe一在空中 / āpatat一飞向他 / tat一那三叉戟 / vicalat一转动 / graha-ulka-vat一像颗流星 / nirīkṣya一注意观察的 / duṣprekṣyam一难以去看 / ajāta-viklavaḥ一不害怕的 / vajreṇa一用霹雳 / vajrī一霹雳的持有者因铎 / śata-parvaṇā一有一百个接缝 / ācchinat一削 / bhujam一手臂 / ca一和 / tasya一他(维陀魔)的 / uraga-rāja一大蛇瓦苏奎的 / bhogam一像身体

译文 维陀魔的三叉戟在空中飞驰时恰似光芒四射的流星。尽管那耀眼的武器让人难以看清，但因铎王毫不畏惧地用他的霹雳将其削成碎片。他同时削掉了维陀魔的手臂，那手臂有蛇王瓦苏奎的身体那么粗。

第4节

छिन्नैकबाहुः परिघेण वृत्रः
संरब्ध आसाद्य गृहीतवज्रम् ।
हनौ तताडेन्द्रमथामरेभं
वज्रं च हस्तान्न्यपतन्मघोनः ॥ ४ ॥

chinnaika-bāhuḥ parigheṇa vṛtraḥ
saṁrabdha āsādya gṛhīta-vajram
hanau tatāḍendram athāmarebhaṁ
vajraṁ ca hastān nyapatan maghonaḥ

chinna一削掉 / eka一一个 / bāhuḥ一手臂……的 / parigheṇa一用一个铁锤矛 / vṛtraḥ一维陀魔 / saṁrabdhaḥ一非常愤怒 / āsādya一到

达 / gṛhīta—拿起 / vajram—霹雳 / hanau—下巴上 / tatāḍa—猛击 / indram—主因铎 / atha—还有 / amara-ibham—他的大象 / vajram—霹雳 / ca—和 / hastāt—从手上 / nyapatat—掉落 / maghonaḥ—因铎王的

译文 尽管一只手臂被削掉，维陀魔仍然愤怒地接近因铎，用铁锤矛猛击因铎的下巴。他还攻击因铎的大象坐骑，使因铎手持的霹雳掉落在地。

第 5 节

वृत्रस्य कर्मातिमहाद्भुतं तत्
सुरासुराश्चारणसिद्धसङ्घाः ।
अपूजयंस्तत्पुरुहूतसङ्कटं
निरीक्ष्य हा हेति विचुक्रुशुर्भृशम् ॥५॥

vṛtrasya karmāti-mahādbhutaṁ tat
surāsurāś cāraṇa-siddha-saṅghāḥ
apūjayaṁs tat puruhūta-saṅkaṭaṁ
nirīkṣya hā heti vicukruśur bhṛśam

vṛtrasya—维陀魔的 / karma—成就 / ati—十分 / mahā—非常地 / adbhutam—神奇的 / tat—那 / sura—半神人 / asurāḥ—和恶魔 / cāraṇa—查冉纳 / siddha-saṅghāḥ—以及神秘仙团体 / apūjayan—赞扬 / tat—那 / puruhūta-saṅkaṭam—因铎危险的处境 / nirīkṣya—看着 / hā hā—唉！唉！ / iti—如此 / vicukruśuḥ—叹息 / bhṛśam—极其

译文 半神人、恶魔、查冉纳和神秘仙等不同星球上的居民，都称赞维陀魔的作为，但当他们看到因铎面临巨大的危险时，都不禁叹息道：“唉！唉！”

第 6 节

इन्द्रो न वज्रं जगृहे विलज्जित-
श्च्युतं स्वहस्तादरिसन्निधौ पुनः ।

तमाह वृत्रो हर आत्तवज्रो
जहि स्वशत्रुं न विषादकालः ॥ ६ ॥

indro na vajraṁ jagṛhe vilajjitaś
cyutaṁ sva-hastād ari-sannidhau punaḥ
tam āha vṛtro hara ātta-vajro
jahi sva-śatruṁ na viṣāda-kālaḥ

indraḥ—因铎王 / na—不 / vajram—霹雳 / jagṛhe—捡起 / vilajjitaḥ—丢脸 / cyutam—掉落 / sva-hastāt—从他手中 / ari-sannidhau—在敌人面前 / punaḥ—再次 / tam—向他 / āha—说 / vṛtraḥ—维陀魔 / hare—因铎啊！ / ātta-vajraḥ—捡起你的霹雳 / jahi—杀死 / sva-śatrum—你的敌人 / na—不 / viṣāda-kālaḥ—悲伤的时候

译文 因铎在自己对手面前失手掉落霹雳就几乎是被打败了，这使他感到很丢脸。他不敢去捡起他的武器。但维陀魔鼓励他说，“捡起你的霹雳并杀死你的敌人。现在不是你为命运悲伤的时候”。

第 7 节

युयुत्सतां कुत्रचिदाततायिनां
जयः सदैकत्र न वै परात्मनाम् ।
विनैकमुत्पत्तिलयस्थितीश्वरं
सर्वज्ञमाद्यं पुरुषं सनातनम् ॥ ७ ॥

yuyutsatāṁ kutracid ātatāyināṁ
jayaḥ sadaikatra na vai parātmanām
vinaikam utpatti-laya-sthitīśvaraṁ
sarvajñam ādyaṁ puruṣaṁ sanātanam

yuyutsatām—那些好战之人的 / kutracit—有时 / ātatāyinām—备有武器 / jayaḥ—胜利 / sadā—总是 / ekatra—在一个地方 / na—不 / vai—事实上 / para-ātmanām—只在超灵指导下工作的下属生物体

的 / vinā－除……之外 / ekam－一个 / utpatti－创造的 / laya－毁灭 / sthiti－和维系 / īśvaram－控制者 / sarva-jñam－知道一切事物(过去、现在和未来)的 / ādyam－最初的 / puruṣam－享受者 / sanātanam－永恒的

译文　维陀魔继续道：因铎啊！除了至尊人格首神巴嘎万，没人能保证总是赢。祂是创造、维系和毁灭的根本原因，祂知道一切。我们这些好战的部下因为需要依靠上级并被迫接受了物质躯体，所以有时战胜，有时战败。

要旨　《博伽梵歌》第15章的第15节诗记载，至尊主说：

sarvasya cāhaṁ hṛdi sanniviṣṭo
　mattaḥ smṛtir jñānam apohanaṁ ca

“我在众生的心中。记忆、知识和遗忘都来自我。”双方作战时，战斗其实是在作为超灵(Paramātmā)的至尊人格首神的指导下进行。《博伽梵歌》第3章的第27节诗记载，至尊主说：

prakṛteḥ kriyamāṇāni
　guṇaiḥ karmāṇi sarvaśaḥ
ahaṅkāra-vimūḍhātmā
　kartāham iti manyate

“灵魂受假我的迷惑，以为是自己在活动，却不知道，其实是物质自然的三种属性在活动。”生物体只是在至尊主的指导下做事。至尊主给物质自然下达命令，她就为生物体安排便利条件。生物体不是独立的，尽管他们愚蠢地以为自己是行为者(kartā)。

胜利总是伴随着至尊人格首神。至于处在从属地位上的生物体，他们是在至尊人格首神的安排下作战。胜利或失败其实都不是他们的，而是至尊主透过物质自然这一代理所做的安排。因胜利而骄傲或因失败而沮丧都没有用。人应该完全依靠至尊人格首

神，祂才是众生胜利或失败的根本原因。至尊主忠告说：履行你的规定职责，因为做事比不做事强(niyataṁ kuru karma tvaṁ karma jyāyo hy akarmaṇaḥ)。生物体受命要按照自己的地位和状态行事。胜利或失败都取决于至尊主。“你有权利履行你的规定职责，但无权享受活动的结果(karmaṇy evādhikāras te mā phaleṣu kadācana)”。人必须按照自己的地位和状态认真行事。胜利和失败都取决于至尊主。

维陀魔鼓励因铎说：“不要因为我得胜而感到难过。不需要停止作战。相反，你应该继续履行你的职责。当奎师那想要的时候，你无疑就会赢得胜利。”这节诗的内容对真诚地在奎师那意识运动中做事的人来说很有教育意义。我们不该因胜利而喜气洋洋，或因失败而心情沮丧。我们应该真诚努力地按照奎师那(Kṛṣṇa)或圣柴坦亚·玛哈帕布(Caitanya Mahāprabhu)的意愿做事，而不要考虑胜败。我们唯一的责任是真诚做事，以使我们的活动能够得到主奎师那的认可。

第 8 节

लोकाः सपाला यस्येमे श्वसन्ति विवशा वशे ।
द्विजा इव शिचा बद्धाः स काल इह कारणम् ॥८॥

lokāḥ sapālā yasyeme
śvasanti vivaśā vaśe
dvijā iva śicā baddhāḥ
sa kāla iha kāraṇam

lokāḥ—众多的星球 / sa-pālāḥ—与他们的最高神明或控制者 / yasya—……的 / ime—所有这些 / śvasanti—生活 / vivaśāḥ—完全依靠 / vaśe—在控制下 / dvijāḥ—鸟 / iva—如同 / śicā—被一张网 / baddhāḥ—被捆绑 / saḥ—那 / kālaḥ—时间因素 / iha—在这 / kāraṇam—原因

译文　这个宇宙中每一个星球上的众生，包括掌管各个星球的神明们，都完全在至尊主的控制下。他们像被网子罩住的飞鸟不能自由飞翔般地在工作。

要旨　半神人(sura)与恶魔(asura)之间的区别就在于：半神人知道没有至尊人格首神的意愿，一切都不会发生，而恶魔无法明白至尊主的最高意愿。在这场战斗中，维陀魔实际上是半神人，而因铎实际上是恶魔。没人能独立行事；相反，所有的生物都在至尊人格首神的指导下行事。正因为如此，胜败是由至尊主根据一个人的活动(karma)做出裁决的结果(karmaṇā-daiva-netreṇa)。既然我们的活动是在至尊者根据我们的业报加以控制的情况下从事的，那么从布茹阿玛下至微小的蚂蚁就都不是独立的。无论我们是战胜还是战败，至尊主永远是胜利者，因为众生都在祂的指导下行事。

第 9 节

ओजः सहो बलं प्राणममृतं मृत्युमेव च ।
तमज्ञाय जनो हेतुमात्मानं मन्यते जडम् ॥९॥

ojaḥ saho balaṁ prāṇam
amṛtaṁ mṛtyum eva ca
tam ajñāya jano hetum
ātmānaṁ manyate jaḍam

ojaḥ—感官的力量 / sahaḥ—心的力量 / balam—身体的力量 / prāṇam—生命的状况 / amṛtam—不死 / mṛtyum—死 / eva—的确 / ca—还有 / tam—祂(至尊主) / ajñāya—不知道 / janaḥ—愚蠢之人 / hetum—原因 / ātmānam—躯体 / manyate—认为 / jaḍam—虽然好似石头

译文　我们的感官能力、心力、身体的力量、生命力，以及死与不死，都由至尊人格首神掌控。不知道这一事实的愚蠢之人，以为没有生命的物质躯体是他们活动的原因。

第 10 节

यथा दारुमयी नारी यथा पत्रमयो मृगः ।
एवं भूतानि मघवन्नीशतन्त्राणि विद्धि भोः ॥१०॥

yathā dārumayī nārī
yathā patramayo mṛgaḥ
evaṁ bhūtāni maghavann
īśa-tantrāṇi viddhi bhoḥ

yathā—正如 / dāru-mayī—用木头做成 / nārī——个女人 / yathā—正如 / patra-mayaḥ—用叶子做成 / mṛgaḥ——个动物 / evam—如此 / bhūtāni——切事物 / maghavan—因铎王啊！ / īśa—至尊人格首神 / tantrāṇi—依靠于 / viddhi—请了解 / bhoḥ—先生啊！

译文 因铎王啊！正如用木头雕塑的女人形象或用草和叶子编制的动物不能自己移动或跳舞，而完全依靠拿着他们的人的操作，我们都根据人格首神——至尊控制者的意愿起舞。没人是独立的。

要旨 对此，《永恒的柴坦亚经》首篇第5章的第142节诗证实说：

ekale īśvara kṛṣṇa, āra saba bhṛtya
yāre yaiche nācāya, se taiche kare nṛtya

“主奎师那独自一人是至高无上的控制者，所有其他人物都是祂的仆人。他们按照祂的意愿起舞。”我们都是奎师那的仆人；我们不是独立的。我们按照至尊人格首神的意愿起舞，但却因为愚昧和错觉，以为我们独立于至尊意愿而存在。为此，经典中说：

īśvaraḥ paramaḥ kṛṣṇaḥ
sac-cid-ānanda-vigrahaḥ
anādir ādir govindaḥ
sarva-kāraṇa-kāraṇam

“以哥文达(Govinda)著称的奎师那是至尊控制者。祂有一个永恒、极乐和灵性的身体。祂是一切的起源。祂没有其他起源，因为祂是一切原因的最初原因。”(《布茹阿玛·萨密塔》5.1)

第 11 节

पुरुषः प्रकृतिर्व्यक्तमात्मा भूतेन्द्रियाशयाः ।
शक्नुवन्त्यस्य सर्गादौ न विना यदनुग्रहात् ॥११॥

puruṣaḥ prakṛtir vyaktam
ātmā bhūtendriyāśayāḥ
śaknuvanty asya sargādau
na vinā yad-anugrahāt

puruṣaḥ—物质能量总体的创始者 / prakṛtiḥ—物质能量或物质自然 / vyaktam—展示的原则(物质能量总体) / ātmā—假我 / bhūta—五种物质元素 / indriya—十个感官 / āśayāḥ—心念、智力和意识 / śaknuvanti—能 / asya—这宇宙的 / sarga-ādau—在创造中等 / na—不 / vinā—没有 / yat—……的 / anugrahāt—仁慈

译文　卡冉诺达卡沙依·维施努、嘎尔博达卡沙依·维施努、祺柔达卡沙依·维施努这三位主宰神明，物质自然、物质能量总体，错误的自我意识、五种物质粗糙元素、物质感官、心念、智力和意识，都不能在没有至尊人格首神指导的情况下进行创造。

要旨　《维施努往世书》(Viṣṇu Purāṇa)中证实说：我们体验到的一切展示，都只不过是至尊人格首神的各种能量(parasya brahmaṇaḥ śaktis tathedam akhilaṁ jagat)。这些能量不能独立进行创造。

就有关这一点，至尊主本人在《博伽梵歌》第9章的第10节诗中也说：“琨缇的儿子啊！物质自然是我的一种能量，在我的指挥下活动，产生动与不动的一切(mayādhyakṣeṇa prakṛtiḥ sūyate sacarācaram)。”只有在至尊人的指导下，展示为二十四种元素的物质能量(prakṛti)才为生物创造出不同的处境。至尊主在韦达经(Veda)中说：

madīyaṁ mahimānaṁ ca
parabrahmeti śabditam
vetsyasy anugṛhītaṁ me
sampraśnair vivṛtaṁ hṛdi

“由于一切都是我能量的展现，我被称为至尊梵(Parabrahman)。因此，每一个人都该听我讲解我光荣的活动。”在《博伽梵歌》第10章的第2节诗中，至尊主也说：“我是全体半神人的源头(aham ādir hi devānām)。”所以，至尊人格首神是一切的源头，没人独立于祂而存在。对此，圣玛德瓦查尔亚(Madhvācārya)也说：个体生物永远都不是控制者，而是被控制者(anīśa jīva-rūpeṇa)。所以，当生物骄傲地认为自己是独立的控制者(īśvara)，是神时，他是愚蠢的。下面的诗文将描述这种愚蠢。

第 12 节

अविद्वानेवमात्मानं मन्यतेऽनीशमीश्वरम् ।
भूतैः सृजति भूतानि ग्रसते तानि तैः स्वयम् ॥१२॥

avidvān evam ātmānaṁ
manyate 'nīśam īśvaram
bhūtaiḥ sṛjati bhūtāni
grasate tāni taiḥ svayam

avidvān－愚蠢没知识的人 / evam－如此 / ātmānam－他自己 / manyate－认为 / anīśam－虽然完全依靠他人 / īśvaram－作为至尊控制者、独立的 / bhūtaiḥ－被生物体 / sṛjati－祂(至尊主)创造 /

bhūtāni－其他生物体 / grasate－祂吞没 / tāni－他们 / taiḥ－被其他生物体 / svayam－祂自己

译文 愚蠢无知的人无法了解至尊人格首神；虽然始终处在依赖的状态中，但却错误地以为自己是至尊者。人如果以为"按一个人以前从事的功利性活动，其躯体由父母制造，而如同一个动物被老虎吃掉，这同一个躯体被另一种原因所毁灭"，这种想法就不是正确的理解。事实是，至尊人格首神本人通过其他生物体创造并毁灭一个生物体。

要旨 按照被称为功利性活动论(karma-mīmāṁsā)的哲学结论：人以前从事的功利性活动(karma)，是现在发生一切的起因，所以不需要工作。得到这一结论的人是愚蠢的。当父母生孩子时，他们并非独自在做这件事，而是在至尊主的引导下这么做。正如《博伽梵歌》第15章的第15节诗记载，至尊主本人说："我在每一个生物体的心中，记忆、知识和遗忘都来自我(sarvasya cāhaṁ hṛdi sanniviṣṭo mattaḥ smṛtir jñānam apohanaṁ ca)。"人除非得到坐在每个生物体心中的至尊人格首神的命令，否则无法被引导创造任何东西。因此，父母并非是生物的创造者。生物过去从事的功利性活动，使他被置于父亲的精子中，父亲再将承载着生物的精子注入母亲的子宫。接着，根据父母的躯体(yathā-yoni yathā-bījam)，生物接受一个类似的躯体，出生后享乐或受苦。所以，至尊主是人出生的最初原因。同样道理，至尊主也是人被杀的真正原因。没人是独立的；所有的生物都依赖至尊主。真正的结论是：唯一独立的人是至尊人格首神。

第 13 节

आयुः श्रीः कीर्तिरैश्वर्यमाशिषः पुरुषस्य याः ।
भवन्त्येव हि तत्काले यथानिच्छोर्विपर्ययाः ॥१३॥

āyuḥ śrīḥ kīrtir aiśvaryam
āśiṣaḥ puruṣasya yāḥ
bhavanty eva hi tat-kāle
yathānicchor viparyayāḥ

āyuḥ—寿命 / śrīḥ—财产 / kīrtiḥ—名望 / aiśvaryam—力量 / āśiṣaḥ—祝福 / puruṣasya—生物体的 / yāḥ—……的 / bhavanti—发生 / eva—的确 / hi—无疑地 / tat-kāle—在适当的时候 / yathā—正如 / anicchoḥ—不想要……的人的 / viparyayāḥ—逆境

译文　正如不想死的人仍必须在死亡时放弃他的寿命、财产和名望等一切，在被安排好要胜利时，人就会在至尊主仁慈地赐予他所有这一切时得到它们。

要旨　如果我们骄傲地说“人可以靠自己的努力变得富有、博学、美丽等”，就是不对的。所有这些好运都得靠至尊主的仁慈获得。从另一个角度看，没人想死，没人想要贫穷或长相难看。但为什么有的人事与愿违，得到这些不想要的麻烦呢？那也是至尊人格首神出于仁慈或实施惩戒，让人得到或失去物质的一切。没人是独立的；每一个生物体都要有赖至尊主的仁慈或惩戒。孟加拉有句俗话说：至尊主有十只手。这意思是说祂在八个方向和上下方控制着一切。如果祂想用祂的十只手从我们这里把一切都拿走，我们用我们的两只手什么都保护不了。同样，如果祂想要用祂的十只手给予我们什么，我们用两只手实际上根本接不过来。换句话说，赐福胜过我们的雄心。结论是：即使我们不想与我们拥有的一切分开，有时至尊主会从我们这里强制性地拿走它们；而有时，当祂给我们赐福时，我们甚至没有能力全部接受。因此，无论是富有或痛苦时，我们都不是独立自主的；一切都有赖于至尊人格首神的甜美意愿。

第 14 节

तस्मादकीर्तियशसोर्जयापजययोरपि ।
समः स्यात्सुखदुःखाभ्यां मृत्युजीवितयोस्तथा ॥१४॥

tasmād akīrti-yaśasor
jayāpajayayor api
samaḥ syāt sukha-duḥkhābhyāṁ
mṛtyu-jīvitayos tathā

tasmāt—因此(因为完全有赖于至尊人格首神的意愿) / akīrti—诽谤的 / yaśasoḥ—和名誉 / jaya—胜利的 / apajayayoḥ—和失败 / api—甚至 / samaḥ—平等的 / syāt—人应该 / sukha-duḥkhābhyām—与苦乐 / mṛtyu—死亡的 / jīvitayoḥ—或者生存的 / tathā—和……一样

译文　由于一切都有赖于人格首神的至尊意愿，人应该平等看待荣辱、胜败和生死。在这所有表现为快乐或痛苦的结果中，人应该始终保持内心平衡，没有焦虑。

第 15 节

सत्त्वं रजस्तम इति प्रकृतेर्नात्मनो गुणाः ।
तत्र साक्षिणमात्मानं यो वेद स न बध्यते ॥१५॥

sattvaṁ rajas tama iti
prakṛter nātmano guṇāḥ
tatra sākṣiṇam ātmānaṁ
yo veda sa na badhyate

sattvam—善良属性 / rajaḥ—激情属性 / tamaḥ—愚昧属性 / iti—如此 / prakṛteḥ—物质自然的 / na—不 / ātmanaḥ—灵性灵魂的 / guṇāḥ—品质 / tatra—在这样的状况下 / sākṣiṇam—一个观察者 / ātmānam—自我 / yaḥ—任何……的人 / veda—知道 / saḥ—他 / na—不 / badhyate—被束缚

译文 谁了解善良、激情和愚昧这三种属性不是灵魂的属性，而是物质自然的属性，了解纯粹的灵魂只不过是这些属性作用与反作用的观察者，谁就应该被理解为是解脱了的人。他不受这些属性的束缚。

要旨 《博伽梵歌》第18章的第54节诗记载，至尊主解释说：

brahma-bhūtaḥ prasannātmā
na śocati na kāṅkṣati
samaḥ sarveṣu bhūteṣu
mad-bhaktiṁ labhate parām

"这样处在超然境界中的人，立刻觉悟至尊梵，变得充满喜悦。他永不悲伤，不再想得到什么。他平等对待众生。在这种状态下，他达到为我做奉爱服务的境界。"人达到觉悟自我的层面，也就是梵觉(brahma-bhūta)层面时，就知道自己生活中所发生的一切都是受物质自然属性污染的结果。生物——纯粹的灵魂，与这些属性毫无关系。在物质世界的暴风骤雨中，一切都飞速变化着，但人如果保持沉默，只是观察暴风骤雨的作用与反作用，他就被理解为是已经解脱了。解脱灵魂的真正资格是：他始终保持奎师那意识，不受物质能量作用与反作用的打扰。这样一位解脱了的人总是很喜悦，从不悲伤或渴望得到什么。由于一切都由至尊主提供，完全依赖着至尊主的生物不该为自己的感官享乐而拒绝或接受什么，相反应该将一切当作至尊主的仁慈加以接受，在任何情况下都稳如泰山。

第 16 节

पश्य मां निर्जितं शत्रु वृक्णायुधभुजं मृधे ।
घटमानं यथाशक्ति तव प्राणजिहीर्षया ॥१६॥

paśya māṁ nirjitaṁ śatru
vṛknāyudha-bhujaṁ mṛdhe

ghaṭamānaṁ yathā-śakti
tava prāṇa-jihīrṣayā

paśya—看 / mām—我 / nirjitam—已被打败 / śatru—对手啊！ / vṛkṇa—砍下 / āyudha—我的武器 / bhujam—以及我的手臂 / mṛdhe—在这战斗中 / ghaṭamānam—仍然尝试 / yathā-śakti—根据我的能力 / tava—你的 / prāṇa—生命 / jihīrṣayā—想要拿走

译文　我的对手啊，看着我！我的武器和一只手臂已被砍碎，所以我已经战败。你已战胜了我，但我还是怀着要杀死你的愿望尽全力奋战。即使在这种对我不利的处境中，我也根本不难过。因此，你应该停止沮丧，继续作战。

要旨　维陀魔是如此非凡和强大有力，他实际上正作为因铎的灵性导师在行事。他虽然即将被打败，但却一点儿都不受影响。他知道自己将会被因铎打败，也心甘情愿接受那结果，但由于他本该充当因铎的敌人，于是便尽全力去杀因铎。他就这样履行自己的责任。人应该在所有的情况下履行自己的责任，即使知道结果将会是什么也不停止。

第 17 节

प्राणग्लहोऽयं समर इष्वक्षो वाहनासनः ।
अत्र न ज्ञायतेऽमुष्य जयोऽमुष्य पराजयः ॥१७॥

prāṇa-glaho 'yaṁ samara
iṣv-akṣo vāhanāsanaḥ
atra na jñāyate 'muṣya
jayo 'muṣya parājayaḥ

prāṇa-glahaḥ—生命是赌注 / ayam—这场 / samaraḥ—战斗 / iṣu-akṣaḥ—箭是骰子 / vāhana-āsanaḥ —马和大象等坐骑是赌盘 / atra—这里(在这场赌博中) / na—不 / jñāyate—被知道 / amuṣya—那个的 / jayaḥ—胜利 / amuṣya—那个的 / parājayaḥ—失败

译文 我的对手啊！把这场我们两人在搏命的战斗当作赌注，箭是骰子，我们所骑的动物是赌盘。没人知道究竟谁输谁赢。一切都凭天意。

第 18 节

श्रीशुक उवाच
इन्द्रो वृत्रवचः श्रुत्वा गतालीकमपूजयत् ।
गृहीतवज्रः प्रहसंस्तमाह गतविस्मयः ॥१८॥

śrī-śuka uvāca
indro vṛtra-vacaḥ śrutvā
gatālīkam apūjayat
gṛhīta-vajraḥ prahasaṁs
tam āha gata-vismayaḥ

śrī-śukaḥ uvāca—圣舒卡戴瓦·哥斯瓦米说 / indraḥ—因铎王 / vṛtra-vacaḥ—维陀魔的话语 / śrutvā—听了 / gata-alīkam—没有口是心非 / apūjayat—崇敬 / gṛhīta-vajraḥ—拿起霹雳 / prahasan—微笑着 / tam—向维陀魔 / āha—说 / gata-vismayaḥ—摒弃他的疑惑

译文 舒卡戴瓦·哥斯瓦米说：听了维陀魔正直的教诲后，因铎王赞扬他，并再次将霹雳握在手中。于不再迷惑的情况下，他微笑着、坦率地对维陀魔说了如下一番话。

要旨 听了本该是恶魔的维陀魔的一番教诲，最杰出的半神人因铎王感到惊讶。他惊奇一个恶魔竟能说出这样有智慧的话语。接着，他想起帕拉德王(Prahlāda Mahārāja)和巴利王(Bali Mahārāja)等出生在恶魔家庭中的伟大的奉献者，于是明白过来，知道有时就连所谓的恶魔都是至尊人格首神的崇高奉献者。于是，因铎对维陀魔发出鼓励的微笑。

第 19 节

इन्द्र उवाच
अहो दानव सिद्धोऽसि यस्य ते मतिरीदृशी ।
भक्तः सर्वात्मनात्मानं सुहृदं जगदीश्वरम् ॥१९॥

indra uvāca
aho dānava siddho 'si
yasya te matir īdṛśī
bhaktaḥ sarvātmanātmānaṁ
suhṛdaṁ jagad-īśvaram

indraḥ uvāca—因铎说 / aho—喂！ / dānava—恶魔啊！ / siddhaḥ asi—你现在是完美的 / yasya—……的 / te—你的 / matiḥ—意识 / īdṛśī—像这个 / bhaktaḥ—伟大的奉献者 / sarva-ātmanā—没有偏离 / ātmānam—对超灵 / suhṛdam—最伟大的朋友 / jagat-īśvaram—对至尊人格首神

译文 因铎说：非凡的恶魔啊！尽管你的身份危险，但透过看你的分辨力和忍耐力，我明白你是至尊人格首神超灵完美的奉献者，是众生的朋友。

要旨 《博伽梵歌》第6章的第22节诗说明：

yaṁ labdhvā cāparaṁ lābhaṁ
manyate nādhikaṁ tataḥ
yasmin sthito na duḥkhena
guruṇāpi vicālyate

"培养出奎师那意识的人永远不会背离真理，不会认为还有比这更高的成就。在这种情况下，人即使陷入最大的困境，也永远不会动摇。"真正纯粹的奉献者永远不受各种情况的打扰。因铎惊讶地看到维陀魔不受打扰、坚定地为至尊主做奉爱服务；恶魔是不可能有这种心态的。然而，凭借至尊人格首神的恩典，任何人都可以成为崇高的奉献者(striyo vaiśyās tathā śūdrās te 'pi yānti parāṁ gatim)。真正纯粹的奉献者比能回归家园，回到首神身边。

第20节

भवानतार्षीन्मायां वै वैष्णवीं जनमोहिनीम् ।
यद्विहायासुरं भावं महापुरुषतां गतः ॥२०॥

bhavān atārṣīn māyāṁ vai
vaiṣṇavīṁ jana-mohinīm
yad vihāyāsuraṁ bhāvaṁ
mahā-puruṣatāṁ gataḥ

bhavān—你阁下 / atārṣīt—已超越了 / māyām—错觉能量 / vai—事实上 / vaiṣṇavīm—主维施努的 / jana-mohinīm—欺骗了众人的 / yat—因为 / vihāya—去除了 / āsuram—邪恶的 / bhāvam—心态 / mahā-puruṣatām—崇高奉献者的地位 / gataḥ—获得

译文 你超越了主维施努的错觉能量，而由于这种解脱，你去除了邪恶的心态，成为崇高的奉献者。

要旨 主维施努是至尊人(mahā-puruṣa)，因此成为外士纳瓦(Vaiṣṇava)的人上升到至尊人的奉献者(mahā-pauruṣya)的地位。帕瑞克西特王(Mahārāja Parīkṣit)就达到了这地位。《莲花往世书》(Padma Purāṇa)中说：半神人和恶魔之间的区别在于，半神人是主维施努的奉献者，而恶魔恰恰相反(viṣṇu-bhaktaḥ smṛto daiva āsuras tad-viparyayaḥ)。维陀魔被认为是恶魔，但实际上比奉献者(mahā-pauruṣya)还要有资格。以某种方式成为至尊主奉献者的人，无论在物质世界里的地位如何，都能成为完美的人。这只有在纯粹的奉献者为拯救他而努力侍奉至尊主的情况下才有可能。正因为如此，《圣典博伽瓦谭》(Śrīmad-Bhāgavatam)第2篇第4章的第18节诗记载，舒卡戴瓦·哥斯瓦米(Śukadeva Gosvāmī)说：

kirāta-hūṇāndhra-pulinda-pulkaśā
ābhīra-śumbhā yavanāḥ khasādayaḥ
ye 'nye ca pāpā yad-apāśrayāśrayāḥ
śudhyanti tasmai prabhaviṣṇave namaḥ

"至尊主拥有至高无上的力量，因此克伊茹阿塔、胡纳、安朵、菩林达、菩勒喀沙、阿比茹阿、松巴、亚瓦纳、喀萨族的成员，甚至其他沉溺于罪恶活动的人，只要投靠至尊主的奉献者，就都能得到净化。我乞求允许我向祂致以恭敬的顶礼。"任何人只要托庇于纯粹奉献者，按照纯粹奉献者的指导塑造自己的品质，就能得到净化，哪怕身为克伊茹阿塔、安朵、菩林达等，都能被净化，提升成为至尊人的奉献者。

第 21 节

खल्विदं महदाश्चर्यं यद्रजःप्रकृतेस्तव ।
वासुदेवे भगवति सत्त्वात्मनि दृढा मतिः ॥२१॥

khalv idaṁ mahad āścaryaṁ
yad rajaḥ-prakṛtes tava
vāsudeve bhagavati
sattvātmani dṛḍhā matiḥ

khalu一的确 / idam一这 / mahat āścaryam一极其惊讶 / yat一……的 / rajaḥ一受激情属性的影响 / prakṛteḥ一本性……的 / tava一你的 / vāsudeve一在主奎师那之中 / bhagavati一至尊人格首神 / sattva-ātmani一处于纯粹的善良属性中 / dṛḍhā一稳固的 / matiḥ一意识

译文　维陀魔啊！恶魔一般都受激情属性的控制。因此使人极其惊讶的是，你虽然是恶魔，但却有奉献者的心态，全神贯注于始终处在纯粹善良属性层面上的至尊人格首神华苏戴瓦。

要旨　因铎王不明白维陀魔如何能被升上崇高奉献者的地位。就帕拉德王而言，他得到纳茹阿达·牟尼(Nārada Muni)的启迪，所以尽管出生在恶魔的家庭中，但还是有可能成为伟大的奉献者。然而，因铎看不透维陀魔成为奉献者的原因。为此，他惊奇维陀魔竟然是如此崇高的奉献者，以至于能毫不分心地全神贯注于主奎师那(华苏戴瓦)的莲花足。

第 22 节

यस्य भक्तिर्भगवति हरौ निःश्रेयसेश्वरे ।
विक्रीडतोऽमृताम्भोधौ किं क्षुद्रैः खातकोदकैः ॥२२॥

yasya bhaktir bhagavati
harau niḥśreyaseśvare
vikrīḍato 'mṛtāmbhodhau
kiṁ kṣudraiḥ khātakodakaiḥ

yasya—……的 / bhaktiḥ—奉爱服务 / bhagavati—对至尊人格首神 / harau—主哈尔依 / niḥśreyasa-īśvare—生命最高的完美或至高解脱的控制者 / vikrīḍataḥ—游泳和玩耍 / amṛta-ambhodhau—在甘露的汪洋中 / kim—有什么用？ / kṣudraiḥ—以少量的 / khātaka-udakaiḥ—沟中之水

译文 至尊主哈尔依是最吉祥的主人，坚定地为祂做奉爱服务的人畅游在甘露的汪洋中。对这种人来说，小沟中的水能有什么用？

要旨 维陀魔之前曾祈祷说：“我不想在北极星、天堂星球或主布茹阿玛住的星球上享受，也不想成为所有地球星球或低等星系的最高统治者。我只想回归家园，回到首神身边(na nāka-pṛṣṭhaṁ na ca pārameṣṭhyaṁ na sāma-bhaumaṁ na rasādhipatyam)。”(《圣典博伽瓦谭》6.11.25)这是纯粹奉献者的决心。纯粹的奉献者永远都不受这个物质世界里的任何高贵地位的吸引。他只期望向圣茹阿妲茹阿妮(Rādhārāṇī)、牧牛姑娘们(gopīs)，以及奎师那的父母

(南达王和雅首达妈妈)、仆人和朋友等温达文(Vṛndāvana)的居民一样，与至尊人格首神在一起。他想要与温达文内美丽的奎师那氛围接触。这些才是奎师那的奉献者所具有的最大的雄心。主维施努的奉献者们也许向往在外琨塔星球(Vaikuṇṭhaloka)中得到一席之地，但奎师那的奉献者甚至从不渴望得到外琨塔中的便利条件，而是想要回归哥珞卡·温达文(Goloka Vṛndāvana)，在主奎师那从事的永恒的娱乐活动中与祂在一起。所有物质的快乐都恰似壕沟里的水，而在灵性世界中永恒享受的灵性快乐却好比甘露的汪洋，奉献者想要在那甘露之洋中畅游。

第 23 节

श्रीशुक उवाच
इति ब्रुवाणावन्योन्यं धर्मजिज्ञासया नृप ।
युयुधाते महावीर्याविन्द्रवृत्रौ युधाम्पती ॥२३॥

śrī-śuka uvāca
iti bruvāṇāv anyonyaṁ
dharma-jijñāsayā nṛpa
yuyudhāte mahā-vīryāv
indra-vṛtrau yudhām patī

śrī-śukaḥ uvāca—圣舒卡戴瓦·哥斯瓦米说 / iti—如此 / bruvāṇau—谈论着 / anyonyam—向对方 / dharma-jijñāsayā—怀着要了解最高、终极的宗教原则(奉爱服务)的愿望 / nṛpa—君王啊！ / yuyudhāte—作战 / mahā-vīryau—双方都很强大 / indra—因铎王 / vṛtrau—和维陀魔 / yudhām patī—两者都是伟大的军事将领

译文　圣舒卡戴瓦·哥斯瓦米说：维陀魔和因铎王两人甚至在战场上谈论起奉爱服务来；之后，为了要履行责任而再次作战。亲爱的君王，他们两人都是非凡的斗士，力量不分上下。

第 24 节

आविध्य परिघं वृत्रः कार्ष्णायसमरिन्दमः ।
इन्द्राय प्राहिणोद्घोरं वामहस्तेन मारिष ॥२४॥

āvidhya parighaṁ vṛtraḥ
kārṣṇāyasam arindamaḥ
indrāya prāhiṇod ghoraṁ
vāma-hastena māriṣa

āvidhya—抡起 / parigham—大头棒 / vṛtraḥ—维陀魔 / kārṣṇa-ayasam—用铁制成 / arim-damaḥ—有能力征服他的敌人的 / indrāya—对准因铎 / prāhiṇot—投掷 / ghoram—十分可怕的 / vāma-hastena—用他的左手 / māriṣa—最杰出的君王——帕瑞克西特王啊！

译文 帕瑞克西特王啊！完全能征服敌人的维陀魔，用左手拿起他的铁制大头棒，抡起它对准因铎投掷过去。

第 25 节

स तु वृत्रस्य परिघं करं च करभोपमम् ।
चिच्छेद युगपद्देवो वज्रेण शतपर्वणा ॥२५॥

sa tu vṛtrasya parighaṁ
karaṁ ca karabhopamam
ciccheda yugapad devo
vajreṇa śata-parvaṇā

saḥ—他(因铎王) / tu—然而 / vṛtrasya—维陀魔的 / parigham—铁制大头棒 / karam—他的手 / ca—和 / karabha-upamam—如大象的躯干般强壮 / ciccheda—削成碎片 / yugapat—就在同一时刻 / devaḥ—主因铎 / vajreṇa—用霹雳 / śata-parvaṇā—有一百个接缝

译文 而就在同一时刻，因铎用他那名叫沙塔帕尔万的霹雳，将维陀魔的大头棒和剩下的另一只手臂削成了碎片。

第 26 节

दोर्भ्यामुत्कृत्तमूलाभ्यां बभौ रक्तस्रवोऽसुरः ।
छिन्नपक्षो यथा गोत्रः खाद् भ्रष्टो वज्रिणा हतः ॥२६॥

dorbhyām utkṛtta-mūlābhyāṁ
babhau rakta-sravo 'suraḥ
chinna-pakṣo yathā gotraḥ
khād bhraṣṭo vajriṇā hataḥ

dorbhyām－从两条手臂 / utkṛtta-mūlābhyām－从根部削下 / babhau－是 / rakta-sravaḥ－大量流血 / asuraḥ－维陀魔 / chinna-pakṣaḥ－翅膀被削的……的 / yathā－恰似 / gotraḥ－一座山 / khāt－从空中 / bhraṣṭaḥ－掉落 / vajriṇā－被手持霹雳的因铎 / hataḥ－攻击

译文　维陀魔鲜血涌流，他的两条手臂从根部被削下，看起来十分壮美，恰似翅膀被因铎削成碎片的一座会飞的山。

要旨　从这节诗文的说明看，世上有会飞的山，它们的翅膀被因铎砍下。维陀魔强大的身躯就恰似这样一座山。

第 27—29 节

महाप्राणो महावीर्यो महासर्प इव द्विपम् ।
कृत्वाधरां हनुं भूमौ दैत्यो दिव्युत्तरां हनुम् ।
नभोगम्भीरवक्त्रेण लेलिहोल्बणजिह्वया ॥२७॥

दंष्ट्राभिः कालकल्पाभिर्ग्रसन्निव जगत्त्रयम् ।
अतिमात्रमहाकाय आक्षिपंस्तरसा गिरीन् ॥२८॥

गिरिराट पादचारीव पद्भ्यां निर्जरयन्महीम् ।
जग्रास स समासाद्य वज्रिणं सहवाहनम् ॥२९॥

mahā-prāṇo mahā-vīryo
mahā-sarpa iva dvipam
kṛtvādharāṁ hanuṁ bhūmau
daityo divy uttarāṁ hanum
nabho-gambhīra-vaktreṇa
leliholbaṇa-jihvayā

daṁṣṭrābhiḥ kāla-kalpābhir
grasann iva jagat-trayam
atimātra-mahā-kāya
ākṣipaṁs tarasā girīn

giri-rāṭ pāda-cārīva
padbhyāṁ nirjarayan mahīm
jagrāsa sa samāsādya
vajriṇaṁ saha-vāhanam

mahā-prāṇaḥ一体力强大 / mahā-vīryaḥ一展现不寻常的力量 / mahā-sarpaḥ一最大的蛇 / iva一如同 / dvipam一一头大象 / kṛtvā一放置 / adharām hanum一下颚 / bhūmau一于地面 / daityaḥ一恶魔 / divi一在天空 / uttarām hanum一上颚 / nabhaḥ一像天空 / gambhīra一深 / vaktreṇa一用他的嘴 / leliha一像一条蛇 / ulbaṇa一可怕的 / jihvayā一用舌头 / daṁṣṭrābhiḥ一用牙齿 / kāla-kalpābhiḥ一恰似时间因素或死亡 / grasan一吞没 / iva一仿佛 / jagat-trayam一三个世界 / ati-mā-tra一非常高 / mahā-kāyaḥ一庞大身躯……的 / ākṣipan一撼动 / tara-sā一用极大的力量 / girīn一山 / giri-rāṭ一喜马拉雅山 / pāda-cārī一用脚移动 / iva一仿佛 / padbhyām一被他的脚 / nirjarayan一挤压 / mahīm一世界的表面 / jagrāsa一吞下 / saḥ一他 / samāsādya一达到 / vajriṇam一手持霹雳的因铎 / saha-vāhanam一与他的大象坐骑

译文 维陀魔身体的力量和影响力极其强大。他把他的下颚置于地面，上颚置于天空。他的嘴因为很深而如同天空本身，他的舌头好似一条巨蛇。他那可怕如死亡般的牙齿，使他看上去像是要吞没整个宇宙。呈现这样一个庞大身躯的非凡恶魔维陀，甚至撼动了山脉，并开始用他的腿挤压地球表面，仿佛是一座走动的喜马拉雅山。他来到因铎面前，如一条巨蟒吞食一头大象般，吞下了因铎和他的坐骑爱茹阿瓦特。

第 30 节

वृत्रग्रस्तं तमालोक्य सप्रजापतयः सुराः ।
हा कष्टमिति निर्विण्णाश्चुक्रुशुः समहर्षयः ॥३०॥

vṛtra-grastaṁ tam ālokya
saprajāpatayaḥ surāḥ
hā kaṣṭam iti nirviṇṇāś
cukruśuḥ samaharṣayaḥ

vṛtra-grastam－被维陀魔吞下 / tam－他(因铎) / ālokya－看着 / sa-prajāpatayaḥ－与主布茹阿玛和其他生物体祖先 / surāḥ－全体半神人 / hā－唉 / kaṣṭam－天大的灾难 / iti－如此 / nirviṇṇāḥ－非常难过地叹息不止 / cukruśuḥ－悲伤地说 / sa-mahā-ṛṣayaḥ－与伟大的圣人们

译文　布茹阿玛、其他生物体祖先等半神人，以及其他伟大、圣洁的人，看到因铎被恶魔吞下后都难过地叹息不止。他们悲伤地说：“唉，天大的灾难！天大的灾难！”

第 31 节

निगीर्णोऽप्यसुरेन्द्रेण न ममारोदरं गतः ।
महापुरुषसन्नद्धो योगमायाबलेन च ॥३१॥

nigīrṇo 'py asurendreṇa
na mamārodaraṁ gataḥ
mahāpuruṣa-sannaddho
yogamāyā-balena ca

nigīrṇaḥ－吞下 / api－虽然 / asura-indreṇa－被最非凡的恶魔维陀 / na－不 / mamāra－死 / udaram－腹部 / gataḥ－到达 / mahāpuruṣa－被至尊主纳茹阿亚纳的盔甲 / sannaddhaḥ－被保护着 / yoga-māyā-balena－被因铎自己拥有的神秘力量 / ca－还有

译文 因铎王拥有的纳茹阿亚纳保护盔甲，与至尊人格首神本人完全一样。他虽然被维陀魔吞了下去，但在那盔甲和他自己神秘力量的保护下，并没有死在那恶魔的腹中。

第32节

भित्त्वा वज्रेण तत्कुक्षिं निष्क्रम्य बलभिद्विभुः ।
उच्चकर्त शिरः शत्रोर्गिरिशृङ्गमिवौजसा ॥३२॥

bhittvā vajreṇa tat-kukṣiṁ
niṣkramya bala-bhid vibhuḥ
uccakarta śiraḥ śatror
giri-śṛṅgam ivaujasā

bhittvā－刺穿 / vajreṇa－被霹雳 / tat-kukṣim－维陀魔的腹部 / niṣkramya－出来 / bala-bhit－杀死巴拉魔的人 / vibhuḥ－强有力的天帝因铎 / uccakarta－砍下 / śiraḥ－头颅 / śatroḥ－敌人的 / giri-śṛṅgam－一座山的山峰 / iva－如同 / ojasā－用强大的力量

译文 因铎王用他那把同样极其强大的霹雳刺穿维陀魔的腹部并从中出来。随后，杀死巴拉魔的因铎立刻砍下了维陀魔如山峰般高的头颅。

第33节

वज्रस्तु तत्कन्धरमाशुवेगः
कृन्तन् समन्तात्परिवर्तमानः ।
न्यपातयत्तावदहर्गणेन
यो ज्योतिषामयने वार्त्रहत्ये ॥३३॥

vajras tu tat-kandharam āśu-vegaḥ
kṛntan samantāt parivartamānaḥ

nyapātayat tāvad ahar-gaṇena
yo jyotiṣām ayane vārtra-hatye

vajraḥ—霹雳 / tu—但是 / tat-kandharam—他的脖子 / āśu-vegaḥ—虽然很快速 / kṛntan—切割 / samantāt—一整圈 / parivartamānaḥ—转动 / nyapātayat—导致掉落 / tāvat—那么多 / ahaḥ-gaṇena—以天数计算 / yaḥ—……的 / jyotiṣām—如日月般的发光体的 / ayane—在赤道两端移动 / vārtra-hatye—在适当的时间杀死维陀魔

译文 霹雳虽然快速地在维陀魔的脖子上划了一圈，将他的头与身体分开，但却花了整整一年——三百六十天的时间。在此期间，太阳、月亮和其他发光体都完成了一趟向北方和南方的运行。那以后，在维陀魔该被杀的恰当时刻，他的头落到了地上。

第 34 节

तदा च खे दुन्दुभयो विनेदु-
गन्धर्वसिद्धाः समहर्षिसङ्घाः ।
वार्त्रघ्नलिङ्गैस्तमभिष्टुवाना
मन्त्रैर्मुदा कुसुमैरभ्यवर्षन् ॥३४॥

tadā ca khe dundubhayo vinedur
gandharva-siddhāḥ samaharṣi-saṅghāḥ
vārtra-ghna-liṅgais tam abhiṣṭuvānā
mantrair mudā kusumair abhyavarṣan

tadā—那时 / ca—还有 / khe—在上空的高等星系中 / dundubhayaḥ—定音鼓 / vineduḥ—发出响声 / gandharva—音乐仙 / siddhāḥ—以及歌仙 / sa-maharṣi-saṅghāḥ—和一群圣洁之人 / vārtra-ghna-liṅgaiḥ—祝贺杀死维陀魔的人的高超本领 / tam—他(因铎) / abhiṣṭuvānāḥ—赞美 / mantraiḥ—用各种曼陀 / mudā—欣喜若狂 / kusumaiḥ—用花 / abhyavarṣan—抛撒

译文 当维陀魔被杀时，天堂星系中的音乐仙、歌仙和有神通的仙人都欣喜若狂地击鼓庆祝。他们吟唱韦达赞歌，赞美杀死维陀魔的因铎所具有的高超本领，并欢天喜地地向他身上抛撒鲜花。

第 35 节

वृत्रस्य देहान्निष्क्रान्तमात्मज्योतिररिन्दम ।
पश्यतां सर्वदेवानामलोकं समपद्यत ॥३५॥

vṛtrasya dehān niṣkrāntam
ātma-jyotir arindama
paśyatāṁ sarva-devānām
alokaṁ samapadyata

vṛtrasya－维陀魔的 / dehāt－从身体中 / niṣkrāntam－出来 / ātma-jyotiḥ－像梵光一样闪亮的灵性灵魂 / arim-dama－啊，帕瑞克西特王，征服敌人的人！ / paśyatām－正看着 / sarva-devānām－当所有的半神人 / alokam－充满梵光的至尊住所 / samapadyata－到达

译文 啊，帕瑞克西特王，征服敌人的人！生命火花从维陀魔身体中出来，回归家园，回到首神身边，在全体半神人的眼前进入超然的世界，成为主桑卡尔珊的一个同伴。

要旨 圣维施瓦纳特·查夸瓦尔提·塔库尔(Viśvanātha Cakravartī Ṭhākura)解释说：维陀魔其实并不是因铎杀死的。他说：维陀魔吞下因铎王和他的坐骑时心想，“我现在杀死了因铎，所以没必要再打了。现在让我回归家园，回到首神身边吧”。这样想着，他停止了一切躯体活动，完全处在全神贯注的出神状态中。因铎利用维陀魔身体处在静止状态这一时机，刺穿恶魔的腹部，而由于维陀魔处在出神的状态中，因铎能够从他的腹部出来。维陀魔正处在瑜伽全神贯注的萨玛迪状态中(yoga-samadhi)，所以尽

管因铎想要切断他的喉咙，但他的脖子是如此坚硬，以致因铎花了三百六十天才能用霹雳将它切断。事实上是维陀魔自己放弃了那躯体后，因铎才将它砍碎的；维陀魔本人并没有被杀。维陀魔以他原本的意识状态回归家园，回到首神身边，成为主桑卡尔珊(Saṅkarṣaṇa)的一个同伴。这节诗中的梵文“充满梵光的至尊住所(alokam)”一词指的是超然的世界外琨塔星球，主桑卡尔珊永恒地居住在那里。

到此为止，结束了巴克提韦丹塔对《圣典博伽瓦谭》第6篇第12章——“维陀魔的光荣之死”所作的阐释。

第十三章

因铎王遭受恶报的折磨

这一章讲述的是因铎(Indra)杀死布茹阿玛纳(维陀魔)后感到的恐惧，以及他如何逃跑，最后靠主维施努的恩典获得了拯救。

当全体半神人请求因铎杀死维陀魔时，因铎因为维陀魔(Vṛtrāsura)是位布茹阿玛纳(brāhmaṇa，婆罗门)而加以拒绝。然而，半神人还是鼓励因铎不要害怕杀死他，因为因铎受到名叫纳茹阿亚纳·盔甲(Nārāyaṇa-kavaca)的护身符，也就是至尊人格首神本人主纳茹阿亚纳的保护。人哪怕偶然吟诵、吟唱了纳茹阿亚纳的名字，都会被免除杀一个女人、一头乳牛或一位布茹阿玛纳应得的恶报。半神人们建议因铎举行一场可以取悦纳茹阿亚纳的马祭(aśvamedha)，因为这样一种祭祀帮助清除恶报，哪怕是杀了整个宇宙的罪都能清除。

因铎王按照半神人的话去做，与维陀魔交战。当维陀魔被杀后，除了了解维陀魔真实地位的因铎王，所有其他的人都很高兴。这是伟大人物的本性。伟大的人物哪怕得到一些财富，也总是感到羞愧，后悔自己是否是非法得到了它。因铎能明白自己无疑受到杀死一个布茹阿玛纳的恶报的束缚。事实上，他能看到恶报的人格化身正跟着他，于是出于恐惧而四处奔逃，思考该如何使自己脱罪。他去到玛纳萨湖(Mānasa-sarovara)，在那里于幸运女神的保护下冥想了一千年。在此期间，纳胡沙(Nahuṣa)作为因铎的代表统治天堂星球。然而不幸的是，他被因铎之妻莎祺女神(Śacīdevī)的美貌所吸引，结果因他的罪恶欲念而不得不在来生接受一个蛇的身躯。因铎后来在崇高的布茹阿玛纳和圣人们的帮助下举行了一场盛大的祭祀，以此清洗他杀死布茹阿玛纳的罪恶。

第 1 节

श्रीशुक उवाच
वृत्रे हते त्रयो लोका विना शक्रेण भूरिद ।
सपाला ह्यभवन् सद्यो विज्वरा निर्वृतेन्द्रियाः ॥ १ ॥

śrī-śuka uvāca
vṛtre hate trayo lokā
vinā śakreṇa bhūrida
sapālā hy abhavan sadyo
vijvarā nirvṛtendriyāḥ

śrī-śukaḥ uvāca—圣舒卡戴瓦·哥斯瓦米说 / vṛtre hate—当维陀魔被杀时 / trayaḥ lokāḥ—(上、中、下)三个星系 / vinā—除了 / śakreṇa—又被称为沙夸的因铎 / bhūri-da—慷慨大方的帕瑞克西特王啊！ / sa-pālāḥ—与各个星系的统治者 / hi—的确 / abhavan—变得 / sadyaḥ—立刻 / vijvarāḥ—没有死亡的恐惧 / nirvṛta—很高兴 / indriyāḥ—感官……的

译文 圣舒卡戴瓦·哥斯瓦米说：慷慨大方的帕瑞克西特王啊！维陀魔被杀时，除了因铎外，三个星系中所有的主管神明和居民都立刻感到高兴，不再烦恼。

第 2 节

देवर्षिपितृभूतानि दैत्या देवानुगाः स्वयम् ।
प्रतिजग्मुः स्वधिष्ण्यानि ब्रह्मेशेन्द्रादयस्ततः ॥ २ ॥

devarṣi-pitṛ-bhūtāni
daityā devānugāḥ svayam
pratijagmuḥ sva-dhiṣṇyāni
brahmeśendrādayas tataḥ

deva—半神人 / ṛṣi—伟大圣洁的人 / pitṛ—祖先星球的居民 / bhūtāni—以及其他生物体 / daityāḥ—恶魔 / deva-anugāḥ—遵循半神

人原则的其他星球的居民 / svayam－擅自(未经因铎的许可) / pratijagmuḥ－返回 / sva-dhiṣṇyāni－到他们各自的星球和家 / brahma－主布茹阿玛 / īśa－主希瓦 / indra-ādayaḥ－和以因铎为首的半神人 / tataḥ－那之后

译文 那之后，半神人、伟大的圣人、祖先星球和地球星球的居民、恶魔、半神人的信奉者，以及主布茹阿玛、主希瓦和因铎属下的半神人，全都返回各自的住所。然而，没人在离开时对因铎说话。

要旨 就有关这一点，圣维施瓦纳特·查夸瓦尔提·塔库尔(Viśvanātha Cakravartī Ṭhākura)评论道：

brahmeśendrādaya iti indrasya sva-dhiṣṇya-gamanaṁ
nopapadyate vṛtra-vadha-kṣaṇa eva brahma-hatyopadrava-prāpteḥ
tasmāt tata ity anena mānasa-sarovarād āgatya pravartitād
aśvamedhāt parata iti vyākhyeyam

主布茹阿玛(Brahmā)、主希瓦(Śiva)和其他半神人返回他们各自的住所，但因铎没有，因为杀死事实上是位布茹阿玛纳的维陀魔使他感到心烦意乱。杀死维陀魔后，因铎去到玛纳萨湖，想在那里清除恶报。他离开那个湖后，举行了一场马祭(aśvamedha-yajña)，然后才回到自己的住所。

第3节

श्रीराजोवाच
इन्द्रस्यानिर्वृतेर्हेतुं श्रोतुमिच्छामि भो मुने ।
येनासन् सुखिनो देवा हरेर्दुःखं कुतोऽभवत् ॥ ३ ॥

śrī-rājovāca
indrasyānirvṛter hetuṁ
śrotum icchāmi bho mune

yenāsan sukhino devā
harer duḥkhaṁ kuto 'bhavat

śrī-rājā uvāca—帕瑞克西特王询问 / indrasya—因铎王的 / anirvṛteḥ—郁闷的 / hetum—原委 / śrotum—聆听 / icchāmi—我希望 / bhoḥ—我的主人啊！ / mune—伟大的圣人舒卡戴瓦·哥斯瓦米啊！ / yena—凭着……的 / āsan—是 / sukhinaḥ—非常高兴 / devāḥ—全体半神人 / hareḥ—因铎的 / duḥkham—郁闷 / kutaḥ—从……之处 / abhavat—是

译文 帕瑞克西特王向舒卡戴瓦·哥斯瓦米询问道：伟大的圣人啊！因铎为何不高兴？我需要听其中的原委。他杀了维陀魔后，所有的半神人都十分高兴。既然这样，因铎本人为何不高兴？

要旨 这当然是一个很有智慧的问题。当恶魔被杀时，所有的半神人无疑都很高兴。然而在这一次的情况中，当全体半神人因为维陀魔被杀而高兴时，因铎为什么不高兴？这也许使人想到，因铎之所以不高兴，是因为他杀了一位卓越的奉献者和布茹阿玛纳。维陀魔表面上看似恶魔，但内在却是一位伟大的奉献者，因此也是一位优秀的布茹阿玛纳。

这节诗文明确指出，像帕拉德王(Prahlāda Mahārāja)和巴利王(Bali Mahārāja)那样一点儿都不邪恶的人，表面上也许显得是个恶魔或出生在恶魔的家庭中。因此，就真正的文化方面而言，人不该只是按照出身考虑一个人是半神人还是恶魔。维陀魔在与因铎交战时，证明自己是至尊人格首神的一位杰出的奉献者。不仅如此，他一旦结束与因铎作战，表面上显得似乎被杀死后，就立刻被转升到外琨塔星球(Vaikuṇṭhaloka)，在那里成为主桑卡尔珊(Saṅkarṣaṇa)的一个同伴。因铎知道这一事实，所以为杀死这样一个实际上是外士纳瓦或说布茹阿玛纳的恶魔而感到极为难过。

尽管是布茹阿玛纳的人也许并非是外士纳瓦，然而是外士纳瓦的人已经是布茹阿玛纳了。《莲花往世书》(Padma Purāṇa)中说：

ṣaṭ-karma-nipuṇo vipro
mantra-tantra-viśāradaḥ
avaiṣṇavo gurur na syād
vaiṣṇavaḥ śva-paco guruḥ

一个人也许从他的文化背景和家庭出身的角度看是布茹阿玛纳，也许很精通韦达知识(mantra-tantra-viśāradaḥ)，但如果不是外士纳瓦，就不能当灵性导师(guru)。这表明，一位高贵的布茹阿玛纳也许不是外士纳瓦，但外士纳瓦已经是布茹阿玛纳了。一个百万富翁也许很容易就有成千上万的美金，但带着成千上万元美金的人不一定是百万富翁。维陀魔是一位理想的外士纳瓦，因此也是一位布茹阿玛纳。

第 4 节

श्रीशुक उवाच
वृत्रविक्रमसंविग्नाः सर्वे देवाः सहर्षिभिः ।
तद्वधायार्थयन्निन्द्रं नैच्छद्भीतो बृहद्वधात् ॥ ४ ॥

śrī-śuka uvāca
vṛtra-vikrama-saṁvignāḥ
sarve devāḥ saharṣibhiḥ
tad-vadhāyārthayann indraṁ
naicchad bhīto bṛhad-vadhāt

śrī-śukaḥ uvāca一圣舒卡戴瓦·哥斯瓦米说 / vṛtra一维陀魔的 / vikrama一被强有力的活动 / saṁvignāḥ一充满焦虑 / sarve一所有的 / devāḥ一半神人 / saha ṛṣibhiḥ一与伟大的圣人 / tat-vadhāya一为了杀死他 / ārthayan一要求 / indram一因铎 / na aicchat一拒绝 / bhītaḥ一害怕 / bṛhat-vadhāt一由于杀死布茹阿玛纳

译文 圣舒卡戴瓦·哥斯瓦米回答道：全体伟大的圣人和半神人被维陀魔的非凡力量打扰时，曾聚在一起要求因铎杀死他。但因铎害怕杀布茹阿玛纳，所以拒绝了他们的要求。

第5节

इन्द्र उवाच
स्त्रीभूद्रुमजलैरेनो विश्वरूपवधोद्भवम् ।
विभक्तमनुगृह्णद्भिर्वृत्रहत्यां क्व मार्ज्म्यहम् ॥५॥

indra uvāca
strī-bhū-druma-jalair eno
viśvarūpa-vadhodbhavam
vibhaktam anugṛhṇadbhir
vṛtra-hatyāṁ kva mārjmy aham

indraḥ uvāca－因铎王回答道 / strī－被女人 / bhū－地球 / druma－树木 / jalaiḥ－和水 / enaḥ－这个(罪) / viśvarūpa－维施瓦茹帕的 / vadha－从杀死 / udbhavam－产生 / vibhaktam－分给 / anugṛhṇadbhiḥ－(对我)示恩 / vṛtra-hatyām－杀死维陀魔 / kva－如何 / mārjmi－将免于 / aham－我

译文 因铎王回答道：我杀死维施瓦茹帕时承受了大量的恶报，但当时得到女人、大地、树木和水的优待，因此能将罪恶分给他们。可是，如果我现在杀维陀魔——另一个布茹阿玛纳，我该如何使自己摆脱恶报？

第6节

श्रीशुक उवाच
ऋषयस्तदुपाकर्ण्य महेन्द्रमिदमब्रुवन् ।
याजयिष्याम भद्रं ते हयमेधेन मा स्म भैः ॥६॥

śrī-śuka uvāca
ṛṣayas tad upākarṇya
mahendram idam abruvan
yājayiṣyāma bhadraṁ te
hayamedhena mā sma bhaiḥ

śrī-śukaḥ uvāca—圣舒卡戴瓦·哥斯瓦米说 / ṛṣayaḥ—伟大的圣人 / tat—那 / upākarṇya—听到 / mahā-indram—向天帝因铎 / idam—这个 / abruvan—说 / yājayiṣyāmaḥ—我们将举行一场盛大的祭祀 / bhadram—好运 / te—向你 / hayamedhena—靠马祭 / mā sma bhaiḥ—不要害怕

译文 圣舒卡戴瓦·哥斯瓦米说：听了这番话，伟大的圣人们回答道，"天帝啊！祝你有所有的好运。不要惧怕。我们会举行一场马祭，使你免除杀布茹阿玛纳可能会得到的恶报。"

第 7 节

हयमेधेन पुरुषं परमात्मानमीश्वरम् ।
इष्ट्वा नारायणं देवं मोक्ष्यसेऽपि जगद्वधात् ॥ ७ ॥

hayamedhena puruṣaṁ
paramātmānam īśvaram
iṣṭvā nārāyaṇaṁ devaṁ
mokṣyase 'pi jagad-vadhāt

hayamedhena—靠马祭 / puruṣam—至尊人 / paramātmānam—超灵 / īśvaram—至尊控制者 / iṣṭvā—崇拜 / nārāyaṇam—主纳茹阿亚纳 / devam—至尊主 / mokṣyase—你将被解除 / api—甚至 / jagat-vadhāt—从杀死整个世界的罪恶中

译文 圣人们继续道：因铎王啊！至尊人格首神是超灵、主纳茹阿亚纳、至尊的控制者；靠举行马祭取悦祂，人甚至能解除杀整个世界的恶报，更不要说杀维陀那样的恶魔所产生的报应了。

第8—9节

ब्रह्महा पितृहा गोघ्नो मातृहाचार्यहाघवान् ।
श्वादः पुल्कसको वापि शुद्ध्येरन् यस्य कीर्तनात् ॥ ८ ॥

तमश्वमेधेन महामखेन
श्रद्धान्वितोऽस्माभिरनुष्ठितेन ।
हत्वापि सब्रह्मचराचरं त्वं
न लिप्यसे किं खलनिग्रहेण ॥ ९ ॥

brahma-hā pitṛ-hā go-ghno
mātṛ-hācārya-hāghavān
śvādaḥ pulkasako vāpi
śuddhyeran yasya kīrtanāt

tam aśvamedhena mahā-makhena
śraddhānvito 'smābhir anuṣṭhitena
hatvāpi sabrahma-carācaraṁ tvaṁ
na lipyase kiṁ khala-nigraheṇa

brahma-hā—杀死布茹阿玛纳的人／pitṛ-hā—杀死父亲的人／go-ghnaḥ—杀死一头乳牛的人／mātṛ-hā—杀死自己母亲的人／ācārya-hā—杀死自己的灵性导师的人／agha-vān—这样一个罪恶之人／śva-adaḥ—吃狗肉者／pulkasakaḥ—比庶铎还要低下的昌达拉／vā—或者／api—甚至／śuddhyeran—可以被净化／yasya—……(主纳茹阿亚纳)的／kīrtanāt—从吟诵、吟唱圣名中／tam—祂／aśvamedhena—靠马祭／mahā-makhena—一切祭祀中的最崇高者／śraddhā-anvitaḥ—满怀信心／asmābhiḥ—被我们／anuṣṭhitena—指挥或管理／hatvā—杀死／api—甚至／sa-brahma-cara-acaram—包括布茹阿玛纳的一切生物体／tvam—你／na—不／lipyase—受污染／kim—更别说／khala-nigraheṇa—因为杀死一个扰人的恶魔

译文 杀死布茹阿玛纳的人，杀死乳牛、自己的父母或灵性导师的人，仅仅靠吟诵、吟唱主纳茹阿亚纳的圣名，就可以立刻免除一切恶报。其他低于庶铎的吃狗肉者和昌达拉等罪恶之人，也能以此方式得到拯救。但你是奉献者，我们会通过举行盛大的马祭帮助你。如果你以那种方式取悦了主纳茹阿亚纳，你还有什么惧怕的？即使你杀死整个世界，包括布茹阿玛纳，你都将是自由的，更不要说杀死像维陀那样一个打扰大家的恶魔了。

要旨 《大维施努往世书》(Bṛhad-viṣṇu Purāṇa)中说：

nāmno hi yāvatī śaktiḥ
pāpa-nirharaṇe hareḥ
tāvat kartuṁ na śaknoti
pātakaṁ pātakī naraḥ

“仅仅靠吟诵、吟唱哈尔依的一个圣名，罪恶之人就能抵消比他所能犯下的罪行还要多的罪。”

而且，佳嘎达南达·潘迪特(Jagadānanda Paṇḍita)在《对神的爱所引发的转变》(Prema-vivarta)中也说：

eka kṛṣṇa-nāme pāpīra yata pāpa-kṣaya
bahu janme sei pāpī karite nāraya

这节诗的意思是：吟诵、吟唱至尊主的圣名一次，能清除比人能想象可以犯的罪还要多的恶报。圣名具有那么强的灵性力量，仅仅靠吟诵、吟唱圣名，就可以使人清除一切罪恶活动的报应。既然这样，还用说那些有规律地吟诵、吟唱圣名或崇拜神像的人吗？对这种被净化的奉献者来说，免除一切恶报是确定无疑的事。然而，这并不意味着人应该故意作恶，并以为自己因为吟诵、吟唱圣名而免于一切恶报。这种心态是对圣名最可恶的冒犯。至尊主的圣名无疑具有抵消一切罪恶活动的力量，但如果一个人有意地在吟诵、吟唱圣名的同时再三犯罪，那他就是罪该万死(nāmno balād yasya hi pāpa-buddhiḥ)。

上述这些诗文列举了从事各种罪恶活动的人。《玛努法典》中这样列举道：由布茹阿玛纳授精，经身为庶铎(śūdra)的母亲的子宫生出的人，被称为习惯于偷窃的猎手(pāraśava或niṣāda)；由这种习惯于偷窃的猎手与身为庶铎的女人结合生出的儿子，被称为普卡萨(pukkasa)；由查锤亚(kṣatriya)透过一个庶铎之女的子宫生出的孩子，被称为凶狠的人(ugra)；由庶铎透过查锤亚之女的子宫生出的孩子，被称为克沙塔(kṣattā)。由查锤亚透过低阶层女子的子宫生出的孩子，被称为吃狗肉者(śvāda)。所有这些后代都被认为是极其罪恶的，但至尊人格首神的圣名是如此强大有力，能使他们仅仅靠吟诵、吟唱哈瑞·奎师那(Hare Kṛṣṇa)这个曼陀(mantra)全都得到净化。

哈瑞·奎师那运动为人们提供一个得到不论家庭出身如何都能净化的良机。正如《圣典博伽瓦谭》(Śrīmad-Bhāgavatam)第2篇第4章的第18节诗中证实说：

kirāta-hūṇāndhra-pulinda-pulkaśā
  ābhīra-śumbhā yavanāḥ khasādayaḥ
ye 'nye ca pāpā yad-apāśrayāśrayāḥ
  śudhyanti tasmai prabhaviṣṇave namaḥ

“至尊主拥有至高无上的力量，因此克伊茹阿塔、胡纳、安朵、菩林达、菩勒喀沙、阿比茹阿、松巴、亚瓦纳、喀萨族的成员，甚至其他沉溺于罪恶活动的人，只要投靠至尊主的奉献者，就都能得到净化。我乞求允许我向祂致以恭敬的顶礼。”就连这种罪恶之人如果在纯粹奉献者的指导下吟诵、吟唱至尊主的圣名，都无疑能全部得到净化。

这节诗中记载，圣人们鼓励因铎王杀死维陀魔，甚至不惜冒杀死一位布茹阿玛纳(brahma-hatyā)的风险。他们向他保证，可以靠举行一场马祭帮助他免除由此而招致的恶报。然而，这种有意策划出的赎罪并不能使犯罪之人得到救赎。

第 10 节

श्रीशुक उवाच
एवं सञ्चोदितो विप्रैर्मरुत्वानहनद्रिपुम् ।
ब्रह्महत्या हते तस्मिन्नाससाद वृषाकपिम् ॥१०॥

śrī-śuka uvāca
evaṁ sañcodito viprair
marutvān ahanad ripum
brahma-hatyā hate tasminn
āsasāda vṛṣākapim

śrī-śukaḥ uvāca一圣舒卡戴瓦·哥斯瓦米说 / evam一如此 / sañco-ditaḥ一被鼓励 / vipraiḥ一被布茹阿玛纳 / marutvān一因铎 / ahanat一杀死 / ripum一他的敌人维陀魔 / brahma-hatyā一杀死一个布茹阿玛纳的恶报 / hate一被杀 / tasmin一当他(维陀魔) / āsasāda一靠近 / vṛṣākapim一又被称为维萨卡皮的因铎

译文 圣舒卡戴瓦·哥斯瓦米说：受到圣人们的话语鼓励的因铎，杀死了维陀魔。当维陀魔被杀时，杀死布茹阿玛纳的罪恶反应无疑找上了因铎。

要旨 杀死维陀魔后，因铎无法免于杀死布茹阿玛纳的恶报(brahma-hatyā)。他之前曾因为一时愤怒而杀死了一位名叫维施瓦茹帕的布茹阿玛纳，但这一次，他按照圣人们的建议有意杀死了另一位布茹阿玛纳。所以，这次的恶报比前一次的严重。因铎无法只靠举行赎罪祭祀去除恶报。他必须经受一系列严重的恶报；等他通过受苦变得自由后，布茹阿玛纳们才允许他举行马祭。借助吟诵、吟唱至尊主圣名的力量或赎罪(prāyaścitta)的力量有意作恶，并不能使人，哪怕是因铎或纳胡沙解除痛苦。纳胡沙在因铎为去除恶报而东躲西藏离开天堂期间，曾代表因铎履行职责。

第 11 节

तयेन्द्रः स्मासहत्तापं निर्वृतिर्नामुमाविशत् ।
ह्रीमन्तं वाच्यतां प्राप्तं सुखयन्त्यपि नो गुणाः ॥११॥

tayendraḥ smāsahat tāpaṁ
nirvṛtir nāmum āviśat
hrīmantaṁ vācyatāṁ prāptaṁ
sukhayanty api no guṇāḥ

tayā—因为那行为 / indraḥ—因铎王 / sma—事实上 / asahat—受苦 / tāpam—悲伤 / nirvṛtiḥ—快乐 / na—不 / amum—他 / āviśat—进入 / hrīmantam—羞耻之人 / vācyatām—恶名 / prāptam—得到 / sukhayanti—予以快乐 / api—虽然 / no—不 / guṇāḥ—富有等好品质

译文 因铎听从半神人的劝告杀死了维陀魔，并因这罪恶的杀而受苦。尽管其他半神人都很高兴，但杀维陀魔却不能使他感到快乐。他的宽容和富有等其他好品质都无法帮助他去除悲伤。

要旨 从事罪恶活动不能使人快乐，哪怕那人得到物质的财富也不能。因铎对此深有体会。人们开始辱骂他说："这个人为享受天堂的快乐而杀死了一位布茹阿玛纳。"这使因铎虽然身为天帝，享受着物质富裕，但却因为遭到大众的指责而始终闷闷不乐。

第 12—13 节

तां ददर्शानुधावन्तीं चाण्डालीमिव रूपिणीम् ।
जरया वेपमानाङ्गीं यक्ष्मग्रस्तामसृक्पटाम् ॥१२॥

विकीर्य पलितान् केशांस्तिष्ठ तिष्ठेति भाषिणीम् ।
मीनगन्ध्यसुगन्धेन कुर्वतीं मार्गदूषणम् ॥१३॥

tāṁ dadarśānudhāvantīṁ
  cāṇḍālīm iva rūpiṇīm
jarayā vepamānāṅgīṁ
  yakṣma-grastām asṛk-paṭām

vikīrya palitān keśāṁs
  tiṣṭha tiṣṭheti bhāṣiṇīm
mīna-gandhy-asu-gandhena
  kurvatīṁ mārga-dūṣaṇam

tām—恶报 / dadarśa—他看到 / anudhāvantīm—追逐 / cāṇḍālīm—一个最低级的女人 / iva—如同 / rūpiṇīm—以……的形象 / jarayā—因为衰老 / vepamāna-aṅgīm—……的身体四肢颤抖 / yakṣma-grastām—感染结核病 / asṛk-paṭām—……的衣服血迹斑斑 / vikīrya—散乱 / palitān—变成灰色 / keśān—头发 / tiṣṭha tiṣṭha—等等！等等！ / iti—如此 / bhāṣiṇīm—呼叫 / mīna-gandhi—鱼腥味 / asu—呼出的味道 / gandhena—被气味 / kurvatīm—引起 / mārga-dūṣaṇam—整条街的污染

译文 因铎看到恶报的人格化身以最低级的女人——昌达拉女人的形象出现并追逐他。她看上去很老，身上所有的部位都在颤抖。由于她受结核病的折磨，她的身体和衣服上到处血迹斑斑。她呼吸吐出的令人无法忍受的鱼腥味污染了整个街道，她不停地呼叫因铎道："等等！等等！"

要旨 人一旦感染上肺结核，就会经常吐血，使衣服上血迹斑斑。

第 14 节

नभो गतो दिशः सर्वाः सहस्राक्षो विशाम्पते ।
प्रागुदीचीं दिशं तूर्णं प्रविष्टो नृप मानसम् ॥१४॥

nabho gato diśaḥ sarvāḥ
  sahasrākṣo viśāmpate

prāg-udīcīṁ diśaṁ tūrṇaṁ
praviṣṭo nṛpa mānasam

nabhaḥ—到空中 / gataḥ—去 / diśaḥ—到方向 / sarvāḥ—所有的 / sahasra-akṣaḥ—有一千只眼睛的因铎 / viśāmpate—君王啊！ / prāk-udīcīm—向东北 / diśam—方向 / tūrṇam—快速地 / praviṣṭaḥ—进入 / nṛpa—君王啊！ / mānasam—名叫玛纳萨的湖

译文 君王啊！因铎先是逃到空中，但在那里还是看到罪恶化身为女人在追逐他。无论他到那儿，这女巫就跟到那里。他最后快速地向东北方向逃窜，进入玛纳萨湖。

第 15 节

स आवसत्पुष्करनालतन्तू-
नलब्धभोगो यदिहाग्निदूतः ।
वर्षाणि साहस्रमलक्षितोऽन्तः
सञ्चिन्तयन् ब्रह्मवधाद्विमोक्षम् ॥१५॥

sa āvasat puṣkara-nāla-tantūn
alabdha-bhogo yad ihāgni-dūtaḥ
varṣāṇi sāhasram alakṣito 'ntaḥ
sañcintayan brahma-vadhād vimokṣam

saḥ—他(因铎) / āvasat—生活 / puṣkara-nāla-tantūn—在一朵莲花茎的纤细纤维里 / alabdha-bhogaḥ—没有得到任何物质的舒适(实际上缺乏所有物质所需) / yat—……的 / iha—这里 / agni-dūtaḥ—火神的使者 / varṣāṇi sāhasram—一千年 / alakṣitaḥ—看不见的 / antaḥ—在他心中 / sañcintayan—总想着 / brahma-vadhāt—从杀死一个布茹阿玛纳 / vimokṣam—解脱

译文 因铎王隐身藏在那湖水中的一朵莲花茎的纤细纤维里一千年，始终想着如何才能去除杀布茹阿玛纳的恶报。

火神时常把所有祭祀中供奉给因铎的那份祭品带给他，但由于火神害怕进入水中，因铎几乎总是挨饿。

第 16 节

तावत्त्रिणाकं नहुषः शशास
विद्यातपोयोगबलानुभावः ।
स सम्पदैश्वर्यमदान्धबुद्धि-
र्नीतस्तिरश्चां गतिमिन्द्रपत्न्या ॥१६॥

tāvat triṇākaṁ nahuṣaḥ śaśāsa
vidyā-tapo-yoga-balānubhāvaḥ
sa sampad-aiśvarya-madāndha-buddhir
nītas tiraścāṁ gatim indra-patnyā

tāvat—那么长的时间 / triṇākam—天堂星球 / nahuṣaḥ—纳胡沙 / śaśāsa—统治 / vidyā—靠知识 / tapaḥ—苦行 / yoga—神秘力量 / bala—和力量 / anubhāvaḥ—具备 / saḥ—他(纳胡沙) / sampat—那么多钱财的 / aiśvarya—和财富 / mada—以疯狂 / andha—盲目 / buddhiḥ—他的智力 / nītaḥ—被带着 / tiraścām—一条蛇的 / gatim—向目的地 / indra-patnyā—被因铎的妻子萨祺女神

译文 因铎王住在水中并藏在莲花茎内时，纳胡沙因为具有知识和神秘力量及从事的苦行而被授权统治天堂星球。但是，权利和富裕使纳胡沙变得盲目并疯狂，竟恬不知耻地向因铎之妻提出要享受她的令人憎恶的要求。为此，纳胡沙后来被一个布茹阿玛纳诅咒，变成了一条蛇。

第 17 节

ततो गतो ब्रह्मगिरोपहूत
ऋतम्भरध्याननिवारिताघः ।

पापस्तु दिग्देवतया हतौजा-
स्तं नाभ्यभूदवितं विष्णुपत्न्या ॥१७॥

tato gato brahma-giropahūta
ṛtambhara-dhyāna-nivāritāghaḥ
pāpas tu digdevatayā hataujās
taṁ nābhyabhūd avitaṁ viṣṇu-patnyā

tataḥ一那之后 / gataḥ一去 / brahma一布茹阿玛纳的 / girā一以言语 / upahūtaḥ一被邀请 / ṛtambhara一在维护真理的至尊主身上 / dhyāna一靠冥想 / nivārita一妨碍 / aghaḥ一……的罪恶 / pāpaḥ一罪恶活动 / tu一然后 / dik-devatayā一凭半神人茹铎 / hata-ojāḥ一一切力量减少 / tam一他(因铎) / na abhyabhūt一不能克服 / avitam一被保护着 / viṣṇu-patnyā一被主维施努的妻子幸运女神

译文 掌管一切方向的半神人茹铎的影响力，减少了因铎的罪恶。而因铎本人因为受到住在玛纳萨湖的莲花丛中的主维施努之妻幸运女神的保护，所以不受他罪恶的影响。最后，因铎靠严格崇拜主维施努而摆脱了他罪恶作为的一切恶报。那之后，他被布茹阿玛纳们召回天堂星球，复职上任。

第 18 节

तं च ब्रह्मर्षयोऽभ्येत्य हयमेधेन भारत ।
यथावद्दीक्षयां चक्रुः पुरुषाराधनेन ह ॥१८॥

taṁ ca brahmarṣayo 'bhyetya
hayamedhena bhārata
yathāvad dīkṣayāṁ cakruḥ
puruṣārādhanena ha

tam一他(主因铎) / ca一和 / brahma-ṛṣayaḥ一伟大的圣人和布茹阿玛纳 / abhyetya一接近 / hayamedhena一与一场马祭 / bhārata一帕

瑞克西特王啊！ / yathāvat一根据规则守则 / dīkṣayām cakruḥ一使圣化 / puruṣa-ārādhanena一以崇拜至尊人哈尔依构成的 / ha一事实上

译文 君王啊！当天帝因铎抵达天堂星球时，圣洁的布茹阿玛纳去找他，以恰当的仪式圣化他，让他参加为取悦至尊主而举行的马祭。

第 19—20 节

अथेज्यमाने पुरुषे सर्वदेवमयात्मनि ।
अश्वमेधे महेन्द्रेण वितते ब्रह्मवादिभिः ॥१९॥

स वै त्वाष्ट्रवधो भूयानपि पापचयो नृप ।
नीतस्तेनैव शून्याय नीहार इव भानुना ॥२०॥

athejyamāne puruṣe
sarva-devamayātmani
aśvamedhe mahendreṇa
vitate brahma-vādibhiḥ

sa vai tvāṣṭra-vadho bhūyān
api pāpa-cayo nṛpa
nītas tenaiva śūnyāya
nīhāra iva bhānunā

atha一因此 / ijyamāne一当崇拜时 / puruṣe一至尊人格首神 / sarva一所有的 / deva-maya-ātmani一超灵和半神人的维系者 / aśvamedhe一透过马祭 / mahā-indreṇa一被因铎王 / vitate一主持 / brahma-vādibhiḥ一被圣人和精通韦达知识的布茹阿玛纳 / saḥ一那 / vai一事实上 / tvāṣṭra-vadhaḥ一杀死特瓦施塔的儿子维陀魔 / bhūyāt一可能 / api一虽然 / pāpacayaḥ一滔天大罪 / nṛpa一君王啊！ / nītaḥ一被带 / tena一被那(马祭) / eva一无疑地 / śūnyāya一化为乌有 / nīhāraḥ一雾气 / iva一如同 / bhānunā一被光芒万丈的太阳

译文 由圣洁的布茹阿玛纳举行的马祭因为因铎在祭祀中崇拜至尊人格首神而使他摆脱了一切恶报。君王啊！尽管因铎犯下滔天大罪，但那场祭祀却立刻去除了他的恶报，恰似光芒万丈的阳光立刻驱散了雾气。

第 21 节

स वाजिमेधेन यथोदितेन
वितायमानेन मरीचिमिश्रैः ।
इष्ट्वाधियज्ञं पुरुषं पुराण-
मिन्द्रो महानास विधूतपापः ॥२१॥

sa vājimedhena yathoditena
vitāyamānena marīci-miśraiḥ
iṣṭvādhiyajñaṁ puruṣaṁ purāṇam
indro mahān āsa vidhūta-pāpaḥ

saḥ—他(因铎) / vājimedhena—靠马祭 / yathā—正如 / uditena—形容 / vitāyamānena—被举行 / marīci-miśraiḥ—依靠以玛瑞祺为首的祭司 / iṣṭvā—崇拜 / adhiyajñam—至尊超灵 / puruṣam purāṇam—存在中的第一位人格首神 / indraḥ—因铎王 / mahān—可崇拜的 / āsa—变成 / vidhūta-pāpaḥ—被清除一切恶报

译文 因铎王得到玛瑞祺和其他伟大圣人的优待。他们严格按照规定举行祭祀，崇拜至尊人格首神——超灵——存在中的第一人。这使因铎重新恢复他崇高的地位，再次受到大家的敬重。

第 22—23 节

इदं महाख्यानमशेषपाप्मनां
प्रक्षालनं तीर्थपदानुकीर्तनम् ।
भक्त्युच्छ्रयं भक्तजनानुवर्णनं
महेन्द्रमोक्षं विजयं मरुत्वतः ॥२२॥

पठेयुराख्यानमिदं सदा बुधाः
शृण्वन्त्यथो पर्वणि पर्वणीन्द्रियम् ।
धन्यं यशस्यं निखिलाघमोचनं
रिपुञ्जयं स्वस्त्ययनं तथायुषम् ॥२३॥

idaṁ mahākhyānam aśeṣa-pāpmanāṁ
prakṣālanaṁ tīrthapadānukīrtanam
bhakty-ucchrayaṁ bhakta-janānuvarṇanaṁ
mahendra-mokṣaṁ vijayaṁ marutvataḥ

paṭheyur ākhyānam idaṁ sadā budhāḥ
śṛṇvanty atho parvaṇi parvaṇīndriyam
dhanyaṁ yaśasyaṁ nikhilāgha-mocanaṁ
ripuñjayaṁ svasty-ayanaṁ tathāyuṣam

idam－这 / mahā-ākhyānam－非凡的历史事件 / aśeṣa-pāpmanām－无数的罪恶活动的 / prakṣālanam－清除 / tīrthapada-anukīrtanam－赞美又被称为提尔塔帕德的至尊人格首神 / bhakti－奉爱服务的 / ucchrayam－在……有增加的 / bhakta-jana－奉献者 / anuvarṇanam－描述 / mahā-indra-mokṣam－天堂君王的解脱 / vijayam－胜利 / marutvataḥ－因铎王的 / paṭheyuḥ－应该阅读 / ākhyānam－史实 / idam－这 / sadā－总是 / budhāḥ－博学的学者 / śṛṇvanti－继续聆听 / atho－而且 / parvaṇi parvaṇi－在重要节日的场合中 / indriyam－让感官敏锐的 / dhanyam－带来财富 / yaśasyam－带来声名 / nikhila－一切的 / agha-mocanam－摆脱罪恶 / ripum-jayam－使人战胜自己的敌人 / svasti-ayanam－带来所有方面的好运 / tathā－所以也 / āyuṣam－长寿

译文 在这非凡的史实中，有对至尊人格首神纳茹阿亚纳的赞美，有对奉爱服务崇高性质的说明，有对因铎和维陀魔等奉献者的描述，有对关于因铎王摆脱罪恶生活并在与恶魔们的交战中取得胜利的说明。了解这事件的人摆脱一切恶报。因此，有学问的人总是得到忠告要阅读这段史实。这样做的人将变得精通感官活动，他的财富将增加，他将声名远扬。不仅如此，他还将摆脱一切恶报，征服他所有的敌人，延长他的寿命。由于这段史实在所有的方面都很吉祥，博学的学者都有规律地在每一个节日上聆听并复述它。

到此为止，结束了巴克提韦丹塔对《圣典博伽瓦谭》第6篇第13章——“因铎王遭受恶报的折磨”所作的阐释。

第十四章

祺陀凯图王的悲伤

这第14章中记载的是，帕瑞克西特王(Parīkṣit Mahārāja)向他的灵性导师舒卡戴瓦·哥斯瓦米(Śukadeva Gosvāmī)询问，像维陀魔(Vṛtrāsura)这样的一个恶魔怎么会变成崇高奉献者的。这个问题引出了对维陀魔前世生活的谈论，包括祺陀凯图(Citraketu)的故事及他如何因为亲生儿子的死被悲伤征服的。

在好几百万种生物体当中，人类的数量极少；而在真正虔诚的人当中，只有一些人渴望摆脱物质的存在。在成千上万渴望解脱的人中，只有一个人断绝与不该交往的人联谊或说去除了物质污染。在几百万这种解脱了的人当中，也许只有一个人成为主纳茹阿亚纳(Nārāyaṇa)的奉献者。因此，这样的奉献者极为罕见。由于奉爱服务巴克缇(bhakti)非凡无比，帕瑞克西特王惊奇一个恶魔(asura)竟然能上升到奉献者这一崇高的层面上。在充满疑惑的情况下，帕瑞克西特王向舒卡戴瓦·哥斯瓦米询问，舒卡戴瓦·哥斯瓦米于是讲述了维陀魔在前生作为舒茹阿森纳(Śūrasena)国的君王祺陀凯图的史实。

一直没有儿子的祺陀凯图得到与伟大的圣人安给茹阿(Aṅgirā)相见的机会。当安给茹阿询问君王是否安好时，君王表达了他心情郁闷的原因。于是，凭借伟大圣人的恩典，君王的第一个妻子奎塔丢缇(Kṛtadyuti)生了一个既使人高兴又令人悲伤的儿子。在这个儿子出生时，君王和王国中的全体成员都会很高兴。然而，君王的其他妻子都嫉妒奎塔丢缇，后来竟然给孩子下毒。儿子的死使祺陀凯图深受打击、悲痛不已。纳茹阿达·牟尼和安给茹阿随后去看望他。

第1节

श्रीपरीक्षिदुवाच
रजस्तमःस्वभावस्य ब्रह्मन् वृत्रस्य पाप्मनः ।
नारायणे भगवति कथमासीद् दृढा मतिः ॥१॥

śrī-parīkṣid uvāca
rajas-tamaḥ-svabhāvasya
brahman vṛtrasya pāpmanaḥ
nārāyaṇe bhagavati
katham āsīd dṛḍhā matiḥ

śrī-parīkṣit uvāca—帕瑞克西特王询问道 / rajaḥ—激情属性的 / tamaḥ—和愚昧属性的 / sva-bhāvasya—本性…… / brahman—博学的布茹阿玛纳啊！ / vṛtrasya—维陀魔的 / pāpmanaḥ—应该是很罪恶的 / nārāyaṇe—在主纳茹阿亚纳 / bhagavati—至尊人格首神 / katham—如何 / āsīt—有 / dṛḍhā—非常强烈的 / matiḥ—意识

译文 帕瑞克西特王向舒卡戴瓦·哥斯瓦米询问道：博学的布茹阿玛纳啊！恶魔一般都很罪恶，完全受激情和愚昧属性的控制。既然这样，维陀魔怎么可能对至尊人格首神纳茹阿亚纳有如此崇高的爱？

要旨 在这个物质世界里，每一个生物都被激情和愚昧属性所缠扰。但除非人战胜这些属性，上升到善良属性的层面上，否则根本没机会成为纯粹的奉献者。就有关这一点，《博伽梵歌》第7章的第28节诗中记载，主奎师那(Kṛṣṇa)本人证实说：

yeṣāṁ tv anta-gataṁ pāpaṁ
janānāṁ puṇya-karmaṇām
te dvandva-moha-nirmuktā
bhajante māṁ dṛḍha-vratāḥ

“在前世和今生行善并彻底消除了恶报的人，摆脱由错觉产生的相对性，坚定地为我做服务。” 由于维陀魔是恶魔中的一员，帕瑞克西特王感到纳闷，他怎么有可能成为如此崇高的奉献者。

第 2 节

देवानां शुद्धसत्त्वानामृषीणां चामलात्मनाम् ।
भक्तिर्मुकुन्दचरणे न प्रायेणोपजायते ॥ २ ॥

devānāṁ śuddha-sattvānām
ṛṣīṇāṁ cāmalātmanām
bhaktir mukunda-caraṇe
na prāyeṇopajāyate

devānām—半神人的 / śuddha-sattvānām—……的心被净化了 / ṛṣīṇām—伟大圣洁之人的 / ca—和 / amala-ātmanām—已经净化了他们的存在 / bhaktiḥ—奉爱服务 / mukunda-caraṇe—向能赐予解脱的至尊主穆昆达的莲花足 / na—不 / prāyeṇa—几乎总是 / upajāyate—发展

译文　处在善良属性层面上的半神人，以及清除了物质享乐肮脏欲念的伟大圣人，几乎从不为穆昆达的莲花足做纯粹的奉爱服务。（因此，维陀魔怎么可能成为这样一位伟大的奉献者？）

第 3 节

रजोभिः समसङ्ख्याताः पार्थिवैरिह जन्तवः ।
तेषां ये केचनेहन्ते श्रेयो वै मनुजादयः ॥ ३ ॥

rajobhiḥ sama-saṅkhyātāḥ
pārthivair iha jantavaḥ
teṣāṁ ye kecanehante
śreyo vai manujādayaḥ

rajobhiḥ－与原子 / sama-saṅkhyātāḥ－有着同等数量 / pārthivaiḥ－地球的 / iha－在这个世界里 / jantavaḥ－生物体 / teṣām－他们的 / ye－那些……的 / kecana－一些 / īhante－做出 / śreyaḥ－为宗教原则 / vai－事实上 / manuja-ādayaḥ－人类等

译文 这个物质世界里有如原子般多的生物体。在这些生物体中，只有极少数是人类；而在人类中，只有少数人愿意遵守宗教原则。

第4节

प्रायो मुमुक्षवस्तेषां केचनैव द्विजोत्तम ।
मुमुक्षूणां सहस्रेषु कश्चिन्मुच्येत सिध्यति ॥ ४ ॥

prāyo mumukṣavas teṣāṁ
kecanaiva dvijottama
mumukṣūṇāṁ sahasreṣu
kaścin mucyeta sidhyati

prāyaḥ－几乎总是 / mumukṣavaḥ－对解脱有兴趣的人 / teṣām－他们的 / kecana－一些 / eva－事实上 / dvija-uttama－最优秀的布茹阿玛纳啊！ / mumukṣūṇām－那些想要解脱的人的 / sahasreṣu－在成千上万之中 / kaścit－有人 / mucyeta－也许可以真正解脱 / sidhyati－有人是完美的

译文 最优秀的布茹阿玛纳——舒卡戴瓦·哥斯瓦米啊！在许多遵守宗教原则的人当中，只有少数人想要从物质世界中解脱出去。在成千上万想要解脱的人当中，也许只有一个人真正获得解脱，停止对社会、友谊、情爱、国家、家庭、妻子和孩子的物质依恋。而在成千上万这样解脱的人当中，能了解解脱的真正含义的人很罕见。

要旨 世上有被称为功利性活动者(karmī)、知识思辨者

(jñānī)、瑜伽师(yogī)和奉献者(bhakta)的四种人。这节诗中的说明尤其针对功利性活动者和知识思辨者。功利性活动者试图通过一个接一个地更换躯体，在这个物质世界里获得快乐。他们追求的是在这个星球或其他星球上让躯体感到舒适。然而，当这样的人变成知识思辨者时，就会渴望摆脱物质束缚。在许多这种渴望解脱的人当中，也许有一个人能确实在这一生中获得解脱。这样的人放弃他对社会、友谊、情爱、国家、家庭、妻子和孩子的依恋。在许多这种处在退出居士生活(vānaprastha)阶段的人当中，也许只有一个人明白当托钵僧(sannyāsī)的益处，完全接受弃绝阶层的生活。

第5节

मुक्तानामपि सिद्धानां नारायणपरायणः ।
सुदुर्लभः प्रशान्तात्मा कोटिष्वपि महामुने ॥५॥

muktānām api siddhānāṁ
nārāyaṇa-parāyaṇaḥ
sudurlabhaḥ praśāntātmā
koṭiṣv api mahā-mune

muktānām一那些在今生解脱的人的(不依恋社会、友谊和爱等与躯体舒适有关的人的）/ api一甚至 / siddhānām一是完美的(因为他们了解躯体舒适是微不足道的）/ nārāyaṇa-parāyaṇaḥ一得出纳茹阿亚纳是至尊者结论的人 / su-durlabhaḥ一极难找到 / praśānta一绝对平静的 / ātmā一心……的 / koṭiṣu一百万和亿万中 / api一甚至 / mahā-mune一伟大的圣人啊！

译文　伟大的圣人啊！在好几百万这样解脱并对解脱有完整知识的人当中，也许只有一位是主纳茹阿亚纳——奎师那的奉献者。这种绝对平静的奉献者极为稀有。

要旨 圣维施瓦纳特·查夸瓦尔提·塔库尔(Viśvanātha Cakravartī Ṭhākura)这样解释这节诗文的主旨说：只想获得解脱(mukti)并不足够，人必须真正获得解脱；人一旦了解物质主义生活方式是徒劳无益的时，就在知识上取得了进步，于是使自己进入退出家庭生活的阶段，不再依恋家庭、妻子和孩子。人应该进一步上升到真正弃绝的层面，进入弃绝阶层(sannyāsa)，从此永不再坠落，遭受物质主义生活的折磨。尽管人渴望解脱，但这并不意味着他解脱了。只有极少数人才真正获得解脱。事实上，尽管有许多男人进入弃绝阶层，但他们具有的缺点使他们再次变得依恋女人、物质活动和社会福利工作等。

回避奉爱服务的知识思辨者、瑜伽师和功利性活动者，被称为冒犯者。圣柴坦亚·玛哈帕布(Caitanya Mahāprabhu)说：认为一切都是错觉和假象(māyā)而不认为一切都是奎师那的人，被称为冒犯者(māyāvādī kṛṣṇe aparādhī)。持非人格神主义的假象宗人士(Māyāvādī)虽然是奎师那莲花足的冒犯者，但还可以被算为是觉悟了自我的人(siddha)。也许可以考虑他们已经接近了灵性层面，因为他们至少认识到什么是灵性生活。这样的人如果成为主纳茹阿亚纳的奉献者(nārāyaṇa-parāyaṇa)，就比解脱之人(jīvan-mukta)优秀。这需要高度的智慧。

知识思辨者分两种：一种倾向于做奉爱服务，另一种则倾向于对神的不具人格特征方面的认识。非人格神主义者一般为并非实际的利益而艰苦努力，因此经典说他们在拍打空谷壳(sthūla-tuṣāvaghātinaḥ)。另一类有做奉爱服务倾向的知识思辨者还分两类：一类是信奉至尊人格首神的所谓虚假形象的人，另一类真正了解，至尊人格首神的真实灵性形象是充满知识和极乐的永恒形象(sac-cid-ānanda-vigraha)。假象宗理论的信奉者，怀着“维施努接受了一个物质幻相，真理最终其实是不具人格特性”的概念崇拜纳茹阿亚纳(Nārāyaṇa)或维施努(Viṣṇu)。然而，纯粹的奉献者从不认为维施努接受了一个由错觉能量制成的躯体；他很清楚原本的绝对真理是至尊人。这样的奉献者真正处在知识的层面上。他从不融入梵光中(Brahman effulgence)。正如《圣典博伽瓦谭》(Śrīmad-Bhāgavatam)第10篇第2章的第32节诗说明的：

ye 'nye 'ravindākṣa vimukta-māninas
tvayy asta-bhāvād aviśuddha-buddhayaḥ
āruhya kṛcchreṇa paraṁ padaṁ tataḥ
patanty adho 'nādṛta-yuṣmad-aṅghrayaḥ

"眼如莲花的至尊主啊！虽然为获得最高的地位而从事艰巨苦行的非奉献者，也许认为他们已经解脱了，但他们的智力不纯洁。他们因为忽视您的莲花足而从他们想象的优越地位上坠落。"就有关这一点，《博伽梵歌》第9章的第11节诗记载，至尊主也证实说：

avajānanti māṁ mūḍhā
mānuṣīṁ tanum āśritam
paraṁ bhāvam ajānanto
mama bhūta-maheśvaram

"当我以人的形象降临时，愚蠢的人轻视我。他们不知道我作为万事万物的至尊主所具有的超然性。"无赖们(mūḍhas)看到主奎师那完全像个人类一样行事时，由于不知道至尊主的超然形象和活动(paraṁ bhāvam)，便嘲笑祂的超然形象。对这样的人，《博伽梵歌》第9章的第12节诗中进一步描述说：

moghāśā mogha-karmāṇo
mogha-jñānā vicetasaḥ
rākṣasīm āsurīṁ caiva
prakṛtiṁ mohinīṁ śritāḥ

"如此迷惑的人被邪恶的无神论观点所吸引。在受蒙蔽的状态下，他们对解脱的希望会落空，他们的功利性活动会失败，他们培养的知识毫无用处。”这种人不知道奎师那的身体不是物质的。奎师那的身体与祂的灵魂没区别，但智力欠佳的人看到奎师那像人类一样便轻视祂。他们无法想象一个像奎师那那样的人怎么能是一切的源头(govindam ādi-puruṣaṁ tam ahaṁ bhajāmi)。这种人被描述为是为梦想而徒劳奋争的人(moghāśāḥ)。他们为今后而设想的一切都会受到挫折。他们即使表面上做奉爱服务，也还是被称为“为梦想而徒劳奋争的人”，因为他们最终想要的是融入梵光。

渴望靠做奉爱服务被提升到天堂星球的人也将感到沮丧，因为这不是奉爱服务的结果。但他们也被赐予做奉爱服务的机会，从而得到净化。正如《圣典博伽瓦谭》第1篇第2章的第17节诗说明：

śṛṇvatāṁ sva-kathāḥ kṛṣṇaḥ
puṇya-śravaṇa-kīrtanaḥ
hṛdy antaḥ-stho hy abhadrāṇi
vidhunoti suhṛt satām

“作为众生心中的超灵、诚实奉献者的恩人，人格首神圣奎师那会把渴望聆听祂信息的奉献者心中的物质享乐欲望清除掉。正确地聆听和歌唱祂的信息是虔诚活动。”

除非人内心深处的污垢被清除，否则人无法成为纯粹的奉献者。正因为如此，这节诗中用“极难找到(su-durlabhaḥ)”一词。不仅在千百万的人当中，哪怕是在几百万解脱了的灵魂中，都很难找到纯粹的奉献者。为此，这节诗中用了“百万和亿万中(koṭiṣv api)”一句。圣玛德瓦查尔亚(Madhvācārya)从《坦陀·巴嘎瓦特》(Tantra Bhāgavata) 引述一节诗说：

nava-koṭyas tu devānām
ṛṣayaḥ sapta-koṭayaḥ
nārāyaṇāyanāḥ sarve
ye kecit tat-parāyaṇāḥ

“有九千万半神人和七千万个圣人都被称为是主纳茹阿亚纳

的奉献者(nārāyaṇāyana)。在他们之中，只有少数几个人被称为纯粹奉献者(nārāyaṇa-parāyaṇa)。”

nārāyaṇāyanā devā
ṛṣy-ādyās tat-parāyaṇāḥ
brahmādyāḥ kecanaiva syuḥ
siddho yogya-sukhaṁ labhan

觉悟了自我的人(siddha)和纯粹奉献者之间的区别是：直接为至尊主做服务的奉献者被称为纯粹奉献者，而练各种神秘瑜伽(yoga)的人被称为觉悟了自我的人。

第6节

वृत्रस्तु स कथं पापः सर्वलोकोपतापनः ।
इत्थं दृढमतिः कृष्ण आसीत्सङ्ग्राम उल्बणे ॥ ६ ॥

vṛtras tu sa kathaṁ pāpaḥ
sarva-lokopatāpanaḥ
itthaṁ dṛḍha-matiḥ kṛṣṇa
āsīt saṅgrāma ulbaṇe

vṛtraḥ—维陀魔 / tu—但是 / saḥ—他 / katham—如何 / pāpaḥ—虽然罪恶(得到一个恶魔的躯体) / sarva-loka—所有三个世界的 / upatāpanaḥ—受苦之因 / ittham—这样的 / dṛḍha-matiḥ—稳定的智慧 / kṛṣṇe—在奎师那中 / āsīt—有 / saṅgrāme ulbaṇe—在激烈的战火中

译文 维陀魔曾置身于激烈的战火中，曾是声名狼藉、总打扰他人并使他人焦虑不安的有罪的恶魔。这样一个恶魔怎么会变得具有如此强烈的奎师那意识？

要旨 前面说，在好几百万人当中极难找到一个纯粹奉献者。正因为如此，帕瑞克西特王很惊讶，在战场上的这个目的是给他人找麻烦并使人烦恼的维陀魔，竟然会是纯粹奉献者中的一员。是什么原因使维陀魔取得了进步？

第 7 节

अत्र नः संशयो भूयाञ्छ्रोतुं कौतूहलं प्रभो ।
यः पौरुषेण समरे सहस्राक्षमतोषयत् ॥ ७ ॥

atra naḥ saṁśayo bhūyāñ
chrotuṁ kautūhalaṁ prabho
yaḥ pauruṣeṇa samare
sahasrākṣam atoṣayat

atra—就有关这一点 / naḥ—我们的 / saṁśayaḥ—疑问 / bhūyān—非常 / śrotum—聆听 / kautūhalam—渴望 / prabho—我的导师啊！ / yaḥ—……的他 / pauruṣeṇa—凭着勇气和力气 / samare—在战斗中 / sahasra-akṣam—有一千只眼睛的主因铎 / atoṣayat—令人满意

译文 我亲爱的导师——舒卡戴瓦·哥斯瓦米，维陀魔虽然是有罪的恶魔，但却展现了最高贵的查锤亚所具有的英勇无畏的品质，在战斗中使主因铎感到满意。这样一个恶魔怎么可能是主奎师那的伟大奉献者？这些矛盾之处使我产生很大的疑惑，使我渴望聆听您的讲解。

第 8 节

श्रीसूत उवाच
परीक्षितोऽथ सम्प्रश्नं भगवान् बादरायणिः ।
निशम्य श्रद्दधानस्य प्रतिनन्द्य वचोऽब्रवीत् ॥ ८ ॥

śrī-sūta uvāca
parīkṣito 'tha sampraśnaṁ
bhagavān bādarāyaṇiḥ
niśamya śraddadhānasya
pratinandya vaco 'bravīt

śrī-sūtaḥ uvāca—圣苏塔·哥斯瓦米说 / parīkṣitaḥ—帕瑞克西特王的 / atha—如此 / sampraśnam—完美的问题 / bhagavān—最强有力的 / bādarāyaṇiḥ—维亚萨戴瓦之子舒卡戴瓦·哥斯瓦米 / niśamya—听了 / śraddadhānasya—他的弟子(对了解真理如此有信心)的 / pratinandya—赞赏的 / vacaḥ—言语 / abravīt—说

译文 圣苏塔·哥斯瓦米说：听了帕瑞克西特王提出的充满智慧的问题，最强有力的圣人舒卡戴瓦·哥斯瓦米充满感情地开始为他的问题作答。

第 9 节

श्रीशुक उवाच
शृणुष्वावहितो राजन्नितिहासमिमं यथा ।
श्रुतं द्वैपायनमुखान्नारदाद्देवलादपि ॥ ९ ॥

śrī-śuka uvāca
śṛṇuṣvāvahito rājann
itihāsam imaṁ yathā
śrutaṁ dvaipāyana-mukhān
nāradād devalād api

śrī-śukaḥ uvāca—圣舒卡戴瓦·哥斯瓦米说 / śṛṇuṣva—请听 / avahitaḥ—十分专注地 / rājan—君王啊！ / itihāsam—史实 / imam—这 / yathā—正如 / śrutam—听到 / dvaipāyana—维亚萨戴瓦的 / mukhāt—从嘴中 / nāradāt—从纳茹阿达 / devalāt—从戴瓦拉圣人 / api—也

译文 圣舒卡戴瓦·哥斯瓦米说：君王啊！我要给你讲述我从维亚萨戴瓦、纳茹阿达和戴瓦拉那里听到的同样的史实。请注意听。

第10节

आसीद्राजा सार्वभौमः शूरसेनेषु वै नृप ।
चित्रकेतुरिति ख्यातो यस्यासीत्कामधुङ मही ॥१०॥

āsīd rājā sārvabhaumaḥ
śūraseneṣu vai nṛpa
citraketur iti khyāto
yasyāsīt kāmadhuṅ mahī

āsīt—曾有 / rājā——个君王 / sārva-bhaumaḥ—整个地球的帝王 / śūraseneṣu—在名叫舒茹阿森纳的省内 / vai—事实上 / nṛpa—君王啊！ / citraketuḥ—祺陀凯图 / iti—如此 / khyātaḥ—著名的 / yasya—……人的 / āsīt—是 / kāma-dhuk—供应一切所需 / mahī—地球

译文 帕瑞克西特王啊！舒茹阿森纳省内住着一位名叫祺陀凯图的君王，他负责统治整个地球。在他统治期间，地球产出生活所需的一切。

要旨 这节诗中最重要的说明是，在祺陀凯图王统治期间，大地产出生活所需的一切。正如《至尊奥义书》(Īśopaniṣad)中的第一首赞美诗说：

īśāvāsyam idaṁ sarvaṁ
yat kiñca jagatyāṁ jagat
tena tyaktena bhuñjīthā
mā gṛdhaḥ kasya svid dhanam

"宇宙中有生命和无生命的一切，都由至尊主控制并归祂所有。因此，人应该只接受分配给自己的自己所必需的事物，而不该接受明知已属他人所有的事物。"至尊控制者奎师那创造了完整而又完美且没有任何匮乏的物质世界。至尊主为众生提供一切所需。这些都来自大地，因此大地是供应的源头。在有优秀的统治者时，那源头就大量地产出生活所需的一切；但在没有具备资格的统治者时，就会有匮乏。这是“供应一切所需(kāmadhuk)”一词的重要之处。《圣典博伽瓦谭》的其他地方，也就是第1篇第10章的第4节诗记载说：“在尤帝士提尔王统治期间，云朵降下人们需要的雨水，大地慷慨地产出人类需要的一切(kāmaṁ vavarṣa parjanyaḥ sarva-kāma-dughā mahī)。”我们的经验是，雨水在有些季节十分充沛，而在另一些季节则显得匮乏。大地的生产力并非我们所能控制，而自然全都受至尊人格首神的控制。至尊主只要发布命令，就能让地球产出足够或不够的产物。如果虔诚的君王按照经典的训示统治，上天自然就会有规律地降雨，大地自然就会产出足够供应人类所需的一切。根本就不存在剥削的问题，因为每一个人都会得到足够的一切。这样，黑市交易和其他行贿受贿的事情自然就会停止。除非领导者有灵性的能力，否则只是统治大地并不能解决人的问题。领导者必须向尤帝士提尔王(Mahārāja Yudhiṣṭhira)、帕瑞克西特王或茹阿玛禅铎(Rāmacandra)一样。那将使大地上的居民极为幸福。

第 11 节

तस्य भार्यासहस्राणां सहस्राणि दशाभवन् ।
सान्तानिकश्चापि नृपो न लेभे तासु सन्ततिम् ॥११॥

tasya bhāryā-sahasrāṇāṁ
sahasrāṇi daśābhavan
sāntānikaś cāpi nṛpo
na lebhe tāsu santatim

tasya—他(祺陀凯图)的 / bhāryā—妻子的 / sahasrāṇām—数千的 / sahasrāṇi—数千 / daśa—十 / abhavan—有 / sāntānikaḥ—相当有能力生儿子 / ca—和 / api—虽然 / nṛpaḥ—君王 / na—不 / lebhe—获得 / tāsu—在她们中 / santatim—一个儿子

译文　这位祺陀凯图有一千万个妻子。然而，他虽然有能力生孩子，但却从那些妻子那里得不到一个孩子。运气使然，他所有的妻子都不能生育。

第12节

रूपौदार्यवयोजन्मविद्यैश्वर्यश्रियादिभिः ।
सम्पन्नस्य गुणैः सर्वैश्चिन्ता बन्ध्यापतेरभूत् ॥१२॥

rūpaudārya-vayo-janma-
vidyaiśvarya-śriyādibhiḥ
sampannasya guṇaiḥ sarvaiś
cintā bandhyā-pater abhūt

rūpa—英俊 / audārya—宽洪大量 / vayaḥ—年轻 / janma—贵族出身 / vidyā—教育 / aiśvarya—富裕 / śriya-ādibhiḥ—财富等 / sampanna-sya—具有 / guṇaiḥ—良好品质 / sarvaiḥ—一切 / cintā—焦虑 / ban-dhyā-pateḥ—众多不孕妻子的丈夫祺陀凯图 / abhūt—有

译文　作为这一千万个妻子的丈夫，祺陀凯图年轻，长相英俊，为人宽宏大量。他出生在一个高贵的家庭，受过完整的教育且极为富有。他虽然天生拥有这一切有利条件，但却因为没儿子而满心焦虑。

要旨　看起来君王先娶了一个妻子，但她不能生孩子。于是，他接着又娶了第二个、第三个、第四个……，但没有一个妻子能生孩子。他虽然诞生在一个极其富有的家庭中，有钱、受到教育且长相俊美(janmaiśvarya-śruta-śrī)，拥有所有这些物质资本，但却因为那么多的妻子都不能生孩子而心情极其难过。他感到悲伤无疑是很自然的事。只有妻子而没有孩子的生活不是居士(gṛha-stha)生活。查纳克亚·潘迪特(Cāṇakya Paṇḍita)说：如果一个居家男人没有儿子，他的家就不比沙漠强(putra-hīnaṁ gṛhaṁ śūnyam)。不能生孩子无疑使君王成为世上最不快乐的人，这就是为什么他结婚那么多次的原因。查锺亚(kṣatriya，刹帝利)特别被允许娶多位妻子，这位君王就是这么做的。尽管如此，他没有后代。

第 13 节

न तस्य सम्पदः सर्वा महिष्यो वामलोचनाः ।
सार्वभौमस्य भूश्चेयमभवन् प्रीतिहेतवः ॥१३॥

na tasya sampadaḥ sarvā
mahiṣyo vāma-locanāḥ
sārvabhaumasya bhūś ceyam
abhavan prīti-hetavaḥ

na—不 / tasya—他(祺陀凯图)的 / sampadaḥ—庞大的财产 / sarvāḥ—所有的 / mahiṣyaḥ—王后 / vāma-locanāḥ—长着充满魅力的双眼 / sārva-bhaumasya—帝王的 / bhūḥ—土地 / ca—还有 / iyam—这 / abhavan—是 / prīti-hetavaḥ—快乐的泉源

译文　他的王后们都长着美丽的面庞、充满魅力的双眼，可无论是他的财产、成千上万的王后，还是拥有的土地，都不能使他感到幸福、快乐。

第 14 节

तस्यैकदा तु भवनमङ्गिरा भगवानृषिः ।
लोकाननुचरन्नेतानुपागच्छद्यदृच्छया ॥१४॥

tasyaikadā tu bhavanam
aṅgirā bhagavān ṛṣiḥ
lokān anucarann etān
upāgacchad yadṛcchayā

tasya—他的 / ekadā—从前 / tu—但是 / bhavanam—到王宫 / aṅgirāḥ—安给茹阿 / bhagavān—强大有力的 / ṛṣiḥ—圣人 / lokān—星

球 / anucaran－四处漫游 / etān－这些 / upāgacchat－来到 / yadṛcchayā－突然

译文 一天，有位名叫安给茹阿的强有力的圣人在全宇宙随意漫游时，出于他甜美的意愿来到祺陀凯图的王宫。

第 15 节

तं पूजयित्वा विधिवत्प्रत्युत्थानार्हणादिभिः ।
कृतातिथ्यमुपासीदत्सुखासीनं समाहितः ॥१५॥

tam̐ pūjayitvā vidhivat
  pratyutthānārhaṇādibhiḥ
kṛtātithyam upāsīdat
  sukhāsīnam̐ samāhitaḥ

tam－他 / pūjayitvā－崇拜之后 / vidhi-vat－根据接待崇高客人的规则 / pratyutthāna－借由从王座上站起身 / arhaṇa-ādibhiḥ－崇拜等 / kṛta-atithyam－被热情款待的 / upāsīdat－坐在附近 / sukha-āsīnam－舒服地就座的 / samāhitaḥ－控制他的心念和感官

译文 祺陀凯图立刻从他的王座上站起身来，向圣人表示崇敬。他给圣人献上饮用水和食物，以此行使他作为东道主款待贵宾时该履行的责任。当圣人舒舒服服地就座后，控制了自己的心念和感官的君王，便在圣人脚边的地上坐了下来。

第 16 节

महर्षिस्तमुपासीनं प्रश्रयावनतं क्षितौ ।
प्रतिपूज्य महाराज समाभाष्येदमब्रवीत् ॥१६॥

maharṣis tam upāsīnam̐
  praśrayāvanatam̐ kṣitau
pratipūjya mahārāja
  samābhāṣyedam abravīt

mahā-ṛṣiḥ—大圣人 / tam—向他(君王) / upāsīnam—坐在……旁 / praśraya-avanatam—谦逊地顶礼 / kṣitau—在地上 / pratipūjya—表示赞赏 / mahārāja—帕瑞克西特王啊！ / samābhāṣya—说了一番话 / idam—这 / abravīt—说

译文　帕瑞克西特王啊！当祺陀凯图谦逊地顶礼并谦卑地坐在那位大圣人的莲花足旁时，圣人对他的谦逊和殷勤招待表示赞赏，于是对他说了如下一番话。

第 17 节

अङ्गिरा उवाच
अपि तेऽनामयं स्वस्ति प्रकृतीनां तथात्मनः ।
यथा प्रकृतिभिर्गुप्तः पुमान् राजा च सप्तभिः ॥१७॥

aṅgirā uvāca
api te 'nāmayaṁ svasti
prakṛtīnāṁ tathātmanaḥ
yathā prakṛtibhir guptaḥ
pumān rājā ca saptabhiḥ

aṅgirāḥ uvāca—大圣人安给茹阿说 / api—是否 / te—你的 / anāmayam—健康 / svasti—吉祥 / prakṛtīnām—你王室的一切(成员及有关的一切)的 / tathā—不但……而且 / ātmanaḥ—你自己的身、心、灵的 / yathā—如同 / prakṛtibhiḥ—借由物质自然元素 / guptaḥ—保护 / pumān—生物体 / rājā—君王 / ca—还有 / saptabhiḥ—借由七种

译文　大圣人安给茹阿说：亲爱的君王，我希望你的身心、王室成员和与之有关的一切都安好。当物质自然的七种元素(物质能量总体、自我意识、感官享乐的五种对象)都秩序正常时，身处物质元素中的生物就感到快乐。没有这七种元素，生物无法在物质世界生存。同样道理，君王总是受到

他的训导者(斯瓦米或导师)、大臣、王国、堡垒、宝库、王室阶层和朋友这七种要素的保护。

要旨 正如施瑞达尔·斯瓦米(Śrīdhara Svāmī)在评注《圣典博伽瓦谭》时引述如下的诗文说:

svāmy-amātyau janapadā
durga-draviṇa-sañcayāḥ
daṇḍo mitraṁ ca tasyaitāḥ
sapta-prakṛtayo matāḥ

君王不是独自一人。他首先有自己的灵性导师——至高无上的指导,接着是他的大臣、王国、防御工事、宝库、法律系统,以及朋友和同盟者。如果这七种事物都得到良好的维持,君王就快乐。同样,正如《博伽梵歌》中说:生物——灵魂,处在由物质能量总体、自我意识、感官享乐的五种对象(pañca-tanmātrā)所构成的物质覆盖中(dehino 'smin yathā dehe)。当这七种元素秩序正常时,生物就心情愉快。通常,当与君王在一起的人都平和、顺从时,君王就可以很快乐。正因为如此,伟大的圣人安给茹阿·瑞希(Aṅgirā Ṛṣi)询问君王有关他个人的健康和与他有关的七项人事物的情况是否安好。当我们问一个朋友一切是否安好时,我们不仅考虑他本人,也想到他的家庭、收入和同伴或仆人。所有这一切都必须情况良好,这样一个人才会感到快乐。

第 18 节

आत्मानं प्रकृतिष्वद्धा निधाय श्रेय आप्नुयात् ।
राज्ञा तथा प्रकृतयो नरदेवाहिताधयः ॥१८॥

ātmānaṁ prakṛtiṣv addhā
nidhāya śreya āpnuyāt
rājñā tathā prakṛtayo
naradevāhitādhayaḥ

ātmānam—他自己 / prakṛtiṣu—在王室的这七种要素下 / addhā—直接地 / nidhāya—置于 / śreyaḥ—极大的快乐 / āpnuyāt—可能获得 / rājñā—凭着君王 / tathā—所以也 / prakṛtayaḥ—依靠着君王的人事物 / nara-deva—君王啊！ / āhita-adhayaḥ—献上钱财或其他东西

译文　啊，君王，人类的统治者！君王直接依靠他身边的人并听从他们的指示时就会快乐。同样，当与他在一起的人向他敬献礼物，为他做事，听从他的命令时，他们也会快乐。

要旨　这节诗文中描述了一个君王和依靠他的人的真正快乐是什么。君王不该因为自己是最高统治者，就只是对依靠他的人发命令；他有时必须听从他们的指导。同样，依靠者们应该依靠君王。这种相互依靠的关系将使大家都高兴。

第 19 节

अपि दाराः प्रजामात्या भृत्याः श्रेण्योऽथ मन्त्रिणः ।
पौरा जानपदा भूपा आत्मजा वशवर्तिनः ॥१९॥

api dārāḥ prajāmātyā
bhṛtyāḥ śreṇyo 'tha mantriṇaḥ
paurā jānapadā bhūpā
ātmajā vaśa-vartinaḥ

api—是否 / dārāḥ—妻子 / prajā—国民 / amātyāḥ—和秘书 / bhṛtyāḥ—仆人 / śreṇyaḥ—商人 / atha—还有 / mantriṇaḥ—大臣 / paurāḥ—王宫中的居民 / jānapadāḥ—省政府主管 / bhūpāḥ—地主 / ātmajāḥ—儿子 / vaśa-vartinaḥ—完全在你的掌控下

译文　君王啊！你的妻子、国民、秘书、仆人，以及贩卖香料和油的商人们，都听从你的命令吗？大臣、王宫中的居民、你的省政府主管、你的儿子及其他依靠你的人，也都完全在你的掌控下吗？

要旨 主人或君王应该与他的属下们相互依靠。这种合作将使双方都感到快乐。

第 20 节

यस्यात्मानुवशश्चेत्स्यात्सर्वे तद्वशगा इमे ।
लोकाः सपाला यच्छन्ति सर्वे बलिमतन्द्रिताः ॥२०॥

yasyātmānuvaśaś cet syāt
sarve tad-vaśagā ime
lokāḥ sapālā yacchanti
sarve balim atandritāḥ

yasya一……的 / ātmā一心 / anuvaśaḥ一在控制下 / cet一如果 / syāt一可能 / sarve一所有的 / tat-vaśa-gāḥ一在他的控制下 / ime一这些 / lokāḥ一世界 / sa-pālāḥ一与他们的政府官员 / yacchanti一交纳 / sarve一所有的 / balim一税金 / atandritāḥ一不偷懒

译文 如果君王的心完全受到控制，他所有的家庭成员和政府官员就服从他的管理。如果他的省级主管们都心甘情愿地按时交税，那还用说次一级的仆人吗？

要旨 安给茹阿圣人问君王，他是否也控制了自己的心念。这对快乐与否是很关键的。

第 21 节

आत्मनः प्रीयते नात्मा परतः स्वत एव वा ।
लक्षयेऽलब्धकामं त्वां चिन्तया शबलं मुखम् ॥२१॥

ātmanaḥ prīyate nātmā
parataḥ svata eva vā

lakṣaye 'labdha-kāmaṁ tvāṁ
cintayā śabalaṁ mukham

ātmanaḥ—你的 / prīyate—很愉快 / na—不 / ātmā—内心 / parataḥ—由于其他原因 / svataḥ—由于你自己 / eva—事实上 / vā—或者 / lakṣaye—我可以看出 / alabdha-kāmam—没有达到你想要的目标 / tvām—你 / cintayā—被焦虑 / śabalam—苍白 / mukham—脸

译文　祺陀凯图王啊！我看得出，你内心并不愉快。你看来并没有达到你想要达到的目标。这由你自己造成，还是由他人导致？你苍白的脸反映出你内心深处的焦虑。

第 22 节

एवं विकल्पितो राजन् विदुषा मुनिनापि सः ।
प्रश्रयावनतोऽभ्याह प्रजाकामस्ततो मुनिम् ॥२२॥

evaṁ vikalpito rājan
viduṣā munināpi saḥ
praśrayāvanato 'bhyāha
prajā-kāmas tato munim

evam—如此 / vikalpitaḥ—询问 / rājan—帕瑞克西特王啊！ / viduṣā—非常博学的 / muninā—被哲学家 / api—虽然 / saḥ—他(祺陀凯图王) / praśraya-avanataḥ—出于谦卑而深鞠躬 / abhyāha—回答 / prajā-kāmaḥ—想要子女 / tataḥ—那之后 / munim—对大圣人

译文　舒卡戴瓦·哥斯瓦米说：帕瑞克西特王啊！大圣人安给茹阿王虽然知道一切，但却以此方式询问君王。这使想要儿子的祺陀凯图王谦卑地对大圣人说了如下一番话。

要旨　由于相由心生，圣洁之人可以通过看一个人的脸了解他(她)的内心状态。当安给茹阿圣人评论君王惨白的脸时，祺陀凯图王解释了他感到焦虑的原因。

第 23 节

चित्रकेतुरुवाच
भगवन् किं न विदितं तपोज्ञानसमाधिभिः ।
योगिनां ध्वस्तपापानां बहिरन्तः शरीरिषु ॥२३॥

citraketur uvāca
bhagavan kiṁ na viditaṁ
tapo-jñāna-samādhibhiḥ
yogināṁ dhvasta-pāpānāṁ
bahir antaḥ śarīriṣu

citraketuḥ uvāca—祺陀凯图王回答 / bhagavan—力量最强大的圣人啊！ / kim—什么 / na—不 / viditam—被了解 / tapaḥ—靠苦修 / jñāna—知识 / samādhibhiḥ—和靠全神贯注超然的冥想(萨玛迪、三摩地) / yoginām—被伟大的瑜伽师或奉献者 / dhvasta-pāpānām—完全免于恶报的 / bahiḥ—外在地 / antaḥ—内在地 / śarīriṣu—具有躯体的受制约的灵魂

译文 祺陀凯图王说：非凡的阁下啊！苦修、知识和保持超然的全神贯注状态，使您摆脱了一切恶报。因此，作为完美的瑜伽师，您能明白我们这些有物质躯体、受制约的灵魂于外在和内在所发生的一切。

第 24 节

तथापि पृच्छतो ब्रूयां ब्रह्मन्नात्मनि चिन्तितम् ।
भवतो विदुषश्चापि चोदितस्त्वदनुज्ञया ॥२४॥

tathāpi pṛcchato brūyāṁ
brahmann ātmani cintitam
bhavato viduṣaś cāpi
coditas tvad-anujñayā

tathāpi—仍然 / pṛcchataḥ—问 / brūyām—让我说 / brahman—伟

大的布茹阿玛纳啊！ / ātmani－在内心 / cintitam－焦虑 / bhavataḥ－对你 / viduṣaḥ－了解一切的 / ca－和 / api－虽然 / coditaḥ－被启发 / tvat－你的 / anujñayā－通过命令

译文　伟大的灵魂啊！您了解一切，却还是问我，我为何满心焦虑？所以，为执行您的命令，就让我来揭示原委吧。

第 25 节

लोकपालैरपि प्रार्थ्याः साम्राज्यैश्वर्यसम्पदः ।
न नन्दयन्त्यप्रजं मां क्षुत्तृटकाममिवापरे ॥२५॥

loka-pālair api prārthyāḥ
sāmrājyaiśvarya-sampadaḥ
na nandayanty aprajaṁ māṁ
kṣut-tṛṭ-kāmam ivāpare

loka-pālaiḥ－被伟大的半神人 / api－甚至 / prārthyāḥ－想要的 / sāmrājya－一个大帝国 / aiśvarya－物质财富 / sampadaḥ－财产 / na nandayanti－不会给予快乐 / aprajam－因为没有儿子 / mām－向我 / kṣut－饥饿 / tṛṭ－口渴 / kāmam－想要去满足 / iva－如同 / apare－其他的感官享乐对象

译文　正如花环或檀香浆等使躯体外部满足的事物无法令饥渴难耐的人感到愉快，我因为没有儿子，所以我的帝国，以及拥有的就连伟大的半神人都想要得到的财富，都无法令我感到高兴。

第 26 节

ततः पाहि महाभाग पूर्वैः सह गतं तमः ।
यथा तरेम दुष्पारं प्रजया तद्विधेहि नः ॥२६॥

tataḥ pāhi mahā-bhāga
pūrvaiḥ saha gataṁ tamaḥ
yathā tarema duṣpāraṁ
prajayā tad vidhehi naḥ

tataḥ一因此 / pāhi一仁慈地拯救 / mahā-bhāga一伟大的圣人啊！ / pūrvaiḥ saha一还有我的祖先 / gatam一去 / tamaḥ一到黑暗 / yathā一以使 / tarema一我们可以跨越 / duṣpāram一很难以跨越 / prajayā一借由得到一个儿子 / tat一那 / vidhehi一仁慈地做 / naḥ一为我们

译文 为此，伟大的圣人啊！请拯救我和我的祖先，他们因为我没有后代而正坠入黑暗的地狱。请做些什么，以使我能有个把我们从地狱环境解救出来的儿子。

要旨 按照韦达文明，人只是为得到一个能给祖先供奉祭品的儿子而结婚。祺陀凯图王怀着责任感想要生一个儿子，以便他和他的祖先有可能被从黑暗的区域拯救出来。他考虑的不仅是他自己，还有他的祖先们，下一生如何能得到祭品(piṇḍa)。为此，他请求安给茹阿圣人帮助他做些什么，以使他能得到一个儿子。

第 27 节

श्रीशुक उवाच
इत्यर्थितः स भगवान् कृपालुर्ब्रह्मणः सुतः ।
श्रपयित्वा चरुं त्वाष्ट्रं त्वष्टारमयजद्विभुः ॥२७॥

śrī-śuka uvāca
ity arthitaḥ sa bhagavān
kṛpālur brahmaṇaḥ sutaḥ
śrapayitvā caruṁ tvāṣṭraṁ
tvaṣṭāram ayajad vibhuḥ

śrī-śukaḥ uvāca－圣舒卡戴瓦·哥斯瓦米说 / iti－如此 / arthitaḥ－被请求 / saḥ－他(安给茹阿圣人) / bhagavān－最强有力的 / kṛpāluḥ－很仁慈地 / brahmaṇaḥ－主布茹阿玛的 / sutaḥ－一个儿子(产自主布茹阿玛的心念) / śrapayitvā－在煮了之后 / carum－一种特别供奉的甜奶饭 / tvāṣṭram－为了给名叫特瓦施塔的半神人 / tvaṣṭāram－特瓦施塔 / ayajat－他崇拜 / vibhuḥ－大圣人

译文　为回应祺陀凯图王的请求，产自主布茹阿玛心念的安给茹阿圣人很仁慈地对待他。由于圣人是个强有力的非凡人物，他举行了一个祭祀，把甜奶饭当供品供奉给特瓦施塔。

第 28 节

ज्येष्ठा श्रेष्ठा च या राज्ञो महिषीणां च भारत ।
नाम्ना कृतद्युतिस्तस्यै यज्ञोच्छिष्टमदाद् द्विजः ॥२८॥

jyeṣṭhā śreṣṭhā ca yā rājño
mahiṣīṇāṁ ca bhārata
nāmnā kṛtadyutis tasyai
yajñocchiṣṭam adād dvijaḥ

jyeṣṭhā－地位高的 / śreṣṭhā－最完美的 / ca－和 / yā－……的她 / rājñaḥ－君王的 / mahiṣīṇām－在所有的王后中 / ca－还有 / bhārata－啊！帕瑞克西特王，巴茹阿特家族中最优秀的人！ / nāmnā－名叫 / kṛtadyutiḥ－奎塔丢缇 / tasyai－向她 / yajña－祭祀的 / ucchiṣṭam－供奉过的食物 / adāt－给了 / dvijaḥ－伟大的圣人(安给茹阿)

译文　啊！帕瑞克西特王，巴茹阿特家族中最优秀的人！伟大的圣人安给茹阿，把在祭祀中供奉过的食物给了祺陀凯图一千万个王后中的第一位且最完美的王后奎塔丢缇。

第 29 节

अथाह नृपतिं राजन् भवितैकस्तवात्मजः ।
हर्षशोकप्रदस्तुभ्यमिति ब्रह्मसुतो ययौ ॥२९॥

athāha nṛpatiṁ rājan
bhavitaikas tavātmajaḥ
harṣa-śoka-pradas tubhyam
iti brahma-suto yayau

atha－随后 / āha－说 / nṛpatim－向君王 / rājan－祺陀凯图王啊！ / bhavitā－将会有 / ekaḥ－一个 / tava－你的 / ātmajaḥ－儿子 / harṣa-śoka－既欢乐又伤心 / pradaḥ－将会给予 / tubhyam－向你 / iti－如此 / brahma-sutaḥ－主布茹阿玛的儿子安给茹阿圣人 / yayau－离开

译文 随后，大圣人告诉君王说："伟大的君王啊！你现在就会有一个既让你欢乐又使你悲伤的儿子了。"那之后，圣人没等祺陀凯图答话就离开了。

要旨 这节诗文中用了"欢乐(harṣa)"和"悲伤(śoka)"两个词。君王知道自己将会有个儿子时欣喜若狂。他因为太高兴了而无法真正明白圣人安给茹阿的说明。他的理解是，等他儿子出生时当然就会让人感到欢乐喜悦，但那孩子将是君王的独生子，所以就会因为拥有巨大的财富和强大的帝国而骄傲，对父亲不是很恭顺。君王感到心满意足，心想："让我有个儿子吧。他是不是很恭顺并不是什么大事。"孟加拉有句谚语说：有个瞎子舅舅总比没有舅舅强。君王接受这样的哲学，认为有个不恭顺的儿子总比没有儿子强。伟大的圣人查纳克亚·潘迪特说：

ko 'rthaḥ putreṇa jātena
yo na vidvān na dhārmikaḥ
kāṇena cakṣuṣā kiṁ vā
cakṣuḥ pīḍaiva kevalam

“有一个既不是博学的学者又不是奉献者的儿子有什么用？这样的儿子恰似有病的瞎眼，总是使人痛苦。”尽管如此，这个物质世界是如此受污染，使人竟然想要有个无用的儿子。历史上的祺陀凯图王就是有这种心态的代表。

第 30 节

सापि तत्प्राशनादेव चित्रकेतोरधारयत् ।
गर्भं कृतद्युतिर्देवी कृत्तिकाग्नेरिवात्मजम् ॥३०॥

sāpi tat-prāśanād eva
citraketor adhārayat
garbhaṁ kṛtadyutir devī
kṛttikāgner ivātmajam

sā—她 / api—甚至 / tat-prāśanāt—借由吃下在盛大祭祀中供奉过的食物 / eva—事实上 / citraketoḥ—从祺陀凯图王 / adhārayat—生育 / garbham—怀孕 / kṛtadyutiḥ—王后奎塔丢缇 / devī—女神 / kṛttikā—奎缇喀 / agneḥ—从阿格尼 / iva—如同 / ātma-jam—一个儿子

译文　就像奎缇喀女神从火神阿格尼那里得到主希瓦的精液后怀上名叫斯康达(卡尔提凯亚)的孩子，奎塔丢缇得到祺陀凯图的精液并吃下安给茹阿举行祭祀时供奉过的食物后便怀孕了。

第 31 节

तस्या अनुदिनं गर्भः शुक्लपक्ष इवोडुपः ।
ववृधे शूरसेनेशतेजसा शनकैर्नृप ॥३१॥

tasyā anudinaṁ garbhaḥ
śukla-pakṣa ivoḍupaḥ
vavṛdhe śūraseneśa-
tejasā śanakair nṛpa

tasyāḥ—她的 / anudinam—日复一日 / garbhaḥ—胚胎 / śukla-pakṣe—在月亮渐圆的两个星期内 / iva—就像 / uḍupaḥ—月亮 / vavṛdhe—逐渐发育 / śūrasena-īśa—舒茹阿森纳的君王的 / tejasā—借由精液 / śanakaiḥ——点点 / nṛpa—帕瑞克西特王啊!

译文 帕瑞克西特王啊！得到舒茹阿森纳的君王祺陀凯图·玛哈茹阿佳的精液后，奎塔丢缇王后的肚子逐渐增大，恰似月亮在月渐圆的两个星期内逐渐变圆一样。

第32节

अथ काल उपावृत्ते कुमारः समजायत ।
जनयन् शूरसेनानां शृण्वतां परमां मुदम् ॥३२॥

atha kāla upāvṛtte
kumāraḥ samajāyata
janayan śūrasenānāṁ
śṛṇvatāṁ paramāṁ mudam

atha—之后 / kāle upāvṛtte—在适当的时候 / kumāraḥ—儿子 / samajāyata—出生 / janayan—引起 / śūrasenānām—舒茹阿森纳的居民的 / śṛṇvatām—听到 / paramām—最高的 / mudam—喜悦

译文 之后，在适当的时候，她给君王生了一个儿子。听到这消息，舒茹阿森纳国土上所有的居民都格外高兴。

第33节

हृष्टो राजा कुमारस्य स्नातः शुचिरलङ्कृतः ।
वाचयित्वाशिषो विप्रैः कारयामास जातकम् ॥३३॥

hṛṣṭo rājā kumārasya
snātaḥ śucir alaṅkṛtaḥ
vācayitvāśiṣo vipraiḥ
kārayām āsa jātakam

hṛṣṭaḥ－非常高兴 / rājā－君王 / kumārasya－他刚出生的儿子的 / snātaḥ－沐浴 / śuciḥ－净化 / alaṅkṛtaḥ－佩戴上各种装饰品 / vācayitvā－让……说 / āśiṣaḥ－祝福的言语 / vipraiḥ－被博学的布茹阿玛纳 / kārayām āsa－使举行 / jātakam－诞生典礼

译文　祺陀凯图王尤其满意。他沐浴净化自己并佩戴上各种装饰品后，便安排博学的布茹阿玛纳给那孩子以祝福，举行诞生典礼。

第 34 节

तेभ्यो हिरण्यं रजतं वासांस्याभरणानि च ।
ग्रामान् हयान् गजान् प्रादाद्धेनूनामर्बुदानि षट ॥३४॥

tebhyo hiraṇyaṁ rajataṁ
vāsāṁsy ābharaṇāni ca
grāmān hayān gajān prādād
dhenūnām arbudāni ṣaṭ

tebhyaḥ－向他们(博学的布茹阿玛纳) / hiraṇyam－金子 / rajatam－银子 / vāsāṁsi－衣服 / ābharaṇāni－装饰品 / ca－还有 / grāmān－村庄 / hayān－马匹 / gajān－大象 / prādāt－布施 / dhenūnām－牛的 / arbudāni－一亿批 / ṣaṭ－六

译文　君王向参加仪式典礼的布茹阿玛纳布施金子、银子、衣服、装饰品、村庄、马匹和大象及六十亿头乳牛。

第 35 节

ववर्ष कामानन्येषां पर्जन्य इव देहिनाम् ।
धन्यं यशस्यमायुष्यं कुमारस्य महामनाः ॥३५॥

vavarṣa kāmān anyeṣāṁ
parjanya iva dehinām
dhanyaṁ yaśasyam āyuṣyaṁ
kumārasya mahā-manāḥ

vavarṣa－大量给予、布施 / kāmān－所有渴望的东西 / anyeṣām－其他的 / parjanyaḥ－一朵云 / iva－就像 / dehinām－众生的 / dhanyam－想要增加财富 / yaśasyam－增加名望 / āyuṣyam－以及增加寿命 / kumārasya－新生儿的 / mahā-manāḥ－慈善的祺陀凯图王

译文 恰似云朵不加分辨地向地面倾洒雨水，慈善的祺陀凯图王为增加他儿子的名望、财富和寿命，如降雨般向所有的人分发他们想要的东西。

第 36 节

कृच्छ्रलब्धेऽथ राजर्षेस्तनयेऽनुदिनं पितुः ।
यथा निःस्वस्य कृच्छ्राप्ते धने स्नेहोऽन्ववर्धत ॥३६॥

kṛcchra-labdhe 'tha rājarṣes
tanaye 'nudinaṁ pituḥ
yathā niḥsvasya kṛcchrāpte
dhane sneho 'nvavardhata

kṛcchra－十分艰巨 / labdhe－得到 / atha－之后 / rāja-ṛṣeḥ－虔诚的祺陀凯图王的 / tanaye－为儿子 / anudinam－一天天 / pituḥ－父亲的 / yathā－简直就像 / niḥsvasya－一个穷人的 / kṛcchra-āpte－在历经艰辛后得到 / dhane－对财富 / snehaḥ－钟爱 / anvavardhata－增加

译文 穷人历经艰辛得到一些金钱后，对金钱的爱慕就会与日俱增。同样道理，祺陀凯图王经历巨大的困难得到一个儿子后，对儿子的钟爱日益加深。

第 37 节

मातुस्त्वतितरां पुत्रे स्नेहो मोहसमुद्भवः ।
कृतद्युतेः सपत्नीनां प्रजाकामज्वरोऽभवत् ॥३७॥

mātus tv atitarāṁ putre
　sneho moha-samudbhavaḥ
kṛtadyuteḥ sapatnīnāṁ
　prajā-kāma-jvaro ’bhavat

mātuḥ—母亲的 / tu—也 / atitarām—极度地 / putre—受儿子 / snehaḥ—钟爱 / moha—出于无知 / samudbhavaḥ—产生 / kṛtadyuteḥ—奎塔丢缇的 / sapatnīnām—君王的其他妻子的 / prajā-kāma—拥有儿子的渴望的 / jvaraḥ—发烧 / abhavat—有

译文　那孩子的母亲也像他父亲一样，极度受儿子的吸引，对儿子的关注急速增加。君王其他的妻子看到奎塔丢缇的儿子后深受刺激，仿佛发高烧一样想要有儿子。

第 38 节

चित्रकेतोरतिप्रीतिर्यथा दारे प्रजावति ।
न तथान्येषु सञ्जज्ञे बालं लालयतोऽन्वहम् ॥३८॥

citraketor atiprītir
　yathā dāre prajāvati
na tathānyeṣu sañjajñe
　bālaṁ lālayato ’nvaham

citraketoḥ—祺陀凯图王的 / atiprītiḥ—极度吸引 / yathā—正如 / dāre—对妻子 / prajā-vati—生了儿子的 / na—不 / tathā—随着 / anyeṣu—对其他人 / sañjajñe—造成 / bālam—儿子 / lālayataḥ—照顾 / anvaham—不断地

译文　祺陀凯图王小心翼翼地养育儿子的同时，对奎塔丢缇的钟爱也不断增强，但却逐渐失去了对其他没儿子的妻子的爱。

第 39 节

ताः पर्यतप्यन्नात्मानं गर्हयन्त्योऽभ्यसूयया ।
आनपत्येन दुःखेन राज्ञश्चानादरेण च ॥३९॥

tāḥ paryatapyann ātmānaṁ
garhayantyo 'bhyasūyayā
ānapatyena duḥkhena
rājñaś cānādareṇa ca

tāḥ—他们(没儿子的王后们) / paryatapyan—悲伤 / ātmānam—她们自己 / garhayantyaḥ—责备 / abhyasūyayā—出于妒忌 / ānapatyena—因为没儿子 / duḥkhena—因不快乐 / rājñaḥ—君王的 / ca—还有 / anādareṇa—因为忽视 / ca—还有

译文 其他王后因为没儿子而极不愉快。由于君王忽视她们，她们怀着妒忌、悲伤的心情责备自己。

第 40 节

धिगप्रजां स्त्रियं पापां पत्युश्चागृहसम्मताम् ।
सुप्रजाभिः सपत्नीभिर्दासीमिव तिरस्कृताम् ॥४०॥

dhig aprajāṁ striyaṁ pāpāṁ
patyuś cāgṛha-sammatām
suprajābhiḥ sapatnībhir
dāsīm iva tiraskṛtām

dhik—一切责备 / aprajām—没一个儿子 / striyam—对一个女人来说 / pāpām—满身罪恶活动 / patyuḥ—被丈夫 / ca—还有 / a-gṛha-sammatām—在家中不受尊敬的 / su-prajābhiḥ—有儿子的 / sapatnībhiḥ—被其他妻子 / dāsīm—一个女仆 / iva—完全就像 / tiraskṛtām—侮辱

译文 (她们说：)没儿子的妻子在家中不但被丈夫所忽

视，还受到丈夫其他妻子像对待女仆一样的侮辱。毫无疑问，这种女人因为她过去的罪恶生活而被迫在各方面处于不幸的状态。

要旨　正如查纳克亚·潘迪特说明：

mātā yasya gṛhe nāsti
bhāryā cāpriya-vādinī
araṇyaṁ tena gantavyaṁ
yathāraṇyaṁ tathā gṛham

“家中没有母亲而只有不说甜美话语的妻子之人，应该去森林。对这种人来说，住在家里无异于住在森林里。”同样，对没有儿子、得不到丈夫的关怀并被丈夫的其他妻子视同女仆的女人来说，去森林比留在家里要好。

第 41 节

दासीनां को नु सन्तापः स्वामिनः परिचर्यया ।
अभीक्ष्णं लब्धमानानां दास्या दासीव दुर्भगाः ॥४१॥

dāsīnāṁ ko nu santāpaḥ
svāminaḥ paricaryayā
abhīkṣṇaṁ labdha-mānānāṁ
dāsyā dāsīva durbhagāḥ

dāsīnām—女仆的 / kaḥ—什么 / nu—事实上 / santāpaḥ—悲叹 / svāminaḥ—向丈夫 / paricaryayā—借由做服务 / abhīkṣṇam—不断地 / labdha-mānānām—尊敬 / dāsyāḥ—女仆的 / dāsī iva—像一个女仆的 / durbhagāḥ—最不幸的

译文　就连一直不断为丈夫服务的女仆都受到丈夫的尊敬，因此她们没有要悲叹的事。然而，我们是女仆的女仆，这就是我们的地位。所以我们是最不幸的。

第 42 节

एवं सन्दह्यमानानां सपत्न्याः पुत्रसम्पदा ।
राज्ञोऽसम्मतवृत्तीनां विद्वेषो बलवानभूत् ॥४२॥

evaṁ sandahyamānānāṁ
sapatnyāḥ putra-sampadā
rājño 'sammata-vṛttīnāṁ
vidveṣo balavān abhūt

evam－如此 / sandahyamānānām－不断受到悲愤之火焚烧的王后们的 / sapatnyāḥ－君王除奎塔丢缇之外的其他妻子的 / putra-sampadā－因为一个儿子而有的财富 / rājñaḥ－被君王 / asammata-vṛttīnām－不是很受喜爱 / vidveṣaḥ balavān－十分嫉妒 / abhūt－变得

译文　圣舒卡戴瓦·哥斯瓦米继续道：奎塔丢缇丈夫的其他妻子被她们的丈夫所忽视，同时却看到她因为有了一个儿子而富足，于是就总是妒火中烧，嫉妒之火极度猛烈地燃烧着。

第 43 节

विद्वेषनष्टमतयः स्त्रियो दारुणचेतसः ।
गरं ददुः कुमाराय दुर्मर्षा नृपतिं प्रति ॥४३॥

vidveṣa-naṣṭa-matayaḥ
striyo dāruṇa-cetasaḥ
garaṁ daduḥ kumārāya
durmarṣā nṛpatiṁ prati

vidveṣa-naṣṭa-matayaḥ－因嫉妒而失去理智的 / striyaḥ－女人们 / dāruṇa-cetasaḥ－非常冷酷无情的 / garam daduḥ－下毒 / kumārāya－对男孩 / durmarṣāḥ－无法容忍的 / nṛpatim－君王 / prati－向

译文　随着她们的嫉妒之火越烧越烈，她们失去了理智。由于极端冷酷无情，而且无法容忍君王的忽视，她们最后给君王的儿子下毒。

第 44 节

कृतद्युतिरजानन्ती सपत्नीनामघं महत् ।
सुप्त एवेति सञ्चिन्त्य निरीक्ष्य व्यचरद् गृहे ॥४४॥

kṛtadyutir ajānantī
sapatnīnām agham mahat
supta eveti sañcintya
nirīkṣya vyacarad gṛhe

kṛtadyutiḥ—王后奎塔丢缇 / ajānantī—不知道 / sapatnīnām—其他妻子们的 / agham—罪行 / mahat—非常沉的 / suptaḥ—睡着 / eva—事实上 / iti—如此 / sañcintya—想着 / nirīkṣya—看着 / vyacarat—正散步 / gṛhe—在家

译文　奎塔丢缇不知道君王的其他妻子已给她儿子下毒，于是在住宅中散步，以为儿子睡淂很沉。她不了解，她儿子已经死了。

第 45 节

शयानं सुचिरं बालमुपधार्य मनीषिणी ।
पुत्रमानय मे भद्रे इति धात्रीमचोदयत् ॥४५॥

śayānaṁ suciraṁ bālam
upadhārya manīṣiṇī
putram ānaya me bhadre
iti dhātrīm acodayat

śayānam—躺下 / su-ciram—很长一段时间 / bālam—儿子 / upadhārya—想着 / manīṣiṇī—很有智慧 / putram—儿子 / ānaya—带来 / me—给我 / bhadre—亲爱的朋友啊！ / iti—如此 / dhātrīm—对保姆 / acodayat—命令

译文 想着她的孩子已经睡了很长时间，无疑很有智慧的奎塔丢缇王后命令保姆说："亲爱的朋友，请把我儿子带到这里来。"

第 46 节

सा शयानमुपव्रज्य दृष्ट्वा चोत्तारलोचनम् ।
प्राणेन्द्रियात्मभिस्त्यक्तं हतास्मीत्यपतद्भुवि ॥४६॥

sā śayānam upavrajya
dṛṣṭvā cottāra-locanam
prāṇendriyātmabhis tyaktaṁ
hatāsmīty apatad bhuvi

sā—她(女仆) / śayānam—躺着 / upavrajya—去到 / dṛṣṭvā—看见 / ca—还有 / uttāra-locanam—他翻白眼(就像那些死尸一般) / prāṇa-indriya-ātmabhiḥ—被生命力、感官和心 / tyaktam—离弃 / hatā asmi—现在我可惨啰！ / iti—如此 / apatat—瘫倒 / bhuvi—在地上

译文 女仆去到躺着的孩子身边时发现，他已翻白眼；他所有的感官都停止工作，已经没有生命迹象。女仆可以明白，那孩子死了。看到这一切，女仆立刻哭喊着"现在我可惨啰"，随即瘫倒在地。

第 47 节

तस्यास्तदाकर्ण्य भृशातुरं स्वरं
घ्नन्त्याः कराभ्यामुर उच्चकैरपि ।
प्रविश्य राज्ञी त्वरयात्मजान्तिकं
ददर्श बालं सहसा मृतं सुतम् ॥४७॥

tasyās tadākarṇya bhṛśāturaṁ svaraṁ
ghnantyāḥ karābhyām ura uccakair api
praviśya rājñī tvarayātmajāntikaṁ
dadarśa bālaṁ sahasā mṛtaṁ sutam

tasyāḥ—她(女仆)的 / tadā—那时 / ākarṇya—听见 / bhṛśa-āturam—懊悔且激动万分 / svaram—声音 / ghnantyāḥ—捶 / karā-bhyām—用手 / uraḥ—胸 / uccakaiḥ—大声地 / api—也 / praviśya—进入 / rājñī—王后 / tvarayā—匆忙地 / ātmaja-antikam—走近她儿子 / dadarśa—她看见 / bālam—孩子 / sahasā—突然 / mṛtam—死 / sutam—儿子

译文 激动万分、焦躁不安的女仆双手捶胸，大声喊叫着懊悔的话。王后听到她的喊叫，立刻赶来。她接近儿子时，意外地看到他已死去。

第 48 节

पपात भूमौ परिवृद्धया शुचा
मुमोह विभ्रष्टशिरोरुहाम्बरा ॥४८॥

papāta bhūmau parivṛddhayā śucā
mumoha vibhraṣṭa-śiroruhāmbarā

papāta—倒下 / bhūmau—在地上 / parivṛddhayā—大大地增加 / śucā—出于悲痛 / mumoha—她变得无意识 / vibhraṣṭa—散乱 / śiroruha—头发 / ambarā—和衣衫

译文 悲痛万分的王后，披头散发、衣衫凌乱地瘫在地上，昏死过去。

第 49 节

ततो नृपान्तःपुरवर्तिनो जना
नराश्च नार्यश्च निशम्य रोदनम् ।
आगत्य तुल्यव्यसनाः सुदुःखिता-
स्ताश्च व्यलीकं रुरुदुः कृतागसः ॥४९॥

tato nṛpāntaḥpura-vartino janā
narāś ca nāryaś ca niśamya rodanam
āgatya tulya-vyasanāḥ suduḥkhitās
tāś ca vyalīkaṁ ruruduḥ kṛtāgasaḥ

tataḥ—随后 / nṛpa—君王啊！ / antaḥpura-vartinaḥ—王宫中的居民 / janāḥ—所有的人 / narāḥ—男人 / ca—和 / nāryaḥ—女人 / ca—还有 / niśamya—听见 / rodanam—大声哭喊 / āgatya—到来 / tulya-vyasanāḥ—同样地悲伤 / su-duḥkhitāḥ—悲伤无比 / tāḥ—他们 / ca—和 / vyalīkam—假装地 / ruruduḥ—哭泣 / kṛta-āgasaḥ—犯下(下毒)罪行的

译文 帕瑞克西特王啊！听到哭叫声后，王宫中的男男女女纷纷赶来。大家因为同样感到悲伤也开始哭喊。下毒的王后们假装哭泣，心中很清楚她们犯下的罪行。

第 50—51 节

श्रुत्वा मृतं पुत्रमलक्षितान्तकं
विनष्टदृष्टिः प्रपतन् स्खलन् पथि ।
स्नेहानुबन्धैधितया शुचा भृशं
विमूर्च्छितोऽनुप्रकृतिर्द्विजैर्वृतः ॥५०॥

पपात बालस्य स पादमूले
मृतस्य विस्रस्तशिरोरुहाम्बरः ।
दीर्घं श्वसन् बाष्पकलोपरोधतो
निरुद्धकण्ठो न शशाक भाषितुम् ॥५१॥

śrutvā mṛtaṁ putram alakṣitāntakaṁ
vinaṣṭa-dṛṣṭiḥ prapatan skhalan pathi
snehānubandhaidhitayā śucā bhṛśaṁ
vimūrcchito 'nuprakṛtir dvijair vṛtaḥ

papāta bālasya sa pāda-mūle
mṛtasya visrasta-śiroruhāmbaraḥ
dīrghaṁ śvasan bāṣpa-kaloparodhato
niruddha-kaṇṭho na śaśāka bhāṣitum

śrutvā—听见 / mṛtam—死亡的 / putram—儿子 / alakṣita-antakam—不明的死亡原因 / vinaṣṭa-dṛṣṭiḥ—无法看清 / prapatan—不停地跌倒 / skhalan—滑倒 / pathi—在路上 / sneha-anubandha—因为深爱 / edhitayā—增加 / śucā—因为悲伤 / bhṛśam—非常 / vimūrcchitaḥ—变得无意识 / anuprakṛtiḥ—由大臣和其他官员跟随 / dvijaiḥ—由博学的布茹阿玛纳 / vṛtaḥ—簇拥着 / papāta—跌倒 / bālasya—男孩的 / saḥ—他(君王) / pāda-mūle—在脚旁 / mṛtasya—死尸的 / visrasta—散乱 / śiroruha—头发 / ambaraḥ—和衣衫 / dīrgham—长的 / śvasan—呼吸 / bāṣpa-kalā-uparodhataḥ—由于满含泪水地哭泣 / niruddha-kaṇṭhaḥ—哽咽的声音 / na—不 / śaśāka—能够 / bhāṣitum—说话

译文 祺陀凯图王听到他儿子不明原因死去的消息后，变得几乎目不视物。他对儿子的深爱使他的悲伤之情似熊熊燃烧的烈火般增长。他赶去看他死去的孩子时，一路上不停地跌倒在地。君王由他的大臣、其他官员和博学的布茹阿玛纳簇拥着到了现场，一接近孩子，就昏倒在孩子的脚旁。他的头发和衣衫散乱不堪。当君王呼吸沉重地苏醒过来时，他眼里满含泪水，说不出话来。

第 52 节

पतिं निरीक्ष्योरुशुचार्पितं तदा
मृतं च बालं सुतमेकसन्ततिम् ।
जनस्य राज्ञी प्रकृतेश्च हृद्रुजं
सती दधाना विललाप चित्रधा ॥५२॥

patiṁ nirīkṣyoru-śucārpitaṁ tadā
mṛtaṁ ca bālaṁ sutam eka-santatim
janasya rājñī prakṛteś ca hṛd-rujaṁ
satī dadhānā vilalāpa citradhā

patim—丈夫 / nirīkṣya—因看见 / uru—巨大的 / śuca—悲痛 / arpitam—感到痛楚 / tadā—在那时 / mṛtam—死的 / ca—和 / bālam—孩子 / sutam—儿子 / eka-santatim—家中唯一的儿子 / janasya—所有其他聚集在那的人的 / rājñī—王后 / prakṛteḥ ca—和官员及大臣的 / hṛt-rujam—锥心之痛 / satī dadhānā—增加 / vilalāpa—悲伤 / citradhā—以各种形式

译文 王后看到她丈夫祺陀凯图王沉浸在巨大的悲痛中，看着死去的孩子——家中唯一的儿子，于是以各种形式悲叹、痛哭不已。这更增加了王宫中的全体居民、大臣和所有的布茹阿玛纳内心深处的痛。

第 53 节

स्तनद्वयं कुङ्कुमपङ्कमण्डितं
निषिञ्चती साञ्जनबाष्पबिन्दुभिः ।
विकीर्य केशान् विगलत्स्रजः सुतं
शुशोच चित्रं कुररीव सुस्वरम् ॥५३॥

stana-dvayaṁ kuṅkuma-paṅka-maṇḍitaṁ
niṣiñcatī sāñjana-bāṣpa-bindubhiḥ
vikīrya keśān vigalat-srajaḥ sutaṁ
śuśoca citraṁ kurarīva susvaram

stana-dvayam—她的胸脯 / kuṅkuma—用朱砂粉(通常撒在女人的胸脯上) / paṅka—膏 / maṇḍitam—装饰 / niṣiñcatī—打湿 / sa-añjana—混合着眼膏 / bāṣpa—眼泪的 / bindubhiḥ—滴滴 / vikīrya—散乱 / keśān—头发 / vigalat—正掉下 / srajaḥ—在……的鲜花花环 / sutam—

为她儿子 / śuśoca－悲伤 / citram－多种的 / kurarī iva－恰似一只鱼鹰 / su-svaram－以甜美的声音

译文　王后头上点缀的鲜花花环掉到地上，她的头发散乱不堪。泪水冲刷掉眼睛上的化妆品，打湿了扑着朱砂粉的胸脯。她在为失去儿子而放声痛哭时，那声音恰似鱼鹰发出的甜美叫声。

第 54 节

अहो विधातस्त्वमतीव बालिशो
यस्त्वात्मसृष्ट्यप्रतिरूपमीहसे ।
परे नु जीवत्यपरस्य या मृति-
र्विपर्ययश्चेत्त्वमसि ध्रुवः परः ॥५४॥

aho vidhātas tvam atīva bāliśo
yas tv ātma-sṛṣṭy-apratirūpam īhase
pare nu jīvaty aparasya yā mṛtir
viparyayaś cet tvam asi dhruvaḥ paraḥ

aho－唉！(无比悲伤地) / vidhātaḥ－老天爷啊！ / tvam－您 / atīva－非常地 / bāliśaḥ－经验不足的 / yaḥ－……的 / tu－事实上 / ātma-sṛṣṭi－您自己的创造的 / apratirūpam－恰恰相反 / īhase－您正从事和向往 / pare－当父亲或长者 / nu－事实上 / jīvati－正活着 / aparasya－后出生的 / yā－……的 / mṛtiḥ－死亡 / viparyayaḥ－违反 / cet－如果 / tvam－您 / asi－是 / dhruvaḥ－的确 / paraḥ－一个敌人

译文　唉，老天爷啊！创造者啊！您在创造中无疑还经验不足，因为您在当父亲的还活着时竟让他儿子死去，这行为违反您的创造法则。如果您决意要违反这些法律，那您无疑是生物体的敌人，不可能是仁慈的。

要旨 受制约的灵魂就是这样在遇到逆境时便谴责至尊创造者。他们有时因为有人快乐、有人痛苦而指控至尊人格首神不公正。这节诗文中记载，王后为她儿子的死而指责至高的上帝。按照创造法则，当父亲的应该比当儿子的先死。如果按照上帝的意愿改变了创造法则，那么无疑就该认为上帝是不仁慈的，而是对祂所创造的生物体有敌意。然而事实上，那并不是创造者的问题，而是受制约的灵魂没有知识。他们不知道功利性活动的精密法律是如何运作的，于是在对这些自然法律无知的情况下，不学无术地批评至尊人格首神。

第 55 节

न हि क्रमश्चेदिह मृत्युजन्मनोः
शरीरिणामस्तु तदात्मकर्मभिः ।
यः स्नेहपाशो निजसर्गवृद्धये
स्वयं कृतस्ते तमिमं विवृश्चसि ॥५५॥

na hi kramaś ced iha mṛtyu-janmanoḥ
śarīriṇām astu tad ātma-karmabhiḥ
yaḥ sneha-pāśo nija-sarga-vṛddhaye
svayaṁ kṛtas te tam imaṁ vivṛścasi

na－不 / hi－事实上 / kramaḥ－按时间顺序 / cet－如果 / iha－在这物质世界里 / mṛtyu－死亡的 / janmanoḥ－和出生的 / śarīriṇām－已经接受了物质躯体的受制约灵魂的 / astu－但愿 / tat－那 / ātma-karmabhiḥ－凭着一个人的活动(功利性活动) / yaḥ－那……的 / sneha-pāśaḥ－情感的束缚 / nija-sarga－您自己的创造 / vṛddhaye－去增加 / svayam－亲自 / kṛtaḥ－做 / te－由您 / tam－那 / imam－这 / vivṛścasi－您正砍断

译文 我的上帝啊！您也许会说，没有一条法律规定当父亲的必须比他儿子先死，儿子必须在父亲活着时出生，因为每一个人按照他自己的功利性活动活着或死去。但如果功利性活动是如此强大，生死都由它决定，那就不需要一个控制者或神了。再者，如果您说由于物质能量自己没能力行动，所以还需要一位控制者，那我们也许要说，倘若您创造的情感纽带受功利性行为的干扰，那就没人会怀着感情扶养孩子，相反会冷酷地忽视自己的孩子。因此您既然砍断促使父母扶养自己孩子的情感纽带，那就未免显得经验不足，没智慧了。

要旨　正如《布茹阿玛·萨密塔》(Brahma-saṁhitā)中说明的：培养奎师那意识——做奉爱服务的人，不受功利性活动(karma)的影响(karmāṇi nirdahati kintu ca bhakti-bhājām)。这节诗文中的内容强调了功利性活动论(karma-mīmāṁsā)的哲学基础，那哲学说的是：人必按照其业报行事，至尊控制者必定将活动的结果给予活动者。普通受制约的灵魂无法明白由至尊者掌管的精密的业报法律。正因为如此，奎师那说：谁能了解祂及祂是如何行事并透过精密的法律控制一切，谁就立刻靠祂的恩典变得自由。那是《布茹阿玛·萨密塔》中的说明。人应该毫无保留地做奉爱服务，为满足至尊主的至尊意愿而献出一切。这将使人在今生和来世都快乐。

第 56 节

त्वं तात नार्हसि च मां कृपणामनाथां
　त्यक्तुं विचक्ष्व पितरं तव शोकतप्तम् ।
अञ्जस्तरेम भवताप्रजदुस्तरं यद्
　ध्वान्तं न याह्यकरुणेन यमेन दूरम् ॥५६॥

tvaṁ tāta nārhasi ca māṁ kṛpaṇām anāthāṁ
　tyaktuṁ vicakṣva pitaraṁ tava śoka-taptam
añjas tarema bhavatāpraja-dustaraṁ yad
　dhvāntaṁ na yāhy akaruṇena yamena dūram

tvam—你 / tāta—我亲爱的儿子 / na—不 / arhasi—应该 / ca—和 / mām—我 / kṛpaṇām—非常可怜的 / anāthām—没有一个保护者 / tyaktum—离弃 / vicakṣva—看 / pitaram—对父亲 / tava—你的 / śoka-taptam—悲痛不已 / añjaḥ—轻易地 / tarema—我们可以越过 / bhavatā—凭你 / apraja-dustaram—对没儿子的人来说很难跨越 / yat—……的 / dhvāntam—黑暗王国 / na yāhi—不要离开 / akaruṇena—冷酷无情的 / yamena—与阎罗王 / dūram—更进一步

译文 亲爱的儿子，我很无助，难过极了。你不该离弃我的陪伴。看看你那悲伤不已的父亲吧。我们很绝望，因为没有儿子，我们就将承受去黑暗地狱的痛苦。你是我们能摆脱这些黑暗区域的唯一希望，因此我请求你不要再与冷酷无情的阎罗王一起向前走了。

要旨 按照韦达训示，人必须为生一个能将自己救出阎罗王(Yamarāja)钳制的儿子而娶一位妻子。除非有男性后代为祖先(pitā)供奉祭品，否则当父亲的人就必会在阎罗王的管辖区内受苦。祺陀凯图王很难过地心想，由于他儿子与阎罗王一起走了，他本人将再次受苦。精密的业报法律适用于功利性活动者，但人如果成为奉献者，就不再需要承担业报法律中的义务。

第 57 节

उत्तिष्ठ तात त इमे शिशवो वयस्या-
स्त्वामाह्वयन्ति नृपनन्दन संविहर्तुम् ।
सुप्तश्चिरं ह्यशनया च भवान् परीतो
भुङ्क्ष्व स्तनं पिब शुचो हर नः स्वकानाम् ॥५७॥

uttiṣṭha tāta ta ime śiśavo vayasyās
tvām āhvayanti nṛpa-nandana saṁvihartum
suptaś ciraṁ hy aśanayā ca bhavān parīto
bhuṅkṣva stanaṁ piba śuco hara naḥ svakānām

uttiṣṭha—请起床 / tāta—我亲爱的儿子 / te—他们 / ime—所有这些 / śiśavaḥ—孩子们 / vayasyāḥ—玩伴们 / tvām—你 / āhvayanti—正在叫 / nṛpa-nandana—君王的儿子啊！ / saṁvihartum—与……一起玩 / suptaḥ—你已经睡了 / ciram—很长一段时间 / hi—事实上 / aśanayā—因为饥饿 / ca—还有 / bhavān—你 / parītaḥ—克服 / bhuṅkṣva—请吃 / stanam—在(你母亲的)胸前 / piba—喝 / śucaḥ—悲伤 / hara—去除 / naḥ—我们的 / svakānām—你的亲人们

译文　我亲爱的儿子，你睡了很长时间。现在请起床。你的玩伴们在叫你玩耍。既然你必定很饿了，请起床，吸吮我的乳汁，去除我们的悲伤。

第 58 节

नाहं तनूज ददृशे हतमङ्गला ते
मुग्धस्मितं मुदितवीक्षणमाननाब्जम् ।
किं वा गतोऽस्यपुनरन्वयमन्यलोकं
नीतोऽघृणेन न शृणोमि कला गिरस्ते ॥५८॥

nāhaṁ tanūja dadṛśe hata-maṅgalā te
mugdha-smitaṁ mudita-vīkṣaṇam ānanābjam
kiṁ vā gato 'sy apunar-anvayam anya-lokaṁ
nīto 'ghṛṇena na śṛṇomi kalā giras te

na—不 / aham—我 / tanū-ja—我亲爱的儿子(从我身体生出) / dadṛśe—看见 / hata-maṅgalā—因为我是最不幸的 / te—你的 / mugdha-smitam—以迷人的微笑 / mudita-vīkṣaṇam—以紧闭的双眼 / ānana-abjam—莲花般的脸庞 / kiṁ vā—是否 / gataḥ—离开 / asi—你是 / a-punaḥ-anvayam—从人不会回来的…… / anya-lokam—去另一个星球或阎罗王的星球 / nītaḥ—已被带走 / aghṛṇena—被残忍的阎罗王 / na—不 / śṛṇomi—我可以听见 / kalāḥ—令人很愉悦的 / giraḥ—话语 / te—你的

译文 亲爱的儿子，我无疑是最不幸的，因为我再也看不到你迷人的微笑。你永远闭上了你的双眼。为此，我断定你从这个星球被带走，带去你不会回来的另一个星球。亲爱的儿子，我再也听不到你令人愉悦的声音了。

第59节

श्रीशुक उवाच
विलपन्त्या मृतं पुत्रमिति चित्रविलापनैः ।
चित्रकेतुर्भृशं तप्तो मुक्तकण्ठो रुरोद ह ॥५९॥

śrī-śuka uvāca
vilapantyā mṛtaṁ putram
iti citra-vilāpanaiḥ
citraketur bhṛśaṁ tapto
mukta-kaṇṭho ruroda ha

śrī-śukaḥ uvāca—圣舒卡戴瓦·哥斯瓦米说 / vilapantyā—与一个正悲伤的女人 / mṛtam—死的 / putram—为儿子 / iti—如此 / citra-vilāpanaiḥ—以各种悲伤形式 / citraketuḥ—祺陀凯图王 / bhṛśam—极度地 / taptaḥ—悲痛 / mukta-kaṇṭhaḥ—大声地 / ruroda—哭泣 / ha—事实上

译文 圣舒卡戴瓦·哥斯瓦米继续道：陪着妻子因而为儿子的死悲伤的祺陀凯图王，由于极度悲痛，开始张开嘴放声痛哭。

第60节

तयोर्विलपतोः सर्वे दम्पत्योस्तदनुव्रताः ।
रुरुदुः स्म नरा नार्यः सर्वमासीदचेतनम् ॥६०॥

tayor vilapatoḥ sarve
dampatyos tad-anuvratāḥ
ruruduḥ sma narā nāryaḥ
sarvam āsīd acetanam

tayoḥ－当他们两个 / vilapatoḥ－正悲伤 / sarve－所有的 / dampatyoḥ－君王和他的妻子 / tat-anuvratāḥ－他们的随从 / ruruduḥ－放声大哭 / sma－事实上 / narāḥ－男性成员 / nāryaḥ－女性成员 / sarvam－整个王国 / āsīt－变得 / acetanam－几乎昏死

译文　随着君王和王后的悲哭，他们的男女随从也都跟着他们一起哭。这一突发事件使王国中所有的国民都几乎昏死过去。

第 61 节

एवं कश्मलमापन्नं नष्टसंज्ञमनायकम् ।
ज्ञात्वाङ्गिरा नाम ऋषिराजगाम सनारदः ॥६१॥

evaṁ kaśmalam āpannaṁ
　naṣṭa-saṁjñam anāyakam
jñātvāṅgirā nāma ṛṣir
　ājagāma sanāradaḥ

evam－如此 / kaśmalam－悲惨 / āpannam－已得到 / naṣṭa－失去 / saṁjñam－知觉 / anāyakam－没有帮助 / jñātvā－知道 / aṅgirāḥ－安给茹阿 / nāma－名叫 / ṛṣiḥ－圣人 / ājagāma－来到 / sa-nāradaḥ－与纳茹阿达·牟尼

译文　大圣人安给茹阿了解到君王几乎溺死在悲伤的汪洋中时，便与圣人纳茹阿达一起前去那里。

到此为止，结束了巴克提韦丹塔对《圣典博伽瓦谭》第6篇第14章——“祺陀凯图王的悲伤”所作的阐释。

第十五章

圣人纳茹阿达和安给茹阿教导祺陀凯图王

这一章记载的是，安给茹阿圣人(Aṅgirā Ṛṣi)与纳茹阿达(Nārada)尽力安抚祺陀凯图。安给茹阿和纳茹阿达圣人来教导祺陀凯图王有关生活的灵性意义，以此减轻君王的过度悲伤。

伟大的圣人安给茹阿和纳茹阿达解释说，父亲和儿子之间的关系并非真实，那只不过是错觉能量的展示而已。那种关系以前不存在，今后也不会保持。经时间的安排，那种关系只存在于现在。人不该为短暂的关系而悲伤。整个宇宙展示是短暂的，尽管不是不真实。说宇宙展示不真实并不符合事实。在至尊人格首神的指导下于物质世界里所创造的一切都是短暂的。经由暂时的安排，父亲生一个孩子，或者说一个生物当了一位所谓父亲的孩子。这种临时的安排由至尊主做出。父亲和儿子都并非独立存在。

君王听了大圣人们的教导后，去除了错误的悲伤情绪，随后询问有关他们的身份。伟大的圣人们讲述了他们的身份，并教导说：所有的痛苦都由生命的躯体化概念所致。人一旦了解自己的灵性身份并皈依至尊人格首神——至尊的灵性人物时，就变得真正快乐了。在物质范围内寻求快乐的人，无疑必会为躯体的关系而悲伤。觉悟自我的意思是认识到自己与奎师那的灵性关系。这样的认识终止人的物质生活痛苦。

第 1 节

श्रीशुक उवाच
ऊचतुर्मृतकोपान्ते पतितं मृतकोपमम् ।
शोकाभिभूतं राजानं बोधयन्तौ सदुक्तिभिः ॥ १ ॥

śrī-śuka uvāca
ūcatur mṛtakopānte
patitaṁ mṛtakopamam
śokābhibhūtaṁ rājānaṁ
bodhayantau sad-uktibhiḥ

śrī-śukaḥ uvāca－圣舒卡戴瓦·哥斯瓦米说 / ūcatuḥ－他们说 / mṛtaka－尸体 / upānte－旁边 / patitam－倒在 / mṛtaka-upamam－简直就像另一具死尸 / śoka-abhibhūtam－因为悲伤而悲痛欲绝 / rājānam－对君王 / bodhayantau－给了教导 / sat-uktibhiḥ－借由真实而非短暂的教导

译文 圣舒卡戴瓦·哥斯瓦米说：在祺陀凯图王被悲伤压倒，像一具死尸般躺在他儿子的尸体边时，纳茹阿达和安给茹阿两位大圣人，就有关灵性意识给了他如下一番教导。

第 2 节

कोऽयं स्यात्तव राजेन्द्र भवान् यमनुशोचति ।
त्वं चास्य कतमः सृष्टौ पुरेदानीमतः परम् ॥ २ ॥

ko 'yaṁ syāt tava rājendra
bhavān yam anuśocati
tvaṁ cāsya katamaḥ sṛṣṭau
puredānīm ataḥ param

kaḥ－……的 / ayam－这 / syāt－是 / tava－对你 / rāja-indra－最杰出的君王啊！ / bhavān－阁下你 / yam－……的 / anuśocati－为……而悲伤 / tvam－你 / ca－和 / asya－对他(死去的男孩) /

katamaḥ－……的 / sṛṣṭau－在出生 / purā－以前的 / idānīm－在此时、现在 / ataḥ param－以及今后、未来

译文　君王啊！你所为之悲伤的尸体与你有何关系？而你与他又有何干？尽管你会说你们现在是父子关系，但你想这关系以前曾存在过吗？现在真正存在吗？今后会继续存在吗？

要旨　纳茹阿达和安给茹阿·牟尼所给予的教导，对受错觉制约的灵魂来说是真正的灵性教导。这世界是短暂的，但由于我们前世从事过的活动，我们来此接受不同的躯体，建立社会友谊、情爱、国家和社团等在死亡时刻全部结束的短暂关系。这些短暂的关系过去不存在，今后也不会存在。所以，此刻所谓的关系不过是假象、错觉而已。

第 3 节

यथा प्रयान्ति संयान्ति स्रोतोवेगेन बालुकाः ।
संयुज्यन्ते वियुज्यन्ते तथा कालेन देहिनः ॥ ३ ॥

yathā prayānti saṁyānti
sroto-vegena bālukāḥ
saṁyujyante viyujyante
tathā kālena dehinaḥ

yathā－正如 / prayānti－分开 / saṁyānti－聚在一起 / srotaḥ-vegena－被海浪的力量 / bālukāḥ－细小的沙粒 / saṁyujyante－他们被聚在一起 / viyujyante－他们被分开 / tathā－同样地 / kālena－被时间 / dehinaḥ－接受了物质躯体的生物

译文　君王啊！正如海浪的力量使细小的沙粒有时聚到一起，有时分开，时间的力量使接受了物质躯体的生物有时相聚，有时分离。

要旨 对生命的躯体化概念是受制约灵魂的误解。躯体是物质的，在躯体中的是灵魂。这是灵性的理解。不幸的是，处在愚昧状态中的人在物质错觉的魔力驱使下，把躯体当做是真正的自我。他无法了解躯体是物质的。恰似细小的沙子，时间的力量使躯体时聚时散。然而，人们却为相聚和分离而错误地感到悲伤。人除非了解这真相，否则没有快乐可言。正因为如此，在《博伽梵歌》(Bhagavad-gītā)第2章的第13节诗中，至尊主给予这第一个教导说：

dehino 'smin yathā dehe
  kaumāraṁ yauvanaṁ jarā
tathā dehāntara-prāptir
  dhīras tatra na muhyati

“就像灵魂在这个物质躯体中经历童年、青年和老年的变化一样，当这个躯体死亡时，其中的灵魂便进入另一个躯体。清醒的人不会为这种变化所迷惑。”我们不是躯体，而是被捆绑在这个躯体中的灵性生物。我们真正的利益就存在于对这一简单事实的了解中。随后，我们可以争取进一步的灵性进步。否则，如果我们保持躯体化的生命概念，我们痛苦的物质存在就会一直不断地永远持续下去。政治调解、社会福利工作、医疗救援及我们为和平与快乐杜撰出的其他做法，永远都不可能持久。我们还是不得不一个接一个地经历物质生活的痛苦。正因为如此，物质生活被说成是：痛苦状况的根源(duḥkhālayam aśāśvatam)。

第4节

यथा धानासु वै धाना भवन्ति न भवन्ति च ।
एवं भूतानि भूतेषु चोदितानीशमायया ॥ ४ ॥

yathā dhānāsu vai dhānā
  bhavanti na bhavanti ca

evaṁ bhūtāni bhūteṣu
coditānīśa-māyayā

yathā — 正如 / dhānāsu — 透过稻谷的种子 / vai — 事实上 / dhānāḥ — 谷粒 / bhavanti — 被生育 / na — 不 / bhavanti — 被生育 / ca — 也 / evam — 这样 / bhūtāni — 生物体 / bhūteṣu — 在其他生物体中 / coditāni — 推动 / īśa-māyayā — 被至尊人格首神的力量

译文　种子被播散到田地里后，有时长成植物，有时则不然。有时土地不够肥沃，种子播散下去不发芽。同样道理，盼望生子的父亲有时凭借至尊主的力量推动可以生孩子，有时则无法使妻子怀孕。因此，人不该为这种最终受至尊主控制的表面的父子关系而悲伤。

要旨　褀陀凯图王事实上命中注定得不到儿子。因此，尽管他娶了成千上万的妻子，她们全都不生育，他甚至连一个孩子都没有。当安给茹阿圣人来看望君王时，君王要求伟大的圣人让他能够至少有一个儿子。由于安给茹阿圣人的赐福，错觉能量玛亚(māyā)恩赐他一个孩子，但那孩子的命不长。因此安给茹阿圣人一开始就告诉君王，他将生一个使人欢喜又令人悲伤的孩子。

凭天意或至尊者的意愿，褀陀凯图王注定得不到一个孩子。正如不发育的谷粒无法再产出稻谷，至尊主的意愿让有些人不能生育孩子。有时，一对没有生育能力的父母竟然生下一个孩子；而有时，一对生殖力都很强的父母却生不出孩子。事实上，有时甚至采取了避孕措施还是能生孩子，结果当父母的便把孩子杀死在子宫中。在如今这个年代里，将孩子杀死在子宫中的做法已经变得很普遍了。为什么？为什么采取避孕措施后，它们不起作用？为什么孕育了一个孩子后，当父母的有时要将其杀死在子宫中？我们必须得出结论，我们用所谓的科学知识所做的安排，无法决定将会发生什么；一切其实都由至尊意愿来决定。凭至尊意愿的决定，我们有特定的家庭、团体和个性等。这些都是至尊主按照我们的愿望透过错觉能量玛亚的魔力安排的。正因为一切都赖于至尊人格首神，所以我们在过奉爱生活时，不该想得到任何东西。正如《奉爱服务的纯粹甘露之洋》第1篇第1章的第11节诗说明的：

anyābhilāṣitā-śūnyaṁ
jñāna-karmādy-anāvṛtam
ānukūlyena kṛṣṇānu-
śīlanaṁ bhaktir uttamā

“人应该善意地为至尊主奎师那做超然的爱心服务，不想要靠从事功利性活动或哲学推测得到任何的物质利益。那称为纯粹的奉爱服务。”人应该只从事培养奎师那意识的活动。除此之外其他的一切，都应该依靠至尊人。我们不该制定那些最终使我们挫败的计划。

第5节

वयं च त्वं च ये चेमे तुल्यकालाश्चराचराः ।
जन्ममृत्योर्यथा पश्चात्प्राङ नैवमधुनापि भोः ॥५॥

vayaṁ ca tvaṁ ca ye ceme
tulya-kālāś carācarāḥ
janma-mṛtyor yathā paścāt
prāṅ naivam adhunāpi bhoḥ

vayam－我们(伟大的圣人和大臣及君王的拥护者) / ca－和 / tvam－你 / ca－也 / ye－……的 / ca－也 / ime－这些 / tulya-kālāḥ－在同一时间内相聚 / cara-acarāḥ－动与不动的 / janma－出生 / mṛtyoḥ－和死亡 / yathā－正如 / paścāt－之后 / prāk－之前 / na－不 / evam－ 如此 / adhunā－现在 / api－虽然 / bhoḥ－君王啊！

译文 君王啊！你、我们这些你的忠告者、你的妻子和大臣，以及此刻在宇宙各地动与不动的一切，都处在暂时的状态中。我们出生前这种状态并不存在，我们死后它们也不再继续存在。所以我们现在的存在状态虽然并不虚假，但却是短暂的。

要旨　假象宗哲学家(Māyāvādī)说：梵(Brahman)——生物是真实存在，但他现有的躯体状况是假的(brahma satyaṁ jagan mithyā)。然而，按照外士纳瓦(Vaiṣṇava)哲学，现有的状况并非是假的，而是短暂的。它恰似一场梦。梦在人睡着之前并不存在，等人醒来后也不会继续下去，做梦的那段时间只存在于这两者之间，因此从它是短暂的意义上来说，它不是真实的。同样道理，整个物质创造，包括我们自己和他人的发明创造，都是短暂的。我们不会在做梦前或做梦后为梦中发生的情况而悲伤。因此在做梦期间或类似做梦的情况中，人不该认为它是真实的，并为之悲伤。这是真知识。

第 6 节

भूतैर्भूतानि भूतेशः सृजत्यवति हन्ति च ।
आत्मसृष्टैरस्वतन्त्रैरनपेक्षोऽपि बालवत् ॥ ६ ॥

bhūtair bhūtāni bhūteśaḥ
sṛjaty avati hanti ca
ātma-sṛṣṭair asvatantrair
anapekṣo 'pi bālavat

bhūtaiḥ－被一些生物体 / bhūtāni－其他生物体 / bhūta-īśaḥ－一切事物的主人——至尊人格首神 / sṛjati－创造 / avati－维系 / hanti－杀死 / ca－还有 / ātma-sṛṣṭaiḥ－被祂创造的 / asvatantraiḥ－不独立的 / anapekṣaḥ－(对创造)不感兴趣 / api－虽然 / bāla-vat－像一个男孩

译文 一切的主人和拥有者——至尊人格首神，对短暂的宇宙展示无疑不感兴趣。但就像在沙滩上堆砌某样东西的男孩并不在乎那东西一样，掌控着一切的至尊主，使创造、维系和毁灭得以发生。祂透过让父亲生儿子进行创造，通过让政府或君王照看大众的利益来维系，靠让蛇等代理去杀完成毁灭。负责创造、维系和毁灭的代理们虽然并不具备独立的力量，而是在错觉能量的魔力推动下行事，但却认为自己是创造者、维系者或毁灭者。

要旨 没人能独立地创造、维系或毁灭。因此《博伽梵歌》第3章的第27节诗说：

prakṛteḥ kriyamāṇāni
guṇaiḥ karmāṇi sarvaśaḥ
ahaṅkāra-vimūḍhātmā
kartāham iti manyate

“灵魂受假我的迷惑，以为是自己在活动，却不知道，其实是物质自然的三种属性在活动。”物质自然帕奎提(prakṛti)，在至尊人格首神的指挥下，引诱众生按照所受的物质自然属性的影响去创造、毁灭和维系。但由于不知道至尊人和祂的物质能量代理，生物以为自己是行为者。事实上，他根本不是。作为至尊行为者(至尊主)的代理，人应该服从至尊主的命令。正是那些忘记“自己是被至尊人格首神委任行事”这一点的领袖们的愚昧，才导致了如今整个世界的混乱状态。由于他们受托于至尊主，他们的责任是请教至尊主并按祂的教导做事。《博伽梵歌》就是他们该阅读的参考书，至尊主在其中给予了指导。因此，那些致力于创造、维系和毁灭的人，应该向委任他们做事的至尊主请教，应该按祂的教导行事。那样，所有的人就会满意，就不会有动乱发生。

第 7 节

देहेन देहिनो राजन्देहाद्देहोऽभिजायते ।
बीजादेव यथा बीजं देह्यर्थ इव शाश्वतः ॥७॥

dehena dehino rājan
dehād deho 'bhijāyate
bījād eva yathā bījaṁ
dehy artha iva śāśvataḥ

dehena－被躯体 / dehinaḥ－拥有物质躯体的父亲的 / rājan－君王啊！ / dehāt－从(母亲的)躯体 / dehaḥ－另一个躯体 / abhijāyate－出生 / bījāt－从一粒种子 / eva－事实上 / yathā－正如 / bījam－另一粒种子 / dehī－已经接受了物质躯体的人 / arthaḥ－物质元素 / iva－就像 / śāśvataḥ－永恒的

译文　正如一粒种子产自另一粒种子，君王啊！一个躯体(当父亲的躯体)透过另一个躯体(当母亲的躯体)，生产出第三个躯体(当儿子的躯体)。正如物质躯体的元素是永恒存在的，透过这些元素而出现的生物也是永恒的。

要旨　从《博伽梵歌》的教导中我们认识到，世上有两种能量，即：高等能量和低等能量。低等能量由五种粗糙的物质元素及三种精微的物质元素组成。在物质能量的操作和监督下，作为高等能量的生物，出现在由这些元素构成的各种躯体中。事实上，物质能量和灵性能量——物质和灵魂，作为至尊人格首神的能量永恒存在。强有力的实体就是至尊人。由于至尊主不可缺少的一部分——灵性生物，想要享受这个物质世界，至尊主便给他机会接受各种类型的物质躯体，在不同的物质环境中享乐或受苦。事实上，灵性能量——想要享受物质事物的生物，由至尊主操纵。所谓的父亲和母亲与作为他们孩子的个体生物毫无关系。

生物自己的选择及过去活动的结果，使其经由所谓的父母得到不同的躯体。

第 8 节

देहदेहिविभागोऽयमविवेककृतः पुरा ।
जातिव्यक्तिविभागोऽयं यथा वस्तुनि कल्पितः ॥ ८ ॥

deha-dehi-vibhāgo 'yam
aviveka-kṛtaḥ purā
jāti-vyakti-vibhāgo 'yaṁ
yathā vastuni kalpitaḥ

deha－这个躯体的 / dehi－和躯体的拥有者的 / vibhāgaḥ－划分 / ayam－这 / aviveka－从无知 / kṛtaḥ－做 / purā－从不可追溯的时刻起 / jāti－社会阶层或阶级的 / vyakti－和个体的 / vibhāgaḥ－划分 / ayam－这 / yathā－正如 / vastuni－在最初的物体 / kalpitaḥ－想象

译文 对国家和个体等普遍性及具体性的划分，是没有高等知识的人想出来的。

要旨 创造中其实有两种能量——物质能量和灵性能量。他们都由永恒的真实存在——至尊主发散出来，因此永远存在。个体灵魂——个体生物，因为从无法追溯的时候起就想要在遗忘他原本身份的状态下行事，所以就在物质躯体中接受各种状况，并按照划分出的许多国家、团体、社会和物种等被命名。

第 9 节

श्रीशुक उवाच
एवमाश्वासितो राजा चित्रकेतुर्द्विजोक्तिभिः ।
विमृज्य पाणिना वक्त्रमाधिम्लानमभाषत ॥ ९ ॥

śrī-śuka uvāca
evam āśvāsito rājā
citraketur dvijoktibhiḥ
vimṛjya pāṇinā vaktram
ādhi-mlānam abhāṣata

śrī-śukaḥ uvāca－圣舒卡戴瓦·哥斯瓦米说 / evam－如此 / āśvāsitaḥ－有知识或燃起希望 / rājā－君王 / citraketuḥ－祺陀凯图 / dvija-uktibhiḥ－由于伟大的布茹阿玛纳(纳茹阿达和安给茹阿)的教导 / vimṛjya－擦去 / pāṇinā－用手 / vaktram－他的脸 / ādhi-mlānam－因悲伤而枯萎的 / abhāṣata－明智地说

译文 圣舒卡戴瓦·哥斯瓦米继续道：受到纳茹阿达和安给茹阿启蒙的祺陀凯图王，因为有了知识而变得充满希望。君王用手擦干他枯萎的脸后开口说话。

第 10 节

श्रीराजोवाच
कौ युवां ज्ञानसम्पन्नौ महिष्ठौ च महीयसाम् ।
अवधूतेन वेषेण गूढाविह समागतौ ॥१०॥

śrī-rājovāca
kau yuvāṁ jñāna-sampannau
mahiṣṭhau ca mahīyasām
avadhūtena veṣeṇa
gūḍhāv iha samāgatau

śrī-rājā uvāca－祺陀凯图王说 / kau－……的 / yuvām－您二位 / jñāna-sampannau－有完善的知识 / mahiṣṭhau－最伟大的 / ca－还有 / mahīyasām－在其他伟大人物中 / avadhūtena－漫游的解脱了的托钵僧的 / veṣeṇa－借由衣着 / gūḍhau－掩饰 / iha－在这地方 / samāgatau－到达

译文 祺陀凯图王说：您二位扮作解脱之人阿瓦杜塔来此，只是为了隐藏起自己的身份，但我看出，在所有的人当中，你们的觉悟最高。你们知道一切的真相。因此，你们在所有伟大的人物中最优秀。

第 11 节

चरन्ति ह्यवनौ कामं ब्राह्मणा भगवत्प्रियाः ।
मादृशां ग्राम्यबुद्धीनां बोधायोन्मत्तलिङ्गिनः ॥११॥

caranti hy avanau kāmaṁ
brāhmaṇā bhagavat-priyāḥ
mādṛśāṁ grāmya-buddhīnāṁ
bodhāyonmatta-liṅginaḥ

caranti—漫游 / hi—事实上 / avanau—在世界的表面 / kāmam—根据愿望 / brāhmaṇāḥ—布茹阿玛纳 / bhagavat-priyāḥ—也是至尊人格首神最喜爱的外士纳瓦的 / mā-dṛśām—那些像我的 / grāmya-buddhīnām—沉迷于短暂的物质意识状态的 / bodhāya—为了唤醒 / unmatta-liṅginaḥ—装扮成疯子的

译文 地位高至当奎师那最爱的仆人(外士纳瓦)的布茹阿玛纳，有时会装扮成疯子。仅仅为了利益我们这些总是依恋感官享乐的物质主义者，为了去除我们的无知，这些外士纳瓦根据他们的愿望在地球上旅行。

第 12—15 节

कुमारो नारद ऋभुरङ्गिरा देवलोऽसितः ।
अपान्तरतमा व्यासो मार्कण्डेयोऽथ गौतमः ॥१२॥

वसिष्ठो भगवान् रामः कपिलो बादरायणिः ।
दुर्वासा याज्ञवल्क्यश्च जातुकर्णस्तथारुणिः ॥१३॥

रोमशश्च्यवनो दत्त आसुरिः सपतञ्जलिः ।
ऋषिर्वेदशिरा धौम्यो मुनिः पञ्चशिखस्तथा ॥१४॥

हिरण्यनाभः कौशल्यः श्रुतदेव ऋतध्वजः ।
एते परे च सिद्धेशाश्चरन्ति ज्ञानहेतवः ॥१५॥

kumāro nārada ṛbhur
  aṅgirā devalo 'sitaḥ
apāntaratamā vyāso
  mārkaṇḍeyo 'tha gautamaḥ

vasiṣṭho bhagavān rāmaḥ
  kapilo bādarāyaṇiḥ
durvāsā yājñavalkyaś ca
  jātukarṇas tathāruṇiḥ

romaśaś cyavano datta
  āsuriḥ sapatañjaliḥ
ṛṣir veda-śirā dhaumyo
  muniḥ pañcaśikhas tathā

hiraṇyanābhaḥ kauśalyaḥ
  śrutadeva ṛtadhvajaḥ
ete pare ca siddheśāś
  caranti jñāna-hetavaḥ

kumāraḥ—萨纳特·库玛尔 / nāradaḥ—纳茹阿达·牟尼 / ṛbhuḥ—瑞布 / aṅgirāḥ—安给茹阿 / devalaḥ—戴瓦拉 / asitaḥ—阿西塔 / apāntaratamāḥ—维亚萨以前的名字是阿潘塔尔塔玛 / vyāsaḥ—维亚萨 / mārkaṇḍeyaḥ—玛尔康戴亚 / atha—和 / gautamaḥ—高塔玛 / vasiṣṭhaḥ—瓦希施塔 / bhagavān rāmaḥ—主帕茹阿舒茹阿玛 / kapilaḥ—卡皮拉 / bādarāyaṇiḥ—舒卡戴瓦·哥斯瓦米 / durvāsāḥ—杜尔瓦萨 / yājñavalkyaḥ—雅格亚瓦勒克亚 / ca—还有 / jātukarṇaḥ—佳图卡尔纳 / tathā—和 / aruṇiḥ—阿茹尼 / romaśaḥ—柔玛沙 / cyavanaḥ—恰瓦纳 / dattaḥ—达塔垂亚 / āsuriḥ—阿苏瑞 / sa-patañjaliḥ—与圣帕谭佳

里 / ṛṣiḥ — 圣人 / veda-śirāḥ — 韦达之首 / dhaumyaḥ — 道弥亚 / muniḥ — 圣人 / pañcaśikhaḥ — 潘查希卡 / tathā — 也是 / hiraṇyanā-bhaḥ — 黑冉亚纳巴 / kauśalyaḥ — 考沙利亚 / śrutadevaḥ — 舒塔戴瓦 / ṛtadhvajaḥ — 瑞塔德瓦佳 / ete — 所有这些 / pare — 其他的 / ca — 和 / siddha-īśāḥ — 神秘力量的主人 / caranti — 旅行 / jñāna-hetavaḥ — 在世界各地传播知识的博学之人

译文 伟大的灵魂们啊！我听说，这些为教育被愚昧覆盖的人们而在地球表面旅行的完美的伟大人物有，萨纳特·库玛尔、纳茹阿达、瑞布、安给茹阿、戴瓦拉、阿西塔、阿潘塔尔塔玛(维亚萨戴瓦)、玛尔康戴亚、高塔玛、瓦希施塔、巴嘎万·帕茹阿舒茹阿玛、卡皮拉、舒卡戴瓦、杜尔瓦萨、雅格亚瓦勒克亚、佳图卡尔纳和阿茹尼。其他人是柔玛沙、恰瓦纳、达塔垂亚、阿苏瑞、帕谭佳里、潘查希卡圣人、黑冉亚纳巴、考沙利亚、舒塔戴瓦、瑞塔德瓦佳及如同韦达经之首的大圣人道弥亚。毫无疑问，您们必定是其中的两位。

要旨 “在世界各地传播知识的博学之人(jñāna-hetavaḥ)”一句十分重要，因为这些诗文中列举的伟大人物在地球上四处旅行并不是误导大众，而是传播真正的知识。没有这种知识的话，人生就被浪费了。人体生命专为觉悟自己与至尊神奎师那的关系而设。缺乏这种知识的人，被列入动物的范畴。在《博伽梵歌》第7章的第15节诗中，至尊主本人亲口说：

na māṁ duṣkṛtino mūḍhāḥ
prapadyante narādhamāḥ
māyayāpahṛta-jñānā
āsuraṁ bhāvam āśritāḥ

“邪恶之徒不皈依我。他们分别是：粗俗的愚氓，最低贱的人，被错觉窃取了知识的人，以及有不信神的恶魔本性的人。”

对生命持有的躯体化概念是愚昧(yasyātma-buddhiḥ kuṇape tri-dhātuke...sa eva go-kharaḥ)。在整个宇宙中，尤其是这个被称为布尔珞卡(Bhūrloka)的星球上，几乎所有的人都认为躯体和灵魂并没有分开存在，所以不需要对真正的自我加以认识。但那不是事实。正因为如此，这节诗中列出的所有的布茹阿玛纳，都作为奉献者在全世界旅行，以唤醒这种愚蠢的物质主义者心中的奎师那意识。

这些诗文中谈到的灵性导师们(ācāryas)，在《玛哈巴茹阿特》(Mahābhārata, 《摩诃婆罗多》)中都有描述。梵文“潘查希卡(pañcaśikha)”一词也很重要。谁超越了通过食物了解真相(annamaya)、通过生命表征和生命形式了解真相(prāṇamaya)、通过思想、感觉和意志了解真相(manomaya)、通过了解生物不同于其身心(觉悟梵)了解真相(vijñānamaya)这四种意识层面，上升到对极乐的体验(ānandamaya)这第五种意识层面，并清楚地察觉到对灵魂的这些精微覆盖，谁就被称为潘查希卡。按照《玛哈巴茹阿特》平静篇第218—219章中的说明，有位名叫潘查希卡的灵性导师投生在米提拉(Mithila)的统治者佳纳卡王(Mahārāja Janaka)的家中。数论(Sāṅkhya)哲学家将潘查希卡阿查尔亚(Pañcaśikhācārya)接受为是他们中的一员。与住在躯体中的生物有关的知识，才是真正的知识。不幸的是，生物因为无知而将自己与躯体认同，据此感受苦乐。

第 16 节

तस्माद्युवां ग्राम्यपशोर्मम मूढधियः प्रभू ।
अन्धे तमसि मग्नस्य ज्ञानदीप उदीर्यताम् ॥१६॥

tasmād yuvāṁ grāmya-paśor
mama mūḍha-dhiyaḥ prabhū
andhe tamasi magnasya
jñāna-dīpa udīryatām

tasmāt—因此 / yuvām—您二位 / grāmya-paśoḥ—猪狗等动物的 / mama—我 / mūḍha-dhiyaḥ—十分愚昧的(因为没有灵性知识) / prabhū—我亲爱的两位导师啊！ / andhe—盲目 / tamasi—黑暗 / magnasya—专注的人的 / jñāna-dīpaḥ—知识的火炬 / udīryatām—让它被点燃

译文 您们是伟大的人物，所以必定能给予我真正的知识。我深陷愚昧的黑暗中，因此像猪狗等村子里的动物般愚蠢。为此，请点燃知识的火炬，以拯救我。

要旨 人必须服从地投靠在能传递超然知识的伟大人物的莲花足旁。这是接受知识的方法。因此经典中说："好奇想要了解人生的最高目的和利益的人，必须接近一位真正的灵性导师，投靠、服从他(tasmād guruṁ prapadyeta jijñāsuḥ śreya uttamam)。"只有真正渴望得到知识以驱除愚昧黑暗的人，才有资格接近灵性导师(guru)。不该为得到物质利益去找灵性导师，不该只是为了治疗某种疾病或得到神奇的利益而找灵性导师。这不是接近灵性导师之道。人应该为了解灵性生活的超然科学找一位灵性导师(tad-vijñā-nārtham)。不幸的是：在这个喀历(Kali)年代中有许多假灵性导师，向他们的门徒表演魔术；有许多愚蠢的门徒为了得到物质利益，就想要看这种魔术。这些门徒对追求灵性生活以拯救自己摆脱愚昧的黑暗并不感兴趣。有节赞美诗说：

oṁ ajñāna-timirāndhasya
jñānāñjana-śalākayā
cakṣur unmīlitaṁ yena
tasmai śrī-gurave namaḥ

"我出生在愚昧的黑暗中，是灵性导师用知识的火炬照亮了我眼前的一切。我虔敬地顶拜他。"这里给灵性导师下了定义。众生都处在愚昧的黑暗中，所以需要超然知识的启明。将知识给予门徒，将门徒从在这个物质世界的愚昧黑暗里腐烂的状态中拯救出来的人，才是真正的灵性导师。

第 17 节

श्रीअङ्गिरा उवाच
अहं ते पुत्रकामस्य पुत्रदोऽस्म्यङ्गिरा नृप ।
एष ब्रह्मसुतः साक्षान्नारदो भगवानृषिः ॥१७॥

śrī-aṅgirā uvāca
ahaṁ te putra-kāmasya
putrado 'smy aṅgirā nṛpa
eṣa brahma-sutaḥ sākṣān
nārado bhagavān ṛṣiḥ

śrī-aṅgirāḥ uvāca—伟大的圣人安给茹阿说 / aham—我 / te—你的 / putra-kāmasya—想要有个儿子 / putra-daḥ—儿子的给予者 / asmi—是 / aṅgirāḥ—安给茹阿圣人 / nṛpa—君王啊！ / eṣaḥ—这 / brahma-sutaḥ—主布茹阿玛的儿子 / sākṣāt—直接地 / nāradaḥ—纳茹阿达·牟尼 / bhagavān—最强有力的 / ṛṣiḥ—圣人

译文　安给茹阿说：我亲爱的君王，当你想要有个儿子时，我来找你。事实上，我就是给了你这个儿子的那位安给茹阿圣人。至于这位圣人，他是伟大的圣纳茹阿达——主布茹阿玛的亲生儿子。

第 18—19 节

इत्थं त्वां पुत्रशोकेन मग्नं तमसि दुस्तरे ।
अतदर्हमनुस्मृत्य महापुरुषगोचरम् ॥१८॥

अनुग्रहाय भवतः प्राप्तावावामिह प्रभो ।
ब्रह्मण्यो भगवद्भक्तो नावासादितुमर्हसि ॥१९॥

itthaṁ tvāṁ putra-śokena
  magnaṁ tamasi dustare
atad-arham anusmṛtya
  mahāpuruṣa-gocaram

anugrahāya bhavataḥ
  prāptāv āvām iha prabho
brahmaṇyo bhagavad-bhakto
  nāvāsāditum arhasi

ittham—这样 / tvām—你 / putra-śokena—因为你儿子的死而悲伤 / magnam—深陷 / tamasi—在黑暗中 / dustare—不能超越的 / a-tat-arham—与你这样的人物不相称 / anusmṛtya—记着 / mahāpuruṣa—至尊人格首神 / gocaram—理解上高度进步的 / anugrahāya—只是为了表示善意 / bhavataḥ—对你 / prāptau—到达 / āvām—我们两人 / iha—在这个地方 / prabho—君王啊！ / brahmaṇyaḥ—处在至尊绝对真理中的人 / bhagavat-bhaktaḥ—至尊人格首神的进步奉献者 / na—不 / avāsāditum—悲伤 / arhasi—你值得

译文 我亲爱的君王，你是至尊人格首神的进步奉献者。为失去某种物质的事物而沉浸在悲伤中，与你这样的人物不相称。为此，我们两人来解除你因为深陷愚昧的黑暗而产生的这种错误悲伤。对具有高度灵性知识的人来说，实在不值得被物质得失所影响。

要旨 这节诗中有好几个词都很重要。梵文“玛哈·菩茹沙(mahā-puruṣa)”既指进步的奉献者，也指至尊人格首神。“玛哈(mahā)”的意思是“至高无上的”，“菩茹沙(puruṣa)”的意思是“人”。总是忙于为至尊主做服务的人被称为玛哈·袍茹希卡(ma-hā-pauruṣika)。舒卡戴瓦·哥斯瓦米(Śukadeva Gosvāmī)和帕瑞克西特王(Mahārāja Parīkṣit)有时也都被称为玛哈·袍茹希卡。奉献者应该总是渴望为进步的奉献者服务。正如圣纳若塔玛·达斯·塔库尔(Narottama dāsa Ṭhākura)歌唱道：

tāṅdera caraṇa sevi bhakta-sane vāsa
janame janame haya, ei abhilāṣa

奉献者应该总是渴望过一种能与进步奉献者联谊并透过师徒传承(paramparā)为至尊主服务的生活。人应该通过按照温达文杰出的哥斯瓦米们的教导做，为圣柴坦亚·玛哈帕布的使命服务(tāṅdera caraṇa sevi)。在侍奉哥斯瓦米们的莲花足时，人应该住在与奉献者联谊的环境中(bhakta-sane vāsa)。这是奉献者该做的事。奉献者不该追求物质利益或为物质损伤而悲伤。安给茹阿圣人和纳茹阿达，看到进步的奉献者祺陀凯图王坠入愚昧的黑暗中，为他儿子的物质躯体而悲伤时，出于他们没有缘故的仁慈来劝告他，以拯救他脱离这愚昧的状态。

这节诗文中的另一个重要梵文词是“处在至尊绝对真理中的人(brahmaṇya)”。它指的是始终为至尊主做奉爱服务的进步奉献者。至尊主受到奉献者的崇拜，奉献者在向至尊人格首神祈祷时会说，我顶拜至尊人格首神奎师那，祂值得全体有布茹阿玛纳文化的人崇拜(namo brahmaṇya-devāya)。这节诗文说：处在至尊绝对真理中的人——至尊人格首神的进步奉献者，不为物质损失而悲伤(brahmaṇyo bhagavad-bhakto nāvāsāditum arhasi)。这是进步奉献者的特征。经典中说：这样处在超然境界中的人，立即觉悟至尊梵，变得充满喜悦(brahma-bhūtaḥ prasannātmā)。对一位奉献者——觉悟了自我的灵魂来说，没有什么能使他在物质的层面上喜悦或悲伤。他始终超越受制约的生活。

第 20 节

तदैव ते परं ज्ञानं ददामि गृहमागतः ।
ज्ञात्वान्याभिनिवेशं ते पुत्रमेव ददाम्यहम् ॥२०॥

tadaiva te paraṁ jñānaṁ
dadāmi gṛham āgataḥ
jñātvānyābhiniveśaṁ te
putram eva dadāmy aham

tadā—那时 / eva—事实上 / te—向你 / param—超然的 / jñānam—知识 / dadāmi—我本来会传授 / gṛham—到你家 / āgataḥ—来 / jñātvā—知道 / anya-abhiniveśam—专注于其他事物(物质事物) / te—你的 / putram——个儿子 / eva—只有 / dadāmi—给 / aham—我

译文 我第一次来到你家时，本可以给你至高无上的超然知识，但当我看到你的注意力完全专注于物质事物时，我就只给了你一个既使你欢喜又令你悲伤的儿子。

第21—23节

अधुना पुत्रिणां तापो भवतैवानुभूयते ।
एवं दारा गृहा रायो विविधैश्वर्यसम्पदः ॥२१॥

शब्दादयश्च विषयाश्चला राज्यविभूतयः ।
मही राज्यं बलं कोषो भृत्यामात्यसुहृज्जनाः ॥२२॥

सर्वेऽपि शूरसेनेमे शोकमोहभयार्तिदाः ।
गन्धर्वनगरप्रख्याः स्वप्नमायामनोरथाः ॥२३॥

adhunā putriṇāṁ tāpo
bhavataivānubhūyate
evaṁ dārā gṛhā rāyo
vividhaiśvarya-sampadaḥ

śabdādayaś ca viṣayāś
calā rājya-vibhūtayaḥ
mahī rājyaṁ balaṁ koṣo
bhṛtyāmātya-suhṛj-janāḥ

sarve 'pi śūraseneme
śoka-moha-bhayārtidāḥ

gandharva-nagara-prakhyāḥ
svapna-māyā-manorathāḥ

adhunā—此刻 / putriṇām—拥有孩子的人的 / tāpaḥ—苦难 / bhavatā—被你 / eva—实际地 / anubhūyate—被体验 / evam—这样 / dārāḥ—良妻 / gṛhāḥ—住所 / rāyaḥ—财产 / vividha—各种各样的 / aiśvarya—财富 / sampadaḥ—繁荣 / śabda-ādayaḥ—音声等 / ca—和 / viṣayāḥ—感官享乐的对象 / calāḥ—短暂的 / rājya—王国的 / vibhūtayaḥ—财富 / mahī—土地 / rājyam—王国 / balam—力量 / koṣaḥ—宝库 / bhṛtya—仆人 / amātya—大臣 / suhṛt-janāḥ—盟友 / sarve—所有的 / api—事实上 / śūrasena—舒茹阿森纳的君王啊！ / ime—这些 / śoka—悲伤的 / moha—错觉的 / bhaya—恐惧的 / arti—和痛苦 / dāḥ—给予者 / gandharva-nagara-prakhyāḥ—空中楼阁的幻景 / svapna—睡梦 / māyā—错觉 / manorathāḥ—和心智杜撰

译文　亲爱的君王，你现在实际体验到有儿女之人的痛苦了。啊，君王——舒茹阿森纳国的拥有者！一个人的妻子、房子、王国的富有，以及其他各种财富和感官享乐的对象，都同样是短暂的。人的王国、军事力量、宝库、仆人、大臣、朋友和亲属，都是恐惧、错觉、悲伤和痛苦的起因。他们好似人想象出的存在于森林中的空中楼阁。由于这一切都不恒久，他们并不比幻觉、睡梦和内心杜撰强。

要旨　这节诗文描述了物质存在的束缚。在物质存在中，生物拥有物质躯体、孩子、妻子等很多人事物(dehāpatya-kalatrādiṣu)。人也许会认为这一切都会给他以保护，但那是不可能的。尽管有所有这一切，可灵性的灵魂不得不放弃他现有的情况，接受另一种情况。下一种情况也许并不是顺境，但即使是，灵魂还是不得不放弃它，再接受另一种情况，就这样不断地在物质存在中受折磨。明智之人应该清楚，这一切物质的事物永远都不能给予他快乐。人必须以其灵性身份生活，作为奉献者永远侍奉至尊人格首神。圣人安给茹阿和纳茹阿达·牟尼给予祺陀凯图王这一教导。

第24节

दृश्यमाना विनार्थेन न दृश्यन्ते मनोभवाः ।
कर्मभिर्ध्यायतो नानाकर्माणि मनसोऽभवन् ॥२४॥

dṛśyamānā vinārthena
na dṛśyante manobhavāḥ
karmabhir dhyāyato nānā-
karmāṇi manaso 'bhavan

dṛśyamānāḥ—被意识到 / vinā—没有 / arthena—本质或真实存在的事物 / na—不 / dṛśyante—被见到 / manobhavāḥ—心智杜撰的产物 / karmabhiḥ—被功利性活动 / dhyāyataḥ—冥想着 / nānā—各种各样的 / karmāṇi—功利性活动 / manasaḥ—从心中 / abhavan—出现

译文 妻子、孩子和财产等可见的对象，就如同睡梦和内心杜撰出的各种念头一样。事实上，我们看到的一切并非永恒存在。他们有时被看到，有时看不到。仅仅是因为我们过去的所作所为，使我们内心编造出这类念头，而这些编造出的念头令我们进一步从事各种活动。

要旨 物质的一切都是心念杜撰出的，它有时可见，有时不可见。我们在夜晚做梦时梦到老虎和蛇，它们并没有真正出现，但我们却受我们在梦中看到的一切的影响，因而感到害怕。所有的物质事物都如同一场梦，因为它们不是永久的存在。

圣维施瓦纳特·查夸瓦尔提·塔库尔写下这样的评论说：人在夜晚做梦时梦到老虎和蛇，在梦中真正看到了它们，但梦一旦被打断，它们便不复存在；同样，物质世界是我们心念杜撰出的产物。我们到这个物质世界里来享受物质资源，由于我们的内心专注于物质事物，我们便靠心念的杜撰发明出许许多多享乐的对象(arthena vyāghra-sarpādinā vinaiva dṛśyamānāḥ svapnādi-bhaṅge sati na dṛśyante tad evaṁ dārādayo 'vāstava-vastu-bhūtāḥ svapnādayo 'vastu-bhūtāś ca sarve manobhavāḥ mano-vāsanā janyatvān manobhavāḥ)。这就是我们接受各种躯体的原因。按照我们内心的策划，我们以各种方式工作，想要得到各种收获；最后，靠至尊人格首神的命令(karmaṇā-daiva-netreṇa)和物质自然的运作，我们得到我们想要的好处。这使我们在物质欲念和策划中越陷越深。这就是我们在物质世界里受苦的原因。我们经由一种活动导致另一种活动，而它们都是我们内心杜撰的产物。

第 25 节

अयं हि देहिनो देहो द्रव्यज्ञानक्रियात्मकः ।
देहिनो विविधक्लेशसन्तापकृदुदाहृतः ॥२५॥

ayaṁ hi dehino deho
dravya-jñāna-kriyātmakaḥ
dehino vividha-kleśa-
santāpa-kṛd udāhṛtaḥ

ayam—这 / hi—无疑地 / dehinaḥ—生物体的 / dehaḥ—躯体 / dravya-jñāna-kriyā-ātmakaḥ—由物质元素、获取知识的感官及行动感官构成的 / dehinaḥ—生物体的 / vividha—各种各样的 / kleśa—受苦 / santāpa—以及痛苦的 / kṛt—原因 / udāhṛtaḥ—被称为

译文　持有躯体化的物质概念的生物，全神贯注于由物质元素、五个获取知识的感官、五个行动感官及心智所组成的躯体。透过心智，生物承受由身心、其他生物体和更高的自然力量所造成的三种苦。所以这躯体是一切痛苦的根源。

要旨 在《圣典博伽瓦谭》第5篇第5章的第4节诗中，瑞沙巴戴瓦(Ṛṣabhadeva)在教导他儿子时说：物质躯体虽然短暂，但却是造成一切物质存在痛苦的原因(asann api kleśada āsa dehaḥ)。正如前一节诗文中所谈到的，整个物质创造都基础于心念杜撰。心念有时引诱我们去想，如果我们买一辆汽车，我们就可以享受。然而，这个享受对象，只不过是由土、水、气和火等构成的，以铁、塑胶和汽油等为表现形式的物体。通过运用五种物质元素(pañca-bhūtas)，以及我们的眼、耳、舌等五个获取知识的感官，和我们的手、腿等五个行动感官，我们深陷物质境况。这使我们不断承受来自自己身心的痛苦(adhyātmika)、大自然的灾害之苦(adhidaivika)及其他生物体给我们造成的痛苦(adhibhautika)。心念是这一切的核心，因为是心念编造出所有这一切。然而，一旦物质的目标受到打击，内心就深受影响，我们就感到痛苦。例如：我们用物质元素、行动感官和获取知识的感官发明创造出性能优良的汽车，当发生交通事故汽车被撞坏时，内心就感到痛苦，生物则透过内心感受到痛苦。

事实是：生物在用心念进行策划期间，制造了物质境况。由于物质易损坏，生物便透过物质境况受苦。否则，生物与所有这些物质境况根本没有关联。人一旦上升到梵(Brahman，布茹阿曼)的层面——灵性生活的层面上，完全明白自己是灵性的灵魂(ahaṁ brahmāsmi)，就不再受悲伤或渴望的影响。正如《博伽梵歌》第18章的第54节诗记载，至尊主说：

brahma-bhūtaḥ prasannātmā
na śocati na kāṅkṣati

“这样处在超然境界中的人，立即觉悟至尊梵，变得充满喜悦。他永不悲伤，不再想得到什么。”《博伽梵歌》的另一处，也就是第15章的第7节诗记载，至尊主说：

mamaivāṁśo jīva-loke
jīva-bhūtaḥ sanātanaḥ
manaḥ-ṣaṣṭhānīndriyāṇi
prakṛti-sthāni karṣati

“在这个受制约的世界里的众生，都是我永恒的碎片部分。受制约的生活使他们与包括内心在内的六种感官苦苦争斗。”生物实际上是至尊人格首神不可缺少的一部分，根本不受物质境况的影响，但由于内心(manaḥ)受到影响，感官也受到影响，生物于是在这个物质世界里为生存而苦苦争斗。

第 26 节

तस्मात्स्वस्थेन मनसा विमृश्य गतिमात्मनः ।
द्वैते ध्रुवार्थविश्रम्भं त्यजोपशममाविश ॥२६॥

tasmāt svasthena manasā
vimṛśya gatim ātmanaḥ
dvaite dhruvārtha-viśrambhaṁ
tyajopaśamam āviśa

tasmāt—因此 / svasthena manasā—小心谨慎地 / vimṛśya—考虑 / gatim—真正的状态 / ātmanaḥ—你自己的 / dvaite—在相对性中 / dhruva—为永恒的 / artha—物体 / viśrambham—相信 / tyaja—去除 / upaśamam—平静的状态 / āviśa—将获得

译文 因此，祺陀凯图王啊！请仔细考虑个体灵魂的状态。换句话说，努力了解你是谁，是身体、心，还是灵魂。细想你从哪里来，放弃这个躯体后会到哪里去，为什么你会受物质悲伤的控制。以此方式努力了解你真正的状态后，你就既能去除不必要的执著，也能不再相信这个物质世界或任何与为奎师那做服务没有直接关系的一切会是永恒的。这样，你就会获得平静。

要旨 事实上，奎师那意识运动在努力将人类社会带向一个清醒的状态。误导人的文明使人们如猫狗般跳进物质主义的生活，从事所有种类的令人憎恶的罪恶活动，结果被越来越紧地捆绑起来。奎师那意识运动包括觉悟自我，因为身在其中的人首先得到主奎师那的指导，了解自己不是躯体，而是躯体的拥有者。人一旦清楚这一简单的事实，就能让自己向人生的目标进发。人们因为没有受过有关人生目标的教育，所以如疯子般工作，变得越来越依恋物质的环境和氛围。被误导的人们将物质情况当做是永恒的。人必须停止信赖物质事物，必须不再依恋它们。这样，人才会清醒过来，获得平静。

第 27 节

श्रीनारद उवाच
एतां मन्त्रोपनिषदं प्रतीच्छ प्रयतो मम ।
यां धारयन् सप्तरात्राद्द्रष्टा सङ्कर्षणं विभुम् ॥२७॥

śrī-nārada uvāca
etāṁ mantropaniṣadaṁ
pratīccha prayato mama
yāṁ dhārayan sapta-rātrād
draṣṭā saṅkarṣaṇaṁ vibhum

śrī-nāradaḥ uvāca－圣纳茹阿达说 / etām－这 / mantra-upaniṣadam－借由以曼陀为形式的奥义书使人达到生命最高的目标 / pratīccha－接受 / prayataḥ－全神贯注地(在你死去儿子的葬礼结束后) / mama－从我 / yām－……的 / dhārayan－接受 / sapta-rātrāt－七个夜晚之后 / draṣṭā－你将看到 / saṅkarṣaṇam－至尊人格首神桑卡尔珊 / vibhum－至尊主

译文 伟大的圣人纳茹阿达继续道：我亲爱的君王，聚精会神地接收我给你的一个最吉祥的曼陀。从我这里得到它后过七个夜晚，你将能面对面地看到至尊主。

第28节

यत्पादमूलमुपसृत्य नरेन्द्र पूर्वे
शर्वादयो भ्रममिमं द्वितयं विसृज्य ।
सद्यस्तदीयमतुलानधिकं महित्वं
प्रापुर्भवानपि परं न चिरादुपैति ॥२८॥

yat-pāda-mūlam upasṛtya narendra pūrve
śarvādayo bhramam imaṁ dvitayaṁ visṛjya
sadyas tadīyam atulānadhikaṁ mahitvaṁ
prāpur bhavān api paraṁ na cirād upaiti

yat-pāda-mūlam—(主桑卡尔珊)的莲花足 / upasṛtya—托庇于 / nara-indra—君王啊！ / pūrve—从前 / śarva-ādayaḥ—主玛哈戴瓦等伟大的半神人 / bhramam—错觉 / imam—这 / dvitayam—由相对性构成 / visṛjya—去除 / sadyaḥ—立刻 / tadīyam—祂的 / atula—无与伦比的 / anadhikam—至高无上的 / mahitvam—荣耀 / prāpuḥ—达到 / bhavān—你自己 / api—也 / param—至尊的住所 / na—不 / cirāt—很久之后 / upaiti—将得到

译文　我亲爱的君王，从前，主希瓦和其他半神人都托庇于桑卡尔珊的莲花足，以此立刻摆脱了错觉性的相对概念，在灵性生活中获得无与伦比、至高无上的荣耀。你将很快达到那同样的状态。

到此为止，结束了巴克提韦丹塔对《圣典博伽瓦谭》第6篇第15章——“圣人纳茹阿达和安给茹阿教导祺陀凯图王”所作的阐释。

第十六章

祺陀凯图王遇见至尊主

这一章讲述的是，祺陀凯图(Citraketu)有机会与他死去的儿子谈话，听他讲述生命的真相。祺陀凯图情绪平稳后，伟大的圣人纳茹阿达(Nārada)给了他一个曼陀(mantra)，祺陀凯图通过吟诵这个曼陀在主桑卡尔珊(Saṅkarṣaṇa)的莲花足旁找到了庇护。

生物是永恒的，因此不生不灭(na hanyate hanyamāne śarīre)。生物根据其业报(从事功利性活动的反应)，在飞禽、走兽、树木、人类和半神人等物种中投生，就这样在各种躯体中轮回，在一定的时间内接受特定的躯体，与其他生物建立父子等虚假的关系。我们在这个物质世界里所建立朋友、亲戚或敌人等关系，从中感受建立在错觉基础上的快乐与痛苦，但所有这些关系都是相对的。事实上，生物是神不可缺少的一部分——灵性的灵魂，与这个相对性世界里的一切毫无关系。正因为如此，纳茹阿达·牟尼忠告祺陀凯图不要为死去的他所谓的儿子感到悲伤。

祺陀凯图和他妻子听了他们死去儿子的教导后能够明白，这个物质世界里的一切关系都是痛苦的原因。安排给奎塔丢缇的儿子下毒的王后们都感到羞愧万分。她们为杀死孩子的恶行赎罪，并放弃了想要孩子的愿望。接着，纳茹阿达·牟尼吟唱赞美诗歌，向以四个扩展(catur-vyūha)存在的主纳茹阿亚纳(Nārāyaṇa)祈祷，并教导祺陀凯图有关至尊主的知识；至尊主创造、维系并毁灭一切，是物质自然的主人。这样给予祺陀凯图王教导后，纳茹阿达·牟尼返回布茹阿玛星球(Brahmaloka)。这些有关绝对真理的教导被称为伟大的知识(mahā-vidyā)。祺陀凯图王得到纳茹阿达·牟尼的启迪后，吟诵纳茹阿达给的曼陀，并在一个星期后见到由库玛尔四兄弟(Kumāras)围绕着的主桑卡尔珊。至尊主优雅地穿着蓝色的衣服，佩戴着头盔和金制饰物。祂脸上的神情显得极为快乐。祺陀凯图向主桑卡尔珊致以顶礼，随后开始献上祈祷。

祺陀凯图在他的祈祷中说，百万的宇宙停留在桑卡尔珊的毛孔中；桑卡尔珊不受限制，没有开始和结束。奉献者们都很清楚至尊主是永恒的。崇拜至尊主与崇拜半神人之间的区别是，至尊主的崇拜者也恢复永恒的状态，相反从半神人那里能得到的一切都是短暂的。人除非成为奉献者，否则无法了解至尊人格首神。

等祺陀凯图祈祷完毕，不受限制的至尊主对祺陀凯图解释了有关祂自己的知识。

第1节

श्रीबादरायणिरुवाच
अथ देवऋषी राजन् सम्परेतं नृपात्मजम् ।
दर्शयित्वेति होवाच ज्ञातीनामनुशोचताम् ॥ १ ॥

śrī-bādarāyaṇir uvāca
atha deva-ṛṣī rājan
samparetaṁ nṛpātmajam
darśayitveti hovāca
jñātīnām anuśocatām

śrī-bādarāyaṇiḥ uvāca—圣舒卡戴瓦·哥斯瓦米说 / atha—如此 / deva-ṛṣiḥ—伟大的圣人纳茹阿达 / rājan—君王啊！ / samparetam—死去的 / nṛpa-ātmajam—君王的儿子 / darśayitvā—使看到 / iti—如此 / ha—事实上 / uvāca—解释 / jñātīnām—对所有的亲属 / anuśocatām—正在悲伤的

译文 圣舒卡戴瓦·哥斯瓦米说：我亲爱的帕瑞克西特王，伟大的圣人纳茹阿达凭他的神秘力量将祺陀凯图死去的儿子带到全体正在悲伤的亲属眼前，随后说了如下一番话。

第 2 节

श्रीनारद उवाच
जीवात्मन् पश्य भद्रं ते मातरं पितरं च ते ।
सुहृदो बान्धवास्तप्ताः शुचा त्वत्कृतया भृशम् ॥ २॥

śrī-nārada uvāca
jīvātman paśya bhadraṁ te
mātaraṁ pitaraṁ ca te
suhṛdo bāndhavās taptāḥ
śucā tvat-kṛtayā bhṛśam

śrī-nāradaḥ uvāca－圣纳茹阿达・牟尼说 / jīva-ātman－生物啊！ / paśya－看看吧 / bhadram－好运 / te－归于你 / mātaram－母亲 / pitaram－父亲 / ca－和 / te－你的 / suhṛdaḥ－朋友 / bāndhavāḥ－亲人 / taptāḥ－悲痛 / śucā－因悲伤 / tvat-kṛtayā－因为你 / bhṛśam－非常地

译文 圣纳茹阿达・牟尼说：生物啊！所有的好运归于你。看看你的父母吧。你所有的朋友和亲人都因为你的离去而悲痛欲绝。

第 3 节

कलेवरं स्वमाविश्य शेषमायुः सुहृद्वृतः ।
भुङ्क्ष्व भोगान् पितृप्रत्तानधितिष्ठ नृपासनम् ॥ ३॥

kalevaraṁ svam āviśya
śeṣam āyuḥ suhṛd-vṛtaḥ
bhuṅkṣva bhogān pitṛ-prattān
adhitiṣṭha nṛpāsanam

kalevaram－躯体 / svam－你自己的 / āviśya－进入 / śeṣam－剩余的 / āyuḥ－一段寿命 / suhṛt-vṛtaḥ－由你的朋友和亲属围绕 /

bhuṅkṣva－就享受吧 / bhogān－所有令人快乐的财富 / pitṛ－被你的父亲 / prattān－给予 / adhitiṣṭha－接受 / nṛpa-āsanam－王座

译文 由于过早的死去，你的寿命还有剩余。因此，你可以重新进入你的躯体，由你的朋友和亲人围绕着享受你剩余的寿命，接受你父亲给你的王座和全部财富。

第 4 节

जीव उवाच
कस्मिञ्जन्मन्यमी मह्यं पितरो मातरोऽभवन् ।
कर्मभिर्भ्राम्यमाणस्य देवतिर्यङ्नृयोनिषु ॥ ४ ॥

jīva uvāca
kasmiñ janmany amī mahyaṁ
pitaro mātaro 'bhavan
karmabhir bhrāmyamāṇasya
deva-tiryaṅ-nṛ-yoniṣu

jīvaḥ uvāca－生物说 / kasmin－在……的 / janmani－出生 / amī－所有这些 / mahyam－对我 / pitaraḥ－父亲们 / mātaraḥ－母亲们 / abhavan－是 / karmabhiḥ－受功利性活动结果的影响 / bhrāmya-māṇasya－正游荡的 / deva-tiryak－半神人和低等动物的 / nṛ－和人类的 / yoniṣu－在子宫中

译文 凭借纳茹阿达的神秘力量，那生物进入他的尸体一小段时间，对纳茹阿达的话语作答。他说：按照我从事功利性活动的结果，我——生物，从一个躯体转入另一个躯体，有时到半神人一类的躯体中，有时进入低等动物的物种，有时在蔬菜里，有时到人类中。因此，我这些父母是哪一生的？实际上没谁是我的父母，所以我怎能把这两个人接受为是我的父母呢？

要旨　这节诗文清楚地解释说，生物进入一个由物质自然的五种粗糙元素(土、水、火、气和空间)和三种精微元素(心智和假我)制成的如机器般的物质躯体。正如《博伽梵歌》(Bhagavad-gītā)中说明，创造中有两种分开的能量，分别被称为低等自然和高等自然，两者都归至尊人格首神所有。生物从事功利性活动的结果，使他被迫进入由物质元素构成的各种躯体。

这一次，按照大自然的法律，应该当祺陀凯图王和奎塔丢缇(Kṛtadyuti)王后的儿子的那个生物，不得不进入由君王和王后结合制成的躯体。但事实上，他并非他们的儿子。生物是至尊人格首神的儿子，由于他想要享受这个物质世界，至尊主就给他机会进入各种躯体。生物与他从生身父母那里得到的物质躯体没有真正的关系。他是至尊主不可缺少的一部分，但被允许经历不同的躯体。由所谓的父母制成的躯体其实与所谓制造它的制造者毫无关系。正因为如此，那生物断然否定祺陀凯图王和奎塔丢缇王后是他的父母。

第5节

बन्धुज्ञात्यरिमध्यस्थमित्रोदासीनविद्विषः ।
सर्व एव हि सर्वेषां भवन्ति क्रमशो मिथः ॥५॥

bandhu-jñāty-ari-madhyastha-
mitrodāsīna-vidviṣaḥ
sarva eva hi sarveṣāṁ
bhavanti kramaśo mithaḥ

bandhu—朋友／jñāti—家庭成员／ari—敌人／madhyastha—中立者／mitra—祝愿者／udāsīna—漠不关心／vidviṣaḥ—或嫉妒的人／sarve—所有的／eva—事实上／hi—无疑地／sarveṣām——切的／bhavanti—变成／kramaśaḥ—逐渐地／mithaḥ—另一个的

译文 在这个如一条河流向前流动般带走生物的物质世界里，人们在一定的时间里要么成为朋友、亲人和敌人，要么是中立者、调解者，要么彼此鄙视对方，以各种关系行为处事。但是，尽管有这各种交流，没人是永远有关系的。

要旨 我们在这个物质世界里的实际经验是，同一个人今天是另一个人的朋友，明天就成为那个人的敌人。我们的敌友以及家人与外人的关系，其实都是我们与人以不同的方式交往所带来的结果。祺陀凯图王为刚死去的儿子而悲伤，但他可以从另一个方面想这个问题；他可以想“这个生物前世是我的敌人，现在以我儿子的身份出现，为了让我感到极度痛苦而过早地死去”。他为什么不考虑他死去的儿子是他从前的敌人，为什么不欢庆敌人的死，反而要悲伤呢？正如《博伽梵歌》第3章的第27节诗说：所发生的一切都是与物质自然接触导致的(prakṛteḥ kriyamāṇāni guṇaiḥ karmāṇi sarvaśaḥ)。因此，今天因为与善良属性接触而是我朋友的人，明天就有可能因为与激情和愚昧属性接触而成为我的敌人。作为物质自然属性运作的结果，我们在错觉的控制下，把在不同的情况下以不同关系交往的其他人视为是朋友、敌人、儿子或父亲。

第6节

यथा वस्तूनि पण्यानि हेमादीनि ततस्ततः ।
पर्यटन्ति नरेष्वेवं जीवो योनिषु कर्तृषु ॥६॥

yathā vastūni paṇyāni
hemādīni tatas tataḥ
paryaṭanti nareṣv evaṁ
jīvo yoniṣu kartṛṣu

yathā—正如 / vastūni—商品 / paṇyāni—用来买卖 / hema-ādīni—例如金子 / tataḥ tataḥ—从这里到那里 / paryaṭanti—到处游移 /

nareṣu—在人之中 / evam—就这样 / jīvaḥ—生物 / yoniṣu—在不同物种中 / kartṛṣu—在不同的生身父亲中

译文　正如金子和其他商品因为买卖而一直不断地在不同的时间内从一个地方被转到另一个地方，生物从事功利性活动的结果使他在整个宇宙中到处游荡，被一种接一种的父亲注入各种不同的生命物种中。

要旨　前面已经解释过，祺陀凯图这一生的儿子在前世是他的敌人，现在以他儿子的身份出现只是为了让他体验更沉重的痛苦。事实上，儿子的死最终会使当父亲的人极度悲伤。有人也许会争论说："君王的儿子如果曾经是君王的敌人，君王怎么会对他那么有感情？"对此，举一个例子可以回答，即：当某人的钱财落入他敌人的手中时，那钱财就成为敌人的朋友。敌人就会利用它实现自己的目的。事实上，他甚至可以用那钱财去做伤害它以前的拥有者的事。因此，钱财不属于任何人或团体。钱财永远是钱财，但在不同的情况下可以将其当做敌人或朋友来用。

正如《博伽梵歌》中所解释的，生物不是由他的任何一个生身父母所生。生物是与所谓的父母完全不同的个体。在自然法律的控制下，生物被迫进入一个父亲的精子，被注入一个母亲的子宫。他自己没有选择接受哪种父亲的权利。自然法律迫使他到不同的父母那里去(prakṛteḥ kriyamāṇāni)，就像被买卖的日用消费品一样。正因为如此，所谓的父子关系，是由物质自然(prakṛti)做出的安排。这种关系毫无意义，所以被称为错觉、假象。

同一个生物有时托庇于动物的父母，有时托庇于人类的父母；有时在飞禽中接受一对父母，有时在半神人中接受父母。对此，圣柴坦亚·玛哈帕布(Caitanya Mahāprabhu)说：

brahmāṇḍa bhramite kona bhāgyavān jīva
guru-kṛṣṇa-prasāde pāya bhakti-latā-bīja

自然法律给生物所安排的生生世世的烦恼生活，使生物在整个宇宙不同的星球和物种中游荡。如果他足够幸运，他就会以某种方式接触到一位奉献者，他的一生就会发生良好的变化，之后便可以回归家园，回到首神身边。因此经典中说：

janame janame sabe pitā mātā pāya
kṛṣṇa guru nahi mile baja hari ei

每一个灵魂在不同躯体内轮回时，在人类、动物、树木或半神人等每一种生命形式中，都得到一对父母。这并不十分困难。真正困难的是得到奎师那和一位真正的灵性导师。因此，作人的责任是抓住机会与奎师那的代表——真正的灵性导师接触。在灵性导师——灵性父亲的指导下，人可以回归家园，回到首神身边。

第7节

नित्यस्यार्थस्य सम्बन्धो ह्यनित्यो दृश्यते नृषु ।
यावद्यस्य हि सम्बन्धो ममत्वं तावदेव हि ॥७॥

nityasyārthasya sambandho
hy anityo dṛśyate nṛṣu
yāvad yasya hi sambandho
mamatvaṁ tāvad eva hi

nityasya－永恒的 / arthasya－事物 / sambandhaḥ－关系 / hi－事实上 / anityaḥ－短暂的 / dṛśyate－被看见 / nṛṣu－在人类社会中 / yāvat－只要 / yasya－……的 / hi－的确 / sambandhaḥ－关系 / mamatvam－所有权 / tāvat－就 / eva－事实上 / hi－无疑地

译文 少数生物在人类中出生，其他的则投生为动物。尽管都是生物体，但他们的关系却都是暂时的。一个动物也许由一个人照管一段时间，随后转而由另一些人所拥有。那动物一旦离开，前拥有者便不再有拥有它的感觉。只要那动物还归他所有，他无疑就会喜欢它，可一旦那动物被卖掉，就不再有喜欢的感觉。

要旨 正如这节诗文中解释的，除了灵魂从一个躯体到另一个躯体不断轮回的事实外，甚至在这一生，生物体之间的关系也都是短暂的。祺陀凯图的儿子名叫哈尔沙守卡(Harṣaśoka)，意思是：欢乐与悲伤。生物无疑是永恒的，但由于他被物质躯体这一短暂的外套所覆盖，他的永恒性不被察觉。套在物质躯体里的灵魂经历童年、青年和老年的变化(dehino 'smin yathā dehe kaumāraṁ yauvanaṁ jarā)。因此，躯体这一外套是短暂的，但生物本身是永恒的。正如一个动物从一个拥有它的人那里被转到另一个人手里，当了祺陀凯图的儿子的生物，在一段时间内以他儿子的身份生活，可一旦被转入另一个躯体中，现有的感情关系就中断了。正如前一节诗所举的例子：人手里有一件物品时就认为那是他的，但它一旦被转到其他人手中时，就成为其他人的物品，原本拥有它的人不再与它有关；也就既不会喜欢它，也不会为它而悲伤了。

第8节

एवं योनिगतो जीवः स नित्यो निरहङ्कृतः ।
यावद्यत्रोपलभ्येत तावत्स्वत्वं हि तस्य तत् ॥८॥

evaṁ yoni-gato jīvaḥ
sa nityo nirahaṅkṛtaḥ
yāvad yatropalabhyeta
tāvat svatvaṁ hi tasya tat

evam－如此 / yoni-gataḥ－在一个特定的物种中 / jīvaḥ－生物体 / saḥ－他 / nityaḥ－永恒的 / nirahaṅkṛtaḥ－没有与躯体认同 /

yāvat一只要 / yatra一哪里 / upalabhyeta一他可能被发现 / tāvat一就 / svatvam一自我的观念 / hi一事实上 / tasya一他的 / tat一那

译文 即使基于易腐烂的躯体间的关系，一个生物与另一个生物产生短暂的联系，但生物本身其实是永恒的。事实上，出生或死去的是躯体，而不是生物。人不该认为是生物出生或死亡。生物实际上与所谓的父母无关。只要他过去从事功利性活动的结果使他以一对特定父母的儿子的身份出现，他就与那对父母给他的躯体有关。这使他错误地把自己当做他们的儿子，充满感情地做事。然而，他死去后，那关系就结束了。在这种情况下，人不该错误地喜悦和悲伤。

要旨 生物住在物质躯体中错误地以为他是那躯体，尽管他事实上并不是。他与他的躯体及所谓父母的关系都是假的，是错觉性的概念。直到人了解生物的真实情况之前，这些错觉一直存在。

第9节

एष नित्योऽव्ययः सूक्ष्म एष सर्वाश्रयः स्वदृक् ।
आत्ममायागुणैर्विश्वमात्मानं सृजते प्रभुः ॥ ९ ॥

eṣa nityo 'vyayaḥ sūkṣma
eṣa sarvāśrayaḥ svadṛk
ātmamāyā-guṇair viśvam
ātmānaṁ sṛjate prabhuḥ

eṣaḥ一这生物 / nityaḥ一永恒的 / avyayaḥ一不灭的 / sūkṣmaḥ一十分渺小的(不被物质眼睛所见到) / eṣaḥ一这生物体 / sarva-āśrayaḥ一不同种类躯体的原因 / sva-dṛk一自我发光的 / ātma-māyā-guṇaiḥ一被至尊人格首神的物质能量的自然属性 / viśvam一在这物质世界里 / ātmānam一他自己 / sṛjate一出现 / prabhuḥ一主人

译文 事实上，生物没有开始或结束存在的时候，因此是永恒不灭的。他永远都没有出生或死亡。他是所有种类躯体的根基，但却不属于躯体的范畴。生物是如此纯净、崇高，甚至在质上与至尊主一样。尽管如此，由于他极其渺小，他有受外在能量迷惑的倾向，因而根据他的各种欲望为自己制造出各种不同的躯体。

要旨 这节诗中阐述了“既是一体又有区别(acintya-bhedā-bheda)”的哲学。生物像至尊人格首神一样是永恒的(nitya)，但区别是：至尊主最伟大，没人与祂平等或比祂伟大；相反，生物极其微小(sūkṣma)。经典(śāstra)描述：生物的尺寸是头发尖的万分之一大小。至尊主无所不在(aṇḍāntara-stha-paramāṇu-cayāntara-stham)。相对地说，如果我们承认生物是最小的，那么自然就该询问有关最大的。最大的是至尊人格首神，而最小的是生物。

个体灵魂的另一个特征是，他受错觉能量玛亚的蒙蔽(māyā)。经典中说，他的特征是他有被至尊主的错觉能量蒙蔽的倾向(ātmamāyā-guṇaiḥ)。生物要对他在物质世界里受过制约的生活负责任，因此被称为“主人(prabhu)”。只要他愿意，他可以来到这个物质世界；而如果他愿意，他也可以回归家园，回到首神身边。由于他想要享受这个物质世界，至尊人格首神便透过物质能量这个代理给予他一个物质躯体。正如《博伽梵歌》第18章的第61节诗记载，至尊主本人说：

īśvaraḥ sarva-bhūtānāṁ
hṛd-deśe 'rjuna tiṣṭhati
bhrāmayan sarva-bhūtāni
yantrārūḍhāni māyayā

“阿尔诸纳啊！每个生物都坐在一台由物质能量制成的机器上，至尊主处在他们心中，指导他们周游四方。”至尊主给予生物一个在这个物质世界里按自己的欲望享乐的机会，但也公开地表达了祂本人的愿望，那就是：生物放弃所有的物质向往，全心全意地投靠、服从祂，回归家园，回到首神身边。

生物是最小的(sūkṣma)。就有关这一点，吉瓦·哥斯瓦米(Jīva Gosvāmī)说：物质主义科学家很难找到住在物质躯体中的生物，尽管我们从权威人士那里了解到，生物就在躯体中。躯体不同于生物。

第 10 节

न ह्यस्यास्ति प्रियः कश्चिन्नाप्रियः स्वः परोऽपि वा ।
एकः सर्वधियां द्रष्टा कर्तॄणां गुणदोषयोः ॥१०॥

na hy asyāsti priyaḥ kaścin
nāpriyaḥ svaḥ paro 'pi vā
ekaḥ sarva-dhiyāṁ draṣṭā
kartṝṇāṁ guṇa-doṣayoḥ

na－不 / hi－事实上 / asya－对生物体 / asti－有 / priyaḥ－所爱的 / kaścit－某人 / na－不 / apriyaḥ－不是所爱的 / svaḥ－自己的 / paraḥ－其他 / api－还有 / vā－或者 / ekaḥ－一个 / sarva-dhiyām－智力的种种变化的 / draṣṭā－观看者 / kartṝṇām－执行者的 / guṇa-doṣa-yoḥ－对与错的活动的

译文 对这生物来说，没谁是亲爱的，也没谁是令人不快的。他不区分哪些是他自己的，哪些属于他人。他独一无二；换句话说，他不受朋友和敌人，以及祝愿者或胡作非为之人的影响。对不同性质的人来说，他只是一个观察见证者。

要旨 正如前一节诗所解释的，生物与至尊人格首神在质上一样，但生物具有的那些品质在量上极其微小；生物是小颗粒(sūkṣma)，而至尊主无所不在，是伟大的。对至尊主来说，没有朋友、敌人或亲属，因为祂完全免于受制约的灵魂因为愚昧所具有的不合格的品质。另一方面，祂对祂的奉献者极其仁慈和友善，祂对那些嫉妒祂奉献者的人一点都不满意。正如祂本人在《博伽梵歌》第9章的第29节诗中说：

samo 'haṁ sarva-bhūteṣu
na me dveṣyo 'sti na priyaḥ
ye bhajanti tu māṁ bhaktyā
mayi te teṣu cāpy aham

“我不嫉妒谁，也不偏袒谁。我平等对待众生。但是，为我做奉爱服务的人是我的朋友，在我心中，而我也是他的朋友。”至尊主没有敌人或朋友，但喜爱一直忙于为祂做奉爱服务的奉献者。就有关这一点，至尊主在《博伽梵歌》第16章的第19节诗中说：

tān ahaṁ dviṣataḥ krūrān
saṁsāreṣu narādhamān
kṣipāmy ajasram aśubhān
āsurīṣv eva yoniṣu

“我把嫉妒、爱捣鬼、最下贱的人永远抛进物质存在的海洋，抛进各种各样邪恶的物种中。”至尊主极其反对那些嫉妒祂奉献者的人。为保护祂的奉献者，至尊主有时必须杀死与祂奉献者为敌的人。例如：为保护帕拉德王(Prahlāda Mahārāja)，至尊主必须杀死与帕拉德为敌的黑冉亚卡希普(Hiraṇyakaśipu)。当然，由于被至尊主所杀，黑冉亚卡希普得到了解脱。至尊主是众生活动的见证者，见证着与祂的奉献者为敌的人的活动，想要惩罚他们。然而，在另外的情况下，祂只是见证着生物的所作所为，将生物从事的罪恶或虔诚活动的结果给予生物。

第 11 节

नादत्त आत्मा हि गुणं न दोषं न क्रियाफलम् ।
उदासीनवदासीनः परावरदृगीश्वरः ॥११॥

nādatta ātmā hi guṇaṁ
na doṣaṁ na kriyā-phalam
udāsīnavad āsīnaḥ
parāvara-dṛg īśvaraḥ

na－不 / ādatte－接受 / ātmā－至尊主 / hi－事实上 / guṇam－快乐 / na－不 / doṣam－不快乐 / na－也不 / kriyā-phalam－任何功利性活动的结果 / udāsīna-vat－完全像个立场中立的人 / āsīnaḥ－坐在(内心深处) / para-avara-dṛk－看着原因和结果 / īśvaraḥ－至尊主

译文 至尊主——原因和结果的创作者，不接受产自功利性活动的快乐与痛苦。祂完全独立，不接受物质躯体，而由于祂没有物质躯体，祂始终是中立的。生物作为至尊主不可缺少的一部分，微量地拥有祂的品质。所以，人不该受悲伤的影响。

要旨 受制约的灵魂有朋友和敌人，并受自己的好品质及缺点的影响。但至尊主永远是超越的。由于祂是至尊控制者(īśvara)，祂不受相对性的影响。因此经典中说，作为一个人善恶活动的原因和结果的中立见证人，祂坐在每个人的心中。我们还应该明白，中立(udāsīna)并不意味着祂不采取行动，而是意味着祂个人不受影响。例如：当相对的双方在一个法官面前时，法官是中立的，但他还是采取行动——判案。要想对物质活动保持完全中立、漠不关心的态度，我们应该只寻求至尊中立者的莲花足的庇护。祺陀凯图王得到忠告，在自己的儿子死亡这一令人难过的情况下要保持中立，这很难做到。尽管如此，由于至尊主知道该如何调整一切，所以最好的做法是依靠祂，履行责任——为祂做奉爱服务。人应该在所有的情况下都不受相对性的打扰。正如《博伽梵歌》第2章的第47节诗所说：

karmaṇy evādhikāras te
mā phaleṣu kadācana

mā karma-phala-hetur bhūr
mā te saṅgo 'stv akarmaṇi

“你有权履行你的规定职责，但无权享受活动的结果。永远别以为你的活动结果是你自己造成的，永远别执著于不履行你的职责。”人应该履行自己的奉爱职责，至于自己活动的结果，则应该依靠至尊人格首神。

第 12 节

श्रीबादरायणिरुवाच
इत्युदीर्य गतो जीवो ज्ञातयस्तस्य ते तदा ।
विस्मिता मुमुचुः शोकं छित्त्वात्मस्नेहशृङ्खलाम् ॥१२॥

śrī-bādarāyaṇir uvāca
ity udīrya gato jīvo
jñātayas tasya te tadā
vismitā mumucuḥ śokaṁ
chittvātma-sneha-śṛṅkhalām

śrī-bādarāyaṇiḥ uvāca—圣舒卡戴瓦·哥斯瓦米说 / iti—就这样 / udīrya—说着 / gataḥ—去 / jīvaḥ—(以祺陀凯图王之子身份显现的)生物体 / jñātayaḥ—亲戚和家庭成员 / tasya—他的 / te—他们 / tadā—那时 / vismitāḥ—很震惊 / mumucuḥ—离去 / śokam—悲伤 / chittvā—斩断 / ātma-sneha—一种关系造就的情感 / śṛṅkhalām—锁链

译文 圣舒卡戴瓦·哥斯瓦米继续道：受制约的灵魂在祺陀凯图王之子的形体中这样说话并离开后，祺陀凯图和他死去儿子的其他亲属们都惊呆了。这使他们斩断了他们因为与他有关系而产生的情感锁链，不再悲伤。

第 13 节

निर्हृत्य ज्ञातयो ज्ञातेर्देहं कृत्वोचिताः क्रियाः ।
तत्यजुर्दुस्त्यजं स्नेहं शोकमोहभयार्तिदम् ॥१३॥

nirhṛtya jñātayo jñāter
　deham kṛtvocitāḥ kriyāḥ
tatyajur dustyajaṁ snehaṁ
　śoka-moha-bhayārtidam

nirhṛtya一去除 / jñātayaḥ一祺陀凯图王和所有其他的亲属 / jñāteḥ一儿子的 / deham一尸体 / kṛtvā一举行 / ucitāḥ一恰当的 / kriyāḥ一活动 / tatyajuḥ一放弃 / dustyajam一难以放弃 / sneham一情感 / śoka一悲伤 / moha一错觉 / bhaya一恐惧 / arti一和痛苦 / dam一给

译文 亲属们以举行恰当的葬礼并烧掉孩子的尸体等方式履行他们的职责后，放弃导致错觉、悲伤、恐惧和痛苦的情感。这种情感无疑很难割舍，但他们却轻易地舍弃了。

第 14 节

बालघ्न्यो व्रीडितास्तत्र बालहत्याहतप्रभाः ।
बालहत्याव्रतं चेरुर्ब्राह्मणैर्यन्निरूपितम् ।
यमुनायां महाराज स्मरन्त्यो द्विजभाषितम् ॥१४॥

bāla-ghnyo vrīḍitās tatra
　bāla-hatyā-hata-prabhāḥ
bāla-hatyā-vrataṁ cerur
　brāhmaṇair yan nirūpitam
yamunāyāṁ mahārāja
　smarantyo dvija-bhāṣitam

bāla-ghnyaḥ一杀死孩子的人 / vrīḍitāḥ一羞愧万分 / tatra一那里 / bāla-hatyā一因为杀了孩子 / hata一已经失去 / prabhāḥ一所有的身体光泽 / bāla-hatyā-vratam一杀死孩子的忏悔 / ceruḥ一执行 / brāhmaṇaiḥ一通过祭司 / yat一……的 / nirūpitam一描述 / yamunāyām一在雅沐娜河 / mahā-rāja一帕瑞克西特王啊！ / smarantyaḥ一铭记 / dvijabhāṣitam一布茹阿玛纳所做的说明

译文　祺陀凯图那些给孩子下毒的其他妻子都羞愧万分，全部失去了身体的光泽。君王啊！她们在悲伤之际铭记安给茹阿的教导，放弃了要怀孩子的欲望。遵循布茹阿玛纳的教导，她们都去雅沐娜河畔，在那里沐浴并为她们犯下的罪行忏悔。

要旨　这节诗文中的"因为杀死孩子而全部失去了身体的光泽(bāla-hatyā-hata-prabhāḥ)"一句尤其值得注意。杀孩子的做法在人类社会中自古有之，甚至从无法追溯的时候起就有了，但过去做的极少。然而，在如今这个喀历(Kali)年代里，人工流产——将孩子杀死在子宫中，成为十分普遍的做法，有时甚至把刚出生的孩子杀死。从事这种可恶行为的妇女，将逐渐完全失去她身体的光泽(bāla-hatyā-hata-prabhāḥ)。还应该注意的是：从事了给孩子下毒的罪恶活动的那些女士们都很羞愧，于是按照布茹阿玛纳(brāhmaṇa，婆罗门)的指导为杀死孩子的罪行赎罪。任何从事过这种无耻罪行的女人，都必须为此而赎罪，但现在却没人这么做。在这种情况下，要为那种行为承担责任的妇女必定会在这一生或来世受苦。真诚的灵魂在听到经典记载的这一事件后，停止做这种杀孩子的事，应该通过极其认真地培养奎师那意识为自己从事过的罪恶活动赎罪。没有冒犯地吟诵、吟唱哈瑞·奎师那这一伟大的曼陀(Hare Kṛṣṇa mahā-mantra)，无疑可以立刻清除一个人的一切恶报，但人应该不再从事这样的罪恶活动，否则是对圣名的一种冒犯。

第 15 节

स इत्थं प्रतिबुद्धात्मा चित्रकेतुर्द्विजोक्तिभिः ।
गृहान्धकूपान्निष्क्रान्तः सरःपङ्कादिव द्विपः ॥१५॥

sa itthaṁ pratibuddhātmā
citraketur dvijoktibhiḥ

gṛhāndha-kūpān niṣkrāntaḥ
sarah-paṅkād iva dvipaḥ

saḥ—他 / ittham—这样 / pratibuddha-ātmā—对灵性知识有透彻的了解 / citraketuḥ—祺陀凯图王 / dvija-uktibhiḥ—借由完美的布茹阿玛纳(安给茹阿和纳茹阿达·牟尼)的教导 / gṛha-andha-kūpāt—从家庭生活的黑暗中 / niṣkrāntaḥ—出来 / saraḥ—一座湖或水池的 / paṅkāt—从泥中 / iva—如同 / dvipaḥ—一头大象

译文 得到安给茹阿和纳茹阿达这两位布茹阿玛纳的教导启蒙后，祺陀凯图王对灵性知识有了透彻的了解。正如大象从一个泥塘中出来，祺陀凯图王从家庭生活的黑暗中脱身而出。

第 16 节

कालिन्द्यां विधिवत्स्नात्वा कृतपुण्यजलक्रियः ।
मौनेन संयतप्राणो ब्रह्मपुत्राववन्दत ॥१६॥

kālindyāṁ vidhivat snātvā
kṛta-puṇya-jala-kriyaḥ
maunena saṁyata-prāṇo
brahma-putrāv avandata

kālindyām—在雅沐娜河中 / vidhi-vat—按规定职责 / snātvā—沐浴 / kṛta—举行 / puṇya—虔诚的 / jala-kriyaḥ—供奉水 / maunena—深沉地 / saṁyata-prāṇaḥ—控制心和感官 / brahma-putrau—向布茹阿玛的两个儿子(安给茹阿和纳茹阿达) / avandata—致以他的祷告和顶礼

译文 君王在雅沐娜河中沐浴，并按规定职责向祖先和半神人供奉水。他认真严肃地控制他的感官和内心，随后向主布茹阿玛的儿子们(安给茹阿和纳茹阿达)致以他的敬意和顶礼。

第 17 节

अथ तस्मै प्रपन्नाय भक्ताय प्रयतात्मने ।
भगवान्नारदः प्रीतो विद्यामेतामुवाच ह ॥१७॥

atha tasmai prapannāya
bhaktāya prayatātmane
bhagavān nāradaḥ prīto
vidyām etām uvāca ha

atha—之后 / tasmai—向他 / prapannāya—皈依的 / bhaktāya—作为一名奉献者 / prayata-ātmane—自我控制的 / bhagavān—最强有力的 / nāradaḥ—纳茹阿达 / prītaḥ—非常满意的 / vidyām—超然的知识 / etām—这 / uvāca—说 / ha—事实上

译文　由于对控制了自我的奉献者和皈依灵魂祺陀凯陀极为满意，最强有力的圣人纳茹阿达对他说出如下一番超然的指示。

第 18—19 节

ॐ नमस्तुभ्यं भगवते वासुदेवाय धीमहि ।
प्रद्युम्नायानिरुद्धाय नमः सङ्कर्षणाय च ॥१८॥

नमो विज्ञानमात्राय परमानन्दमूर्तये ।
आत्मारामाय शान्ताय निवृत्तद्वैतदृष्टये ॥१९॥

oṁ namas tubhyaṁ bhagavate
vāsudevāya dhīmahi
pradyumnāyāniruddhāya
namaḥ saṅkarṣaṇāya ca

namo vijñāna-mātrāya
paramānanda-mūrtaye
ātmārāmāya śāntāya
nivṛtta-dvaita-dṛṣṭaye

oṁ—我的主啊！ / namaḥ—顶礼 / tubhyam—向您 / bhagavate—至尊人格首神 / vāsudevāya—奎师那——瓦苏戴瓦的儿子 / dhīmahi—让我对……冥想 / pradyumnāya—向帕杜么纳 / aniruddhāya—向阿尼茹达 / namaḥ—虔敬的顶礼 / saṅkarṣaṇāya—向主桑卡尔珊 / ca—还有 / namaḥ——一切的顶礼 / vijñāna-mātrāya—向充满知识的形象 / parama-ānanda-mūrtaye—充满超然的极乐 / ātma-ārāmāya—向本身圆满充足的至尊主 / śāntāya—以及不受干扰 / nivṛtta-dvaita-dṛṣṭaye—目光超越相对性或独一无二的

译文 (纳茹阿达给祺陀凯图这样一个曼陀：)啊，至尊主，用欧么卡尔音节称呼的至尊人格首神！我向您致以虔敬的顶礼。主华苏戴瓦啊！我冥想您。啊！主帕杜么纳、主阿尼茹达和主桑卡尔珊！我向您们致以我恭敬的顶礼。啊！灵性能量的宝库，至尊的极乐，我恭恭敬敬地顶拜您！您本身圆满充足且最平静。啊！最高的真理，独一无二的人！您被觉悟为是梵、超灵和人格首神，因此是一切知识的宝库。我恭敬地顶拜您。

要旨 《博伽梵歌》记载，奎师那说祂是韦达·曼陀(Vedic mantra)中的音节“欧么(oṁ)”(praṇavaḥ sarva-vedeṣu)。超然的知识中用神圣而又神秘的音节“欧么卡尔(oṁkāra)”称呼至尊主，“欧么卡尔”是至尊主的声音代表。“啊，至尊主，圣奎师那，瓦苏戴瓦的儿子！无所不在的人格首神啊！我恭恭敬敬地顶拜您(oṁ namo bhagavate vāsudevāya)。”华苏戴瓦(Vāsudeva)是纳茹阿亚纳(Nārāyaṇa)的代表，祂扩展出帕杜么纳(Pradyumna)、阿尼茹达(Aniruddha)和桑卡尔珊(Saṅkarṣaṇa)。接着，桑卡尔珊扩展出第二个纳茹阿亚纳扩展，而这个纳茹阿亚纳又扩展出华苏戴瓦，帕杜玛纳和阿尼茹达。在这一组扩展中的桑卡尔珊，是名叫卡冉诺达卡沙依·维施努(Kāraṇodakaśāyī Viṣṇu)、嘎尔博达卡沙依·维施努(Garbhodakaśāyī Viṣṇu)和祺柔达卡沙依·维施努(Kṣīrodakaśāyī Viṣṇu)这三位主宰化身(puruṣa)的源头。祺柔达卡沙依·维施努住在每一个宇宙中的一个名叫白岛(Śvetadvīpa)的特殊星球上。对此，《布茹阿玛·萨密塔》(Brahma-saṁhitā)证实说：aṇḍāntara-stha，其中梵文aṇḍa的意思是这个宇宙。在这个宇宙中有个名叫白岛的星球，祺柔达卡沙依·维施努就住在那里。这个宇宙中所有的化身都来自祂。

正如《布茹阿玛·萨密塔》证实的，至尊人格首神的所有这些形象都没有区别(advaita)，而且都是永不犯错、绝对可靠的(acyuta)；与受制约的灵魂不同，祂们永远不会从祂们的层面上坠落。普通生物有坠入错觉能量玛亚钳制中的倾向，但至尊主的各种化身和形象都是永不坠落、永不犯错的。祂的身体不同于受制约的灵魂所得到的物质躯体。

《梵文词典》(Medinī)中解释，梵文mātrā一词可以用来指对耳朵的装饰、拥有物、尊敬和被覆盖物(mātrā karṇa-vibhūṣāyāṁ vitte māne paricchade)。正如《博伽梵歌》第2章的第14节诗说明：

mātrā-sparśās tu kaunteya
śītoṣṇa-sukha-duḥkha-dāḥ
āgamāpāyino 'nityās
tāṁs titikṣasva bhārata

“琨缇的儿子啊！正如冬季和夏季轮流到来，短暂的痛苦和快乐时来时去。巴茹阿特的后裔啊！它们来自感官的感觉，人必须学习忍受这一切，不受干扰。”在受制约的生活状态中，躯体被当做是我们穿的衣服；正如我们在冬季和夏季需要穿不同的衣服，受制约的灵魂按照自己的欲望更换躯体。然而，由于至尊主的身体是充满知识的，所以不被覆盖。换句话说，认为奎师那的身体与我们一样的想法是一种误解。奎师那的身体充满知识，因此祂的身体与祂本人没有区别。我们是因为缺乏知识，所以才在这个世界里接受物质躯体，但奎师那——华苏戴瓦充满知识，因此祂的身体与灵魂之间没有区别。奎师那记得四千万年前祂对太阳神说过的话，但普通生物就连前天说过的话都不记得。这就是奎师那的身体与我们的躯体之间的区别。正因为如此，至尊主被称为是“充满知识和充满超然极乐的形象(vijñāna-mātrāya paramānanda-mūrtaye)”。

至尊主的身体充满知识，所以祂总是享受超然的极乐。事实上，祂的形象充满极乐(paramānanda)。对此，《韦丹塔·苏陀》(Vedānta-sūtra)中证实说，至尊主的本性是充满极乐的(ānandamayo 'bhyāsāt)。我们无论何时看到奎师那，祂都是充满极乐的，而且在任何情况下都如此。没人能让祂变得郁闷。梵文“在自我中找到快乐(ātmārāmāya)”的意思是：祂不需要向外寻求享乐，因为祂自给自足。梵文“不受干扰(śāntāya)”的意思是，祂没有焦虑。从其他来源处寻求快乐的人，总是充满焦虑。功利性活动者(karmīs)、知识思辨者(jñānīs)和瑜伽师(yogī)因为都想要得到什么，所以都充满焦虑。但奉献者什么都不求，只是满足于为充满极乐的至尊主做服务。

在我们受制约的生活中，我们的躯体分不同的部分，可尽管奎师那的躯体虽然也显得有不同的部分，但彼此之间并没有区别(nivṛtta-dvaita-dṛṣṭaye)。奎师那能用祂的眼睛看，也能在不用祂的眼睛的情况下看。正因为如此，《水塔刷塔尔奥义书》(Śvetāśvatara Upaniṣad)中说：祂能用祂的手和腿看(paśyaty acakṣuḥ)。祂不需要用身体的特定部分做特定的事。祂能随心所欲地用祂身体的任何部分做任何事，因此被称为全能者(aṅgāni yasya sakalendriya-vṛttimanti)。

第 20 节

आत्मानन्दानुभूत्यैव न्यस्तशक्त्यूर्मये नमः ।
हृषीकेशाय महते नमस्तेऽनन्तमूर्तये ॥२०॥

ātmānandānubhūtyaiva
　nyasta-śakty-ūrmaye namaḥ
hṛṣīkeśāya mahate
　namas te 'nanta-mūrtaye

ātma-ānanda—您本人极乐的 / anubhūtyā—借由察觉 / eva—无疑地 / nyasta—放弃 / śakti-ūrmaye—物质自然的波涛 / namaḥ—虔敬的顶礼 / hṛṣīkeśāya—向感官的至尊控制者 / mahate—向至尊者 / namaḥ—虔敬的顶礼 / te—向您 / ananta—无限的 / mūrtaye—……的扩展

译文　您感受着您本人的极乐，总是超越物质自然的波涛。因此，我的至尊主啊！我向您致以虔敬的顶礼。您是一切感官的至尊控制者，您扩展出无数的形象。您最伟大，所以我虔敬地顶拜您。

要旨　这节诗文分析性地说明了至尊主与普通生物的区别之所在。至尊主的形象和受制约的灵魂的形体不同，至尊主的形体总是充满极乐，而受制约的灵魂的形体总是受物质世界里的三重苦。至尊主的形象是永恒、充满知识的极乐的(sac-cid-ānanda-vigraha)。祂从祂自己得到极乐(ānanda)。至尊主的身体是超然、灵性的，但受制约的灵魂因为有个物质躯体，所以要承受许多由身心制造的麻烦。受制约的灵魂总是因为依恋或厌恶而心绪不宁，相反至尊主就永远都不受这种相对性的干扰。至尊主是一切感官的至尊主人，而受制约的灵魂受感官的控制。至尊主最伟大，而生物最微小。生物受物质波涛的摆布，但至尊主超越所有的作用与反作用。至尊主扩展出无数的形象(advaitam acyutam anādim ananta-rūpam)，但受制约的灵魂只受限于一个形象。从历史中我们得知，受制约的灵魂有时能靠神秘力量扩展出八个形象，但至尊主的身体可以扩展出无数的形象。这意味着至尊人格首神的身体没有开始和结束，不同于这个世界中的生物所具有的物质躯体。

第 21 节

वचस्युपरतेऽप्राप्य य एको मनसा सह ।
अनामरूपश्चिन्मात्रः सोऽव्यान्नः सदसत्परः ॥२१॥

vacasy uparate 'prāpya
ya eko manasā saha
anāma-rūpaś cin-mātraḥ
so 'vyān naḥ sad-asat-paraḥ

vacasi — 当话语 / uparate — 停止 / aprāpya — 没达到目标 / yaḥ — ……的祂 / ekaḥ — 独一无二的 / manasā — 心智 / saha — 和 / anāma — 没有物质的名字 / rūpaḥ — 或物质的形象 / cit-mātraḥ — 完全是灵性的 / saḥ — 祂 / avyāt — 愿仁慈地保护 / naḥ — 我们 / sat-asat-paraḥ — 一切原因的起因(至高原因)的

译文 受制约灵魂的话语和心智无法接近至尊人格首神，因为物质的名字和形象不适用于至尊主；祂完全是灵性的，超越粗糙和精微形象的概念。不具人格特征的梵是祂的另一个形象。愿祂仁慈地保护我们。

要旨 这节诗文中讲述了至尊主身体放射出的光芒——不具人格特征的梵(Brahman)。

第 22 节

यस्मिन्निदं यतश्चेदं तिष्ठत्यप्येति जायते ।
मृण्मयेष्विव मृज्जातिस्तस्मै ते ब्रह्मणे नमः ॥२२॥

yasminn idaṁ yataś cedaṁ
tiṣṭhaty apyeti jāyate
mṛṇmayeṣv iva mṛj-jātis
tasmai te brahmaṇe namaḥ

yasmin — 在……的 / idam — 这(宇宙展示) / yataḥ — 从……的 /

ca一还有 / idam一这(宇宙展示) / tiṣṭhati一站在 / apyeti一分解 / jāyate一出生 / mṛt-mayeṣu一在用土制成的物品中 / iva一就像 / mṛt-jātiḥ一从土中出生 / tasmai一向祂 / te一您 / brahmaṇe一至尊源头 / namaḥ一虔敬的顶礼

译文 正如用土制成的罐子被放在土地上，破碎后再次转为土，这个宇宙展示由至尊梵引发，处在至尊梵中，毁灭在同一位至尊梵中。因此，既然至尊主是梵的源头，那就让我们向祂致以虔敬的顶礼。

要旨 至尊主是宇宙展示的原因；祂在宇宙被创造后维系它，并在毁灭后将一切储存起来。

第23节

यन्न स्पृशन्ति न विदुर्मनोबुद्धीन्द्रियासवः ।
अन्तर्बहिश्च विततं व्योमवत्तन्नतोऽस्म्यहम् ॥२३॥

yan na spṛśanti na vidur
mano-buddhīndriyāsavaḥ
antar bahiś ca vitataṁ
vyomavat tan nato 'smy aham

yat一……的 / na一不 / spṛśanti一可以触碰 / na一也不 / viduḥ一可以了解 / manaḥ一心 / buddhi一智力 / indriya一感官 / asavaḥ一生命之气 / antaḥ一内在 / bahiḥ一外在 / ca一还有 / vitatam一扩展 / vyoma-vat一如天空 / tat一向祂 / nataḥ一敬礼 / asmi一是 / aham一我

译文 至尊梵由至尊人格首神发出，如天空般展开。虽然物质性的一切触碰不到它，但它却存在于一切的内在和外在。心、智力、感官和生命力都无法触及祂及了解祂。我向祂致以虔敬的顶礼。

第 24 节

देहेन्द्रियप्राणमनोधियोऽमी
यदंशविद्धाः प्रचरन्ति कर्मसु ।
नैवान्यदा लौहमिवाप्रतप्तं
स्थानेषु तद्द्रष्ट्रपदेशमेति ॥२४॥

dehendriya-prāṇa-mano-dhiyo 'mī
yad-aṁśa-viddhāḥ pracaranti karmasu
naivānyadā lauham ivāprataptaṁ
sthāneṣu tad draṣṭrapadeśam eti

deha—躯体 / indriya—感官 / prāṇa—生命之气 / manaḥ—心 / dhiyaḥ—和智力 / amī—所有这些 / yat-aṁśa-viddhāḥ—被梵光或说至尊主的光芒所影响 / pracaranti—他们移动 / karmasu—在各种活动中 / na—不 / eva—事实上 / anyadā—在其他时候 / lauham—铁 / iva—就像 / apratap tam—不被(火)加热 / sthāneṣu—在这些情况下 / tat—那 / draṣṭr-apadeśam—物体的名称 / eti—达到

译文 正如铁与火接触后发红变热时具有燃烧的力量，躯体、感官、生命力、心和智力虽然都只不过是物质的组合，但却在被至尊人格首神注入意识的微粒后能够运作，起到它们的作用。正如铁除非被火加热，否则无法有燃烧力，躯体感官除非得到至尊梵的帮助，否则无法起作用。

要旨 炽热火红的铁可以烧毁东西，但却无法烧毁火本身。微小的梵粒子所具有的意识，完全依赖至尊梵的力量。《博伽梵歌》记载，至尊梵说：受制约的灵魂从我这里得到记忆、知识和遗忘(mattaḥ smṛtir jñānam apohanaṁ ca)。活动的力量来自至尊主，当至尊主收回这种力量时，受制约的灵魂就不再有透过他的各种感官做事的力量。躯体包括五个获取知识的感官、五个行动感官和内心，但这些都只不过是物质的肉团而已。例如：脑子只不过是物质组织，但当它被灌入至尊人格首神的能量时，它就能做事了。这就像铁在火中烧，在火的影响下变得炽热火红时就能烧着其他东西一样。脑子在我们醒来或甚至做梦时都在做事，但脑子因为只不过是一块物质的肉团，所以没有可以独自运作的力量。只有在作为至尊梵(Parabrahman)的至尊人格首神的影响力的帮助下，它才能运作。正如阳光普照是因为太阳神在太阳球体上，这是了解至尊梵奎师那无所不在的方法。至尊主被称为慧希凯施(Hṛṣīkeśa)；祂是感官唯一的掌管者。我们的感官除非被注入祂的能量，否则无法运作。换句话说，祂是唯一的观看者、唯一的工作者、唯一的听者，以及唯一的活动原则或至尊控制者。

第 25 节

**ॐ नमो भगवते महापुरुषाय महानुभावाय महाविभूतिपतये सक-
लसात्वतपरिवृढनिकरकरकमलकुडमलोपलालितचरणारविन्द युगल
परमपरमेष्ठिन्नमस्ते ॥२५॥**

oṁ namo bhagavate mahā-puruṣāya mahānubhāvāya mahā-vibhūti-pataye sakala-sātvata-parivṛḍha-nikara-kara-kamala-kuḍmalopalālita-caraṇāravinda-yugala parama-parameṣṭhin namas te

oṁ—至尊人格首神啊！/ namaḥ—虔敬的顶礼 / bhagavate—向完全拥有六种财富的至尊主您 / mahā-puruṣāya—至尊的享受者 / mahā-anubhāvāya—最完美的认识自我的灵魂或超灵 / mahā-vibhūti-pataye—一切神秘力量的主人 / sakala-sātvata-parivṛḍha—所有最优秀的奉献者的 / nikara—众多 / kara-kamala—莲花般的手的 / kuḍmala—被花蕾 / upalālita—服务 / caraṇa-aravinda-yugala—……的两只莲花足 / parama—最高的 / parame-ṣṭhin—住在灵性星球的 / namaḥ te—向您虔敬的顶礼

译文　住在灵性世界最高星球上的超然的至尊主啊！总

有很多奉献者用他们莲花花蕾般的手一直不断地按摩您那对莲花足。您是至尊人格首神，完全拥有六种财富。您是《赞美至尊主的颂歌》中谈到的那位至尊人。您是一切神秘力量最完美的主人，而且完全了解自我。请允许我恭敬地向您顶礼。

要旨 经典中说，绝对真理只有一个，但展现出梵(Brahman)、超灵(Paramātmā)和至尊人格首神(Bhagavān)这些不同的特征。前面的诗文描述了绝对真理的梵和超灵的特征。现在这节诗文，是最优秀的奉献者怀着奉爱之情向绝对的至尊人敬献的祈祷(sakala-sātvata-parivṛḍha)。也长着莲花足的奉献者，用他们的莲花手侍奉至尊主的莲花足。奉献者有时可能没有能力侍奉至尊主的莲花足，因为至尊主住在最高的灵性星球上(parama-parameṣṭhin)。祂是至尊人，但却对奉献者十分仁慈。没人有能力侍奉至尊主，但即使一个奉献者没有能力，仁慈的至尊主还是接受奉献者谦卑的努力。

第26节

श्रीशुक उवाच
भक्तायैतां प्रपन्नाय विद्यामादिश्य नारदः ।
ययावङ्गिरसा साकं धाम स्वायम्भुवं प्रभो ॥२६॥

śrī-śuka uvāca
bhaktāyaitāṁ prapannāya
vidyām ādiśya nāradaḥ
yayāv aṅgirasā sākaṁ
dhāma svāyambhuvaṁ prabho

śrī-śukaḥ uvāca－圣舒卡戴瓦·哥斯瓦米说 / bhaktāya－向奉献者 / etām－这 / prapannāya－向完全投靠、服从的人 / vidyām－超然的知识 / ādiśya－传授 / nāradaḥ－伟大的圣人纳茹阿达 / yayau－离

开 / aṅgirasā — 伟大的圣人安给茹阿 / sākam — 与 / dhāma — 前往最高星球 / svāyambhuvam — 属于主布茹阿玛 / prabho — 君王啊！

译文　圣舒卡戴瓦·哥斯瓦米继续说：当了祺陀凯图的灵性导师的纳茹阿达，因为祺陀凯图全身心地投靠、服从，便把这段曼陀全部传授给他。帕瑞克西特王啊！纳茹阿达随后与安给茹阿离开，启程去这个宇宙中被称为布茹阿玛珞卡的最高星球。

要旨　安给茹阿(Aṅgirā)圣人首次来看望祺陀凯图王时并没有带纳茹阿达。但祺陀凯图的儿子死后，安给茹阿却带纳茹阿达来教导祺陀凯图王有关奉爱瑜伽的科学。这不同做法的原因是：祺陀凯图一开始并没有处在弃绝的状态中，但他儿子的死令他悲痛欲绝、极度痛苦时，纳茹阿达教导他这个物质世界和物质拥有的虚幻性，使他清醒并上升到弃绝的层面。人只有在这个阶段时才能接受奉爱瑜伽。人只要还依恋物质享受，就无法理解奉爱瑜伽的内容。对此，《博伽梵歌》第2章的第44节诗证实说：

bhogaiśvarya-prasaktānāṁ
tayāpahṛta-cetasām
vyavasāyātmikā buddhiḥ
samādhau na vidhīyate

“对感官享乐和物质财富过分执著并被其迷惑的人，不会下决心为至尊主做奉爱服务。”人只要还十分依恋物质享乐，就不可能将注意力集中在奉爱服务的主题上。

奎师那意识运动如今在西方国家逐渐取得成功的原因是，西方社会的年轻人达到了弃绝的阶段(vairāgya)。他们对从物质源头得到的物质消遣实际上感到憎恶，其结果就是西方国家出现了一大批嬉皮士。现在如果教育这些年轻人有关奉爱瑜伽的知识，那么奎师那意识的教导就无疑会起作用。

祺陀凯图一旦明白了弃绝的哲学知识(vairāgya-vidyā)，就能理解奉爱瑜伽的程序。就有关这一点，圣萨尔瓦宝玛·巴塔查尔亚(Sārvabhauma Bhaṭṭācārya)曾说：弃绝(vairāgya-vidyā)和奉爱瑜伽(bhakti-yoga)同时并进，缺一不可(vairāgya-vidyā-nija-bhakti-yoga)。要了解其中一个内容，就必须明白另一个的内容。《圣典博伽瓦谭》第11篇第2章的第42节诗中也说：做奉爱服务取得进步或说增强了奎师那意识的表现是，对物质享乐的弃绝精神增强了(bhaktiḥ pareśānubhavo viraktir anyatra ca)。纳茹阿达·牟尼是奉爱服务之父，因此为向祺陀凯图王展示没有缘故的仁慈，安给茹阿带纳茹阿达·牟尼前来教导君王。这些教导极为有效，按照纳茹阿达·牟尼的教导去做的人，无疑是纯粹奉献者。

第 27 节

चित्रकेतुस्तु तां विद्यां यथा नारदभाषिताम् ।
धारयामास सप्ताहमब्भक्षः सुसमाहितः ॥२७॥

citraketus tu tāṁ vidyāṁ
yathā nārada-bhāṣitām
dhārayām āsa saptāham
ab-bhakṣaḥ susamāhitaḥ

citraketuḥ－祺陀凯图王 / tu－事实上 / tām－那 / vidyām－超然的知识 / yathā－正如 / nārada-bhāṣitām－由伟大的圣人纳茹阿达传授 / dhārayām āsa－吟诵 / sapta-aham－持续一个星期 / ap-bhakṣaḥ－只喝水 / su-samāhitaḥ－全神贯注、小心翼翼地

译文 祺陀凯图完全断食，只喝水，一个星期内一直不断全神贯注、小心翼翼地吟诵纳茹阿达·牟尼传授给他的这个曼陀。

第 28 节

ततः स सप्तरात्रान्ते विद्यया धार्यमाणया ।
विद्याधराधिपत्यं च लेभेऽप्रतिहतं नृप ॥२८॥

tataḥ sa sapta-rātrānte
vidyayā dhāryamāṇayā
vidyādharādhipatyaṁ ca
lebhe 'pratihataṁ nṛpa

tataḥ—从这 / saḥ—他 / sapta-rātra-ante—七个夜晚之后 / vidyayā—借由祈祷 / dhāryamāṇayā—被小心翼翼地反复执行 / vidyā-dhara-adhipatyam—对维迪亚达尔们的统治(作为中等成果) / ca—还有 / lebhe—达到 / apratihatam—不偏离灵性导师的训示 / nṛpa—帕瑞克西特王啊!

译文 帕瑞克西特王啊!祺陀凯图重复吟诵从灵性导师那里得到的曼陀仅仅一个星期后,作为他在灵性知识中取得进步的中等成果,居然就获得了对维迪亚达尔们居住的星球的统治权。

要旨 如果一个奉献者在得到启迪后坚持严格按照灵性导师的指示做,他自然就会被赋予对维迪亚达尔们的统治权(vidyā-dhara-adhipatyam),以及类似作为附属产物的职位。奉献者不需要为了获得成就而练神秘瑜伽(yoga)、从事功利性活动(karma)或对知识作思辨(jñāna)。奉爱服务本身就足以给予做服务的奉献者以全部的物质力量。然而,纯粹奉献者虽然在没做额外努力的情况下就可以轻易得到物质力量,但却从不依恋它。祺陀凯图严格按照纳茹阿达的指示去做后,得到做奉爱服务的这一次要利益。

第 29 节

ततः कतिपयाहोभिर्विद्ययेद्धमनोगतिः ।
जगाम देवदेवस्य शेषस्य चरणान्तिकम् ॥२९॥

tataḥ katipayāhobhir
vidyayeddha-mano-gatiḥ
jagāma deva-devasya
śeṣasya caraṇāntikam

tataḥ—那之后 / katipaya-ahobhiḥ—在几天内 / vidyayā—借由灵性的曼陀 / iddha-manaḥ-gatiḥ—他的心在……的过程中越来越明亮 / jagāma—去 / deva-devasya—所有其他半神人的主人的 / śeṣasya—主蛇沙 / caraṇa-antikam—莲花足的庇护

译文 那之后的几天内，凭他吟诵那曼陀产生的影响力，他的心在灵性成长的过程中越来越亮堂，他得到了阿南塔戴瓦莲花足的庇护。

要旨 奉献者的最高成就是取得在灵性天空中任何一个星球上的至尊主莲花足的庇护。作为严肃、认真地做奉爱服务的结果，奉献者在需要的情况下会得到所有的物质财富；否则，奉献者对物质财富毫无兴趣，至尊主也不会将那些财富给予他们。当奉献者真正在为至尊主做奉爱服务时，他那些表面上看是物质的财富就不是物质的了；它们都是灵性的。例如：如果奉献者花费金钱建筑一座华丽的神庙，那么这建筑物就不是物质的而是灵性的(nirbandhaḥ kṛṣṇa-sambandhe yuktaṁ vairāgyam ucyate)。奉献者的心从不会被导向神庙的物质方面。用于建筑神庙的砖头、石头和木材都是灵性的，正如神像虽然是由石头雕刻而成，却不是石头，而是至尊人格首神本身。人越争取灵性意识的提升，就越能了解奉爱服务的本质。在奉爱服务中没有什么是物质的，一切都是灵性的。因此，一个奉献者被赐予物质的财富，以便他做奉爱服务，取得灵性进步。这种财富是帮助奉献者向灵性王国迈进的资助。就这样，祺陀凯图王作为维迪亚达尔的主人(vidyādhara-pati)留在物质财富中，并靠做奉爱服务在短短的几天内变得完美，得以回归家园，回到首神身边，求取主蛇沙(Śeṣa)——阿南达(Ananta)的莲花足的庇护。

功利性活动者的物质财富和奉献者的物质财富不在同一个层面上。对此，圣玛德瓦查尔亚(Madhvācārya)这样评论说：

anyāntaryāmiṇaṁ viṣṇum
upāsyānya-samīpagaḥ
bhaved yogyatayā tasya
padaṁ vā prāpnuyān naraḥ

靠崇拜主维施努，人可以得到想要的一切，但纯粹奉献者从不向主维施努要求任何物质利益。相反，他不怀物质欲望地为主维施努做服务，因此最后得以被转升到灵性王国。就有关这一点，圣维尔茹阿嘎瓦·阿查尔亚(Vīrarāghava Ācārya)评论说：靠崇拜维施努，奉献者能得到他想要的一切(yatheṣṭa-gatir ity arthaḥ)。祺陀凯图王只想要回归家园、回到首神身边，所以就获得了那样的成就。

第 30 节

मृणालगौरं शितिवाससं स्फुरत्-
किरीटकेयूरकटित्रकङ्कणम् ।
प्रसन्नवक्त्रारुणलोचनं वृतं
ददर्श सिद्धेश्वरमण्डलैः प्रभुम् ॥३०॥

mṛṇāla-gauraṁ śiti-vāsasaṁ sphurat-
kirīṭa-keyūra-kaṭitra-kaṅkaṇam
prasanna-vaktrāruṇa-locanaṁ vṛtaṁ
dadarśa siddheśvara-maṇḍalaiḥ prabhum

mṛṇāla-gauram－像莲花中的纤维一样白 / śiti-vāsasam－穿着蓝色衣衫 / sphurat－光芒四射的 / kirīṭa－头盔 / keyūra－臂镯 / kaṭitra－腰带 / kaṅkaṇam－……的手镯 / prasanna-vaktra－笑脸 / aruṇalocanam—有微红色的眼睛 / vṛtam—围绕 / dadarśa—他看见 / siddha-īśvara-maṇḍalaiḥ—被最完美的奉献者 / prabhum—至尊人格首神

译文 得到至尊人格首神主蛇沙的庇护后，祺陀凯图看到，主蛇沙如莲花中的白纤维一样白；祂穿戴着蓝色衣衫、光芒四射的头盔、臂镯、腰带和手镯。祂脸露微笑，眼睛呈微红色。萨纳特·库玛尔等崇高的解脱之人围绕着祂。

第31节

तद्दर्शनध्वस्तसमस्तकिल्बिषः
स्वस्थामलान्तःकरणोऽभ्ययान्मुनिः ।
प्रवृद्धभक्त्या प्रणयाश्रुलोचनः
प्रहृष्टरोमानमदादिपुरुषम् ॥३१॥

tad-darśana-dhvasta-samasta-kilbiṣaḥ
svasthāmalāntaḥkaraṇo 'bhyayān muniḥ
pravṛddha-bhaktyā praṇayāśru-locanaḥ
prahṛṣṭa-romānamad ādi-puruṣam

tat-darśana—看到至尊人格首神 / dhvasta—摧毁 / samasta-kilbiṣaḥ—有的一切罪恶 / svastha—健康的 / amala—和纯洁的 / antaḥkaraṇaḥ—……的内心深处 / abhyayāt—面对面靠近 / muniḥ—由于内心全然满足而沉默的君王 / pravṛddha-bhaktyā—有着增进奉爱服务的态度 / praṇaya-aśru-locanaḥ—他的眼中因为爱而含着泪水 / prahṛṣṭa-roma—他因喜悦而毛发直竖 / anamat—献上虔敬的顶礼 / ādi-puruṣam—向原始人格首神的扩展

译文 祺陀凯图王一旦看到至尊主，所有的物质污染便被清除一净，在完全纯净的情况下处在原本的奎师那意识状态中。他变得沉默、严肃，对至尊主的爱使他毛发直竖，眼里涌流出泪水。他怀着巨大的奉爱之情，恭恭敬敬地向最初的人格首神顶礼。

要旨 这节诗文中的“一旦看到至尊主，所有的物质污染便被清除一净(tad-darśana-dhvasta-samasta-kilbiṣaḥ)”一句十分重要。人如果经常看庙里的至尊人格首神，就会通过朝拜神庙并看神像而逐渐清除所有的物质欲望。人清除罪恶活动的一切结果后，就变得完全净化、纯洁，带着健康的心智不断增强奎师那意识。

第 32 节

स उत्तमश्लोकपदाब्जविष्टरं
प्रेमाश्रुलेशैरुपमेहयन्मुहुः ।
प्रेमोपरुद्धाखिलवर्णनिर्गमो
नैवाशकत्तं प्रसमीडितुं चिरम् ॥३२॥

sa uttamaśloka-padābja-viṣṭaraṁ
premāśru-leśair upamehayan muhuḥ
premoparuddhākhila-varṇa-nirgamo
naivāśakat taṁ prasamīḍituṁ ciram

saḥ—他 / uttamaśloka—至尊人格首神的 / pada-abja—莲花足的 / viṣṭaram—休息的地方 / prema-aśru—纯洁的爱的泪水的 / leśaiḥ—被泪滴 / upamehayan—打湿 / muhuḥ——次又一次 / prema-uparuddha—因爱而哽咽 / akhila—所有的 / varṇa—字母的 / nirgamaḥ—发出来 / na—不 / eva—事实上 / aśakat—能够 / tam—向祂 / prasamīḍitum—致以祈祷 / ciram—很长一段时间

译文 祺陀凯图眼里涌流出的爱的泪水，一再打湿至尊主莲花足搁置的地方。如痴如醉的狂喜使他喉头哽咽，有很长一段时间发不出完整的音，以致不能向至尊主致以恰当的祈祷。

要旨 所有的字母，以及由字母构成的句子，都是为了用来向至尊人格首神献上祈祷。祺陀凯图王有机会靠用所有的字母作出优美的赞歌向至尊主献上祈祷，但他因为欣喜若狂、如痴如醉，所以有相当长的一段时间无法将那些字母连接起来，以此向至尊主敬献祈祷。正如《圣典博伽瓦谭》(Śrīmad-Bhāgavatam)第1篇第5章的第22节诗中说：

idaṁ hi puṁsas tapasaḥ śrutasya vā
svistasya sūktasya ca buddhi-dattayoḥ
avicyuto 'rthaḥ kavibhir nirūpito
yad uttamaśloka-guṇānuvarṇanam

“精选诗篇中对至尊主作了清楚的说明。博学之人明确断言：苦修、研习韦达经、祭祀、吟诵赞美诗和布施等培养知识的绝对效用，在对至尊主的超然描述中达到登峰造极的境界。”一个人倘若有科学、哲学、政治、经济或其他方面的能力，想要获得完美的知识，就该靠作出一流的赞美诗向至尊主献上祈祷，或者利用自己的天才为至尊主做奉爱服务。祺陀凯图想要祈祷，但因为爱的心醉神迷而做不到。因此，他不得不在能够敬献祈祷之前等很长一段时间。

第33节

ततः समाधाय मनो मनीषया
बभाष एतत्प्रतिलब्धवागसौ ।
नियम्य सर्वेन्द्रियबाह्यवर्तनं
जगद्गुरुं सात्वतशास्त्रविग्रहम् ॥३३॥

tataḥ samādhāya mano manīṣayā
babhāṣa etat pratilabdha-vāg asau
niyamya sarvendriya-bāhya-vartanaṁ
jagad-guruṁ sātvata-śāstra-vigraham

tataḥ—那之后 / samādhāya—控制 / manaḥ—心 / manīṣayā—靠他的理智 / babhāṣa—说 / etat—这 / pratilabdha—重新找到 / vāk—说

话 / asau－那个(祺陀凯图王) / niyamya－控制 / sarva-indriya－全部感官的 / bāhya－外在的 / vartanam－游荡 / jagat-gurum－是众生的灵性导师的 / sātvata－奉爱服务的 / śāstra－圣典的 / vigraham－人格化形象

译文　他用理智控制他的心，收摄感官的外在活动，重新找到表达他情感的适当的话语，然后开始向圣典(《布茹阿玛·萨密塔》和《纳茹阿达·潘查茹阿陀》等)的人格化体现及众生的灵性导师——至尊主献上祈祷。他敬献的祈祷内容如下。

要旨　我们不能用世俗的话语向至尊主献上祈祷。我们必须靠控制内心和感官取得灵性的进步，然后才能找到向至尊主敬献祈祷的恰当话语。圣萨纳坦·哥斯瓦米(Sanātana Gosvāmī)从《莲花往世书》(Padma Purāṇa)中引述如下的诗文，禁止我们唱那些不是由公认的奉献者作的歌：

avaiṣṇava-mukhodgīrṇaṁ
pūtaṁ hari-kathāmṛtam
śravaṇaṁ naiva kartavyaṁ
sarpocchiṣṭaṁ yathā payaḥ

大意是：由行为举止不始终符合外士纳瓦(Vaiṣṇava)的标准、不严格遵守规范守则且不吟诵(吟唱)哈瑞·奎师那曼陀的人，所说的话语或唱的歌，不被纯粹奉献者所接受。诗文中的“圣典的人格化形象(sātvata-śāstra-vigraham)”一句表明：永远都不该认为至尊主充满知识和极乐的永恒身体(sac-cid-ānanda)，是由错觉能量玛亚制成的。奉献者不向想象出的至尊主的形象敬献祈祷。所有的韦达文献都证实“至尊主具有形象”的事实。

第 34 节

चित्रकेतुरुवाच
अजित जितः सममतिभिः

साधुभिर्भवान् जितात्मभिर्भवता ।
विजितास्तेऽपि च भजता-
मकामात्मनां य आत्मदोऽतिकरुणः ॥३४॥

citraketur uvāca
ajita jitaḥ sama-matibhiḥ
sādhubhir bhavān jitātmabhir bhavatā
vijitās te 'pi ca bhajatām
akāmātmanāṁ ya ātmado 'ti-karuṇaḥ

citraketuḥ uvāca一祺陀凯图王说 / ajita一我不可征服的至尊主啊！ / jitaḥ一征服 / sama-matibhiḥ一已经控制了内心的人 / sādhubhiḥ一奉献者 / bhavān一圣上您 / jita-ātmabhiḥ一已经完全控制感官的 / bhavatā一被您 / vijitāḥ一征服 / te一他们 / api一也 / ca一和 / bhajatām一对那些一直为您服务的 / akāma-ātmanām一没有物质利益的动机 / yaḥ一……的 / ātma-daḥ一把您自己给予 / ati-karuṇaḥ一极为仁慈

译文 祺陀凯图说：不可征服的至尊主啊！尽管谁都征服不了您，但您无疑被控制了感官和内心的奉献者们征服了。他们之所以能将您置于他们的控制下，是因为您对不想从您那里得到物质利益的奉献者满怀毫无缘故的仁慈。事实上，您把自己给予他们，而正因为如此，您也完全控制了他们。

要旨 至尊主和奉献者都是征服者。至尊主被奉献者所征服，奉献者被至尊主所征服。由于他们互相被对方所征服，他们双方都从彼此的关系中获得超然的极乐。这种彼此征服的最高完美境界，由奎师那和牧牛姑娘们(gopīs)的关系展现出来。奎师那征服了牧牛姑娘，牧牛姑娘们也征服了奎师那。奎师那每次一吹起祂的笛子，就征服了牧牛姑娘们的心；而如果看不到牧牛姑娘，奎师那就高兴不起来。知识思辨者和神秘瑜伽师等其他超然主义者，无法征服至尊人格首神；只有纯粹的奉献者才能征服祂。

纯粹奉献者被描述为是“在任何情况下都不会放弃做奉爱服务的人(sama-mati)”。奉献者并非只有在快乐时才崇拜至尊主；他们甚至在痛苦时也崇拜祂。快乐和痛苦并不能妨碍做奉爱服务。正因为如此，《圣典博伽瓦谭》说，奉爱服务是不带物质动机且一直不断的(ahaituky apratihatā)。当奉献者在没有动机的情况下为至尊主献上奉爱服务时(anyābhilāṣitā-śūnyam)，那服务就不会受任何物质情况的妨碍(apratihatā)。所以，在生活中的任何情况下都一直不断献上服务的奉献者，能征服至尊人格首神。

奉献者与知识思辨者和瑜伽师等其他超然主义者之间的区别是：知识思辨者和瑜伽师试图靠人为的努力与至尊主合一，但奉献者从不渴望这种不可能得到的成就。奉献者知道他们的地位是至尊主永恒的仆人，从不试图与祂合一。为此，他们被称为“在任何情况下都不会放弃做奉爱服务的人(sama-mati)”或完全控制了感官的人(jitātmā)。他们没有想要“与至尊主合一”的贪图物质享乐的欲望；他们的愿望不带丝毫物质渴望的成分。正因为如此，他们被说成是无欲的(niṣkāma)。生物没有欲望就无法存在，但永远无法实现的欲望被称为贪图享乐的物质欲望(kāma)。贪图享乐的物质欲望夺去了非奉献者的智力(kāmais tais tair hṛta jñānāḥ)。这使他们无法征服至尊主，但奉献者没有这类不合理的欲望，所以征服了至尊主。这样的奉献者也被至尊人格首神所征服。由于他们纯洁，免于一切物质欲望，全心全意地投靠、服从至尊主，至尊主便征服了他们。这样的奉献者从不向往解脱。他们只想要侍奉至尊主的莲花足。由于他们不要回报地侍奉至尊主，他们能够征服仁慈的至尊主。至尊主本性极其仁慈，当祂看到祂的仆人在没有要获取物质利益的动机的情况下工作，自然就被征服了。

奉献者总是忙于做服务。

sa vai manaḥ kṛṣṇa-padāravindayor
vacāṁsi vaikuṇṭha-guṇānuvarṇane

他们用他们所有的感官为至尊主做服务。对这样的奉献者，至尊主把自己交给他们，就仿佛他们可以随心所欲地用祂一样。当然，奉献者们除了侍奉祂没有其他的打算。当奉献者全心全意地投靠、服从祂，不渴望得到物质利益时，至尊主无疑就会给他提供所有可以做服务的机会。这是至尊主被祂的奉献者征服后的状态。

第 35 节

तव विभवः खलु भगवन्
जगदुदयस्थितिलयादीनि ।
विश्वसृजस्तेंऽशांशा-
स्तत्र मृषा स्पर्धन्ति पृथगभिमत्या ॥३५॥

tava vibhavaḥ khalu bhagavan
jagad-udaya-sthiti-layādīni
viśva-sṛjas te 'ṁśāṁśās
tatra mṛṣā spardhanti pṛthag abhimatyā

tava－您的 / vibhavaḥ－财富 / khalu－事实上 / bhagavan－至尊人格首神啊！ / jagat－宇宙展示的 / udaya－创造 / sthiti－维系 / laya-ādīni－毁灭等 / viśva-sṛjaḥ－展示了的世界的创造者 / te－他们 / aṁśa-aṁśāḥ－您许多部分中的部分 / tatra－在那 / mṛṣā－无用的 / spardhanti－比得上另一个 / pṛthak－分开的 / abhimatyā－因为错误的观念

译文 我亲爱的至尊主，这个宇宙展示及它的创造、维系和毁灭，都不过是您的财富。由于主布茹阿玛和其他创造者只不过是您不可缺少的一部分中的一小部分，他们所拥有的部分创造力并不能使他们成为神(控制者)。因此，他们以为自己是各个不同的上帝的意识状态，只不过是虚荣感而已，是错误的。

要旨　全心全意投靠至尊主莲花足的奉献者很清楚，从主布茹阿玛(Brahmā)下到小蚂蚁，他们之所以有创造能量，是因为生物是至尊主不可缺少的一部分。《博伽梵歌》第15章的第7节诗记载，至尊主说："在这个受制约的世界里的众生，都是我永恒的碎片部分(mamaivāṁśo jīva-loke jīva-bhūtaḥ sanātanaḥ)。"生物不是别的，而是至尊灵魂的极其微小的部分，恰似从一堆大火中迸出的火星。他们因为是至尊者的部分，所以具有极少量的创造品质。

现代物质主义世界的所谓科学家们，因为制造出巨大的飞机等现代交通工具而骄傲，但制造出飞机的功劳应该归至尊人格首神所有，而不该归发明或制造出所谓神奇产品的科学家所有。首先要考虑的是科学家的智力；人必须通过听至尊主的指示得到提升，而至尊主在《博伽梵歌》第15章的第15节诗中说："记忆、知识和遗忘都来自我(mattaḥ smṛtir jñānam apohanaṁ ca)。"至尊主作为至尊灵魂处在每一个生物体的心中，因此使人在科学知识方面获得进步的灵感或创造能力都来自祂。此外，制造飞机等奇妙机器的原材料也都由至尊主提供，而并非由科学家提供。在飞机被发明创造出来之前，制造它的原材料已经存在，由至尊人格首神提供，但当被制造出的飞机被毁坏，飞机的残骸对所谓的制造者来说就成了问题。另一个例子是：西方国家正在大量制造汽车。制造这些汽车的原材料当然是由至尊主提供，这种所谓创造的智力也由至尊主给予。最终，当汽车被毁坏时，所谓的创造者就要面对如何处理构成汽车的各部分零件的问题。真正的创造者——最初的创造者，是人格首神。只有在一段时间里，某人用至尊主提供的智力创造某物，随后其创造就成了问题。因此，所谓创造者的创造行为没有功劳可言，唯一的功劳归至尊人格首神所有。这节诗文中正确地说明，这个宇宙创造、维系和毁灭都属于至尊主的财富，因此所有的功劳都归至尊主所有，而不归生物所有。

第 36 节

परमाणुपरममहतो-
स्त्वमाद्यन्तान्तरवर्ती त्रयविधुरः ।
आदावन्तेऽपि च सत्त्वानां
यद् ध्रुवं तदेवान्तरालेऽपि ॥३६॥

paramāṇu-parama-mahatos
tvam ādy-antāntara-vartī traya-vidhuraḥ
ādāv ante 'pi ca sattvānāṁ
yad dhruvaṁ tad evāntarāle 'pi

parama-aṇu－原子微粒的 / parama-mahatoḥ－以及最大的(原子结合的结果) / tvam－您 / ādi-anta－开始与结束两者 / antara－以及在中期 / vartī－存在 / traya-vidhuraḥ－虽然没有开始、结束或中期 / ādau－在开始时 / ante－在结束时 / api－还有 / ca－和 / sattvānām－一切存在的 / yat－……的 / dhruvam－永恒的 / tat－那 / eva－无疑 / antarāle－在中期 / api－也

译文 从宇宙展示的最微小颗粒——原子，到庞大的宇宙和物质能量总体，您无所不在；您存在于这一切的开始、中期和结束阶段。尽管如此，您仍是永恒的，没有开始、结束或中期。您的存在于这三个阶段中被感知到，因此您是永恒的。在宇宙展示之前，您作为原始的力量而存在。

要旨 《布茹阿玛·萨密塔》(Brahma-saṁhitā)第5章的第33

节诗说：

advaitam acyutam anādim ananta-rūpam
  ādyaṁ purāṇa-puruṣaṁ nava-yauvanaṁ ca
vedeṣu durlabham adurlabham ātma-bhaktau
  govindam ādi-puruṣaṁ tam ahaṁ bhajāmi

“我崇拜至尊人格首神哥文达，祂是最初的人，绝对、永不堕落、永不犯错、没有开始；祂虽然扩展出无数的形象，但还是那同一位原初、最老、永远显得风华正茂的人。至尊主的这些永恒、极乐且充满知识的形象，甚至就连最优秀的韦达学者都无法了解，但却始终向真正纯粹的奉献者展示。”至尊人格首神之前没有原因，因为祂就是一切的原因。至尊主超越因果的运作。祂是永恒的存在。《布茹阿玛·萨密塔》的另一节诗中说：至尊主存在于巨大的宇宙内和微小的原子内(aṇḍāntara-stha-paramāṇu-cayāntara-stham)。至尊主降临进入原子和宇宙中表明，没有祂在场，一切都不能真正存在。科学家们说，水由氢和氧构成，但当他们看到一汪洋的水时，他们对这么大量的氢和氧能从哪里来这一点感到困惑。他们以为一切都由化学品构成，但化学品是从哪里来的？他们不知道。既然至尊人格首神是一切原因的起因，祂可以产出无限量化学品，以创造一种适合化学组合的环境。我们实际上可以看到，化学品是由生物生产的，例如：一棵柠檬树产出许多许多吨柠檬酸。柠檬酸并非那棵树的原因，相反树是柠檬酸的原因。同样，至尊人格首神是一切的原因。祂是产出柠檬酸的树的原因(bījaṁ māṁ sarva-bhūtānām)。奉献者能够看到，导致宇宙展示的原始力量不是化学品，而是至尊人格首神，因为祂是一切化学品的源头。

一切都由至尊主的能量导致或展示出来，当一切被毁灭或分解时，原本的力量进入至尊主的身体。正因为如此，这节诗文说：ādāv ante 'pi ca sattvānāṁ yad dhruvaṁ tad evāntarāle 'pi，其中梵文

dhruvam 的意思是“永恒的”。永恒的真实是奎师那，而不是这个宇宙展示。正如《博伽梵歌》中说：奎师那是一切的最初原因(aham ādir hi devānām and mattaḥ sarvaṁ pravartate)。阿尔诸纳承认圣主奎师那是最初的人(puruṣaṁ śāśvataṁ divyam ādi-devam ajaṁ vibhum)，而《布茹阿玛·萨密塔》描述祂是最初的人(govindam ādi-puruṣam)。祂是在开始、结束或中间阶段的一切原因的起因。

第 37 节

क्षित्यादिभिरेष किलावृतः
सप्तभिर्दशगुणोत्तरैरण्डकोशः ।
यत्र पतत्यणुकल्पः
सहाण्डकोटिकोटिभिस्तदनन्तः ॥३७॥

kṣity-ādibhir eṣa kilāvṛtaḥ
saptabhir daśa-guṇottarair aṇḍa-kośaḥ
yatra pataty aṇu-kalpaḥ
sahāṇḍa-koṭi-koṭibhis tad anantaḥ

kṣiti-ādibhiḥ－被以土为首的物质世界的元素 / eṣaḥ－这 / kila－事实上 / āvṛtaḥ－覆盖 / saptabhiḥ－七层 / daśa-guṇa-uttaraiḥ－每一层都比前一层厚十倍 / aṇḍa-kośaḥ－蛋形宇宙 / yatra－在……的 / patati－坠落 / aṇu-kalpaḥ－像一颗渺小的原子 / saha－和 / aṇḍa-koṭi-koṭibhiḥ－这样的数百万个宇宙 / tat－为此 / anantaḥ－(您被说成是)无限的

译文 每一个宇宙都由土、水、火、气、空间、整体能量和错误的自我意识这七层元素覆盖着，每一层都比前一层厚十倍。除了这个宇宙外，还有数不胜数的宇宙，尽管它们大得无边无际，但在您之中却如原子般四处移动。为此，您被说成是无限的(阿南塔)。

要旨　《布茹阿玛·萨密塔》第5章的第48节诗说：

yasyaika-niśvasita-kālam athāvalambya
jīvanti loma-vilajā jagad-aṇḍa-nāthāḥ
viṣṇur mahān sa iha yasya kalā-viśeṣo
govindam ādi-puruṣaṁ tam ahaṁ bhajāmi

物质创造的源头是躺在原因之洋中的玛哈·维施努(Mahā-Viṣṇu)。祂在那汪洋中睡觉时，上百万的宇宙在祂呼气时被产出，在祂吸气时全部被毁灭。这位玛哈·维施努(Mahā-Viṣṇu)是奎师那(哥文达)的一个完整扩展的扩展(yasya kalā-viśeṣaḥ)。梵文kalā一词是指一个完整扩展的完整扩展。奎师那——哥文达，扩展出巴拉茹阿玛(Balarāma)；巴拉茹阿玛扩展出桑卡尔珊，桑卡尔珊扩展出纳茹阿亚纳；由纳茹阿亚纳扩展出第二位桑卡尔珊，而这位桑卡尔珊扩展出玛哈·维施努；玛哈·维施努扩展出嘎尔博达卡沙依·维施努，嘎尔博达卡沙依·维施努扩展出祺柔达卡沙依·维施努。祺柔达卡沙依·维施努控制着每一个宇宙。这使我们对“无限的(ananta)”有个概念。对至尊主无限的力量和祂的存在能说什么呢？　这节诗描述了宇宙的覆盖层(saptabhir daśa-guṇottarair aṇḍa-kośaḥ)。第一层覆盖是土，第二层覆盖是水，第三层是火，第四层是气，第五层是空间，第六层是整体物质能量，而第七层是错误的自我意识。从土层覆盖开始，每一层都比前一层厚十倍。因此，我们只能想象每一个宇宙有多大，而这样的宇宙有千百万个。正如《博伽梵歌》第10章的第42节诗记载，至尊主本人就有关这一点确认说：

athavā bahunaitena
kiṁ jñātena tavārjuna
viṣṭabhyāham idaṁ kṛtsnam
ekāṁśena sthito jagat

“但是，阿尔诸纳，这一切细节性的知识有什么用呢？我只以我极微小的一部分就遍布并维系了这整个宇宙。”整个物质世界只不过是至尊主能量的四分之一展示。正因为如此，祂被称为阿南塔(ananta)——无限者。

第38节

विषयतृषो नरपशवो
य उपासते विभूतीर्न परं त्वाम् ।
तेषामाशिष ईश
तदनु विनश्यन्ति यथा राजकुलम् ॥३८॥

viṣaya-tṛṣo nara-paśavo
ya upāsate vibhūtīr na paraṁ tvām
teṣām āśiṣa īśa
tad anu vinaśyanti yathā rāja-kulam

viṣaya-tṛṣaḥ—渴望享受感官享乐 / nara-paśavaḥ—人形动物 / ye—……的 / upāsate—壮丽的崇拜 / vibhūtīḥ—至尊主的一小部分(半神人) / na—不 / param—至尊 / tvām—您 / teṣām—他们的 / āśiṣaḥ—祝福 / īśa—至尊的控制者啊！ / tat—他们(半神人) / anu—之后 / vinaśyanti—将被毁灭 / yathā—正如 / rāja-kulam—(在政府完结时)得到政府支持的人

译文 啊，至尊主，至高无上的人！渴望感官享乐并崇拜各种半神人的无知之人，不比人形动物强。他们的动物习性使他们没能崇拜您圣上，而是去崇拜那些不过是您荣光中的小火星般微不足道的半神人。整个宇宙毁灭时，包括半神人在内的一切都随之毁灭，从半神人那里得到的祝福也会落空。这就像不再有实权的君王所拥有的高贵地位。

要旨 《博伽梵歌》第7章的第20节诗说：被物质欲望夺去智力的人皈依半神人(kāmais tais tair hṛta jñānāḥ prapadyante 'nya-devatāḥ)。同样，这节诗文也谴责了对半神人的崇拜。我们可以向半神人表示我们的敬意，但不需要崇拜他们。崇拜半神人的人失去了他们的判断力(hṛta jñānāḥ)，因为他们不知道当整个物质宇宙展示被毁灭时，作为展示中的各个部门主管的半神人也将被毁灭。半神人被毁灭时，他们给无知之人的赐福也随之毁灭。正因为如此，奉献者不应该渴望得到靠崇拜半神人能得到的物质财富，而应该致力于为至尊主做服务；至尊主将满足奉献者所有的愿望。《圣典博伽瓦谭》第2篇第3章的第10节诗说：

akāmaḥ sarva-kāmo vā
　moksa-kāma udāra-dhīḥ
tīvreṇa bhakti-yogena
　yajeta puruṣaṁ param

“有高度智慧的人，无论内心是充满各种物质欲望，是根本没有物质欲望，还是想要得解脱，都必须用尽所有的方法崇拜至尊整体——人格首神。”这是完美之人的责任。谁有人的形体，但却除了从事动物从事的活动外什么都不做，谁就被称为是有两条腿的动物(dvipada-paśu)或人形动物(nara-paśu)。对唤醒自身的奎师那意识不感兴趣的人，在这节诗中被谴责为是人形动物。

第 39 节

कामधियस्त्वयि रचिता
　न परम रोहन्ति यथा करम्भबीजानि ।
ज्ञानात्मन्यगुणमये
　गुणगणतोऽस्य द्वन्द्वजालानि ॥३९॥

kāma-dhiyas tvayi racitā
　na parama rohanti yathā karambha-bījāni
jñānātmany aguṇamaye
　guṇa-gaṇato 'sya dvandva-jālāni

kāma-dhiyaḥ—贪图享乐的欲望 / tvayi—在您 / racitāḥ—做出 / na—不 / parama—至尊人格首神啊！ / rohanti—会生长(生出其他躯体) / yathā—正如 / karambha-bījāni—不能再发芽的种子 / jñāna-ātmani—在全知的您 / aguṇa-maye—不受物质属性影响的 / guṇa-gaṇataḥ—从物质属性 / asya——个人的 / dvandva-jālāni—相对性的网

译文 至尊主啊！您是一切知识的源头并超越物质属性，致力于满足感官享乐之物质欲望的人，如果用其拥有的物质财富崇拜您，便不会再投生到物质躯体中，就像被油炸过的种子不会再发芽长成植物一样。生物受物质自然的制约，才会重复经历出生与死亡，但由于您是超然的，愿意在超然的存在中与您联谊的生物，将摆脱物质自然的环境。

要旨 正如《博伽梵歌》第4章的第9节诗记载，至尊主证实说：

janma karma ca me divyam
evaṁ yo vetti tattvataḥ
tyaktvā dehaṁ punar janma
naiti mām eti so 'rjuna

"阿尔诸纳啊！谁能了解我显现和活动的超然本质，谁就在离开躯体后到达我永恒的住所，不再投生于这个物质世界。"为了解奎师那而专注于培养奎师那意识的人，无疑不再经历生与死的轮回。正如《博伽梵歌》中明确说明的：致力于培养奎师那意识或了解至尊人格首神的人，变得有资格回归家园，回到首神身边(tyaktvā dehaṁ punar janma naiti)。就连一门心思地要满足物质欲望的人如果坚定地崇拜至尊人格首神，也能够回到首神身边。事实是：开始培养奎师那意识的人即使有许多物质欲望，也会通过吟诵、吟唱至尊主奎师那的圣名与至尊主接触，从而越来越依恋祂的莲花足。至尊主本人和祂的圣名完全一样。因此，吟诵、吟唱祂的圣名使人不再对物质享乐感兴趣。人生的完美状态是：对物质享乐不感兴趣，而只对奎师那感兴趣。由于某种原因开始培养奎师那意识的人，哪怕是为了物质所得这样做，也将获得解脱。无论是为实现物质欲望、是受嫉妒的影响、是因为恐惧、是情感使然，还是出于其他原因，人只要转向奎师那，他的人生就是成功的(kāmād dveṣād bhayāt snehāt)。

第 40 节

जितमजित तदा भवता
　　यदाह भागवतं धर्ममनवद्यम् ।
निष्किञ्चना ये मुनय
　　आत्मारामा यमुपासतेऽपवर्गाय ॥४०॥

jitam ajita tadā bhavatā
　yadāha bhāgavataṁ dharmam anavadyam
niṣkiñcanā ye munaya
　ātmārāmā yam upāsate 'pavargāya

jitam—被征服 / ajita—不可征服的人啊！ / tadā—那时 / bhavatā—被圣上您 / yadā—当……时 / āha—说 / bhāgavatam—帮助奉献者接近至尊人格首神的 / dharmam—宗教程序 / anavadyam—没有错误的(免于污染) / niṣkiñcanāḥ—不想要得到物质财富带来的快乐的 / ye—那些……的 / munayaḥ—伟大的哲学家和崇高的圣人 / ātma-ārāmāḥ—(完全明了自己的原本身份是奎师那永恒的仆人后)在自我中得到满足的 / yam—……的 / upāsate—崇拜 / apavargāya—为摆脱物质束缚

译文　不可征服的人啊！当您讲述对得到您莲花足庇护的人来说是纯净宗教系统的奉爱宗时，那是您的胜利。像在自我中得到满足的圣人库玛尔四兄弟那样毫无物质欲望的人，为摆脱物质污染而崇拜您。换句话说，他们为得到您莲花足的庇护而接受奉爱宗的程序。

要旨 正如圣茹帕·哥斯瓦米(Rūpa Gosvāmī)在《奉爱服务的纯粹甘露之洋》(Bhakti-rasāmṛta-sindhu)中说明：

anyābhilāṣitā-śūnyaṁ
jñāna-karmādy-anāvṛtam
ānukūlyena kṛṣṇānu-
śīlanaṁ bhaktir uttamā

“人应该善意地为至尊主奎师那做超然的爱心服务，不想要靠从事功利性活动或哲学思辨获得任何物质利益。那才是纯粹的奉爱服务。”

《纳茹阿达·潘查茹阿陀》(Nārada-pañcarātra)中也说：

sarvopādhi-vinirmuktaṁ
tat-paratvena nirmalam
hṛṣīkeṇa hṛṣīkeśa-
sevanaṁ bhaktir ucyate

“人应该摆脱所有的物质称号，清除一切物质污染。他应该恢复他原本纯净的身份，并以此身份用自己的感官为感官的拥有者服务。这称为奉爱服务。”梵文也称这是奉爱宗(bhāgavata-dharma)。人应该按照《博伽梵歌》、《纳茹阿达·潘查茹阿陀》和《圣典博伽瓦谭》的教导，不怀物质动机地为主奎师那服务。奉爱宗是纳茹阿达、舒卡戴瓦·哥斯瓦米和其他在师徒传承中当谦卑仆人的纯粹奉献者(至尊人格首神的代表)传授的宗教程序。理解奉爱宗的人，立刻免除一切物质污染。作为至尊人格首神不可缺少的一部分的生物，正在这个物质世界里游荡、受苦。对至尊主来说，当他们接受至尊主本人教导的奉爱宗并采用它时，祂就取得了胜利，因为祂接着便可以教化这些堕落的灵魂了。遵守奉爱宗原则的奉献者，对至尊人格首神感恩戴德。他能明白没有奉爱服务内容的生活与有奉爱服务内容的生活之间的区别，因此永远对至尊主感激不尽。奉献者自己培养奎师那意识或将堕落的灵魂带到奎师那意识运动中，对主奎师那来说都是胜利。正如《圣典博伽瓦谭》第1篇第2章的第6节诗说：

sa vai puṁsāṁ paro dharmo
　yato bhaktir adhokṣaje
ahaituky apratihatā
　yayātmā suprasīdati

“能让人为超然的至尊主做奉爱服务的职责，才是全人类最崇高的职责(dharma)。要想彻底满足自我，就必须毫无自私动机、连续不断地做这样的奉爱服务。”《圣典博伽瓦谭》讲述的是纯粹、超然的宗教程序。

第 41 节

विषममतिर्न यत्र नृणां
　त्वमहमिति मम तवेति च यदन्यत्र ।
विषमधिया रचितो यः
　स ह्यविशुद्धः क्षयिष्णुरधर्मबहुलः ॥४१॥

viṣama-matir na yatra nṛṇāṁ
　tvam aham iti mama taveti ca yad anyatra
viṣama-dhiyā racito yaḥ
　sa hy aviśuddhaḥ kṣayiṣṇur adharma-bahulaḥ

viṣama－不同的(你的宗教、我的宗教；你的信仰、我的信仰)／matiḥ－意识／na－不／yatra－在……的／nṛṇām－人类社会的／tvam－你／aham－我／iti－如此／mama－我的／tava－你的／iti－如此／ca－和／yat－……的／anyatra－别处(在非奉爱宗的宗教系统中)／viṣama-dhiyā－由于不同的智力／racitaḥ－做／yaḥ－那……的／saḥ－那宗教系统／hi－事实上／aviśuddhaḥ－不纯洁的／kṣayiṣṇuḥ－短暂的／adharma-bahulaḥ－充满了非宗教

译文 除了奉爱宗，所有其他形式的宗教都充满了自相矛盾，都在功利性活动的结果及“你和我”及“你的和我的”之区分概念的控制下运作。《圣典博伽瓦谭》的信奉者没有这种意识。他们都具有奎师那意识，始终想着他们是奎师那的，而奎师那是他们的。世上有其他盘算着杀死敌人或得到神秘力量的低等宗教体系，但这种充满了激情属性和嫉妒的宗教体系是不纯洁和短暂的。由于它们其中满是嫉妒和羡慕的目标，它们的内容也充满了非宗教的内容。

要旨 奉爱宗没有自相矛盾的地方，其中完全没有“你的宗教”和“我的宗教”的概念。奉爱宗——巴嘎瓦塔·达尔玛(Bhāgavata-dharma)的意思是，遵守至尊主巴嘎万(Bhagavān)的命令，即：《博伽梵歌》中的说明：放弃一切种类的宗教，只向我皈依(sarva-dharmān parityajya mām ekaṁ śaraṇaṁ vraja)。神只有一位，祂是每一个人的神。所以，所有的人都必须投靠、服从神。这是宗教不掺杂质的概念。神下达的一切命令构成宗教(dharmaṁ tu sākṣād bhagavat-praṇītam)。奉爱宗内不存在“你信什么”和“我信什么”的概念。大家都必须信至尊主并执行祂的命令。奎师那所说的一切——神所说的一切，都该直接加以贯彻执行(ānukūlyena kṛṣṇānuśīlanam)。那才是宗教——达尔玛(dharma)。

真正有奎师那意识的人，不可能将任何人视为是自己的敌人。既然他唯一做的是劝导他人投靠、服从奎师那——神，他怎么可能将任何人当做敌人呢？如果人们分别提倡印度教、伊斯兰教、基督教，或着这个教、那个教，那么彼此之间就会有抵触，有冲突。历史表明，各个宗教系统的追随者在对神没有清楚概念的情况下相互作战。人类历史中有很多这样的事情发生。不让人们集中注意力为至尊者服务的宗教体系是短暂的，由于其中充满了嫉妒而持续不了很长时间。因此人必须放弃“我的信仰”和

“你的信仰”这种想法。大家都应该相信神，投靠、服从祂。那就是为至尊神做奉爱服务的宗教。

奉爱宗并非是人杜撰出的一种宗派信仰，因为它包含了研究找出一切是如何与奎师那相连的内容(īśāvāsyam idaṁ sarvam)。韦达教导中说：梵(Brahman)——至尊者，在万事万物中(sarvaṁ khalv idaṁ brahma)。奉爱宗使人体验到至尊者的这种无所不在性。奉爱宗不认为世上的一切都是假的。一切都由至尊主发散出，因此没有什么是假的；一切都可以用来为至尊者做服务。例如：我们现在用这个麦克风将我们讲的话录在录音机里，以这种方式发现机器如何能与至尊梵相连。由于我们用这机器为至尊主服务，机器就是梵。这就是“梵——至尊者，在万事万物中”一句的意思。一切都是梵，是因为一切都可以用来为至尊主服务。没有什么是假的(mithyā)，一切都是真的。

奉爱宗之所以被称为“所有宗教中最佳的宗教体系(sarvotkṛṣṭa)”，是因为信奉奉爱宗的人不嫉妒任何人。纯粹奉献者(bhāgavata)没有嫉妒心；他们劝导所有的人参加奎师那意识运动。因此，奉献者与至尊人格首神完全一样，是众生的朋友(suhṛdaṁ sarva-bhūtānām)。所以说，奉爱宗是最佳的宗教体系。相反，那些所谓的宗教是专为有分别心的人而设的，奉爱宗——奎师那意识中没有这种分别。如果我们仔细分析崇拜半神人或不崇拜至尊人格首神的其他宗教体系，我们就会发现其中充满了嫉妒，因此并不纯净。

第 42 节

कः क्षेमो निजपरयोः
　　किंयान् वार्थः स्वपरद्रुहा धर्मेण ।
स्वद्रोहात्तव कोपः
　　परसम्पीडया च तथाधर्मः ॥४२॥

kaḥ kṣemo nija-parayoḥ
　kiyān vārthaḥ sva-para-druhā dharmeṇa
sva-drohāt tava kopaḥ
　para-sampīḍayā ca tathādharmaḥ

kaḥ—什么 / kṣemaḥ—益处 / nija—对人自己 / parayoḥ—和对其他人 / kiyān—多少 / vā—或者 / arthaḥ—目的 / sva-para-druhā—对做事的人和其他人产生嫉妒 / dharmeṇa—与宗教系统 / sva-drohāt—由于伤害自己 / tava—您的 / kopaḥ—愤怒 / para-sampīḍayā—借由给予他人痛苦 / ca—还有 / tathā—和……一样 / adharmaḥ—非宗教

译文　一个使人对自我和他人产生嫉妒及敌意的宗教体系，怎么能利益自我和他人？信奉这样一个体系有什么吉祥的？真正能得到什么？因嫉妒而使自己或他人痛苦的人，从事非宗教活动，激起您的愤怒。

要旨　除了奉爱宗——作为永恒的仆人为至尊人格首神做服务的宗教体系，其他宗教体系都是伤害自我和嫉妒他人的体系。例如：世上有许多推荐祭祀动物的宗教体系。这种动物祭祀对举行者和被牺牲的动物都不吉祥。尽管人有时得到允许，在卡莉(Kālī)女神面前献祭一头动物并吃它的肉，以此代替到屠宰场买肉吃的行为，但允许在卡莉女神面前献祭后吃肉，并非是至尊人格首神的命令。那只不过是对不停止吃肉的不幸之人的一种让步，是为了限制他那无尽的吃肉欲望。这样的宗教体系受到谴责。因此奎师那说："放弃一切种类的宗教，只向我皈依(sarva-dharmān parityajya mām ekaṁ śaraṇaṁ vraja)。"那是对宗教的决定性结论。

有人也许争辩说：韦达经(Vedas)中推荐了动物祭祀。然而，这种推荐是为了限制。没有韦达经的限制规定，人们就会从满是肉铺的市场上买肉吃，那将增加屠宰场的数量。为限制这种事情，韦达经中有的地方说，人可以在卡莉女神面前献祭一头像山羊那样不重要的动物，然后吃它的肉。但无论如何，推荐动物祭祀的宗教体系，对举行祭祀和被献祭的动物来说，都不是吉祥的。《博伽梵歌》第16章的第17节诗，谴责举行盛大的动物祭祀的嫉妒之人说：

ātma-sambhāvitāḥ stabdhā
　dhana-māna-madānvitāḥ
yajante nāma-yajñais te
　dambhenāvidhi-pūrvakam

“他们被财富和虚荣所迷惑，总是沾沾自喜、厚颜无耻，有时因骄傲而举行一些不遵守任何规范守则的名义上的祭祀。”人们有时为崇拜卡莉女神而安排举行十分盛大、豪华的动物祭祀，但这样的节日虽然打着举行祭祀(yajña)的名义，但却不是真正的祭祀，因为祭祀是为了取悦至尊人格首神。正因为如此，经典中推荐，尤其在这个喀历年代中：有良好智慧的人通过吟诵、吟唱哈瑞 · 奎师那曼陀取悦祭祀的享受者(yajña-puruṣa)维施努(yajñaiḥ saṅkīrtana-prāyair yajanti hi sumedhasaḥ)。至尊人格首神谴责嫉妒之人说：

ahaṅkāraṁ balaṁ darpaṁ
　kāmaṁ krodhaṁ ca saṁśritāḥ
mām ātma-para-deheṣu
　pradviṣanto 'bhyasūyakāḥ

tān ahaṁ dviṣataḥ krūrān
　saṁsāreṣu narādhamān
kṣipāmy ajasram aśubhān
　āsurīṣv eva yoniṣu

“邪恶之徒被假我、力量、骄傲、物质欲望和愤怒所迷惑，嫉妒处在他们自己心中和其他人心中的至尊人格首神，亵渎真正的宗教。我把嫉妒、爱捣鬼、最下贱的人永远抛进物质存在的海洋，抛进各种各样邪恶的物种中。”(《博伽梵歌》16.18—19)正如梵文“您的愤怒(tava kopaḥ)”一词所表明的，这种人受到至尊人格首神的谴责。谋杀犯不但嫉妒他人，也伤害自己，因为犯谋杀罪的结果是，他将遭逮捕并被判处死刑。违反人制定的法律后，人也许可以逃脱国家的惩罚，但违反神的法律后，人是无法逃脱惩罚的。杀死动物的人来生必会被他杀死的动物所杀。这是自然的法律。人必须按至尊主的教导做(sarva-dharmān parityajya mām ekaṁ śaraṇaṁ vraja)，否则就会在许多方面受到至尊人格首神的惩罚。信奉由人杜撰出的宗教系统的人，不仅伤害自己，也嫉妒他人。这样的宗教没有用。《圣典博伽瓦谭》第1篇第2章的第8节诗说：

dharmaḥ svanuṣṭhitaḥ puṁsāṁ
viṣvaksena-kathāsu yaḥ
notpādayed yadi ratiṁ
śrama eva hi kevalam

“如果人们按各自的状况所从事的职业活动并没有使他们受人格首神信息的吸引，那么从事这些活动就是徒劳无益的。”倘若信奉一种宗教体系并不能唤醒人的奎师那意识——神意识，那就只不过是在浪费时间，做无用功而已。

第43节

न व्यभिचरति तवेक्षा
यया ह्यभिहितो भागवतो धर्मः ।
स्थिरचरसत्त्वकदम्बे-
ष्वपृथग्धियो यमुपासते त्वार्याः ॥४३॥

na vyabhicarati tavekṣā
yayā hy abhihito bhāgavato dharmaḥ
sthira-cara-sattva-kadambeṣv
apṛthag-dhiyo yam upāsate tv āryāḥ

na－不 / vyabhicarati－失败 / tava－您的 / īkṣā－观点 / yayā－借由……的 / hi－确实地 / abhihitaḥ－说明 / bhāgavataḥ－与您的教导和活动有关 / dharmaḥ－宗教原则 / sthira－不动的 / cara－动的 / sattva-kadambeṣu－在生物体中 / apṛthak-dhiyaḥ－不考虑差异的 / yam－……的 / upāsate－跟随 / tu－无疑地 / āryāḥ－那些高度文明的

译文　我亲爱的至尊主，《圣典博伽瓦谭》和《博伽梵歌》中记载了按您的观点对人的规定职责所给予的教导，那些教导从不偏离生命的最高目标。那些在您的监督、管理下履行他们规定职责的人，平等对待动与不动的众生，不作高低之分。他们被称为阿尔延人(雅利安人)。这样的阿尔延人崇拜您——至尊人格首神。

要旨　奉爱宗就是谈论与奎师那有关的话题(kṛṣṇa-kathā)。圣柴坦亚·玛哈帕布(Caitanya Mahāprabhu)想要每一个人都成为灵性导师(guru)，宣传《博伽梵歌》、《圣典博伽瓦谭》、往世书(Purāṇas)和《韦丹塔经》(Vedānta-sūtra)等所有韦达文献中记载的有关奎师那的教导。高度文明的阿尔延人(Āryan, 雅利安人)信奉奉爱宗。《圣典博伽瓦谭》第7篇第6章的第1节诗中记载，帕拉德王(Prahlāda Mahārāja)虽然只是一个五岁的孩子，但却推荐道：

kaumāra ācaret prājño
dharmān bhāgavatān iha
durlabhaṁ mānuṣaṁ janma
tad apy adhruvam arthadam

帕拉德王只要他老师不在教室，就趁机给他的同学宣讲奉爱宗。他说：从生命的最初阶段，也就是从五岁开始，孩子就该被教授有关奉爱宗的知识，因为极难得到的人体生命是专门为了解这个主题而设的。

奉爱宗(巴嘎瓦塔·达尔玛)的意思是：按照至尊人格首神的

教导生活。我们从《博伽梵歌》中了解到，至尊主安排将人类社会划分为四个阶层，它们分别是：布茹阿玛纳(brāhmaṇa，知识分子)、查锤亚(kṣatriya，行政管理人员和武士)、外夏(vaiśya，商人和农场主)，以及庶铎(śūdra，劳动大众)。在往世书和其他韦达文献中讲述了灵性生活的四个阶段(āśramas)。因此，奉爱宗是社会四阶层和灵性四阶段制度(varṇāśrama-dharma)。

人类社会中严格执行奉爱宗原则并按至尊人格首神的教导做的人，被称为阿尔延人(雅利安人)。严格按照至尊主的指示做且从不偏离这些教导的阿尔延文明是完美的文明。这种文明之人从不对树木、动物、人类和其他生物体加以区分。他们受到完整的奎师那意识的教育，所以平等看待众生(paṇḍitāḥ sama-darśinaḥ)。阿尔延人甚至不会毫无必要地杀死一株小小的植物，更不要说为感官享乐而砍伐树木了。如今在全世界，杀生的行为泛滥成灾。人们杀死树木、动物，以及其他人，而目的都是为了感官享乐。这不是阿尔延文明。正如这节诗文说明“平等对待动与不动的众生，不作高低之分(sthira-cara-sattva-kadambeṣv apṛthag-dhiyaḥ)”，其中“不作区分(apṛthag-dhiyaḥ)”一词表明，阿尔延人不区分高等或低等生命形式。所有的生命都该受到保护。众生都有权利活着，树木和植物也不例外。这是阿尔延文明的基本原则。除了低等生物体之外，那些上升到人类文明层面的人，应该被分为布茹阿玛纳、查锤亚、外夏和庶铎这四个阶层。布茹阿玛纳应该遵守至尊人格首神在《博伽梵歌》和其他韦达文献中所给予的教导。必须按照人所具有的属性(guṇa)和从事的活动(karma)划分。换句话说，人应该按照自己所具有的布茹阿玛纳、查锤亚、外夏或庶民的品质行事。这是阿尔延人(雅利安人)所接受的文明。他们为什么要接受它呢？因为他们很渴望取悦主奎师那。这是完美的文明。

阿尔延人对奎师那充满信心，从不偏离祂的教导。然而，非阿尔延人和其他邪恶之人从不遵守《博伽梵歌》和《圣典博伽瓦谭》的教导。这是因为他们受到的训练是，以牺牲其他生物体的生命为代价进行感官享乐。经典中说：当人认为感官享乐是人生的目标时(yad indriya-prītaya āpṛṇoti)，他无疑就会疯狂地追求物质生活，从事所有种类的罪恶活动(nūnaṁ pramattaḥ kurute vikarma)。除此之外，他们不做别的，也没有其他雄心。他们的文明在前一节诗中受到谴责说，杀死自己和他人的文明有什么意义(kaḥ kṣemo nija-parayoḥ kiyān vārthaḥ sva-para-druhā dharmeṇa)？

因此这节诗建议，每一个人都该成为阿尔延文明的成员，接受至尊人格首神的教导。人应该按照至尊主的教导处理他的社会、政治和宗教事务。我们拓展奎师那意识运动的目的，就是要努力建立一个奎师那想要的社会。这是传播奎师那意识的意义之所在。正因为如此，我们如实地向人们呈献《博伽梵歌》，剔除所有种类的心智杜撰。愚蠢之人和无赖们按他们自己的看法解释《博伽梵歌》；当奎师那说“永远想着我，成为我的奉献者，崇拜我，向我致敬(man-manā bhava mad-bhakto mad-yājī māṁ namaskuru)”时，他们评论说“我们所必须投靠、服从的并非是奎师那”。他们想象出一些《博伽梵歌》的含义。然而，为了人类社会的完整福利，奎师那意识运动严格遵循《博伽梵歌》和《圣典博伽瓦谭》的教导——奉爱宗的原则。那些误解《博伽梵歌》原本的意思，为自己的感官享乐而编造出一些扭曲了意思的人，不是阿尔延人。因此，人应该立刻拒绝由这种人对《博伽梵歌》所作的评注。人应该努力遵循《博伽梵歌》原本的教导。《博伽梵歌》第12章的第6—7节诗记载，主奎师那说：

ye tu sarvāṇi karmāṇi
　mayi sannyasya mat-parāḥ
ananyenaiva yogena
　māṁ dhyāyanta upāsate

teṣām ahaṁ samuddhartā
  mṛtyu-saṁsāra-sāgarāt
bhavāmi na cirāt pārtha
  mayy āveśita-cetasām

“但是，普瑞塔的儿子啊！谁崇拜我，把一切活动都献给我，对我忠心耿耿，为我做奉爱服务，一直冥想我，全神贯注于我，我就把谁从生死的海洋中迅速救出来。”

第 44 节

न हि भगवन्नघटितमिदं
  त्वद्दर्शनान्नृणामखिलपापक्षयः ।
यन्नाम सकृच्छ्रवणात्
  पुक्कशोऽपि विमुच्यते संसारात् ॥४४॥

na hi bhagavann aghaṭitam idaṁ
  tvad-darśanān nṛṇām akhila-pāpa-kṣayaḥ
yan-nāma sakṛc chravaṇāt
  pukkaśo 'pi vimucyate saṁsārāt

na一不 / hi一确实地 / bhagavan一我的主啊！ / aghaṭitam一不发生 / idam一这 / tvat一您的 / darśanāt一借由看到 / nṛṇām一所有人的 / akhila一所有的 / pāpa一罪恶的 / kṣayaḥ一毁灭 / yat-nāma一名字……的 / sakṛt一只有一次 / śravaṇāt一借由聆听 / pukkaśaḥ一最低级的人(昌达拉) / api一还有 / vimucyate一被拯救 / saṁsārāt一从物质存在的纠缠中

译文 我的至尊主！对一个人来说，通过看您而立刻去除一切物质污染并不是不可能的事。不要说亲眼看您了，仅仅是聆听您圣上的圣名哪怕一次，就连最低级的人(昌达拉)都能清除所有的物质污染。既然这样，有谁在看到您后，还去除不了物质污染呢？

要旨　正如《圣典博伽瓦谭》第9篇第5章的第16节诗中说明，只是聆听至尊主的圣名，就能使人立刻得到净化。因此，在这个所有的人都受到严重污染的喀历年代里，吟诵、吟唱至尊主的圣名被作为拯救自己的唯一方法受到推荐：

harer nāma harer nāma
harer nāmaiva kevalam
kalau nāsty eva nāsty eva
nāsty eva gatir anyathā

"在这纷争、虚伪的年代中，得救的唯一方法是吟诵、吟唱至尊主的圣名，别无它法，别无它法，别无它法。"(《大纳茹阿迪亚往世书》)五百年前，圣柴坦亚·玛哈帕布介绍了这个吟诵、吟唱至尊主圣名的方法，现在通过奎师那意识运动——哈瑞·奎师那运动的努力，我们实际看到，那些被认为是属于低等阶层的人，仅仅靠聆听至尊主的圣名就被从所有的罪恶活动中拯救了出来。"物质存在(saṁsāra)"是罪恶活动的结果。在这个物质世界里的人都是被判了刑的人，但不同等级的监狱里关押着罪行轻重不同的人。所有这些犯人在生活的各种状态中受苦。要停止在物质存在中受苦的状态，就必须参加集体吟唱神的圣名(saṅkīrtana)的哈瑞·奎师那运动，过有奎师那意识的生活。

这节诗中说，至尊人格首神的圣名是如此强大有力，甚至哪怕在没有冒犯的情况下听过一次(yan-nāma sakṛc chravaṇāt)，都能使最低等的人得到净化(kirāta-hūṇāndhra-pulinda-pulkaśāḥ)。这种被称为昌达拉(caṇḍāla)的、比庶铎还要低等的人，也可以靠聆听至尊主的圣名得到净化，更不要说亲眼看到至尊主了。就我们现在的状态，我们只能亲眼看到庙里的至尊人格首神的神像形象。至尊主的神像与至尊主本人毫无区别。由于我们用我们现有的迟钝的肉眼看不到至尊主，至尊主便仁慈地同意以我们能看到的形象到来。因此，我们不该认为庙里的神像是物质的。给神像供奉食物、打扮神像、侍奉神像得到的结果，与在外琨塔侍奉至尊主本人得到的结果一样。

第45节

अथ भगवन् वयमधुना
त्वदवलोकपरिमृष्टाशयमलाः ।
सुरऋषिणा यत्कथितं
तावकेन कथमन्यथा भवति ॥४५॥

atha bhagavan vayam adhunā
tvad-avaloka-parimṛṣṭāśaya-malāḥ
sura-ṛṣiṇā yat kathitaṁ
tāvakena katham anyathā bhavati

atha—因此 / bhagavan—至尊人格首神啊！ / vayam—我们 / adhunā—现在 / tvat-avaloka—借由看您 / parimṛṣṭa—清除 / āśaya-malāḥ—心中不纯洁的欲望 / sura-ṛṣiṇā—靠半神人中的大圣人(纳茹阿达) / yat—……的 / kathitam—说 / tāvakena—是您的奉献者的 / katham—如何 / anyathā—除此之外 / bhavati—可能是

译文 因此，亲爱的至尊主，仅仅通过看您，总是塞满了我的思想和内心的一切罪恶活动的污染及它们的结果——物质执著和贪图物质享乐的欲望，现在就已被清除了。伟大的圣人纳茹阿达·牟尼所预言的一切都不会落空。换句话说，我能见到您是接受纳茹阿达·牟尼训练的结果。

要旨 这是达到完美的途径。人必须接受纳茹阿达、维亚萨(Vyāsa)和阿西塔(Asita)那样的权威人士的训练，遵守他们教导的原则。那样，人就能甚至用现有的眼睛看到至尊人格首神。人唯一需要的是接受训练。我们用我们迟钝的双眼和其他感官无法感知到至尊人格首神，但如果按照权威人士的教导，用我们的感官为至尊主服务，就有可能看到祂(ataḥ śrī-kṛṣṇa-nāmādi na bhaved grāhyam indriyaiḥ)。人一旦看到至尊人格首神，内心深处所有的罪恶反应无疑就会被清除干净。

第 46 节

विदितमनन्त समस्तं
　तव जगदात्मनो जनैरिहाचरितम् ।
विज्ञाप्यं परमगुरोः
　कियदिव सवितुरिव खद्योतैः ॥४६॥

viditam ananta samastaṁ
　tava jagad-ātmano janair ihācaritam
vijñāpyaṁ parama-guroḥ
　kiyad iva savitur iva khadyotaiḥ

viditam—清楚 / ananta—无限者啊！ / samastam——切 / tava—对您 / jagat-ātmanaḥ—是众生超灵的 / janaiḥ—被众生 / iha—在这物质世界中 / ācaritam—执行 / vijñāpyam—被告知 / parama-guroḥ—对至尊人格首神——至尊主人 / kiyat—多少 / iva—无疑地 / savituḥ—对太阳 / iva—就像 / khadyotaiḥ—被萤火虫

译文　不受限制的至尊人格首神啊！您是超灵，因此很清楚每一个生物在这个物质世界里所做的一切。有太阳在时，萤火虫的光并不能起到照明的作用。同样，由于您知道一切，在您面前，没有需要我告知的事。

第 47 节

नमस्तुभ्यं भगवते
　सकलजगत्स्थितिलयोदयेशाय ।
दुरवसितात्मगतये
　कुयोगिनां भिदा परमहंसाय ॥४७॥

namas tubhyaṁ bhagavate
  sakala-jagat-sthiti-layodayeśāya
duravasitātma-gataye
  kuyogināṁ bhidā paramahaṁsāya

namaḥ—一切的顶礼 / tubhyam—向您 / bhagavate—圣上您 / sakala—一切的 / jagat—宇宙展示的 / sthiti—维系的 / laya—毁灭 / udaya—和创造 / īśāya—向至尊主 / duravasita—不可能了解 / ātma-gataye—自己的地位…… / ku-yoginām—那些依恋感官对象的 / bhidā—通过区分……的错误概念 / parama-haṁsāya—向至纯至粹者

译文 我亲爱的至尊主，您是这个宇宙展示的创造者、维系者和毁灭者，但太物质化、总是孤立看事物的人，不具备能看您的眼睛。他们无法了解您真正的地位，所以得出结论说，宇宙展示并不依赖您的财富。我的至尊主，您至纯至粹，完全拥有所有的六种财富。因此，我恭敬地顶拜您。

要旨 无神论者以为宇宙展示是由物质的组合偶然形成的，与神并没有关系。持唯物论观点的所谓的化学家，以及持无神论观点的哲学家，在谈到宇宙展示时总是试图甚至不谈及神的名字。由于他们太执著唯物主义，对他们来说，神的创造根本无法理解。至尊人格首神至纯至粹(paramahaṁsa)，相反那些因为依恋物质感官享乐，所以像驴一般从事物质活动的罪恶之人是最低级的人。他们所持的无神论观点使他们所谓的科学知识全都不起作用，因此无法使他们了解至尊人格首神。

第 48 节

यं वै श्वसन्तमनु विश्वसृजः श्वसन्ति
  यं चेकितानमनु चित्तय उच्चकन्ति ।
भूमण्डलं सर्षपायति यस्य मूर्ध्नि
  तस्मै नमो भगवतेऽस्तु सहस्रमूर्ध्ने ॥४८॥

yaṁ vai śvasantam anu viśva-sṛjaḥ śvasanti
yaṁ cekitānam anu cittaya uccakanti
bhū-maṇḍalaṁ sarṣapāyati yasya mūrdhni
tasmai namo bhagavate 'stu sahasra-mūrdhne

yam—……的 / vai—确实地 / śvasantam—努力 / anu—之后 / viśva-sṛjaḥ—宇宙创造的主管们 / śvasanti—也努力 / yam—……的 / cekitānam—感知 / anu—之后 / cittayaḥ—所有收集知识的感官 / uccakanti—感知 / bhū-maṇḍalam—浩瀚的宇宙 / sarṣapāyati—变得像芥末籽 / yasya—……的 / mūrdhni—在头上 / tasmai—向祂 / na-maḥ—顶礼 / bhagavate—拥有六种财富的至尊人格首神 / astu—愿…… / sahasra-mūrdhne—有千万个头的

译文　亲爱的至尊主，继您的努力之后，主布茹阿玛、因铎和宇宙展示中的其他主管，才忙着从事他们的活动。我的至尊主，在您感知物质能量后，感官才开始感知。至尊人格首神像顶芥末籽一样将所有的宇宙顶在头上。我恭敬地顶拜您——有着千万个头的至尊人物。

第 49 节

श्रीशुक उवाच
संस्तुतो भगवानेवमनन्तस्तमभाषत ।
विद्याधरपतिं प्रीतश्चित्रकेतुं कुरूद्वह ॥४९॥

śrī-śuka uvāca
saṁstuto bhagavān evam
anantas tam abhāṣata
vidyādhara-patiṁ prītaś
citraketuṁ kurūdvaha

śrī-śukaḥ uvāca—圣舒卡戴瓦·哥斯瓦米说 / saṁstutaḥ—被崇拜着 / bhagavān—至尊人格首神 / evam—就这样 / anantaḥ—主阿南

塔 / tam－向他 / abhāṣata－回答 / vidyādhara-patim－维迪亚达尔的君王 / prītaḥ－十分满意的 / citraketum－祺陀凯图王 / kuru-udvaha－库茹王朝最优秀的人——帕瑞克西特王啊！

译文 舒卡戴瓦·哥斯瓦米继续道：库茹王朝最优秀的人——帕瑞克西特王啊！至尊主——至尊人格首神阿南塔戴瓦，对维迪亚达尔的君王祺陀凯图敬献的祈祷十分满意，于是给予他如下的回答。

第 50 节

श्रीभगवानुवाच
यन्नारदाङ्गिरोभ्यां ते व्याहृतं मेऽनुशासनम् ।
संसिद्धोऽसि तया राजन् विद्यया दर्शनाच्च मे ॥५०॥

śrī-bhagavān uvāca
yan nāradāṅgirobhyāṁ te
vyāhṛtaṁ me 'nuśāsanam
saṁsiddho 'si tayā rājan
vidyayā darśanāc ca me

śrī-bhagavān uvāca－至尊人格首神桑卡尔珊回答 / yat－……的 / nārada-aṅgirobhyām－借由伟大的圣人纳茹阿达和安给茹阿 / te－向你 / vyāhṛtam－说 / me－我的 / anuśāsanam－崇拜 / saṁsiddhaḥ－完美 / asi－你是 / tayā－借由那 / rājan－君王啊！ / vidyayā－曼陀 / darśanāt－因直接看见 / ca－和……一样 / me－我的

译文 至尊人格首神阿南塔戴瓦回答说：君王啊！作为接受伟大的圣人纳茹阿达和安给茹阿讲述有关我的教导的结果，你具有了完整的超然知识。你因为接受过灵性科学的教育，所以现在能面对面地看到我。因此，你现在完美了。

要旨 完美的人生是：受到灵性教育，了解至尊主的存在及祂是如何创造、维系和毁灭宇宙展示的。人具有完美的知识时，就能通过与纳茹阿达和安给茹阿这样完美的人及他们传承中的其他成员联谊，培养起对首神的爱。这样，人才能够面对面地看到不受限制的至尊人格首神。至尊主虽然不受限制，但出于没有缘故的仁慈变得能让奉献者看到，奉献者于是便能看到祂。我们在目前这种受制约的情况下，无法看到或了解至尊人格首神。

ataḥ śrī-kṛṣṇa-nāmādi
na bhaved grāhyam indriyaiḥ
sevonmukhe hi jihvādau
svayam eva sphuraty adaḥ

“没人能用他被物质污染的感官了解圣奎师那的名字、形象、品质和娱乐活动等超然本质。只有当人通过为至尊主做超然的服务被灵性化之后，至尊主超然的名字、形象、品质和娱乐活动才会对他揭示。”(《纯粹奉爱服务的甘露之洋》1.2.234)人如果在纳茹阿达·牟尼或他的代表的指导下过灵性生活，致力于为至尊主做服务，就会使自己有资格面对面地看到至尊主。对此，《布茹阿玛-萨密塔》第5章的第38节诗说明：

premāñjana-cchurita-bhakti-vilocanena
santaḥ sadaiva hṛdayeṣu vilokayanti
yaṁ śyāmasundaram acintya-guṇa-svarūpaṁ
govindam ādi-puruṣaṁ tam ahaṁ bhajāmi

“我崇拜存在中的第一位至尊主——哥文达(Govinda)。奉献者总以涂满了爱膏的眼睛看着祂。祂以祂夏玛逊达尔的永恒形象处在奉献者的心中。”我们必须按照灵性导师的教导做。这样，我们就能使自己具备资格，之后像祺陀凯图王那样看到至尊人格首神。

第51节

अहं वै सर्वभूतानि भूतात्मा भूतभावनः ।
शब्दब्रह्म परं ब्रह्म ममोभे शाश्वती तनू ॥५१॥

ahaṁ vai sarva-bhūtāni
bhūtātmā bhūta-bhāvanaḥ
śabda-brahma paraṁ brahma
mamobhe śāśvatī tanū

aham一我 / vai一事实上 / sarva-bhūtāni一扩展出各种生物体的形象的 / bhūta-ātmā一众生的超灵(至高的指导者和享受者) / bhūta-bhāvanaḥ一众生展示的原因 / śabda-brahma一超然的声音震荡(哈瑞·奎师那曼陀) / param brahma一至尊真理 / mama一我的 / ubhe一两者(被称为声音形象和灵性形象) / śāśvatī一永恒的 / tanū一两种身体

译文 动与不动的一切众生，都是我的扩展，而且都是与我分开的个体。我是众生的超灵，他们之所以存在，是因为我展示了他们。我是"欧么卡尔"和"哈瑞·奎师那 哈瑞·茹阿玛"等超然声音震荡的形象，我是至高无上的绝对真理。超然的声音震荡，以及神像永恒极乐的灵性形象这两种我的形象，是我永恒的形象，而且都不是物质的。

要旨 纳茹阿达和安给茹阿将奉爱服务的科学传授给祺陀凯图。祺陀凯图所做的奉爱服务，使他现在得以见到至尊人格首神。做奉爱服务使人逐步取得进步，到处在爱神的层面上时(premā pumartho mahān)，就随时都能看到至尊主了。正如《博伽梵歌》中所说：当人按照灵性导师的教导，一天二十四小时都做奉爱服务时(teṣāṁ satata-yuktānāṁ bhajatāṁ prīti-pūrvakam)，他所做的奉爱服务便越来越令人满意。那时，处在每一个生物体心中的至尊人格首神，就会对那奉献者说话(dadāmi buddhi-yogaṁ taṁ yena mām upayānti te)。祺陀凯图王先是得到他的灵性导师——安给茹阿和纳茹阿达的教导；在按照他们的教导去做后，他达到了面对面地与至尊主相见的阶段。现在，至尊主传授他知识的精华。

这知识的精华是：存在着两种实体(vastu)，一种是真实的；另一种因为是错觉或短暂的，所以有时被说成是虚假的。人必须考虑这两种存在。真正的实体(tattva)由梵(Brahman)、超灵(Paramātmā)和至尊人格首神本人(Bhagavān)构成。正如《圣典博伽瓦谭》第1篇第2章的第11节诗中说：

vadanti tat tattva-vidas
　tattvaṁ yaj jñānam advayam
brahmeti paramātmeti
　bhagavān iti śabdyate

“博学的超然主义者了解绝对真理，把这没有相对性的实体称为梵(布茹阿曼)、超灵(帕茹阿玛特玛)或人格首神(巴嘎万)。”绝对真理以这三种展现永恒存在。因此，梵、超灵和至尊人格首神本人组成真正的实体。

从虚假的实体产生出两类活动：分别称为卡尔玛(karma)——活动，以及维卡尔玛(vikarma)——被禁止的活动。被称为卡尔玛的活动是指，虔诚生活或白天从事的身体活动及夜晚做梦时的内心活动。这些或多或少都是些值得从事的活动。然而，被称为维卡尔玛的被禁止的活动，是指如鬼火般的将人导入歧途的活动。这些是没有意义的活动，例如：尽管历史上从没有人能从物质组合中生产出生命实体，但现代科学家们想象化学品的组合可以产生生命，于是忙于在全世界的实验室里证明这一点。这样的活动被称为被禁止的活动——维卡尔玛(vikarma)。

事实上，所有的物质活动都是不实际的，在不实际中进步只不过是浪费时间而已。这些不实际的错觉性活动被说成是不该做的(akārya)。人们必须从至尊人格首神的教导中了解这一切。正如《博伽梵歌》第4章的第17节诗说明：

karmaṇo hy api boddhavyaṁ
boddhavyaṁ ca vikarmaṇaḥ
akarmaṇaś ca boddhavyaṁ
gahanā karmaṇo gatiḥ

“活动的错综复杂性很难理解。因此，应该正确了解什么是活动、什么是被禁止的活动，什么是不活动。”我们必须从至尊人格首神那里直接学习这些知识。至尊人格首神作为阿南塔戴瓦(Anantadeva)，正在教导因为遵照纳茹阿达和安给茹阿的指示而上升到奉爱服务的进步阶段的褀陀凯图王。

这节诗中说：至尊主是包括生物和物质元素在内的一切(ahaṁ vai sarva-bhūtāni)。正如《博伽梵歌》第7章的第4—5节诗记载，至尊主说：

bhūmir āpo 'nalo vāyuḥ
khaṁ mano buddhir eva ca
ahaṅkāra itīyaṁ me
bhinnā prakṛtir aṣṭadhā

apareyam itas tv anyāṁ
prakṛtiṁ viddhi me parām
jīva-bhūtāṁ mahā-bāho
yayedaṁ dhāryate jagat

“土、水、火、气、空间、心念、智力和假我这八种元素，组成我分离出的物质能量。臂力强大的阿尔诸纳啊！除此之外，我还有一种高等能量，由剥削低等能量(这个物质自然)的生物组成。”生物试图主宰物质元素，但物质元素和灵性火花都是至尊人格首神的能量。因此至尊主说：“我是一切(ahaṁ vai sarva-bhūtāni)。”正如火散发出热和光，至尊主发散出物质元素和生物这两种能量。为此，至尊主说：我扩展出物质和灵性的一切(ahaṁ vai sarva-bhūtāni)。

至尊主作为超灵指导受物质环境制约的生物，因此被称为众生的超灵和众生展示的原因(bhūtātmā bhūta-bhāvanaḥ)。祂给予生物智慧，以使生物改善自己的状态，有可能回归家园，回到首神身边；或者，如果生物不愿意回到首神身边，至尊主就给他能够改善自己的物质状况的智力。对此，至尊主本人在《博伽梵歌》第15章的第15节诗中证实说："我在众生的心中。记忆、知识和遗忘都来自我(sarvasya cāhaṁ hṛdi sanniviṣṭo mattaḥ smṛtir jñānam apohanaṁ ca)。"至尊主从内在给予生物可以工作的智力。因此，前面的诗文说：在至尊人格首神付出努力后，我们的努力才得以开始。我们无法独自努力或做任何事。因此，至尊主是众生的创造者(bhūta-bhāvanaḥ)。

这节诗所给予的特殊的知识是："超然的声音震荡(śabda-brahma)"也是至尊主的一个形象。主奎师那以祂永恒、极乐的形象被阿尔诸纳接受为是至尊绝对真理(paraṁ brahma)。生物在受制约的状态下将幻象性的东西接受为是实体。这称为错觉(māyā)或愚昧(avidyā)。因此，按照韦达知识的教导，人必须成为奉献者，必须分清《至尊奥义书》(Īśopaniṣad)中所详细阐明的"知识(vidyā)"与"愚昧(avidyā)"之间的区别。真正处在知识的层面上的人，能亲身了解以主茹阿玛(Rāma)、主奎师那(Kṛṣṇa)和桑卡尔珊形象出现的人格首神。韦达知识被描述为是至尊主的呼吸，真正的活动是以韦达知识为基础开始从事的。正因为如此，至尊主说，当祂作出努力并呼吸时，物质宇宙进入存在，各种活动才逐渐展开。在《博伽梵歌》中，至尊主说：我是所有韦达·曼陀的欧么音节(praṇavaḥ sarva-vedeṣu)。韦达知识以吟诵欧么这个音节为开始。同样的超然声音震荡是：哈瑞·奎师那　哈瑞·奎师那　奎师那·奎师那　哈瑞·哈瑞/哈瑞·茹阿玛　哈瑞·茹阿玛　茹阿玛·茹阿玛　哈瑞·哈瑞(Hare Kṛṣṇa, Hare Kṛṣṇa, Kṛṣṇa Kṛṣṇa, Hare Hare/ Hare Rāma, Hare Rāma, Rāma Rāma, Hare Hare)。至尊主的圣名与至尊主本人没有区别(abhinnatvān nāma-nāminoḥ)。

第 52 节

लोके विततमात्मानं लोकं चात्मनि सन्ततम् ।
उभयं च मया व्याप्तं मयि चैवोभयं कृतम् ॥५२॥

loke vitatam ātmānaṁ
lokaṁ cātmani santatam
ubhayaṁ ca mayā vyāptaṁ
mayi caivobhayaṁ kṛtam

loke—在这个物质世界中 / vitatam—膨胀(物质享乐精神) / ātmānam—生物体 / lokam—物质世界 / ca—还有 / ātmani—在生物体中 / santatam—展开 / ubhayam—两者(物质元素构成的物质世界和生物体) / ca—和 / mayā—被我 / vyāptam—遍布 / mayi—在我 / ca—还有 / eva—事实上 / ubhayam—他们两者 / kṛtam—创造

译文 在这个被受制约的灵魂认为是快乐资源的物质世界里，受制约的灵魂变得膨胀，认为自己是物质世界的享受者。同样，物质世界在生物体中作为享乐的源泉展开。就这样，他们双方都扩展，但由于都是我的能量，所以都有我存在其中。作为至尊主，我是这些结果的原因。人应该知道，他们都在我之中。

要旨 假象宗哲学(Māyāvāda)认为，既然一切在质上都与至尊人格首神——至尊梵一样，那么一切就都是值得崇拜的。他们这种危险的理论使大众转而倾向无神论理论。这种理论的影响使人以为自己就是神，但这不是事实。正如《博伽梵歌》中说明，事实是：包含有物质能量和生物的整个宇宙展示，都是至尊主能量的扩展(mayā tatam idaṁ sarvaṁ jagad avyakta-mūrtinā)。生物错误地以为物质元素是供他们享乐的资源，以为自己是享受者。然而，他们两者都不是独立的，都是至尊主的能量。物质能量和灵性能量的最初源头是至尊人格首神。可是，尽管至尊主能量的扩展是最初的原因，但人不该以为至尊主本人已经以各种方式扩展开来。为驳斥假象宗理论，至尊主本人在《博伽梵歌》中明确地说："众生都在我之中，我却不在他们中(mat-sthāni sarva-bhūtāni na cāhaṁ teṣv avasthitaḥ)。"一切都依靠祂而存在，一切都只不过是祂能量的扩展，但这并不意味着一切都如至尊主本人一样值得崇拜。物质的扩展是短暂的，但至尊主本人并非临时存在。生物是至尊主的一部分，但他们不是至尊主本人。这个物质世界里的生物并非不可思议，但至尊主是不可思议的。说"能量因为由至尊主扩展出，所以与至尊主本人一样"的理论是错误的。

第 53—54 节

यथा सुषुप्तः पुरुषो विश्वं पश्यति चात्मनि ।
आत्मानमेकदेशस्थं मन्यते स्वप्न उत्थितः ॥५३॥

एवं जागरणादीनि जीवस्थानानि चात्मनः ।
मायामात्राणि विज्ञाय तद्द्रष्टारं परं स्मरेत् ॥५४॥

yathā suṣuptaḥ puruṣo
viśvaṁ paśyati cātmani
ātmānam eka-deśa-sthaṁ
manyate svapna utthitaḥ

evaṁ jāgaraṇādīni
jīva-sthānāni cātmanaḥ
māyā-mātrāṇi vijñāya
tad-draṣṭāraṁ paraṁ smaret

yathā—就像／suṣuptaḥ—沉睡／puruṣaḥ——个人／viśvam—整个宇宙／paśyati—观察到／ca—还有／ātmani—在他自己中／ātmānam—他自己／eka-deśa-stham—躺在一处／manyate—他认为／svapne—在梦中的情况／utthitaḥ—醒来／evam—就这样／jāgaraṇa-ādīni—清醒的状态等／jīva-sthānāni—生物体存在的不同情况／ca—

还有 / ātmanaḥ－至尊人格首神的 / māyā-mātrāṇi－错觉能量的展示 / vijñāya－知道 / tat－他们的 / draṣṭāram－所有这些情况的创造者和见证者 / param－至尊者 / smaret－人应该始终铭记

译文 人在沉睡时做梦，在自己的内在看到高山、大河或甚至是整个宇宙等许多其他事物，尽管它们离得很远。等他醒来时，他看到自己在一个人体中躺在一个地方的床上，然后看到自己身处在各种情况中，属于特定的国家、家庭等。无论是沉睡、做梦和醒着，所有的状态都是至尊人格首神的能量。人在这些情况下应该始终铭记最初的创造者——不受一切影响的至尊主。

要旨 沉睡、做梦和醒觉所有这些生物体所具有的状况，都不是实在的。它们只不过是受制约生活的各个阶段的展示而已。尽管在遥远的地方有许多山脉、河流、树木、蜜蜂、老虎和蛇，但人在做梦时会想象他们离自己很近。同样，正如人晚上做精微的梦一样，生物体在醒着的时候，生活在由国家、团体、社会、财产、摩天大楼、银行存款、地位和荣誉等内容构成的白日梦中。在这种情况下，人应该了解他与物质世界接触的状况。生物在各种形式的生命中所经历的不同状态，都只不过是错觉能量在至尊人格首神的指导下的运作而已。因此，至尊主是最初的行为者，受制约的灵魂应该只记住这位最初的行为者——圣奎师那。作为生物，我们被由至尊主指挥的物质自然(prakṛti)的波涛带走(mayādhyakṣeṇa prakṛtiḥ sūyate sa-carācaram)。巴克提维诺德·塔库尔歌唱道：“你为什么被以做梦和醒来等不同阶段为表现形似的错觉能量波涛带走？这些都是玛亚的创造(miche māyāra vaśe, yā-ccha bhese', khāccha hābuḍubu, bhāi)。”我们唯一该做的是记住这错觉能量的最高指挥者——奎师那。为指导我们这么做，经典(śāstra)建议我们要一直不断地吟诵、吟唱至尊主的圣名：哈瑞·奎师那

哈瑞·奎师那　奎师那·奎师那　哈瑞·哈瑞/哈瑞·茹阿玛　哈瑞·茹阿玛　茹阿玛·茹阿玛　哈瑞·哈瑞(harer nāma harer nāma harer nāmaiva kevalam)。人们从梵、超灵和至尊人格首神这三个方面认识至尊主，但对至尊人格首神本人的认识是最高的认识。了解至尊人格首神奎师那的人，是最完美的伟大灵魂(vāsudevaḥ sarvam iti sa mahātmā sudurlabhaḥ)。在人体生命形式中，生物应该了解至尊人格首神，因为这样就会了解一切。按照韦达训示的说法，只要了解了奎师那，人就了解了梵、超灵、物质自然、错觉能量和灵性能量等一切(yasmin vijñāte sarvam evaṁ vijñātaṁ bhavati)。一切都将被揭示出来。物质自然(prakṛti)在至尊主的指挥下运作，我们生物在物质自然的各种展示阶段的浪涛中随波逐流。要觉悟自我，就该始终记着奎师那。正如《莲花往世书》(Padma Purāṇa)中说明：我们应该永远铭记主维施努(smartavyaḥ satataṁ viṣṇuḥ)；永远不要忘记至尊主(vismartavyo na jātucit)。这是生命的完美境界。

第55节

येन प्रसुप्तः पुरुषः स्वापं वेदात्मनस्तदा ।
सुखं च निर्गुणं ब्रह्म तमात्मानमवेहि माम् ॥५५॥

yena prasuptaḥ puruṣaḥ
svāpaṁ vedātmanas tadā
sukhaṁ ca nirguṇaṁ brahma
tam ātmānam avehi mām

yena—被……的(至尊梵) / prasuptaḥ—沉睡 / puruṣaḥ——个人 / svāpam—梦中的对象 / veda—知道 / ātmanaḥ—他自己的 / tadā—那时 / sukham—快乐 / ca—还有 / nirguṇam—没有与物质环境接触 / brahma—至尊灵魂 / tam—祂 / ātmānam—无所不在者 / avehi—就知道 / mām—我

译文 要知道我是至尊梵——无所不在的超灵，通过我，沉睡的生物能了解他做梦的情况，以及超越物质感官活动的快乐。也就是说，我是沉睡生物活动的起因。

要旨 生物一旦免除错误的自我意识(假我)，就会明白自己作为至尊主快乐能量的一部分——灵性灵魂所具有的更高状态。由于有这种对梵的觉悟，生物甚至在睡眠时都能享受。至尊主说："那梵、那超灵和那至尊人格首神，都是我本人。"就有关这一点，圣吉瓦·哥斯瓦米(Jīva Gosvāmī)在他的《夸玛·桑达尔巴》(Krama-sandarbha)中给予了注释。

第 56 节

उभयं स्मरतः पुंसः प्रस्वापप्रतिबोधयोः ।
अन्वेति व्यतिरिच्येत तज्ज्ञानं ब्रह्म तत्परम् ॥५६॥

ubhayaṁ smarataḥ puṁsaḥ
prasvāpa-pratibodhayoḥ
anveti vyatiricyeta
taj jñānaṁ brahma tat param

ubhayam－两种意识状态(睡眠和清醒) / smarataḥ－记住 / puṁsaḥ－人的 / prasvāpa－睡觉时的意识状态的 / pratibodhayoḥ－和清醒时的意识状态的 / anveti－透过 / vyatiricyeta－可以超过 / tat－那 / jñānam－知识 / brahma－至尊梵 / tat－那 / param－超然的

译文 如果一个生物体睡觉时所做的梦只有超灵看到，那个不同于超灵的生物怎么可能记住梦的活动？一个人的体验无法被他人所了解。所以，真相的了解者——询问梦中和醒着时所发生情况的生物，不同于在各种环境中的活动。那了解真相的人是梵。换句话说，生物和至尊灵魂都有认知的品质。因此，生物也可以体验他在睡梦中和清醒时所从事的活动。在两种情况下，认知者都没有变；他在质上与至尊梵一样。

要旨 真正的知识告诉我们，作为至尊梵的一部分的生物在质上与至尊梵一样，但在量上不同。由于生物在质上是梵，他可以记住在梦中从事过的活动，以及醒着时正从事的活动。

第 57 节

यदेतद्विस्मृतं पुंसो मद्भावं भिन्नमात्मनः ।
ततः संसार एतस्य देहाद्देहो मृतेर्मृतिः ॥५७॥

yad etad vismṛtaṁ puṁso
　mad-bhāvaṁ bhinnam ātmanaḥ
tataḥ saṁsāra etasya
　dehād deho mṛter mṛtiḥ

yat—……的 / etat—这 / vismṛtam—忘记 / puṁsaḥ—生物体的 / mat-bhāvam—我灵性的地位 / bhinnam—分离 / ātmanaḥ—从至尊灵魂 / tataḥ—从那 / saṁsāraḥ—物质的受制约的生活 / etasya—生物体的 / dehāt—从一个躯体 / dehaḥ—另一个躯体 / mṛteḥ—从一次死亡 / mṛtiḥ—另一次死亡

译文 当生物认为自己与我不同，忘记他与我在质上一样，都是永恒、极乐并充满知识时，他的受制约的物质生活就开始了。换句话说，他不将自己的志向与我保持一致，而是关注他的妻子、孩子和物质拥有等躯体的扩展。就这样，透过他行为处事的影响力，他一个一个地更换躯体，重复经历死亡。

要旨 假象宗哲学家(Māyāvādī)或受假象宗哲学影响的人，以为自己与至尊人格首神一样。这致使他们过受制约的生活。正如外士纳瓦(Vaiṣṇava)诗人佳嘎达南达·潘迪特(Jagadānanda Paṇḍita)

在他的著作《对神的爱所引发的转变》(Prema-vivarta)中说明：

kṛṣṇa-bahirmukha hañā bhoga vāñchā kare
nikaṭa-stha māyā tāre jāpaṭiyā dhare

生物一旦忘记自己的原本状态和地位，努力与至尊主合一，他受制约的生活就开始了。“至尊梵与生物不但在质上一样，在量上也一样”的概念，是导致受制约生活的原因。忘记至尊主不同于生物的人，开始过受制约的生活。受制约的生活意味着在放弃一个躯体后接受另一个躯体，经历死亡后再次经历死亡。假象宗哲学家跟其他人说：“你与神一样(tat tvam asi)。”他们忘了，这种说法只适用于形容生物在质上与神一样的状态。太阳中有光和热，阳光中也有光和热，因此它们在质上一样。但我们不要忘记，阳光是太阳放射出的，所以依靠太阳的存在而存在。正如至尊主在《博伽梵歌》中说：我是梵的来源(brahmaṇo hi pratiṣṭhā-ham)。阳光的重要性有赖于太阳球体的临在，但太阳球体的重要性并非由普照万物的阳光决定。遗忘或误解这一事实被称为错觉玛亚。生物因为忘记自己的原本地位和至尊主的地位而进入玛亚——受制约的生活(saṁsāra)。就有关这一点，玛德瓦查尔亚说：

sarva-bhinnaṁ parātmānaṁ
vismaran saṁsared iha
abhinnaṁ saṁsmaran yāti
tamo nāsty atra saṁśayaḥ

当人认为生物在所有的方面都与至尊主一样时，毫无疑问，他正处在愚昧(tamaḥ)的状态中。

第 58 节

लब्ध्वेह मानुषीं योनिं ज्ञानविज्ञानसम्भवाम् ।
आत्मानं यो न बुद्ध्येत न क्वचित्क्षेममाप्नुयात् ॥५८॥

labdhveha mānuṣīṁ yoniṁ
jñāna-vijñāna-sambhavām
ātmānaṁ yo na buddhyeta
na kvacit kṣemam āpnuyāt

labdhvā－达到 / iha－在这个物质世界(尤其在虔诚的巴茹阿特大地——印度大地上) / mānuṣīm－人类 / yonim－物种 / jñāna－通过韦达文献的知识的 / vijñāna－和在生活中对那知识的实际运用 / sambhavām－在……中有一种可能性 / ātmānam－人的真实身份 / yaḥ－任何……的人 / na－不 / buddhyeta－了解 / na－永不 / kvacit－任何时候 / kṣemam－生命的成功 / āpnuyāt－可以获得

译文　人通过学习韦达文献和实践其中的教导认识自我，从而达到人生的完美。这对出生在虔诚之地(巴茹阿特大地)上的人来说尤其可能。出生在这样一个有利的环境中但却不了解自己的人，无法达到最高的完美境界，哪怕在高等星系中过着高贵的生活也不例外。

要旨　就有关这一说明，《永恒的柴坦亚经》(Caitanya-caritāmṛta)首篇第9章的第41节诗记载，主柴坦亚证实说：

bhārata-bhūmite haila manuṣya-janma yāra
janma sārthaka kari' kara para-upakāra

“在印度(巴茹阿特大地，Bhārata-varṣa)这片大地上投生为人的人，应该使其人生得以成功，并为所有其他人的利益而工作。”出生在印度大地上的人，能通过韦达文献的知识和对那知识在实际生活中的运用得到最高的成就。本身达到完美的人，可以为整个人类社会的自我觉悟做出服务。这是最佳的人道主义工作。

第 59 节

स्मृत्वेहायां परिक्लेशं ततः फलविपर्ययम् ।
अभयं चाप्यनीहायां सङ्कल्पाद्विरमेत्कविः ॥५९॥

smṛtvehāyāṁ parikleśaṁ
tataḥ phala-viparyayam
abhayaṁ cāpy anīhāyāṁ
saṅkalpād viramet kaviḥ

smṛtvā—记住 / īhāyām—在追求功利性活动结果的活动领域中 / parikleśam—精力的浪费与不幸的情况 / tataḥ—从那 / phala-viparyayam—与想要的结果相反 / abhayam—无畏 / ca—也 / api—事实上 / anīhāyām—当不再有要得到功利性结果的欲望时 / saṅkalpāt—从物质欲望 / viramet—应该停止 / kaviḥ—在知识上进步的人

译文 记住在追求功利性活动结果的活动领域中所面对的巨大烦恼，记住自己是如何从事物质活动或说按照韦达文献中的推荐从事功利性活动，但得到的却是违反自己愿望的结果，有智慧的人就会不再想要从事功利性活动，因为这样的努力并不能使人达到生命的最高目标。另一方面，如果一个人不怀追求功利性活动结果的欲望行事；换句话说，如果他忙于从事奉爱性的活动，他就能摆脱痛苦的处境，达到生命的最高目标。考虑这一点，人应该终止物质欲念。

第 60 节

सुखाय दुःखमोक्षाय कुर्वाते दम्पती क्रियाः ।
ततोऽनिवृत्तिरप्राप्तिर्दुःखस्य च सुखस्य च ॥६०॥

sukhāya duḥkha-mokṣāya
kurvāte dampatī kriyāḥ
tato 'nivṛttir aprāptir
duḥkhasya ca sukhasya ca

sukhāya—为了快乐 / duḥkha-mokṣāya—为了从不快乐的状态中解脱 / kurvāte—实行 / dam-patī—妻子和丈夫 / kriyāḥ—活动 / tataḥ—从那 / anivṛttiḥ—没有止息 / aprāptiḥ—没有达到 / duḥkhasya—痛苦的 / ca—也 / sukhasya—快乐的 / ca—也

译文　作为夫妻，男人和女人一起制定获得快乐、减少痛苦并以多种方式高兴地工作的计划，但由于他们满怀欲望地活动，这些活动永远都不会是快乐的泉源，他们也永远减少不了痛苦。相反，这些活动是巨大痛苦的起因。

第 61—62 节

एवं विपर्ययं बुद्ध्वा नृणां विज्ञाभिमानिनाम् ।
आत्मनश्च गतिं सूक्ष्मां स्थानत्रयविलक्षणाम् ॥६१॥

दृष्टश्रुताभिर्मात्राभिर्निर्मुक्तः स्वेन तेजसा ।
ज्ञानविज्ञानसन्तृप्तो मद्भक्तः पुरुषो भवेत् ॥६२॥

evaṁ viparyayaṁ buddhvā
　nṛṇāṁ vijñābhimāninām
ātmanaś ca gatiṁ sūkṣmāṁ
　sthāna-traya-vilakṣaṇām

dṛṣṭa-śrutābhir mātrābhir
　nirmuktaḥ svena tejasā
jñāna-vijñāna-santṛpto
　mad-bhaktaḥ puruṣo bhavet

evam—这样 / viparyayam—相反的 / buddhvā—明白 / nṛṇām—人们的 / vijña-abhimāninām—认为他们自己是充满科学性知识的 / ātmanaḥ—自我的 / ca—还有 / gatim—过程 / sūkṣmām—极难了解 / sthāna-traya—三种状态(深度睡眠、梦中、清醒) / vilakṣaṇām—除了……以外 / dṛṣṭa—直接察觉 / śrutābhiḥ—或借由从权威处得到的讯息了解 / mātrābhiḥ—从物体 / nirmuktaḥ—被释放 / svena—靠一个

人自己 / tejasā—思考的力量 / jñāna-vijñāna—用知识和对知识的实际运用 / santṛptaḥ—彻底满足 / mat-bhaktaḥ—我的奉献者 / puruṣaḥ—一个人 / bhavet—应该成为

译文 要明白，对自己的物质经验感到骄傲的人所从事的活动，只会带来与这种人在醒着、睡眠和深度睡眠时所构想的结局相反的结果。应该进一步了解，虽然物质主义者很难察觉到灵性的灵魂，但他却超越所有这些情况。人应该靠他识别力的力量，放弃想要在今生和来世得到功利性活动结果的欲望。人应该以此方式体验超然的知识，成为我的奉献者。

第63节

एतावानेव मनुजैर्योगनैपुण्यबुद्धिभिः ।
स्वार्थः सर्वात्मना ज्ञेयो यत्परात्मैकदर्शनम् ॥६३॥

etāvān eva manujair
yoga-naipuṇya-buddhibhiḥ
svārthaḥ sarvātmanā jñeyo
yat parātmaika-darśanam

etāvān—这么多 / eva—事实上 / manujaiḥ—被人 / yoga—靠由奉爱瑜伽与至尊相连的程序 / naipuṇya—具有专门的知识 / buddhi-bhiḥ—有智力的 / sva-arthaḥ—生命的最终目标 / sarva-ātmanā—用一切方法 / jñeyaḥ—被知道 / yat—……的 / para—超然的至尊主的 / ātma—和灵魂的 / eka—整体的 / darśanam—了解

译文 努力达到生命最高目标的人，必须敏锐地观察至尊绝对的人，以及因为整体与部分的关系而在质上与至尊人一样的生物。这是对生命的最高理解。没有比这更清楚的真相了。

第 64 节

त्वमेतच्छ्रद्धया राजन्नप्रमत्तो वचो मम ।
ज्ञानविज्ञानसम्पन्नो धारयन्नाशु सिध्यसि ॥६४॥

tvam etac chraddhayā rājann
apramatto vaco mama
jñāna-vijñāna-sampanno
dhārayann āśu sidhyasi

tvam－你 / etat－这 / śraddhayā－用坚定的信心和忠诚 / rājan－君王啊！ / apramattaḥ－没有发狂或得出任何其他结论 / vacaḥ－教导 / mama－我的 / jñāna-vijñāna-sampannaḥ－完全明了知识并在生活中应用 / dhārayan－接受 / āśu－非常快地 / sidhyasi－你将变得最完美

译文　君王啊！如果你接受我的这个结论，不依恋物质享乐，信心坚定地依靠我，从而变得精通并完全明了知识，把它实际运用到生活中，那你就将因为回到我身边而达到最高的完美境界。

第 65 节

श्रीशुक उवाच
आश्वास्य भगवानित्थं चित्रकेतुं जगद्गुरुः ।
पश्यतस्तस्य विश्वात्मा ततश्चान्तर्दधे हरिः ॥६५॥

śrī-śuka uvāca
āśvāsya bhagavān ittham
citraketuṁ jagad-guruḥ
paśyatas tasya viśvātmā
tataś cāntardadhe hariḥ

śrī-śukaḥ uvāca－圣舒卡戴瓦・哥斯瓦米说 / āśvāsya－担保 / bhagavān－至尊人格首神 / ittham－如此 / citraketum－祺陀凯图王 /

jagat-guruḥ－至高无上的灵性导师／paśyataḥ－看着时／tasya－他／viśva-ātmā－整个宇宙的超灵／tataḥ－从那／ca－也／antardadhe－消失／hariḥ－主哈尔依

译文 圣舒卡戴瓦·哥斯瓦米继续道：这样教导祺陀凯图并担保他以此方式变得完美后，作为至高无上的灵性导师、至尊灵魂的至尊人格首神桑卡尔珊，从祺陀凯图看到祂的地方消失了。

到此为止，结束了巴克提韦丹塔对《圣典博伽瓦谭》第6篇第16章——“祺陀凯图王遇见至尊主”所作的阐释。

第十七章

帕尔娃缇母亲诅咒祺陀凯图

下面概述了第十七章的内容。这第十七章讲述的是，祺陀凯图(Citraketu)因为与主希瓦(Śiva)开玩笑而得到一个恶魔的躯体。

自从与至尊人格首神面谈后，祺陀凯图王与维迪亚达尔(Vidyādhara)星球上的女士们乘坐他的飞机享受生活。他乘坐他的飞机在外天空旅行，致力于集体吟唱至尊主的荣耀。一天，在这样旅行时，他飞到了苏梅茹山上的一片树荫处的上方，在那里看到，由众多的神秘仙、查冉纳和伟大的圣人们环绕着的主希瓦，正在拥抱帕尔娃缇(Pārvatī)。看到在那种情况下的主希瓦，祺陀凯图大声笑了起来。这使帕尔娃缇对他十分生气，于是诅咒了他。这诅咒使祺陀凯图后来以维陀魔的形象出现。

然而，祺陀凯图一点都不害怕帕尔娃缇的诅咒，而是说："人类社会中的每一个人都根据过去的所作所为享乐或受苦，以此方式在物质世界里游荡。所以，除了他自己，没人对他的苦乐负责。生物受这个物质世界里物质自然影响的控制，但却以为自己是一切的实际作为者。在这个由至尊主的外在能量制成的物质世界里，生物有时被诅咒，有时受到优待，因此有时在高等星系中享受，有时在低等星球中受苦。但所有这些处境都一样，因为都在物质世界里。它们都是短暂的，所以没有一种境况属于真正的存在。尽管物质世界的创造、维系和毁灭都在至尊人格首神的控制下进行，但祂在物质世界里发生的所有这些时间和空间的各种变化中仍保持超然不变，因此至尊人格首神是最高的控制者。至尊人格首神的外在能量——物质能量，负责控制这个物质世界。至尊主通过为住在其中的生物创造各种环境帮助他们。"

当祺陀凯图说这番话时，有主希瓦和帕尔娃缇临在盛大聚会中所有的成员都被震惊了。接着，主希瓦谈起有关至尊主的奉献者。在生活的所有境况中，无论是生活在天堂星球还是地狱星球，是从物质世界解脱出来还是受其制约，是受祝福享受快乐还是成为受苦的对象，奉献者都始终保持超然中立的状态。那些境况都不过是外在能量制造的相对性而已。生物虽然是至尊主不可缺少的一部分，但却受外在能量的影响，接受粗糙和精微的物质躯体，很显然地在这种如梦似幻的状态中遭受痛苦。所谓的半神人以为他们都是独立的神明，所以不能正确了解众生都是至尊者的一部分。这一章以赞美奉献者和至尊人格首神作为结束。

第 1 节

श्रीशुक उवाच
यतश्चान्तर्हितोऽनन्तस्तस्यै कृत्वा दिशे नमः ।
विद्याधरश्चित्रकेतुश्चचार गगने चरः ॥१॥

śrī-śuka uvāca
yataś cāntarhito 'nantas
tasyai kṛtvā diśe namaḥ
vidyādharaś citraketuś
cacāra gagane caraḥ

śrī-śukaḥ uvāca一圣舒卡戴瓦·哥斯瓦米说 / yataḥ一在……的(方向) / ca一和 / antarhitaḥ一消失 / anantaḥ一不受限制的至尊人格首神 / tasyai一向那 / kṛtvā一在致上……后 / diśe一方向 / namaḥ一顶礼 / vidyādharaḥ一维迪亚达尔星球的君王 / citraketuḥ一祺陀凯图 / cacāra一旅行 / gagane一在外太空 / caraḥ一移动

译文 圣舒卡戴瓦·哥斯瓦米说：祺陀凯图向至尊人格首神阿南塔消失的方向顶礼后，开始作为维迪亚达尔星球居民们的领袖在外太空旅行。

第2—3节

स लक्षं वर्षलक्षाणामव्याहतबलेन्द्रियः ।
स्तूयमानो महायोगी मुनिभिः सिद्धचारणैः ॥ २ ॥

कुलाचलेन्द्रद्रोणीषु नानासङ्कल्पसिद्धिषु ।
रेमे विद्याधरस्त्रीभिर्गापयन् हरिमीश्वरम् ॥ ३ ॥

sa lakṣaṁ varṣa-lakṣāṇām
avyāhata-balendriyaḥ
stūyamāno mahā-yogī
munibhiḥ siddha-cāraṇaiḥ

kulācalendra-droṇīṣu
nānā-saṅkalpa-siddhiṣu
reme vidyādhara-strībhir
gāpayan harim īśvaram

saḥ—他(祺陀凯图) / lakṣam—十万 / varṣa—年的 / lakṣāṇām—十万 / avyāhata—没有阻碍 / bala-indriyaḥ—感官力量……的 / stūyamānaḥ—被颂扬 / mahā-yogī—伟大的神秘瑜伽师 / munibhiḥ—被圣洁的人 / siddha-cāraṇaiḥ—被神秘仙星球和查冉纳星球的居民 / kulācalendra-droṇīṣu—在名叫库拉查兰铎或苏梅茹巨山的山谷 / nānā-saṅkalpa-siddhiṣu—完美地具有所有种类的神秘力量的人居住的地方 / reme—享受 / vidyādhara-strībhiḥ—与维迪亚达尔星球的女士 / gāpayan—引起颂扬 / harim—至尊人格首神哈尔依 / īśvaram—控制者

译文　最强大有力的神秘瑜伽师祺陀凯图，受到伟大的圣哲及神秘仙星球、查冉纳星球上居民的颂扬。他四处漫游享受生活达几百万年之久。他带着强健的身体和不退化的感官，在可以得到各种神通的苏梅茹山的山谷中旅行。在那些山谷中，他与维迪亚达尔星球的女士一起歌唱至尊主哈尔依的荣耀，以此方式享受生活。

要旨 要了解的是，尽管祺陀凯图王身边围绕着来自维迪亚达尔星球的美女，但他却并没有忘记以歌唱至尊主圣名的方式赞美至尊主。经典记载的史实中有许多地方证明，我们应该了解，不受物质环境的污染且致力于歌唱至尊主荣耀的纯粹奉献者是完美的。

第4—5节

एकदा स विमानेन विष्णुदत्तेन भास्वता ।
गिरिशं ददृशे गच्छन् परीतं सिद्धचारणैः ॥ ४ ॥

आलिङ्ग्याङ्कीकृतां देवीं बाहुना मुनिसंसदि ।
उवाच देव्याः शृण्वन्त्या जहासोच्चैस्तदन्तिके ॥ ५ ॥

ekadā sa vimānena
viṣṇu-dattena bhāsvatā
giriśaṁ dadṛśe gacchan
parītaṁ siddha-cāraṇaiḥ

āliṅgyāṅkīkṛtāṁ devīṁ
bāhunā muni-saṁsadi
uvāca devyāḥ śṛṇvantyā
jahāsoccais tad-antike

ekadā—一次 / saḥ—他(祺图凯图王) / vimānena—乘坐他的飞机 / viṣṇu-dattena—由主维施努赐予他 / bhāsvatā—闪闪发亮 / giri-śam—主希瓦 / dadṛśe—他看见 / gacchan—去 / parītam—围绕 / sid-dha—被神秘仙星球的居民 / cāraṇaiḥ—和查冉纳星球的居民 / āliṅ-gya—拥抱 / aṅkīkṛtām—坐在他腿上 / devīm—他的妻子帕尔娃缇 / bāhunā—用他的手臂 / muni-saṁsadi—在伟大圣洁的人面前 / uvāca—他说 / devyāḥ—在帕尔娃缇女神……时 / śṛṇvantyāḥ—听着 / jahāsa—他大笑 / uccaiḥ—十分大声 / tad-antike—在附近

译文　一次，当祺图凯图王乘坐着主维施努给他的放射着灿烂光芒的飞机在外太空中旅行时，他看到由神秘仙和查冉纳们围绕着的主希瓦。主希瓦坐在聚会的伟大圣洁的人当中，正用一只手臂抱着坐在他腿上的帕尔娃缇。祺陀凯图在帕尔娃缇可以听到的范围内大笑着说了如下一番话。

要旨　就有关这一点，圣维施瓦纳特·查夸瓦尔提·塔库尔(Viśvanātha Cakravartī Ṭhākura)说：

bhaktiṁ bhūtiṁ harir dattvā
sva-vicchedānubhūtaye
devyāḥ śāpena vṛtratvaṁ
nītvā taṁ svāntike 'nayat

这首诗的大意是，至尊人格首神想要尽快将祺陀凯图带回外琨塔(Vaikuṇṭhaloka)。至尊主的计划是：让祺陀凯图受到帕尔娃缇的诅咒变成维陀魔(Vṛtrāsura)，以便他来生能很快地回归家园，回到首神身边。以恶魔身份行事的奉献者靠至尊主的仁慈被带回神的王国的实例有很多。作为夫妻，主希瓦拥抱帕尔娃缇本是很自然的事，这对祺陀凯图来说并没有什么特别的，但他却在看到主希瓦那样做时放声大笑，尽管他不该那样做。因此，他受到诅咒，而这诅咒是诅咒他回归家园，回到首神身边。

第6节

चित्रकेतुरुवाच
एष लोकगुरुः साक्षाद्धर्मं वक्ता शरीरिणाम् ।
आस्ते मुख्यः सभायां वै मिथुनीभूय भार्यया ॥ ६ ॥

citraketur uvāca
eṣa loka-guruḥ sākṣād
dharmaṁ vaktā śarīriṇām
āste mukhyaḥ sabhāyāṁ vai
mithunī-bhūya bhāryayā

citraketuḥ uvāca－祺图凯图王说 / eṣaḥ－这 / loka-guruḥ－遵守韦达训示之人的灵性导师 / sākṣāt－直接地 / dharmam－宗教的 / vaktā－说话者 / śarīriṇām－为接受了物质躯体的众生 / āste－坐 / mukhyaḥ－首脑 / sabhāyām－在一个聚会中 / vai－事实上 / mithunī-bhūya－抱着 / bhāryayā－与他妻子

译文 祺陀凯图说：大众的灵性导师主希瓦，是接受了物质躯体的众生中最优秀的人。他宣布了宗教系统。然而，他却在伟大圣洁之人的聚会中抱着他的妻子帕尔娃缇。这太奇妙了。

第7节

जटाधरस्तीव्रतपा ब्रह्मवादिसभापतिः ।
अङ्कीकृत्य स्त्रियं चास्ते गतह्रीः प्राकृतो यथा ॥ ७ ॥

jaṭā-dharas tīvra-tapā
brahmavādi-sabhā-patiḥ
aṅkīkṛtya striyaṁ cāste
gata-hrīḥ prākṛto yathā

jaṭā-dharaḥ－有着缠结的头发 / tīvra-tapāḥ－因为从事了艰巨的苦行而极为进步 / brahma-vādi－奉行韦达原则的人的 / sabhā-patiḥ－聚会的主席 / aṅkīkṛtya－抱着 / striyam－一个女人 / ca－和 / āste－坐 / gata-hrīḥ－没有羞耻心 / prākṛtaḥ－受物质自然制约的人 / yathā－好似

译文 头发缠结在头上的主希瓦，无疑从事了艰巨的苦行。事实上，他是严格奉行韦达原则之人聚会的主席。尽管如此，他与在他膝上的妻子一起坐在圣洁之人当中，而且像个毫无羞耻心的普通人一样抱着她。

要旨　祺陀凯图欣赏主希瓦的崇高地位，因此评论说，主希瓦像普通人一样行事，真是太奇妙了。他明白主希瓦的地位，但看到主希瓦坐在圣洁之人当中并像个毫无羞耻心的普通人一样行事时感到惊讶。圣维施瓦纳特·查夸瓦尔提·塔库尔评论说：祺陀凯图虽然批评主希瓦，但并没有像达卡沙(Dakṣa)那样冒犯主希瓦。达卡沙认为主希瓦微不足道，但祺陀凯图是表达他看到主希瓦的那种做法时感到的惊奇。

第8节

प्रायशः प्राकृताश्चापि स्त्रियं रहसि बिभ्रति ।
अयं महाव्रतधरो बिभर्ति सदसि स्त्रियम् ॥ ८ ॥

prāyaśaḥ prākṛtāś cāpi
striyaṁ rahasi bibhrati
ayaṁ mahā-vrata-dharo
bibharti sadasi striyam

prāyaśaḥ—一般地 / prākṛtāḥ—受制约的灵魂 / ca—还有 / api—虽然 / striyam——个女人 / rahasi—在没他人的地方 / bibhrati—拥抱 / ayam—这(主希瓦) / mahā-vrata-dharaḥ—伟大誓言和苦修的导师 / bibharti—享受 / sadasi—在伟大的圣洁之人的聚会中 / striyam—他妻子

译文　普通受制约的人一般是在没他人的地方拥抱他们的妻子，享受其陪伴。主玛哈戴瓦虽然是苦修的伟大导师，却当着众人的面，在伟大圣洁之人的聚会中公开拥抱他妻子。这真是太神奇了。

要旨　诗中“伟大誓言和苦修的导师(mahā-vrata-dharaḥ)”一句是指永不堕落的贞守生(brahmacārī)。主希瓦被视为是最优秀的瑜伽师(yogī)，但却当着众多伟大圣洁之人的面拥抱他妻子。祺陀凯图欣赏主希瓦的伟大，甚至在那种情况下都不受影响。因此，祺陀凯图并非冒犯者；他只不过是在表达他的惊讶。

第9节

श्रीशुक उवाच
भगवानपि तच्छ्रुत्वा प्रहस्यागाधधीर्नृप ।
तूष्णीं बभूव सदसि सभ्याश्च तदनुव्रताः ॥ ९ ॥

śrī-śuka uvāca
bhagavān api tac chrutvā
prahasyāgādha-dhīr nṛpa
tūṣṇīṁ babhūva sadasi
sabhyāś ca tad-anuvratāḥ

śrī-śukaḥ uvāca－圣舒卡戴瓦・哥斯瓦米说 / bhagavān－主希瓦 / api－还有 / tat－那 / śrutvā－听着 / prahasya－微笑着 / agādha-dhīḥ－智力深不可测的 / nṛpa－君王啊！ / tūṣṇīm－沉默的 / babhūva－保持 / sadasi－在聚会中 / sabhyāḥ－每个聚会的人 / ca－和 / tat-anuvratāḥ－跟着主希瓦(保持沉默)

译文 圣舒卡戴瓦・哥斯瓦米继续道：我亲爱的君王，拥有深不可测知识的、最强大的人物主希瓦，听了祺陀凯图的话后只是微笑着保持沉默，所有的与会者也都随着主希瓦保持沉默。

要旨 祺陀凯图批评主希瓦的目的有些不可思议，无法被普通人所理解。然而，圣维施瓦纳特・查夸瓦尔提・塔库尔这样评论说：作为最崇高的外士纳瓦(Vaiṣṇava)，以及最强有力的半神人之一，主希瓦能够按他的意愿做任何事情；尽管他表面上做出普通人的举动，不按礼节行事，但这种行为并不能减弱他的崇高地位。问题在于，普通人看到主希瓦的行为举止，就有可能模仿他。正如《博伽梵歌》(Bhagavad-gītā)第3章的第21节诗说明：

yad yad ācarati śreṣṭhas
tat tad evetaro janaḥ
sa yat pramāṇaṁ kurute
lokas tad anuvartate

“无论伟人做什么，普通人就会跟着做；无论伟人以模范行为建立什么标准，整个世界都会遵从。”普通人也有可能批评主希瓦，结果像达克沙一样因为那种批评而遭受痛苦。祺陀凯图王想要主希瓦停止从事这种表面上不合常理的行为，以避免他人有可能批评他，从而变成冒犯者。如果人认为至尊人格首神维施努是唯一完美的人物，而半神人，甚至是主希瓦这样的半神人，都有从事不恰当行为的倾向，他就是个冒犯者。

考虑到所有这些，祺陀凯图王对主希瓦有些严厉。始终沉浸在深厚知识中的主希瓦能够了解祺陀凯图的用意，因此一点儿都不生气，相反只是微笑着保持沉默。围绕着主希瓦的聚会成员也都能了解祺陀凯图的用意。因此，他们按照主希瓦所做出的示范，也都没有出声表示反对，而是跟他们的导师一样保持沉默。如果与会成员认为祺陀凯图王亵渎主希瓦，他们无疑就会立刻离开，用他们的手捂住他们的耳朵。

第10节

इत्यतद्वीर्यविदुषि ब्रुवाणे बह्वशोभनम् ।
रुषाह देवी धृष्टाय निर्जितात्माभिमानिने ॥१०॥

ity atad-vīrya-viduṣi
bruvāṇe bahv-aśobhanam
ruṣāha devī dhṛṣṭāya
nirjitātmābhimānine

iti—如此 / a-tat-vīrya-viduṣi—当不知道主希瓦能力的祺陀凯图 / bruvāṇe—说 / bahu-aśobhanam—不符合标准的(对崇高的主希瓦的批评) / ruṣā—满腔怒火 / āha—说 / devī—帕尔娃缇女神 / dhṛṣṭāya—向不知羞耻的祺陀凯图 / nirjita-ātma—作为一个已经控制住自己感官的人 / abhimānine—以为自己

译文 祺陀凯图不知道主希瓦和帕尔娃缇的非凡能力，继续强硬地批评他们。他的话一点都不令人愉快，帕尔娃缇女神于是满腔怒火地对自以为能比主希瓦更好地控制感官的祺陀凯图说了如下一番话。

要旨 祺陀凯图虽然并不是要羞辱主希瓦，但不该批评他，尽管他的行为违反社会习俗。经典中说：应该了解，极其强大的人是没有缺点的(tejīyasāṁ na doṣāya)。例如：尽管太阳蒸发掉街道上的尿液，人也不该寻找太阳的缺点。普通人，甚至是伟大的人物，不能批评最强有力者。祺陀凯图应该知道：尽管主希瓦以那种方式坐着，但不该受到批评。问题在于：祺陀凯图成为主维施努(桑卡尔珊)的优秀奉献者并得到主桑卡尔珊的喜爱后有些骄傲，因此以为他现在可以批评任何人，甚至主希瓦了。奉献者的这种骄傲永远都得不到宽恕。外士纳瓦应该始终都很谦卑、柔顺并尊敬他人。

tṛṇād api sunīcena
taror api sahiṣṇunā
amāninā mānadena
kīrtanīyaḥ sadā hariḥ

“人应该以谦卑的心态吟诵、吟唱至尊主的圣名，认为自己比路上的一根稻草还要谦卑。人应该比一棵树还要宽容、忍受，没有丝毫的虚荣感，随时愿意向他人致以所有的敬意。怀着这种心态，人可以不断地吟诵、吟唱至尊主的圣名。”外士纳瓦不该试图降低他人的地位。最好是保持谦卑、柔顺，同时吟诵、吟唱哈瑞·奎师那曼陀(Hare Kṛṣṇa mantra)。梵文“以为自己已经能控制住自己的感官(nirjitātmābhimānine)”一句说明：祺陀凯图以为自己比主希瓦更好地控制了感官，尽管事实并非如此。考虑到这些，帕尔娃缇母亲对祺陀凯图感到生气。

第 11 节

श्रीपार्वत्युवाच
अयं किमधुना लोके शास्ता दण्डधरः प्रभुः ।
अस्मद्विधानां दुष्टानां निर्लज्जानां च विप्रकृत् ॥११॥

śrī-pārvaty uvāca
ayaṁ kim adhunā loke
śāstā daṇḍa-dharaḥ prabhuḥ
asmad-vidhānāṁ duṣṭānāṁ
nirlajjānāṁ ca viprakṛt

śrī-pārvatī uvāca－帕尔娃缇女神说 / ayam－这 / kim－是否 / adhunā－现在 / loke－在这世上 / śāstā－至尊控制者 / daṇḍa-dharaḥ－负责惩罚的人 / prabhuḥ－主人 / asmat-vidhānām－像我们一样的人的 / duṣṭānām－罪犯 / nirlajjānām－无耻的 / ca－和 / viprakṛt－约束者

译文 帕尔娃缇女神说：哎哟，这个狂妄自大的人如今得到一个惩罚像我们这种无耻之人的职位了吗？他被委任当统治者，负责惩罚吗？他现在是一切唯一的主人了吗？

第 12 节

न वेद धर्मं किल पद्मयोनि-
र्न ब्रह्मपुत्रा भृगुनारदाद्याः ।
न वै कुमारः कपिलो मनुश्च
ये नो निषेधन्त्यतिवर्तिनं हरम् ॥१२॥

na veda dharmaṁ kila padmayonir
na brahma-putrā bhṛgu-nāradādyāḥ
na vai kumāraḥ kapilo manuś ca
ye no niṣedhanty ati-vartinaṁ haram

na一不 / veda一知道 / dharmam一宗教原则 / kila一事实上 / padma-yoniḥ一主布茹阿玛 / na一也不 / brahma-putrāḥ一主布茹阿玛的儿子 / bhṛgu一布瑞古 / nārada一纳茹阿达 / ādyāḥ一以及……等 / na一也不 / vai一事实上 / kumāraḥ一库玛尔四兄弟(萨纳卡、萨纳特·库玛尔、萨南达和萨纳坦) / kapilaḥ一主卡皮拉 / manuḥ一玛努本人 / ca一和 / ye一……的 / no一不 / niṣedhanti一命令停止 / ati-vartinam一超越法律和命令的 / haram一主希瓦

译文 唉呀，生自莲花的主布茹阿玛不知道宗教原则，布瑞古、纳茹阿达及以萨纳特·库玛尔为首的库玛尔四兄弟等伟大的圣洁之人也都不知道。玛努和卡皮拉也忘了宗教原则。我猜想正是这原因，他们才没试图阻止主希瓦的不当行为。

第 13 节

एषामनुध्येयपदाब्जयुग्मं
जगद्गुरुं मङ्गलमङ्गलं स्वयम् ।
यः क्षत्रबन्धुः परिभूय सूरीन्
प्रशास्ति धृष्टस्तदयं हि दण्ड्यः ॥१३॥

eṣām anudhyeya-padābja-yugmaṁ
jagad-guruṁ maṅgala-maṅgalaṁ svayam
yaḥ kṣatra-bandhuḥ paribhūya sūrīn
praśāsti dhṛṣṭas tad ayaṁ hi daṇḍyaḥ

eṣām一所有这些(崇高之人)的 / anudhyeya一始终冥想…… / pada-abja-yugmam一……的莲花足的 / jagat-gurum一整个世界的灵性

导师 / maṅgala-maṅgalam一最高宗教原则的人格化身 / svayam一他自己 / yaḥ一……的他 / kṣatra-bandhuḥ一最低级的查锤亚 / paribhū-ya一置于……之上 / sūrīn一半神人(布茹阿玛等) / praśāsti一斥责 / dhṛṣṭaḥ一放肆地 / tat一因此 / ayam一这个人 / hi一实际上 / daṇ-ḍyaḥ一被惩罚

译文　这个祺陀凯图是最低级的查锤亚，因为布茹阿玛和其他半神人都冥想主希瓦的莲花足，而他却通过侮辱主希瓦，放肆地将自己置于布茹阿玛和其他半神人之上。主希瓦是宗教的人格化身，整个世界的灵性导师，所以祺陀凯图必须受到惩罚。

要旨　当时聚会的全体成员都是崇高的布茹阿玛纳(brāhma-ṇa, 婆罗门)，以及觉悟了自我的灵魂，但他们并没有对主希瓦拥抱坐在他腿上的帕尔娃缇女神这一举动说任何话。然而，祺陀凯图却批评主希瓦，因此帕尔娃缇认为他该受到惩罚。

第 14 节

नायमर्हति वैकुण्ठपादमूलोपसर्पणम् ।
सम्भावितमतिः स्तब्धः साधुभिः पर्युपासितम् ॥१४॥

nāyam arhati vaikuṇṭha-
pāda-mūlopasarpaṇam
sambhāvita-matiḥ stabdhaḥ
sādhubhiḥ paryupāsitam

na一不 / ayam一这个人 / arhati一值得 / vaikuṇṭha-pāda-mūla-upasarpaṇam一靠近主维施努莲花足的庇护 / sambhāvita-matiḥ一认为他自己很受人尊敬 / stabdhaḥ一放肆地 / sādhubhiḥ一被伟大圣洁的人 / paryupāsitam一崇拜

译文 因为自己的成就而骄傲的人会想“我是最优秀的”。他厚颜无耻地以为自己极为重要，因此根本不配得到受到全体圣洁之人崇拜的主维施努莲花足的庇护。

要旨 奉献者如果以为自己在奉爱服务的路途上很进步，就被认为是骄傲，不配坐在至尊主的莲花足旁得到庇护。对此，我们再次重复主柴坦亚的教导：

tṛṇād api sunīcena
taror api sahiṣṇunā
amāninā mānadena
kīrtanīyaḥ sadā hariḥ

“人应该以谦卑的心态吟诵、吟唱至尊主的圣名，认为自己比路上的一根稻草还要卑微。人应该比一棵树还要宽容、忍受，没有丝毫的虚荣感，随时愿意向他人致以所有的敬意。怀着这种心态，人可以不断地吟诵、吟唱至尊主的圣名。”人除非谦卑、柔顺，否则不可能有资格坐在至尊主的莲花足旁。

第 15 节

अतः पापीयसीं योनिमासुरीं याहि दुर्मते ।
यथेह भूयो महतां न कर्ता पुत्र किल्बिषम् ॥१५॥

ataḥ pāpīyasīṁ yonim
āsurīṁ yāhi durmate
yatheha bhūyo mahatāṁ
na kartā putra kilbiṣam

ataḥ－因此 / pāpīyasīm－最罪恶的 / yonim－到……的物种中 / āsurīm－恶魔的 / yāhi－去 / durmate－哼，放肆无礼之人！ / yathā－以致 / iha－在这世上 / bhūyaḥ－再次 / mahatām－对伟人 / na－不 / kartā－将犯 / putra－我亲爱的儿子 / kilbiṣam－任何冒犯

译文　哼，放肆无礼之人，我亲爱的儿子！现在投生到恶魔那低等罪恶的家中去吧，以便不再这样冒犯这个世界中崇高、圣洁的人。

要旨　主希瓦是最优秀的外士纳瓦，人应该十分小心不要冒犯外士纳瓦的莲花足。圣柴坦亚·玛哈帕布在教导圣茹帕·哥斯瓦米(Rūpa Gosvāmī)时，将对奉献者莲花足的冒犯描述为是疯狂的大象(hātī mātā)。疯狂的大象进入一座美丽的花园时，将毁坏整座花园。同样，一个人如果变得像一头疯狂的大象般冒犯外士纳瓦的莲花足，他灵性的生涯便停止不前。因此，人应该十分谨慎不要冒犯外士纳瓦的莲花足。

至尊父亲玛哈戴瓦(Mahādeva)——主希瓦，是在这个物质世界里受制约的众生的父亲，所以帕尔娃缇母亲有正当地理由为祺陀凯图放肆地批评主希瓦而惩罚他。杜尔嘎(Durgā)女神被称为母亲，主希瓦被称为父亲。纯粹的外士纳瓦应该很谨慎地履行自己的特定职责，不批评他人。这是最安全的状况。否则，有批评他人倾向的人，就有可能犯下批评外士纳瓦的严重冒犯。

祺陀凯图无疑是位外士纳瓦，所以有可能对帕尔娃缇诅咒他感到惊讶。为此，帕尔娃缇女神称他为儿子(putra)。众生都是杜尔嘎母亲的儿子，但她并非是一个普通的母亲。恶魔的行为一旦出现一些偏差，杜尔嘎母亲就立刻惩罚恶魔，以使他清醒过来。对此，《博伽梵歌》第7章的第14节诗记载，主奎师那解释说：

daivī hy eṣā guṇamayī
mama māyā duratyayā
mām eva ye prapadyante
māyām etāṁ taranti te

“我这由物质自然三种属性组成的神性能量难以克服。但是，皈依我的人却能轻易地跨越它。”皈依奎师那也意味着皈依祂的奉献者，因为如果不能当奉献者的好仆人，就无法称为奎师那的好仆人。不侍奉奎师那仆人的人，无法被提升当奎师那本人的仆人(chāḍiyā vaiṣṇava-sevā nistāra pāyeche kebā)。正因为如此，帕尔娃缇母亲就像母亲对自己那淘气的儿子说话一样对祺陀凯图说："亲爱的孩子，我惩罚你是为了让你今后不再这么做。"母亲这种惩罚自己孩子的倾向，甚至在当了至尊人格首神母亲的雅首达身上也能看到。雅首达母亲用捆绑奎师那和用棍子吓唬祂的方式惩罚祂。惩罚自己心爱的儿子是母亲的责任，就连奎师那的娱乐活动中也展示了这一点。因此应该明白，杜尔嘎母亲对祺陀凯图的惩罚是合理的。这惩罚对祺陀凯图来说是一个恩惠，因为他投生为维陀魔后，下一生被直接提升到了灵性世界外琨塔。

第 16 节

श्रीशुक उवाच
एवं शप्तश्चित्रकेतुर्विमानादवरुह्य सः ।
प्रसादयामास सतीं मूर्ध्ना नम्रेण भारत ॥१६॥

śrī-śuka uvāca
evaṁ śaptaś citraketur
vimānād avaruhya saḥ
prasādayām āsa satīṁ
mūrdhnā namreṇa bhārata

śrī-śukaḥ uvāca—圣舒卡戴瓦·哥斯瓦米说 / evam—如此 / śaptaḥ—诅咒 / citraketuḥ—祺陀凯图王 / vimānāt—从他的飞机 / avaruhya—下来 / saḥ—他 / prasādayām āsa—使十分满意 / satīm—帕尔娃缇 / mūrdhnā—用他的头 / namreṇa—低下 / bhārata—帕瑞克西特王啊！

译文 圣舒卡戴瓦·哥斯瓦米继续道：我亲爱的帕瑞克

西特王，祺陀凯图被帕尔娃缇诅咒时，从他的飞机上下来，极其谦卑地向她顶礼，使她十分满意。

第 17 节

चित्रकेतुरुवाच
प्रतिगृह्णामि ते शापमात्मनोऽञ्जलिनाम्बिके ।
देवैर्मर्त्याय यत्प्रोक्तं पूर्वदिष्टं हि तस्य तत् ॥१७॥

citraketur uvāca
pratigṛhṇāmi te śāpam
ātmano 'ñjalināmbike
devair martyāya yat proktaṁ
pūrva-diṣṭaṁ hi tasya tat

citraketuḥ uvāca—祺陀凯图王说 / pratigṛhṇāmi—我接受 / te—您的 / śāpam—诅咒 / ātmanaḥ—我自己 / añjalinā—双手合十 / ambike—母亲啊！ / devaiḥ—被半神人 / martyāya—对一个凡人 / yat—……的 / proktam—指定 / pūrva-diṣṭam—根据一个人过去的行为而事先被决定 / hi—事实上 / tasya—他的 / tat—那

译文　祺陀凯图说：亲爱的母亲，我双手合十地接受您对我的诅咒。我不在乎诅咒，因为半神人所给予的快乐和痛苦都是人过去行为的结果。

要旨　祺陀凯图是至尊主的奉献者，所以内心一点儿都不受帕尔娃缇母亲诅咒的打扰。他很清楚，一个人受苦或享乐都是更高的权威(daiva-netra)——至尊人格首神的代理，按照其过去从事的活动所做的安排。他知道他并没有冒犯主希瓦或帕尔娃缇女神的莲花足，但还是要受到惩罚，这意味着那惩罚是天意，因此他并不在乎它。奉献者自然很谦卑、顺从，所以将生活中的任何处境当做是至尊主的祝福加以接受。《圣典博伽瓦谭》第10篇第

14章的第8节诗说：奉献者总是将他人给予的惩罚当做至尊主的仁慈加以接受(tat te 'nukampāṁ susamīkṣamāṇaḥ)。秉持这种生命概念生活的人，面临任何逆境都认为是由自己过去的错误行为所致，因此从不抱怨任何人；相反由于被承受的痛苦净化而越来越依恋至尊人格首神。所以，受苦也是净化的一个过程。

就有关这一点，圣维施瓦纳特·查夸瓦尔提·塔库尔说，发展出奎师那意识并沉浸在对奎师那的爱中的人，不再是由业报法律控制的受苦或享乐对象。事实上，他超越业报定律。《布茹阿玛·萨密塔》(Brahma-saṁhitā)中说：奉献者因为做奉爱服务而免于活动的反应(karmāṇi nirdahati kintu ca bhakti-bhājām)。就有关这一原则，《博伽梵歌》第14章的第26节诗中也证实说：做奉爱服务的人已经被免除物质活动的反应，因此立刻变得超然(brahma-bhūta)。对此，《圣典博伽瓦谭》(Śrīmad-Bhāgavatam)第1篇第2章的第21节诗也表示：在达到爱神的阶段之前，人首先要清除功利性活动的反应(kṣīyante cāsya karmāṇi)。

至尊主十分仁慈，对祂的奉献者充满深情，所以奉献者在任何情况下都不受功利性活动结果的制约。奉献者从不向往天堂星球。天堂星球、解脱和地狱对奉献者来说没有区别，因为他对物质世界里的不同处境不作区分。奉献者总是渴望回归家园，回到首神身边，作为至尊主的同伴留在那里。这种渴望在奉献者的心中变得越来越强烈，使奉献者根本不在乎生活中遇到的物质危险。圣维施瓦纳特·查夸瓦尔提·塔库尔评论说：应该把祺陀凯图王被帕尔娃缇诅咒的事，看做是至尊主的仁慈。至尊主想让祺陀凯图尽快地回到首神身边，所以以此方式终结他过去所为的一切报应。处在众生心中的至尊主透过帕尔娃缇的心行事，让她诅咒祺陀凯图，以此了结他所有的物质活动报应。正因为如此，祺陀凯图来生成了维陀魔，之后回归家园，回到首神身边。

第 18 节

संसारचक्र एतस्मिञ्जन्तुरज्ञानमोहितः ।
भ्राम्यन् सुखं च दुःखं च भुङ्क्ते सर्वत्र सर्वदा ॥१८॥

saṁsāra-cakra etasmiñ
jantur ajñāna-mohitaḥ
bhrāmyan sukhaṁ ca duḥkhaṁ ca
bhuṅkte sarvatra sarvadā

saṁsāra-cakre－在物质存在之轮上 / etasmin－这 / jantuḥ－生物体 / ajñāna-mohitaḥ－被愚昧迷惑 / bhrāmyan－游荡 / sukham－快乐 / ca－和 / duḥkham－痛苦 / ca－还有 / bhuṅkte－他经历 / sarvatra－无论何地 / sarvadā－总是

译文 被愚昧蒙蔽的生物在这个物质世界的森林中游荡，无论何时何地都在因过去行为的结果而享乐或受苦。(因此，我亲爱的母亲，你我都不该受这事件的指责。)

要旨 《博伽梵歌》第3章的第27节诗证实说：

prakṛteḥ kriyamāṇāni
guṇaiḥ karmāṇi sarvaśaḥ
ahaṅkāra-vimūḍhātmā
kartāham iti manyate

“灵魂受假我的迷惑，以为是自己在活动，却不知道，其实是物质自然三种属性在活动。”事实上，受制约的灵魂完全被物质自然所控制。始终在到处游荡的他，受制于他过去活动的结果。这一切都由自然法律在操作，但灵魂却愚蠢地以为自己是掌控者；可事实并非如此。要摆脱自己的业报之轮(karma-cakra)，人应该采取做奉爱服务(bhakti-mārga)，也就是培养奎师那意识的方法。这是唯一的补救方法。主奎师那说：抛弃一切种类的宗教，只向我皈依(sarva-dharmān parityajya mām ekaṁ śaraṇaṁ vraja)。

第 19 节

नैवात्मा न परश्चापि कर्ता स्यात्सुखदुःखयोः ।
कर्तारं मन्यतेऽत्राज्ञ आत्मानं परमेव च ॥१९॥

naivātmā na paraś cāpi
kartā syāt sukha-duḥkhayoḥ
kartāraṁ manyate 'trājña
ātmānaṁ param eva ca

na－不 / eva－事实上 / ātmā－灵性的灵魂 / na－也不 / paraḥ－另一个(朋友或敌人) / ca－还有 / api－确实地 / kartā－行为者 / syāt－可以是 / sukha-duḥkhayoḥ－快乐和痛苦的 / kartāram－行为者 / manyate－认为 / atra－有关这方面 / ajñaḥ－没有察觉真相的人 / ātmānam－他自己 / param－另一个 / eva－事实上 / ca－也

译文 在这个物质世界里，无论是生物本身，还是他人(朋友或敌人)，都不是物质苦乐的引发者。但由于十足的愚昧，生物以为自己和他人是起因。

要旨 这节诗文中的“没有察觉真相的人(ajña)”一词十分重要。物质世界里的众生在不同程度上都是无知的。物质愚昧属性的作用，使这种无知的情况牢固地持续下去。为此，人必须靠自己的所作所为将自己提升到善良属性的层面上，接着再逐渐升上超然的层面(adhokṣaja)。一切都在至尊人格首神的监控下运行。因果业报定律始终在起作用(niyatam)。

第 20 节

गुणप्रवाह एतस्मिन् कः शापः को न्वनुग्रहः ।
कः स्वर्गो नरकः को वा किं सुखं दुःखमेव वा ॥२०॥

guṇa-pravāha etasmin
kaḥ śāpaḥ ko nv anugrahaḥ

kaḥ svargo narakaḥ ko vā
kiṁ sukhaṁ duḥkham eva vā

guṇa-pravāhe－在物质自然属性的水流中 / etasmin－这 / kaḥ－什么 / śāpaḥ－诅咒 / kaḥ－什么 / nu－事实上 / anugrahaḥ－恩惠 / kaḥ－什么 / svargaḥ－提升至天堂星球 / narakaḥ－地狱 / kaḥ－什么 / vā－或者 / kim－什么 / sukham－快乐 / duḥkham－痛苦 / eva－事实上 / vā－或者

译文　这物质世界恰似一直在流动的河水中的波涛。因此，什么是诅咒和恩惠？什么是天堂星球和地狱星球？什么是真正的快乐和痛苦？由于波涛不断地流动，这一切都没有永恒的作用。

要旨　圣巴克提维诺德·塔库尔歌唱道：这个物质世界里的我亲爱的生物，你们为何被物质自然属性的波涛带走[(miche) māyāra vaśe, yāccha bhese', khāccha hābuḍubu, bhāi]？如果生物尝试了解他是奎师那的仆人，他将不再受苦[(jīva) kṛṣṇa-dāsa, ei viśvāsa, karle ta' āra duḥkha nāi]。奎师那要我们放弃其他的安排，只皈依祂。如果我们这么做，哪里还会有这物质世界中的因果？对皈依的灵魂来说，世上不存在因果这回事。就有关这一点，圣维施瓦纳特·查夸瓦尔提·塔库尔说：被置于这个物质世界中，恰似被抛入盐矿。掉到盐矿中的人，无论到哪里，品尝到的都是盐。同样，这个物质世界是充满了痛苦的世界，所谓的短暂快乐也是痛苦，只是处在愚昧状态中的我们无法明白这一点而已。这就是真实状况。人一旦清醒过来——变得具有奎师那意识，便不再关心这个物质世界的各种情况，不再关心苦乐、诅咒或恩惠，以及天堂或地狱。这些在他看来不再有区别。

第 21 节

एकः सृजति भूतानि भगवानात्ममायया ।
एषां बन्धं च मोक्षं च सुखं दुःखं च निष्कलः ॥२१॥

ekaḥ sṛjati bhūtāni
bhagavān ātma-māyayā
eṣāṁ bandhaṁ ca mokṣaṁ ca
sukhaṁ duḥkhaṁ ca niṣkalaḥ

ekaḥ－独一无二 / sṛjati－创造 / bhūtāni－不同种类的生物 / bhagavān－至尊人格首神 / ātma-māyayā－凭祂个人的力量 / eṣām－所有受制约灵魂的 / bandham－受制约的生活 / ca－和 / mokṣam－解脱的生活 / ca－还有 / sukham－快乐 / duḥkham－痛苦 / ca－和 / niṣkalaḥ－不受物质属性的影响

译文 至尊人格首神独一无二。祂不受物质世界状态的影响，凭祂自己的力量创造出灵魂。由于受物质能量的污染，生物被置于愚昧中，从而陷入各种束缚。生物有时靠知识被赐予解脱，否则便在善良属性和激情属性的控制下受苦乐的支配。

要旨 人们也许会问，生物为什么处在不同的情况中，是谁安排了这一切？回答是：一切是由至尊人格首神独自安排的。至尊主有祂自己的能量(parāsya śaktir vividhaiva śrūyate)，其中一种被称为外在能量的能量创造了物质世界，以及受制约的灵魂在至尊主的监督下所享受的各种乐趣和承受的各种痛苦。物质世界由善良(sattva)、激情(rajo)和愚昧(tamo)这三种物质自然属性(guṇa)构成。至尊主透过善良属性维系物质世界，用激情属性创造它，用愚昧属性毁灭它。创造了各种物种之后，生物根据与物质自然属性的接触受苦或享乐。受善良属性影响的生物感到快乐，受激情属性控制的生物感到苦恼，而受愚昧属性控制的生物分不清该做什么，不该做什么；什么是对，什么是错。

第 22 节

न तस्य कश्चिद्दयितः प्रतीपो
न ज्ञातिबन्धुर्न परो न च स्वः ।
समस्य सर्वत्र निरञ्जनस्य
सुखे न रागः कुत एव रोषः ॥२२॥

na tasya kaścid dayitaḥ pratīpo
na jñāti-bandhur na paro na ca svaḥ
samasya sarvatra nirañjanasya
sukhe na rāgaḥ kuta eva roṣaḥ

na－不 / tasya－祂(至尊主)的 / kaścit－任何人 / dayitaḥ－亲近的 / pratīpaḥ－不亲近的 / na－也不 / jñāti－亲戚 / bandhuḥ－朋友 / na－也不 / paraḥ－其他 / na－也不 / ca－还有 / svaḥ－自己的 / samasya－平等的 / sarvatra－任何地方 / nirañjanasya－不受物质自然影响 / sukhe－在快乐中 / na－不 / rāgaḥ－依恋 / kutaḥ－从……地方 / eva－事实上 / roṣaḥ－愤怒

译文　至尊人格首神平等对待众生，因此对祂来说，没人特别亲近，没人是祂的大敌；没人是祂的朋友，也没人是祂的亲戚。由于独立于物质世界，祂没有对所谓快乐的喜爱和对所谓痛苦的憎恶。苦乐这两个词是相对的。由于至尊主永远快乐，对祂来说根本不存在痛苦。

第 23 节

तथापि तच्छक्तिविसर्ग एषां
सुखाय दुःखाय हिताहिताय ।
बन्धाय मोक्षाय च मृत्युजन्मनोः
शरीरिणां संसृतयेऽवकल्पते ॥२३॥

tathāpi tac-chakti-visarga eṣāṁ
sukhāya duḥkhāya hitāhitāya
bandhāya mokṣāya ca mṛtyu-janmanoḥ
śarīriṇāṁ saṁsṛtaye 'vakalpate

tathāpi—仍然 / tat-śakti—至尊主的能量的 / visargaḥ—创造 / eṣām—这些(受制约的灵魂)的 / sukhāya—为了……的快乐 / duḥkhāya—为了……的痛苦 / hita-ahitāya—为了获利与损失 / bandhāya—为了束缚 / mokṣāya—为了解脱 / ca—还有 / mṛtyu—死亡的 / janmanoḥ—和出生 / śarīriṇām—所有这些接受物质躯体的生物的 / saṁsṛtaye—为了重复 / avakalpate—行动

译文 尽管至尊主与我们根据活动而得到的苦乐无关，尽管没人是祂的敌人或特别亲的人，祂还是透过祂物质力量的代理创造了虔诚及不虔诚的活动。这样，为使物质主义生活方式得以延续，祂创造出苦乐、好坏运气、生死及束缚与解脱。

要旨 至尊人格首神虽然最终是一切的行为者，但在祂原本超然的存在中不为受制约的生物的苦乐、束缚与解脱承担责任。这些都由生物在这个物质世界里从事功利性活动所导致。按照法官的命令，一个人被从监狱中释放，另一个人被关进监狱，但法官并不为他们的苦乐承担责任，因为不同的人自己所从事的活动使他们享乐或受苦。尽管政府最终是最高的权威，审判由政府部门做出，但政府不为每一个人做出的判断承担责任。政府平等对待所有的国民。同样道理，至尊主对所有的生物都是平等、中立的，至于维护祂的至高政府所颁布的法律，则由不同的部门负责；这些部门控制着生物的活动。就有关这一点所举的另一个例子是：百合花根据阳光的照射情况开放或闭合，熊蜂因此而享乐或受苦，但阳光和太阳球体不对熊蜂的享乐或受苦承担责任。

第 24 节

अथ प्रसादये न त्वां शापमोक्षाय भामिनि ।
यन्मन्यसे ह्यसाधूक्तं मम तत्क्षम्यतां सति ॥२४॥

atha prasādaye na tvāṁ
śāpa-mokṣāya bhāmini
yan manyase hy asādhūktaṁ
mama tat kṣamyatāṁ sati

atha一因此 / prasādaye一我努力取悦 / na一不 / tvām一您 / śāpa-mokṣāya一为了从您的诅咒中被解放出来 / bhāmini一最愤怒的人啊！ / yat一……的 / manyase一您认为 / hi一事实上 / asādhu-uktam一不适当的言论 / mama一我的 / tat一那 / kṣamyatām一愿宽恕 / sati一最高贵的人啊！

译文　母亲啊！您此刻不必要地愤怒起来，但既然我所有的苦乐都是我过去活动的结果，我就不恳求您原谅或解除您的诅咒了。尽管我说的并没错，但还是请让您所认为的错误得到宽恕吧。

要旨　祺陀凯图因为完全清楚由自然法律所裁定的一个人的业报是怎样，所以不想让帕尔娃缇解除对他的诅咒。尽管如此，他还是想取悦帕尔娃缇，因为他在那种情况下提意见是很自然的事，但帕尔娃缇还是对他生气了。鉴于这种情况，祺陀凯图王请求帕尔娃缇的原谅。

第 25 节

श्रीशुक उवाच
इति प्रसाद्य गिरिशौ चित्रकेतुररिन्दम ।
जगाम स्वविमानेन पश्यतोः स्मयतोस्तयोः ॥२५॥

śrī-śuka uvāca
iti prasādya giriśau
citraketur arindama
jagāma sva-vimānena
paśyatoḥ smayatos tayoḥ

śrī-śukaḥ uvāca一圣舒卡戴瓦·哥斯瓦米说 / iti一如此 / prasādya一在满意后 / giriśau一主希瓦和他的妻子帕尔娃缇 / citraketuḥ一祺陀凯图王 / arim-dama一帕瑞克西特王，永远能征服敌人的人啊！ / jagāma一离开 / sva-vimānena一乘坐他自己的飞机 / paśyatoḥ一注视着 / smayatoḥ一微笑着 / tayoḥ一当主希瓦和帕尔娃缇……时

译文 圣舒卡戴瓦·哥斯瓦米继续说：帕瑞克西特王、征服敌人的人啊！祺陀凯图使主希瓦和他妻子帕尔娃缇满意后，便登上飞机，在他们的注目下离开了。主希瓦和帕尔娃缇看到祺陀凯图虽然得知自己被诅咒，但却毫不畏惧时，都因为对他的态度感到震惊而微笑了。

第 26 节

ततस्तु भगवान् रुद्रो रुद्राणीमिदमब्रवीत् ।
देवर्षिदैत्यसिद्धानां पार्षदानां च शृण्वताम् ॥२६॥

tatas tu bhagavān rudro
rudrāṇīm idam abravīt
devarṣi-daitya-siddhānāṁ
pārṣadānāṁ ca śṛṇvatām

tataḥ一那之后 / tu一接着 / bhagavān一最强有力的 / rudraḥ一主希瓦 / rudrāṇīm一向他妻子帕尔娃缇 / idam一这 / abravīt一说 / devarṣi一当着伟大的圣人纳茹阿达 / daitya一众恶魔 / siddhānām一和精通瑜伽力量的神秘仙星球的居民 / pārṣadānām一他自己的随从 / ca一还有 / śṛṇvatām一聆听

译文　那之后，最强有力的主希瓦，当着伟大的圣人纳茹阿达、众恶魔、神秘仙星球的居民及他自己随从的面，在他们都聆听的时候对他妻子帕尔娃缇说了如下一番话。

第 27 节

श्रीरुद्र उवाच
दृष्टवत्यसि सुश्रोणि हरेरद्भुतकर्मणः ।
माहात्म्यं भृत्यभृत्यानां निःस्पृहाणां महात्मनाम् ॥२७॥

śrī-rudra uvāca
dṛṣṭavaty asi suśroṇi
harer adbhuta-karmaṇaḥ
māhātmyaṁ bhṛtya-bhṛtyānāṁ
niḥspṛhāṇāṁ mahātmanām

śrī-rudraḥ uvāca一主希瓦说 / dṛṣṭavatī asi一你看到了吗 / suśroṇi一美丽的帕尔娃缇啊！ / hareḥ一至尊人格首神的 / adbhuta-karmaṇaḥ一行为非同寻常的…… / māhātmyam一伟大 / bhṛtya-bhṛtyānām一仆人的仆人的 / niḥspṛhāṇām一不渴望感官享乐的 / mahātmanām一伟大的灵魂

译文　主希瓦说：美丽、亲爱的帕尔娃缇，你看到外士纳瓦的伟大了吧？作为至尊人格首神哈尔依仆人的仆人，他们是伟大的灵魂，对任何种类的物质快乐都不感兴趣。

要旨　帕尔娃缇的丈夫主希瓦告诉他妻子说："亲爱的帕尔娃缇，你的长相和身形都十分美丽。这无疑是你的光荣。尽管如此，我认为你无法与那些当了至尊人格首神仆人的仆人的奉献者所具有的美和光荣相媲美。"当然，主希瓦在与他妻子这样开玩笑时是微笑着的，他人不可能那样说话。主希瓦继续说："至尊主的活动永远崇高无比，祺陀凯图王的例子再一次显示了祂对祂的奉献者所具有的非凡影响。看吧，尽管你诅咒了祺陀凯图王，但他一点都不害怕或感到难过。相反，他向你致敬，叫你‘母亲’并接受你的诅咒，认为自己是不完美的。他没有说任何报复性的话语。这就是奉献者的卓越之处。温和地忍受你的诅咒，无疑使他的光荣胜过你的美貌和诅咒他的力量。我可以公平地判断出，这位奉献者——祺陀凯图，仅仅因为成为至尊主纯粹的奉献者，就打败了你和你的卓越之处。”圣柴坦亚·玛哈帕布说：人应该比一棵树还要宽容、忍受(taror api sahiṣṇunā)。奉献者如一棵树般能忍受所有种类的诅咒和生活中的逆境。这是奉献者的卓越之处。主希瓦间接地禁止帕尔娃缇再犯诅咒像祺陀凯图那样的奉献者的错误。他指出，尽管帕尔娃缇很强大，但君王在没有显示任何力量的情况下靠忍受胜过了她的力量。

第 28 节

नारायणपराः सर्वे न कुतश्चन बिभ्यति ।
स्वर्गापवर्गनरकेष्वपि तुल्यार्थदर्शिनः ॥२८॥

nārāyaṇa-parāḥ sarve
na kutaścana bibhyati
svargāpavarga-narakeṣv
api tulyārtha-darśinaḥ

nārāyaṇa-parāḥ—只对侍奉至尊人格首神纳茹阿亚纳有兴趣的纯粹奉献者 / sarve—所有的 / na—不 / kutaścana—在任何地方 / bibhyati—害怕 / svarga—在高等星系中 / apavarga—解脱 / narakeṣu—和在地狱中 / api—甚至 / tulya—相等的 / artha—价值标准 / darśinaḥ—看见……的

译文 奉献者全神贯注地为至尊人格首神纳茹阿亚纳做奉爱服务，从不害怕生活中发生的任何情况。对他们来说、天堂星球、解脱和地狱星球都一样，因为这样的奉献者只关心为至尊主做服务。

要旨　帕尔娃缇也许很自然地会问，奉献者是如何变得如此崇高的。为此，这节诗解释说，他们只依靠至尊主纳茹阿亚纳(nārāyaṇa-para)。他们不在乎生活中的逆境，因为在为纳茹阿亚纳服务的过程中，他们学会忍受各种艰难困苦的处境。他们不在乎自己是在天堂还是在地狱，而只专注于侍奉至尊主。这就是他们的卓越之处。他们积极地为至尊主做各种服务，所以是卓越的(ānukūlyena kṛṣṇānuśīlanam)。主希瓦通过在上一节诗中用“仆人的仆人的(bhṛtya-bhṛtyānām)”一句指出：尽管祺陀凯图的实例展示出忍受和卓越，但以至尊主永恒的仆人身份求取至尊主庇护的所有奉献者都是光荣的。他们不渴望通过被提升到天堂星球或解脱、融入至尊者放射出的梵光(Brahman)等获得快乐。他们心中并不渴求这些利益。他们只对能够直接为至尊主做服务感兴趣。

第 29 节

देहिनां देहसंयोगाद् द्वन्द्वानीश्वरलीलया ।
सुखं दुःखं मृतिर्जन्म शापोऽनुग्रह एव च ॥२९॥

dehināṁ deha-saṁyogād
dvandvānīśvara-līlayā
sukhaṁ duḥkhaṁ mṛtir janma
śāpo 'nugraha eva ca

dehinām—所有这些接受了物质躯体的 / deha-saṁyogāt—因为与物质躯体接触 / dvandvāni—相对性 / īśvara-līlayā—凭至尊主的至尊意愿 / sukham—快乐 / duḥkham—痛苦 / mṛtiḥ—死亡 / janma—出生 / śāpaḥ—诅咒 / anugrahaḥ—恩惠 / eva—无疑地 / ca—和

译文　由于至尊主外在能量的作用，生物在与物质躯体的接触中受到制约。苦乐、生死及诅咒和恩赐，都是与这个物质世界接触的自然产物。

要旨　《博伽梵歌》中说：物质世界在至尊主的物质能量杜尔嘎女神的指挥下运作，但她是按照至尊人格首神的指挥行事(mayādhyakṣeṇa prakṛtiḥ sūyate sa-carācaram)。对此，《布茹阿玛·萨密塔》(Brahma-saṁhitā)第5章的第44节诗也证实说：

sṛṣṭi-sthiti-pralaya-sādhana-śaktir ekā
chāyeva yasya bhuvanāni bibharti durgā

主希瓦的妻子帕尔娃缇女神——杜尔嘎，极其强大有力。她可以凭她甜美的意愿创造、维系和毁灭任何数量的宇宙；然而，她并不是独立的，而是按至尊人格首神奎师那的指挥行事。奎师那是公平的，但由于这个物质世界是相对的，痛苦与快乐及诅咒与恩赐等相对性的事物，便凭至尊主的意愿被创造出来。不是纯粹奉献者(nārāyaṇa-para)的人，必受这个物质世界相对性的打扰，但只依恋为至尊主做服务的奉献者则一点都不受打扰。例如：哈瑞达斯·塔库尔(Haridāsa Ṭhākura)在二十二个集市上被用藤条抽打却气定神闲，含笑忍受被打。面对物质世界相对性的干扰，奉献者一点都不受打扰。他们全神贯注于至尊主的莲花足和圣名，感觉不到由这个物质世界的相对性制造出的所谓苦乐。

第 30 节

अविवेककृतः पुंसो ह्यर्थभेद इवात्मनि ।
गुणदोषविकल्पश्च भिदेव स्रजिवत्कृतः ॥३०॥

aviveka-kṛtaḥ puṁso
hy artha-bheda ivātmani
guṇa-doṣa-vikalpaś ca
bhid eva srajivat kṛtaḥ

aviveka-kṛtaḥ一在未经深思熟虑的情况下无知地做 / puṁsaḥ一生物体的 / hi一事实上 / artha-bhedaḥ一价值区分 / iva一就像 / ātmani一在他自己中 / guṇa-doṣa一品质和缺点的 / vikalpaḥ一想象 / ca一和 / bhit一差异 / eva一肯定地 / sraji一在一个花环上 / vat一恰似 / kṛtaḥ一做

译文　正如一个人误以为一个花环是一条蛇，或在梦中体验苦乐，我们在物质世界里因为欠缺谨慎思考而对苦乐进行区分，认为一种好，另一种不好。

要旨　相对的物质世界中的苦乐概念都是错误的概念。《永恒的柴坦亚经》末篇第4章的第176节诗说：

"dvaite" bhadrābhadra-jñāna, saba一"manodharma"
"ei bhāla, ei manda",——ei saba "bhrama"

在相对的物质世界里对苦乐的区分，只不过是心智杜撰，因为所谓的快乐与痛苦其实是一样的，恰似梦中体验的苦乐。睡着的人梦到的苦乐在实际生活中并不存在。

这节诗文所举的另一个例子是：一条鲜花花环原本十分美丽，但由于缺乏常识而被误认为是一条蛇。就有关这一点，帕博达南达·萨茹阿斯瓦提(Prabodhānanda Sarasvatī)说：这个物质世界充满了快乐(viśvaṁ pūrṇa-sukhāyate)。这个物质世界里所有的人都在承受痛苦处境的苦，但他却说这是个充满了快乐的世界。这怎么可能？他回答说：仅仅是圣柴坦亚·玛哈帕布没有缘故的仁慈，才使得奉献者将这个物质世界里的痛苦当快乐加以接受(yat-kāruṇya-katākṣa-vaibhavavatāṁ taṁ gauram eva stumaḥ)。圣柴坦亚·玛哈帕布以身作则给予示范，祂因为吟唱哈瑞·奎师那玛哈·曼陀(Hare Kṛṣṇa mahā-mantra)而始终沉浸在快乐中，从没感到过痛苦。我们应该向圣柴坦亚·玛哈帕布学习，一直不断地吟诵、吟唱伟大的曼陀：哈瑞·奎师那　哈瑞奎师那　奎师那·奎师那　哈瑞·哈瑞/哈瑞·茹阿玛 哈瑞·茹阿玛 茹阿玛·茹阿玛 哈瑞·哈瑞(Hare Kṛṣṇa, Hare Kṛṣṇa, Kṛṣṇa Kṛṣṇa, Hare Hare/ Hare Rāma, Hare Rāma, Rāma Rāma, Hare Hare)。这样，我们就永远都感受不到相对世界中的痛苦了。吟诵、吟唱至尊主圣名的人在生活的任何境况中都会感到快乐。

我们在梦中有时梦到在享受吃甜奶饭，有时梦到因为心爱的家人去世而痛苦。由于是同样的心智和身体处在同一个相对的物质世界里，所以当我们醒来时，我们所感受到的这个世界里所谓的快乐和痛苦，实际上与梦中感受的不真实的苦乐完全一样。无论是梦中还是醒来时，内心以接受(saṅkalpa)和拒绝(vikalpa)的形式所想出的一切，都被称为是心智杜撰(manodharma)。

第31节

वासुदेवे भगवति भक्तिमुद्वहतां नृणाम् ।
ज्ञानवैराग्यवीर्याणां न हि कश्चिद्व्यपाश्रयः ॥३१॥

vāsudeve bhagavati
bhaktim udvahatāṁ nṛṇām
jñāna-vairāgya-vīryāṇāṁ
na hi kaścid vyapāśrayaḥ

vāsudeve—对主华苏戴瓦——奎师那 / bhagavati—至尊人格首神 / bhaktim—怀着爱和信心做奉爱服务 / udvahatām—对那些持有……的 / nṛṇām—人 / jñāna-vairāgya—真正的知识和超脱 / vīryāṇām—有着强大的力量 / na—不 / hi—事实上 / kaścit—任何事物 / vyapāśrayaḥ—作为利益或庇护

译文 为主华苏戴瓦——奎师那做奉爱服务的人，自然具有完美的知识且超脱，不执著这个物质世界。这样的奉献者因此而对这个世界里的所谓苦乐毫无兴趣。

要旨　这节诗阐明了奉献者与推敲超然绝对真理的哲学思辨者之间的区别。奉献者不需要为了解这个物质世界的虚假或短暂存在而培养知识。由于祂为华苏戴瓦(Vāsudeva)所做的真正的奉爱服务，这知识和超脱在他身上自然而然就展示出来。《圣典博伽瓦谭》第1篇第2章的第7节诗证实说：

vāsudeve bhagavati
　bhakti-yogaḥ prayojitaḥ
janayaty āśu vairāgyaṁ
　jñānaṁ ca yad ahaitukam

“致力于为华苏戴瓦(奎师那)做纯粹、真正的奉爱服务的人，自然变得能够察觉这个物质世界的真相，因此自然不再执著。他所拥有的高级知识，使他变得超脱。”哲学思辨者试图靠培养知识了解这个物质世界是虚假的，但这种理解不需要奉献者做额外的努力就自动揭示给他们。假象宗(Māyāvādī)哲学家们也许对他们有的所谓的知识感到自豪，但由于他们不了解华苏戴瓦(vāsudevaḥ sarvam iti)，他们也无法了解由华苏戴瓦的外在能量所展示出的相对性世界。所以，除非所谓的知识思辨者(jñānī)托庇于华苏戴瓦，否则他们推测出的知识是不完美的。他们只想着去除物质世界的污染，但由于他们不托庇于华苏戴瓦的莲花足，他们的知识含有杂质(ye 'nye 'ravindākṣa vimukta-māninaḥ)。当他们变得真正纯净时，他们就会托庇于华苏戴瓦的莲花足。所以，奉献者比只是推敲知识的哲学思辨者更容易了解绝对真理华苏戴瓦。主希瓦在下一节诗中证实了这一说明。

第 32 节

नाहं विरिञ्चो न कुमारनारदौ
　न ब्रह्मपुत्रा मुनयः सुरेशाः ।

विदाम यस्येहितमंशकांशका
न तत्स्वरूपं पृथगीशमानिनः ॥३२॥

nāhaṁ viriñco na kumāra-nāradau
na brahma-putrā munayaḥ sureśāḥ
vidāma yasyehitam aṁśakāṁśakā
na tat-svarūpaṁ pṛthag-īśa-māninaḥ

na—不 / aham—我(主希瓦) / viriñcaḥ—主布茹阿玛 / na—也不 / kumāra—阿施维尼·库玛尔 / nāradau—伟大的圣者纳茹阿达 / na—也不 / brahma-putrāḥ—主布茹阿玛的儿子们 / munayaḥ—伟大圣洁的人 / sura-īśāḥ—所有伟大的半神人 / vidāma—知道 / yasya—……的 / īhitam—活动 / aṁśaka-aṁśakāḥ—那些部分中的部分 / na—不 / tat—祂的 / sva-rūpam—真实身份 / pṛthak—独立自主的 / īśa—统治者 / māninaḥ—认为自己是……的

译文 无论是我(主希瓦)、布茹阿玛、阿施维尼·库玛尔、纳茹阿达，还是其他作为布茹阿玛儿子的伟大圣人，甚至是半神人，都无法了解至尊主的娱乐活动及个性。尽管我们是至尊主的一部分，但由于我们认为自己是独立自主的控制者，我们无法了解祂的真实身份和特性。

要旨 《布茹阿玛·萨密塔》第5章的第33节诗说：

advaitam acyutam anādim ananta-rūpam
ādyaṁ purāṇa-puruṣaṁ nava-yauvanaṁ ca
vedeṣu durlabham adurlabham ātma-bhaktau
govindam ādi-puruṣaṁ tam ahaṁ bhajāmi

“我崇拜至尊人格首神哥文达(奎师那)。祂是存在中的第一个人。祂绝对，没有开始存在的时间，永不坠落。祂虽然扩展出无数的形象，但仍是那同一个原本、最古老而永远像个青少年的人。至尊主这些永恒、极乐和知识的形象就连最优秀的韦达

(Veda)学者也无法了解，但祂总在纯粹的奉献者面前展示自己。”主希瓦将自己置于那些无法了解至尊主身份的非奉献者的地位上。作为无限者(ananta)的至尊主，有数不胜数的形象。因此，普通人怎么可能了解祂？当然，主希瓦超越所有的普通人，但即便如此，他还是无法了解至尊人格首神。主希瓦既不是普通生物，也不属于主维施努(Viṣṇu)的范畴；他介于两者之间。

第 33 节

न ह्यस्यास्ति प्रियः कश्चिन्नाप्रियः स्वः परोऽपि वा ।
आत्मत्वात्सर्वभूतानां सर्वभूतप्रियो हरिः ॥३३॥

na hy asyāsti priyaḥ kaścin
nāpriyaḥ svaḥ paro 'pi vā
ātmatvāt sarva-bhūtānāṁ
sarva-bhūta-priyo hariḥ

na－不 / hi－事实上 / asya－至尊主的 / asti－有 / priyaḥ－十分亲近 / kaścit－任何人 / na－也不 / apriyaḥ－不亲近 / svaḥ－自己的 / paraḥ－其他 / api－甚至 / vā－或者 / ātmatvāt－因为是灵魂之魂 / sarva-bhūtānām－众生的 / sarva-bhūta－对众生 / priyaḥ－十分亲近 / hariḥ－主哈尔依

译文　祂平等待人，不对任何人特别亲，也不把任何人视为敌人。没人是祂的亲戚，对祂来说也没人是外人。祂实际上是众生的灵魂之魂，因此是众生吉祥的朋友，对所有的生物来说都十分亲近。

要旨　至尊人格首神还展示为众生心中的超灵。正如生物体都极为珍爱自我，我们更珍爱自我之魂——超灵。对平等对待众生的友好的超灵来说，没任何生物能是敌人。是错觉能量——

物质自然三种属性的介入，使至尊主和生物之间有了亲密或敌对的关系。事实上，生物在其纯净的状态下，永远都与至尊主很亲近，并被至尊主所珍视。根本不存在偏心或敌意的问题。

第 34—35 节

तस्य चायं महाभागश्चित्रकेतुः प्रियोऽनुगः ।
सर्वत्र समदृक्शान्तो ह्यहं चैवाच्युतप्रियः ॥३४॥

तस्मान्न विस्मयः कार्यः पुरुषेषु महात्मसु ।
महापुरुषभक्तेषु शान्तेषु समदर्शिषु ॥३५॥

tasya cāyaṁ mahā-bhāgaś
citraketuḥ priyo 'nugaḥ
sarvatra sama-dṛk śānto
hy ahaṁ caivācyuta-priyaḥ

tasmān na vismayaḥ kāryaḥ
puruṣeṣu mahātmasu
mahāpuruṣa-bhakteṣu
śānteṣu sama-darśiṣu

tasya—祂(至尊主)的 / ca—和 / ayam—这 / mahā-bhāgaḥ—最幸运的人 / citraketuḥ—祺陀凯图王 / priyaḥ—珍视的 / anugaḥ—最恭顺的仆人 / sarvatra—无论何处 / sama-dṛk—平等看待 / śāntaḥ—非常平静 / hi—事实上 / aham—我 / ca—还有 / eva—无疑地 / acyuta-priyaḥ—被从不坠落、绝对可靠的主奎师那所珍视 / tasmāt—因此 / na—不 / vismayaḥ—惊奇 / kāryaḥ—该完成 / puruṣeṣu—在众人中 / mahā-ātmasu—是崇高灵魂的 / mahā-puruṣa-bhakteṣu—主维施努的奉献者 / śānteṣu—平静的 / sama-darśiṣu—平等对待众生

译文 这位有雅量的祺陀凯图是至尊主珍视的奉献者。他平等看待众生，摆脱了执著和憎恶。主纳茹阿亚纳同样也很珍视我。纳茹阿亚纳最崇高的奉献者没有执著和嫉妒，所

以看到他们的活动，谁都不该感到惊讶。他们总是平静，平等对待众生。

要旨　经典中说：看到崇高并解脱了的外士纳瓦所从事的活动，我们不该感到惊讶(vaiṣṇavera kriyā, mudrā vijñeha nā bujhaya)。正如我们不该误解至尊人格首神的活动一样，我们也不该误解祂的奉献者的活动。至尊主和祂的奉献者都是解脱的。他们在同一个层面上，唯一的区别是：至尊主是主人，奉献者是仆人。他们在质上一样。《博伽梵歌》第9章的第29节诗记载，至尊主说：

samo 'haṁ sarva-bhūteṣu
na me dveṣyo 'sti na priyaḥ
ye bhajanti tu māṁ bhaktyā
mayi te teṣu cāpy aham

“我不嫉妒谁，也不偏袒谁。我平等对待众生。但是，为我做奉爱服务的人是我的朋友，在我心中，而我也是他的朋友。”至尊人格首神的这一说明清楚地表明：祂永远深爱着祂的奉献者。事实上，主希瓦告诉帕尔娃缇：“至尊主始终深爱着祺陀凯图和我。换句话说，他和我同处一个层面，都是至尊主的仆人。我们永远是朋友，有时彼此享受开玩笑的乐趣。当祺陀凯图大声笑话我的举止时，他是友好地做的，所以没有理由诅咒他。”就这样，主希瓦努力说服他妻子帕尔娃缇；使她明白，她诅咒祺陀凯图的做法并非十分明智。

男性和女性之间的差异甚至存在于高等生命形式中；事实上，就连主希瓦和他妻子也不例外。主希瓦能够清楚地了解祺陀凯图，但帕尔娃缇则不能。因此，就连高等生命形式中，男性与女性的理解也存在着差异。据说女性的理解总是低于男性。如今在西方国家就存在着鼓吹男女平等的说法，但从这节诗可以看出，女人的智力不如男人。

很显然，祺陀凯图要批评他朋友主希瓦的举止，因为主希瓦当时坐在那里抱着他妻子。主希瓦接着也想批评祺陀凯图表面上摆出伟大奉献者的姿态，但却喜欢与维迪亚达尔星球上的女性(Vidyādharī)享乐。这些都是友好的玩笑，没有严肃到祺陀凯图该受到帕尔娃缇诅咒的程度。听了主希瓦的教导后，帕尔娃缇一定为诅咒祺陀凯图变成恶魔感到羞愧。帕尔娃缇母亲无法欣赏祺陀凯图的地位和状态，因此诅咒了他，但当她明白主希瓦的教导时，她感到羞愧。

第 36 节

श्रीशुक उवाच
इति श्रुत्वा भगवतः शिवस्योमाभिभाषितम् ।
बभूव शान्तधी राजन्देवी विगतविस्मया ॥३६॥

śrī-śuka uvāca
iti śrutvā bhagavataḥ
śivasyomābhibhāṣitam
babhūva śānta-dhī rājan
devī vigata-vismayā

śrī-śukaḥ uvāca－圣舒卡戴瓦·哥斯瓦米说 / iti－如此 / śrutvā－听了 / bhagavataḥ－最强有力的半神人的 / śivasya－主希瓦的 / umā－帕尔娃缇 / abhibhāṣitam－教诲 / babhūva－变得 / śānta-dhīḥ－十分平静的 / rājan－帕瑞克西特王啊！ / devī－女神 / vigata-vismayā－不再惊讶

译文 圣舒卡戴瓦·哥斯瓦米说：君王啊！(主希瓦的妻子乌玛)女神听了丈夫的一番话后，不再对祺陀凯图王的行为感到惊讶，变得沉稳、理智。

要旨 圣维施瓦纳特·查夸瓦尔提·塔库尔评论“十分平静

(śānta-dhīḥ)”一句的意思是：“回忆起她以前的状态(svīya-pūrva-svabhāva-smṛtyā)”。帕尔娃缇想起自己之前诅咒祺陀凯图的做法，感到十分羞愧，用她的莎丽(sari)裙摆掩住自己的脸庞，承认自己错误地诅咒了祺陀凯图。

第 37 节

इति भागवतो देव्याः प्रतिशप्तुमलन्तमः ।
मूर्ध्ना स जगृहे शापमेतावत्साधुलक्षणम् ॥३७॥

iti bhāgavato devyāḥ
pratiśaptum alantamaḥ
mūrdhnā sa jagṛhe śāpam
etāvat sādhu-lakṣaṇam

iti一如此 / bhāgavataḥ一最崇高的奉献者 / devyāḥ一帕尔娃缇的 / pratiśaptum一诅咒反击 / alantamaḥ一在各方面都能够 / mūrdhnā一用他的头 / saḥ一他(祺陀凯图) / jagṛhe一接受 / śāpam一诅咒 / etāvat一这么多 / sādhu-lakṣaṇam一一个奉献者的特征

译文　伟大的奉献者祺陀凯图极其强大有力；他甚至有能力可以为了报复而诅咒帕尔娃缇母亲，但他没这样做，而是极为谦卑地接受了诅咒，在主希瓦和他妻子面前向他们顶礼。这作为外士纳瓦的标准做法得到极大的赞赏。

要旨　听了主希瓦的教导后，帕尔娃缇母亲能明白她诅咒祺陀凯图的做法是错误的。祺陀凯图王品德如此崇高，甚至被帕尔娃缇错误地诅咒后立刻从他的飞机上下来，向帕尔娃缇母亲顶礼，接受她的诅咒。对此，前面的诗文解释过，那是因为奉献者完全专注于为至尊人格首神纳茹阿亚纳做奉爱服务，从不害怕生活中发生的任何情况(nārāyaṇa-parāḥ sarve na kutaścana bibhyati)。祺陀凯图很大度地想，既然帕尔娃缇母亲要诅咒他，他就为取悦她而接受这诅咒。这称为奉献者——圣人(sādhu)所具有的品德(sādhu-lakṣaṇam)。正如圣柴坦亚·玛哈帕布所解释的：人应该以谦卑的心态吟诵、吟唱至尊主的圣名，认为自己比路上的一根稻草还要卑微；人应该比一棵树还要宽容、忍受(tṛṇād api sunīcena taror api sahiṣṇunā)。奉献者应该永远谦恭、和顺，应该向他人致以所有的敬意，尤其是前辈或上级。由于受到至尊人格首神的保护，奉献者总是强大有力。但奉献者并不想毫无必要地展示自己的力量。相反，智力欠佳之人一旦得到一些力量，就想用来进行感官享乐。这不是奉献者的作为。

第 38 节

जज्ञे त्वष्टुर्दक्षिणाग्नौ दानवीं योनिमाश्रितः ।
वृत्र इत्यभिविख्यातो ज्ञानविज्ञानसंयुतः ॥३८॥

jajñe tvaṣṭur dakṣiṇāgnau
dānavīṁ yonim āśritaḥ
vṛtra ity abhivikhyāto
jñāna-vijñāna-saṁyutaḥ

jajñe－出生 / tvaṣṭuḥ－名叫特瓦施塔的布茹阿玛纳的 / dakṣiṇa-agnau－在名叫达克希纳格尼的火祭中 / dānavīm－恶魔的 / yonim－物种 / āśritaḥ－托庇于 / vṛtraḥ－维陀 / iti－如此 / abhivikhyātaḥ－著名的 / jñāna-vijñāna-saṁyutaḥ－充满了超然知识并将那知识实际运用到生活中

译文 受到杜尔嘎母亲(主希瓦的妻子芭娃妮)诅咒的祺陀凯图，接受在恶魔物种中的投生。尽管他仍充满了超然的知识，并将那知识实际运用到生活中，但却作为一个恶魔在特瓦施塔举行的火祭中出现，以此成为著名的维陀魔。

要旨 梵文yoni一词一般被理解为是家族、群组或物种(jāti)

的意思。诗中清楚地说：维陀魔虽然出现在恶魔家族中，但仍具有灵性生活的知识。他的灵性知识及对那知识在实际生活中的运用能力并没有失去(jñāna-vijñāna-saṁyutaḥ)。正因为如此，经典中说：奉献者即使因为某种原因堕落了，也不会迷失。

yatra kva vābhadram abhūd amuṣya kiṁ
ko vārtha āpto 'bhajatāṁ sva-dharmataḥ

人一旦在奉爱服务中取得进步，他所获得的灵性资产就在任何情况下都永不失去。他所获得的灵性进步继续保持下去。对此，《博伽梵歌》中证实说：练奉爱瑜伽的瑜伽师(bhakti-yogī)即使堕落了，来生也会投生在富贵人家或布茹阿玛纳家中；在那样的环境中从他停止的那一点继续开始做奉爱服务。维陀魔虽然以恶魔(asura)著称，但却并没有失去他的奎师那意识或说奉爱服务的成果。

第 39 节

एतत्ते सर्वमाख्यातं यन्मां त्वं परिपृच्छसि ।
वृत्रस्यासुरजातेश्च कारणं भगवन्मतेः ॥३९॥

etat te sarvam ākhyātaṁ
yan māṁ tvaṁ paripṛcchasi
vṛtrasyāsura-jāteś ca
kāraṇaṁ bhagavan-mateḥ

etat－这 / te－向你 / sarvam－一切 / ākhyātam－解释 / yat－……的 / mām－我 / tvam－你 / paripṛcchasi－问 / vṛtrasya－维陀魔的 / asura-jāteḥ－出生在恶魔种族中的…… / ca－和 / kāraṇam－原由 / bhagavat-mateḥ－具有奎师那意识的崇高智慧的

译文　亲爱的帕瑞克西特王，你向我询问维陀魔——一个伟大的奉献者，怎么投生到一个魔鬼的家庭中。因此，我努力给你解释了这其中的一切。

第 40 节

इतिहासमिमं पुण्यं चित्रकेतोर्महात्मनः ।
माहात्म्यं विष्णुभक्तानां श्रुत्वा बन्धाद्विमुच्यते ॥४०॥

itihāsam imaṁ puṇyaṁ
citraketor mahātmanaḥ
māhātmyaṁ viṣṇu-bhaktānāṁ
śrutvā bandhād vimucyate

itihāsam—历史 / imam—这 / puṇyam—十分虔诚的 / citraketoḥ—祺陀凯图的 / mahā-ātmanaḥ—崇高的奉献者 / māhātmyam—蕴涵着荣耀 / viṣṇu-bhaktānām—从维施努的奉献者 / śrutvā—聆听 / bandhāt—自束缚或受制约的物质生活 / vimucyate—摆脱

译文 祺陀凯图是伟大的奉献者。从纯粹奉献者那里聆听到祺陀凯图这段历史的人，也将摆脱物质存在受制约的生活。

要旨 往世书(purāṇa)中记载的历史事件，如《博伽梵往世书》(Bhāgavata Purāṇa)阐述的祺陀凯图的历史等，有时遭到门外汉或说非奉献者的误解。为此，舒卡戴瓦·哥斯瓦米建议要从奉献者那里聆听祺陀凯图的历史。与奉爱服务及至尊主和祂的奉献者的特性有关的一切，都必须从奉献者那里聆听，而不是从职业背诵者那里去听。这节诗文中建议了这一点。圣柴坦亚·玛哈帕布的秘书也建议说：要从奉献者那里理解《圣典博伽瓦谭》的历史(yāha, bhāgavata pada vaiṣṇavera sthāne)。人不该到职业背诵者那里去听《圣典博伽瓦谭》的说明，否则不会产生好的效果。圣萨纳坦·哥斯瓦米(Sanātana Gosvāmī)引述《莲花往世书》(Padma Purāṇa)的内容，严禁我们听非奉献者讲述至尊主和祂的奉献者从事的活动说：

avaiṣṇava-mukhodgīrṇaṁ
pūtaṁ hari-kathāmṛtam
śravaṇaṁ naiva kartavyaṁ
sarpocchiṣṭaṁ yathā payaḥ

“人不该从非外士纳瓦那里听有关奎师那的一切。被毒蛇的嘴唇触碰过的牛奶有毒；同样，非外士纳瓦所讲述的与奎师那有关的一切也有毒害作用。”必须是真正的奉献者才能向听众宣传奉爱服务，影响他们去做奉爱服务。

第41节

य एतत्प्रातरुत्थाय श्रद्धया वाग्यतः पठेत् ।
इतिहासं हरिं स्मृत्वा स याति परमां गतिम् ॥४१॥

ya etat prātar utthāya
śraddhayā vāg-yataḥ paṭhet
itihāsaṁ hariṁ smṛtvā
sa yāti paramāṁ gatim

yaḥ－任何……的人 / etat－这 / prātaḥ－清早 / utthāya－起床 / śraddhayā－怀着信心 / vāk-yataḥ－控制心念和话语 / paṭhet－可能阅读 / itihāsam－历史 / harim－至尊主 / smṛtvā－记忆 / saḥ－那人 / yāti－去 / paramām gatim－回归家园、回到首神身边

译文 谁清早起床并朗诵祺陀凯图的这段历史，控制自己的话语和心念，记忆至尊人格首神，谁就能毫无困难地返回家园，回到首神身边。

到此为止，结束了巴克提韦丹塔对《圣典博伽瓦谭》第6篇第17章——“帕尔帕缇母亲诅咒祺陀凯图”所作的阐释。

第十八章

迪缇发誓杀因铎王

这一章讲述了喀夏帕(Kaśyapa)的妻子迪缇(Diti)的历史，告诉我们她如何为得到一个能杀死因铎(Indra)的儿子而遵守誓言，并解释了因铎如何为挫败她的计划而将她子宫中的儿子砍成碎片。

有关特瓦施塔(Tvaṣṭā)和他的后代，这一章中描述了阿迪提亚(阿迪缇的儿子们)的后代，以及其他半神人。阿迪缇(Aditi)的第五个儿子萨维塔(Savitā)的妻子菩瑞施妮(Pṛśni)生了萨维特瑞(Sāvitrī)、维雅日缇(Vyāhṛti)和特茹阿伊(Trayī)三个女儿，阿格尼厚陀(Agnihotra)、帕舒(Paśu)、索玛(Soma)、查图尔玛夏(Cāturmāsya)这些崇高的儿子，以及五位玛哈雅格亚(Mahāyajña)。阿迪缇的第六个儿子巴嘎(Bhaga)的妻子悉迪(Siddhi)生了摩黑玛(Mahimā)、维布(Vibhu)和帕布(Prabhu)三个儿子，以及一个美丽非凡的女儿阿悉(Āśī)。阿迪缇的第七个儿子达塔(Dhātā)有四位妻子，分别名叫库瑚(Kuhū)、悉妮娃莉(Sinīvālī)、茹阿喀(Rākā)和阿努玛缇(Anumati)。这些妻子各自生了一个儿子，分别名叫萨亚么(Sāyam)、达尔沙(Darśa)、帕塔哈(Prātaḥ)及普尔纳玛萨(Pūrṇamāsa)。阿迪缇的第八个儿子维达塔(Vidhātā)的妻子名叫奎雅(Kriyā)，她生了统称为普瑞夏(Purīṣya)的五个代表五种火神的儿子。从布茹阿玛(Brahmā)的心念诞生的儿子布瑞古(Bhṛgu)，再次由阿迪缇的第九个儿子瓦茹纳(Varuṇa)的妻子查尔莎妮(Carṣaṇī)生出。伟大的圣人瓦勒弥克依(Vālmīki)从瓦茹纳的精液生出。阿嘎斯提亚(Agastya)和瓦希施塔(Vasiṣṭha)是瓦茹纳与阿迪缇的第十个儿子弥陀(Mitra)共同的儿子。弥陀和瓦茹纳看到美貌的乌尔娃悉(Urvaśī)时都射出精液，他们把精液存放在一个土制的罐子中。阿嘎斯提亚(Agastya)和瓦希施塔(Vasiṣṭha)这两个儿子后来从罐子中出现。弥陀使他妻子瑞娃缇(Revatī)怀孕生了三个儿子，他们分别名叫乌特萨尔嘎(Utsarga)、阿瑞施塔(Ariṣṭa)和琵帕拉(Pippala)。阿迪缇共有十二个儿子，其中因铎是她的第十一个儿子。因铎的妻子袍露蜜(Paulomī)，也就是莎祺女神(Śacīdevī)，生了佳央塔(Jayanta)、瑞沙巴(Ṛṣabha)和弥杜沙(Mīḍhuṣa)三个儿子。至尊人格首神凭祂本人的力量，显现为阿迪缇的第十二个儿子瓦玛纳戴瓦(Vāmanadeva)。祂使祂妻子克伊尔缇(Kīrti)怀孕生了一个儿子，名叫布瑞哈施珞卡(Bṛhatśloka)。布瑞哈施珞卡的第一个儿子名叫骚巴嘎(Saubhaga)。以上是对阿迪缇的儿子们的概述。对至尊人格首神的化身乌茹夸玛(Urukrama)——瓦玛纳戴瓦(Vāmanadeva)的描述，将在第8篇中出现。

这一章中还讲述了迪缇(Diti)所生的恶魔。在迪缇的家族中出现了伟大、圣洁的奉献者帕拉德(Prahlāda)和他的孙子巴利(Bali)。黑冉亚卡希普(Hiraṇyakaśipu)和黑冉亚克沙(Hiraṇyākṣa)是迪缇最开始生的两个儿子。黑冉亚卡希普与他的妻子喀雅杜(Kayādhu)生了四个儿子，分别名叫萨么拉德(Saṁhlāda)、阿努拉德(Anuhlāda)、赫拉德(Hlāda)和帕拉德(Prahlāda)。他们还有一个女儿名叫悉蜜卡(Siṁhikā)。她与名叫维帕祺特(Vipracit)的恶魔结合，生下名叫茹阿胡(Rāhu)的儿子。茹阿胡的头被至尊人格首神割下。萨么拉德的妻子奎缇(Kṛti)生下名叫潘查佳纳(Pañcajana)的儿子。赫拉德的妻子妲玛妮(Dhamani)生了两个儿子，分别名叫瓦塔琵(Vātāpi)和伊勒瓦拉(Ilvala)。伊勒瓦拉将瓦塔琵变成公羊的形象，将他烹煮后给阿嘎斯提亚(Agastya)吃。阿努拉德使他妻子苏尔雅(Sūryā)怀孕生了两个儿子，分别名叫巴施卡拉(Bāṣkala)和玛黑沙(Mahiṣa)。帕拉德有一个儿子名叫维若禅(Virocana)，而他的孙子就是巴利王(Bali Mahārāja)。巴利王有一百个儿子，其中巴纳(Bāṇa)是长子。

描述阿迪缇儿子们的后代及其他半神人后，舒卡戴瓦·哥斯瓦米(Śukadeva Gosvāmī)讲述了迪缇那些名叫玛茹特(Marut)的儿子们，以及他们是如何被提升当了半神人的。为了帮助因铎，主维施努(Viṣṇu)杀死了黑冉亚克沙和黑冉亚卡希普。为此，迪缇怀恨在心，十分渴望有一个能杀死因铎的儿子。她靠服务使喀夏帕·牟尼对她着迷，以便能跟他生一个可以做这件事情的更优秀的儿子。韦达文献中证实：喀夏帕·牟尼被他美丽的妻子所吸引，承诺要满足她的任何要求(vidvāṁsam api karṣati)。然而，当她要求一个能杀死因铎的儿子时，喀夏帕谴责了自己。他建议妻子迪缇遵守外士纳瓦(Vaiṣṇava)的仪式，以进化她自己。当迪缇遵照喀夏帕的指示忙于做奉爱服务时，因铎能明白她的动机，于是开始监视她所有的活动。一天，因铎有机会看到她做奉爱服务时出现了疏漏，因此进入她的子宫，将她儿子砍成四十九块。就这样，四十九种被称为玛茹特的气流出现了。然而，由于迪缇奉行了外士纳瓦的仪式，她生的这一批儿子都成了外士纳瓦。

第 1 节

श्रीशुक उवाच
पृश्निस्तु पत्नी सवितुः सावित्रीं व्याहृतिं त्रयीम् ।
अग्निहोत्रं पशुं सोमं चातुर्मास्यं महामखान् ॥१॥

śrī-śuka uvāca
pṛśnis tu patnī savituḥ
sāvitrīṁ vyāhṛtiṁ trayīm
agnihotraṁ paśuṁ somaṁ
cāturmāsyaṁ mahā-makhān

śrī-śukaḥ uvāca—圣舒卡戴瓦·哥斯瓦米说 / pṛśniḥ—菩瑞施妮 / tu—那时 / patnī—妻子 / savituḥ—萨维塔的 / sāvitrīm—萨维特瑞 / vyāhṛtim—维雅日缇 / trayīm—特茹阿伊 / agnihotram—阿格尼厚

陀 / paśum—帕舒 / somam—索玛 / cāturmāsyam—查图尔玛夏 / mahā-makhān—五位玛哈雅格亚

译文 圣舒卡戴瓦·哥斯瓦米说：阿迪缇十二个儿子中的第五个儿子萨维塔的妻子菩瑞施妮，生了萨维特瑞、维雅日缇和特茹阿伊三个女儿，以及阿格尼厚陀、帕舒、索玛、查图尔玛夏这些儿子和五位玛哈雅格亚。

第2节

सिद्धिर्भगस्य भार्याङ्ग महिमानं विभुं प्रभुम् ।
आशिषं च वरारोहां कन्यां प्रासूत सुव्रताम् ॥ २ ॥

siddhir bhagasya bhāryāṅga
mahimānaṁ vibhuṁ prabhum
āśiṣaṁ ca varārohāṁ
kanyāṁ prāsūta suvratām

siddhiḥ—悉迪 / bhagasya—巴嘎的 / bhāryā—妻子 / aṅga—我亲爱的君王 / mahimānam—摩黑玛 / vibhum—维布 / prabhum—帕布 / āśiṣam—阿悉 / ca—和 / varārohām—非常美丽的 / kanyām—女儿 / prāsūta—生 / su-vratām—贞洁的

译文 君王啊！阿迪缇的第六个儿子巴嘎的妻子悉迪，生了摩黑玛、维布和帕布三个儿子，以及一个美丽非凡的女儿阿悉。

第3—4节

धातुः कुहूः सिनीवाली राका चानुमतिस्तथा ।
सायं दर्शमथ प्रातः पूर्णमासमनुक्रमात् ॥ ३ ॥

अग्नीन् पुरीष्यानाधत्त क्रियायां समनन्तरः ।
चर्षणी वरुणस्यासीद्यस्यां जातो भृगुः पुनः ॥ ४ ॥

dhātuḥ kuhūḥ sinīvālī
rākā cānumatis tathā
sāyaṁ darśam atha prātaḥ
pūrṇamāsam anukramāt

agnīn purīṣyān ādhatta
kriyāyāṁ samanantaraḥ
carṣaṇī varuṇasyāsīd
yasyāṁ jāto bhṛguḥ punaḥ

dhātuḥ－达塔的 / kuhūḥ－库瑚 / sinīvālī－悉妮娃莉 / rākā－茹阿喀 / ca－和 / anumatiḥ－阿努玛缇 / tathā－还有 / sāyam－萨亚么 / darśam－达尔沙 / atha－还有 / prātaḥ－帕塔哈 / pūrṇamāsam－普尔纳玛萨 / anukramāt－分别地 / agnīn－火神 / purīṣyān－名叫普瑞夏 / ādhatta－生下 / kriyāyām－在奎雅体内 / samanantaraḥ－下一个儿子维达塔 / carṣaṇī－查尔莎妮 / varuṇasya－瓦茹纳的 / āsīt－是 / yasyām－在……的 / jātaḥ－出生 / bhṛguḥ－布瑞古 / punaḥ－再次

译文 阿迪缇的第七个儿子达塔有四位妻子，分别名叫库瑚、悉妮娃莉、茹阿喀和阿努玛缇。这些妻子共生了四个儿子，分别名叫萨亚么、达尔沙、帕塔哈及普尔纳玛萨。阿迪缇的第八个儿子维达塔的妻子名叫奎雅。维达塔使她怀孕生了名叫普瑞夏的五个火神。阿迪缇的第九个儿子瓦茹纳的妻子名叫查尔莎妮。布茹阿玛的儿子布瑞古再次投生到她的子宫中。

第 5 节

वाल्मीकिश्च महायोगी वल्मीकादभवत्किल ।
अगस्त्यश्च वसिष्ठश्च मित्रावरुणयोर्ऋषी ॥५॥

vālmīkiś ca mahā-yogī
valmīkād abhavat kila
agastyaś ca vasiṣṭhaś ca
mitrā-varuṇayor ṛṣī

vālmīkiḥ－瓦勒弥克依 / ca－和 / mahā-yogī－伟大的神秘主义者 / valmīkāt－从一个蚁冢中 / abhavat－出生 / kila－事实上 / agastyaḥ－阿嘎斯提亚 / ca－和 / vasiṣṭhaḥ－瓦希施塔 / ca－还有 / mitrā-varuṇayoḥ－阿迪缇的第十个儿子弥陀和瓦茹纳的 / ṛṣī－两位圣人

译文 透过瓦茹纳的精液，伟大的神秘主义者瓦勒弥克依从一个蚁冢中出生。布瑞古和瓦勒弥克依都是瓦茹纳自己的儿子，而阿嘎斯提亚和瓦希施塔圣人是瓦茹纳与阿迪缇的第十个儿子弥陀共有的儿子。

第 6 节

रेतः सिषिचतुः कुम्भे उर्वश्याः सन्निधौ द्रुतम् ।
रेवत्यां मित्र उत्सर्गमरिष्टं पिप्पलं व्यधात् ॥ ६ ॥

retaḥ siṣicatuḥ kumbhe
urvaśyāḥ sannidhau drutam
revatyāṁ mitra utsargam
ariṣṭaṁ pippalaṁ vyadhāt

retaḥ－精液 / siṣicatuḥ－射出 / kumbhe－在一个土制的罐子中 / urvaśyāḥ－乌尔娃悉的 / sannidhau－在……面前 / drutam－飞奔 / revatyām－在瑞娃缇体内 / mitraḥ－弥陀 / utsargam－乌特萨尔嘎 / ariṣṭam－阿瑞施塔 / pippalam－琵帕拉 / vyadhāt－生下

译文 弥陀和瓦茹纳看到天堂社交女郎乌尔娃悉时都射出精液，他们把精液存放在一个土制的罐子中。阿嘎斯提亚和瓦希施塔这两个儿子后来从罐子中出现，所以说他们是弥陀和瓦茹纳共有的儿子。弥陀使他妻子瑞娃缇怀孕生了三个儿子。他们分别名叫乌特萨尔嘎、阿瑞施塔和琵帕拉。

要旨　现代科学试图通过对精液做特殊处理，在试管中生产生物体，但很久很久以前的人就可以将精液存放在一个罐子中，使其发育成长为一个孩子。

第 7 节

पौलोम्यामिन्द्र आधत्त त्रीन् पुत्रानिति नः श्रुतम् ।
जयन्तमृषभं तात तृतीयं मीढुषं प्रभुः ॥७॥

paulomyām indra ādhatta
trīn putrān iti naḥ śrutam
jayantam ṛṣabhaṁ tāta
tṛtīyaṁ mīḍhuṣaṁ prabhuḥ

paulomyām－在袍露蜜(萨祺体内) / indraḥ－因铎 / ādhatta－生下 / trīn－三个 / putrān－儿子 / iti－如此 / naḥ－被我们 / śrutam－听到 / jayantam－佳央塔 / ṛṣabham－瑞沙巴 / tāta－我亲爱的君王 / tṛtīyam－第三 / mīḍhuṣam－弥杜沙 / prabhuḥ－至尊主

译文　帕瑞克西特王啊！天堂星球的君王因铎是阿迪缇的第十一个儿子。他与妻子袍露蜜生了佳央塔、瑞沙巴和弥杜沙三个儿子。这都是我们听说的。

第 8 节

उरुक्रमस्य देवस्य मायावामनरूपिणः ।
कीर्तौ पत्न्यां बृहच्छलोकस्तस्यासन् सौभगादयः ॥८॥

urukramasya devasya
māyā-vāmana-rūpiṇaḥ
kīrtau patnyāṁ bṛhacchlokas
tasyāsan saubhagādayaḥ

urukramasya－乌茹夸玛的 / devasya－至尊主 / māyā－凭祂的内在力量 / vāmana-rūpiṇaḥ－以一个侏儒的形象 / kīrtau－在克伊尔缇

体内 / patnyām — 祂妻子 / bṛhacchlokaḥ — 布瑞哈施珞卡 / tasya — 他的 / āsan — 是 / saubhaga-ādayaḥ — 以骚巴嘎为首的儿子们

译文 具有多种力量的至尊人格首神凭祂本人的力量，以侏儒的形象显现为阿迪缇的第十二个儿子乌茹夸玛。祂使祂妻子克伊尔缇怀孕生了一个儿子，名叫布瑞哈施珞卡。布瑞哈施珞卡有许多儿子，为首的是骚巴嘎。

要旨 《博伽梵歌》(Bhagavad-gītā)第4章的第6节诗记载，至尊主说：

ajo 'pi sann avyayātmā
bhūtānām īśvaro 'pi san
prakṛtiṁ svām adhiṣṭhāya
sambhavāmy ātma-māyayā

"尽管我不经出生就存在，我超然的身体永不变质，我是众生的主人，但我仍以原本的超然形象在每个年代显现。"至尊人格首神化身前来时，并不需要外在能量的帮助，因为祂凭祂自己的力量显现。灵性的力量也被称为玛亚(māyā)。经典中说：至尊人格首神所接受的身体被称为玛亚摩亚(ato māyāmayaṁ viṣṇuṁ pravadanti manīṣiṇaḥ)。这并非意味着祂的形象是由外在能量构成；这玛亚指的是祂的内在能量。

第9节

तत्कर्मगुणवीर्याणि काश्यपस्य महात्मनः ।
पश्चाद्वक्ष्यामहेऽदित्यां यथैवावततार ह ॥९॥

tat-karma-guṇa-vīryāṇi
kāśyapasya mahātmanaḥ
paścād vakṣyāmahe 'dityāṁ
yathaivāvatatāra ha

tat—祂的 / karma—活动 / guṇa—品质 / vīryāṇi—和力量 / kāśyapasya—喀夏帕之子的 / mahā-ātmanaḥ—伟大的灵魂 / paścāt—稍后 / vakṣyāmahe—我将描述 / adityām—在阿迪缇体内 / yathā—如何 / eva—无疑地 / avatatāra—降临 / ha—事实上

译文　我稍后(第8篇)将描述乌茹夸玛——主瓦玛纳戴瓦，是如何显现为伟大的圣人喀夏帕之子，又如何以三个跨步覆盖三个世界的。我将描述祂从事的非凡活动、祂的品质、祂的力量，以及祂如何从阿迪缇的子宫诞生。

第10节

अथ कश्यपदायादान्दैतेयान् कीर्तयामि ते ।
यत्र भागवतः श्रीमान् प्रह्रादो बलिरेव च ॥१०॥

atha kaśyapa-dāyādān
daiteyān kīrtayāmi te
yatra bhāgavataḥ śrīmān
prahrādo balir eva ca

atha—现在 / kaśyapa-dāyādān—喀夏帕之子 / daiteyān—迪缇生的 / kīrtayāmi—我将描述 / te—对你 / yatra—……之处 / bhāgavataḥ—伟大的奉献者 / śrī-mān—光荣的 / prahrādaḥ—帕拉德 / baliḥ—巴利 / eva—肯定地 / ca—也

译文　现在，让我先来描述迪缇的儿子们，他们由喀夏帕所生，但却成了恶魔。伟大的奉献者帕拉德王显现在这个恶魔家族中，巴利王也在这个家族中显现。恶魔都经迪缇的子宫出生，所以术语称他们为戴提亚。

第11节

दितेर्द्वावेव दायादौ दैत्यदानववन्दितौ ।
हिरण्यकशिपुर्नाम हिरण्याक्षश्च कीर्तितौ ॥११॥

diter dvāv eva dāyādau
daitya-dānava-vanditau
hiraṇyakaśipur nāma
hiraṇyākṣaś ca kīrtitau

diteḥ—迪缇的 / dvau—两个 / eva—无疑地 / dāyādau—儿子们 / daitya-dānava—受到戴提亚和达纳瓦们 / vanditau—崇拜 / hiraṇyakaśipuḥ—黑冉亚卡希普 / nāma—名叫 / hiraṇyākṣaḥ—黑冉亚克沙 / ca—还有 / kīrtitau—被知道

译文 从迪缇子宫中出生的前两个儿子名叫黑冉亚卡希普和黑冉亚克沙。他们两人都十分强大有力，受到戴提亚和达纳瓦们的崇拜。

第12—13节

हिरण्यकशिपोर्भार्या कयाधुर्नाम दानवी ।
जम्भस्य तनया सा तु सुषुवे चतुरः सुतान् ॥१२॥

संह्रादं प्रागनुह्रादं ह्रादं प्रह्रादमेव च ।
तत्स्वसा सिंहिका नाम राहुं विप्रचितोऽग्रहीत् ॥१३॥

hiraṇyakaśipor bhāryā
kayādhur nāma dānavī
jambhasya tanayā sā tu
suṣuve caturaḥ sutān

saṁhrādaṁ prāg anuhrādaṁ
hrādaṁ prahrādam eva ca
tat-svasā siṁhikā nāma
rāhuṁ vipracito 'grahīt

hiraṇyakaśipoḥ—黑冉亚卡希普的 / bhāryā—妻子 / kayādhuḥ—喀雅杜 / nāma—名叫 / dānavī—达努的后代 / jambhasya—湛巴的 / tanayā—女儿 / sā—她 / tu—事实上 / suṣuve—生出 / caturaḥ—四个 / sutān—儿子 / saṁhrādam—萨么拉德 / prāk—第一 / anuhrādam－阿努拉德 / hrādam－赫拉德 / prahrādam－帕拉德 / eva－还有 / ca－和 / tat-svasā－他的妹妹 / siṁhikā－悉蜜卡 / nāma－名叫 / rāhum－茹阿胡 / vipracitaḥ－从维帕祺特 / agrahīt－得到

译文 黑冉亚卡希普的妻子名叫喀雅杜。她是湛巴的女儿，达努的一个后代。她连续生下四个儿子，分别是萨么拉德、阿努拉德、赫拉德及帕拉德。她这四个儿子的妹妹名叫悉蜜卡。悉蜜卡嫁给一个叫维帕祺特的恶魔，与他生了另一个恶魔——茹阿胡。

第 14 节

शिरोऽहरद्यस्य हरिश्चक्रेण पिबतोऽमृतम् ।
संह्रादस्य कृतिर्भार्यासूत पञ्चजनं ततः ॥१४॥

śiro 'harad yasya hariś
cakreṇa pibato 'mṛtam
saṁhrādasya kṛtir bhāryā-
sūta pañcajanaṁ tataḥ

śiraḥ－头 / aharat－割下 / yasya－……的 / hariḥ－哈尔依 / cakreṇa－用飞轮 / pibataḥ－喝着 / amṛtam－甘露 / saṁhrādasya－萨么拉德的 / kṛtiḥ－奎缇 / bhāryā－妻子 / asūta－生出 / pañcajanam－潘查佳纳 / tataḥ－从他

译文 当茹阿胡乔装打扮混在半神人中喝甘露时，至尊人格首神割下了他的头。萨么拉德的妻子名叫奎缇。与萨么拉德结合后，奎缇生下名叫潘查佳纳的儿子。

第 15 节

ह्रादस्य धमनिर्भार्यासूत वातापिमिल्वलम् ।
योऽगस्त्याय त्वतिथये पेचे वातापिमिल्वलः ॥१५॥

hrādasya dhamanir bhāryā-
sūta vātāpim ilvalam
yo 'gastyāya tv atithaye
pece vātāpim ilvalaḥ

hrādasya－赫拉德的 / dhamaniḥ－妲玛妮 / bhāryā－妻子 / asūta－生出 / vātāpim－瓦塔琵 / ilvalam－伊勒瓦拉 / yaḥ－……的他 / agastyāya－对阿嘎斯提亚 / tu－但是 / atithaye－他的客人 / pece－烹煮 / vātāpim－瓦塔琵 / ilvalaḥ－伊勒瓦拉

译文 赫拉德的妻子名叫妲玛妮。她生了两个儿子，分别名叫瓦塔琵和伊勒瓦拉。当阿嘎斯提亚·牟尼成为伊勒瓦拉的宾客时，伊勒瓦拉烹煮有公羊形象的瓦塔琵设宴款待他。

第 16 节

अनुह्रादस्य सूर्यायां बाष्कलो महिषस्तथा ।
विरोचनस्तु प्राह्रादिर्देव्यां तस्याभवद्बलिः ॥१६॥

anuhrādasya sūryāyāṁ
bāṣkalo mahiṣas tathā
virocanas tu prāhrādir
devyāṁ tasyābhavad baliḥ

anuhrādasya－阿努拉德的 / sūryāyām－通过苏尔雅 / bāṣkalaḥ－巴施卡拉 / mahiṣaḥ－玛黑沙 / tathā－还有 / virocanaḥ－维若禅 / tu－事实上 / prāhrādiḥ－帕拉德的儿子 / devyām－透过他的妻子 / tasya－他的 / abhavat－是 / baliḥ－巴利

译文 阿努拉德的妻子名叫苏尔雅。她生了两个儿子，分别名叫巴施卡拉和玛黑沙。帕拉德有一个儿子，名叫维若禅，维若禅的妻子生下了巴利王。

第 17 节

बाणज्येष्ठं पुत्रशतमशनायां ततोऽभवत् ।
तस्यानुभावं सुश्लोक्यं पश्चादेवाभिधास्यते ॥१७॥

bāṇa-jyeṣṭhaṁ putra-śatam
aśanāyāṁ tato 'bhavat
tasyānubhāvaṁ suślokyaṁ
paścād evābhidhāsyate

bāṇa-jyeṣṭham—以巴纳为最长的 / putra-śatam—一百个儿子 / aśanāyām—透过阿莎娜 / tataḥ—从他 / abhavat—有 / tasya—他的 / anubhāvam—品格 / su-ślokyam—值得颂扬的 / paścāt—以后 / eva—无疑地 / abhidhāsyate—将被描述

译文　那之后，巴利王使阿莎娜怀孕生下一百个儿子。在这一百个儿子中，巴纳王是长子。我以后会讲述巴利王那些极值得颂扬的活动(第8篇)。

第 18 节

बाण आराध्य गिरिशं लेभे तद्गणमुख्यताम् ।
यत्पार्श्वे भगवानास्ते ह्यद्यापि पुरपालकः ॥१८॥

bāṇa ārādhya giriśaṁ
lebhe tad-gaṇa-mukhyatām
yat-pārśve bhagavān āste
hy adyāpi pura-pālakaḥ

bāṇaḥ—巴纳 / ārādhya—崇拜了 / giriśam—主希瓦 / lebhe—获得 / tat—他(主希瓦)的 / gaṇa-mukhyatām—为主要同伴之一 / yat-pārśve—在……身旁 / bhagavān—主希瓦 / āste—仍维持 / hi—因为……的 / adya—现在 / api—甚至 / pura-pālakaḥ—首都的保护者

译文　巴纳王因为是主希瓦优秀的崇拜者，所以成为主希瓦最著名的同伴之一。即使现在，主希瓦还在保护巴纳王的首都，始终站在他身旁。

第 19 节

मरुतश्च दितेः पुत्राश्चत्वारिंशन्नवाधिकाः ।
त आसन्नप्रजाः सर्वे नीता इन्द्रेण सात्मताम् ॥१९॥

marutaś ca diteḥ putrāś
catvāriṁśan navādhikāḥ
ta āsann aprajāḥ sarve
nītā indreṇa sātmatām

marutaḥ—玛茹特 / ca—和 / diteḥ—迪缇的 / putrāḥ—儿子们 / catvāriṁśat—四十 / nava-adhikāḥ—加九 / te—他们 / āsan—是 / aprajāḥ—没有儿子 / sarve—所有的 / nītāḥ—被带到 / indreṇa—凭因铎 / sa-ātmatām—到半神人的地位

译文 迪缇还生了四十九位玛茹特半神人。他们都没有儿子。尽管他们由迪缇生下，因铎王还是给予他们半神人的职位。

要旨 很显然，就连恶魔只要革除他们不敬神的品质，都能被提升到半神人的地位上。整个宇宙中有两种人：是主维施努的奉献者的人被称为半神人，另一种与之相反的人被称为恶魔。正如这节诗的内容所证明的，就连恶魔都能被转变为半神人。

第 20 节

श्रीराजोवाच
कथं त आसुरं भावमपोह्यौत्पत्तिकं गुरो ।
इन्द्रेण प्रापिताः सात्म्यं किं तत्साधु कृतं हि तैः ॥२०॥

śrī-rājovāca
kathaṁ ta āsuraṁ bhāvam
apohyautpattikaṁ guro
indreṇa prāpitāḥ sātmyaṁ
kiṁ tat sādhu kṛtaṁ hi taiḥ

śrī-rājā uvāca—帕瑞克西特王说 / katham—为什么 / te—他们 / āsuram—恶魔的 / bhāvam—心态 / apohya—放弃 / autpattikam—因为其出身 / guro—我亲爱的至尊主 / indreṇa—被因铎 / prāpitāḥ—被改变的 / sa-ātmyam—成为半神人 / kim—是否 / tat—因此 / sādhu—虔诚活动 / kṛtam—举行 / hi—事实上 / taiḥ—被他们

译文　帕瑞克西特王询问道：我亲爱的阁下大人，那四十九位玛茹特因为其出身，必然拥有恶魔的心态。天帝因铎为什么让他们当半神人？他们举行过任何仪式或从事过虔诚活动吗？

第 21 节

इमे श्रद्दधते ब्रह्मन्नृषयो हि मया सह ।
परिज्ञानाय भगवंस्तन्नो व्याख्यातुमर्हसि ॥२१॥

ime śraddadhate brahmann
ṛṣayo hi mayā saha
parijñānāya bhagavaṁs
tan no vyākhyātum arhasi

ime—这些 / śraddadhate—渴望 / brahman—布茹阿玛纳啊！ / ṛṣayaḥ—圣人 / hi—事实上 / mayā saha—与我一起 / parijñānāya—知道 / bhagavan—伟大的灵魂啊！ / tat—因此 / naḥ—对我们 / vyākhyātum arhasi—请解释

译文　亲爱的布茹阿玛纳，我与所有聚在这里的圣人们都渴望了解这一点。所以，伟大的灵魂啊！请给我们解释其中的原因。

第 22 节

श्रीसूत उवाच
तद्विष्णुरातस्य स बादरायणि-
वचो निशम्यादृतमल्पमर्थवत् ।
सभाजयन् सन्निभृतेन चेतसा
जगाद सत्रायण सर्वदर्शनः ॥२२॥

śrī-sūta uvāca
tad viṣṇurātasya sa bādarāyaṇir
vaco niśamyādṛtam alpam arthavat
sabhājayan san nibhṛtena cetasā
jagāda satrāyaṇa sarva-darśanaḥ

śrī-sūtaḥ uvāca－圣苏塔·哥斯瓦米说 / tat－那些 / viṣṇurātasya－帕瑞克西特王 / saḥ－他 / bādarāyaṇiḥ－舒卡戴瓦·哥斯瓦米 / vacaḥ－话语 / niśamya－聆听 / ādṛtam－恭敬地 / alpam－简洁地 / arthavat－有意义的 / sabhājayan san－赞扬 / nibhṛtena cetasā－十分高兴 / jagāda－回答 / satrāyaṇa－绍纳卡啊！ / sarva-darśanaḥ－了解一切的

译文 圣苏塔·哥斯瓦米说：伟大的绍纳卡圣人啊！听帕瑞克西特王恭敬、简洁地讲了要聆听的重点话题后，清楚地了解一切的舒卡戴瓦·哥斯瓦米，十分高兴地赞扬他的提问并给予回答。

要旨 舒卡戴瓦·哥斯瓦米很欣赏帕瑞克西特王(Mahārāja Parīkṣit)提的问题，因为尽管用词不多，但却意味深长地询问了身为迪缇儿子的恶魔是如何成为奉献者的。圣维施瓦纳特·查夸瓦尔提·塔库尔强调：尽管迪缇曾十分邪恶，但她的心因为有忠诚的态度而得到净化。另一个意义重大的主题是：喀夏帕·牟尼虽然是博学的学者，具有高度的灵性意识，但却被他美丽的妻子引诱沦落为受害者。帕瑞克西特王提的问题虽然简短，但却包含了所有这些询问的内容，因此舒卡戴瓦·哥斯瓦米十分欣赏帕瑞克西特王提的问题。

第 23 节

श्रीशुक उवाच
हतपुत्रा दितिः शक्रपार्ष्णिग्राहेण विष्णुना ।
मन्युना शोकदीप्तेन ज्वलन्ती पर्यचिन्तयत् ॥२३॥

śrī-śuka uvāca
hata-putrā ditiḥ śakra-
pārṣṇi-grāheṇa viṣṇunā
manyunā śoka-dīptena
jvalantī paryacintayat

śrī-śukaḥ uvāca—圣舒卡戴瓦·哥斯瓦米说 / hata-putrā—……的儿子被杀 / ditiḥ—迪缇 / śakra-pārṣṇi-grāheṇa—在帮助主因铎的 / viṣṇunā—被主维施努 / manyunā—愤怒地 / śoka-dīptena—因悲痛而点燃 / jvalantī—燃烧 / paryacintayat—想要

译文　圣舒卡戴瓦·哥斯瓦米说：为了帮助因铎，主维施努杀了黑冉亚克沙和黑冉亚卡希普两兄弟。他们的被杀，使他们的母亲迪缇悲痛欲绝、怒火万丈，在心中冥思苦想出以下的内容。

第 24 节

कदा नु भ्रातृहन्तारमिन्द्रियाराममुल्बणम् ।
अक्लिन्नहृदयं पापं घातयित्वा शये सुखम् ॥२४॥

kadā nu bhrātṛ-hantāram
indriyārāmam ulbaṇam
aklinna-hṛdayaṁ pāpaṁ
ghātayitvā śaye sukham

kadā—何时 / nu—事实上 / bhrātṛ-hantāram—杀死两兄弟者 / indriya-ārāmam—特别喜欢感官享乐的 / ulbaṇam—残忍的 / aklinna-hṛdayam—冷酷的 / pāpam—罪恶的 / ghātayitvā—造成被杀 / śaye—我将休息 / sukham—高兴地

译文 (她想：)特别喜欢感官享乐的主因铎，借主维施努的手杀死了黑冉亚克沙和黑冉亚卡希普两兄弟，所以他残忍、冷酷且罪恶。我何时才能杀死他，然后心情平静地休息呢？

第25节

कृमिविड्भस्मसंज्ञासीद्यस्येशाभिहितस्य च ।
भूतध्रुक्तत्कृते स्वार्थं किं वेद निरयो यतः ॥२५॥

kṛmi-viḍ-bhasma-saṁjñāsīd
yasyeśābhihitasya ca
bhūta-dhruk tat-kṛte svārthaṁ
kiṁ veda nirayo yataḥ

kṛmi—虫子 / viṭ—粪便 / bhasma—灰烬 / saṁjñā—名称 / āsīt—变成 / yasya—……(躯体)的 / īśa-abhihitasya—虽然称为君王 / ca—也 / bhūta-dhruk—伤害其他生物体的他 / tat-kṛte—为了那 / sva-artham—他自我的利益 / kim veda—他知道吗？ / nirayaḥ—地狱中的惩罚 / yataḥ—从……的

译文 死亡时，所有被称为君王和伟大领袖的统治者，都将转变为虫子、粪便或灰烬。如果人为了保护这样一个躯体而不惜杀死他人，那他是真了解生命的真正利益吗？毫无疑问，他不了解，因为伤害其他生物体的人必定到地狱去。

要旨 物质躯体，哪怕是伟大的君王拥有的，最终都会转变为粪便、虫子或灰烬。人太执著于躯体化的生命概念时，无疑不是很有智慧。

第 26 节

आशासानस्य तस्येदं ध्रुवमुन्नद्धचेतसः ।
मदशोषक इन्द्रस्य भूयाद्येन सुतो हि मे ॥२६॥

āśāsānasya tasyedaṁ
dhruvam unnaddha-cetasaḥ
mada-śoṣaka indrasya
bhūyād yena suto hi me

āśāsānasya—想 / tasya—他的 / idam—这(躯体) / dhruvam—永恒的 / unnaddha-cetasaḥ—……的心没有受到控制的 / mada-śoṣakaḥ—可以去除疯狂的 / indrasya—因铎的 / bhūyāt—但愿 / yena—凭……的 / sutaḥ—一个儿子 / hi—无疑地 / me—我的

译文　迪缇心想：因铎认为他的躯体是永恒的，所以变得放肆。为此，我希望有个儿子能去除因铎的疯狂。让我采用一些方法帮助我做到这一点。

要旨　经典(śāstra)中将持有躯体化生命概念的人比作是像牛或驴一样的动物。迪缇想要惩罚已变成如低等动物般的因铎。

第 27—28 节

इति भावेन सा भर्तुराचचारासकृत्प्रियम् ।
शुश्रूषयानुरागेण प्रश्रयेण दमेन च ॥२७॥

भक्त्या परमया राजन्मनोज्ञैर्वल्गुभाषितैः ।
मनो जग्राह भावज्ञा सस्मितापाङ्गवीक्षणैः ॥२८॥

iti bhāvena sā bhartur
ācacārāsakṛt priyam
śuśrūṣayānurāgeṇa
praśrayeṇa damena ca

bhaktyā paramayā rājan
manojñair valgu-bhāṣitaiḥ
mano jagrāha bhāva-jñā
sasmitāpāṅga-vīkṣaṇaiḥ

iti—如此 / bhāvena—怀着意图 / sā—她 / bhartuḥ—丈夫的 / ācacāra—表现出 / asakṛt—不断地 / priyam—讨人喜欢的行为 / śuśrūṣayā—用服务 / anurāgeṇa—用爱 / praśrayeṇa—用谦卑 / damena—用自制 / ca—还有 / bhaktyā—用奉献 / paramayā—巨大的 / rājan—君王啊！ / manojñaiḥ—迷人的 / valgu-bhāṣitaiḥ—用甜美的话语 / manaḥ—他的心 / jagrāha—置于她的控制下 / bhāva-jñā—知道他的性格 / sa-smita—用微笑 / apāṅga-vīkṣaṇaiḥ—靠瞥视

译文 迪缇这样想着(怀着要有个儿子可以杀死因铎的愿望)，开始用她讨人喜欢的行为举止一直不断地取悦喀夏帕。君王啊！迪缇总是按喀夏帕的愿望很忠实地执行他的命令，用服务、爱、谦卑、自制及说甜言蜜语等方式取悦她丈夫。迪缇用她的微笑和瞥视吸引了喀夏帕的心，把它置于她的控制之下。

要旨 当女人想要让自己的丈夫喜爱自己并对自己很忠诚时，她必须从各方面取悦他。当丈夫对他的妻子满意时，妻子就能得到所有的必需品、首饰及其感官的彻底满足。这节诗中描述了迪缇表现出的行为举止和态度。

第29节

एवं स्त्रिया जडीभूतो विद्वानपि मनोज्ञया ।
बाढमित्याह विवशो न तच्चित्रं हि योषिति ॥२९॥

evaṁ striyā jaḍībhūto
　vidvān api manojñayā
bāḍham ity āha vivaśo
　na tac citraṁ hi yoṣiti

evam－如此 / striyā－被女人 / jaḍībhūtaḥ－蛊惑 / vidvān－十分博学的 / api－虽然 / manojñayā－很精通 / bāḍham－是 / iti－如此 / āha－说 / vivaśaḥ－在她的控制下 / na－不 / tat－那 / citram－令人惊讶的 / hi－事实上 / yoṣiti－与女人打交道

译文　喀夏帕·牟尼虽然是很博学的学者，但却被迪缇表现出的举止所蛊惑，使自己置于她的控制下。为此，他向妻子保证，他将会满足她的愿望。丈夫给予的这种承诺一点都不令人惊讶。

第 30 节

विलोक्यैकान्तभूतानि भूतान्यादौ प्रजापतिः ।
स्त्रियं चक्रे स्वदेहार्धं यया पुंसां मतिर्हृता ॥३०॥

vilokyaikānta-bhūtāni
　bhūtāny ādau prajāpatiḥ
striyaṁ cakre sva-dehārdhaṁ
　yayā puṁsāṁ matir hṛtā

vilokya－看到 / ekānta-bhūtāni－超脱的 / bhūtāni－生物体 / ādau－在最初 / prajāpatiḥ－主布茹阿玛 / striyam－女人 / cakre－创造 / sva-deha－他的身体 / ardham－一半 / yayā－被……的 / puṁsām－男人的 / matiḥ－心 / hṛtā－带走

译文　在创造之初，宇宙的生物体之父主布茹阿玛，看到所有的生物体都是独身。于是为增加宇宙居民的数量，他从男人的身体分离出作为配偶的女人，因为女人的行为举止会带走男人的心。

要旨 这整个宇宙都在性吸引的魔力控制下运作，而这是主布茹阿玛为增加整个宇宙的居民数量而制造的状态。宇宙居民不仅是指人类社会，也包括其他物种。正如在第5篇中记载的，瑞沙巴戴瓦说明：整个世界都在异性相吸的魔力驱使下运作(puṁsaḥ striyā mithunī-bhāvam etam)。男人和女人结合时，这种吸引的牢固的结就会变得越来越牢固，从而使男人卷入物质主义的生活方式。这是物质世界中的错觉。这种错觉在喀夏帕·牟尼的身上也起到作用，尽管他十分博学，具有很高级的灵性知识。正如《玛努法典》(Manu-saṁhitā)第2章的第215节诗及《圣典博伽瓦谭》(Śrīmad-Bhāgavatam)第9篇第19章的第17节诗所说：

mātrā svasrā duhitrā vā
nāviviktāsano bhavet
balavān indriya-grāmo
vidvāṁsam api karṣati

“感官是如此强劲，甚至能将具有高等知识的博学之人引入歧途，因此男人不该在隐蔽之处与女人，甚至是自己的母亲、姐妹或女儿单独相处。”男人在隐蔽之处与女人单独相处时，他的性欲无疑就会增强。正因为如此，这节诗文中用“超脱的(ekānta-bhūtāni)”一词表明，为避免性欲的打扰，人应该尽可能地避免与女人相伴。性欲是如此强劲，男人如果在僻静地与女人独处，哪怕是自己的母亲、姐妹或女儿，都会色欲熏心。

第 31 节

एवं शुश्रूषितस्तात भगवान् कश्यपः स्त्रिया ।
प्रहस्य परमप्रीतो दितिमाहाभिनन्द्य च ॥३१॥

evaṁ śuśrūṣitas tāta
bhagavān kaśyapaḥ striyā

prahasya parama-prīto
ditim āhābhinandya ca

evam—如此 / śuśrūṣitaḥ—被服务 / tāta—亲爱的人啊！ / bhagavān—最强有力的 / kaśyapaḥ—喀夏帕 / striyā—被女人 / prahasya—微笑着 / parama-prītaḥ—极为满意 / ditim—对迪缇 / āha—说 / abhinandya—赞许 / ca—还有

译文　亲爱的人啊！最强有力的圣人喀夏帕，因为对他妻子迪缇温柔的行为举止极为满意，于是微笑着对她说了如下一番话。

第 32 节

श्रीकश्यप उवाच
वरं वरय वामोरु प्रीतस्तेऽहमनिन्दिते ।
स्त्रिया भर्तरि सुप्रीते कः काम इह चागमः ॥३२॥

śrī-kaśyapa uvāca
varaṁ varaya vāmoru
prītas te 'ham anindite
striyā bhartari suprīte
kaḥ kāma iha cāgamaḥ

śrī-kaśyapaḥ uvāca—喀夏帕·牟尼说 / varam—祝福 / varaya—要求 / vāmoru—美丽的女人啊！ / prītaḥ—满意 / te—对你 / aham—我 / anindite—无可指责的女士啊！ / striyāḥ—为那女人 / bhartari—当丈夫 / su-prīte—满意 / kaḥ—什么 / kāmaḥ—愿望 / iha—这里 / ca—和 / agamaḥ—难以达到

译文　喀夏帕·牟尼说：啊，美丽的女人，无可指责的女士！我对你的行为举止极为满意，因此你可以向我要求你想要的任何祝福。丈夫如果满意了，还有什么愿望是他妻子在这世上或来世难以达到的呢？

第 33—34 节

पतिरेव हि नारीणां दैवतं परमं स्मृतम् ।
मानसः सर्वभूतानां वासुदेवः श्रियः पतिः ॥३३॥

स एव देवतालिङ्गैर्नामरूपविकल्पितैः ।
इज्यते भगवान् पुम्भिः स्त्रीभिश्च पतिरूपधृक् ॥३४॥

patir eva hi nārīṇāṁ
daivataṁ paramaṁ smṛtam
mānasaḥ sarva-bhūtānāṁ
vāsudevaḥ śriyaḥ patiḥ

sa eva devatā-liṅgair
nāma-rūpa-vikalpitaiḥ
ijyate bhagavān pumbhiḥ
strībhiś ca pati-rūpa-dhṛk

patiḥ—丈夫 / eva—事实上 / hi—无疑地 / nārīṇām—女人的 / daivatam—半神人 / paramam—至高无上的 / smṛtam—被认为 / mānasaḥ—处在心中 / sarva-bhūtānām—所有生物体的 / vāsudevaḥ—华苏戴瓦 / śriyaḥ—幸运女神的 / patiḥ—丈夫 / saḥ—祂 / eva—无疑地 / devatā-liṅgaiḥ—透过半神人的形象 / nāma—名字 / rūpa—形象 / vikalpitaiḥ—设想 / ijyate—被崇拜 / bhagavān—至尊人格首神 / pumbhiḥ—被男人 / strībhiḥ—被女人 / ca—还有 / pati-rūpa-dhṛk—以丈夫的形象

译文 丈夫对女人来说是最高的半神人。幸运女神的丈夫——至尊人格首神华苏戴瓦，处在每一个生物体的心中，功利性活动者透过有各种名字和形象的半神人崇拜祂。同样，对一个女人来说，丈夫作为崇拜对象代表着至尊主。

要旨 《博伽梵歌》第9章的第23节诗记载，至尊主说：

ye 'py anya-devatā-bhaktā
yajante śraddhayānvitāḥ
te 'pi mām eva kaunteya
yajanty avidhi-pūrvakam

"琨缇的儿子啊！半神人的奉献者怀着信心崇拜半神人，但实际上崇拜的只是我，然而他们崇拜的方式错了。"半神人是如至尊人格首神的手和腿一样在做事的各种助手。没有与至尊主直接接触且无法想象至尊主崇高地位的人，有时被建议去崇拜如至尊主身体的各个部分一样的半神人。女人一般都很依恋自己的丈夫，如果她们将自己的丈夫视为是华苏戴瓦的代表加以崇拜，就会受益良多，就像阿佳弥勒(Ajāmila)通过叫他儿子纳茹阿亚纳(Nārāyaṇa)而受益一样。阿佳弥勒当时考虑的只是他儿子，但却因为依恋纳茹阿亚纳这个名字而仅仅靠呼喊这个名字得到了解脱。在印度，当丈夫的人至今还被称为丈夫灵性导师(pati-guru)。如果丈夫和妻子为增进奎师那意识而相互依恋，他们的合作关系就对取得进步很有帮助。

尽管因铎和阿格尼(Agni)的名字在韦达曼陀中时有出现(indrāya svāhā, agnaye svāhā)，但举行韦达祭祀，实际上是为了取悦主维施努。然而，如果一个人还很执著物质的感官享乐，那就会被推荐去崇拜半神人或自己的丈夫。

第 35 节

तस्मात्पतिव्रता नार्यः श्रेयस्कामाः सुमध्यमे ।
यजन्तेऽनन्यभावेन पतिमात्मानमीश्वरम् ॥३५॥

tasmāt pati-vratā nāryaḥ
śreyas-kāmāḥ sumadhyame
yajante 'nanya-bhāvena
patim ātmānam īśvaram

tasmāt－因此 / pati-vratāḥ－对丈夫忠诚 / nāryaḥ－女人 / śreyaḥ-kāmāḥ－真诚的 / su-madhyame－腰身纤细的女人啊！ / yajante－崇拜 / ananya-bhāvena－虔敬地 / patim－丈夫 / ātmānam－超灵 / īśvaram－至尊人格首神的代表

译文 身体十分美丽的爱妻，你腰身纤细。真诚的妻子应该贞洁，应该遵守丈夫的指令。她应该把丈夫当做是华苏戴瓦的代表加以虔敬地崇拜。

第 36 节

सोऽहं त्वयार्चितो भद्रे ईदृग्भावेन भक्तितः ।
तं ते सम्पादये काममसतीनां सुदुर्लभम् ॥३६॥

so 'haṁ tvayārcito bhadre
īdṛg-bhāvena bhaktitaḥ
taṁ te sampādaye kāmam
asatīnāṁ sudurlabham

saḥ－这样一个人 / aham－我 / tvayā－被你 / arcitaḥ－崇拜 / bhadre－温顺的女人啊！ / īdṛk-bhāvena－以这种方式 / bhaktitaḥ－忠心耿耿地 / tam－那 / te－你的 / sampādaye－将满足 / kāmam－愿望 / asatīnām－对不贞节的女人 / su-durlabham－难以得到的

译文 我温顺的爱妻，由于你将我视为至尊人格首神的代表，忠心耿耿地崇拜我，我将以满足你愿望的方式奖赏你，而这是不贞节的妻子难以得到的。

第 37 节

दितिरुवाच
वरदो यदि मे ब्रह्मन् पुत्रमिन्द्रहणं वृणे ।
अमृत्युं मृतपुत्राहं येन मे घातितौ सुतौ ॥३७॥

ditir uvāca
varado yadi me brahman
putram indra-haṇaṁ vṛṇe
amṛtyuṁ mṛta-putrāhaṁ
yena me ghātitau sutau

ditiḥ uvāca—迪缇说 / vara-daḥ—祝福的赐予者 / yadi—如果 / me—对我 / brahman—伟大的灵魂啊！ / putram—一个儿子 / indra-haṇam—能杀死因铎的 / vṛṇe—我请求 / amṛtyum—不死的 / mṛta-putrā—……的儿子死了 / aham—我 / yena—被……的 / me—我的 / ghātitau—造成被杀 / sutau—两个儿子

译文　迪缇回答说：啊，我的丈夫，伟大的灵魂！现在我失去了我的儿子。如果你想给我祝福，那我请求你给我一个能杀死因铎的不死的儿子。我之所以祈求这个，是因为因铎在维施努的帮助下杀死了我的两个儿子——黑冉亚克沙和黑冉亚卡希普。

要旨　梵文indra-haṇam一句的意思是"能杀死因铎的人"，但也有"跟随因铎的人"的意思。"不死的(amṛtyum)"一词是指半神人；半神人的寿命极长，不像普通人那样很快就死。例如：《博伽梵歌》中就有关主布茹阿玛的寿命说明道：人类的一千个年代之和等于布茹阿玛的一个白天(sahasra-yuga-paryantam ahar yad brahmaṇo viduḥ)。只是布茹阿玛的一个白天——十二个小时，就已经有四百三十万年乘以一千那么长了。所以，他的寿命对普通人类来说是不可思议的长。正因为如此，半神人有时被称为"不死之人(amara)"。然而，在这个物质世界里，众生都不得不经历死亡。因此，"不死的(amṛtyum)"一词是指，迪缇想要一个与半神人在同一个层面上的儿子。

第 38 节

निशम्य तद्वचो विप्रो विमनाः पर्यतप्यत ।
अहो अधर्मः सुमहानद्य मे समुपस्थितः ॥३८॥

niśamya tad-vaco vipro
vimanāḥ paryatapyata
aho adharmaḥ sumahān
adya me samupasthitaḥ

niśamya — 听了 / tat-vacaḥ — 她的话 / vipraḥ — 布茹阿玛纳 / vimanāḥ — 难过 / paryatapyata — 悲叹 / aho — 唉！ / adharmaḥ — 不虔诚 / su-mahān — 十分 / adya — 今天 / me — 在我身上 / samupasthitaḥ — 已经到来

译文 听了迪缇的请求，喀夏帕·牟尼十分难过。他悲叹道："唉，我现在面临杀因铎这一罪恶活动所将带来的险境了。"

要旨 喀夏帕·牟尼虽然很渴望满足他妻子迪缇的愿望，但听到她想要有个能杀死因铎的儿子时，对这想法很反感，高兴的心情于是立刻烟消云散。

第 39 节

अहो अर्थेन्द्रियारामो योषिन्मय्येह मायया ।
गृहीतचेताः कृपणः पतिष्ये नरके ध्रुवम् ॥३९॥

aho arthendriyārāmo
yoṣin-mayyeha māyayā
gṛhīta-cetāḥ kṛpaṇaḥ
patiṣye narake dhruvam

aho — 唉！ / artha-indriya-ārāmaḥ — 太依恋物质享乐 / yoṣit-mayyā — 以女人的形象 / iha — 这里 / māyayā — 被错觉能量 / gṛhīta-cetāḥ－我的心受迷惑 / kṛpaṇaḥ－不幸的 / patiṣye－我将坠落 / narake－入地狱 / dhruvam－无疑地

译文　喀夏帕·牟尼心想：唉，我现在变得太依恋物质享乐。我的心趁机受至尊人格首神以女人形象(我妻子)展现的错觉能量的吸引。因此，我无疑是即将滑向地狱的不幸之人。

第40节

कोऽतिक्रमोऽनुवर्तन्त्याः स्वभावमिह योषितः ।
धिङ मां बताबुधं स्वार्थे यदहं त्वजितेन्द्रियः ॥४०॥

ko 'tikramo 'nuvartantyāḥ
svabhāvam iha yoṣitaḥ
dhiṅ māṁ batābudhaṁ svārthe
yad ahaṁ tv ajitendriyaḥ

kaḥ－什么 / atikramaḥ－过错 / anuvartantyāḥ－按照 / sva-bhāvam－她的天性 / iha－这里 / yoṣitaḥ－女人的 / dhik－谴责 / mām－对我 / bata－唉！ / abudham－不熟识 / sva-arthe－什么对我是好的 / yat－因为 / aham－我 / tu－事实上 / ajita-indriyaḥ－不能控制我的感官

译文　这女人——我的妻子，按她的天性采用这种方法，所以无可指责。但我是个男人啊。因此，我该受到所有的谴责！我因为控制不了自己的感官而根本认识不到究竟什么对我是有益的。

要旨　女人的天性是要享受物质世界。她通过满足她丈夫的舌头(jihvā)、肚子(udara)和生殖器官(upastha)，引诱丈夫与她一起享受这个世界。女人很精通烹煮美味佳肴，以此很容易在吃的方面满足她丈夫。人一旦吃得很好，他的肚子就感到满足，而肚子一旦感到满足，生殖器官就变得强壮；尤其是当男人习惯吃肉、喝酒，进食类似的激情型食品时，他无疑就会性欲旺盛。应该明白：性欲不会使人取得灵性进步，只会使人滑向地狱。为此，喀夏帕·牟尼认为自己的处境很可悲。换句话说，当居士的人除非受到训练，而妻子听从丈夫的话，否则他就是在冒险。《圣典博伽瓦谭》第7篇第6章的第1节诗说：当丈夫的人应该在人生的一开始就受到训练(kaumāra ācaret prājño dharmān bhāgavatān iha)。在过独身禁欲的学生生活(brahmacarya)时，人应该受到教育，精通于做奉爱服务(bhāgavata-dharma)。随后，当他结婚时，如果他妻子忠实于他，跟他一起过做奉爱服务的生活，他们夫妻的关系就会令人很满意。然而，夫妻间的关系如果与增强灵性意识无关，而只是涉及感官享乐，那就一点都不可取。《圣典博伽瓦谭》第12篇第2章的第3节诗说：尤其在这个喀历年代(Kali-yuga)中，夫妻间的关系将以性能力为基础(dām-patye 'bhirucir hetuḥ)。正因为如此，除非夫妻两人都致力于培养奎师那意识，否则喀历年代中的居士生活极度危险。

第 41 节

शरत्पद्मोत्सवं वक्त्रं वचश्च श्रवणामृतम् ।
हृदयं क्षुरधाराभं स्त्रीणां को वेद चेष्टितम् ॥४१॥

śarat-padmotsavaṁ vaktraṁ
vacaś ca śravaṇāmṛtam
hṛdayaṁ kṣura-dhārābhaṁ
strīṇāṁ ko veda ceṣṭitam

śarat—在秋季 / padma—一朵莲花 / utsavam—盛开的 / vaktram—脸庞 / vacaḥ—话语 / ca—和 / śravaṇa—使耳朵 / amṛtam—带来愉悦 / hṛdayam—心 / kṣura-dhārā——把剃刀的刀片 / ābham—就像 / strīṇām—女人的 / kaḥ—谁 / veda—知道 / ceṣṭitam—行为处事

译文　女人的脸庞如秋季盛开的莲花般美丽、吸引人。她的话语十分甜蜜，使耳朵十分享受，但如果我们研究女人的心，我们就可以明白，它像剃刀的刀片般极其锋利。在这样的情况下，有谁能明白一个女人的行为处事啊？

要旨　喀夏帕·牟尼从物质主义者的角度对女人作出精确的描述。女人一般被称为“美丽的女性”，尤其是在十六到十七岁的青春期，女人对男人来说十分有吸引力。正因为如此，女人的脸庞被比作是秋季盛开的莲花。正如莲花在秋季格外美丽，女人在青春期的美十分有魅力。梵文中将女人的声音称为是nārī-svara，因为女人一般都会唱歌，而她们的歌声很吸引人。如今，电影演员，尤其是女歌手，尤其受到欢迎。她们中有的只是唱唱歌，就赚进令人难以置信数量的金钱。因此，正如圣柴坦亚·玛哈帕布所教导的，女人的歌声很危险，因为它能使托钵僧(sannyā-sī)成为女人的牺牲者。托钵僧是不再与女人做伴的人，因为当他听到女人的声音，看到女人美丽的脸庞，无疑就会受到吸引，从而堕落。这样的例子有很多。就连伟大的圣人维施瓦弥陀(Viśvā-mitra)都沦落为梅娜卡(Menakā)的牺牲者。所以，想要增强灵性意识的人必须尤其小心不要看女人的脸或听女人的声音。看女人的脸，欣赏它的美丽，或者听女人的声音，欣赏她歌声的甜美，对贞守生(brahmacārī)和托钵僧(sannyāsī)来说是在精微层面上的堕落。因此，喀夏帕·牟尼对女人特征的描述很有教育意义。

有漂亮身形、美丽脸庞和甜美声音的女人，自然是男人的陷阱。经典建议，当这样的女人来侍奉男人时，她应该被视为是被草覆盖了井口的黑井。在原野中有许多这样的井，不了解情况的人就会踩到草上，掉进井里。因此，就有关这一点有许多指示。由于物质世界的吸引力就以受女人吸引为基础，喀夏帕·牟尼心想：“在这种情况下，有谁能了解女人的心呢？”查纳克亚·潘迪特(Cāṇakya Paṇḍita)也建议说：“有两种人不该信任，政治家和女人(viśvāso naiva kartavyaḥ strīṣu rāja-kuleṣu ca)。”这些当然都是权威的经典给予的指示，我们因此应该十分小心与女人打交道。

我们的奎师那意识运动因为允许男人和女人在一起做事而时常受到批评。然而，奎师那意识运动是为所有的人开创的，无论男人或女人都可以参加。主奎师那本人说：无论是女人、庶铎(śūdra)还是外夏(vaiśya)，当然更不要说布茹阿玛纳(brāhmaṇa)或查锤亚(kṣatriya)了，只要严格按照灵性导师和经典的指示做，就有资格回归家园，回到首神身边(striyo vaiśyās tathā śūdrās te 'pi yānti parāṁ gatim)。为此，我们要求奎师那意识运动的全体成员，无论是男性或女性，不要受躯体特征的吸引，而应该只受到奎师那的吸引。这样，所有的一切都将是正确的。否则就会很危险。

第 42 节

न हि कश्चित्प्रियः स्त्रीणामञ्जसा स्वाशिषात्मनाम् ।
पतिं पुत्रं भ्रातरं वा घ्नन्त्यर्थे घातयन्ति च ॥४२॥

na hi kaścit priyaḥ strīṇām
añjasā svāśiṣātmanām
patiṁ putraṁ bhrātaraṁ vā
ghnanty arthe ghātayanti ca

na－不 / hi－无疑地 / kaścit－任何人 / priyaḥ－亲近的 / strīṇām－对女人 / añjasā－实际上 / sva-āśiṣā－为了他们自己的利益 / ātmanām－最亲的 / patim－丈夫 / putram－儿子 / bhrātaram－兄弟 / vā－或者 / ghnanti－她们杀死 / arthe－为她们自己的利益 / ghātayanti－造成被杀 / ca－还有

译文 女人为了满足她们个人的利益，与男人打交道时就仿佛男人是她们最亲的人，但其实她们谁都不爱。女人本应该十分圣洁，但为了她们个人的利益，她们甚至可以杀自己的丈夫、儿子和兄弟，或者令他们被他人所杀。

要旨　喀夏帕·牟尼很仔细地研究了女人的天性。女人天性就很自私，因此应该用尽所有的方法保护她们，以使她们不展示出她们过于自私的倾向。女人需要受到男人的保护。女人应该在孩童时期受到父亲的保护，在年轻时受到丈夫的保护，在老年时受到长大成人的儿子的保护。这是玛努(Manu)给予的指示；他说，女人在任何阶段都不该给予其自由。女人必须受到保护，以使她们不任意展示出她们自私的本性。这样的例子有很多，甚至如今有女人为了获取保险金而杀死自己丈夫的事。这不是在批评女人，而是对她们的本性进行具体的研究。无论是女人还是男人，之所以展示这种天性，仅仅是因为持有躯体化的生命概念。只要男人或女人提高他们的灵性意识，就能去除躯体化的生命概念。我们应该看所有的女人是灵性的个体，她们唯一的责任是取悦奎师那。这样，因为有一个物质躯体而受到的物质自然不同属性的影响就会中止。

奎师那意识运动对人是如此有益，以至可以十分轻易地消除因为有物质躯体而受到的物质自然属性的污染。正因为如此，《博伽梵歌》教导说，无论男人或女人，首先要知道自己不是躯体，而是灵性的灵魂。每个人都应该从事灵性灵魂该从事的活动，而不是躯体的活动。无论男女，人只要还怀着躯体化的生命概念活动，就总是有被误导的危险。灵魂有时被描述为是享受者(puruṣa)，因为无论套着男人或女人的外套，受制约的灵魂都倾向于享受这个物质世界。有这种享乐精神的人被说成是享受者(puruṣa)。男人或女人都没兴趣为他人服务，而只想满足自己的感官。然而，奎师那意识为男人和女人提供一流的训练。男人应该被训练成主奎师那一流的奉献者，女人应该受到训练对自己的丈夫很忠诚。这将使双方都生活愉快。

第43节

प्रतिश्रुतं ददामीति वचस्तन्न मृषा भवेत् ।
वधं नार्हति चेन्द्रोऽपि तत्रेदमुपकल्पते ॥४३॥

pratiśrutaṁ dadāmīti
vacas tan na mṛṣā bhavet
vadhaṁ nārhati cendro 'pi
tatredam upakalpate

pratiśrutam—承诺 / dadāmi—我将给予 / iti—如此 / vacaḥ—说明 / tat—那 / na—不 / mṛṣā—错误的 / bhavet—可以 / vadham—杀死 / na—不 / arhati—恰当的 / ca—和 / indraḥ—因铎 / api—也 / tatra—与那有关 / idam—这 / upakalpate—恰当的

译文 我承诺给她一个祝福，所以不能违背这承诺，但因铎又不该被杀死。考虑到这些，我有个十分恰当的解决方案。

要旨 喀夏帕·牟尼得出结论："迪缇渴望有一个能杀死因铎的儿子，她毕竟是个女人，不是很有智慧。我应该训练她，让她不要总想着怎么杀死因铎，而是成为一名外士纳瓦(Vaiṣṇava)——奎师那的奉献者。如果她同意遵守外士纳瓦的规范原则，她心中的污垢无疑就会被清除干净。"清除心镜上的污垢(Ceto-darpaṇa-mārjanam)。这是奉爱服务的程序。遵守培养奎师那意识的奉爱服务原则能使人得到净化，因为奎师那意识的力量极其强大，甚至能净化最肮脏的人，将他们转变为最优秀的外士纳瓦。这是圣柴坦亚·玛哈帕布的运动的目的之所在。纳若塔玛·达斯·塔库尔(Narottama dāsa Ṭhākura)说：

vrajendra-nandana yei, śacī-suta haila sei,
balarāma ha-ila nitāi
dīna-hīna yata chila, hari-nāme uddhārila,
ta'ra sākṣī jagāi-mādhāi

圣柴坦亚·玛哈帕布出现在这个喀历年代中，就是为了拯救那些总是在作计划要从事物质享乐的堕落灵魂。祂给这个年代里的人们以机会，能够吟诵、吟唱哈瑞·奎师那曼陀(Hare Kṛṣṇa mantra)，从而变得完全纯洁，去除一切物质污染。人一旦成为纯粹的外士纳瓦，便超越所有的物质化的生命概念。因此，喀夏帕·牟尼试图将他妻子转变为外士纳瓦，以使她有可能放弃杀因铎的想法。他想要她和她的儿子都得到净化，以适合成为纯粹的外士纳瓦。当然，练奉爱瑜伽的人有时偏离外士纳瓦原则，有可能堕落，但喀夏帕·牟尼心想，即使有人在练习成为外士纳瓦的过程中没能遵守外士纳瓦原则，他也不是损失者。正如《博伽梵歌》中证实的，就连堕落了的外士纳瓦都有资格得到更好的结果。即使在练习遵守外士纳瓦原则的过程中取得一点点进步，都能拯救人免于物质存在中最可怕的危险(svalpam apy asya dharmasya trāyate mahato bhayāt)。因此，喀夏帕·牟尼计划教导他妻子迪缇成为一名外士纳瓦，因为他想要拯救因铎的性命。

第 44 节

इति सञ्चिन्त्य भगवान्मारीचः कुरुनन्दन ।
उवाच किञ्चित्कुपित आत्मानं च विगर्हयन् ॥४४॥

iti sañcintya bhagavān
　mārīcaḥ kurunandana
uvāca kiñcit kupita
　ātmānaṁ ca vigarhayan

iti—如此 / sañcintya—想 / bhagavān—强大有力的 / mārīcaḥ—喀夏帕·牟尼 / kuru-nandana—啊，库茹的后裔！ / uvāca—说 / kiñcit—有点 / kupitaḥ—生气 / ātmānam—他自己 / ca—和 / vigarhayan—责备

译文 圣舒卡戴瓦·哥斯瓦米说：喀夏帕·牟尼这样想着，变得有些生气，不断责备自己。啊，帕瑞克西特王，库茹的后裔！他对迪缇说了如下一番话。

第45节

श्रीकश्यप उवाच
पुत्रस्ते भविता भद्रे इन्द्रहादेवबान्धवः ।
संवत्सरं व्रतमिदं यद्यञ्जो धारयिष्यसि ॥४५॥

śrī-kaśyapa uvāca
putras te bhavitā bhadre
indra-hādeva-bāndhavaḥ
saṁvatsaraṁ vratam idaṁ
yady añjo dhārayiṣyasi

śrī-kaśyapaḥ uvāca—喀夏帕·牟尼说 / putraḥ—儿子 / te—你的 / bhavitā—将是 / bhadre—温顺的女人啊！ / indra-hā—杀死因铎的人或因铎的跟随者 / adeva-bāndhavaḥ—恶魔的朋友(或deva-bāndhavaḥ—半神人的朋友) / saṁvatsaram——年 / vratam—誓言 / idam—这个 / yadi—如果 / añjaḥ—适当地 / dhārayiṣyasi—你将执行

译文 喀夏帕·牟尼说：我温顺的爱妻，如果你按照我的指示遵守这个誓言至少一年，你无疑就会得到一个能杀死因铎的儿子。但如果你偏离这个遵守外士纳瓦原则的誓言，你就会得到一个喜欢因铎的儿子。

要旨 梵文indra-hā是指总是渴望杀死因铎的恶魔(asura)。因铎的敌人自然是恶魔的朋友，但indra-hā也指跟随因铎或服从他的人。当人成为因铎的奉献者时，他无疑就是半神人的朋友。因此，indra-hādeva-bāndhavaḥ是模棱两可的句子，因为说的是：“你儿子将杀因铎，但他将会对半神人很友好。”如果一个人事实上是半神人的朋友，他无疑不可能杀因铎。

第46节

दितिरुवाच
धारयिष्ये व्रतं ब्रह्मन् ब्रूहि कार्याणि यानि मे ।
यानि चेह निषिद्धानि न व्रतं घ्नन्ति यान्युत ॥४६॥

ditir uvāca
dhārayiṣye vratam brahman
brūhi kāryāṇi yāni me
yāni ceha niṣiddhāni
na vratam ghnanti yāny uta

ditiḥ uvāca－迪缇说／dhārayiṣye－我将接受／vratam－誓言／brahman－我亲爱的布茹阿玛纳／brūhi－请说明／kāryāṇi－必须做的／yāni－什么／me－对我／yāni－什么／ca－和／iha－这里／niṣiddhāni－是禁止的／na－不／vratam－誓言／ghnanti－打破／yāni－什么／uta－还有

译文　迪缇回答道：亲爱的布茹阿玛纳，我一定接受你的忠告遵守誓言。现在就请让我了解我该做什么，什么是禁止做的，以及做什么不会打破誓言。请明确地对我说明这一切。

要旨　如上所说，女人一般会为达到目的而不惜一切。喀夏帕·牟尼建议训练迪缇，使她在一年内实现自己的愿望，而迪缇因为渴望杀死因铎而立刻同意说："请让我知道那誓言是什么，我要如何遵守。我承诺会做需要做的事，不打破誓言。"这是女性心理的另一面展示。一个女人即使很想要实现自己的计划，但当有人，尤其是她丈夫指导她时，她会立刻不假思索地照着去做。女人本性使然要跟随一个男人，所以如果男人优秀，就可以为良好的目的训练女人。

第 47 节

श्रीकश्यप उवाच
न हिंस्याद्भूतजातानि न शपेन्नानृतं वदेत् ।
न छिन्द्यान्नखरोमाणि न स्पृशेद्यदमङ्गलम् ॥४७॥

śrī-kaśyapa uvāca
na hiṁsyād bhūta-jātāni
na śapen nānṛtaṁ vadet
na chindyān nakha-romāṇi
na spṛśed yad amaṅgalam

śrī-kaśyapaḥ uvāca—喀夏帕·牟尼说 / na hiṁsyāt—不能伤害 / bhūta-jātāni—生物体 / na śapet—不能诅咒 / na—不 / anṛtam——个谎言 / vadet—必须说 / na chindyāt—不应剪 / nakha-romāṇi—指甲和头发 / na spṛśet—不能碰 / yat—那……的 / amaṅgalam—不洁净的

译文 喀夏帕·牟尼说：亲爱的妻子，要遵守的誓言是，不对任何生物体施暴或使他人受到伤害；不诅咒任何人，不说谎；不剪指甲和头发，不触碰头骨和骨头等不洁净的东西。

要旨 喀夏帕·牟尼给他妻子的第一条指示是不嫉妒。这个物质世界里的人一般都有嫉妒的倾向，所以要成为有奎师那意识的人，就必须按照《圣典博伽瓦谭》的说明控制这种倾向(paramo nirmatsarāṇām)。有奎师那意识的人从不嫉妒，相反其他人总是嫉妒。喀夏帕·牟尼首先教导他妻子不嫉妒，表明：这是培养奎师那意识的第一个步。喀夏帕·牟尼需要训练他妻子当一个具有奎师那意识的人，因为这足以保护她自己和因铎。

第 48 节

नाप्सु स्नायान्न कुप्येत न सम्भाषेत दुर्जनैः ।
न वसीताधौतवासः स्रजं च विधृतां क्वचित् ॥४८॥

nāpsu snāyān na kupyeta
na sambhāṣeta durjanaiḥ
na vasītādhauta-vāsaḥ
srajaṁ ca vidhṛtāṁ kvacit

na—不 / apsu—在水中 / snāyāt—应沐浴 / na kupyeta—不能愤怒 / na sambhāṣeta—不说 / durjanaiḥ—与邪恶的人 / na vasīta—不能穿 / adhauta-vāsaḥ—未清洗过的衣服 / srajam—花环 / ca—和 / vidhṛtām—已经戴过的 / kvacit—从不

译文　喀夏帕·牟尼继续说：温顺的爱妻，在沐浴时决不进入水中，决不愤怒，不与邪恶的人交往，甚至不与他们说话。决不穿没有清洗过的衣服，不带已经戴过的花环。

第 49 节

नोच्छिष्टं चण्डिकान्नं च सामिषं वृषलाहृतम् ।
भुञ्जीतोदक्यया दृष्टं पिबेन्नाञ्जलिना त्वपः ॥४९॥

nocchiṣṭaṁ caṇḍikānnaṁ ca
sāmiṣaṁ vṛṣalāhṛtam
bhuñjītodakyayā dṛṣṭaṁ
piben nāñjalinā tv apaḥ

na—不 / ucchiṣṭam—残羹剩饭 / caṇḍikā-annam—卡莉女神供奉过的食物 / ca—和 / sa-āmiṣam—与肉混合 / vṛṣala-āhṛtam—由庶铎带来 / bhuñjīta—应吃 / udakyayā—被在月经期的女人 / dṛṣṭam—看 / pibet na—不应喝 / añjalinā—借由双手捧水 / tu—还有 / apaḥ—水

译文　决不吃残羹剩饭，决不吃给卡莉(杜尔嘎)女神供奉过的食物，不吃被肉或鱼污染过的东西。不吃由庶铎带来或触碰过的食物，也不吃在月经期的女人看过的东西。不要以双手捧水的方式喝水。

要旨 人们供奉给卡莉(Kālī)女神的食物一般都含有肉和鱼，因此喀夏帕·牟尼严格禁止她妻子食用给卡莉女神供奉过的食物。事实上，经典规定不允许外士纳瓦吃给半神人供奉过的食物。外士纳瓦永远只吃给主维施努供奉过的食物。喀夏帕·牟尼通过给予这些禁止性指令，指导他妻子迪缇转变为外士纳瓦。

第 50 节

नोच्छिष्टास्पृष्टसलिला सन्ध्यायां मुक्तमूर्धजा ।
अनर्चितासंयतवाक्नासंवीता बहिश्चरेत् ॥५०॥

nocchiṣṭāspṛṣṭa-salilā
sandhyāyāṁ mukta-mūrdhajā
anarcitāsaṁyata-vāk
nāsaṁvītā bahiś caret

na－不 / ucchiṣṭā－进食后 / aspṛṣṭa-salilā－没有洗 / sandhyā-yām－傍晚 / mukta-mūrdhajā－头发松散 / anarcitā－没有装饰 / asaṁyata-vāk－没有认真地 / na－不 / asaṁvītā－没有遮盖 / bahiḥ－外面 / caret－应该去

译文 你进食后不可在没清洗你的嘴巴、手和脚的情况下上街。你不可在傍晚时外出。外出时除非束紧头发、穿戴整齐遮盖好自己，适度地用装饰品装扮过，且行为举止端庄，否则不可离开家。

要旨 喀夏帕·牟尼告诉他妻子，除非穿戴整齐、梳妆打扮好，否则不要外出上街。他不鼓励妇女穿当下流行的迷你裙。在东方文明中，女人出门之前必须遮盖全身，以便没有男人能认出她是谁。应该把所有这些做法当做是帮助净化的方法。然而，培养奎师那意识的人将被彻底净化，因此可以始终保持不受物质世界污染的超然状态。

第 51 节

नाधौतपादाप्रयता नार्द्रपादा उदक्शिराः ।
शयीत नापराङ् नान्यैर्न नग्ना न च सन्ध्ययोः ॥५१॥

nādhauta-pādāprayatā
nārdra-pādā udak-śirāḥ
śayīta nāparāṅ nānyair
na nagnā na ca sandhyayoḥ

na—不 / adhauta-pādā—没有洗脚 / aprayatā—没有被净化 / na—不 / ardra-pādā—以潮湿的脚 / udak-śirāḥ—头向北方 / śayīta—应该躺下 / na—不 / aparāk—头指向西方 / na—不 / anyaiḥ—与其他女人 / na—不 / nagnā—裸体 / na—不 / ca—和 / sandhyayoḥ—在日出和日落时

译文　在没有清洗你的双足、没净化自身或脚是湿的情况下，你不可躺下，而且躺下时头不可对着西方或北方。你不可裸体躺下或与其他女人一起躺着，或在日出、日落时躺着。

第 52 节

धौतवासा शुचिर्नित्यं सर्वमङ्गलसंयुता ।
पूजयेत्प्रातराशात्प्राग्गोविप्राञ्श्रियमच्युतम् ॥५२॥

dhauta-vāsā śucir nityaṁ
sarva-maṅgala-saṁyutā
pūjayet prātarāśāt prāg
go-viprāñ śriyam acyutam

dhauta-vāsā—穿着清洗过的衣服 / śuciḥ—被净化 / nityam—始终 / sarva-maṅgala—用所有吉祥的物品 / saṁyutā—装饰 / pūjayet—一个人应该崇拜 / prātaḥ-āśāt prāk—早餐前 / go-viprān—乳牛和布茹阿玛纳 / śriyam—幸运女神 / acyutam—至尊人格首神

译文 要穿着清洗过的衣服，始终保持洁净，用姜黄、檀香浆和其他吉祥的物品作装饰。在吃早饭前，要崇拜乳牛、布茹阿玛纳、幸运女神和至尊人格首神。

要旨 受训练尊敬并崇拜乳牛和布茹阿玛纳的人，是真正文明有教养的人。经典推荐崇拜至尊主，而至尊主非常喜欢乳牛和布茹阿玛纳(namo brahmaṇya-devāya go-brāhmaṇa-hitāya ca)。换句话说，不尊敬乳牛和布茹阿玛纳的文明是受到谴责的文明。在不培养布茹阿玛纳品质，不保护乳牛的情况下，没人能取得灵性上的进步。保护乳牛确保人类社会有足够的奶制食物，进步的文明中需要这种食物。人不该吃牛肉，这么做污染文明。文明人必须争取进步，那才是阿尔延(Āryan, 雅利安)文明。文明之人不该杀牛吃肉，而必须准备各种奶制品，那将提高整个社会的品质。遵守布茹阿玛纳文明的人，能够增强奎师那意识。

第 53 节

स्त्रियो वीरवतीश्चार्चेत्स्रग्गन्धबलिमण्डनैः ।
पतिं चार्च्योपतिष्ठेत ध्यायेत्कोष्ठगतं च तम् ॥५३॥

striyo vīravatīś cārcet
srag-gandha-bali-maṇḍanaiḥ
patiṁ cārcyopatiṣṭheta
dhyāyet koṣṭha-gataṁ ca tam

striyaḥ—女人 / vīra-vatīḥ—有丈夫和儿子 / ca—和 / arcet—她应

该崇拜 / srak—用花环 / gandha—檀香 / bali—礼物 / maṇḍanaiḥ—和用首饰 / patim—丈夫 / ca—和 / ārcya—崇拜 / upatiṣṭheta—应该献上祈祷 / dhyāyet—应该冥想 / koṣṭha-gatam—处在子宫中 / ca—还有 / tam—向他

译文 遵守这一誓言的女人应该带上鲜花花环、檀香浆、首饰和其他用品，去崇拜儿子和丈夫都还活着的女人。怀孕的妻子应该崇拜她丈夫，向他献上祈祷；应该冥想他，想他处在她的子宫中。

要旨 子宫中的孩子是丈夫身体的一部分。因此，丈夫通过他的代表间接地留在他怀孕妻子的子宫中。

第 54 节

सांवत्सरं पुंसवनं व्रतमेतदविप्लुतम् ।
धारयिष्यसि चेत्तुभ्यं शक्रहा भविता सुतः ॥५४॥

sāṁvatsaraṁ puṁsavanaṁ
vratam etad aviplutam
dhārayiṣyasi cet tubhyaṁ
śakra-hā bhavitā sutaḥ

sāṁvatsaram——年 / puṁsavanam—名叫普恩萨瓦纳的 / vratam—誓言 / etat—这 / aviplutam—没有违背 / dhārayiṣyasi—你将做 / cet—如果 / tubhyam—为你 / śakra-hā—杀死因铎的人 / bhavitā—将是 / sutaḥ——个儿子

译文 喀夏帕·牟尼继续道：如果你执行这名叫普恩萨瓦纳的仪式，信心坚定地严守誓言至少一年，你就会生一个注定要杀死因铎的儿子。但如果在遵守这誓言的过程中有任何疏失，你生下的儿子就会是因铎的朋友。

第 55 节

बाढमित्यभ्युपेत्याथ दिती राजन्महामनाः ।
कश्यपाद्गर्भमाधत्त व्रतं चाञ्जो दधार सा ॥५५॥

bāḍham ity abhyupetyātha
ditī rājan mahā-manāḥ
kaśyapād garbham ādhatta
vrataṁ cāñjo dadhāra sā

bāḍham—好 / iti—如此 / abhyupetya—接受 / atha—随后 / ditiḥ—迪缇 / rājan—君王啊！ / mahā-manāḥ—喜悦的 / kaśyapāt—从喀夏帕 / garbham—精液 / ādhatta—得到 / vratam—誓言 / ca—和 / añjaḥ—恰当地 / dadhāra—履行 / sā—她

译文 帕瑞克西特王啊！喀夏帕的妻子迪缇同意遵守这名叫普恩萨瓦纳的净化程序。她说："好，我会完全按你的指示去做。"她怀着巨大的喜悦之情从喀夏帕那里得到精液并怀孕了，于是开始忠实地履行誓言。

第 56 节

मातृष्वसुरभिप्रायमिन्द्र आज्ञाय मानद ।
शुश्रूषणेनाश्रमस्थां दितिं पर्यचरत्कविः ॥५६॥

mātṛ-ṣvasur abhiprāyam
indra ājñāya mānada
śuśrūṣaṇenāśrama-sthāṁ
ditiṁ paryacarat kaviḥ

mātṛ-svasuḥ—他姨妈的 / abhiprāyam—意图 / indraḥ—因铎 / ājñāya—明白 / māna-da—尊敬每一个人的帕瑞克西特王啊！ / śuśrū-ṣaṇena—用服务 / āśrama-sthām—住在一个灵修所中 / ditim—迪缇 / paryacarat—照料 / kaviḥ—维护他自己的利益

译文　尊敬每一个人的君王啊！因铎明白迪缇的意图，于是设法维护自己的利益。他遵循“自卫的本能”这一自然定律的逻辑，去设法打破迪缇的誓言。为此，他亲自去侍奉他那住在一个灵修所中的姨妈迪缇。

第 57 节

नित्यं वनात्सुमनसः फलमूलसमित्कुशान् ।
पत्राङ्कुरमृदोऽपश्च काले काल उपाहरत् ॥५७॥

nityaṁ vanāt sumanasaḥ
phala-mūla-samit-kuśān
patrāṅkura-mṛdo 'paś ca
kāle kāla upāharat

nityam－每天 / vanāt－从森林中 / sumanasaḥ－花 / phala－水果 / mūla－根茎 / samit－举行火祭用的木柴 / kuśān－和库沙草 / patra－叶子 / aṅkura－嫩芽 / mṛdaḥ－和土 / apaḥ－水 / ca－还有 / kāle kāle－在合适的时间 / upāharat－带

译文　因铎以每天给他姨妈带去森林中的鲜花、水果、根茎和举行火祭用的木柴等方式侍奉她。他还在正好合适的时间给她带去库沙草、叶子、嫩芽、土和水。

第 58 节

एवं तस्या व्रतस्थाया व्रतच्छिद्रं हरिर्नृप ।
प्रेप्सुः पर्यचरज्जिह्मो मृगहेव मृगाकृतिः ॥५८॥

evaṁ tasyā vrata-sthāyā
vrata-cchidraṁ harir nṛpa
prepsuḥ paryacaraj jihmo
mṛga-heva mṛgākṛtiḥ

evam－如此 / tasyāḥ－她的 / vrata-sthāyāḥ－忠实履行她的誓言的 / vrata-chidram－在履行誓言时的一个差错 / hariḥ－因铎 / nṛpa－

君王啊！ / prepsuḥ—想要找出 / paryacarat—侍奉 / jihmaḥ—欺骗的 / mṛga-hā—一个猎人 / iva—就像 / mṛga-ākṛtiḥ—以一头鹿的形象

译文 帕瑞克西特王啊！正如猎鹿之人披着鹿皮装扮成鹿并为鹿服务，因铎心中对迪缇的儿子充满敌意，但外表却显得十分友好，以忠诚的方式侍奉迪缇。因铎的目的是欺骗迪缇，尽快发现她在执行仪式、履行誓言的过程中有可能犯的错误，伺机行事。但他不想让自己被发现，所以十分谨慎地侍奉迪缇。

第59节

नाध्यगच्छद् व्रतच्छिद्रं तत्परोऽथ महीपते ।
चिन्तां तीव्रां गतः शक्रः केन मे स्याच्छिवं त्विह ॥५९॥

nādhyagacchad vrata-cchidraṁ
tat-paro 'tha mahī-pate
cintāṁ tīvrāṁ gataḥ śakraḥ
kena me syāc chivaṁ tv iha

na—不 / adhyagacchat—可以找到 / vrata-chidram—执行誓言时的一个差错 / tat-paraḥ—致力于 / atha—于是 / mahī-pate—世界的主人啊！ / cintām—焦虑 / tīvrām—极度的 / gataḥ—得到 / śakraḥ—因铎 / kena—如何 / me—我的 / syāt—能够有 / śivam—安康 / tu—那么 / iha—这里

译文 整个世界的主人啊！因铎找不到差错时心想：“我怎么做才能得到好运呢？”他就这样内心深处充满了焦虑。

第60节

एकदा सा तु सन्ध्यायामुच्छिष्टा व्रतकर्शिता ।
अस्पृष्टवार्यधौताङ्घ्रिः सुष्वाप विधिमोहिता ॥६०॥

ekadā sā tu sandhyāyām
ucchiṣṭā vrata-karśitā
aspṛṣṭa-vāry-adhautāṅghriḥ
suṣvāpa vidhi-mohitā

ekadā—有一次 / sā—她 / tu—然而 / sandhyāyām—在黄昏时 / ucchiṣṭā—在进食后 / vrata—因为遵守誓言 / karśitā—虚弱和消瘦 / aspṛṣṭa—没碰 / vāri—水 / adhauta—没有清洗 / aṅghriḥ—她的脚 / suṣvāpa—去睡觉 / vidhi—命运使然 / mohitā—困惑

译文 迪缇因为严格遵守誓言中的原则而变得日渐虚弱和消瘦，有一次在进食后不幸忘了清洗她的嘴巴、双手和双脚，就在黄昏时去睡觉了。

第 61 节

लब्ध्वा तदन्तरं शक्रो निद्रापहृतचेतसः ।
दितेः प्रविष्ट उदरं योगेशो योगमायया ॥६१॥

labdhvā tad-antaraṁ śakro
nidrāpahṛta-cetasaḥ
diteḥ praviṣṭa udaraṁ
yogeśo yoga-māyayā

labdhvā—发现 / tat-antaram—那之后 / śakraḥ—因铎 / nidrā—趁入睡 / apahṛta-cetasaḥ—没有知觉的 / diteḥ—迪缇的 / praviṣṭaḥ—进入 / udaram—子宫 / yoga-īśaḥ—瑜伽的主人 / yoga—瑜伽的完美 / māyayā—凭着力量

译文 发现这个差错后，充满神秘力量(可以变得最小和最轻等瑜伽神通)的因铎，便趁迪缇熟睡没有知觉的情况下进入迪缇的子宫。

要旨 练瑜伽取得圆满成功的瑜伽师(yogī)有八种神通，其中一种是可以变得比原子还小(aṇimā-siddhi)，以那种状态进入任何地方。因铎用这种瑜伽神通进入正怀孕的迪缇的子宫。

第 62 节

चकर्त सप्तधा गर्भं वज्रेण कनकप्रभम् ।
रुदन्तं सप्तधैकैकं मा रोदीरिति तान् पुनः ॥६२॥

cakarta saptadhā garbhaṁ
vajreṇa kanaka-prabham
rudantaṁ saptadhaikaikaṁ
mā rodīr iti tān punaḥ

cakarta－他砍 / sapta-dhā－成七块 / garbham－胎儿 / vajreṇa－用他的霹雳 / kanaka－金子的 / prabham－显形的 / rudantam－喊叫 / sapta-dhā－成七块 / eka-ekam－每一个 / mā rodīḥ－不要喊叫 / iti－如此 / tān－他们 / punaḥ－再次

译文 进入迪缇的子宫后，因铎借助他的霹雳将看似闪亮金子的胎儿砍成七块。在七块中，七个不同的生物开始喊叫。因铎对他们说“不要喊叫”，随后把每一块又砍成七块。

要旨 圣维施瓦纳特·查夸瓦尔提·塔库尔评论说：因铎凭他的瑜伽力量先将一个玛茹特的身体扩展成七个，然后将那七个身体分别砍成七块，因此有四十九个。当每一个身体被砍成七块时，其他生物进入那些躯体，因此他们就像植物一样，当被砍成不同的部分再种植到山坡上时，就成了分开的植物。第一个身体是一个整体，当把它砍成许多块时，许多其他的生物便进入那些身体中。

第 63 节

तमूचुः पाट्यमानास्ते सर्वे प्राञ्जलयो नृप ।
किं न इन्द्र जिघांससि भ्रातरो मरुतस्तव ॥६३॥

tam ūcuḥ pāṭyamānās te
sarve prāñjalayo nṛpa
kiṁ na indra jighāṁsasi
bhrātaro marutas tava

tam－对他 / ūcuḥ－说 / pāṭyamānāḥ－非常委屈的 / te－他们 / sarve－全体 / prāñjalayaḥ－双手合十 / nṛpa－君王啊！ / kim－为什么 / naḥ－我们 / indra－因铎啊！ / jighāṁsasi－你想要杀 / bhrātaraḥ－弟弟们 / marutaḥ－玛茹特 / tava－你的

译文　君王啊！那些生物十分委屈，双手合十地请求因铎说："亲爱的因铎，我们是玛茹特，你的弟弟。你为什么试图杀我们呀？"

第 64 节

मा भैष्ट भ्रातरो मह्यं यूयमित्याह कौशिकः ।
अनन्यभावान् पार्षदानात्मनो मरुतां गणान् ॥६४॥

mā bhaiṣṭa bhrātaro mahyaṁ
yūyam ity āha kauśikaḥ
ananya-bhāvān pārṣadān
ātmano marutāṁ gaṇān

mā bhaiṣṭa－不要害怕 / bhrātaraḥ－弟弟们 / mahyam－我的 / yūyam－你们 / iti－如此 / āha－说 / kauśikaḥ－因铎 / ananya-bhāvān－忠实的 / pārṣadān－追随者 / ātmanaḥ－他的 / marutām gaṇān－玛茹特

译文　因铎看到他们确实是他忠实的追随者时，便对他们说：你们既然都是我弟弟，就不必再害怕我了。

第 65 节

न ममार दितेर्गर्भः श्रीनिवासानुकम्पया ।
बहुधा कुलिशक्षुण्णो द्रौण्यस्त्रेण यथा भवान् ॥६५॥

na mamāra diter garbhaḥ
śrīnivāsānukampayā
bahudhā kuliśa-kṣuṇṇo
drauṇy-astreṇa yathā bhavān

na－不 / mamāra－死 / diteḥ－迪缇的 / garbhaḥ－胎儿 / śrīnivā-sa－幸运女神的休息所——主维施努的 / anukampayā－凭借仁慈 / bahu-dhā－成为许多块 / kuliśa－被霹雳 / kṣuṇṇaḥ－砍 / drauṇi－阿施瓦塔玛的 / astreṇa－被武器 / yathā－就像 / bhavān－你

译文 舒卡戴瓦·哥斯瓦米说：亲爱的帕瑞克西特王，你曾被阿施瓦塔玛发射的布茹阿玛斯陀烧灼，但当主奎师那进入你母亲的子宫时，你得到拯救。同样，尽管一个胚胎被因铎用霹雳砍成四十九块，但至尊人格首神的仁慈拯救了他们全体。

第 66－67 节

सकृदिष्ट्वादिपुरुषं पुरुषो याति साम्यताम् ।
संवत्सरं किञ्चिदूनं दित्या यद्धरिरर्चितः ॥६६॥

सजूरिन्द्रेण पञ्चाशद्देवास्ते मरुतोऽभवन् ।
व्यपोह्य मातृदोषं ते हरिणा सोमपाः कृताः ॥६७॥

sakṛd iṣṭvādi-puruṣaṁ
puruṣo yāti sāmyatām
saṁvatsaraṁ kiñcid ūnaṁ
dityā yad dharir arcitaḥ

sajūr indreṇa pañcāśad
devās te maruto 'bhavan
vyapohya mātṛ-doṣaṁ te
hariṇā soma-pāḥ kṛtāḥ

sakṛt－一次 / iṣṭvā－崇拜 / ādi-puruṣam－存在中的第一人 / puruṣaḥ－一个人 / yāti－去 / sāmyatām－拥有与至尊主一样的身体

特征 / saṁvatsaram一一年 / kiñcit ūnam一比……少一点 / dityā一被迪缇 / yat一因为 / hariḥ一主哈尔依 / arcitaḥ一被崇拜 / sajūḥ一与 / indreṇa一因铎 / pañcāśat一五十 / devāḥ一半神人 / te一他们 / marutaḥ一玛茹特 / abhavan一变成 / vyapohya一消除 / mātṛ-doṣam一他们母亲的错误 / te一他们 / hariṇā一凭主哈尔依 / soma-pāḥ一月露的饮用者 / kṛtāḥ一被变成

译文　哪怕有一次崇拜过存在中的第一人——至尊人格首神，人就能获得被提升到灵性世界并拥有与维施努一样身体特征的利益。迪缇崇拜主维施努几乎一年，坚守非凡的誓言。凭借这种灵性生活的力量，四十九位玛茹特得以出生。既然这样，玛茹特们虽然从迪缇的子宫诞生，却凭至尊主的仁慈成为半神人，怎么会是神奇的事？

第68节

दितिरुत्थाय ददृशे कुमाराननलप्रभान् ।
इन्द्रेण सहितान्देवी पर्यतुष्यदनिन्दिता ॥६८॥

ditir utthāya dadṛśe
　kumārān anala-prabhān
indreṇa sahitān devī
　paryatuṣyad aninditā

ditiḥ一迪缇 / utthāya一起身 / dadṛśe一看到 / kumārān一孩子们 / anala-prabhān一如火一般明亮 / indreṇa sahitān一与因铎 / devī一女神 / paryatuṣyat一很高兴 / aninditā一被净化

译文　迪缇因为崇拜至尊人格首神而彻底被净化。她从床上起身时看到，她的四十九个儿子与因铎在一起。这四十九个儿子都如火一般明亮，对因铎十分友好。这使她很高兴。

第 69 节

अथेन्द्रमाह ताताहमादित्यानां भयावहम् ।
अपत्यमिच्छन्त्यचरं व्रतमेतत्सुदुष्करम् ॥६९॥

athendram āha tātāham
ādityānāṁ bhayāvaham
apatyam icchanty acaraṁ
vratam etat suduṣkaram

atha—随后 / indram—对因铎 / āha—说 / tāta—亲爱的一位 / aham—我 / ādityānām—对阿迪缇亚们 / bhaya-āvaham—害怕的 / apatyam—一个儿子 / icchantī—想要 / acaram—执行 / vratam—誓言 / etat—这 / su-duṣkaram—很难做到

译文 她随后问因铎：亲爱的儿子，我坚守这难守的誓言只是为了得到一个能杀死你们十二个阿迪缇亚(阿迪缇之子)的儿子。

第 70 节

एकः सङ्कल्पितः पुत्रः सप्त सप्ताभवन् कथम् ।
यदि ते विदितं पुत्र सत्यं कथय मा मृषा ॥७०॥

ekaḥ saṅkalpitaḥ putraḥ
sapta saptābhavan katham
yadi te viditaṁ putra
satyaṁ kathaya mā mṛṣā

ekaḥ—一个 / saṅkalpitaḥ—为……而祈祷 / putraḥ—儿子 / sapta sapta—四十九 / abhavan—变成 / katham—如何 / yadi—如果 / te—被你 / viditam—知道 / putra—我亲爱的儿子 / satyam—真相 / kathaya—说 / mā—不要(说) / mṛṣā—谎言

译文 我只祈求一个儿子，但现在却看到有四十九个。

这是怎么回事？亲爱的儿子因铎，如果你知道，就请告诉我真相。别试图说谎。

第 71 节

इन्द्र उवाच
अम्ब तेऽहं व्यवसितमुपधार्यागतोऽन्तिकम् ।
लब्धान्तरोऽच्छिदं गर्भमर्थबुद्धिर्न धर्मदृक् ॥७१॥

indra uvāca
amba te 'haṁ vyavasitam
upadhāryāgato 'ntikam
labdhāntaro 'cchidaṁ garbham
artha-buddhir na dharma-dṛk

indraḥ uvāca—因铎说 / amba—母亲啊！ / te—您的 / aham—我 / vyavasitam—誓言 / upadhārya—了解 / āgataḥ—来到 / antikam—附近的 / labdha—发现 / antaraḥ—一个差错 / acchidam—我砍 / garbham—胎儿 / artha-buddhiḥ—怀有自私的动机 / na—没 / dharma-dṛk—有宗教的眼光

译文　因铎回答道：亲爱的母亲，自私自利的动机使我鬼迷心窍，失去了宗教的眼光。当我了解到您在遵守灵性生活中的非凡誓言时，我想要在您这么做的过程中找到差错。当我发现一个差错时，我进入您的子宫，将胎儿砍碎。

要旨　因铎的姨妈迪缇直言不讳地向因铎解释自己想做的事情后，因铎也对她坦白了自己做的事。因此，他们不再敌对，而是坦率地说出真相。这是与主维施努接触所得到的品质。正如《圣典博伽瓦谭》第5篇第18章的第12节诗说明：

yasyāsti bhaktir bhagavaty akiñcanā
sarvair guṇais tatra samāsate surāḥ

“培养出对至尊人格首神华苏戴瓦纯粹奉爱之心的人，身上将展示出全体半神人所具有的宗教、知识和弃绝等崇高品质。”迪缇和因铎两人都因为崇拜主维施努而得到净化。

第72节

कृत्तो मे सप्तधा गर्भ आसन् सप्त कुमारकाः ।
तेऽपि चैकैकशो वृक्णाः सप्तधा नापि मम्रिरे ॥७२॥

kṛtto me saptadhā garbha
āsan sapta kumārakāḥ
te 'pi caikaikaśo vṛkṇāḥ
saptadhā nāpi mamrire

kṛttaḥ—砍 / me—被我 / sapta-dhā—成七个 / garbhaḥ—胎儿 / āsan—变成 / sapta—七个 / kumārakāḥ—胎儿 / te—他们 / api—虽然 / ca—也 / eka-ekaśaḥ—每一个 / vṛkṇāḥ—砍 / sapta-dhā—成七个 / na—没有 / api—仍然 / mamrire—死

译文 我先将子宫中的孩子砍成七块，那七块变成七个孩子。接着，我又将每一个孩子砍成七块。但凭借至尊主的恩典，他们都没死。

第73节

ततस्तत्परमाश्चर्यं वीक्ष्य व्यवसितं मया ।
महापुरुषपूजायाः सिद्धिः काप्यानुषङ्गिणी ॥७३॥

tatas tat paramāścaryaṁ
vīkṣya vyavasitaṁ mayā
mahāpuruṣa-pūjāyāḥ
siddhiḥ kāpy ānuṣaṅgiṇī

tataḥ—接着 / tat—那 / parama-āścaryam—非常震惊 / vīkṣya—看

见 / vyavasitam—它被决定 / mayā—由我 / mahā-puruṣa—主维施努的 / pūjāyāḥ—崇拜的 / siddhiḥ—结果 / kāpi—一些 / ānuṣaṅgiṇī—次要的

译文 亲爱的母亲，我看到您所有四十九个儿子都活着时，无疑很震惊。我得出结论，这是您在崇拜主维施努时有规律地做奉爱服务所得到的次要结果。

要旨 对致力于崇拜主维施努的人来说，没有什么是让人很惊讶的。这是事实。《博伽梵歌》第18章的第78节诗说：

yatra yogeśvaraḥ kṛṣṇo
yatra pārtho dhanur-dharaḥ
tatra śrīr vijayo bhūtir
dhruvā nītir matir mama

"哪里有一切神秘主义者的主人奎师那，哪里有最优秀的弓箭手阿尔诸纳，哪里就一定有财富、胜利、道德和非凡的力量。"至尊人格首神是一切神秘瑜伽的主人(Yogeśvara)，祂可以按祂的意愿做祂想做的一切。这就是至尊主的全能之所在。对取悦了至尊主的人来说，取得的一切成就都不令人感到惊奇。一切对这样的人来说都是可能的。

第74节

आराधनं भगवत ईहमाना निराशिषः ।
ये तु नेच्छन्त्यपि परं ते स्वार्थकुशलाः स्मृताः ॥७४॥

ārādhanaṁ bhagavata
īhamānā nirāśiṣaḥ
ye tu necchanty api paraṁ
te svārtha-kuśalāḥ smṛtāḥ

ārādhanam—崇拜 / bhagavataḥ—至尊人格首神的 / īhamānāḥ—对……有兴趣 / nirāśiṣaḥ—没有物质欲望 / ye—那些……的 / tu—事

实上 / na icchanti—不想要 / api—甚至 / param—解脱 / te—他们 / sva-artha—在他们自己的利益中 / kuśalāḥ—熟练 / smṛtāḥ—被认为

译文 尽管只渴望崇拜至尊人格首神的人并不想要从至尊主那里得到任何物质事物，甚至不要解脱，但主奎师那却满足他们所有的愿望。

要旨 杜茹瓦王(Dhruva Mahārāja)一旦看到主维施努，便因看到至尊主而感到心满意足，所以谢绝祂给予任何赐福。尽管如此，无比仁慈的至尊主因为杜茹瓦王原本想要一个比他父亲的王国还要大的王国，就把他提升到这个宇宙中最好的星球杜茹瓦星球(北极星)上。正因为如此，启示经典(śāstra)中说：

akāmaḥ sarva-kāmo vā
mokṣa-kāma udāra-dhīḥ
tīvreṇa bhakti-yogena
yajeta puruṣaṁ param

“有高度智慧的人，无论内心是充满各种物质欲望，是根本没有物质欲望，还是想要得到解脱，都必须用尽所有的方法崇拜至尊整体——人格首神。”(《圣典博伽瓦谭》2.3.10)人应该全心全意地做奉爱服务。这样，即使他没有欲望，他以前曾有的任何愿望都能仅仅靠崇拜至尊主得以实现。真正的奉献者甚至不想要解脱(anyābhilāṣitā-śūnyam)。然而，至尊主通过赐予奉献者永不毁灭的财富满足祂奉献者的愿望。功利性活动者(karmī)的财富将被毁灭，但奉献者的财富从不毁灭。奉献者在为至尊主做奉爱服务的过程中会变得越来越富有。

第 75 节

आराध्यात्मप्रदं देवं स्वात्मानं जगदीश्वरम् ।
को वृणीत गुणस्पर्शं बुधः स्यान्नरकेऽपि यत् ॥७५॥

ārādhyātma-pradaṁ devaṁ
svātmānaṁ jagad-īśvaram
ko vṛṇīta guṇa-sparśaṁ
budhaḥ syān narake 'pi yat

ārādhya—在崇拜之后 / ātma-pradam—给祂自己的 / devam—至尊主 / sva-ātmānam—最亲爱的 / jagat-īśvaram—宇宙之主 / kaḥ—什么 / vṛṇīta—会选择 / guṇa-sparśam—物质快乐 / budhaḥ—智者 / syāt—是 / narake—在地狱 / api—甚至 / yat—……的

译文　一切雄心的最高目标是成为至尊人格首神的仆人。至尊主把自己给予祂的奉献者，因此为这最亲爱的至尊主服务的智者，怎么可能想要得到即使在地狱都能得到的物质快乐呢？

要旨　有智慧的人从不会为得到物质快乐而成为奉献者。那是对奉献者的检测。正如圣柴坦亚·玛哈帕布教导的：

na dhanaṁ na janaṁ na sundarīṁ
kavitāṁ vā jagad-īśa kāmaye
mama janmani janmanīśvare
bhavatād bhaktir ahaitukī tvayi

“全能的主啊！我无意累积财富，不想要漂亮的女人，也不想要任何追随者。我只想一世复一世无求地为您做奉爱服务。”纯粹奉献者从不乞求至尊主给予富裕、追随者、贤妻或甚至解脱(mukti)等形式的物质快乐。但至尊主承诺说：我自愿把为我做服务所需要的一切带给我的奉献者(yoga-kṣemaṁ vahāmy aham)。

第76节

तदिदं मम दौर्जन्यं बालिशस्य महीयसि ।
क्षन्तुमर्हसि मातस्त्वं दिष्ट्या गर्भो मृतोत्थितः ॥७६॥

tad idaṁ mama daurjanyaṁ
bāliśasya mahīyasi
kṣantum arhasi mātas tvaṁ
diṣṭyā garbho mṛtotthitaḥ

tat—那 / idam—这个 / mama—我的 / daurjanyam—邪恶行为 / bāliśasya——个傻瓜 / mahīyasi—啊，最优秀的女人！ / kṣantum arhasi—请原谅 / mātaḥ—母亲啊！ / tvam—您 / diṣṭyā—幸运地 / garbhaḥ—在子宫中的孩子 / mṛta—杀死 / utthitaḥ—活下来

译文 啊，我的母亲、最优秀的女人！我是个傻瓜。请原谅我曾犯的罪。由于您所做的奉爱服务，您的四十九个儿子毫发无损地诞生了。我作为敌人，将他们砍成碎片，但您所做的非凡的奉爱服务，使他们不死。

第 77 节

श्रीशुक उवाच
इन्द्रस्तयाभ्यनुज्ञातः शुद्धभावेन तुष्टया ।
मरुद्भिः सह तां नत्वा जगाम त्रिदिवं प्रभुः ॥७७॥

śrī-śuka uvāca
indras tayābhyanujñātaḥ
śuddha-bhāvena tuṣṭayā
marudbhiḥ saha tāṁ natvā
jagāma tri-divaṁ prabhuḥ

śrī-śukaḥ uvāca—圣舒卡戴瓦·哥斯瓦米说 / indraḥ—因铎 / tayā—被她 / abhyanujñātaḥ—被允许 / śuddha-bhāvena—凭着良好的举止 / tuṣṭayā—满意 / marudbhiḥ saha—与玛茹特们 / tām—向她 / natvā—致以顶礼 / jagāma—他去 / tri-divam—到天堂星球 / prabhuḥ—至尊主

译文　圣舒卡戴瓦·哥斯瓦米继续道：因铎的良好举止使迪缇极为满意。接着，因铎多次顶拜他姨妈，以此向她致敬，然后征得她同意，与他的玛茹特弟弟们离开去了天堂星球。

第78节

एवं ते सर्वमाख्यातं यन्मां त्वं परिपृच्छसि ।
मङ्गलं मरुतां जन्म किं भूयः कथयामि ते ॥७८॥

evaṁ te sarvam ākhyātaṁ
yan māṁ tvaṁ paripṛcchasi
maṅgalaṁ marutāṁ janma
kiṁ bhūyaḥ kathayāmi te

evam—如此／te—对你／sarvam—所有的／ākhyātam—讲述／yat—……的／mām—我／tvam—你／paripṛcchasi—问／maṅgalam—吉祥的／marutām—玛茹特的／janma—出生／kim—什么／bhūyaḥ—进一步的／kathayāmi—我将讲述／te—对你

译文　亲爱的帕瑞克西特王，我已尽力回答了你问我的问题，尤其叙述了这个与玛茹特们有关的纯洁、吉祥的史实。现在你可以进一步提问，我将给予更多的解释。

到此为止，结束了巴克提韦丹塔对《圣典博伽瓦谭》第6篇第18章——“迪缇发誓杀因铎王”所作的阐释。

第十九章

执行普恩萨瓦纳仪式

这一章描述了喀夏帕·牟尼(Kaśyapa Muni)的妻子迪缇(Diti)是如何按照喀夏帕·牟尼的指示做奉爱服务的。在十一月份到十二月份之间(Agrahāyaṇa)月渐圆的第一天，所有的妇女都该以迪缇为榜样，听从自己丈夫的指示，开始做这个普恩萨瓦纳仪式(puṁsa-vana-vrata)。清晨，她应该在刷牙、沐浴从而变得清洁后，聆听有关玛茹特(Marut)出生的神秘史实。然后，在穿一身白衣遮盖自己的身体并做适度的打扮后，应该在早餐前崇拜主维施努和祂的妻子幸运女神拉珂施蜜(Lakṣmī)母亲，赞美主维施努的仁慈、耐心、力量、能力、伟大和其他荣耀，以及如何能够赐予所有的神秘祝福。在给至尊主献上饰品、圣线、鲜花、熏香，以及为沐浴及洗祂的足、手和嘴用的水等所有这些崇拜用品时，人应该通过吟诵“我的主维施努充满六种财富。您是最杰出的享乐者，最强大有力。拉珂施蜜母亲的丈夫啊！我恭敬地顶拜由维施瓦克森纳等众多同伴陪伴的您。我为崇拜您而献上所有的用品(oṁ namo bhagavate mahā-puruṣāya mahānubhāvāya mahāvibhūtipataye saha mahā-vibhūtibhir balim upaharāmi)”这个曼陀(mantra)邀请至尊主。随后，人应该边吟诵“我的主维施努充满六种财富。您是最杰出的享乐者，拉珂施蜜母亲的丈夫(oṁ namo bhagavate mahā-puruṣāya mahāvibhūti-pataye svāhā)”这个曼陀，将十二种供品供奉到火中。在吟诵这个曼陀十次的同时，人应该献上顶礼。接着，应该吟诵拉珂施蜜·纳茹阿亚纳(Lakṣmī-Nārāyaṇa)曼陀。

如果怀孕的妇女或她丈夫能有规律地做这项服务，两个人就都将得到灵性的结果。在这样做持续一整年后，贞节的妻子应该在卡尔提卡(Kārttika)月满月的那一天断食。第二天，当丈夫的应该像先前做的一样崇拜维施努，然后通过烹煮美味的食物举行盛宴，将给至尊主供奉过的食物帕萨达(prasāda)分发给布茹阿玛纳们(brāhmaṇas)。随后，在征得布茹阿玛纳的允许后，夫妻两人应该进食帕萨达。这一章以颂扬普恩萨瓦纳(生男孩的)仪式的效果作结束。

第 1 节

श्रीराजोवाच
व्रतं पुंसवनं ब्रह्मन् भवता यदुदीरितम् ।
तस्य वेदितुमिच्छामि येन विष्णुः प्रसीदति ॥ १ ॥

śrī-rājovāca
vrataṁ puṁsavanaṁ brahman
bhavatā yad udīritam
tasya veditum icchāmi
yena viṣṇuḥ prasīdati

śrī-rājā uvāca—帕瑞克西特王说 / vratam—誓言 / puṁsavanam—名叫普恩萨瓦纳 / brahman—布茹阿玛纳啊！ / bhavatā—被您 / yat—……的 / udīritam—被谈到 / tasya—那……的 / veditum—知道 / icchāmi—我想要 / yena—被……的 / viṣṇuḥ—主维施努 / prasīdati—被取悦

译文 帕瑞克西特王说：我亲爱的导师，您谈到过普恩萨瓦纳誓言。我现在想要聆听有关它的细节性知识；因为我知道，人可以靠遵守这个誓言取悦至尊主维施努。

第 2—3 节

श्रीशुक उवाच
शुक्ले मार्गशिरे पक्षे योषिद्भर्तुरनुज्ञया ।
आरभेत व्रतमिदं सार्वकामिकमादितः ॥ २ ॥

निशम्य मरुतां जन्म ब्राह्मणाननुमन्त्र्य च ।
स्नात्वा शुक्लदती शुक्ले वसीतालङ्कृताम्बरे ।
पूजयेत्प्रातराशात्प्राग्भगवन्तं श्रिया सह ॥ ३ ॥

śrī-śuka uvāca
śukle mārgaśire pakṣe
yoṣid bhartur anujñayā
ārabheta vratam idaṁ
sārva-kāmikam āditaḥ

niśamya marutāṁ janma
brāhmaṇān anumantrya ca
snātvā śukla-datī śukle
vasītālaṅkṛtāmbare
pūjayet prātarāśāt prāg
bhagavantaṁ śriyā saha

śrī-śukaḥ uvāca—圣舒卡戴瓦·哥斯瓦米说 / śukle—明亮的 / mārgaśire—在十一月至十二月间 / pakṣe—在两个星期内 / yoṣit—女人 / bhartuḥ—丈夫的 / anujñayā—得到……的许可 / ārabheta—应该开始 / vratam—誓言 / idam—这 / sārva-kāmikam—实现所有愿望的 / āditaḥ—从第一天 / niśamya—聆听 / marutām—玛茹特们的 / janma—诞生 / brāhmaṇān—布茹阿玛纳 / anumantrya—自……获得指导 / ca—和 / snātvā—沐浴 / śukla-datī—刷牙 / śukle—白色的 / vasīta—应该穿上 / alaṅkṛtā—佩戴首饰 / ambare—衣服 / pūjayet—应该崇拜 / prātaḥ-āśāt prāk—早餐前 / bhagavantam—至尊人格首神 / śriyā saha—与幸运女神

译文 舒卡戴瓦·哥斯瓦米说：在十一月至十二月(阿卦哈亚纳月)的月渐圆的两个星期内，妇女应该按她丈夫的指示开始发苦修誓言，有规律地做奉爱服务，因为这样做可以使人实现所有的愿望。在开始崇拜主维施努之前，她应该先聆听玛茹特们是如何诞生的史实。接着，她应该按照有资格的布茹阿玛纳的指导，早晨刷牙、沐浴并穿上白色的衣服和佩戴首饰。在吃早餐前，她应该崇拜主维施努和拉珂施蜜女神。

第4节

अलं ते निरपेक्षाय पूर्णकाम नमोऽस्तु ते ।
महाविभूतिपतये नमः सकलसिद्धये ॥ ४ ॥

alaṁ te nirapekṣāya
pūrṇa-kāma namo 'stu te
mahāvibhūti-pataye
namaḥ sakala-siddhaye

alam—足够 / te—对您 / nirapekṣāya—不关心 / pūrṇa-kāma—愿望总是得以实现的至尊主啊！ / namaḥ—顶礼 / astu—但愿 / te—向您 / mahā-vibhūti—拉珂施蜜的 / pataye—向丈夫 / namaḥ—顶礼 / sakala-siddhaye—向一切神秘力量的主人

译文 (她应该这样向至尊主祈祷说：)亲爱的至尊主，您虽然完全拥有所有的财富，但我不向您祈求财富。我只向您致以我虔敬的顶礼。您是拥有所有财富的幸运女神拉珂施蜜的丈夫和主人。因此，您是所有种类的神秘瑜伽的主人。我只向您致以敬意。

要旨 奉献者知道如何欣赏至尊人格首神。

oṁ pūrṇam adaḥ pūrṇam idaṁ
pūrṇāt pūrṇam udacyate
pūrṇasya pūrṇam ādāya
pūrṇam evāvaśiṣyate

“人格首神完美而又完整；由于祂绝对完美，这个世界等祂发散出的一切，也都与完整的整体一样完美无瑕。完整的整体所产出的一切，本身也都是完整的。由于祂是完整的整体，尽管祂所发散出的完整单元有那么多，祂仍保持完整的平衡。”正因为如此，我们需要托庇于至尊主。奉献者无论需要什么，作为完整整体的至尊人格首神都会提供(teṣāṁ nityābhiyuktānāṁ yoga-kṣemaṁ vahāmy aham)。所以，纯粹的奉献者从不向至尊主要求什么，而只是恭敬地向至尊主顶礼；至尊主准备接受奉献者所能供奉给祂的一切，甚至只是一片叶、一朵花、一个水果或一点水(patraṁ puṣpaṁ phalaṁ toyam)。没有必要做超出自己能力范围的事，最好是朴素、简单，怀着恭敬的心虔诚地向至尊主供奉自己能得到的一切。至尊主完全能将所有的财富赐予祂的奉献者。

第 5 节

यथा त्वं कृपया भूत्या तेजसा महिमौजसा ।
जुष्ट ईश गुणैः सर्वैस्ततोऽसि भगवान् प्रभुः ॥५॥

yathā tvaṁ kṛpayā bhūtyā
tejasā mahimaujasā
juṣṭa īśa guṇaiḥ sarvais
tato 'si bhagavān prabhuḥ

yathā—正如 / tvam—您 / kṛpayā—与仁慈 / bhūtyā—与财富 / tejasā—与非凡的才能 / mahima-ojasā—与荣耀和力量 / juṣṭaḥ—具备 / īśa—我的至尊主啊！ / guṇaiḥ—与超然的品质 / sarvaiḥ—一切 / tataḥ—因此 / asi—您是 / bhagavān—至尊人格首神 / prabhuḥ—主人

译文　我的至尊主啊！您具有没有缘故的仁慈、一切财富、一切非凡的才能、荣耀、力量及超然的品质，所以您是至尊人格首神、众生的主人。

要旨　这节诗中说“因此，您是至尊人格首神、众生的主人(tato 'si bhagavān prabhuḥ)”。至尊人格首神不仅绝对拥有六种财富，而且对祂的奉献者极为仁慈。祂虽然自己本身完美且俱足一切，但还是想要所有的生物投靠祂，以便他们有可能为祂做服务。这样祂就会满意。尽管祂本身完美且俱足一切，但当祂的奉献者怀着奉爱之情向祂供奉哪怕一片叶、一朵花、一个水果或一点水(patraṁ puṣpaṁ phalaṁ toyam)的时候，祂就很高兴。有时，至尊主作为雅首达(Yaśodā)母亲的小孩子，要求祂的奉献者给祂一些食物，就好像祂真的很饿。有时，祂在祂奉献者的梦中告诉那奉献者，祂的庙和花园现在很老旧了，祂无法在那里很好地享乐，并要求奉献者对它们进行修缮。有时，祂被埋在土里，仿佛无法自己出来，而是要求祂的奉献者将祂救出来。有时，祂要求祂的奉献者将祂的荣耀传遍全世界，尽管祂自己完全可以做到这一点。尽管至尊人格首神具有一切且自给自足，祂还是依靠祂的奉献者。因此，至尊主与祂的奉献者的关系极其亲密。只有奉献者才清楚，至尊主虽然俱足一切，但在具体的工作中有多么依赖祂的奉献者。就有关这一点，《博伽梵歌》(Bhagavad-gītā)第11章的第33节诗记载，至尊主告诉阿尔诸纳(Arjuna)：“阿尔诸纳啊！你只不过是战斗中的一个工具而已(nimitta-mātraṁ bhava savyasā-cin)。”主奎师那完全能打赢库茹柴陀(Kurukṣetra)战役，但却还是劝祂的奉献者阿尔诸纳去打，成为胜利者。圣柴坦亚·玛哈帕布完全能将祂自己的名字和使命传遍世界，但还是依靠祂的奉献者做这项工作。考虑到所有这些，有关至尊主自给自足最重要的方面就是，祂依靠祂的奉献者。这称为祂没有缘故的仁慈。只有通过觉悟察觉到至尊人格首神没有缘故的仁慈的奉献者，才能了解主人与仆人的关系。

第6节

विष्णुपत्नि महामाये महापुरुषलक्षणे ।
प्रीयेथा मे महाभागे लोकमातर्नमोऽस्तु ते ॥ ६ ॥

viṣṇu-patni mahā-māye
mahāpuruṣa-lakṣaṇe
prīyethā me mahā-bhāge
loka-mātar namo 'stu te

viṣṇu-patni一主维施努的妻子啊！ / mahā-māye一主维施努的能量啊！ / mahā-puruṣa-lakṣaṇe一拥有主维施努的品质和财富 / prīyethāḥ一仁慈地对……满意 / me一向我 / mahā-bhāge一幸运女神啊！ / loka-mātaḥ一世界的母亲啊！ / namaḥ一顶礼 / astu一但愿 / te一向您

译文　（在多次向主维施努顶礼后，奉献者应该恭敬地向幸运女神拉珂施蜜母亲顶礼并祈祷说：）“啊，主维施努的妻子，主维施努的内在能量！您与主维施努本人一样，因为您拥有所有祂的品质和财富。幸运女神啊！请仁慈待我。整个世界的母亲啊！我向您致以虔敬的顶礼。

要旨　至尊主的能量种类繁多(parāsya śaktir vividhaiva śrūyate)。幸运女神拉珂施蜜母亲是至尊主很珍爱的能量，因此在这节诗中被称为是“主维施努的能量(mahā-māye)”。梵文“玛亚(māyā)”的意思是“能量(śakti)”。至尊者——主维施努，没有祂的主要能量，就无法随处展示祂的力量。经典中说：力量和有力量者一样(śakti śaktimān abheda)。所以，幸运女神拉珂施蜜母亲，是主维施努永恒的伴侣；祂们始终在一起。人不能在不安置主维施努的情况下，只把拉珂施蜜留在家中。以为可以这样做的人面临十分危险的处境。在不侍奉至尊主的情况下保留拉珂施蜜——至尊主的财富，总是很危险，因为拉珂施蜜在那种情况下将变成错觉能量。然而，与主维施努在一起，拉珂施蜜就是灵性能量。

第 7 节

ॐ नमो भगवते महापुरुषाय महानुभावाय महाविभूतिपतये सह महाविभूतिभिर्बलिमुपहरामीति । अनेनाहरहर्मन्त्रेण विष्णोरावाहनार्घ्यपाद्योपस्पर्शनस्नानवासउपवीतविभूषणगन्धपुष्पधूप दीपोपहाराद्युपचारान् सुसमाहितोपाहरेत् ॥ ७ ॥

oṁ namo bhagavate mahā-puruṣāya mahānubhāvāya mahāvibhūti-pataye saha mahā-vibhūtibhir balim upaharāmīti, anenāhar-ahar mantreṇa viṣṇor āvāhanārghya-pādyopasparśana-snāna-vāsa-upavīta-vibhūṣaṇa-gandha-puṣpa-dhūpa-dīpopahārādy-upacārān susamā-hitopāharet

oṁ—我的主啊！ / namaḥ—顶礼 / bhagavate—向充满六种财富的至尊人格首神 / mahā-puruṣāya—最杰出的享乐者 / mahā-anubhāvāya—最强大有力的 / mahā-vibhūti—幸运女神的 / pataye—丈夫 / saha—与 / mahā-vibhūtibhiḥ—同伴 / balim—供品 / upaharāmi—我正献上 / iti—如此 / anena—凭着这 / ahaḥ-ahaḥ—每天 / mantreṇa—曼陀 / viṣṇoḥ—主维施努的 / āvāhana—祈愿 / arghya-pādya-upasparśa-na—洗双足、双手和嘴巴用的水 / snāna—沐浴用的水 / vāsa—衣服 / upavīta—圣线 / vibhūṣaṇa—装饰品 / gandha—香水 / puṣpa—鲜花 / dhūpa—熏香 / dīpa—油灯 / upahāra—礼物 / ādi—等等 / upacārān—礼物 / su-samāhitā—非常专注地 / upāharet—她必须献上

译文 “我的主维施努充满六种财富。您是最杰出的享乐者，最强大有力。拉玛施蜜母亲的丈夫啊！我恭恭敬敬地顶拜由维施瓦克森纳等众多同伴陪伴的您。我为崇拜您而献上所有的用品。”人应该每天专注地吟诵这个曼陀，同时用所有的用品崇拜主维施努，例如：为洗祂的双足、双手和嘴巴所用的水，及为祂沐浴所用的水。人必须为崇拜祂而供奉给祂各种礼物，例如：衣服、圣线、装饰品、香水、鲜花、熏香和油灯等。

要旨　这个曼陀(mantra)很重要。崇拜神像的人都应该吟诵这节诗中引述的这个以“我的主维施努充满六种财富。您是最杰出的享乐者(oṁ namo bhagavate mahā-puruṣāya)”为开始的曼陀。

第8节

हविःशेषं च जुहुयादनले द्वादशाहुतीः ।
ॐ नमो भगवते महापुरुषाय महाविभूतिपतये स्वाहेति ॥ ८ ॥

haviḥ-śeṣaṁ ca juhuyād
anale dvādaśāhutīḥ
oṁ namo bhagavate mahā-puruṣāya mahāvibhūti-pataye svāheti

haviḥ-śeṣam－供奉过的一切 / ca－和 / juhuyāt－人应该献上 / anale－在火中 / dvādaśa－十二 / āhutīḥ－供品 / oṁ－我的主啊！ / namaḥ－顶礼 / bhagavate－向至尊人格首神 / mahā-puruṣāya－至尊的享乐者 / mahā-vibhūti－幸运女神的 / pataye－丈夫 / svāhā－为……欢呼 / iti－如此

译文　舒卡戴瓦·哥斯瓦米继续道：用上述所有的用品崇拜至尊主后，人应该在向神圣的火中供奉十二次精炼奶油的同时吟诵这个曼陀，即：我的主维施努充满六种财富。您是最杰出的享乐者，拉珂施蜜母亲的丈夫。

第9节

श्रियं विष्णुं च वरदावाशिषां प्रभवावुभौ ।
भक्त्या सम्पूजयेन्नित्यं यदीच्छेत्सर्वसम्पदः ॥ ९ ॥

śriyaṁ viṣṇuṁ ca varadāv
āśiṣām prabhavāv ubhau
bhaktyā sampūjayen nityaṁ
yadīcchet sarva-sampadaḥ

śriyam－幸运女神 / viṣṇum－主维施努 / ca－和 / vara-dau－祝福的赐予者 / āśiṣām－祝福的 / prabhavau－泉源 / ubhau－两者 / bhaktyā－与奉献 / sampūjayet－应该崇拜 / nityam－每天 / yadi－如果 / icchet－渴望 / sarva－一切的 / sampadaḥ－财富

译文 人若想要得到所有的财富，就该每天崇拜主维施努和祂妻子拉珂施蜜。人应该怀着巨大的奉爱之情，按照上述程序崇拜至尊主。主维施努和幸运女神是无限强大的组合。祂们是一切祝福的赐予者，一切好运的泉源。因此，每个人的责任都是崇拜拉珂施蜜·纳茹阿亚纳。

要旨 拉珂施蜜·纳茹阿亚纳——主维施努和拉珂施蜜母亲，永远处在每一个生物体的心中(īśvaraḥ sarva-bhūtānāṁ hṛd-deśe 'rjuna tiṣṭhati)。然而，非奉献者认识不到主维施努与祂永恒的伴侣拉珂施蜜永恒地同处在众生的心中，因此得不到主维施努的财富。无耻之人有时将穷人称为“贫穷的纳茹阿亚纳(daridra-nārāyaṇa)”。这是最不科学的说法。主维施努和拉珂施蜜永远处在众生的心中，但这并不意味着每一个人，尤其是贫穷之人，都是纳茹阿亚纳。这是在谈有关纳茹阿亚纳时所用的最令人憎恶的词。纳茹阿亚纳从不变穷，所以永远都不该被称为“贫穷的纳茹阿亚纳”。纳茹阿亚纳无疑处在众生的心中，但祂超越物质的贫穷和富有。只有不了解纳茹阿亚纳的财富的无耻之徒，才试图将贫穷强加在祂身上。

第 10 节

प्रणमेद्दण्डवद्भूमौ भक्तिप्रह्वेण चेतसा ।
दशवारं जपेन्मन्त्रं ततः स्तोत्रमुदीरयेत् ॥१०॥

praṇamed daṇḍavad bhūmau
bhakti-prahveṇa cetasā

daśa-vāraṁ japen mantraṁ
tataḥ stotram udīrayet

praṇamet—应该献上顶礼 / daṇḍa-vat—像一根竿子 / bhūmau—在地上 / bhakti—怀着奉爱之情 / prahveṇa—谦卑的 / cetasā—怀着……的心 / daśa-vāram—十遍 / japet—应该发出(声音) / mantram—曼陀 / tataḥ—然后 / stotram—祈祷文 / udīrayet—应该吟诵

译文　人应该怀着谦卑的心透过奉爱之情向至尊主顶礼。在如一根竿子般扑倒在地致以丹达瓦特顶礼时，人应该吟诵上述的曼陀十遍。接着，人应该吟诵如下的祈祷文。

第 11 节

युवां तु विश्वस्य विभू जगतः कारणं परम् ।
इयं हि प्रकृतिः सूक्ष्मा मायाशक्तिर्दुरत्यया ॥११॥

yuvāṁ tu viśvasya vibhū
jagataḥ kāraṇaṁ param
iyaṁ hi prakṛtiḥ sūkṣmā
māyā-śaktir duratyayā

yuvām—您们两者 / tu—事实上 / viśvasya—宇宙的 / vibhū—拥有者 / jagataḥ—宇宙的 / kāraṇam—起因 / param—至尊的 / iyam—这 / hi—无疑地 / prakṛtiḥ—能量 / sūkṣmā—难以了解 / māyā-śaktiḥ—内在能量 / duratyayā—难以超出

译文　我的主维施努和幸运女神拉珂施蜜母亲，您们是整个创造的拥有者。事实上，是您们引发了创造。拉珂施蜜母亲极难使人了解，因为她那么强大，以至难以超出她的力量范围。拉珂施蜜母亲在物质世界中表现为外在能量，但其实永远是至尊主的内在能量。

第 12 节

तस्या अधीश्वरः साक्षात्त्वमेव पुरुषः परः ।
त्वं सर्वयज्ञ इज्येयं क्रियेयं फलभुग्भवान् ॥१२॥

tasyā adhīśvaraḥ sākṣāt
tvam eva puruṣaḥ paraḥ
tvaṁ sarva-yajña ijyeyaṁ
kriyeyaṁ phala-bhug bhavān

tasyāḥ－她的 / adhīśvaraḥ－主人 / sākṣāt－直接地 / tvam－您 / eva－无疑地 / puruṣaḥ－人 / paraḥ－至尊的 / tvam－您 / sarva-yajñaḥ－祭祀的具体体现 / ijyā－崇拜 / iyam－这(拉珂施蜜) / kriyā－活动 / iyam－这 / phala-bhuk－果实的享受者 / bhavān－您

译文 我的至尊主，您是能量的主人，因此是至尊人。您是祭祀的具体体现。拉珂施蜜——灵性活动的化身，是向您献上崇拜的原本形象，而您是一切祭祀的享受者。

第 13 节

गुणव्यक्तिरियं देवी व्यञ्जको गुणभुग्भवान् ।
त्वं हि सर्वशरीर्यात्मा श्रीः शरीरेन्द्रियाशयाः ।
नामरूपे भगवती प्रत्ययस्त्वमपाश्रयः ॥१३॥

guṇa-vyaktir iyaṁ devī
vyañjako guṇa-bhug bhavān
tvaṁ hi sarva-śarīry ātmā
śrīḥ śarīrendriyāśayāḥ
nāma-rūpe bhagavatī
pratyayas tvam apāśrayaḥ

guṇa-vyaktiḥ－品质的宝库 / iyam－这 / devī－女神 / vyañjakaḥ－展现 / guṇa-bhuk－品质的享受者 / bhavān－您 / tvam－您 / hi－事实上 / sarva-śarīrī ātmā－众生的超灵 / śrīḥ－幸运女神 / śarīra－身体 / indriya－感官 / āśayāḥ－和心 / nāma－名字 / rūpe－和形象 /

bhagavatī一拉珂施蜜 / pratyayaḥ一展示的原因 / tvam一您 / apāśrayaḥ一依靠者

译文　在这里的拉珂施蜜母亲是一切灵性品质的宝库，而您展现并享受所有这些品质。事实上，您才是一切的真正享受者。您以众生之超灵的形式存在，幸运女神则是他们的身体、感官和心的形象。她也有圣名和形象，而您是所有这类名字的依靠，是它们展示的原因。

要旨　真理宗(tattvavādī)的一代宗师(ācārya)玛德瓦查尔亚(Madhvācārya)，这样谈论这节诗说："维施努被描述为是祭祀(yajña)的具体体现，而拉珂施蜜母亲被描述为是灵性活动和崇拜的原本形象。事实上，祂们代表祭祀活动和一切祭祀的超灵。主维施努甚至是拉珂施蜜女神的超灵，但没谁能是主维施努的超灵，因为主维施努本人就是众生的超灵。"

按照玛德瓦查尔亚的说法，事实上存在着两个范畴(tattva)：一个是独立的，另一个是需要依靠的。第一个范畴是至尊主维施努范畴，而第二个范畴是个体灵魂范畴(jīva-tattva)。依靠主维施努的拉珂施蜜，有时被列为个体灵魂的范畴。然而，高迪亚传承的外士纳瓦(Gauḍīya Vaiṣṇava),按照从巴拉戴瓦·维迪亚布善(Baladeva Vidyābhūṣaṇa)写的《帕梅亚·茹阿特纳瓦利》(Prameya-ratnāvalī)中引述的两节诗描述拉珂施蜜女神，其中的第一首诗摘自《维施努往世书》(Viṣṇu Purāṇa)：

nityaiva sā jagan-mātā
　viṣṇoḥ śrīr anapāyinī
yathā sarva-gato viṣṇus
　tathaiveyaṁ dvijottama

viṣṇoḥ syuḥ śaktayas tisras
　tāsu yā kīrtitā parā

saiva śrīs tad-abhinneti
 prāha śiṣyān prabhur mahān

“最优秀的布茹阿玛纳啊！拉珂施蜜是至尊人格首神维施努永恒的伴侣，因此被称为阿纳帕雅妮(anapāyinī)。她是一切创造的母亲。正如主维施努无所不在，祂的灵性能量拉珂施蜜母亲也无所不在。主维施努有内在、外在和边缘这三种主要的能量。圣柴坦亚·玛哈帕布承认至尊主的灵性能量(parā-śakti)与至尊主本人一样。因此，拉珂施蜜也被包括在独立的维施努范畴内。”

在对《帕梅亚·茹阿特纳瓦利》的评注《康提·玛拉》(Kānti-mālā)中有这样的说明：“尽管有些权威的外士纳瓦师徒传承将幸运女神归为是在灵性世界外琨塔(Vaikuṇṭha)中永恒解脱的生物，但圣柴坦亚·玛哈帕布按照《维施努往世书》中的说明，描述拉珂施蜜属于维施努范畴。正确的结论是：对拉珂施蜜不同于维施努的描述，是指充满拉珂施蜜品质的永恒解脱灵魂，但不适用于主维施努永恒的伴侣拉珂施蜜母亲本人(nanu kvacit nitya-mukta jīvatvaṁ lakṣmyāḥ svīkṛtaṁ, tatrāha-prāheti. nityaiveti padye sarva-vyāpti-kathanena kalākāṣṭhety ādi-padya-dvaye, śuddho 'pīty uktā ca mahāprabhunā svaśiṣyān prati lakṣmyā bhagavad-advaitam upadiṣṭam. kvacid yat tasyās tu dvaitam uktaṁ, tat tu tad-āviṣṭa-nitya-mukta jīvam ādāya saṅgatamas tu)。”

第 14 节

यथा युवां त्रिलोकस्य वरदौ परमेष्ठिनौ ।
तथा म उत्तमश्लोक सन्तु सत्या महाशिषः ॥१४॥

yathā yuvāṁ tri-lokasya
 varadau parameṣṭhinau
tathā ma uttamaśloka
 santu satyā mahāśiṣaḥ

yathā—由于 / yuvām—您们两者 / tri-lokasya—三个世界的 / vara-dau—祝福的赐予者 / parame-ṣṭhinau—至尊统治者 / tathā—因此 / me—我的 / uttama-śloka—受到精选诗歌赞扬的至尊主啊！ / santu—愿得以 / satyāḥ—实现 / mahā-āśiṣaḥ—伟大的志向

译文　您们是三个世界的至尊统治者和祝福者。所以，我的至尊主——乌塔玛施珞卡，愿我的志向靠您的恩典得以实现。

第 15 节

इत्यभिष्टूय वरदं श्रीनिवासं श्रिया सह ।
तन्निःसार्योपहरणं दत्त्वाचमनमर्चयेत् ॥१५॥

ity abhiṣṭūya varadaṁ
śrīnivāsaṁ śriyā saha
tan niḥsāryopaharaṇaṁ
dattvācamanam arcayet

iti—如此 / abhiṣṭūya—献上祈祷 / vara-dam—赐予祝福的 / śrī-nivāsam—向主维施努——幸运女神的住所 / śriyā saha—与拉珂施蜜 / tat—然后 / niḥsārya—移开 / upaharaṇam—崇拜的用品 / dattvā—敬献之后 / ācamanam—洗手和嘴的水 / arcayet—人应该崇拜

译文　圣舒卡戴瓦·哥斯瓦米继续道：就这样，应该按上述程序祈祷，崇拜又被称为施瑞尼瓦斯的主维施努，以及幸运女神拉珂施蜜母亲。将所有的崇拜用品移开后，人应该向祂们供奉水，清洗祂们的手和嘴，随即再次崇拜祂们。

第 16 节

ततः स्तुवीत स्तोत्रेण भक्तिप्रह्वेण चेतसा ।
यज्ञोच्छिष्टमवघ्राय पुनरभ्यर्चयेद्धरिम् ॥१६॥

tataḥ stuvīta stotreṇa
bhakti-prahveṇa cetasā
yajñocchiṣṭam avaghrāya
punar abhyarcayed dharim

tataḥ—然后 / stuvīta—人应该赞美 / stotreṇa—通过祈祷 / bhakti—怀着奉爱之情 / prahveṇa—谦卑的 / cetasā—怀着……的心 / yajña-ucchiṣṭam—供奉过的食物 / avaghrāya—嗅闻 / punaḥ—再次 / abhyarcayet—一个人应该崇拜 / harim—主维施努

译文 应该怀着奉爱之情及谦卑的心态向至尊主和拉珂施蜜母亲献上祈祷。祈祷后，应该嗅闻给祂们供奉过的食物，接着再次崇拜至尊主和拉珂施蜜。

第17节

पतिं च परया भक्त्या महापुरुषचेतसा ।
प्रियैस्तैस्तैरुपनमेत्प्रेमशीलः स्वयं पतिः ।
बिभृयात्सर्वकर्माणि पत्न्या उच्चावचानि च ॥१७॥

patiṁ ca parayā bhaktyā
mahāpuruṣa-cetasā
priyais tais tair upanamet
prema-śīlaḥ svayaṁ patiḥ
bibhṛyāt sarva-karmāṇi
patnyā uccāvacāni ca

patim—丈夫 / ca—和 / parayā—至尊的 / bhaktyā—怀着奉爱之情 / mahā-puruṣa-cetasā—视为至尊人 / priyaiḥ—亲爱的 / taiḥ taiḥ—凭着那些(供奉) / upanamet—应该崇拜 / prema-śīlaḥ—充满深情第 / svayam—他自己 / patiḥ—丈夫 / bibhṛyāt—应该执行 / sarva-karmāṇi—一切活动 / patnyāḥ—妻子的 / ucca-avacāni—高低 / ca—还有

译文 将丈夫视为至尊人的代表的妻子，应该通过为丈夫提供给至尊神供奉过的食物(帕萨达么)，忠心耿耿地崇拜他。对妻子很满意的丈夫应该处理家庭事务。

要旨　丈夫和妻子的家人关系，应该按照上述程序建立在灵性的基础上。

第 18 节

कृतमेकतरेणापि दम्पत्योरुभयोरपि ।
पत्न्यां कुर्यादनर्हायां पतिरेतत्समाहितः ॥१८॥

kṛtam ekatareṇāpi
dam-patyor ubhayor api
patnyāṁ kuryād anarhāyāṁ
patir etat samāhitaḥ

kṛtam一做好 / ekatareṇa一被一个人 / api一甚至 / dam-patyoḥ一妻子和丈夫的 / ubhayoḥ一两者的 / api一仍然 / patnyām一当妻子 / kuryāt一他应该做好 / anarhāyām一不能够的 / patiḥ一丈夫 / etat一这 / samāhitaḥ一专注地

译文　夫妻两人中的一个人已足以做好这项奉爱服务；而由于他们有良好的关系，两人将享受同样的结果。因此，如果妻子无法执行这个程序，丈夫就该细心地去做，忠诚的妻子将分享到结果。

要旨　当妻子忠诚、丈夫真诚时，夫妻间的关系便是牢固的。因此，即使妻子比较虚弱，无法跟丈夫一起做奉爱服务，只要她贞节、真诚，她就能分享她丈夫从事活动所得到的成果的一半。

第 19—20 节

विष्णोर्व्रतमिदं बिभ्रन्न विहन्यात्कथञ्चन ।
विप्रान् स्त्रियो वीरवतीः स्रग्गन्धबलिमण्डनैः ।

अर्चेदहरहर्भक्त्या देवं नियममास्थिता ॥१९॥

उद्वास्य देवं स्वे धाम्नि तन्निवेदितमग्रतः ।
अद्यादात्मविशुद्ध्यर्थं सर्वकामसमृद्धये ॥२०॥

viṣṇor vratam idaṁ bibhran
na vihanyāt kathañcana
viprān striyo vīravatīḥ
srag-gandha-bali-maṇḍanaiḥ
arced ahar-ahar bhaktyā
devaṁ niyamam āsthitā

udvāsya devaṁ sve dhāmni
tan-niveditam agrataḥ
adyād ātma-viśuddhy-arthaṁ
sarva-kāma-samṛddhaye

viṣṇoḥ—主维施努的 / vratam—誓言 / idam—这 / bibhrat—做 / na—不 / vihanyāt—应该打破 / kathañcana—为任何原因 / viprān—布茹阿玛纳 / striyaḥ—女人 / vīra-vatīḥ—有丈夫和儿子的 / srak—用花环 / gandha—檀香 / bali—食物的供奉 / maṇḍanaiḥ—和用装饰品 / arcet—人应该崇拜 / ahaḥ-ahaḥ—每天 / bhaktyā—用奉爱 / devam—主维施努 / niyamam—宗教原则 / āsthitā—遵守 / udvāsya—置于 / devam—至尊主 / sve—在祂自己的 / dhāmni—休息处 / tat—对祂 / niveditam—被供奉的 / agrataḥ—在先分配给他人后 / adyāt—人应该进食 / ātma-viśuddhi-artham—为了自我的净化 / sarva-kāma—所有的愿望 / samṛddhaye—为实现

译文 人应该接受这个为维施努做奉爱服务的誓言，做这项服务的过程中不该让任何事情转移注意力。应该以敬献帕萨达、鲜花花环、檀香浆和装饰品的方式，每天崇拜布茹阿玛纳，崇拜与丈夫和孩子平静地生活在一起的女士们。妻子必须一直不断地每天遵守规范原则，以此怀着巨大的奉爱之情崇拜主维施努。完成这项服务后，应该让主维施努在祂的床上躺下，然后自己进食帕萨达。这样，丈夫和妻子将得到净化，将实现他们所有的愿望。

第 21 节

एतेन पूजाविधिना मासान्द्वादश हायनम् ।
नीत्वाथोपरमेत्साध्वी कार्तिके चरमेऽहनि ॥२१॥

etena pūjā-vidhinā
māsān dvādaśa hāyanam
nītvāthoparamet sādhvī
kārtike carame 'hani

etena—用这 / pūjā-vidhinā—有规律地崇拜 / māsān dvādaśa—十二个月 / hāyanam——年 / nītvā—在经过之后 / atha—然后 / uparamet—应该断食 / sādhvī—贞洁的妻子 / kārtike—在卡尔提卡月 / carame ahani—在最后一天

译文 贞洁的妻子必须一直不断地做这项奉爱服务一年。一年过后，她应该在十月到十一月(卡尔提卡月)中满月的那一天断食。

第 22 节

श्वोभूतेऽप उपस्पृश्य कृष्णमभ्यर्च्य पूर्ववत् ।
पयःशृतेन जुहुयाच्चरुणा सह सर्पिषा ।
पाकयज्ञविधानेन द्वादशैवाहुतीः पतिः ॥२२॥

śvo-bhūte 'pa upaspṛśya
kṛṣṇam abhyarcya pūrvavat
payaḥ-śṛtena juhuyāc
caruṇā saha sarpiṣā

pāka-yajña-vidhānena
dvādaśaivāhutīḥ patiḥ

śvaḥ-bhūte—在隔天早晨 / apaḥ—水 / upaspṛśya—触碰 / kṛṣṇam—主奎师那 / abhyarcya—崇拜 / pūrva-vat—一如既往地 / payaḥ-śṛtena—以煮开的牛奶 / juhuyāt—人应该供奉 / caruṇā—用甜奶饭供奉 / saha—与 / sarpiṣā—精炼奶油 / pāka-yajña-vidhānena—根据《居士经》中的训谕 / dvādaśa—十二 / eva—确实地 / āhutīḥ—祭品 / patiḥ—丈夫

译文 第二天早晨，人应该清洗自己，之后便一如既往地崇拜主奎师那，应该像厨师一样烹煮一餐在《居士经》中说明的盛宴。应该用精炼奶油煮甜奶饭，当丈夫的人应该用这道餐点与其他祭品一起供奉到祭祀之火中十二次。

第23节

आशिषः शिरसादाय द्विजैः प्रीतैः समीरिताः ।
प्रणम्य शिरसा भक्त्या भुञ्जीत तदनुज्ञया ॥२३॥

āśiṣaḥ śirasādāya
dvijaiḥ prītaiḥ samīritāḥ
praṇamya śirasā bhaktyā
bhuñjīta tad-anujñayā

āśiṣaḥ—祝福 / śirasā—用头 / ādāya—接受 / dvijaiḥ—被布茹阿玛纳 / prītaiḥ—感到满意的 / samīritāḥ—说 / praṇamya—在致以顶礼后 / śirasā—用头 / bhaktyā—怀着奉爱 / bhuñjīta—他应该吃 / tat-anujñayā—经他们允许后

译文 之后，他应该努力使布茹阿玛纳满意。当感到满意的布茹阿玛纳祝福他们夫妻时，他应该真诚地向他们恭敬地顶礼，并经他们的准许进食帕萨达。

第 24 节

आचार्यमग्रतः कृत्वा वाग्यतः सह बन्धुभिः ।
दद्यात्पत्न्यै चरोः शेषं सुप्रजास्त्वं सुसौभगम् ॥२४॥

ācāryam agrataḥ kṛtvā
vāg-yataḥ saha bandhubhiḥ
dadyāt patnyai caroḥ śeṣaṁ
suprajāstvaṁ susaubhagam

ācāryam—灵性导师 / agrataḥ—首先 / kṛtvā—适当地接待 / vāk-yataḥ—控制话语 / saha—与 / bandhubhiḥ—朋友和亲属 / dadyāt—他应该给 / patnyai—对妻子 / caroḥ—祭品甜奶饭的 / śeṣam—供奉过的食物 / su-prajāstvam—确保良好后代的 / su-saubhagam—确保好运的

译文　在自己进食前，当丈夫的人应该首先让灵性导师舒舒服服地就座，自己则与亲属和朋友一起控制自己的话语，给灵性导师供奉帕萨达。之后，做妻子的人应该吃作为祭品供奉过的用精炼奶油烹煮的甜奶饭。吃供奉过的食物确保她生一个博学、虔诚的儿子，并获得一切好运。

第 25 节

एतच्चरित्वा विधिवद् व्रतं विभो-
रभीप्सितार्थं लभते पुमानिह ।
स्त्री चैतदास्थाय लभेत सौभगं
श्रियं प्रजां जीवपतिं यशो गृहम् ॥२५॥

etac caritvā vidhivad vrataṁ vibhor
abhīpsitārthaṁ labhate pumān iha
strī caitad āsthāya labheta saubhagaṁ
śriyaṁ prajāṁ jīva-patiṁ yaśo gṛham

etat—这 / caritvā—奉行 / vidhi-vat—按照经典的规定 / vratam—誓言 / vibhoḥ—从至尊主那里 / abhīpsita—想要 / artham—东西 /

labhate—得到 / pumān—男人 / iha—在这一生 / strī—女人 / ca—和 / etat—这 / āsthāya—奉行 / labheta—能得到 / saubhagam—好运 / śriyam—财富 / prajām—后代 / jīva-patim—长寿的丈夫 / yaśaḥ—好名声 / gṛham—家

译文 男人若按经典的规定遵守这誓言或奉行这仪式，就会甚至在这一生都能从至尊主那里得到他想要的一切赐福。奉行这仪式的妻子无疑将得到好运、财富、儿子、长寿的丈夫、好名声和一个良好的家庭。

要旨 孟加拉人直至今日还认为：一个妇女如果与她丈夫在一起生活很长时间，就是非常幸运的。女人一般都想要有个好丈夫，以及优秀的孩子、和睦兴旺的家庭、富有的经济等。夫妻如果按照这节诗所推荐的去做，至尊人格首神就会给予女人所有这些想要得到的祝福，也给男人所有的赐福。遵守这一誓言，将使具有奎师那意识的男人和女人在这个物质世界里快乐生活；而因为具有奎师那意识，他们将被提升到灵性世界去。

第26—28节

कन्या च विन्देत समग्रलक्षणं
पतिं त्ववीरा हतकिल्बिषां गतिम् ।
मृतप्रजा जीवसुता धनेश्वरी
सुदुर्भगा सुभगा रूपमग्र्यम् ॥२६॥

विन्देद्विरूपा विरुजा विमुच्यते
य आमयावीन्द्रियकल्यदेहम् ।
एतत्पठन्नभ्युदये च कर्म-
ण्यनन्ततृप्तिः पितृदेवतानाम् ॥२७॥

तुष्टाः प्रयच्छन्ति समस्तकामान्
होमावसाने हुतभुक्श्रीहरिश्च ।
राजन्महन्मरुतां जन्म पुण्यं
दितेर्व्रतं चाभिहितं महत्ते ॥२८॥

kanyā ca vindeta samagra-lakṣaṇaṁ
patiṁ tv avīrā hata-kilbiṣāṁ gatim
mṛta-prajā jīva-sutā dhaneśvarī
sudurbhagā subhagā rūpam agryam

vinded virūpā virujā vimucyate
ya āmayāvīndriya-kalya-deham
etat paṭhann abhyudaye ca karmaṇy
ananta-tṛptiḥ pitṛ-devatānām

tuṣṭāḥ prayacchanti samasta-kāmān
homāvasāne huta-bhuk śrī-hariś ca
rājan mahan marutāṁ janma puṇyaṁ
diter vrataṁ cābhihitaṁ mahat te

kanyā—未婚少女 / ca—和 / vindeta—可以得到 / samagralakṣaṇam—拥有一切好品质 / patim——个丈夫 / tu—和 / avīrā—没有丈夫或儿子的女人 / hata-kilbiṣām—免于犯错 / gatim—目的 / mṛta-prajā—孩子夭折的妇女 / jīva-sutā—孩子长寿的妇女 / dhana-īśvarī—拥有财富 / su-durbhagā—不幸的 / su-bhagā—幸运的 / rūpam—美丽 / agryam—优秀的 / vindet—可以得到 / virūpā—丑陋的女人 / virujā—从疾病 / vimucyate—被释放 / yaḥ—……的他 / āmayā-vī—病人 / indriya-kalya-deham—健康的身体 / etat—这 / paṭhan—详述 / abhyudaye ca karmaṇi—以及向祖先和半神人供奉祭品的祭祀仪式 / ananta—无限的 / tṛptiḥ—满意 / pitṛ-devatānām—祖先和半神人的 / tuṣṭāḥ—感到满意 / prayacchanti—他们赐予 / samasta—所有的 / kāmān—愿望 / homa-avasāne—完成仪式时 / huta-bhuk—祭祀的享受者 / śrī-hariḥ—主维施努 / ca—还有 / rājan—君王啊！ / mahat—伟

大的 / marutām－玛茹特们的 / janma－诞生 / puṇyam－虔诚的 / diteḥ－迪缇的 / vratam－誓言 / ca－还有 / abhihitam－解释 / mahat－伟大的 / te－对你

译文 遵守这誓言的未婚少女，将能得到一个十分优秀的丈夫。如若奉行这仪式，没有丈夫或儿子的妇女能被提升到灵性世界；孩子夭折的妇女可以生一个长寿的孩子，还可以很幸运地拥有财富；不幸的女人将变得幸运，丑陋的女人将变得美丽。靠遵守这誓言，病人可以去除疾病、恢复健康，身体能够重新工作。人若在向祖先和半神人供奉祭品时，尤其是在为死去亲人举行刷达仪式期间背诵这段叙述，半神人和祖先星球上的居民就会对他格外满意，祝福他满足所有的愿望。主维施努和祂妻子幸运女神——拉珂施蜜母亲，对奉行这仪式的人十分满意。帕瑞克西特王啊！现在我已完整地描述了迪体是如何奉行这仪式并得到优秀的儿子玛茹特们及快乐生活的。我尽我的最大努力为你解释了这一切。

到此为止，结束了巴克提韦丹塔对《圣典博伽瓦谭》第6篇第18章——“执行普恩萨瓦纳仪式”所作的阐释。

【第六篇终】

圣帕布帕德小传

圣恩 A.C.巴克提韦丹塔·斯瓦米·帕布帕德于 1896 年在印度的加尔各答显世。

1922 年，帕布帕德在加尔各答首次与他的灵性导师圣巴克提希丹塔·萨茹阿斯瓦提·哥斯瓦米会面。巴克提希丹塔·萨茹阿斯瓦提作为一位杰出的宗教学者，在他的一生中创建了 64 所名为高迪亚·玛特的传播韦达文化的机构。巴克提希丹塔非常喜爱这位受过教育的年轻人，于是便说服他献身于传播韦达知识。帕布帕德成了巴克提希丹塔·萨茹阿斯瓦提的学生，并于 11 年后(1933 年)在阿拉哈巴接受了他的启迪，正式成为他的门徒。

在他们第一次会面时，巴克提希丹塔·萨茹阿斯瓦提曾要求帕布帕德用英语去传播韦达知识。为此，帕布帕德在随后的日子里用英文翻译、评注了《博伽梵歌》，参加高迪亚·玛特的传教工作，并在 1944 年独自创办了英语"回归首神"双月刊杂志。他自己编辑，打出原稿，校样，甚至逐本赠送、售卖，为维持杂志的出版艰苦奋斗。"回归首神"杂志自创刊后从未停刊，目前在西方正由他的门徒用 30 多种语言继续出版着。

高迪亚·外士纳瓦协会对帕布帕德的哲学造诣及奉爱精神推崇备至，于 1947 年授予他巴克提韦丹塔的称号。

1950 年，圣帕布帕德在他 54 岁时退出家庭生活，以便用更多的时间进行研究和写作。他到了圣地温达文，住在历史上著名的中世纪神庙——茹阿姐·达摩达尔庙，过着简朴的生活。在那里，他花了好几年的时间进行写作和深入的研究工作。

1959 年，圣帕布帕德在茹阿姐·达摩达尔庙接受萨尼亚希(托钵僧)称号，进入弃绝阶层。接着，他开始翻译、评注含有一万八千节诗的卷帙浩繁的《圣典博伽瓦谭》(《博伽梵往世书》)。这是他生活中的一部杰作。他还撰写了《简易的星际旅行》。

圣帕布帕德在出版了三篇《圣典博伽瓦谭》后，于 1965 年 9 月去了美国，以完成他灵性导师交给他的使命。在随后的岁月里，他写下的权威性翻译、评注和对有关印度哲学及宗教经典作品的综合研究论文，共有 60 多册。

圣帕布帕德乘货轮第一次到纽约时，几乎身无分文。仅仅一年后，他便克服巨大的困难，于 1966 年 7 月建立了国际奎师那意识协会。在 1977 年 11 月 14 日他离世前，他一直指导着协会，看着它成长为一个在全世界有超过一百所灵修所、学校、神庙、研究机构和集体农庄的联合体。

1968 年，圣帕布帕德在美国加利福尼亚州的一个山坡上创办了新温达文——实验性韦达社区。新温达文成了一个繁荣的、有超过两千英亩土地的集体农庄。新温达文的成功激励了圣帕布帕德的门徒。他们在美国和其他国家相继成立了几个同样的集体农庄。

1972 年，圣帕布帕德通过在美国得克萨斯州的达拉斯市创办灵性导师学校，把韦达制度的初级和中级教育引介给西方社会。从那以后，在他的监督、指导下，他的门徒在美国和世界其他地区开设了同样的儿童学校，其主要的教育中心设在印度的温达文。

圣帕布帕德还促成了几个规模宏大的国际文化中心在印度的兴建。坐落在印度西孟加拉圣玛亚普尔的中心，是计划中的灵性城市。这是一个雄心勃勃的计划，需要许多年才能实现、完成。在印度的温达文有宏伟的奎师那 · 巴拉茹阿玛庙宇、国际宾馆、圣帕布帕德纪念馆和博物馆，在孟买有文化和教育主中心。别的中心计划建在印度其他十二个重要地区。

然而，圣帕布帕德最重要的贡献是他的书籍。这些书籍因其深刻、清晰、具权威性而受到学术界的高度敬重，并在为数众多的学院里被当做典范性的教科书使用。他的著作以 50 多种语言翻译出版。于 1972 年成立的巴帝维丹达书籍信托基金会，负责出版圣帕布帕德翻译、评注、撰写的书籍。它目前已成为世上最大的、出版有关印度宗教及哲学书籍的出版机构。

圣帕布帕德不顾自己年事已高，仅仅在 12 年里就进行了 14 次环球旅行，走遍 6 大洲不断演讲。尽管旅程安排得如此紧凑，圣帕布帕德仍翻译、评注、撰写了大量的书籍。他的著作构成了一个名副其实的韦达哲学、宗教、文学和文化的图书馆。

圣帕布帕德著作一览表

《博伽梵歌原意》
《圣典博伽瓦谭》第 1—10 篇
《永恒的柴坦亚经》共 17 篇
《奎师那——快乐的泉源》共 2 卷
《主柴坦亚的教导》
《奉爱的甘露》
《教诲的甘露》
《至尊奥义书》
《博枷梵之光》
《简易星际旅行》
《主卡皮拉的教导》
《琨缇王后的教导》
《首神的讯息》
《觉悟自我的科学》
《瑜伽的完美境界》
《超越生死》
《通向奎师那之道》
《知识之王》
《培养奎师那意识》
《奎师那意识——无于伦比的礼物》
《奎师那意识——瑜伽体系的顶峰》
《完美的问答录》
《生命来自生命》
《回归首神杂志》（创办人）

对圣帕布帕德生前教导的汇编性书籍

《追求解脱》
《第二次机会》
《自我发现之旅》
《文明与超越》
《大自然的法律》
《凭智慧弃绝》
《寻求启发》
《通向超然存在之途》
《超越错觉、假像和疑惑》
《哈瑞·奎师那的挑战》

参考书籍

圣帕布帕德是根据公认的权威经典写作《圣典博伽瓦谭》要旨的，以下是他引用过的经典名称：

《阿玛茹阿·寇沙》辞典	(Amara-kośa dictionary)
《博伽梵歌》	(Bhagavad-gītā)
《奉爱服务的纯粹甘露之洋》	(Bhakti-rasāmṛta-sindhu)
《布茹阿曼达往世书》	(Brahmāṇḍa Purāṇa)
《布茹阿玛·萨密塔》	(Brahma-saṁhitā)
《布茹阿玛·亚玛拉》	(Brahma-yāmala)
《大维施努往世书》	(Bṛhad-viṣṇu Purāṇa)
《毕尔汉·纳茹阿迪亚往世书》	(Bṛhan-nāradīya Purāṇa)
《永恒的柴坦亚经》	(Caitanya-caritāmṛta)
《十位化身之赞歌》	(Daśāvatāra-stotra)
《嘎茹达往世书》	(Garuḍa Purāṇa)
《哥文达之歌》	(Gīta-govinda)
《至尊奥义书》	(Īśopaniṣad)
《玛哈巴茹阿特》(《摩诃婆罗多》)	(Mahābhārata)
《玛努法典》(《摩奴法典》)	(Manu-saṁhitā)
《玛茨亚往世书》	(Matsya Purāṇa)
《纳茹阿达·潘查茹阿陀》	(Nārada-pañcarātra)
《纳茹阿迪亚往世书》	(Nāradīya Purāṇa)
《莲花往世书》	(Padma Purāṇa)
《帕梅亚·茹阿特纳瓦利》	(Prameya-ratnāvalī)
《对神的爱所引发的转变》	(Prema-vivarta)
《八训规》	(Śikṣāṣṭaka)
《斯康达往世书》	(Skanda Purāṇa)
《圣典博伽瓦谭》	(Śrīmad-Bhāgavatam)
《水塔刷塔尔奥义书》	(Śvetāśvatara Upaniṣad)
《坦陀·巴嘎瓦特》	(Tantra Bhāgavata)
《坦陀·尼尔纳亚》	(Tantra-nirṇaya)
《韦丹塔苏陀》	(Vedānta-sūtra)
《维施努往世书》	(Viṣṇu Purāṇa)

家谱表（一）

首神的完整扩展和布茹阿玛直到达克沙儿女为止的后代

奎师那是包括众生在内的一切的来源。祂的第一个扩展是巴拉茹阿玛。这个简单的图表呈现了主奎师那透过玛哈·维施努等创造物质世界的扩展——主宰化身，所进行的不同扩展。从第二个主宰化身嘎尔博达卡沙依·维施努，物质世界里的第一个被创造的人物主布茹阿玛诞生了。布茹阿玛是被赋予了力量的创造者，负责创造展示了的物质宇宙内的一切。这章图表的第二部分勾画出布茹阿玛的后代，以及达克沙的儿子和女儿们。

达克沙的女儿和她们的后代记载在家谱表(二)中。正如这一篇所描述的，生物体祖先达克沙使他妻子阿希克妮怀孕，生了六十个女儿。我们应该了解，是这六十个女儿与不同的崇高人物的结合，使整个宇宙中充满了人类、半神人、恶魔、兽类、飞鸟和蛇类等不同种类的生物体。

除了备注特别说明的人物外，主布茹阿玛和这个图表中继他之后的人物都是普通生物。从奎师那之后直到嘎尔博达卡沙依·维施努，所有的扩展都是至尊人格首神圣奎师那无限的形象。

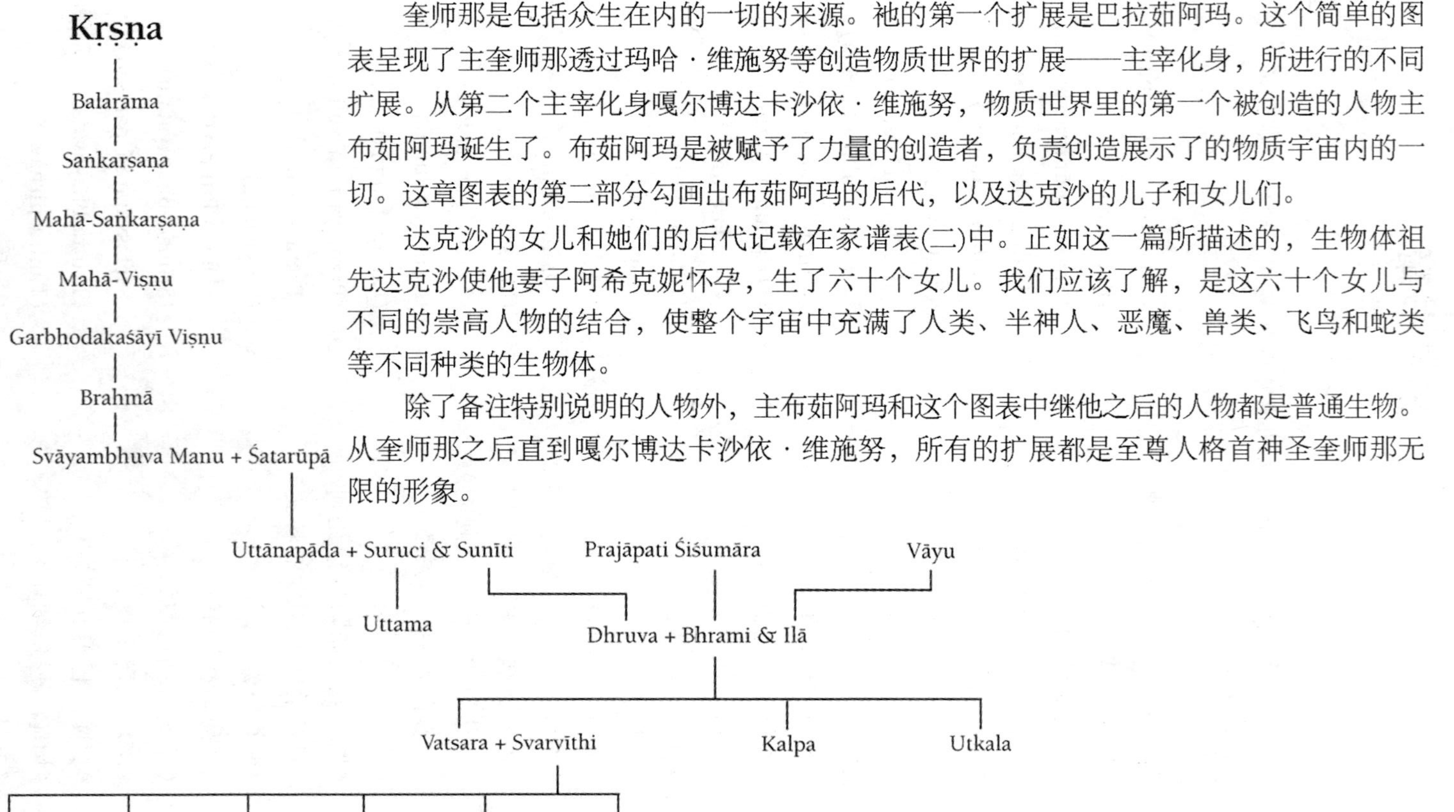

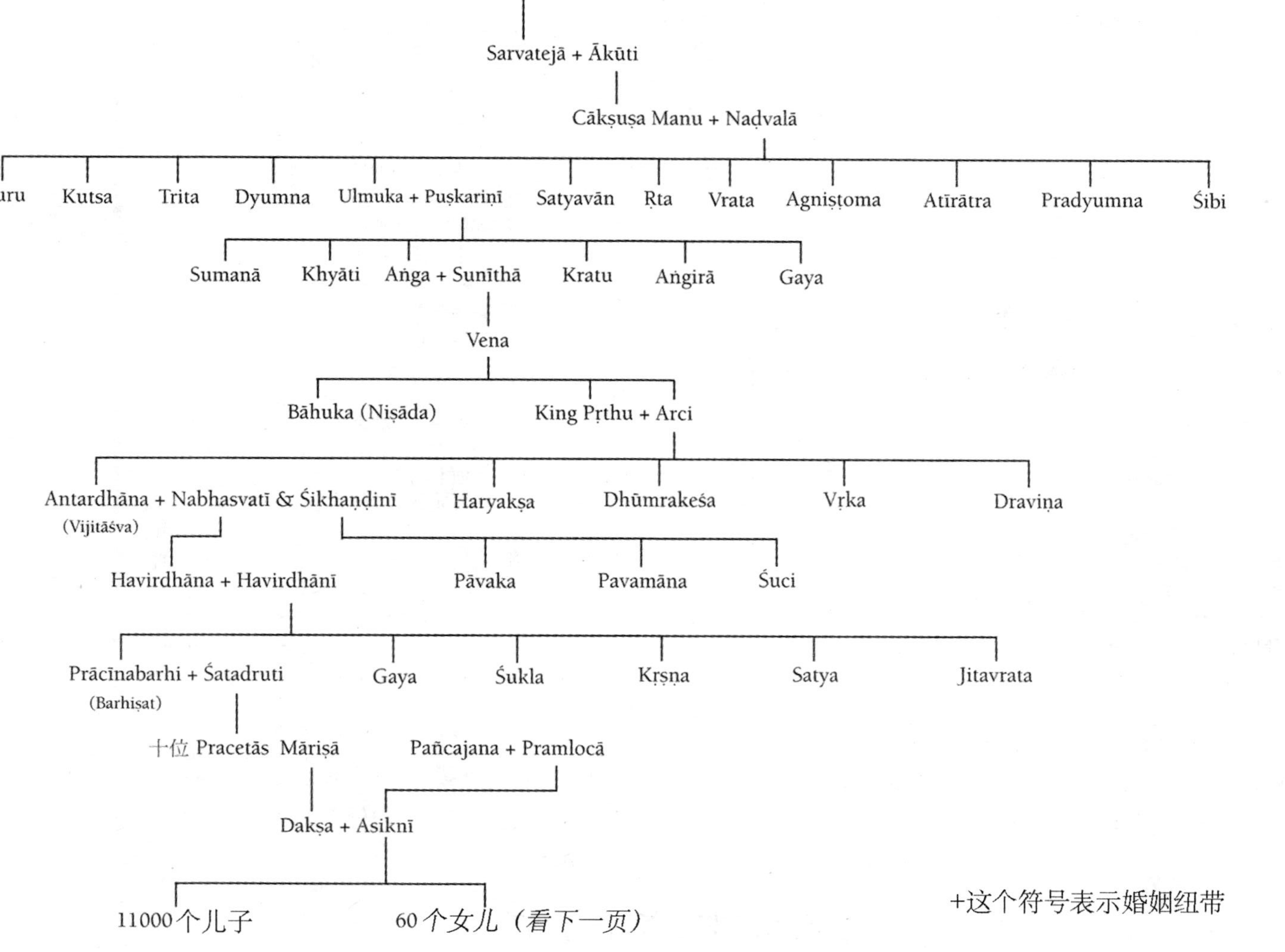

（看下一页）

+这个符号表示婚姻纽带

家谱表(二)

达克沙女儿们的后裔

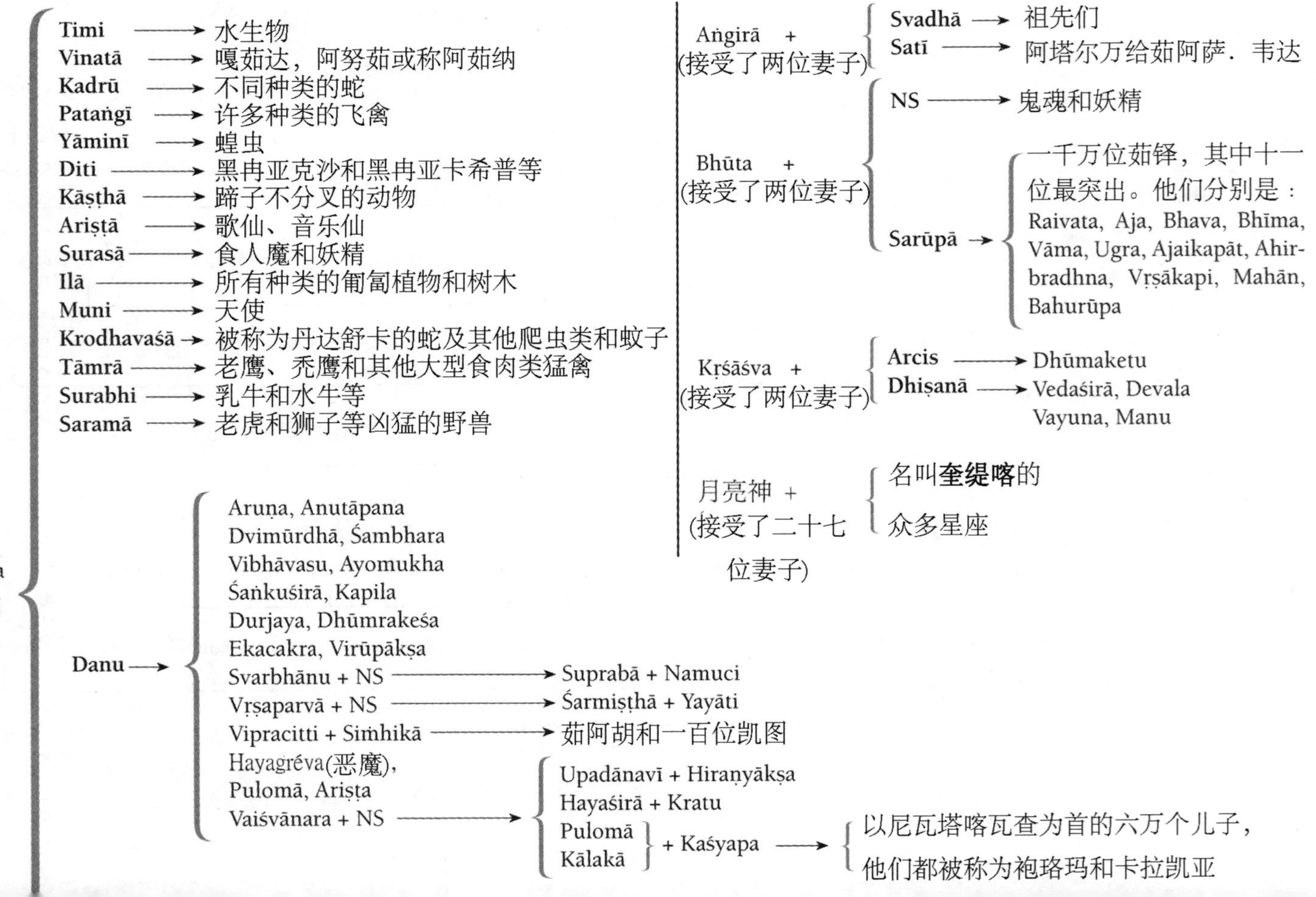

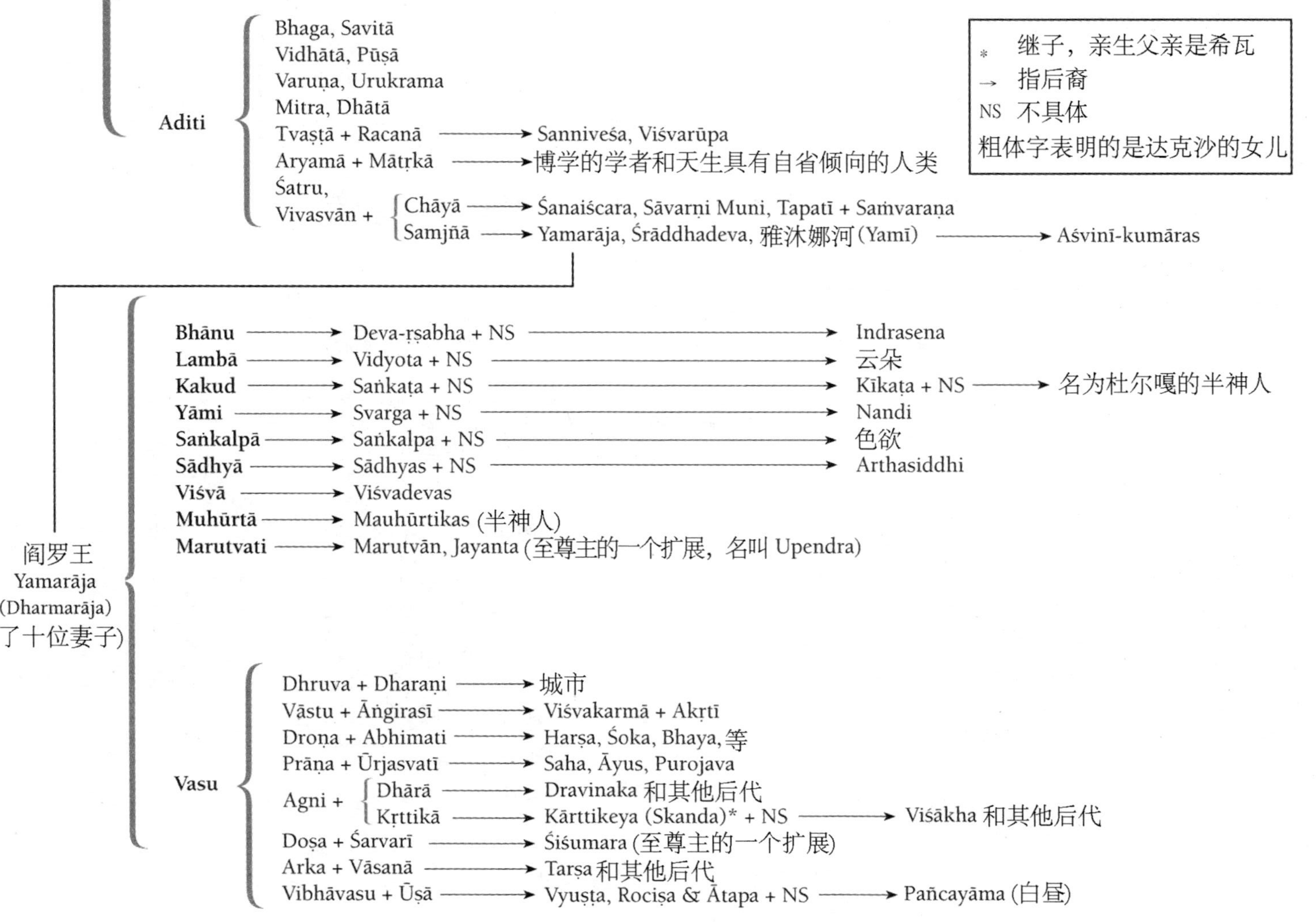

Aditi
Bhaga, Savitā
Vidhātā, Pūṣā
Varuṇa, Urukrama
Mitra, Dhātā
Tvaṣṭā + Racanā → Sanniveśa, Viśvarūpa
Aryamā + Mātṛkā → 博学的学者和天生具有自省倾向的人类
Śatru,
Vivasvān + Chāyā → Śanaiścara, Sāvarṇi Muni, Tapatī + Saṁvaraṇa
Samjñā → Yamarāja, Śrāddhadeva, 雅沐娜河 (Yamī) → Aśvinī-kumāras
* 继子，亲生父亲是希瓦
→ 指后裔
NS 不具体
粗体字表明的是达克沙的女儿
阎罗王
Yamarāja
(Dharmarāja)
(接受了十位妻子)
Bhānu → Deva-ṛṣabha + NS → Indrasena
Lambā → Vidyota + NS → 云朵
Kakud → Saṅkaṭa + NS → Kīkaṭa + NS → 名为杜尔嘎的半神人
Yāmi → Svarga + NS → Nandi
Saṅkalpā → Saṅkalpa + NS → 色欲
Sādhyā → Sādhyas + NS → Arthasiddhi
Viśvā → Viśvadevas
Muhūrtā → Mauhūrtikas (半神人)
Marutvati → Marutvān, Jayanta (至尊主的一个扩展，名叫 Upendra)
Vasu
Dhruva + Dharaṇi → 城市
Vāstu + Āṅgirasī → Viśvakarmā + Akṛtī
Droṇa + Abhimati → Harṣa, Śoka, Bhaya, 等
Prāṇa + Ūrjasvatī → Saha, Āyus, Purojava
Agni + Dhārā → Dravinaka 和其他后代
Kṛttikā → Kārttikeya (Skanda)* + NS → Viśākha 和其他后代
Doṣa + Śarvarī → Śiśumara (至尊主的一个扩展)
Arka + Vāsanā → Tarṣa 和其他后代
Vibhāvasu + Ūṣā → Vyuṣṭa, Rociṣa & Ātapa + NS → Pañcayāma (白昼)

家谱表(三)

喀夏帕·牟尼的后代

这张家谱表呈现的是喀夏帕·牟尼(Kaśyapa Muni)的后代。喀夏帕·牟尼的父亲玛瑞祺(Marīci)产自物质宇宙的第一个被创造的生物体主布茹阿玛(Brahmā)的心念。喀夏帕·牟尼的妻子们生育不同种类的生物体，帮助增加宇宙居民的数量。在他的妻子中，迪缇(Diti)和阿迪缇(Aditi)尤其重要。阿迪缇是许多伟大的半神人的母亲，迪缇则是许多大恶魔的母亲。至尊人格首神的化身乌茹夸玛(Urukrama)，也透过阿迪缇的子宫显现。

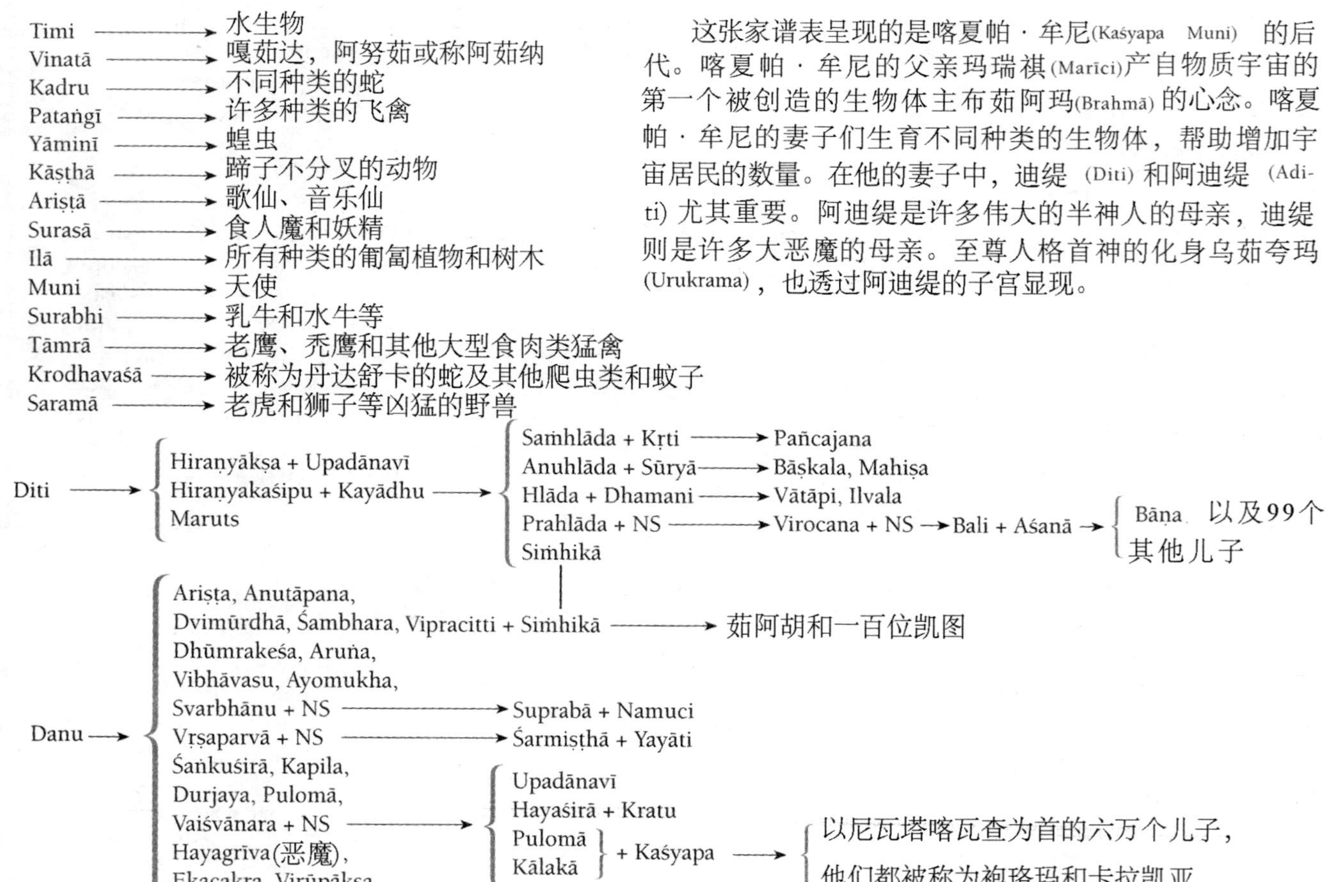

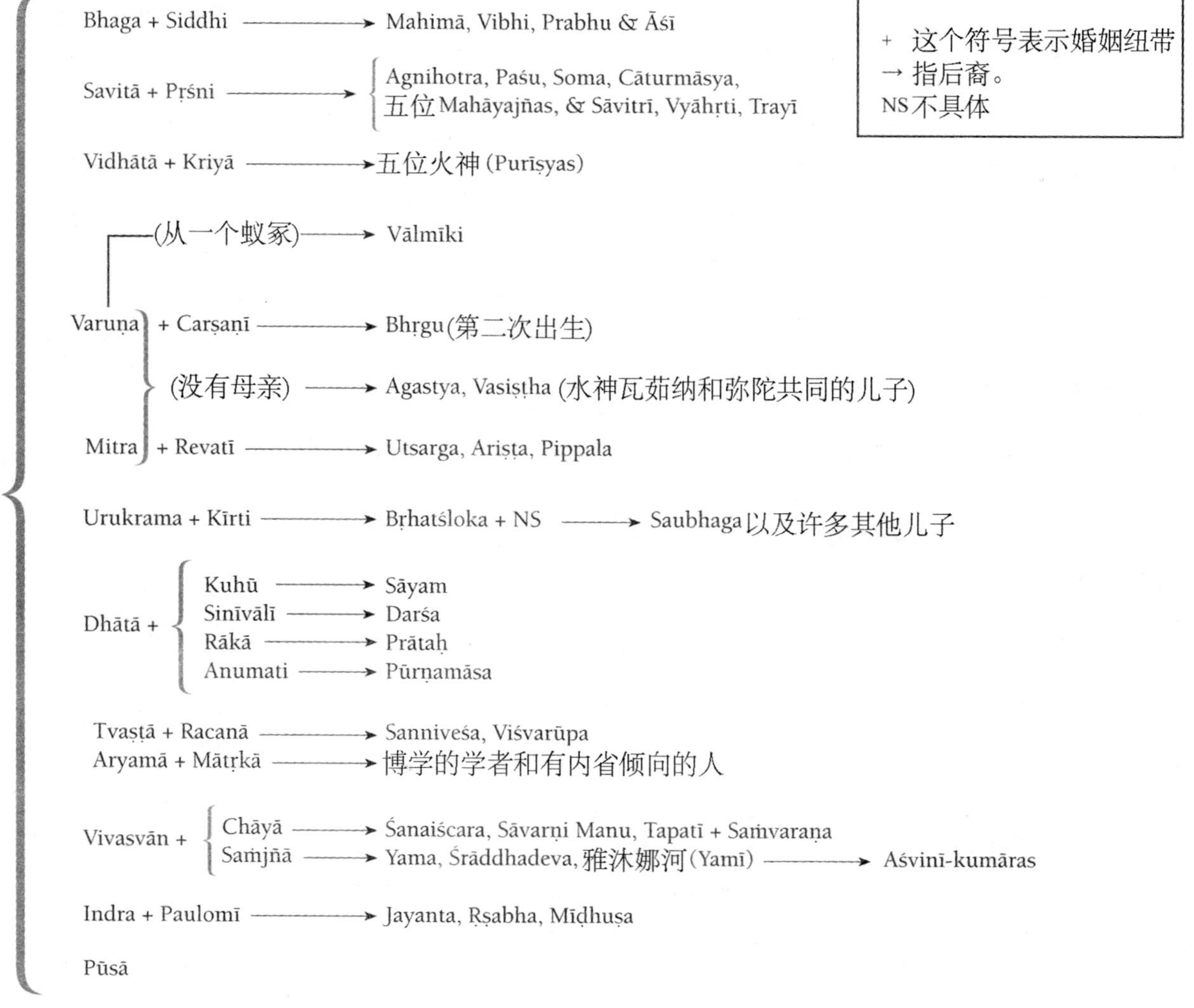

+ 这个符号表示婚姻纽带
→ 指后裔。
NS不具体
Aditi
Bhaga + Siddhi → Mahimā, Vibhi, Prabhu & Āśī
Savitā + Pṛśni → Agnihotra, Paśu, Soma, Cāturmāsya, 五位Mahāyajñas, & Sāvitrī, Vyāhṛti, Trayī
Vidhātā + Kriyā → 五位火神(Purīṣyas)
(从一个蚁冢) → Vālmīki
Varuṇa + Carṣaṇī → Bhṛgu(第二次出生)
(没有母亲) → Agastya, Vasiṣṭha (水神瓦茹纳和弥陀共同的儿子)
Mitra + Revatī → Utsarga, Ariṣṭa, Pippala
Urukrama + Kīrti → Bṛhatśloka + NS → Saubhaga以及许多其他儿子
Dhātā +
Kuhū → Sāyam
Sinīvālī → Darśa
Rākā → Prātaḥ
Anumati → Pūrṇamāsa
Tvaṣṭā + Racanā → Sanniveśa, Viśvarūpa
Aryamā + Mātṛkā → 博学的学者和有内省倾向的人
Vivasvān +
Chāyā → Śanaiścara, Sāvarṇi Manu, Tapatī + Saṁvaraṇa
Saṁjñā → Yama, Śrāddhadeva, 雅沐娜河(Yamī) → Aśvinī-kumāras
Indra + Paulomī → Jayanta, Ṛṣabha, Mīḍhuṣa
Pūṣā

词　表

- A -

Ācamana — 尤其是在祭祀前所做的净化仪式，即：啜一小口水，同时吟诵至尊主的圣名，以此达到净化的目的。

Ācārya — 以身作则，为整个人类树立灵修榜样的灵性导师。

Adharma — 非宗教。

Adhibhautika — 由其他生物体造成的痛苦。

Adhidaivika — 由大自然制造的痛苦。

Adhyātmika — 由自己的身心制造的痛苦。

Āditya — 喀夏帕．牟尼的妻子阿迪缇所生的半神人。

Advaita-vādī — 持无神论的哲学家，他们说，所有的差异都不过是假象而已。参看：Māyāvādī。

Ājñāta-sukṛti — 偶然从事的虔诚或奉爱活动，但并不了解那些活动的效果。

Ānandamaya — 灵性觉悟中充满喜悦；奎师那意识。

Aṇimā — 变得比原子还小的神通。

Annamaya — 只专注于食物的意识状态。

Apsarā — 名叫阿普萨茹阿的天堂星球上居住的美丽女仙。

Ārati — 迎接和崇拜至尊人格首神的一种仪式。在这个仪式中要一边吟唱至尊主的圣名，一边摇铃，一边向至尊主供奉香，点燃用纯净黄油做灯芯的油灯和用樟脑为燃料的灯，以及供奉盛在海螺中的水、一块精美的手帕、芬芳的鲜花、牛尾毛做的拂尘和孔雀羽毛扇。

Arcanā — 崇拜神像的奉爱程序。

Āśrama — 一生中四个灵性阶段中的其中一个阶段，它们分别是：独身禁欲的学生生活阶段、居士阶段、逐渐退出家庭生活阶段和出家当托钵僧的完全弃绝阶段。

Asura — 无神论者、十足的物质主义者等不按经典原则做事的恶魔；嫉妒神，无视至高无上的绝对真理，反对为至尊主奎师那服务的人。

Avatāra — 至尊主降临到物质世界里的化身。

- B -

Balarāma (Baladeva) — 至尊人格首神的完整扩展，显现为柔黑妮的儿子、主奎师那的哥哥。

Bhagavad-gītā — 《博伽梵歌》，至尊主奎师那与祂的奉献者阿尔诸纳在一场大战即将开始前的谈话，其中详细地解释说，奉爱服务既是最重要的灵修方法，也是最高级的灵性完美境界。

Bhagavān — 绝对拥有一切财富的至尊主。

Bhāgavata-dharma — 为至尊主做奉爱服务的科学；由至尊主宣布的宗教原则。

Bhakta — 至尊主的奉献者。

Bhakti-yoga — 通过做奉爱服务与至尊主相连的方法。

Bhoga — 感官享乐；没给至尊主供奉的食物。

Brahmacarya — 独身禁欲的学生生活，韦达制度中人生的第一个灵性阶段。

Brahman — 绝对真理，特别指绝对真理不具人格特征的方面。

Brāhmaṇa — 婆罗门，知识分子及祭司阶层。韦达社会制度中的最高阶层。

Buddha — 至尊主的一个化身——佛祖，他迷惑无神论者，从而使他们停止误用韦达经的内容。

- C -

Caitanya-caritāmṛta — 圣奎师那达斯．喀维茹阿佳经授权写作的圣主柴坦亚．玛哈帕布的传记，呈现了至尊主的娱乐活动和教导。

Cakra (Sudarśana) — 至尊主的飞轮武器。

Cāraṇaloka — 被称为查冉纳的半神人所居住的天堂星球。

- D -

Daivī māyā — 至尊主的神性迷惑能量——物质能量。

Dāna — 布施；布茹阿玛纳的六项职责之一。

Dānava — 恶魔的一个种族。

Daṇḍavats — 如一根竿子般恭敬地顶礼。

Daridra-nārāyaṇa — 意思是“贫穷的纳茹阿亚纳”，是假象宗人士所用的一个冒犯至尊主的词，以表明穷人和至尊主是平等的。

Dāsya-rasa —与至尊主的关系是仆人对主人的关系。

Dhanvantari — 至尊主的化身，是医药学的始祖。

Dharma — 宗教原则，人的天职，尤其指每一个灵魂的服务本性。

Dharma-śāstra — 描述社会组织规则和宗教规定的宗教典籍。

Dharmī — 遵守韦达法律或宗教原则的人。

Dhīra — 在任何情况下都没有欲望的人。

Dhruvaloka — 北极星；它是物质宇宙中的灵性星球，由杜茹瓦王统治。

- E -

Ekādaṣī — 用来增加对奎师那的想念的特殊日子，是满月和新月后的第十一天。经典规定在这一天禁食谷类和豆类。

- G -

Gandharva — 歌仙和音乐仙。

Garbhodakaśī Viṣṇu — 第二个维施努扩展；祂进入每一个宇宙，用祂的瞥视创造了丰富多彩的物质展示。

Gauḍīya-Mādhva-sampradāya — 由玛德瓦查尔亚和圣柴坦亚．玛哈帕布传下的真正权威的外士纳瓦师徒传承。

Goloka Vṛndāvana (Kṛṣṇaloka) — 最高的灵性星球，主奎师那的私人住所。

Gopīs — 奎师那的牧牛姑娘朋友，是祂最顺从、最亲密的奉献者。

Govinda — 至尊主奎师那，给予大地、乳牛和感官以快乐的至尊人。

Gṛhamedhī — 物质主义居士。

Gṛhastha — 按经典的规定过有节制的居士生活的人；韦达灵性生活的第二个阶段。

Guṇa — 善良、激情和愚昧这三种物质自然属性。

Guru — 灵性导师。

- H -

Hare Kṛṣṇa mantra — 请看Mahā-mantra。

Hari — 去除灵性进步路途上一切障碍的至尊主。

Hayagrīva, Lord — 至尊主的马头人身化身，祂把被偷走的韦达经还给布茹阿玛。

- J -

Jīva-tattva — 个体生物，至尊主的微粒部分。

Jñāna — 知识。

Jñāna-yoga — 通过培养知识接近至尊者的灵修程序。

Jñānī — 通过经验性思辨培养知识的人。

- K -

Kali-yuga — “纷争、伪善的年代”，是大周期循环中的第四个年代，也是最后一个年代，从五千年前开始。

Kalki, Lord — 至尊主在喀历年代末出现的化身；祂将消灭所有的无神论者。

Kapila — 至尊主的一个化身；祂显现为卡尔达玛．牟尼和黛瓦瑚缇的儿子，教导奎师那意识的数论哲学。

Kāraṇodakaśāyī Viṣṇu — 至尊主的扩展玛哈·维施努；祂释放出所有的物质宇宙。

Karatālas — 在集体吟唱至尊主圣名时手中拿着的用以敲击伴奏的铙钹。

Karma — 物质、功利性的活动及其报应。

Karma-kāṇḍa — 韦达经中描述为获得物质利益而举行各种仪式的部分。

Karma-yoga — 怀着做奉爱服务的心态行事；也是按照韦达指令从事的功利性活动。

Karmī — 从事功利性活动的人；物质主义者。

Kīrtana — 吟唱至尊主的圣名并赞美至尊主的奉爱服务程序。

Kṛṣṇaloka — 参看Goloka Vṛndāvana。

Kṣatriya — 战士或管理者；韦达社会的第二个阶层。

Kṣīrodakaśāyī Viṣṇu — 至尊主的扩展，以超灵的形式进入每一个生物体的心。

Kūrma — 至尊主的乌龟化身。

Kuśa — 用于韦达仪式和祭祀的一种吉祥的草。

- L -

Laghimā — 可以使自己变得很轻的神通。

Liṅga — 精微躯体：心、智力和假我。

- M -

Mādhurya-rasa — 至尊主和祂的奉献者作为情人彼此交流的灵性恋爱关系。

Mahā-mantra — 为得到拯救而吟诵、吟唱的伟大的曼陀：

哈瑞·奎师那　哈瑞·奎师那　奎师那·奎师那　哈瑞·哈瑞
哈瑞·茹阿玛　哈瑞·茹阿玛　茹阿玛·茹阿玛　哈瑞·哈瑞

Mahā-puruṣa — 作为至尊享乐者的至尊主。

Mahā-Viṣṇu — 至尊的扩展，所有的宇宙都由祂释放出来。

Mahābhārata — 维亚萨戴瓦编纂的古印度史诗，其中包括对库茹柴陀战争的前因后果的描述，以及《博伽梵歌》的讲述。

Mahājana — 觉悟了自我的伟大灵魂，奎师那意识科学的权威人士。

Mahāt-tattva — 展示了物质世界的整体物质能量原本混沌的形象。

Mahātmā — 伟大的灵魂，主奎师那崇高的奉献者。

Manomaya — 专注于心理活动的意识状态。

Mantra — 超然的声音振荡或韦达赞歌，它们可以使人摆脱心中的错觉。

Manu-saṁhitā — 玛努制定的人类法典。

Manvantara — 每一位玛努统治的时间(306,720,000年)；用于标准的历史时期的划分。

Marudloka — 因铎的同伴玛茹特们居住的星球。

Maruts — 与因铎在一起的半神人们。

Mathurā — 主奎师那的住所及五千年前显现的地方，温达文就在那一区域内。主奎师那在温达文从事过孩提时期的娱乐活动后，又回到那里。

Māyā — 至尊主的低等、错觉能量，负责统治这个物质创造并迷惑生物，使其遗忘自己与奎师那的关系。

Māyā-sukha — 短暂且错觉性的物质快乐。

Māyāvādī — 持非人格神哲学观念的人。他们以为绝对真理最终没有形象，个体生物与神是平等的。

Mleccha — 不遵守韦达社会制度的野蛮人，通常是食肉者。

Mṛdaṅga — 用黏土制做的鼓，在集体吟唱神的圣名时作伴奏用。

Mukti — 解脱；摆脱物质的束缚。

- N -

Nāma-aparādha — 对至尊主圣名的冒犯。

Nārada Muni — 至尊主纯粹的奉献者，用他永恒的身体在整个宇宙中旅行，赞扬奉爱服务。他是维亚萨戴瓦和许多其他杰出奉献者的灵性导师。

Nārāyaṇa — 主奎师那扩展的四臂威严的至尊主形象，物质展示瓦解后众生栖息的地方；主维施努。

Nitya-mukta — 永恒解脱了的灵魂。

Nivṛtti-mārga — 将人导向解脱的弃绝之途。

Nṛsiṁhadeva — 至尊主的半人半狮化身，祂保护帕拉德王，杀死恶魔黑冉亚卡希普。

Nyāya-śāstra — 阐述逻辑的韦达典籍。

- O -

Oṁkāra — 神圣的声音欧么(Oṁ)，是许多韦达曼陀的开端，代表至尊主。

- P -

Pañcopāsanā — 非人格神主义者为最终去除有关绝对真理人格特征的一切概念而崇拜的五位神明(维施努、杜尔嘎、布茹阿玛、甘内什和维瓦斯万)。

Parabrahman — 作为人格首神维施努或奎师那的至尊绝对真理。

Paramātmā — 维施努展现在每一个受制约的生物体心中并遍布物质自然的超灵形象。

Paramparā — 师徒传承，灵性知识经由传承中有资格的灵性导师传递下来。

Paraśurāma — 至尊主的一位化身，祂消灭统治阶层中二十一代不守法的成员。

Pāṣaṇḍī — “冒犯者”或称无神论者；认为神和半神人在同一个层面上。

Paṭhana — 对经典的研究。

Prajāpati — 负责繁殖宇宙中生物体的半神人。

Prajā — 居民(包括所有的物种)。

Prakṛti — 至尊主的能量物质自然；被享受者。

Prāṇamaya — 专注于维护自己身体存在的意识。

Prasādam — 主奎师那的仁慈；以爱心供奉给至尊主后被灵性化了的食物或其他东西。

Pratigraha — 接受布施。

Pravṛtti-mārga — 按照韦达的规定从事享乐的途径。

Prāyaścitta — 为犯下的罪行赎罪。

Purāṇa — 往世书；十八部韦达补充文献，记载历史的典籍。

Puruṣa — 享受者或男性；生物或至尊主。

Puruṣa-avatāras — 至尊主为创造物质宇宙扩展出的三个主要的维施努。

- R -

Rajo-guṇa — 物质自然的激情属性。

Rākṣasas — 食人魔。

Rasa — 在与至尊主交流爱的过程中品尝到的爱的心情或甜美滋味。

Ṛṣabhadeva — 至尊主的一位奉献者君王化身；祂在教导他儿子灵性的生活后，离弃祂的王国，去过苦修的生活。

Ṛṣi — 圣人。

Rudra — 掌管物质愚昧属性的主希瓦的扩展们。

- S -

Sac-cid-ānanda-vigraha — 至尊主的永恒、极乐、充满知识的超然形象。

Sādhu — 圣洁的人。

Sakhya-rasa — 与至尊主的忠诚的朋友关系。

Sālokya — 到至尊主居住的星球上去居住的解脱。

Samādhi —灵性的出神入定，全神贯注于神意识。

Sāmīpya — 成为至尊主的一个同伴的解脱。

Sampradāya — 灵性导师的师徒传承，以及那一传统中的追随者。

Saṁsṛti — 生死轮循环。

Sanātana-dharma — 众生永恒的职责或宗教；为至尊主做奉爱服务。

Sāṅkhya — 分析灵性与物质之间的区别，由黛瓦瑚缇的儿子——主卡皮拉，所讲解的奉爱服务之途。

Saṅkīrtana — 聚众或集体赞美至尊主奎师那，特别是用吟唱至尊主的圣名的方法。

Sannyāsa — 韦达灵性生活中的第四个阶段；弃绝的生活。

Śānta-rasa — 与至尊主保持的中立的关系。

Sārṣṭi — 得到与至尊主有同样财富的解脱。

Sārūpya — 物质自然的善良属性。

Śāstra — 像韦达经典那样的启示经典。

Sāyujya — 融入至尊主放射出的灵性光芒的解脱。

Śeṣa Nāga — 参看：Ananta。

Siddhi — 神秘力量或通过练瑜伽达到的完美境界，居住在希达路卡的居民天生具有的能力。

Siddhaloka — 其上居民都拥有所有神秘力量的天堂星球。

Smārta-brāhmaṇa — 相对于获得韦达经的目标主奎师那来说，对韦达经中推荐的规定和仪式等外在活动更感兴趣的布茹阿玛纳。

Smṛti — 启示经典，属于韦达经和奥义书等原本的韦达文献(śruti)的补充文献。

Soma-rasa — 在高等星系中半神人所喝的一种能使人增寿的饮料。

Śravaṇaṁ kīrtanaṁ viṣṇoḥ — 聆听和吟诵、吟唱有关主奎师那(维施努)的一切的奉爱方法。

Śrīvatsa — 主维施努(奎师那)胸前的幸运女神标记。

Śuddha-sattva — 纯粹善良属性的灵性层面。

Śūdra — 韦达社会制度中第四阶层的人——为其他阶层做服务的劳动者。

Suṣupti — 沈睡——物质意识中一个层面。

Svāmī — 控制住自己的感官和心念的人；对托钵僧这种弃绝的人的称呼。

Svāṁśa — 至尊主的与祂无异的完整扩展。

Svargaloka — 物质世界中的天堂星球。

- T -

Tamo-guṇa — 物质自然的愚昧属性。

Tapasya — 苦修；为了取得灵性进步自愿承受某种物质的不便。

Tilaka — 奉献者用圣泥在前额和身体的其他部位所画的标志。

Trayī — 解释为获取物质利益而从事功利性活动的三部韦达经(《瑞歌》、《萨玛》和《亚诸尔》)。

- U -

Upaniṣads — 韦达经中最重要的哲学部分。

- V -

Vaikuṇṭha — 灵性世界，在那里没有焦虑。

Vairāgya — 弃绝。

Vaiṣṇava — 至尊主维施努(Viṣṇu, 奎师那)的奉献者。

Vaiśyas — 韦达社会制度中的第三阶层的人，即：农场主和商人。

Vāmana — 至尊主的一个侏儒布茹阿玛纳化身，巴利王把一切都献给了祂。

Vānaprastha — 退出家庭生活的人，韦达灵性生活的第三个阶段。

Varṇa — 韦达社会制度中的四个阶层，由人所从事的工作性质和受哪一种物质属性影响所区分。请看Brāhmaṇa，Kṣatriya，Vaiśya，Śūdra。

Varṇāśrama-dharma — 韦达社会制度中的四个社会阶层和四个灵性阶段。请看Varṇa和Āśrama。

Varuṇa — 掌管海洋的半神人。

Vāsudeva-parāyaṇa — 全神贯注于至尊主的人。

Vātsalya-rasa — 怀着父母般的奉爱之情与至尊主奎师那建立的父母与孩子的爱的关系。

Vedānta — 圣维亚萨戴瓦的《韦丹塔·苏陀》(《吠檀陀经》)的哲学，包含了对韦达哲学知识的总结性概述，表明至尊主是生命的目标。

Vedānta-sūtra — 圣维亚萨戴瓦以格言的形式写就的、对韦达哲学知识的总结性概述。

Vedas — 由主奎师那最先讲述的原始启示经典。

Vibhinnāṁśa — 至尊主被分离的扩展——微小的生物。

Vibhūti — 至尊主的财富和力量。

Vidyādhara — 一类天堂居民。

Vijñānamaya — 具有了解自我不同于物质的完整知识。

Vipra — 参看：Brāhmaṇa。

Virāṭ-rūpa — 把整个宇宙当作是至尊主身体的概念。

Viṣṇu — 至尊人格首神为了创造和维系物质宇宙而扩展出的四臂形象。

Viṣṇuduta — 主维施努的使者，负责在完美的奉献者死亡时前来将其带回灵性世界。

Viśuddha-sattva — 纯粹善良属性的灵性层面。

Vṛndāvana — 奎师那永恒的住所，祂在那里完全展示了祂甜美的质量；这个地球上的一个村庄，至尊主奎师那五千年前在那里演出了祂孩提时的娱乐活动。

Vyāsadeva — 主奎师那的文学化身，为人类编纂了韦达经(Vedas)、往世书(Purāṇas)、《韦丹塔．苏陀》(Vedānta-sūtra)和《玛哈巴茹阿特》(Mahābhārata)等韦达文献。

- Y -

Yajamāna — 祭司为之主持祭祀的人。

Yajña — 韦达祭祀；也是一切祭祀的目的和享受者至尊主的名字，意思是祭祀的人格体现。

Yamadūtas — 死神阎罗王的使者。

Yavana — 低等人，一般是肉食者；野蛮人

Yogī — 以某种方法努力与至尊者相连的超然主义者。

Yugas — 计算宇宙寿命的年代，四个年代循环往复。

-Z-

Zamindār — 富有的地主。

梵文发音指导

人们历来用不同的字母来代表梵文，但在印度被最广泛采用的是戴瓦讷嘎瑞(devanāgarī)字母。戴瓦讷嘎瑞的意思是，半神人的城市文字。戴瓦讷嘎瑞共含有 48 个字母；13 个元音，35 个辅音。古代的梵文语法家根据方便、实用的语言学原则，把这些字母加以排列，其排列顺序被所有的现代语言学者所接受。本书所用的拉丁语字母拼音系统，50 年以来一直被语言学家所采用。

元音

अ a　आ ā　इ i　ई ī　उ u　ऊ ū　ऋ ṛ
ॠ ṝ　ऌ ḷ　ए e　ऐ ai　ओ o　औ au

辅音

喉　音：	क	ka	ख	kha	ग	ga	घ	gha	ङ	ṅa
颚　音：	च	ca	छ	cha	ज	ja	झ	jha	ञ	ña
卷舌音：	ट	ṭa	ठ	ṭha	ड	ḍa	ढ	ḍha	ण	ṇa
齿　音：	त	ta	थ	tha	द	da	ध	dha	न	na
唇　音：	प	pa	फ	pha	ब	ba	भ	bha	म	ma
半元音：	य	ya	र	ra	ल	la	व	va		
丝　音：	श	śa	ष	ṣa	स	sa				

送气音：ह ha　　鼻后音(anusvāra)：ं ṁ
无声音(visarga)：ः ḥ　　省字号(avagraha)：ऽ

数词

०-0　१-1　२-2　३-3　४-4　५-5　६-6　७-7　८-8　९-9

辅音后元音的写法

ा ā　ि i　ी ī　ु u　ू ū　ृ ṛ　ॄ ṝ　े e　ै ai　ो o　ौ au

例如：क ka　का kā　कि ki　की kī　कु ku　कू kū
कृ kṛ　कॄ kṝ　के ke　कै kai　को ko　कौ kau

一般来说当辅音是两个或两个以上一起时有特殊的写法，例如：क्ष kṣa त्र tra。

在辅音后没有标出元音时，应该当作有元音 a 来念。

当出现符号(्)时，表示没有元音，例如：क्。

元音发音

a —如英语 but 中的 u
ā —如英语 far 的 a 而两倍长于 a
ai —如英语 aisle 中的 ai
au —如英语 how 中的 ow
e —如英语 they 中的 e
i —如英语 pin 中的 i
ī —如英语 pique 中的 i 而两倍长于 i
ḷ —如 lree
o —如英语 go 中的 o
ṛ —如英语 rim 中的 ri
ṝ —如英语 reed 中的 ree 而两倍长于
u —如英语 push 中的 u
ū —如英语 rule 中的 u 而两倍长于 u

辅音发音

喉音

k —如英语 kite 中的 i
kh —如英语 Eckhart 中的 kh
g —如英语 give 中的 g
gh —如英语 dig-hard 中的 g-h
ṅ —如英语 sing 中的 ng

唇音

p —如英语 pine 中的 p
ph —如英语 up-hill 中的 p-h
b —如英语 bird 中的 b
bh —如英语 rub-hard 中的 b-h
m —如英语 mother 中的 m

卷舌音

ṭ —如英语 tub 中的 t
ṭh —如英语 light-heart 中的 t-h
ḍ —如英语 dove 中的 d
ḍh —如英语 red-hot 中的 d-h
ṇ —如英语 sing 中的 n

颚音

c —如英语 chair 中的 ch
ch —如英语 staunch-heart 中的 ch-h
j —如英语 joy 中的 j
jh —如英语 hedgehog 中的 dgeh
ñ —如英语 canyon 中的 n

齿音

t —如英语 tub 中的 t
th —如英语 light-heart 中的 t-h
d —如英语 dove 中的 d
dh —如英语 red-hot 中的 d-h
n —如英语 nut 中的 n

半元音

y —如英语 yes 中的 y
r —如英语 run 中的 r
l —如英语 light 中的 l
v —如英语 vine 中的 v

丝音

ś —如德语 sprechen 中的 s

ṣ —如英语 shine 中的 sh

s —如英语 sun 中的 s

送气音

h —如英语 home 中的 h

鼻后音(anusvāra)

ṁ —如法语 bon 中的 n

无声音(visarga)

ḥ —字尾的 h 音（aḥ 发音如 aha；iḥ 发音如 ihi）

梵文音节的声调没有明显的起伏，在一行中字与字之间也没有间单，有的只是一个音节接着一个音节连绵不断地连接。有的音节短，有的音节长，而长音节的长度是短音节的二倍。长音节含有长元音(ā, ai, au, e, ī, o, ṝ ,ū)或短元音后加一个以上的辅音(包括 ḥ 和 ṁ)。丝音辅音——后面带 h 的辅音，只算单辅音。

梵文诗句索引

- A -

- B -

- C -

- D -

- E -

- G -

- K -

- L -

- O -

- P -

- R -

- Y -

中文译者简介

嘉娜娃（金磊），法籍华人，生于北京，医疗管理专科毕业。自1991年开始接触瑜伽后，深受印度古代文化的吸引，逐渐走上翻译这些经典的道路。迄今为止，她已经翻译、编辑了许多著名的古印度典籍，其中包括帕谭伽里的《瑜伽经》以及帕布帕德的《博伽梵歌原意》和《博伽梵往世书》（《圣典博伽瓦谭》）等40本印度古籍。此外，还有中国广大读者熟悉的《瑜伽的故事》和《瑜伽的艺术》（上、下）等。